Neal Stephenson
AMALTHEA

GOLDMANN

Neal Stephenson

AMALTHEA

Roman

Deutsch von
Juliane Gräbener-Müller
und Nikolaus Stingl

GOLDMANN

Die amerikanische Originalausgabe erschien 2015 unter dem Titel
»Seveneves« bei William Morrow, an imprint of HarperCollins
Publishers, New York.

Sollte diese Publikation Links auf Webseiten Dritter enthalten,
so übernehmen wir für deren Inhalte keine Haftung,
da wir uns diese nicht zu eigen machen, sondern lediglich auf
deren Stand zum Zeitpunkt der Erstveröffentlichung verweisen.

Penguin Random House Verlagsgruppe FSC® N001967

4. Auflage
Taschenbuchausgabe Oktober 2018
Copyright © der Originalausgabe 2015 by Neal Stephenson
All rights reserved.
Copyright © der deutschsprachigen Ausgabe 2015
by Wilhelm Goldmann Verlag, München,
in der Penguin Random House Verlagsgruppe GmbH,
Neumarkter Str. 28, 81673 München
Umschlaggestaltung und Konzeption: Buxdesign, München
Umschlagmotiv: shutterstock/Sdecoret
Autorenfoto: Peter von Felbert
Illustrationen: Weta Workshop; Copyright © by Neal Stephenson
Lead Illustrator: Christian Pearce
Creative Research: Ben Hawker und Paul Tobin
Redaktion: Jochen Stremmel
An · Herstellung: kw
Satz: Uhl + Massopust, Aalen
Druck und Bindung: GGP Media GmbH, Pößneck
Printed in Germany
ISBN: 978-3-442-48642-7

www.goldmann-verlag.de

Für Jaime, Maria, Marco und Jeff

TEIL 1

Das Zeitalter
des einen Mondes

Der Mond explodierte ohne Vorwarnung und ohne erkennbaren Grund. Er war im Zunehmen, zum Vollmond fehlte nur ein Tag. Die Zeit war 05:03:12 UTC. Später würde man sie als A+0.0.0 oder schlicht Null bezeichnen.

Ein Amateurastronom in Utah war der erste Mensch auf der Erde, dem klar wurde, dass etwas Ungewöhnliches geschah. Augenblicke zuvor hatte er in der Umgebung der Reiner-Gamma-Formation, in der Nähe des Mondäquators, eine Trübung entstehen sehen. Er nahm an, dass es sich um eine Staubwolke handelte, die von einem Meteoriteneinschlag herrührte. Er zückte sein Handy und bloggte das Ereignis, wobei er seine steifen Daumen (denn er befand sich hoch auf einem Berg, und die Luft war ebenso kalt wie klar) so rasch wie möglich bewegte, um sich den Entdeckeranspruch zu sichern. Bald würden andere Astronomen ihre Fernrohre auf dieselbe Staubwolke richten – taten es vielleicht bereits! Aber – vorausgesetzt er konnte die Daumen rasch genug bewegen – er wäre der Erste, der darauf hinwies. Der Ruhm fiele ihm zu; falls der Meteorit einen sichtbaren Krater zurückließ, würde dieser vielleicht sogar seinen Namen tragen.

Sein Name fiel dem Vergessen anheim. Bis er sein Handy aus der Tasche gezogen hatte, gab es seinen Krater nicht mehr. Sowenig wie den Mond.

Als er das Handy einsteckte und das Auge wieder an das Okular seines Fernrohrs hielt, stieß er einen Fluch aus, weil er nichts als eine gelbbraune Trübung sah. Er musste das Fernrohr versehentlich unscharf gestellt haben. Er begann an der Scharfeinstellung zu drehen. Das half nicht.

Schließlich zog er den Kopf vom Okular zurück und blickte mit unbewaffnetem Auge auf die Stelle, wo der Mond sein müsste. In diesem Augenblick hörte er auf, Wissenschaftler zu sein, und unterschied sich in nichts mehr von Millionen anderer Menschen in Nord- und Südamerika, die voller Ehrfurcht und Verblüffung das Außergewöhnlichste anstarrten, was Menschen je am Himmel gesehen hatten.

Wenn im Film ein Planet explodiert, verwandelt er sich in einen Feuerball und hört zu bestehen auf. Mit dem Mond verhielt es sich anders. Zwar setzte das Agens (wie man die geheimnisvolle Kraft, die es bewirkte, schließlich nannte) eine sehr große Menge von Energie frei, aber nicht annähernd genug, um die gesamte Substanz des Mondes in Feuer zu verwandeln.

Die weithin akzeptierte Theorie besagte, dass die Staubwolke, die der Astronom in Utah beobachtet hatte, von einem Einschlag herrührte. Dass, mit anderen Worten, das Agens von außerhalb des Mondes gekommen war, dessen Oberfläche durchdrungen, sich tief in sein Zentrum gebohrt und dann seine Energie freigesetzt hatte. Oder dass es einfach auf der anderen Seite wieder ausgetreten war und unterwegs genügend Energie abgegeben hatte, um den Mond auseinanderbrechen zu lassen. Einer anderen Hypothese zufolge handelte es sich bei dem Agens um einen in Urzeiten von Außerirdischen im Mond vergrabenen Sprengsatz, der so eingestellt war, dass er detonierte, wenn bestimmte Voraussetzungen erfüllt waren.

Die Folge jedenfalls war erstens, dass der Mond in sieben große und unzählige kleinere Stücke zerlegt wurde. Und zweitens, dass diese Stücke so weit auseinanderstrebten, dass sie als getrennte Objekte – riesige, unebene Brocken – zu beobachten waren, nicht aber weiter voneinander wegflogen. Die Stücke des Mondes blieben von der Schwerkraft gefesselt, eine Ansammlung riesiger Felsstücke, die chaotisch um ihr gemeinsames Gravitationszentrum kreisten.

Dieser Punkt – ehedem der Mittelpunkt des Mondes, nun aber eine Abstraktion im Raum – drehte sich weiterhin wie schon seit Milliarden von Jahren um die Erde. Sodass die Menschen auf der Erde nun, wenn sie zu der Stelle am Nachthimmel aufblickten, wo der Mond hätte sein müssen, stattdessen diese langsam taumelnde Konstellation weißer Brocken sahen.

Zumindest sahen sie das, als der Staub sich verzog. In den ersten Stunden zeigte sich das, was der Mond gewesen war, bloß als eine etwas mehr als mondgroße Wolke, die sich vor dem Morgengrauen rötete und im Westen unterging, während der Astronom in Utah vollkommen perplex zusah. Asien blickte die ganze Nacht zu einer mondfarbenen Trübung auf. Innerhalb dieser begannen sich helle Flecken abzuzeichnen, während Staubteilchen sich auf den nächstgelegenen schweren Stücken absetzten. Europa und dann Amerika wurde ein klarer Blick auf den neuen Stand der Dinge beschert: sieben riesige Felsbrocken, wo der Mond hätte sein sollen.

Ehe die Führer der wissenschaftlichen, militärischen und politischen Welt das Wort »Agens« zur Bezeichnung dessen zu verwenden begannen, was auch immer den Mond gesprengt hatte, wurde der Begriff, jedenfalls in den Augen der Allgemeinheit, am häufigsten mit dem aus Groschenheften oder zweitklassigen Filmen bekannten Geheim- oder FBI-Agenten assoziiert. Menschen von eher technischer Denkweise hätten ihn vielleicht zur Bezeichnung irgendeines Wirkstoffs, zum Beispiel eines Reinigungsmittels, verwendet. Die genaueste Entsprechung dafür, wie der Begriff künftig stets verwendet werden würde, fand sich in der Linguistik: Darin bezeichnet der Begriff Agens die semantische Rolle, die ein Ereignis verursacht, eine Situation kontrolliert. Als Patiens hingegen wird bezeichnet, wer oder was durch die Situation oder das Ereignis affiziert wird, ohne sie zu kontrollieren. Das Agens agiert. Das Patiens ist passiv. In diesem Falle hatte ein unbekanntes Agens auf den Mond eingewirkt. Passiver Rezipient dieser Aktion war der Mond zusammen mit sämtlichen, im sublunaren Reich wohnenden Menschen. Viel später würden sich die Menschen vielleicht aufraffen, aktiv zu werden, wieder die Rolle des Agens zu übernehmen. Vorderhand aber und bis weit in die Zukunft würden sie sich mit der Rolle des Patiens bescheiden müssen.

Die sieben Schwestern

Rufus MacQuarie sah das Ganze über der schwarzen Kammlinie der Brooks Range in Nordalaska passieren. Er betrieb dort eine Mine. In klaren Nächten pflegte er mit seinem Pickup auf einen Berg zu fahren, mit dessen Aushöhlung er und seine Männer den Tag verbracht hatten. Dann nahm er sein Fernrohr, ein 30-cm-Cassegrain-Teleskop, hinten aus dem Wagen, baute es auf dem Gipfel auf und betrachtete die Sterne. Wenn ihm so richtig kalt wurde, zog er sich in die Fahrerkabine seines Wagens zurück (er ließ den Motor laufen) und hielt die Hände vor die Luftdüsen, bis er wieder Gefühl in den Fingern hatte. Dann, während auch der Rest warm wurde, setzte er seine Finger dafür ein, mit Freunden, Familienmitgliedern und Fremden überall auf der Welt zu kommunizieren.

Und außerhalb davon.

Nachdem der Mond explodiert war und Rufus sich überzeugt hatte, dass das, was er sah, echt war, öffnete er eine App, die die Position diverser natürlicher und künstlicher Himmelskörper anzeigte. Er sah die Position der Internationalen Raumstation ISS nach. Zufällig zog sie gerade vierhundert Kilometer über und dreitausendzweihundert Kilometer südlich von ihm vorbei.

Er zog eine Vorrichtung auf sein Knie. Er hatte sie in seiner kleinen Werkstatt hergestellt. Sie bestand aus einer Morsetaste, die aussah, als wäre sie ungefähr hundertfünfzig Jahre alt, und die auf einem passgenauen Plastikblock befestigt war, der sich mit Klettverschlüssen auf seinem Oberschenkel fixieren ließ. Er begann, Punkte und Striche herunterzuklopfen. An der Stoßstange seines Pickups war eine nach den Sternen greifende Peitschenantenne befestigt.

Vierhundert Kilometer über und dreitausendzweihundert Kilometer südlich von ihm kamen die Punkte und Striche aus zwei billigen Lautsprechern, die mit Kabelbindern an einer Leitung in einem vollgestopften, dosenförmigen Modul befestigt waren, das einen Teil der Internationalen Raumstation bildete.

Am einen Ende der ISS war der yamswurzelförmige Asteroid namens Amalthea festgeschraubt. Falls man ihn, was unwahrscheinlich war, sanft zur Erde befördern und auf einem Fußballfeld ablegen könnte, würde er vom einen bis zum anderen Strafraum reichen und den Mittelkreis komplett abdecken. Er war viereinhalb Milliarden Jahre lang um die Sonne geschwebt, für das bloße Auge und die Teleskope der Astronomen unsichtbar, obwohl er sich auf einem erdähnlichen Orbit bewegt hatte. Nach dem von Astronomen verwendeten Klassifizierungssystem hieß das, dass es sich um einen sogenannten Arjuna-Asteroiden handelte. Wegen ihrer erdnahen Umlaufbahn bestand bei Arjunas eine hohe Wahrscheinlichkeit, dass sie in die Erdatmosphäre eintraten und auf bewohnte Orte knallten. Doch ebendeshalb konnte man sie auch leicht erreichen und an ihnen festmachen. Aus beiden Gründen, dem schlechten wie dem guten, zogen sie die Aufmerksamkeit von Astronomen auf sich.

Amalthea war fünf Jahre zuvor von einem Schwarm teleskopbewehrter Satelliten entdeckt worden, die von Arjuna Expeditions losgeschickt worden waren, einer Firma mit Sitz in Seattle, die von Milliardären aus der Technologiebranche zu dem ausdrücklichen Zweck des Asteroidenbergbaus finanziert worden war. Amalthea war als gefährlich eingestuft worden, mit einer Wahrscheinlichkeit von 0,01 %, innerhalb der nächsten hundert

Jahre die Erde zu treffen, deshalb hatte man einen zweiten Schwarm von Satelliten hochgeschickt, um den Asteroiden einzufangen und in eine geozentrische Umlaufbahn (mit der Erde und nicht der Sonne als Mittelpunkt) zu ziehen, die dann nach und nach an die der ISS angepasst wurde.

In der Zwischenzeit war die geplante Erweiterung der ISS in gleichmäßigem Trott vorangeschritten. Man hatte an beiden Enden der Raumstation neue Module – mit Trägerraketen hinaufgeschickte, luftgefüllte Blechdosen und Tragluftkonstruktionen – angefügt. Am vorderen Ende – dem Bug der Raumstation, wenn man sie sich als ungefähr vogelförmiges Objekt vorstellte, das um die Welt flog – schuf man ein Zuhause für Amalthea und für das Asteroidenbergbau-Forschungsprojekt, das sich darum herum entwickeln sollte. Unterdessen konstruierte man am hinteren Ende einen Torus – ein donutförmiges Habitat von etwa vierzig Metern Durchmesser – und versetzte ihn wie ein Karussell in Drehung, wodurch ein geringes Maß an simulierter Schwerkraft geschaffen wurde.

Irgendwann im Zuge dieser Anbauten hatten die Leute aufgehört, von der Internationalen Raumstation oder ISS zu sprechen, und begonnen, das alte Mädchen Izzy zu nennen. Zufälligerweise oder nicht war dieser Spitzname ungefähr zu der Zeit populär geworden, als jedes der beiden Enden der Station unter die Leitung einer Frau gefallen war. Dinah MacQuarie, fünftes Kind und einzige Tochter von Rufus, war für vieles zuständig, was in Izzys vorderem Ende vonstattenging. Ivy Xiao hatte das Gesamtkommando über die ISS und wirkte in aller Regel in dem Torus an deren »Heck«.

Wenn Dinah nicht schlief, hielt sie sich meistens im vorderen Ende von Izzy auf, in einem kleinen Arbeitsraum (»meine Werkstatt«), wo sie durch ein kleines Quarzfenster zu Amalthea (»meine Freundin«) hinausschauen konnte. Amalthea bestand aus Nickel und Eisen: schwere Elemente, die wahrscheinlich ins heiße Zentrum eines alten, schon vor langer Zeit von irgendeiner primordialen Katastrophe auseinandergerissenen Planeten abgesunken waren. Andere Asteroiden bestanden aus leichteren Materialien. So wie Amaltheas erdähnliche Umlaufbahn den Asteroiden sowohl zu einer fatalen Bedrohung wie zu einem vielversprechenden Kandidaten für Rohstoffabbau gemacht hatte, war er dank seines dichten metallischen Aufbaus wahnsinnig schwer durchs Sonnensystem zu bewegen, gab jedoch ein lohnendes Studienobjekt ab. Manche Asteroiden bestanden hauptsächlich aus Wasser, das sich für den menschlichen Verbrauch speichern oder in Wasserstoff und Sauerstoff aufspalten und als Treibstoff für Raketen verwenden ließ. Andere waren reich an kostbaren Metallen, die man zur Erde befördern und verkaufen konnte.

Ein Brocken aus Nickel und Eisen wie Amalthea ließ sich zu Werkstoffen für den Bau bemannter Raumstationen umschmelzen. Alles, was in dieser Hinsicht über ein kleines Pilotprojekt hinausging, würde die Entwicklung neuer Technologie erfordern. Menschen als Bergleute einzusetzen kam nicht in Betracht, da es teuer war, sie in den Weltraum zu befördern und am Leben zu halten. Die naheliegende Lösung waren Roboter. Man hatte Dinah zu Izzy hinaufgeschickt, damit sie die Basis für ein Roboterlabor schuf, das irgendwann sechs Mitarbeiter beherbergen würde. Budgetauseinandersetzungen in Washington hatten diese Zahl auf eins reduziert.

Was ihr eigentlich sehr recht war. Sie war an entlegenen Orten aufgewachsen, denn sie war ihrem Vater Rufus, ihrer Mutter Catherine und ihren vier Brüdern zu einer Reihe von Hartgestein-Bergwerken in Gegenden wie der Brooks Range in Alaska, der Karoo-Halbwüste in Südafrika und der Pilbara in Westaustralien gefolgt. Ihr Akzent verriet Spuren all dieser Gegenden. Sie hatte Hausunterricht von ihren Eltern und von einer ganzen Reihe von Privatlehrern bekommen, die sie eingeflogen hatten und von denen keiner länger als ein Jahr durchgehalten hatte. Catherine hatte ihr die Feinheiten des Klavierspiels und des Serviettenfaltens beigebracht, und von Rufus hatte sie Mathematik, Militärgeschichte, das Morsealphabet, die Buschfliegerei und wie man Dinge in die Luft jagt, gelernt, dies alles bis zu ihrem zwölften Lebensjahr, als man per Familienvotum beim Essen befand, sie sei für das Leben im Bergbau zu gescheit und eine zu große Nervensäge. Man hatte sie in ein Internat an der Ostküste der Vereinigten Staaten geschickt. Denn ihre Familie war – obwohl Dinah das bis dahin nicht im Entferntesten geahnt hatte – wohlhabend.

Auf der Schule hatte sie sich zu einer begabten Fußballspielerin entwickelt und diese Fähigkeit in ein Sportstipendium an der Penn umgemünzt. Im zweiten Studienjahr hatte sie sich das vordere Kreuzband am rechten Knie gerissen, womit ihre Karriere als ernsthafte Sportlerin zu Ende war, und ihre Aufmerksamkeit auf ernsthaftere Weise dem Studium der Geologie gewidmet. Dies plus eine dreijährige Beziehung mit einem Jungen, der gern Roboter baute, hatte sie in Verbindung mit ihrer Vergangenheit in der Bergbauindustrie zur perfekten Kandidatin für den Job gemacht, den sie jetzt hatte. In enger Zusammenarbeit mit Roboterfreaks auf festem Boden – einer Mischung aus Universitätsforschern, freiberuflichen Mitgliedern der Hacker-/Macher-Community und bezahlten Mitarbeitern von Arjuna Expeditions – programmierte, testete und evaluierte sie eine Menagerie von Robotern, die größenmäßig von Kakerlake bis Cockerspaniel rangierten und alle auf die Aufgabe zugeschnitten waren, auf der Oberfläche von Amalthea herumzukrabbeln, deren mineralische Zusammensetzung zu analysieren, Stücke davon abzuschneiden und sie zu einem speziellen Schmelzofen zu bringen, der wie alles hier oben speziell auf die Arbeit im Weltraum zugeschnitten war. Die Stahlbarren, die aus diesem Gerät hervorgingen, waren kaum groß genug, um als Briefbeschwerer dienen zu können, aber sie waren die ersten derartigen Produkte, die jenseits der Erde hergestellt worden waren, und beschwerten im Augenblick überall im Silicon Valley wichtige Papiere auf Milliardärsschreibtischen, wo sie als Gesprächsthemen und Statussymbole viel mehr wert waren denn als Handelswaren.

Rufus, ein eingefleischter Amateurfunkenthusiast, der mit einem schwindenden Kreis alter Freunde überall auf der Welt noch immer per Morsealphabet kommunizierte, hatte darauf hingewiesen, dass eine Funkübertragung zwischen Boden und Izzy eigentlich ziemlich einfach sei, da eine Sichtverbindung bestand (zumindest wenn Izzy zufällig gerade über ihm vorbeizog) und die Entfernung nach Amateurfunkmaßstäben nichts war. Weil Dinah in einer Roboterwerkstatt, umgeben von Lötvorrichtungen und Werkbänken für Elektronik, lebte und arbeitete, war es ihr ein Leichtes gewesen, nach den von ihrem Vater gelieferten Vorgaben einen kleinen Sendeempfänger zu bauen. Mit Kabelbindern an einem Schott befestigt baumelte er über ihrem Arbeitsplatz und gab ein schwaches statisches Knistern von sich, das vom normalen Hintergrundrauschen der Belüftungssysteme der Raumstation ohne weiteres übertönt wurde. Manchmal piepte er.

Hätte ein Weltraumspaziergänger, ein paar Minuten nachdem das Agens den Mond in Stücke zerbrochen hatte, auf Dinahs Ende von Izzy geschaut, hätte er zuallererst Amalthea gesehen: ein riesiges, knorrig verdrehtes Stück Metall, an manchen Stellen immer noch staubig von Weltraumschutt, der im Laufe von Äonen in sein flüchtiges Schwerefeld geraten war, an anderen schimmernd, wo es ihn blank gerieben hatte. Über seine Oberfläche wuselten zwanzig verschiedene Roboter, die zu vier eigenständigen »Arten« gehörten: Eine sah aus wie eine Schlange, eine suchte sich ihren Weg wie ein Krebs, eine sah aus wie eine Art rollende geodätische Kuppel und eine wie ein Schwarm Insekten. Die blauen und weißen LEDs, anhand deren Dinah ihnen auf der Spur blieb, die Laser, mit denen sie Amaltheas Oberfläche abtasteten, und die blendend hellen, purpurnen Lichtbögen, mit denen sie manchmal in den Asteroiden hineinschnitten, sorgten sporadisch für Beleuchtung. Izzy befand sich zu diesem Zeitpunkt im Erdschatten, auf der Nachtseite des Planeten, deshalb war sonst alles dunkel bis auf das weiße Licht, das aus dem kleinen Quarzfenster neben Dinahs Arbeitsplatz nach außen drang. Es war kaum groß genug, um ihren Kopf einzurahmen. Sie hatte kurzgeschnittene strohblonde Haare. Sie war nie sonderlich auf ihr Aussehen bedacht gewesen. Ihre Brüder hatten sie jedes Mal gnadenlos verspottet, wenn sie bei der Mine mit Kleidern oder Kosmetika experimentiert hatte. Als sie in einem Schuljahrbuch als Wildfang bezeichnet worden war, hatte sie das als eine Art Warnschuss aufgefasst und war in eine einigermaßen mädchenhafte Phase eingetreten, die während ihrer späten Teenager- und frühen Zwanzigerjahre ihren Lauf genommen hatte und zu Ende gegangen war, als sie begonnen hatte, sich darüber Gedanken zu machen, ob man sie in ingenieurwissenschaftlichen Besprechungen ernst nahm. Der Aufenthalt auf Izzy bedeutete, dass man im Internet war und von penibel vorbereiteten NASA-PR-Interviews bis zu ungestellten, von Astronautenkollegen geposteten Facebook-Fotos alles machen musste. Sie hatte die bauschigen, schwebenden Haare der Schwerelosigkeit sattbekommen und war, nachdem sie sie einige Wochen lang mit Baseballmützen gebändigt hatte, darauf gekommen, mit welcher Art von Kurzhaarschnitt sie annehmbar aussehen würde. Der Haarschnitt hatte terabyteweise Internetkommentare von Männern und von ein paar Frauen hervorgerufen, die offenbar nichts anderes mit ihrer Zeit anzufangen wussten.

Wie üblich war sie auf den Bildschirm ihres Computers konzentriert, der mit Codezeilen bedeckt war, die das Verhalten ihrer Roboter steuerten. Die meisten Softwareentwickler mussten Code schreiben, diesen zu einem Programm kompilieren und das Programm dann laufen lassen, um festzustellen, ob es wie beabsichtigt funktionierte. Dinah schrieb Code, beamte ihn in die Roboter, die ein paar Meter entfernt auf Amaltheas Oberfläche herumschwirrten, und starrte zum Fenster hinaus, um festzustellen, ob es funktionierte. Diejenigen, die dem Fenster am nächsten waren, fanden in aller Regel ihre größte Aufmerksamkeit, weshalb so etwas wie eine natürliche Selektion wirksam war, insofern die Roboter, die am eifrigsten den kühlen, blauäugigen Blick ihrer Mutter suchten, am meisten Intelligenz erwarben, während diejenigen, die ungebunden auf der dunklen Seite herumwanderten, niemals schlauer wurden.

Jedenfalls war Dinahs Konzentration entweder auf den Bildschirm oder auf die Roboter gerichtet, und das schon seit vielen Stunden. Bis eine Reihe von Pieptönen aus dem mit Kabelbindern am Schott befestigten, knisternden Lautsprecher kam und ihr Blick vorübergehend seine Konzentration verlor, während ihr Verstand die Punkte und Striche zu einer Reihe von Buchstaben und Zahlen decodierte: das Rufzeichen ihres Vaters. »Jetzt nicht, Pa«, murmelte sie mit schuldbewusstem Tochterblick auf die aus Messing und Eichenholz bestehende Morsetaste, die er ihr geschenkt hatte – ein Überbleibsel aus dem neunzehnten Jahrhundert, nach einem Bieterwettstreit, bei dem Rufus in offener Feldschlacht gegen ein Heer von Technikmuseen und Inneneinrichtern angetreten war, für viel Geld bei eBay erstanden.

SIEH DIR DEN MOND AN

»Nicht jetzt, Pa, ich weiß, dass der Mond schön ist, ich bin gerade dabei, dieses Verfahren zu debuggen…«

ODER WAS ER MAL WAR

»Häh?«

Und dann hielt sie das Gesicht dicht ans Fenster und verdrehte den Hals, um den Mond zu finden. Sie sah, was er mal gewesen war. Und das Universum veränderte sich.

Er hieß Dr. Dubois Jerome Xavier Harris. Der französische Vorname kam von seinen Vorfahren mütterlicherseits, die aus Louisiana stammten. Die Harris waren kanadische Schwarze, deren Vorfahren zur Zeit der Sklaverei nach Toronto gekommen waren. Jerome und Xavier waren die Namen von Heiligen – zur Sicherheit zwei davon. Die Familie lebte in der Gegend von Detroit/Windsor beidseits der Grenze. Seine Schulkameraden hatten ihn zwangsläufig Doob getauft, als sie noch zu jung gewesen waren, um zu verstehen, dass »doobie« ein Slangwort für eine Marihuanazigarette war. Inzwischen nannte ihn die überwältigende Mehrheit der Leute Doc Dubois, weil er viel im Fernsehen war, und so stellten ihn auch die Talkshowgastgeber und Moderatoren der Nachrichtensendungen vor. Seine Aufgabe im Fernsehen bestand darin, dem breiten Publikum wissenschaftliche Zusammenhänge zu erklären und in dieser Eigenschaft als Blitzableiter für Leute zu fungieren, die nicht alles akzeptieren konnten, was die Wissenschaft für ihre Weltsicht implizierte, und eine Art verrückte Geschicklichkeit darin zeigten, Möglichkeiten zu ihrer Widerlegung zu finden.

In akademischen Zusammenhängen, zum Beispiel als Hauptreferent bei astronomischen Tagungen und Verfasser von Papieren, war er natürlich Dr. Harris.

Der Mond explodierte, während Dr. Harris an einem Empfang zur Beschaffung von Geldmitteln im Hof des Caltech Athenaeum teilnahm. Zu Beginn des Abends war das Gestirn eine glühend kalte, bläulich weiße Scheibe, die über den Chino Hills aufging. Amateurbeobachter würden sich einbilden, es wäre zumindest nach südkalifornischen Maßstäben eine für die Mondbeobachtung geeignete Nacht, aber Dr. Harris' geschultes Auge sah eine dünne, unscharfe Borte um den Rand des Trabanten und wusste, dass es sinnlos wäre, ein Fernrohr darauf zu richten. Zumindest wenn das Ziel darin bestand, wissenschaftlich zu arbeiten. Public Relations war eine andere Geschichte; gelegentlich organisierte er, eher in seiner Rolle als Doc Dubois, Sternenpartys, bei denen Amateurastronomen ihre Teleskope im Eaton Canyon Park aufbauten und sie auf publikumswirksame Ziele wie den Mond, die Ringe des Saturn oder die Jupitermonde richteten. Dafür wäre es eine ausgezeichnete Nacht.

Aber das tat er jetzt nicht. Er trank guten Rotwein mit reichen Leuten, die meisten davon aus der Technikbranche, und gab Doc Dubois, den umgänglichen Populärwissenschaftler aus dem Fernsehen mit über vier Millionen Twitter-Followern. Doc Dubois verstand sein Publikum einzuschätzen. Er wusste, dass Selfmade-Technikmilliardäre gern diskutierten, der Geldadel aus Pasadena nicht und dass Ehefrauen aus der feinen Gesellschaft sich gern Vorträge halten ließen, sofern die Vorträge kurz und lustig waren. Und er wusste, dass seine Aufgabe darin bestand, diese Leute zu bezaubern, nichts weiter, damit man sie später professionellen Spendenwerbern übergeben konnte.

Er ging gerade ganz und gar in der Doc-Dubois-Rolle – schulterklopfend, gegen Fäuste stoßend, da und dort ein Grinsen erwidernd – zur Bar zurück, um sich noch ein Glas Pinot noir zu holen, als ein Mann nach Luft schnappte. Alle sahen ihn an. Doc befürchtete, der arme Kerl wäre von einer verirrten Kugel getroffen worden oder so etwas. Er war erstarrt, stand auf einem Bein, schaute nach oben. Eine Frau folgte seinem Blick und kreischte.

Und Doob wurde einer von vielleicht einigen Millionen Menschen auf der dunklen Hälfte des Planeten, die alle in einem so tiefen Schockzustand zum Himmel aufblickten, dass die Teile des Gehirns, die für höhere Funktionen wie etwa das Reden zuständig sind, abschalteten. Angesichts dessen, dass man sich im

Großraum Los Angeles befand, war sein erster Gedanke, dass sie auf eine schwarze Kinoleinwand schauten, die über dem Nachbargrundstück heimlich in die Luft gehievt worden war, und einen Hollywood-Spezialeffekt sahen, der von einem versteckten Projektor daraufgeworfen wurde. Niemand hatte ihm Bescheid gesagt, dass eine solche Einlage geplant war, aber vielleicht handelte es sich ja um einen unglaublich bizarren Schachzug zur Geldbeschaffung oder um einen Teil einer Filmproduktion.

Als er wieder zu sich kam, bemerkte er, dass eine große Zahl von Handys ihre kleinen elektronischen Melodien sangen. Darunter auch seins. Der Geburtsschrei eines neuen Zeitalters.

Ivy Xiao hatte den Oberbefehl über Izzy und verbrachte ihre Zeit fast ausschließlich im Torus, teils weil sich dort ihr Arbeitsraum befand, teils weil sie für die Raumkrankheit anfälliger war, als sie zugeben mochte. Diese räumliche Trennung – Ivy hinten im Torus, Dinah im vorderen Ende, dicht bei Amalthea – war in den Augen vieler symbolisch für eine Differenz zwischen ihnen, die es in Wirklichkeit nicht gab. Andere Gegensätze waren deutlich genug, angefangen beim Körperlichen: Ivy war zehn Zentimeter größer, mit langen schwarzen Haaren, die sie normalerweise dadurch unter Kontrolle hielt, dass sie einen Zopf daraus flocht und diesen unter den Kragen ihres Overalls steckte. Sie hatte den Körperbau einer Volleyballspielerin, während Dinah, wäre sie größer gewesen, für Rugby perfekt gewesen wäre. In Los Angeles als einziges Kind neurotischer Eltern großgeworden, hatte es Ivy über schulische Wettbewerbe, Studierfähigkeitstests und Schmetterbälle bis nach Annapolis geschafft und dann in Princeton einen Doktor in angewandter Physik folgen lassen. Erst danach hatte die Navy die Dienstjahre gefordert, die Ivy ihr im Gegenzug für die Ausbildung schuldete. Nachdem sie gelernt hatte, wie man Hubschrauber flog, hatte sie den größten Teil ihrer Dienstzeit im Astronautenprogramm verbracht, in dessen

Reihen sie rasch aufgestiegen war. Im Gegensatz zu den meisten Astronauten, die Missionsspezialisten waren – Wissenschaftler oder Ingenieure, die spezielle Aufgaben ausführten, nachdem die Trägerrakete ihre Umlaufbahn erreicht hatte –, war Ivy mit ihrer Pilotenausbildung außerdem noch Flugspezialistin, d.h. sie konnte Raketen fliegen. Die Zeit des Spaceshuttles war längst vorbei, und deshalb war es nicht mehr nötig, ein mit Flügeln versehenes Raumfahrzeug mithilfe eines Joysticks zu einer Landebahn zurückzusteuern. Aber im Orbit mit einem Raumfahrzeug anzudocken und zu manövrieren war durchaus eine Aufgabe für jemanden mit den motorischen Fähigkeiten eines Hubschrauberpiloten und dem mathematischen Denken eines Physikers.

Der Stammbaum wirkte einschüchternd, ja abschreckend auf Leute, die von derlei beeindruckt waren. Dinah, die es nicht war, scherte sich sowieso wenig darum. Ihr zwangloses Verhalten gegenüber Ivy wurde von manchen Beobachtern als respektlos interpretiert. Zwei sehr unterschiedliche Frauen, die miteinander in Konflikt standen, gaben eine sehr viel dramatischere Geschichte ab als die tatsächlichen Gegebenheiten. Die beiden waren fortwährend irritiert von den Versuchen der Besatzung von Izzy und deren Betreuern auf dem Boden, das nicht vorhandene Zerwürfnis zwischen ihnen zu schlichten. Oder, was viel weniger lustig war, es in Verfolgung komplizierter politischer Intrigen auszunützen.

Vier Stunden nachdem der Mond explodiert war, hatten Dinah, Ivy und die anderen zehn Besatzungsmitglieder der Internationalen Raumstation eine Besprechung in der Banane, was ihre Bezeichnung für das längste ununterbrochene Teilstück im sich drehenden Torus war. Der größte Teil des Torus war in Segmente unterteilt, die so kurz waren, dass der Verstand dem Auge einreden konnte, der Boden wäre eben und die Schwerkraft wirkte immer in dieselbe Richtung. Die Banane jedoch war lang genug, um deutlich zu machen, dass der Boden in Wirklichkeit auf fünfzig Bogengrad gekrümmt war. Die »Schwerkraft« am einen Ende wirkte in eine andere Richtung als die am anderen Ende. Dementsprechend war auch der lange Konferenztisch gekrümmt, der der Länge nach darin stand. Leute, die an einem Ende eintraten, schauten »aufwärts« zum gegenüberliegenden Ende, hatten aber nicht den Eindruck des Kletterns, wenn sie sich darauf zubewegten. Neuankömmlinge rechneten in aller Regel damit, dass alles, was woanders auf den Tisch gelegt wurde, in ihre Richtung herunterkullern und -gleiten würde.

Die Wände waren blassgelb. Die übliche Ansammlung schlecht funktionierender audiovisueller Geräte erweckte den Anschein, als zeige sie Live-Videostreams von Leuten auf dem Boden, was es der Besatzung theoretisch ermöglichte, sich per Telekonferenz mit Kollegen in Houston, Baikonur oder Washington zu unterhalten.

Als die Besprechung um A+0.0.4 (null Jahre, null Tage und vier Stunden, seit das Agens auf den Mond eingewirkt hatte) begann, funktionierte nichts, weshalb die Besatzungsmitglieder von Izzy ein paar Minuten Zeit hatten, sich miteinander zu unterhalten, während Frank Casper und Jibran Haroun an Steckern wackelten, Befehle in Computer tippten und alles rebooteten. Sie waren relativ neu auf Izzy, hatten den Fehler gemacht, durchblicken zu lassen, dass sie in so etwas gut waren, und bekamen es daher jedes Mal aufgedrückt. Beiden war damit ohnehin wohler als mit Geplauder.

»Urzeitliche Singularität« waren die ersten Worte, die Dinah beim Hineingleiten in den Raum hörte. Die Schwerkraft war hier nur ein Zehntel so stark wie auf der Erde, deshalb war »gehen« nicht das richtige Wort dafür, wie sich die Leute hier bewegten – es war ein Mittelding zwischen gehen und fliegen, eine Art weit ausgreifendes Schreiten.

Die Worte waren von Konrad Barth, einem deutschen Astronomen, gekommen. Daran, wie die anderen reagierten, wurde deutlich, dass Ivy, die ihm am Tisch direkt gegenübersaß, der einzige andere Mensch in der Banane war, der die blasseste Ahnung hatte, wovon er redete.

»Und was ist das?«, fragte Dinah, da so etwas ihre Rolle geworden war. Andere neigten dazu, so voller Verehrung zu Ivy aufzublicken oder so ungern Unwissenheit zu offenbaren, dass sie nicht fragten.

»Ein kleines schwarzes Loch.«

»Wieso ›urzeitlich‹?«

»Die meisten schwarzen Löcher bilden sich, wenn Sterne kollabieren«, sagte Ivy. »Aber es gibt eine Theorie, nach der einige sich kurz nach dem Urknall gebildet haben. Das Universum war klumpig. Einige der Klumpen könnten so dicht gewesen sein, dass sie einen Gravitationskollaps erfahren haben. Sie könnten schwarze Löcher bilden, die, anstatt so viel zu wiegen wie ein Stern, sehr viel kleiner sein könnten.«

»Wie klein?«

»Ich glaube nicht, dass es nach unten eine Grenze gibt. Aber das Entscheidende ist, dass eines davon unsichtbar durch den Raum sausen, einen Planeten komplett durchschlagen und auf der anderen Seite wieder herauskommen könnte. Es gab mal eine Theorie, dass das Tunguska-Ereignis von einem hervorgerufen wurde, aber die ist widerlegt worden.«

Darüber wusste Dinah Bescheid, weil ihr Dad gern davon redete: eine gewaltige Explosion in Sibirien, die vor hundert Jahren mitten im Nirgendwo Millionen von Bäumen niedergemäht hatte.

»Das war ein großes Ding«, sagte Dinah, »aber nicht genug, um den Mond zu sprengen.«

»Um den Mond zu sprengen, bräuchte es ein größeres, das schneller fliegt«, sagte Ivy. »Schau, es ist bloß eine Hypothese.«

»Aber jetzt ist es weg?«

»Inzwischen wäre es längst weg. Wie eine Kugel, die einen Apfel durchschlagen hat.«

Dinah kam es merkwürdig vor, dass sie so nüchtern über ein solches Ereignis sprachen. Aber es gab keine andere Möglichkeit, damit umzugehen. Emotionen waren nicht groß genug, um so etwas zu erfassen. Außerdem war es bislang nur ein visueller Effekt, wie etwas, was man bei ausgeschaltetem Ton in einem Film sieht.

»Wird es sich auf die Gezeiten auswirken?«, fragte Lina Ferreira. Für sie als Meeresbiologin lag es nahe, sich einige Gedanken um die Gezeiten zu machen. »Die werden ja durch die Schwerkraft des Mondes hervorgerufen.«

»Und durch die der Sonne«, fügte Ivy mit einem Nicken und einem leichten Lächeln hinzu. Ebendas war der Grund, warum sie und nicht Dinah das Kommando über Izzy hatte. Sie war bereit, eine promovierte Meeresbiologin vor versammelter Mannschaft zu korrigieren, kriegte das aber auf eine Weise hin, die nicht wehtat. »Aber die Antwort lautet, wahrscheinlich überraschend wenig. Die Masse des Mondes ist ja noch vollständig da, und zwar ungefähr dort, wo sie vorher gewesen ist. Sie hat sich nur ein bisschen ausgebreitet. Aber die Bruchstücke haben immer noch dasselbe gemeinsame Gravitationszentrum, das sich immer noch in derselben Umlaufbahn befindet wie zuvor der Mond. Deine Gezeitentafeln werden immer noch ganz gut funktionieren.«

Dinahs Gesicht war ausdruckslos, aber sie freute sich an Ivys Fähigkeit, trotz des verstörenden Themas mit so etwas wie dem Staunen eines kleinen Nerd-Mädchens über Wissenschaft zu reden. Deshalb bekam Ivy immer die Medieninterviews, während man Dinah aus ihrer Roboterhöhle zerren und ihr immer wieder sagen musste, sie solle lächeln. Der Tonfall war der Fingerzeig; wenn Ivy Befehle gab oder Powerpoint-Folien las, wurde sie knapp und militärisch, doch wenn sie über Wissenschaft sprach, begann ihr Gesicht zu leuchten, und ihre Stimme verfiel in einen an Mandarin erinnernden, beschwingten Singsang.

»Wo hast du das alles her?«, fragte Dinah, was verblüffte oder missbilligende Blicke bei einigen hervorrief, die sich Sorgen machten, dass sie zu brüsk mit der Chefin umging. »Es sind doch erst, wie viel, vier Stunden vergangen?«

»Wie nicht anders zu erwarten, gibt es eine Menge geräuschvoller Kommentar-Threads, und es haben sich ein paar spontane E-Mail-Listen aus der Sache ergeben«, erklärte Ivy.

Auf dem leichten Monitor, der sich über einem Ende des langen Tisches befand, erschien ein blauer Bildschirm, der von einem NASA-Logo abgelöst wurde. »Okay, ich hab's«, murmelte Jibran und machte einen Seitwärtsschritt in Richtung eines Stuhls.

Dann sahen sie das vertraute Ambiente des ISS Flight Control Room, der sich im Johnson Space Center in Houston befand. Der Director of Mission Operations saß vor der Kamera und strich über seinen iPad. Er schien sich nicht bewusst zu sein, dass er auf Sendung war. Ein paar Augenblicke später hörten sie im Off eine Tür aufgehen. Der DMO, ein ehemaliger Militär, stand aus Gewohnheit auf. Er streckte die Hand aus und gab sie einer Frau, die von der rechten Bühnenseite aus auftrat: die Deputy Administrator der NASA, die Nummer zwei im Gesamtorganigramm und ein seltener Anblick bei solchen Besprechungen. Sie war eine pensionierte Astronautin namens Aurelia Mackey, passend gekleidet für geschäftliche Besprechungen in der Umgebung von Washington, D.C., wo sie den größten Teil ihrer Zeit verbrachte.

»Sind wir auf Sendung?«, fragte sie jemanden im Off.

»Ja«, sagten mehrere Leute in der Banane.

Aurelia wirkte darob leicht verdutzt. Natürlich sahen sowohl sie als auch der DMO von vornherein leicht benommen aus.

»Wie geht es Ihnen allen heute«, sagte Aurelia mit absolut routinierter, geschäftsmäßiger Stimme, als wäre nichts geschehen. Sie lief auf Autopilot, während ihr Verstand mit den Ereignissen Schritt zu halten versuchte.

»Prima«, sagten einige Leute in der Banane, untermischt mit etwas nervösem Gekicher.

»Sie sind sich bestimmt alle bewusst, was passiert ist.«

»Wir haben einen guten Blick darauf«, sagte Dinah. Ivy bedachte sie mit einem warnenden Blick.

»Ja, natürlich«, räumte Aurelia ein. »Ich täte nichts lieber, als mich mit Ihnen allen ausführlich darüber zu unterhalten, was Sie gesehen haben und was Sie gerade erleben. Aber wir müssen uns kurz fassen. Robert?«

Der DMO wandte den Blick vom iPad und beugte sich auf seinem Stuhl vor. »Wir rechnen damit, dass die Anzahl der Steine, die da oben herumschweben, zunimmt.« Er meinte lose Brocken des Mondes. »Keine riesigen, weil die meisten wohl von der Schwerkraft festgehalten werden. Aber einige sind vielleicht entwischt. Deshalb werden andere Missionen bis auf weiteres verschoben, während ihr die Luken dichtmacht. Trefft Vorkehrungen für Einschläge.«

Alle in der Banane hörten schweigend zu und dachten daran, was das für sie bedeuten würde. Sie würden die Vorsichtsmaßnahmen verschärfen und Izzy in getrennte Bereiche aufteilen, damit ein Schaden in einem Bereich nicht auch aus allen anderen Luft entweichen ließ. Sie würden die Arbeitsabläufe überprüfen. Linas Biologieexperimente würden vielleicht zu leiden haben. Dinahs Roboter würden Urlaub bekommen.

Aurelia sprach in die Kamera. »Sämtliche Raumflugoperationen werden bis auf weiteres eingestellt. Niemand kommt rauf, und niemand kommt runter.«

Alle in der Banane sahen Ivy an.

Sobald sie in Ivys winziges Arbeitszimmer kamen, wo sie es okay fand, Tränen in ihre Augen treten zu lassen, verfielen sie in ihren Q-Code.

Q-Codes waren Amateurfunkerslang. Dinah hatte sie von

Rufus gelernt. Es waren Kombinationen aus drei Buchstaben, beginnend mit Q. Um bei Morsefunksprüchen Zeit zu sparen, setzte man sie an die Stelle häufig benutzter Sätze wie etwa »Möchtest du, dass ich auf eine andere Frequenz wechsle?«. Dinahs und Ivys Q-Codes begannen in Wirklichkeit nicht mit Q. Aber einige davon waren Kombinationen aus drei Buchstaben.

Hochnäsiger Kleiner Bauerntrampel war ein Name, den man Dinah angehängt hatte, als sie auf der Privatschule eingetroffen war und in einem Trainingsspiel einen Pass abgefangen hatte, der für ein Mädchen aus New York bestimmt war.

Spießiger Tugendbolzen war Ivy in Annapolis verliehen worden, als sie es abgelehnt hatte, sich auf einer Parkplatzparty an einem Saufspiel zu beteiligen.

Die HKB/STB-Dynamik war etwas, was Dinah und Ivy bei Besprechungen ausnützten, und sie hielten vor Besprechungen sogar Vorbesprechungen ab, um das Wie zu planen.

Gutes Aussehen Verschwendet hatte im Gefolge ihrer neuen Frisur zu Dinah gefunden, als Ergebnis einer unwahrscheinlichen Kette von »Antwort an alle«-Missgeschicken. Atemlos vor Aufregung hatte sie es Ivy mitgeteilt, und sie hatten »GAV« in ihr privates Codebuch aufgenommen.

»Ich hab's vergessen«, gesprochen mit gehauchter Kleinmädchenstimme, war eine Abkürzung für »Ich habe vergessen, mich zu schminken«, wörtliches Zitat einer NASA-Pressesprecherin.

SUS entstammte einem bissigen Wortwechsel zwischen Ivy und einem NASA-Bürokraten, der sie nach Lektüre eines ihrer Berichte dafür kritisiert hatte, dass sie eine »fast pathologische Vorliebe für unnötige Abkürzungen« habe. Angesichts dessen, dass jedes zweite Wort der NASA-Prosa ein Akronym war, fand Ivy das ein bisschen seltsam. Als sie um Verdeutlichung gebeten hatte, hatte sie zu hören bekommen, ihre Abkürzungen seien »schülerhaft und schwer verständlich«.

Space Camp (woran sowohl Ivy als auch Dinah als Teenager

teilgenommen hatten, wenn auch zu verschiedenen Zeiten) war ihre Bezeichnung nicht nur für Izzy, sondern für die gesamte Subkultur der bemannten Raumfahrt der NASA.

»Was wirst du der mütterlichen Organstruktur sagen?«, fragte Dinah, während Ivy hinten in einem Aufbewahrungsbehälter nach ihrer Tequilaflasche kramte.

Ivy erstarrte ganz kurz, dann zog sie die Flasche hervor und schwang sie wie eine Keule in Richtung von Dinahs Kopf. Dinah zuckte nicht, sondern sah bloß zu, wie sie knapp über ihrem Kopf sanft zum Stehen kam. »Was?«

»Ich kann nicht glauben, dass die Morg meine Hochzeit so sehr an sich gerissen hat, dass dir als Erstes einfällt, wie *sie* wohl reagieren wird.«

Dinah sah aus, als wäre ihr leicht übel.

»Mach dir keine Gedanken«, sagte Ivy, »du hast's vergessen.« *Dich zu schminken.*

»Tut mir leid, Baby. Ich hab gerade gedacht... Du und Cal, ihr werdet trotzdem heiraten und es schön miteinander haben, komme, was da wolle.«

»Aber die Morg wird darunter zu leiden haben«, sagte Ivy nickend, während sie Tequila in zwei kleine Plastikbecher eingoss. »Weil sie jetzt alles umplanen muss.«

»Hört sich allerdings so an, als wäre sie damit irgendwie in ihrem Element«, sagte Dinah. »Nicht dass ich das kleinreden will oder so.«

»Aber woher denn.«

»Auf die Morg.«

»Die Morg.« Dinah und Ivy stießen mit ihren Plastikbechern an und nippten an dem Tequila. Einer der Vorteile des Aufenthalts im Torus war, dass man normal trinken konnte, anstatt alles durch ein Röhrchen saugen zu müssen. Die schwächere Schwerkraft erforderte zwar eine gewisse Gewöhnung, doch inzwischen waren sie darin alte Hasen.

»Wie sieht's mit deiner Familie aus? Hast du von Rufus gehört?«, fragte Ivy.

»Mein Vater möchte Rohdaten-Dateien von Konrads Weitfeld-Infrarot-Beobachtungsplattform, von der er im Internet gelesen hat, damit er seine persönliche Neugier auf das Ding, das gestern den Mond getroffen hat, befriedigen kann.«

»Willst du ihm die runtermorsen?«

»Sein Internet funktioniert. Er hat bereits einen leeren Dropbox-Ordner erstellt. Sobald ich ihm die Dateien besorge, wird er wieder wie üblich darüber meckern, dass er zu viele Steuern bezahlt und die Bundesregierung so weit zurückgestutzt werden muss, dass er sie persönlich mit Stahlkappenschuhen tottrampeln kann.«

Was die Astronomen nicht wussten, überwog in fast unendlichem Verhältnis das, was sie wussten. Bei Menschen, die ein eher geordnetes System von Wissen gewöhnt waren, bei dem sich alles auf Wikipedia fand, führte das dazu, dass sie den Berufsstand der Astronomen in gewisser Weise jedes Mal als inkompetent oder zumindest leistungsunfähig wahrnahmen, wenn am Himmel unheimliche Dinge passierten.

Und das war im Grunde jeden Tag der Fall. Doch die meisten waren ohnehin nur für Astronomen zu sehen, die sie deshalb als eine Art Berufsgeheimnis wahren konnten. Überdeutlich wahrnehmbare Ereignisse wie etwa Meteoriteneinschläge sorgten dafür, dass Doc Dubois' Handy sang. Das Singen zog normalerweise eine Reihe von Talkshowauftritten nach sich, bei denen er unter anderem aufgefordert wurde zu erklären, warum die Astronomie das nicht vorausgesagt habe. Warum hatten sie den Meteor nicht kommen sehen? War es nicht einfach so, dass sie eine Bande von nichtsnutzigen Wirrköpfen waren?

Mit ein wenig Demut schien man weit zu kommen, und wenn man ihm nicht zu früh das Wort abschnitt, war er häufig imstande, ein Plädoyer für mehr staatliche Unterstützung der Wissenschaften einzuschieben. Denn Wolf-Rayet-Sterne im Quintuplet-Sternhaufen mochten der Allgemeinheit egal sein, aber sie sah durchaus ein, warum man es tunlichst vermeiden sollte, sich heiße Steine auf den Kopf fallen zu lassen.

Er sprach stets vom Zerbrechen des Mondes. Nicht von der Explosion. Auf Twitter begann der Begriff unter dem Hashtag #BUM Fuß zu fassen. Wie auch immer man es nannte, es war eine unendlich viel größere Sache als ein einzelner Meteoreinschlag. Es schien also mehr Erklärungen zu erfordern. Es gab aber noch keine Möglichkeit, es zu erklären. Meteore waren einfach: Der Weltraum war voller Felsbrocken, die zu klein und dunkel waren, als dass man sie durch Teleskope sehen konnte, und manche von ihnen blieben an der Atmosphäre hängen und fielen auf die Erde. Aber das Zerbrechen des Mondes konnte von keinem normalen astronomischen Phänomen verursacht worden sein. Also sprach Doc Dubois – der die nächste Woche größtenteils vor laufender Kamera verbrachte – dieses Problem bei jeder sich bietenden Gelegenheit an und machte stets mit dem freimütigen Eingeständnis auf, dass weder er noch sonst ein Astronom die Ursache kannte. Das war die Eröffnung, genau auf den Punkt. Dann gab er der Sache den besonderen Dreh: Das Ganze sei absolut faszinierend. Tatsächlich sei es das faszinierendste wissenschaftliche Ereignis in der Geschichte der Menschheit. Es wirke beängstigend und beunruhigend, aber Fakt sei, dass es niemanden das Leben gekostet habe, abgesehen von ein paar Autofahrern, die beim Gaffen von der Straße abgekommen oder auf stehenden Verkehr aufgefahren seien.

Um A+0.4.16 (vier Tage und sechzehn Stunden nach dem Zerbrechen des Mondes) musste er »Es hat niemanden das Leben gekostet« berichtigen, als ein Meteorit, fast mit Sicherheit ein Brocken Mondgestein, über Peru in die Atmosphäre eintrat, auf einer Strecke von über dreißig Kilometern Fenster zerspringen ließ, auf einem Gehöft einschlug und eine kleine Familie auslöschte.

Doch die Botschaft blieb die gleiche: Lassen Sie uns das Ganze als wissenschaftliches Phänomen betrachten und von dem ausgehen, was wir wissen. Seine Verbündete war eine Videostreaming-Webseite namens astronomicalbodiesformerlycalledthemoon.com, die rund um die Uhr einen hochauflösenden Feed von der Trümmerwolke zeigte. Diese ließ Doc Dubois einblenden, sobald es in dem Interview möglich war, und begann dann Beobachtungen über die Wolke anzustellen. Denn Beobachtungen anzustellen beruhigte die Leute. Der Mond war in sieben große Stücke, die zwangsläufig als die Sieben Schwestern bekannt wurden, und unzählbar viele kleinere Stücke zerbrochen. Die großen erwarben nach und nach Namen. Für viele davon war Doc Dubois verantwortlich. Er verlieh ihnen anschauliche Namen, die niemandem Angst machten. Sie Nemesis, Thor oder Grond zu nennen ging nicht. Also wurden sie stattdessen zu Potatohead, Mr Spinny, Eichel, Pfirsichkern, Schöpfkelle, Big Boy und Kidneybohne. Doc Dubois pflegte auf sie zu zeigen und dann auf die Art, wie sie sich bewegten, aufmerksam zu machen. Diese wurde ganz und gar von der Newton'schen Mechanik bestimmt. Je nach seiner Masse und Entfernung zog jedes Stück des Mondes jedes andere mehr oder weniger stark an. Auf einem Computer ließ sich der Vorgang ganz einfach simulieren. Die ganze Trümmerwolke war von der Schwerkraft gefesselt. Sofern ein Splitter schnell genug war, ihr zu entkommen, war das bereits geschehen. Der Rest schwebte als lockerer Haufen von Felsbrocken herum. Manchmal stießen sie gegeneinander. Irgendwann würden sie aneinanderhaften, und der Mond würde sich neu bilden.

So zumindest lautete die Theorie bis zu der Sternenparty, die man um A+0.7.0, genau eine Woche nach dem Ereignis, mitten auf dem Campus der Caltech schmiss.

Normalerweise veranstaltete man die Sternenpartys oben in

den Bergen, wo die Sicht besser war, aber riesige, erdnahe Felsbrocken zu sehen war so einfach, dass man sich nicht die Mühe machen musste, in die Berge hinaufzufahren. Es wäre dem Zweck des Ereignisses zuwidergelaufen, der darin bestand, so viele Angehörige der Allgemeinheit wie möglich in einer parkähnlichen Atmosphäre zu versammeln, damit sie durch Fernrohre schauen und Beobachtungen anstellen konnten. Die Beckman Mall war von gelben Schulbussen gesäumt, zwischen die sich da und dort Fahrzeuge lokaler und überregionaler Fernsehsender gemischt hatten, deren Masten so ausgerichtet waren, dass sie live in die Stadt übertragen konnten. Ihre Reporter standen in hellen Lichtkreisen und benutzten als Hintergrund ein offenes, mit Teleskopen unterschiedlicher Typen und Größen übersätes Grün. Man verteilte kleine Spiele mit sieben Karten, die jeweils ein Bruchstück des Mondes aus verschiedenen Blickwinkeln zeigten und mit Namen bezeichneten. Kinder bekamen die Aufgabe, jeden der Brocken durch das Okular eines Teleskops zu identifizieren, auf einem Arbeitsblatt anzukreuzen und eine Beobachtung darüber aufzuschreiben. Die meisten Teleskope waren natürlich auf die Sieben Schwestern gerichtet, einige Leute jedoch betrachteten mit Ferngläsern oder bloßem Auge einen dunkleren Teil des Himmels, weil sie damit rechneten, Meteoriten zu sehen. Bis zum Tag 7 waren mehrere Hundert davon in die Atmosphäre eingetreten. Oder jedenfalls mehrere Hundert, die groß genug waren, um bemerkt zu werden. Die meisten waren verglüht, bevor sie auf dem Boden aufgeschlagen waren. Es hatte etwa zwanzig Vorfälle gegeben, bei denen sie Bogenlichtspuren über den Himmel gezogen, die Erde unter sich mit irrer bläulicher Strahlung beleuchtet und gewaltige Überschallknalle hervorgerufen hatten. Ein halbes Dutzend war auf dem Boden aufgetroffen und hatte mehr oder minder große Schäden angerichtet. Die Zahl der Todesopfer lag jedoch immer noch weit unter dem statistischen Niederschlag von Haiangriffen und Blitzschlägen.

Der Abend verlief gut. Doob, der drei Kinder großgezogen hatte, war schon lange dahintergekommen, dass jede Veranstaltung, die hauptsächlich von Grundschullehrern organisiert wurde, unter dem Gesichtspunkt der Logistik und der Kontrolle und Lenkung von Menschenmassen wahrscheinlich wie am Schnürchen klappte. Also konnte er sich entspannen und Doc sein, Kindern Sieben-Schwestern-Karten signieren und ab und zu, für eine Diskussion mit einem Kollegen, in den Dr.-Harris-Modus umschalten.

Beim Herumspazieren auf dem Gelände hatte er drei verschiedene Zufallsbegegnungen mit derselben Grundschullehrerin, einer gewissen Ms Hinojosa, und verliebte sich in sie. Das war ungewöhnlich. Er war seit zwölf Jahren nicht verliebt gewesen. Er war seit neun Jahren geschieden. Er fand das auf seine Weise ebenso schockierend wie das Auseinanderbrechen des Mondes. Er versuchte, genauso damit umzugehen: indem er wissenschaftliche Beobachtungen über das Phänomen anstellte. Seine Arbeitshypothese war, dass das Auseinanderbrechen des Mondes Doob wieder jung gemacht, emotionale Hornhautschichten von seiner Seele abgeschält und ein rosig schimmerndes, leicht zu beeindruckendes Herz zurückgelassen hatte, das nur darauf wartete, von der ersten reizvollen Frau, die des Weges kam, kolonisiert zu werden.

Er unterhielt sich gerade mit Amelia – denn so hieß sie mit Vornamen, wie sich herausstellte –, als ein Schwirren langsam über das Geviert zog und alle veranlasste, nach oben zu schauen.

Zwei der größeren Stücke – Schöpfkelle und Kidneybohne – hielten direkt aufeinander zu. Es wäre nicht der erste derartige Zusammenstoß. Es kam ständig dazu. Aber zwei große Brocken mit hoher Annäherungsgeschwindigkeit genau aufeinander zuhalten zu sehen war ungewöhnlich und verhieß eine gute Show. Doob versuchte, ein Gefühl des Unbehagens in seiner Brust zu beschwichtigen, das davon, was mit Amelia passierte, oder von der natürlichen Beklommenheit herrühren mochte, die jeder vernünftige Mensch empfinden würde, wenn er mit ansähe, wie sich direkt über ihm zwei riesige Steinbrocken anschickten aufeinanderzuprallen. Die gute Nachricht war, dass die Leute die Entwicklung des Schwarms allmählich als so etwas wie einen Zuschauersport auffassten, ihn als faszinierend und unterhaltsam, aber nicht als erschreckend betrachteten.

Der schärfere Rand des Schöpflöffels knallte in die Kuhle, der die Kidneybohne ihren Namen verdankte, und spaltete diese in zwei Hälften. Das alles passierte natürlich in stummer Superzeitlupe.

»Und dann waren es plötzlich acht!«, sagte Amelia. Sie hatte sich instinktiv von Doob ab- und ihrer Schar von zweiundzwanzig Schülern zugewandt. »Was ist gerade mit Kidneybohne passiert?«, fragte sie in typischer Lehrermanier, hielt nach erhobenen Händen Ausschau, suchte nach einem Kind, das sie aufrufen konnte. »Kann mir das jemand sagen?«

Die Kinder blieben stumm und schauten drein, als wäre ihnen leicht übel.

Amelia hielt ihre Kidneybohnen-Karte hoch und riss sie mittendurch.

Dr. Harris ging auf seinen Wagen zu. Sein Handy klingelte, was ihn so erschreckte, dass er beinahe gegen einen Schulbus gelaufen wäre. Was war los mit ihm? Seine Kopfhaut prickelte, und ihm wurde klar, dass das daher rührte, dass die Haare auf seinem Kopf sich aufrichten wollten. Er schaute auf das Display des Handys und sah, dass der Anruf von einem Kollegen aus Manchester kam. Er klickte ihn weg und sah sich auf einen neuen Kontakt schauen, den er gerade für Amelia eingerichtet hatte: ein Schnappschuss ihres Gesichts, bloß eine Silhouette im Profil vor einem Hintergrund von Fernsehscheinwerfern, und ihre Telefonnummer. Er tippte auf den Button »Schließen«.

Er hatte dieses Prickeln der Kopfhaut schon einmal gespürt,

nämlich auf einer Safari in Tansania, und er hatte, als er sich umdrehte, festgestellt, dass ihn eine Gruppe Hyänen interessiert beobachtete. Angst gemacht hatten ihm nicht die Hyänen selbst. Die, und noch gefährlichere Tiere, gab es dort überall. Es war vielmehr die plötzliche Erkenntnis, dass er unachtsam geworden war, dass er seine Aufmerksamkeit auf die falsche Sache konzentriert hatte, während die eigentliche Gefahr hinter ihm kreiste.

Er hatte eine Woche mit dem faszinierenden wissenschaftlichen Rätsel »Was hat den Mond gesprengt?« vergeudet.

Das war ein Fehler gewesen.

Kundschafter

»Wir müssen aufhören, uns zu fragen, was passiert ist, und stattdessen darüber reden, was passieren wird«, sagte Dr. Harris zur Präsidentin der Vereinigten Staaten, ihrem wissenschaftlichen Berater, dem Vorsitzenden der Vereinigten Stabschefs und ungefähr der Hälfte des Kabinetts.

Er konnte sehen, dass das der Präsidentin nicht gefiel, Julia Bliss Flaherty, derzeit mitten im ersten Jahr ihrer Amtszeit.

Der Vorsitzende der Vereinigten Stabschefs nickte, doch die Präsidentin bedachte ihn mit einem grimmigen Blick aus zusammengekniffenen Augen, und das nicht nur wegen des Lichts, das von dem Himmel über Camp David zum Fenster hereinschien. Sie dachte, dass er etwas im Schilde führte. Die Schuld anderen zuschieben wollte. Irgendeine neue Tagesordnung durchzusetzen versuchte. »Fahren Sie fort«, sagte sie. Dann, als sie sich ihrer Umgangsformen erinnerte: »Dr. Harris.«

»Vor vier Tagen habe ich zugesehen, wie Kidneybohne auseinandergebrochen ist«, sagte Doob. »Aus den Sieben Schwestern sind acht geworden. Seither haben wir einen Beinahezusammenstoß erlebt, der Mr Spinny hätte zerlegen können.«

»Ich würde es fast begrüßen«, sagte die Präsidentin, »wenn wir diese albernen Namen loswerden könnten.«

»Dazu wird es kommen«, sagte Doob. »Die Frage ist, wie lange hat Mr Spinny noch zu leben? Und was sagt uns das?«

Er drückte auf eine kleine Fernbedienung in seiner Hand und

projizierte eine Folie auf den großen Bildschirm. Köpfe drehten sich darauf zu, und er verspürte einen Anflug von Erleichterung darüber, dass er nicht mehr von der Präsidentin angestarrt wurde. Die Projektion war eine Montage aus einem Schneeball, der einen Hügel hinunterrollte, einer pelzigen Bakterienkultur, die in einer Petrischale wuchs, einem Wolkenpilz und anderen, scheinbar nicht miteinander zusammenhängenden Phänomenen. »Was haben alle diese Phänomene gemeinsam? Sie verlaufen exponentiell. Viele Leute werfen mit dem Wort um sich und meinen damit alles, was schnell groß wird. Aber es hat eine spezielle mathematische Bedeutung. Es bezeichnet jeden Prozess, bei dem sich umso mehr tut, je mehr sich tut. Die Bevölkerungsexplosion. Eine nukleare Kettenreaktion. Ein Schneeball, dessen Wachstumsgeschwindigkeit daran gekoppelt ist, wie sehr er gewachsen ist.« Er klickte sich durch eine andere Projektion, die Verläufe von Exponentialkurven in einem Graphen zeigte, dann auf ein Bild der acht Stücke des Mondes. »Als der Mond nur aus einem Stück bestand, lag die Wahrscheinlichkeit eines Zusammenstoßes bei null«, sagte er.

»Weil es nichts gab, womit er hätte zusammenstoßen können«, erklärte Pete Starling, der wissenschaftliche Berater der Präsidentin. Die Präsidentin nickte.

»Danke, Dr. Starling. Wenn man zwei Stücke hat, dann können diese sehr wohl zusammenstoßen. Je mehr Stücke man bekommt, desto höher die Wahrscheinlichkeit, dass zwei beliebige Stücke zusammenprallen. Aber was passiert, wenn sie zusammenprallen?« Wieder drückte er auf die Fernbedienung und zeigte einen kleinen Film vom Zerbrechen der Kidneybohne. »Tja, manchmal, aber nicht immer, brechen sie entzwei. Das heißt, man bekommt mehr Stücke. Acht statt sieben. Neun statt acht. Und diese zahlenmäßige Zunahme bedeutet eine Zunahme der Wahrscheinlichkeit weiterer Kollisionen.«

»Der Prozess verläuft exponentiell«, sagte der Vorsitzende.

»Vor vier Tagen kam mir der Gedanke, dass er in der Tat alle Merkmale eines exponentiellen Prozesses aufweist«, räumte Doob ein. »Und was damit passiert, wissen wir.«

Präsidentin Flaherty hatte ihn aufmerksam beobachtet, doch nun huschte ihr Blick zu Pete Starling hinüber, der mit einer Hand eine dramatisch nach oben schießende Bewegung vollführte, die die Form eines Hockeyschlägers nachzeichnete.

»Wenn ein exponentieller Prozess die Krümmung in der Hockeyschlägerkurve erreicht«, sagte Doob, »kann es sein, dass das Ergebnis nicht von einer Detonation zu unterscheiden ist. Es kann aber auch wie eine langsame, stetige Zunahme aussehen. Das hängt alles von der Zeitkonstante ab, der dem exponentiellen Prozess innewohnenden Geschwindigkeit. Und davon, wie wir als Menschen ihn wahrnehmen.«

»Es könnte also gar nichts sein«, sagte der Vorsitzende.

»Es könnte sein, dass hundert Jahre vergehen, ehe wir von acht Brocken auf neun Brocken kommen«, sagte Doob und nickte ihm zu, »aber vor vier Tagen habe ich mir Sorgen gemacht, dass es vielleicht eine dieser Geschichten ist, die eher wie eine Explosion aussehen. Also haben meine Doktoranden und ich ein bisschen gerechnet. Ein mathematisches Modell des Prozesses erstellt, das wir benutzen können, um den zeitlichen Rahmen in den Griff zu bekommen.«

»Und zu welchen Ergebnissen sind Sie gekommen, Dr. Harris? Ich nehme an, Sie haben welche, sonst wären Sie nicht hier.«

»Die gute Nachricht ist, dass die Erde eines Tages ein wunderschönes System von Ringen haben wird, genau wie der Saturn. Die schlechte Nachricht ist, dass es unordentlich zugehen wird.«

»Mit anderen Worten«, sagte Pete Starling, »die Brocken des Mondes werden zeitlich unbegrenzt immer wieder gegeneinanderstoßen und dabei in immer kleinere Stücke zerbrechen, die sich zu einem System von Ringen ausbreiten werden. Aber einige Steine werden auch auf die Erde fallen und Sachen kaputtmachen.«

»Und können Sie mir sagen, Dr. Harris, wann das passieren wird? Über welchen Zeitraum?«, fragte die Präsidentin.

»Wir sind immer noch dabei, Daten zu sammeln und die Parameter des Modells zu verfeinern«, sagte Doob. »Meine Schätzungen könnten also alle um den Faktor zwei, vielleicht sogar drei danebenliegen. Exponentielle Prozesse sind in dieser Hinsicht knifflig. Aber für mich sieht es folgendermaßen aus.«

Er klickte sich zu einem neuen Graphen durch: einer blauen Kurve, die einen langsamen, stetigen Anstieg im Zeitablauf zeigte. »Die Zeitkoordinate unten umfasst eine Spanne zwischen einem und drei Jahren. Während dieser Zeit wird die Anzahl von Kollisionen und von neuen Bruchstücken stetig zunehmen.«

»Was heißt BFR?«, fragte Pete Starling. Denn so war die vertikale Koordinate beschriftet.

»Bolidenfragmentierungsrate«, sagte Doob. »Die Rate, mit der neue Brocken entstehen.«

»Ist das ein gängiger Begriff?«, wollte Pete wissen. Sein Ton war nicht so sehr feindselig als vielmehr entnervt.

»Nein«, sagte Doob, »ich habe ihn erfunden. Gestern. Im Flugzeug.« Er war versucht, so etwas wie *Ich darf Begriffe prägen* hinzuzufügen, wollte aber nicht, dass es schon so früh in der Besprechung bissig zuging.

Nachdem Pete zumindest vorläufig zum Schweigen gebracht war, versuchte Doob, seinen Rhythmus wiederzufinden. »Wir werden es mit einer zunehmenden Anzahl von Meteoriteneinschlägen zu tun bekommen. Einige werden große Schäden verursachen. Aber insgesamt wird sich das Leben nicht groß ändern. Dann aber« – er klickte erneut, und die Kurve bog sich scharf nach oben und wurde weiß – »werden wir ein Ereignis erleben, das ich den Weißen Himmel nenne. Es wird im Verlauf von Stunden oder Tagen eintreten. Das System der eigenständigen Planetoiden, das wir jetzt dort oben sehen können, wird sich selbst zu einer riesigen Anzahl viel kleinerer Bruchstücke zermahlen. Sie werden sich in eine weiße Wolke am Himmel verwandeln, und diese Wolke wird sich ausbreiten.«

Klick. Die Kurve schoss weiter nach oben, gelangte in einen neuen Bereich und wurde rot.

»Ein, zwei Tage nach Eintritt des Weißen Himmels wird etwas beginnen, was ich den Harten Regen nenne. Weil nicht alle diese Steine dort oben bleiben werden. Einige werden in die Erdatmosphäre stürzen.«

Er schaltete den Projektor aus. Das war ein ungewöhnliches Vorgehen, aber es riss sie alle aus der Powerpoint-Hypnose und zwang sie, ihn anzusehen. Die Referenten hinten im Raum tippten immer noch auf ihren Handys, aber das spielte keine Rolle.

»Mit ›einige‹«, sagte Doob, »meine ich Billionen.«

Im Raum blieb es still.

»Es wird zu einem Meteoriten-Bombardement kommen, wie es die Erde seit Urzeiten, als das Sonnensystem entstand, nicht mehr gesehen hat«, sagte Doob. »Diese Feuerspuren, die wir in letzter Zeit am Himmel sehen, wenn die Meteoriten herunterkommen und verglühen? Davon wird es so viele geben, dass sie zu einer einzigen Feuerkuppel verschmelzen, die alles unter sich in Brand setzen wird. Auf der gesamten Erdoberfläche wird es keinerlei Leben mehr geben. Gletscher werden kochen. Die einzige Möglichkeit zu überleben ist, von der Atmosphäre wegzukommen. Unter die Erde oder ins All zu gehen.«

»Tja, wenn das stimmt, sind das natürlich sehr schlimme Nachrichten«, sagte die Präsidentin.

Sie saßen alle da und dachten eine Weile, die eine oder fünf Minuten dauern mochte, stumm darüber nach.

»Wir werden beides tun müssen«, sagte die Präsidentin. »Ins All und unter die Erde gehen. Letzteres ist natürlich einfacher.«

»Ja.«

»Wir können darangehen, unterirdische Bunker für…«, und

sie fing sich gerade noch, ehe sie etwas politisch Unkluges sagte. »Für Menschen zu bauen, in denen sie Zuflucht finden können.«
Doob blieb stumm.

Der Vorsitzende der Vereinigten Stabschefs sagte: »Dr. Harris, ich bin ein alter Logistiker. Ich beschäftige mich mit Material. Wie viel Material brauchen wir, um unter die Erde zu gehen? Wie viele Säcke Kartoffeln und wie viele Toilettenpapierrollen pro Nase? Was ich wohl eigentlich wissen will, ist, wie lange wird der Harte Regen denn dauern?«

Doob sagte: »Meine genaueste Schätzung besagt, dass er zwischen fünf- und zehntausend Jahre dauern wird.«

»Keiner von Ihnen wird je wieder auf festem Boden stehen, die ihm nahestehenden Menschen berühren oder die Atmosphäre seines Heimatplaneten atmen«, sagte die Präsidentin. »Das ist ein schreckliches Schicksal. Aber es ist immer noch ein besseres Schicksal, als es sieben Milliarden Menschen erhoffen können, die auf der Erdoberfläche gefangen sind. Das letzte Schiff nach Hause hat abgelegt. Von nun an werden Raumfahrzeuge in die Umlaufbahn aufsteigen, aber sie werden zehntausend Jahre lang nicht zurückkehren.«

Die zwölf Männer und Frauen in der Banane saßen stumm da. Wie die Zerstörung des Mondes selbst, so war auch das zu groß, um es erfassen, zu weitreichend, um ihm mit menschlichen Emotionen beikommen zu können. Dinah konzentrierte sich auf Banales. Zum Beispiel: Wie verdammt gut J. B. F. – die Präsidentin – darin war, solche Sachen zu sagen.

»Dr. Harris«, sagte Konrad Barth, der Astronom. »Entschuldigen Sie bitte, Madam President, aber ist es möglich, Dr. Harris wieder ins Bild zu holen?«

»Natürlich«, sagte Julia Bliss Flaherty, trat ziemlich widerstrebend zur Seite und machte der größeren Gestalt von Dr. Harris Platz. Dinah fand, dass er im Vergleich zu dem berühmten Fernsehwissenschaftler geschrumpft und verkleinert wirkte. Dann fiel ihr ein, was er ihnen vor ein paar Minuten erklärt hatte, und es kam ihr ungerecht vor, diesen Vergleich gezogen zu haben. Wie musste es gewesen sein, als einziger Mensch auf der Erde gewusst zu haben, dass sie zum Untergang verurteilt war?

»Ja, Konrad«, sagte er.

»Doob, ich zweifle deine Berechnungen nicht an. Aber ist das Ganze durch Kollegen beurteilt worden? Besteht die Möglichkeit, dass irgendein grundsätzlicher Fehler vorliegt, ein falsch gesetztes Dezimalkomma, irgendetwas?«

Harris hatte schon während Konrads Frage mit dem Kopf zu nicken begonnen. Es war kein zufriedenes Nicken. »Konrad«, sagte er, »ich bin nicht der Einzige.«

»Erkenntnisse unserer Signalaufklärung deuten darauf hin, dass die Chinesen schon einen Tag vor uns dahintergekommen sind«, sagte die Präsidentin, »und die Briten, die Inder, die Franzosen, Deutschen, Russen, Japaner – alle ihre Wissenschaftler kommen mehr oder weniger zu den gleichen Schlüssen.«

»Zwei Jahre?«, meldete Dinah sich zu Wort. Ihre Stimme war heiser, gebrochen. Alle sahen sie an. »Bis zum Weißen Himmel?«

»Auf diese Zahl scheint man sich gerade zu einigen, ja«, sagte Dr. Harris. »Fünfundzwanzig Monate, plus oder minus zwei.«

»Ich weiß, das ist für Sie alle ein furchtbarer Schock«, sagte die Präsidentin. »Aber ich wollte, dass die Besatzungsmitglieder der ISS zu den Ersten gehören, die es erfahren. Weil ich Sie brauche. Wir, die Menschen der Vereinigten Staaten und der Erde, brauchen Sie.«

»Wofür?«, fragte Dinah. Sie war keineswegs die offizielle Sprecherin von Izzys zwölfköpfiger Besatzung. Das war Ivys Amt. Doch Dinah brauchte sie bloß anzusehen, um zu erkennen, dass Ivy nicht in der Verfassung war zu sprechen.

»Wir haben mit unseren Ansprechpartnern in anderen raumfahrenden Nationen Gespräche über die Schaffung einer Arche aufgenommen«, sagte die Präsidentin. »Eines Aufbewahrungsorts für das gesamte genetische Erbe der Erde. Wir haben zwei Jahre, um sie zu bauen. Zwei Jahre, um so viele Menschen und so viel Ausrüstung wie möglich in den Orbit zu bringen. Der Kern dieser Arche wird Izzy sein.«

Absurderweise verspürte Dinah einen leichten Anflug von Verärgerung darüber, dass J.B.F. sich ihren zwanglosen Namen für die ISS angeeignet hatte. Aber sie wusste, wie es war. Sie hatte genügend Zeit mit PR-Leuten der NASA verbracht, um es zu verstehen. Man musste die Dinge vermenschlichen, ihnen hübsche Namen geben. All die verängstigten Kinder da unten, die wussten, dass sie sterben mussten, würden sich optimistische Videos darüber ansehen müssen, wie Izzy das Erbe des toten Planeten durch den Harten Regen hindurch bewahrte. Sie würden ihre Buntstifte hervorholen und Bilder von Izzy mit einem Torus-Heiligenschein, einem großen Felsen am Hintern und einem kleinen, anthropomorphen, lächelnden Gesicht auf der Seite des Swesda Wohn- und Navigationsmoduls zeichnen.

Zum ersten Mal seit einer ganzen Weile meldete sich Ivy zu Wort. Noch vor zwei Wochen hatte sie die Verschiebung ihrer Hochzeit als große Enttäuschung empfunden. Doch nun hatte sie gerade erfahren, dass ihr Verlobter – US Navy Commander Cal Blankenship – ein zum Tode Verurteilter war und sie ihn niemals heiraten, nie wieder anfassen und, außer über eine Videoverbindung, nie wiedersehen würde. Von allen anderen, die sie kannte, ganz zu schweigen. Sie wirkte leicht überdreht. Sie sprach in ihrem Singsang. »Madam President«, sagte sie, »Sie wissen bestimmt, dass es hier oben nicht viel Platz gibt, um neue Leute unterzubringen. Das ist doch bestimmt Gesprächsthema.«

»Ja, natürlich«, sagte die Präsidentin. »Ihre Aufgabe besteht darin, die ...«

»Verzeihung, Madam President, kann ich das übernehmen?«, fragte Dr. Harris. Dinah bemerkte das irritierte Blinzeln der Präsidentin, den entgeisterten Ausdruck auf ihrem Gesicht. Die Präsidentin der Vereinigten Staaten war gerade unterbrochen worden. Zur Seite gedrängt. Bei einer Frau wie ihr, die es auf der Welt zu etwas gebracht hatte, traf dergleichen wahrscheinlich einen empfindlichen Nerv.

Aber darum ging es hier nicht. Es war nicht so, dass J.B.F. sich fragte: *Hat er mich unterbrochen, weil ich eine Frau bin?* Über das alles waren sie längst hinaus. Es war vielmehr so, dass sie sich fragte: *Hat er mich unterbrochen, weil die Präsidentin der Vereinigten Staaten keine Rolle mehr spielt?*

»Ist Lina da?«, fragte Dr. Harris. »Bitte schwenken Sie die Kamera – ah, da sind Sie ja, Lina. Ich habe Ihre Artikel über das Schwarmverhalten von Fischen in der Karibik gelesen. Tolles Zeug.«

»Ich wusste nicht, dass sich Ihre Interessen auch auf die Unterwasserwelt erstrecken«, sagte Lina Ferreira. »Danke.«

Die Leute waren schon komisch, dachte Dinah. Zu einer solchen Zeit so zu reden.

»Die Videos sind erstaunlich. Die Fische bewegen sich alle in dichter Formation, bis ein Raubfisch auftaucht. Dann öffnet sich plötzlich ein Loch im Schwarm, und der Raubfisch schießt hindurch, ohne einen einzigen Fisch zu fangen. Kurz darauf sind sie alle wieder zusammen. Tja, es ist noch nichts entschieden, aber...«

»Sie wollen sich Schwarmverhalten für die Arche zunutze machen?«

»Der Vorschlag nennt sich Cloud-Arche«, mischte sich die Präsidentin wieder ein. »Und Sie sehen das richtig. Anstatt alle unsere Eier in einen einzigen Korb zu legen...«

»Eier... *und Sperma*«, murmelte Jibran in seinem Lancashire-Akzent so leise, dass nur Dinah es mitbekam.

»...werden wir eine verteilte Architektur wählen«, sagte J.B.F. mit vielleicht etwas zu sorgfältiger Aussprache, als hätte sie den

Begriff erst vor zehn Minuten gelernt. »Jedes der Schiffe, die die Cloud-Arche bilden, wird bis zu einem gewissen Grad autonom sein. Wir werden sie, wie ich höre, serienmäßig herstellen und so schnell wie möglich hinaufschicken. Sie werden um Izzy schwärmen. Wenn es gefahrlos möglich ist, können sie aneinander andocken wie Tinkertoys, und die Leute können sich frei zwischen ihnen hin und her bewegen. Aber wenn sich ein Felsbrocken nähert, wusch!« Und sie spreizte die Finger auseinander, sodass die purpurrot lackierten Nägel voneinander wegschnellten.

Aber was wird dann mit Izzy?, fragte sich Dinah. Sie verkniff es sich, gerade jetzt danach zu fragen.

»Zur Vorbereitung darauf bekommen Sie alle bestimmte Aufgaben«, sagte die Präsidentin. »Und deshalb habe ich den Direktor gebeten, an dieser Besprechung teilzunehmen.« Sie sprach von Scott Spalding, dem Direktor der NASA. »Ich übergebe jetzt an Sparky, damit er die Einzelheiten mit Ihnen durchgehen kann. Wie Sie sich vorstellen können, muss ich mich noch um andere Angelegenheiten kümmern, deshalb möchte ich mich an dieser Stelle von Ihnen verabschieden.«

Die zwölf in der Banane murmelten einen leisen Dank, um die Präsidentin aus dem Besprechungsraum hinauszukomplimentieren, aus dem diese Übertragung kam. Jemand drehte die Kamera, bis sie auf Scott Spalding gerichtet war. Er hatte es geschafft, einen Blazer zu finden, aber er trug keine Krawatte und würde wahrscheinlich für den Rest seines Lebens keine mehr tragen. Als junger Astronaut war Sparky für eine Apollo-Mission vorgesehen gewesen, die im Zuge der Budgetkürzungen Anfang der Siebzigerjahre abgeblasen worden war. Er war dabeigeblieben und hatte während der dann folgenden Unterbrechung der bemannten Raumfahrt seinen Doktor gemacht. Sein Pech hatte sich fortgesetzt, als eine geplante Mission im Skylab wegen dessen verfrühtem Eintritt in die Atmosphäre gestrichen worden war. Seine Hartnäckigkeit hatte sich in den Achtzigern mit einer

Reihe von Shuttle-Missionen ausgezahlt, die ihn zu einem Altmeister des Astronautenkorps gemacht hatten, der mit der Reparatur von kaputten Solarpaneelen genauso gut zurechtkam wie mit dem Zitieren von Rilke-Gedichten. Nach einigen Jahrzehnten unterschiedlich erfolgreicher Arbeit bei Start-up-Unternehmen der Technologiebranche hatte man ihn vor einigen Jahren im Zuge irgendeiner schlecht durchdachten Neuausrichtung des Auftrags der NASA zurückgeholt. Die meisten Leute in der Banane fanden ihn sympathisch, wenn auch ein wenig undurchsichtig, und hatten das allgemeine Gefühl, dass er sie unterstützen würde, wenn sie in der Klemme steckten.

Welche Rilke-Gedichte genau in Sparkys Augen der momentanen Notlage der Welt angemessen waren, ließ sich unmöglich erraten. Nachdem sich die Kamera gedreht und automatisch auf sein schlaffes, gefurchtes Gesicht fokussiert hatte, schien es noch einen Moment lang fast so, als läge ihm irgendeine Gedichtzeile auf den Lippen. Dann schüttelte er das ab, und seine blassen Augen fanden das Objektiv der Kamera. »Mir fehlen die Worte«, sagte er, »deshalb werde ich mich auf das konzentrieren, was anliegt. Ivy, Sie behalten das Kommando, es gibt keine Bessere, Ihre Aufgabe besteht darin, da oben alles am Laufen zu halten, mit uns hier unten zu kommunizieren, uns Bescheid zu geben, was Sie brauchen. Wenn Sie nach alledem noch freie Zeit haben, lassen Sie es mich wissen, dann besorge ich Ihnen ein Hobby.« Er zwinkerte.

Und von da an arbeitete er die Liste ab.

Frank Casper, ein kanadischer Elektroingenieur, und Spencer Grindstaff, ein Amerikaner, der auf Kommunikation spezialisiert war und mysteriöse Arbeit für Nachrichtendienste geleistet hatte, würden sich daranmachen, die Netzwerkinfrastruktur aufzubauen, die man zur Unterstützung der Aktivitäten der Cloud-Arche brauchte. Jibran, ein Spezialist für Geräteausstattung, der bei solchen Problemen sowieso immer herangezogen wurde, würde mit ihnen zusammenarbeiten.

Fjodor Panteleimon, ihr ergrauter Spezialist für Weltraumspaziergänge, und Zeke Petersen, ein eher jungenhaft aussehender amerikanischer Luftwaffenpilot, der ebenfalls über viele Stunden Erfahrung in Raumanzügen verfügte, würden Vorbereitungen für die Ankunft neuer Module treffen, die, wie man ihnen versicherte, mit NASA-untypischer Eile entworfen und gebaut wurden und in weniger als einem Monat bei Izzy einzutreffen beginnen würden. Dinah fand diese Zeitschätzung lächerlich optimistisch, bis ihr einfiel, dass im Grunde alle Ressourcen der Welt in dieses Unternehmen einflossen.

Konrad Barth wurde lediglich gebeten, sich nach der Besprechung noch für eine Unterredung mit Doob zur Verfügung zu halten. Es lag auf der Hand, dass er bald jedes astronomische Gerät der Raumstation für die Ausschau nach anfliegenden Steinen nutzen würde. Falls Izzy von einem Stein welcher Größe auch immer getroffen wurde, war alles vorbei. Unter diesem Aspekt war es tatsächlich sinnlos, darüber zu reden.

Die Biowissenschaftler waren Lina Ferreira, Margaret Coghlan, eine Australierin, die die Auswirkungen des Raumflugs auf den menschlichen Körper studierte, und Jun Ueda, ein japanischer Biophysiker, der Experimente zu den Auswirkungen kosmischer Strahlen auf Lebendgewebe durchführte. Unter diese allgemeine Kategorie fiel auch Marco Aldebrandi, ein italienischer Ingenieur, der sich auf die eher praktische Frage konzentrierte, die Lebenserhaltungssysteme zu bauen, die alle am Leben hielten. Von diesen vier hatte Lina bereits eine Sonderstellung, insofern sie tatsächlich schon über Schwarmverhalten gearbeitet hatte. Das stand nicht in allzu engem Zusammenhang mit dem, was sie bislang auf der Raumstation getan hatte, doch nun würde sie es aus der Versenkung holen und zu ihrer Lebensaufgabe machen müssen. Sparky gab ihr Carte blanche, sich eine Zeitlang an ein ruhiges Plätzchen zurückzuziehen und Papiere zu dem Thema zu büffeln, um sich wieder auf den neuesten Stand zu bringen. Margaret und Jun wurden angewiesen, ihre eher abstrakte Forschungsarbeit zur Luftschleuse hinauszubefördern und Marco bei der Vorbereitung von Izzy auf eine große Bevölkerungszunahme zu unterstützen.

Damit hatten elf von den zwölf eine Aufgabe. Bis jetzt hatte Sparky noch kein Wort zu Dinah gesagt.

Besprechungen waren noch nie ihre starke Seite gewesen. Sie kam sich jedes Mal wie bei einem Auswärtsspiel vor, wenn sie in einem Besprechungsraum Platz nahm. Dieses Bewusstsein kam ihr in die Quere und wurde zu einer sich selbst bewahrheitenden Prophezeiung. Das war schon immer so gewesen. Der Umstand, dass die Welt unterging, änderte daran nichts. Während Sparky die Liste abarbeitete und jedem sagte, was er in den kommenden Wochen zu tun hatte, kam sie sich vor, als stünde sie immer stärker im Zentrum der Beachtung, eben weil ihr noch niemand Beachtung geschenkt hatte. Und als deutlich wurde, dass sie die Letzte auf Sparkys Liste war, hatte sie, während er mit Margaret, Jun und Marco sprach, reichlich Zeit, sich zu fragen, was das hieß. Weil sie Dinah war, ging sie zunächst davon aus, dass man sie sich bis zuletzt aufhob, weil man sie für so wichtig hielt. Doch bis Sparky endlich ihren Namen sagte, war sie zu einer anderen Vermutung darüber gelangt, was hier ablief. Ihr Herz hämmerte schon, ihre kleinen Finger prickelten, und die Zunge lag ihr wie ein Klumpen im Mund.

»Dinah«, sagte Sparky, »Sie sind unverzichtbar.«

Sie wusste genau, was das im Besprechungsjargon hieß: Wenn sie könnten, würden sie sie zur Luftschleuse hinausbefördern.

»Sie haben ein so breites Spektrum von Fähigkeiten, und wir alle bewundern Ihre Einstellung ungemein.«

Zu den anderen hatte er nichts über ihre Einstellung gesagt.

»Der Asteroidenbergbau – dem Sie so viel von Ihrer beruflichen Karriere gewidmet haben – ist natürlich ein langfristiges Projekt. Aber jetzt sind wir im kurzfristigen Modus.«

»Natürlich.«

»Ich teile Sie Ivy zu, damit Sie ihr zuarbeiten und ansonsten nach Möglichkeiten suchen, wie Sie Ihre Kompetenzen dazu einsetzen können, die Aktivitäten der anderen zu unterstützen. Fjodor und Zeke können nur soundso viele Weltraumspaziergänge machen. Vielleicht lassen sich Ihre Roboter ja für Dinge einsetzen, zu denen die beiden nicht imstande sind.«

»Solange es darum geht, durch Eisen zu schneiden, sind sie spitze«, sagte Dinah.

»Prima«, sagte Sparky, dem der Sarkasmus völlig entgangen war. Nach seinem Empfinden war er mit dem Gespräch fertig und ließ vor der Nachbesprechung mit Doob und Konrad noch ein paar Minuten Smalltalk zu.

Dinah hatte eigentlich eine höhere Meinung von sich. Wie hatte sie nur in eine solche Gemütsverfassung geraten können?

Weil es ja vielleicht einen guten Grund dafür gab, wie sie sich fühlte.

Sie war schon dabei, sich von Sparky zu verabschieden, als sie zurückruderte. »Moment noch«, sagte sie. »Was Sie über den kurzfristigen Modus gesagt haben, leuchtet mir ein. Das verstehe ich. Aber falls, oder wenn, die Cloud-Archen-Geschichte funktioniert, dann wissen Sie ja, was als Nächstes kommt, oder?«

Sparky war nicht in der Stimmung. Nicht so sehr verärgert über sie als vielmehr verblüfft. »Was kommt denn als Nächstes?«

»Die Leute brauchen einen Platz zum Wohnen. Und wenn die Erdoberfläche weggebrannt wird, werden wir diese Wohnorte hier oben schaffen müssen, aus Material, an das wir herankommen. Asteroiden. Von denen wir jetzt dank des Agens sehr viel mehr haben.«

Sparky legte sich die Hände vors Gesicht, atmete tief aus und saß eine Zeitlang reglos da. Als er die Hände wegnahm, konnte sie sehen, dass er geweint hatte. »Ich habe vor dieser Besprechung ein halbes Dutzend Abschiedsbriefe an alte Freunde und

Verwandte geschrieben«, sagte er, »und wenn sie vorbei ist, werde ich mich weiter die Liste hinunterarbeiten. Vielleicht schaffe ich die Hälfte sämtlicher Briefe, die ich schreiben will, ehe der Harte Regen die vorgesehenen Empfänger umbringt. Womit ich vermutlich sagen will, dass ich schon wie der zum Tode Verurteilte denke, der ich ja auch bin. Und das ist falsch. Ich sollte über das nachdenken, worüber Sie nachdenken. Die Zukunft, auf die Sie und ein paar andere sich vielleicht freuen können, wenn der ganze andere Kram funktioniert.«

»Glauben Sie wirklich, dass wir uns darauf freuen?«

Sparky wand sich. »Nicht in dem Sinne, dass Sie glauben, die Zukunft würde großartig, sondern in dem Sinne, dass Sie wenigstens daran denken. Ich bin nicht anderer Meinung als Sie. Aber was wollen Sie von mir?«

»Halten Sie mir den Rücken frei«, sagte Dinah. »Lassen Sie nicht zu, dass Amalthea abserviert wird. Lassen Sie nicht zu, dass meine Roboter ausgeschlachtet werden. Wenn Sie wollen, dass ich eine Zeitlang an anderen Sachen arbeite, prima. Aber wenn der Himmel weiß wird und der harte Regen zu fallen beginnt, dann braucht die Cloud-Arche ein funktionsfähiges Programm zur Herstellung von Dingen aus Asteroiden, sonst werden Menschen hier oben auf keinen Fall Tausende von Jahren überleben.«

»Ich halte Ihnen den Rücken frei, Dinah«, sagte Sparky, »so gut es geht.« Und sein Blick irrte in Richtung der Tür ab, durch die die Präsidentin hinausgegangen war.

Am A+0 hatte zur zwölfköpfigen Besatzung der Internationalen Raumstation nur ein einziger Russe gezählt: Oberstleutnant Fjodor Antonowitsch Panteleimon, ein fünfundfünfzigjähriger Veteran von sechs Missionen und achtzehn Weltraumspaziergängen, die graue Eminenz des Kosmonautenkorps. Das war ungewöhnlich. In den frühen Jahren waren unter der normalerweise sechsköpfigen Besatzung der ISS immer mindestens zwei Russen gewesen. Mit dem Hinzukommen von Projekt Amalthea und des Torus hatte sich deren maximale Kapazität auf vierzehn erhöht, und die Anzahl der Russen hatte üblicherweise zwischen zwei und fünf geschwankt.

Der Mond war, nur zwei Wochen bevor Ivy, Konrad und Lina planmäßig nach Hause hätten zurückkehren sollen, um von zwei weiteren Russen und einem britischen Ingenieur abgelöst zu werden, auseinandergefallen.

Da diese Rakete und ihre Besatzung ohnehin startbereit waren, verfuhr Roskosmos – die russische Raumfahrtbehörde – wie geplant und startete sie am A+0.17 vom Weltraumbahnhof Baikonur aus.

Das Sojus-Raumschiff dockte ohne Zwischenfälle am Hub-Modul von Izzy an. Anders als die Amerikaner, die Dinge gern von Hand flogen, hatten die Russen das Andocken schon vor langer Zeit zu einem automatisierten Vorgang entwickelt.

Die Sojus – seit Jahrzehnten das Arbeitspferd der bemannten Raumfahrt – war ein Komplex aus drei Modulen. Am hinteren Ende befand sich ein technischer Teil, der Triebwerke, Treibstofftanks, photovoltaische Paneele und andere Ausrüstung enthielt, die keine Atmosphäre erforderte. Der vordere Teil war ein mehr oder weniger sphärisches Behältnis, das dazu gedacht war, mit atembarer Luft unter Normaldruck versehen zu werden, und das Kosmonauten genügend leeren Raum zum Sichbewegen, Arbeiten und Leben bot. In der Mitte befand sich ein kleinerer, glockenförmiger Teil, der drei Sitze enthielt, auf denen die Besatzung im Raumanzug ins All flog und später, in einen feurigen Kometenschweif gehüllt, zur Erde zurückfiel. Die Unterbringung in diesem Teil war extrem beengt, aber das spielte keine Rolle, da er ja nur kurz, nämlich während des Starts und des Wiedereintritts, verwendet wurde; die meiste Zeit verbrachten die Kosmonauten im Orbitalmodul, der größeren Kugel vorne.

Und an deren Bug befand sich das Kopplungssystem, das es ihm ermöglichte, sich mit der Raumstation oder jedem anderen entsprechend ausgerüsteten Objekt zu verbinden. Bis vor einigen Jahren hatten die Sojus-Kapseln üblicherweise am hinteren Ende des Swesda-Moduls angedockt, das das »Heck« der ISS gebildet hatte. In jüngerer Zeit hatte man Swesda ein neues Modul namens Hub angefügt, das die Hauptachse der Raumstation »nach hinten« verlängerte und die Mittelachse abgab, um die sich der Torus drehte. Um die Kompatibilität mit der allgegenwärtigen und lange erprobten Sojus aufrechtzuerhalten, hatte man den Hub mit passendem Andockport und Luke ausgestattet.

Da die anderen elf mit den Aufgaben beschäftigt waren, die Sparky ihnen zugewiesen hatte, schwebte Dinah durch die ganze Länge von Izzy – denn ihre Werkstatt befand sich »achtern« – nach vorn und öffnete die Andockluke, um die Neuankömmlinge willkommen zu heißen. Sie rechnete damit, ein paar frei im Orbitalmodul der frisch eingetroffenen Sojus herumschwebende Menschen zu sehen. Stattdessen sah sie Kopf und Arm eines einzigen Kosmonauten, den sie undeutlich als Maxim Koschelejew erkannte. Er war in eine nahezu kompakte Masse von Vitaminen eingebettet.

»Vitamine« war ein Kunstbegriff, den Raumfahrtfreaks verwendeten, um jeden leichtgewichtigen Kleinkram von außerordentlichem Wert zu bezeichnen. Mikrochips, Medikamente, Ersatzteile, Ukulelen, biologische Proben, Seife und Nahrungsmittel, alles fiel unter die allgemeine Kategorie »Vitamine«. Das allerwichtigste Vitamin waren natürlich Menschen, sofern man nicht zu denen gehörte, die glaubten, dass jegliche Erforschung des Weltraums von Robotern durchgeführt werden sollte. Dinah hatte in so mancher Besprechung gesessen, bei der ihre Kollegen aus der Asteroidenbergbauindustrie sich leidenschaftlich dafür ausgesprochen hatten, dass Raketen, die so teuer waren, *nur* für den Transport von Vitaminen verwendet werden sollten. Schüttgüter wie Metalle und Wasser sollten niemals von der Erde aus in den Raum befördert werden; man sollte sie aus den Milliarden von Steinen gewinnen, die bereits im All herumirrten.

Eine versiegelte Schachtel mit Injektionsspritzen purzelte heraus und prallte von ihrer Stirn ab, gefolgt von einem Beutel vakuumverpacktem Lithiumhydroxidgranulat, einer Flasche Morphium, einer Rolle oberflächenmontierbarer Kondensatoren und einem von einem Gummiband zusammengehaltenen Bund Bleistifte Nr. 2, gespitzt. Sobald Dinah das alles aus dem Weg geschoben hatte, konnte sie das sich ihr bietende Bild vollständiger erfassen: Maxim, in einen schmalen, menschengroßen Tunnel in einer Masse von Vitaminen gezwängt, die man in die Sojus hineingequetscht hatte, bis sie nichts mehr aufnehmen konnte.

Irgendjemand unten in Tyuratam hatte den Weitblick besessen, ein paar zusammengefaltete Müllsäcke dazuzustopfen. Dinah folgte dem Hinweis, pulte einen davon auf und sammelte damit sämtliche Stücke ein, die bisher entwischt waren und zu einem Zufallsspaziergang durch Izzy aufzubrechen drohten. Dann begann sie weitere herauszuharken. Vieles entwischte, aber das meiste kam in einen Müllsack. Maxim manövrierte sich in das Hub hinaus, um sich zu strecken. Er war sechs Stunden lang in diesem Ding eingezwängt gewesen. Dinah, die kleiner war, ging in den Raum, den er freigemacht hatte, und begann Vitamine zu ihm hinauszuwerfen; er hielt einfach einen Müllsack hoch, um sie einzufangen.

Nach einer Minute legte sie einen menschlichen Oberschenkel in einem blauen Overall, dann eine Schulter, dann einen Arm frei. Der Arm bewegte sich und schob weitere Vitamine auf sie zu, wodurch ein Gesicht zum Vorschein kam, das Dinah erkannte, weil sie eine halbe Stunde zuvor den dazugehörigen Wikipedia-Eintrag überflogen hatte. Es handelte sich um Bolor-

Erdene, eine Frau, die man einmal aus dem Kosmonautenprogramm aussortiert hatte, weil sie zu klein war, um in einen der standardmäßigen Raumanzüge zu passen. Sie saß in einem Sitz, der für den Zweck eindeutig zurechtgebastelt war. Ein System von Ladegurten, das von den Straßen Kasachstans noch staubig war, hielt ihn an dem Diwan genannten Teil des Orbitalmoduls fest. Dinah fragte sich, ob das der letzte Schmutz war, den sie je zu Gesicht bekommen würde, und versuchte dann, diesen Gedanken zu unterdrücken.

Also waren sowohl Bolor-Erdene als auch Maxim im Orbitalmodul geflogen, was noch nie da gewesen war; eigentlich sollten Menschen nur im Landemodul dahinter fliegen.

Es wäre taktlos gewesen, darauf hinzuweisen, aber indem die beiden vorne geflogen waren, hatten sie sich auf eine einfache Fahrt eingelassen, die zum Selbstmordkommando hätte werden können, wenn irgendetwas schiefgegangen wäre. Das Orbitalmodul wurde während des Wiedereintritts abgetrennt und verglühte in der Atmosphäre. Schon theoretisch konnten nur die Passagiere im Landemodul lebendig zurückgelangen.

Das Vitamine-Einsacken setzte sich durch die Luke in das Landemodul fort und beschleunigte sich, während Gesichter und Arme freigelegt wurden. In den drei Sitzen, die für Menschen *bestimmt* waren, saßen die beiden anderen planmäßigen Kosmonauten Juri und Wjatscheslaw sowie der Brite, der Rhys hieß.

Alle außer Rhys ergriffen die erste Gelegenheit, sich loszuschnallen und durch das Orbitalmodul in den Hub zu begeben. Rhys bat darum, sich noch einen Moment Zeit lassen zu können.

Dinah ging in den Hub, um die anderen vier zu begrüßen. Zu normalen Zeiten waren diese Augenblicke wenigstens ein klein wenig zeremoniell, die Neuankömmlinge wurden, wenn sie durch die Luke glitten, mit Umarmungen oder wenigstens durch Abklatschen begrüßt, und es wurden Fotos gemacht. Der bevorstehende Tod sämtlicher Erdenbewohner überschattete den Anlass ein wenig, aber Dinah fand, sie sollte wenigstens ein paar Worte zu jedem sagen.

Bolor-Erdene forderte Dinah auf, sie Bo zu nennen. Sie war erkennbar fernöstlicher Herkunft, und doch hatten ihre Augen und Wangenknochen etwas, was nicht genau chinesisch aussah. Dinahs vorausgehendes Googeln hatte ihr bereits verraten, dass Bo Mongolin war.

Juri und Maxim kamen zum dritten bzw. vierten Mal auf die ISS. Wjatscheslaw schien ein kurzfristiger Ersatz für einen jüngeren Kosmonauten zu sein, der seinen ersten Flug zur ISS absolviert hätte. Wjatscheslaw war schon zweimal da gewesen. Somit waren alle Russen bis auf Bo alte Hasen, und sobald sie einen kurzen Gruß mit Dinah gewechselt hatten, glitten sie mit neugierigen Blicken, weil einige es noch nicht kannten, durch die Mitte des Hubs und von dort aus durch die Luke in das Swesda-Modul, das für sie wie ein zweites Zuhause war. Sie wechselten knappe Bemerkungen auf Russisch, von denen Dinah ungefähr fünfzig Prozent verstand. Jeder, der auf Izzy arbeitete, musste zumindest brauchbare Kenntnisse des Russischen besitzen.

Rhys Aitken war ein Ingenieur, der mit dem Bau seltsamer neuer Konstrukte, normalerweise für reiche Kunden, Karriere gemacht hatte. Bis vor siebzehn Tagen hatte er den Auftrag gehabt, die Basis für den Anbau eines zweiten, größeren Torus zu schaffen, der um einen neueren Hub hinter dem bereits bestehenden gebaut werden und Weltraumtouristen aufnehmen sollte. Das Ganze war Teil einer öffentlich-privaten Partnerschaft zwischen der NASA und Rhys' Arbeitgeber, einem britischen Milliardär, der zu den Pionieren der Weltraumtourismusbranche gehörte. Jetzt hatte Rhys einen neuen Auftrag, aber er war trotzdem die Idealbesetzung für den Job.

Dinah ging durch das Orbitalmodul zurück und sah ihn sich durch die Luke an, wie er geduldig und reglos in seinem Sitz lag.

»Zum ersten Mal im Weltraum?«, fragte ihn Dinah, obwohl sie die Antwort schon kannte.

»Habt ihr hier oben kein Google?«, erwiderte er. Von einem Amerikaner wäre das schlichtweg rüpelhaft gewesen, aber Dinah hatte genug Zeit mit Briten verbracht, um es wie beabsichtigt aufzufassen.

»Du scheinst einfach nicht sonderlich erpicht darauf, dein neues Zuhause zu erforschen.«

»Ich koste es aus. Den Vorgang der Entdeckung. Außerdem hat man mich davor gewarnt, den Kopf zu bewegen.«

»Um Übelkeit zu vermeiden. Ja, das ist ein guter Rat«, sagte Dinah. »Aber irgendwann wirst du ihn bewegen müssen.« Ein loses Päckchen Gurkensamen, mit kyrillischer Schablonenschrift versehen, schwebte an ihrem Kopf vorbei. Sie pflückte es behutsam aus der Luft. Als sie sich in Reichweite befand, streckte sie die Hand aus. »Dinah«, sagte sie.

»Rhys.« Er gab ihr die Hand, während er wie angewiesen weiter starr geradeaus schaute. Doch wie von alters her bei den meisten Männern üblich, verdrehte er die Augäpfel in ihre Richtung, um sie unter die Lupe nehmen zu können, und wandte dann den Kopf, um sie noch besser unter die Lupe nehmen zu können.

»Das wirst du bereuen«, sagte sie.

»Ach du meine Güte«, rief er aus.

»Ein paar Minuten bleiben dir noch, bevor dir alles hochkommt. Komm raus, ich besorge dir eine Tüte.«

Während einer von vielen, in jüngster Zeit häufigen schlaflosen »Nächten« hatte sich Dinah dabei ertappt, dass sie sich Sorgen über Transistoren machte. Die moderne Halbleitertechnologie hatte es ermöglicht, sie stark zu verkleinern. So stark, dass sie zerstört werden konnten, wenn ein kosmischer Strahl sie ein einziges Mal traf. Auf der Erde machte das nichts, weil nicht so viel auf dem Spiel stand und die Atmosphäre kosmische Strahlen ohnehin weitgehend abblockte. Anders verhielt es sich mit Elektronik, die im Weltraum funktionieren musste. Die militärisch-industriellen Komplexe der Welt hatten viel Geld und Grips in die Herstellung von »strahlenfester« Elektronik investiert, die kosmischer Strahlung besser standhalten sollte. Die daraus hervorgehenden Chips und Leiterplatten waren im Großen und Ganzen klobiger als die flache Verbraucherelektronik, die erdgebundene Kunden zu erwarten gelernt hatten. Außerdem sehr viel teurer. So viel teurer, dass Dinah es vermieden hatte, sie in ihren Robotern überhaupt zu verwenden. Sie verwendete billige, handelsübliche Elektronik in der Erwartung, dass man jede Woche eine bestimmte Anzahl ihrer Roboter tot auffinden würde. Ein funktionierender Roboter konnte einen toten zu der kleinen Luftschleuse zwischen Dinahs Werkstatt und der zerklüfteten Oberfläche von Amalthea zurückschaffen, und Dinah konnte dessen verschmorte Leiterplatte gegen eine neue austauschen. Manchmal war auch die neue schon tot, weil sie während der Lagerung von einem kosmischen Strahl getroffen worden war. Aber die Vitamine, die mit den ISS-Nachschubmissionen heraufgeschickt wurden, enthielten stets weitere.

Die einzige Abschirmung gegen kosmische Strahlen war Materie. Diesen Zweck erfüllte eine dichte Atmosphäre wie die der Erde oder ein viel dünneres Bollwerk aus solidem, schwerem Material. Natürlich verfügte Dinah über eine solche Abschirmung in Form von Amalthea selbst. Jeder an Amaltheas Oberfläche geschmiegte Gegenstand war gegen kosmische Strahlen aus ungefähr der Hälfte des Universums abgeschirmt – der Hälfte, auf die der Asteroid die Sicht versperrte. Aus dem gleichen Grund schirmte die Erde die ISS vor jeglicher kosmischer Strahlung ab, die aus dieser Richtung kam. Somit gab es an der Seite von Dinahs Werkstatt eine ideale Stelle, die zwar der Erde zugewandt war, aber »unter« der Masse von Amalthea lag, wo kosmische Strahlung nur von einem relativ schmalen Raumsektor aus eindringen konnte. Ungefähr dort bewahrte Dinah ihre Ersatzchips und -leiterplatten auf, um deren Überlebenschancen zu erhöhen, und sie begrenzte die Zeit, die ihre Roboter damit verbrachten, auf der den Tiefen des Alls zugewandten Seite von Amalthea umherzustreifen.

Von ihrem Fenster aus deutlich zu sehen war eine Höhlung in Amaltheas Seite, vielleicht ein alter Einschlagkrater, so groß, dass eine Wassermelone hineinpassen würde.

An Tag 9 – fünf Tage vor der Besprechung in der Banane, bei der Doc Dubois sie über den Harten Regen informiert und die Präsidentin ihnen gesagt hatte, dass sie nie wieder nach Hause kommen würden – hatte sie mehrere ihrer Roboter – diejenigen mit den leistungsfähigsten Schneidköpfen – darauf programmiert, diese Höhlung tiefer zu machen. Vielleicht hatte sie eine Vorahnung gehabt, was passieren würde. Vielleicht machte sie aber auch einfach nur ihren Job; Schürfroboter würden die Fähigkeit besitzen müssen, programmierte Fähigkeiten wie das Bohren von Tunneln in Fels auszuführen, und es war höchste Zeit, dass sie damit zu experimentieren begann.

Doch nach jener Besprechung in der Banane war sie in ihre kleine Werkstatt zurückgekehrt und hatte, anstatt die ganze Nacht zu weinen oder den Kopf zur Luftschleuse hinauszustecken, das Programm geändert, dem diese kleinen Roboter folgten, und sie angewiesen, damit zu beginnen, den Tunnel zu krümmen, ihn eine sanfte Kurve beschreiben zu lassen, während er sich in den Asteroiden eingrub. Bis dahin hatten sich die Roboter in gerader Richtung von ihr wegbewegt, und sie hatte durch ihr winziges Quarzfenster in die melonengroße Höhlung und geradewegs in den Tunnel hineinschauen können, den die Roboter bohrten. Dabei musste sie ein getöntes Schutzglas vor das Fenster ziehen, weil die Roboter mit Plasmaschneidern arbeiteten, deren grelles, purpurnes Licht ihr die Augen verbrennen würde. Doch als die fünf Neuankömmlinge am A+0.17 auf Izzy eintrafen, waren die Roboter um die Biegung des Tunnels verschwunden, die sie geschaffen hatten. Das Universum konnte sie nicht sehen. Kosmische Strahlung verlief wie Licht in gerader Linie und konnte diese Biegung nicht nehmen.

Dinah ließ sie eine kleine Höhlung in die Seitenwand dieses Tunnels einschneiden: eine Abstellnische. Sie packte ihre sämtlichen Ersatzchips und -leiterplatten zu einem Bündel zusammen. Es war ein kleines Bündel, wenn man bedachte, wie winzig und leistungsfähig moderne Chips waren – ein Kubus, der so klein war, dass man ihn in einer Hand halten konnte. Normalerweise wäre das eine schlechte Idee gewesen – ein einziger kosmischer Strahl konnte durch den ganzen Stapel schießen und gleichzeitig jeder Platte den Garaus machen. Sie übergab ihn einem achtbeinigen Roboter und schickte diesen durch die Luftschleuse in den Tunnel. Indem sie durch das ferngesteuerte Auge seiner Videokamera sah und einen Datenhandschuh bediente, der mit seinen Greifarmen verbunden war, manövrierte sie ihn in die Nische und ließ ihn dann die Arme auseinanderspreizen und erstarren, damit er nicht herausschweben konnte. Ihre Transistoren waren jetzt sicher.

Rhys sah ihr dabei zu. Er war seit fünf Stunden auf Izzy. Ihm war zu übel, als dass er irgendetwas anderes tun konnte, als ganz still zu liegen. Dinah, deren Werkstatt voller Kabelbinder, Schellen und anderer nützlicher Gerätschaften war, hatte ihm geholfen, den Kopf zwischen zwei Rohre zu stecken, die sie mit Schaumstoff abgepolstert hatte, um es ihm ein wenig bequemer zu machen. Sie hatte ihm einen Vorrat von Kotztüten hingelegt und sich an ihre Arbeit gemacht.

»Wie nennst du diesen Typus?«, fragte er.

»Grabb«, antwortete sie. »Abkürzung von Greifkrabbe.«

»Guter Name, denke ich.«

»Es ist der naheliegende Körpertypus für etwas, das dazu bestimmt ist, auf einem Felsen seinen Weg zu finden. Jedes Bein hat vorn einen Elektromagneten, damit er an Amalthea haften kann, die größtenteils aus Eisen besteht. Wenn er diesen Fuß heben will, schaltet er einfach den Magneten aus.«

»Bestimmt hast du daran schon gedacht«, sagte Rhys behutsam, »aber du könntest auf diese Weise den ganzen Asteroiden aushöhlen. Eine abgeschirmte Umgebung schaffen. Ihn vielleicht sogar mit Luft füllen.«

Dinah nickte. Sie war damit beschäftigt, nacheinander die acht Arme des Grabbs zu platzieren, und vergewisserte sich, dass jeder fest an der Wand der Nische saß. Es wäre peinlich, wenn ihr sämtliche Vitamine hinausschwebten und verschüttgingen.

»Wir haben darüber diskutiert. Ich und die ungefähr achttausend Ingenieure am Boden, die an dieser Sache arbeiten.«

»Ja, ich bin nicht davon ausgegangen, dass es sich um einen Alleingang handelt.«

»Das Hemmnis ist das Arbeitsgas. Die Plasmaschneider sind sehr leistungsfähig, aber sie erfordern einen Gasfluss. Fast jedes Gas ist verwendbar. Aber Industriegase sind hier oben selten und wertvoll, und sie haben die ärgerliche Angewohnheit, in den Raum zu entweichen.«

»Aber wenn man etwas aushöhlen anstatt an seiner Oberfläche arbeiten würde...«

»Genau«, sagte Dinah, »dann könnte man die Ausgänge abdichten, das verwendete Gas zurückgewinnen und wiederverwerten.«

»Mit anderen Worten, du bist mir also weit voraus.«

Dinahs obere Gesichtshälfte wurde von einer VR-Vorrichtung verdeckt, doch darunter breitete sich ein Lächeln aus. »So ist das nun mal mit dem Weltraum«, sagte sie. »So viele schlaue Menschen interessieren sich dafür, dass es schwierig ist, auf eine wirklich neue Idee zu kommen.«

Es kam zu einer kurzen Unterbrechung des Gesprächs, während sie die Steuerung auf einen anderen Roboter umschaltete und ihn in den Tunnel hinunterschickte.

»Wenn ich die Augäpfel ganz leicht bewege, sehe ich in deinem Bestiarium mindestens drei weitere Morphologien.«

»Der Siwi ist die Anpassung eines Roboters, der zur Erkundung eingestürzter Gebäude entwickelt wurde. Und seinerseits einer Schlange nachempfunden war.«

»Angesichts des Namens vermutlich einer Sidewinder.«

»Ja. Die Elektromagneten sind in einer Doppelhelix um den Körper des Siwis angeordnet, sodass er sich dadurch, dass er einige ein- und andere ausschaltet, mit minimalem Stromverbrauch gewissermaßen diagonal über die Oberfläche wälzen kann.«

»Das Ding, das wie ein Buckyball aussieht, scheint sich eines ähnlichen Drehs zu bedienen.«

»Du hast den Namen schon getroffen. Die da nennen wir tatsächlich Buckys. Technisch gesehen handelt es sich um eine...«

»Tensegrity-Konstruktion.«

Dinah spürte, wie sie errötete. »Darüber weißt du natürlich Bescheid. Jedenfalls kann er, weil er groß und ungefähr sphärisch ist, in jede Richtung rollen, indem er Kunststückchen mit Elektromagneten macht und seine Streben verlängert und verkürzt. Das Gehirn ist in diesem nukleusartigen Gehäuse untergebracht, das in der Mitte aufgehängt ist.«

»Grabbs, Siwis und Buckys. Wie nennt man die Winzlinge?«

»Nats. Unser Versuch, einen Schwarm zu bauen. Lina hat sich in stillen Mondnächten damit beschäftigt.«

Es trat eine kurze Gesprächspause ein, in der beide die unglückliche Wortwahl bedachten.

»Das Ganze ist immer noch weitgehend im Versuchsstadium«, fuhr Dinah fort. »Aber die Idee ist, dass sie sich nach Bedarf aneinanderheften können wie Ameisen, die ein Ameisenfloß bilden, um einen Fluss zu überqueren. Ich weiß, das klingt bestimmt alles ziemlich sonderbar. Es ist keine normale Ingenieursarbeit.«

»Ich bin kein normaler Ingenieur. Ich habe mich eine Zeitlang mit Biomimetik beschäftigt – das ist es ja, was du hier tust. Außer dass ich Sachen baue, die still stehen.«

»Okay. Dann kennst du dich ja aus.« Dinah nahm die 3D-Brille ab, mit deren Hilfe sie durch die Augen des Grabbs gesehen hatte. Der zweite Roboter, der Siwi, hatte sich im Tunnel hinter den Grabb gesetzt und wie eine Kobra den Kopf gehoben, um ihn zu beleuchten und zu filmen. Während sie auf den Flachbildschirm schaute, ließ Dinah den Siwi die Kamera hin und her schwenken, um sich zu vergewissern, dass die Leiterplatten auf keinen Fall davonschweben konnten.

»Ja. Ich kenne mich aus«, sagte Rhys. Dann fügte er hinzu: »Es steht mir nicht zu, dir zu sagen, wie du deine Arbeit machen sollst. Aber du weißt, was Einsiedlerkrebse tun, oder?«

Dinah brauchte einige Augenblicke, bis sie auf die Erinnerung zugreifen konnte. Sie war nie eine große Strandurlauberin gewesen. »Sie benutzen die abgelegten Schalen von anderen Krebsen als Unterschlupf.«

»Nicht von anderen Krebsen, sondern von Mollusken. Aber stimmt, du hast es erfasst.«

Dinah dachte einen Moment lang darüber nach, dann wandte sie sich ihm zu. Er schien etwas weniger grün und verschwitzt auszusehen als vorhin. »Ich glaube, ich kapiere, worauf du hinauswillst.«

»Noch besser«, sagte Rhys, »denk an die Foraminifera.«

»Was ist das?«

»Das sind die größten einzelligen Organismen der Welt. Sie leben unter dem antarktischen Eis. Und während sie wachsen, nehmen sie Sandkörner aus ihrer Umgebung auf und verkleben sie zu harten Gehäusen.«

»So wie Ben Grimm?«, fragte sie.

Es war eine achtlos hingeworfene Anspielung auf eine Comicfigur, das gepanzerte Mitglied der Fantastischen Vier. Sie rechnete nicht damit, dass Rhys sie aufgriff. Doch er gab zurück: »Um ein weiteres Opfer kosmischer Strahlung zu nennen, ja. Aber ohne die Entfremdung und das Selbstmitleid.«

»Ich wollte immer eine Haut wie Das Ding.«

»Sie würde dir nicht annähernd so gut stehen wie die Haut, die Gott dir gegeben hat. Aber als Möglichkeit, wie du deine Roboter vor kosmischer Strahlung schützen und sie zugleich frei herumstreifen lassen kannst...«

»Ich glaube, ich bin verliebt«, sagte sie.

Er hielt sich eine Tüte vor den Mund und übergab sich.

Wie sagt man der Welt, dass sie sterben wird? Doob war froh, dass er es nicht sagen musste. Stattdessen stand er hinter der Präsidentin der Vereinigten Staaten. Seine Aufgabe war, als Teil eines Mount Rushmore hervorragender Wissenschaftler, die hinter einem Halbkreis bedeutender Staatschefs aufgereiht standen, ein ernstes Gesicht zu machen – was ihm nicht schwerfiel. Er starrte J.B.F.s Hinterkopf an, während sie einem Teleprompter die Erklärung präsentierte. Flankiert wurde sie vom Ministerpräsidenten Chinas und vom Premierminister Indiens, die das Gleiche zur gleichen Zeit auf Mandarin bzw. Hindi sagten. Zu den Kulissen hin aufgefächert standen die deutsche Bundeskanzlerin sowie die Ministerpräsidenten bzw. Premierminister Japans, des Vereinigten Königreichs, Frankreichs, Russlands und (als eine Art Stellvertreter für den größten Teil Lateinamerikas wie auch für sein eigenes Land) Spaniens; die Präsidenten von Nigeria und Ägypten; der Papst; prominente Imame der Hauptrichtungen des islamischen Glaubens; ein Rabbi; und ein Lama. Die Ankündigungen erfolgten gleichzeitig, damit so viele Menschen wie möglich die Neuigkeit im gleichen Augenblick hörten und nicht auf Übersetzungen warten mussten.

Wäre die Aufgabe Dr. Dubois Jerome Xavier Harris zugefallen, hätte er in etwa Folgendes gesagt: Schauen Sie, jeder stirbt. Von den sieben Milliarden Menschen, die im Augenblick auf der Erde leben, würden heute in hundert Jahren im Wesentlichen alle tot sein – die meisten schon sehr viel früher. Niemand möchte sterben, aber die meisten akzeptieren gefasst, dass es passieren wird.

Jemand, der heute in zwei Jahren beim Harten Regen stürbe, wäre nicht toter als jemand, der heute in siebzehn Jahren bei einem Autounfall ums Leben käme.

Das Einzige, was sich jetzt verändert hatte, war, dass jeder ungefähr wusste, wann und wie er ums Leben kommen würde.

Und in diesem Wissen konnte man Vorbereitungen treffen. Einige waren innerer Natur: seinen Frieden mit Gott machen. Andere hatten mit der Weitergabe des eigenen Erbes an die nächste Generation zu tun.

Und hier wurde es interessant, weil von den herkömmlichen Weisen, sein Erbe weiterzugeben, keine den Harten Regen überleben würde. Ein Testament aufzusetzen hatte keinen Sinn, weil sämtliche Besitztümer mit einem selbst vernichtet werden würden und es keine Überlebenden geben würde, denen sie zufallen könnten.

Das Erbe würde stattdessen in dem bestehen, was die Menschen der Cloud-Arche in den kommenden Jahrhunderten und Jahrtausenden tun würden. Die Cloud-Arche war das Einzige, worauf es ankam.

Sie veranstalteten das Ganze am Crater Lake, Oregon. Das State Department hatte die rustikale Lodge requiriert, die hoch über dem See auf dem Kraterrand stand, die Würdenträger eingeflogen, die nahegelegenen Camping- und Parkplätze mit Security, Medien und Logistik vollgepackt. In ebendiesem Moment schickten Marines draußen auf dem Highway enttäuschte Urlauber zurück, sagten ihnen, der Park sei geschlossen, und gaben ihnen den Rat, ihre Radios einzuschalten und Nachrichten zu hören, wenn sie wirklich verstehen wollten, wieso. Um die Störung ihres Urlaubs in eine Perspektive zu rücken.

Das Wetter war klar, was bedeutete, dass es kalt war. Der See unten im Krater war vom reinsten Blau, das Doob je gesehen hatte, der Himmel darüber von einem helleren Ton derselben Farbe. Er und alle anderen kehrten ihm während der Ankündigung den Rücken zu. Irgendein politisches Genie im Stab der Präsidentin hatte ausgetüftelt, wie die Bildersymbolik wirken sollte. Die Kameras standen auf einem Gerüst, sodass sie abwärts filmen konnten, wodurch gewährleistet wurde, dass das Panorama aus Krater, Wizard Island mit seinem spärlichen Baumbewuchs und dem mit Schnee überzogenen Bergkamm als hochauflösender Hintergrund der Aufnahme zu sehen war. Die Botschaft war für jeden, der sie lesen wollte, zu erkennen. Vor sechs- bis achttausend Jahren hatte eine unvorstellbare Katastrophe diesen Ort heimgesucht. Die überlebenden Menschen hatten das Ereignis in Legenden von einem apokalyptischen Kampf zwischen den Göttern des Himmels und der Unterwelt lebendig gehalten. Jetzt sah es hier wunderschön aus. Die Präsidentin und einige andere Staatsoberhäupter flochten die Geschichte in ihre Ansprachen ein. Doob und die Wissenschaftler um ihn herum – Professoren bedeutender Universitäten der ganzen Welt – konnten nicht hören, was gesagt wurde. Die Staatsoberhäupter projizierten ihre Worte hinaus in die Welt, und die aus ihrem Mund kommenden Laute wurden vom Rauschen des Windes über Felsen und durch Bäume verschluckt. Vier Meter hinter der Präsidentin sah Doob zu, wie der Wind ihr die Haare zerzauste. J.B.F.s Haare waren in den Tagen vor Null, als Berichterstattern aus der Welt der Mode und der Politik dergleichen tatsächlich noch wichtig erschien, Gegenstand vieler Kommentare gewesen. Es war dunkelblond, von silbernen Strähnen durchsetzt. Sie trug es glatt und schulterlang. Sie war zweiundvierzig Jahre alt und damit bei Amtsantritt noch ein Jahr jünger als John F. Kennedy, der bis dato jüngste Präsident der Vereinigten Staaten. Sie hatte während ihrer Studienzeit in Berkeley mit der Politik geliebäugelt, sich dann aber für einen Abschluss in Betriebswirtschaft und eine Tätigkeit bei einer hochkarätigen Unternehmensberatung entschieden, ehe sie eine Stelle bei einer interessanten, aber ums Überleben kämpfenden Technologiefirma in Los Angeles antrat. Unter ihrer Leitung hatte die Firma ihre Geschicke so nachhaltig gewendet, dass sie von Google gekauft worden war, ein Geschäft, das J.B.F. reich gemacht hatte.

Sie hatte einen zehn Jahre älteren, zum Produzenten gewordenen Schauspieler geheiratet, den sie bei einer Dinnerparty in Malibu kennengelernt hatte. Er mischte bereits in diversen politischen Auseinandersetzungen mit, da eine ganze Reihe seiner Filme unverhohlen politische Dokumentationen oder Thriller mit politischen Untertönen gewesen waren. Ein Latino aus einer Familie mit einer Geschichte politischer Verfolgung unter Castro, war Roberto so etwas wie ein politisches Chamäleon und verband Liberalismus und Populismus auf eine Weise, die beide Seiten verwirrte, ohne irgendwen außer den hartgesottensten Extremisten abzustoßen. Er kam damit durch, weil er gutaussehend, charmant und, wie er freimütig zugab, nicht gebildet genug war, um sämtliche Probleme zu enträtseln.

Nachdem sie solcherart eine Familie gegründet und die vieldiskutierte Entscheidung getroffen hatte, ihren Mädchennamen zu behalten, hatte Julia Bliss Flaherty die Politik ins Visier genommen. In einem Senatswahlkampf in Kalifornien war sie knapp unterlegen. Zur Zeit des Wahltages sichtlich schwanger, hatte sie bald darauf ein Kind mit Down-Syndrom zur Welt gebracht und war zu einem Kristallisationspunkt aller möglichen Ängste im Hinblick auf Amniozentese und selektive Abtreibung geworden. Während sie die Runde durch die Talkshows machte, um über diese Themen zu diskutieren, hatte sie die Aufmerksamkeit beider politischer Lager auf sich gezogen. Bei dem folgenden Präsidentschaftswahlkampf war sie in der ungewöhnlichen Lage gewesen, von beiden Parteien in die engere Wahl für das Amt der Vizepräsidentin gezogen zu werden. Sie war unerschütterlich gemäßigt, mit genügend Unklarheiten in ihren politischen Auffassungen, um die Reichweite der Demokraten nach rechts und die der Republikaner nach links zu erweitern. Niemand hatte damit gerechnet, dass sie im Oval Office landen würde; bei Vizepräsidenten rechnete heutzutage niemand mehr ernsthaft damit. Aber der Skandal, der den Präsidenten schon im zehnten Monat nach Amtsantritt zu Fall gebracht hatte, hatte ihr die Präsidentschaft beschert und ihre Frisur zum Freiwild für dissertationslange Abhandlungen in der Presse gemacht. Darin ging es oft um diese silbernen Glanzlichter. Waren sie natürlich oder künstlich? Wenn sie natürlich waren, warum kaschierte sie sie dann nicht? Die Technik dafür gab es doch. Wenn sie künstlich waren, waren sie dann nicht einfach nur ein raffinierter Trick, der sie älter, seriöser wirken lassen sollte? Wie auch immer, hatte eine Frau in der heutigen Gesellschaft es überhaupt nötig, sich einen älteren Anstrich zu geben, um ernst genommen zu werden?

Doob war sich ziemlich sicher, dass nach der Ankündigung, die J.B.F. heute machte, nie wieder solche Artikel geschrieben werden würden. Er verspürte dann auch selbst die angemessene Scham angesichts des Umstandes, dass er ausgerechnet an diesem Tag den Haaren der Präsidentin auch nur die geringste Aufmerksamkeit schenkte.

Aber so funktionierte der Verstand. Der Verstand konnte nicht ständig an das Ende der Welt denken. Er brauchte gelegentlich eine Pause, ein Herumtollen im Trivialen. Denn über Triviales war der Verstand in der Wirklichkeit verankert, so wie die größte Eiche letztendlich in einem System von Würzelchen verankert war, die nicht dicker waren als die silbernen Haare auf dem Kopf der Präsidentin.

Die Ansprachen begannen alle zur selben Zeit, doch einige dauerten länger als andere, weil der Papst und die Imame zu Gebeten übergingen. Die Präsidentin und andere, eher säkulare, Würdenträger standen, nachdem sie mit ihren Bemerkungen fertig waren, noch ein, zwei Minuten unbehaglich da und begannen dann, sich in Richtung ihrer Referenten zu entfernen, die sie in dicke warme Mäntel hüllten. Doob und die anderen Wissenschaftler gehörten ebenso sehr zum Hintergrund wie der Crater Lake und waren daher gezwungen, an Ort und Stelle zu bleiben, bis die letzten Gebete vorbei waren.

Er dachte, er könnte vielleicht mit Amelia hier heraufkommen und zusehen, wie es passierte. Es wäre ein schöner Ort, um den Weißen Himmel und den Beginn des Harten Regens zu beobachten. Während der Ansprache hatte er südlich von ihnen, mit einem weißen Feuerschweif, so hell, dass er einen langsam verblassenden blauen Strich auf seiner Netzhaut zurückließ, einen einzelnen Boliden über den Himmel sausen sehen, der in zwei, dann fünf deutlich unterscheidbare Brocken zerplatzte, ehe das Ganze hinter dem Horizont verschwand. Der Meteorit war zu weit entfernt, als dass Doob die von ihm ausgehende Hitze im Gesicht hätte spüren können. Doch Menschen, die den jüngsten Ereignissen näher gewesen waren, berichteten, die Wärme sei wahrnehmbar. Sie war außerdem flüchtig, da die Boliden mit Überschallgeschwindigkeit kamen und gingen. Doch wenn der Harte Regen ernsthaft begann, würden sie in dichtem Hagel kommen, ihre Feuerschweife würden den Himmel schraffieren und dann zu einer geschlossenen Kugel aus kochender Hitze verschmelzen. Selbst die Leute, die das Glück hatten – wenn das das richtige Wort war –, nicht direkt von einem Stein getroffen zu werden, würden in Deckung getrieben werden. Und diese Deckung müsste so etwas wie eine Metallplatte sein, die Hitze reflektierte und nicht Feuer fing. Damit würden sie etwas Zeit gewinnen, aber bald würde die Luft selbst zu heiß zum Atmen werden. Er fragte sich seit geraumer Zeit, an welchem Punkt des ganzen Vorgangs er seinem Leben selbst ein Ende setzen sollte.

Es waren drei Wochen und ein Tag seit dem Auseinanderbrechen des Mondes und bloße zwölf Tage, seit er sich davon überzeugt hatte, dass es tatsächlich zum Harten Regen kommen würde. Dass die Staatsoberhäupter der Welt so rasch reagiert hatten, erstaunte ihn in gewisser Weise. Doch die Verbreitung von Gerüchten hatte sie dazu getrieben. Astronomen in der ganzen Welt hatten die gleichen Berechnungen angestellt. Sie waren es gewöhnt, offen zu arbeiten, auf E-Mail-Listen ihre Ideen auszutauschen. Jeder, der es wirklich wissen wollte und über eine Internetverbindung verfügte, hätte schon vor einer Woche vom Harten Regen erfahren können. Die Präsidentin und die anderen Staatsoberhäupter, vermutete er, waren gezwungen gewesen, dies eher früher als später zu tun, damit sie sich in aller Offenheit auf die Entwicklung der Cloud-Arche konzentrieren konnten.

Und außerdem, damit sie den Völkern der Welt eine gewisse Handlungsmacht geben konnten. Die natürlich nicht an die des Agens heranreichte, das den Mond gesprengt hatte. »Handlungsmacht« hieß im Jargon der Leute, die diese Ansprache arrangiert hatten, den Menschen Optionen zu geben, ihnen etwas zu geben, was sie tun konnten, um eine Wirkung zu erzielen – ob eingebildet oder nicht. Natürlich konnten sie nichts am Harten Regen ändern. Und sehr wenige von ihnen konnten auf technischer Ebene einen Beitrag zur Cloud-Arche leisten – es gab nun mal nur eine bestimmte Anzahl von Leuten, die qualifiziert waren, Weltraumspaziergänge zu unternehmen oder Raketentriebwerke zusammenzubauen, und die hatte man bereits mobilisiert.

Aber es gab Dinge, die die Leute tun konnten, um zum Gelingen der Cloud-Archen-Mission beizutragen und dadurch ein Teil des Erbes zu werden, das im Weltraum weitergeführt werden würde.

Sobald die Ansprachen und die Gebete vorbei waren, kamen

an dem zentralen Rednerpult, an dem vor einigen Minuten die Präsidentin gesprochen hatte, drei Leute zusammen. Sie würden auf Englisch sprechen, und ihre Worte würden in so viele Sprachen übersetzt werden, wie die Organisatoren Dolmetscher hatten auftreiben können. Die Erste auf dem Podium war Mary Bulinski, Innenministerin der Vereinigten Staaten, eine eingefleischte Wanderin und Kletterin, mit sechzig noch sehr agil. Ihrer Ausbildung nach war sie Wildbiologin. Als Nächstes kam Celani Mbangwa, eine üppige Südafrikanerin und angesehene Künstlerin. Der Letzte war Clarence Crouch, der Genetiker und Nobelpreisträger aus Cambridge, der langsam und am Stock ging, weil seine eigenen Gene ihm einen üblen Streich gespielt hatten und er an Darmkrebs erkrankt war. Eine seiner Postdoktorandinnen, Moira Crewe, die nie von seiner Seite zu weichen schien, half ihm über den felsigen Boden. Clarence' Frau hatte vor zehn Jahren Selbstmord begangen, und das King's College war das Einzige, was seinen Körper und seine Seele noch zusammenhielt.

Man hatte allen schon vor mehreren Tagen mitgeteilt, was passieren würde, damit sie etwas Zeit hatten, sich von dem Schock zu erholen und sich fernsehtauglich zu präsentieren. Sie waren so bald wie möglich nach Oregon geflogen und in Zimmern in der Lodge am Kraterrand untergebracht worden. Doob und andere Wissenschaftler, die aus der ganzen Welt eintrudelten, hatten in einem Tagungsraum im Erdgeschoss so etwas wie ein Lagezentrum eingerichtet und ausgetüftelt, was genau Mary, Celani und Clarence sagen würden. Weil das ein wesentlicher Teil der Ankündigung war. Im Grunde rechnete niemand mit Massenpanik oder Chaos. In gewissem Maße würde es das natürlich geben. Aber Milliarden von Menschen würden wissen wollen, wie sie sich nützlich machen konnten. Und ihnen musste man Antworten liefern.

Und deshalb spielte es keine Rolle, dass Mary, Celani und Clarence mit dem Rücken zu Doob standen und in einen kalten

Wind sprachen, weil er den Text hundertmal durchgegangen war und wusste, was sie sagen würden.

Mary fiel die Aufgabe zu, darüber zu sprechen, dass die Cloud-Arche das genetische Erbe der Ökosysteme der Erde bewahren würde, und zwar weitgehend in digitaler Form. Man konnte Giraffen weder ins All schicken noch sie dort oben am Leben erhalten, aber man konnte Gewebeproben von ihnen aufbewahren. Das Weltall war ein ziemlich effektiver Gefrierschrank. Noch besser war, dass sich die genetischen Sequenzen aufzeichnen ließen, indem man Proben in Geräte gab, die die DNS-Stränge Basenpaar für Basenpaar auseinandernahmen und sie als Datenstrings speicherten, die sich leicht archivieren und kopieren ließen. Man würde spezielle Geräte zur Cloud-Arche hinaufschicken, Geräte, die diese digitalen Aufzeichnungen in funktionierende DNS zurückverwandeln konnten, die sich in lebende Zellen einbringen ließ, sodass man irgendwann, vielleicht Tausende von Jahren in der Zukunft, aus Rohelementen Giraffen, Sequoias und Wale wiederherstellen konnte. Wie konnten gewöhnliche Menschen dazu beitragen? Indem sie in ihrer Umgebung Proben von lebendigen Dingen, besonders seltenen oder ungewöhnlichen, sammelten, mit ihren Smartphones Bilder machten und GPS-Positionen festhielten und alles portofrei an bestimmte Adressen schickten.

In gewisser Weise hatte Mary die schwierigste Aufgabe, weil dieser Teil des Plans kompletter Quatsch war und sie das wissen musste. Biologen hatten längst sämtliche Proben gesammelt, auf die es ankam. Sämtliche Blumen, Waschbärschädel, Vogelfedern, Stöcke und Schnecken, die von hilfsbereiten Kindern an diese Adressen geschickt wurden, würden letzten Endes vernichtet werden. Sämtliche Sequenziergeräte arbeiteten bereits auf vollen Touren rund um die Uhr, und die Maschinen, die noch mehr von diesen Geräten herstellten, taten das ebenfalls. Trotzdem gelang es ihr, das Ganze überzeugend zu verkaufen, jedenfalls schloss Doob das aus der Haltung ihrer Schultern und aus ihren Kopfbewegungen, während sie in den Teleprompter sprach.

Celanis Aufgabe bestand darin, die Menschen der Welt zu überzeugen, dass sie zu einem literarischen, künstlerischen und spirituellen Erbe beitragen konnten, das sie überleben würde. Sämtliche Bücher und Webseiten der Welt wurden bereits archiviert. Was jetzt gebraucht wurde, waren Menschen, die Erzählungen und Gedichte schrieben, Bilder malten oder schlicht Kameras auf sich richteten und Fotos machten oder Videos drehten, die eines Tages von den fernen Abkömmlingen der Cloud-Archen-Pioniere durchstöbert werden würden. Dies überzeugend zu erklären war einfacher, weil es seriös und leicht durchzuführen war. Viele digitale Dateien zu archivieren und ins All zu schicken war unkompliziert.

Clarence, der Letzte, der an die Reihe kam, hatte einiges zu erklären.

Doob kannte den Text seiner Rede auswendig. Sie hatten unterschiedliche Formen diskutiert, wie sich das sagen ließ, doch Clarence hatte zu den High-Church-Formulierungen tendiert, die ihm im Blut lagen.

»Die Zeit für eine große Auslosung ist gekommen«, verkündete er. »Der Herr hat es für angebracht gehalten, die Erde mit Menschen von vielerlei Farbe und Art zu bevölkern. Nun ist uns eine Bürde auferlegt worden, wie sie dereinst Noah auferlegt wurde. Wie er müssen wir unsere Arche auf eine Weise bevölkern, die der Vielfalt des Lebens um uns herum Achtung erweist. Mary Bulinski hat bereits davon gesprochen, wie wir das Erbe der Pflanzen, Tiere und anderen Lebensformen bewahren werden. Wir werden das nicht wie Noah tun, indem wir sie paarweise an Bord der Arche bringen. Es ist kein Platz für sie, und es gibt keine Möglichkeit, sie am Leben zu erhalten. Was die Pflanzen und Tiere betrifft, gehen wir einen anderen Weg.

Mit den Völkern der Welt verhält es sich anders. Wir werden

Menschen in der Arche brauchen. Das folgt keinem automatischen Mechanismus. Es wird die Findigkeit und Anpassungsfähigkeit des menschlichen Verstandes erfordern. Wir werden sie bevölkern. Beginnen werden wir mit Astronauten, Kosmonauten, Militärs und Wissenschaftlern, deren Fähigkeiten gebraucht werden. Aber ihre Anzahl ist begrenzt, und sie entstammen nur einem kleinen Teil der Völker der Welt.«

Diese Frage – wie viele? – hatte sie die ganze Zeit gequält. Wie viele Menschen ließen sich in zwei Jahren ins All befördern, vorausgesetzt, die Raketenfabriken arbeiteten ununterbrochen und man war nicht allzu pingelig, was Sicherheitsverfahren anging? Schätzungen variierten um zwei Größenordnungen und reichten von ein paar Hundert bis zu Zehntausenden. Sie hatten keine Ahnung. Und sie hinaufzubringen war eins, aber sie am Leben zu halten etwas ganz anderes. Die solidesten Schätzungen, die Doob gesehen hatte, liefen auf eine Zahl hinaus, die irgendwo zwischen fünfhundert und eintausend lag. Aber sie hatten sorgfältig jede Zahl oder auch nur Hinweise darauf aus Clarence' Rede getilgt.

»Wir bitten jedes Dorf, jede Klein- und Großstadt und jeden Bezirk, durch das Los zwei junge Menschen, einen Jungen und ein Mädchen, als Kandidaten für eine Ausbildung zur Aufnahme in die Besatzung der Cloud-Arche zu bestimmen. Wir möchten keine Regeln oder Verfahrensweisen dafür vorschreiben, wie diese Auswahl getroffen wird. Unser Ziel besteht darin, so gut wie möglich die genetische und kulturelle Vielfalt der Menschheit zu bewahren. Wir vertrauen darauf, dass die ausgewählten Kandidaten die besten Merkmale der Gemeinschaften verkörpern werden, aus denen sie ausgewählt wurden.«

Die Äußerung widersprach sich auf subtile Weise selbst. Clarence sagte, man wolle keine Regeln vorschreiben. Aber das hatte man bereits getan, indem man festlegte, dass es sowohl ein Junge als auch ein Mädchen sein musste. Man wusste sehr wohl, dass viele Kulturen damit Probleme haben würden.

»Die auf diese Weise ausgewählten Jungen und Mädchen«, fuhr Clarence fort, »werden in einem Netzwerk von Camps und Hochschulen zusammengefasst werden, wo man sie für die Mission, die sie unternehmen werden, ausbilden und in die Cloud-Arche befördern wird, während man dort Raum für sie schafft.« Doob, dem bewusst war, dass er im Hintergrund irgendeiner Kameraeinstellung zu sehen sein könnte, gab sich alle Mühe, ein Pokergesicht beizubehalten. Clarence log nicht direkt. Aber er ließ vieles unerwähnt. Wie viele Jungen und Mädchen würden in diesen Camps landen? Mehr, als man zu irgendeiner vorstellbaren Weltraum-Arche transportieren oder darin unterbringen konnte. Wie viele ließen sich wirklich zu etwas Nützlichem ausbilden?

In Wirklichkeit würde es sich um einen sehr viel selektiveren Vorgang handeln, als es nach Clarence' Worten den Anschein hatte. Nur einige der durch das Los Bestimmten würden überhaupt geholt werden. Diejenigen, die zu seltenen oder distinktiven ethnischen Gruppen gehörten, hatten wahrscheinlich einen Vorteil. Sobald sie ins Ausbildungszentrum kamen, würden sie allmählich begreifen, dass in Wirklichkeit nicht alle vor dem Harten Regen ins All befördert werden würden. Ein Konkurrenzkampf würde ausbrechen. Der vielleicht brutal wurde. Er dachte nicht gern daran.

Zum tausendsten Mal in den vergangenen drei Wochen überlegte er, wie seltsam der Verstand war. Dass die Verhältnisse in den Ausbildungscamps vielleicht unerfreulich wurden, spielte keine Rolle. Es tat nichts zur Sache. Und dennoch verstörte ihn der Gedanke, dass junge Menschen grausam zueinander waren, mehr als der Umstand, dass die meisten von ihnen sterben würden.

In einem Fenster der Lodge ging ein Vorhang auf, und im Aufblicken sah Doob Amelia, die mit verschränkten Armen, die Ellbogen auf der Fensterbank, aus dem Zimmer, das sie die letzten drei Nächte miteinander geteilt hatten, zu ihm herabschaute. Sie war dort geblieben, damit sie es im Fernsehen sehen und ihm sagen konnte, wie es auf Video gewirkt hatte, wie die Kommentatoren und Experten es gestaltet hatten.

Es war die Woche von Thanksgiving. Die Schule war aus. Amelia war am Mittwoch nach Eugene geflogen, hatte sich einen Wagen gemietet und war hierhergefahren, um bei ihm zu sein.

Die Belegschaft der Lodge, noch ahnungslos, was passieren würde, hatte am Donnerstagnachmittag das traditionelle Truthahnessen serviert. Die Wissenschaftler, Politiker und Militärs, die aus allen Teilen der Welt hier zusammengekommen waren, um über das Ende der Tage nachzudenken, hatten versucht, es mit Humor zu nehmen. In gewisser Weise war Doob allerdings tatsächlich dankbar. Er war dankbar, dass Amelia hergekommen war, um Zeit mit ihm zu verbringen. Er war dankbar, dass sie genau in dem Augenblick in seinem Leben aufgetaucht war, in dem er am dringendsten jemanden in seiner Nähe brauchte.

An Tag 7, als er Amelia kennengelernt und sich im gleichen Augenblick in sie verliebt hatte, war er sich albern vorgekommen. Er hatte sich gefragt, was in seinem Gehirn vorging, dass er so reagierte. Aber sie hatte ihn auf die korrekte, ja resolute Weise einer Grundschullehrerin wissen lassen, dass sein Interesse erwidert wurde. Die Schule, an der sie unterrichtete, war knapp anderthalb Kilometer vom Campus der Caltech entfernt, und so pflegten sie sich zu frühen Essen zu treffen, bevor sie nach Hause ging, um Arbeiten zu korrigieren, und er in sein Büro zurückkehrte, um immer wieder seine Berechnungen zum exponentiell verlaufenden Ereignis, dem Weißen Himmel, zu überprüfen. Die Kluft zwischen der Freude an der neuen Liebe und der zunehmenden Gewissheit, was passieren würde, war fast zu breit, als dass sein Verstand sie bewältigen konnte. Er wachte jeden Morgen auf und genoss die ersten bewussten Momente, ehe sein Verstand sich unwillkürlich dem einen oder dem anderen Thema zuwandte.

Nach seiner Rückkehr von Camp David und der Telekonferenz, bei der er der Besatzung der Internationalen Raumstation erklärt hatte, wie die Dinge lagen, hatte sie ihn gefragt, was ihn quäle, und er hatte es ihr gesagt. In jener Nacht hatten sie zum ersten Mal zusammen geschlafen. Aber sie schliefen vier Mal zusammen, ehe er sich zum Geschlechtsverkehr imstande sah. Es war nicht so sehr die drohende Katastrophe, die ihm in die Quere kam. Katastrophen konnten sexy sein. Den besten Sex seines Lebens hatte er unter anderem auf dem Weg zur Beerdigung ihm nahestehender Menschen gehabt. Was ihn niederdrückte und impotent machte, war die Anspannung und Belastung, das, was er wusste, einem Menschen nach dem anderen mitteilen zu müssen.

Das Problem war gelöst. Inzwischen wusste es jeder.

Clarence schloss seine Ansprache mit ein paar erbaulichen Worten darüber, dass die jungen Männer und Frauen, die in die Sicherheit der Cloud-Arche aufstiegen, im All eine neue Zivilisation aufbauen und sie mit dem genetischen Erbe der ganzen Menschheit bevölkern würden. Eingefrorene Spermien, Eizellen und Embryonen würden ebenfalls hinaufgeschickt werden, sodass selbst die, die auf der Erdoberfläche zurückblieben und dort starben, eine gewisse Hoffnung hegen konnten, dass ihre Nachkommen eines Tages in erdumkreisenden Weltraumkolonien heranwachsen und über digital gespeicherte Briefe, Fotos und Videos mit ihren dahingegangenen Vorfahren kommunizieren würden. Doob empfand diesen Teil der Rede als bloßes Anhängsel, als etwas, was man nur angefügt hatte, um einen Schimmer von Hoffnung in Aussicht zu stellen. Doch in gewisser Weise, das wusste er, war es das Wichtigste, was irgendeiner der Redner heute sagen würde. Der Rest der Mitteilung war atemberaubend düster gewesen, für die meisten Menschen zu schockierend, um es erfassen zu können. Die Nachrichtensprecher, die die Ankündigung moderierten, waren am Vortag instruiert und zu Stillschweigen verpflichtet worden, um ihnen etwas Zeit zu geben, sich zu fangen, in der Hoffnung, dass sie das Ganze während der Sendung zusammenhalten konnten. Die Ankündigung musste einfach mit irgendeinem Strohhalm schließen, an den sich die Menschen klammern konnten. Dieser freundliche, altehrwürdige Cambridge-Professor, der, vom Krebs geschwächt, im Tonfall der King James Bible von der neuen Welt am Himmel sprach, die von den Kindern der Toten bevölkert sein würde, die die JPEGs und GIFs ihrer Vorfahren in Ehren halten würden, kam einer erbaulichen Botschaft so nahe, wie man es an diesem Tag nur erleben würde. Er musste es überzeugend verkaufen, und das tat er. Und Doob und alle anderen Wissenschaftler, die das Cloud-Archen-Programm zusammen mit den Militärs, Politikern und Führungskräften der Welt betrieben, mussten nachziehen.

Moira Crewe, Clarence' Postdoktorandin, und Mary Bulinski fassten Clarence rechts und links unter und halfen ihm die Treppe zum Kraterrand hinab, wo sich ein paar verstörte Journalisten versammelt hatten, um Fragen zu stellen. Größtenteils aber war es totenstill. Das übliche Stimmengewirr nach einer Pressekonferenz blieb aus. Die meisten Sender hatten direkt in ihre jeweilige Zentrale zurückgeschaltet.

Doob schaute zum Fenster hinauf. Amelia strich sich das Haar hinters Ohr und trat vom Glas zurück. Mit vor Kälte steifen Beinen stapfte er zur Lodge zurück. Er dachte an die eingefrorenen Spermaproben und Eizellen. Wie lange würden sie halten? Es war bekannt, dass man dergleichen noch nach bis zu zwanzig Jahren im Gefrierschrank auftauen und normale Babys damit erzeugen konnte. Kosmische Strahlung würde die Dinge vielleicht komplizieren. Ein einziger Strahl, der einen menschlichen Körper durchdrang, würde vielleicht ein paar Zellen beschädigen – aber Körper hatten viele Ersatzzellen. Derselbe Strahl, der ein einzelliges Spermium oder eine Eizelle durchdrang, würde sie zerstören.

Unter dem Strich hieß das, jeder Mann auf der Erde konnte in einen Probenbehälter ejakulieren, jede Frau konnte sich dem sehr viel komplizierteren Vorgang unterziehen, ihre Eizellen einfrieren zu lassen, man konnte millionenfach Embryonen sammeln und auf Eis legen, aber das würde alles nicht den geringsten Unterschied machen, wenn sich keine gesunden jungen Frauen fanden, die bereit waren, sich diese Spenden in die Gebärmutter einpflanzen zu lassen und sie neun Monate lang auszutragen. Mit der Zeit würde die Bevölkerung wachsen. Eine neue Generation funktionsfähiger Gebärmütter – um es unverblümt zu sagen – würde in vierzehn bis fünfzehn Jahren zur Verfügung stehen. Und eine zweite Generation in dreißig. Doch bis dahin würden viele der eingefrorenen Proben, an die die Menschen der Erde ihre Hoffnungen knüpften, ihr Verfallsdatum überschritten haben.

Die meisten Menschen auf der Cloud-Arche würden Frauen sein müssen.

Außer der Produktion von mehr Babys gab es dafür noch andere Gründe. Untersuchungen der langfristigen Auswirkungen des Raumflugs legten nahe, dass Frauen für Strahlenschäden weniger anfällig waren als Männer. Sie waren im Durchschnitt kleiner, beanspruchten weniger Platz, weniger Nahrungsmittel, weniger Luft. Und soziologische Studien legten den Schluss nahe, dass sie besser zurechtkamen, wenn sie über längere Zeit unter beengten Verhältnissen zusammengepfercht waren. Das war umstritten, denn es spielte in konfliktbeladene Themen wie die Anlage-Umwelt-Kontroverse und die Frage hinein, ob Geschlechtsidentität ein soziales Konstrukt oder ein genetisches Programm war. Doch wenn man der Vorstellung anhing, dass Jungen durch die natürliche Auslese nach Darwin darauf programmiert worden waren, im Freien herumzurennen und Speere auf wilde Tiere zu schleudern – etwas, was jeder Elternteil, der jemals einen Jungen großgezogen hatte, ernst nehmen musste –, dann war es schwer vorstellbar, dass viele von ihnen ihr Leben in Blechdosen verbrachten.

Das System von Ausbildungscamps, in denen man die durch Losverfahren bestimmten jungen Leute zwecks Ausbildung und Auswahl zusammenfasste, würde eine Kakerlakenfalle für Jungen sein. Junge Männer würden hineingehen, aber nicht herauskommen. Von ein paar glücklichen Ausnahmen abgesehen.

Er strebte schon seit einigen Minuten der Lodge zu und hatte dabei das undeutliche Gefühl, es gebe etwas, was er tun müsse.

Mit den Medien sprechen. Ja, das war es. Normalerweise würden Kamerateams auf ihn zusteuern. Und normalerweise würde er versuchen, ihnen auszuweichen. Aber heute nicht. Heute war er bereit, herumzustehen und zu reden, für die Milliarden von Menschen draußen im Fernsehland Doc Dubois zu sein. Aber niemand war hinter ihm her. Moderatoren aus vielen Ländern schauten seelenvoll in ihre Teleprompter und intonierten vorbereitete Bemerkungen. Journalisten von geringerem Format – Technologie-Blogger und Freiberufler – gaben ihre Berichte durch. Doob bemerkte ein vertrautes Gesicht, Tavistock Prowse, der abseits in einer Ecke des Parkplatzes stand. Er hatte ein Tablet auf einem Stativ aufgebaut, dessen Kamera auf sich selbst gerichtet und ein kabelloses Mikrofon angeklemmt, und er lieferte einen Videoblog-Eintrag, wahrscheinlich für die Webseite des TURING Magazine, das ihn seit vielen Jahren beschäftigte. Doob kannte ihn seit zwei Jahrzehnten. Er sah schrecklich aus. Tav war heute Morgen aufgetaucht. Er hatte weder die Referenzen noch den Zugang, um vorab informiert zu werden, deshalb war ihm das alles neu. Doob hatte ihn letzte Nacht ein paarmal auf Twitter und Facebook angepingt, um ihn vorzuwarnen, damit sein alter Freund von der Ankündigung nicht auf dem falschen Fuß erwischt wurde, aber Tav hatte nicht reagiert.

Es schien nicht gerade der beste Moment zu sein, ein improvisiertes Interview mit Tav zu machen, deshalb tat Doob so, als hätte er ihn nicht gesehen. Er zeigte den am Eingang der Lodge postierten Secret-Service-Leuten seine Legitimation, aber das geschah nur aus Höflichkeit – sie wussten, wer er war, und hatten ihm bereits die Tür geöffnet.

Er ging an den Fahrstühlen vorbei und stieg die Treppe zum Zimmer hinauf, um das Blut in seinen Extremitäten in Bewegung zu bringen. Amelia hatte die Tür angelehnt gelassen. Er hängte das »BITTE NICHT STÖREN«-Schild daran, schloss hinter sich ab und ließ sich in einen Sessel plumpsen. Sie war immer noch am Fenster, saß zurückgelehnt auf dessen breiter, rustikaler Bank. Diese Seite der Lodge lag von der Sonne abgewandt, aber das Licht des Himmels kam herein und beleuchtete ihr Gesicht, zeigte die Anfänge feiner Falten unter ihren Augen, um ihren Mund. Sie war Honduranisch-Amerikanerin der zweiten Generation, irgendeine komplizierte afrikanisch-indianisch-spanische Mischung, mit großen Augen, gewellten Haaren, hellwach, vogelartig, doch mit jenem grundsätzlich positiven Wesen, das jeder Lehrer haben musste. Unter den derzeitigen Umständen war das ein guter Charakterzug.

»Tja, das wäre geschafft«, sagte sie. »Dir muss ein großer Stein vom Herzen gefallen sein.«

»Ich habe in den nächsten zwei Tagen zehn Interviews«, sagte er, »in denen ich das Warum und Weshalb erklären muss. Aber du hast recht. Verglichen mit der Überbringung der Nachricht ist das einfach.«

»Es ist bloß Mathematik«, sagte sie.

»Es ist bloß Mathematik.«

»Und danach?«, fragte sie.

»Du meinst, nach den nächsten zwei Tagen?«

»Ja. Was ist dann?«

»Darüber habe ich eigentlich noch gar nicht nachgedacht«, räumte er ein. »Aber wir müssen weiter Daten sammeln. Die Voraussage verfeinern. Je mehr wir darüber wissen, wann der Harte

Regen eintreten wird, desto besser können wir den Ablauf der Starts und alles andere planen.«

»Die Auslosungen«, sagte sie.

»Das auch.«

»Du gehst, nicht wahr, Dubois?« Sie nannte ihn nie bei seinem Spitznamen.

»Verzeihung?«

Gereiztheit huschte über ihr Gesicht – das war ungewöhnlich –, dann betrachtete sie ihn genauer und wurde nach und nach amüsiert. »Du weißt es nicht.«

»Was weiß ich nicht, Amelia?«

»Du gehst natürlich.«

»Wohin?«

»Auf die Cloud-Arche. Sie werden dich brauchen. Du bist einer der Wenigen, die da oben von Nutzen sein können. Die dazu beitragen können, die Überlebenschancen zu erhöhen. Eine Führungskraft sein.«

Bis sie es sagte, war ihm dieser Gedanke gar nicht gekommen. Doch dann sah er ein, dass es wahrscheinlich stimmte. »Du meine Güte«, sagte er, »ich glaube, ich würde lieber hier unten abkratzen. Bei dir. Ich habe mir überlegt, wir könnten hier heraufkommen, am Kraterrand zelten und es uns ansehen. Das wird das erstaunlichste Ding aller Zeiten.«

»Ein wirklich heißes Date«, sagte Amelia. »Nein, ich glaube, ich werde diesen Tag mit meiner Familie verbringen.«

»Vielleicht könnten du und ich bis dahin eine Familie sein.«

Tränen schimmerten in den Schatten unter ihren Augen, und sie strich sich mit dem Finger unter der Nase entlang. »Das ist bestimmt der seltsamste Heiratsantrag aller Zeiten«, sagte sie. »Die Sache ist die, Dubois, mein Mann wird im Orbit sein – und ich in Kalifornien.«

»Ich könnte nach einer Möglichkeit suchen, wie …«

Sie schüttelte den Kopf. »Die werden sich niemals bereit erklären, eine fünfunddreißigjährige Lehrerin zur Cloud-Arche hinaufzubefördern.«

Er wusste, dass sie recht hatte.

»Ein eingefrorener Embryo allerdings – das ist wohl eher eine Möglichkeit.«

»Das ist bestimmt der seltsamste *Vorschlag* aller Zeiten«, sagte Doob.

»Wir leben in seltsamen Zeiten. Ich habe gerade meine fruchtbaren Tage. Das weiß ich. Keine Kondome mehr für dich, Tiger.«

So kam es, dass Doc Dubois, eine halbe Stunde nachdem er sich mit höchstem intellektuellem Skeptizismus die besänftigenden Worte von Clarence Crouch angehört, sie mit seinem Verstand logisch zerpflückt und sich bewiesen hatte, dass sie bloß ein tröstlicher Schmus für die Milliarden Zurückbleibender waren, eine Ablenkung, um sie in den zwei Jahren, die ihnen noch blieben, mit Sex zu beschäftigen, in Amelias Armen und sie in seinen lag, während sie sich daranmachten, einen Embryo zu zeugen, den er in den Weltraum hinaufbringen konnte, damit er dort einer anderen, unbekannten Frau in die Gebärmutter eingepflanzt wurde.

Er dachte schon über die Videos nach, die er herstellen würde, um seinem Kind die Rechenarten beizubringen, als er zum Höhepunkt kam.

Dinah war froh, nicht auf dem Planeten zu sein, als die Ankündigung am Crater Lake erfolgte. Sie saß allein in ihrer Werkstatt und schaute aus ihrem Fenster an der zerklüfteten schwarzen Silhouette von Amalthea vorbei auf den leuchtenden blauen Gradbogen der Erde darunter. Sie wusste, wann die Ankündigung erfolgte, und sie wusste, wie lange sie dauern sollte. Sie beschloss, sich die Videoübertragung nicht anzusehen. Es berührte sie seltsam, dass die Erde selbst ihr Aussehen in keiner Weise veränderte. Dort unten hörten sieben Milliarden Menschen die denkbar schlimmste Nachricht. Sie erlebten ein kollektives emotionales Trauma, wie es die Geschichte der Menschheit noch nicht gesehen hatte. An öffentlichen Orten wurden Polizei und Militär aufgeboten, um »die Ordnung aufrechtzuerhalten«, was auch immer das hieß. Aber die Erde sah noch genauso aus.

Ihr Funkgerät fing zu piepen an. Sie schaute hinab, blinzelte Tränen weg und sah, weit im Norden über die Erdkrümmung gebogen, Alaska.

WIR SIND STOLZ DASS DU DA OBEN BIST

Sie erkannte die Hand ihres Vaters – seinen Anschlag der Morsetaste – so mühelos wie seinen Geruch oder seine Stimme. Sie gab zurück:

ICH WÜNSCHTE ICH KÖNNTE EUCH WIEDERSEHEN

TANTE BEVERLY SÄT EIN PAAR FELDER KARTOFFELN
WIR KOMMEN SCHON KLAR

Sie weinte eine Zeitlang.

QSL sendete er, einen Q-Code, der in diesem Fall »Bist du noch da?« bedeutete.

Sie sendete QSL zurück, was »Ja« hieß.

Sie wusste, dass der Zweck der Q-Codes darin bestand, die Kommunikation effizienter zu gestalten, doch nun begriff sie, dass die Codes noch einem anderen Zweck dienen konnten. Sie konnten es einem ermöglichen, ein paar Schnipsel Information herauszuholen, wenn einem Worte schwerfielen.

MACH DICH MAL LIEBER AN DIE ARBEIT KLEINE

UND DU SOLLTEST AUFHÖREN AUF DIE TASTE
ZU HÄMMERN UND BEV HELFEN

QRT

»Für mich ist es immer noch ein Wunder, dass du daraus schlau wirst.«

Sie drehte sich um und sah Rhys Aitken, der in der Lukenöffnung balancierte, die ihre Werkstatt mit dem SCRUM verband, dem Space Commercial Resources Utility Module, dem großen, dosenförmigen Objekt, das Izzys vorderes Ende mit Amalthea verband. An den Seiten verfügte das SCRUM über mehrere Andockvorrichtungen, an die andere Module angekoppelt werden konnten. Aufgrund diverser Verzögerungen und Budgetkürzungen war im Augenblick nur eine dieser Andockvorrichtungen in Gebrauch, und in dieser schwebte Rhys. Er hatte ein in eine Decke gehülltes Bündel unter den Arm geklemmt.

Sie schniefte, wurde sich plötzlich bewusst, dass sie schrecklich aussah. »Wie lange bist du schon da?«

»Nicht lang.«

Sie wandte ihm den Rücken zu, griff nach einem Handtuch, trocknete sich Augen und Nase. Rhys überbrückte die Zeit mit freundlichem Geplauder. »Ich konnte es nicht mehr ertragen, mir die Ankündigung anzusehen, also habe ich versucht, mich nützlich zu machen. Habe etwas Fabelhaftes entdeckt. Wasser fließt abwärts. Na schön, das habe ich schon gewusst. Es gibt einen Bereich des Torus, unter den Deckplatten, wo sich tendenziell Kondenswasser sammelt – das ist ein Wartungsproblem, etwas, worauf wir schon die ganze Zeit ein Auge haben.

Jedenfalls habe ich dir etwas mitgebracht«, schloss er.

Sie drehte sich um und betrachtete das Bündel unter seinem Arm. »Ein Dutzend Rosen?«

»Nächste Woche vielleicht. Bis dahin…« Und er hielt es ihr hin.

Sie nahm es entgegen. Wie alles hier oben war es natürlich gewichtslos, aber aufgrund seiner Trägheit merkte sie, dass es eine gewisse Schwere hatte.

Sie schlug die Decke zurück und hörte ein knisterndes, knackendes Geräusch, dann sah sie darunter eine Lage der metallisierten Mylar-Folie, die sie überall auf Izzy als thermische Abschirmung verwendeten. Das Objekt darunter war klumpig und unregelmäßig. Und es war kalt. Als sie das Mylar wegzog, kam ein Brocken Eis zum Vorschein. Er war oval und linsenförmig: eine gefrorene Pfütze.

»Perfekt«, sagte sie.

Ein paar Tropfen Wasser trudelten davon weg und schimmerten in dem Sonnenstrahl, der durch ihr kleines Fenster drang, wie Diamanten. Sie fing sie mit demselben Handtuch ein, mit dem sie sich gerade das Gesicht getrocknet hatte. Aber nicht, ohne einen kurzen Moment innezuhalten, um das Glitzern zu bewundern. Das einer kleinen Galaxie neuer Sterne glich.

»Du hast etwas von einer kryptischen Nachricht von Sean Probst gesagt.«

»Alle seine Nachrichten sind so«, sagte sie, »sogar nachdem sie entschlüsselt worden sind.« Sean Probst war ihr Boss, der Gründer und Vorstandsvorsitzende von Arjuna Expeditions.

»Jedenfalls irgendwas von wegen Eis«, fuhr Rhys fort.

»Moment, bringen wir das hier zuerst in die Luftschleuse, ehe es noch weiter schmilzt.«

»Gut.« Rhys schob sich ans andere, kuppelförmige Ende der Werkstatt, in dessen Mitte, wie die Pupille in einer Iris, eine runde Luke von etwa einem halben Meter Durchmesser eingelassen war. »Ich sehe hier überall grüne Lichter blinken, also mache ich das jetzt einfach auf, ja?«

»Nur zu.«

Er betätigte einen Hebel, der den Verriegelungsmechanismus löste, dann zog er die Luke auf, hinter der ein kleiner Raum zum Vorschein kam. Das war die Luftschleuse, die Dinah benutzte, wenn sie zwecks Wartung einen ihrer Roboter hereinholen oder wieder auf Amalthea hinausschicken musste. Für Menschen ausgelegte Luftschleusen waren groß – es musste mindestens eine Person in einem voluminösen Raumanzug hineinpassen –, kompliziert und teuer, teils wegen sicherheitstechnischer Anforderungen, teils weil sie in staatlichen Programmen konstruiert wurden. Im Gegensatz dazu war diese, von der ein kleines Team bei Arjuna Expeditions in wenigen Wochen einen Prototyp entwickelt hatte, für kleinere Ausrüstungsgegenstände gedacht. Sie hatte in etwa die Abmessungen einer großen Mülltonne. Um auf der Innenseite Raum zu sparen, stand sie vom Ende des Moduls ab und ragte in den Weltraum wie ein stummeliger, übergroßer Feuerhydrant. Am äußeren Ende befand sich eine kuppelförmige Luke, die Dinah von ihrer Werkstatt aus öffnen und schließen konnte, wobei sie sich eines Gestänges aus Schubstangen und Hebeln bediente, das geradewegs aus einem Jules-Verne-Roman stammte. Diese Luke war im Augenblick natürlich geschlossen, und die Schleuse war voller Luft, die eiskalt geworden war, da die Sonne bis vor wenigen Minuten nicht von außen daraufgeschienen hatte.

Dinah gab dem Eisbrocken einen sanften Schubs, und er glitt durch die Werkstatt auf Rhys zu. »Kerze!«, rief er und fing ihn.

»Was?«

»Rugby«, erklärte er und ließ das Eis in die Schleuse gleiten. »Hast du einen Grabb oder so was, der herkommen und es holen kann?«

»Gleich«, sagte sie. »Erstmal lasse ich es da drin.«

»Gut.« Er schloss die Innentür und verriegelte sie. Dann drehte er sich um und sah Dinah an, und sie sah ihn an, und sie taxierten einander einige Augenblicke lang.

»Wasser kondensiert also und läuft an dieser einen Stelle im Torus zu einer Pfütze zusammen«, sagte sie, »an die man herankommt, wenn man eine Deckplatte abhebt?«

»Ja.«

»Und es gefriert?«

»Na ja, normalerweise nicht. Beim Gefrieren habe ich vielleicht nachgeholfen, indem ich an der Kabinenklimatisierung herumgefummelt habe.«

»Aha.«

»Ich habe bloß versucht, Energie zu sparen.«

Sie schwebte im gegenüberliegenden Ende der Werkstatt, in der Nähe der Luke, die diese mit dem SCRUM verband. Sie schaute hindurch und vergewisserte sich, dass niemand da war. Einige, das wusste sie, waren bei einer Besprechung im Torus, andere unternahmen einen Weltraumspaziergang.

»Also *strenggenommen*...«, begann sie.

»Strenggenommen ist das falsch«, sagte er. Sie bewunderte die selbstkritische Deutlichkeit. »Es ist falsch, denn wenn man die Außenluke aufmacht und dieses Stück Eis in den Raum hinausbefördert, wo deine Roboter darauf herumalbern können, wird es sublimieren.«

Sublimation war im Wesentlichen das Gleiche wie Verdunstung, wobei die flüssige Phase übersprungen wurde; der Begriff bezeichnete einen Vorgang, bei dem ein Festkörper, der einem Vakuum ausgesetzt wurde, sich allmählich in Dampf verwandelte und verschwand. Bei Eis passierte das in aller Regel ziemlich rasch, sofern man es nicht extrem kalt hielt.

»Izzy wird also Wasser verlieren«, sagte Dinah, »das eine seltene und wertvolle Ressource ist.«

»Es wird gar nicht vermisst werden«, sagte Rhys unbekümmert. »Wir leben schließlich nicht mehr in den alten Zeiten. Jetzt wo diese Leute diese Ankündigung gemacht haben, werden fortwährend Raketen hier heraufkommen.«

»Trotzdem, was Sean von mir verlangt, ist ein Projekt von Arjuna Expeditions. Etwas Kommerzielles. Etwas Privates. Und dieses Wasser ist ein gemeinsames...«

»Dinah.«

»Ja?«

»Krieg dich wieder ein, Schatz.«

Es folgte ein längeres Schweigen, das von einem tiefen Seufzer Dinahs beendet wurde. »Okay.« Rhys hatte recht. Jetzt war alles anders.

»Was will er denn eigentlich, und was hat das mit Eis zu tun?«

Ihre leichte Verärgerung über seine Neugier legte sich schließlich. Vielleicht konnte er helfen. Sie drehte den Kopf in Richtung Fenster und wies mit dem Kinn auf die wenige Meter entfernte, vertraute Masse von Amalthea. »Das mache ich beruflich, und meine Familie auch«, sagte sie. »Mit Mineralien arbeiten. Hartgestein. Metallische Erze. Sämtliche Roboter sind darauf optimiert, auf einem großen Brocken Eisen herumzukrabbeln. Sie benutzen Magneten, um daran zu haften. Zu ihren Werkzeugen gehören Plasmaschneider oder Trennscheiben, um ihn zu bearbeiten. Und jetzt sagt mir Sean im Grunde, ich soll das Ganze einstellen. Eis ist die Zukunft, sagt er. Das ist alles, wovon er hören will. Alles, woran ich arbeiten soll.«

»Auf der Erde gibt es eine Menge davon«, gab Rhys zu bedenken, »aber man sieht es nicht als Mineral.«

Sie nickte. »Es ist ein Ärgernis, das man aus dem Weg räumen muss.«

»Deine Kollegen unten am Boden, arbeiten die auch an Eis?«

»Nach dem E-Mail-Verkehr zu urteilen ist das eine unternehmensweite Weisung«, sagte sie. »Sie kaufen lastwagenweise Eis, laden es auf dem Boden des Labors ab und kühlen das Gebäude herunter – zum Glück ist in Seattle Winter, sie müssen die Temperatur nur um ein paar Grad senken. Sie kaufen alle lange Unterwäsche bei REI, damit sie in einem Kühlschrank arbeiten können.«

»Wie ist es denn, für Mister Freeze zu arbeiten?«

»Ich wollte gerade ›der Pinguin‹ sagen«, sagte Dinah, »aber in Seattle tragen die Leute keine Schirme.«

»Und Zylinder auch nicht, meiner Erfahrung nach. Nein, es ist eindeutig ein Mister-Freeze-Szenario.«

»Jedenfalls«, sagte Dinah, »sind mit der gestrigen Vitaminlieferung auch ein paar von diesen hier gekommen.«

Sie öffnete ein Staufach neben ihrem Arbeitsplatz und nahm einen Umschlag heraus, der aus dem metallisch grauen Kunststoff bestand, den man verwendete, um empfindliche Elektronik vor statischer Elektrizität zu schützen. Eine NASA-Visitenkarte war darangeklebt.

»Schön, wenn man höheren Orts Freunde hat«, meinte Rhys. Er hatte den Namen auf der Karte bemerkt: Scott »Sparky« Spalding, der Direktor der NASA.

Dinah lächelte. »Oder unteren, wie man's nimmt.«

Es war ein schwacher Scherz. Rhys gab keine Antwort. Dinah spürte, wie ihr Gesicht leicht warm wurde. Nicht so sehr wegen des misslungenen Versuchs, witzig zu sein, sondern aus einer Art politischer Abwehrhaltung heraus. »Scott hat mir vor ein paar Wochen gesagt, er würde mich nicht im Regen stehen lassen. Er würde mir den Rücken freihalten.«

»Was genau heißt das?«

»Dass die Roboterarbeit weitergehen würde. Dass ich einen Job haben würde. Ich habe ihm nicht geglaubt. Aber er hat wohl mit Sean Probst geredet. Denn Sean hat Sparky vor ein paar Tagen die Dinger hier mit FedEx geschickt, und jetzt sind sie da.«

Sie öffnete den wiederverschließbaren Umschlag, steckte Daumen und Zeigefinger hinein und zog einen etwa reiskorngroßen Gegenstand heraus. Von weiter weg sah er aus wie eine photovoltaische Zelle, bloß ein Flöckchen Silizium, aber mit ein paar winzigen Anhängseln.

»Was sind diese Dinger, die daran runterhängen?«, wollte Rhys wissen.

»Ein Fortbewegungssystem.«

»Beine?«

»Das hier hat zufällig Beine. Andere haben zum Beispiel Panzerketten oder sich drehende Zylinder oder Slammer.«

»Slammer? Ist das ein technischer Begriff?«

»Kommt aus dem Bergbau. Eine Methode, wie man schwere Ausrüstung über den Boden bewegt. Ich zeige es dir später.«

»Also steht offenbar auf der Tagesordnung«, sagte Rhys, »mehrere unterschiedliche Arten zu bewerten, wie Roboter auf Eis herumkrabbeln können, ohne wegzutreiben und verschüttzugehen.«

»Ja. Auf dem Boden in Seattle funktionieren die hier alle mehr oder weniger. Ich soll ihre Leistung im Weltraum bewerten.«

»Tja!«, sagte Rhys. »Dann ist es ja ein Riesenglück für dich, dass...«

»Dass ich meinen höchsteigenen Brocken Eis habe. Vielen Dank dafür.«

»Umso schöner, weil es sich um etwas Verbotenes handelt?«, fragte er und zog die Augenbrauen hoch.

Die Doppeldeutigkeit war klar genug. »Nicht so romantisch wie ein Dutzend Rosen«, konterte sie.

»Trotzdem«, sagte er, »was versucht ein Mann mit einem Dutzend Rosen zu sagen? Doch nur, dass er an dich denkt.«

Kurz nach ihrer Ankunft auf Izzy hatte sie einen Vorhang gebastelt, den sie vor die Öffnung der Luke ihrer Werkstatt ziehen konnte. Es war nicht viel – bloß eine Decke –, aber es schirmte sie gegen Blicke ab, wenn sie in ihrer Werkstatt ein Nickerchen machen wollte, und gab zu verstehen, dass sie nicht gestört werden wollte, jedenfalls nicht ohne vorheriges Anklopfen. Nun griff sie nach oben und zog diesen Vorhang vor die Lukenöffnung. Dann wandte sie sich wieder Rhys zu, der einen sehr willigen und sehr bereiten Eindruck machte.

»Was macht deine Raumkrankheit?«, fragte sie. »Du wirkst ein klein wenig, äh, lebhafter.«

»Habe mich nie besser gefühlt. Alle Körperflüssigkeiten vollständig unter Kontrolle.«

»Das beurteile ich lieber selbst.«

Die russische Invasion begann eine Woche später, mit einer Welle von Flügen, die laut NASA »durchwachsene Ergebnisse« und in der Terminologie von Roskosmos »eine akzeptable Sterblichkeitsrate« zeitigten.

Von weitem gesehen, bestand Izzy fast vollständig aus Solarpaneelen. Strukturell betrachtet, verhielten sich diese zur Raumstation wie die Flügel eines Vogels zu dessen Körper, insofern ihr Zweck darin bestand, bei minimalem Gewicht so viel Oberfläche wie möglich zu haben.

Masse, Kraft und Gehirn befanden sich größtenteils im »Körper«, einem Stapel dosenförmiger Module, der in der Mitte zwischen den »Flügeln« lag und vergleichsweise winzig war. Aus vielen Blickwinkeln war er gar nicht zu sehen. Die einzigen Teile des Stapels, die groß genug waren, um von weitem wahrgenommen zu werden, waren die Erweiterungen der jüngsten Jahre: Amalthea am einen und der Torus am anderen Ende.

Die Solarpaneele – ebenso wie einige andere ähnlich aussehende Gebilde, deren Funktion darin bestand, Abwärme in den Raum abzustrahlen – wurden von der Integrierten Gitterstruktur in Position gehalten. Das Wort »Gitter« bedeutete in diesem Zusammenhang einfach etwas, das wie ein Sendemast oder eine Stahlbrücke aussah: ein Netzwerk von Streben, die zu einem Fachwerk verbunden waren, das bei minimalem Gewicht maximale Steifigkeit besaß. In manchen Teilen von Izzy waren diese Streben sichtbar, normalerweise aber waren sie von Paneelen abgedeckt, die sie solider aussehen ließen, als sie waren. Hinter diesen Paneelen lag ein unfassbar kompliziertes System von Verkabelungen, Rohrleitungen, Batterien, Sensoren und Mechanismen zum Ausrichten und Drehen von Solarpaneelen. Von einigen wenigen Ausnahmen abgesehen war die Integrierte Gitterstruktur nicht mit Normaldruck versehen – sie war nicht dazu gedacht, Luft zu enthalten oder Menschen zu beherbergen. Sie glich der Technik auf dem Dach eines Wolkenkratzers, den Elementen ausgesetzt und selten von Menschen aufgesucht. Astronauten gingen auf Weltraumspaziergängen dorthin, um sich mit der Verkabelung herumzuschlagen oder Sachen zu reparieren, die nicht funktionierten, aber die meisten Besatzungsmitglieder von Izzy verbrachten ihre ganze Mission in dem viel kleineren Stapel von Dosen, der den »Körper« der Station bildete.

Das würde sich ändern müssen.

Izzy selbst ließ sich nur bis zu einem gewissen Grad erweitern. Das war keine Frage der Anbringung weiterer Dosen oder der Hinzufügung weiterer Tori. Über einen bestimmten Punkt hinaus verkraftete ein derart gedrängtes Volumen einfach nicht noch mehr Komplexität. Für den Betrieb von so gut wie allem brauchte man elektrischen Strom. Dabei wurde jedes Mal Abwärme erzeugt. Die Hitze würde sich in der Raumstation stauen und die Besatzung grillen, wenn sie nicht von einem Kühlsystem gesammelt und in Radiatoren geleitet würde, die diese Hitze dann in Form von infrarotem Licht ins All »abstrahlten«. Noch mehr Menschen und Systeme in den zentralen Rumpf der Raumstation zu zwängen würde noch mehr Solarpaneele, Batterien, Radiatoren und noch mehr Rohre und Kabel erfordern, um sie alle miteinander zu verbinden. Und den menschlichen Faktoren war damit noch gar nicht Rechnung getragen: wie man Leute mit Nahrung, Wasser und sauberer, atembarer Luft versorgen und wie man Kohlendioxid und Abwässer wiederaufbereiten sollte.

Weil man das wusste, hatte sich der Brain-Trust hinter der Cloud-Arche – eine Ad-hoc-Arbeitsgruppe aus Veteranen der staatlichen Raumfahrtbehörden und kommerziellen Weltraumunternehmern – für die einzige Strategie entschieden, die irgend funktionieren konnte, nämliche eine dezentrale und verteilte. Jede Sub-Arche, wie die Einzelschiffe hießen, würde so klein sein, dass sie an der Spitze einer einzigen Schwerlastrakete in die Umlaufbahn gehoben werden konnte. Sie würde ihre Energie aus einem kleinen, simplen Atomreaktor beziehen, dem Isotope als Brennstoff dienten, die so radioaktiv waren, dass sie einige Jahrzehnte lang Hitze abgeben und dadurch Strom erzeugen würden. Die Sowjetunion hatte solche Geräte verwendet, um abgeschiedene Leuchttürme mit Energie zu versorgen, und man setzte sie seit Jahrzehnten in Raumsonden ein.

Jede Sub-Arche würde eine kleine Anzahl von Menschen beherbergen. Die Zahl wechselte ständig, während man unterschiedliche Konstruktionen erwog, aber sie schwankte zwischen etwa fünf und einem Dutzend. Viel hing davon ab, wie rasch es sich als möglich erweisen würde, serienmäßig Tragluftkonstruktionen herzustellen; diese ermöglichten es, sehr viel geräumigere Volumina zu schaffen, indem man Menschen in Gebilden unterbrachte, die auf Ballons mit dicker Hülle hinausliefen. Doch Ballons herzustellen, die auf unbestimmte Zeit atmosphärischem Druck standhielten und zugleich der Sonnenstrahlung, thermischen Schwankungen und Mikrometeoriden widerstanden, war keine Kleinigkeit.

Es verstand sich von selbst, dass die Cloud-Arche als Ganzes auf lange Sicht autark sein musste, was die Nahrungsmittelproduktion anging. Wasser würde aufbereitet werden müssen. Von Menschen ausgeatmetes Kohlendioxid würde zur Versorgung von Pflanzen verwendet werden müssen, die wiederum Sauerstoff, den die Menschen atmen, und Nahrung, die sie essen konnten, produzieren würden. Das alles war seit Jahrzehnten Thema von Science-Fiction-Geschichten und praktischen Experimenten. Diese Experimente hatten unterschiedliche Ergebnisse gezeitigt, die nun von Leuten unter die Lupe genommen wurden, die davon sehr viel mehr verstanden als Dinah. Aber ihr war klar, dass sie sich besser an eine kalorienarme, vegetarische Kost und gelegentliche Sauerstoffengpässe gewöhnte.

Isolierte Sub-Archen würden nicht lange überleben. Dabei spielte es keine Rolle, wie gut ihre inneren Ökosysteme waren. Manches würde schiefgehen, Leute würden erkranken, Versorgungsgüter und Nährstoffe würden knapp werden, und Leute würden schlichtweg durchdrehen, weil sie immerzu mit denselben wenigen Individuen zusammengepfercht waren.

Das Konzept der Sub-Archen und des gesamten Cloud-Archen-Systems änderte sich ständig. Mal war davon die Rede, dass es »vollständig verteilt« sein würde, was hieß, dass es langfristig kein zentrales Depot – keine Izzy – geben und dass jeglicher Austausch von Material und »menschlichen Ressourcen« zwischen einzelnen Sub-Archen durch »opportunistisches Andocken« erfolgen würde, d. h. zwei Sub-Archen würden sich einigen, zusammenzukommen und sich eine Zeitlang Bug an Bug miteinander zu verbinden, damit Nahrungsmittel, Wasser, Vitamine oder Menschen ausgetauscht werden konnten. Dies stellte man sich als marktgesteuert vor, ohne jedes Zentralkommando und ohne jeden Kontrollmechanismus.

Am nächsten Tag kam dann ein neuer Erlass in dem Sinne, dass die Gesamtkoordination in den Händen eines Kommandozentrums auf Izzy liegen würde. Die Raumstation würde außerdem als Zentraldepot für alles dienen, was sich bevorraten ließ. Der Torus – oder vielmehr die Tori, da Rhys dabei war, einen zweiten zu konstruieren – würde für Ruhe und Erholung zur Verfügung stehen; Sub-Archen-Bewohner, die vom Leben in Blechdosen verrückt wurden und vom Herumschweben in der Mikrogravitation unter dem Verlust von Knochendichte litten, würden diese Bereiche durchlaufen und dort Urlaub machen dürfen.

Die von den Architekten, wie Dinah und Ivy sie zu nennen begannen, ins Auge gefassten Entwürfe sprangen zwischen diesen beiden Extremen hin und her und schienen die Existenz von mindestens zwei Fraktionen widerzuspiegeln. Die Zentralisierer führten die Gefahren einer längeren Existenz unter Schwerelosigkeit als Grund dafür an, Leute den Torus durchlaufen zu lassen. Die Dezentralisierer konterten ein paar Tage später mit einem Entwurf des Bolo-Konzepts, bei dem zwei Sub-Archen sich über ein langes Kabel miteinander verbanden und sich dann um ihren gemeinsamen Massenschwerpunkt zu drehen begannen, was in jeder Sub-Arche eine simulierte Schwerkraft erzeuge, die stärker und besser sei als die in einem Torus erzielbare. Wiederum einige Tage danach posteten die Zentralisierer eine animierte Simulation dessen, was passieren würde, wenn zwei Bolos sich ins Gehege kamen und ihre Kabel sich miteinander verhedderten. Es war auf horrorkomödienhafte Weise komisch.

Kurzfristig spielte nichts davon wirklich eine Rolle, weil es selbst unter einem hysterisch beschleunigten Zeitplan Wochen dauern würde, auch nur eine einzige Sub-Arche zu konstruieren und herzustellen. Noch länger würde es dauern, die Produktionslinien für die riesigen Schwerlastraketen hochzufahren, die man brauchte, um sie ins All zu schießen. Bis dahin würde man es mit einem Sammelsurium bereits existierender Raumfahrzeuge, hauptsächlich Sojus-Kapseln, zu tun haben, die mit dem vorhandenen Bestand an Raketen hinaufgeschickt wurden. Diese würden »Pioniere« befördern, deren Aufgabe darin bestand, Izzys Integrierte Gitterstruktur mit neuen Erweiterungen zum gleichzeitigen Andocken mehrerer Sub-Archen und zum Lagern von Material zu versehen und alles zum Laufen zu bringen. Die Pioniere würden die meiste Zeit in Raumanzügen verbringen und Außenbordeinsätze alias Raumspaziergänge durchführen. Insgesamt würde es etwa hundert Pioniere geben. Sie befanden sich gerade in der Ausbildung, und ihre Raumanzüge wurden in aller Eile hergestellt.

Doch in ihrer derzeitigen Form konnte Izzy nicht annähernd hundert neue Leute verkraften. Die Raumstation besaß nicht einmal die Andockvorrichtungen, die als Liegeplätze für die eintreffenden Fahrzeuge dienen könnten. Um also die Pioniere unterbringen zu können, die in wenigen Wochen eintreffen würden, schickten die Architekten Kundschafter hinauf. Die Qualifikationen für einen Kundschafter schienen aberwitzige körperliche Ausdauer, völlige Gleichgültigkeit gegenüber Todesgefahr und eine gewisse Kenntnis davon zu sein, wie man in einem Raumanzug existierte. Es handelte sich ausnahmslos um Russen.

In der Raumstation war kein Platz für sie. Eigentlich, um genau zu sein, war reichlich physischer Raum vorhanden, in dem man sie hätte unterbringen können, aber es gab nicht die erforderlichen Lebenserhaltungssysteme. Die CO_2-Absorber wurden nur mit der Abluft einer bestimmten Anzahl von Lungen fertig. Die gesamte Raumstation hatte nur drei Toiletten, von denen eine fast zwanzig Jahre alt war.

Die Kundschafter würden die meiste Zeit in ihren Raumanzügen leben. Das war so weit sinnvoll, da ihre Aufgabe darin bestand, jeden Tag bis zur Erschöpfung zu arbeiten. Sechzehn Stunden in einem Raumanzug bedeuteten sechzehn Stunden, in denen der Kundschafter die Lebenserhaltungssysteme von Izzy nicht direkt belastete.

Bei Null hatte sich die Gesamtzahl der funktionierenden Raumanzüge im bekannten Universum auf ungefähr ein Dutzend belaufen. Seither hatte man die Produktion hochgefahren, aber sie waren immer noch ein knappes Gut. In seiner verbreitetsten Form konnte der von den Russen verwendete Orlan-Raumanzug nur ein paar Stunden lang selbständig funktionieren, was nichts machte, weil normale Menschen dann ohnehin völlig erschöpft waren. Außerdem waren seine inneren Reserven dann aufgebraucht. Die Kundschafter würden also meistens an Versorgungskabeln arbeiten. Ihre Anzüge würden über ein Bündel von Röhren und Kabeln mit einem externen Lebenserhaltungssystem verbunden sein, das Luft und Strom lieferte und Ausscheidungen und Abwärme abführte.

Während der wenigen Stunden, in denen die Kundschafter ausruhen durften, brauchten sie einen Ort, wo sie hingehen und aus ihren Raumanzügen steigen konnten.

Wer auch immer den Laden bei Roskosmos schmiss, hatte eine alte Idee für ein Notfall-Rettungsgerät für Besatzungen ausgegraben und tatsächlich begonnen, es zu produzieren. Es hieß Luk. Das Wort bedeutete auf Russisch »Zwiebel«. Man sprach es so ähnlich wie »Luhk« aus, aber englische Muttersprachler begannen es zwangsläufig »Luck – Glück« zu nennen.

In bester Tradition russischer Technologie war Luk unkompliziert. Man nehme einen Kosmonauten. Man schließe ihn in einen großen, luftgefüllten Plastikbeutel ein.

Bei jedem normalen Plastikbeutelmaterial wird der Kosmonaut ersticken, oder der Beutel wird platzen, weil Plastikbeutel nicht kräftig genug sind, um dem vollen atmosphärischen Druck standzuhalten. Also fülle man den Beutel nur mit so viel Druck, wie er verkraften kann – einem Bruchteil von einer Atmosphäre –, und stecke dann einen zweiten Beutel hinein. Diesen blase man mit Luft von etwas höherem Druck auf. Das reicht immer noch nicht, um einen Kosmonauten am Leben zu erhalten, also stecke man einen dritten Beutel in den zweiten und blase ihn mit noch höherem Druck auf. Das wiederhole man wie bei russischen Matrjoschkapuppen, bis der innerste Beutel genügend Luftdruck hat, um einen Menschen am Leben zu erhalten – und in diesen stecke man dann den Kosmonauten. All die Schichten von durchsichtigem Plastik verliehen dem Ganzen ein Aussehen, das an eine Zwiebel erinnerte.

Das Konzept hatte viele Vorteile. Es war billig, einfach und leichtgewichtig. In luftleerem Zustand ließ sich ein Luk zusammenfalten, aufrollen und in einem rucksackgroßen Behälter verstauen.

Natürlich wurde die Luft im innersten Beutel mit Kohlendioxid verunreinigt, während der Insasse atmete, aber das ließ sich auf die in Raumschiffen und U-Booten übliche Weise beheben, indem man die Luft über eine Chemikalie wie etwa Lithiumhydroxid leitete, die das CO_2 absorbierte. Solange man als Ersatz für den Verbrauch ein wenig Sauerstoff nachführte, ging es dem Insassen gut.

Die vom Körper des Insassen erzeugte Wärme würde in der Atmosphäre des innersten Beutels ansteigen und drückend werden. Ein Kühlungssystem war erforderlich.

Das Hinein- und Hinauskommen konnte problematisch sein. Irgendwie hatten die Russen befunden, dass so gut wie jeder – jedenfalls jeder, der den physischen Anforderungen des Kosmonautenprogramms genügte – seinen Körper durch ein Loch von vierzig Zentimetern Durchmesser zwängen konnte. Dementsprechend gehörte zu jedem Luk ein Flansch – ein 40-cm-Ring aus Fiberglas mit umlaufenden Schraubenlöchern. Bei ihm liefen sämtliche Plastikschichten zusammen, was das zwiebelartige Aussehen noch verstärkte. Das wurde der abtrennbare Stiel der Zwiebel. Damit durch dieses 40-cm-Loch keine Luft hinausströmte, war es mit einer robusten Membran aus viel dickerem Plastik ausgestattet, die sich anbringen ließ, nachdem der Kosmonaut hineingestiegen war.

Das allgemeine Vorgehen bei Verwendung des Luks bestand also darin, den Beutel auseinanderzufalten, den Flansch zu finden, ihn sich über den Kopf zu ziehen, sich hindurchzuwinden, bis Schultern und Hüfte durchgeschlüpft waren, die Füße nachzuziehen, dann die Membran zu finden, sie zu befestigen und sich so im Luk einzuschließen. Zu diesem Zeitpunkt war es immer noch nur eine riesige, zerknitterte Masse Plastik, die wie ein Schlafsack am Insassen hing.

Sobald das Luk frei im Vakuum des Raums schwebte, war es okay, das Ventil zu öffnen, das die vielen Zwischenräume mit Luft flutete. Woraufhin es sich auf Wohnwagengröße ausdehnte und ziellos umhertrieb, bis ein Rettungsfahrzeug es erreichte.

Das Rettungsfahrzeug brauchte an seiner Außenluke einen Adapter mit einem Schraubenmuster, das in die Löcher im Flansch des Luks eingriff. Sobald eine luftdichte Verbindung zwischen Luk und Fahrzeug hergestellt war, konnte man die Luke öffnen, die Membran entfernen und den Kosmonauten aus der Kälte hereinholen. Oder, angesichts der Schwierigkeiten, im All überschüssige thermische Energie abzuführen, aus der Hitze.

Der Orlan-Raumanzug wurde um einen steifen Torso herum gebaut: eine starre Hülle für den Oberkörper des Trägers mit Verbindungspunkten für Arme, Beine und Helm. Der Torso hatte am Rücken eine Klappe mit einer Flanschdichtung um den Rand. Um den Anzug anzuziehen, öffnete man diese Klappe, fädelte die Füße in die Beine des Anzugs ein, schob die Hände durch die Ärmel in die daran angebrachten Handschuhe und steckte den Kopf in den Helm. Dann wurde die Klappe hinter einem geschlossen. Von da an war der Anzug ein eigenständiges System.

Roskosmos hatte eine Reihe von *Vestibjul*-Modulen konstruiert, eine neue Erfindung, die man in ungefähr zwei Wochen aus schon vorhandenen Teilen zusammengeschustert hatte. Ihr Zweck war, als improvisierte Brücke zu dienen, die das Luk mit dem Orlan verband.

Das Vestibjul war kaum groß genug, einen auf dem Rücken liegenden Menschen aufzunehmen. Am einen Ende befand sich ein Flansch, der auf den 40-cm-Ring eines Luks passte. Ein Kosmonaut, der sich mit den Füßen zuerst vom Luk in das Vestibjul gleiten ließ, hatte gerade genug Platz, die Füße in die Beine des Orlan-Anzugs einzufädeln, der mit offener Klappe am anderen Ende befestigt war. Doch ehe er das tat, verschloss er das Luk, indem er manuell die Membran in Position brachte und sie mit einem Ratschenschlüssel festschraubte.

Nachdem er in den Orlan geschlüpft war, konnte er einen in das Vestibjul eingebauten Mechanismus aktivieren, der dessen Klappe hinter ihm schloss. Die geringe Menge von Restluft im Vestibjul zischte ins All hinaus, und der Kosmonaut konnte von dannen ziehen. Am Ende des Tages lief der ganze Vorgang in umgekehrter Reihenfolge ab. Genau wie ein Vorstadtpendler, der mit in der Garage geparktem Auto in einem Terrassenhaus schläft, genoss der Kosmonaut ein paar Stunden Ruhe und Entspannung, in denen er innerhalb der Grenzen des Luks herumschwebte, während sein Raumanzug am Ende des angrenzenden Vestibjuls angedockt war.

Es gab eine ganze Reihe von Haken.

Luk, Vestibjul und Anzug bildeten ein geschlossenes System. Die einzige Möglichkeit, aus diesem System herauszukommen, war, ohne Zwischenfälle den Anzug anzulegen, die Klappe zu schließen und einen Weltraumspaziergang zu einer Luftschleuse zu machen. Wenn irgendetwas schiefging, was das Anlegen des Anzugs und das Schließen der Klappe verhinderte, war eine Rettung unmöglich oder zumindest vollkommen unwahrscheinlich. Am zweiten Tag des Kundschafter-Programms sorgte ein wahrscheinlich von einem Mikrometeoriten perforiertes Luk für einen tödlichen Unfall. Danach wurden die Luk-Vestibjul-Systeme nach vorn geholt und im Schutz von Amalthea versammelt. Der Asteroid würde nicht alle, aber viele sich nähernde Steine abhalten.

Da es keinen praktikablen Weg in das System oder aus ihm heraus gab, mussten die Kundschafter in ihren schon vorab an ihren Vestibjuls und Luks befestigten Raumanzügen von Baikonur hinauffliegen. Das war schon deshalb erforderlich, weil nichts von dieser Ausrüstung in einer normalen Raumkapsel untergebracht werden konnte. Sie mussten also, jeweils zu sechst zusammengequetscht, in Lastträgern hinauffliegen, die nicht für die Beförderung von Menschen ausgelegt waren und kein lebenserhaltendes Bordsystem hatten. Deshalb waren die Kundschafter von kurz vor dem Start bis zu ihrem Eintreffen an der ISS auf die innere Sauerstoff- und Stromversorgung ihrer Raumanzüge angewiesen. Der Flug war in weniger als sechs Stunden nicht zu schaffen, weshalb man den Anzügen unterwegs zusätzlich Sauerstoff und Strom zuführen musste. Das Versagen der entsprechenden Systeme führte bei der ersten Besatzung von sechs Kundschaftern zu zwei Todesfällen und bei der zweiten zu einem.

Die Möglichkeiten der Anzüge wurden durch die Parameter der neuen Mission gewaltig überstrapaziert, und natürlich hatten auch die Luks im Grunde keine leistungsfähigen eigenen Lebenserhaltungssysteme, weshalb alles von Versorgungskabeln abhing, die diese Vorrichtungen mit *Sawod*-Modulen verbanden. Sawod war schlicht das russische Wort für »Fabrik«. Dabei handelte es sich ebenfalls um ein neues Gerät, das in zwei Wochen aus schon bestehender Technologie zusammengeschustert worden war. Solange das Sawod mit Strom, Wasser und ein paar Betriebsstoffen versorgt wurde, sollte es einen Kosmonauten am Leben erhalten, indem es CO_2 aus der Luft absorbierte, Urin auffing und die Körperwärme abführte. Die Wärme wurde man dadurch los, dass man auf einer dem Vakuum ausgesetzten Oberfläche Wasser gefrieren und es dann in den Raum sublimieren ließ. Das Versagen von Sawod-Modulen war bei den ersten drei hinaufgeschickten Besatzungen für vier Todesfälle verantwortlich. Zwei davon wurden von einem Fehler in der Software verursacht, der anschließend mit einem von der Erde aus übermittelten Patch behoben wurde. Einer ging auf einen undichten Schlauch zurück. Der vierte fand nie eine Erklärung, wurde jedoch von Izzys Besatzung miterlebt, die ihn durch Fenster und per Videoaufnahme beobachtete, und schien dem Profil einer Hyperthermie zu entsprechen. Das Kühlsystem war ausgefallen, und der Kosmonaut hatte das Bewusstsein verloren und war einem Hitzschlag erlegen. Danach hatten sie aufgehört, die unsoliden Kühlsysteme zu verwenden, die mit den Luks heraufgekommen waren, und benutzten einfach täglich gelieferte, mit Eis gefüllte, wiederverschließbare Beutel.

Nichts davon war jedoch für Unglücke verantwortlich, die sich ereigneten, während die Kundschafter arbeiteten. Am A+0.35 kostete ein beschädigtes Versorgungskabel einen Kundschafter beinahe das Leben, und er war gezwungen, die Verbindung zu seinem Sawod zu kappen und einen heldenhaften und gefährlichen Wechsel zur nächstgelegenen Luftschleuse zu vollziehen, wo man ihn in letzter Minute in die Raumstation holte.

Zwei Tage später verschwand ein Kundschafter einfach ohne Erklärung, möglicherweise das Opfer eines Mikrometeoriten, vielleicht sogar von Selbstmord.

Somit waren von der ersten Mannschaft von sechs Kundschaftern zwei bei Ankunft tot, und einer kam beim Versagen des Luks am nächsten Tag ums Leben. Von der zweiten Mannschaft war einer bei Ankunft tot. Von der dritten Mannschaft schafften es alle sechs lebendig bis zu Izzy. Von den insgesamt vierzehn Überlebenden starben vier aufgrund von Sawod-Versagen, einer verschwand, und einer war wegen Versagens seiner Ausrüstung gezwungen, sich aus dem Kundschafterdasein »zurückzuziehen« und seine Aktivitäten auf Izzy zu beschränken.

Weil Ivy an der Spitze des Organigramms stand, war sie für alle seltsamen und außergewöhnlichen Entscheidungen zuständig: für die Probleme, zu deren Erledigung kein anderer imstande oder bereit war. Es oblag ihr zu beschließen, wie sie mit Toten verfahren sollten.

Gewiss, es gab dafür ein Verfahren. Die NASA hatte für alles ein Verfahren. Man hatte längst vorhergesehen, dass ein Astronaut während einer Mission an einem Herzschlag oder irgendeinem Unglück sterben könnte. Da man innerhalb der Raumstation, wo Menschen lebten und arbeiteten, nicht neunzig Kilo verwesendes Fleisch unterbringen konnte, war die allgemeine Vorstellung, sie im Weltraum gefriertrocknen zu lassen und sie dann an Bord der nächsten Sojus-Kapsel mit Kurs zur Erde zu bringen. Nur der Mittelteil der Sojus, das Landemodul, gelangte jemals zur Erde zurück. Das sphäroide Orbitalmodul, das auf ihm saß, wurde vor dem Wiedereintritt abgetrennt. Es verglühte schließlich in der Erdatmosphäre. Das übliche Verfahren war daher, das Orbitalmodul mit Müll vollzustopfen, damit dieser ebenfalls verglühte.

Tote waren natürlich kein Müll, aber sie in der Atmosphäre verglühen zu lassen war als Methode, sie loszuwerden, so gut wie jede andere – die Raumzeitalter-Entsprechung einer Wikingerbestattung.

Allerdings war der normale Rauf/Runter-Zyklus von Start und Rückkehr aufgehoben worden. Alles sollte nur noch hinauf, aber nichts mehr hinunter. Die Orbitalmodule ließen sich erhalten und als Lebensraum oder zur Lagerung von Versorgungsgütern verwenden. Der »Müll« ließ sich sortieren und wiederverwenden. Beutel mit Fäkalien konnten Dünger für Hydrokultur-Farmen werden.

Ivy traf einseitig die Entscheidung, dass man eine Ausnahme von dieser neuen Politik machen würde. Die Verstorbenen wurden in ein leeres Orbitalmodul geschafft, das an der Gitterstruktur angedockt war. Man ließ es zum Weltraum hin offen, damit die Gefriertrocknung der Leichen aus den Augen und aus dem Sinn stattfinden konnte. Wenn das Modul mit Toten gefüllt war, würde man irgendeine Zeremonie abhalten, das Ding dann aus dem Orbit befördern und schweigend zusehen, wie es einen weißglühenden Streifen über die Atmosphäre unten zog.

Aber noch war es nicht ganz voll.

Sie hatten acht arbeitsfähige Kundschafter, bis eine weitere Schwerlastrakete startbereit gemacht und mit einem frischen halben Dutzend hinaufgeschickt werden konnte. Diese arbeiteten in Fünfzehn-, manchmal auch Achtzehn-Stunden-Schichten, die in dreistündige Phasen unterteilt waren. Jede dieser Phasen bestand aus zwei Stunden Arbeit, gefolgt von einer Stunde Ruhe in situ, d.h. im Anzug.

Dinah hätte während der Arbeit in ihrer Roboterwerkstatt keine direkte Sicht auf das, was sie taten, da ihr Fenster von der Gitterstruktur abgewandt lag, wo sie ihre gesamte Zeit verbrachten. Sie konnte sich ihre Aktivitäten auf Video ansehen, wenn sie Lust dazu hatte, aber sie hatte anderes zu tun.

Nach dem Vorfall mit dem Mikrometeoriten oder Luk hatte Dinah einen kleinen Sieg für das Roboterreich gelandet, indem sie ihre Schar darauf ansetzte, die erhalten gebliebenen Luks sicher zu verstauen. Amalthea war am vorderen Ende von Izzy befestigt, das wegen ihrer Bahnrichtung am stärksten Einschlägen von Weltraumschrott ausgesetzt war. Tatsächlich hatte man den Asteroiden als eine Art Rammbock dort angebracht, der alles, was sich hinter ihm befand, vor Kollisionen schützte. Auf seiner Rückseite war genügend Platz, wo sich mehrere Luks anschmiegen konnten, was sowohl ihre langfristigen Überlebenschancen erhöhte als auch ihre Belastung durch kosmische Strahlung reduzierte.

Dinahs Truppe von eisenabbauenden Robotern war dadurch, dass ihr Chef eine Kehrtwendung zu gefrorenem Wasser vollzogen hatte, zumindest vorläufig arbeitslos geworden. Also hatte sie, wenn sie nicht gerade winzige Kreaturen auf verbotenen Eisklumpen herumkrabbeln ließ, die älteren Roboter dadurch einer nützlichen Verwendung zugeführt, dass sie sie Löcher in Amaltheas Rückseite bohren, Befestigungspunkte – im Wesentlichen Ringschrauben – darin verankern und dann mithilfe von Kabeln die Luks daran vertäuen ließ. Das war kein starres Befestigungssystem, weshalb die Luks zunächst dazu tendierten, wie eine Traube Luftballons umherzutreiben und träge gegeneinanderzustoßen. Doch nach ein, zwei Tagen pendelten sie sich zu einer stabilen Konfiguration ein, die Dinah nur leider den Blick aus dem Fenster versperrte. Alles, was sie jetzt noch sehen konnte, war Plastik. Es machte ihr nichts aus. Nachdem sie gesehen hatte, welche Risiken die Kundschafter eingingen, machte ihr gar nichts mehr etwas aus.

Einzelne Schichten des Luks waren durchsichtig, aber die Sicht war getrübt, weil es so viele Schichten gab. Sie konnte die Körperform der Person vor ihrem Fenster ausmachen, nicht aber das Gesicht sehen. Es war eindeutig eine Frau. Die Schichten der Kundschafter überschnitten sich rund um die Uhr. Die Frau vor Dinahs Fenster kam jeden Tag zu einer Zeit, die für Dinah der späte Vormittag war, von ihrer Schicht zurück. Dinah konnte sie mühsam über die Oberfläche von Amalthea kraxeln sehen, wobei sie die Befestigungspunkte zu Hilfe nahm, jeden Schritt plante, den Leinen und Versorgungskabeln auswich. Sie musste unfassbar erschöpft sein. Dinah hatte einmal zwei Stunden in einem Raumanzug verbracht und war danach einen ganzen Tag lang völlig fertig gewesen. Manchmal schickte Dinah einen Grabb oder einen Siwi hinaus, um der Frau einen zusätzlichen Griff zu bieten, wenn es so aussah, als könnte sie einen brauchen. Dann drehte die Frau den Kopf, schaute Dinah durch die Glaskuppel ihres Helms an und blinzelte zum Ausdruck ihrer Dankbarkeit, wie Dinah annahm, mit den Augen. Schließlich erreichte sie die Einstiegsöffnung ihres Vestibjuls und schob sich rückwärts dagegen, worauf sich (von Dinah nicht zu sehen) der automatische Mechanismus einschaltete, der ihren Anzug mit dem Sockel des Vestibjuls verband, den Druck ausglich und die Klappe öffnete, sodass sie Kopf, Arme und Körper herausziehen konnte. Sie griff nach dem Ratschenschlüssel, der an seiner Kette aus Kabelbindern umhertrieb, dann langte sie »über« ihren Kopf und löste die vierundzwanzig Schrauben, die die Membran am Flansch festhielten, wobei sie darauf achtete, jede Schraube wieder in das zugehörige Gewinde einzuschrauben, damit sie nicht lose umherschwebte, und schließlich zog sie sich durch die 40-cm-Öffnung in die vergleichsweise geräumige Umgebung des Luks. Unterwegs holte sie noch ihre »Post«, die während der Schicht des Insassen in jedes Vestibjul gelegt wurde; sie bestand aus Essen, einem Getränk, Toilettenartikeln, einem

Eisbeutel, der sich in Wasser verwandeln würde und ein einfaches Mittel zur Temperaturkontrolle darstellte; Beutel zur Entsorgung von Ausscheidungen und, in ihrem Fall, Tampons.

Wegen der umständlichen und improvisierten Art und Weise, wie die Dinge inzwischen liefen, hatte Dinah keine Möglichkeit, direkt mit dieser Frau zu kommunizieren oder auch nur ihren Namen zu erfahren. Das schien absurd, aber es war das gleiche allgemeine Phänomen, das es den Feuerwehrleuten am 11. September unmöglich gemacht hatte, sich mit den Polizeibeamten zu verständigen. Die Kundschafter benutzten einfach andere Funkgeräte mit anderen Frequenzen, und Dinah hatte keins.

Indem sie auf der NASA-Webseite Biografien nachsah, ermittelte sie per Ausschlussverfahren, dass es sich um Tekla Aleksejewna Iljuschina handelte. Sie war Testpilotin. Bei den letzten Olympischen Spielen war sie im Siebenkampf gestartet und hatte eine Bronzemedaille gewonnen. Damit hätte sie in der alten sowjetischen Zeit glänzende Karrieremöglichkeiten als Propagandaidol gehabt. Doch die jüngsten konservativen Tendenzen der russischen Kultur hatten für Frauen in männlich dominierten Berufsfeldern wie dem Militär und der Raumfahrt wenige Entfaltungsmöglichkeiten gelassen. Infolgedessen hatte sie einen Großteil ihrer beruflichen Erfahrungen außerhalb von Russland gemacht, als Angestellte privat finanzierter Raumfahrtunternehmen. Vor ein paar Jahren war sie zurückgekehrt und eine von zwei aktiven Kosmonautinnen geworden. Dinah war zynisch genug zu unterstellen, dass dem ein politisches Kalkül zugrunde lag; damit Roskosmos mit der NASA und der Europäischen Weltraumorganisation im Gespräch bleiben konnte, brauchte man wenigstens ein, zwei Frauen, die für die Raumfahrt qualifiziert waren.

Tekla war einunddreißig. Für ihr offizielles Kosmonautinnenfoto hatte man sie ziemlich aufgedonnert, mit einer steifen, altmodischen Prinzessin-Diana-Frisur, die ihr überhaupt nicht stand. Bei den letzten Olympischen Spielen war sie von einer Clickbait-Webseite unter die fünfzig schärfsten Sportlerinnen gewählt worden, aber sie wurde irgendwo auf den hinteren Rängen versteckt. Mit den hohen Wangenknochen, den grünen Augen, den blonden Haaren und sämtlichen anderen Attributen, die man von einer slawischen Superfrau erwarten würde, fand Dinah sie hübsch. Aber sie verstand, warum Tekla auf Rang 48 von 50 gelandet war, denn sie hatte etwas Kühles, Kantiges an sich, das die Betreiber der Webseite zwang, sich den Kamerawinkel sehr genau zu überlegen und, vermutete Dinah, Photoshop zu nutzen. Die Sorte Männer, die diese Art von Webseite durchstöberten, würde Tekla auf eine Weise abstoßend finden, die sie nicht recht dingfest machen konnten. Die straffen Stränge ihrer Deltamuskeln beim Kugelstoßwettbewerb würden diese Männer einschüchtern. Dinah nahm sich vor, die Kommentar-Threads nicht zu lesen. Sie wusste bereits, was darin stehen würde.

Tekla war zum Sterben hier heraufgeschickt worden, und das wusste sie wahrscheinlich.

Am Ende jeder Schicht, wenn sie sich durch den Flansch gezwängt hatte und frei in der trüben Plastikblase des Luks schweben konnte, schälte sie sich als Erstes aus dem Kleidungsstück mit der Kühlflüssigkeit, das sie den ganzen Tag auf der Haut trug. Es bestand aus dehnbarem blauem Netzgewebe, zwischen dessen Schichten Plastikschläuche eingenäht waren. Es hatte keinen Effekt, bis es an eine Pumpe angeschlossen wurde, die kühles Wasser durch die Schläuche zirkulieren ließ. Nach sechzehn Stunden musste Tekla es hassen, deswegen legte sie es als Erstes ab. Dann streifte sie sich die Unterwäsche bis auf die Knie hinunter und entfernte, nachdem sie die Luft abgelassen hatte, den Katheter, der während der Arbeit ihre Blase entleert hatte. Sie wischte sich mit Feuchttüchern ab, die sie mit ihrer »Post« bekommen hatte, und stopfte sie in einen Abfallsack. Wie es schien, hatte sie sich vor dem Verlassen der Erde den Kopf rasiert oder einfach einen Bürstenschnitt verpasst, um sich nicht mit ihren Haaren beschäftigen zu müssen. Erst dann öffnete Tekla ihr Päckchen mit Notfallrationen und begann zu essen. Das führte häufig zu Stuhlgang, was sie auf die denkbar primitivste Weise, nämlich mit einem Plastikbeutel und einer Reihe weiterer Feuchttücher erledigen musste. Das Ganze kam in ihren Abfallsack, den sie in ihrem Vestibjul deponierte, damit er während ihrer nächsten Schicht abgeholt wurde. Dann schaltete sie den weißen LED-Streifen aus, der die einzige Beleuchtung des Luks bildete, und schaute manchmal noch ein Weilchen auf den Bildschirm eines Tablets, ehe sie eine Augenbinde anlegte und einschlief.

Weil Izzy die Erde alle zweiundneunzig Minuten umkreiste und dabei jedes Mal einen kompletten Tag/Nacht-Zyklus durchlief, konnte Dinah die Hälfte der Zeit, die Tekla schlief, aus ihrem Fenster schauen und sie fast völlig nackt dort schweben sehen, im Luk schwimmend wie ein Fötus in seiner Fruchtwasserblase.

Dinah sah Tekla etwa eine Woche lang dabei zu, wie sie diese Routine durchlief, und fand das alles außerordentlich ablenkend. Sie holte Ivy und später auch Rhys in die Werkstatt, damit sie sich durch das Fenster die schlafende Tekla ansahen. Sie unterhielten sich über Tekla und mailten einander Bilder von ihr, die sie im Internet ausgegraben hatten.

»Das könnten du oder ich sein«, sagte Dinah zu Ivy.

»Das sind wir«, sagte Ivy, »es ist nur ein gradueller Unterschied.«

»Glaubst du, wir werden auch so enden?«

Ivy dachte darüber nach, schüttelte den Kopf. »Die Art, wie sie lebt, ist nicht durchzuhalten.«

»Du glaubst, es ist ein Selbstmordkommando?«

»Ich glaube, es ist ein Gulag«, sagte Ivy, »ein kleiner Gulag direkt vor deinem Fenster.«

»Du glaubst, sie steckt in irgendwelchen Schwierigkeiten?«

»Ich glaube, wir stecken alle in irgendwelchen Schwierigkeiten«, erinnerte Ivy sie.

»Ja, richtig, ich vergaß.«

»Sie hat Glück, weißt du noch?« Womit sie sagen wollte, dass Tekla wenigstens eine Möglichkeit gefunden hatte, den Planeten zu verlassen.

»Sie sieht aber nicht so aus«, sagte Dinah. »Ich habe noch nie jemanden so vereinsamt gesehen. Redet sie auf diesem Tablet mit jemandem? Oder surft sie einfach nur?«

»Wenn du willst, kann ich Spencer fragen«, sagte Ivy. »Ich bin mir sicher, dass er alle Datenpakete protokolliert.«

Dinah wusste, dass Ivy nur Spaß machte, aber sie antwortete: »Nein. Sie hat wenigstens das bisschen Privatsphäre verdient.«

Rhys' Reaktion bestand darin, dass er erregt wurde. Er ging einigermaßen diskret damit um. Doch die Zeit, die zwischen dem Augenblick, wo er Tekla sah, und dem Moment, wo er Sex mit Dinah hatte, verstrich, betrug großzügig geschätzt vielleicht eine halbe Stunde. Nicht dass Rhys eigentlich viel Hilfe brauchte, um in Fahrt zu kommen. So wenig wie Dinah. Sie hatte die ganze Zeit gewusst, dass sie es tun würden.

Es beruhte, wie sie wusste, darauf, wie er roch, jedenfalls dann, wenn er nicht dabei war, sich zu übergeben. Zu anderen Zeiten und an anderen Orten hätte es nicht genügt, wie er roch. Sie hätten sich zunächst einmal verabredet oder so was. Es hätte Komplikationen gegeben, die mit bestehenden Beziehungen, unvereinbaren Lebensstilen, Fraternisierungsverboten zu tun hatten. Aber hier passierte es ganz automatisch. Und es war großartig.

Nach allem, was sie vom Internetklatsch auf der Erde mitbekam, war es auch ziemlich universell. Das Menschengeschlecht mochte kurz vor dem Untergang stehen, aber nicht, ohne sich noch einen zweijährigen Rausch von bedenkenlosem Sex zu gönnen.

Tatsächlich miteinander zu schlafen war etwas anderes. Rhys schien im Prinzip nichts dagegen zu haben. Aber es war logistisch schwierig. Astronauten schliefen im Allgemeinen in Schlafsäcken, die verhinderten, dass sie aufs Geratewohl umhertrieben, während sie nicht bei Bewusstsein waren. Die Schlafsäcke waren für eine Person konzipiert. Die NASA war noch nicht dazu gekommen, Schlafsäcke für zwei Personen herzustellen, wenn sie sich also hinterher schläfrig fühlten, improvisierten sie und wickelten sich zusammen in irgendetwas ein, was sie gerade finden konnten. Aber das dauerte nie länger als ein paar Minuten. Dann kehrte er wieder zu seinen Pflichten zurück, und wenn ihr nach einem Nickerchen war, kletterte sie in einen Schlafsack, den sie in ihrer Werkstatt aufbewahrte, und spähte manchmal schuldbewusst zu der armen Tekla hinaus.

Eines Tages, nachdem Tekla zur Arbeit gegangen war, nahm Dinah einen der Schokoladenriegel, die sie von der Erde mitgebracht hatte, schrieb ihre E-Mail-Adresse auf das Einwickelpapier und übergab den Riegel einem Grabb, den sie dann zur Luftschleuse hinausschickte. Sie steuerte ihn über Amaltheas Oberfläche bis zu dem Befestigungspunkt, an dem Teklas Vestibjul vertäut war, ließ ihn dann über das Kabel klettern (eine leichte Übung, es gab dafür einen Algorithmus) und in das Vestibjul steigen, wo er Position bezog und wartete, den Schokoladenriegel in einer ausgestreckten freien Klaue.

Als Tekla am Ende ihrer Schicht zurückkam, erlebte Dinah die Befriedigung, ihr dabei zuzusehen, wie sie den Riegel auswickelte und die Schokolade aß. Sie hob eine Hand und vollführte so etwas wie ein Winken. Ihren Gesichtsausdruck konnte Dinah nicht erkennen.

Der Grabb war immer noch im Vestibjul und würde bis zu Teklas nächstem Weggang dort festsitzen. Als sie Tekla in diese Richtung schweben sah, wandte sich Dinah ihrem Computer zu und schaltete ihn auf die Videoübertragung des Grabbs um. Fasziniert sah sie, wie Teklas Gesicht gestochen scharf ins Bild schwebte.

Sie sah gar nicht so schlecht aus. Dinah hatte mit jemandem gerechnet, der aussah wie ein Überlebender eines Konzentrationslagers. Aber sie schien genügend Essen zu bekommen.

Natürlich konnte sie Dinah nicht sehen. Und es gab keine Audioverbindung. Da es in einem Vakuum keinen Schall gab, waren Weltraumroboter weder mit Mikrofonen noch mit Lautsprechern ausgestattet.

Tekla starrte einfach ungerührt auf den Grabb und fragte sich vielleicht, ob er sie sehen konnte.

Dinah steckte die Hand in den Datenhandschuh, stellte die Verbindung mit der freien Klaue des Grabbs her und winkte.

Teklas grüne Augen huschten in ihren Höhlen nach unten, während sie das beobachtete. Immer noch keine Gefühlsregung.

Dinah war leicht gekränkt. War der Grabb auf seine hässliche mechanische Weise nicht unheimlich süß? War das Winken keine amüsante Geste?

Tekla hielt das Einwickelpapier hoch. Unter Dinahs E-Mail-Adresse hatte sie KEINE E-MAIL geschrieben.

Was hieß das? Dass sie keine E-Mail-Adresse hatte? Dass ihr Tablet keine E-Mail empfangen konnte?

Oder beschwor sie Dinah, nicht auf diese Weise mit ihr zu kommunizieren?

Der Grabb hatte eine Stirnlampe, eine starke, weiße LED, die Dinah durch Drücken einer Taste auf ihrer Tastatur einschalten konnte. Sie schaltete sie ein, sah den Schimmer auf Teklas Gesicht, die Glanzlichter auf den Linsen ihrer Augen.

Benutzten die Russen überhaupt dasselbe Morsealphabet wie wir?

Tekla musste es kennen. Sie war Pilotin.

Dinah ließ die Lampe die Punkte und Striche von M O R S E blinken.

Tekla nickte, und Dinah konnte sehen, wie ihr Mund das Wort *»Da«* formte.

Dinah morste:

BRAUCHST DU IRGENDWAS?

Der leiseste Anflug eines Lächelns trat auf Teklas Lippen. Es war kein warmes Lächeln. Eher nachdenklich.

Sie hielt hoch, was von dem Schokoladenriegel übrig war, und zeigte darauf.

Dinah erwiderte:

MORGEN

Tekla nickte. Dann wandte sie sich ab, sodass ihr blonder Bürstenschnitt im Licht der LEDs schimmerte, und glitt in die Mitte ihrer Zwiebel zurück.

»Fünf Prozent« lauteten die Worte, mit denen Ivy die nächste Besprechung in der Banane eröffnete.

Diese war bis zur Auslastungsgrenze gefüllt: die ursprüngliche zwölfköpfige Besatzung von Izzy, die fünf, die am A+0.17 mit der Sojus heraufgekommen waren, und Igor, der Kundschafter, der aus der Kälte hereingekommen war, als sein Anzug versagt hatte. Er, Marco und Jibran hatten sich dadurch auf die Besprechung vorbereitet, dass sie einige Ventilatoren gebastelt hatten, die mehr Luft durch den Raum blasen sollten, damit er sich nicht mit Kohlendioxid füllte. Das hatte Dinah zu dem Witz inspiriert, man solle vielleicht alle Besprechungen in hermetisch abgedichteten Räumen stattfinden lassen, damit sie nicht ewig dauern konnten. Von Rhys vielleicht abgesehen, hatte niemand das komisch gefunden. Jedenfalls war das Rauschen der Belüftung noch lauter als sonst im Raum, weshalb Ivy die Stimme heben und ihren Big-Boss-Ton anschlagen musste.

»Heute ist Tag 37«, fuhr Ivy fort. »Das sind zehn Prozent eines

Jahres. Wenn es stimmt, dass wir von Null an gerechnet zwei Jahre Zeit bis zum Harten Regen hatten, dann haben wir bereits fünf Prozent der Zeit verbraucht, in der wir damit rechnen können, Hilfe von der Erde zu bekommen. Fünf Prozent der Zeit, die gebraucht wird, um diese Einrichtung in eine Gesellschaft und ein Ökosystem zu verwandeln, die auf unbestimmte Zeit autark sind.«

Ivy stand mit dem Rücken zu dem großen Bildschirm, weshalb sie die Reaktion der Architekten unten, in irgendeinem Besprechungszimmer am anderen Ende der Videoverbindung, nicht sehen konnte. Zur heutigen Besprechung waren davon drei anwesend: Scott »Sparky« Spalding, der immer noch der Administrator der NASA war; Dr. Pete Starling, der wissenschaftliche Berater der Präsidentin; und Ulrika Ek, eine Schwedin, die als Projektmanagerin für eines der privaten, kommerziellen Raumfahrt-Start-ups gearbeitet hatte, bis die jüngsten Ereignisse einen Berufswechsel erzwungen hatten: Inzwischen koordinierte sie die Aktivitäten mehrerer verschiedener Raumfahrtbehörden und Privatunternehmen, während diese an der Cloud-Arche arbeiteten. Anscheinend war sie die Oberarchitektin geworden.

»Anscheinend« war das Schlüsselwort, denn jedes Mal, wenn Dinah irgendeinen Kontakt zur Erde hatte, wurde sie darauf gestoßen, wie wenig sie verstand, was dort eigentlich vor sich ging. Auf einer Ebene war sie einer der größten Glückspilze der Menschheit. Sie würde am Leben bleiben. Zugleich bekamen sie und die anderen sehr wenig Informationen vom Planeten und mussten sich alles aus einem Wirrwarr von Hinweisen zusammenreimen.

Sie hatte sich darüber mit Ivy ausgetauscht, die bestätigt hatte, dass sie selbst auch nur wenig Anhaltspunkte habe und dass das, was sie tatsächlich höre, sich von Stunde zu Stunde widerspreche.

Das Ganze war zur Kremlforschung geworden. Zur Blütezeit der Sowjetunion hatten Westler, wenn sie erraten wollten, was dort vor sich ging, nur die Möglichkeit gehabt, bei der Parade zum ersten Mai die Aufstellung der Würdenträger auf dem Lenin-Mausoleum zu betrachten und es anhand des Sitzplans und wer wem die Hand gab, zu enträtseln. Nun tat Dinah das Gleiche mit den drei Gesichtern auf dem Bildschirm. Sparky war nicht zu gebrauchen. Er hatte so viel Zeit im Weltraum verbracht, dass er eine Art von Tausend-Lichtjahre-Starren entwickelt hatte. Er war berühmt dafür, dass er der politischen Seite der Dinge gegenüber blind war.

Sein Gegenstück in dieser Beziehung war Pete Starling. Petes Job war es, dem jeweiligen Präsidenten wissenschaftliche Erklärungen ins Ohr zu murmeln. Das hatte er in den vergangenen siebenunddreißig Jahren ziemlich ausgiebig getan. Beruflich leitete er große Wissenschaftsprogramme an Universitäten und war die Leiter von der Mankato State über die Georgia Tech und die Columbia bis nach Harvard in nur zehn Jahren hinaufgeklettert. Warum nahm er an dieser Besprechung teil? Es gab wenig, was er dazu beitragen konnte. Er musste als Augen und Ohren von J.B.F. hier sein.

Aber wieso sollte sich J.B.F. dafür interessieren? Hier würden keine Entscheidungen fallen, es ging lediglich um einen Statusbericht, um ein Sichmelden.

Sobald Ivy mit ihrem Satz fertig war, gingen die Mundwinkel von Pete nach unten. Er wandte sich Ulrika Ek zu, einer etwas matronenhaften Frau Ende vierzig, laut Rhys extrem gut in ihrem Job. Auf dem hochauflösenden Videobild sah Dinah einen ganz leichten Wechsel ihrer Blickrichtung, mit dem sie Pete Starlings Kopfdrehung zur Kenntnis nahm, ohne sie jedoch direkt zu würdigen.

Ulrika mochte ihn eindeutig nicht. Aber sie war nicht ohne Grund eine angesehene Projektmanagerin. »Ivy«, sagte sie, »nur zur Klarstellung, wenn wir von ›dieser Einrichtung‹ reden, dann verwenden wir den Begriff in einem dehnbaren Sinne. Zwangsläufig.«

Ivy drehte sich zum Bildschirm um. »Einrichtung ist vielleicht nicht das richtige Wort«, räumte sie ein. »Da sie ja noch nirgendwo eingerichtet ist.«

Pete Starling meldete sich zu Wort. »Ich glaube, Ulrika will darauf hinaus, dass die Cloud-Arche ein sich ständig weiterentwickelndes Konzept ist, das sich aufgrund von Paradigmenwechseln bis zur Unkenntlichkeit verändern kann, während wir die nächsten fünfundneunzig Prozent der Zeitschiene hindurch adaptiv vorgehen.«

Ivys Stirn furchte sich. Irgendetwas ging da vor, irgendein politisches Gerangel auf der Erde. Für Leute wie Pete war es wichtig.

»Ist nicht effiziente Verwendung von Zeit«, sagte Fjodor. »Ich arbeite an Erweiterung von Gitterstruktur zur Aufnahme von Pionieren.« Fjodor sprach ausgezeichnet Englisch, aber wenn er sich ärgerte, so wie jetzt, ließ er die Artikel weg. »Ich habe acht Anzüge draußen, fünf drinnen, für Unglückszahl Dreizehn.«

Es hatte sich durchgesetzt, eine Form von Synekdoche zu verwenden, bei der »Anzug« eine Person bezeichnete, »die zur Verrichtung von Außenbordaktivitäten qualifiziert und mit einem Raumanzug ausgestattet ist, der noch funktioniert«.

»Pioniere kommen in zwei Wochen, gilt noch? Dann ich brauche mehr Kundschafter gestern, wie man sagt.«

Als Fjodor vor sechs Monaten auf Izzy angekommen war, hatte man das als Abschiedsmission aufgefasst, ehe man ihn auf irgendeinen Verwaltungsposten bei Roskosmos abschieben würde. Nicht dass er seine Aufgaben nicht ernst genommen hätte, aber er schien immer vorauszudenken und Izzy mit den Augen eines künftigen Bürokraten wahrzunehmen, der dafür sorgen musste, dass sie bis zu seiner Pensionierung reibungslos lief. Bei Null hatte sich das alles natürlich geändert. Noch stärker geändert hatte es sich mit der russischen Invasion. Fjodor war kein neuer Rang oder Titel verliehen worden. Es wurde keiner gebraucht. Sämtliche Russen akzeptierten ihn einfach implizit und ohne Frage als ihren Anführer. Und sein Verhalten hatte sich entsprechend geändert. Er respektierte peinlich genau Ivys Autorität, aber es stand außer Frage, dass er der Chef von allem war, was mit Anzügen zu tun hatte, und diese Autorität hatte ihn scheinbar physisch größer und imposanter, sein zerfurchtes Gesicht härter, seine Stimme fester werden lassen.

Sparky antwortete ihm. »Fjodor, die Treibstoffpumpe ist repariert worden. Es war bloß ein kaputter Sensor. Der Start wird also wie geplant erfolgen...« Er sah auf seine Armbanduhr, überschlug etwas im Kopf. »In vierzehn Stunden. Sechs Stunden später haben Sie Ihre Anzüge.«

»Und die Sawods, die Vestibjuls – die Dinge, die ich erwähnt habe.«

»An diesen Problemen arbeiten drei Ingenieurteams rund um die Uhr, Fjodor.«

»Mache ich mir große Sorgen um Türschließmechanismus.«

Der Rest der Besprechung drehte sich um die Pioniere, die in zwei Wochen heraufkommen und vorläufig in starren oder Traglufthabitats wohnen würden, die bequemer waren als Luks. Diese würden an einer Reihe von Röhren angedockt werden, die unter normalem Luftdruck standen, sich im Prinzip wenig von den großen Wickelrohr-Belüftungsanlagen unterschieden, wie man sie in Lagerhallen sieht, und sich von Befestigungspunkten in der Gitterstruktur nach außen verzweigen würden. Wenig davon betraf Dinah, deshalb wandte sie ihre Aufmerksamkeit ihrem Laptop zu. Sie hatte anderes, woran sie arbeiten konnte, und Ivys Mahnung hinsichtlich der fünf Prozent hatte sie nicht in die Stimmung versetzt, während einer langen Besprechung tagzuträumen.

In letzter Zeit hatte sie sich hauptsächlich mit Eis-Krabblern beschäftigt. Und seit der jüngsten Lieferung mit Eis-Durchbohrern. Aber sie hatte beschlossen, die Weiterarbeit an den eisenabbauenden Robotern nicht aufzugeben. Auch wenn sie pro Tag nur eine Viertelstunde auf sie verwendete, war das immer noch besser, als die Arbeit komplett einzustellen. Wenn sie das je täte, so ihre Befürchtung, würde das gesamte Projekt untergehen.

Zu diesem Zweck ließ sie in der unteren linken Ecke ihres Bildschirms ein Fenster geöffnet, das Videomaterial von Amalthea zeigte, überwiegend aus der Kameraperspektive von Robotern, die tatsächlich irgendetwas taten. Das Bild war ständig in ihrem peripheren Gesichtsfeld, während sie sich um E-Mails kümmerte, Tabellen und Gantt-Diagramme bearbeitete.

Und irgendwann bemerkte sie, dass etwas nicht ganz stimmte. Ein paar Minuten später bemerkte sie es wieder, unterbrach ihre andere Arbeit, vergrößerte das Fenster und übernahm die Steuerung des Roboters, der das Video übertrug. Sie schwenkte seine Kamera herum, bis sie im Blick hatte, was sie störte.

Es war Tekla, die in ihrem Luk schwebte. Sie war hellblau, was bedeutete, dass sie ihre Kühlkleidung angelegt hatte. Das war normal. Das tat sie jeden Tag, wenn sie sich auf ihre Schicht vorbereitete. Der nächste Schritt hätte sein müssen, sich mit den Füßen voran durch den Flansch des Luks in das Vestibjul zu zwängen. Aber das tat sie nicht. Sie bewegte sich zwischen dem Vestibjul und der Mitte des Luks hin und her. Sie schlüpfte mit dem Kopf zuerst durch den Flansch (was anormal war), tat ein, zwei Minuten lang irgendetwas, zog sich dann in das Luk zurück und tippte eine Zeitlang auf ihrem Tablet.

Sie war spät dran. Jeden zweiten Tag war sie um diese Zeit längst in ihrem Anzug und draußen an der Gitterstruktur gewesen.

Dinah war nicht die einzige Person, die sich von ihrem Laptop hatte ablenken lassen. Fjodor – normalerweise kein Fan von

E-Mail und anderen derartigen modernen Zerstreuungen – sah ebenfalls auf seinen Bildschirm und stellte gelegentlich Blickkontakt zu dem gleichermaßen abgelenkten Maxim her, der immer wieder eine Geste machte, als zupfte er sich an einem imaginären Bart.

Irgendetwas stimmte nicht.

Was hatte Fjodor gesagt? *Mache ich mir große Sorgen um Türschließmechanismus.*

Er hatte das nicht bloß abstrakt gemeint. Er hatte sich auf eine bestimmte Situation bezogen. Er hatte von Tekla geredet.

Tekla konnte aus ihrem Luk durch das Vestibjul in ihren Anzug steigen, aber sie konnte die Klappe hinter ihrem Rücken nicht schließen. Dafür brauchte sie den Mechanismus. Wenn er nicht funktionierte, konnte sie den Anzug nicht verschließen. Und wenn der Anzug nicht verschlossen war, saß sie in ihrem OVL fest (wie sie die Kombination aus Orlan-Anzug, Vestibjul und Luk inzwischen nannten).

Es war nicht direkt ein Notfall, aber es war übel. Um »Post« bekommen zu können, musste sie ihren Anzug vom Vestibjul abtrennen und es offen lassen, damit in ihrer Abwesenheit die Zustellung erfolgen konnte. Zur »Post« gehörten Essen, Wasser, Eis und frische CO_2-Absorber-Kanister.

Dinah wusste nicht, wie lange Tekla ohne »Post« überleben konnte, bezweifelte jedoch, dass es länger als einen Tag möglich war. Die Hitze würde sie zuerst erledigen.

Sie mussten irgendeine Möglichkeit finden, Tekla in die Raumstation zu bringen. Und da das OVL improvisiert war, hatte es, anders als ein normales Raumschiff, keinen Andockport. Es gab keine Luke, keine Möglichkeit, an eine Schleuse anzukoppeln.

Den Rest der Besprechung über, die noch eine halbe Stunde dauerte, musterte sie Fjodors Gesicht und begann etwas zu verstehen: Er machte sich bereit, Tekla zu opfern. »Bereit« in dem Sinne, dass er sich emotional gegen diese Realität verhärtete.

Jetzt verstand Dinah KEINE E-MAIL. Es gehörte einfach zum Kundschafterdasein, dass man wahrscheinlich nicht überleben würde. Und wenn man wusste, dass man geopfert werden würde, wäre es keine große Hilfe, die Kundschafter-E-Mail-Liste mit Bitten um Hilfe und Abschiedsmitteilungen zu überschwemmen. Tekla konnte mit Fjodor, und nur mit Fjodor, kommunizieren, und das aus einem ganz bestimmten Grund. Es war ein Grund, den die Verteidiger von Leningrad, Stalingrad und Moskau durchaus verstanden und akzeptiert hätten. Doch er entsprach nicht ganz dem modernen Ethos.

Korrektur: dem modernen Ethos, wie es im Zeitalter des Einen Mondes existiert hatte.

Den jetzigen Verhältnissen entsprach es vollkommen.

Ein Teil von ihr wollte Fjodor anflehen, eine dramatische und heldenhafte Rettungsmission zu starten. Es musste eine Möglichkeit geben, dafür zu sorgen, dass es dazu kam. Sie hatten alle *Apollo 13* gesehen, sie zitierten ständig Dialogstellen daraus.

Aber sie kannte die Antwort bereits. In zwei Wochen würden die Pioniere einzutreffen beginnen, ganze Schiffsladungen von ihnen. Sie alle würden bei der Ankunft sterben, wenn die richtigen Vorbereitungen nicht getroffen waren. Man konnte keine Zeit erübrigen. Weitere Kundschafter waren unterwegs, um Tekla zu ersetzen.

Ausnahmsweise war sie froh, dass die Besprechung lange dauerte, dass Sparky sich nicht an die Tagesordnung hielt und dass Pete Starling den Anlass ausnützte, um Zeit mit weiteren Phrasen zu füllen. Weil langsam eine Idee in ihrem Kopf Gestalt annahm. Sie würde sie mit Ivy, Rhys und vielleicht Marco besprechen, und Margie Coghlan – die einer Ärztin noch am nächsten kam – würde in Bereitschaft stehen müssen, aber sie konnte es ohne jede Hilfe von Fjodor oder einem der anderen Anzüge schaffen.

Fjodor tippte irgendetwas mit den Zeigefingern. Sie heftete die Augen auf sein Gesicht und ließ sie dort, bis Fjodor fertig war. Er schien ihren Blick zu spüren, denn er sah auf und starrte ihr direkt in die Augen, wobei er ein vollkommenes Pokergesicht beibehielt.

Sie starrte zurück.

Sein Gesicht verriet, dass er allmählich begriff. Begriff, dass Dinah von dem Problem wusste. Fjodor kannte den Grundriss von Izzy besser als jeder andere. Er wusste, wo Dinah ihre Zeit verbrachte und dass sie nur zum Fenster hinausschauen musste, um zu sehen, was vor sich ging. Sie konnte erkennen, dass er sich das alles im Kopf zusammenreimte.

Er rechnete damit, dass sie irgendeinen emotionalen Appell an ihn richtete. Also war es wichtig, dass sie cool blieb. Sobald sie auf die Tränendrüse drückte, würde sie für immer seinen Respekt und seine Aufmerksamkeit verlieren.

»Fjodor«, sagte sie, »ich schaffe das.«

Er blinzelte überrascht, dann, nach kurzem Zögern, nickte er fast unmerklich.

»Was schaffen Sie?«, fragte Pete Starling über die Videoverbindung. »Habe ich irgendwas verpasst?«

»Nein«, sagte Dinah, »wir gehen nur adaptiv vor, um unsere Kernkompetenzen wirksam einzusetzen.«

Wenn man von den Angaben der »Die fünfzig schärfsten Olympionikinnen«-Webseite ausging, entsprach Ivy körperlich ziemlich genau Tekla. Tekla war kräftiger, doch Ivy war knapp drei Zentimeter größer. Also stopften sie Ivy als Erstes in die kleine Schleuse, die Dinah für ihre Roboter benutzte. Mit eingezogenem Kopf und an die Brust gedrückten Knien passte sie so hinein, dass noch Platz war. Dinah machte ein Bild und hängte es an eine E-Mail mit detaillierten Instruktionen an.

Spencer Grindstaff, der sich als junger CIA-Auftragnehmer seine Sporen damit verdient hatte, in E-Mail-Systeme einzudringen, die von ausländischen Regierungen betrieben wurden, ließ sich eine Möglichkeit einfallen, die E-Mail auf Teklas Tablet zu schicken, indem er sie in einen Umschlag steckte, der sie so aussehen ließ, als käme sie von Fjodor.

Dinah sah zu, wie Tekla diese E-Mail las. Sie blickte vom Tablet auf in Richtung Fenster, dann wandte sie den Blick in Richtung Luftschleuse. Bis dahin hatte sich Dinah Sorgen gemacht, dass Tekla vielleicht dabei war, das Bewusstsein zu verlieren, weil sie sich mehrere Stunden lang nicht bewegt hatte. Sie vermutete, dass Tekla versuchte, Sauerstoff zu sparen und die Wärmeerzeugung zu reduzieren, indem sie sich so wenig wie möglich bewegte.

Mit einem Kabelbinder befestigte Dinah eine starke LED-Leuchte an der Innenluke der Luftschleuse, dann schloss sie sie. Sie betätigte das Ventil, das die Luft in den Raum beförderte, und ließ die Schleuse sich mit Vakuum »füllen«, dann betätigte sie den Hebel – ein schlichtes mechanisches Gestänge –, der die Außenluke öffnete. Sie konnte den weißen Schein der LED sehen, der sich etwa vier Meter entfernt im Plastik von Teklas Luk-Blase spiegelte, und sie sah, wie sich Teklas Kopf drehte, als sie auf das Licht aufmerksam wurde.

Mehrere Roboter mussten gemeinsam agieren, um Teklas Luk-Blase heranzuholen, bis sie an die Luftschleuse gedrückt war. Der Vorgang war zum Verrücktwerden, weil er dem Versuch glich, mit einer Spitzzange einen aufgeblasenen Ballon zu packen. Dinah hatte es mit Siwis – Sidewinder-Robotern – versucht, von denen sie mittlerweile ein Dutzend in Betrieb hatte. Ein Siwi konnte sich Kopf an Schwanz mit einem anderen Siwi verbinden und so dessen Länge verdoppeln, und dieser Vorgang ließ sich beliebig oft wiederholen, sodass eine Art intelligenter, mit Technik ausgestatteter Tentakel entstand. Indem sie den Schwanz eines Siwis an Amalthea platzierte und die Verbindung dadurch verstärkte, dass sie den Siwi von ein paar im Boden verankerten Grabbs festhalten ließ, konnte sie einen zweiten Siwi am ersten hinaufgleiten und sich mit dessen Kopf verbinden lassen, der in den Raum ragte. Ein dritter kletterte an den beiden ersten hinauf und verband sich mit ihnen und so weiter, wodurch ein Stiel aufgebaut wurde, der von der Oberfläche des Asteroiden nach oben reichte und sich um die Blase zu krümmen begann, in der Tekla gefangen saß.

So weit, so gut. Doch je länger die Kette wurde, desto unberechenbarer verhielt sie sich. Die Siwis waren wie Raupen konstruiert und bestanden aus vielen identischen Segmenten, die durch flexible Gelenke miteinander verbunden waren. Die Gelenke waren mit Motoren versehen, die Motoren sollten Befehlen folgen, die in Dinahs Code eingebettet waren, und das Ganze sollte auf vorhersagbare Weise funktionieren. Das Problem war, dass jedes Gelenk eine gewisse Flexibilität besaß, die in Dinahs Augen ein Fehler war. Diese Fehler summierten sich mit zunehmender Länge der Kette, sodass es Dinah, als sie drei Siwis miteinander verbunden hatte, schwerfiel, die Position des Stielendes festzustellen, geschweige denn zu kontrollieren. Und wenn sie versuchte, Gewalt anzuwenden, und die Kette sich um die glatte, bauchige Oberfläche des Luks krümmen ließ, wurde alles nur noch schlimmer.

Ein paar Stunden nach Beginn des Projekts tauchte Rhys auf und sah zu. Er pflegte lange Zeit stumm zu bleiben und dann plötzlich eine Frage zu stellen, die merkwürdig unkonventionell war, jedoch zeigte, dass er über das Problem nachdachte.

»Was wäre, wenn du sämtliche Motoren ausschaltest und das ganze Ding schlaff werden lässt?«, fragte er.

»Sollst du nicht einen Torus bauen?«, wollte sie wissen, drehte sich um und bedachte ihn mit ihrem besten Versuch eines Blicks, der töten konnte.

»Zuerst müssen wir das Problem hier lösen«, sagte er sanft.

Sie hatte noch mehr zu sagen, verstummte stattdessen aber. Rhys alberte wieder mit seiner Halskette herum. Er hatte die Angewohnheit, eine Kette um den Hals zu tragen – nichts Schickes oder Protziges, bloß eine einfache Panzerkette aus rostfreiem Stahl, die er dazu verwendete, Speichersticks und andere wichtige kleine Gegenstände am Davontreiben zu hindern. Im Augenblick allerdings hatte er diesen ganzen Kram davon abgenommen, sodass die Kette frei von Hemmnissen war, und er ließ sie um seinen Hals kreisen. Sie hatte sich zu einem breiten, sich wellenden Oval geöffnet, das nirgendwo seinen Hals oder seinen Kragen berührte, sich also einfach im freien Raum in einer Umlaufbahn um ihn bewegte. Dinah hatte ihn das schon öfter tun sehen, üblicherweise wenn er sich in Besprechungen langweilte. Er hatte ein paar Tricks gelernt, wie er die Kette beschleunigen oder dazu bringen konnte, verschiedene Formen anzunehmen, indem er mit einem Trinkhalm darauf blies oder mit einem Fingernagel dagegenschnippte. Sie bildete keinen vollkommenen Kreis, wie man vielleicht erwartet hätte. Das sich bewegende Rund aus Kettengliedern ließ sich in fast jede Form bringen und blieb so, bis man es störte. Als Dinah sich umdrehte und feststellte, dass er es schon wieder tat, wollte sie schon die Augen verdrehen und so etwas sagen wie *Scheiße, kannst du mit diesem Gehirn nicht mal was Vernünftiges anfangen*, aber sein Gesichtsausdruck deutete darauf hin, dass er mehr im Sinn hatte, als bloß herumzuspielen.

Die Kette lief schon die ganze Zeit in Form einer langgezogenen Rennbahn und streifte einmal fast seinen Hals, doch er schnippte gegen die Geraden und verbreiterte die Form annähernd zu einem Kreis, dann zog er den Kopf nach unten heraus, sodass die Kette sich in der Luft drehte. »Ich lasse mich von der Weisheit meiner Ahnen inspirieren, wenn du es unbedingt wissen willst«, sagte er.

»Du hattest Ahnen in der Schwerelosigkeit?«

»Leider nein. Mein Urururgroßonkel John Aitken war ein exzentrischer viktorianischer Meteorologe mit einem noch exzentrischeren Hobby: dem Studium der Physik sich bewegender Ketten. Zu seinem Leidwesen musste er das in seinem Salon in Falkirk tun, wo, wie ich leider sagen muss, Schwerkraft herrscht. Solchen Sachen hier« – und Rhys wies mit dem Kinn auf die herumwirbelnde Kette – »musste er sich annähern, indem er außerordentlich raffinierte Maschinen baute.«

»Dann muss er wirklich ein raffinierter Mensch gewesen sein.«

»Mitglied der Royal Society und Freund von Lord Kelvin, wo du gerade davon sprichst. Verstehst du, worauf ich hinauswill?«

»Tja, eben hast du mir mit deinem Vorschlag, sämtliche Motoren im Siwi-Zug auszuschalten, einen dicken Hinweis geliefert. Wenn ich das täte, würde er vollständig erschlaffen und im Grunde zu einem Stück Kette werden.«

»Ja«, sagte Rhys gedehnt und hob einen Zeigefinger in die Bahn der Kette. Sie stieß gegen seinen Knöchel, kam ins Stocken und wickelte sich plötzlich in chaotischem Wirrwarr um seine Hand.

»Das ist ja sehr vertrauenerweckend«, sagte Dinah.

»Moment noch, wie sich herausstellte, wusste mein Onkel so einiges. Und später hat ein anderer Knabe mit Namen Kucharski in Berlin sich ebenfalls mit diesem Zeug beschäftigt.« Rhys entwirrte die Kette, suchte nach dem Verschluss. Als er ihn gefunden hatte, löste er ihn und verwandelte die Kette damit von einem geschlossenen Ring in ein gerades Stück, das etwa so lang war wie sein Arm. »Leider herrscht auch in Berlin Schwerkraft, sodass er solche Sachen auf Tischen machen musste. Halt sie da mal eben, bist du so nett?« Und er ließ Dinah die Kette mit zwei Fingern in der Mitte ergreifen und im Raum festhalten. Dann zog er die beiden Enden nach hinten auf sich zu, sodass die Kette ein schmales, in die Länge gezogenes U bildete. »Jetzt kannst du vorsichtig loslassen.«

Dinah ließ die Kette los und wich ein Stück zurück, da Rhys so etwas wie das Gebaren eines Zauberers bei einer Vorführung angenommen hatte. Er ließ ein Ende los, hielt das andere jedoch weiter mit Daumen und Zeigefinger fest. »Was passiert, wenn ich ziehe?«, fragte er. »Irgendwelche Voraussagen?«

»Das ganze Ding wird sich nach hinten auf dich zubewegen, schätze ich.«

»Dann wollen wir es mal versuchen. Halt deinen Finger da hoch.«

Dinah zeigte »nach oben« und ließ zu, dass Rhys' freie Hand sanft ihr Handgelenk ergriff und ihre Hand so zurechtschob, dass der Finger mehrere Zentimeter vom Scheitelpunkt der U-förmigen Krümmung in der Kette entfernt war. »Dann mal los«, sagte er und begann die Kette zu sich hin- und von Dinah wegzuziehen. Entgegen dem, was sie erwartet hatte, begann sich die Krümmung von Rhys weg und in Richtung Dinah zu bewegen, bis das freie Ende schließlich wie der Riemen einer knallenden Peitsche herumwirbelte, sich in mehreren schnellen Windungen um ihren Finger legte und sie festhielt. »Hab dich«, sagte er und begann sie zu sich heranzuziehen.

»Genau wie eine Bullenpeitsche«, bemerkte sie und wickelte die Kette nicht schnell genug von ihrem Finger ab, um zu vermeiden, dass sie in engen, innigen Körperkontakt mit Rhys geriet.

»Es ist genau die gleiche Physik«, bestätigte er. »Kucharski hat das – die sich fortbewegende U-förmige Biegung – als *Knickstelle* bezeichnet.«

»Ketten, Peitschen und jetzt auch noch Macken. Ich lerne wahnsinnig viel über deine viktorianischen Ahnen, Rhys.«

»Du hast wahrscheinlich gedacht, das Ganze wäre bloß ein Zeitvertreib«, sagte er.

»O nein. Ich verstehe, was du meinst. Anstatt zu versuchen, die Siwi-Kette zu kontrollieren wie einen Tentakel, nichts als angespannte Muskeln, sollten wir sie lieber entspannen und sich wie eine intelligente Kette um das Luk legen lassen.«

Die kleine Abschweifung in die Physik des neunzehnten Jahrhunderts erwies sich als einer jener Glücksfälle, bei denen man einen Schritt zurück macht, um fünf vorwärtszukommen. Es war das Werk weniger Minuten, vier weitere Siwis mit der schon bestehenden Kette zu verbinden und dann sämtliche Motoren bis auf einige wenige auszuschalten, die Dinah verwendete, um eine U-förmige Biegung herzustellen. Zug auf ein Ende auszuüben hatte zur Folge, dass die *Knickstelle* sich genau wie in Rhys' Demonstration verhielt, sodass das Ende der Kette sich träge um den gesamten Umfang des Luks legte. Mehrere Versuche waren erforderlich, bis der Greifarm einen Griff auf der anderen Seite zu fassen bekam, doch dann war das Luk sicher in der Umschlingung der Kette gefangen. Grabbs konnten mit den Enden von Kabeln, die an anderen Teilen von Amalthea oder Izzy verankert waren, darauf entlangkrabbeln, und so wurde das Luk allmählich mit einem lockeren Netz fester Leinen umsponnen, das Dinah verwendete, um es von seiner ursprünglichen Liegeposition wegzuziehen und dicht an das Modul heranzuholen, das ihre Werkstatt enthielt. Während es näher kam, verengte und schärfte sich der von dem LED in der Luftschleuse gegen das Luk geworfene, vage Nimbus von weißem Licht und wurde schließlich fast völlig ausgelöscht, als der große Ballon den vorstehenden Stummel der Luftschleusenkammer umschloss. Die Luftschleuse steckte nun in den verschachtelten Schichten des Luks wie ein Finger, der in einen Ballon stupst.

Selbst nach dem Gelingen des Peitschenknall-Schachzugs war dafür fast ein ganzer Tag erforderlich. Rhys verzog sich, wie es seiner Gewohnheit entsprach. Bo, die mongolische Kosmonautin, tauchte in Dinahs Werkstatt auf, schaute stumm ein paar Stunden lang zu und begann dann Möglichkeiten zu finden, wie sie sich nützlich machen konnte. Durch bloße Beobachtung Dinahs lernte sie, wie man den Datenhandschuh und das Maus- und-Tastatur-Interface benutzte, und am Ende des Tages steuerte sie Grabbs durch die Gegend und bediente Siwis wie ein alter Hase.

Margie Coghlan erschien, um bei den letzten Vorbereitungen zuzusehen. Sie war eine australische Physiologin, die vor ein paar Monaten zu Izzy hochgeschickt worden war, um die Auswirkungen des Raumflugs auf die menschliche Gesundheit zu studieren. Dinah hatte sie immer ein bisschen barsch gefunden, aber vielleicht war das bloß die australische Art. Sie brachte eine Box mit medizinischem Bedarfsmaterial und chirurgischen Instrumenten mit. Sämtliche Astronauten auf der ISS hatten eine medizinische Ausbildung. Dinah und Ivy hatten ihre Zeit in Notfallambulanzen in Houston abgeleistet und dort Unfallopfer genäht und Frakturen eingerichtet. Aber Margie war die Beste.

»Nicht direkt das, wofür du dich gemeldet hast«, sagte Dinah.

»Wir kriegen alle nicht das, wofür wir uns gemeldet haben«, meinte Margie.

»Außer vielleicht Tekla«, sagte eine andere Stimme. Es war die von Ivy. Sie befand sich nicht in Dinahs Werkstatt – diese war, weil sich Dinah, Bo und Margie darin aufhielten, voll –, sondern im SCRUM nebenan.

»Ivy, bist du bereit, einen weiteren Rekord aufzustellen?«, sagte Dinah.

»Bereit, es zu versuchen«, sagte Ivy.

Das war Q-Code für die Anzahl von Frauen, die sich zur gleichen Zeit in der Raumstation aufhielten. Der alte Rekord war vier gewesen, aufgestellt im Jahre 2010. Sie hatten ihn vor Monaten eingestellt, als Margie und Lina auf Izzy gekommen und zu Ivy und Dinah gestoßen waren. Gebrochen hatten sie ihn, als mit dem Sojus-Raumfahrzeug vor drei Wochen Bo aufgetaucht war. Tekla wäre Nummer sechs, falls sie sie durch die Luftschleuse brachten.

Oder die Anzahl würde sinken, falls die Sache schiefging.

»Bo, danke für deine Hilfe. Du solltest wahrscheinlich zu Ivy hinausgehen.«

»Viel Glück«, sagte Bo, stieß sich von der Innenluke der Luftschleuse ab und ließ sich durch Dinahs Werkstatt und zur Luke hinaus in das SCRUM treiben, wo wartend Ivy schwebte.

»Alles hinter dir dicht gemacht?«, fragte Dinah, eher aus Nervosität als aus irgendeinem anderen Grund. Ivy würde das auf keinen Fall in den falschen Hals bekommen. Seit dem Auseinanderbrechen des Mondes hatten sie ihre Vorsichtsmaßnahmen ohnehin verschärft und hielten, wann immer möglich, die verschiedenen Module von Izzy durch luftdichte Luken voneinander getrennt, damit die Perforation eines Moduls durch einen Boliden nicht zur Zerstörung des gesamten Komplexes führte.

Ivy gab keine Antwort.

»Du weißt, was du mit der Luke machen musst, wenn das Ganze hier danebengeht«, fuhr Dinah fort.

»Du quatschst ganz schön viel, wenn du nervös bist«, sagte Ivy.

»Meine Rede«, sagte Margie, »machen wir es nun oder nicht? Die Frau da draußen ist vielleicht schon am Ersticken.«

»Okay. Ich gebe ihr jetzt das Signal«, sagte Dinah.

In dem Raumfahrtprogramm, von dem sie als kleines Mädchen mit einem »Snoopy der Astronaut«-Poster an der Decke ihrer Hütte im Hinterland von Südafrika oder bei Live-Übertragungen von der Raumstation im Satellitenfernsehen in Westaustralien geträumt hatte, wäre das Signal eine knappe Äußerung in ein Mikrofon oder eine auf einer Tastatur getippte Mitteilung gewesen. In Wirklichkeit jedoch schwebte sie zu ihrem kleinen Fenster hinüber, spähte durch vierzehn Schichten milchig durchscheinendes Plastik auf Tekla, die beinahe so nahe war, dass sie sie mit ausgestreckter Hand hätte berühren können, und reckte den Daumen hoch.

Tekla nickte und hielt neben ihrem Kopf einen kleinen Gegenstand hoch. Es war ein Klappmesser mit Gürtelclip und einem Band, das sie sich klugerweise um das Handgelenk geschlungen hatte. Mit dem Daumen klappte sie die gezähnte Klinge heraus.

Dinah nickte.

Tekla erwiderte das Nicken, dann schwebte sie außer Sicht, zur Luftschleuse.

»Da kommt sie«, sagte Dinah.

Sie hatte Margie bereits als physisch ziemlich starke Frau eingeschätzt. Sie war untersetzt, aber auf eher kräftige als wabbelige Weise.

Dinah packte den Hebel des Gestänges, das die Außenluke der Luftschleuse schließen würde. »Stemm dich gegen mich«, sagte sie.

Sie machte sich wegen des ganzen Plastiks Sorgen. Bestimmt würden Fetzen davon in der anfälligen Dichtung der Luke hängen bleiben.

Das Prinzip war ganz einfach. Sie war es hundertmal im Kopf durchgegangen, während sie vergangene Nacht wachgelegen hatte. Wenn Tekla einen wenige Zentimeter langen Schlitz in die innerste Schicht des Luks schnitt, würde Luft in den Zwischenraum zwischen dieser und der nächsten Schicht einströmen, die unter geringerem Druck stand. Wenn Tekla Kopf und Schulter durch diesen Schlitz steckte, würde von hinten Druck auf sie ausgeübt werden wie auf den Korken in einer Champagnerflasche. Wenn sie dann einen Schlitz in die nächste und die nächste und die nächste Schicht einschnitt, würde sich eine Druckwelle hinter ihr aufbauen und sie wie einen Melonenkern ausspucken. Und solange sie auf die weiße LED an der Innenluke der Luftschleuse zuhielt, würde sie in diese Luftschleuse befördert.

Und an dieser Stelle befände sie sich nackt und ungeschützt mitten in einem Luftstrom, der von ihr weg ins Vakuum schießen würde. Und an dieser Stelle…

Man hörte ein Zischen und einen fleischigen, dumpfen Aufprall.

»Mein Gott, ich glaube, das war's«, sagte Margie.

»Sie ist draußen«, bestätigte Bo. Bo, im Segment nebenan,

hatte ein Tablet, auf dem sie eine Videoübertragung von einem nahebei postierten Grabb verfolgte. »Ich meine, sie ist in der Luftschleuse.«

Dinah zerrte an dem Hebel, der die Außenluke schloss. Gemäß Newtons drittem Gesetz bewegte sich ihr Körper in die entgegengesetzte Richtung und nahm ihr Kraft, aber Maggies Arme schlossen sich um sie und hielten dagegen – Margie hatte eine Möglichkeit gefunden, sich gegen irgendetwas zu stemmen.

Bo schnappte entsetzte nach Luft. »Du zerquetschst ihr den Fuß!«

»Ach du Scheiße.«

»Ihr Fuß hängt raus.«

»Dinah«, sagte Ivy, »du musst die Luke ein Stück weit öffnen, ihr Fuß hängt fest.«

Dinah entspannte die Arme. Was, wenn Tekla bewusstlos war? Was, wenn sie gar nicht imstande war, die Fötushaltung einzunehmen, die sie ihr auf dem Foto gezeigt hatten?

Die Veränderung im Ton von Bo und Ivy verriet etwas anderes. »Sie ist drin!«, rief Ivy aus.

»Mach die Luke zu, mach sie zu!«, schrie Bo.

Dinah schwang den Hebel ganz herum und ließ ihn in die »Geschlossen«-Position einrasten. Es fühlte sich nicht ganz richtig an, aber wenigstens war die Luke zu.

Unterdessen betätigte Margie das Ventil, das Luft in die Schleuse einließ. Das war eigentlich ein allmählicher Vorgang, aber sie ließ es in explosivem Schwall vonstattengehen, mit einer plötzlichen Luftbewegung, die an ihrem Zwerchfell zupfte und ihre Ohren knacken ließ.

»Blut kommt heraus«, sagte Bo mit dumpfer Stimme. »Es sickert aus der Schleuse.«

»Scheiße!«, sagte Dinah. Denn das bedeutete zwei üble Dinge auf einmal: Die Außenluke schloss nicht ganz dicht, und Tekla war verletzt.

»Sehen wir zu, dass wir sie aufkriegen«, sagte Margie.

Am Ende mussten sie alle vier ran: In den engen Raum gequetscht, drückten Dinah, Margie, Bo und Ivy, die Finger unter dem Rand der Luke, mit aller Kraft, die ihre Beine und Rücken hergaben, gegen die Wand, um die Dichtung zu lösen. Worauf Luft aus dem Segment zischte und die Luke aufflog wie bei einem unter Vakuum stehenden Glas, dessen Dichtung man endlich löst, sodass der Deckel wegfliegt.

Tekla war darin, zur vorgeschriebenen Fötushaltung zusammengerollt, eine kompakte Masse von Rot.

Alle starrten sie einen Moment lang sprachlos an.

Ihr Kopf bewegte sich. Sie drehte das Gesicht zu ihnen hoch, wodurch ein riesiger roter Fleck sichtbar wurde, wo eigentlich ein Auge hätte sein müssen.

Das Einzige, was Dinah davon abhielt, loszuschreien wie ein kleines Kind, war, dass es ihr die Kehle zuschnürte. Bo holte tief Atem und begann irgendetwas zu murmeln.

Teklas Hände lösten sich voneinander und packten den Rand der Kammer. Das Band des Messers war noch immer um ihr rechtes Handgelenk gewickelt. Der Griff des Messers baumelte daran. Dinah nahm an, dass die Klinge abgebrochen war, bis sie begriff, dass das ganze Ding in Teklas Unterarm steckte.

Tekla zog sich ein paar Zentimeter heraus, dann hielt sie inne. Ihr Kopf ragte nun in den Raum.

Ein Auge ging auf. Ein blutunterlaufenes Auge in einem blutigen Gesicht. Aber ein normales, funktionierendes Auge.

Dinahs Ohren begannen wieder zu funktionieren, und ihr wurde bewusst, dass sie ein lautes, zischendes Geräusch hörte. Es war das Geräusch von Luft, die entwich, nicht durch ein riesiges Leck, sondern durch kleine Lücken in der äußeren Dichtung der Luftschleuse. Die Luft strömte an Teklas Körper vorbei und schuf hinter ihr ein Vakuum, ein Vakuum, gegen das sie ankämpfen musste, um in die Station zu gelangen.

Da verspürte Dinah Verlegenheit, wie eine Gastgeberin, die es versäumt hat, einen Gast angemessen willkommen zu heißen, und sie griff nach unten und packte eine von Teklas Händen. Margie nahm die andere, und mit einem letzten schlürfenden, schmatzenden Geräusch zerrten sie Teklas blutglitschigen Körper aus der Luftschleusenkammer in die Raumstation.

Dinah schloss die Innenluke der Luftschleuse halb. Der Große Staubsauger, wie Astronauten der alten Schule das Vakuum des Weltraums nannten, übernahm den Rest und knallte sie mit erschreckender Heftigkeit zu.

Sie hatten einen messbaren Prozentsatz des Luftdrucks in diesem Modul eingebüßt. Nicht genug, um einen Sauerstoffmangel hervorzurufen, aber mehr als genug, um überall in Izzy und bis hinunter nach Houston Alarm auszulösen.

Margie machte sich an Teklas Arm zu schaffen, der ziemlich kräftig blutete, während Ivy und Bo, die inzwischen blaue Handschuhe trugen, ihr mit Feuchttüchern das Gesicht säuberten. Es ergab sich ein klareres Bild. Die Grundidee hatte funktioniert. Teklas Arbeit mit dem Messer war präzise und gut gezielt gewesen, vielleicht sogar effektiver, als wirklich gut für sie gewesen war. Sie war mit großer Kraft aus der äußersten Schicht des Luks in die Luftschleusenkammer geschleudert worden und dabei mit dem Gesicht gegen eine Metallmuffe geknallt, die große Platzwunden ober- und unterhalb des Auges hervorgerufen hatte. Diese hatten heftig geblutet. Im gleichen Augenblick war die Klinge ihres Messers an irgendetwas hängen geblieben, hatte sich gegen sie gerichtet und war ihr in den Unterarm gerammt worden. Sie hatte einen Moment lang benommen dagelegen, während ein Bein noch aus der offenen Luke heraushing, die Dinah hinter ihr zu schließen versucht hatte, dann war sie zu sich gekommen und hatte sich wie geplant zusammengekrümmt. Währenddessen war sie wenige Augenblicke lang dem Vakuum ausgesetzt gewesen, was ihren blutenden Wunden nicht gutgetan hatte, doch dann war Luft in die Schleuse eingeströmt und hatte den Druck ausgeglichen, ehe irreparable Schäden hatten entstehen können.

Wie von Dinah befürchtet, waren Plastikfetzen in der Dichtung der äußeren Luke hängen geblieben, was die zischenden Lecks erklärte. Die meisten jedoch trieben ins All davon, als sie die Luke wieder öffnete, und die restlichen Stücke, die in Teklas gefriergetrocknetem Blut an der Dichtung klebten, konnte sie von einem Schwarm entsprechend programmierter Nats abpflücken lassen. Am Ende überließ sie dieses Projekt als Übung Bo, die in bemerkenswertem Tempo die Roboterlernkurve hinaufstieg.

Sie schwebte die ganze Länge von Izzy entlang bis ins Hub und von dort aus in den Torus, wo Margie unter Anleitung von Unfallchirurgen unten in Houston an Teklas Arm arbeitete. In der schwachen Schwerkraft des Torus war das erheblich einfacher – es schwebten keine Blutkügelchen durch die Gegend. Lina Ferreira und Jun Ueda, beide ebenfalls Biowissenschaftler, sprangen als Assistenten ein.

Ivy war in ihrem Büro und trotzte einem Shitstorm wütender Reaktionen von Leuten unten in Houston.

Sie nahmen den Eingriff unter lokaler Betäubung vor, deshalb war Tekla bei Bewusstsein. Sie hatten sie gesäubert und die Platzwunden um ihre Augenhöhle mit Pflasterzugverbänden und Wundkleber geschlossen. Die silbrig blonden Stoppeln auf ihrer Kopfhaut waren auf dieser Seite immer noch dunkel von geronnenem Blut. Das Weiße ihrer Augen war rot, und sie hatte überall im Gesicht Tausende winziger roter Male. Man hatte Dinah darauf aufmerksam gemacht, dass sie damit rechnen müsse. Man nannte sie Petechien: geplatzte Kapillargefäße knapp unter der Haut, hervorgerufen durch Vakuumexposition. Doch an der Art, wie sich Teklas Augen in den Höhlen bewegten und sich auf Dinge konzentrierten, konnte Dinah erkennen, dass ihr Sehvermögen grundsätzlich intakt war.

»Das war unangebracht«, sagte Tekla zu ihr.

»Stimmt«, sagte Dinah.

»Ich werde Ärger kriegen.«

»Wir auch«, sagte Dinah und wies mit dem Kinn in Richtung von Ivys Büro. »Wir kriegen alle Ärger... mit einem Haufen toter Leute.«

Tekla reagierte kaum, doch bei Margie, Lina und Jun kam es zu einem kollektiven Atemholen, einer kurzen Unterbrechung der Vorgänge.

»Margie«, sagte eine texanische Stimme von der Erde aus, »der tote Chirurg hier möchte gerne, dass du diese Arteriole abklemmst, ehe sie wieder zu bluten anfängt.«

»Diejenigen von uns, die leben werden«, sagte Dinah, »müssen anfangen, nach eigener Einsicht zu leben.«

Pioniere und Prospektoren

»Der Eismann kommt.«

»Ah«, seufzte Rhys, »ich habe mich schon gefragt, wer von uns als Erster hingehen würde.« Er zog sich aus ihr zurück, schwebte seitwärts und vollführte das Abstreifen und Verknoten des Kondoms so gekonnt, dass es dunkle Regungen von Eifersucht in Dinahs Herz hervorrief. Aber wenigstens hatte er nichts in Dinahs Werkstatt freigesetzt.

»Kann sein, dass das deine letzte Lieferung gewesen ist«, sagte Dinah. »Das heißt, von Eis.«

»Du hast deinen Gefrierschrank?«

»Kommt morgen mit der Rakete von Kourou herauf.«

»Irgendeine Chance, sie dazu zu bringen, dass sie einen Martini-Shaker mit heraufschicken?«

»Dafür nehmen wir Plastikbeutel.«

»Tja, ich hoffe, meine Lieferungen – das heißt von Eis – haben irgendetwas zu dem beigetragen, was zum Teufel du da eigentlich machst.«

»Guck dir das mal an«, sagte sie. Sie hatte sich schon in eine Decke gewickelt, doch nun stupste sie mit einem Zeh die Wand an und schwebte zu ihrem Arbeitsplatz hinüber. Mit ein paar Klicks holte sie ein Video auf den Bildschirm. Die Anfangseinstellung war nüchtern: ein Eiswürfel in einer schwarzen Kammer, von hellen, aber kalten LEDs beleuchtet.

»Von der Zentrale von Arjuna, nehme ich an.« Rhys, noch

immer nackt, kam von hinten auf sie zu und legte ihr einen Arm um die Taille. Sie sah das gerne als liebevolle Geste. Zum Teil war es das auch. Aber sie lebte schon lange genug in der Schwerelosigkeit, um zu begreifen, dass er außerdem beim Filmanschauen nicht einfach wegschweben wollte.

»Ja.«

Ein bärtiger, rotblonder Mann trat ins Bild, in der Hand ein Stück Wellpappe – der Deckel einer Pizzaschachtel.

»Das ist Larz Hoedemaeker, glaube ich – einer von den Typen, mit denen ich oft zusammengearbeitet habe.«

Larz neigte den Schachteldeckel leicht in Richtung Kamera. Der Deckel war größtenteils von irisierenden, fingernagelgroßen Objekten bedeckt, die Siliziumkäfern ähnelten. Hunderten davon.

»Das sind eine Menge Nats«, bemerkte Rhys.

»Na ja... Der Zweck der ganzen Übung ist ja, einen Schwarm zu bilden.«

»Ich verstehe. Aber wie es scheint, haben sie einen Weg gefunden, die Produktion hochzufahren.«

Larz faltete die Pappe diagonal, um einen primitiven Trog zu bilden, und neigte sie dann in Richtung des Eisblocks. Die Nats stürzten wie eine Lawine herab und landeten als Haufen darauf. Nicht wenige rutschten davon ab und fielen auf den Boden. Larz trat einen Moment lang aus dem Bild und schob, als er zurückkehrte, einen Drehstuhl auf Rädern vor sich her. Diesen stellte er hinter den Eisblock, dann verschwand er erneut und kam mit einer Uhr wieder, die er offenbar gerade von einer Bürowand abgehängt hatte. Er stellte sie auf den Stuhl und lehnte sie gegen die Rückenlehne, sodass sie in der Videoeinstellung deutlich zu sehen war. Dann ging er endgültig.

Einige Augenblicke später wurden die Lichter sehr viel heller.

»Sie simulieren Sonnenstrahlung«, erklärte Dinah. »Die Nats sind solarbetrieben, also kann man sie nur mit einer Lichtquelle testen, die so hell ist wie die Sonne.«

Nun begann der Minutenzeiger der Uhr vorwärtszusausen. »Zeitraffer?«, fragte Rhys.

»Ja. Das Ganze geht langsam vonstatten, wie du gesehen hast.« Die Nats, die sich auf dem Boden verteilt hatten, wuselten eine Zeitlang ziellos herum, dann schienen sie den Eisblock zu finden und kletterten an seinen senkrechten Seiten hinauf. »Ziemlich gute Adhäsion, wie du sehen kannst«, sagte Dinah.

Unterdessen breitete sich der Haufen Nats obendrauf wie ein Klacks Butter aus, der auf einem Pfannkuchen schmilzt, und verteilte sich in einer etwas willkürlichen, aber im Prinzip gleichmäßigen Schicht auf dem Eisblock. Einige Nats schienen in das Eis einzusinken. »Schmelzen sie sich hinein?«, fragte Rhys.

»Nein. Das verbraucht zu viel Energie – und würde in der Schwerelosigkeit nicht funktionieren. Sie graben sich mechanisch hinein. Siehst du die kleinen Haufen, die sich da bilden?« Sie zeigte auf die Oberseite des Eisblocks, wo sich um die Bohrlochausgänge weiße Aufschüttungen zu bilden begannen. »Das ist Abraum, der von den grabenden Nats herausgeschnitten und ausgeworfen wird.«

»Bei Schwerelosigkeit kann man auch keine Häufchen bilden«, gab Rhys zu bedenken.

»Eins nach dem anderen!«, sagte sie und versetzte ihm einen Rippenstoß. »Die anderen arbeiten daran, siehst du?« Sie benutzte den Cursor, um auf einen anderen Nat hinzuweisen, der sich über die Oberfläche bewegte. Er griff sich ein paar Eiskörnchen von einem Haufen, dann wich er zurück und steuerte den Rand des Eisblocks an.

»Wie macht er das?«, fragte Rhys.

»Du weißt doch, dass ein Eiswürfel, wenn du mit nasser Hand ins Gefrierfach greifst und ihn herausholst, an deiner Haut kleben bleibt? Mehr ist es nicht«, sagte Dinah. »Und so krabbeln sie auch auf dem Eis herum, ohne herunterzufallen.«

Der Minutenzeiger der Uhr begann sich schneller zu bewegen, und nun sah man auch, wie der Stundenzeiger kreiste. Die Oberfläche des Eisblocks wurde schartig und begann dann in Richtung Boden zu sinken, während Material abgebaut wurde. Doch zugleich bildete sich an einer Kante des Blocks eine Ausbuchtung, die zu einer freischwebenden Zinke wie das Horn eines Ambosses wurde.

»Was bauen sie da?«, fragte Rhys.

»Spielt keine Rolle. Das ist bloß ein Machbarkeitsnachweis.«

Das Wachstum endete, das Zifferblatt der Uhr verlangsamte sich auf Normalzeit, ein anderer Ingenieur kam herein und machte ein paar Bilder von dem Ergebnis. Dann wurde der Bildschirm schwarz.

»Interessant!«, sagte Rhys.

Sie schnappte sich seine Hand, ehe er sich entfernen konnte. »Moment noch. Sieh dir die superschnelle Version an.«

Diese begann einen Augenblick später. Es war genau derselbe Film in zehnfacher Geschwindigkeit. Deshalb dauerte er nur ein paar Sekunden. Die Nats waren wegen der Schnelligkeit ihrer Bewegung unsichtbar – bloß ein zitteriger grauer Nebel, der in Flecken kam und ging. Das lenkte die Aufmerksamkeit auf den Eisblock. Bei dieser Geschwindigkeit gezeigt, wirkte er nicht so sehr wie ein kristalliner Brocken, sondern eher wie eine Amöbe, die an einem Ende niedersank, während sie am anderen zügig ein Scheinfüßchen in den Raum reckte.

»Man muss annehmen«, sagte Rhys, »dass es einen Grund gibt, warum Sean Probst so erpicht darauf ist, Eis Männchen machen und Kunststückchen für ihn vollführen zu lassen.«

»Ja. Aber er vertraut ihn mir nicht an.«

»Gibt es eine Möglichkeit«, überlegte er, »diese Nats Ende an Ende miteinander zu verbinden?«

»Zu einer Kette?«

»Ja. Die Siwis sind ganz brauchbar, aber viel komplizierter, als sie sein müssen.«

»Du hast nur Ketten im Kopf. Ja, es gibt eine Möglichkeit. Und man kann sie Seite an Seite zu einer Fläche verbinden.«

»Onkel John ruft mich von jenseits des Grabes und fordert mich auf, etwas aus seinem Hobby zu machen.«

»Tja, dann sieh zu, dass ich dir gewogen bleibe«, sagte sie, »dann lasse ich dich mit einigen spielen.«

TAG 56

Seit A+0.56 war das Hub-Modul, um das sich der Torus drehte, nicht mehr der hinterste Teil von Izzy. Sie nannten es jetzt H1. Ein größeres Hub mit Namen H2 war mit einer Schwerlastrakete von Cape Canaveral heraufgeschickt und damit verkoppelt worden.

H2 war ursprünglich als Grundlage eines großen Weltraumtourismusunternehmens geplant worden. Rhys' ursprüngliche Mission, für die er zwei Jahre geplant hatte und ausgebildet worden war, hatte darin bestanden, es in Betrieb zu nehmen. Jetzt hatte es natürlich einen neuen Zweck, funktional jedoch würde es genauso aussehen: H2, das große Zentralmodul, mit einem neuen und größeren Torus, der sich darum drehte. Dieser neue Torus, zwangsläufig T2 genannt, würde im All aus einem Bausatz von starren und Tragluftteilen zusammengesetzt werden, die zum Teil schon mit H2 heraufgeschickt worden waren, zum Teil bei späteren Starts folgen sollten. Vorläufig gingen von H2 vier dicke Speichen aus, die in Stutzen endeten, an denen man später andere Teile, die den Radkranz bildeten, anbringen würde.

Bis dahin hatten die Kundschafter ihren grundlegenden Auftrag erfüllt, nämlich die Integrierte Gitterstruktur als Rückgrat für einen Baum aus hohlen Röhren zu verwenden, jede ungefähr fünfzig Zentimeter im Durchmesser, mit Erweiterungen etwa alle zehn Meter. Ein Mensch, vorausgesetzt, er war einigermaßen fit, litt nicht an Klaustrophobie und hatte nicht zu viel Kram in den Taschen, konnte sich durch eine Röhre von diesem Durchmesser in etwa so bewegen wie ein Hamster, der in einem Käfig durch ein Plastikrohr krabbelt. Die Erweiterungen waren dazu da, dass zwei Menschen, die sich in entgegengesetzten Richtungen bewegten, aneinander vorbeikamen. Sphärische Module dienten als Verbindungen und Verzweigungspunkte. Die Röhren endeten in Andockvorrichtungen, an denen Raumfahrzeuge unterschiedlichen Typs an die Raumstation ankoppeln und solide, luftdichte Anschlüsse schaffen konnten.

Denn von Anfang an war klar gewesen, dass Andockstellen, im Jargon von Pete Starling, die »knappe Ressource«, die »lange Stange«, der »kritische Pfad« sein würden. Raketen, Raumfahrzeuge und Raumanzüge zu bauen war nicht einfach, würde aber wenigstens auf der Erde geschehen, wo man gewaltige Ressourcen in die Steigerung der Produktion stecken konnte. Eine Armada in den Orbit geschossener Raumkapseln käme jedoch nirgendwo unter, wenn sie nicht irgendwo andocken konnten. Und die Andockstellen mussten auf die harte Tour gebaut werden: vor Ort, im Orbit.

Das Andocken war kein Spaß und erforderte spezielle Technologie, aber man kannte sich gründlich damit aus und hatte es schon oft gemacht. Das chinesische Raumfahrtprogramm verwendete standardmäßig dasselbe System wie die Russen, sodass die chinesischen Raumfahrzeuge ebenso wie die der Russen an der ISS andocken konnten. So weit, so gut. Tatsache blieb jedoch, dass jedes in den Orbit geschossene, bemannte Raumfahrzeug binnen weniger Tage ein bestimmtes Ziel erreichen musste, ehe den Insassen Luft, Nahrung und Wasser ausgingen. Deshalb hatten die Kundschafter die Aufgabe gehabt, die Anzahl der Andockstellen auf möglichst schnelle und billige Weise um ein Vielfaches zu erhöhen. Andockstellen durften nicht zu nahe beieinanderliegen, also mussten die Entfernungen zwischen ihnen durch Hamsterröhren überbrückt werden. Außen an den Rohren befestigt waren Leitungs- und Kabelstränge, deren Installation durch frische Wellen von Kundschaftern noch immer im Gange war, und strukturelle Verstärkungen, die an den benachbarten Gitterelementen verankert waren.

Der anfängliche Röhrenbaum, etwa zwischen A+0.29 und A+0.50 von Tekla und den anderen Kundschaftern der ersten Welle errichtet, wies ein halbes Dutzend Andockstellen auf. Sie wurden sofort von der ersten Welle der sogenannten Pionierflüge in Anspruch genommen: drei Sojus-Raumfahrzeuge, zwei Shenzhous und eine Weltraumtourismuskapsel aus den Vereinigten Staaten.

Vom Erfolg des Fluges ermutigt, der Bo und Rhys befördert hatte, hatten die Russen Möglichkeiten gefunden, fünf bis sechs Passagiere in jedes Sojus zu quetschen.

Das Shenzhou-Raumfahrzeug basierte auf der Sojus-Konstruktion, nur dass es größer und in verschiedener Hinsicht modernisiert war. Wie das Sojus war es zur Beförderung einer dreiköpfigen Besatzung bestimmt – doch dies beruhte auf der Annahme, dass diese drei lebendig zur Erde zurückkehren wollten. Für einfache Flüge modifiziert, beförderte jedes Shenzhou ein halbes Dutzend Passagiere. Und die amerikanische Touristenkapsel brachte ein Kontingent von sieben Astronauten.

Insgesamt also kamen mit der ersten Welle von Pionieren drei Dutzend Menschen auf Izzy, wodurch sich deren Bevölkerung mehr als verdoppelte. Sie waren gezwungen, in ihren Raumkapseln zu leben, die ihre eigenen Toiletten, CO_2-Absorber und Wärmeabfuhrsysteme hatten. Das ergab beengte Verhältnisse, war aber ein Fortschritt gegenüber den Luks.

Am A+0.56, als mit der riesigen Falcon-Heavy-Rakete das H2-Modul heraufkam, verbrachten Tekla und die anderen überlebenden Kundschafter einen Tag damit, alles, was hineingestopft worden war, herauszuholen und vorübergehend außen am

Modul zu verankern. Dann zogen sie in H2 ein, funktionierten es zum Wohnheim für Kundschafter um und verabschiedeten sich von ihren zunehmend ramponierten Luks, aus denen die Luft abgelassen und die geflickt, zusammengefaltet und zwecks späterer Verwendung bei Notfällen gelagert wurden.

Etwa zwei Drittel der Pioniere hatten Erfahrung mit Außenbordeinsätzen oder waren in den Wochen zuvor hastig ausgebildet worden. Es gab nicht genug Raumanzüge für alle – sie wurden auf der Erde so rasch wie möglich hergestellt –, aber man konnte sich die schon vorhandenen teilen. Die Arbeitsschichten wurden von fünfzehn auf zwölf, dann auf acht Stunden verkürzt, sodass zwei- bis dreimal am Tag frische Leute in die verfügbaren Anzüge wechselten. Die Weltraumspaziergänger arbeiteten abwechselnd am Zusammenbau des T2-Torus und an der Erweiterung des Röhrenbaums, um Andockstellen für die nächste Welle von Raumfahrzeugen zu schaffen.

Die restlichen Pioniere, die Nicht-Weltraumspaziergänger, widmeten sich anderen Aktivitäten in den unter Luftdruck stehenden Teilen der Raumstation. Dinah sah sich von zwei Assistenten unterstützt: Bo, die sich diese Aufgabe anscheinend selbst zugeteilt hatte, und Larz Hoedemaeker – den Typ von dem Video. Larz war ein junger Holländer, der in Delft auf ein Diplom in Robotik hingearbeitet hatte, als er von Arjuna Expeditions rekrutiert worden war. Dinah kannte ihn als produktiven E-Mail-Korrespondenten, der stets bereit war, ihre Fragen zu beantworten oder kurzfristig Codepatches zu liefern. Aufgrund irgendeines Versäumnisses in der Kommunikation wusste sie nicht einmal, dass er zu den Passagieren der amerikanischen Touristenkapsel gehörte, die am Tag 52 (denn mittlerweile gaben die Leute die »A+«-Notierung auf und bezeichneten die Tage einfach mit ihrer Zahl) eingetroffen war.

Sie wusste nur, dass plötzlich ein korpulenter, rotblonder Mann in ihrer Werkstatt auftauchte und fest entschlossen war, sie zu umarmen. Das war ungewöhnlich. Die Internationale Raumstation war bis jetzt, um es milde auszudrücken, kein Ort gewesen, an dem man mit Überraschungsbesuchen rechnen musste. Larz hatte ein Bündel Schokoriegel in der einen und eine Kamera in der anderen Hand, und die Taschen seines Overalls quollen von allem möglichen Zeug über: Morphiumampullen, Antibiotika, Rollen von Mikrochips auf Papierband, Einwegkontaktlinsen, Kondome, Päckchen mit dehydriertem Kaffee, Tuben mit exotischen Gleitmitteln, Ersatzminen für Druckbleistifte, Bündel von Kabelbindern. Mittlerweile schien das Prinzip zu herrschen, dass alle, die man in ein Raumschiff steckte, vorher so mit Vitaminen bepackt wurden, dass sie sich kaum noch rühren konnten.

Larz war ein angenehmer Mensch, und sein erster Tag auf Izzy war das reine Vergnügen für Dinah, die seit einem Jahr kein Vieraugengespräch mit einem Kollegen mehr geführt hatte. Sie zeigte ihm ihre bescheidene Werkstatt und ließ ihn Roboter auf der Oberfläche von Amalthea herumfahren, und sie holte einige ihrer »gepanzerten« Roboter herein, damit er sie bewundern konnte. Denn von Rhys' Kommentar vor einigen Wochen angeregt, hatte Dinah ihre ansonsten untätigen Roboter dazu eingesetzt, eine Panzerung für andere Roboter herzustellen. Die ordentliche Methode wäre gewesen, Stücke des Asteroiden in den kleinen Schwerelosigkeits-Schmelzofen bringen zu lassen, hübsche kleine Barren aus reinem Stahl zu produzieren und diese dann an den Rumpf der Grabbs anzuschweißen. Aber das machte die Sache zu kompliziert. Amalthea bestand bereits aus vollkommen solidem Material. Vielleicht war es kein Baustahl, aber es war gut genug, um als Strahlenschutz zu dienen. Also hatte sie einfach Stücke davon abgefräst, sie in ihrer ursprünglichen groben Form belassen und Grabbs mit einander überlappenden Platten des Materials gepanzert. Inzwischen sahen sie wie wandelnde Asteroiden aus.

»Es ist ein Kunstprojekt«, sagte Larz. Einen Moment lang dachte sie, er wolle sie kränken. Denn sie hatte zu ihrer Zeit einige Ingenieure kennengelernt, die Kunst und Ingenieurwissenschaft niemals kombiniert hätten. Aber sein Gesicht war fröhlich und arglos, und es war klar, dass er ihr ein Kompliment machen wollte.

Sobald sie sich ein wenig an ihn gewöhnt hatte, brachte sie das Thema zur Sprache, das sie nun schon seit einigen Wochen beschäftigte: Wieso Eis? Wenn man bedachte, dass sie direkten Zugang zu einem riesigen Brocken Eisen hatten, warum konzentrierte Arjuna dann sämtliche Anstrengungen auf die Arbeit mit einem Material, das es in der Praxis auf Izzy gar nicht gab?

»Manches wird mir auch nicht immer erklärt«, sagte Larz, »aber du weißt ja, dass wir schon einige Zeit darüber reden, dass wir es auf einen Kometenkern abgesehen haben.«

»Klar«, sagte Dinah, »wir haben darüber geredet. Aber die Dinger sind riesig. Was sollen wir mit ein paar Gigatonnen Wasser anfangen?«

Larz blinzelte nur und schaute leicht unbehaglich drein.

»Es würde ewig dauern, etwas so Großes zu bewegen!«, sagte Dinah. »Das wäre ein auf zehn bis zwanzig Jahre angelegtes Projekt! So viel Zeit haben wir nicht.«

»Ja, unter den alten Bedingungen schon.«

»Was soll das heißen, unter den alten Bedingungen?«

»Wenn damals – vor dem Agens – davon die Rede war, Kometen zu bewegen, haben wir davon geredet, einen großen Spiegel raufzuschicken. Das Sonnenlicht auf den Kometenkern zu bündeln, ein bisschen Wasser wegzukochen und ihn langsam auf eine neue Flugbahn zu schieben. Ja. Das würde lange dauern. Wie wenn man eine Bowlingkugel mit einer Feder anstößt.«

»Und was hat sich daran geändert?«, fragte Dinah. »Physik ist Physik.«

»Ja«, sagte Larz, »und zur Physik gehört die *Atom*physik.«

»Wir wollen Atomkraft einsetzen? Ich dachte, das wäre – du meine Güte. Ich kann mir nicht mal...«

»Du machst dir keinen Begriff, wie sehr sich dort unten alles geändert hat«, sagte Larz.

»Ja, offensichtlich!«

»Die Architekten sind gekommen und haben gesagt: ›Hört zu, mit Solarzellen funktioniert das Ganze auf keinen Fall. Wir können nicht genug für Tausende von Sub-Archen schnell genug herstellen. Sie sind groß und sperrig.‹«

»Darüber hab ich mir auch schon Gedanken gemacht.«

»Wir müssen Atomkraft einsetzen, haben sie gesagt.«

»RTGs?«

Radioisotopengeneratoren wurden als Energieerzeuger für die meisten Raumsonden verwendet. Den Kern bildete ein Isotop, das so radioaktiv war, dass es jahrzehntelang heiß blieb. Aus dieser Hitze ließ sich auf verschiedene Weise Energie gewinnen.

»Die sind nicht annähernd leistungsstark genug«, sagte Larz.

Larz bekam in Form von verschlüsselten E-Mails Nachrichten von der Erde, einen Schwall von Großbuchstaben in Fünfergruppen, der aussah wie aus einer Enigma-Nachricht. In der großen Nylonbörse, die für Larz als Dokumententasche durchging, befand sich ein Stapel Blätter. Jedes war mit einem anderen Gitternetz mit Großbuchstaben in zufälliger Verteilung bedruckt. Zur Dechiffrierung jeder Nachricht war etwa eine halbe Stunde mühsamer Arbeit mit Bleistift und Papier erforderlich. Dinah traute ihren Augen nicht. Natürlich verwendeten die Leute ständig eine Verschlüsselung, wenn sie E-Mails verschickten, und für sämtliche E-Mails von Arjuna Expeditions galt generell, dass sie verschlüsselt wurden. Doch das reichte Sean Probst offenbar nicht mehr. Dinah gewöhnte sich daran, Larz über diesen Blättern schwitzen zu sehen. Er schrieb ein bisschen Python-Skript, um es sich leichter zu machen, aber die Nachrichten schrieb er trotzdem von Hand nieder.

Eines Tages, zwei Wochen nach seiner Ankunft, dechiffrierte er eine Nachricht mit einer überraschenden Neuigkeit. Der Chef war im Anmarsch. Sprich Sean Probst, Gründer und Vorstandsvorsitzender von Arjuna Expeditions.

»Wie kann das überhaupt sein?«, fragte Dinah. »Wie kann denn irgendwer einfach zu Izzy heraufkommen? Braucht man dafür nicht eine Trägerrakete? Ein Raumfahrzeug? Einen Platz zum Andocken? Eine *Genehmigung*!?«

Das waren weitgehend rhetorische Fragen. Sean hatte sieben Milliarden Dollar mit einem Internet-Start-up verdient, ehe er seine Energien auf den Asteroidenbergbau konzentriert hatte. Unterwegs hatte er eine oder zwei Milliarden in andere privatwirtschaftliche Raumfahrt-Start-ups versenkt.

»Er kommt allein herauf«, sagte Larz, »in einem Drop Top.«

Dinah brauchte einen Moment und eine rasche Google-Suche, um auf die Erinnerung zugreifen zu können. Das auch »Cabrio« genannte Drop Top war einer der kreativeren neuen Denkansätze des Weltraumtourismus. Es beruhte auf der Idee, dass Touristen eigentlich den direkten Blick auf die Erde, die Sterne und (solange es ihn gegeben hatte) den Mond erleben wollten. Die üblichen Raumkapseln hatten winzige Fenster. In Wirklichkeit wollte man den Kopf in eine durchsichtige Blase stecken, damit man einen klaren Blick in alle Richtungen genießen konnte. Mit anderen Worten, man wollte in einem Raumanzug stecken, im Grunde frei im Raum schweben. Das Drop Top war eine kleine, einfache Kapsel, die vier Astronauten in einem individuell gefertigten Raumanzug mit Vollglashelm aufnehmen konnte. Während des Aufstiegs durch die Atmosphäre und des Wiedereintritts waren sie durch eine robuste Hülle geschützt. Doch während sie die Erde umkreisten, wurde die Hülle eingefahren wie das Dach eines Cabrios, sodass sie komplett dem All ausgesetzt waren und sogar eine gewisse Freiheit zu Weltraumspaziergängen hatten.

»Ich glaube nicht, dass ein Drop Top eine so hohe Umlaufbahn erreichen kann, oder?«, fragte Dinah.

»Sean kommt allein herauf. Es ist irgendeine Art von Spezialmodell für einen einzigen Passagier – die eingesparte Masse wird für Treibstoff verwendet.«

»Und was dann? Er kommt einfach zu einer Luftschleuse und klopft an die Tür?«

»Im Prinzip, ja«, sagte Larz. »Was wollen sie machen? Ihm sagen, er soll verschwinden?«

TAG 68

»Die ganze Sache hier ist Schwachsinn«, sagte Sean Probst, sobald er seinen Helm abgenommen hatte.

Dinah lächelte. Nicht, dass sie sich über den Schwachsinn freute. Wenn es darum ging, die Menschheit und das genetische Erbe der Erde vor der Vernichtung zu bewahren, war jeder Hauch von Schwachsinn von Übel. Aber sie empfand ein gewisses Gefühl der Erleichterung. Im Hinterkopf listete sie schon seit Wochen den Schwachsinn auf. Niemand sonst hier wollte davon reden, und die meisten schienen klüger und besser informiert zu sein als sie.

Sie kannte Sean Probst von seinem Ruf, von seiner Unterschrift auf ihren Gehaltsschecks und von den E-Mails, die er ihr um drei Uhr morgens der jeweiligen Zeitzone schickte, in die ihn sein Privatjet zuletzt befördert hatte. In puncto Kompetenz in allem, was mit dem Weltraum zu tun hatte, konnte Sean es mit jedem aufnehmen. Wenn er in eine Raumstation kam und Schwachsinn rief, würde es unterhaltsam werden.

Er hatte erkannt – dies war einer seiner wenigen gewinnenden Züge –, dass seine Persönlichkeit ein Problem darstellte, und in klassischer Anpacker-Manier einen Coach engagiert, der ihm helfen sollte, kein solches Arschloch zu sein. Sie konnte es in seinem Gesicht arbeiten sehen.

»Dein Teil nicht – der ist super«, räumte er ein.

»Ich bin davon ausgegangen, dass du schon früher etwas gesagt hättest, wenn das nicht der Fall wäre«, sagte Dinah.

Sean nickte. Erledigt.

Seine Ankunft bei der Raumstation war unkonventionell und umständlich gewesen. Es gab keine Andockstelle, an der sich das Drop Top unterbringen ließ. Es konnte auch gar keine geben, da das Drop Top nicht einmal einen Andockport oder eine Luftschleuse hatte. Es hatte also gar nicht an Izzy festmachen können. Er hatte das kleine Cabrio per Handsteuerung herangeflogen, immer nur eine Steuerrakete kurz gezündet, Kugeln von verbrauchtem Treibstoff ins All geschossen und dann eine, fünf oder zehn Minuten abgewartet, um die Konsequenzen zu bedenken. Als Weltraum-Nerd, der er war, wusste er sehr wohl, dass die Orbitalmechanik nicht den Regeln der erdgebundenen Physik gehorchte. Er besaß genügend Demut und genügend Reservesauerstoff, um es langsam angehen zu lassen. Irgendwann war er so nahe an Amalthea herangetrieben, dass ein aus drei Siwis bestehender Zug mit einem Grabb am Kopf nach einer Muffe am Rand seines Cockpits hatte greifen und sie packen können. Da hatte er sich aus dem Fahrzeug katapultiert, war frei im Raum geschwebt und hatte sich auf eine kleine Inspektionstour gemacht, wobei er gelegentliche Mitteilungen an Dinah schickte, damit sie wusste, wo er war. Da es keine direkte Funkverbindung gab, mussten sie über einen Server in Seattle übermittelt werden.

Er steckte in einem Röhrenanzug: ein Touristenprodukt, das in mancher Hinsicht leistungsfähiger, in anderer weniger leistungsfähig war als die von Kosmonauten und Astronauten benutzten Anzüge der staatlichen Raumfahrtbehörden. Der Anzug hatte überhaupt keine Beine, da Beine im Weltraum ziemlich nutzlos waren. Er sah aus wie ein Reagenzglas mit zwei Armen und einem Vollglashelm obendrauf. Die Arme hatten Schulter- und Ellbogengelenke, aber keine Hände als solche. Handschuhe waren bekanntermaßen der problematischste Teil von Raumanzügen. Stattdessen endeten die Arme des Röhrenanzugs in abgerundeten Stümpfen. An jedem dieser Stümpfe ragte eine skelettartige Hand vor, die aus einem Daumen und drei Fingern bestand, betätigt über Stahlkabel, die durch luftdichte Muffen in die Armstümpfe liefen. Der Träger konnte die Hand in eine handschuhartige Vorrichtung im Stumpf stecken, die, wenn er die Finger bewegte, an den Metallsehnen zog und damit die äußeren Finger betätigte, sodass er Dinge ergreifen und ein paar einfache Operationen ausführen konnte. Es war nichts dabei, was nicht auch ein Bastler 1890 oder auch 1690 in einer Erfinderwerkstatt hätte bauen können. Leute, die sie benutzt hatten, berichteten, sie funktionierten erstaunlich gut – in mancher Hinsicht besser als die Handschuhe konventioneller Raumanzüge, die steif waren und die Hände ermüdeten.

In den Stümpfen war jede Menge zusätzlicher Raum, sodass der Träger, wenn er die klauenartigen Hände nicht benutzte, die Finger aus dem Innenhandschuh herausziehen, sie auf Touchpads und an Joysticks legen und nach Herzenslust tippen und wischen konnte. Der Anzug hatte winzige Steuerraketen, die es dem Benutzer ermöglichten, damit »herumzufliegen«. Sean hatte sie ziemlich ausgiebig benutzt, war damit außen an Izzy umhergestreift und hatte die Arbeit der Roboter, die an der Gitterstruktur vorgenommenen Modifikationen und andere Kuriositäten inspiziert.

Schließlich hatte er den Weg zu einer Luftschleuse am hinteren Ende von H2 gefunden, wo er von Dinah eingelassen worden war, und seine Meinung gesagt.

Er sah aus wie irgendein unscheinbarer, achtunddreißigjähriger Nerd in einem Seminar für Physikdoktoranden oder auf einer Science-Fiction-Tagung, mit strähnigem, schmutzig blondem Haar, das ihm verschwitzt am Kopf klebte, und mehrere Tage alten, dunkleren Bartstoppeln. Auf seinen offiziellen Fotos trug er Kontaktlinsen, heute jedoch eine Brille mit dicken Gläsern. Er zog einen, dann den anderen Arm aus dem Anzug und stemmte sich anschließend oben durch die große Öffnung heraus, an der die Kopfkuppel befestigt gewesen war.

»Ich habe schon eine Weile Schwierigkeiten damit, die langfristige Tragfähigkeitsperspektive zu sehen«, gab Dinah zu. Denn sie war sich keineswegs zu schade, Köder auszulegen.

»Ach ja!?«, blaffte er. »Hat eigentlich mal irgendwer die allereinfachste Massenbilanzberechnung für dieses Cloud-Archen-Konzept durchgeführt?« Sean war aus New Jersey.

Sie wusste nicht recht, was er meinte, also spielte sie auf Zeit. »Die Leute sind ziemlich abgelenkt. Ich wäre nicht die Erste, die es erfährt.«

»Die würden es dir nicht sagen!«, blaffte er. »Weil du sofort erkennen würdest, dass es Schwachsinn ist!«

»Was ist Schwachsinn?«, fragte Ivy, die mit interessierter Miene auf sie zugeschwebt kam. »Und wer zum Teufel sind Sie?«

Ehe Sean erklären konnte, wer zum Teufel er war, wurde er, um es milde zu formulieren, abgelenkt vom Erscheinen einer gut eins achtzig großen Amazone mit rasiertem Kopf und auffälligen Gesichtsnarben, die von H2 aus auf ihn zugeschossen kam, als wäre sie aus einer Kanone abgefeuert worden. Tekla rammte die Schulter in Seans Bauchgegend und knallte ihn rückwärts gegen ein Schott. Einen Augenblick später hatte sie ihn in der Mangel. Sie packte einen ausgestreckten Arm und setzte einen Hebel bei Sean an, der ziemlich unentrinnbar aussah.

Mittlerweile hatte Dinah genug Zeit mit Tekla verbracht, um zu wissen, dass sie Sambo betrieb, eine sowjetische Kampfsportart, die viel mit Jiu-Jitsu gemeinsam hatte. Aus purer Neugier hatte sich Dinah ein paar YouTube-Videos von Sambo-Kämpfern in Aktion angesehen. Doch bis jetzt hätte sie nie gedacht, dass es auch in der Schwerelosigkeit funktionierte.

Sean war durch H2 hereingekommen, weil es an dessen hinterem Ende eine nützliche Auswahl von Luftschleusen und Andockstellen gab. Doch H2 diente, was er nicht wusste, in zweiter Funktion als Wohnstatt der überlebenden Kundschafter. Seine Ankunft hatte Tekla geweckt, die, weil im Augenblick schichtfrei, in ihrem Schlafsack geschlafen hatte.

Dinah versuchte sich vorzustellen, wie die Begegnung von Teklas Perspektive aus gewirkt haben musste. Seans Ankunft war unangekündigt. Dinah hatte ja selbst eigentlich nicht gewusst, wann und ob er überhaupt kommen würde, bis das Drop Top vor ihrem kleinen Fenster in Sicht gekommen war. Von Teklas Standpunkt aus war dieser Kerl also ein Eindringling. Und als sie Ivy »Wer zum Teufel sind Sie?« hatte sagen hören, war ihr klar geworden, dass seine Anwesenheit auf Izzy vollkommen unautorisiert war.

»Mein Gott, ist das peinlich«, sagte Dinah.

»Klopf! Klopf!«, sagte Sean immerzu. Er schlug mit seiner freien Hand gegen Teklas Bein.

»Kommandantin, möchten Sie, dass ich ihn fessle?«, fragte Tekla. »Wie lauten Ihre Befehle?«

»Er ist nicht gefährlich«, warf Dinah ein.

»Lass ihn los, Tekla«, sagte Ivy.

Ziemlich widerstrebend löste Tekla ihren Griff und ließ Sean frei schweben. Während er sich von ihr entfernte, taxierte er sie mit einem gewissen Grad von Verwirrung.

»Sean«, sagte Dinah, »du hast bereits Teklas Bekanntschaft gemacht. Ich möchte dir Ivy Xiao vorstellen, die Kommandantin dieser Einrichtung. Ivy, sag Sean Probst hallo.«

»Hallo, Sean Probst«, sagte Ivy, dann wandte sie sich an Dinah. »Hast du gewusst, dass er kommt?«

»Ich hatte Gerüchte gehört«, sagte Dinah. »Aber mir erschienen sie nicht so gesichert, dass ich dich durch ihre Wiederholung ablenken wollte. Tut mir leid.«

Ivy musterte Sean so lange, dass er sich unwohl fühlte. Tekla, die fast in Reichweite schwebte, trug viel dazu bei, die feindselige Atmosphäre herzustellen, um die sich Ivy, wie Dinah vermutete, bemühte.

»Die genaueste juristische Entsprechung für das, was ich hier bin, ist der Kapitän eines Schiffes«, sagte Ivy. »Kennen Sie die Etikette, Sean, die gilt, wenn man an Bord eines Schiffes kommen will?«

Sean überlegte.

»Kommandantin Xiao«, sagte er, »ich bitte ergebenst und respektvoll um die Erlaubnis, an Bord Ihres Schiffes kommen zu dürfen.«

»Erlaubnis erteilt«, sagte sie. »Und willkommen an Bord.«

»Danke.«

»Aber!«

»Ja?«

»Falls irgendwer fragt, dann erzählen Sie dem Betreffenden bitte die kleine fromme Lüge, dass Sie *zuerst* um die Erlaubnis gebeten haben und *dann* an Bord gekommen sind.«

»Das tue ich gern«, sagte er.

»Später werden wir wohl irgendein Gewohnheitsrecht entwickeln. Eine Verfassung für dieses Ding.«

»Tatsächlich wird daran schon gearbeitet«, meinte Sean.

»Das ist schön. Aber im Augenblick haben wir noch nichts dergleichen, also müssen wir achtsam sein.«

»Ist zur Kenntnis genommen«, sagte Sean.

»Also«, sagte Ivy, »Sie haben irgendetwas von Schwachsinn gesagt, als ich Sie unterbrochen habe.«

»Kommandantin Xiao, ich habe den größten Respekt vor Ihren bisherigen Leistungen und vor der Arbeit, die Sie verrichten.«

»Hörst du auch ein Aber kommen?«, fragte Ivy Dinah. »Ich höre ein Aber kommen.«

Sean verstummte.

»Fahren Sie fort«, sagte Ivy. Denn letzten Endes war fortzufahren das, was Sean wollte, also konnten sie es genauso gut hinter sich bringen.

Er arbeitete es anhand von Grundprinzipien an der Weißwandtafel in der Banane heraus. Ausgehend von der Ziolkowski-Gleichung, einer einfachen Exponentialfunktion, entwickelte er ein paar einfache Schätzungen, die er dann zu einem hieb- und stichfesten Beweis erweiterte, dass die Cloud-Arche Schwachsinn war.

Oder zumindest, dass sie Schwachsinn gewesen war, bis er, Sean Probst, sich eingefunden hatte, um sich der von ihm festgestellten Probleme anzunehmen. Probleme, die nur von ihm persönlich gelöst werden konnten.

Es kam Dinah in den Sinn, sich zu fragen, ob Sean eigentlich noch reich war.

Reiche Leute legten ihr Vermögen nicht mehr in Gold an. Seans Vermögen war in Aktien angelegt – größtenteils Aktien seiner eigenen Firmen. Sie hatte den Aktienmarkt seit der Ankündigung am Crater Lake nicht mehr verfolgt, aber sie hatte gehört, dass er nicht so sehr zusammengebrochen war, als vielmehr im Grunde zu existieren aufgehört hatte. Die ganze Vorstellung von Aktienbesitz war hinfällig geworden, zumindest wenn man ihn als Wertanlage betrachtete.

Aber rechtliche Strukturen, Polizei, Regierungsbehörden und so weiter existierten noch und setzten nach wie vor das Recht durch. Rechtlich galt, dass Sean kraft seiner Mehrheitsbeteiligung an Arjuna Expeditions dieses Unternehmen immer noch kontrollierte. Und aufgrund eines Beziehungsgeflechts mit anderen Raumfahrtunternehmen verfügte er immer noch über genug

Einfluss, um sich auf Izzy befördern zu lassen. Das konnte also als eine Art Reichtum gelten.

Nachdem sie das für sich geklärt hatte, konzentrierte sie ihre Aufmerksamkeit wieder auf das, was Sean sagte.

»Cloud-Arche als verteilter Schwarm: prima. Leuchtet mir ein. Bin ich dabei. Viel sicherer, als alle unsere Eier in einen Korb zu legen. Und warum ist es sicherer? Die Sub-Archen können anfliegenden Steinbrocken ausweichen. Weitere Vorteile? Sie können sich zu einem Bolo verbinden und sich umeinander drehen, um simulierte Schwerkraft zu erzeugen. Hält die Leute bei Gesundheit und bei Laune. Und wie machen sie das? Indem sie aufeinander zufliegen und ihre Tether aneinanderhaken. Was passiert, wenn sie das Bolo auflösen und sich selbständig machen wollen? Sie entkoppeln die Tether und fliegen in entgegengesetzte Richtungen davon, es sei denn, sie stoppen die zentrifugale Bewegung mithilfe ihrer Maschinen. Was haben all diese Aktivitäten gemeinsam?«

Weil sie sich an Seans Art, zu fragen und dann seine eigenen Fragen zu beantworten, gewöhnt hatten, wurden sie nun, da er tatsächlich eine Antwort zu erwarten schien, überrumpelt.

Zu Dinah und Ivy hatten sich Konrad Barth, der Astronom, sowie Larz Hoedemaeker und Zeke Petersen hinzugesellt. Letzterer biss schließlich an.

»Einsatz der Steuerraketen«, sagte er.

Sean nickte. »Und was passiert, wenn wir sie einsetzen?«

Dinah hatte einen Vorteil, weil sie bereits wusste, dass sich Sean um die Massenbilanz Gedanken machte. »Wir werden Masse los. In Form von verbrauchtem Treibstoff.«

»Wir werden Masse los«, sagte Sean nickend. »Sobald der Cloud-Arche der Treibstoff ausgeht, verliert sie die Fähigkeit, all das zu tun, was sie zu einer tragfähigen Architektur für ein langfristiges Überleben macht. Sie wird zu einem großen, leicht zu treffenden Ziel.«

Er ließ sie diesen Gedanken ein wenig wälzen, dann fuhr er fort: »Wohlgemerkt, fast alles andere, was wir hier oben machen, lässt sich mit minimalem Effekt auf die Massenbilanz tun. Wir können unseren Urin zu Trinkwasser und unsere Scheiße zu Dünger aufbereiten. Sehr wenige von unseren Aktivitäten führen dazu, dass wir einfach so Masse ins All freisetzen, ohne sie wieder zurückbekommen zu können. Das ist die Ausnahme. Seit die Idee der Cloud-Arche angekündigt wurde, rede ich mir deswegen den Mund fusselig. Bis jetzt kriege ich von denen da oben nur vage Antworten und beschwichtigendes, beschönigendes Geschwätz.«

Ivy und Dinah sahen einander auf eine Weise an, die eine Tequila-Sitzung unter vier Augen nach der Besprechung voraussagte.

Also, dachte Dinah, hatte sich Ivy insgeheim auch ihre Gedanken darüber gemacht. Sich Sorgen darüber gemacht. Sich während jener Telekonferenzen mit der Erde in Kaffeesatzleserei geübt.

Es hatte irgendetwas mit Pete Starling zu tun, das begriff sie jetzt. Was bedeutete, dass es irgendwie mit J. B. F. zusammenhing.

Zeke war einer jener unbefangenen, grundsätzlich optimistischen Teamplayer, wie man sie häufig in den unteren Offiziersrängen des Militärs findet. »Irgendwie ist das so offensichtlich«, gab er zu bedenken, »dass die es einfach bedacht haben *müssen*.« Es war seine Art zu sagen: *Ich bin mir sicher, das wird alles von Leuten oberhalb unserer Gehaltsstufe gelöst.*

»Sollte man meinen«, sagte Sean nickend.

Konrad rutschte unbehaglich auf seinem Stuhl herum und stützte sein bärtiges Gesicht in die Hand. Im Gegensatz zu Zeke war er nicht der Typ, der dem Problem die sonnigste Interpretation zugrunde legte.

»Wenn die Welt von Wissenschaftlern und Ingenieuren regiert würde«, sagte Sean, »dann verstünde sich das von selbst. Wir müssen mehr Masse bekommen. Sie horten, damit sie uns nicht ausgeht.«

»Es muss Wasser sein. Du sprichst von einem Kometenkern«, sagte Dinah.

»Es muss Wasser sein«, bestätigte Sean. »Man kann aus Nickel keinen Raketentreibstoff machen. Aber mit Wasser können wir Wasserstoffperoxid herstellen – ein prima Treibstoff für Steuerraketen –, oder wir können es in Wasserstoff und Sauerstoff aufspalten, um große Maschinen zu betreiben.«

»Ich warte noch auf die nächste Hiobsbotschaft in dem, was du gerade gesagt hast«, murmelte Ivy. Dann sprach sie etwas deutlicher: »Aber die Welt wird nicht von Wissenschaftlern und Ingenieuren regiert – willst du darauf hinaus?«

Sean drehte die Handflächen nach oben und zuckte theatralisch mit den Achseln. »Ich kann nicht gut mit Menschen. Das höre ich immer wieder. Manche, die gut mit Menschen können, konzentrieren sich vielleicht auf diese Perspektive.«

»Die Menschen-Perspektive«, sagte Konrad, nur zur Klarstellung.

»Ja. Die Sieben-Milliarden-Menschen-Perspektive. Sieben Milliarden, die bis zum Ende bei Laune und gefügig gehalten werden müssen. Wie macht man das? Was ist die beste Methode, ein verängstigtes Kind zu beruhigen, es wieder zum Einschlafen zu bringen? Man erzählt ihm eine Geschichte. Irgendeinen Scheiß über Jesus oder sonst was.«

Zeke zuckte zusammen. Konrad verdrehte die Augen, schaute zur Decke und tat so, als hätte er das nicht gehört.

Der Gedanke, mit dem Sean hier spielte, war auf eine Weise so monströs, dass er fast unvorstellbar erschien: dass alles, was sie hier oben taten, nur eine Beruhigungspille für die sieben Milliarden unten war. Dass es in Wirklichkeit gar nicht funktionieren konnte. Dass sie nur den Anschein erweckten, als bereiteten sie sich vor. Dass die Menschen der Cloud-Arche nur ein paar Wochen länger leben würden als die Zurückgelassenen.

An sich hätten Ivy, Dinah, Konrad und Zeke an dieser Stelle ausflippen müssen.

Aber keiner von ihnen – nicht einmal Zeke – reagierte groß.

»Ihr alle habt das auch gedacht«, sagte Sean. »Sogar ein kontaktgestörtes Arschloch wie ich sieht es euch am Gesicht an.«

»Okay, vielleicht haben wir es alle gedacht«, gab Dinah zu. »Wie könnte man es nicht denken? Aber was du vielleicht übersehen hast, Sean, weil du auf der Erde lebst, ist, wie ernsthaft sich hier oben jeder darum bemüht, dass es funktioniert. Wenn es bloß ein Potemkin'sches Dorf wäre, bekämen wir anderes Zeug zu sehen.«

Die Handflächen nach vorn gerichtet, hob Sean besänftigend die Hände. »Können wir uns einfach darauf einigen, dass es unten auf der Erde eine ganze Reihe von Ansichten gibt? Und dass manche Leute, vielleicht an hoher Stelle, die Funktion des Unternehmens vorwiegend als Opium der Massen sehen. Wie das Video, das man auf einer langen Fahrt in den DVD-Spieler seines Wagens schiebt, um die Kinder ruhig zu halten.«

»Solche Leute werden nicht unsere Freunde sein, wenn es darum geht, dass wir die Ressourcen bekommen, die wir brauchen«, sagte Ivy.

»Ihre Strategie wird immer ein bisschen seltsam, ein bisschen irrelevant wirken. Undurchsichtig. Frustrierend.«

Sie redeten eindeutig über Pete Starling.

Sean fuhr fort: »In dem Maße, wie solche Leute Startplätze und Strategie kontrollieren, haben wir ein Problem. Zum Glück kontrollieren sie nicht alles.«

Jetzt redeten sie über Sean Probst und seinen lockeren Zirkel von Milliardärsfreunden, die wussten, wie man Raketen herstellte.

»Es gibt an diesem Cloud-Archen-Projekt vieles, was ich und meine Partner noch nicht wissen. Wir können nicht herumsitzen und auf vollkommenes Wissen warten. Wir müssen uns sofort an Arbeiten mit langer Vorlaufzeit machen, die von dem ausgehen, was wir wissen. Und was wir wissen, ist, dass wir Wasser zur Cloud-Arche bringen müssen. Physik und Politik wirken zusammen und erschweren es, Wasser von der Erde heraufzuschaffen. Zum Glück besitze ich eine Asteroidenbergbaugesellschaft. Wir haben bereits einige Kometenkerne in leicht erreichbaren Umlaufbahnen ausfindig gemacht. Wir sind dabei, eine Vorauswahl zu treffen. Und wir bereiten eine Expedition vor.«

Konrad hatte eine gute Vorstellung vom Zeitablauf solcher Missionen. »Wie lange, Sean?«

»Zwei Jahre«, sagte Sean.

»Tja«, sagte Ivy, »dann mach mal lieber voran. Wie können wir helfen?«

»Gebt mir alle eure Roboter«, sagte Sean. Er drehte sich zu Dinah um und sah sie an.

»Wo wir schon mal die Jagd auf Schwachsinn eröffnet haben…«, begann Dinah, sobald sie Sean Probst allein in ihrer Werkstatt hatte.

Sean hob beide Hände wie ein Flüchtiger, der sich dem FBI ergibt. »Wo möchtest du anfangen?«

»Du hast gesagt, ihr hättet einige Kometen ausfindig gemacht. Ihr wärt dabei, eine Vorauswahl zu treffen. Das ist Quatsch. Ohne konkreten Plan wärst du nicht hier heraufgekommen.«

»Wir haben es auf Gregs Skelett abgesehen.«

»Was?«

»Den Kometen Grigg-Skjellerup. Sorry. Der Nachwuchs von irgendwem hat ihn Gregs Skelett genannt, und der Name ist hängen geblieben.« Sean nannte Kinder stets Nachwuchs.

Sie hatte davon gehört. »Wie groß ist der?«

»Zweieinhalb, drei Kilometer.«

»Das ist eine Menge Treibstoff für Sub-Archen.«

Sean nickte. Er verschränkte die Arme vor der Brust und sah sich in der Werkstatt um.

»Schwierig, etwas so Großes zu bewegen.«

Immer noch keine Antwort.

»Du willst einen Atomantrieb in das Ding stecken und es in eine Rakete verwandeln, stimmt's?«

Er zog kurz die Augenbrauen hoch. Da das die einzig plausible Art war, etwas so Riesiges zu bewegen, hielt er keine längere Antwort für nötig.

»Was den Zeitablauf angeht, haben wir wirklich Glück gehabt«, bemerkte er.

»Du willst einen radioaktiven Eisklumpen von der Größe des Todessterns genau dann hierherfliegen, wenn die Kacke am Dampfen ist – und dann?«

»Dinah, ich muss dir etwas im Vertrauen mitteilen.«

»Na, das wird aber auch allerhöchste Zeit, würde ich sagen.«

TAG 73

Doob wäre beinahe einmal selbst in den Weltraum geflogen, vor ungefähr zehn Jahren. Ein Bekannter von ihm, der viel Geld mit Hedgefonds gemacht hatte, hatte fünfundzwanzig Millionen Dollar für eine zwölftägige Reise zur Internationalen Raumstation an Bord einer Sojus-Kapsel bezahlt. Es war üblich, dass der Kunde für den Fall einer Erkrankung oder eines Unglücks einen Ersatzmann – so etwas wie eine Zweitbesetzung – benannte. Da der Ersatzmann jederzeit bis kurz vor dem Start eingetauscht werden konnte, musste er wie der Kunde die komplette Ausbildung absolvieren. Und genau darum ging es eigentlich, was den Hedgefonds-Manager betraf. Als introvertierter Mensch brauchte er jemanden, der als Verbindung zur Allgemeinheit fungierte und der ganzen Sache ein ansprechendes Gesicht gab.

Also hatte er sich als Zweitbesetzung Doc Dubois ausgesucht. Sie hatten eine Webseite und einen Blog eingerichtet und dafür gesorgt, dass Fotografen Doobs Weg durch das Ausbildungsprogramm verfolgten und dabei gelegentlich flüchtige Blicke auf den Hedgefonds-Manager im Hintergrund warfen. Im Grunde hatte Doob als Publicity-Köder fungiert. Daraus hatte auch niemand einen Hehl gemacht. Doob hatte es mit dem größten Vergnügen getan. Die Ausbildung hatte großen Spaß gemacht, der Hedgefonds-Manager hatte sich in seinen Ausgaben für die Webseite großzügig gezeigt, und Doob hatte viele gute Videos produzieren können, in denen er Amüsantes über die Raumfahrt erklärt hatte.

Und es hatte sogar die geringe Chance bestanden, dass er selbst flog. Eine Woche vor dem geplanten Starttermin war er, ein Kamerateam im Schlepptau, mit seiner Frau und seinen Kindern nach Baikonur geflogen. Sie hatten mit einigem Erstaunen zugesehen, wie die Trägerrakete, eine Sojus FG mit Fächerschwanz, von einem Spezialzug, komplett mit Rauch ausstoßender Lokomotive, liegend über die Steppe zur Startplattform gezogen wurde. Und es war tatsächlich kaum mehr als eine Plattform, ein Betonklotz auf der fast mondlandschaftsartigen Oberfläche der kasachischen Steppe mit ein paar Apparaturen drumherum, mit denen man die Rakete vom Zug heben und Flüssigkeiten in sie hineinpumpen konnte. Der Gegensatz zu der Art, wie die NASA dergleichen handhabe, war so krass, dass es schon fast komisch war. Doobs jüngster Sohn Henry, damals elf Jahre alt, hatte nicht darauf geachtet, wie die mächtige Rakete in die Vertikale aufgerichtet worden war, weil ihn der Anblick zweier streunender Hunde abgelenkt hatte, die hundert Meter vom Startpunkt entfernt kopulierten. Vor dem Startbunker, der erstaunlich nahe an der Abschussrampe lag, war ein kleines Gemüsebeet, wo die Techniker Gurken und Tomaten zogen; sie erklärten, dass die Betonwand tagsüber Sonnenlicht speicherte und dazu beitrug, das Gemüse nachts warm zu halten.

Drei Tage vor dem Start war der Hedgefonds-Manager beim Üben einer Startrampen-Abbruchsequenz von einem streunenden Hund gebissen worden, und alles war in Unordnung geraten, während Milizionäre in Fahrzeugen, Ortsansässige zu Pferde und ein Kampfhubschrauber den Hund über die Steppe jagten. Nachdem sie ihn zur Strecke gebracht hatten, wurde er zur Untersuchung auf Tollwut in ein veterinärmedizinisches Labor verfrachtet. Nur drei Stunden vor dem Start war die Nachricht gekommen, dass der Hund sauber war. Doobs Name war von der Passagierliste gestrichen und durch den des Hedgefonds-Managers ersetzt worden. Zugleich erleichtert und enttäuscht, hatte Doob ganz nahe an der Abschussrampe auf festem Boden gestanden. Tavistock Prowse war gekommen, um über den Start zu berichten. Er war mit allen möglichen elektronischen Geräten ausgestattet gewesen, die damals cool ausgesehen hatten. Das Gesicht Doob und der Rakete zugewandt, hatte er auf der Steppe gestanden, eine Videokamera auf ihn gerichtet und seine Erzählung aufgenommen, während die Triebwerke des riesigen Fluggeräts gezündet und es in den Himmel geschleudert hatten.

Mehr als alles andere hatte dieses Bild Dr. Harris in Doc Dubois verwandelt und seine Karriere angestoßen. Es hatte außerdem binnen Tagen dazu geführt, dass seine Frau die Scheidung eingereicht hatte. Sie hatte eine ganze Reihe von Beschwerden über sein Verhalten als Ehemann, von denen viele alt waren und sie manche kaum artikulieren konnte. Aber irgendwie hatten sich alle in dem Umstand gebündelt und kristallisiert, dass er, nachdem er seine Pflichten als Ehemann und Vater mehrere Wochen lang weitgehend ignoriert und sich stattdessen für diesen Start in Russland hatte ausbilden lassen, den eigentlichen Startmoment dann nicht an einem sicheren Ort mit seinen Kindern, sondern draußen, in gefährlicher Nähe der Rakete mit seinem Kumpel Tav verbracht und sich mit seinem begeisterten und höchst amüsanten Kommentar bei Millionen von Anhängern beliebt gemacht hatte.

Seither hatte Doob auf die eine oder andere Weise ständig dafür bezahlt. Teils in dem negativen Sinne, dass er gerechte Strafen für seine Sünden erlitt, teils aber auch in dem positiveren Sinne, dass er, wenn er konnte, Zeit mit seinen Kindern verbrachte. Und das war schwieriger geworden, als sie von der Schule ab- und in die Welt hinausgegangen waren. Nun, da über sie alle ein Todesurteil gefällt war, bemühte er sich besonders darum.

Am A+0.73, an dem Tag, an dem Ivy Xiao in der ISS eine Besprechung mit den Worten »zehn Prozent« begann, flog Doob nach Seattle, mietete sich ein SUV und fuhr zum Campus der University of Washington. Unterwegs hielt er bei ein paar Outdoorgeschäften, um einiges an Campingausrüstung zu kaufen. Die war mittlerweile teuer. In Erwartung eines Zusammenbruchs der Zivilisation hatten Leute angefangen, dergleichen zu horten. Allerdings nur ein paar Leute. Die meisten begriffen, dass es wenig Sinn hatte, in die Berge zu gehen, wenn der Harte Regen einsetzte. Gefriergetrocknete Nahrungsmittel und Campingkocher waren schwer zu bekommen, aber Daunenschlafsäcke und schicke Zelte waren immer noch auf Lager.

Henry studierte inzwischen im zweiten Jahr Informatik und wohnte mit einigen seiner Freunde in der Nähe des Campus in einem gemieteten Haus, einem für Seattle klassischen, heruntergekommenen Bungalow im Craftsman-Stil, der halb unter Brombeeren und Efeu begraben war.

In gewisser Weise hatte es keinen Sinn mehr, jemanden als Studenten in einem bestimmten Stadium eines Studiengangs zu bezeichnen. Und dennoch dachten die Leute weiterhin so, vergleichbar etwa jemandem, der soeben als unheilbar krank diagnostiziert worden ist und trotzdem jeden Morgen aufsteht und zur Arbeit geht, nicht so sehr aus Gewohnheit, sondern weil die Gewissheit des drohenden Untergangs den Wunsch in ihm weckt, seine Identität zu bekräftigen.

Er war versucht, den SUV falsch zu parken, da die Polizei ihn nach seinen Berechnungen wohl kaum vor dem Ende der Welt ausfindig machen und die Bezahlung des Strafmandats von ihm verlangen würde, aber wie es schien, hielten sich die meisten Einwohner Seattles noch immer an die Regeln, also tat er es auch.

Er traf Henry, alle seine vier Mitbewohner und fünf weitere Studenten zusammengepfercht im Erdgeschoss des Bungalows an, das sie in der Januarkälte mit ihrer Körperwärme und der von einem Wirrwarr von PCs, Laptops und Routern ausgehenden Wärme warm hielten. Eine rasche Zählung leerer Pizzaschachteln legte nahe, dass sie die ganze Nacht gearbeitet hatten.

»Das erkläre ich dir auf der Fahrt«, hatte Henry seinem Dad versprochen, als Doob ihn am Vorabend am Telefon gefragt hatte, was er mache. An diesem Morgen hatte er abgesehen davon, dass er von seinem La-Z-Boy aufstand, seinen Vater umarmte und »Ich hab dich lieb« sagte, nicht viel mehr zu sagen.

Jeder, der Kinder im Teenageralter hat, gewöhnt sich daran: an den Moment im Leben eines Kindes, in dem es beschließt, dass es einfach zu lästig ist, Mom oder Dad bestimmte Sachen zu erklären. Die Eltern können und müssen nicht jede Kleinigkeit wissen. Das müssen sie einfach akzeptieren, sich mit dem begnügen, was sie selbst herausbekommen können, und es dabei bewenden lassen. Henry war natürlich schon vor einigen Jahren hinter diesen Schleier getreten. Doob hatte seinen Stolz hinuntergeschluckt und es akzeptiert, wie es alle Eltern mussten. Es gehörte zum Erwachsenwerden. Doch damals war die Thematik zutiefst uninteressant gewesen: die Größe von Henrys Magic-Sammelkartenspiel, das Kraftsportprogramm, das sein Footballtrainer ihm verordnet hatte, und wer in der Schule in wen verknallt war. Es fiel Doob leicht, so zu tun, als wäre ihm das alles gleichgültig.

Was ihm ein Blick über die Schultern der Studenten in diesem Raum zeigte, sah erheblich interessanter aus. Und das tat in gewisser Weise weh.

Sie alle wussten natürlich, dass Henry der Sohn des berühmten

Doc Dubois war. Sie versuchten zwar, sich cool zu geben, suchten aber die Chance, ihm die Hand zu schütteln und hi zu sagen. Doc Dubois redete mit ihnen über Gott und die Welt, während Dr. Harris' Blick zu dem Zeug abschweifte, das sie mit Klebeband an die Wände des Bungalows geheftet hatten: Ausdrucke von CAD-Zeichnungen, Zeitpläne, Gantt-Diagramme, Karten. Offensichtlich hatte er irgendein in Gang befindliches Ingenieursprojekt vor sich, konnte allerdings nicht erkennen, was für eins. Auf dem Küchentisch produzierte ein MakerBot ein kleines Plastikteil, aufmerksam beobachtet von einer jungen Frau, die in einer Mischung aus Englisch und Mandarin telefonierte.

Das Gespräch wurde unterbrochen vom lauten und immer lauter werdenden Piep-piep-piep eines Rückfahrwarners. Jemand machte die Haustür auf, ließ einen Schwall nasskalter Pazifikluft herein und gab den Blick auf einen Ryder-Kastenwagen frei, der auf den Rasen zurückstieß und direkt auf das Haus zuhielt. Irgendein nicht tot zu kriegender Instinkt in Doobs Kopf sorgte dafür, dass er die matschigen Furchen, die der Wagen im Rasen hinterließ, mit einem missbilligenden Blick bedachte, ein leises, tadelndes Schnalzen von sich gab, weil der verantwortungslose Jugendliche den Rasen beschädigte – einen Rasen, der in zwei Jahren eine dünne kohlschwarze Schicht über einer leblosen, hart gewordenen Lehmkruste sein würde, sofern er nicht einen direkten Treffer abbekam und Teil eines riesigen, glasgesäumten Kraters wurde.

Der Wagen bremste nicht rasch genug und demolierte ein Holzgeländer neben der Eingangstreppe.

Alle lachten. Das Lachen hatte einen merkwürdigen Klang, eine Mischung aus kindlichem Vergnügen und etwas Dunklerem, das mit viel Schlimmerem rechnete.

Die jungen Leute passten sich wirklich besser an als er.

Er hatte keine Ahnung, was vor sich ging, aber es schien zu erfordern, dass alles in den Laderaum des Kastenwagens geladen wurde. Eine Zeitlang stand er mit den Händen in den Taschen herum, weil er nicht wusste, was mitkam und was dablieb. Doch als sie das Sofa einluden, wurde klar, dass sie das Haus räumten. Er begann zu helfen. Irgendwann füllte sich der Kastenwagen. Da begannen sie Sachen aus- und etwas ordentlicher wieder einzuladen. Doob kam schließlich auf Touren, schlüpfte in die Rolle des gewieften alten Mannes mit ausgezeichneten Verladefähigkeiten und wies auf Möglichkeiten hin, wie der vorhandene Raum effizienter genutzt werden konnte.

Irgendwann ging jemand noch einen Kastenwagen holen. Anscheinend überließ die Mietwagenfirma sie ihnen kostenlos. Ein paar Tagelöhner von einem Baumarkt kamen die Straße entlang und halfen aufladen. Der Baumarkt war pleitegegangen. Doob sah eine gewisse Ähnlichkeit mit Amelia in ihren Gesichtern und fragte sich, wie sie die Neuigkeit erfahren hatten.

Sechs von den jungen Leuten zwängten sich, ihre Computer und so viel Werkzeug, wie sie besaßen oder leihen konnten, in den SUV, den Doob am Flughafen gemietet hatte. Mit Seilen zurrten sie zwei Fahrräder und einiges an Campingausrüstung auf dem Gepäckträger fest. Doob hatte keine Ahnung, wohin sie wollten oder warum; aber sie planten anscheinend, mit blauen Planen und Kabelbindern eine neue Zivilisation aufzubauen.

Am Ende bildeten sie eine Karawane von zwanzig Autos, die gegen vierzehn Uhr in östlicher Richtung aus der Stadt fuhren. Zu dieser Jahreszeit blieben ihnen damit angesichts von Seattles hohem Breitengrad noch etwa zwei Stunden Tageslicht.

Die meisten von den jungen Leuten schliefen sofort ein. Henry, der auf dem Beifahrersitz saß, bemühte sich rührend, wach zu bleiben, und schlummerte dann ein. Henry war ein lieber Junge, und Doob wusste, dass er sich entschuldigen würde, wenn er aufwachte. Aber Henry hatte keine Kinder und verstand nicht, dass es, wenn man welche hatte, fast nichts Befriedigenderes gab, als sie schlafen zu sehen.

Und deshalb fühlte sich Doob, während er mit seiner SUV-Fuhre schlafender Fahrgäste in die dunkler werdenden Berge fuhr, so zufrieden, wie es unter den Umständen möglich war. Die Karawane löste sich allmählich in den allgemeinen Verkehrsfluss auf. Die meisten Personenwagen nahmen die Ausfahrten zu den Vororten, ehe die Straße ernsthaft Höhe zu gewinnen begann. Wie immer fragte sich Doob, was sie eigentlich machten: weiter zur Schule und zur Arbeit gehen, bloß um die Tage vor dem Ende zu füllen? Aber das ging ihn nichts an.

Hinter Issaquah hatte jedes Fahrzeug, das noch auf der Interstate war, wahrscheinlich das kalte Wüstenhochland auf der Ostseite der Berge zum Ziel. Einige Leute interessierten sich immer noch fürs Skifahren – Skifahren! –, aber ihre Autos waren leicht zu erkennen. Auf die meisten anderen Fahrzeuge passte die allgemeine Beschreibung derer, die zu ihrer ursprünglichen, von der Universität ausgehenden Karawane gehört hatten: schwer beladene Kastenwagen, SUVs und Pick-ups mit Vorräten und Campingausrüstung.

Doob ging auf, dass er irgendwie eine Art Okie geworden war.

Außer dass die Okies wenigstens gewusst hatten, wo sie hinwollten.

Das ewige Seattle-Nieseln verwandelte sich in einen Wechsel aus Nebel und kaltem Regen, der ihn zwang, ständig den Scheibenwischerhebel zu betätigen. Mit zunehmender Höhe wurden die Regentropfen trübe von Eis und verwandelten sich dann in Schneeflocken. Die Fahrbahn war immer noch frei, aber die Ränder wurden von Schneematsch verwischt, der allmählich auf die Fahrspuren übergriff. Die Fahrgeschwindigkeit fiel von sechzig auf vierzig, auf dreißig Stundenkilometer, und die Straße vor ihm gerann zu einer verschwommenen Schlange von Heckleuchten, während sich stahlgraue Wolken herabsenkten und den letzten Resten von Tageslicht den Garaus machten.

Ein paar Lkws mit Anhänger mühten sich auf der Kriechspur

zur Passhöhe hinauf. Einige davon waren gewöhnliche Kastenwagen, weshalb man nur raten konnte, was sie enthielten, doch Doob meinte, eine ungewöhnliche Menge von Industrieverkehr zu sehen: Tankwagen mit kryogenen Flüssigkeiten, Tieflader mit Bündeln von Rohren und Baustahl.

Aus den Wolken blitzte es so hell, dass manche der schlafenden Studenten auf der Rückbank zusammenzuckten und sich regten. Aus Gewohnheit begann Doob *Null Mississippi eins Mississippi zwei...* zu zählen, und als er bei neun oder zehn ankam, spürte er den Überschallknall ebenso sehr, wie er ihn hörte. Als Kind hätte er angenommen, dass es sich um einen Blitzschlag handelte. Inzwischen interpretierte er alle derartigen Zwischenfälle als herabstürzende Mondbruchstücke. Dieses war in etwa drei Kilometern Entfernung niedergegangen. Ein zweiter Schlag mehrere Sekunden später ließ darauf schließen, dass es den Boden getroffen hatte, anstatt wie die meisten einfach in der Atmosphäre auseinanderzubrechen. Es war also ein relativ großes Stück gewesen.

Es war ein, zwei Tage her, dass Doob an der Stelle gewesen war, wo seine Doktoranden zur Überprüfung ihres Modells ihre Bolidenbeobachtungen abhakten. Er ging nicht mehr sehr oft hin, weil das Modell nach einer gewissen Unsicherheit in den ersten Wochen inzwischen so verfeinert war, dass die Beobachtungen sich innerhalb einer vernünftigen statistischen Bandbreite bewegten. Das war gut für das Modell und schlecht für die Menschheit, denn es bedeutete, dass sie immer noch richtiglagen, was den Eintritt des Weißen Himmels und den Beginn des Harten Ragens in einundzwanzig oder zweiundzwanzig Monaten anging. Wenn ihn die Erinnerung nicht trog, ereigneten sich Einschläge wie der eben beobachtete weltweit wahrscheinlich zwanzigmal pro Tag. Dass er einen aus nächster Nähe miterlebt hatte, war also ein bisschen bemerkenswert, aber nichts Weltbewegendes.

Ein paar Minuten später leuchteten die Rücklichter vor ihm

auf, als die Fahrer auf die Bremse traten. Nachdem der Verkehr sich noch ein kurzes Stück weitergeschoben hatte, kam er vollständig zum Stehen. Davon wurden einige der Studenten wach, die verschlafene Kommentare dazu abgaben. Nachdem zehn Minuten vergangen waren, ohne dass sich etwas tat, stieg Henry aus, stellte sich auf das Trittbrett des SUV und begann Seile zu lösen, die ein Fahrrad auf dem Dach festhielten.

Doob saß warm und geborgen auf dem Fahrersitz, sah zu, wie sein Sohn zwischen den Spuren mit stehendem Verkehr davonstrampelte, und hatte dabei das gleiche bekümmerte Gefühl wie damals, als der Junge zu seiner ersten Solo-Fahrradfahrt auf den Straßen von Pasadena aufgebrochen war.

Ganze drei Minuten später war er wieder da. »Kurz vor der Passhöhe hat sich ein Sattelschlepper quer gestellt«, sagte er. »Eine überdimensionierte Ladung, ein Stück Montageturm, glaube ich.«

Montageturm. Das war ein Wort, das tiefsitzende Erinnerungen in Doobs Gehirn aktivierte. Nur verwendet in Zusammenhang mit Abschussrampen, nur in den Mund genommen von Leuten wie Walter Cronkite und Frank Reynolds im tiefen, nikotingeräucherten Moderatorentonfall der Apollo-Zeit.

Nichts tat sich, also holten sie ihre Winterjacken aus dem Laderaum, mummelten sich ein und gingen die Straße hinauf, um es sich anzusehen. Eine Menge Leute taten das Gleiche. Das fand Doob ungewöhnlich. Das normale Verhalten wäre gewesen, im Wagen sitzen zu bleiben, auf dem iPhone herumzutippen, ein Hörbuch zu hören und darauf zu warten, dass die Behörden kamen und sich darum kümmerten.

Der liegengebliebene Lkw stand nur knapp einen Kilometer vor ihnen. Er sah aus, als wäre er gewaltig ins Rutschen gekommen. Das kolossale Gewicht des Montageturms – ein geschweißtes Stahlrohrfachwerk, das aussah wie ein Teil einer Eisenbahnbrücke – hatte das hintere Ende des Lastzugs nach vorn und zur

Seite geschwungen, sodass es sich über sämtliche Fahrspuren geschoben hatte, bis es schließlich umgekippt und dadurch zum Stehen gekommen war, wobei es fast hundert Meter Leitplanke demoliert hatte. Dahinter waren ein paar Autos, deren Fahrer auf die Bremse getreten hatten, ins Schleudern geraten, und ein paar Leute befassten sich mit den Nachwirkungen leichter Auffahrunfälle, aber es schien niemand ernsthaft verletzt worden zu sein.

Der Fußgängerverkehr in Richtung des Unfalls war beträchtlich gewesen, und dennoch sah Doob wenige Leute von der Sorte, die er als Gaffer oder Schaulustige bezeichnen würde. Wo wollten sie alle hin? Während er, Henry und die anderen Studenten näher kamen, sah er Autos rangieren, Scheinwerferstrahlen strichen über die Unglücksstelle, um sie besser zu beleuchten, dann sah er einen Strom von Menschen, die sich durch die Lücke auf die andere Seite zwängten oder durch den Zwischenraum zwischen Zugmaschine und Auflieger kletterten. Selbsternannte Sicherheitswarte hatten sich an kritischen Stellen postiert, um die weißen Strahlen ihrer LED-Taschenlampen auf Stolperfallen und nützliche Haltegriffe zu richten. Doob und die anderen drängten sich durch diese Lücken und gelangten so auf die andere Seite der Unglücksstelle. Die Aussicht hier war einen Blick wert. Die nasse, von Verkehr völlig freie Interstate erstreckte sich von ihnen weg. Rechts von ihnen zog sich ein für Nachtfahrer beleuchtetes Skigebiet den Berghang hinauf. In der Ferne, zwanzig bis dreißig Kilometer weit weg, flackerte durch dazwischenliegende Schnee- und Nebelschleier hindurch ein streifiges Stück Hang in züngelndem Orange: die Einschlagstelle des Boliden. Doob verstand jetzt, wie sich alles abgespielt haben musste. Der Meteor war über sie hinweggeflogen. Für ihn war es bloß ein Blitz über den Wolken gewesen, doch für die Leute, die im gleichen Augenblick die Passhöhe überquerten, musste er sichtbar gewesen sein, als er in den Boden fuhr und einen fast zwei Kilometer langen Streifen Wald umpflügte. Autos mussten langsamer geworden und aus ihren Spuren ausgeschert sein. Der Lkw-Fahrer hatte in die Bremsen steigen müssen, und die Reifen des Aufliegers waren auf der rutschigen Fahrbahn ausgebrochen.

Inzwischen mussten auf dieser Seite der Unfallstelle weit über hundert Leute sein. Zwanzig Minuten später waren genug da, um den Anhänger wieder auf die Räder stellen zu können. Wie ein Arbeitstrupp ägyptischer Sklaven, die einen großen Steinblock bewegten, stemmten sich alle diese Leute in ihren Parkas, Mikrofaserhandschuhen und Schneehosen gegen das Ding und wuchteten es hoch. Aus Werkzeugkästen waren Abschleppseile geholt, an der anderen Seite befestigt und zu den Anhängerkupplungen und Stoßstangen mehrerer Pick-ups geführt worden, die sich mit ihrem Vierradantrieb zum Schauplatz durchgekämpft hatten, und diese zogen, während die Menschen schoben, das ganze Ding richtete sich mit überraschender Leichtigkeit auf, balancierte einen Moment lang auf der Hälfte seiner Räder – das einzige Geräusch kam nun vom Durchdrehen von Pick-up-Reifen, während die Fahrer Gummi verbrannten – und fiel dann in den Stand. Lautes Getöse von Menschen, die vor Erleichterung wie vor Begeisterung *Huuh!* riefen. Doob klatschte, wegen der Handschuhe gedämpft, zwanzig Leute ab, die er noch nie gesehen hatte und nie wiedersehen würde.

Den Lkw in die richtige Richtung zu bugsieren und wieder auf den Weg die Interstate entlang zu bringen war eine mühsamere Operation, die wahrscheinlich noch einige Stunden in Anspruch nehmen würde. Aber binnen kurzer Zeit konnten sie wenigstens eine Spur wieder freigeben. Bis dahin hatten Leute mit vierradgetriebenen Fahrzeugen schon begonnen, den Mittelstreifen zu überqueren und die Gegenfahrbahn der Interstate zu benutzen, die spärlich von schlingernden Wagen befahren war, deren Fahrer ihre Hupen zu einem langen, vom Dopplereffekt verzerrten Protestheulen gedrückt hielten.

Die nächste Stockung ergab sich eine Stunde später, als sie in eine niedrige, dichte Rauchfahne gerieten, die über den Highway trieb und die Sicht bis fast auf null reduzierte. Aus der Düsternis tauchten Galaxien rot und blau blitzender Lichter auf und entfernten sich wieder: Stellen, wo Einsatzfahrzeuge sich gesammelt hatten, um Feuer zu löschen oder von dem Einschlag betroffenen Ortsansässigen zu helfen. An einer Stelle lag mitten auf der Straße, von Leuchtfackeln angestrahlt, ein autogroßer Felsbrocken, der so hart auf dem Pflaster aufgeschlagen war, dass er es durchbohrt und dicke, von gebrochenen Bewehrungsstahlstäben starrende Bruchstücke aufgestemmt hatte. Nicht der Meteorit selbst, sondern ausgeworfenes Material: ein von der Einschlagstelle weggeschleuderter Splitter.

Eine weitere Verzögerung, diesmal ausschließlich wegen Schaulustiger, ergab sich an der Stelle, wo die Interstate bei Vantage den dort etwa anderthalb Kilometer breiten Columbia River überquerte. Irgendetwas war unten an der Brücke im Gange, am Ostufer des Flusses, wo der niedrige Bogen sich vom Wasser aus nach oben schwang, um großen Lastkähnen die Durchfahrt zu ermöglichen. Man hatte blendende Scheinwerfer aufgestellt, die ein ungleichmäßiges, taghelles Licht verbreiteten, wo etwas Riesiges, Zylinderförmiges von einem Lastkahn hochgewunden wurde.

Aufgrund all dieser Komplikationen war es weit nach Mitternacht, als sie die Stadt Moses Lake erreichten und wie fast alle anderen von der Interstate abbogen, um in Richtung des Grant International Airport zu fahren.

Das war sein offizieller Name. Als Doob am nächsten Morgen aufwachte und aus dem Zelt kroch, das er sich mit Henry geteilt hatte, taufte er den Ort sofort auf den Namen Neu Baikonur. Er lag auf demselben Breitengrad wie Baikonur und in der gleichen Art von Steppenlandschaft.

Und wie ehedem die Steppe war er von Nomaden bevölkert. Weltraum-Okies. Mindestens zehntausend, schätzte er.

Sie schienen durchaus ordentlich zu sein. Auf dem trockenen Seegrund hatte man – offenbar mit dem gleichen Gerät, das man zum Abkreiden von Fußballfeldern verwendet – lange gerade Linien gezogen. Sie markierten Straßen und Querstraßen, die von Neuankömmlingen beim Zeltaufbauen weitgehend respektiert wurden. In genau bemessenen Abständen standen mobile Toilettenkabinen, obwohl Doobs Nase ihm verriet, dass manche Leute auch Latrinengruben benutzten oder einfach auf den Wüstenbeifuß pinkelten.

Henry hatte ihn während der letzten Stunden der Fahrt ein bisschen informiert. Es handelte sich um einen ehemaligen Luftwaffenstützpunkt, Teil der nördlichen Linie von Verteidigungseinrichtungen, von der aus die USA sich gegen eine kommunistische Aggression verteidigt hätten, falls das je nötig geworden wäre. Seine viertausendeinhundert Meter lange Start- und Landebahn ließ vermuten, dass er auch offensiven Zwecken gedient haben könne. Sie hatte als alternativer Landeplatz für das Spaceshuttle fungiert, war aber nie benutzt worden. Jedenfalls war der Flughafen für die Stadt Moses Lake grotesk überdimensioniert und in den vergangenen Jahrzehnten von der Luft- und Raumfahrtindustrie für diverse Ausbildungs- und Versuchszwecke genutzt worden. Blue Origin hatte dort 2005 ein VTOL-Fahrzeug getestet und dabei von einem Wohnwagen auf dem trockenen Seegrund westlich des Flughafens aus operiert, wo nun Neu Baikonur entstand und wo Doob umherlief, um den Ursprung des Dufts von gebratenem Speck aufzuspüren.

Irgendein riesiges, fensterloses Flugzeug rauschte über ihn hinweg, fuhr aus seinem Bauch eine Phalanx von Rädern aus und vollführte eine lange, langsame Landung auf der großen Bahn, deren viertausendeinhundert Meter es bis auf den letzten Meter ausnützte. Ein Transportflugzeug.

Er kam zu einer breiten Straße, die direkt auf das Zentrum des Lagers zuführte. Und es war nicht zu verkennen, wo und was dieses Zentrum war: eine Betonplattform, die immer noch Stück für Stück gegossen wurde, mit einem gemischten Sortiment von Kränen, die sich an der Stelle erhoben, die er für die Mitte hielt.

Sie bauten hier eine Rakete zusammen.

Es war eine große Rakete.

Das Ganze war mehr oder weniger einleuchtend. Es gab keine Fracht, die zu groß wäre, um mit einem Lastkahn den Columbia River hinaufbefördert und dann mit einem Lkw die letzten Kilometer bis Moses Lake transportiert zu werden. Es gab kein Flugzeug, dem diese Start- und Landebahn nicht genug Platz bot. Es gab keinen Gegenstand, den die Luft- und Raumfahrtwerkstätten von Seattle nicht bauen konnten. Und von diesem Breitengrad aus, auf dem auch Baikonur lag, konnte man nach einem wohlerprobten und wohlverstandenen Flugplan Nutzlasten zu Izzy bringen.

Nur vier Tage später stand Doob mit einem buntgemischten Grüppchen von Weltraum-Rednecks auf der rostigen Ladefläche eines Pick-ups und hob in Nachahmung der von der Startplattform abhebenden Rakete eine Bierflasche mit langem Hals gen Himmel. Alle johlten und schrien, während sie zusahen, wie die Rakete nach dem Abschuss einen anmutigen Bogen beschrieb und sich in die allgemeine Richtung von Boise entfernte. Und am nächsten Morgen, als sie alle wieder nüchtern waren, machten sie sich daran, noch eine zu bauen.

TAG 80

»Wir reden davon, Sachen in den Orbit zu schicken, als wäre der Orbit ein Ort wie Philadelphia, dabei handelt es sich in Wirklichkeit um viele Orte, viele verschiedene Arten, im Raum zu sein. Zwei beliebige Objekte im Universum können sich theoretisch in einer Umlaufbahn umeinander befinden.

Bei den meisten Umlaufbahnen, die für uns eine Rolle spielen, verhält es sich so, dass etwas Winziges um etwas Riesiges kreist, zum Beispiel ein Satellit um die Erde oder die Erde um die Sonne. Man kann Umlaufbahnen also auf die Schnelle danach kennzeichnen und klassifizieren, was das riesige Ding in der Mitte ist.

Wenn das riesige Ding in der Mitte die Erde ist, sprechen wir von einer geozentrischen Umlaufbahn. Wenn es die Sonne ist, von einer heliozentrischen. Und so weiter. Seit der Mond auseinandergebrochen ist, haben wir uns hauptsächlich auf geozentrische Umlaufbahnen konzentriert. Als es den Mond noch gab, hat er sich auf einer solchen Umlaufbahn bewegt; er hat sich um die Erde gedreht. Die meisten seiner Stücke bewegen sich nach wie vor auf geozentrischen Umlaufbahnen. Ein kleiner Teil davon gerät in die Erdatmosphäre. Wenn das passiert, haben wir es mit einem Meteoriten zu tun.

So viel zum Einführungskurs Umlaufbahnen. Aber denken Sie daran, dass es verschiedene Ebenen geben kann. Das alte Erde-Mond-System hat sich als Ganzes auf einer heliozentrischen Umlaufbahn um die Sonne gedreht. Und wenn Sie sich ganz weit weg zoomen und sich die gesamte Milchstraße anschauen, können Sie sehen, dass unser ganzes Sonnensystem sich in einer galaktozentrischen Umlaufbahn ganz langsam um das schwarze Loch in seiner Mitte dreht.«

Die Stimme gehörte dem berühmten Astronomen und Populärwissenschaftler Doc Dubois. Die Bilder, die sie begleiteten, waren eine Animation, die in eine schematische Darstellung des Sonnensystems hinein- und aus ihr herauszoomte. Dinah bekam Bruchstücke davon mit, während sie Luisa Soter über die Schulter schaute, die erst kürzlich auf Izzy angekommen war und dem Bild der traditionellen Astronautin so wenig entsprach, dass sie mühelos jeden entsprechenden Wettbewerb gewonnen hätte. Geboren in New York als Kind von Eltern, die vor der politischen Repression in Chile geflohen waren, war sie in einem polyglotten Boheme-Haushalt in Harlem großgeworden und jeden Tag durch den Central Park zur Ethical Culture School in der West 63rd spaziert. Dem hatte sie eine Reihe von Abschlüssen in Psychologie und Sozialarbeit an der UCLA, in Chicago und in Barcelona folgen lassen. Nach ein paar Jahren Arbeit mit Wirtschaftsflüchtlingen, die auf lecken Fischerbooten nach Europa zu kommen versuchten, hatte sie ein Hochbegabtenstipendium bekommen, das ihr die Freiheit gab, einige Jahre lang die Welt zu bereisen und dabei über andere Arbeitsmigranten zu forschen.

Vor zwei Wochen hatte man sie aus einem Dasein als Fulbright-Stipendiatin an der University of St. Andrews in Schottland herausgerissen, ihr eine Grundausbildung über das Leben im Weltraum verpasst, sie in einer Rakete festgeschnallt und mit einer Touristenkapsel hier heraufgeschossen.

Dinah hatte wie alle anderen den naheliegenden Schluss gezogen, dass Luisas Job darin bestand, die erste Seelenklempnerin und Sozialarbeiterin im All zu werden. Nach einigen Interaktionen zu urteilen, zu denen es mit zunehmender Beengtheit und damit einhergehendem Stress gekommen war, würde sie alle Hände voll zu tun haben. Ein Haufen verzweifelter Menschen, die auf einem stampfenden, steuerlosen Fischerboot zusammengepfercht waren, war eine ungemütlich genaue Entsprechung der Situation hier oben.

Luisa hatte ein entspanntes Selbstbewusstsein, das es ihr leicht machte zuzugeben, dass sie absolut nichts über Themen wie Orbitalmechanik wusste. Aber es war mehr als nur das; sie verstand es, ihre eigene Unwissenheit als Eisbrecher in Gesprächen einzusetzen. Izzy war voller Menschen, die eher dem Asperger-Bereich des sozialen Spektrums zuneigten, und um sie zum Reden zu bringen, gab es keine bessere Methode, als ihnen eine technische Frage zu stellen.

Doch wenn alle anderen beschäftigt waren, war sich Luisa

nicht zu schade, ihre Frage zur Erde hinunterzugoogeln und sich so wie jetzt an ein YouTube-Video zu halten.

Dinah, die hinter Luisas Schulter schwebte, sah zu, wie die Animation durch ein Livebild von Doc Dubois und einem stämmigen, kahlköpfigen Weißen ersetzt wurde, die nebeneinander in dem flachen Kessel aus graubrauner Erde standen, den sie nun als den Weltraumbahnhof Moses Lake erkannte. Auf der Startplattform im tiefen Bildhintergrund wurde gerade in einer wirr anmutenden Anordnung von Kränen, Montagetürmen und Kabeln etappenweise eine weitere Rakete zusammengebaut.

Dinah erinnerte sich vage an den Mann, der nicht Doc Dubois war; er war ein Technikexperte, der häufig im Fernsehen und auf YouTube auftauchte. Er wandte sich der Kamera zu und sagte: »Mein Name ist Tavistock Prowse, ich melde mich live aus dem neusten Weltraumbahnhof der Welt hier in Grant County, Washington. Ich bin hier mit einem Mann, den ich Ihnen nicht vorstellen muss, Doc Dubois, um über einige der jüngsten umstrittenen Ereignisse rund um die Raketenstarts von Arjuna Expeditions zu reden, die vielfach von dem improvisierten Startkomplex ausgehen, den Sie direkt hinter uns sehen können. Arjuna hat eine Animation vorbereitet, die erklärt, worum es dabei geht. Also machen Sie sich etwas Popcorn und ziehen Sie sich einen Sessel ran.«

Ihr Bild wurde abgelöst von einer Ansicht der Erde, die zurückzoomte, kippte und schwenkte, um den Planeten in seiner Umlaufbahn um die Sonne zu zeigen. Diese wurde hilfreicherweise durch eine dünne, rote Kurve verdeutlicht. Die Umlaufbahnen von Venus, Merkur, dann von Mars und Jupiter kamen ins Bild. »Wenn wir von Asteroiden sprechen«, sagte Doc Dubois, »dann meinen wir herkömmlicherweise den Asteroidengürtel, der zwischen Mars und Jupiter liegt.«

Ein Staubring mit einigen größeren Klumpen wurde nun in die riesige Lücke zwischen den Umlaufbahnen dieser beiden

Planeten eingeblendet. »Es gibt da draußen eine Menge Material, das Unser Erbe eines Tages vielleicht nutzen kann, aber es ist zu weit weg, um von irgendeinem Raumfahrzeug, das wir heute haben, so ohne weiteres erreicht zu werden.«

Also hatte sich Doc Dubois, entsprechend seinem Ruf, stets Fühlung zum Zeitgeist zu halten, die Formulierung Unser Erbe zu eigen gemacht, ein populäres Modewort und Hashtag mit der Bedeutung »was auch immer in der Zukunft von den Nachkommen der Menschen, die auf die Cloud-Arche gelangen, vollbracht wird«, oder, um es rundheraus zu sagen, »der einzige Grund, die nächsten zweiundzwanzig Monate weiterzuleben«.

Die Animation zoomte wieder bis zu der Einstellung zurück, die nichts außer der Erdumlaufbahn zeigte. »Aber die Astronomie weiß schon lange, dass sich nicht alle Asteroiden jenseits des Mars befinden. Es gibt viel kleinere – aber trotzdem bedeutende – Asteroidengruppen in heliozentrischen Umlaufbahnen, die sich nicht sehr von der Umlaufbahn der Erde unterscheiden.«

Nun wurde ein feinerer und spärlicherer Teilchenstaub eingeblendet, der eine Art verschwommenen Nimbus um die rote Linie bildete, die die Umlaufbahn der Erde kennzeichnete.

»Und von dort stammt Amalthea, ist das richtig, Doc?«

»Ja, einen so großen Metallbrocken den ganzen Weg von dem Gürtel zwischen Mars und Jupiter herzuschaffen hätte ewig gedauert. Weil wir ihn in einer erdähnlichen Umlaufbahn gefunden haben, war es ein bisschen einfacher.«

»Und was meinen Sie mit erdähnlicher Umlaufbahn?«

»Genau wie die Erde drehen sich alle diese Felsbrocken um die Sonne. Manche sind ein Stückchen innerhalb der Umlaufbahn der Erde, manche ein Stückchen außerhalb davon, manche schneiden die Erdumlaufbahn bei jeder Umkreisung der Sonne zweimal. Über die haben wir uns immer Sorgen gemacht.«

»Inzwischen aber nicht mehr so sehr«, warf Tav ein.

Doc hielt inne und entschied sich offenbar dagegen, auf den

Scherz einzugehen. »Weil wir uns Sorgen über sie gemacht *haben*, haben wir uns bemüht, sie aufzuspüren und ihre exakte Flugbahn festzustellen – ihre Orbitalparameter.«

Zurück zu Doc und Tav, die nun über die festgestampfte Erde des Weltraumbahnhofs gingen, während im Hintergrund ein großer Lkw mit dem Logo von Arjuna Expeditions zu sehen war.

»In den letzten Jahren haben Firmen wie Arjuna Expeditions noch viel mehr von diesen Asteroiden kartiert, in der Hoffnung, sie bergmännisch ausbeuten zu können. Seit einigen Wochen erleben wir eine konzertierte Aktion von Arjuna und einer Allianz anderer privater Raumfahrtunternehmen, Bewegung in diese Bemühungen zu bringen.«

»Was genau denkt Sean Probst, Doc?«, fragte Tav.

»Das sagt er uns nicht. Aber die Wissenschaft der Orbitalmechanik überlässt nicht sehr viel der Fantasie. Im zweiten Teil dieses Videos können Sie mehr über den Tanz von Himmelskörpern in der Umlaufbahn und über die komplizierte Choreografie erfahren, die erforderlich ist, damit ein Asteroid zur richtigen Zeit am richtigen Ort auftaucht.«

Luisas Finger schwebte über dem Link, der das nächste Video abspielen würde, aber bevor sie darauf tippte, drehte sie sich zu Dinah um. »Ich überlege gerade, was du eigentlich beruflich machst«, sagte sie mit einem Akzent, der von überallher, hauptsächlich aber aus New York stammte. »Du bist bei Arjuna, stimmt's?«

»Pst!«, warnte Dinah sie scherzhaft. »Ich versuche immer noch, mich mit den Russen zu vertragen.«

»Worum geht es dabei eigentlich?«, fragte Luisa.

Sie sprach von einer Reihe sehr gereizter Besprechungen, zuweilen auch regelrechter Konfrontationen, zu denen es in jüngster Zeit zwischen den Russen – die unter der Führung von Fjodor Antonowitsch Panteleimon immer noch als Block dachten und agierten – und der Arjuna-Fraktion gekommen war, die sich geradezu etwas darauf einbildete, querzuschießen. Das war alltäglicher Businessjargon. Doch einem ergrauten Kosmonauten war nicht zu vermitteln, warum querzuschießen eine gute Sache war.

Dinah war geneigt, etwas wie »Das ist kulturell bedingt« zu sagen, aber ihr war etwas bang davor, derlei Cocktailparty-Witzelei in Gegenwart von jemandem mit Luisas Referenzen anzubringen.

»Sieh mal, im Weltraum sind Überraschungen fast immer schlecht«, sagte Dinah. »Herkömmlicherweise wird jede Mission bis ins Kleinste durchgeplant, es gibt für alles einen Notfallplan. Man improvisiert nicht. Man kann gar nicht improvisieren, weil nichts da ist, womit man improvisieren könnte.«

»Mir fällt gerade das Klebeband bei *Apollo 13* ein.«

»Ja, das war eine der seltenen Ausnahmen«, sagte Dinah, »und die Leute reden noch Jahrzehnte später davon. Und für die Russen ist die Vorstellung, dass jemand einfach unangemeldet auftauchen und Anspruch auf unsere Ressourcen erheben kann…«

»Was für Ressourcen?«, fragte Luisa.

»Sie atmen unsere Luft«, sagte Dinah. »Nehmen Platz weg, nutzen Bandbreite, alles Mögliche. Larz ist per Anhalter hier raufgekommen, weil er davon ausgegangen ist, dass er auf Izzy bleiben und für uns arbeiten würde – stattdessen macht er sich mit Sean vom Acker. Und sie nehmen fast alle meine Roboter mit.«

»Aber sie schicken doch noch welche, oder?«

»Klar. Hör zu, ich sage doch nur, dass es eine Überraschung war. Und je früher Sean und Larz von hier verschwinden und sich auf den Weg machen, desto weniger wahrscheinlich ist es, dass Fjodor ihn mit bloßen Händen erwürgt.«

»Auf den Weg wohin?«, fragte Luisa.

»In eine andere Umlaufbahn.«

»Eine heliozentrische oder eine geozentrische?«, fragte Luisa mit ausdruckslosem Gesicht, dann zwinkerte sie Dinah zu.

»Zuerst eine geozentrische. Dann eine heliozentrische«, antwortete Dinah mit dem Anflug eines Lächelns.

»Ich dachte, wir befänden uns bereits in einer geozentrischen Umlaufbahn.«

»Ja, aber was Sean angeht, in der falschen. Izzys Umlaufbahn ist gegen den Äquator geneigt. Das muss sie sein, damit man von Baikonur aus Raumfahrzeuge dorthin schicken kann – Baikonur liegt genauso weit nördlich wie Seattle. Aber wenn man interplanetare Sachen machen will, und genau das hat Sean vor – im Grunde also immer dann, wenn man aus der niedrigen Erdumlaufbahn herauskommen will –, dann wählt man eine äquatornähere Umlaufbahn. Weil dort auch mehr oder weniger der Rest des Sonnensystems ist – darunter auch der große Brocken Eis, den Sean sich schnappen und hierherbringen will.«

»*Ymir*«, sagte Luisa und sprach das Wort so aus, wie sie es von Sean gehört hatte: *ümiir*. Ein Wort aus der nordischen Mythologie, das urzeitliche Eisriesen bezeichnete. Seans Codename für einen speziellen Eisbrocken, den sein Projekt ausfindig gemacht hatte und den er hierherbringen wollte.

»Ja. Kein offizieller Name. Sean verrät nicht viel.«

»Und wie kommt man von einer zur anderen?«, fragte Luisa.

»Von einer geozentrischen Umlaufbahn – in der befinden wir uns doch gerade, oder?«

»Ja.«

»In eine heliozentrische?«

»Na ja, zuerst muss er die Ebene wechseln – von der geneigten Umlaufbahn, in der sich Izzy jetzt befindet, zu einer äquatornäheren. Er trifft dort mit dem Rest seiner Ausrüstung zusammen.«

»Warum haben sie nicht einfach alles hier heraufgeschickt?«

»Manöver zum Wechsel der Ebene sind teuer. Wenn nur Sean, Larz und ein Drop Top die Ebene wechseln, ist das nicht allzu schlimm, aber es wäre eine groteske Verschwendung, das gesamte Expeditionspaket hier heraufzuschicken, nur um es später die Ebene wechseln zu lassen.« Den anderen Grund erwähnte Dinah nicht: dass der größte Teil von Seans Paket so extrem radioaktiv war, dass man ihn nicht in Izzys Nähe lassen konnte.

»Okay. Aber wir reden immer noch von einer geozentrischen Umlaufbahn, richtig?«

»Stimmt, wir sind immer noch nur ein paar Hundert Kilometer hoch.«

»Wie kommen sie also vom Treffpunkt in eine heliozentrische Lage?«

»Da gibt es eine ganze Reihe verschiedener Möglichkeiten«, sagte Dinah, »aber so, wie ich Sean kenne, wird er durch den L1-Gateway gehen.«

»Ich habe keine Ahnung, was das ist«, sagte Luisa und gab es schließlich auf, ein Kichern unterdrücken zu wollen. »Aber ich habe jedes Mal das Gefühl, ich bin in einem Science-Fiction-Film gelandet, wenn ich Leute in meiner Gegenwart so reden höre.«

»Wahrscheinlich geht Doc Dubois in diesem Video darauf ein«, sagte Dinah und wies mit dem Kinn auf Luisas Tablet, »aber das Wesentliche ist eigentlich ganz unkompliziert.« Sie blickte sich um und erspähte einen mit Kleidungsstücken vollgestopften Netzbeutel. Sie zog ihn aus seiner Nische und ließ ihn in der Mitte der Kabine schweben. »Die Sonne«, sagte sie. Sie klopfte sich ab und fand in ihrer Tasche ein kleines Plastikfläschchen mit Tabletten. Ein Medikament gegen Übelkeit, das sie für ein Mitglied der neuen Arjuna-Mannschaft geholt hatte. Sie öffnete das Fläschchen, zog den oben hineingestopften Wattepfropfen heraus und ließ ihn etwas näher bei Luisa in der Luft schweben. »Die Erde, auf ihrer heliozentrischen Umlaufbahn.« Das kranke Besatzungsmitglied würde noch ein paar Minuten warten müssen. Dinah schüttelte vorsichtig ein paar Tabletten aus dem Fläschchen heraus und ließ sie einen Moment lang frei schweben, ehe sie das Fläschchen wieder einsteckte. Dann begann sie die Tabletten in dem schon von »Sonne« und »Erde« definierten Raum anzuordnen.

»Asteroiden?«, riet Luisa.

»Das sind eher so etwas wie abstrakte mathematische Punkte«, sagte Dinah. »Sie heißen Lagrange-Punkte oder Librationspunkte, und es gibt um jedes Zweikörpersystem fünf davon. Immer in derselben geometrischen Grundanordnung. Zwei davon, L4 und L5, befinden sich weit draußen an den Seiten. Die zeige ich dir jetzt nicht, weil wir dafür keinen Platz haben. Aber die anderen drei liegen alle auf der Linie, die zwischen der Sonne und der Erde verläuft.« Sie stieß sich ab, glitt auf die andere Seite der »Sonne« und platzierte dort eine Tablette genau gegenüber der Stelle, wo sich die »Erde« befand.

»Das ist L3, sehr weit weg, für uns nicht zu sehen, weil die Sonne ständig im Weg ist, nicht sehr hilfreich.«

Sie glitt zu dem schwebenden Wattepfropfen zurück, bremste sich an einem Schott ab und platzierte eine zweite Tablette hinter dem Wattepfropfen. »Das ist L2, außerhalb der Umlaufbahn der Erde.« Schließlich platzierte sie eine Tablette zwischen »Sonne« und »Erde«, aber viel näher an Letzterer. »Und das ist…«

»L1, per Ausschlussverfahren«, sagte Luisa trocken und lachte. »Ihr Raumfahrtleute zählt einfach furchtbar gern herunter, ich kenne euch.«

»An diesen Stellen heben sich die Gravitationskräfte von Sonne und Erde gegenseitig auf«, sagte Dinah, »und man spricht manchmal von einem Gateway, weil an diesen Stellen ein Wechsel zwischen einer geozentrischen und einer heliozentrischen Umlaufbahn leicht zu bewerkstelligen ist. Manchmal kommt es sogar auf natürliche Weise dazu: Ein Asteroid auf einer heliozentrischen Umlaufbahn gerät dicht an L1 heran und wird von der Erde eingefangen. Oder es gibt auch den umgekehrten Fall, bei dem eine um die Erde kreisende Apollo-Stufe in der Nähe von L1 vorbeigekommen ist und für einige Jahre auf eine heliozentrische Umlaufbahn geschleudert wurde. Später ist sie dann durch dasselbe Gateway zurückgekommen – nur um wieder weggeschleudert zu werden.«

Luisa nickte. »Wie wenn man, in New Yorker Begriffen, am Columbus Circle vom D in den A Train umsteigt.«

»Viele Leute haben die Analogie eines Rangierbahnhofs oder einer Bahnstation verwendet, um es zu beschreiben, ja«, sagte Dinah.

»Du glaubst also, Sean und seine Mannschaft wollen in diese Richtung.«

»Ja, sobald sie ihren ganzen…« Dinah hielt inne.

»Kram zusammenhaben?«, ergänzte Luisa.

»Danke, ja«, sagte Dinah lächelnd. »Sie müssen in eine Umlaufbahn gelangen, die höher ist als die, in der wir uns jetzt befinden, wenn sie L1 erreichen wollen. Das heißt, sie müssen ihre Triebwerke zünden, in wenigen Minuten viel Treibstoff verbrauchen und dann einige Wochen lang gleiten. Sie müssen durch den Van-Allen-Gürtel und bekommen dort viel Strahlung ab. Das ist leider nicht zu vermeiden. L1 ist viermal so weit weg wie der Mond.«

»Oder was einmal der Mond war«, sagte Luisa leise.

»Ja, und das bedeutet, Sean und seine Mannschaft werden in ein paar Tagen weiter von der Erde weg sein als jeder Mensch, der jemals gelebt hat. Wenn sie bei L1 sind – das wird fünf Wochen dauern –, werden sie ihre Triebwerke ein zweites Mal zünden müssen und dadurch vom D in den A Train umsteigen – in eine heliozentrische Umlaufbahn gelangen. Und von dort aus können sie dann den Kurs einschlagen, der sie zu dem Kometen bringt.«

Luisa hatte sich vom ersten Teil von Dinahs Ausführungen ein wenig ablenken lassen. »Weiter weg von der Erde als je ein Mensch in der Geschichte«, wiederholte sie. »Ich frage mich, ob für Fjodors Reaktion nicht vielleicht auch ein gewisses Gefühl von Eifersucht maßgeblich ist, weil er weiß, dass nach der vielen Zeit, die er im All verbracht hat…«

»Irgendein reicher Jungspund auftaucht und seine Leistungen in den Schatten stellt«, sagte Dinah nickend. »Könnte sein. Fjodor hat das typisch russische Granitgesicht, man kann nicht sagen, was in seinem Inneren vorgeht.«

»Egal«, sagte Luisa, »sie gehen die große Eiskugel holen und spulen diese ganzen Schritte dann in umgekehrter Reihenfolge ab, um hierher zurückzukommen, wo sich dann hoffentlich die Cloud-Arche befinden wird.«

»Nicht direkt«, sagte Dinah. »An dieser Stelle wird es nämlich interessant.«

»Aha, ich fand es eigentlich schon ziemlich interessant!«, sagte Luisa.

Hier war Dinah in dem, was sie sagen durfte, eingeschränkt.

»Ein Raumfahrzeug, das als solches konstruiert und entwickelt worden ist, durch das Sonnensystem zu manövrieren ist eine Sache. Eine riesige, zerklüftete Eiskugel zu bewegen eine ganz andere.«

»Es wird lange dauern«, sagte Luisa nickend. »Und es klappt vielleicht nicht.«

»Ja. Hör zu, ich baue bloß Roboter.«

»Die die Reise allesamt mitmachen?«

»Ja«, sagte Dinah. »Sie werden auf der Kometenoberfläche gebraucht, um Kabel und Netzgewebe zu befestigen. Es ist ein großer Eisbrocken. Er ist spröde. Wir wollen nicht, dass er wie ein trockener Schneeball auseinanderfällt, wenn Schub darauf ausgeübt wird.«

»Ein trockener Schneeball«, wiederholte Luisa. »Gibt's das da, wo du herkommst?«

»In der Brooks Range? Ja. Ein schrecklicher Ort, um Schneebälle zu machen.«

»Außer man ist die kleine Schwester«, sagte Luisa, »und alle bewerfen einen damit.«

»Kein Kommentar.«

»Im Central Park«, sagte Luisa, »waren die Schneebälle nass, und sie waren hart.«

TAG 90

Als Ivy die Besprechung am 37. Tag mit den Worten »fünf Prozent« eröffnet hatte, hatten sich Dinah und die meisten anderen auf Izzy umgeblickt und einen Mangel an Fortschritt gesehen, der sie beunruhigt hatte. Und natürlich hatte Ivy genau darauf hinausgewollt. An jenem Tage waren sechsundzwanzig Menschen im All gewesen, von denen acht in provisorischen Luk-Unterkünften mit Mühe und Not überlebten. Mit ein wenig Zusammenrücken hatten alle in der Banane Platz gefunden.

Am 73. Tag, als Ivy eine weitere Besprechung in der Banane mit den Worten »zehn Prozent« eröffnete, hatte sich die Lage geändert. Izzys Gesamtbevölkerung in der Banane unterzubringen kam nicht mehr in Frage; die meisten mussten sich die Besprechung in einer Videoübertragung ansehen. Dank Sean Probst und seinen Arjuna-Raketenstarts in Moses Lake wusste niemand mehr genau, wie hoch die Gesamtzahl der jenseits der Erde lebenden Menschen lag. Angeblich gab es ein Google-doc-Spreadsheet, wo darüber Buch geführt wurde, aber niemand wusste so recht, wo es sich befand. Jedenfalls war die Bevölkerungszahl schon vor mindestens einer Woche dreistellig geworden.

In den ersten beiden Wochen seines Betriebs wurden vom Turbo-Weltraumbahnhof bei Moses Lake drei Raketen gestartet. Eine stürzte in ein edles Weingut bei Walla Walla und vernichtete ein paar Hektar Reben, die erstklassigen Wein ergeben hätten, wenn auf der Erdenuhr noch genug Zeit übrig gewesen wäre, ihn richtig reifen zu lassen. Die anderen schafften es auf Izzy.

Die meisten großen Nutzlasten von Arjuna wurden jedoch

nicht von Moses Lake aus auf den Weg gebracht, sondern von äquatornäheren Startplätzen aus, sodass sie in Umlaufbahnen gelangen konnten, die der Ekliptikebene näher waren. Mindestens zwei Schwerlastraketen, eine von Cape Canaveral und eine von Kourou, hatten ein Rendezvous- und Andockmanöver in einer niedrigen Erdumlaufbahn über den Wendekreisen zustande gebracht. Andere, hieß es, seien in Arbeit. Doch von diesem Projekt war wenig bekannt. Kommunikation war nicht Sean Probsts starke Seite, und seine Karriere in der Privatwirtschaft hatte ihm die Gewohnheit vermittelt, sich nicht in die Karten schauen zu lassen. Darin schien er sich mit dem kleinen Häuflein von Menschen an Bord von Izzy einig zu sein, die eindrucksvolle Sicherheitsfreigaben vorweisen konnten, wie zum Beispiel Spencer Grindstaff und Zeke Petersen. Dinah und Ivy hatten Eindrücke ausgetauscht und Indizien miteinander geteilt und auf diese Weise zumindest eine vage Theorie darüber entwickelt, was vor sich ging. Angeblich war Sean Probsts Gastauftritt ungeplant. Aber er schickte Sparky seit Wochen Nats, und Sparky hatte ihnen bei Raumflügen zu Izzy oberste Priorität eingeräumt. Es hatte also den Anschein, als wären Dinahs Ergebnisse – die Rückmeldungen darüber, welche Nats im Weltraum funktionierten und welche nicht, die sie Arjuna zukommen ließ – für die NASA von großem Interesse. Und bedeutsam war auch, dass mindestens eine von Seans Nutzlasten von Cape Canaveral – der Vorzeigestartrampe der NASA – aus ins All geschossen worden war. Noch bedeutsamer war ein Start von der Vandenberg Air Force Base aus, der dem größer werdenden Komplex ein kleines zusätzliches Modul angefügt hatte. Dass es klein war, wussten sie aufgrund der Größe der verwendeten Rakete, und dass es hochgeheimes Zeug war, aufgrund der Vorsichtsmaßnahmen, die man auf der Erde ergriffen hatte – das hatten gewöhnliche Bürger berichtet, die ein langer Militärkonvoi auf den Seitenstreifen von Highway 101 gedrängt hatte und die, als sie Teleobjektive auf die Startrampe richteten, feststellen mussten, dass Planen und Tarnnetze ihnen die Sicht versperrten.

Die nächste Rakete, die von Moses Lake aus gestartet wurde, hatte einen ereignislosen Flug zu Izzy zurückgelegt. Ihre obere Stufe flog, da es an einer Stelle zum Andocken fehlte, in Formation mit der Raumstation etwa einen Kilometer »hinter« dieser. Fjodor starrte sie durchs Fenster hasserfüllt an und schlug wiederholt vor, ihre Ladung zu konfiszieren. Die Ladeliste war ungewöhnlich:

- Reservetreibstoff und andere Verbrauchsmaterialien, die es Seans Cabrio ermöglichen würden, ein Manöver zum Wechsel der Ebene auszuführen und in einer äquatorialen Umlaufbahn mit der *Ymir* zusammenzutreffen (denn das Wort »Ymir« wurde mittlerweile zur Bezeichnung sowohl des Raumschiffs, das Sean zusammenbaute, als auch seines fernen Ziels verwendet)
- Eis
- Fasern, die sich mit Eis zu einem stärkeren Material namens Pykrete verbanden
- Mehrere Tausend Eis-Nats: winzige, für das Herumkrabbeln auf Eis optimierte Roboter

Fjodor, und vielleicht auch andere, gelüstete es nach dem Eis und dem Treibstoff. Pete Starling hatte unten auf der Erde mit juristischen Säbeln zu rasseln begonnen und gedroht, den Weltraumbahnhof Moses Lake zu requirieren – ein Vorhaben, das sich über Nacht verflüchtigte, nachdem Sean selbst mit Säbeln zu rasseln begann und damit drohte, ein YouTube-Video herzustellen, in dem das Cloud-Archen-Projekt als bestenfalls unerprobte Beruhigungspille bloßgestellt würde. Es war, um das Mindeste zu sagen, seltsam, dass zwischen der linken und der rechten Hand der Regierung ein solcher offener Konflikt bestehen konnte, aber die Welt war zu einem seltsamen Ort geworden.

Wenn Dinah, Ivy und Luisa sich beim Essen oder bei einem Glas nach der Arbeit darüber unterhielten, konnten sie nur darüber spekulieren, welche lautstarken Auseinandersetzungen unten auf der Erde zwischen dem Weißen Haus, dem Militär, Arjuna Expeditions und den Architekten stattfinden mussten.

Dinah hielt sich meistens bedeckt und arbeitete an der Programmierung der Roboter, die Sean auf seine Expedition mitnehmen würde. Ein Kometenkern war nicht so sehr ein festes Stück Eis als vielmehr eine Ansammlung von Scherben, die von ihrer Eigengravitation – die äußerst schwach war – zusammengehalten wurden. Ihn bloß zu berühren könnte zur Folge haben, dass sich große Stücke davon ablösten. Arjuna Expeditions wusste das schon seit vielen Jahren und hatte Millionen von Dollar in die Erfindung von Technologie zum Einfangen solcher schwieriger Objekte investiert. Dabei war »Technologie« vielleicht ein zu hochtrabendes Wort für Techniken, die auch für steinzeitliche Jäger-Sammler erkennbar gewesen wären: Umgib es mit einem Netz, zieh das Netz mit einer Schlaufe zu.

Dieses Kunststück im All zu vollführen wurde von Sean als »asymmetrisches Problem« bezeichnet, Programmiererjargon, der bedeutete, dass es mit vielen Unwägbarkeiten und Detailarbeit verbunden und nicht der Einen Großen Lösung zugänglich war. Wahrscheinlich würden am Ende überall auf der Oberfläche des Kometen Grigg-Skjellerup Roboter herumkrabbeln, das Netz festzurren, schwache Stellen verstärken, indem sie das Eis schmolzen, das Wasser mit Faser vermischten und zu Pykrete gefrieren ließen. Dinah hatte angeboten, dabei zu helfen, und der Gedanke hatte sie begeistert, bis Sean sie durch den Hinweis auf einige unangenehme Realitäten wieder auf den Boden zurückgeholt hatte. Die Kommunikation zwischen Izzy und der *Ymir* würde durch ihr einziges Funkgerät beschränkt sein. Videomaterial würden sie nicht senden können. Und sie würden es mit einer bedeutenden Latenzzeit zu tun haben: Einen Großteil des Fluges über würde es eine Verzögerung von mehreren Minuten geben, in denen die Signale eine Entfernung zurücklegten, die der zwischen Erde und Sonne vergleichbar war. Roboter auf der Oberfläche des Kometen zu programmieren wäre also etwas ganz anderes, als aus ihrem Fenster auf diejenigen hinauszuschauen, die sich auf Amalthea befanden. Alles, was Dinah beizutragen habe, müsse sie jetzt beitragen.

Jedenfalls war die Bevölkerung von Izzy um zwei reduziert worden, und der Grad von Spannung und Dramatik hatte schlagartig abgenommen, als Sean und Larz am A+0.82 im Drop Top starteten. Das Manöver zum Wechsel der Ebene brachte sie zu einem Rendezvous mit der *Ymir* über dem Äquator. Nach weiteren Rendezvous-Operationen, die sich über eine Woche erstreckten und noch mehr Nutzlasten einbezogen, die von Cape Canaveral und von privaten Weltraumbahnhöfen in New Mexico und West Texas aus ins All befördert wurden, brachte ein langer Brennstoß ihres Haupttriebwerks die *Ymir* in einen Transferorbit in Richtung L1. Ein paar Tage später brach sie den Apollo-Rekord für die von der Erde aus zurückgelegte Entfernung.

Konrad Barth kam zu Dinahs Werkstatt und klopfte höflich an. Denn sie hatte zufällig ihren Vorhang zugezogen, und jeder wusste, dass sie und Rhys manchmal auf der anderen Seite miteinander schliefen. Er trat ein, schaute sich nervös um und fragte sie, ob sie irgendetwas darüber wisse, was die *Ymir* vorhabe. Ehe sie antworten konnte, wandte er sich ab, zog sein Tablet hervor und tippte sein Passwort ein. Dann drehte er das Tablet, um ihr ein Foto zu zeigen.

Sie brauchte eine Weile, um zu begreifen, was sie da sah. Es war eindeutig ein Bild eines künstlichen Objekts im Weltraum. Und es war ein gutes Bild, allerdings umgeben von einem Pixelraster, das auf beträchtliche Vergrößerung schließen ließ. Konrad hatte das Bild mit einem von Izzys optischen Teleskopen aufgenommen. Er hatte es von dessen üblichem Ziel, nämlich dem

System von Fragmenten, die sich um die frühere Mitte des Mondes bewegten, weggedreht und auf dieses künstliche Objekt gerichtet. Das Objekt war groß und kompliziert, mit Ausnahme von Izzy schätzungsweise das größte, was Menschen je im Raum zusammengebaut hatten. Das Bild war aus großer Entfernung aufgenommen worden, während Izzy und das Objekt sich relativ zueinander bewegten, und Konrad hatte sich mit Bildbearbeitungssoftware bemüht, die Unschärfe zu reduzieren. Dinah konnte ganz deutlich sehen, dass das Objekt wie Izzy aus einem Stapel von Modulen bestand, die man mit verschiedenen Raketen heraufgeschickt und aneinandergekoppelt hatte. Das Modul am Heck wies eine glockenförmige Düse auf und war offensichtlich die Hauptantriebseinheit. Einige der Module sahen wie schlichte Treibstofftanks aus, andere wie Wohneinheiten. Doch das mit Abstand auffälligste und sonderbarste Merkmal war ein langer Stachel oder eine Sonde, die vom vorderen Teil ausging und das Ganze zehnmal so lang machte, wie es sonst wäre. Es war ein Gitterwerk, erkennbar auf die gleiche Weise hergestellt wie die neuen Gitterwerke von Izzy.

»Wow«, scherzte Dinah, »eine Raumstation mit eigenem Funkturm!«

Konrad lächelte schwach. »Sieh dir die ›Spitze‹ des ›Funkturms‹ an«, schlug er vor. Er spreizte die Finger auf dem Tablet und zoomte damit ein dichtes Gepixel an der Spitze heran. Es schien von grob pfeilspitzenförmiger Gestalt zu sein, eine kleine dunkle Spitze, die auf einer dickeren weißen Basis saß, die ihrerseits auf einer dunklen Grundplatte ruhte.

Er sah sie an, als erwartete er, dass sie es begriff – oder als wäre sie in Geheimnisse eingeweiht.

Was sie auch war. Aber sie durfte sie nicht verraten.

»Ich bin keine Atomphysikerin«, sagte sie, »aber es springt einem förmlich ins Gesicht, dass die Leute an Bord dieses Schiffes – es ist die *Ymir*, oder …?«

»Natürlich.«

»... dass sie so weit wie möglich von diesem Ding, was auch immer es ist, entfernt sein wollen und es deshalb am Ende des längsten Stocks befestigt haben, den sie bauen konnten.«

»Es ist etwas, was viele Neutronen produziert«, sagte Konrad.

»Woher weißt du das?«

»Dieses Ding hier« – er zeigte auf die dicke weiße Schicht in der Mitte des Sandwichs, wie das Marshmallow in einem S'more – »ist wahrscheinlich Polyäthylen oder Paraffin, das dafür geeignet wäre, Neutronen zu absorbieren. Dabei könnten Gammastrahlen entstehen, deswegen besteht diese Grundplatte hier« – er deutete auf den dunklen Graham-Keks ganz unten – »wahrscheinlich aus Blei.«

Dinah wusste bereits, was es war, weil Sean es ihr verraten hatte: der Kern eines großen Atomkraftwerks, ausgelegt für eine Leistung von vier Gigawatt und für diesen Zweck ziemlich hastig umgerüstet. Aber sie war zu Stillschweigen verpflichtet worden, deshalb blieb ihr nichts anderes übrig, als Konrad selbst darauf kommen zu lassen. »Tja«, sagte sie, »das sind eindrucksvolle Vorsichtsmaßnahmen für eine Mission, die wahrscheinlich sowieso ein Selbstmordkommando ist.«

»Sie wollen am Leben und in der Lage sein, etwas zu tun, wenn und falls sie an ihrem Ziel ankommen«, sagte Konrad.

»Meinst du, irgendwer hat von der Erde aus solche Bilder aufgenommen?«, fragte Dinah. »In den Medien habe ich nämlich nichts gesehen.«

»Das Ding war bis zum Transferbrennstoß von einer Verkleidung verdeckt«, sagte Konrad. »Ich habe das Bild vor ein paar Stunden gemacht, als ich zum ersten und einzigen Mal freie Sicht hatte.«

Sie hatten den Brennstoß zeitlich so abgestimmt, dass sie die ehemalige Mondumlaufbahn zu einem Zeitpunkt kreuzen würden, zu dem sich der größte Teil der Schuttwolke auf der anderen

Erdseite befand, und auf diese Weise das Risiko minimiert, mit einem Felsbrocken zu kollidieren.

Trotzdem stellten sie, ein paar Tage nachdem sie diese Entfernung zurückgelegt hatten und zu den weitestgereisten Menschen in der Geschichte geworden waren, die Kommunikation ein. Bis dahin hatte die *Ymir* leistungsstarke X-Band-Funkgeräte verwendet, um über das Deep Space Network zu kommunizieren – einen Komplex von Parabolantennen in Spanien, Australien und Kalifornien, die man schon seit Jahrzehnten benutzte, um sich mit Raumsonden großer Reichweite zu unterhalten. Nun war sie verstummt. Sie war immer noch dort draußen – mit seinem optischen Teleskop konnte Konrad sie immer noch als weißen Punkt erfassen. Da sie siebenunddreißig Tage lang lediglich glitt, ohne ihre Triebwerke zu zünden, konnte man nicht sagen, ob die Besatzung noch am Leben war. Eine *Ymir* in tadellosem Zustand würde genauso aussehen und sich genauso verhalten wie ein zerbeulter Klumpen Weltraumschrott.

Eine gewisse Hoffnung schöpften sie aus dem Umstand, dass *nichts* von ihr kam. Die *Ymir* verfügte über automatische Systeme, die sich ohne menschliches Eingreifen zu Hause meldeten. Hätten diese weiter funktioniert, während die Kommunikation von Menschen aufhörte, hätte das darauf hingedeutet, dass sämtliche Besatzungsmitglieder tot oder außer Gefecht gesetzt waren. Aber der Umstand, dass sämtliche menschlichen und automatischen Signale gleichzeitig abgebrochen waren, ließ vermuten, dass es sich um ein Übertragungsproblem handelte – vielleicht ein Schaden an der X-Band-Antenne oder am Funkgerät selbst.

Die *Ymir* zu sehen wurde schwierig und dann unmöglich, während sie sich L1 näherte, denn damit geriet sie genau zwischen Erde und Sonne. Man nahm an, dass sie diesen Punkt am 126. Tag erreicht hatte, woraufhin sie einen weiteren Brennstoß hatte zünden sollen, der sie in eine heliozentrische Umlaufbahn bringen würde: eine Ellipse, die sich über ein Jahr später – irgendwann am A+1.175 oder ein Jahr und einhundertfünfundsiebzig Tage nach Null – mit der Bahn von »Gregs Skelett« schneiden würde. Sobald die *Ymir* von Izzys Blickpunkt aus in den Feuern der Sonne verschwand, konnte man dort nichts tun, als darauf zu warten, dass sie eine Stelle erreichte, wo sie wieder zu beobachten war. Falls die *Ymir* einen katastrophalen Defekt erlitten hatte und in ein treibendes Stück Weltraumschrott verwandelt worden war, würde sie die Rückreise wahrscheinlich auf derselben Umlaufbahn antreten und wieder dicht an der Erde vorbeikommen – obwohl L1 vom orbitaldynamischen Standpunkt aus ein derart instabiler Ort war, dass die *Ymir* genauso gut in eine heliozentrische Umlaufbahn abirren könnte, zumal wenn sie einen kräftigen Treffer von einem Felsbrocken abgekriegt hatte und dadurch vom Kurs abgekommen war.

Während der Kalender durch die 130er bis zum 140. Tag fortschritt – zwei Wochen nachdem die *Ymir* L1 durchflogen haben müsste – und sie nicht zurückkehrte, wurde klar, dass sie auf eine heliozentrische Umlaufbahn übergewechselt sein musste, sei es durch Zufall oder aufgrund eines kontrollierten Brennstoßes. Wenn man von Letzterem ausging, würden Sean und das andere halbe Dutzend Besatzungsmitglieder das nächste Jahr nichts anderes zu tun haben, als in der Schwerelosigkeit herumzuschweben und zu warten. Es gab nichts, was man tun konnte, um die Reise zu beschleunigen; es ging darum, dafür zu sorgen, dass zwei Umlaufbahnen einander berührten.

Diese Ereignisse, die noch vor wenigen Monaten von welthistorischer Bedeutung gewesen wären, erschienen inzwischen vergleichsweise belanglos angesichts all dessen, was sich im ehedem sublunaren Reich abspielte.

Der Wirbel und die Aufregung um Sean und Arjuna, den Weltraumbahnhof Moses Lake und die Reise der *Ymir* hatten die Aufmerksamkeit von den die ganze Zeit routinemäßig, gewissenhaft und mühsam erzielten Fortschritten der NASA, der Europäischen Raumfahrtbehörde, Roskosmos, der China National Space Administration, Japans und Indiens abgelenkt. Diese Organisationen waren mit konservativen Ingenieuren alter Schule besetzt, die sich kulturell nicht sonderlich von den durch Apollo und Sojus zu Ruhm gelangten, Rechenschieber schwenkenden Nerds unterschieden. Tatsächlich waren einige davon diese Nerds, bloß viel älter und viel bärbeißiger. Sie waren verblüfft, nein erbost darüber, mit welcher Leichtigkeit ein paar emporgekommene Techno-Milliardäre die Aufmerksamkeit der Welt beherrschen und zu selbst ausgedachten, unausgegorenen, hastig geplanten Missionen losdüsen konnten. Der Abflug Seans und Larz' von Izzy hatte einen großen Seufzer der Erleichterung und eine Rückkehr zu der stetigen, fantasielosen Arbeit, in der diese Leute am besten waren, zur Folge gehabt.

Und wer den betäubenden Details Aufmerksamkeit schenkte, wie sie in den Tabellenkalkulationen und Flussdiagrammen zum Ausdruck kamen, erkannte den Wert dieser Arbeit am A+0.144, als Ivy eine Besprechung in der Banane mit den Worten »zwanzig Prozent« eröffnete (denn die jüngsten Vorausschätzungen aus dem astrophysikalischen Labor von Dr. Dubois Jerome Xavier Harris an der Caltech und aus anderen Laboren, die an anderen Universitäten weltweit die gleichen Berechnungen anstellten, besagten, dass der Weiße Himmel ungefähr am A+1.354, d.h. ein Jahr und dreihundertvierundfünfzig Tage nach dem Auseinanderbrechen des Mondes, eintreten würde; sie hatten ein Fünftel dieser Zeit hinter sich gebracht).

Aufgabe der Kundschafter – der ersten Welle von Arbeitern wie Tekla, de facto Selbstmordkandidaten, die ab dem 29. Tag eingetroffen waren – war es gewesen, das improvisierte Netz von Hamsterröhren und Andockstellen auszubauen, die es einer viel größeren Bevölkerung sogenannter Pioniere ermöglichen würde, Izzy zu erreichen. Der grundlegende Unterschied zwischen einem Kundschafter und einem Pionier bestand darin, dass der

Kundschafter in dem Wissen heraufkam, dass es keine Andockstelle gab, während der Pionier wusste, dass für sein Raumfahrzeug zumindest theoretisch eine Ankoppelungsmöglichkeit mit einer Normaldruck-Atmosphäre auf der anderen Seite bestand. In einem Falle hatte sich die Verheißung nicht erfüllt, mit der Folge, dass ein halbes Dutzend in einer Sojus zusammengequetschte Pioniere lautlos erstickt waren. Das Problem wurde auf einen Defekt in einem hastig zusammengebauten Ankoppelungsmechanismus zurückgeführt. Drei chinesische Taikonauten verloren ihr Leben, als die Hamsterröhre, in der sie sich bewegten, von einem Mikrometeoriten durchschlagen wurde und Druck verlor. Doch etwa vom 56. Tag an trafen zwischen fünf und zwölf Pioniere pro Tag ein. Es gab eine kurze Flaute, sobald sämtliche verfügbaren Andockstellen besetzt waren, doch danach begann die Zahl lawinenartig zuzunehmen, während Raumfahrzeug an Raumfahrzeug andockte, das Netzwerk aus Hamsterröhren ausgebaut und Tragluftstrukturen eingesetzt wurden.

Izzy, schon vor all diesen Ereignissen eine komplizierte und schwer zu verstehende Vorrichtung, war inzwischen ein vollkommen verwirrendes Labyrinth aus Modulen, Hamsterröhren, Gitterwerken und an Raumschiffen angedockten Raumschiffen: »Wie ein bescheuertes dreidimensionales Dominospiel«, so Luisas Formulierung. Die einzige Möglichkeit, sich anhand einer Darstellung des Komplexes zu orientieren, bestand darin, dass man die zerklüftete, asymmetrische Form von Amalthea am einen und die beiden Tori am anderen Ende suchte. Sie bildeten »Bug« bzw. »Heck«, und die Achse zwischen ihnen bildete die Grundlage für die traditionellen nautischen Richtungsangaben »Backbord« und »Steuerbord« sowie »Zenit« und »Nadir«, Raumfahrerjargon, der im Wesentlichen »oben von der Erde weg« und »unten in Richtung Erde« bedeutete. Wenn man sich so positionierte, dass man den Rücken den Tori und das Gesicht Amalthea zuwandte und man alles an »Backbord« Gelegene links und alles an »Steuerbord« Gelegene rechts von sich hatte, dann waren der Kopf auf den Zenit und die Füße auf den Nadir und die Erdoberfläche vierhundert Kilometer weiter unten gerichtet.

Angesichts dessen hatten die meisten Leute auf Izzy zumindest ein ungefähres Gefühl dafür, wie sie angelegt war. Das jedoch war die privilegierte Sicht von Menschen, die sich in Raumanzügen außerhalb davon aufhielten. Drinnen verirrte man sich immer noch leicht in dem dreidimensionalen Dominospiel. Filzschreiber, schon auf der Erde stets ein knappes Gut, wurden zu wertvollen Gegenständen, da die Leute sie dazu verwendeten, an den Wänden von Hamsterröhren und Wohnmodulen Richtungen zu markieren.

»Dass ich überhaupt hier bin, ist bloß ein chronologischer Zufall«, sinnierte Ivy bei einem ihrer zunehmend selteneren Trinkgelage mit Dinah. Ihre ursprünglichen Alkoholvorräte waren längst verbraucht, aber von Zeit zu Zeit waren Neuankömmlinge so nett, ihnen Flaschen zuzustecken.

»Da bin ich anderer Meinung«, sagte Dinah. Es war nicht gerade eine brillante Antwort. Aber die Plötzlichkeit, mit der Ivy sich geöffnet hatte, hatte sie überrumpelt.

»Wenn der Mond zwei Wochen später explodiert wäre, hätte hier oben jetzt irgendein russischer Muffel das Sagen, und ich wäre auf der Erde, verheiratet und schwanger.«

»Und genauso zum Tode verurteilt wie alle anderen.«

»Ja, stimmt auch wieder.«

Bemüht, den Augenblick zu verlängern, griff Dinah nach der Flasche und füllte die beiden Schnapsgläser nach. Ivy dazu zu bringen, dass sie ihr Herz ausschüttete, war noch nie einfach gewesen, auch in den glücklichen Zeiten vor Null nicht.

»Hör zu, Ivy, dass du das Kommando über Izzy bekommen hast, ist *kein* Zufall. Du hast den Job aus einem bestimmten Grund bekommen. Du bist das letzte Mädchen auf der Welt –

oder außerhalb davon –, das am Impostor-Syndrom leiden sollte.«

Ivy starrte sie mit leicht amüsiertem Schweigen an. »Red weiter«, sagte sie schließlich, »was ist dieses Impostor-Syndrom, von dem du sprichst?« Denn sie hatten schon öfter darüber gesprochen – normalerweise aber mit Dinah als derjenigen, die darunter litt.

»Versuch nicht abzulenken. Was ist los?«

Ivy schaute kurz zur Decke: eine Art visuelles Signal, von den Russen entlehnt, um Dinah daran zu erinnern, dass man nie wusste, ob jemand mithörte. Dann schaute sie Dinah in die Augen. Aber nur kurz. Sie war im Grunde ein schüchterner Mensch und inspizierte am liebsten ihre Schuhe, wenn sie ihr Innerstes offenbarte.

»Du und Sean Probst, ihr wart tolle Sparringspartner«, sagte Ivy.

»Er war so scheißunausstehlich! Er brauchte jemanden, den er...« An dieser Stelle brach Dinah ab, weil Ivys Gesicht eine Art traurig-schiefen Ausdruck angenommen hatte und sie eine Hand hochhielt, um Dinah zu bremsen.

»Ganz deiner Meinung! Ja. Danke, dass du es getan hast«, sagte Ivy. »Er brauchte jemanden wie dich in seiner Umgebung. Manchmal hat es zwischen euch beiden fast wie eine Comedynummer gewirkt. Und wie die Russen auf ihn reagiert haben – als Erste natürlich Tekla, aber später auch Fjodor mit seinem Vorschlag, sämtliche Arjuna-Angestellten unter Arrest zu stellen und alles zu konfiszieren, was sie mitgebracht hatten –, das war großes Drama. Haufenweise Boulevardblattartikel und Kommentar-Threads unten auf der Erde. Aber ich habe es nur mit knapper Not überlebt.«

»Was soll das heißen, du hast es nur mit knapper Not überlebt?«

»Du würdest nicht glauben, was ich zum Teil für Besprechungen mit Baikonur und Houston hatte. Die da unten wollten, dass ich eine knallharte Linie verfolge. Dass ich tue, was Fjodor will.«

»Aber du hast es nicht getan«, hob Dinah hervor.

Wieder begegnete Ivy ihrem Blick. Dann, einen Augenblick später, nickte sie leicht.

»Also hast du dich durchgesetzt«, fuhr Dinah fort.

»Ich habe einen Pyrrhussieg errungen«, sagte Ivy. »Ich habe eine weniger drakonische Lösung ausgehandelt. Die *Ymir*-Expedition ist aufgebrochen, ohne dass offener Unmut laut wurde.«

»Und wieso ist das ein Pyrrhussieg?«

»Ich will dich nicht mit meinen Problemen belasten«, sagte Ivy.

»Mit wem willst du denn sonst reden?«

»Vielleicht mit niemandem«, gab Ivy mit einem Aufblitzen von so etwas wie Zorn zurück. »Vielleicht ist ja genau das eine Führungskraft. Der einzige Mensch, der seine Probleme nicht mit jemand anderem teilen kann – teilen *sollte*. Das ist eine ziemlich altmodische Vorstellung. Aber vielleicht braucht die Menschheit ja solche Leute an der Spitze.«

Dinah erwiderte einfach ihren Blick. Schließlich gab Ivy nach und sagte in beinahe gefühlsleerem Ton: »Meine Position als Kommandantin der Raumstation ist ernsthaft in Frage gestellt worden. Das hat mir bewusst gemacht, welche politischen Vorgänge sich auf der Erde schon seit einiger Zeit abspielen – für mich aber nicht erkennbar waren, bis die Kontroverse um Sean Probst sie zum Vorschein gebracht hat. Seither glaube ich, dass meine Autorität von Leuten auf der Erde weiter untergraben wird, indem sie der Presse bestimmte Dinge zuspielen, in Besprechungen bestimmte Dinge sagen.«

»Pete Starling.«

»Kein Kommentar. Jedenfalls glaube ich, dass ich bald abgelöst werde.«

Ivys Augen hatten sich leicht gerötet. Sie warf erneut einen Blick zur Decke, aber ihr Gesichtsausdruck legte nahe, dass es ihr gleichgültig war, wer möglicherweise zugehört hatte. Dann sah sie Dinah an und lächelte. »Wie geht es dir denn so, Süße?«, fragte sie mit schwacher Stimme.

»Mit geht es ziemlich gut«, sagte Dinah.

»Wirklich? Das ist Musik in meinen Ohren.«

»Bo, Larz und die anderen, die heraufgekommen sind, um in meiner Crew zu arbeiten, scheinen zu respektieren, was ich getan habe«, sagte Dinah.

»Ich glaube, das liegt daran, was du für Tekla getan hast«, sagte Ivy.

»Ach wirklich? Nicht bloß an meiner verblüffenden natürlichen Kompetenz?«

»Leute mit der Kompetenz, die du meinst, gibt es auf der Erde jede Menge«, sagte Ivy, »und in den nächsten Wochen werden wir hier oben jede Menge von ihnen zu sehen bekommen. Glaub mir, ich habe ihre Lebensläufe gelesen.«

»Da bin ich mir sicher.«

»Aber inzwischen spüren alle irgendwie, dass neben reiner Kompetenz noch andere Eigenschaften gebraucht werden. Deswegen ordnen sich die Leute dir unter.«

Erneut verlegenes Schweigen. Ivy schien andeuten zu wollen, dass man ihr, Ivy, diesen Respekt nicht mehr entgegenbrachte.

»Dir und deiner verblüffenden Kompetenz«, fügte Ivy hinzu.

Konsolidierung

Die Erdatmosphäre hörte nicht einfach auf. Sie verlor sich allmählich, bis sie schließlich von den meisten Messgeräten nicht mehr von einem vollkommenen Vakuum zu unterscheiden war. Unterhalb von einhundertsechzig Kilometern Höhe war die Luft immer noch so dicht, dass sie alles, was dort in eine Umlaufbahn gesetzt wurde, rasch nach unten zog, deshalb benutzte man diese Höhen nur für Kurzzeit-Satelliten wie die ersten Raumkapseln. Je größer die Höhe, desto dünner die Luft und desto langsamer senkten sich Umlaufbahnen ab.

Izzy befand sich in vierhundert Kilometern Höhe. Aufgrund ihrer großflächigen Solarpaneele und Radiatoren bot sie verglichen mit ihrer Masse extrem viel Widerstand. Zumindest war das der Fall gewesen, bis man Amalthea daran befestigt und sie dadurch mit einem Mal viel schwerer gemacht hatte.

Dank der zusätzlichen Masse des Asteroiden konnte Izzy, für wissenschaftliche Laien paradoxerweise, besser Höhe halten. Vor Amalthea hatte die Raumstation jeden Monat zwei Kilometer Höhe verloren, und man hatte sie jedes Mal durch Zünden eines Raketentriebwerks an ihrem hinteren Ende wieder auf ihre ursprüngliche Umlaufbahn anheben müssen. In der Frühzeit hatte man dafür das eingebaute Triebwerk des Swesda-Moduls verwendet. Im Allgemeinen jedoch verwendete man dafür das Triebwerk des Raumschiffs, das jeweils gerade am hintersten Modul von Izzy angedockt war.

Damals hatte Izzy einem Drachen geglichen: nur Oberfläche, keine Masse. Technisch gesprochen hatte sie einen niedrigen ballistischen Koeffizienten: Damit wurde ausgedrückt, dass sie von der geringen vorhandenen Atmosphäre stark beeinflusst wurde. Sobald Amalthea angefügt war, glich sie einem Drachen, an den man einen großen Stein gebunden hat. Sie hatte einen hohen ballistischen Koeffizienten. Der Schwung des Steins durchstieß die flüchtige Atmosphäre und führte zu einer viel langsameren Absenkung der Umlaufbahn. Doch aus dem gleichen Grund waren ein längerer Brennstoß und eine größere Menge Treibstoff erforderlich, um diese Menge von Eisen und Nickel zu beschleunigen, wenn es Zeit wurde, Izzys Umlaufbahn anzuheben.

Seit die Kundschafter und die Pioniere begonnen hatten, Izzy weitere Teile anzufügen, war deren ballistischer Koeffizient wieder geringer, und Brennstöße waren häufiger geworden. Außerdem mussten ab und zu Steuerraketen gezündet werden, um die Höhe der Station zu korrigieren. Das alles wurde problematischer, je mehr der Grundstruktur angefügt wurde. Izzy war schon vor dem Anbau all dieser neuen Teile ein unansehnliches Konstrukt gewesen. Ein auf einen Teil ausgeübter Schub würde sich durch die anderen Module fortpflanzen, während verschiedene Segmente der Gitterstruktur und anderer Bauglieder die Belastung aufnahmen und weitergaben. Izzy war, um es in den denkbar einfachsten Worten zu sagen, mit der Vergrößerung labberig geworden, und ihre Labberigkeit erschwerte es, die Umlaufbahn anzuheben oder auch nur den Winkel zu optimieren, in dem sie durch den Raum »flog«. Während der intensivsten Phase der Arbeit der Pioniere hatten sie die Umlaufbahn in bedenklichem Maße, nämlich um sechzehn Kilometer, absinken lassen, doch inzwischen war das Wiederanheben zur Routineoperation geworden. Und jedes Zünden des Triebwerks am Boden von H2 offenbarte strukturelle Schwächen, die – manchmal buchstäblich mit

Kabelbindern und Klebeband – geflickt werden mussten, bevor es weitergehen konnte.

Während des Zeitraums von etwa A+0.144 bis 250 hieß die Parole »Konsolidierung«, zwangsläufig verkürzt zu »Konsol«. Im Wesentlichen war damit die Nachrüstung von neuem Gitterwerk um die Hamsterröhren und andere ausladende Konstruktionen gemeint, die man der ursprünglichen Integrierten Gitterstruktur in den ersten hektischen Monaten angefügt hatte. Gleichzeitig ging man andere Probleme an, vor allem den Bau weiterer Radiatoren zur Abfuhr überschüssiger Wärme in den Raum. Diese funktionierten nicht, wenn sie zu dicht beieinanderlagen – sie strahlten dann einfach Wärme aufeinander ab. Der Wärmeabfuhrkomplex wuchs also enorm und wurde im Allgemeinen am Heck angelagert, wie ein Leitwerk – die Federn am Ende eines Pfeils. Das war keine bloße Redewendung. So wie die schwere Spitze und die Befiederung eines Pfeils diesen in gerader Flugrichtung halten, trug die Kombination des massiven Asteroiden am vorderen Ende und der sich am Heck nach hinten ziehenden Wärmeradiatoren dazu bei, Izzy in der richtigen Richtung zu halten, und reduzierte die Notwendigkeit von Brennstößen der Steuerraketen. Außerdem schützte sie die Radiatoren vor Mikrometeoriten. Felsbrocken konnten theoretisch aus allen Richtungen kommen und die Raumstation treffen, aber sie würden am ehesten das vordere Ende treffen, weshalb die nach vorn zeigenden Flächen der Module der Raumstation im Allgemeinen mit Schutzschilden ausgerüstet worden waren. Natürlich war Amalthea von allen der größte und beste Schild.

Auch die Anzahl der Solarpaneele hätte zunehmen können, wenn man die Dinge auf althergebrachte Weise angegangen wäre. Aber es wurde schon sehr früh im Cloud-Archen-Projekt deutlich, dass die Photovoltaik zwar eine nützliche Beigabe sein mochte, jedoch nur die kleinen Atombatterien mit Namen RTGs oder Radioisotopengeneratoren eine sichere Methode darstellten, alles am Laufen zu halten. Sie produzierten ständig Wärme, ob man wollte oder nicht, und erzeugten daher einen weiteren Bedarf an Radiatoren.

Die Radiatoren waren im Wesentlichen eine gigantische Meisterleistung der Klempnerei bei Schwerelosigkeit. Die überschüssige Wärme musste da, wo sie entstand (hauptsächlich in den bewohnten und unter Normaldruck stehenden Teilen von Izzy), gesammelt und dorthin befördert werden, wo man sie loswerden konnte (in dem hinten anwachsenden »Leitwerk«). Das war sinnvoll nur unter Verwendung einer Flüssigkeit zu machen, die durch ein geschlossenes System gepumpt wurde und sich an einem Ende aufheizte und am anderen abkühlte. Am einen Ende verwendete man Wärmeaustauscher und sogenannte Cold Plates, die Wärme einfach überall dort aufnahmen, wo sie ein Problem darstellte. Am kalten Ende verteilte sich die Flüssigkeit durch Netzwerke aus dünnen Röhren, die zwischen flachen Paneelen verliefen, deren einziger Zweck darin bestand, sich leicht zu erwärmen und infrarotes Licht ins All abzustrahlen, sodass man Izzy abkühlte, indem man ferne Galaxien erwärmte. Das heiße und das kalte Ende des geschlossenen Systems waren über ein System von Pumpen und Rohren miteinander verbunden, das jeden Tag größer wurde und für viele ganz ähnliche Probleme anfällig war wie von Pannen geplagte irdische Installationen. Doppelt so kompliziert wurde es dadurch, dass in einigen geschlossenen Kreisläufen wasserfreies Ammoniak, in anderen dagegen Wasser floss. Ammoniak funktionierte besser, aber es war gefährlich, und man konnte im All nicht so ohne weiteres mehr davon bekommen. Falls die Cloud-Arche überlebte, würde sie es auf einer wasserbasierten Ökonomie tun. In hundert Jahren würde alles im All von Systemen mit zirkulierendem Wasser gekühlt werden. Vorläufig aber musste man auch die ammoniakbasierte Ausrüstung am Laufen halten.

Weitere Komplikationen, als würden noch welche gebraucht,

ergaben sich daraus, dass die Systeme fehlertolerant sein mussten. Wenn eines von einem heransausenden Splitter Mondgestein getroffen wurde und zu lecken begann, musste es vom Rest des Systems abgetrennt werden, bevor zu viel von dem kostbaren Wasser oder Ammoniak in den Raum entwich. Das System als Ganzes verfügte also über riesige Hierarchien von Rückschlagventilen, Umkehrschaltern und Redundanzen, die sogar Ivys für Details normalerweise unbegrenzt aufnahmefähigen Verstand an seine Grenze gebracht hatten. Sie hatte alles, was mit der Kühlung zu tun hatte, an eine Arbeitsgruppe delegieren müssen, die zu etwa drei Vierteln aus Russen und zu einem Viertel aus Amerikanern bestand. Die Mehrzahl aller Weltraumspaziergänge betraf die Erweiterung und Wartung des Kühlsystems, und Ivy begnügte sich – für sie ganz untypisch – damit, sich einmal am Tag darüber berichten zu lassen.

Alle diese Installationen und Radiatoren mussten genau wie alles andere von Izzys Struktur getragen werden – sie waren besonders anfällig für Probleme der Kategorie »Zu labberig, um eine Bahnanhebung zu überstehen«. Daher mussten Ivy und die Ingenieure auf der Erde gemäß der gleichen generellen Vorgehensweise des Löschens von Brandherden das Programm als Nächstes in die allgemeine Richtung »Konsol« oder, wie Ivy es insgeheim formulierte, »Entlabberung« der Gesamtstruktur der Raumstation steuern. Und da es nicht in Frage kam auseinanderzunehmen, was die Kundschafter und Pioniere angebracht hatten, lief dies auf den Bau äußerer Gerüste um das schon Vorhandene hinaus. Aus einem Kilometer Entfernung betrachtet, bot es einen ganz ähnlichen Anblick wie das, was man sieht, wenn ein altes, geschätztes Gebäude renoviert wird: Ein hässliches, aber zweckdienliches Gittergerüst entstand um das darunterliegende Objekt, umfing und verstärkte es, ohne es tatsächlich zu durchdringen.

Zu Anfang wurden Segmente von Gitterwerk auf der Erde zusammengebaut, als Ganzes in den Orbit gebracht und von Teams von Weltraumspaziergängern montiert, wodurch man schnell und für viel Geld eine starke Zunahme der Strukturfestigkeit erzielte. Diese Methode fiel rasch dem Gesetz sinkender Erträge zum Opfer, und es wurde deutlich, dass die Archer, wie man sie bald zu nennen begann, nicht für alle Zeiten von Ingenieuren auf der Erde abhängig sein konnten, die maßgeschneiderte Strukturen bauten.

Die Ingenieure auf der Erde wussten ja eigentlich nicht einmal mehr, was mit Izzy vor sich ging. Ihre CAD-Modelle waren veraltet. Dinah merkte das an einem plötzlichen Schwall von Nachrichten entnervter Ingenieure, die von ihr verlangten, einen Roboter an diese oder jene Stelle zu schicken und seine Kamera auf dieses oder jenes Modul zu richten, damit sie sehen konnten, was dort eigentlich war.

Die Archer brauchten Werkzeuge und Material, um vor Ort selbst ihre Strukturen bauen zu können. Diese begannen um den 220. Tag herum einzutreffen. Und wie sehr sich die Dinge auf der Erde geändert hatten, war daran abzulesen, dass die Lösungen in mehr als einer Form, aus mehr als einer Quelle und oft kaum oder überhaupt nicht aufeinander abgestimmt kamen. Früher hätte man dem Ganzen ein Akronym aus drei Buchstaben verpasst und es fünfzehn Jahre lang zwischen verschiedenen Behörden und Vertragsfirmen hin und her wandern lassen, ehe man es ins All geschossen hätte.

Als das nützlichste Einzelsystem zum Bau von Strukturen erwies sich die provisorische Umsetzung einer alten, aber guten Idee. Es glich ein wenig der von einem Blechschlosser für Dachrinnen verwendeten, auf der Ladefläche eines Lkws montierten Maschine, die, mit einer großen Rolle Blech beschickt, das flache Material in Rinnenform biegt und beliebig lange Stücke davon ausstößt. Diese Maschine tat etwas ganz Ähnliches, nur dass sie das Blechband zu einem Träger mit dreieckigem Querschnitt bog und dann die Kanten zusammenschweißte, um ihm Dauerhaftigkeit zu verleihen. Erfunden und zum Prototypen weiterentwickelt worden war sie im Westen, doch die chinesische Raumfahrtorganisation hatte sie in den ersten hundert Tagen nach Null perfektioniert und begonnen, die Maschinen mitsamt Bedienungsmannschaften, die damit umgehen konnten, ins All zu befördern. Trägersegmente zu komplexeren Strukturen wie etwa Gitterwerken und Gerüsten zu verbinden war ein wenig schwieriger. Schweißen im All war zwar möglich, aber kompliziert, und es gab nicht genügend Geräte. Stattdessen verwendeten sie schließlich Tinkertoy-artige Verbindungsstücke, die ebenfalls von den Chinesen massenproduziert wurden und in die sich die Enden der Dreiecksstreben einführen und mit Schrauben fixieren ließen. Zuerst wurden viele davon en gros von der Erde heraufbefördert, doch am A+0.247 nahmen sie einen 3D-Drucker in Empfang, der für die Herstellung weiterer Verbindungsstücke optimiert war und Optionen zur Veränderung des Winkels bot, in dem sich die Streben einführen ließen. Das verschaffte ihnen die Fähigkeit, Gitterwerke adaptiv zu konstruieren und zu bauen, was mit den massenproduzierten Verbindungsstücken nicht möglich gewesen war. Und als letztes Mittel besaß Fjodor ein Elektronenstrahlschweißgerät, das auch in der Schwerelosigkeit und im Vakuum funktionierte, zweifellos das teuerste, jemals hergestellte Schweißgerät, ein Wunder russischen Erfindergeistes, und er hatte Wjatscheslaw beigebracht, wie man es benutzte. Dann brachte Wjatscheslaw es Tekla und zwei anderen Weltraumspaziergängern bei, und sie erstellten eine Auftragswarteschlange, schwebten abwechselnd um Izzys zunehmend komplexe Struktur und setzten einen Schweißpunkt hier und einen Schweißpunkt dort. So wuchs und versteifte sich das weitgehend von den Chinesen und den Russen konstruierte Gerüst. Die Brennstöße zur Bahnanhebung produzierten kein beunruhigendes Knacken, Knallen und Ächzen mehr. Die Hamsterröhren verschwanden allmählich in Hüllen aus Strukturverstärkungen und Schutzschilden. An ihren äußersten Enden begannen neue Andockstellen zu sprießen wie Knospen an Zweigen; sie dienten der Vorbereitung der nächsten Phase: der Ankunft der ersten Sub-Archen.

Unten auf der Erde war es August, der vorletzte August, den es jemals geben würde. Ein Dutzend neuer oder instand gesetzter Weltraumbahnhöfe hatte den Betrieb aufgenommen. Schwerlastraketen konnten Izzy nun von acht verschiedenen Orten auf der Welt aus anfliegen. Um diese Startplattformen herum begannen sich Raketenstufen und drei verschiedene Typen von Sub-Archen aufzutürmen wie Munition auf einem Schießstand.

TAG 260

»Sie gehen, Dr. Harris«, sagte Julia Bliss Flaherty.

Ab und zu beschäftigte Doob die schiere Kuriosität des Umstands, dass er inzwischen regelmäßig mit der Präsidentin zusammentraf. Im größeren Zusammenhang war das erheblich weniger bizarr als der Umstand, dass der Mond explodiert war und alle sterben würden. Aber sein Verstand war in einer Welt geboren und großgeworden, die von solchen Wunderdingen frei war, und fühlte sich wohler damit, von kleineren Dingen verblüfft zu werden, wie es etwa Unterredungen mit der Präsidentin waren. Im Oval Office. Mit ihrem Wissenschaftsberater Pete Starling auf der einen und der Kommunikationsdirektorin des Weißen Hauses auf der anderen Seite. Und einem Butler, der Eiswasser in Kristallgläser goss.

Die Nützlichkeit des Butlers sah er ein. Aber welchen Sinn hatte die Anwesenheit der Kommunikationsdirektorin? Margaret Sloane verstand sich auf ihren Job, und ihre perfekt gepflegte Erscheinung war ein ständiger Quell der Verwunderung, aber es war ziemlich deutlich geworden, dass sie in jeder technischen Diskussion, die über »Große Steine aus dem Weltall sind gefährlich« hinausging, überfordert war.

Sie sahen ihn alle an, als würde von ihm erwartet, dass er etwas sagte.

Was hatte die Präsidentin gleich noch gesagt? *Sie gehen.*

Hieß das, er wurde ausgebootet? Durch jemand Jüngeren ersetzt, der sich besser mit dem Web auskannte, wie Tav Prowse?

In das verlegene Schweigen goss Margaret Sloane eine Erklärung. »Ihre Fähigkeiten und Ihre Präsenz haben sehr viel dazu beigetragen, die Wogen zu glätten. Den Menschen in den Vereinigten Staaten und auf der ganzen Welt mit dem Leitbegriff Unser Erbe etwas zu geben, woran sie ihre Hoffnungen heften können. Ihre Bereitschaft, die Ärmel aufzukrempeln, an Orte wie Moses Lake, Baikonur, die Raketenfabriken zu gehen – das alles war gar nicht hoch genug einzuschätzen. Aber wir finden, dass die Zeit gekommen ist...«

»Mich durch ein frisches Gesicht zu ersetzen, ich verstehe«, sagte Doob. »Um Ihnen die Wahrheit zu sagen, mir ist das sehr recht. Ich würde gern mehr Zeit mit meinen Kindern und mit meiner neuen Frau verbringen. Tav wird seine Sache großartig machen.«

Die Präsidentin wirkte ausnahmsweise einmal perplex. Ihr Blick huschte in Richtung Margaret.

»Davon kann überhaupt keine Rede sein«, sagte Margaret. »Für uns – für die Menschen der ganzen Welt – müssen Sie den nächsten Schritt tun – auf eine höhere Ebene vorrücken.«

»Wir fordern Sie auf«, sagte die Präsidentin, von Doobs Begriffsstutzigkeit und Margarets gesäuselten, umständlichen Formulierungen leicht gereizt, »am oder um den 360. Tag in den Raum zu fliegen und Teil der Bevölkerung der Cloud-Arche zu werden.«

»Das will ich nicht!«, platzte Doob heraus. Es kam selten vor, dass er sich so vergaß, und so saß er einfach nur einige Momente lang da, von seiner eigenen Ungeschicklichkeit verblüfft.

»Dr. Harris«, sagte die Präsidentin nach einigen Augenblicken, »wie Sie wahrscheinlich aus dem Gemeinschaftskundeunterricht an der Highschool wissen, hat der Mensch, der da sitzt, wo ich sitze, viele Befugnisse. Eine davon besteht darin, dass ich verurteilten Verbrechern einen Aufschub gewähren oder sie begnadigen kann. Wenn in Texas ein Häftling in die Hinrichtungskammer kommt, so geschieht das zum Teil deswegen, weil ich die Entscheidung getroffen habe, ihn nicht zu begnadigen oder sein Strafmaß herabzusetzen. Im Falle eines Todestraktinsassen habe ich diese Befugnis nie ausgeübt. In Ihrem Fall jedoch übe ich sie *jetzt* faktisch aus.«

An dieser Stelle hielt die Präsidentin einen Moment lang inne, und Doob wurde sich bewusst, dass sie darauf wartete, dass er ihr seine Aufmerksamkeit schenkte.

Er betrachtete ein Blumengesteck auf dem Tisch vor ihm. Fragte sich, wie lange es wohl dauern würde, bis irgendwer auf der Cloud-Arche Blumen züchtete. Er griff nach seinem Glas und nahm einen Schluck Wasser.

J.B.F. verunsicherte ihn, wenn sie so war. Es erforderte einen gewissen bewussten und entschiedenen Willensakt, den Blick von den Blumen zu nehmen und ihr in die Augen zu schauen. Sie waren groß und unverwandt auf ihn gerichtet.

»Aufgrund dessen, dass Sie sich auf der Oberfläche dieses Planeten befinden, sind Sie zum Tode verurteilt«, sagte die Präsidentin. »Ich habe Sie gerade begnadigt. Sie können in den Weltraum gehen und weiterleben. Ich nicht. Verstehen Sie das, Dr. Harris? Ich kann mich in diesem Fall nicht einmal selbst begnadigen, ohne massiv gegen das Crater-Lake-Abkommen zu verstoßen, nach dem führende Politiker und ihre Familien nicht in Frage kommen. Also, was zum Teufel ist Ihr Problem?«

Doobs ehrliche Antwort, wenn er sie geäußert hätte, wäre politisch höchst unklug gewesen: *Ich bin zu der Überzeugung gekommen, dass das Cloud-Archen-Projekt unmöglich gelingen kann. In der Öffentlichkeit habe ich mitgespielt, um die Leute bei Laune zu halten. Ich möchte lieber schnell zusammen mit meinen Angehörigen auf der Erde sterben als langsam und allein im Weltraum.*

»Es gibt andere, die es eher verdienen als ich«, sagte er. Und verfluchte sich im gleichen Augenblick dafür, dass er etwas so Lahmes sagte. Was sich so leicht widerlegen ließ. Denn als Kandidat für die Stammrolle der Cloud-Arche war er ehrlicherweise eine ausgezeichnete Wahl.

»Da bin ich aber ganz anderer Meinung!«, rief Pete Starling mit nervösem Kichern aus. »Doob, Sie werden da oben so nützlich sein, dass Sie leider keinen Moment Ruhe haben werden! Sie haben zahlreiche Kernkompetenzen mit erstaunlich wenigen Überschneidungen. Sie können mühelos zwischen der Arbeit an astrophysikalischen Problemen, dem Unterrichten der jungen Archer und der Produktion von Podcasts für die Leute auf der Erde wechseln!«

Doob drehte sich zu Pete Starling um, sah ihm in die Augen, während er das sagte, und begriff mit einem Schock wie bei einem Sprung ins kalte Wasser, dass Pete log.

Nicht was Doobs Nützlichkeit anging. In diesem Punkt war er aufrichtig. Er log bei etwas Grundsätzlicherem.

Er glaubte genauso wenig wie Doob, dass die Cloud-Arche funktionieren würde.

Er brauchte Doc Dubois dort oben, damit er für ihn log.

Nun war Doob ein Wissenschaftler, der Jahrzehnte seines Lebens damit verbracht hatte, sich in einer speziellen Disziplin auszubilden, nämlich der, die Wahrheit zu suchen und sie auszusprechen. Selbst unter Naturwissenschaftlern – die notorisch kein Blatt vor den Mund nahmen – hatte er den Ruf zu sagen, was er dachte. Ganz gleich, wessen Gefühle dadurch verletzt, wessen Karriere dadurch beschädigt wurde. Vor der Kamera schien das irgendwie anzukommen. Dass so viele Menschen ihm vertrauten, wenn er im Fernsehen auftrat, lag eben daran, dass er ein ehrlicher Kerl war, dass er Dinge sagte, mit denen er den Mächtigen auf den Schlips trat, dass er Unruhe stiftete und dass es ihm egal war. Bestimmte derartige Momente waren für immer in YouTube-Clips und Reddit-Mems bewahrt: wie er einen republikanischen Senator vorgeführt hatte, der nicht an die Evolution glaubte, wie er einen Klimawechsel-Leugner auf dem Bürgersteig spontan zur Rede gestellt und fertiggemacht hatte, wie er eine Filmdiva bei *Today* zum Weinen gebracht hatte, indem er ihr sagte, ihr Eintreten gegen die Impfung von Kindern mache sie persönlich für den Tod Tausender von Babys verantwortlich.

In gewisser Weise ergaben sich für ihn also zwei Fragen gleichzeitig: ob er lügen *würde* und ob er lügen *konnte*.

Was die erste Frage anging: War es in Ordnung, dass er log, wenn dadurch Milliarden von Menschen ein wenig unbeschwerter in den Tod gingen?

Was die zweite anging: Würden die Leute es spüren? Würden sie eine Veränderung in seinem Tonfall, seiner Miene wahrnehmen, wenn er einfach vor der Kamera stand und Mist redete?

Das war die eigentliche Frage. Ob er es zustande brachte. Denn wenn er es nicht zustande brachte – wenn er nicht überzeugend lügen konnte –, brauchte er es erst gar nicht zu versuchen.

Und er war sich ziemlich sicher, dass er es nicht konnte.

Einer der Eiswürfel in Doobs Glas gab ein leises Knacken von sich, während er thermische Brüche davontrug.

Doob dachte an Sean Probst, dessen Vorhaben, einen großen Brocken Eis zu holen, nun schon ein halbes Jahr im Gang war. Nicht zu fassen, dass es schon so lange dauerte!

Man konnte sich an alles gewöhnen. Man gewöhnte sich daran, und dann raste die Zeit vorbei, und ehe man sich's versah, war sie vorüber.

Er erinnerte sich, dass die Leute zur Zeit von Seans Aufbruch zum L1-Gateway schwierige Fragen gestellt hatten. Was zum Teufel machte dieser verrückte Milliardär da? Es gehörte eindeutig nicht zum offiziellen Plan. Der offizielle Plan sah offenbar keinen Bedarf an einem riesigen Stück Eis vor. Doch Sean Probst hielt es für so wichtig, dass er bereit war, persönlich dort hinaufzugehen und sich des Problems anzunehmen. Es bestand durchaus die Möglichkeit, dass er dabei draufging oder bei seiner Rückkehr von der Strahlenbelastung und der langfristigen Gewichtslosigkeit so stark geschädigt war, dass er nie wieder gesund wurde. Und deswegen hatten die Leute Doob gefragt, was Sean seiner Meinung nach dachte. Und Doob, der das damals nicht genauer analysiert hatte, hatte vage geantwortet und gesagt, im Weltraum Wasser zu haben sei immer von Vorteil: Man könne es trinken, Feldfrüchte damit anbauen, es bei der Strahlenabschirmung verwenden, es zur Treibstoffgewinnung in Wasserstoff und Sauerstoff aufspalten oder durch Röhren leiten, um überschüssige Wärme in den Raum abzuführen. Das alles stimmte auch, ging aber an der eigentlichen Frage vorbei. Es lag so überdeutlich auf der Hand, dass die NASA schon daran gedacht haben musste. Welchen zusätzlichen Bedarf an Wasser sah Sean Probst, den die NASA nicht wahrgenommen oder vor dem sie die Augen verschlossen hatte?

Anhand von Hintergrundgesprächen mit Leuten bei Arjuna und anhand von Gerede, von dem er über Freunde hörte, die bei der Planung der Cloud-Arche mitarbeiteten, hatte Doob es sich später zusammenreimen können. Es ging bei alledem um Treibstoff. Die Cloud-Arche würde viel davon verbrennen müssen. Sean war der Ansicht, dass sie nicht genug hatte.

Also war er dort hinaufgegangen und hatte etwas unternommen.

Weil Sean kein Schwätzer war. Sondern ein Macher. Und als solcher musste er sich nicht, wie Doob jetzt, den Kopf darüber zerbrechen, was er sagen würde. Wie er öffentlich Stellung nehmen würde. Wie er sich positionieren und wie er wahrgenommen werden würde.

»Das ist heute in hundert Tagen«, sagte Doob.

Er hatte so lange geschwiegen, dass die anderen Anwesenden leicht verblüfft waren. J. B. F.s Aufmerksamkeit war zu einem Tablet auf ihrem Schreibtisch abgeirrt, und Pete Starling schaute zum Fenster hinaus.

»Verzeihung, Dr. Harris?«, sagte die Präsidentin und richtete den Blick wieder auf ihn. Aber er fühlte sich davon nicht mehr eingeschüchtert. Er würde irgendwo hingehen, wo sie ihn nie wieder ansehen konnte.

»Wir haben 260«, sagte Doob. »Sie sagten, ich soll um 360 herum hinaufgehen.«

»Ja«, sagte Maggie Sloane und entspannte sich zu einer ganz neuen Haltung. »Das ist nicht die erste Welle – die wird eher der Erkundung dienen, eher so etwas wie eine Generalprobe sein –, aber es wäre die erste *richtige* Welle von Archern, die ins All gehen, und wir hatten die Idee, Sie darin einzubetten. Sie könnten an ihren Erfahrungen teilhaben und den Menschen auf der Erde zeigen, woraus ein Tag im Leben eines Archers besteht. Ein Gefühl von Kontinuität vermitteln.«

Ach du Scheiße, dachte Doob bei sich. Sieben Jahre Doktorand, zwei Postdoktorandenstellen bei bedeutenden europäischen Forschungseinrichtungen, Lehrstuhlinhaber an der Caltech, in der engeren Auswahl für einen Nobelpreis, und er saß hier, während das Schicksal der Menschheit auf dem Spiel stand, und wurde als *Beobachter* ausgeguckt, der *ein Gefühl von Kontinuität vermitteln* sollte.

»Das kann ich«, sagte er. *Und auch noch so einiges andere, solange ich da oben bin.*

Was wollten sie machen, ihn auf den Planeten zurückbeordern?

Das Schlimmste, was sie tun konnten, war aufzuhören, seinen Kram zu senden, und das wäre ihm nur recht. Es musste dort oben etwas Nützlicheres für ihn zu tun geben, als in eine Kamera zu quatschen. Sean Probst hatte ein Problem bei der Cloud-Arche festgestellt und etwas unternommen, um es zu beheben; was konnte Doob in hundert Tagen lernen, das nützlich sein könnte? Was konnte er, sobald er dort oben war, unternehmen, damit das Ding bessere Erfolgsaussichten hatte?

»Hundert Tage«, sagte er. »Drei Monate, die ich mit meiner Frau, meinen Kindern und meinem Embryo verbringen kann.«

»Embryo?«, wiederholte Pete Starling verständnislos.

Margaret Sloane, selbst dreifache Mutter, begriff sofort. »Amelia ist schwanger?«, fragte sie mit dem warmen Lächeln, das bis Null die normale Reaktion auf solche freudigen Ereignisse gewesen war. Inzwischen waren die Reaktionen der Leute natürlich etwas komplizierter; aber es war schwer, alte Gewohnheiten abzuschütteln.

»Nicht mehr«, sagte Doob. »Wir haben den Embryo einfrieren lassen. Meine einzige Bedingung ist, dass er mit mir in den Weltraum reist.«

»Betrachten Sie das als erledigt«, sagte die Präsidentin in einem Ton und mit einer Miene, die deutlich machten, dass die Besprechung zu Ende war.

TAG 287

»Hast du nicht irgendwelche komischen Kartoffelsachen für mich?«, fragte Ivy. »Ich könnte nämlich echt was zum Lachen gebrauchen.«

Dinah wusste nicht recht, was sie davon halten sollte, dass Ivy ihre zum Untergang verurteilte Familie als Quell beiläufiger Belustigung betrachtete, aber da sie nur noch vierhundertdreiunddreißig Tage vom Ende der Welt entfernt waren, sah sie keinen rechten Sinn darin, sich deswegen aufzuregen.

Überhaupt brachte die Situation eine gewisse Derbheit gegenüber denen hervor, die auf der Erde festsaßen. Es war menschenunmöglich, sieben Milliarden Menschen das umfassende Mitgefühl entgegenzubringen, das jeder von ihnen verdiente. Inzwischen hörte Dinah auch im Radio Beispiele von schwarzem Humor und ertappte sich dabei, dass sie sich zumindest ein bisschen darüber amüsierte.

Auch beschränkte sich der schwarze Humor keineswegs auf die Archer, wie Dinahs Familie demonstrierte. Es waren intelligente Menschen – das musste man sein, um das zu tun, was sie taten –, aber sie standen auf eine bestimmte Art von scherzartikel- und krimskramslastigem Bergarbeiterlager-Humor, den man in einer Vorstandsetage oder einem Lehrerzimmer niemals erleben würde. Und sobald sie auf etwas verfallen waren, was sie für lustig hielten, hörten sie nicht mehr auf damit. Eine halb ernst gemeinte Morsenachricht über die Anlage eines Kartoffelackers, von Rufus kurz nach der Ankündigung am Crater Lake gesendet, hatte sich zu einem ganzen Subgenre von Dauerscherzen über die Vorbereitungen ausgewachsen, die der MacQuarie-Clan für den Harten Regen traf. Inzwischen war es Dinah gewohnt, in ihren ab und zu eintreffenden Carepaketen von der Erde Kartoffelsetzlinge mit echter Erde daran oder Plastikteile für Mr und Mrs Potatohead-Spielzeuge zu finden. Sie hatte sogar ein rostiges, altes Idaho-Nummernschild, auf dem der Slogan FAMOUS POTATOES prangte, mit Klebeband an der Wand ihrer Werkstatt befestigt, ein Geschenk von Rufus, der es von einem Kumpel aus der Bergbauindustrie im silberreichen Landzipfel dieses Staates besorgt hatte.

»Heißt das nein?«, fragte Ivy.

»Ach, inzwischen ist hier alles voll von Kartoffelscheiß«, sagte Dinah. »Ich bin mir nur nicht mehr sicher, ob sie Witze machen.«

»Wie meinst du das?«

»Zuerst habe ich gedacht, sie sagen damit auf ihre Art: ›Wir wissen, dass wir im Arsch sind, sinnlos, sich etwas vorzumachen, also überspielen wir es durch Lachen.‹ Aber inzwischen frage ich mich, was sie eigentlich tun. Ich meine, sie sind mit dieser ganzen Ausrüstung oben in der Brooks Range. Sie könnten, wenn sie Lust dazu hätten, jederzeit nach Fairbanks runterfahren und von dort aus in die Weltgeschichte fliegen. Sich die Mona Lisa ansehen. Alte Freunde und Verwandte besuchen. Stattdessen hocken sie da oben am gottverlassensten Ort, den ich je gesehen habe, und tun was?«

»Sich vorbereiten?«, sagte Ivy.

»Das ist das Einzige, was ich mir vorstellen kann«, sagte Dinah. »Sich auf einen fünf- bis zehntausend Jahre langen Aufenthalt vorbereiten.«

»Da sind sie nicht die Einzigen«, sagte Ivy.

Dinah brauchte einige Augenblicke, um zu begreifen, was ihre Freundin meinte. Dann wurde ihr es bloß aufgrund von Ivys Gesichtsausdruck klar. »Willst du mich verscheißern? Cal?«

Ivy deutete nur mit den Augen ein Nicken an. »Vermischt mit den Sachen, die man von einem Verlobten erwartet – *und die dich nichts angehen* –, stellt er mir Fragen über Dinge wie die jeweiligen Vorteile von Lithium- und Natriumhydroxid als CO_2-Absorber. Er bittet um Kopien von Luisas PDFs über die Soziologie von Menschen, die über lange Zeiträume auf beengte Verhältnisse beschränkt sind.«

»Er kann unmöglich glauben, dass dir das nicht auffällt.«

»Klar. Ich lese zwischen den Zeilen.«

»Was meinst du, was er denkt?«

»Na ja«, sagte Ivy, »er hat die alleinige Befehlsgewalt über ein riesiges U-Boot, das darauf ausgelegt ist, einen weltweiten thermonuklearen Krieg zu überstehen. Und wenn die Vereinigten Staaten nicht mehr existieren, wird es befehlskettenmäßig wohl niemand mehr über ihm geben. Was soll ein Kommandant denn machen?«

»Aber wie soll das funktionieren?«

»Ich glaube«, sagte Ivy, »viel hängt davon ab, ob die Ozeane verdampfen. Wenn ich er wäre, würde ich Kurs auf den Marianengraben nehmen und, was das angeht, die Daumen drücken.«

»Ich würde sagen, das ist noch schwerer, als im Weltraum am Leben zu bleiben.«

Ivy sah ihre Freundin mit trockener Belustigung an.

»Was!?«, sagte Dinah.

»Im Weltraum am Leben zu bleiben wird das reinste Kinderspiel, weißt du noch?«

»Ach, ja, sorry. Hatte ich vergessen...« *...mich zu schminken.* »Es würde einige faszinierende Herausforderungen darstellen«, korrigierte sie sich und schaltete dabei auf ihre beste NASA-PR-Stimme um.

»Ich glaube, es ist so ähnlich wie das, was wir hier tun«, sagte Ivy. »Man muss es in viele kleine Einzelprobleme zerlegen und die dann eins nach dem anderen lösen, sonst wird man davon erschlagen.«

»Und das tun wir?«

»Ja.« Ivy verdrehte die Augen.

»Woran denkst du? Außer dass du mal wieder was zum Lachen gebrauchen kannst?«

»An dich. Wie es dir geht. Deine Gesundheit«, sagte Ivy.

»O mein Gott, ist das eine richtige Besprechung? Sind wir dienstlich hier?«

Ivy ignorierte sie. »Du hast nicht viel T2-Zeit eingeloggt.«

T2 – der zweite Torus, für dessen Bau Rhys zuständig gewesen war – hatte sich am 140. Tag zu drehen begonnen. Seine simulierte Schwerkraft betrug ein Achtel der normalen irdischen und war nur geringfügig stärker als die im ersten Torus. Er war größer und drehte sich langsamer, was ihn, wie Rhys hoffte, ein klein wenig angenehmer machen würde. Schon der Aufenthalt darin trug dazu bei, einigen der negativen Folgen entgegenzuwirken, die das Leben im Weltraum über längere Zeiträume mit sich brachte. Wer in der Schwerelosigkeit lebte, litt unter einem allmählichen Verlust von Knochendichte und Muskelmasse. Augen gerieten aus der Form, und die Sehkraft ließ nach. Besatzungen von Raumstationen versuchten, dagegen anzugehen, indem sie Trainingsgeräte benutzten, die die Knochen belasteten, aber das waren Überbrückungsmaßnahmen für Leute, die sich nur einige Monate lang im Raum aufhielten. Dinah, Ivy und die zehn anderen ursprünglichen Besatzungsmitglieder von Izzy waren nun schon fast ein Jahr hier oben. In den ersten Monaten nach Null hatte niemand langfristigen Gesundheitsproblemen große Beachtung geschenkt. Alle würden sterben. Kundschafter waren schon bei ihrer Ankunft tot. Es herrschte der permanente Ausnahmezustand. Doch in den Monaten des Hamsterröhrenbaus und der strukturellen Konsolidierung waren die Biowissenschaftler in aller Ruhe zu Wort gekommen. Dinah war in den letzten Wochen nicht zum ersten Mal darauf angesprochen worden, dass sie nicht mehr Zeit im simulierten Schwerefeld von T2 verbrachte.

»Es ist einfach hart, zwischen Schwerkraft und Schwerelosigkeit hin und her zu wechseln«, sagte Dinah. »Ich muss davon kotzen. Und von meinem Zeug ist nichts in T2.« Sie sprach, wie Ivy bestimmt wusste, von der Werkstatt, in der sie an ihren Robotern arbeitete.

»Aber ist das nicht hauptsächlich Bildschirmarbeit? Code-Schreiben?«

»Ja, aber ich bin einfach gern dort, wo ich sie vor dem Fenster sehen kann.«

»Haben sie nicht kleine Kameras?«

Darauf wusste Dinah keine Antwort.

»Alles, was du hier tust«, fuhr Ivy fort, »könntest du auch von einer Kabine in T2 aus tun, wo die Schwerkraft deine Knochen festigen würde.«

»Es geht auch um Rhys«, gab Dinah zu. »Mit ihm läuft es in letzter Zeit ein bisschen seltsam, und ich will ihm einfach nicht...«

»Rhys lässt sich nie in T2 blicken«, sagte Ivy. »Er hängt bei dem Team rum, das für die Tragluftstrukturen zuständig ist.«

»Okay«, sagte Dinah, »gib mir einen Arbeitsplatz in T2, dann...«

»Da wäre noch etwas«, sagte Ivy und stieß *den* Seufzer aus. *Den* Seufzer ließ Ivy hören, wenn die Oberen etwas Lächerliches von ihr verlangten. Er würde niemals im Protokoll einer Besprechung erscheinen, aber er änderte alles.

»Ich will noch nicht mal raten«, sagte Dinah.

»Wir alle sind Figuren in einer Reality-Show geworden«, sagte Ivy. »Vielleicht ist dir das nicht bewusst.«

»Nein, ich sehe in letzter Zeit nicht viel fern.«

»Tja, es ist alles, was die Leute unten auf der Erde noch zu tun haben. Die Wirtschaft macht dicht, die Leute essen einfach Bohnen und unterhalten sich vor der Glotze.«

»Okay.«

»Man hat mich gebeten, stärker auf Kommunikationsgestaltung zu achten.«

»Kommunikationsgestaltung? Was ist das?«

Ivy stieß *den* Seufzer aus.

»Okay, egal«, sagte Dinah.

»Die Leute wollen wissen, was aus ihrem Hochnäsigen Kleinen Bauerntrampel geworden ist.«

»Wirklich?«

»Ja«, sagte Ivy. »Die Leute mögen ihren HKB. Sie erinnern sich an das, was du mit Tekla gemacht hast. Tekla-Porno ist inzwischen übrigens auch eine große Sache.«

»Ich will nichts davon wissen.«

»Jedenfalls fragen die Leute, was aus dem tapferen Robot Girl und ihrer mechanischen Menagerie geworden ist.«

»Das erklärt ein paar schräge E-Mails, die ich bekommen habe.«

»Von beliebigen Fremden?«

»Nein, von meiner eigenen Familie! Die von beliebigen Fremden lese ich nicht. Und was ist mit dir? Welche Rolle hast du in der Reality-Show, Ivy?«

Ivy sah sie kühl an. »Ich bin die verklemmte Zicke, die es nicht gebacken kriegt.«

»Oh.«

»Für amerikanische Zuschauer bin ich keine richtige Amerikanerin. Für chinesische Zuschauer bin ich eine Banane.«

»Das tut mir leid, Ivy.«

»Das ist die schlechte Nachricht.«

»Okay, und was ist die gute?«

»All die Leute, die im Internet gemeine Sachen über mich sagen, werden in vierhundertdreiunddreißig Tagen tot sein«, sagte sie mit ausdruckslosem Gesicht.

Okay. Das war ein Beispiel für die Sache mit dem schwarzen Humor.

»Danach spielt nichts davon mehr eine Rolle – außer meiner Fähigkeit, Unserem Erbe von Nutzen zu sein.«

»Okay, Baby, wie kann ich dir helfen?«, fragte Dinah. »Wir könnten ein Selfie von dir und mir machen, und ich könnte es im Hochnäsiger-Kleiner-Bauerntrampel-Blog posten.«

»Du und ich machen einen Ausflug mit dem ersten einsatzfähigen Bolo«, sagte Ivy, »damit du mal wieder daran erinnert wirst, wie sich ein G anfühlt.«

Auslosung

In den ersten Tagen nach der Explosion des Mondes hatte Doob Stunden damit verbracht, zu Potatohead, Mr Spinny, Eichel, Pfirsichkern, Schöpfkelle, Big Boy und Kidneybohne hinaufzuschauen. Genau wie früher der Mond waren sie tagsüber sichtbar, und selbst an den seltenen Tagen, an denen es in Pasadena bewölkt oder er ans Haus gebunden war, konnte er auf dem Bildschirm seines Rechners ein Fenster öffnen und sie auf einem Live-Video betrachten.

Nachdem er herausgefunden hatte, dass sie alle Menschen auf der Erde umbringen würden, hatte sein Interesse an ihrer Betrachtung deutlich nachgelassen. Manchmal hatte er wochenlang nicht zu der sich allmählich ausbreitenden Schuttwolke aufgeschaut. Manchmal, wenn er über einen dunklen Parkplatz ging oder den Highway entlangfuhr, bekam er zufällig die Mondbrocken am Himmel zu Gesicht und wandte absichtlich den Blick von ihnen ab. Ihr Anblick erfüllte ihn mit Grauen und sogar so etwas wie Scham darüber, dass er das Ganze einmal als derart faszinierenden wissenschaftlichen Leckerbissen empfunden hatte. Er wollte nicht daran erinnert werden. Stattdessen verfolgte er den langsamen Zerfall der Mondstücke über Tabellenkalkulationen und Diagramme, die seine Studenten und seine Kollegen mit ihm teilten. Er tat alles, was er konnte, um die Angelegenheit auf zwei Zahlen zu reduzieren. Eine davon war die Bolidenfragmentierungsrate oder BFR, die ein Maßstab dafür war, wie häufig große Brocken in kleine Brocken zerlegt wurden. Die andere gab ganz einfach an, wie viele Tage noch bis zum Weißen Himmel blieben.

Am 7. Tag, nur Minuten nachdem sie sich kennengelernt hatten, hatten er und Amelia zugesehen, wie Kidneybohne in zwei große Brocken zerbrochen war, die man später KB1 und KB2 taufte (obwohl es damals auch Versuche gegeben hatte, ihnen selbst kitschige Namen zu geben). Drei Wochen später war Schöpfkelle mit Big Boy zusammengeprallt und in drei Stücke, SK1, SK2 und SK3, zerbrochen. Big Boy selbst war inzwischen BB1, immer noch recht gut erkennbar, plus ein ganzer Stammbaum von Stücken, die von seinem kleineren Teil, BB2, abgesplittert waren. Diesen gab man Kennziffern wie etwa BB2-1-3, die Bezeichnung für das drittgrößte Fragment des größten Fragments des zweitgrößten Stücks von Big Boy. Jenseits dieser Stufe wurde es schwierig und auch ziemlich sinnlos, den Überblick über alle zu behalten. Mr Spinny hatte alle möglichen Verwüstungen angerichtet, ehe er schließlich entzweibrach; seine missratenen Kinder MS1 und MS2 waren in entgegengesetzte Richtungen davongeflogen und in große, exzentrische Umlaufbahnen um den gemeinsamen Massenschwerpunkt der Geröllwolke eingetreten, und sie kamen gelegentlich aus großer Entfernung herangekurvt und knallten gegen eines der sich langsamer bewegenden Stücke. MS2 hatte Eichel nur drei Tage vor Doobs denkwürdiger Plauderei mit der Präsidentin im Oval Office in drei Teile zerlegt. Während seines Rückflugs nach L.A. war ein öltankergroßes Stück davon in den Indischen Ozean gestürzt und hatte einen Tsunami hervorgerufen, dem an der Westküste Indiens vierzigtausend Menschen zum Opfer gefallen waren.

Nachdem er von seinem Ausflug nach D.C. zurückgekommen war, hatten er und Amelia eine Suite im Langham, einem Luxushotel in Pasadena, bezogen, um noch ein paar gemeinsame Tage verbringen zu können, bevor er sich auf eine Reise um die

Welt begab. Während ihres romantischen Dinners auf der Terrasse hatte er sich durchweg bemüht, nicht zu den Überresten des Mondes hinzusehen. Später kehrten er und Amelia in ihre Suite zurück und schliefen miteinander. Nach zwanzig Minuten postkoitaler Schmuserei drehte sich Amelia auf ihre Seite und schlief ein, eine Aufforderung an Doob, sich von hinten an sie zu schmiegen, doch Doob, außerstande sich zu entspannen, stellte sich sein Tablet auf den Schoß, setzte seine Lesebrille auf und fing an, Zeit im Internet totzuschlagen. Die Balkontür stand offen, und irgendwann zwang der hereinströmende Luftzug Amelia, sich tiefer unter die Decken zu kuscheln. Doob stand auf, ging zur Tür hinüber, um sie zu schließen, und sah sich mit dem Anblick der Mondwolke konfrontiert, die unmittelbar vor ihm über den Lichtern von L.A. hing und deren Durchmesser inzwischen etwa viermal so groß war wie der des ursprünglichen Mondes. Sie war faszinierend, was zum Teil daran lag, dass er schon so lange keinen direkten Blick mehr darauf geworfen hatte, deshalb stand er eine Zeitlang da und betrachtete sie. Pfirsichkern war noch immer weitgehend in einem Stück, doch abgesehen davon waren die ursprünglichen Sieben Schwestern nicht mehr zu unterscheiden.

Aus Neugier konsultierte er eine App, die ihm verriet, wann Izzy über ihn hinwegfliegen würde, und sah, dass es in etwa zehn Minuten passieren würde. Also stand er da und wartete darauf. Während er wartete, wandte sich seine Aufmerksamkeit immer wieder den Mondstücken zu. Wie sah ihre Zukunft aus? Er wusste, sie würden in eine unzählbare Menge von Fragmenten zerspringen und zum Weißen Himmel und zum Harten Regen werden. Aber wie würde die endgültige *Größenverteilung* aussehen, wie viele große und wie viele kleine würde es geben? Sie hatten einige Modelle, die auf der vereinfachenden Annahme beruhten, dass das gesamte Mondgestein im Wesentlichen von gleicher Beschaffenheit war, was aber eindeutig nicht stimmte.

Sie hatten einige Analysen zu den ursprünglichen Brocken durchgeführt und herauszufinden versucht, warum Pfirsichkern so resistent gegen Zersplitterung war, und sie waren zu dem Schluss gekommen, dass es sich einfach um den inneren Kern des alten Mondes handelte. Was durch eine Analyse seiner Masse ohnehin bestätigt wurde: Pfirsichkern war viel dichter als die anderen Teile, und das ließ darauf schließen, dass er größtenteils aus Eisen im Gegensatz zu Fels bestand. Der Mond hatte einen Eisenkern gehabt, der jedoch bezogen auf seine Gesamtgröße viel kleiner war als der der Erde; der Mond bestand größtenteils aus kaltem, totem Gestein.

Und doch war da der Kern, der nach allgemeiner Auffassung aus einem Klumpen von solidem Eisen bestand, umgeben von einem etwas heißeren Mantel aus geschmolzenem, mit verschiedenen anderen Elementen vermischtem Eisen. Das Ganze war von dem Agens freigelegt und dem All ausgesetzt worden. In den ersten Stunden hatte Pfirsichkern vor strahlender Hitze buchstäblich geglüht. Jedenfalls vermuteten sie das, denn der von dem Kataklysmus aufgewirbelte Staub hatte ihn eine Zeitlang verhüllt. Ein Teil des äußeren Mantels aus geschmolzenem Metall musste wohl weggerissen worden sein und sich in Form von Brocken, Klümpchen und Tröpfchen von Schmelzmasse, die bald abkühlten und aushärteten, in der Geröllwolke verteilt haben. Belegt wurde das durch metallreiche Boliden, die sich seither in die Erde gepflügt hatten und die man ausgegraben und analysiert hatte. Als sich der Staub buchstäblich so weit gesetzt hatte, dass Pfirsichkern und seine Geschwister klar zu beobachten waren, hatte sich eine aus Schmelzmasse bestehende äußere Kruste darum gebildet, die rasch abgekühlt war, während sie ihre Hitze in den Raum abgestrahlt hatte. Der Abkühlungsvorgang hatte seither angedauert. Inzwischen, fast ein Jahr später, war Pfirsichkern oder PK1, wie er nun bezeichnet wurde, immer noch wärmer als die anderen Teile des Mondes. Er hatte größere Resistenz gegen

Fragmentierung gezeigt. Andere Felsbrocken prallten davon ab oder zersprangen an seiner schimmernden Oberfläche in Stücke. In den ersten Tagen, als er noch weich gewesen war, waren ein paar bedeutende Brocken – PK2, PK3 und so weiter – davon abgesprengt worden, doch inzwischen war er mit einem fast zwei Kilometer dicken Panzer aus fest gewordenem Eisen umkleidet, der ihn gegen so gut wie jede Katastrophe mit Ausnahme eines zweiten Agens wappnete.

Doob verlor sich so sehr in solchen Gedanken, dass er beinahe den Überflug von Izzy am Himmel verpasste. Sie schwebte direkt über der Geröllwolke und schien sich zwischen den riesigen, taumelnden Felsbrocken hindurchzuwinden, obwohl das natürlich eine Illusion war. Sie war schon seit langem das hellste künstliche Objekt am Himmel und hatte noch an Helligkeit gewonnen, nun da ihr so viele Teile angefügt worden waren. Es war eine beeindruckende Leistung. Geradezu bewegend. Doch wenn er das Ausmaß der dahinterstehenden Katastrophe danebenhielt, musste er sich fragen, welchen Sinn das hatte. Wie sah der längerfristige Plan für die Cloud-Arche aus? Das Schwarmkonzept war eine schöne Architektur, die viel mehr Überlebenschancen bot als ein großes Schiff, aber wo sollte sie letztlich hinführen?

Darüber schien niemand zu reden. Er verstand, warum. Der oberste Imperativ war das Überleben. Die langfristige Strategie kam als Nächstes.

Die Menge von Eisen in PK1 war praktisch unbegrenzt. Die Menschheit würde viele Jahrtausende brauchen, um eine Verwendung für so viel Metall zu finden.

Aber es befand sich weit oben. War schwer zu erreichen.

Und doch mussten sie es erreichen.

Und es war näher und leichter zu erreichen als die Arjuna-Asteroiden, die Sean Probst so begeisterten.

Als er spürte, dass in seinem Kopf eine Idee Gestalt annahm

wie ein Eisenkern, der tief in einem Mond erstarrte, legte er sie auf Eis und zwang sich, seine Aufmerksamkeit drängenderen Fragen zuzuwenden. Vor sieben Tagen im Oval Office hatte er den Entschluss gefasst, seinen Hintern ins All zu bewegen und dort einiges in Gang zu setzen. Schön und gut. Aber ihm blieben noch drei Monate auf festem Boden. Er durfte seine Verpflichtungen hier nicht vernachlässigen. Einige – die wichtigsten – bestanden gegenüber seinen Kindern, seiner Frau und ihrem eingefrorenen Embryo. Aber man hatte ihm außerdem noch andere Aufträge gegeben, und wenn er sie gründlich genug vermasselte – z. B. weil er mitten in der Nacht auf Hotelbalkonen stand und darüber nachdachte, wie viel Eisen PK1 enthielt –, schickten sie ihn vielleicht gar nicht zur Cloud-Arche. Er hatte zunächst nicht gehen wollen; aber seit er der Idee zugestimmt hatte, wollte er es mehr als alles andere, und nun fürchtete er, dass sie es ihm wegnehmen würden. Und wenn sie diese Furcht spürten, konnten sie sie dazu benutzen, ihn zu kontrollieren. Besser, Spitzenleistung zu bringen, die Erwartungen zu übertreffen, sich zu verhalten, als wäre nichts dabei.

Zweiundsiebzig Stunden später schaute er zum Fenster eines US-Navy-Hubschraubers hinaus, der sich in einem nebligen Tal im Himalaya in die Kurve legte, während er zum Anflug auf eine Start- und Landebahn in Bhutan ansetzte. Oder vielleicht musste es korrekterweise *die* Start- und Landebahn in Bhutan heißen.

Das Land hatte ungefähr siebenhundertfünfzigtausend Einwohner, was bedeutete, dass es zwei Kandidaten für die Cloud-Arche stellen durfte. Die Arithmetik war ein wenig unklar; würde man durchgängig, weltweit, denselben Schlüssel anwenden, kämen ungefähr zwanzigtausend Kandidaten zusammen. Wenn eine Sub-Arche fünf Menschen beherbergen konnte, würden für den Schwarm viertausend Sub-Archen gebraucht. Jede Sub-Arche erforderte, um in den Orbit befördert werden zu können, eine Schwerlastrakete und einiges an Montage- und Vorbereitungsarbeit, sobald sie Izzy erreicht hatte.

War das zu schaffen? Wenn die gesamte industrielle Kapazität der Welt für die Produktion von Raketen, Sub-Archen, Raumanzügen und der anderen benötigen Güter genutzt würde? Vielleicht. Wahrscheinlich aber nicht. Doob kannte einige aktuelle Schätzungen, die die betreffenden Zahlen eher auf ein Viertel dieser Größenordnung veranschlagten.

Und konnten die Sub-Archen überhaupt jeweils fünf Menschen unterhalten? So groß, dass fünf Menschen darin herumkaspern konnten, waren sie zweifellos, aber ob jede in puncto Nahrungsmittelproduktion autark sein konnte, war keineswegs klar. In einer Röhre von der Größe eines Kesselwagens ein nachhaltiges Ökosystem aufzubauen war keine geringe Aufgabe. Biosphäre 2, ein berühmtes Experiment in der Wüste von Arizona mit dem Ziel, mithilfe eines Ökosystems auf einer Fläche von zwei Footballfeldern acht Menschen zu unterhalten, hatte langfristig nicht funktioniert. Aber es war von politischen Auseinandersetzungen und merkwürdigen, quasi spirituellen Faktoren überschattet worden. Ein von den Sowjets durchgeführtes, bodenständigeres Projekt war zu dem Ergebnis gekommen, dass acht Quadratmeter Algen – eine Fläche Teichschlamm, etwa so groß wie zwei Tischtennisplatten – erforderlich waren, um einen einzigen Menschen mit Sauerstoff zu versorgen. In dem Raum zwischen dem harten Innenrumpf und dem aufgeblasenen Außenrumpf einer einzelnen Sub-Arche war dafür mehr als genug Platz. Aber wenn die Sub-Arche außerdem noch Nahrungsmittel produzieren sollte, würde sehr viel mehr Immobilie gebraucht. Und diese Berechnungen berücksichtigten noch nicht einmal ansatzweise die eigentlichen Komplikationen, die damit verbunden waren, Tausende von Menschen viele Jahre lang im Weltraum am Leben zu halten. Einfach nur nicht zu ersticken und nicht zu verhungern reichte nicht. Die Menschen würden

Arzneimittel, Mikronährstoffe, Freizeitbeschäftigung, Anregung brauchen. Ökosysteme würden aus dem Gleichgewicht geraten und mit Pestiziden, Antibiotika und anderen schwer herzustellenden Chemikalien repariert werden müssen. Die Steuerraketen, die die Sub-Archen vor Schaden bewahrten, würden neu betankt und außerdem gewartet und repariert werden müssen. Die Idee einer vollständig dezentralisierten Cloud-Arche war eine Chimäre; sie war ohne ein Mutterschiff, ein zentrales Versorgungslager und Reparaturdepot, nicht tragfähig. Die einzig plausible Kandidatin dafür war Izzy. Aber Izzy war für einen solchen Zweck nicht ausgelegt. Man versuchte es dadurch zu kompensieren, dass man sie mit Vitaminen vollstopfte, aber das zögerte nur den Moment hinaus, in dem ihnen sämtliche Güter, die sie im Weltraum nicht produzieren konnten, ausgehen und Menschen in größerer Zahl ums Leben kommen würden.

Aus dem Umstand, dass es ihm nichts gebracht hatte, peinliche Fragen über diesen Sachverhalt aufzuwerfen, schloss Doob, dass die Architekten sich dessen bewusst waren, daran arbeiteten und bloß nicht darüber reden wollten, weil öffentliche Zweifel und Kontroversen nicht weiterhalfen. Doobs Aufgabe bestand eindeutig darin, so zu tun, als wäre alles okay. Heute hieß das, zwei junge Menschen aus dem Königreich Bhutan im Himalaya abzuholen.

Bedeutete der kleine Auftritt, den er gleich hinlegen würde, tatsächlich, dass am Ende zwanzigtausend Menschen aus der ganzen Welt glücklich und zufrieden in der Cloud-Arche leben würden? Er musste den kleinen Rain Man in seinem Kopf – »Doob wie in dubios« – einfach zum Schweigen bringen und durfte nicht einmal daran denken.

Sie waren vor zwei Stunden von der *George H.W. Bush* aus gestartet, einem im Golf von Bengalen stationierten Flugzeugträger. Doob hatte das Schiff mit den Augen eines Mannes betrachtet, der in wenigen Wochen für immer in dessen Entsprechung im

Orbit umziehen würde. Es war eine vollkommen künstliche Insel, Tausende von Menschen, zusammengepfercht in einer Ansammlung purer Technologie. Die Professionalität der Besatzung, die Effektivität, mit der das Schiff operierte, waren erstaunlich. Ließ sich so etwas im Weltall kopieren, mit Leuten, die aus der ganzen Welt per Los ausgesucht und im Laufe eines einzigen Jahres in Camps ausgebildet wurden?

In ungefähr einer halben Stunde würde er vermutlich mehr wissen.

Der Navy-Hubschrauber stürzte sich in eine mit Nebel gefüllte Spalte zwischen Bergen und schnitt einige Minuten lang durch Dampf und Dunst. Die einzige Start- und Landebahn des Flughafens kam, verblüffend nahe, in Sicht. In einer perfekten Landung setzte der Hubschrauber einen Steinwurf vom Terminal entfernt auf. Doob wurde bewusst, dass er die Kiefer zusammengepresst hatte, und er versuchte, sie zu entspannen. Er hatte den Fehler gemacht, diesen Ort zu googeln, und hatte erfahren, dass er von sechstausend Meter hohen Bergen umschlossen war, dass auf der ganzen Welt nur acht Piloten lizenziert waren, hier zu landen, und dass selbst sie es nicht versuchten, sofern die Landebahn nicht von Sonne beschienen war. Offensichtlich arbeitete die Sorte Menschen, die Hubschrauber für die Navy flogen, nach anderen Regeln, aber für Doob war es trotzdem ein nervenaufreibender Anflug gewesen, und er fragte sich, wie er wohl darauf reagieren würde, im vorderen Ende einer hastig konstruierten Röhre voller explosiver Chemikalien in den Raum geschossen zu werden.

Er bewegte sich auf seinem Sitz und spürte, wie ihm ein dicker brauner Briefumschlag vom Schoß glitt und mit einem dumpfen Geräusch, das beinahe Tavistock Prowse weckte, auf dem Boden landete. Tav hatte ihm während des ganzen Fluges gegenübergesessen und die letzte halbe Stunde – vom Jetlag geschafft – geschlafen. Er war ein wuchtiger Mann, nicht besonders groß, aber gebaut wie ein Ringer. Die kahle Stelle an seinem

Hinterkopf, schon zu Collegezeiten schwach sichtbar, hatte sich erbarmungslos ausgebreitet und nur einen tonsurartigen Streifen kurzgeschnittener Haare um die Rückseite seines kugelförmigen Kopfs übrig gelassen. Vielleicht um davon abzulenken, trug er eine Brille mit wuchtigem schwarzem Gestell. Früher einmal ein ernsthafter Gewichtheber, war er in den letzten zehn Jahren, und in noch stärkerem Maße seit Null, weich geworden und in die Breite gegangen. In gewisser Weise war es seltsam, ihn bewusstlos zu sehen, weil er scheinbar ständig in Bewegung war.

Doob hatte eine ziemlich gute Vorstellung, warum. Tav hoffte, ausgewählt zu werden. Wenn er hart genug arbeitete, in genügend Newsfeeds auftauchte, auf Twitter genügend Follower gewann, würde vielleicht irgendein wichtiger Mensch entscheiden, dass die Cloud-Arche einen professionellen Kommunikator – den ersten, oder letzten, Journalisten – brauchte. Doob hielt das für eher unwahrscheinlich. Eine Menge Leute mit einem Doktorgrad oder sogar einem Nobelpreis standen vor Tav in der Schlange. Aber man wusste nie. Jedenfalls konnte er ihm nicht verübeln, dass er es versuchte.

Er beugte sich vor und hob den Umschlag vom Boden auf. Dieser war einen Zentimeter dick. Er trug in ordentlichen Druckbuchstaben die Aufschrift PARO, BHUTAN. Die Klappe war nicht geöffnet worden. Eigentlich hätte Doob in den vergangenen Stunden den Inhalt lesen, sich mit der zu erledigenden Aufgabe vertraut machen müssen. Stattdessen hatte er durchs Fenster auf die dampfenden grünen Ebenen und gemächlich verzweigten Flüsse von Bangladesch geschaut.

In der Hoffnung, aus den zwei, drei Minuten, die es dauern würde, bis die Tür des Hubschraubers aufging, noch möglichst viel herauszuschlagen, riss er den Umschlag auf und zog einen Stapel Blätter heraus. Das reichte, um Tav zu wecken, nicht aber um ihn in Bewegung zu bringen. Er betrachtete Doob und sah ihm beim Lesen zu.

»Wenn es rot, gelb oder beides trägt, ist es ein Lama«, sagte er. »Verbeug dich davor.«

»Ist das nicht eine Kamelart aus Südamerika?«

»Mit einem L. Ein heiliger Mann. Leg deine Handflächen aneinander und mach eine leichte Verbeugung.«

»Ich glaube nicht an...«

»Es wird dich nicht umbringen, oder? Wenn er ein breites, gelbes Tuch über der linken Schulter hat, ist es der König. In dem Fall verbeugst du dich tiefer.«

»Danke. Sonst noch etwas?«

Neben Doob saß Mario, ihr Fotograf: ein Mann Mitte dreißig, klein, dunkler Schnurrbart, New Yorker Akzent und keinerlei Erwartung, für die Cloud-Arche ausgesucht zu werden. Auf dem Herflug hatte er abwechselnd in seinem Exemplar des gleichen Dossiers gelesen und auf seinem Handy ein Videospiel gespielt. Er hatte derlei schon viel öfter mitgemacht als Doob oder Tav. Er nahm den Faden auf, steckte sein Handy ein und meldete sich zu Wort: »Die Leute werden Ihnen Dinge überreichen. Manche sind vielleicht total verkrustet, alt und riechen komisch. Die sind dann wahrscheinlich wirklich wichtig. *Wirklich* wichtig.«

»Warum geben sie mir...«

»Weil sie glauben, dass Sie das alles in den Weltraum mitnehmen und bewahren.«

»Aha.«

»Wenn Ihnen also irgendjemand irgendetwas überreicht, auch wenn Sie keine Ahnung haben, was in drei Teufels Namen das sein könnte, dann machen Sie ein beeindrucktes Gesicht, verbeugen Sie sich, nehmen es vorsichtig, bewundern es und übergeben es dann dem Helfer.«

»Dem Helfer?«

»Man hat Leute abgestellt, die Sie begleiten und Ihnen helfen sollen, all die unbezahlbaren nationalen Schätze zu tragen, die man Ihnen anvertrauen wird. Die werden sich um den Kram kümmern und alles hierher zum Hubschrauber bringen, damit Sie die Hände frei haben und Ihren Diener machen und dem König die Hand geben können und so weiter. Sobald wir wieder auf dem Flugzeugträger sind, schmeißen wir es über Bord.«

»Sie haben das schon mal gemacht, wie?«

»Das ist meine dreiundsiebzigste Entführung. Auf geht's.«

Mario stand vorsichtig auf, sodass seine Kameras und Zubehörtaschen wieder frei hingen, und fasste jede noch einmal kurz an, als sie ihren Platz fand. Tav und Doob lösten ihre Sicherheitsgurte und beobachteten ihn, um sich an ihm zu orientieren. Mario machte zwei Schritte auf die Tür zu, die der Pilot gerade aufgerissen hatte. Kalte feuchte Luft, die nach Kiefern und Kohlenrauch duftete, strömte herein.

Doob wäre beinahe auf Mario aufgelaufen, als dieser plötzlich stehen blieb, sich zu ihm umdrehte und ihm in die Augen sah.

»Eins noch.«

»Ja?«, sagte Doob.

»Was Ihnen hier bevorsteht, wird unglaublich scheißtraurig. Vielleicht das Traurigste, was Sie je gesehen haben. Versuchen Sie, sich zusammenzureißen.«

Mario hielt Doobs Blick fest, bis dieser nickte und »Danke« sagte. Dann drehte er sich um und eilte zur Tür, damit er ein paar gute Bilder davon machen konnte, wie Dr. Harris aus dem Hubschrauber stieg.

Dr. Harris hielt in der offenen Ausstiegsluke inne. Vor ihm standen auseinandergezogen mindestens zwei Dutzend Menschen in roter und gelber Kleidung, aufmarschiert und bereit, ihm Grüße zu entbieten.

Er legte die Handflächen vor der Brust aneinander und verbeugte sich. Vor ihm begann der Verschluss von Marios Kamera zu surren. Hinter ihm kamen leise digitale Klickgeräusche aus Tavs Handy, während dieser einen Live-Tweet von dem Ereignis absetzte.

Der König fuhr ihn mit seinem privaten Land Rover auf den Berg, wobei Doob auf der linken Seite neben ihm saß – denn in Bhutan herrschte, wie sich herausstellte, Linksverkehr. Mario saß auf dem Rücksitz und machte Verrenkungen, um beide auf ein Bild zu bekommen, und neben Mario saß Tav und murmelte Sprachnotizen in sein Handy. Der König entschuldigte sich für das trübe Wetter, das potentiell spektakuläre Blicke auf die umliegenden hohen Berge verhinderte.

»Aber im größeren Zusammenhang ist das wohl ein sehr kleines Problem«, schloss er.

Sie hatten an einer Kreuzung in der Stadt Paro angehalten, um drei Jungen vor ihnen einen Fußball über die Straße kicken zu lassen. Auf der Straße hinter ihnen staute sich eine kleine Kolonne mit Lamas vollgepackter Toyotas.

»Sie haben so viel Freude an diesem einfachen Spiel«, sinnierte der König. »Natürlich wissen sie Bescheid. Alle wissen von der Katastrophe, die uns bevorsteht. Wenn sie daran denken, macht sie das traurig. Aber sonst sind sie so, wie Sie sie hier sehen – selbstvergessen.«

Die Jungen machten die Straße frei, und der König fuhr vorsichtig auf die Kreuzung. Die Stadt hatte ein überraschend alpines Gepräge, mit dunkelbraunen, wettergegerbten Holzgebäuden auf Steinfundamenten.

»Bis vor ein paar Tagen«, fuhr der König fort, »hätten sie sich vielleicht mit der Vorstellung trösten können, dass sie ausgewählt werden würden.«

»Bei der Auslosung«, sagte Doob.

»Ja.« Der König bedachte ihn mit einem scharfen Blick. »Für die Auswahl war ich verantwortlich, wissen Sie.« Er warf einen kurzen Blick nach hinten zu Tav. »Das ist nicht für die Öffentlichkeit bestimmt.«

»Nein, Eure Hoheit, das wusste ich nicht«, sagte Doob.

»Wir haben Richtlinien bekommen, wie man das wohl nennen

könnte. In denen es hieß, dass es keine Auslosung im wortwörtlichen Sinne sein muss. Man überlässt die Auswahl besser nicht dem Zufall – wir dürfen nur die besten Kandidaten schicken. Bhutan hat nur zwei Plätze in der Cloud-Arche. Es wäre töricht, sie an jemanden zu verschwenden, der unser Volk nicht vertreten kann. Also war es ein selektiver Prozess.«

»Die meisten Leute sind zu dem gleichen Schluss gekommen«, sagte Doob. »Man bestimmt einen Kreis vielversprechender Kandidaten, und aus diesen wird dann die Auswahl getroffen, möglicherweise mittels Zufallsverfahren – nur damit nicht ein einzelner Mensch die gesamte Verantwortung trägt.«

»Wenn man ein König ist, hat man manchmal eine solche Verantwortung, ob man will oder nicht. In diesem Fall konnte ich allerdings einige der Lamas miteinbeziehen. Für ein solches Auswahlverfahren gibt es Präzedenzfälle in der Art und Weise, wie bestimmte reinkarnierte Lamas festgestellt werden – manchmal findet dabei auch das Ziehen von Losen aus einer Urne Anwendung.«

Tav konnte nicht widerstehen, vom Rücksitz aus zu fragen: »Was sagt eigentlich die Lehre von der Reinkarnation zu der Situation, mit der wir jetzt konfrontiert sind?«

Der König lächelte. »Mr Prowse, das hier ist nur eine Fahrt von zehn Kilometern. Ich lasse mir Zeit. Wenn uns eine Fahrt von zehntausend Kilometern bevorstünde – ein erfreulicher Gedanke –, wäre ich vielleicht imstande, Ihnen genug Informationen darüber zu vermitteln, was Reinkarnation für mein Volk bedeutet, sodass wir ein vernünftiges Gespräch darüber führen könnten.«

»In Ordnung. Entschuldigung«, sagte Tav und blickte vom Display seines Handys auf, als sein Gehirn eine Pause im Redefluss des Königs registrierte. »Sie müssen verstehen, dass meine Aufgabe darin besteht, mit Geeks zu kommunizieren. Mit Leuten, die Mathematik lieben. Also habe ich versucht, mir vorzustellen...«

»Wenn sieben Milliarden sterben und nur ein paar Tausend übrig bleiben, wo gehen dann die sieben Milliarden Seelen hin?«

»Ja.«

Sie bogen von der, wie Doob vermutete, Hauptstraße auf eine Nebenstrecke ab, die sich oberhalb des Flusses durch einen bewaldeten Weiler schlängelte. Auf ihr gelangten sie zu einer Brücke, die sie über einen schnell fließenden, kalt aussehenden Strom brachte, grün und milchig von Steinmehl, das aus schmelzenden Gletschern Tausende von Metern über ihnen herabbefördert wurde. Doob konnte noch immer nicht fassen, dass es diese Gletscher in etwas über einem Jahr nicht mehr geben, der Fels darunter zum ersten Mal seit Millionen von Jahren freigelegt werden würde, ohne dass ein Wissenschaftler dabei wäre, um das Ganze festzuhalten.

»Wir glauben nicht an etwas so Einfaches wie Metempsychose – die Wanderung einer Einzelseele von einem Körper in einen anderen. Das ist überhaupt nicht das, was wir unter Reinkarnation verstehen.«

»Woran glauben Sie dann?«, fragte Doob. Tav hatte das Interesse verloren und bearbeitete mit den Daumen sein Handy.

»Eine bessere Analogie wäre vielleicht ein heruntergebrannter Kerzenstumpf, der dazu verwendet wird, eine neue Kerze zu entzünden. Aber ich werde Ihnen keine zufriedenstellende Antwort geben können, Dr. Harris. Die Lehren sind esoterisch – werden den Uneingeweihten bewusst vorenthalten, eben um falsche Interpretationen zu verhindern. Wie ein erleuchteter Lama über die Frage der sieben Milliarden denken würde, geht ebenso weit über meinen Horizont wie die Quantengravitationstheorien, die Sie bei Ihrer Arbeit studieren.«

Auf dieser Seite des Flusses stieg das Gelände fast senkrecht an. Die Gebirgsbarriere wurde von einem steilwandigen Tal gespalten, das sich im Zickzack nach oben und von ihnen weg zog; die Straße bog in jähem Anstieg in es ein und wand sich in Serpentinen an einer Felswand empor, hier und da von robusten Immergrünbüscheln gesäumt, die in Spalten Halt gefunden hatten. Über die Steinfläche trieben Ranken und zerrissene Schleier von Dunst und gaben gelegentlich einen flüchtigen Blick auf einen weißen Turm frei, der irgendwie hoch über ihnen am Felshang errichtet worden war. Es war eines jener Bauwerke, deren ganzer Sinn, wie bei einigen Klöstern in Griechenland und Spanien, darin besteht, denen unten zu verkünden: »So weit gehen wir, um Abgeschiedenheit von der Welt zu erreichen.«

Sie fuhren eine Straße zwischen langgezogenen grünen Terrassen hinauf, bis das Gelände für Räder zu steil wurde; da hielt der König den Land Rover an und zog die Handbremse. »Wie steht's mit Ihrem Kreislauf?«

»Könnte besser sein«, sagte Doob, »aber ich habe kein Herzleiden oder so etwas.«

»Wir sind hier ungefähr dreitausend Meter über dem Meeresspiegel. Sie können die Ausgewählten gerne hier in meinem Wagen erwarten, oder…«

»Ich könnte einen Spaziergang vertragen, danke«, sagte Doob und schaute nach hinten zu Mario, der gleichmütig mit den Achseln zuckte, und zu Tavistock Prowse, der sich auf die Zunge zu beißen schien.

Während sie, in respektvollem Abstand gefolgt von einer Entourage aus Lamas, Kindern, Fotografen und Offizieren des bhutanischen Militärs, den Pfad hinaufwanderten, erzählte der König Doob, dass der Ort, zu dem sie unterwegs seien, Tigernest heiße und eine der heiligsten Stätten ihrer Religion sei, denn hierher sei Guru Rinpoche, der Zweite Buddha, im achten Jahrhundert auf dem Rücken eines Tigers aus Tibet herbeigeflogen. Später sei um die Höhlen, in denen Padmasambhava (denn das war offenbar ein anderer Name für dieselbe Persönlichkeit) zum Meditieren verweilt habe, ein Tempelkomplex gebaut worden.

Doob machte sich selbst eine Freude, indem er den Drang

unterdrückte, den König darauf hinzuweisen, dass Tiger nicht fliegen könnten. Das lag nur zum Teil daran, dass er nach Luft japste. Angesichts der erstaunlichen Schönheit der Landschaft, die sie durchwanderten, war ihm die Plausibilität der Geschichte im Grunde egal. Es war eine Sache, in irgendeinem Wüstendreckloch, das sich durch nichts als touristische Attraktion empfahl, irgendeinen religiösen Humbug aufgetischt zu bekommen. Aber um ein paar Stunden lang mit einem König in Shangri-La wandern zu können, würde er sich jede Menge Märchen und metaphysisches Geschwafel gefallen lassen.

Alle paar Minuten tauchten aus dem Dunst kleine Tempel und Andachtsstätten auf. Ein Stück weit den Berg hinauf machten sie Halt, um in einem kleinen Café mit einem herrlichen Blick auf das Tigernest eine Schale Chai zu genießen. Tav, der am Ende seiner Kräfte war, verkündete, dass er nicht weitergehen würde. Doob und der König stiegen auf dem zunehmend gefährlichen Pfad weiter bis zum Tor des Klosters selbst auf. Dort, hatte der König ihm bereits mitgeteilt, sei der Zutritt verboten, und es hätte als Schauplatz für eine Zeremonie ohnehin wenig hergemacht, denn es sei ziemlich beengt, dunkel, verwinkelt und alt. Auf Felsenzinnen hausende Einsiedlermönche hatten für prächtige, repräsentative Hofräume nicht viel übrig.

Stattdessen gab es unmittelbar vor dem Eingang zum weißen Tempel so etwas wie eine Verbreiterung der Felskante. Dort warteten die beiden Archer, ein Junge und ein Mädchen, beide Anfang zwanzig, gekleidet in traditionelle Tracht, wie Doob vermutete: bei dem Jungen ein Gewand, das ihm bis zu den Knien reichte, mit einem breiten, weißen, schräg zur Hüfte geführten Tuch über der Schulter. Bei dem Mädchen eine Bahn bunt gewebtes Tuch, um ihre Hüfte geschlungen und wie ein säulenartiger Rock bis zu ihren Knöcheln reichend, mit einer gelben Seidenjacke darüber, die mit unzähligen Ketten aus Türkisen und anderen farbigen Steinen behängt war.

Wäre Amelia hier gewesen, wären ihr an der Webart, der Stickerei, dem Schmuck, dem Faltenwurf der Stoffe, der Farbauswahl mit einem einzigen Blick hundert Details aufgefallen. Sie hätte den König um den Finger gewickelt. Sie wäre unten in Paro aus dem Land Rover gestiegen und hätte sich mit den Fußball spielenden Jungen angefreundet. Amelia, nicht Doob, war diejenige, die das alles hier hätte machen müssen.

Aber Amelia ging nicht auf die Cloud-Arche, und Doob schon.

Der Junge und das Mädchen – Dorji bzw. Jigme – hatten Unterstützung von ein paar ledrigen älteren Leuten in ähnlicher, aber schlichterer Tracht, vermutlich ihre Familien, und einigen Lamas. Gebetsmühlen wurden gedreht, im Kloster klangen Glocken, Mönche sangen.

Alle weinten.

Alle verneigten sich vor ihrem König.

Doob war froh, dass Tav nicht bis hierher mitgekommen war.

Irgendein Gespräch in der hiesigen Sprache fand statt. Doob wusste nicht einmal, wie diese Sprache hieß. Mario, blind gegenüber dem emotionalen Tenor der Vorgänge, huschte umher und knipste Fotos, kniete dabei nieder oder warf sich sogar flach auf den Boden, um als Bildhintergrund Berggipfel oder Tempeldächer zu bekommen.

Doob, der keine Ahnung hatte, was vor sich ging, konnte den Blick nicht von den Gesichtern der Älteren abwenden, die sich alle Mühe gaben, in Gegenwart ihres Monarchen nicht die Fassung zu verlieren, aber eindeutig entsetzliche emotionale Qualen litten, während sie sich anschickten, Dorji und Jigme für immer Lebewohl zu sagen. Es war fast schlimmer, als wenn man sein Kind sterben sah, dachte Doob. Dann gab es wenigstens Endgültigkeit, Gewissheit, ein Grab, das man besuchen konnte. Diese beiden dagegen würden einfach in den Nebel davon wandern. Das Donnern von Hubschrauberrotoren würde von ihrer Abreise künden, und danach würde man nur noch vage Versicherungen hören, dass Dorji und Jigme ins All gingen, um das kulturelle Erbe von Bhutan weiterzuführen. Versicherungen, die, da war sich Doob ziemlich sicher, im Grunde unehrlich waren. Aber diese Leute würden sich, wenn sie in fünfzehn Monaten in den Tod gingen, mit dieser Überzeugung trösten.

Er verstand seine Aufgabe jetzt sehr viel klarer. Warum drehten die zum Untergang verurteilten Menschen auf der Erde nicht völlig durch? Gewiss, da und dort war es zu Unruhen gekommen, aber größtenteils nahmen die Menschen es erstaunlich gelassen hin.

Es lag daran, dass Ereignisse wie dieses in jeder Stadt und Provinz mit mehr als ein paar Hunderttausend Einwohnern stattfanden, und sie waren gut genug inszeniert, um die Menschen zu überzeugen, dass das System funktionierte.

Als Kind hatte er die griechische Sage von Theseus und dem Minotaurus gelesen, die von der Voraussetzung abhing, dass die Einwohner von Athen irgendwie dazu gebracht worden waren, alle paar Jahre per Los sieben Jungfrauen und sieben Jünglinge zu bestimmen und sie nach Kreta zu schicken, wo sie dem Ungeheuer geopfert wurden. Das hatte er immer als den schwächsten Punkt einer ansonsten großartigen Geschichte empfunden. Wer würde das tun? Wer würde seine Kinder per Los einem solchen Schicksal überantworten?

Die Einwohner von Bhutan, lautete die Antwort. Und die Einwohner von Seattle und des Departamento Canelones in Süduruguay und des Großherzogtums Luxemburg und der Südinsel von Neuseeland, allesamt Orte, die Doob in den nächsten zwei Wochen besuchen sollte, um die Jungfrauen und Jünglinge abzuholen, die sie per Los bestimmt hatten. Sie würden es tun, wenn man sie glauben machen konnte, dass ihnen das Schutz gewährte.

Wie Mario vorausgesagt hatte, bekam Doob ein paar extrem

alt aussehende Artefakte von fast ebenso alt aussehenden Mönchen überreicht, die ihn unter Tränen anlächelten und unter Verbeugungen zurückwichen, sobald Doob ihre Gebetsmühlen, Sutren und Schnitzereien entgegengenommen hatte.

Der König nahm Dorji und Jigme bei der Hand, kehrte den Trauernden oder Gratulanten oder was auch immer sie waren den Rücken und nickte Doob zu, als wollte er sagen: »Sie sind dran.«

Doob verbeugte sich ein letztes Mal, dann drehte er sich um und begann sie den Berg hinunterzuführen.

TAG 306

Sub-Arche 1, die am 285. Tag heraufgeschickt worden war, hatte, wie sich herausstellte, einige Kinderkrankheiten an ihren Steuerraketen, sodass der erste Bolo-Zusammenschluss in der Geschichte der Cloud-Arche zwischen Sub-Arche 2 und Sub-Arche 3 stattfand. Sie waren am 286. bzw. 300. Tag ins All geschossen worden. Diese ersten drei Sub-Archen stellten miteinander konkurrierende Entwürfe dar und sahen deshalb alle ein wenig unterschiedlich aus. Das spielte keine Rolle; sie sollten in verschiedenen Fabriken hergestellt und mit verschiedenen Typen von Schwerlastraketen von verschiedenen Weltraumbahnhöfen aus ins All befördert werden, sodass mit geringfügigen Varianten in der Gestaltung zu rechnen war. Alle hatten jedoch dieselbe allgemeine Form: ein Zylinder mit kuppelförmigen Endkappen. Das hatte den unabweisbaren Grund, dass sie unter Luftdruck gesetzt werden mussten, um ihre Grundfunktion – Menschen am Leben zu halten – erfüllen zu können, und Druck machte früher oder später alles rund. Dinah, die in ländlichen Bergarbeitercamps großgeworden war, fand, dass die Druckkörper wie die großen Flüssiggastanks aussahen, die man neben Hütten und

Wohnwagen sah. Andere verglichen sie mit Kesselwagen oder stummeligen Hot Dogs.

Es handelte sich einfach um große Aluminiumdosen mit an den Enden angeschweißten Kuppeln. Die Wände der Dose waren etwa einen Millimeter dick. Die Kuppeln waren etwas robuster. Die dicksten und stärksten Teile des Druckkörpers waren die Stellen, wo die Kuppeln die Enden der Dose überlappten. Am ehesten vergleichbar war das Ganze mit einer Mineralwasserflasche aus Plastik, deren dünne Wände sich bei abgeschraubtem Deckel mit einer Hand zerknüllen lassen, die jedoch erstaunlich fest und stabil ist, wenn sie unter Druck steht. Das jedenfalls hielt die NASA Leuten entgegen, die die Vorstellung beunruhigte, einen Millimeter vom Vakuum des Alls entfernt zu leben.

Die ersten drei Sub-Archen wurden »nackt« und bloß ins All geschossen, doch die Hunderte, die folgen sollten, würden durchsichtige Gewebeumhüllungen tragen, die während des Fluges durch die Atmosphäre gefaltet, geknautscht und durch Fiberglasverkleidungen geschützt waren. Im All angekommen, würden sie zu einer flexiblen Außenhülle aufgeblasen werden, die etwas größer als die innere war. In dem Raum zwischen den beiden Hüllen würde man Nahrungsmittel anbauen und sich dabei das durch das Gewebe diffundierende Sonnenlicht zunutze machen. Es war nicht klar, ob jede Sub-Arche im Hinblick auf die Nahrungsmittelproduktion autark sein konnte – wahrscheinlich nicht –, aber einige Nahrungsmittel zu produzieren war besser, als gar keine zu produzieren. Etwas Grünzeug an Bord zu haben trug dazu bei, die Beanspruchung der CO_2-Absorber zu vermindern, und Wasser zwischen Menschen und All hielt einen Teil der anfallenden Strahlung ab.

An einer der Endkappen befand sich ein Andockport, der im PR-Jargon der NASA als »Vordertür« bezeichnet wurde. Die Bezeichnung war nicht ganz zutreffend, da es sich um die *einzige* Tür handelte. Sobald die Insassen im Druckkörper eingeschlossen waren, konnten sie nur wieder herauskommen, indem sie mit dem Port an etwas andockten, was atembare Luft enthielt.

Das andere Ende der Sub-Arche hieß »Kesselraum«. Außen daran angebracht war der mülltonnengroße Atomreaktor, der die Sub-Arche mit Energie versorgte. Darum herum befanden sich diverse Anschlüsse für Installationsrohre, elektrische Kabel, Kühlvorrichtungen und Ähnliches, die nur dann benützt werden würden, wenn die Besatzungen einer Reihe von Sub-Archen beschlossen, aneinander anzudocken und einen semipermanenten Verbund zu bilden.

Die robusten, dicken Ringe an den Stellen, wo die Kuppeln mit dem Hauptkörper zusammentrafen, dienten als Befestigungsstellen für alles von struktureller Natur – alles, was erhebliche Kräfte auf den Rumpf der Sub-Arche ausüben würde. Von jedem dieser Ringe gingen acht stummelige Radialspeichen aus, die in einem heiligenscheinartigen Ring endeten, an dem Steuerraketen und Greifausrüstung befestigt waren. Diese Teile wurden im Inneren der Sub-Arche ins All befördert und erst dort von Weltraumspaziergängern durch den Andockport herausgeholt und in der Schwerelosigkeit montiert. Die Ringe dienten außerdem zur Versteifung und Stabilisierung des äußeren Rumpfs von derart ausgerüsteten Sub-Archen, doch bei den ersten drei Testeinheiten ragten sie einfach wie Fahrradfelgen in den Raum, mit kleinen Steuerraketendüsen besetzt und von Röhren durchzogen.

Die Entfernung zwischen dem »Vordertür«-Ring und dem »Kesselraum«-Ring wurde von einem langen, dünnen Stab überbrückt, der so am »vorderen« Ende angeschlagen war, dass er auf Kommando hochschnellen konnte und dann etwa zehn Meter weit seitlich von der Sub-Arche abstand. Am Ende dieses Arms war eine Kamera, eine Zielplatte und eine elektromagnetische Greifvorrichtung, allgemein als die Pranke bekannt. Von der Pranke aus verlief ein Kabel nach hinten am Arm entlang bis zu einer Trommel in der Nähe des Andockports, wo zweihundertfünfzig Meter davon aufgewickelt waren wie Garn auf einer Spule. Arm, Pranke, Kabel und Trommel dienten alle zur Ausführung eines speziellen, nie zuvor ausprobierten Manövers, das in offiziellen NASA-Dokumentationen als Bolo-Koppelungsvorgang bezeichnet, überall sonst aber High Five genannt wurde.

Am 306. Tag, nachdem die Sub-Archen 2 und 3 zusammengebaut und überprüft worden waren, wurde der erste Bolo-Koppelungsvorgang in Gang gesetzt. Er fand mehrere Kilometer von Izzy entfernt statt. Für den Fall, dass er danebenging, wurde er in aller Stille und heimlich durchgeführt, doch für den Fall, dass er glückte, wurde viel Videomaterial aufgenommen. Er hatte viele potentielle Fehlermodi, Ingenieurjargon, der bedeutete, dass er auf so viele verschiedene Weisen schiefgehen konnte, dass es unmöglich war, alle zu durchdenken. Also brauchte jede der beiden Sub-Archen einen qualifizierten Piloten: jemanden, der sich gut genug mit Orbitalmechanik und Raumschiffantrieb auskannte, um ein in die Irre gehendes Raumfahrzeug per Handsteuerung wieder unter Kontrolle bringen zu können. Solche Leute waren schon immer rar gewesen, und nur vier davon waren an Bord von Izzy. Im Augenblick wurden unten auf der Erde Tausende junge, durch Losverfahren ausgewählte Leute darin ausgebildet, indem sie in Videospiel-Simulationen virtuelle Sub-Archen steuerten, aber von ihnen war noch keiner so weit, geschweige denn im Orbit. Also übernahm Ivy das Steuer von Sub-Arche 2, mit Dinah als Passagierin und allgemeine Assistentin. Sub-Arche 3 wurde von einem Neuankömmling namens Markus Leuker gesteuert, einem zum Astronauten gewordenen Schweizer Luftwaffenpiloten und Veteranen zweier früherer Missionen auf der ISS. Dass er Hochleistungskampfjets durch Alpentäler geflogen hatte, schien eine vernünftige Qualifikation für diesen Job zu sein. Seine Assistentin war Wang Fuhua, eine der ersten chinesischen Taikonautinnen, die während der Pioniertage vor einigen Monaten auf Izzy gekommen war.

Nachdem sie sich ausgeschlafen und ein leichtes Frühstück zu sich genommen hatten, trafen sich die Teilnehmer in der Banane, um mit Ingenieuren auf der Erde ein letztes Mal die Einzelheiten durchzugehen, dann stiegen sie eine Speiche hinauf in die schwerelosen Verhältnisse des Hubs und schlängelten sich, während sie den Stapel – die zentrale Achse der Raumstation – emporglitten, zwischen Arbeitsplätzen und vorübergehenden Versorgungsdepots hindurch, bis sie einen Andockknoten erreichten, der sie nach einigem Hin und Her in eine Hamsterröhre führte. Einer nach dem anderen rutschten sie diese entlang. Dinah, an dritter Position hinter Markus, fiel es schwer, an ihm dranzubleiben; ständig entfernten seine Sohlen sich weiter. »Wie wenn man aufs Daubenhorn klettert«, sagte er an einer Stelle, »bloß ohne die lästige Schwerkraft.«

»Ist das ein Berg?«, fragte Dinah, da die Hamsterröhre lang war und sie das Gefühl hatte, dass ein bisschen Geplauder helfen würde, das Druckgefühl in ihrem Magen zu lindern.

»Ja, ein berühmter Klettersteig, wo ich aufgewachsen bin – du musst mal kommen und ihn ausprobieren«, rief Markus zurück.

Leute, die erst kürzlich auf Izzy angekommen waren, verstießen häufig dadurch gegen die Etikette, dass sie so von der Erde sprachen, als wäre es möglich, dorthin zurückzukehren. Als befände man sich, wie die anderen Male zuvor, nur auf einer befristeten Mission. Dinah sagte nichts. Markus würde seinen Fehler bemerken, wenn er ihn nicht schon bemerkt hatte.

»Ach ja«, fügte er hinzu. Er hatte ihn bemerkt.

»Was ist ein Klettersteig?«, fragte Dinah, bemüht weiterzukommen.

»Das ist ein mit Drahtseil, Leitern und so weiter präparierter Aufstieg.«

»Um es leichter zu machen«, vermutete Dinah.

»O nein. Es ist nicht leicht. Es ermöglicht überhaupt erst eine

Klettertour, die sonst unmöglich wäre, und macht sie bloß extrem schwierig.«

»Okay«, sagte Dinah. »Also eine gute Metapher für das, was wir hier oben zu tun versuchen.«

»Ja, wahrscheinlich!«, sagte Markus durchaus fröhlich.

Sie kamen zu einem Knotenpunkt von Hamsterröhren und gingen, nachdem sie die von früheren Passanten hinterlassenen Filzschreiber-Vermerke an den Wänden studiert hatten, ihrer getrennten Wege, Dinah vor Ivy nach rechts, während Fuhua und Markus geradeaus gingen. Nachdem sie drei besetzte Andockstellen passiert und flüchtige Grüße mit den Leuten gewechselt hatten, die in den Kapseln auf der anderen Seite wohnten, kamen sie ans Ende der Hamsterröhre und gingen durch einen Andockport.

Sie schwebten in einen röhrenförmigen Raum von etwa vier Metern Durchmesser und zwölf Metern Länge, erleuchtet von eisigen, bläulich weißen LEDs. Die Wand war ein glatter Zylinder aus Aluminiumblech, gestreift mit Barcodes und getüpfelt mit Chargennummern der Fabrik, die ihn hergestellt hatte. Über die gesamte Länge zog sich eine lange, gerade Schweißnaht. Am anderen Ende war durch ein planes Fiberglasgitter – eine Scheibe aus Material für Industrielaufstege in Giftgrün – hindurch die Wölbung der von vielen Rohren und Kabeln durchzogenen »Kesselraum«-Kuppel zu sehen. Eine Leiter aus demselben Material reichte von dort »nach oben« zur »Vordertür«, durch die Dinah und dann Ivy eintraten. Dinah musste sofort an Markus mit seinem Gerede von Klettersteigen denken. Eine Leiter brauchte man nur, wenn man mit Schwerkraft oder einer annehmbaren Kopie davon rechnete. Das Gitter am anderen Ende würde schließlich als Fußboden dienen.

Oder als *ein* Fußboden – nämlich der des untersten Stockwerks. Die Sub-Arche war so lang, dass sie sich durch Einfügen weiterer solcher Gitterscheiben senkrecht in bis zu fünf Stockwerke unterteilen ließ. Zu diesem Zweck waren in regelmäßigen Abständen Leisten an den Wänden angebracht, aber die Gitter waren noch nicht installiert worden.

Dinah stieß sich von der obersten Leitersprosse ab und schwebte »nach unten«, bis sie ihren Schwung am Kesselraumgitter abbremsen konnte, dann drehte sie sich herum, sodass ihre Füße es berührten und ihr Kopf wieder »nach oben« in Richtung Vordertür zeigte. Das brachte sie auf Augenhöhe mit mehreren an den Wänden angebrachten Flachbildschirmen. Sie dienten als Statusanzeigen und Bedienungstafeln für die außen an der Kuppel angebrachte Ausrüstung. Das Einzige, was für sie im Augenblick eine Rolle spielte, war der kleine Atomreaktor. Er hatte seinen eigenen Bildschirm. Dinah erweckte ihn durch Berührung zum Leben. Er aktualisierte sich mit einer grafischen Darstellung, die die Temperatur des Plutonium-Pellets in seinem Kern, die derzeitige Leistung, die Drehzahl und den Gerätezustand des Stirling-Motors, der die Reaktorhitze in elektrische Energie umwandelte, und den Ladezustand der Batterien und des Superkondensators anzeigte, die als Zwischenspeicher für Energie dienten, wenn keine gebraucht wurde, und sie freigaben, wenn doch. Hier schien alles normal zu sein. Eigentlich konnte mit diesen Dingern nicht viel schiefgehen. Dieser hier war nagelneu.

Sie drehte sich zu einer anderen Anzeige um, die ihr Auskunft über das Aufgebot von Steuerraketen gab, die draußen an dem Ring angebracht waren. Sub-Archen waren ziemlich knapp an Fenstern; die einzige Stelle, von der aus man hinausschauen konnte, befand sich am vorderen Ende, wo man neben der Andocktechnik zwei kleine Bullaugen in die Kuppel eingelassen hatte. Direkt unter einem von ihnen befand sich, was die Ingenieure Couch nannten, was ein zufälliger Beobachter jedoch eher als teuren Liegesessel bezeichnet hätte, der irgendwie in den Weltraum gelangt war. Ivy hatte sich bereits darin angeschnallt und weckte gerade eine andere Reihe von Flachbildschirmen auf. Dinah konnte sie in das Mikrofon ihres Headsets murmeln hören, dessen Kabel sie in das Sortiment von Plastikkästen eingestöpselt hatte, die in diesem Kontext als Steuerpult herhielten. Sie ging mit der Mission Control eine Checkliste durch und redete mit Markus, der sich inzwischen wohl vor der Steuerung von Sub-Arche 3 angeschnallt hatte.

Als Dinah sich umblickte, sah sie den Schimmer eines Kameraobjektivs, nicht größer als das Auge eines Raben, das in ein winziges Plastikgehäuse an der Wand in der Mitte der Sub-Arche eingelassen war.

Da fing sie ohne besonderen Grund zu weinen an.

Das war bisher erstaunlich selten vorgekommen. Bestimmte Morsenachrichten von Rufus lösten zuverlässig einen Tränenstrom aus. Ivy und Dinah erlaubten sich in Anwesenheit der jeweils anderen, wenn niemand sonst dabei war, Tränen zu vergießen, und diesem Klub waren in letzter Zeit noch ein paar andere wie zum Beispiel Luisa beigetreten. Aber es gab immer irgendetwas zu tun, immer irgendeinen Notfall, um den man sich kümmern musste, irgendwelche unerwünschten Zuschauer. Keine Privatsphäre. Diese leere Sub-Arche war das größte Volumen an ununterbrochenem, leerstehendem Raum, in dem Dinah sich aufhielt, seit sie vor anderthalb Jahren in Baikonur an Bord der Sojus-Raumkapsel gegangen war. Sie erschien ihr riesig, und sie fühlte sich darin allein, und sie konnte nicht anders. Sie wusste, dass die Kamera sie beobachtete und dass ein digitales Video von ihr aufgezeichnet und archiviert wurde. Möglich, dass in ebendiesem Moment Psychologen in Houston über ihre Diensttauglichkeit urteilten. Aber das war ihr egal. Was die Leute in Houston dachten, war ihr schon lange egal. Sobald sie zu weinen angefangen hatte, gewann das Ganze so etwas wie einen nicht mehr aufzuhaltenden Schwung, und sie musste es eine Zeitlang laufen lassen. Ihre Gedanken waren von ihrer Familie und ihrer Lage abgeschweift und hatten sich den Archern zugewandt, die in solchen Konservendosen leben und sterben würden. Wenn es nicht funktionierte – wenn die ganze Idee der Cloud-Arche, wie manche behaupteten, nur ein Beruhigungsmittel war –, dann könnte es durchaus sein, dass die letzten jemals aufgezeichneten Gedanken und Eindrücke eines Menschen in genau so einer Umgebung stattfanden. Und vielleicht war Dinah dieser Mensch.

Das Problem mit dem Weinen in der Schwerelosigkeit war, dass einem die Tränen nicht über die Wangen liefen. Sie sammelten sich als kleine, wabbelige Bläschen um die Augen, und man musste sie abschütteln oder abtupfen. Zum Tupfen hatte Dinah nichts – die Plastikoveralls, die sie trugen, waren notorisch nichtabsorbierend –, also ließ sie sich einfach auf dem Boden der Sub-Arche treiben und schaute durch Säckchen von warmem Salzwasser auf das Licht der Kontrollbildschirme.

»Du bist mir ja eine schöne Assistentin!«, rief Ivy ihr zu, nachdem sie sie einige Minuten lang hatte gewähren lassen.

»Tut mir leid«, stieß Dinah hervor. »Das war missionskritisch.«

»Sieh zu, dass du nichts von der Ausrüstung kurzschließt. Tränen leiten Strom.«

»Ich glaube, die haben das alles pipisicher gemacht. Denk dran, die Dinger sind für Amateure konstruiert.«

»Sag bloß«, schnaubte Ivy. »Das Benutzer-Interface ist so einfach zu bedienen, dass ich gar nichts zu tun habe.«

Etwas Leichtes traf Dinah am Kopf. Durch die Tränen hindurch sah sie verschwommen einen weißen Gegenstand, der vom benutzerfreundlichen Bedienungspult des Atomreaktors abprallte. Sie fischte ihn aus der Luft, ihre Hände erkannten ihn als ein Päckchen Papiertücher. Wertvolle Schwarzmarktware. Sie riss es auf, zog ein paar Tücher heraus und begann den einigermaßen heiklen Vorgang, die Tränenklümpchen aufzunehmen, ohne sie in lauter winzige, Kurzschlüsse hervorrufende Tröpfchen zu zerlegen.

»Was soll denn Markus von dir denken, mein Gott?«, fragte Ivy.

Dinah brauchte einige Augenblick, um zu schalten. »Er und ich? Glaubst du?«

»Das sieht doch ein Blinder.«

Nach aufregenden Anfangswochen hatte sich die Sache mit Rhys irgendwie totgelaufen. Das war okay. Wie gewonnen, so zerronnen. Sie hatte ihn nie als stabile, langfristige Perspektive gesehen. Die Zeiten, in denen sie lebten, und der Ort, an dem sie lebten, waren einer langfristigen Paarbindung im Grunde nicht förderlich. Als Anthropologin hatte Luisa die spontanen, meist kurzlebigen Affären von Izzys Bewohnern mit einer Kombination aus trockenem Amüsement, wissenschaftlicher Faszination und offenem, ausgelassenem Neid verfolgt.

»Ich weiß nicht«, sagte Dinah, »ich verstehe, worauf du hinauswillst, aber er kommt mir ein bisschen wie Captain Kirk vor.«

»Du brauchst einen kleinen Captain Kirk in deinem ...«

»In meinem *was*?«

»In deinem *Leben*. Rhys ist zu introspektiv.«

»Ist das irgendein Euphemismus?«

»Er ist depressiv.«

»Na so was, warum wohl?«

»Nein, nicht so. Nicht von wegen die Welt geht unter und alle müssen sterben. Sondern wenn er an einem Projekt arbeitet, ist er voller Energie, aber wenn es zu Ende ist, macht er irgendwie schlapp.«

Dinah lag eine Bemerkung darüber auf der Zunge, wie genau sich diese Beobachtung mit Rhys' Stil als Liebhaber deckte, aber sie verkniff sie sich. »Dir ist schon klar, dass das alles aufgezeichnet wird?«

»Gewöhn dich dran«, sagte Ivy, und Dinah konnte ihr Achselzucken aus zwölf Metern Entfernung wahrnehmen. »Halt dich fest, ich lasse mal eben die vorderen Steuerraketen kurz knallen – ich möchte aus unserer Parklücke raus.«

Sie machte keine Witze. Die Steuerraketen gaben, als sie zündeten, ein Geräusch von sich, das einem Knall tatsächlich sehr nahekam. Dinah, die sich nicht festhielt, fühlte sich ein paar Augenblicke lang desorientiert, während die ganze Sub-Arche um sie herum sich nach hinten bewegte, während sie selbst bewegungslos blieb. Das grüne Gitter entfernte sich von ihr, und die Vordertür näherte sich – doch alles so langsam, dass sie nur die Hand ausstrecken und sie über die Leiter gleiten lassen musste, um ihre relative Bewegung zu kontrollieren. Nach wenigen Sekunden war das vordere Ende der Sub-Arche bei ihr, und sie bremste sich an einer der Streben von Ivys Couch. Daneben befand sich ein Gewirr aus Gurten und Polstern, das einem Klettergeschirr glich und das zu entwirren und anzulegen Dinah nun einige Minuten brauchte. Das Knallen der Steuerraketen, das Zischen und Klicken der dazugehörenden Röhren und Ivys Gemurmel in das Mikrofon dienten als Begleitung, während sie sich anschnallte und selbst ein Headset aufsetzte. Das ermöglichte es ihr, die in knappem, militärischem Stil gehaltenen Funksprüche zwischen Ivy, Markus und ihrem Controller auf Izzy mitzuhören. Alle paar Minuten schaltete sich ein Ingenieur in Houston mit Fragen und Beobachtungen ein.

Sobald sie deutlich Abstand von Izzy gewonnen hatten, lösten sie einen vorprogrammierten, einige Sekunden langen Brennstoß aus, der sie in eine geringfügig höhere Umlaufbahn brachte. Eine Zeitlang konnten sie durch die Fenster nichts als leeren Raum sehen. Die Sonne musste über den Gradbogen der Erde gestiegen sein, weil an der Wand helle, runde Flecken erschienen.

Ivy sagte: »Ich habe Drei auf dem Radar und schalte MAP ein.« Das war das Drei-Buchstaben-Akronym für Monitored Autonomous Piloting oder Überwachte Selbsttätige Ansteuerung. Die Operation, die sie durchzuführen gedachten – das High Five –, war viel zu heikel, um von Anfängern in der Raumschiffsteuerung übernommen werden zu können. Sie musste komplett automatisiert ablaufen. Aber die Algorithmen und Sensoren, die ihnen verrieten, was vor sich ging, waren allesamt nagelneu, deshalb mussten erfahrene Piloten an der Steuerung sitzen, durchs Fenster alles im Auge behalten und eingreifen, falls und wenn der Autopilot verrückt zu spielen begann.

Die Steuerraketen begannen in anderem Rhythmus zu knallen, ein Geprassel winziger Brennstöße, ganz anders, als ein Mensch sie bedienen würde. Das Sternenfeld zog an den Fenstern vorüber, die Sonnenlichtflecken schwenkten über die Wände, und plötzlich kam ein paar Hundert Meter entfernt Sub-Arche 3 in Sicht. Auch sie flog mit MAP und drehte sich, bis ihre Vordertür in ihre Richtung zeigte. Dinah unterdrückte den Drang, Markus und Fuhua zuzuwinken. Das war unprofessionell, und sie würden sie durch das winzige Bullauge ohnehin nicht sehen können.

Am Rumpf von Sub-Arche 3 schwang ein dünner weißer Arm nach außen, rastete ein und ragte seitlich davon weg. Einige Augenblicke später hörten und spürten sie, wie ihr eigener Arm sich ebenso betätigte, und sahen eine Animation davon auf einem Flachbildschirm.

»Schalte Prankenkamera ein«, murmelte Dinah und tippte auf ein Bedienelement, das eine hochauflösende Videozuspielung von einem am Ende des Arms angebrachten Teleobjektiv auf einen Bildschirm brachte. Zuerst war darauf nichts als der blaue Gradbogen der Erdatmosphäre in einer unteren Ecke zu sehen. Dann schwenkte ein zielscheibenähnliches Muster über den Bildschirm, verlangsamte sich und schwenkte zurück. Begleitet wurde das alles von weiterem, unruhigem Geklopfe der Bremsraketen. Das Videobild war erstaunlich detailliert und scharf. Verglichen mit dem direkten Blick aus dem Bullauge konnte Dinah die Zielplatte am Ende des ausgefahrenen Arms von Sub-Arche 3 sehen, die aus dieser Entfernung winzig aussah. Aber das Bildverarbeitungssystem, das ihr kleines Raumfahrzeug jetzt steuerte, hatte es gefunden und erkannt und ...

»Wir haben Zielerfassung«, sagte Ivy. »Wir sehen euch, Drei.«

»Wir sehen euch, Zwei«, antwortete Markus. »Es läuft weiter.« Weiter lief es mit einem längeren Brennstoß der hinteren Steuerraketen, der sie so weit vorwärtsschob, dass Dinah den Druck an ihrem Hintern, das Straffwerden der Gurte des Geschirrs spüren konnte. Die Zielplatte fuhrwerkte eine Zeitlang herum, doch einige Augenblicke später war die Erfassung wiederhergestellt. Dinah konnte Sub-Arche 3 größer werden sehen. Zahlen auf einem Bildschirm, die die Entfernung zwischen den beiden Schiffen – oder, genauer, zwischen den ausgestreckten »Pranken« der beiden Schiffe – maßen, liefen zurück.

»Das ist alles nur symbolisch«, sagte Ivy, doch das letzte Wort wurde übertönt von einer digitalen Stimme, die über die rudimentäre Rufanlage der Sub-Arche eine Ansage machte: »Bolo-Koppelungsvorgang tritt in Endphase ein. Achtung, Beschleunigung.« Und dann zählte sie in klassischem NASA-Stil herunter: »Fünf, vier, drei, zwei, eins, Greifvorgang eingeleitet.«

Bei »eins« verschwand das Testmuster auf dem Schirm im Schatten, weil es jetzt so nahe war, dass die Kamera es nicht mehr sehen konnte. Die Pranken von Sub-Arche 2 und Sub-Arche 3 klatschten aneinander wie bei Läufern, die in entgegengesetzter Richtung aneinander vorbeilaufen. Seltsame winselnde Geräusche pflanzten sich durch den Arm in den Druckkörper der Sub-Arche fort.

»Greifvorgang abgeschlossen«, sagte die Stimme.

Dinahs Ohr erkannte das Winseln schließlich als das Geräusch, mit dem sich ein Kabel von einer Trommel abwickelt. Sie spürte ein Schlingern im Magen, während die Sub-Arche einen halben Salto vollführte und ihre Richtung umkehrte, sodass sie wieder auf ihren Bolo-Partner zeigte.

Weil sie dieses Manöver wochenlang studiert hatte, wusste sie, dass die beiden Sub-Archen nun über ein Kabel miteinander verbunden waren. Sie waren direkt aneinander vorbeigeflogen, doch die Spannung in dem Kabel hatte sie herumgedreht, sodass sie nun wieder aufeinander zeigten – davon überzeugte sie sich durch einen Blick aus dem Fenster, der ihr den Bug von Sub-Arche 3 zeigte, der sich langsam entfernte, während sie vor ihnen »zurückwich«. Die neben ihrem Andockport angebrachte Kabeltrommel drehte sich und spulte Kabel ab, während die beiden Raumfahrzeuge Abstand voneinander gewannen. Genau in der Mitte waren die Kabel von Zwei und Drei durch eine Koppelungsvorrichtung miteinander verbunden, die sich durch Fernsteuerung lösen ließ, wann immer sie die Entscheidung trafen, ihrer getrennten Wege zu gehen.

»Glückwunsch, Bolo Eins«, sagte der Ingenieur unten in Houston. »Die erste selbsttätig erfolgte Koppelung zweier Raumfahrzeuge zwecks Schaffung eines rotierenden Systems zur Erzeugung simulierter normaler Erdschwerkraft.«

Die Erde schwang unter der anderen Hälfte von Bolo Eins vorbei, und Dinah spürte das Gefühl in ihrer Kehle, auf das in fünf Minuten Erbrechen folgen würde. Die beiden Sub-Archen drehten sich bereits umeinander und erzeugten einen geringen Grad von simulierter Schwerkraft – sogar noch weniger als das, was sie in der Banane erlebten. Doch damit gab sich das MAP-System nicht zufrieden. Sobald die Sub-Archen sich weit genug voneinander entfernt hatten, um von den Abgasen der Steuerraketen der jeweils anderen keinen Schaden zu nehmen, löste das System einen längeren Brennstoß aus, der – in Verbindung mit dem langsamen Ablaufen der Kabel – die Innenohren der Besatzungen einigen lästigen Veränderungen unterwarf. Das Geräusch der Kabeltrommeln änderte sich, als automatische Bremsen griffen, die das Abspulen verlangsamten, um einen schädlichen Ruck am Ende zu vermeiden. Dann herrschte einige Augenblicke Stille, und es erfolgte ein weiterer Brennstoß – länger und lateral ausgerichtet, um die Drehgeschwindigkeit des Bolos zu erhöhen.

»Ach du heilige Scheiße« war das Einzige, was Dinah die ersten ein, zwei Minuten sagen konnte.

Zum ersten Mal seit über einem Jahr erlebten sie ein G – die normale Erdschwerkraft.

Markus, der erst seit ein paar Tagen im Orbit war, hörte sich an, als ginge es ihm prächtig. Nach dem zu urteilen, was sie in ihren Headsets hörten, hatte er sich von seiner Pilotencouch losgeschnallt und kraxelte überall in der Sub-Arche 3 herum, als wäre sie das Daubenhorn.

Ivy und Dinah konnten sich mehrere Minuten lang nicht bewegen, und Dinah erwog ernsthaft die Möglichkeit, dass sie am Sterben war.

»Kann man im Liegen ohnmächtig werden?«, fragte sie schließlich.

»Bleiben Sie in Ihren Positionen«, sagte eine Stimme aus Houston undeutlich und fern, als brüllte sie sie durch ein Megafon vierhundert Kilometer unter ihnen an. »Bis auf den Boden der Sub-Arche ist es ein tiefer Fall.«

Ein tiefer Fall. Dinah hatte aufgehört, in Begriffen von oben und unten auch nur zu denken. Die Vorstellung des Fallens war für sie bedeutungslos geworden. Wenn man im Orbit war, fiel man ständig. Aber man schlug nie irgendwo auf. Sie riskierte es, den Kopf zu drehen, um auf das Gitter »unten« zu blicken, und das war der Auslöser, der sie zwang, nach ihrer Kotztüte zu greifen.

TAG 333

Doob wusste schon eine ganze Weile, dass es nicht ganz einfach war, mit ihm verwandt zu sein. Während seiner letzten zehn Wochen auf der Erde jedoch fürchtete er manchmal, die Geduld seiner Familie mit seiner neuen Lust auf das Campen über die Grenzen menschlicher Fähigkeiten hinaus zu strapazieren.

Bis dahin hatte seine Vorstellung von einem zufriedenstellenden Erlebnis im Freien darin bestanden, auf die Terrasse eines europäischen Hotels zu schlendern, Zigarren zu rauchen und Brandy zu trinken. Seine Aufgaben als Astronom riefen ihn manchmal an entlegene Orte wie etwa den Gipfel des Mauna Kea, wo er dann pflichtschuldig ins Freie ging, sich einige Minuten lang den Hintern abfror, eine Bemerkung zur Großartigkeit der Aussicht und zur Klarheit der Luft machte und dann wieder hineinging, um sich vor einen Computer zu setzen und auf einem Bildschirm Bilder anzuschauen. Das Campen und ganz generell das Leben im Freien hatten einfach nicht zur Kultur seiner Familie gehört, die eher den Aufenthalt unter einem festen Dach schätzte, in einem beheizten Raum, hinter verschlossenen Türen, während in einer modernen, voll ausgestatteten Küche reichlich Essen buk und briet. Er hatte immer seine Kollegen in den Bio- und Geowissenschaften bewundert, die kurzfristig mit einem voll bestückten Rucksack losziehen und an exotischen Orten ein raues, abenteuerliches Leben führen konnten. Aber er hatte sie von fern bewundert.

Sein Ausflug zum Moses Lake mit Henry hatte ihn zu einem Spätbekehrten in Sachen Outdoorleben gemacht und ihn in den Besitz eines beträchtlichen Vorrats hochmoderner Ausrüstung gebracht, die zu benutzen er einen seltsamen Drang verspürte. Ein weiterer Auslöser war die Reise nach Bhutan gewesen. Ihr war eine längere Reihe von Flügen über den Pazifik und ein kurzer Aufenthalt auf einem Flugzeugträger vorausgegangen: beengte, überfüllte, künstliche Umgebungen nicht unähnlich der, in der er den Rest seiner Tage verbringen würde. Dann war er, nur für ein paar wohltuende Stunden, aus dem Hubschrauber in die kalte, nach Kiefern duftende Bergluft von Bhutan gestiegen, hatte eine Fahrt im Land Rover des Königs gemacht und war einen in Dunst gehüllten Berg hinaufgewandert, der ihm vorgekommen war wie direkt von einem Plattencover aus den Siebzigern. Und ihm hatte zu denken gegeben, dass er nicht einmal einen so herrlichen Ort für bare Münze nehmen, sondern nur mit solchen Popkultur-Referenzen vergleichen konnte. Ein paar Stunden später war er wieder auf dem Flugzeugträger gewesen, mit Dorji, Jigme und noch etwa hundert anderen Archern, die auf ähnliche Weise in Burma, Bangladesch, Nepal, diversen Provinzen Indiens, Sri Lanka und auf verstreuten Inselgruppen abgeholt worden waren. Ihm war aufgefallen, wie gefestigt, wie natürlich, wie autochthon die bhutanischen Jugendlichen gewirkt hatten, als er ihnen zum ersten Mal auf dem Felsen in ihrem Heimatland begegnet war, und wie verloren sie im Gegensatz dazu auf dem lackierten Stahlniedergang eines Flugzeugträgers erschienen, inmitten anderer Südostasiaten in gleichermaßen farbiger Kleidung, alle gleichermaßen ihrer Heimaterde entfremdet, alle auf der Suche nach einer Stelle, wo sie ihre unschätzbaren kulturellen Artefakte verstauen konnten.

Er war mit dem Gedanken nach Hause gekommen, dass er selbst ein bisschen Heimaterde abkriegen musste, ehe er zu einem Ort hinaufgeschossen wurde, wo er sich ganz genauso verloren und entfremdet vorkommen würde wie Dorji und Jigme an Bord der *USS George H. W. Bush*. Was ihm vollkommen unstrittig erschien. Doch als er Tav bei einer Tasse Marine-Kaffee in einer der Cafeterien des Flugzeugträgers dieses Vorhaben präsentierte, wandte dieser ein: »Das ist eine totale Verklärung von Dreck.«

Tav spielte gern den Advocatus Diaboli. Er und Doob hatten schon viele solcher Gespräche geführt. Doob zuckte mit den Achseln und sagte: »Mal angenommen, du hast recht. Was ist das Schlimmste, was passieren kann, wenn ich ein bisschen Dreck abkriege, solange ich noch Zugang zu Dreck habe?«

»Tetanus?«

»Ehe sie angefangen haben, mich an Orte wie diesen zu schicken, haben sie dafür gesorgt, dass ich mit meinen Impfungen auf dem neuesten Stand bin.«

»Nein, im Ernst, ich nehm dir das einfach nicht ab, Doob.«

»Was nimmst du mir nicht ab? Was glaubst du denn, was ich dir verkaufen will?«

»Du willst mir die Idee verkaufen, es gäbe so etwas wie einen Naturzustand, für den die Menschen bestimmt sind. Das ist die ›Dreck ist gut‹-Hypothese.«

»Aber wir haben uns offensichtlich in rustikalen Freiluftverhältnissen entwickelt. In gewissem Sinne sind solche Umgebungen natürlich für uns.«

»Aber wir haben uns weiterentwickelt, Doob. Wir sind keine Tiere. Wir haben uns zu Organismen entwickelt, die so etwas machen können.« Tavs Handbewegung schloss das stählerne Ambiente des Flugzeugträgers ein. »Und das hier.« Er hob seine Kaffeetasse und stieß damit gegen die von Doob.

»Und das ist gut, sagst du.«

»Verglichen damit, von Hyänen zerrissen zu werden? Aber allemal.«

»Ich habe nicht vor, mich von Hyänen zerreißen zu lassen. Ich gehe bloß campen.«

Tav lächelte auf eine Weise, die ein wenig gezwungen wirkte. *Du verstehst nicht, was ich meine, stimmt's?* Er sagte: »Hör zu, du kennst meine Ansichten zur Singularität. Zum Hochladen.«

»Ja, ich habe dein Buch zu dem Thema angepriesen.«

»Ja, danke.« Tav sprach von der Idee, dass der menschliche Verstand sich prinzipiell digitalisieren und auf einen Computer hochladen ließ. Dass dies eines Tages in großem Maßstab geschehen würde. Dass es vielleicht sogar schon geschehen war – dass wir in Wirklichkeit alle in einer riesigen digitalen Simulation lebten.

Doob kam ein Gedanke. »Hast du den König deswegen nach seinen Ansichten zur Reinkarnation ausgefragt?«

»Ja, zum Teil«, gab Tav zu. »Hör zu, ich sage doch nur, dass, wenn man dort war, wo ich schon gewesen bin, was das Nachdenken darüber angeht…«

»Wenn man, mit anderen Worten, die Singularität geschluckt hat?«, sagte Doob.

»Ja, Doob, und wie du weißt, habe ich das, dann ist man schon grundsätzlich davon abgekommen, ein Naturbursche sein zu wollen. Ich werde nie ein Naturbursche sein. Ich glaube, dass der menschliche Verstand fast unendlich veränderbar ist und dass sich die Leute binnen Tagen oder Wochen an das Leben in der Cloud-Arche anpassen werden. Wir werden uns schlicht in eine ganz andere Zivilisation als die verwandeln, in der wir aufgewachsen sind. Unsere ganze Idee von Natur wird in Vergessenheit geraten. Und heute in tausend Jahren werden die Leute ›Campingausflüge‹ machen, die darin bestehen, dass sie genau wie ihre Vorfahren in Sub-Archen schlafen, Limonade trinken und in Schläuche pinkeln.«

»Für sie«, sagte Doob, »wird das dann ein Zurück-zur-Natur-Erlebnis.«

»Ich glaube, so werden wir das sehen, ja«, sagte Tav.

Doob erwog, die Pointe des berühmten Witzes – *Wer ist ›wir‹, weißer Mann?* – anzubringen, überlegte es sich jedoch anders.

In den nächsten Wochen hatten ihn seine Aufgaben in verschiedene andere Teile der Welt geführt, wo er »Entführungen« vornahm, wie Mario, der Fotograf, das nannte, und die Opfer in Archer-Ausbildungscamps brachte, in denen sie den Rest ihrer Erdentage damit verbrachten, komplizierte Videospiele über Orbitalmechanik zu spielen. Bei manchen dieser Reisen tauchte auch Tavistock Prowse auf. Wenn er nicht dabei war, postete er in den Social Media Beiträge zu den Themen, die er in ihrem Gespräch auf dem Flugzeugträger angesprochen hatte. Und wenn Doob sich zu diesen Beiträgen durchklickte, war er stets beeindruckt von der Anzahl von Menschen, die sie lasen. Tav gewann eine Gefolgschaft und erwarb sich einen Ruf als wichtiger Denker, was die Soziologie der künftigen weltraumbasierten Zivilisation betraf.

Jedes Mal wenn Doob ein paar freie Tage hatte, schwebte er in einem Landesteil ein, in dem eines seiner Kinder wohnte, schnappte es sich und ging mit ihm campen.

Henry hatte sich dauerhaft – jedenfalls so dauerhaft, wie irgendetwas auf dieser Welt sein konnte – in Moses Lake niedergelassen. Das war sein Jüngster. Hadley, die Mittlere, war in Berkeley; sie arbeitete seit einiger Zeit ehrenamtlich für eine Organisation in Oakland und hatte viel freie Zeit. Doob schleppte sie zu Tageswanderungen auf den Mt. Tam oder längeren Aufenthalten in den Sierras mit. Hesper, seine Älteste, wohnte mit ihrem Freund, einem im Pentagon stationierten Militär, außerhalb von Washington, D. C.

Der letzte Campingausflug fand Anfang Oktober statt. Doob blieben immer noch ein paar Wochen, aber er wusste, er würde sie größtenteils in der Ausbildung oder mit Fernsehauftritten über die Ausbildung verbringen. Vielleicht würde er in den kommenden Wochen gelegentlich schwänzen und eine Nachmittagswanderung machen können. Doch wenn er sich das nächste Mal in einen Schlafsack kuscheln würde, dann würde er es in der Schwerelosigkeit tun, in der gemütlichen Umgebung einer fensterlosen Aluminiumdose.

Vielleicht weil sie das spürte, war Amelia kurzentschlossen eingeflogen. Normalerweise hätte sie zu dieser Jahreszeit unterrichtet, aber der Stundenplan war unverbindlich geworden. Es war schwierig, die Illusion aufrechtzuerhalten, Bildung sei wertvoll für Kinder, die nicht lange genug leben würden, um sie anwenden zu können. Sie würden die Eignungstests, auf die sie sich vorbereiteten, nie ablegen. In gewisser Weise, hatte Amelia gesagt, hatte das zu einer Art Renaissance in der Pädagogik geführt. Von den Zwängen befreit, hohe Testresultate zu erzielen oder aufs College zu kommen, konnten die Schüler um des Lernens willen lernen – und genau so sollte es auch sein. Der durchgetaktete Lehrplan hatte sich aufgelöst und war durch Aktivitäten ersetzt worden, die von Tag zu Tag von Lehrern und Eltern improvisiert wurden: Wandern in den Bergen, die Durchführung von Kunstprojekten über die Cloud-Arche, Gespräche mit Psychologen über den Tod, Lektüre von Lieblingsbüchern. In einem bestimmten Sinn waren Amelia und ihre Kollegen noch nie so gebraucht worden, hatten noch nie eine solche Gelegenheit gehabt, ihre Qualität zu zeigen. Zugleich hatte sich die Routine so weit gelockert, dass Amelia sich ein paar Tage freinehmen, in ein Flugzeug nach D.C. steigen, Doob überraschen und mit ihm, Hesper und Enrique in die Berge fahren konnte, um sich am Herbstlaub zu freuen.

Doob hatte nie einen richtigen Zugang zu Enrique gefunden – einem teils schwarzen, teils puerto-ricanischen, durch und durch amerikanischen Army Sergeant aus der Bronx. Doch nun, während er, mit Amelia in eine Decke gekuschelt, auf der Heckklappe eines gemieteten SUV saß, auf eine in prächtigen Herbstfarben strahlende Hügellandschaft hinausschaute und darauf wartete, dass die Würstchen auf dem Hibachi heiß wurden, fühlte Doob sich dem Burschen so nahe, wie er sich überhaupt jemandem nahe fühlen konnte. Enrique schien sein Auftauen zu bemerken.

»Was werdet ihr da oben bauen?«, fragte er.

Dass Doob kein verächtliches Schnauben ausstieß, sagte einiges darüber, wie sehr er sich im letzten Jahr verändert hatte. Nicht einmal sein Gesichtsausdruck änderte sich, jedenfalls redete er sich das ein. Er sah Bestätigung heischend Amelia an, die neben ihm saß. Sie hatte versucht, ihm zu helfen. Für die Kinder, hatte sie erklärt. *Es spielt keine Rolle, was du denkst, Dubois, oder was du empfindest. Es geht nicht um dich. Es geht nicht mal um die Wissenschaft. Im Augenblick geht es darum, den Kindern in meiner Klasse zu sagen, worauf sie hoffen müssen. Also halt die Klappe und mach.*

Diese Dinge waren wichtig. Es handelte sich nicht nur darum zu verheimlichen, was man wirklich empfand. Wenn man seine Gefühle gut genug verheimlichte, änderte einen das tatsächlich.

Noch vor wenigen Monaten hätte Doob Zynismus erkennen lassen, und das womöglich so lange, bis Enrique es bemerkt hätte. Und noch vor wenigen Monaten hätte er vielleicht eine ausführliche Erklärung vom Stapel gelassen, *warum* er zynisch war, und deutlich gemacht, dass die Cloud-Arche ein überstürzt improvisiertes Überlebensexperiment fast ohne realistische Erfolgschancen sei.

Nichts davon jetzt. Er sah die Gesichter von Enrique und von Hesper an, die auf einer Seite von blauem Dämmerlicht und auf der anderen von der Glut der Kohlen erleuchtet waren, und beantwortete die Frage. Er beantwortete sie, als stünde er vor einer Fernsehkamera, die einen Live-Stream ins Internet übertrug. »Die Ressourcen dort oben sind praktisch unbegrenzt. Das galt schon, bevor der Mond explodiert ist. Jetzt ist er aufgeplatzt wie eine *piñata*. Man muss das Ganze nur noch zur richtigen Architektur ausgestalten – abgeschlossene Wohnstätten, die wir mit Luft füllen und mit dem genetischen Erbe der Erde befruchten können. Das wird eine Weile dauern, und wir werden zu Anfang harte Zeiten durchmachen. Es wird emotional hart, wenn der Harte Regen einsetzt und wir uns von allem verabschieden müssen, was war. Und es wird danach hart, wenn die Archer lernen müssen, wie man zusammenarbeitet und schwierige Entscheidungen trifft. Mit Abstand die größte Herausforderung, der sich die Menschheit je gegenübergesehen hat. Aber wir werden überleben. Wir werden das, was es dort oben gibt, dazu benutzen, Brutkästen zu bauen, in denen unser Erbe leben, wachsen und übertreffen kann, was wir mitgebracht haben. Und irgendwann wird der Tag kommen, an dem wir zurückkehren. Der Harte Regen wird nicht ewig dauern. Oh, er wird viele Generationen lang dauern – so lange, wie es die menschliche Zivilisation bis jetzt gegeben hat. Und zurücklassen wird er ein heißes, felsiges Ödland. Doch bis dahin werden viele Generationen alle ihre Hoffnungen und ihren Schöpfergeist dem Problem gewidmet haben, die Welt genauso gut neu zu schaffen wie das, was wir hier sehen – oder noch besser. Wir werden zurückkommen. Und das ist die eigentliche Antwort, Enrique. Werden wir überleben? Ja. Es wird sehr riskant, aber wir werden überleben. Werden wir Lebensräume im All bauen? Aber sicher. Zuerst kleine, später große. Aber das ist nicht das eigentliche Ziel. Das eigentliche Ziel zu verwirklichen wird Tausende von Jahren dauern. Das eigentliche Ziel ist, die Erde wiederaufzubauen, und zwar besser.«

Es war das erste Mal, dass er es so gesagt hatte. Aber es war nicht das letzte Mal. In den nächsten Wochen – seinen letzten Wochen auf der Erde – würde er es wieder sagen, vor Fernsehkameras, zur Präsidentin, zu einem Stadion voller Archer in der Ausbildung. Alles, was er zu diesem Zeitpunkt wusste, war, dass Enrique auf eine Weise nickte, die besagte, so wird es laufen, Doob hat den Durchblick, und Hesper den Kopf an Enriques kräftige Schulter schmiegte und mit schimmernden Augen in eine Zukunft schaute, die ihr Vater mit diesen Worten heraufbeschwor.

Hinter ihr schnitt ein Meteor über den dämmrigen Himmel und explodierte draußen über dem Atlantik.

Cloud-Arche

TAG 365

»Heute wollen wir darüber reden, was es wirklich bedeutet, einen Schwarm von Sub-Archen im Orbit zu haben«, sagte der berühmte Astronom und wissenschaftliche Experte Doc Dubois. Er schwebte in der Mitte von Sub-Arche 2, die derzeit an Izzy angedockt war. Er trug einen Druckanzug, dessen Helm er abgelegt und sich unter den Arm geklemmt hatte. Er sprach in eine der eingebauten hochauflösenden Videokameras und vertraute darauf, dass irgendwo irgendein Computer das Material aufzeichnete.

»Schnitt«, sagte er. Dann kam er sich ein bisschen dümmlich vor. Inzwischen produzierte und bearbeitete er seine Videos selbst, deshalb hatte er gerade zu sich selbst »Schnitt« gesagt. Im All gab es keine Kamerateams, Fotografen, Produktionsassistenten und Maskenbildner, die einem auf Schritt und Tritt folgten. Eigentlich gefiel es ihm so. Aber es sprach einiges dafür, mindestens noch einen Menschen im Raum zu haben, der auf das, was man sagte, reagieren konnte. Er brauchte Amelia dort, wie sie stumm den Kopf schüttelte oder nickte. Stattdessen versuchte er sich vorzustellen, er spräche an einem sonnigen Dienstagmorgen vor den Kindern ihrer Klasse in South Pasadena. Er hörte seinen Vortrag mit ihren Ohren nach.

Was es wirklich bedeutet klang skeptisch. Als ob alles, was bislang zu dem Thema gesagt worden war, ein Haufen Quatsch gewesen wäre. Und *im Orbit* war eigentlich nicht notwendig. Jeder wusste, dass sie im Orbit waren.

»Heute wollen wir darüber reden, was es bedeutet, einen Schwarm von Sub-Archen zu haben. Im normalen Raum, zum Beispiel auf der Erde, benutzen wir drei Zahlen, um anzugeben, wo etwas ist. Links-rechts, vorne-hinten, oben-unten. Die x-, y- und z-Achse aus dem Geometrieunterricht der Highschool. Im Orbit funktioniert das aber nicht so gut. Hier oben brauchen wir *sechs* Zahlen, um genau anzugeben, in welcher Umlaufbahn sich ein Objekt, wie zum Beispiel eine Sub-Arche, befindet. Drei für die Position. Und weitere drei für die Geschwindigkeit. Wenn man zwei Objekte hat, die dieselben Zahlen gemeinsam haben, dann befinden sie sich an derselben Stelle. Im Augenblick sind meine sechs Zahlen dieselben wie die der Sub-Arche, in der ich gerade schwebe, und deshalb bewegen wir uns gemeinsam durch den Raum. Aber wenn sich eine oder mehrere meiner Zahlen ändern würden, sähe man mich driften.«

Doob hatte eine kleine Dose Druckluft mitgebracht – ein weitverbreitetes Utensil, das Elektroniker dazu benutzten, Staub von Gegenständen zu blasen, an denen sie arbeiteten. Er zielte damit nach »unten« in Richtung des hinteren Endes der Sub-Arche und drückte auf den Knopf. Luft zischte heraus, und er begann nach »oben« in Richtung Vordertür zu schweben. Er hob rechtzeitig eine Hand über den Kopf, um seine Aufwärtsbewegung am vorderen Schott abzufangen, dann drehte er sich um und schaute in eine andere Kamera.

Gut. Es war das dritte Mal, dass er das versucht hatte, und allmählich ging ihm die Druckluft aus.

»So im Druckkörper eingesperrt, wie ich es bin, kann ich nicht weit driften. Aber man kann sich vorstellen, dass ich, wenn ich nicht hätte anhalten können – wenn ich draußen auf einem Weltraumspaziergang gewesen wäre –, vielleicht sehr weit gedriftet wäre. Und die Wissenschaft der Orbitalmechanik sagt uns, dass keine zwei Gegenstände im Orbit dieselben sechs Zahlen haben können, außer in dem Spezialfall, den ich gerade gezeigt habe, wo ich mich im Inneren der hohlen Sub-Arche befand, sodass unsere jeweiligen Gravitationszentren zusammenfielen. Eine Sub-Arche oder sonst irgendein Objekt, das sich an der Backbord- oder Steuerbordseite von Izzy oder an ihrer Zenit- oder Nadirseite oder an ihrem vorderen oder hinteren Ende befindet, hat per Definition andere Zahlen. Es befindet sich in einem anderen Orbit. Und wird deshalb driften.«

Im Geist ging er seine Notizen durch. An dieser Stelle hatte er genauer auf das Wesen dieser Drift eingehen wollen. Wenn sich das Objekt in einem höheren Orbit befand, fiel es zurück. Wenn es sich in einem niedrigeren Orbit befand, raste es vorneweg. Wenn es sich auf der einen oder anderen Seite befand, konvergierte und divergierte es in einem dreiundneunzigminütigen Zyklus. Nur wenn es sich unmittelbar davor oder unmittelbar dahinter befand, behielt es dieselbe relative Position bei. Aber das, dachte er, konnte er vielleicht in einem anderen Video, einem mit mehr Grafiken, unterbringen. Besser, er kam zur Sache.

»Und die Moral von der Geschichte? So etwas wie Formationsflug gibt es im All nicht. Die Physik sorgt dafür, dass zwei einander nahe Objekte näher zueinander hin- oder weiter voneinander wegdriften. Wenn man eine Formation, wie zum Beispiel einen Schwarm, beibehalten will, hat man nur zwei Möglichkeiten. Man verbindet die Sub-Archen physisch miteinander, sodass sie zu einem Objekt werden, oder man benutzt die Steuerraketen zur Driftkorrektur.«

Es gab noch eine Option, nämlich sie in Reihe anzuordnen wie einen Zug im Raum, aber das mutete nicht sehr schwarmartig an, deshalb ließ er es vorläufig außer Betracht. Minuten nachdem er das Video gepostet hatte, würden empörte YouTube-Kommentatoren über ihn herfallen, auf den Fehler hinweisen und ihn auf Unehrlichkeit, Unfähigkeit und/oder eine Verschwörung zurückführen.

Seine letzte Aufgabe bestand darin, ein Voice-over aufzunehmen, das über Filmmaterial von jungen Archern gelegt werden würde, die in riesigen, industriellen Videospielhallen trainierten. Diese Spielhallen hatte man zu ebendiesem Zweck an Orten wie Houston und Baikonur hochgezogen. »Das alles zu lernen ist nicht schwer – jeder Computerspieler kann sich das in wenigen Minuten aneignen. Fragen Sie einfach diese aus der ganzen Welt zusammengekommenen jungen Archer, die mithilfe von Präzisionssimulatoren ihre Fähigkeiten in der Steuerung von Sub-Archen verfeinern. Meistens werden sich die Sub-Archen natürlich selbst fliegen, auf Autopilot. Aber falls und wenn es erforderlich wird, dass ein Mensch die Steuerung übernimmt, werden diese jungen Leute dafür bereit sein.«

Nachdem das erledigt war, stellte er eine Verbindung zwischen seinem Tablet und dem kabellosen Netzwerk dieser Sub-Arche her und verbrachte einige Minuten damit, Videodateien herumzuschieben, damit er sie später bearbeiten konnte. Als er sich selbst in Vorschau-Standbildern sah, fiel ihm auf, wie rund sein Gesicht war – ein typisches Symptom der Schwerelosigkeit, in der sich der Körper umstellte, was die Verteilung von Flüssigkeiten im Gewebe anging. Hier oben war es das Kennzeichen des Frischlings. Doob war seit sechs Tagen im All; man schrieb A+1.0, auf den Tag genau ein Jahr, seit er im Athenaeum gestanden und zugesehen hatte, wie der Mond zerbrach.

Sub-Arche 2, inzwischen von neueren Modellen überholt, war am anderen Ende einer Hamsterröhre auf der Backbordseite der großen Gitterstruktur angedockt. Früher oder später würde man sie wahrscheinlich als Ausweichlager oder Schlafquartier verwenden. Doob passierte ihre Andockstelle und begann sich die Hamsterröhre entlangzuschieben. Wie er auf dem Weg hierher gelernt hatte, würde das eine Weile dauern; die

Röhre war gerade dick genug, um einen schlanken Menschen in einem Polyesteroverall durchzulassen. Ein korpulenter Mann in einem Druckanzug stieß unentwegt irgendwo an oder schrappte an etwas entlang. Trotzdem war es mit angelegtem Anzug leichter, als wenn man den leeren Anzug hinter sich herzog oder vor sich herschob wie ein Mörder in der Schwerelosigkeit, der versucht, eine Leiche loszuwerden.

Nach wenigen Minuten hatte er einen Verzweigungspunkt direkt an Izzys Mittelachse erreicht, wo er mehr Bewegungsfreiheit hatte, und dort begann er den Anzug abzulegen. Es handelte sich nicht um einen vollwertigen Raumanzug, der mit seinem riesigen, auf dem Rücken getragenen Lebenserhaltungssystem für die Hamsterröhre viel zu sperrig gewesen wäre. Es war lediglich ein Overall mit Helm, wie er von Piloten in großen Flughöhen getragen wurde. Er hatte ein Leck und war deshalb nur als Kostüm verwendbar. Sich davon zu befreien artete zu einer Art Ringkampf aus, bei dem er unter Flüchen umhertrieb und gegen Wände knallte.

In einem passenden Moment spürte er einen heftigen Ruck am hinteren Kragen des Anzugs. Dieser zog den Anzug so weit herunter, dass Doob sich aus ihm herauswinden und die Arme freibekommen konnte. »Danke«, sagte er, schaute über die Schulter und sah ein vertrautes Gesicht, das ihn fragend anblickte.

»Bist du für einen Sturmtruppler nicht ein bisschen klein?«

»Moira?!«, sagte Doob. Er packte einen Haltegriff an der Wand, damit er sich drehen und sie besser sehen konnte. Während des Ringkampfs war seine Brille verrutscht, und er schob sie sich wieder die Nase hinauf. Es war tatsächlich Moira, die an einem eindeutigen Fall von Mondgesicht litt.

Zuletzt gesehen hatte er Dr. Moira Crewe bei der Ankündigung am Crater Lake, wo sie ihren Mentor Clarence Crouch unterstützt hatte – den armen Kerl, dem man die Aufgabe gegeben hatte, der Menschheit das Losverfahren zu erklären. Inzwischen war Clarence in seinem Haus in Cambridge an Krebs gestorben, umgeben von biologischen Proben und wissenschaftlichen Erinnerungsstücken, die das Einsetzen des Harten Regens nicht lange überstehen würden. Für ihn war das zweifellos ein Segen gewesen. Doob hatte Moira danach aus den Augen verloren, doch sie war von allen Menschen auf der Erde eine der nächstliegenden Kandidatinnen für die Aufnahme in die Cloud-Arche. Sie war westindischer Herkunft und trug ihr Haar in fingerdicken Dreadlocks, die sich ziemlich gut an die Schwerelosigkeit angepasst hatten – besser jedenfalls als die Haare von Weißen. Das Mondgesicht hatte ihrem sichtbaren Alter einige Jahre hinzugefügt, aber Doob wusste, dass sie Ende zwanzig war. In einem zwielichtigen Viertel von London aufgewachsen hatte sie mit einem Stipendium eine vornehme Schule besucht und danach in Oxford ihren Abschluss in Biologie gemacht. Für ihre Promotion war sie nach Harvard gegangen, wo sie an einem Projekt zur Wiederbelebung ausgestorbener Tierarten mitgearbeitet hatte. Ihr allgemeines Charisma und ein Akzent, den Amerikaner bezaubernd fanden, hatten sie zur bekanntesten Sprecherin dieses Projekts gemacht. In TED-Talks und anderen öffentlichen Veranstaltungen hatte sie die Bemühungen ihres Labors erklärt, das Wollhaarmammut wieder zum Leben zu erwecken. Nach einem kurzen Aufenthalt in Sibirien, wo sie für einen russischen Ölmilliardär gearbeitet hatte, der ein mit ehedem ausgestorbener Megafauna ausgestattetes Naturreservat schaffen wollte, war sie nach England zurückgekehrt und hatte eine Postdoktorandenstelle bei Clarence angetreten.

Es war nicht das erste Mal, dass Doob zu seiner angenehmen Überraschung einem Kollegen oder einer Kollegin über den Weg lief, die man ohne sein Wissen auf Izzy geschickt hatte. Das warf jedes Mal eine heikle Frage der Etikette auf. Es war verlockend, seine Freude zu äußern und den Betreffenden innig zu umarmen, wie man es ganz selbstverständlich täte, wenn man der jeweiligen Person in Cambridge auf einer Party oder in New York auf der Straße begegnen würde. Aber keiner von ihnen war in angenehmer Mission hier heraufgekommen. Und Moira hatte ohnehin etwas Eulenhaftes an sich, eine Art, Distanz zu halten.

Und Leute in der Schwerelosigkeit zu umarmen war schwieriger, als es sich anhörte. Zuerst musste man mal an sie herankommen.

Doob streckte die Arme seitlich vom Körper weg. »Ich drück dich«, sagte er.

Sie tat das Gleiche. »Macht man das hier so?«, fragte sie.

»Es ist nicht ganz unbekannt. Moira, DUB, ist es schön, dich hier oben zu sehen.«

DUB war die Abkürzung für »Derzeitige Umstände beiseitegelassen« und zu einem Grundbegriff auf Facebook, Twitter und Ähnlichem geworden.

»Ich hatte gehört, dass du heraufgekommen bist«, sagte Moira, »aber ich habe es irgendwie nicht richtig erfasst, weil ich furchtbar beschäftigt bin.«

»Das kann ich mir lebhaft vorstellen«, sagte Doob. »Während ich rumgerannt bin und für die Cloud-Arche getrommelt habe, hast du wahrscheinlich richtige Wissenschaft getrieben, oder?«

»Mich darauf vorbereitet drückt es vielleicht genauer aus«, sagte sie. Ihre großen braunen Augen hinter einer streberhaften, aber modischen Brille irrten in eine bestimmte Richtung ab. »Ist das hier das sogenannte vordere Ende?«, fragte sie.

»Ja.«

»Tja, die Stelle, wo ich arbeite, ist ungefähr so weit vorne, wie man überhaupt sein kann, weil sie wollen, dass mein Labor von dem großen Felsblock geschützt wird.«

»Amalthea.«

»Ja. Und wenn wir dorthin gehen, kann ich dir ein bisschen was von dem zeigen, was ich so getrieben habe. Ich finde, ich sollte dir auch Tee anbieten, aber ich weiß nicht, wie man hier welchen macht.«

Doob musste über ihre Art zu reden lächeln. In Oxford war sie ein Theaterfan gewesen und hätte auch Schauspielerin werden können. Sie war sich sehr bewusst, wie unterschiedlich ihre Leute in London und die Leute in ihrer Schule und in Oxford redeten, und konnte um des Effektes willen mühelos zwischen den jeweiligen Akzenten hin und her wechseln. »Ich würde es mir gerne ansehen«, sagte er. »Ich glaube, ich kenne das Modul, das du meinst – ich habe es vor ein paar Tagen andocken sehen und war neugierig.«

Er hakte den abgelegten Druckanzug an die Wand von Moiras Labor, wo er wie ein unbelebter Beobachter hing, während Moira ihm alles zeigte. Doob, der es nicht so mit den Biowissenschaften hatte, verstand nicht alles, was sie zu ihm sagte, aber das war ihm egal. Sich entspannen und von jemand anderem etwas Wissenschaftliches erklären lassen zu können war eine willkommene Abwechslung.

»Ist dir der Schwarzfußiltis ein Begriff?«, fragte sie.

»Nein«, sagte Doob. »Ich glaube, du kannst so ziemlich davon ausgehen, dass meine Antwort auf alle Fragen zur Biologie und Genetik verneinend sein wird.«

»Sie ernähren sich zu neunzig Prozent von Präriehunden. Farmer haben den Präriehund fast völlig ausgerottet, deshalb ist die Population der Schwarzfußiltisse zusammengeschmolzen, bis nur noch sieben Exemplare übrig waren. Von diesem Zuchtbestand aus musste man sie wieder auf den normalen Stand bringen.«

»Wow, nur sieben… da muss doch die Inzucht ein Problem gewesen sein?«

»Wir sprechen von Heterozygosität«, sagte sie, »was einfach den Grad genetischer Diversität innerhalb einer Art bezeichnet.

Im Allgemeinen ist das eine gute Sache. Wenn sie zu gering ist, bekommt man es mit den Problemen zu tun, die wir mit Inzucht assoziieren.«

»Aber wenn der Zuchtbestand auf nur sieben Exemplare reduziert ist... dann ist das alles, womit man arbeiten kann, oder?«

»Nicht ganz. Na ja, strenggenommen wohl schon. Aber indem wir einige Gene manipulieren, können wir künstlich Heterozygosität schaffen. Und außerdem einige der genetischen Defekte loswerden, die sich sonst in der gesamten Population verbreiten würden.«

»Jedenfalls«, sagte Doob, »ist das für uns jetzt offenbar von Interesse.«

»Wenn die Cloud-Arche so bevölkerungsreich ist, wie das für die Zukunft behauptet wird, und wenn die Leute eingefrorene Spermaproben, Eizellen, Embryonen und so weiter mitbringen, dann kommt die menschliche Population wahrscheinlich zurecht. Wir haben dann genügend Heterozygosität, um es schaffen zu können. Meine Arbeit hier wird sich eher mit nichtmenschlichen Populationen befassen.«

»Und das heißt...«

»Na ja, du hast wahrscheinlich gehört, dass wir zur Sauerstofferzeugung Algen züchten werden. Was nur der Anfang eines simplen Ökosystems ist, das im Lauf der kommenden Jahre entwickelt, ausgeweitet und viel *weniger* simpel werden muss. Viele Pflanzen und Mikroorganismen, die dieses Ökosystem bilden, werden aus zunächst sehr kleinen Zuchtpopulationen kultiviert werden. Wir wollen keine Wiederholung der großen Hungersnot in Irland oder etwas Vergleichbares bei den Pflanzen, auf die wir angewiesen sind, um atmen zu können.«

»Dein Job wird also sein, das Gleiche damit zu machen, was im Fall des Schwarzfußiltisses geschehen ist.«

»Ein Teil meines Jobs, ja.«

»Was ist der andere Teil?«

»So etwas wie eine viktorianische Museumskuratorin zu sein. Warst du mal in Clarence' Haus in Cambridge?«

»Nein, leider nicht. Aber ich habe gehört, seine Sammlung sei großartig.«

»Es war vollgepackt mit lauter ausgestopften Vögeln, Kästen mit Käfern und präparierten Tierköpfen, zusammengetragen von viktorianischen Gentlemansammler-Typen in Tropenhelmen, die an den Rändern des Empires ihren Beitrag zur Wissenschaft geleistet haben. Keine Wissenschaftler, wie wir sie heute definieren würden, sondern zum wissenschaftlichen Ideal Beitragende. Die Museen sind von diesen Sachen übergequollen, und Clarence hat sie lastwagenweise erworben, besonders nachdem Edwina gestorben war und es nicht mehr verbieten konnte. Jedenfalls bin ich jetzt dieser Mensch, außer dass die Proben allesamt digitalisiert und allesamt auf diesen Dingern drauf sind.« Sie tippte mit dem Finger einen USB-Stick an, der an einer Kette um ihren Hals schwebte. »Oder auf ihren *strahlenfesten* Äquivalenten.« Sie sprach den technischen Begriff mit zweifelndem, ironischem Tonfall aus, der nahelegte, dass sie und die Internationale Raumstation eine Weile brauchen würden, um sich aneinander zu gewöhnen. »Die allgemeine Geschichte kennst du – ich habe dich auf YouTube darüber reden hören.« Sie schaltete auf eine gekonnte Imitation von Doobs tonlosen Midwesternvokalen um: »Wir können keine Blauwale und Sequoias zur Cloud-Arche hinaufschicken. Und selbst wenn, könnten wir sie dort nicht am Leben halten. Aber wir können ihre DNS hinaufschicken, codiert als Strings von Einsen und Nullen.«

»Du bringst mich noch um meinen Job«, sagte Doob.

»Gut. Dann lasse ich dich hier arbeiten«, sagte Moira. »Das hier ist wahnsinnig laborintensiv, und sie schicken mir nicht genug Hilfe.«

»Ich dachte, das läuft alles automatisch.«

»Wenn das Agens uns noch ein paar Jahrzehnte Zeit gelassen hätte, unsere Gensynthesetechnologie zu verbessern, dann wäre es vielleicht so gekommen«, sagte Moira. »Aber wie es aussieht, hat es uns so ein bisschen in einer unbeholfenen Pubertätsphase erwischt. Ja, wir können eine dieser Dateien nehmen« – sie klopfte mit dem Finger gegen den USB-Stick um ihren Hals – »und wir können daraus einen Strang DNS schaffen, ausgehend von ein paar einfachen chemischen Ausgangsstoffen. Aber der Umfang menschlicher Eingriffe ist immer noch aberwitzig.«

»Ich vermute mal, es sind außerdem menschliche Eingriffe auf ziemlich hohem Niveau.«

»Mein jamaikanischer Großvater hat im Maschinenraum eines Kriegsschiffs gearbeitet«, sagte Moira, »so ist unsere Familie nach England gekommen. Als ich ein Kind war, hat er mir eines dieser Schiffe gezeigt, und wir sind auch in den Maschinenraum gegangen, und ich habe sie gesehen, die Maschine, deren Einzelteile allesamt freilagen – das verdammte Ding war nackt, und Männer mussten mit Ölkannen darauf herumkrabbeln und die Lager von Hand schmieren und so weiter. Das ist ein bisschen vergleichbar dem, wo wir heute beim Synthetisieren ganzer Genome stehen.«

»Aber das liegt vorläufig noch in weiter Zukunft, oder?«, sagte Doob.

»Ja, Gott sei Dank.«

»Vorläufig dokterst du noch mit intakten Organismen herum.«

»Ja. So lala. Es ist immer noch ziemlich schwierig, aber zu schaffen, glaube ich.« Sie blickte sich um. Das Modul, in dem sie schwebten, sah überhaupt nicht wie ein Labor aus. Alles war in Plastik- oder Aluminiumkästen verstaut, die zugeklebt und mit gelben Klebezetteln versehen waren. »Tut mir leid«, sagte sie, »nicht gerade überwältigend. Kaum den Flug wert, stimmt's?«

»Wie kann ich helfen?«

»Besorg mir Schwerkraft, Scheiße nochmal«, sagte Moira. Dann lachte sie. »Kannst du dir vorstellen, in der Schwerelosigkeit Kunststückchen mit Flüssigkeiten zu machen? Mehr ist Laborarbeit nämlich nicht.«

»Im Augenblick muss es frustrierend für dich aussehen«, sagte Doob. »Alles in Kisten, keine Schwerkraft, die dafür sorgt, dass alles funktioniert.«

»Ich weiß, ich weiß«, sagte sie. »Ich quengle. Die hängen das Ding an einen Bolo, oder?«

»Vielleicht gibt's einen dritten Torus. So groß, dass fast normale Erdschwerkraft entsteht. Viel Platz zum Arbeiten. Eine Belegschaft eifriger Archer.«

»Das ist jetzt dein Job, wie?«, sagte Moira. »Cheerleader für die Arche.«

»Das war mein Ticket hier rauf«, sagte Doob. Er spürte, wie ihm eine leichte Wärme ins Gesicht stieg, und ermahnte sich, nichts zu sagen, was er bedauern würde. »Wir alle haben so ein Ticket gebraucht. Jetzt, wo wir den Eintrittspreis bezahlt haben, müssen wir zusehen, dass es auch funktioniert.«

Moira, die vielleicht spürte, dass sie ein bisschen zu weit gegangen war, blieb stumm und mied seinen Blick.

»Und von heute an«, sagte er, »bleibt uns noch ein Jahr.«

TEIL 2

TAG 700

An Tag 700, auch bekannt als A+1.335 (ein Jahr und dreihundertfünfunddreißig Tage seit der Zerstörung des Mondes), sah die Cloud-Arche, von der Erde aus betrachtet, wie eine auf eine Silberkette aufgezogene, leuchtende Perle aus. Aus den Gründen, die Dr. Dubois Jerome Xavier Harris in seinem Monolog an Bord von Sub-Arche 2 am A+1.0 zu erläutern versucht hatte, war es im Hinblick auf den Treibstoffverbrauch teuer, tatsächlich eine Wolke oder einen Schwarm von Sub-Archen um Izzy herum aufrechtzuerhalten. Viel billiger und verlässlicher war es, sie der Raumstation auf derselben orbitalen Bahn voraus- oder hinterherfliegen zu lassen. Sobald eine Sub-Arche ihren Platz in diesem Zug gefunden hatte, erforderte eine Positionsänderung ein Manöver, dessen Komplikationen für neu eingetroffene Angehörige der sogenannten Stammbevölkerung ein ständiger Quell der Überraschung und Fassungslosigkeit war.

Archies als solche – also Leute, die per Losverfahren ausgewählt, fast zwei Jahre lang für diese Mission ausgebildet und zu dem ausdrücklichen Zweck heraufgeschickt worden waren, Sub-Archen zu bedienen und darin zu leben – verstanden das ohne weiteres. Von ihnen gab es an Tag 700 tausendzweihundertsechsundsiebzig, wobei während der letzten Welle von Starts jeden Tag weitere zwei Dutzend heraufkamen. Neuankömmlinge wurden leeren Sub-Archen zugewiesen, die sie an der Spitze oder am Ende der Schlange erwarteten. Sie wurden etwa viermal am Tag mit jeweils eigenen Schwerlastraketen ins All geschossen. Da eine Sub-Arche größtenteils aus leerem Raum bestand, wog sie, verglichen mit der Tragkraft einer großen Rakete, fast nichts und wurde daher vom Kesselraum bis zur Vordertür mit Vitaminen vollgestopft. Diese mussten herausgeholt und verstaut werden, ehe die Sub-Arche bezogen werden konnte. Jede Sub-Arche hatte ihr eigenes, einzigartiges Ladungsverzeichnis. Einige waren nur voller komprimiertem Gas wie etwa Stickstoff, der später als Pflanzendünger verwendet werden würde. Wieder andere waren mit so vielen verschiedenen und scheinbar wahllos zusammengestellten Gütern beladen, dass man damit einen Weltraumbasar hätte eröffnen können: Arzneimittel, kulturelle Artefakte, Mikronährstoffe, Werkzeug, integrierte Schaltkreise, Ersatzteile für Stirling-Motoren, persönliche Habe von Archies und, in einem denkwürdigen Fall, ein blinder Passagier, der bei Ankunft tot aufgefunden wurde. Mit Ausnahme des blinden Passagiers – der bei den anderen Verstorbenen in der Leichenhalle gebunkert wurde – musste das alles herausgeholt, katalogisiert und entsprechend verstaut werden. Jede Sub-Arche hatte eigenen Stauraum an Bord, sodass die Lagerung bis zu einem gewissen Grad dezentral erfolgte – das war ein Grundsatz der ganzen schwarmbasierten Architektur. Unverpackte Güter wie etwa Gase ließen sich in externe Tanks oder Blasen pumpen: Kleine hingen an Sub-Archen, große waren um Izzys Peripherie verteilt, wo sie als zusätzliche Abschirmung gegen Strahlung und Mikrometeoride dienen konnten. Sogenanntes Trockengut wurde ebenfalls in »außen« angebrachten Netzbeuteln verstaut, bis es gebraucht wurde. Der spärliche und beengte »Innen«-Raum blieb Organismen und Gütern vorbehalten, die tatsächlich Luft und Wärme brauchten. Verglichen damit, wie sie vor einem Jahr ausgesehen hatte, war Izzy nun also innen sauber und aufgeräumt.

Jeder, der nicht ausgelost und als Archie ausgebildet worden war, fiel unter die Kategorie Stammbevölkerung. Davon gab es einhundertzweiundsiebzig. Diese Zahl nahm nur langsam zu, da die meisten Leute, die qualifiziert waren und die gebraucht wurden, schon längst hätten heraufgeschickt worden sein müssen. Dieser Kategorie neue Mitglieder hinzuzufügen war auf der Erde von vielen politischen Auseinandersetzungen begleitet. Das Crater-Lake-Abkommen hatte das allgemeine Vorhaben einer von den Ausgelosten bevölkerten Cloud-Arche bestätigt. Dass außerdem erfahrene Spezialisten gebraucht wurden, war unumstritten gewesen, weshalb niemand an der Entsendung der Kundschafter und der Pioniere herumgedeutet hatte. Eben um dem Rechnung zu tragen, war das Konzept der Stammbevölkerung in das Crater-Lake-Abkommen aufgenommen worden. Leute wie Rhys Aitken, Luisa Soter, Dubois Harris, Moira Crewe und Markus Leuker waren gemäß der »Stabev-Klausel« heraufgeschickt worden, weil sie über bestimmte Fähigkeiten verfügten. Für jeden Einzelnen von denen, die heraufgeschickt wurden, saßen hundert mit ähnlichen Qualifikationen auf der Erde fest, wo einige ihre Abgeordneten, Kanzler, Präsidenten oder Diktatoren anriefen. Die Politik hatte sich so stark eingemischt, dass sie den Zustrom zu einem Rinnsal abgewürgt hatte. Die noch verfügbaren Stabev-Plätze wurden von einzelnen Staaten gehortet. Sie wurden nur widerwillig und mit schwer durchschaubarer Berechnung vergeben.

Archies ebenso wie Angehörige der Stabev unterschätzten leicht die »Entfernung«, die Izzy von einer Sub-Arche trennte, die sich im Orbit nur wenige Kilometer vor oder hinter ihr befand.

Die Schwierigkeiten, die damit verbunden waren, sich von einer Sub-Arche zur anderen zu bewegen, ließen sich dadurch abmildern, dass man Sub-Archen physisch an eine gemeinsame Struktur andockte und sie auf diese Weise zwang, in starrer Formation zu fliegen. So jedenfalls mochte es Leuten erscheinen, die die Gesetze der Orbitalmechanik nicht mit Löffeln gefressen hatten. Tatsache aber war, dass eine an einer Gitterstruktur am äußersten Backbord- oder Steuerbordflügel von Izzy angedockte Sub-Arche sich gar nicht in einer richtigen Umlaufbahn befand. Auf sich allein gestellt – d.h. frei von den durch die Gitterstruktur auferlegten Zwängen und ausgeübten Kräften – würde sie auf Izzy zustreben, deren Umlaufbahn schneiden, sich von ihr entfernen, umdrehen und wieder auf sie zustreben, und das im gleichen Dreiundneunzig-Minuten-Zyklus, der Izzys Umkreisungen der Erde taktete. Eine »über« Izzy am Zenit angebrachte Sub-Arche würde »langsamer« fliegen und hinterherhinken wollen, eine »darunter«, am Nadir angebrachte würde vorauseilen wollen. Insofern die Gitterstruktur verhinderte, dass dies passierte – insofern sie, mit anderen Worten, ihre Grundfunktion erfüllte, sämtliche Module und Sub-Archen in einer festen Konfiguration zu halten –, war sie einer Belastung ausgesetzt und übte Kräfte auf diese Archen aus, um sie daran zu hindern, das zu tun, was sie tun wollten. Menschen in jenen Sub-Archen würden feststellen, dass sie drifteten und gegen die Wände stießen, da ihre natürliche Flugbahn, wie von Sir Isaac Newton bestimmt, von der Struktur Izzys gestört wurde. Je größer Izzy wurde und je mehr Sub-Archen und Module mit ihr verbunden waren, desto größer wurden diese Kräfte und desto näher kam sie einem Auseinanderbrechen.

Es gab einen zweiten, noch zwingenderen Grund, Izzys Ausbreitung zu beschränken. Sie suchte Schutz hinter Amalthea.

Die ursprüngliche Umlaufbahn der Raumstation war mit Bedacht gewählt worden. Läge die Bahn tiefer, würde sie wegen der dichteren Luft zu rasch absinken. Wäre sie höher, würde die Gefahr durch Mikrometeoriden zunehmen. Das lag daran, dass die im Weltraum umhersausenden Steinbrocken dem gleichen langsamen Absinken der Umlaufbahn unterworfen waren wie Izzy selbst. Was nur gut war, da sie dadurch in die Atmosphäre gezogen und zerstört wurden, sodass Izzy durch freien Raum segeln konnte. Ihre Bahnhöhe von vierhundert Kilometern war ein Kompromiss zwischen »zu starkes Absinken von Izzys Umlaufbahn« und »ausreichend starkes Absinken der Umlaufbahn, um den Himmel von gefährlichen Felsbrocken zu säubern«.

Die Anbringung von Amalthea an Izzys vorderem Ende vor einigen Jahren hatte dies alles zum Besseren verändert. Wegen des hohen ballistischen Koeffizienten des Felsblocks war das Absinken der Umlaufbahn kein so großes Problem mehr, und Mikrometeoriden wurden von dem massiven Kuhfänger aus Nickel und Eisen in aller Regel abgehalten.

Der Weiße Himmel würde ihnen jedoch sehr viel mehr Steine in den Weg legen. Große konnte man von weitem entdecken und ihnen ausweichen, aber kleine konnten viel Schaden anrichten, weshalb die wichtigsten Teile von Izzy im Windschatten von Amalthea Schutz suchen und sich an deren achtern gelegener Oberfläche drängen mussten. Einige Steine konnten gleichwohl aus unerwarteten Richtungen kommen, aber im Allgemeinen würde es in der Drift von lunaren Trümmern eine »vorherrschende Windrichtung« geben. In diese Richtung zeigte Amalthea.

Aber Amalthea konnte keine Teile von Izzy schützen, die über die Silhouette des Asteroiden hinausragten. Dinah und der Rest der Mannschaft von Arjuna Expeditions hatten einige Fortschritte bei der »Vergrößerung« des Asteroiden erzielt, indem sie Metallplatten herausschnitten und diese dann aufstellten wie Klappen an einem Flugzeugflügel, um die geschützte Hülle zu erweitern, aber das war nicht unbegrenzt möglich. Irgendwann war es erforderlich geworden, einen Schlussstrich unter die Erweiterung zu ziehen und »die Hülle zu fixieren«, was bedeutete, dass Izzy eine endgültige Form und Größe annahm. Das war am A+1.233 geschehen. Seither hatte man Möglichkeiten gefunden, weitere Module in diese Hülle zu quetschen oder, wo das nicht möglich war, Beutel und Blasen mit gelagertem Material in Zwischenräume zu packen. Und sie hatten zusätzlichen Lagerraum in dem ungeschützten Volumen außerhalb dieser Hülle angebracht. Aber davor und danach hatte es keine weiteren Anbauten gegeben. Nach achtern konnte Izzy nicht wachsen, weil Amaltheas schützender Schatten nicht besonders weit reichte – Boliden konnten wie ein Puck beim »Bauerntrick« aus jeder Richtung kommen, da sie sich nicht in vollkommen parallelen Flugbahnen befanden. Dort hinten wurden ohnehin Beschleuniger gebraucht, und einem Raketenstrahl in die Quere zu kommen ließe einem den Aufenthalt in Höllenfeuer vergleichsweise wie einen angenehmen Sommertag erscheinen.

Amalthea war mittlerweile von Gerüsten umhüllt, die über Verbindungspunkte – von Dinahs Robotern angeschweißt oder eingebohrt – direkt im Nickel-Eisen verankert waren. Von dieser Wolke aus Gitterwerk erstreckte sich ein Rüssel nach vorn, der eine kleine Traube von Radar- und Kommunikationsantennen trug. Vor dieser hielten die nächsten Sub-Archen – sieben, angedockt an einen hexagonalen Rahmen – etwa einen Kilometer entfernt Position, so weit, dass die Brennstöße ihrer Steuerraketen diese Antennen nicht mit heißen Gasstrahlen versengten. Weitere Heptaden, wie die Zusammenschlüsse von sieben Sub-Archen hießen, waren in gleichem Abstand vor diesem angeordnet. Jenseits eines bestimmten Punktes verkleinerten sich diese zu Triaden – drei Sub-Archen an einem dreieckigen Rahmen – und wieder ein Stück weiter zu Einlingen.

Eine ähnliche Verjüngung war achtern von Izzy zu beobachten, wobei die Entfernung zur ersten Heptade größer war, um der von Izzys Beschleunigern ausgehenden Gefahr Rechnung zu tragen. Diese Heptaden und Triaden glichen ein wenig Lego- oder Tinkertoy-Teilen und ermöglichten es, Sub-Archen ohne viele Umstände zusammenzuschließen; durch ihre Gitterwerke zogen sich Hamsterröhren, sodass Menschen und Material, sobald eine Arche angedockt hatte, über denselben Rahmen ohne weiteres in andere Sub-Archen befördert werden konnten. Außerdem gab es Adapter, die eine Ankoppelung Bug an Bug erleichterten, aber man hatte festgestellt, dass sie nicht so zweckdienlich waren wie die Hex- und Tri-Rahmen.

Weiter draußen, zu den Enden des Zuges hin, war es nicht ungewöhnlich, Bolos zu sehen. Das Gravitationszentrum, um das sich jeder dieser Bolos drehte – der Greifmechanismus, der die beiden Kabel miteinander verband –, lag in der gemeinsamen Umlaufbahn Izzys und der anderen Sub-Archen. Vorderhand jedoch diente jeder dieser Zusammenschlüsse Ausbildungszwecken. Bis zum Weißen Himmel blieben nur noch etwa drei Wochen. So lange konnten die Archies in der Schwerelosigkeit überleben. Die Bildung von Bolos und die Simulation normaler Erdenschwerkraft war eine Übung für die langfristige Perspektive, in der Menschen vielleicht ihr ganzes Leben in Sub-Archen verbringen und die Schwerkraft brauchen würden, um ihre Knochenstruktur, ihr Augenlicht und andere Körperteile aufzubauen und zu erhalten, die unter der Schwerelosigkeit litten.

Die Cloud-Arche durchlief alle dreiundneunzig Minuten einen kompletten Tag/Nacht-Zyklus. Weil Zeitangaben im Weltall willkürlich waren, hatte man sich auf der ISS schon lange auf die Greenwich-Zeit, auch bekannt als UTC, als vernünftigen Kompromiss zwischen Houston und Baikonur geeinigt. Die Cloud-Arche hatte dieses System geerbt, und so begann Tag 700 um Mitternacht im Royal Observatory in Greenwich bzw. um A+1.355.0 in Archenzeit. Etwa ein Drittel der Bevölkerung erwachte und trat eine Sechzehn-Stunden-Schicht an. Andere würden um A+1.355.8 oder »dot 8« und um »dot 16« erwachen. Das System stellte sicher, dass zu jedem Zeitpunkt ungefähr zwei Drittel der Bevölkerung wach waren. Wache Menschen brauchten mehr Sauerstoff und erzeugten mehr Wärme als schlafende, deshalb wurden die Lebenserhaltungssysteme auf diese Weise weniger belastet, und die Cloud-Arche konnte mehr Menschen versorgen, wenn die Wach- und Schlafzyklen entzerrt wurden. Ein Grund für die Beliebtheit von Triaden war, dass jede der drei Sub-Archen, aus denen sie bestand, nach einer anderen Schicht operieren und ihre jeweils eigene, künstlich auferlegte Dunkel- und Ruhephase einhalten konnte. In einer Heptade ließ sich das gleiche Grundschema anwenden, wobei zu jedem Zeitpunkt jeweils zwei Sub-Archen schliefen und die in der Mitte des hexagonalen Rahmens »ständig an« war.

Doob hatte eine Position in der dritten Schicht erbeten und bekommen, was bedeutete, dass er im Wesentlichen in derselben Zeitzone wie Amelia, Henry und Hadley an der Westküste der Vereinigten Staaten operierte. Er war am Vortag um dot 16 erwacht, was vier Uhr nachmittags in London oder acht Uhr morgens in Pasadena entsprach. Deshalb war er Schlag A+1.355.0, als die erste Schicht jenes Tages begann, seit acht Stunden wach und hatte das Gefühl, ein kurzes Nickerchen würde ihm vielleicht guttun. Aber er wusste, dass es dann nur schwieriger würde, um dot 8 Schlaf zu finden, und beschloss daher wie üblich, es durchzustehen.

Da er feststellte, dass sein Verstand zu benebelt war, um aus den neuesten Zahlen der Caltech zum fortgesetzten, exponentiellen Zerfall von Mondtrümmern schlau zu werden, ging er ins »Fitnessstudio«, ein Modul, das mehrere Laufbänder enthielt. Damit die Benutzer in der Schwerelosigkeit nicht von diesen wegschnellten, waren die Geräte mit Hüftgurten und Gummiseilen ausgestattet, die die Benutzer »unten« hielten, ihre Füße gegen das Laufband drückten und die Beine dadurch zwangen, sich richtig anzustrengen. Angeblich war das gut für Knochen und Muskeln. Amelia schickte Doob ständig E-Mails, in denen sie ihn fragte, ob er heute schon trainiert habe, und er machte ihr gern eine Freude, indem er mit Ja antwortete.

Ein paar Minuten nach Beginn seines Trainings schloss sich

ihm Luisa Soter an, die gerade aufgewacht war, weil sie zur ersten Schicht gehörte. Sie »joggte« morgens gern als Erstes, deshalb war es nicht das erste Mal, dass sie sich auf diese Weise begegneten. Man hatte sechs Laufbänder an den Wänden des zylindrischen Moduls angebracht; die Füße der Benutzer zeigten nach außen, und ihre Köpfe ragten nach innen zur Mitte hin wie Speichen, die an einer Nabe zusammenlaufen, sodass sie ziemlich dicht beieinander waren, was ein Gespräch erleichterte. Für extrovertierte, gesellige Menschen wie Doob und Luisa war das ein großartiger Aufbau; eher einzelgängerisch veranlagte Benutzer setzten Kopfhörer auf und konzentrierten sich demonstrativ auf ein Tablet oder ein Buch.

»Warst du eigentlich auch in Venezuela, als du Archies eingesammelt hast?«, fragte ihn Luisa.

Ihr Tonfall gab zu verstehen, dass Venezuela ein naheliegendes Gesprächsthema war – das, worüber wohlinformierte Menschen morgens gleich als Erstes ganz selbstverständlich reden würden. Doob wusste nicht, wieso. In letzter Zeit hatte er einige Leute über Kourou reden hören, den Ort in Französisch-Guayana, von wo aus die Europäer und manchmal auch die Russen große Raketen in den Weltraum schossen. In den letzten beiden Jahren war Kourou zu einem der wichtigsten Weltraumbahnhöfe für Sub-Archen und Nachschubschiffe geworden. Deshalb hatte er das vage Gefühl, dort wäre irgendetwas im Gange, irgendetwas, worüber die Leute besorgt waren.

Er hatte seine ganze Aufmerksamkeit in die entgegengesetzte Richtung konzentriert, auf Pfirsichkern und dessen eisenreiche »Kinder«. Sie waren durch zunehmend dichtere Felsschuttwolken immer noch sichtbar. Wenn es zum Weißen Himmel kam, würden sie in einer Schmutzwolke verschwinden, und er würde sie vielleicht eine Zeitlang nicht sehen. Also hatte er PK1, PK2 und PK3 betrachtet, solange man sie noch betrachten konnte, hatte ihre genauen Orbitalparameter bestimmt und hochauflösende Fotos gemacht. PK3 war besonders interessant. Es war ein hauptsächlich aus erstarrtem Eisen bestehender Klumpen von ähnlicher Zusammensetzung wie Amalthea. Sein Durchmesser betrug etwa fünfzig Kilometer. Und er hatte an einer Seite eine tiefe, von der Größe her dem Grand Canyon vergleichbare Kluft, entstanden offenbar durch eine Kollision, die seine äußere Schicht aufgerissen hatte, während sie schon teilweise erstarrt war. Doob hatte begonnen, PK3 Kluft zu nennen.

»Doob? Bist du noch da?«, fragte Luisa. »Ich wollte gerade ›Erde an Doob, Erde an Doob‹ sagen, aber das gilt ja nicht mehr.«

»Entschuldigung«, sagte er. Er war beim Nachdenken über die riesige Spalte an der Seite von Kluft in einen Tagtraum abgeschweift und hatte sich vorgestellt, wie sie wohl von innen aussah. »Wie war deine Frage nochmal?«

»Venezuela«, sagte sie. »Ob du dort auch zu einer deiner ›Entführungen‹ warst.«

»Nein«, sagte er. »Am nächsten dran war ich in Uruguay. Was auch nicht besonders nahe ist. Und um die Zeit war ich schon ziemlich ausgebrannt.«

»Wieso warst du ausgebrannt?«

Typisch Luisa!

»Überarbeitung?«, fuhr sie fort. »Das heißt, war es körperliche Erschöpfung? Oder eher emotional-spirituelle?«

»Ich hatte einfach genug«, sagte er. »Es ist hart. Junge Leute – die besten und die klügsten – ihren Familien wegzunehmen.«

»Aber es diente doch einem guten Zweck, oder?«

»Luisa, worauf willst du hinaus?«

»Weißt du eigentlich, was auf dem Meer vor Kourou vor sich geht?«, fragte sie ihrerseits.

»Nein«, sagte er rundheraus.

»Du hast dich verabschiedet«, sagte sie.

»Ich rede jeden Tag mit meiner Familie. Aber davon abgesehen? Ja, Luisa, ich habe mich vom Planeten Erde verabschiedet.

Schöner Ort. Nette Leute. Aber ich muss mich auf das konzentrieren, was als Nächstes kommt.«

»Das sagen wir alle«, sagte sie. »Aber man könnte auch argumentieren, dass Dinge, die in den letzten drei Wochen der Alten Erde passieren, Auswirkungen auf die neue haben könnten.«

»Was ist los?«, fragte er.

»Offenbar ist von den fünfundsiebzig Venezolanern, die durch Los bestimmt wurden, kein einziger tatsächlich ins All geschickt worden.«

»Du weißt, dass es insgesamt schließlich zu einem Verhältnis von eins zu zwanzig gekommen ist«, sagte Doob. Das hieß, dass von zwanzig weltweit ausgelosten und in ein Trainingszentrum gebrachten Kandidaten nur einer einen Platz in der Cloud-Arche gefunden hatte. Keine Zahl, auf die man stolz sein konnte. Aber mehr war nicht drin gewesen. Und sie hofften, das Verhältnis mit einer allerletzten Welle von Starts noch auf eins zu fünfzehn oder gar eins zu zehn verbessern zu können.

»Ja. Und die Venezolaner wissen es auch. Deshalb sagen sie, dass es inzwischen drei bis vier von ihren fünfundsiebzig hier heraufgeschafft haben müssten.«

»Statistisch gesehen ist das keine zulässige ...«

»Diese Leute sehen nicht wie Statistiker aus.«

»Politik«, seufzte Doob.

Luisa schmunzelte. »Verstehe, mein Lieber. Und ich sage nicht, dass du unrecht hast. Aber ich muss dich darauf hinweisen, dass es dieses Wort ist – *Politik* –, das Nerds jedes Mal verwenden, wenn sie von den menschlichen Realitäten einer Organisation zu viel kriegen.«

»Und ich war an der Caltech in genug Fakultätssitzungen, um zu wissen, dass du recht hast«, sagte Doob. »Aber ich habe es anders gemeint. Die Art, wie die Venezolaner ihr Auswahlprogramm betrieben haben, war ganz offen politisch. In den meisten Ländern hat man die Idee der Auslosung cum grano salis übernommen. Es hat ein Zufallselement gegeben, ja – aber man hat auch nach Befähigung ausgesiebt. Die Venezolaner haben beschlossen, das nicht zu tun. Also haben sie am Ende Kids aus der Provinz geschickt, die tatsächlich zufällig ausgewählt waren. Viele davon mit tollen persönlichen Eigenschaften. Wenn es nach mir ginge, würden wir einige von ihnen heraufholen. Aber ich bin nicht derjenige, der die Auswahl trifft. Diejenigen, die die Auswahl treffen, treffen sie auf der Grundlage von mathematischen Fähigkeiten und dergleichen. Deshalb macht es mich traurig, dass andere Leute vor den Venezolanern in der Schlange stehen, aber es überrascht mich nicht.«

»Vor drei Wochen haben Boatpeople angefangen, die Teufelsinsel zu besetzen«, sagte Luisa, »und weigern sich, von dort wegzugehen.«

»Ist das nicht eine Strafkolonie?«, fragte Doob. »Wieso sollte irgendwer ...«

»Es war mal eine französische Gefängnisinsel, ja«, sagte Luisa. »Ist es schon längst nicht mehr. Dort wohnt kaum jemand. Aber sie liegt direkt unter der Flugbahn von Raketen, die in Kourou starten. Also wird sie jedes Mal evakuiert, wenn ein Start bevorsteht.«

»Dann muss sie ja ständig evakuiert werden, wenn man bedenkt, was für ein Verkehr dort herrscht.«

»In den letzten zwei Jahren war das auch so. Aber dann ist ein Haufen Leute dort aufgetaucht, die im Freien kampiert und sich geweigert haben wegzugehen.«

»Ich vermute, die Franzosen und Russen haben einfach weiter Starts durchgeführt.« Tatsächlich wusste Doob, dass es so war, da er ständig Sub-Archen und Nachschubschiffe von Kourou heraufkommen sah.

»Ja. Zu dieser Zeit war die Besetzung eher eine symbolische Geste.«

»Die Besetzer waren Venezolaner, nehme ich an.«

»Ja. Von Venezuela nach Französisch-Guayana ist es eine ziemlich einfache Bootsfahrt an der Küste entlang – ein paar Hundert Kilometer.«

Irgendetwas zwickte in Doobs Erinnerung. »Hat das irgendetwas mit dem Versorgungsschiff zu tun, das gestern nicht aufgetaucht ist?«

»Und vorgestern auch nicht. Die Starts von Kourou aus sind seit zwei, bald drei Tagen unterbrochen.«

»Ein paar Besetzer auf der Teufelsinsel können das nicht erklären«, sagte Doob. Dann fügte er im Scherz hinzu: »Es sei denn, sie haben Boden-Luft-Raketen.«

Luisa blieb stumm.

»Willst du mich verscheißern?«, sagte Doob.

»Es sind nicht so sehr die auf der Teufelsinsel, sondern die in der Blockade«, sagte Luisa. Sie reichte Doob ihr Tablet. Sie hatte etwas geöffnet, was wie eine Luftaufnahme aussah, wahrscheinlich aus dem Fenster eines Hubschraubers fotografiert. Im Vordergrund lag der Startkomplex der Europäischen Raumfahrtbehörde, den er schon einmal gesehen hatte. Der Komplex wurde durch einige Kilometer ebenes, von struppiger Strandvegetation durchsetztes Gelände vom Atlantik getrennt. In der Ferne, ein paar Kilometer vor der Küste, sah man eine Dreiergruppe von Inseln; Doob nahm an, dass eine davon die Teufelsinsel war.

In den Gewässern zwischen dem Strand und den Inseln wimmelte es von Schiffen: Die meisten waren klein, aber es gab auch ein paar rostige Frachter, einen ausgewachsenen Öltanker, der ziemlich heruntergekommen aussah, und einige Schiffe, von denen er hätte schwören können, dass es Marineschiffe waren.

»Wann ist das aufgenommen worden?«, fragte Doob.

»Vor ein paar Stunden«, sagte Luisa.

»Sind das Kriegsschiffe?«

»Die venezolanische Marine ist ausgelaufen, um *die Ordnung aufrechtzuerhalten*«, sagte Luisa.

»Und das mit den Boden-Luft-Raketen war kein Witz?«

»Die Piraten, die mit diesem Öltanker aufgetaucht sind, behaupten, sie hätten Stingers und würden sie gegen die nächste Rakete einsetzen, die von Kourou aus abhebt.«

»Das ist doch verrückt«, sagte Doob.

»Politik«, sagte Luisa. »Aber wir haben immer gewusst, dass das passieren würde, oder?«

»Guten Morgen, Doktoren«, sagte eine neue Stimme: die von Ivy Xiao, die das Modul betrat, um mit ihrem eigenen »Morgen«-Training zu beginnen.

»Guten Morgen, Doktor«, sagten Luisa und Doob unisono, obwohl es für Doob schon Nachmittag war.

»Habe ich da gerade das P-Wort gehört?«

»Ja«, sagte Luisa. »Wir haben gerade über dich geredet, Süße.«

Doob war entsetzt. Aber Ivy lachte vergnügt.

Ivy war vor ungefähr acht Monaten von Markus Leuker, dem Schweizer Kampfpiloten, Bergsteiger und Astronauten, abgelöst worden. Oder, genauer gesagt, man hatte eine neue Position geschaffen, die Ivys Posten überflüssig gemacht hatte. Izzy war nicht mehr bloß Izzy; sie war die Kombination von Cloud-Archen-Flotte und dem stark erweiterten Komplex, zu dem Izzy geworden war. Als solche bedurfte sie einer neuen Führungsstruktur. Die Person an der Spitze würde in Kürze zur mächtigsten Führungsperson der Menschheitsgeschichte werden, in dem Sinn, dass hundert Prozent aller lebenden Menschen ihrer Autorität unterstehen würden. Das war eine ganz andere Aufgabe, als Erste unter zwölf Gleichen zu sein, die die Internationale Raumstation vor zwei Jahren bemannt hatten.

Gleichwohl hätte Ivy sie bewältigt. Darin stimmten alle überein, die sie wirklich kannten.

Man hatte sie trotzdem abgelöst. Das war zum Teil eine Frage der Globalpolitik. Den Oberbefehl über die Cloud-Arche einem Vertreter der Vereinigten Staaten, Russlands oder Chinas zu übertragen wäre von den beiden »Verlierer«-Staaten als Provokation aufgefasst worden. Es musste also jemand aus einem kleinen Land sein, vorzugsweise einem, das als politisch unabhängig galt. Das grenzte die Liste der Kandidaten im Grunde auf einen einzigen ein: Markus Leuker. Außenseiterin war Ulrika Ek, die schwedische »Architektin« und Projektmanagerin, die man zur gleichen Zeit wie Markus ins All befördert hatte – aber mit einem anderen Raumfahrzeug, falls eines davon verunglückte. Eigentlich hatte jedoch niemand damit gerechnet, dass Ulrika ernannt wurde. Die Entscheidung wurde mit Markus' dynamischem Führungsstil, seinem Charisma und anderen derartigen Modebegriffen begründet, die, wie jedermann begriff, darauf hinausliefen, dass er ein Mann war.

Ivy hatte in den Augen der Russen und vieler in der NASA-Hierarchie dadurch versagt, dass sie Sean Probst gegenüber keine festere Haltung eingenommen hatte. Das war nicht der einzige Vorwurf, den man ihr machte, aber um ihn herum hatte sich alles andere kristallisiert. Sobald alle begonnen hatten, sie als kopflastige, wohlmeinende, aber knieschwache Technokratin wahrzunehmen, betrachtete man alles, was sie tat, durch diese Linse. Die Rettung von Tekla durch Dinah war unter dem »Retrospektroskop«, wie Doktoren das nannten, untersucht und als Versäumnis Ivys beurteilt worden, die erforderliche Disziplin durchzusetzen. Neuankömmlinge auf der Cloud-Arche, von Internetkommentaren und Fernsehexperten darauf vorbereitet, Ivy als schwache Führungskraft zu sehen, fanden Möglichkeiten, diese Sichtweise zur sich selbst erfüllenden Prophezeiung zu machen. Die erfolgreiche Erprobung von Bolo Eins, die sie unter anderen Umständen gestärkt hätte, wurde als fast buchstäbliche Übergabe der Autorität von Ivy an Markus gesehen. Ulrika hatte einige erstklassige Gelegenheiten ausgelassen, Unterstützendes über Ivy zu sagen, und es war nicht klar, ob das aus Geistesabwesenheit geschah oder einen Versuch darstellte, ihre Position als Nummer zwei zu festigen.

Jedenfalls war der Grund eindeutig politischer Natur. Doob, der das unangenehme Thema vermeiden wollte, hatte darauf geachtet, es in Gegenwart von Ivy nicht anzuschneiden, und fand es daher entsetzlich, dass Luisa direkt darauf zu sprechen kam, und faszinierend, dass Ivy lachte.

Menschen.

»Was steht heute auf deinem Terminkalender?«, fragte Luisa.

»Tabellen anschauen«, sagte Ivy. »Versuchen, mir darüber klar zu werden, welche Konsequenzen der Verlust von Kourou hat.«

»Das ist eine Komplikation, auf die wir gut hätten verzichten können«, sagte Doob.

»Keine Frage«, sagte Ivy, »aber auf komische Weise bin ich fast...« Und sie verstummte.

»Froh? Erleichtert?«, riet Luisa.

»Es ist, als wäre endlich der Startschuss gefallen«, sagte Ivy. »Seit fast zwei Jahren bereiten wir uns jetzt darauf vor. Warten auf die Katastrophe. Warten darauf, dass die Hölle losbricht. Und jetzt ist es so weit. Bloß anders, als wir erwartet haben.«

»Was hast du denn erwartet?«, fragte Luisa.

»Dass wir von einem Boliden getroffen werden und viele Verluste haben«, sagte Ivy. »Stattdessen ist etwas Unerwartetes passiert. Was in gewisser Weise ein gutes Training ist.«

»Was macht dein Süßer?«, fragte Luisa.

Doob schaltete sein Laufband ab und löste den gepolsterten Gürtel, der ihn mit den Gummiseilen verband. Er war der einzige Mann in einem Raum, in dem sich zwei Frauen über den Freund der einen unterhielten. Er kannte sein Stichwort, um sich rarzumachen.

»Ich habe seit zwei Tagen nichts mehr von ihm gehört«, sagte Ivy. »Was wahrscheinlich bedeutet, dass er unter Wasser ist.«

»Bestimmt taucht er bald wieder auf, um Luft zu schnappen«, sagte Luisa. »Kann er E-Mails schicken, wenn das U-Boot untergetaucht ist? Ich kenne mich da nicht aus.«

»Es gibt Möglichkeiten...«, sagte Ivy, doch da schwebte Doob bereits aus dem Modul.

Er begab sich den Stapel hinunter nach achtern in H2 und kletterte von dort durch eine Speiche in den rotierenden Torus T2, den zu bauen man Rhys Aitken heraufgeschickt hatte. Die darin herrschende Schwerkraft betrug ein Achtel der normalen Erdschwerkraft. Ursprünglich als Weltraumhotel für Touristen gedacht hatte er nie ganz den Anforderungen entsprochen, die das Cloud-Archen-Projekt an ihn stellte, und so hatte man Rhys beauftragt, einen größeren, mit T2 konzentrischen zu bauen, der zwangsläufig T3 getauft wurde. Rhys hatte noch nie zu denen gehört, die sich auf ihren Lorbeeren ausruhten, und für den Bau ein völlig neues System erfunden. Für Dinah wenig überraschend, hatte es darin bestanden, eine lange Hightech-Kettenschleife zu montieren, sie um T2 in Bewegung zu setzen und ihr nach und nach Dinge anzufügen. T3 drehte sich mit der gleichen Drehzahl um denselben Hub, doch weil er etwas größer war, war seine simulierte Schwerkraft etwas stärker und entsprach etwa der auf dem Mond. T3 beherbergte, was auf der Cloud-Arche noch am ehesten einer Brücke entsprach: ein etwa zehn Meter langes Segment, das Markus als sein Hauptquartier benutzte. Man hatte Versuche gemacht, es mit Namen wie »Kommandozentrale« zu ehren, doch letzten Endes handelte es sich bloß um eine verbesserte Version der Banane: einen Besprechungsraum mit ein paar Fernsehbildschirmen und Stromanschlüssen für Tablet-Computer.

Izzy hatte kein Steuerruder. Es gab keine Bedienelemente als solche. Kein großes Rad, an dem man drehen konnte, um sie durch das All zu lenken, keinen Gashebel. Bloß eine verwirrende Ansammlung von Steuerraketen, bedient über ein Web-Interface, das sich auf jeden Tablet-PC ziehen ließ, vorausgesetzt, man hatte das richtige Passwort. Der Kontrollraum, die Brücke, die Kommandozentrale konnte also überall sein. Man hatte diesen Bereich schließlich den Tank getauft. An einer Seite schloss sich ein kleinerer Arbeitsraum daran an, der als Markus' Allerheiligstes diente. Auf der anderen Seite des Tanks lag ein größerer Raum mit einer Reihe von Kabuffs, die auf bizarre Weise einem vorstädtischen Büropark glichen und in denen Leute, die Markus unterstützten, sitzen und arbeiten konnten. Dieser Bereich hatte ungefähr zehn Minuten lang Großraumbüro geheißen und wurde nun einfach nur noch das Büro genannt. Auf der anderen Seite des Büros schloss sich ein Labyrinth beengter Räume an, in denen man sich verpflegen oder auf die Toilette gehen konnte.

Doob hatte festgestellt, dass das Büro häufig der am wenigsten frequentierte Ort auf Izzy war, bloß weil die Leute nicht auf den Gedanken kamen, dorthin zu gehen. Die Schwerkraft tat seinen Knochen gut, und dass es dort Kaffee und Toiletten gab, waren eindeutige Pluspunkte. Also neigte er dazu, ein paarmal am Tag dort vorbeizuschauen, sich ein Getränk zu holen, nachzusehen, was lief, und sich, wenn alles ruhig war, in eine freie Kabine zu setzen und ein bisschen zu arbeiten.

Er traf gegen dot 2 dort ein. An den Wänden des Büros und des angrenzenden Tanks reihten sich Projektionsbildschirme, im NASA-Jargon Lageerfassungsmonitore genannt. Sie fungierten als Fenster auf verschiedene Teile der Cloud-Arche und ihrer Umgebung. Einer zeigte die Erde unter ihnen, ein anderer die Trümmerwolke, die der Mond gewesen war, ein anderer die Annäherung eines Versorgungsmoduls aus Cape Canaveral, das sich zum Andocken bereit machte, ein anderer den Fortgang einer Bolo-Koppelungsübung, die mehrere Kilometer achteraus von einigen frisch eingetroffenen Archies durchgeführt wurde. Einige zeigten einfach Statistiken und Balkendiagramme. Auf dem größten, am anderen Ende des Büros, sah man hauptsächlich eine körnige Videoeinspielung von irgendeinem Teil der Erde, wo es dunkel war. Eine eingeblendete Schrift kennzeichnete ihn als KOUROU, FRANZÖSISCH-GUAYANA.

Sobald Doob diese Information hatte, konnte er das Gesamtbild erfassen: ein Lichtermeer von den Tausenden von Booten, die sich der »Nationalen Gerechtigkeitsblockade« angeschlossen hatten, und im Hintergrund den viel geordneteren Betrieb des Weltraumbahnhofs, wo auf einer Plattform eine Ariane und auf einer anderen eine Sojus standen, beide startbereit, aber wegen der Bedrohung durch die Stinger-Raketen noch immer außerstande abzuheben.

Zwischen der Kamera und den Lichtern auf dem Startkomplex schwebte die Silhouette eines Militärhubschraubers hindurch.

Es war das rund um die Uhr laufende Programm eines Nachrichtensenders. Der am unteren Bildrand durchlaufende Kriechtitel wurde alle paar Minuten durch die aktuelle BFR oder Bolidenfragmentierungsrate aktualisiert, die am A+0 bei null gelegen hatte und seither ständig gestiegen war; das war die Zahl, die, wenn sie die Biegung in ihrer Exponentialkurve hinter sich gelassen hatte, den Eintritt des Weißen Himmels anzeigen würde. Die Fernsehsender verfolgten sie wie besessen. Es gab eine App dafür. Eine Bar in Boston hatte begonnen, jedes Mal, wenn die BFR einen bestimmten Wert erreichte, Ende-der-Welt-Spezialcocktails anzubieten, und die Aktion hatte viele Nachahmer gefunden.

Eine kleine Videoeinblendung über dem Kriechtitel zeigte ein leeres Rednerpult im Pressekonferenzraum des Weißen Hauses. Offenbar erwartete man irgendeine Mitteilung.

Doob saß in einer der Kabinen, verbrachte einige Minuten damit, nach seinen Mails zu sehen, und versuchte dann, sich wieder an seine Hauptaufgabe zu machen, die darin bestand, ein Memo über die Verteilung metallreicher Mondfragmente zu verfassen, darüber, wie sich diese erreichen und ausbeuten ließen und wieso das für die Leitung der Cloud-Arche von Interesse sein müsste. Er hatte jedoch erst ein paar Sätze geschafft, als eine

Bewegung auf dem großen Lageerfassungsmonitor seine Aufmerksamkeit erregte und er im Aufblicken in die Augen der Präsidentin der Vereinigten Staaten sah.

Sie schaute in die Kamera oder vielmehr auf den Teleprompter vor der Kamera und machte irgendeine knappe Mitteilung. Sie wirkte stocksauer.

Sie hatte eine Bandschleife an ihr Revers geheftet. Seit einigen Wochen trugen alle wichtigen Leute solche Schleifen, die beim gemeinen Volk als Geste der Solidarität mit der Mission der Cloud-Arche populär geworden waren. Die Farbzusammenstellung hatte Ressourcen verschlungen, die dem Bruttoinlandsprodukt eines mittelgroßen Landes entsprachen. Man hatte sich auf eine dünne rote Linie geeinigt, die längs durch die Mitte lief und die Blutlinie der Menschheit symbolisierte, von innen nach außen flankiert von weißen Streifen, die das Sternenlicht symbolisierten, grünen Streifen, die das Ökosystem symbolisierten, das die Archies am Leben halten würde, blauen Streifen, die Wasser symbolisierten, und schließlich eingefasst von schwarzen Streifen, die das Weltall symbolisierten. Die Diskussion darüber war so lebhaft gewesen, wie die Ergebnisse kompliziert geraten waren. Für Abendländer symbolisierte Schwarz den Tod, den für die Chinesen Weiß symbolisierte und so weiter. Die Gestaltung erregte allenthalben Anstoß. Sie war als »offizielle« Ausführung des Bandes im Internet aufgetaucht, obwohl die mit seiner Gestaltung beauftragte Kommission sich hoffnungslos festgefahren hatte und immer noch mit der Auswertung von zwölf verschiedenen, in die engere Auswahl gekommenen Entwürfen beschäftigt war, die Schulkinder aus der ganzen Welt eingeschickt hatten. Fabriken in Bangladesch waren umgewidmet worden, um das Zeug kilometerweise zu produzieren, die Schleifen waren in Kiosken und Souvenirläden vom Times Square bis zum Platz des Himmlischen Friedens aufgetaucht, und die Staatsoberhäupter hatten sich dem Urteil gebeugt und sie zu tragen begonnen.

Die Präsidentin hatte ihre mit einer Brosche angeheftet, die aus einer schlichten, in Platin eingefassten Schildpattscheibe bestand. Die blaue Scheibe auf weißem Feld sollte an den Crater Lake im Novemberschnee gemahnen; es war ein Sinnbild des Crater-Lake-Abkommens und kam einer Flagge der Cloud-Arche am nächsten.

Der Ton war leise gedreht worden, sodass Doob nicht hören konnte, was J.B.F. sagte, aber er konnte es sich denken, und ein paar Sekunden später wurde das Wesentliche in dem Kriechtitel am unteren Bildschirmrand wiedergegeben. Die sogenannte »Nationale Gerechtigkeitsblockade« sei keine Basisbewegung, sondern eine von der venezolanischen Regierung geplante und durchgeführte Operation. Sie sei ein verwerflicher politischer Trick, mit dem der hochwichtige Bau der Cloud-Arche bewusst gestört werde. Es stimme nicht, was einige munkelten und der venezolanische Präsident nun offen behaupte, dass der Weiße Himmel ein Schwindel sei. Die Blockade sei entgegen dem, was ihre Sympathisanten einen glauben machen wollten, kein friedlicher Akt zivilen Ungehorsams; vor einigen Stunden hätten bewaffnete Eindringlinge begonnen, an den Stränden von Französisch-Guayana zu landen, und würden nun von der französischen Fremdenlegion, verstärkt durch eine multinationale Streitmacht unter Einbeziehung amerikanischer und russischer Marineinfanteristen, in Schach gehalten. Doob gab sich alle Mühe, das Ganze auszublenden, kam aber nicht gegen das irrationale Gefühl an, dass J.B.F. ihn direkt anstarrte: Dieses Gefühl loszuwerden war mit ein Grund dafür gewesen, dass er hier heraufgekommen war.

Einer der PR-Heinis in Houston erreichte ihn über einen Videochat-Link, den abzuschalten Doob nicht die Geistesgegenwart besessen hatte. Er überredete Doob, die nächste Stunde damit zu verbringen, einen kleinen Sermon darüber zu schreiben, dass alle Menschen unten auf der Erde sich vereint hinter die hochwichtige Mission der Cloud-Arche stellen müssten, und darzulegen, wie sich die Blockade von Kourou darauf auswirkte. Doob verspürte große Lust, dem Mann zu sagen, er könne ihn mal, aber er hatte eine Schwäche für Leute, die nur noch drei Wochen zu leben hatten.

Er rief Ivy an – denn Izzy verfügte mittlerweile über sein eigenes Mobilfunknetz – und ließ sich von ihr ein paar harte zitierbare Zahlen geben, die er rundete und in seinen Text einfügte. Dann verbrachte er eine Minute damit, sich psychisch darauf vorzubereiten, in seine Rolle als Doc Dubois zu schlüpfen. Ehedem der Ruin seiner ersten Ehe, die Grundlage seines Lebensunterhalts und sein Ticket zur Cloud-Arche war Doc Dubois etwas, was er inzwischen nur noch selten sein musste. Dieser Typ wirkte so veraltet wie eine Figur aus einer Fernsehserie der Siebzigerjahre. In die Rolle zu schlüpfen war fast so mühsam, wie einen Raumanzug anzulegen. Es erforderte eine Extratasse Kaffee mit Zucker. Als er das Gefühl hatte, bereit zu sein, schaltete er die Videokamera seines Tablets ein, stellte sich als Doc Dubois vor, begrüßte die Menschen auf der Erde und verlas seinen kleinen Text.

Als er damit fertig war, mailte er die Datei nach Houston. Dann versuchte er, an seinem Memo weiterzuarbeiten; doch er wurde abgelenkt, als auf dem Lageerfassungsmonitor der rote Schriftzug SONDERMELDUNG erschien und man Videoaufnahmen von undeutlichen Blitzen vor dunklem Hintergrund sah. Auf dem Boden in Französisch-Guayana, zwischen der äußeren Grenze des Weltraumbahnhofs und dem Strand, waren irgendwelche Feindseligkeiten ausgebrochen. Die französische Fremdenlegion nahm an der womöglich letzten jemals geschlagenen Schlacht teil. Aber die Fernsehkameras kamen nicht nahe an das Geschehen heran, weshalb die Berichterstattung hauptsächlich darin bestand, dass Journalisten sich gegenseitig darüber interviewten, wie wenig sie wussten.

Mittendrin meldete sich erneut der PR-Heini bei Doob und bat ihn, sich in einen Teil von Izzy zu verfügen, wo Schwerelosigkeit herrsche, und seinen kleinen Zuspruch noch einmal aufzuzeichnen. Verschwörungstheoretiker behaupteten, die Cloud-Arche gäbe es gar nicht und es handele sich in Wirklichkeit bloß um eine Filmkulisse in der Wüste von Nevada. Jedes Mal, wenn sie Videomaterial aus Teilen der Raumstation mit simulierter Schwerkraft sahen, führten sie das als Beleg an und fügten ihren Social-Media-Profilen Millionen neuer Freunde und Follower hinzu.

Doob sagte, er werde sehen, was er tun könne, und verließ das Büro. Hier tat sich ohnehin nichts, Markus war im Augenblick nicht da. Er stieg eine Speiche nach H2 hinauf und gelangte in die Schwerelosigkeit.

H2 war der am weitesten achtern gelegene Teil des Stapels – des Zuges von Modulen, die Izzys Zentralachse bildeten – gewesen, bis vor einigen Wochen das sogenannte Betriebsabteil von Kourou aus heraufbefördert und an das hintere Ende angekoppelt worden war. Der Hauptzweck des Betriebsabteils bestand darin, ein großes Raketentriebwerk zu beherbergen, das Wasserstoff und Sauerstoff verbrannte und den größten Teil der Aufgabe übernahm, Izzys Umlaufbahn anzuheben. Izzy weiter nach hinten zu verlängern war nicht möglich, weil alles, was man jenseits dieses Punktes an die Raumstation anheftete, nicht mehr sicher in der schützenden Hülle von Amalthea läge. So hatte es denn auch lange Diskussionen über Katastrophenpläne für den Fall gegeben, dass das Betriebsabteil einen Treffer abbekam und sein Triebwerk zerstört wurde.

Doob kehrte dem Betriebsabteil den Rücken zu und ließ sich den Stapel entlang nach vorn treiben. H2 führte zu H1, das seinerseits zu dem alten Swesda-Modul führte. Dieses hatte früher an seiner Steuerbord- und Backbordseite kleine photovoltaische Paneele getragen, die jedoch – wie die meisten Solarpaneele von

Izzy – zusammengeklappt und entfernt worden waren, um Platz für andere Bauteile zu schaffen. Während eines Zwischenstadiums in den Bemühungen der Architekten hatte man nicht mittels Photovoltaik, sondern aus kleinen Atomkraftwerken wie denen an den Sub-Archen Strom gewonnen. Diese ragten immer noch an Befestigungspunkten überall an der Raumstation hervor, schimmernd von roten LEDs, die Weltraumspaziergängern und Piloten als Warnung dienen sollten. Und sie produzierten immer noch einen bedeutenden Anteil an Energie und dienten als wertvolle Reserve. Doch inzwischen bezog die Station den größten Teil ihrer Energie aus einem ausgewachsenen Atomreaktor, einer Modifikation des auf U-Booten verwendeten Typs, befestigt an einem langen Mast, der vom Betriebsabteil aus in Richtung Nadir zeigte. Es gab eine ganze Reihe von Gründen, warum ein großes Kraftwerk gebraucht werden könnte, der wichtigste jedoch war die Produktion von Raketentreibstoff durch Aufspaltung von Wasser in Wasser- und Sauerstoff. Und das erklärte auch, warum der Reaktor sich dort befand, wo er sich befand. Das Betriebsabteil beherbergte das große Raketentriebwerk, das Izzys größter Treibstoffverbraucher war. Und es bildete außerdem den zentralen Nexus des Werftkomplexes, wo sich aus einem Bausatz vorhandener Teile kleinere Fahrzeuge montieren ließen. Sobald sie zusammengebaut waren, brauchten sie ebenfalls Treibstoff.

Das vordere Ende des Swesda-Moduls bildete eine Andockstelle mit Ports auf der Zenit- und der Nadirseite, wo man schon vor Null wissenschaftliche Laboratorien angekoppelt hatte. Diese Tradition hatte man in gewisser Weise beibehalten, indem man die Andockstelle in eine Zentralstation für Arbeiten verwandelt hatte, die mit der Hauptfunktion der Cloud-Arche, der Bewahrung des Erbes der Erde, zu tun hatten. Wenn Doob »nach oben« in Richtung Zenit ging, gelangte er in ein langes Modul, dessen Hauptzweck darin bestand, für eine Vielzahl von Andockports zu sorgen, an denen andere Raumfahrzeuge ankoppeln konnten und schon angekoppelt hatten. Diese waren im Allgemeinen mit unschätzbaren Kulturdenkmälern vollgestopft, einige enthielten jedoch auch Serverfarmen, in denen digitale Aufzeichnungen gespeichert waren. Bestimmte Kulturdenkmäler waren leichter in den Raum zu befördern als andere; die Magna Carta hatte es hier herauf geschafft, doch Michelangelos *David* befand sich noch am Boden. Man hatte erhebliche Anstrengungen darauf verwendet, schwere Kulturschätze in »gegen alles beständigen Behältern« einzuschließen und sie auf dem Grund der Ozeane oder in tiefen Bergwerkstollen abzulegen, aber Doob hatte längst den Überblick über die Fortschritte verloren, die dieses Unternehmen machte.

Ging Doob stattdessen »nach unten« in Richtung Nadir, gelangte er in ein ähnliches dreidimensionales Labyrinth von Modulen. Diese dienten größtenteils der Unterbringung von genetischem Material: Saatgut, Spermaproben, Eizellen und Embryonen. Sie mussten allesamt kühl gehalten werden, was im Raum nicht allzu schwerfiel; in erster Linie ging es darum, die Lagerungsbehälter gegen Sonnenlicht abzuschirmen, was mit einem federleichten Stück metallbeschichteter Mylarfolie zu machen war, und in zweiter Linie darum zu verhindern, dass die Wärme umliegender Objekte in die Proben eindrang. Doob hielt stets inne, wenn er an dieser Luke vorbeikam. Er war kein spirituell veranlagter Mensch, aber er konnte unmöglich den Umstand ignorieren, dass sich irgendwo dort drinnen sein potentielles viertes Kind befand, der Embryo, den er und Amelia gezeugt hatten. Zusammen mit Zehntausenden anderer befruchteter Eizellen wartete er darauf, aufgetaut und in eine Gebärmutter eingepflanzt zu werden.

Doob ging weiter in Sarja, das nächste, in Vorwärtsrichtung gelegene Modul im Stapel. Vom Gedanken an Embryonen leicht kopfscheu gemacht, hatte er nun die vage Absicht, in die Wuwu-

Kapsel zu gehen, um dort sein Video neu aufzunehmen. Dabei handelte es sich um eine kugelförmige Tragluftstruktur von zehn Metern Durchmesser mit mehreren großen, gewölbten Fenstern. Sie war von Sarja aus über eine Hamsterröhre auf der Nadirseite zugänglich und somit der Erde zugewandt. Ulrika Ek hatte sich den Zorn sämtlicher religiöser Gruppen auf dem Planeten zugezogen, indem sie sich geweigert hatte, jeder einzelnen von ihnen eine eigene Andachtsstätte in der Cloud-Arche zur Verfügung zu stellen. Anstatt eine Kirchen-Kapsel, eine Synagogen-Kapsel, eine Moschee-Kapsel etc. heraufzuschicken, hatte sie dieses eine Gebilde heraufgeschickt, das so etwas wie die überkonfessionelle Kapelle auf einem Flughafen war, insofern als all die verschiedenen Religionen es sich teilen mussten. Projektoren im Inneren warfen Kreuze, Davidssterne oder was es sonst so gab, auf die Wände, je nachdem, was für ein Gottesdienst dort gerade stattfand. Die Kapsel hatte einen langen, umständlichen, politisch korrekten Namen, aber jemand hatte sie Wuwu-Kapsel getauft, und das war hängen geblieben.

Dieser Jemand verharrte einige Momente lang am Eingang zu der Hamsterröhre, die dorthin führte, und nahm die eindringlichen Töne des muslimischen Gebetsrufs wahr. Zu dumm. Er hatte gedacht, dass die Kapsel eigentlich einen guten Hintergrund für die Botschaft abgab, die er übermitteln sollte. Aber er würde einen anderen Ort finden müssen. Direkt gegenüber führte eine Luke in die weitläufige Gruppe von Modulen, die als Izzys Krankenstation diente. Diese nahm einen Großteil des Platzes ein, den zuvor die Sonnenpaneele auf der Steuerbordseite innegehabt hatten. An ihrem äußersten Ende, von einer isolierten Luke abgeriegelt, befand sich das überzählige Modul, das als Izzys Leichenhalle und Friedhof Verwendung fand, seit am A+0.29 der erste Kundschafterflug stattgefunden hatte und man zwei der Kosmonauten bei ihrer Ankunft tot aufgefunden hatte. Die fürchterliche Sterblichkeitsrate jener ersten Wochen hatte dafür gesorgt, dass dieses Ding zur Hälfte mit gefriergetrockneten Leichen gefüllt wurde. Seither waren vierzehn weitere Menschen an verschiedenen Ursachen gestorben: einer an einer Subarachnoidalblutung, die genauso gut auf der Erde hätte passieren können, einer an einem Herzanfall, zwei an Selbstmord, zwei an einem Versagen ihrer Ausrüstung, vier erst vor wenigen Tagen an dem plötzlichen Druckabfall in einer Sub-Arche, die von einem Boliden getroffen worden war. Diese sowie der tote blinde Passagier waren alle in der Leichenhalle verstaut. Über den Verbleib der anderen vier Todesopfer ließen sich nur Mutmaßungen anstellen. Einer war ein Weltraumspaziergänger, der schlicht verschwunden war. Die anderen drei hatten in einem Shenzhou-Raumschiff geschlafen, das am Ende einer Hamsterröhre angedockt hatte, von einem beistelltischgroßen Boliden getroffen und im Wesentlichen vaporisiert worden war. Das Video umgeben von frei schwebenden, gefriergetrockneten Leichen aufzunehmen würde zwar die »Truther« zum Schweigen bringen, war ansonsten aber nicht zu empfehlen.

Auf dem gegenüberliegenden »Flügel«, wo früher die Solarpaneele operiert hatten, befand sich eine ungefähr symmetrische Anordnung von Modulen, die von der Stammbevölkerung für diverse Wohn- und Arbeitszwecke genutzt wurden. Sie waren im Wesentlichen über die alten amerikanischen Module – Unity, Destiny und Harmony – mit dem Stapel verbunden. Infolgedessen flogen in diesen Modulen in aller Regel eine Menge Menschen herum, die auf dem Weg von einem Teil der Raumstation in einen anderen waren oder sich zur Entsprechung eines Schwatzes auf dem Flur zusammenfanden.

Hinter Harmony befand sich Node X. Die NASA gab diesen Dingen gern Namen, indem sie Wettbewerbe für Schulkinder organisierte, wodurch auch Harmony seinen Namen bekommen hatte, aber dem Projekt zur Benennung von Node X waren die Mittel gestrichen worden, ehe ein Ergebnis vorlag, und so war es bei Node X geblieben. Der Bereich hatte nie einen richtigen Zweck gefunden und war deshalb zu dem Ort geworden, an dem die Ausrüstung der Biowissenschaften verstaut war – oder vielmehr dem zentralen Verbindungspunkt, an dem die biowissenschaftlichen Module angedockt hatten, eines nach dem anderen, wie sie heraufgeschickt worden waren. Dieser Teil des Stapels war Amalthea sehr nahe, entsprechend gut geschützt und deshalb gut geeignet für die Unterbringung der unersetzlichen Ausrüstungsgegenstände, während man darauf wartete, sie nutzbringend anwenden zu können. In der Hoffnung, auf Moira zu stoßen, steckte Doob den Kopf in mehrere dieser Module, bevor ihm einfiel, dass sie als Londonerin in der dritten Schicht war und erst in drei Stunden aufwachen würde – es war gegen dot 5, vor Tagesanbruch in London.

Hinter Node X befand sich das erheblich größere SCRUM oder Space Commercial Resources Utility Module, das an seinem vorderen Ende buchstäblich mit Amalthea verschraubt war. Somit war es der vorderste Teil des Stapels. Vor Null war es beinahe verlassen gewesen. Seither war es erweitert worden und hatte sich zur Weltraumzentrale von Arjuna Expeditions entwickelt. Die Leute nannten es die Bergbaukolonie. Man hatte weitere Module daran angekoppelt, bis sämtliche Ports besetzt waren, dann hatte man direkt an der Rückseite von Amalthea Gerüste und zusätzliche Module – starre und Tragluftstrukturen – angebracht.

Ungefähr an diesem Punkt vergaß Doob völlig, welchen Auftrag der PR-Heini in Houston ihm gegeben hatte, und beschloss, eine Zeitlang hierzubleiben, um zu sehen, was vor sich ging. Von Rechts wegen hätte das hier eigentlich sein Lieblingsplatz auf der Arche sein müssen. Trotzdem suchte er ihn nie auf, weil ihm das die Politik ins Gedächtnis rief, was ihn stresste und ablenkte. Sein Gespräch vorhin mit Luisa jedoch hatte ihm klargemacht, dass das – die Politik zu ignorieren – vielleicht nicht die klügste langfristige Strategie war. Die Politik mochte ihm egal sein, aber er war der Politik nicht egal. Und außerdem waren die Leute, die tatsächlich hier arbeiteten – Leute wie Dinah –, großartig. Er hatte persönlich kein Problem mit ihnen. Er sollte mehr Zeit mit ihnen verbringen. Im Augenblick fehlten ihm noch drei Stunden bis zum Ende seines Wachzyklus. Das entsprach ungefähr der Mitte des Abends. Zeit, auszuspannen und sich ein Bier zu genehmigen. Und das tat man am besten mit Bergleuten.

Die Bergbaukolonie war aus zwei Gründen politisch. Erstens, und das war der offensichtlichste, war sie aus einer öffentlich-privaten Partnerschaft hervorgegangen, deren private Hälfte Arjuna Expeditions – Sean Probsts Firma – war. Das alles war gut und schön gewesen, bis Sean Probst bei H2 hereingeplatzt war und alle gründlich verärgert und auf die Palme gebracht hatte. Zweitens, und viel weniger offensichtlich, schien eine grundsätzliche Meinungsverschiedenheit darüber zu herrschen, was die Cloud-Arche sein und wie sie sich in den Jahren nach dem Weißen Himmel entwickeln sollte. Würde sie an Ort und Stelle, d. h. grundsätzlich in derselben Umlaufbahn bleiben? In eine andere Umlaufbahn wechseln? Würde sie als kompakter Schwarm zusammenbleiben oder sich ausbreiten? Oder würde sie sich in zwei oder mehr eigenständige Schwärme aufteilen, die unterschiedliche Dinge ausprobierten? Für alle derartigen Szenarien und noch viele andere ließen sich Argumente anführen, je nachdem, was beim Harten Regen tatsächlich passierte.

Da die Erde noch nie zuvor von einem gewaltigen Hagel lunarer Fragmente bombardiert worden war, ließ sich nicht voraussagen, wie genau das sein würde. Statistische Modelle hatten viel von Doobs Zeit in Anspruch genommen, weil sie einen großen Einfluss darauf hatten, für welche Szenarien eine Vorbereitung vielleicht am ehesten lohnte. Um ein vereinfachtes Beispiel zu nehmen: Falls man sich darauf verlassen könnte, dass der Mond sich in erbsengroße Steine zerlegte, wäre die beste Strategie, an

Ort und Stelle zu bleiben und sich um das Manövrieren keine allzu großen Gedanken zu machen. Einen erbsengroßen Boliden zu entdecken war schwierig, bis er ziemlich nahe war, und dann war es wahrscheinlich zu spät, ein Ausweichmanöver einzuleiten. Der Einschlag eines Steins dieser Größe würde eine Sub-Arche oder ein Modul von Izzy perforieren, die Raumstation aber nicht zerstören; vielleicht wurde jemand dabei verletzt, und vielleicht ging dabei etwas kaputt, aber das Schlimmste, was eintreten konnte, war, dass ein ganzes Modul oder eine ganze Sub-Arche zerstört wurden und einige Menschenleben zu beklagen waren. Andererseits wäre in dem wahrscheinlicheren Szenario, in dem der Harte Regen mit auto-, haus- und berggroßen Felsbrocken einherging, eine Entdeckung aus der Distanz einfacher. Ausweichmanöver wären nicht nur möglich, sondern unerlässlich.

Zumindest unerlässlich für Izzy. Für eine einzelne Sub-Arche spielte es keine Rolle, ob sie von einem baseball- oder einem stadiongroßen Brocken getroffen wurde. Sie war in jedem Fall verloren. Izzy dagegen könnte ersteren unter Verlust einiger Module überstehen, doch der zweite würde die gesamte Raumstation zerstören und wahrscheinlich zum langsamen Tod der gesamten Cloud-Arche führen. Izzy musste in der Lage sein, aus der Flugbahn eines großen Boliden herauszumanövrieren.

»Manövrieren« beschwor für technisch nicht Beschlagene Bilder von Footballspielern herauf, die sich auf einem offenen Feld zwischen ihren Gegnern hindurchschlängelten. Was den Architekten vorschwebte, ging deutlich gemächlicher vonstatten. Izzy würde niemals agil sein. Und selbst wenn sie es wäre, so würde ein Manövrieren in diesem Sinne haufenweise Treibstoff verschwenden. Falls ein anfliegender Felsbrocken, der groß genug war, um sie zu zerstören, lange genug im Voraus entdeckt würde, könnte sie ihm mit einem derart geschickten Brennstoß ihrer Steuerraketen aus dem Weg gehen, dass der Großteil ihrer Bevölkerung gar nichts davon mitbekäme. Die optimistische Ansicht davon, wie alles funktionieren würde, lautete also, dass Izzy im Großen und Ganzen in ihrer derzeitigen Umlaufbahn bleiben und gelegentlich ihre Steuerraketen betätigen würde, um etwaigen gefährlichen Boliden schon Stunden oder Tage vor einer errechneten Kollision aus dem Weg zu gehen. Man stellte eine Analogie zu einem Ozeanriesen her, der durch ein Feld von Eisbergen glitt und ihnen mithilfe derart subtiler Kursänderungen auswich, dass die Passagiere im Speisesaal nicht einmal sahen, wie sich der Wein in ihren Kristallgläsern bewegte.

Es gab zwangsläufig auch eine pessimistischere Sichtweise, in der Izzy eher einem Ochsen glich, der bei dichtem Verkehr über einen achtspurigen Highway stolperte. Je nachdem, wer die Analogie anstellte, konnte der Ochse zusätzlich noch verbundene Augen haben und/oder verkrüppelt sein.

Welche dieser Analogien der Wahrheit näher kam, lief auf eine statistische Argumentation hinaus, die Annahmen über die Bandbreite und die Verteilung von Bolidengrößen sowie die Häufigkeit von Abweichungen in ihren Flugbahnen mit Mutmaßungen darüber verband, wie gut die Weitsicht-Radargeräte funktionierten und wie genau die Algorithmen sämtliche unterschiedlichen Flugobjekte auseinanderhalten und entscheiden konnten, welche gefährlich waren.

Irgendwo in der Mitte, zwischen dem Ozeanriesen und dem blinden Ochsen, lag der Footballspieler mit der Schubkarre.

Dabei spielte es keine Rolle, ob man unter »Football« Fußball oder die amerikanische, von Männern mit Helmen betriebene Sportart verstand. In jedem Falle war man aufgefordert, sich einen Spieler vorzustellen, der sich zwischen Verteidigern hindurch einen Weg über das Spielfeld suchte. Ein guter Spieler konnte das schaffen, wenn er unbehindert rannte, doch er würde daran scheitern, wenn er gezwungen wäre, eine Schubkarre mit einem Steinklotz darin zu schieben. Der Steinklotz war natürlich

Amalthea, und die Schubkarre war der Bergbaukomplex, den man um den Asteroiden herum errichtet hatte. Wenn diese Analogie der Wahrheit am nächsten kam, würde man die Schubkarre aufgeben müssen.

Das Bild war so deutlich und so beunruhigend, dass einige schon am 30. Tag dafür eingetreten waren, sich von Amalthea zu trennen. Besonnenere Analytiker wiesen darauf hin, dass solche drastischen Maßnahmen nicht erforderlich waren, wenn die Analogie mit dem Ozeanriesen zutraf, und ohnehin keinen Sinn hätten, falls Izzy ein blinder, verkrüppelter Ochse auf einer Autobahn war.

Doob hatte sein eigenes, ganz eindeutig in einem bestimmten eingefrorenen Embryo verwurzeltes Vorurteil, demzufolge die Bergbaukolonie unter allen Umständen beibehalten werden sollte. Wenn er versuchte, das Vorurteil herauszufiltern und die Modelle und Daten vollkommen objektiv zu betrachten, kam er zu dem Schluss, dass das letzte Wort noch nicht gesprochen war. Deshalb waren technische Diskussionen über die Frage in aller Regel unproduktiv, außer insofern, als sie die Vorurteile offenbarten, mit denen die Teilnehmer in die Diskussion gegangen waren. Und an dieser Stelle begann es für ihn persönlich schwierig zu werden, weil er nicht begreifen konnte, warum jemand ein Vorurteil hegte, das sich von seinem eigenen unterschied. Wieso sollte jemand die Bergbaukolonie nicht beibehalten wollen? Was dachte der Betreffende? Wie konnten die Cloud-Arche und die Menschheit ohne diese Werkzeuge und Fertigkeiten eine Zukunft haben?

Jedenfalls hatte die Kontroverse Weiterungen für viele vermeintlich banale Aspekte des Cloud-Archen-Programms. Wenn Izzy mit an ihr befestigter Amalthea manövrieren würde, dann musste die Struktur, die den Felsblock an der Raumstation festhielt, stark sein. Oder, anders formuliert, je stärker sie war, desto waghalsigere Manöver ließen sich ausführen, ohne sie zu zerstören. Die Fähigkeit, solche Manöver ausführen zu können, machte Izzys Überleben wahrscheinlicher, weshalb Forderungen nach zusätzlichen bautechnischen Maßnahmen so etwas wie eine selbstrechtfertigende Kraft besaßen. Eine schwächere Struktur hingegen begrenzte die Manövrierfähigkeit und erhöhte die Wahrscheinlichkeit dafür, dass man, um überleben zu können, die Bergbaukolonie würde aufgeben müssen. Und warum spärliche Ressourcen in die Verstärkung einer Unterbaugruppe stecken, die ohnehin aufgegeben wurde? Eine ähnliche Dynamik herrschte in der Frage des Treibstoffs. Man würde mehr davon brauchen, um eine Izzy mit einem großen Felsbrocken vorne dran zu manövrieren, und das bedeutete, dass für die Sub-Archen weniger zur Verfügung stand, was deren Autonomie und Reichweite beschränkte. Und so trieb die Physik die Politik zu den Extremen »Den Felsen sofort loswerden« bzw. »Den Felsen unter allen Umständen behalten«.

Die Bergbaukolonie umfasste mittlerweile acht Module plus eine Tragluftkuppel, die direkt auf dem Asteroiden angebracht war. Die Roboter hatten mehrere Wochen damit verbracht, einen Ring von drei Metern Durchmesser an eine kreisförmige Rinne anzuschweißen, die sie auf Amaltheas Oberfläche vorbereitet hatten. Vor etwa hundert Tagen war die Tragluftkonstruktion darauf befestigt und mit atembarer Luft gefüllt worden. Es handelte sich nicht gerade um eine sommerliche Umgebung, da der Asteroid kalt war und die Luft in der Kuppel kühlte. Außerdem produzierten die normalen Operationen der Roboter vielfach Gase, die toxisch oder zumindest reizend waren. Doch darum ging es bei der Kuppel nicht. Es ging darum, die von den Plasmaschneidern der Roboter verwendeten Gase wieder einzufangen und wiederzuverwenden, sodass es möglich wurde, den Asteroiden sehr viel schneller auszuhöhlen und umzuformen, als man das in den Anfangstagen hatte tun können, da noch alle diese Gase in den Weltraum entwichen waren. Seither war Dinahs Kontingent von Robotern durch neuere und bessere Versionen derselben Grundmodelle, die man von der Erde heraufgeschickt hatte, umfassend verstärkt worden. Und Dinah selbst leitete inzwischen eine zwölfköpfige Gruppe, die in Schichten rund um die Uhr arbeitete. Sie hatten den Tunnel ausgebaut, den sie schon vor langer Zeit in den Asteroiden gebohrt hatte, um ihre Leiterplatten vor kosmischer Strahlung zu schützen, hatten langsam Fortschritte bei der Aushöhlung des Asteroiden gemacht und Metallstücke zu einem größeren und besseren Schmelzofen gebracht, der sie in Stahl verwandelte. Da es in Izzys Gesamtkonzept keinen richtigen Platz dafür gab, hatten sie den Stahl dazu verwendet, Amaltheas strukturelle Verbindung mit Izzy zu verstärken, was wiederum in die politische Auseinandersetzung einfloss.

Doob glitt durch ein paar Module der Bergbaukolonie, fragte Leute, wo Dinah sei, und bekam unverbindliche Antworten. Als er eine Bewegung in Richtung ihrer Werkstatt machte, spürte er ein Ansteigen nervöser Spannung und verstand nicht warum, bis Markus Leuker daraus auftauchte, ihn persönlich begrüßte und einige Minuten lang in freundliches, belangloses Geplauder verwickelte. Er schindete Zeit, wie Doob begriff, damit Dinah ein paar Minuten für sich hatte.

Es war schon seit mehreren Monaten bekannt, dass Dinah Sex mit Markus hatte, eine Aktivität, die man auf Izzy als »Besteigung des Daubenhorns« bezeichnete. Man wusste von zwei anderen Frauen, die diesen Gipfel nicht lange nach Markus' Eintreffen erklommen hatten, doch seither hatte Dinah ihn ganz für sich allein gehabt. Nach den Maßstäben erdgebundener Organisationen, ob zivil oder militärisch, stellte es eine erhebliche Verletzung ethischer Maßstäbe dar, wenn der Chef mit einer Untergebenen schlief. Doch in einem Monat würde strenggenommen jeder lebende Mensch einer von Markus' Untergebenen sein, sodass er entweder auf die Regeln pfeifen oder für den Rest seines Lebens enthaltsam sein musste. Niemand, der ihn wirklich kannte, sah Letzteres als realistische Möglichkeit an, es sei denn, er ließe sich seine Hoden chirurgisch entfernen (ein Eingriff, dessen Vollzug von gewissen Leuten auf Izzy geradezu herbeigesehnt wurde). Da es nun einmal so war, hatte es eine gewisse Logik, dass er sich beizeiten für Dinah entschieden hatte. Es mochte unethisch sein, aber wenigstens wussten alle, woran sie waren. Niemand wäre auf die Idee gekommen, dass Dinah leicht herumzukriegen war; kein vernünftiger Mensch konnte sich Sorgen machen, dass sie sich in irgendeiner Weise unter Druck gesetzt oder belästigt fühlte. Und auf der anderen Seite der Medaille stand, dass sich die Leute mit der Gewissheit wohlzufühlen schienen, dass Dinah nicht auf Beute aus war. Nach den banalen Maßstäben des Klatsches auf Izzy war ihr Techtelmechtel mit Rhys Aitken sensationell und ihrer beider Trennung eine Riesengeschichte gewesen, die in Londoner Boulevardblättern breitgetreten worden war. Danach hatte sie mit keinem männlichen Besatzungsmitglied mehr Kaffee trinken können, ohne sofort für Getuschel zu sorgen. Unmissverständlich mit Markus verbandelt zu sein war erheblich einfacher. Und dennoch musste man immer noch so tun, als wäre es nicht der Fall, weshalb Markus und Doob bei dieser Scharade mitspielen mussten.

»Ich weiß nicht, ob Sie es schon gehört haben«, sagte Doob zu ihm, »aber auf der Erde sind zwischen dem Weltraumbahnhof und dem Strand Gefechte ausgebrochen.«

Es wurde deutlich, dass Markus es noch nicht gehört hatte, was kaum verwunderlich war, weil es (a) nicht sein Problem und (b) er beschäftigt gewesen war. Im Augenblick war er verständlicherweise ziemlich entspannt und brauchte eine Weile, um seine gewaltige Konzentrationsfähigkeit auf die vorliegende Angelegenheit zu richten.

»Ich kann mir nicht vorstellen, dass die das so laufen lassen«, sagte er.

»Die Präsidentin hat eine Erklärung abgegeben. Sie hat ausgesehen, als fräße sie Schrauben.«

»Mit einer Regierung, die aus zum Untergang verurteilten Menschen besteht, ist nicht zu spaßen«, sagte Markus. »Aber das gilt wohl auch für die Venezolaner.« Er seufzte. »Ich frage mich, ob wir einfach ein paar venezolanische Archies aufnehmen sollten. Ein paar schlaue Kerlchen muss es doch geben.«

»Vor ein paar Tagen hätte das noch funktioniert«, sagte Doob, »aber inzwischen heißt es ›Wir verhandeln nicht mit Terroristen‹.«

Die Spur eines trockenen Lächelns trat auf Markus' Lippen. Er hatte sich das Gesicht mit den Reinigungstüchern abgewischt, die sie alle benutzten; Doob konnte den industriellen Duft riechen, mit denen sie getränkt waren. »Es ginge natürlich nicht«, sagte er, »einen Präzedenzfall zu schaffen, der in den nächsten drei Wochen missbraucht werden könnte.«

Der Scherz wäre, öffentlich oder auch nur in einer Besprechung geäußert, in dieser Form vollkommen inakzeptabel gewesen, weshalb es sich um eine Methode handelte, Doob zu sagen: *Ich vertraue dir.* Doob war keine Führungspersönlichkeit, aber ihn faszinierten Menschen, die es waren, und die Art, wie sie ihre Arbeit angingen.

»Ivy ermittelt gerade, welche Auswirkungen es hat, wenn wir die entsprechenden Sub-Archen und Versorgungsgüter nicht bekommen.«

»Dem Himmel sei Dank für Ivy«, sagte Markus. Seit ihm das Kommando über die Cloud-Arche zugefallen war, hatte er keine Gelegenheit ausgelassen, Ivy zu loben – eine weitere Fähigkeit, schätzte Doob, die Führungspersönlichkeiten in welcher geheimnisvollen Akademie auch immer vermutlich eingeimpft wurde. Aber wahrscheinlich war es ein Instinkt.

»Tja, mein Tag beginnt«, fuhr Markus fort. »Danke für die Information.« Wie viele Europäer gehörte Markus zur dritten Schicht, was bedeutete, dass er seinen Tag ein paar Stunden zu früh begann.

»Meiner geht langsam zu Ende«, sagte Doob. »Ich habe gedacht, ich betrinke mich mit ein paar Bergleuten.«

»Dafür gibt's keine Besseren«, sagte Markus mit einem Augenzwinkern. »Dinah kommt wohl gleich raus, ich glaube, sie würde sich freuen, Sie zu sehen.«

Damit zog Markus sein Handy aus der Tasche seines Overalls und wandte seine Aufmerksamkeit dem Display zu, während er sich mit der anderen Hand aus dem Modul und den Stapel entlangzog.

Doob blieb mitten im SCRUM schwebend zurück. Zwischen ihm und Dinah befand sich nur ein blickdichter Vorhang. Er wollte gerade »Klopf, klopf!« sagen, als er aus einem Lautsprecher auf der anderen Seite eine Kette von Pieptönen dringen hörte. Eine eingehende Nachricht im Morsealphabet, die zu verstehen ihm die Fähigkeit fehlte. Bis zu diesem Zeitpunkt war Dinah still gewesen, doch nun hörte er, wie sie sich in Bewegung setzte und aus ihrem Schlafsack schälte. Er entschied sich dagegen, sie gerade jetzt zu stören, und beschloss, nach seinen E-Mails zu sehen.

Sie gehörte zur ersten Schicht, was bedeutete, dass es für sie Nachmittag war: üblicherweise eine Zeit, zu der sie sich auch dann leicht schläfrig zu fühlen begann, wenn Markus ihr nicht gerade geholfen hatte, sich zu entspannen. Sie fand, dass es keine gute Idee wäre, richtig einzuschlafen, teils, weil sie zu tun hatte, und teils, weil das nur zu weiterem Klatsch führen würde, von dem es ohnehin schon genug gab. Sie konnte Markus auf der anderen Seite des Vorhangs mit Dubois Harris plaudern hören. Sie wusste, dass er ihn ihretwegen aufhielt, dass er ihr etwas Zeit verschaffte, zu sich zu kommen, und war entsprechend dankbar dafür, nutzte sie weidlich und schwebte in dem Grenzbereich zwischen Dösen und Wachen, bis ihr Funkgerät zu piepen begann. Sie wusste sofort, dass es nicht Rufus war; das erkannte sie an der »Hand«, d. h. dem Stil des Sendens. Er war schwach und eindeutig nicht das Werk eines erfahrenen Amateurfunkers.

Ihre Augen öffneten sich, während ihr ein Gedanke kam: Vielleicht war das die Quelle, die unter dem Namen Weltraum-Troll bekannt war. Der Begriff stammte von Rufus, der ihn vor einigen Tagen zum ersten Mal erwähnt hatte: *Hast du schon vom Weltraum-Troll gehört?* Es war sein Name für einen Sender, den er seit kurzem empfing, und es passte zu dem, was Dinah jetzt hörte.

Sie schob sich rasch aus dem Schlafsack, drehte den Empfänger lauter und hörte zu, während sie in ein T-Shirt und eine Hose mit Kordelzug schlüpfte. Das Signal klang, als käme es von einem selbstgebastelten Sender. Der Besitzer hatte dürftige Kenntnisse von den Gepflogenheiten und der Etikette, die in der Welt des (Morsealphabet verwendenden) CW-Funks galten. Seine Punkte und Striche waren vollkommen regelmäßig und kamen rasch, ein praktisch sicherer Beweis dafür, dass er eine Computertastatur und eine App verwendete, die Tastenanschläge automatisch in Morsezeichen konvertierte. Er sendete eine Menge QRKs und QRNs, d. h. Fragen nach der Stärke seines Signals und dem Grad, in dem es gestört wurde. Er schien also ein wenig unsicher zu sein, was die Qualität seiner Ausrüstung anging.

Laut Rufus feuerte der Weltraum-Troll, sobald man ihm zu antworten begann, einen Schwall von QRS, d. h. Aufforderungen, langsamer zu senden, zurück, ein weiterer Beweis dafür, dass es sich um einen Neuling handelte, der zur Bildung der Gruppen eine Computertastatur verwendete, sich aber nicht besonders gut darauf verstand zu entziffern, was zurückkam. Er sendete nur auf einer Frequenz, nämlich derjenigen, die Rufus bis vor einem Jahr im Allgemeinen verwendet hatte, um mit Dinah in Kontakt zu treten. Diese war im Zuge einer Geschichte aus dem Leben der Familie MacQuarie im Internet bekannt geworden und deshalb einige Wochen lang so gut wie nicht benutzbar gewesen, weil jeder Amateurfunker auf dem Planeten versucht hatte, auf ihr Kontakt mit Dinah aufzunehmen. Dann hatte sich herumgesprochen, dass Vater und Tochter MacQuarie sie nicht mehr verwendeten, und so war es, abgesehen von ein paar Leuten wie dem Weltraum-Troll, die davon offenbar nichts mitbekommen hatten, ziemlich still darauf geworden. Jedenfalls war Rufus wieder dazu übergegangen, diese Frequenz abzuhören, und inzwischen tat Dinah es ihm nach. Persönlich hatte sie bisher noch keine Funksprüche des Weltraum-Trolls gehört. Das war nicht weiter bemerkenswert. Ihre Antenne war nichts im Vergleich mit derjenigen, die Rufus über seiner Mine installiert hatte, und ihr Empfänger war ein Ding aus einem Wissenschaftsprojekt für Fünftklässler. Außer wenn Izzy über seinen Meridian flog, »hörten« sie und Rufus normalerweise verschiedene Stationen.

Laut Rufus erforderte es Geduld oder einen Sinn für Humor, ein Gespräch mit dem Weltraum-Troll zu führen. Der Umstand, dass Neulinge im Äther herummurksten, hätte noch vor wenigen Jahren einen Anfall rechtschaffenen Zorns bei Rufus hervorgerufen, schien inzwischen aber nur noch ein Zeichen der Zeit zu sein. Natürlich interessierten sich Leute für den Amateurfunk; man rechnete damit, dass das Internet zusammenbrach, sowie der Harte Regen einsetzte. Und natürlich waren viele davon Neulinge.

Wenn sie dann schließlich doch ein verständliches Gespräch begannen, sendete Rufus QTH, was »Wo sind Sie?« bedeutete, und bekam QET zur Antwort. Das war inoffizieller Q-Code, so etwas wie ein kitschiger Scherz, und bedeutete »Nicht auf dem Planeten Erde«.

Und das war der Grund, warum Rufus diesen Typen den Weltraum-Troll nannte. Weil er, neben anderen Merkwürdigkeiten, kein Rufzeichen hatte oder jedenfalls keines verwendete. Das Signal, das Dinah jetzt hörte, war QRA QET, alle paar Sekunden wiederholt; es bedeutete im Wesentlichen: »Hallo, hier ist E.T., hört mich jemand?«

Im Allgemeinen ließ Dinah den Sendeteil ihres Geräts ausgeschaltet, wenn es nicht in Gebrauch war. Jetzt schaltete sie ihn ein, achtete jedoch darauf, die Hand von der Morsetaste aus Messing zu lassen. Heimlich zuzuhören war harmlos, doch sobald sie das Ding berührte, würde der Weltraum-Troll einen Antwortton hören, und dann wurde sie ihn vielleicht nie mehr los. Wahrscheinlicher allerdings war, dass der Weltraum-Troll es nach einer Weile aufgeben würde. Dann konnte sie Verbindung mit Rufus aufnehmen, der in ein paar Minuten über den Horizont kommen würde, und ihn wissen lassen, dass sie ebenfalls von dem geheimnisvollen »Außerirdischen« gehört hatte. Das würde für einen Lacher und ein paar Minuten Ablenkung sorgen. Ihr Vater machte den Eindruck, als könnte er beides gebrauchen.

Es war schon lange deutlich geworden, dass er und eine Reihe seiner Freunde aus der Bergbauindustrie ein ernsthaftes Unternehmen in die Wege geleitet hatten, mit dem sie sich auf einen längeren Aufenthalt unter der Erdoberfläche vorbereiteten. Sie waren schwerlich die Einzigen, die so dachten; überall auf der Welt gruben Leute Löcher in den Boden. Die meisten von ihnen würden nach Einsetzen des Harten Regens binnen Stunden oder Tagen tot sein. Einen unterirdischen Komplex zu konstruieren, der sich mehrere Tausend Jahre lang selbst erhalten konnte, war eine Operation, zu der, wenn überhaupt, nur wenige Organisationen in der Lage waren. Die meisten davon waren staatliche oder militärische. Doch wenn eine private Gruppe dazu imstande war, dann Rufus und sein Netzwerk. Die Art von Fragen, die er ihr seit zwei Jahren stellte, überließ nichts der Fantasie. In dem Maße, wie die Experten auf Izzy über die Nachhaltigkeit künstlicher Ökosysteme Bescheid wussten, wusste inzwischen auch Rufus Bescheid.

Vom Gedanken an Rufus und seine Mine abgelenkt bemerkte Dinah, dass sich der Funkspruch des Weltraum-Trolls verändert hatte. Anstatt mit dem schon vertrauten QRA QET begann er nun mit QSO, was in diesem Zusammenhang »Können Sie Verbindung aufnehmen mit…?« bedeutete. Dem folgte ein unvertrautes Rufzeichen, das sie nicht als solches erkannte, weil es so lang war: eine Kette aus Zahlen und Buchstaben, die keiner der Konventionen für Funkrufzeichen folgte.

Als sie zum dritten Mal wiederholt wurde, schrieb Dinah sie auf: insgesamt zwölf Zeichen, eine im Grunde willkürliche Mischung von Zahlen und Buchstaben. Doch ihr fiel auf, dass sämtliche Buchstaben im Bereich a bis f lagen. Was ein deutlicher Hinweis darauf war, dass es sich um eine Zahl handelte, die in hexadezimaler Notierung ausgedrückt war: ein System, das üblicherweise von Computerprogrammierern verwendet wurde.

Dass es sich um zwölf Zeichen handelte, war ebenfalls ein Indiz. Die in fast allen Computersystemen verwendeten Netzwerkchips hatten eindeutige Adressen in diesem Format: zwölf hexadezimale Zahlen.

Und das war der Moment, in dem es Dinah kalt überlief, weil ihr die ersten Zahlen in der Kette vertraut vorkamen. Netzwerk-Interface-Chips wurden in großen Chargen produziert, wobei allen Chips der Reihe nach einmalige Adressen zugeordnet wurden. Genau wie alle Fords, die in einer bestimmten Woche vom Band liefen, Seriennummern hatten, die mit denselben Zeichen begannen, fingen auch alle Netzwerkchips aus einer bestimmten Charge mit denselben Hexadezimalzahlen an. Einige von Dinahs Chips waren handelsübliche Hardware für den Gebrauch auf der Erde, aber sie hatte auch einige strahlenfeste, die sie in einer abgeschirmten Box in einer Schublade unter ihrem Arbeitsplatz hortete.

Sie öffnete diese Schublade, zog die Box heraus und entnahm ihr eine kleine grüne Leiterplatte, etwa so groß wie ein Streifen Kaugummi, auf der ein Sortiment von Chips angebracht war. Direkt auf die Platte war in weißen Großbuchstaben deren

MAC-Adresse aufgedruckt. Und das erste halbe Dutzend Zeichen entsprach dem aus dem Funkspruch des Weltraum-Trolls.

Sie griff nach der Taste und gab QSO ein, was in diesem Zusammenhang »Ja, ich kann Verbindung aufnehmen mit...« bedeutete, dann ließ sie die vollständige MAC-Adresse der kleinen Leiterplatte in ihrer Hand folgen – die sich von der des ursprünglichen Funkspruchs unterschied. Sie sagte damit: »Nein, mit der von Ihnen erwähnten kann ich keine Verbindung aufnehmen, aber mit dieser hier.«

Als Antwort kam QSB. »Ihr Signal wird schwächer.« Dann QTX 46, was so etwas wie: »Sind Sie in sechsundvierzig Minuten auf dieser Frequenz verfügbar?« bedeutete. Wie jedermann auf Izzy verstehen würde, hieß das: »Ich rufe Sie zurück, wenn Sie auf die andere Seite des Planeten gelangt sind.«

Sie antwortete mit QTX 46. »Ja.«

Sie überflogen den Terminator, der den Pazifik derzeit in eine Tag- und eine Nachtseite teilte.

MIT WEM ZUM TEUFEL REDEST DU?

Das war ein Funkspruch von Rufus, laut und deutlich. Sie schaute zum Fenster hinaus und sah, wie sich langsam die Westküste von Nordamerika über den Horizont auf sie zuschob, erkennbar als ein Muster von Lichtern, die die Ballungszentren des Fraser Delta, des Puget Sound, des Columbia River und der San Francisco Bay markierten. Was bedeutete, dass Alaska Sichtverbindung mit Izzy hatte.

»Klopf, klopf!«, kam durch den Vorhang die Stimme von Dubois Harris. Er wartete dort schon lange.

»Herein«, sagte Dinah und setzte einen kurzen Funkspruch an Rufus ab, in dem sie einen Scherz über den Weltraum-Troll machte und ihm sagte, sie werde sich später melden. Sie schaute auf die Weltuhr-App auf ihrem Computerbildschirm. Es war kurz vor dot 7, somit 7:00 in London, somit zehn Uhr abends für Rufus in Alaska.

Es folgte ein etwas zerstreutes und wirres Gespräch, in dem Dinah einen Gedankengang mit Doob zu verfolgen versuchte, während sie sporadische, gebieterische Unterbrechungen vonseiten Rufus' abblockte. »Im Funk ist gerade etwas irgendwie Unheimliches passiert«, sagte sie. »Möchtest du einen Drink? Für dich ist es doch Abend, oder?«

»Ich möchte eigentlich immer einen«, sagte Doob, »machen wir uns keine Gedanken darüber. Was ist denn?«

Dinah erzählte die Geschichte. Doob schaute, vielleicht wegen des ganzen Funkamateurjargons, zunächst etwas geistesabwesend drein, konzentrierte sich jedoch, als sie ihm die MAC-Adressen zeigte.

»Die einfachste Erklärung«, gab er zu bedenken, »ist, dass es sich um einen Troll handelt, der dich einfach auf den Arm nimmt.«

»Aber woher soll ein Troll diese MAC-Adressen kennen? Die geben wir nicht weiter – wir wollen nicht, dass unsere Roboter von der Erde aus gehackt werden.«

»Die PR-Leute sind hier durchgekommen, oder? Haben Bilder von dir und deinem Roboterlabor gemacht. Könnte es nicht sein, dass ein Bild geschossen wurde, als du diese Box geöffnet hattest und einige von den Leiterplatten sichtbar waren?«

»Hier drin herrscht keine Schwerkraft, Doob. Ich kann keine Sachen auf meinem Tisch herumliegen lassen.«

»Denn offenbar ist es doch so«, sagte Doob, »dass jemand über einen privaten Kanal mit dir reden will ...«

»Und dieser Jemand weist sich aus, indem er Zahlen erwähnt, die nur ein paar Leuten bekannt sein können. Ich verstehe.«

»Und ich sage nur, dass ein wirklich raffinierter Troll nach einem solchen Detail im Hintergrund eines NASA-PR-Fotos suchen würde, um dich damit zu täuschen.«

»Zur Kenntnis genommen«, sagte Dinah. »Aber das bezweifle ich.«

»Was glaubst du denn dann, wer es ist?«

»Sean Probst«, sagte Dinah. »Ich glaube, es ist die *Ymir*-Expedition.«

Doob bekam einen geistesabwesenden Blick. »Mann, an die habe ich seit einer Ewigkeit nicht mehr gedacht.«

Dass eine derart epische und dramatische Geschichte wie die Reise der *Ymir* in Vergessenheit geraten konnte, war seltsam, aber so waren nun einmal die Zeiten, in denen sie lebten.

Seit das Schiff aufgehört hatte zu kommunizieren und dann, etwa einen Monat nach Verlassen der niedrigen Erdumlaufbahn um den 126. Tag herum, vor dem Hintergrund der Sonne verschwunden war, hatte man nichts mehr davon gehört. Ein paar Sichtungen mit optischen Teleskopen hatten bestätigt, dass es in eine heliozentrische Umlaufbahn eingetreten war, was zufällig oder als geplantes Ergebnis eines kontrollierten Brennstoßes passiert sein konnte. Vorausgesetzt, es folgte seinem ursprünglichen Plan, hätte es die Sonne fast zweimal vollständig umkreisen müssen. Da seine Umlaufbahn deutlich innerhalb jener der Erde lag – das Perihel befand sich auf halber Strecke zwischen den Umlaufbahnen von Venus und Merkur –, hätte es das in etwas über einem Jahr geschafft und vor ein paar Hundert Tagen die Umlaufbahn von Gregs Skelett – Komet Grigg-Skjellerup – gestreift. Doch das wäre geschehen, während es sich auf der erdabgewandten Seite der Sonne befand, und von daher schwer zu beobachten gewesen. Als Nächstes wäre dann die Kleinigkeit fällig gewesen, einen Mast mit einem freiliegenden Atomreaktor am Ende in den Kometenkern oder ein Stück davon einzuführen und den Reaktor dann einzuschalten, um durch Ausstoß einer Dampfwolke aus dem Eintrittsloch Schub zu erzeugen. Sie hätten für eine kräftige »Zündung« gesorgt – die Steuerstäbe des

Reaktors weit herausgefahren, ihn gestartet und eine Dampfwolke erzeugt –, die die Flugbahn des Kometen um etwa einen Kilometer pro Sekunde verändert hätte, was ausreichte, um ihn ein paar Hundert Tage später auf Kollisionskurs mit der Erde oder zumindest mit L1 zu bringen. Das Timing war heikel, und viele hatten deswegen geunkt und sich gefragt, warum Sean sich nicht einen anderen Kometen ausgesucht oder einen anderen Kurs genommen hatte, auf dem er ihn etwas früher hätte nach Hause bringen können. Aber Leute, die sich im Sonnensystem auskannten, verstanden, dass es ein an ein Wunder grenzendes Glück war, dass sich überhaupt ein Komet in einer Position befand, in der er innerhalb einer so kurzen Zeitspanne eingefangen und bewegt werden konnte. Der übereilte, improvisierte Charakter der *Ymir*-Expedition, der solche Kontroversen entfacht hatte, war vom unbarmherzigen Zeitablauf der Himmelsmechanik erzwungen worden. Zeit, Gezeiten und Kometen warteten auf niemanden. Und selbst wenn man früher einen Kometen hätte heranschaffen können, wäre es leichtfertig und politisch unmöglich gewesen. Was, wenn die Berechnungen nicht stimmten und der Komet auf die Erde knallte? Somit war der Plan der *Ymir*-Expedition der einzige, der funktionieren konnte.

Wenn er denn überhaupt funktionierte. Und da sich der Großteil des Geschehens – das Rendezvous mit dem Kometen und der »Brennstoff« des mit Atomkraft befeuerten Dampftriebwerks – auf der erdabgewandten Seite der Sonne abgespielt hatte, war das sehr zweifelhaft gewesen, bis astronomische Beobachtungen vor einigen Monaten schlüssig bewiesen hatten, dass der Komet Grigg-Skjellerup seinen Kurs geändert hatte – etwas, was nur infolge menschlicher Intervention geschehen sein konnte. Der Komet kam direkt auf sie zu. Das hätte eine Massenpanik auf der Erde ausgelöst, wenn die Erde nicht bereits zum Untergang verurteilt gewesen wäre. Seither hatten sie zugesehen, wie seine Umlaufbahn langsam mit der der Erde konvergierte, und die Zeit errechnet, zu der er, wenn er L1 erreichte, wieder vor der Sonne verschwinden würde. Dann würde man erneut den Reaktor hochfahren müssen, da ein gewaltiger »Brennstoß« erforderlich sein würde, um *Ymirs* Umlaufbahn mit der der Erde zu synchronisieren und sie durch L1 in eine langgezogene Ellipse zu steuern, die sie zu ihnen bringen würde.

»Ich denke jeden Tag an sie«, antwortete Dinah.

»Wann sollen sie denn L1 erreichen?«

»Irgendwann demnächst... aber es wird ein langer Brennstoß, kann sein, dass sie sich über mehrere Tage gewissermaßen herantasten, anstatt einen einzigen kräftigen Impuls zu setzen.«

»Das leuchtet ein«, sagte Doob. »Ein einziges Manöver unter hohen G-Kräften könnte dazu führen, dass das Eis auseinanderbricht. Wann haben sie denn das letzte Mal kommuniziert?«

»Auf dem X-Band? Über *echten* Funk? Ein paar Wochen nach ihrem Abflug. Vor fast zwei Jahren. Aber sie sind eindeutig noch am Leben. Also muss es sich um einen Defekt des Funkgeräts handeln.«

»Tja, dann wollen wir uns mal an diese Theorie halten«, schlug Doob vor. »Ein neues Funkgerät zusammenzubasteln, das über so eine Entfernung senden würde, wäre ziemlich hoffnungslos. Am ehesten könnten sie noch darauf hoffen, etwas hinzukriegen, was vielleicht funktioniert, wenn sie näher kommen... und mit geringerer Bandbreite auszukommen.«

»Mein Dad hat mal von Knallfunkensendern erzählt«, sagte Dinah. »Das war eine Technik, die man verwendet hat...«

»Bevor es Transistoren und Vakuumröhren gab. Ja!«, sagte Doob.

Dinah telegrafierte zur Erde:

KLINGT QET FÜR DICH NACH EINEM KNALLER VON FRÜHER?

Rufus erwiderte:

JA JETZT WO DU ES SAGST

»Sie haben ein paar von meinen Robotern mitgenommen«, sagte Dinah. »Sie müssten bloß die MAC-Adressen auf den Interface-Platten dieser Einheiten notieren, und schon hätten sie so etwas wie einen primitiven Identitätsnachweis. Da fällt mir ein...« Und sie begann, einige der Aufzeichnungen aufzurufen, die sie vor fast zwei Jahren von den an Sean und seine Mannschaft ausgegebenen Robotern und den dazugehörenden Bauteilnummern gemacht hatte. Binnen weniger Minuten konnte sie bestätigen, dass die vor ein paar Minuten über Morsealphabet hereingekommene MAC-Adresse einer in einem Roboter entsprach, der auf die *Ymir* mitgenommen worden war.

»Wer hat Zugang zu der Datei, in der du gerade nachgesehen hast?«, fragte Doob, immer noch im Advocatus-Diaboli-Modus.

»Machst du Witze? Du weißt doch, wie genau es Sean mit Verschlüsselung und allem nimmt. Der ganze Kram ist unter Verschluss. Das heißt, die NASA käme bestimmt rein, aber nicht irgendein x-beliebiger Witzbold.«

»Ich wollte mich nur vergewissern«, sagte Doob. »Es erscheint mir fürchterlich umständlich, mehr sage ich nicht. Warum sendet er nicht einfach so was wie ›Hey, Dinah, ich bin's, Sean, mein Funkgerät ist kaputt‹? Das wäre einfacher.«

»Du musst Sean kennen«, sagte Dinah. »Hör zu. Alles, was er über diesen Kanal sendet, wird praktisch auf die ganze Erde übertragen. Es gelangt ins Internet... jeder erfährt, was er vorhat. Er hat keine Ahnung, wie die Situation ist. Dort oben gibt es kein Internet, und sein Funkgerät ist schon lange ausgefallen. Er weiß noch nicht einmal, ob hier oben noch jemand am Leben ist. Oder ob es einen Militärputsch oder so etwas gegeben hat. Er will nicht hierher zurückkommen, falls wir uns in das klingonische Imperium verwandelt haben.«

»Ich glaube, du hast recht«, sagte Doob. »Er wird es vorsichtig angehen, erst einmal die Lage peilen.«

Eine Dreiviertelstunde später empfing Dinah einen neuen Funkspruch von QET. Er begann mit RTFM5, dann kam die Zahl 00001 und anschließend eine scheinbar sinnlose Reihe willkürlicher Buchstaben.

»Das Einzige, was ich verstehe, ist ›Read The Fucking Manual‹«, sagte Dinah, »gefolgt von der Zahl Fünf.«

»Hat er denn Handbücher mit heraufgebracht?«

»Er hat eine Menge Zeug von den Ingenieuren in Seattle mitgebracht«, sagte Dinah, »und einiges davon hiergelassen…«

»Du hast einen abwesenden Blick in den Augen, Dinah…«

»Ich weiß noch, dass ich ihn gefragt habe: ›Wieso druckst du das ganze Zeug aus und benutzt keine USB-Sticks wie alle anderen?‹, und er hat gesagt: ›Seine eigene Raumfahrtfirma zu besitzen bringt gewisse Vorteile mit sich‹«, sagte Dinah.

Sie fand sie, nachdem sie ein paar Minuten lang in Aufbewahrungsbehältern gestöbert hatte: ein halbes Dutzend Ringbücher, Band 1 bis 6 des Mitarbeiterhandbuchs von Arjuna Expeditions. Der ganze Stapel war ungefähr dreißig Zentimeter dick.

Doob stieß einen Pfiff aus. »Wenn man bedenkt, was es kostet, Zeug in den Weltraum zu schießen, ist das hier wohl mehr wert als die Gutenberg-Bibel, die letzte Woche aufgetaucht ist.«

Sie nahmen sich direkt Band 5 vor, der größtenteils wie jedes andere Mitarbeiterhandbuch aussah. Aber zwischen den Verfahrensweisen bei sexueller Belästigung und der Kleiderordnung befand sich ein knapp zwei Zentimeter dicker Stapel Seiten ohne jeden lesbaren Inhalt. Sie waren von oben bis unten, Spalte auf Spalte und Reihe auf Reihe, mit Zufallsfolgen von Druckbuchstaben in Fünfergruppen bedruckt. Auf jeder Seite stand oben, beginnend mit 00001, eine andere Zahl.

»Das ist dieser Kleine-Jungen-Abenteuer-Geheimcode-Scheiß, den Larz ständig benutzt hat«, sagte Dinah. »Aber ich habe keinen blassen Schimmer, was...«

»Es ist mir zwar peinlich, aber ich weiß genau, was das ist«, sagte Doob. »Das sind One-Time-Pads. Es ist der einfachste Schlüssel, den es gibt – aber der am schwierigsten zu knackende, wenn man es richtig macht. Aber dazu braucht man das hier.« Und er raschelte mit Seite 00001 in der Hand.

Sobald Doob erklärt hatte, wie es funktionierte, konnte Dinah anfangen, die Nachricht von Hand zu entschlüsseln, doch Doob hatte in wenigen Minuten ein Python-Skript geschrieben, das es erleichterte, die Sache zu beenden. »Eigentlich bin ich hergekommen, weil ich was trinken und ein bisschen über Asteroidenbergbau plaudern wollte«, sagte er.

»Nun hör schon auf zu maulen – das hier ist viel interessanter!«, sagte Dinah.

Die Nachricht lautete:

ZWEI AM LEBEN. GEBEN VOLLEN SCHUB. SCHICK LAGEBERICHT.

»Ursprünglich waren sie zu sechst, richtig?«, fragte Doob.

»Irgendetwas muss passiert sein«, sagte Dinah. »Vielleicht sind sie von einem Stein getroffen worden oder so was, haben ihre Antenne beschädigt, einige Leute verloren. Vielleicht hat die Strahlung sie erwischt.«

»Tja, es hört sich jedenfalls so an, als ob sie zurückkommen«, sagte Doob.

»Ja, es sei denn...«

»Es sei denn was?«

»Es sei denn, er will erst mal bei L1 bleiben. Das wäre erheblich sicherer. Ich glaube nicht, dass irgendwelche Mondsplitter es bis dorthin schaffen.«

Doob las die Nachricht noch einmal.

»Du hast recht«, sagte er. »Er sagt nur, dass sie Schub geben. Nichts von einer Rückkehr in eine niedrige Erdumlaufbahn. Und dann bittet er um einen Lagebericht.« Er legte die Hände vors Gesicht und rieb es. »Ich bin geschafft«, verkündete er. »Eigentlich sollte ich jetzt mit meiner Familie skypen.«

»Hau ruhig ab«, sagte Dinah. »Ich kann an dem Bericht arbeiten. Und jetzt, wo du mir gezeigt hast, wie es funktioniert, kann ich ihn auch verschlüsseln.«

Doob stieß sich ab und driftete zum Ausgang, dann hielt er sich fest und drehte sich noch einmal um. »Ich könnte es selbst herauskriegen«, sagte er, »aber es ist schon spät. Vielleicht weißt du es ja auswendig. Falls Sean in den Transferorbit von L1 bis hierher eintritt, wie lange dauert es dann noch, bis er auftaucht?«

»Siebenunddreißig Tage«, sagte Dinah.

»Also ungefähr siebzehn Tage nach Beginn des Harten Regens«, sagte Doob. »Heikles Timing.«

Dinah erwiderte seinen Blick. Sie sagte kein Wort, aber er wusste, was sie dachte: *Wenn heikles Timing bloß das größte unserer Probleme wäre.*

»Okay«, sagte Doob. »Danke, Dinah.«

»Das nächste Mal«, sagte sie und machte mit der Hand eine Trinkbewegung.

»Das nächste Mal«, pflichtete er bei und schob sich durch den Vorhang.

Dinah sah nach der Uhrzeit. Nun, da sie ungefähr wusste, wo sich die *Ymir* befand, verstand sie die zeitliche Abfolge der Funksprüche. Während eines bestimmten Teils jeder dreiundneunzigminütigen Umkreisung befand sich Izzy auf der falschen Seite der Erde und konnte Seans Signal nicht empfangen. Nach jeder Blackout-Phase gab es ein Fenster, in dem sie sich unterhalten konnten. Eines hatten sie und Doob gerade ungenutzt gelassen, während sie seinen Funkspruch empfangen und entschlüsselt hatten, und sie würden gleich wieder in eine Blackout-Phase eintreten. In dieser Zeitspanne müsste Dinah imstande sein, eine kurze Mitteilung zu schreiben und sie mithilfe des nächsten One-Time-Pads zu verschlüsseln.

Was sie schreiben sollte, war nicht ganz klar. Sie könnte einige naheliegende Daten liefern, zum Beispiel die Anzahl der derzeit im Orbit befindlichen Sub-Archen, die Anzahl der Menschen und wie viele Roboter sie am Laufen hatte. Aber sie vermutete, dass Sean eine andere Art von Informationen wollte. Er wollte wissen, was passieren würde, wenn er heute in siebenunddreißig Tagen mit einem Eisberg auftauchte. Die Cloud-Arche konnte ihn gebrauchen, so viel stand fest. Umgekehrt war Sean auf die Cloud-Arche angewiesen; zwei Typen in einem Raumschiff, das eine riesige Eiskugel vor sich herschob, stellten keine nachhaltige Zivilisation dar. Aber Sean würde sich zugeknöpft geben. Er würde etwas wollen. Er würde einen Deal machen wollen.

Er würde einen Deal mit Dinahs Liebstem machen wollen.

Eins nach dem anderen. Ihm einfach ein paar grundlegende statistische Angaben zu schicken würde das nächste Sendefenster beanspruchen. Anstatt sich mit Gedanken über das längerfristige Vorgehen verrückt zu machen, konzentrierte sich Dinah während der nächsten Blackout-Phase darauf und verfasste eine möglichst knappe Mitteilung, die sie dann mithilfe von Doobs Python-Skript verschlüsselte.

Der L1-Punkt des Erde-Sonne-Systems befand sich auf einer geraden Linie zwischen diesen beiden Himmelskörpern. Die *Ymir* befand sich praktisch bei L1. Allgemein gesprochen konnten sie also, wenn Izzy die dunkle Seite der Erde hinter sich ließ und ins Sonnenlicht trat, L1 »sehen« und mit der *Ymir* kommunizieren. Das nächste Mal war das um 7:30 Greenwich-Zeit der Fall, zufällig die Zeit, zu der in London die Sonne aufging. Ein Blick aus ihrem kleinen Fenster zeigte Dinah, wie unten der Terminator – die Trennlinie zwischen der Tag- und der Nachtseite der Erde – über die Themsemündung kroch und ein paar Hochhäuser im Finanzdistrikt von London erhellte. Dann wandte sie sich ihrer Morsetaste zu, stellte einen Kontakt mit der *Ymir* her und klopfte ihre Nachricht. Letzten Endes nahm sie das gesamte Sendefenster in Anspruch. Sie musste die Zeichen sehr langsam senden, weil Sean im Lesen des Morsealphabets nicht sehr versiert war. Und weil die Nachricht verschlüsselt war, konnte er fehlende Buchstaben auch nicht aus dem Zusammenhang erschließen, weshalb jeder Buchstabe deutlich lesbar sein musste. Bis sie fertig war, hatte Izzy die Welt fast zur Hälfte umrundet und stand im Begriff, wieder in die Nacht einzutauchen. Dinah schloss ihren Funkspruch mit FF ab, wovon sie hoffte, dass es als »Fortsetzung folgt« verstanden wurde, und machte sich dann wieder daran, eine Ergänzung zu schreiben und zu verschlüsseln.

Sie schickte sich gerade an, kurz vor 9:00 Uhr Londoner Zeit oder »dot 9« im Izzy-Jargon ein weiteres Sendefenster zu öffnen, als Ivy, ohne anzuklopfen, hereinschwebte.

»Ich will aus deinem Fenster schauen«, verkündete sie.

»Schön«, sagte Dinah. »Was ist los?« Denn offensichtlich war irgendetwas los. Ivy machte ein komisches Gesicht. Und sie hatte »aus *deinem* Fenster«, nicht »aus deinem *Fenster*« gesagt.

»Was ist an *meinem* Fenster so besonders?«, fragte Dinah.

»Es ist neben *dir*«, sagte Ivy.

»Ist alles okay?«, fragte Dinah. Denn es war eindeutig nicht alles okay. Ihr erster Gedanke war, dass die Morsecode-Funksprüche abgefangen worden waren und dass sie Ärger bekam. Doch wenn das der Fall wäre, wäre Ivy nicht hier und bäte darum, aus dem Fenster schauen zu dürfen.

Sie sah ihre Freundin an. Ivy trat sofort ans Fenster und stellte sich so hin, dass sie auf die Erde hinuntersehen konnte. Inzwischen war der Terminator weitergewandert und hatte die östlichste Vorwölbung von Südamerika erleuchtet. Weil Izzy gerade den Äquator überquerte, lag diese fast direkt unter ihnen.

»Ich habe von Cal gehört«, sagte Ivy. Sie sagte es ohne den üblichen Unterton von Freude in der Stimme.

»Gut. Ich dachte, sein Boot wäre unter Wasser.«

»War es bis vor ein paar Stunden auch.«

»Sie sind aufgetaucht?«

»Sie sind aufgetaucht.«

»Wo?«

»Da unten«, sagte Ivy.

»Woher weißt du das?«, fragte Dinah. »Er schickt dir doch bestimmt nicht seine Koordinaten.«

»Ich weiß es«, sagte Ivy. »Indem ich zwei und zwei zusammenzähle.«

»Was hat er gesagt?«

»Er hat gesagt, wir sollen uns auf Starts von Kourou aus einstellen.«

»Sie wollen den Weltraumbahnhof wiedereröffnen?«

Ivy schnappte nach Luft.

Dinah glitt zu ihr hinüber, stellte sich direkt hinter sie, umarmte sie und legte das Kinn auf ihre Schulter, damit sie den gleichen Blickwinkel hatte.

Sie wussten, wo Kourou lag; sie schauten ständig darauf hinunter und sahen manchmal sogar die hellen Abgasstrahlen von Raketentriebwerken auf den Startplattformen.

Worauf Ivy reagiert hatte, war etwas anderes. Entlang der Küste erschienen Lichtfunken, die sich ausbreiteten und dann verblassten. Eine ganze Salve, die den Bereich zwischen dem Strand und der Teufelsinsel tüpfelte.

»Was zum Teufel ist das?«, fragte Dinah. »Atomexplosionen?«

»Ich weiß es nicht«, sagte Ivy.

Dann wurde Dinahs Frage von einem sehr viel helleren Licht beantwortet, das im Nordwesten der Küste aufflammte und dann leicht zu einer leuchtenden Kugel verblasste, die nach oben in Richtung Weltraum wallte.

»Ich glaube, das war auf jeden Fall eine Atomexplosion«, sagte Ivy.

»Wir haben Venezuela... gerade mit Atomwaffen angegriffen?«

Ihre Augen brauchten ein paar Minuten, um sich wieder anzupassen. Das war nur gut, da auch ihr Verstand einiges an Anpassung zu leisten hatte. Sobald das Licht verblasst war, konnten sie sehen, dass sich die Pilzwolke tatsächlich ein paar Kilometer vor der Küste der venezolanischen Landmasse bildete.

»Ein Warnschuss? Von Caracas aus zu sehen?«, fragte Dinah.

»Zum Teil wohl auch«, sagte Ivy. »Aber gestern hieß es, die gesamte venezolanische Marine nehme Kurs auf Kourou, um die Ordnung wiederherzustellen. Ich wette, diese Marine gibt es nicht mehr.«

»Und die kleineren Feuerbälle? In der Nähe des Weltraumbahnhofs?«

»Aerosolbomben, vermute ich. Sie würden genauso viel Schaden anrichten wie taktische Atomwaffen, ohne den Startplatz zu kontaminieren.«

Ivy hatte sich aus Dinahs Umarmung gelöst und umgedreht, sodass sie dem Fenster den Rücken zukehrte. Die beiden schwebten nun dicht beieinander.

Dinah begriff es schließlich. »Du hast gesagt, Cals Boot sei aufgestiegen. Es sei an der Oberfläche. Er wisse irgendetwas. Glaubst du...«

»Ich weiß es«, formte Ivy mit den Lippen.

Cal hatte den Befehl direkt von J.B.F. bekommen und die Atomrakete gestartet. Wahrscheinlich hatte er auch Cruise Missiles mit Aerosolsprengköpfen abgefeuert.

Die Leute vermuteten, Ivy und Dinah hätten sich im zurückliegenden Jahr einander entfremdet – andererseits hatten die Leute auch vermutet, dass sie sich von Anfang an nicht vertragen hatten. Den Überblick darüber behalten zu wollen, was die

Leute sich gerade einbildeten, hatte keinen Sinn. Dass Ivy ihren Posten an Dinahs Freund verloren hatte, hatte die Dinge nicht vereinfacht. Aber zwischen ihnen hatten die Dinge nie schlecht gestanden. Sie waren nur kompliziert gewesen.

Ivy war nicht auf den Mund gefallen, aber an der aktuellen Situation gab es nur wenig, dem sich durch Reden hätte abhelfen lassen.

Nach einer Weile fand sie allerdings doch Worte. »Ich glaube, das Beschissene ist, dass ich von ihm nur Erinnerungen behalten werde«, sagte Ivy, »und ich habe versucht, ein paar schöne zu pflegen, die ich mitnehmen kann.« Sie weinte nicht direkt, aber ihre Stimme war samtig geworden.

»Du weißt, dass er keine Wahl hatte«, sagte Dinah. »Die Befehlskette besteht immer noch.«

»Das verstehe ich natürlich«, sagte Ivy. »Trotzdem. Es ist einfach nicht das, was ich wollte.«

»Wir haben gewusst, dass es hässlich werden würde«, sagte Dinah.

Ihr Funkgerät fing zu piepen an.

»Apropos...«

»Wer zum Teufel ist das?«, fragte Ivy.

»Sean Probst«, sagte Dinah. »Er ist wieder da.«

Ivy blieb noch eine Zeitlang in Dinahs Werkstatt, während diese mühsam die zweite Hälfte ihres Lageberichts absetzte. Bis Südamerika aus dem Blickfeld geraten war, trieben lange schwarze Rauchfahnen von den brennenden Überresten der Nationalen Gerechtigkeitsblockade in nordöstlicher Richtung und warfen Schatten auf die gekräuselte Oberfläche des Atlantiks. Über Kourou waren erneut helle Funken aufgeflammt, doch nun handelte es sich um die leuchtenden Abgasstrahlen von Feststoffboostern, die Schwerlastraketen in den Himmel beförderten.

»Wir sind wieder im Geschäft«, sagte Ivy. »Ich überarbeite mal lieber meine Tabellen.«

»Meinst du, Cal ist noch an der Oberfläche? Noch erreichbar?«

»Das bezweifle ich«, sagte Ivy in einem Ton, der nahelegte, dass sie gar nicht wüsste, was sie zu ihm sagen sollte. »Ich glaube nicht, dass es übliche Praxis ist, eine Atomrakete abzufeuern und dann einfach da rumzuhängen.«

An bestimmten Aspekten der Cloud-Archen-Kultur hatte Dr. Moira Crewe mehr zu beanstanden als an anderen. Sie fand es einfach nicht angemessen, an einem Ort zu leben, wo es keine Cafés gab, in denen man nach dem Aufstehen frühstücken, und keine Pubs, in denen man am Ende des Tages unter Leute kommen konnte; das war zum Teil die Folge von Überbelegung; zum Teil lag es daran, dass die Leute in drei Schichten lebten, sodass keine Einigkeit darüber herrschte, wann Morgen und wann Abend war; und zum Teil daran, dass der Ort in aller Eile von amerikanischen und russischen Ingenieuren konzipiert worden war, die keinen Sinn für die Wichtigkeit solcher Dinge hatten. Mit Luisa, die das verstand, hatte sie eine ganze Reihe guter Gespräche darüber geführt, und sie hatten so etwas wie einen vagen Entschluss gefasst, Abhilfe zu schaffen, sobald der Harte Regen eingesetzt und die Cloud-Arche sich in so etwas wie einer langfristigen Routine eingerichtet hatte. Moiras Traum war es, Eigentümerin einer Einrichtung zu sein, die vielleicht in einer einzelnen Sub-Arche untergebracht sein und diesem Zweck dienen würde. Sie hatte jedoch noch nicht ausgeknobelt, was genau der richtige Zeitpunkt dafür wäre.

Sie wusste natürlich, dass sie sehr viel wichtigere Aufgaben hatte: Die Verantwortung für die Erhaltung der menschlichen Rasse und der meisten anderen Arten lag weitgehend auf ihren Schultern. Es ginge nicht, dass sie jeden Tag Stunden damit zubrachte, Espresso auszuschenken und Tresen abzuwischen. Außerdem hatten sie noch gar nicht die Fähigkeit, im All Kaffee oder Gerste anzubauen, weshalb der Vorrat an Verbrauchsgütern ziemlich rasch zur Neige gehen und ihr Pub am Ende Instantlimo servieren würde. Aber es war ein Traum. Und in der Zwischenzeit konnte sie den an das Büro angrenzenden Kaffeeraum als eine Art Forschungs- und Entwicklungslabor nutzen. Sie stand jeden Tag um dot 8 auf, verfügte sich in H2, stieg eine Speiche hinunter in den T3-Torus, machte sich einen Becher abscheulichen gefriergetrockneten Kaffee und eine kleine Schale ebenso schauderhaften gefriergetrockneten Haferbrei und begab sich dann zu einem kleinen Konferenztisch mitten im Büro, wo sie sich hinsetzte. Manchmal schlossen sich ihr dort andere verschlafene Angehörige der dritten Schicht an. Einer davon war Markus Leuker, der im Allgemeinen zu beschäftigt war, um sich einfach hinzusetzen und mit Leuten Kaffee zu trinken, sich für Moira jedoch gelegentlich Zeit nahm. Manchmal setzte sich Konrad Barth zu ihr, genau wie Rhys Aitken, und ab und zu tauchte Tekla auf. Von ihnen war Tekla auf mehr als einer Ebene der merkwürdigste und interessanteste Fall. Um es unverblümt zu formulieren, sie gehörte einer anderen gesellschaftlichen Kaste an. Moira, Doob, Konrad, Rhys und viele andere Angehörige der Stammbevölkerung gehörten zu der Sorte Menschen, die einander bei TED-Konferenzen oder in Davos hätten begegnen oder zusammen in Foren von Thinktanks auftreten können. Nicht so Tekla. Ihre merkwürdige Karriere als einer der seltenen weiblichen Angehörigen des russischen Militärs, als Olympiasportlerin, Testpilotin und Astronautin machte sie sicherlich *interessant* genug für eine Einladung zu einer TED-ähnlichen Konferenz, doch als Vortragende käme sie wegen ihrer mangelnden Beherrschung des Englischen und einer gewissen sozialen Unbeholfenheit nicht in Frage. Die Verletzungen, die sie bei ihrer Flucht aus dem beschädigten Luk erlitten hatte, waren von Laien genäht worden. Auf der Erde hätte sie sich geradewegs in die Obhut eines plastischen Chirurgen begeben, doch auf Izzy hatte sie sich einfach mit den Ergebnissen abgefunden. Moira wünschte, sie spräche besser Russisch, damit sie sich mit Tekla über ihre Vorstellungen von äußerer Erscheinung und Schönheitspflege unterhalten konnte. Aufgrund der Gesichtsnarben stand sie weit außerhalb der Normen weiblicher Schönheit, und durch ihre Entscheidung, den Bürstenhaarschnitt beizubehalten, hatte sie diesen Eindruck noch verstärkt. Trotzdem oder vielleicht gerade deswegen war sie, offen gesagt, ziemlich scharf. Moira gab es nur ungern zu. Aber es gehörte nun mal zum Menschsein, und es war sinnlos, so zu tun, als gäbe es das nicht. Moira selbst war weitgehend heterosexuell. In jüngeren Jahren hatte sie mit zwei Frauen geschlafen, eine im englischen Cambridge, die andere in Cambridge, Massachusetts. Das war vollkommen in Ordnung gewesen, und sie bereute es überhaupt nicht, aber es hatte ungeheuer viel Nachdenken erfordert. Viel zu viel Hirntätigkeit über Gender- und Queer-Theorie war diesen kurzen Momenten der Leidenschaft vorausgegangen und gefolgt, und diese Beziehungen waren aus ihrem Leben verschwunden.

Trotz ihrer Bemühungen, solche Gedanken in Schach zu halten, war ihr in den Sinn gekommen, dass Tekla eine ganz andere Art von Partnerin wäre, und sie musste zugeben, dass sie das ziemlich interessant fand. Es gab eine ganze Geschichte über Teklas Sexualität, die einige Wochen nach ihrer Rettung mit so etwas wie einer komplizierten Seifenoper begonnen hatte, einem Liebesdrei- oder -viereck, das sowohl Männer als auch Frauen einschloss und locker in der Oral History von Izzy verankert war, ohne dass Moira jemals Wert darauf gelegt hätte, mehr darüber zu erfahren. Das Wesentliche war, dass Tekla nach einigen Monaten begonnen hatte, offen mit anderen Frauen zu schlafen, was jede Menge Analysen, Kommentare und Dramatik hervorgerufen hatte. Die Analysen waren in aller Regel von Gender-Theoretikern gekommen, die über den etwas unangenehmen Umstand gesprochen hatten, dass Tekla eine Sportlerin war, die schon nach Mannweib ausgesehen hatte, als sie für die Olympischen Spiele aufgehübscht worden war, und jetzt noch viel mehr danach aussah. Somit verstärkte ihr Coming-out (obwohl sie sich nie offiziell erklärt hatte) tendenziell bestehende Klischees über Sportlerinnen. Die Kommentare kamen von Millionen von Idioten im Internet. Und die Dramatik spielte sich in Teklas Beziehungen zu den anderen Russen ab, die einen mächtigen Block innerhalb der Raumstation bildeten. Sie hatte sich etwas gelegt, da sie sich daran gewöhnt hatten, während immer mehr Menschen unterschiedlicher Nationalität und sexueller Orientierung zur Cloud-Arche gestoßen waren und alle sich größeren Problemen gewidmet hatten. Aber sie hatte Tekla in ein merkwürdiges, einzelgängerisches Geschöpf verwandelt, auf sozialer Distanz zu den einzigen Menschen, mit denen sie ein flüssiges Gespräch führen konnte. Bei politisch korrekten, akademisch linken Beobachtern hatte die Erwartung geherrscht, sie werde einen persönlichen Wandel durchmachen und sich einer akademischen Linken annähern, aber sie hatte offenbar die gleiche Grundeinstellung zu Ordnung und Disziplin beibehalten, die sie überhaupt erst zur Kundschafterin gemacht und sie veranlasst hatte, Sean Probst in den Polizeigriff zu nehmen und anzubieten, ihn bis zur Bewusstlosigkeit zu würgen. Während Moira ihr am Tisch gegenübersaß, Kaffee trank und in ihrem Haferbrei stocherte, fragte sie sich müßig, ob Tekla eigentlich bewusst war, dass es ein ganzes Genre von Internet-Fan-Pornografie gab, das um imaginäre, mehr oder weniger sadomasochistische Paarungen zwischen ihr und Sean Probst kreiste.

Jedenfalls sah Teklas Neigung, sich beim Frühstück gelegentlich zu Moira zu setzen, wenn schon nicht nach einer direkten Einladung, so doch wenigstens nach Eröffnungszug aus.

Mit solchen Gedanken beschäftigt, nahm Moira zunächst gar nicht wahr, dass sich das Büro plötzlich mit Menschen gefüllt hatte, die alle auf den großen Lageerfassungsmonitor über dem Ende des Tischs schauten, an dem sie und Tekla frühstückten. Der Blickwinkel war ungünstig, weshalb sie sich anders hinsetzen musste, um besser zu sehen. Es handelte sich um einen Nachrichtensender, der Handyvideoschnipsel zeigte, die zusammengeschnitten worden waren, um so etwas wie einen Bericht zu ergeben. Zu Beginn des Berichts lag die Flotte der Gerechtigkeitsblockade in den Gewässern zwischen dem Strand und der Teufelsinsel vor Anker und fing soeben das rosige Licht der Morgendämmerung ein. Am Ende des Berichts beschien die Sonne ein aufgewühltes Durcheinander aus zerschmetterten Bootsrümpfen und treibenden Leichen, das durch Lücken zwischen langen Rauchfahnen sichtbar war. Dazwischen sah man flüchtig schwarze, vom Meer heranfliegende Partikel und gewaltige Flammenblasen, die sich blähten und riesige Areale einhüllten, ehe sie barsten, verschwanden und Trümmerteile zurückließen, die aussahen, als wären sie mit Vorschlaghämmern bearbeitet und mit Napalm übergossen worden.

Von dort aus ging das Video zu sterilen, dreidimensionalen Darstellungen von Raketen tragenden U-Booten und Cruise Missiles sowie Material aus dem Pressekonferenzraum des Weißen Hauses über, wo die Präsidentin eine kurze Erklärung abgegeben und dann dem Vorsitzenden der Vereinigten Stabschefs das Wort erteilt hatte. Aus der Downing Street, dem Kreml und Berlin schalteten sich andere Führer der Welt ein.

Das alles war an und für sich schon fesselnd, bis Moira genau in dem Augenblick, in dem sie sich wieder ihrem Haferbrei zuwenden wollte, etwas Helles auf dem Bildschirm ins Auge fiel und sie im Zurückblicken eine Pilzwolke über einem Ozean aufsteigen sah.

»Habe ich etwas verpasst?«, fragte Moira. »Das hat mir nicht nach einem Meteoriteneinschlag ausgesehen.«

»Atomwaffe«, sagte Tekla.

Moira sah sie an. Teklas Blick, den manche frostig fanden, war auf Moiras Gesicht gerichtet. Moira fand ihn überhaupt nicht frostig. Tekla wandte ausnahmsweise einmal schüchtern den Blick ab. »Venezuela«, fügte sie hinzu. »Marine ist kein Problem mehr. Raketen starten wieder.« Sie zuckte mit den Achseln. Sie trug ein Tanktop. Moira konnte nicht aufhören, ihre Deltamuskeln anzuschauen. Sie musste damit aufhören. »Am Strand es waren Aerosolbomben«, fuhr Tekla fort. »Äußerst destruktiv.« Tekla lehnte sich auf ihrem Stuhl zurück und legte lässig einen Arm über die Lehne des freien Stuhls neben ihr. »Was ist Ihre Meinung, Dr. Crewe?«

»Bitte sag Moira zu mir.«

»Verzeihung. Russische Förmlichkeit.«

Vielleicht war Tekla raffinierter, als es den Anschein hatte. Sie nahm an, dass jemand wie Dr. Crewe entsetzt davon war, dass man nun Menschen mit Atomwaffen angriff. Sie wollte es sofort aufs Tapet bringen, solange es noch frisch war.

In die Betrachtung der Struktur von Teklas Arm versunken fuhr Moira zusammen, als sich ein großer, kräftig gebauter Mann auf den Stuhl neben sie plumpsen ließ. Ein Blick zur Seite zeigte ihr, dass es Markus Leuker war. Er stellte eine Tasse Kaffee vor sich hin, betrachtete sie einen Moment lang und schaute fast dezidiert nicht auf die Bildschirme mit ihren unendlichen Wiederholungen von Pilzwolken und Pressekonferenzräumen aus allen möglichen Blickwinkeln. Dann wandte er sich Moira zu, begrüßte sie mit einem Nicken und hochgezogenen Augenbrauen und ließ Tekla die gleiche Behandlung angedeihen.

Damit war Moira davon befreit, Teklas Frage beantworten zu müssen.

Markus beantwortete sie, obwohl niemand ihn gefragt hatte. »Ich weiß, ich bin hier etwas im Nachteil, weil ich deutschsprachig bin und deshalb ein bestimmtes Gepäck mit mir herumschleppe. Also. Ja. Ich bin mir des Gepäcks bewusst. Ich verstehe, wie heikel das ist. Wie schwierig. Aber ...«

»Hast du gewusst, dass das passieren würde?«, fragte Moira ihn.

»Nein, es überrascht mich völlig.«

Moira nickte.

»Aber wenn man mich nach meiner Meinung gefragt hätte, hätte ich ja gesagt.«

»Sie werden sowieso alle sterben«, sagte Tekla nickend.

In diesem Moment fiel Moira auf, dass Markus und Tekla sich ziemlich wohl miteinander fühlten. Das war plausibel. Teklas Sexualität würde Markus nicht im Geringsten stören. Im Gegenteil, für einen Mann wie ihn würde die Gewissheit, dass sie nicht verfügbar war, alles viel einfacher machen. Er war ehemaliger Militärpilot; das war sie auch. Natürlich würden sie dazu neigen, bestimmte Dinge auf die gleiche Weise zu sehen. Im ersten Jahr der Cloud-Arche war Tekla eine Zeitlang so etwas wie eine Wanderarbeiterin gewesen. Dass eine Raumstation jemanden ohne spezielle Aufgabe tragen konnte, mochte seltsam erscheinen. Aber da man eigentlich nicht damit gerechnet hatte, dass einer der Kundschafter überlebte, hatte man auch keine langfristigen Aufgaben für sie vorgesehen. Ihre Entfremdung von den Russen, die den größten Teil der Außenbordeinsätze übernahmen, hatte dazu geführt, dass sie sich an einer ganzen Reihe unterschiedlicher Aufgaben versuchte. Sie kannte das Innere von Izzy so gut wie jeder; aber sie wusste auch, wie man die Steuerung einer Sub-Arche bediente, und sie konnte einen Raumanzug anziehen und Dinge im Raum schweißen. Ihre Zeit des Umherstreifens in der Wildnis schien geendet zu haben, als Markus das Kommando übernommen hatte. Moira war sich nicht mehr ganz sicher, womit sich Tekla eigentlich ihre Brötchen verdiente. Aber sie hatte inzwischen das deutliche Gefühl, dass Tekla direkt für Markus arbeitete, dass er ihr eine bestimmte Aufgabe anvertraut hatte.

»Sie werden sowieso alle sterben, ja«, sagte eine andere Stimme. »Aber wir nicht.« Es war Luisa. Sie trat von hinten an Tekla heran und bat wortlos darum, den Stuhl benutzen zu dürfen, auf den die Russin den Arm gelegt hatte. Tekla erlaubte es nicht nur, sondern stand sogar auf und zog den Stuhl höflich zurück.

»Wir werden nicht alle sterben, jedenfalls hoffe ich das«, fuhr Luisa fort, »und wir alle haben das gerade mit angesehen. Es gehört jetzt zu unserer Erinnerung. Und nicht nur das. Sondern wir werden in wenigen Stunden Lieferungen aus Kourou entgegennehmen, also davon profitieren, dass wir Aerosolbomben und Nuklearwaffen gegen Menschen eingesetzt haben, die im Grunde wehrlos waren. Das ist jetzt in unserer DNS.« Ihre Augen huschten in Richtung Moiras. »Wenn Sie mir das poetische Bild verzeihen wollen, Dr. Crewe.«

Moira bedachte sie mit einem leichten Lächeln und nickte.

Markus sagte: »Du bist also nicht damit einverstanden?«

»Nein«, sagte Luisa. »Um eins klarzustellen, Markus, ich trage auch Gepäck mit mir herum. Ich bin eine dunkelhäutige, Spanisch sprechende Südamerikanerin. Ich habe Jahre meines Lebens mit Flüchtlingen auf Booten zugebracht. Und ich bin Jüdin. Das ist mein Gepäck, okay?«

»Verstanden«, sagte Markus.

»Ich bin nicht da unten, ich weiß nicht, welchen Rat J.B.F. bekommen hat, was sie weiß und was wir nicht wissen.«

»Worauf willst du also hinaus?«, fragte Markus, knapp, aber höflich.

»Wir haben keine Gesetze. Keine Rechte. Keine Verfassung. Kein Justizsystem, keine Polizei.«

Markus und Tekla wechselten über den Tisch hinweg einen Blick. Es war kein verstohlener oder schuldbewusster oder verschwörerischer Blick. Aber es war ein bedeutungsvoller Blick.

»Das ist in Arbeit«, sagte Markus. Er scherzte nicht; seit Unterzeichnung des Crater-Lake-Abkommens mühte sich ein ganzer Thinktank von Verfassungsrechtlern in Den Haag damit ab, und inzwischen wohnte einer von ihnen hier oben.

»Das weiß ich«, antwortete Luisa, »und mir ist sehr wichtig, dass Gräueltaten wie die, die wir auf diesen Bildschirmen sehen, diesen Prozess nicht irgendwie infizieren. Das kann nicht übliche Praxis sein.«

Markus und Tekla, die einander immer noch ansahen, schienen gemeinsam zu dem Entschluss zu kommen, nichts zu sagen.

Moiras Handy vibrierte. Ein Blick auf das Display zeigte ihr, dass sie in fünfzehn Minuten einen Termin hatte. Sie entschuldigte sich und stand von dem sehr seltsamen Kaffeeklatsch auf, zu dem sich das Ganze entwickelt hatte. Nun gut, vielleicht hatte es sie ja von einigen ihrer sentimentalen Vorstellungen kuriert. Gekommen war sie in dem Bestreben, irgendwie das Erlebnis eines Frühstücks in einem Straßencafé in Europa nachzuempfinden, und bekommen hatte sie stattdessen eine halbe Stunde Atomkrieg, massenhafte Verbrennung von Demonstranten und ernsthaften ethischen Diskurs, vermischt mit einer plötzlichen starken sexuellen Spannung zwischen ihr und Tekla. Wie nicht wenige andere Menschen in der Cloud-Arche hatte sie keinen Sex mehr gehabt, seit sie hier heraufgekommen war. Viele, deren Gewissen nicht davon belastet wurde, dass es auf der Erde zum Untergang verurteilte Ehepartner oder Verlobte gab, hatten Möglichkeiten gefunden, auf ihre Kosten zu kommen, doch viele andere gingen leer aus. Das konnte unmöglich von Dauer sein. Ein paar angedockte Kapseln waren für sexuelle Begegnungen reserviert worden, und jeder kannte in der Raumstation ein paar ruhige Plätzchen, wo man es machen konnte. Moira hatte auf der Erde niemanden. Sie hatte enthaltsam gelebt, weil es auch hier oben niemanden gab und weil es schlicht der unerotischste Ort war, den man sich vorstellen konnte. Aber allmählich machte es ihr doch zu schaffen.

Ein Punkt auf ihrer langfristigen Aufgabenliste war im Übrigen, sich eine Verfahrensweise für den Umgang mit Schwangerschaft an Bord der Cloud-Arche einfallen zu lassen. Da sich schwangere Menschen nicht so grundlegend von nichtschwangeren unterschieden, lief das letztlich darauf hinaus, wie man mit Babys umzugehen hatte. Die Architekten gingen von der Annahme aus, dass dies in geordneten Bahnen ablaufen würde und dass jede Frau, die schwanger wurde, dies in der Absicht tat, den Embryo einfrieren zu lassen, damit er später, wenn die Bedingungen für die Aufzucht von Kindern besser waren, eingepflanzt werden konnte. Nachdem Moira nun fast ein Jahr hier oben war, bezweifelte sie das. Nach ihrem Empfinden unterschätzten die Architekten die kulturellen Unterschiede zwischen der Stammbevölkerung und den Archies.

Bis vor wenigen Monaten hatte man sie Archer genannt, und in allen offiziellen Mitteilungen galt diese Bezeichnung nach wie vor. Dann hatte jemand den Begriff Archies geprägt, und er hatte sich als eines jener nur per Internet möglichen epidemischen Phänomene binnen vierundzwanzig Stunden über den gesamten Planeten ausgebreitet und war universell geworden. Ein paar sensible Historiker in Arkansas hatten Einwände erhoben, waren jedoch plattgewalzt worden.

Die Archies waren einfach junge Leute, und sie hatten überraschend wenig Kontakt zur Stabev. Die Sub-Archen, in denen sie lebten, konnten ihre Position im Schwarm im Grunde nicht ändern. Sich von einer Arche zur nächsten zu begeben war fast unmöglich – es war eine abenteuerliche Wanderung in einem Raumanzug, die ein paar ausgefallene Kunststückchen mit orbitaler Mechanik erforderte. Kleine Nutzfahrzeuge mit Namen Flifs standen zur Verfügung, um Leute durch die Gegend zu befördern, aber ihre Anzahl war begrenzt, und qualifizierte Piloten waren rar. Vorschlägen von Luisa folgend hatte Markus das dadurch zu kompensieren versucht, dass er »den Topf umrührte«, was hieß, dass zu jedem beliebigen Zeitpunkt etwa zehn Prozent der Archies an Bord von Izzy lebten und arbeiteten. Meistens aber saßen die meisten von ihnen in einzelnen Sub-Archen, Triaden oder Heptaden fest, und ihre einzige Verbindung mit der Stammbevölkerung bestand über Videokonferenzen (»Scape«), Social Media (»Spacebook«) und andere technische Möglichkeiten, die man aus der erdgebundenen Welt hierher verpflanzt hatte. Moira wäre erstaunt, wenn nicht schon einige Mädchen schwanger waren; doch bislang hatte sie noch niemand auf das Einfrierenlassen eines Embryos angesprochen.

Und jeder normale Mensch, der Moira nach vorn durch Swesda und »nach unten« zum Kühllager folgte, würde verstehen, warum. Der Ort hatte nichts, was die Nervenenden kitzelte, auf die es Leuten ankam, die eine Familie gründen wollten. Er war in einem Maße klinisch-industriell, das schon fast lachhaft war.

Doch ebendeshalb hoffte sie auch, dass er die Neuankömmlinge beeindrucken würde, die pünktlich zu ihrem Termin kamen. Sie waren vor mehreren Stunden mit einer in Cape Canaveral gestarteten Passagierkapsel eingetroffen, also schon so lange hier, dass ihre Medikamente gegen Übelkeit wirkten und sie sich ein wenig hatten fangen können. Es handelte sich um ein kleines Kontingent von den Philippinen: ein Wissenschaftler, der über genetisch veränderte Reissorten arbeitete, eine Soziologin, die mit philippinischen Seeleuten gearbeitet hatte, die ihr ganzes Leben auf Frachtschiffen zugebracht hatten – vermutlich hatte sie mit Luisa gearbeitet –, und zwei Archies, die, nach ihrem Aussehen zu urteilen, ethnischen Gruppen entstammten, die sich so sehr voneinander unterschieden wie Isländer von Sizilianern. Einer von ihnen hatte den unvermeidlichen Bierkühler in der Hand. Wie Moira sehr wohl wusste – denn sie tat dies mindestens einmal am Tag –, enthielt er Sperma, Eizellen und Embryonen, gesammelt von Spendern, die über das gesamte Ursprungsland – in diesem Fall die Philippinen – verstreut waren. Sie nahm ihn mit angemessenem Zeremoniell entgegen wie ein japanischer Geschäftsmann, der die Visitenkarte eines anderen entgegennimmt, und klappte zwecks Inspektion den Deckel auf. Auf dem Boden waren noch ein paar Eisbrocken zu sehen; gut. Die fingergroßen Phiolen befanden sich allesamt in einem sechseckigen Halter. Sie überprüfte einige mit einem pistolenförmigen Infrarotthermometer und vergewisserte sich, dass keine angetaut war. Dann zog sie sich ein Paar Baumwollhandschuhe an, um ihre Haut vor der Kälte zu schützen, holte ein paar heraus und überprüfte sie stichprobenartig, um sich zu vergewissern, dass sie gemäß dem im Dritten Technischen Anhang zum Crater-Lake-Abkommen, Band III, Teil 4, Absatz 11 beschriebenen Verfahren verschlossen, beschriftet und mit Barcode versehen worden waren. Sie waren es. Von Dr. Miguel Andrada, dem Genetiker, hatte sie nichts anderes erwartet.

Sie nahm außerdem an, dass Dr. Andrada auf einer bestimmten Ebene vermutete, dass keine dieser Proben auch nur den Hauch einer Chance hatte, sich jemals zu einer fühlenden Lebensform zu entwickeln, aber das war nicht der Moment, davon zu sprechen. Den anderen zuliebe hielt Moira, bemüht, spontan zu klingen, eine kleine, vorgefertigte Rede, in der sie ihnen und damit dem philippinischen Volk dafür dankte, dass sie ihr und der Cloud-Arche dieses höchst wertvolle Gut anvertraut hatten, und, ohne etwas zu versprechen, auf eine Zukunft verwies, in der aus jeder kleinen Kunststoffphiole eine Fülle pulsierenden menschlichen Lebens entspringen würde. Es wurde erwartet, dass die Leute sich nun zu ihren Sub-Archen begaben und die Nachricht per SMS oder über Facebook an ihre Freunde und Familienmitglieder auf der Erde weitergaben. Das in diesen Worten enthaltene Versprechen sollte die Leute auf der Erde davon abhalten, zu sehr über die Stränge zu schlagen, während sie auf das Ende warteten; und falls das wie im Fall von Venezuela fehlschlug, nun, dann konnte J.B.F. sie einfach mit Atomwaffen zur Raison bringen.

»Darf ich sehen, wie alles funktioniert?«, fragte Dr. Andrada, nachdem der Rest seiner Delegation seiner Wege geschickt worden war. Sie waren nun also allein und schwebten in einem langen, schlanken Andockmodul, dass zur Nadirseite hinausragte. »Unter« ihnen, an dessen Ende, befand sich eines jener Tinkertoy-Verbindungsstücke, die Izzy mittlerweile zusammenhielten, eine Metallsphäre, besetzt mit einem halben Dutzend Andockports, die jeweils zu einem anderen Modul oder einer anderen Kapsel führten. Dieses jedoch war durch eine Luke mit einer Kleintastatur abgeriegelt. Der größte Teil von Izzy stand jedem offen, der Lust hatte, hereinzuschneien und herumzustöbern; es gab hier nicht viel Gesindel. Doch das HGA, das Humangenetische Archiv, besaß so etwas wie einen quasi heiligen Status und wurde hinter der digitalen Entsprechung von Schloss und Riegel gehalten.

Dr. Andrada war ein kleiner, drahtiger Mann mit hervortretenden Wangenknochen. Wie einige andere Agrargenetiker, die Moira kennengelernt hatte, hatte er etwas Schwieliges, Gebräuntes, Ledriges an sich, das daher rührte, dass er viel Zeit auf Versuchsfeldern verbracht und in richtiger Erde gewühlt hatte. Von seiner schönen Brille abgesehen hätte er ohne weiteres als Kleinbauer irgendwo in Südostasien durchgehen können. Aber er hatte an der UC Davis promoviert und war auf der Überholspur zu einem Nobelpreis gewesen, ehe das Agens dazwischengekommen war.

»Natürlich«, sagte Moira. »Ich würde mich sowieso mal gerne darüber unterhalten, wie wir hier oben etwas anderes als Menschen züchten sollen.«

»Darüber müssen wir reden«, pflichtete Dr. Andrada bei.

Sie driftete nach unten, vollführte dabei einen langsamen Salto, um die Tastatur bedienen zu können, und drückte den Knopf, der den Iris-Scanner einschaltete. Nach einigen Augenblicken stimmte das Gerät zu, dass sie Dr. Moira Crewe war, und entriegelte die Luke. Moira stemmte sich gegen einen Handgriff an der Wand, zog sie auf und ließ sich in das Andockmodul driften. Es bot kaum Platz genug für sie und Dr. Andrada. Automatisch schalteten sich weiße LEDs ein. An die Wand geclippt war ein einfacher Gurt aus Nylongewebe mit einigen kleinen elektronischen Geräten in Holstern. Moira nahm ihn und schnallte ihn sich um die Taille.

Sie waren durch die Luke auf der Zenitseite hereingekommen. Nach Backbord und Steuerbord waren Öffnungen, die mit runden Plastikdeckeln verschlossen waren. Jeder von diesen hatte einen in der Mitte hervorragenden Griff. Moira am nächsten befand sich der auf der Backbordseite, also packte sie den Griff, drückte ihn, um die Verriegelung zu lösen, und zog den Deckel zur Seite.

Angesichts der eiskalten Luft, die daraufhin in den Raum strömte, zuckte Dr. Andrada zusammen. Sie schauten in eine gerade, etwa zehn Meter lange Röhre, die so groß war, dass ein Mensch bequem darin arbeiten konnte oder zwei aneinander vorbeikamen, wenn es ihnen nichts ausmachte gegeneinanderzustoßen. An den Wänden zogen sich lange, ordentliche Reihen von kleineren Luken entlang, die etwa so groß waren wie eine menschliche Hand mit gespreizten Fingern und jeweils einen eigenen kleinen Griff hatten. Hunderte. Näher am Eingang trugen sie ordentliche, maschinengeschriebene Etiketten und Strichcodes; weiter weg waren sie unbeschriftet. Neben jeder befand sich eine blaue LED; diese Lämpchen bildeten die einzige Beleuchtung des Raums.

»Möchten Sie die Honneurs machen?«, fragte Moira.

»Wenn ich nicht vorher erfriere!«, sagte Dr. Andrada.

»Der Weltraum ist kalt«, sagte Moira. »Das kommt uns entgegen.«

Sie ließ ihm einen Moment Zeit, die Baumwollhandschuhe anzuziehen, dann öffnete sie den Kühler und hielt ihn ihm hin. Er entnahm den kleinen Halter mit den Proben. Mit einem Handscanner aus ihrem Gürtel erfasste sie dessen Strichcode. Dr. Andrada zog sich in das kalte Lagerungsmodul und begann tiefer hineinzudriften, wobei er sich auf zaghafte Weise, die ihn als Neuankömmling in der Schwerelosigkeit auswies, an den Wänden entlangstupste. »Nehmen Sie die erste unbeschriftete«, sagte Moira. »Lassen Sie die Tür bitte offen.«

Dr. Andrada musste husten, als sich von der eisigen Luft seine Kehle zusammenzog. Er öffnete eine der kleinen Luken und schob den Halter mit den Proben hinein. In der Zwischenzeit produzierte Moira mit einem Handdrucker einen Aufkleber, der die Probe auf Englisch, auf Filipino und in einer maschinenlesbaren Strichcode-Sprache kennzeichnete. Sobald Dr. Andrada ins Zentralmodul zurückgekehrt war, begab sie sich zu der offenen Luke, vergewisserte sich, dass der Halter mit den Proben richtig in dem röhrenförmigen Hohlraum dahinter untergebracht war, schloss die Luke und befestigte den Aufkleber daran. Auf die Luke aufgedruckt war eine einmalige Identifikationsnummer und ein Strichcode gleichen Inhalts, die sie beide einscannte und dann noch einmal überprüfte.

Die LED neben der Luke war auf Rot gewechselt, was anzeigte, dass die Temperatur des Behälters zu hoch war. Während Moira ihre Arbeit überprüfte, wechselte das Lämpchen auf Gelb, was bedeutete, dass die Kälte »einsickerte«. Später würde sie es auf ihrem Tablet aufrufen und sich vergewissern, dass es auf Blau gewechselt war.

Sie schwebte aus dem Andockmodul und packte den runden Deckel, der den Kühlraum abriegelte. »Jetzt wissen Sie, wozu die Dinger hier dienen«, sagte sie. »Thermische Isolierung.« Sie ließ den Deckel einrasten. »Ich könnte die anderen vier öffnen«, bot sie an, »aber Sie würden das Gleiche sehen.«

»Vielen Dank«, sagte Dr. Andrada, »aber ich habe noch nie im Leben so gefroren!«

Sie kehrten »nach oben« in Swesda zurück und begaben sich

von dort aus nach vorn in den Komplex von Modulen, in denen der größte Teil der Gentechnikausrüstung untergebracht war. Außer Boxen gab es hier nichts zu sehen. Sie hätten ebenso gut nach achtern in einen der Tori gehen können, aber Moira wusste aus Erfahrung, dass es Neuankömmlingen nicht guttat, zwischen Schwerelosigkeit und simulierter Schwerkraft hin und her zu wechseln.

Dr. Andrada bedachte Moira durch die schöne Brille hindurch mit einem Blick, den sie als höflich, aber skeptisch interpretierte. Verständlich. Sie beschloss, direkt anzusprechen, was ihn vermutlich beschäftigte. »Verzeihen Sie mir das kleine Zeremoniell«, sagte sie. »Ich mache das seit einem Jahr ein- bis zweimal pro Tag. Ich bin ebenso sehr Priesterin wie Wissenschaftlerin. Sie sollen das natürlich bloggen. Um den Menschen unten mitzuteilen, dass Sie die Proben eigenhändig den ganzen Weg von Manila bis in einen Kühlraum auf Izzy befördert haben.«

»Ja, das verstehe ich. Wird gemacht.« Er hielt inne und kündigte damit einen Themenwechsel an. »Das Ganze ist nicht gerade dezentralisiert.«

Moira nickte. »Wenn das Ding in zehn Minuten von einem Stein getroffen wird, werden sämtliche Proben vernichtet.«

»Ja. Das macht mir Sorgen.«

»Mir auch. Es läuft alles auf Statistik und Mathematik hinaus. Vorderhand gibt es nicht so viele Steine, und wir können sie sehen und ihnen, wenn nötig, ausweichen. Alle Eier in einem Korb zu lassen...«

»Und Sperma«, sagte Dr. Andrada und machte damit den mittlerweile ältesten Witz in Moiras persönlichem Universum.

»...ist für die nächsten paar Wochen tatsächlich sicherer, als sie auf sämtliche Sub-Archen zu verteilen. Aber es besteht der Plan, sie so zu verteilen, Dr. Andrada, und er wird umgesetzt, sobald die BFR eine bestimmte Schwelle überschreitet.«

Er nickte. »Bitte nenn mich Miguel.«

»Miguel. Moira, wenn es recht ist.«

»Ja. Du weißt doch bestimmt, warum man mich ausgewählt hat, hier heraufzukommen.«

»Ja. Du hast eine Methode gefunden, die Photosynthese von Reis durch Transplantation von Maisgenen effizienter zu machen. Greenpeace hat deine Forschungseinrichtung auf den Philippinen zerstört, aber du hast das Projekt trotzdem am Leben gehalten, in Singapur. Kurz nach Null hast du damit begonnen, Reissorten zu entwickeln, die für den Anbau in Hydrokulturen mit niedriger Schwerkraft geeignet sind.«

»Spreis«, sagte Miguel und verdrehte dabei ganz leicht die Augen. Der Begriff, eine Zusammenziehung von Space-Reis, war von einem enthusiastischen Reporter der *Straits Times* geprägt worden und zu einem unverwüstlichen Schlagwort von Boulevardzeitungsschlagzeilen und Internetkommentaren geworden. »Verstehst du, dass er nicht ohne einen gewissen Grad von simulierter Schwerkraft wachsen kann, Moira? Es muss ein Oben und ein Unten geben, sonst kann sich das Wurzelsystem nicht entwickeln. In dieser Hinsicht ist er schwieriger als Algen, denen das nichts ausmacht.«

»Oh, wir werden alle noch lange Zeit Algen essen«, sagte Moira. »Spreis wird später kommen, wenn wir mehr Umgebungen konstruiert haben, die rotieren, um Schwerkraft zu erzeugen. Und dann, Miguel, dann!«

»Was dann?«, fragte Miguel.

»Spräu.«

»Spräu?«

»Space-Bräu«, sagte Moira. »Es ist nicht so gut wie Gerste, aber im Notfall kann man auch aus Reis Bier machen.«

»Klopf«, sagte Markus. Er musste es sagen, weil er es nicht tun konnte. Für einen Ringer bestand die herkömmliche Art, seinem Trainingspartner mitzuteilen, dass dieser einen Haltegriff angesetzt hatte, aus dem keine Befreiung möglich war, darin, ihm auf Hand, Arm, Bein oder was auch immer erreichbar war zu klopfen. Aber Markus konnte nichts erreichen. Tekla hatte seine beiden Arme fixiert.

Sie ließ ihn los, kurz bevor sie beide gegen die gepolsterte Wand des Zirkus drifteten – eines großen, weitgehend leeren Moduls, das für Trainingszwecke reserviert war –, und sie hoben die Hände, um den Aufprall abzufangen.

Von der anderen Seite des Zirkus aus sahen Jun Ueda, ein Ingenieur namens Tom van Meter, Bolor-Erdene und Wjatscheslaw Dubskij interessiert zu. Die drei Männer blieben stumm. Bolor-Erdene, die absolut begeistert war, erlaubte sich, dreimal in die Hände zu klatschen, und hörte auf, als klar wurde, dass niemand sich ihr anschloss.

»Okay«, sagte Wjatscheslaw. »Sehen heißt glauben. Es ist möglich, in der Schwerelosigkeit Sambo zu betreiben.« Sein Blick huschte in Richtung der anderen. »Sowie Jiu-Jitsu, Ringen oder Bökh, vermute ich.«

»Würfe gibt es natürlich nicht. Nichts von der Gewichtsverlagerung, die auf dem Boden so wichtig ist«, sagte Markus.

Jun nickte. »Es ist ein Teilbereich. Ein bisschen wie der Bodenkampf. Nur ohne den Boden.«

Tom van Meter, der auf dem Weg zu einem Abschluss in Ingenieurswissenschaften in Iowa College-Ringer gewesen war, drehte sich zur gepolsterten Wand und versuchte dann, einen Schlag zu führen. Trotz seiner beträchtlichen Größe und Kraft traf der Schlag ohne jede Wucht und ließ Tom rückwärts durch das Modul driften.

»Damit haben wir auch experimentiert«, sagte Markus. »Schläge sind problematisch.«

Unmittelbar bevor er an die gegenüberliegende Wand prallte, riss Tom beide Arme zur Seite und schlug mit den Händen gegen die Matte, um Energie zu absorbieren. »Wenn man in einem

Torus oder einem Bolo ist, wird das ganze übliche Zeug funktionieren«, sagte er. »Aber du hast recht, Kampfsport in der Schwerelosigkeit ist Neuland.«

»Sobald man Griff angesetzt hat«, sagte Tekla, »ist nicht so anders.«

»Die Cloud-Arche ist mit einem Dutzend Elektroschockern ausgestattet«, sagte Markus. »Ich habe nicht darum gebeten. Sie waren schon hier, als ich gekommen bin. Niemand weiß davon. Mir ist nicht wohl damit, dass einige Leute mit Seitenwaffen herumlaufen – auch wenn es bloß Elektroschocker sind –, während alle anderen unbewaffnet sind. Aber trotzdem. Wir haben eine Bevölkerung von ungefähr zweitausend. Auf der Erde gibt es keine Stadt mit so vielen Einwohnern, die keine Polizei hat. Es wird zu Straftaten kommen. Zu Auseinandersetzungen.«

»Was sagt die Verfassung zur Frage der Polizei?«, fragte Bolor-Erdene. »Ich habe sie nicht gelesen.«

Alle anderen lachten, wussten ihren Humor zu schätzen. »Kein Mensch hat das verdammte Ding gelesen, Bo, es ist so dick, wenn man es ausdruckt!«, sagte Markus und hielt Daumen und Zeigefinger fünf Zentimeter auseinander. »Von einem Komitee verfasst, wie nicht anders zu erwarten.«

»Nur, um das klarzustellen, Markus«, sagte Jun. »Du willst damit nicht andeuten…«

»Nein, Jun, ich sage nicht, dass wir sie ignorieren sollen. Glaub mir, ich flehe die Typen jeden Tag an, sie einfacher zu machen, uns eine, wie sagt man…«

»Eine Arbeitshilfe«, sagte Tom.

»Genau, eine Arbeitshilfe zu geben. Ein schlichtes Handbuch. Aber irgendwo da drin wird auch eine Polizei erwähnt. Ich habe die Datei daraufhin durchsucht. Für den Anfang wird es eine Bürgerpolizei sein müssen – keine Profis. Ich habe mir eure Personalakten angesehen. Ich weiß, dass ihr alle irgendeine Form des Ringens trainiert habt. Ringen ist die einzige Form von Gewaltanwendung, die an Bord einer Raumstation überhaupt möglich ist, wenn man nicht irgendwelchen absolut verrückten Scheiß machen will.«

»Was ist mit Stockfechten?«, fragte Tom.

»Ich habe gewusst, dass du das fragen würdest, weil dein Lebenslauf ein bisschen Escrima erwähnt«, sagte Markus. »Die Idee ist vernünftig. Ich habe da allerdings eine Frage.«

»Ja?«

»Siehst du hier irgendwelche Stöcke?«

»Vielleicht könnten wir ein paar Bäume anpflanzen«, schlug Bo vor.

»Das wird eine Weile dauern«, gab Markus zurück. »Und deswegen bitte ich euch einfach, jeden Tag eine Zeitlang hier in diesem Modul zusammenzukommen und Ringen zu trainieren. Vielleicht erweist es sich ja als nützlich.«

Doob hatte so schlecht geschlafen, dass er vermutete, er habe gar nicht geschlafen. Aber laut Uhr war es ungefähr dot 15. Als er in seinen Schlafsack geschlüpft war, war es dot 9 gewesen. Er musste eine Zeitlang weggedöst sein. Aber er wusste nicht, wann.

Seine nächtliche Videokonferenz mit Amelia war nicht gut gelaufen. Sie war nicht *schlecht* gelaufen – sie waren nicht laut geworden oder in Tränen ausgebrochen –, doch zunächst war es nur darum gegangen, was gerade in Kourou geschehen war, und danach konnten sie den Anschluss nicht wiederherstellen. Bei Henry war ihm das Gleiche aufgefallen.

Ihnen ging allmählich der Gesprächsstoff aus. Das war entsetzlich, aber wahr. Seine Angehörigen bereiteten sich alle darauf vor, in zwei, drei oder vier Wochen ihrem Schöpfer gegenüberzutreten. Der Staat hatte gratis Euthanasie-Tabletten an alle ausgegeben, die sie haben wollten; Tausende hatten sie bereits geschluckt, und die Leichenhallen quollen von Toten über. Mit Schaufelladern wurden Massengräber ausgehoben. Unterdessen bereitete sich Doob – offen und ehrlich gesagt – auf das größte Abenteuer seines Lebens vor.

Auf einer bestimmten Ebene wünschte er, sie wären schon tot. Vor mehreren Tagen hatte er diese scheinbar unaussprechlichen Worte zu Luisa gesagt, und sie hatte genickt. »Passiert ständig«, sagte sie, »bei Leuten, die Alzheimer-Patienten im Endstadium oder ähnliche Fälle pflegen. Damit sind enorme Scham- und Schuldgefühle verbunden.«

»Aber Amelia hat kein Alzheimer, sie…«

»Spielt keine Rolle. Sie zu sehen und mit ihr zu reden macht dir ein schlechtes Gewissen. Und auf irgendeiner Ebene möchte dein Verstand, dass das, was dir ein schlechtes Gewissen macht, verschwindet. Die einfachste Reaktion der Welt. Macht dich nicht zu einem schlechten Menschen. Heißt nicht, dass du dem nachgeben musst.«

Diese Gedanken hatten dazu geführt, dass er sich noch mehr hin und her wälzte – wenn das das richtige Wort dafür war, dass man in einem losen Sack bei Schwerelosigkeit nicht schlafen konnte –, während er mit der Frage »Wann?« gerungen hatte. Es für den 720. Tag, plus oder minus einige wenige, vorherzusagen war am 360. Tag gut und schön gewesen. Doch inzwischen näherte sich der 700. Tag seinem Ende, und die Sache mit dem »plus oder minus« störte ihn allmählich ernsthaft. In jüngster Zeit hatten sie es auf »plus oder minus drei Tage« eingegrenzt, aber das war auf politischen Druck hin geschehen. Es war keine seriöse wissenschaftliche Aussage. Und für Wissenschaftler bedeutete es etwas anderes. Laien verstanden es als »mit Sicherheit zwischen 717 und 723«. Wissenschaftler würden stattdessen sagen, dass, wenn man das Experiment der Sprengung des Mondes hinreichend oft wiederholen und für jedes einzelne Mal die Zeit bis zum Eintritt des Weißen Himmels messen würde, die Zahlen in eine Normalverteilung, eine Glockenkurve, fallen würden, wobei etwa zwei Drittel der Fälle innerhalb dieses Bereichs lägen.

Was bedeutete, dass die übrigen *außerhalb* dieses Bereichs – und einige *deutlich* außerhalb – lägen. Es war nicht ausgeschlossen, dass es *morgen* passieren konnte – dass es jetzt gerade passieren konnte –, während Doob in einem gottverdammten Sack schwebte.

Deshalb war er, als ihn kurz nach dot 15 Dinah wecken kam, nicht wütend auf sie. Sondern eher erleichtert.

Grundlegende Höflichkeit hielt ihn davon ab, es zu sagen, aber sie sah miserabel aus. Nicht im Sinne von emotional geschafft. Sondern einfach fix und fertig.

»Du weißt über Guayana Bescheid?«, fragte sie ihn über die Schulter, während sie sich auf den Weg zurück zur Bergbaukolonie machten.

»Ja.«

»Okay.«

Sie sagte nichts weiter, bis sie in ihrer Werkstatt waren. Überall konnte Doob die Überreste altmodischer Kommunikation sehen: viele mit Klebeband an den verfügbaren Oberflächen befestigte Blätter Papier, umhertreibende stumpfe Bleistifte, lose Blätter aus dem »Angestelltenhandbuch« mit ausgestrichenen Blöcken von Zeichen. »Ich musste Sean sagen, er soll damit aufhören«, gab sie zu. »Ich bin völlig kaputt. Schaffe es nicht mehr. Brauche unbedingt Schlaf. Dieser Scheiß ist schwierig, man muss genau sein. Langsam zu tippen, damit Sean den Funkspruch mitschreiben kann, ist wie langsam gehen.«

»Langsam gehen?«

»Du weißt schon«, sagte Dinah. »In normalem Tempo gehen kann jeder. Das ist einfach. Aber wenn man mit halber Geschwindigkeit gehen muss, zum Beispiel weil man jemanden begleitet, der nicht gut zu Fuß ist? Das ist anstrengend.«

»Kapiert.«

»Als ich angefangen habe schlappzumachen, hat er das Thema gewechselt. Bis dahin hieß es immer nur: ›Hey, was läuft so, wie viele Leute sind auf der Arche?‹, aber als ich ein bisschen Zeitdruck gemacht habe, hat er angefangen, von Sensitivitätsanalyse zu reden.«

Doob lachte.

»Wow«, sagte Dinah und sah ihn scharf an. »Nicht gerade die Reaktion, mit der ich gerechnet habe.«

»Ich habe stundenlang wachgelegen und genau darüber nachgedacht«, sagte Doob.

»Du weißt also, was er meint? Ich bin nämlich nur ein dummer Bauerntrampel, ich habe ihn fragen müssen.«

»Ich nehme an, er meint, wie sicher wir eigentlich sind, dass es am 720. Tag passieren wird. Und wie instabil das System eigentlich ist.«

»Ja, genau das meint er.«

»Je näher es rückt, desto stärker ähnelt es einem Atomreaktor, der kurz davor steht, in einen kritischen Zustand überzugehen, oder, na ja…«

»Such dir eine Metapher aus, ich kapiere es schon«, sagte Dinah.

»Alles, was so instabil ist, kann durch ein Zufallsrauschen im System ausgelöst werden. Durch etwas, das wir grundsätzlich nicht voraussagen können. Bald wird es so anfällig sein, dass man es bloß komisch anschauen muss, um es auszulösen. Wir wissen bloß nicht, welcher Stein die Lawine lostreten wird.«

Dinah bedachte das einige Momente lang, dann brach sie den Blickkontakt ab und sah ihr Funkgerät an. »Sean schon«, sagte sie.

»Ich bin mir nicht sicher, ob ich das richtig verstanden habe«, sagte Doob nach einem längeren, fragenden Schweigen.

»Die Schwarze Acht«, sagte sie. »So nennt ihn Sean. Es ist ein Stein, von dem du nichts weißt. Einer, den du nicht kommen sehen kannst. Er ist zu dunkel, zu weit weg.«

»Dinah, ich bin verwirrt – reden wir hier von einem hypothetischen Asteroiden oder…«

»Nein. Von einem konkreten. Einem wirklichen. Hör zu, Doob,

du weißt doch, dass Arjuna Expeditions seit Jahren Kleinsatelliten hochschickt. Wir haben Hunderte von Augen am Himmel, die herumdriften und Bilder von erdnahen Asteroiden machen, sie katalogisieren und ihre Orbitalparameter möglichst genau aufzeichnen. Tja, offenbar hat auch Sean nachts wachgelegen und über die gleichen Dinge nachgedacht wie du. Die extreme Instabilität der Trümmerwolke. Ihre Empfindlichkeit für jede Art von Störung. Und er hatte die kluge Idee: warum nicht Arjunas geheime Datenbank von Asteroiden durchsuchen, um festzustellen, ob in den nächsten paar Wochen irgendwelche üblen Akteure mitten durch die Mondtrümmerwolke fliegen, wo sie doch so extrem anfällig ist.«

»Er hat diese Datenbank bei sich?«

»Klar, wieso nicht, es ist bloß eine Tabelle.«

»Also hat er die Tabelle geöffnet und die entsprechende Analyse durchgeführt?«

»Ja. Doob, hör zu, ich stückle das aus Indizien zusammen. Du hast ja gesehen, wie unregelmäßig die Kommunikation ist.«

»Verstanden.«

»Aber ich glaube, er hat die entsprechende Analyse durchgeführt und einen Asteroiden gefunden, den er die Schwarze Acht nennt. Ich nehme an, er hat eine niedrige Albedo.«

»Schwarz. Wie die Acht beim Poolbillard«, sagte Doob.

»Ich weiß nichts über seine Größe oder seine Orbitalparameter oder irgendetwas dergleichen. Aber Sean glaubt, dass er in ungefähr sechs Stunden mitten durch die Wolke fliegen wird.«

»*Sechs Stunden?!*«

»Und dass er genügend Bewegungsenergie besitzt, um, nun ja, interessant zu sein.«

Doob dachte an Amelia. An die Empfindungen, die ihn vorhin wach gehalten hatten. Wie nicht anders zu erwarten, war nun alles umgekehrt, und ihn entsetzte, dass sie, Henry, Hesper und Hadley in Kürze alle sterben würden.

Dinah missdeutete sein Schweigen und nahm an, dass er im Kopf astronomische Berechnungen anstellte. »Ich werde mich sechs Stunden aufs Ohr legen«, sagte sie. »Gute Nacht.«
»Gute Nacht, Dinah«, sagte Doob.

Es war ungefähr dot 16, Schichtwechsel, für Angehörige der dritten Schicht die Entsprechung von vier Uhr nachmittags. Somit näherte sich für Markus das, was für jeden normalen, erdgebundenen Menschen das Ende seines Arbeitstages gewesen wäre. Natürlich arbeitete er wie fast jeder in der Cloud-Arche die ganze Zeit, die er wach war. Selbst seine Freizeitaktivitäten – wie etwa das Kampfsporttraining im Zirkus – dienten einem höheren Zweck. Der Schichtwechsel am »Nachmittag« und das Ende seines Arbeitstages waren also rein formelle Setzungen. Trotzdem hatte er die Angewohnheit, sich zu dieser Tageszeit mit dem zu beschäftigen, was früher einmal Papierkram hieß. Und im Zuge dessen hatte er in sein kleines, an den Tank angrenzendes Arbeitszimmer den einzigen Anwalt im Weltraum, Salvatore Guodian, eingeladen. Sohn eines chinesischen Vaters aus Singapur und einer italienischen Gräfin, deren Eltern als Steuerflüchtlinge in den Stadtstaat gezogen waren, hatte er eine hauptsächlich von Auslandsbriten besuchte Schule absolviert, sich in Berkeley eingeschrieben, das Studium nach anderthalb Jahren abgebrochen, um sich einem Start-up der Technologiebranche anzuschließen, sein letztes Hemd verloren, nacheinander bei diversen anderen Start-ups mitgemischt, schließlich etwas Geld gemacht, sich für die Juristerei interessiert, sich praktisch in eine juristische Fakultät eingekauft, obwohl er keinen Bachelor hatte, fünfzehn Jahre lang in den Niederlassungen einer Nobelkanzlei in Los Angeles, Singapur, Sydney, Peking, London und Dubai gearbeitet, war bei der Beförderung zum Partner übergangen worden, hatte gekündigt, war mit dem Fahrrad durch China gefahren, nach San Francisco gezogen und Justitiar einer mit digitaler Währung handelnden Firma geworden, während er in seiner Freizeit ehrenamtlich für eine gemeinnützige Organisation für Online-Rechte arbeitete und in der Wüste sehr große, selbstgebaute Raketen bis an den Rand des Weltalls schoss. Sal, wie er allgemein genannt wurde, war einer der ersten Menschen, die man für die Arbeit an der Verfassung der Cloud-Arche ausgewählt hatte, und so hatte er anderthalb Jahre in Den Haag verbracht, ehe er, wie der Ausdruck lautete, »eingezogen« und hier heraufbefördert worden war. Er war siebenundvierzig Jahre alt, hätte im trüben Licht aber ohne weiteres für dreißig durchgehen können.

Als Methode, mit dem Leben in der Schwerelosigkeit umzugehen, und als Kapitulation vor einem zurücktretenden Haaransatz war er dazu übergegangen, einen kurzen Saugschnitt zu tragen. Das war das Einfachste, was man mit Haaren im Weltraum machen konnte. Die dafür verwendete Maschine kombinierte die Funktionen eines elektrischen Haarschneiders und eines Industriestaubsaugers. Haarschnitte machte man sich selbst, und sie nahmen etwa dreißig Sekunden in Anspruch, wenn man ungewöhnlich pingelig war. Ohrstöpsel wurden empfohlen. In seinen halkyonischen Tagen hatte Sal einen üppigen Schopf langer, gewellter schwarzer Haare und einen spitzen Haaransatz zur Schau getragen, worin sich sein italienisches Erbe geltend gemacht hatte, aber mit einem Saugschnitt sah er fast rein chinesisch aus. Er sprach sieben Sprachen, und falls überhaupt irgendein lebender Mensch die gesamte Cloud-Archen-Verfassung – oder CAV, wie er sie nannte – im Kopf hatte, dann er. Wenn Markus dabei ein Wörtchen mitzureden hatte – und das hatte er –, dann würde Sal sehr bald in einer Person die Aufgaben des Generalstaatsanwalts, obersten Strafverfolgers, Friedensrichters und Vorsitzenden Richters des Obersten Gerichts versehen.

Sal lachte. Er hatte prächtige Zähne. »Dir ist aber schon klar, dass diese Ämter vollkommen unvereinbar miteinander sind. Sie sind so gedacht, dass sie einander in vieler Hinsicht als Kontrahenten gegenüberstehen.«

»Dann kannst du andere Leute dafür ernennen. Hör zu, Sal, wir reden hier von einem Startprogramm. Irgendwo müssen wir anfangen.«

»Machen wir ein Planspiel«, sagte Sal. »Ein männlicher Archie aus Hinter-Bizarristan vergewaltigt einen weiblichen Archie aus Andorra. Das passiert an einer Stelle, wo wir keine Kameras haben.«

»Solche Stellen gibt es nur sehr wenige«, wandte Markus ein.

»Okay, gut. Es passiert in einer Sub-Arche. Behauptet jedenfalls das Opfer. Sie geht zur Krankenstation, wo medizinische Beweise gesichert werden.«

»Haben wir überhaupt Vergewaltigungs-Kits?«, fragte Markus.

»Woher soll ich das wissen?«, gab Sal zurück. »Aber wir sollten welche beschaffen. Jedenfalls würde ein Richter in manchen Ländern auf dieser Grundlage vielleicht einen Beschluss erlassen, der es der Polizei ermöglicht, sich die Videoaufzeichnungen aus dieser Sub-Arche anzusehen. In manchen Ländern, Markus, haben die Leute nämlich ein Recht auf Privatsphäre, und du darfst sie nicht einfach ständig überwachen.«

»Und wie ist die Situation hier?«

»Ich finde es faszinierend, dass du das nicht einmal weißt, aber ich kann dir sagen, dass die CAV bestimmte Rechte anerkennt, die allerdings in Zeiten vereinfachter Verwaltungsverfahren und -strukturen außer Kraft gesetzt oder beschnitten werden können.«

»ZVVS«, sagte Markus. »Darüber weiß ich Bescheid. Das ist ein Euphemismus für den Ausnahmezustand.«

Sal sah irgendetwas zwischen gequält und amüsiert aus. »Darf ich vorschlagen, dass du aufhörst, das so zu sehen – und falls du das nicht schaffst, es wenigstens niemals laut sagst.«

»Aber trotzdem...«

»Eine bessere Analogie wäre vielleicht die Autorität, die ein Kapitän auf einem Schiff zur See ausübt. Der Kapitän darf zum Beispiel Trauungen vornehmen oder Stubenarrest gegen jemanden verhängen, alles Dinge, die nicht akzeptabel wären, wenn das Schiff an einer Pier in Manhattan läge.«

»Hör zu, ich habe keine Zeit, die ganze strafrechtliche Verfolgung einer hypothetischen Vergewaltigung durchzuspielen«, sagte Markus mit einem Blick auf seine Armbanduhr – natürlich einer Schweizer Uhr, eigens für ihn von einer berühmten Genfer Manufaktur als eine Art Erbe angefertigt, das zum Ausdruck brachte: *Es hat uns einmal gegeben, und wir waren zu so großartigen Dingen imstande.* »Ich möchte über etwas ganz Grundlegendes, ganz Fundamentales reden, nämlich: Worauf stützt sich meine Autorität? Oder, falls ich von Ivy oder Ulrika abgelöst werde, worauf stützt sich deren Autorität?«

Sal wusste nicht recht, worauf er hinauswollte. »Autorität im Sinne von…«

Als das keine Antwort außer einem gereizten Gemurmel hervorrief, sagte Sal: »Autorität kann viele verschiedene Dinge bedeuten, Markus.«

»In diesem Fall rede ich nicht von moralischer Autorität oder Führungsqualitäten oder so etwas. Ich meine nicht die theoretische Loyalität, die Archies dem sogenannten Kapitän des Schiffs entgegenbringen. Ich meine, was passiert, wenn wir den Vergewaltiger aus Hinter-Bizarristan festnehmen wollen und er beschließt, sich zur Wehr zu setzen, und seine Freunde beschließen, sich mit ihm zur Wehr zu setzen?«

Bis zu diesem Punkt hatte Sal das Gespräch als unterhaltsame Übung in Rechtstheorie gesehen. Jetzt machte er ein ernsteres Gesicht. »Du sprichst von Macht. Was sie eigentlich bedeutet. Was sie eigentlich ist.«

»Ja.«

»Das ist eine alte Frage. Ein Pharao, ein mittelalterlicher König, der Bürgermeister von New York, alle müssen sie über das Gleiche nachdenken.«

»Ja«, sagte Markus wieder.

»Wenn man einen Befehl gibt, welche Garantie hat man dann, dass er auch ausgeführt wird? Das ist die grundlegende Frage der Macht.«

»Jawohl, Herr Rechtsanwalt.«

»Normalerweise würde ich dir jetzt etwas von moralischer Autorität und Loyalität und lauter solchen Sachen erzählen. Aber das hast du ja schon ausgeschlossen.«

»Wenn es hart auf hart kommt, wie man so schön sagt…«

»Die herkömmliche Antwort war immer, dass der König seine Wache, der Bürgermeister seinen Polizeichef und der Kommandant seine Militärpolizei hat und so weiter. Und ihre Fähigkeit, physischen Zwang auf andere auszuüben, ist letztlich die Grundlage der Macht des Führers.«

»Jetzt redest du vernünftig. Und was ist sie gemäß der CAV für mich?«

»Du musst verstehen«, sagte Sal, »dass du in gewisser Hinsicht umso weniger Macht hast, je öfter du solche Personen in Anspruch nimmst, um physischen Zwang auszuüben. Das ist ein Eingeständnis des Versagens.«

»Sal«, sagte Markus, »wie lange bist du schon hier oben?«

»Etwas über zweihundert Tage.«

»Wie viele Stunden haben wir über die CAV geredet?«

»Keine Ahnung, in dieser Zeit wahrscheinlich hundert.«

»Und von diesen hundert Stunden haben wir wie lange über diese eine Sache geredet?«

Sal sah auf seine Uhr. »Ungefähr eine Viertelstunde.«

»An dieser Zeitverteilung«, sagte Markus, »erkennst du vielleicht, dass das für mich im größeren Zusammenhang nicht ganz so wichtig ist. Aber es ist wichtig, Sal. Wenn der Augenblick kommt, wo ich einen Straftäter festnehmen muss, der von seinen

Kameraden geschützt wird, muss ich eine Antwort haben. Ich muss wissen, was ich dann tue. Ich muss vorbereitet sein. Und genau das tue ich. Deswegen habe ich diesen Job.«

Jemand klopfte an die Tür von Markus' Büro, was ungewöhnlich war. Markus ignorierte es vorläufig.

»Gemäß ZVVS kannst du zur Durchsetzung deiner Entscheidungen Leute ernennen, die einen angemessenen Grad von körperlichem Zwang ausüben dürfen. Sobald wir die ZVVS hinter uns gelassen haben...«

»Wie bald, glaubst du, wird das geschehen?« Markus' Tonfall legte nahe, dass er zu diesem Punkt seine eigene Meinung hatte.

»Wenn wir das Glück haben zu überleben? Das wird noch Jahre dauern«, sagte Sal.

»Also müssen wir uns für dieses Gespräch auf die ZVVS beschränken«, sagte Markus. Dann rief er in Richtung Tür: »Moment noch!« Dann, wieder zu Sal: »Ein angemessener Grad von physischem Zwang, was heißt das? Wer entscheidet das?«

»Na ja«, sagte Sal, »wenn du mich zum Generalstaatsanwalt, obersten Strafverfolger, Friedensrichter und Vorsitzenden des Obersten Gerichtshofes machst, dann vermutlich ich.«

»Wenn jemand mit einem Elektroschocker betäubt wird und sein Herz bleibt stehen und er stirbt, ist das angemessen?«

»Mein Gott, Markus, was ist denn in dich gefahren?«

»Ich spiele das durch«, sagte Markus. »Versuche mich darauf vorzubereiten. Das solltest du auch tun. Nicht mit hypothetischen Vergewaltigungsfällen, sondern mit dem, was hier wahrscheinlich demnächst passiert.« Er hielt Sals Blick fest, bis Sal mit einem Nicken antwortete. Dann richtete er seine Stimme auf die Tür. »Na schön! Herein!«

»Tür« war ein Landrattenbegriff für das, was auf einem Boot oder in einem Raumschiff Luke genannt würde. Auf Izzy hatte sich der Brauch herausgebildet, dass man in Teilen mit simulierter Schwerkraft von einer Tür sprach. In Teilen, in denen man schwebte, hieß es Luke.

Die Tür ging auf, und zum Vorschein kam Dubois Jerome Xavier Harris. Der Ausdruck auf seinem Gesicht in Verbindung mit der bloßen Tatsache, dass er Markus bei einer Besprechung in dessen Privatbüro störte, deutete darauf hin, dass etwas Ernstes im Gange war. Markus' Verstand sprang geradewegs zu der nächstliegenden Erklärung: »Greift die Präsidentin wieder Leute mit Atomwaffen an?«

Dr. Harris wirkte ob dieser Äußerung verblüfft, dann schüttelte er das ab. Nein, das war es nicht.

»Wollten Sie mich unter vier Augen sprechen?«, fragte Markus mit einem Blick auf Sal. Sal stand auf und bot damit an, sich zurückzuziehen. Doch Dr. Harris machte bloß ein gedankenverlorenes Gesicht. »Das Gespräch betrifft das am wenigsten Private, was jemals passiert ist oder jemals passieren wird«, sagte er. »Also nein danke. Ich habe Grund zu der Annahme, dass der Zeitablauf sich sehr deutlich beschleunigt hat. Es besteht die Möglichkeit, dass der Weiße Himmel schon in sechs Stunden eintreten kann.«

Markus' Blick huschte zu dem Display an der Wand. »Ich sehe keine Erhöhung der BFR.«

»Sie wird durch den Durchflug eines Asteroiden durch die Trümmerwolke ausgelöst werden.«

»Weiß das jemand auf der Erde?«

»Das kommt darauf an, in welchem Maße dieses Büro unter Überwachung steht.«

»Ihre Information kommt also nicht von der Erde.«

»Nein. Sie kommt aus dem Weltraum.«

»Per verschlüsseltem Morsecode?«, erkundigte sich Markus beiläufig. Er und Sal wechselten einen Blick. Ihr Gespräch hatte vor einer Stunde mit der Lektüre eines Memos von J.B.F. begonnen, in dem sie sich über derartige Funksprüche beschwert und gefordert hatte, dass etwas dagegen unternommen wurde. Bei der Diskussion darüber, *wie* man etwas dagegen unternehmen könne und ob das Weiße Haus irgendeine Autorität in der Sache habe, waren Markus und Sal in ihr allgemeineres Gespräch über Macht abgeschweift. Was Markus vorläufig ganz recht war. Denn wenn jemand mysteriöse verschlüsselte Morsecode-Funksprüche von Izzy aus sendete, dann musste es seine Freundin sein. Und sie würde er ganz bestimmt nicht festnehmen. Die Leute würden über Interessenkonflikt giften: Leute, die bald tot sein würden, Leute, die keine Möglichkeit hatten, hier ihre Autorität durchzusetzen.

Es sei denn, sie hatten unter den Archies oder der Stammbevölkerung eine fünfte Kolonne platziert, die Befehl hatte, falls nötig einen Staatsstreich zu unternehmen.

»Markus?«, fragte Dr. Harris. »Hören Sie mich? Verstehen Sie, was ich gerade gesagt habe?«

»Verzeihung, Dr. Harris, ich war gerade abgelenkt, weil ich über etwas nachgedacht habe, worüber eigentlich Sal nachdenken soll.«

»Delegiere ruhig einiges davon«, sagte Sal. »Ich weiß, das ist nicht deine Stärke, aber...«

»Schließen Sie bitte die Tür«, sagte Markus.

Dr. Harris tat es.

»Ich bin mir einigermaßen sicher, dass es hier drin keine Überwachung gibt.«

»Zur Kenntnis genommen.«

»Es ist Dinah, stimmt's, Doob?«, fragte Markus.

Doob nickte. »Sie spricht über einen verschlüsselten Kanal mit Sean Probst.«

Markus schüttelte bewundernd den Kopf. »Was für eine Frau! Mein Gott, die hat es in sich.«

Doob und Sal blieben stumm. Während ihres Schweigens tippte Markus eine Ein-Wort-SMS an Tekla.

»Sal«, sagte er, »ich rufe die ZVVS aus.«

»Ich glaube nicht, dass wir schon befugt sind, eine ...«

»Wer will uns daran hindern?«

Auch zu dieser Frage schwiegen Doob und Sal.

»Wird Julia – ich nenne sie nicht mehr Präsidentin – uns mit Atomwaffen angreifen?« Im Reden tippte er weiter SMS.

»Sie oder die Russen oder die Chinesen haben vielleicht andere Möglichkeiten, dich abzusetzen ...«

»Daran habe ich auch schon gedacht«, sagte Markus. »An die Möglichkeit, dass es Spitzel gibt. Militärs mit Elektroschockern oder was auch immer. Die auf einen solchen Befehl warten. Ich habe mit Fjodor, mit Sheng, mit Zeke geredet und versucht, sie auszuhorchen, ein Gefühl für die Sache zu bekommen.«

»Markus«, sagte Doob, »bei allem Respekt, aber ich glaube nicht, dass das der Punkt ist, auf den Sie sich im Augenblick konzentrieren sollten.«

»Deswegen delegiere ich die verfassungsrechtliche Seite auch an Sal und die operative an sie.« Markus wies mit dem Kinn auf die Tür, die ohne ein Klopfen aufgegangen war. Tekla glitt herein und schloss sie hinter sich. »Wir müssen ja nicht der ganzen Welt verkünden, dass wir zu ZVVS übergehen. Uns bleiben fünf Stunden, in denen wir in aller Stille Vorbereitungen treffen können. Ich werde mich mit Moira in Verbindung setzen, ihr sagen, dass wir Vorbereitungen zur Verteilung der genetischen Proben auf die Sub-Archen treffen müssen. Ich werde Ulrika sagen, dass wir die Welle auslösen müssen.« Damit meinte Markus eine von langer Hand geplante Welle von Raketenstarts, die in der wenige Tage dauernden Gnadenfrist zwischen dem Weißen Himmel und dem Einsetzen des Harten Regens erfolgen sollte. »An diesen Dingen können wir in aller Stille arbeiten. In fünf Stunden wird es passieren, oder es wird nicht passieren. Wenn es nicht passiert, kehren wir zum vorherigen Zustand zurück und betrachten das Ganze als Generalprobe.«

Wieder ging die Tür auf, diesmal nach einem Klopfen, und herein kam ein junger Mann namens Steve Lake, vor sich seinen Laptop, hinter sich seine Dreadlocks. Denn Steve war in seinen anderthalb Jahren auf Izzy nicht dem Sirenengesang des Saugschneiders erlegen, hatte es jedoch sattbekommen, sich mit seinen langen Haaren herumzuschlagen, und sie zu roten Strängen verfilzen lassen. Ehedem Mitarbeiter einer Consultingfirma in Nordvirginia, die Hacker für geheime Aufträge von Nachrichtendiensten einstellte, hatte man ihn eingezogen und hinaufgeschickt, damit er Spencer Grindstaff unterstützte, den Netzwerk- und Kommunikationsspezialisten, der bei Null zur ursprünglichen Besatzung von Izzy gezählt hatte. Spencer war NSA-Mann durch und durch, geradewegs vom MIT verpflichtet, um an gruseligem Krypto-Zeug zu arbeiten. Steve schien eine ganz andere Art von Mensch zu sein. Im Augenblick wirkte er ein wenig verwirrt.

»Steve«, sagte Markus. »Es wird Zeit, dass wir uns mal über Macht unterhalten.«

Steve runzelte die Stirn. »Wie jetzt Macht...«

»Politische Macht.«

»Okay, und wird das so was wie eine abstrakte philosophische Diskussion oder...«

»Nein, es wird damit enden, dass ich dich gemäß meiner ZVVVS-Autorität auffordere, sämtliche Passwörter und Schlüssel für Izzys Steuersysteme zu ändern.«

»Wow!«, sagte Steve. »Müsstest du da nicht mit Spencer reden? Er steht im Organigramm nämlich über mir.«

»Das Organigramm ist mir bekannt«, sagte Markus. »Gemäß ZVVVS bin ich befugt, es zu ändern.«

»Was ist eigentlich dieses ZVVVS, von dem du ständig redest, Markus?«

»Das wird dir Sal später erklären. Vorläufig können wir das beiseitelassen. Im Grunde sprechen wir von deiner Loyalität, deiner Treuepflicht. Ich glaube, dass Spencer extrem loyal gegenüber Machthabern auf der Erde ist. Ich möchte ihn nicht in eine Zwangslage bringen. Er wird sich uns später anschließen oder auch nicht. Dich halte ich für einen anderen Menschen. Faktisch fordere ich dich auf, deine Loyalität jetzt der Cloud-Arche und nur der Cloud-Arche zu schenken. Nicht Washington. Nicht Houston. Und die Autorität desjenigen anzuerkennen, der der Chef der Cloud-Arche ist. Vorläufig bin ich das.«

»Okay.«

»Du sollst zuerst darüber nachdenken, Steve. Nicht einfach okay sagen.«

»Ich denke schon eine ganze Weile darüber nach. Aber ich muss dir sagen, dass es vielleicht Hintertüren gibt. Ich kann sämtliche Codes ändern, von denen ich weiß. Diejenigen, von denen ich nichts weiß, sind etwas anderes.«

»Dann müssen wir eben einfach wachsam sein.«

Weißer Himmel

Doob konnte nicht schätzen, wie oft er im Laufe seines Lebens einen Wolkenbausch an einem blauen Himmel gesehen hatte, um Stunden später, bei einem Blick nach oben, festzustellen, dass er sich zu einer Wolkenbank entwickelt hatte, die die Sonne verdeckte und von einem Wetterwechsel kündete. Solche Phänomene spielten sich so langsam ab, dass der Verstand gar nicht wahrnahm, dass sie sich überhaupt abspielten. Während der letzten Stunden von A+1.355 ereignete sich etwas Derartiges in der Wolke von Mondtrümmern, die seit siebenhundert Tagen am Himmel hing. Später sahen sie sich die Filme davon im Zeitraffer an, der die Veränderungen eines Tages auf eine Minute Video verdichtete, und es sah aus wie eine Explosion. Oder eine Welle von Explosionen. Wenn man sich das Video sorgfältig genug, Frame nach Frame, ansah, konnte man sehen, wie die Explosion mit dem Hindurchschießen der Schwarzen Acht von einem Teil der Wolke zum nächsten fortschritt. Wie ein Teilchen, das eine Nebelkammer durchquert, war der Asteroid nur an der Spur von Folgen sichtbar, die er hinterließ. Vor einigen Monaten hätte er die Wolke vielleicht noch durchstoßen können, ohne etwas zu berühren, doch inzwischen war die Dichte von Trümmern in der Wolke so groß, dass er gar nicht umhinkonnte, auf seinem Weg hindurch mit einigen davon zu kollidieren. Doob stellte eine grobe statistische Berechnung an und veranschlagte die wahrscheinliche Anzahl der Kollisionen auf zehn, plus oder minus fünf. Keine große Zahl in einer Wolke, die mittlerweile Millionen von Steinen enthielt, aber ausreichend, um das System, das bereits am Rand einer exponentiellen Explosion stand, kippen zu lassen. Um die unsichtbare Spur des Asteroiden herum nahm der Weiße Himmel Gestalt und Heftigkeit an. Die Wolke wallte und entfaltete sich wie Sahne im Kaffee, breitete sich aus und verblasste. Allerdings konnte man stellenweise neue Explosionen sehen, während Steine, die bei früheren Kollisionen weggeschleudert worden waren, ferne Ziele fanden und ihrerseits kleine Kettenreaktionen auslösten. Stellenweise nahm die Wolke eine zellenartige Struktur an, während gekrümmte Detonationsfronten sich ausbreiteten, auf andere trafen und mit diesen zu filigranen Schäumen von weißen Bögen verschmolzen. Das Ganze war von einer strengen, monochromen Schönheit. Es gab kein Feuer und kein Licht außer dem kalten Sonnenlicht, das die Steine zum Betrachter zurückwarfen. Später, wenn sie in die Atmosphäre einzutreten begannen, würde es Feuer geben, und das reichlich. Doch vorderhand endete die Welt in einem fraktalen Aufwallen von Staub und Schotter, einer Apokalypse in einer Kiesgrube.

»Sie haben es ziemlich genau getroffen«, sagte jemand zu Doob, »als Sie es den Weißen Himmel genannt haben.«

»Recht zu haben bringt nicht immer Befriedigung«, sagte er.

Binnen Stunden nach dem Eintreffen der Schwarzen Acht schoss die Bolidenfragmentierungsrate durch alle wichtigen Schwellenwerte hindurch steil nach oben, und Doob hörte auf, ihr Beachtung zu schenken. Wahrscheinlich war die Zahl mittlerweile falsch. Es war bloß eine Schätzung, erstellt von einem Konsortium von Observatorien auf der Grundlage der Menge und der Verteilung des aus der Wolke dringenden Lichts. Sämtliche Annahmen, die in ihre Berechnung einflossen, waren nun obsolet geworden.

Er versuchte, sein optisches Teleskop auf die Stelle zu richten, wo PK1, PK2 und Kluft – die großen, metallreichen Kinder des Pfirsichkerns – sein müssten, sah aber nichts, außer möglicherweise einigen lokalen Spitzlichtern in der Dichte der Wolke, hervorgerufen vielleicht von Steinen, die an den stählernen Oberflächen dieser dunklen Boliden in Stücke zerbarsten. Er fragte sich, ob er sie je wiedersehen würde.

Inzwischen hatte er keine genaue visuelle Erinnerung mehr von der Größe des Mondes am Himmel und konnte daher nicht schätzen, wie viel größer die Wolke war. Natürlich konnte er die betreffenden Zahlen nachschlagen und es berechnen. Aber eigentlich war ihm gleich, was die Zahlen besagten. Der volle Mond hatte immer die gleiche Größe gehabt, aber manchmal sah er riesig und manchmal klein aus, je nachdem, wie nahe er dem Horizont war, und aufgrund von Faktoren, die rein psychologischer oder ästhetischer Natur waren. Für alle bis auf einige wenige Menschen auf der Nachtseite der Erde waren, wenn sie zu der Wolke aufblickten, diese Faktoren die einzigen, auf die es ankam. Er wollte wissen, wie groß die Wolke für *sie* aussah; er wollte wissen, wie sie ihnen vorkam. Er wollte sie vom Hof des Caltech Athenaeum aus über den Chino Hills sehen, wo er zuletzt, ein paar Minuten vor Null, den Mond gesehen hatte, und er wollte wissen, wie es war, dort auf festem Boden zu stehen, sie zu sehen und zu wissen, dass sie der nahende Tod war.

Wie die meisten Leute hatte er eine Liste aller Menschen auf der Welt erstellt, von denen er sich verabschieden musste, dann hatte er sie durchgesehen und rücksichtslos neunzig Prozent der Namen gestrichen, weil keine Zeit war. Und während seiner letzten Monate auf der Erde hatte er diejenigen, die er persönlich sprechen musste, aufgesucht und sich von ihnen verabschiedet. Von anderen hatte er sich vom Orbit aus via Videoschaltung oder sorgfältig formulierter E-Mail verabschiedet. Sobald er sich von einer bestimmten Person verabschiedet hatte, vermied er es, noch einmal mit ihr zu kommunizieren. Es war unangenehm, ein letztes Mal mit einem Kollegen einen trinken zu gehen, sich zurückzuerinnern, sich zu umarmen und Lebewohl zu sagen und sich dann dabei zu ertappen, dass man dem Betreffenden zwei Monate später eine E-Mail mit einer Frage zu dessen neuesten Beobachtungen schickte. Infolgedessen hatte sich sein Bekanntenkreis stetig verkleinert, während er die Liste abgearbeitet hatte. Inzwischen waren nur noch seine Frau und seine Kinder geblieben. Sie zu erreichen wurde erheblich schwieriger, nachdem die Schwarze Acht ihr Werk verrichtet hatte. Der Umfang der Kommunikation zwischen Izzy und der Erde wurde von der Gesamtbandbreite ihrer Antennen und Funkgeräte begrenzt. Persönliche Mitteilungen hatten eine niedrigere Priorität als Operationen, und diese erreichten einen Höchststand, während die letzte Welle von Starts vorbereitet wurde. Oder, wie Dinah es nannte, die Schlusstour. Doob schickte ständig SMS an Amelia und die Kinder; sie standen minuten- oder stundenlang in der Warteschleife, und die Hälfte wurde überhaupt nicht abgeschickt. Und wenn er gerade die Hoffnung aufgab, bekam er dann doch eine Antwort von Henry, Hadley oder Hesper. Diese Nachrichten zu schicken und die Antworten zu sehen wurde wichtiger als schlafen, also »knickte er den Schichtplan«, wie man so sagte, und döste, wann immer sich Gelegenheit bot, legte sich auf den Boden des Büros oder bettete den Kopf auf einen Tisch wie ein Kindergartenkind, sein Handy dicht neben dem Gesicht, damit er es vibrieren spürte, wenn irgendetwas durchkam.

Schließlich wurde ihm, etwa vierundzwanzig Stunden nachdem er die Information über die Schwarze Acht an Markus weitergegeben hatte, klar, dass er nie wieder mit seinen Angehörigen kommunizieren würde, außer vielleicht über sporadische und nicht vorhersehbare SMS. Alles, was er ihnen direkt sagen musste, hätte er vorher sagen müssen. Was eigentlich nichts Neues hätte sein dürfen; er sagte sich schon lange, dass man sich so verhalten musste, als wäre jedes Gespräch vielleicht das letzte.

Das hielt ihn nicht davon ab, sich am Abend des 700. Tages noch einmal seine letzten Videochats mit jedem von ihnen anzusehen und sich zu wünschen, er hätte bestimmte Dinge gesagt.

Wie sieht sie von dort oben aus?, simste ihm Henry.

Doob sah nach der Uhrzeit. In Moses Lake war es Nacht. Er stellte sich vor, wie Henry auf der beschissenen alten Couch saß, die sie beim Auszug aus dem Haus in Seattle mitgenommen hatten, zwischen zwei Arbeitsschichten ein Bier trank und zusah, wie der Weiße Himmel nach ihm griff wie eine Geisterhand.

Doob wusste nicht, was er sagen sollte.

Ich glaube, ich sehe eine Ausbreitung entlang der Orbitalachse – die Anfänge von Ringen, schrieb er zurück.

Ich habe die Erde gemeint, antwortete Henry.

Doob machte sich auf die Suche nach einem Ort, wo er durch ein richtiges Fenster auf die Erde hinabschauen konnte – nicht über einen dieser verdammten Lageerfassungsmonitore. Am Ende landete er in der Wuwu-Kapsel. Sie war ziemlich voll. Izzy stand im Begriff, über den Terminator vom Tag in die Nacht einzutreten. Selbst über dem hell erleuchteten Pazifik konnten sie in der durchsichtigen Hülle der Atmosphäre etwas sehen, was wie haarfeine Kratzer aussah: die Spuren anfliegender Boliden. Über der dunklen Seite der Erde wurden diese zu blauen Feuerbögen, die sich manchmal gabelten und manchmal in roten Explosionen endeten, wenn sie es bis auf den Boden schafften. Mit anderen Worten, es sah so aus, wie es tags zuvor und noch einen Tag davor ausgesehen hatte. Dieser Grad von Meteoritenaktivität wäre das erstaunlichste astronomische Ereignis der Menschheitsgeschichte gewesen, wenn er vor zwei Jahren plötzlich eingetreten wäre. Doch seitdem sich nur wenige Tage nach Null der erste große Felsblock in Peru hineingepflügt hatte, war der Umgebungspegel von Bolideneinschlägen stetig gestiegen. Die Menschen hatten sich angepasst. Einige hatten Selbstporträts mit rotem Gesicht gepostet, nachdem sie einen »Bolidenbrand«

bekommen hatten, d.h. einen akuten Sonnenbrand, verursacht von dem UV-Licht, das die Meteorspuren am nahen Himmel abstrahlten.

Schaue jetzt zu dir hinunter, simste Doob. Er wollte *Wünschte, ich wäre dort* hinzufügen, aber das wäre dumm gewesen. *Sieht aus, als käme über Süd-BC ein großer.*

Ich sehe ihn, antwortete Henry. *Spüre seine Hitze.*

Habt ihr zu tun?

Weißt du doch. Kloppen die großen Dinger zusammen, bereiten uns auf die Welle vor.

Doob fragte sich, wie das funktionierte. Was sollte verzweifelte Menschen davon abhalten, die Startrampen zu stürmen, zu versuchen, sich an Bord der letzten großen Dinger zu drängen? Wie beim letzten Hubschrauber aus Saigon, an dessen Kufen sich Menschen klammerten, denen Soldaten ins Gesicht schlugen. Oder unterschätzte er die Menschennatur? Vielleicht ging es da unten ja vollkommen geordnet zu.

Ich brauche Sie hier. Das kam von Markus.

Widerstrebend stieß sich Doob vom Fenster ab und drehte sich in Richtung der Röhre, die ihn in den Stapel zurückbringen würde. Von dort aus würde er sich wieder in T3 verfügen, wo Markus sich vermutlich im Tank aufhielt.

Markus Leuker schwebte direkt vor ihm, das Gesicht vom blauen Licht eines Handydisplays erleuchtet. Er schaltete es aus und steckte es in die Tasche.

»Ich meine nicht, dass ich Sie im selben Raum wie mich brauche«, sagte er. »Ich meine, dass ich Ihren Verstand hier brauche, im All, in der Cloud-Arche, nicht da unten. Ihre Angehörigen sind tot, Dr. Harris.«

»Tot. Aber sie reden noch«, sagte Doob und spürte einen Zorn in sich schwelen, der dazu führen könnte, dass er Markus die Faust auf die Nase setzte, wenn er nur irgendwohin käme, wo Schwerkraft herrschte.

»Was glauben Sie denn, was sie am liebsten von Ihnen hören würden?«, fragte Markus. »Irgendein Gesäusel? Dass Sie sie lieben, wissen sie. Wenn ich an deren Stelle wäre, wissen Sie, was ich dann gern hören würde? Ich würde gern hören: ›Tut mir leid, mein Schatz, aber ich bin gerade sehr damit beschäftigt, das Überleben unserer Spezies zu sichern.‹ Darf ich vorschlagen, dass Sie irgendetwas in dieser Art simsen und dann zu mir in den Tank kommen, wir haben einiges zu besprechen.«

Und damit zog sich Markus Leuker an einem der Seile, die als Handgriffe durch die Wuwu-Kapsel gespannt waren, in Richtung Ausgang. Als er in die Röhre hineinglitt, sah Doob einen kurzen Moment lang seine Silhouette vor dem Lichtkreis, einen Da-Vinci-Mann. Dann schwangen sich zwei andere hinter ihm hinein und machten den Effekt zunichte. Dieses Detail erregte Doobs Aufmerksamkeit. Markus hatte jetzt ein Gefolge. Vielleicht auch eine Leibwache.

Harter Regen

Wie jedes gute Unwetter begann auch der Harte Regen mit einem plötzlichen Donnerschlag: einem kilometerdicken Felsblock, der Osteuropa mit unheimlichen, lautlosen Blitzen erhellte, während er durch die obere Atmosphäre heranfegte, ehe er sich irgendwo auf der Höhe von Odessa in dichte Luft hineinbohrte. Sein Schweif setzte auf der Krim trockenes Laub und brennbaren Abfall in Flammen und zog dann einen langen Pinselstrich aus brennenden Gebäuden und Wäldern über den nordöstlichen Rand des Schwarzen Meers, der mit einem langen, elliptischen Krater in der Steppe zwischen Krasnodar und Stawropol endete. Erstere Stadt wurde zunächst von strahlender Hitze vom Himmel in Brand gesteckt und dann von einer Druckwelle dem Erdboden gleichgemacht. Letztere bekam nur die Druckwelle ab, gefolgt von einem Hagel von Ejekta. Beide verschwanden von der Landkarte.

Nach ein paar Stunden Aufschub begannen kleinere Boliden niederzugehen. Sie landeten überall auf der Welt, am häufigsten jedoch in den unteren Breitengraden, dicht am Äquator. Da man ihnen lange im Voraus gesagt hatte, dass das der Fall sein würde, hatten sich viele Menschen in den zurückliegenden Monaten in Richtung der Pole begeben, was Rufus MacQuarie und seine Freunde, Familienmitglieder und Partner veranlasst hatte, einen Verteidigungsring um ihre Anlage in der Brooks Range zu errichten. Im November war das ein schrecklicher Ort. Die einzigen Flüchtlinge, die es bis hierher schafften, würden vermutlich gut ausgerüstet und gut vorbereitet sein; und das war genau die Sorte von ungebetenen Besuchern, die Rufus hier nicht herumschleichen sehen wollte. Unbehindert von den Beschränkungen der Bandbreite, die sämtliche anderen Funkgeräte in der Cloud-Arche betrafen, hatten Rufus und Dinah ihre Morsecode-Korrespondenz während der dreitägigen »Gnadenfrist« zwischen Weißem Himmel und Hartem Regen aufrechterhalten. Rufus sendete immer noch von seinem Pick-up aus, den er vor dem Eingang zur Mine geparkt hatte. Er hatte erwogen, auf der Bergkuppe eine größere Antenne zu errichten und sie mittels Panzerkabel mit einem unterirdischen Sender zu verbinden, aber Dinah hatte sich mit den prognostizierten Auswirkungen des Harten Regens vertraut gemacht und ihm gesagt, er solle seine Zeit nicht verschwenden.

Ivy hatte sich schon vor einigen Tagen von der Mütterlichen Organstruktur verabschiedet, unmittelbar bevor die Morg ihre vom Staat ausgegebene Euthanasie-Tablette geschluckt hatte. Der einzige Mensch auf der Erde, mit dem sie noch in Verbindung stand, war Cal an Bord seines U-Boots, das vor der Küste der Norfolk Naval Base an der Oberfläche Position hielt, weit draußen, wo das Wasser blau genug war, um ein tiefes Tauchen zu ermöglichen, wenn es so weit war. In jenen Tagen bestand Ivys Verbindung zu ihrer Familie hauptsächlich über die Musik. Denn die Morg hatte der fünfjährigen Ivy die Wahl gelassen, die beste Pianistin in Südkalifornien oder die beste Geigerin in Südkalifornien zu werden, und Ivy hatte sich für die Geige entschieden. Sie war nie auch nur annähernd die beste in Südkalifornien geworden, aber sie hatte in verschiedenen Jugendorchestern gespielt und eine gewisse Vertrautheit mit dem klassischen Orchesterrepertoire erworben. Sie hatte eine Geige an Bord von Izzy, die sie ab und zu stimmte und spielte.

Als die Bolidenfragmentierungsrate am 701. Tag einen bestimmten Schwellenwert überschritt, der den offiziellen Beginn des Weißen Himmels markierte, starteten eine Reihe von Kulturorganisationen Programme, die sie schon seit der Ankündigung am Crater Lake geplant hatten. Viele davon wurden auf Kurzwelle übertragen, und so konnte sich Ivy zwischen Sendungen aus Notre-Dame, der Westminster Abbey, der St. Patrick's Cathedral, dem Kaiserlichen Palast in Tokio, vom Platz des Himmlischen Friedens, aus dem Potala-Palast, von den Großen Pyramiden und der Klagemauer entscheiden. Nachdem sie alle kurz angespielt hatte, stellte sie den Skalenknopf auf Notre-Dame ein, wo man die Vigilie für das Weltende abhielt, und zwar so lange, bis die Kathedrale über den Köpfen der Ausführenden in Trümmer fiel und alles Leben in den Überresten des Gebäudes ausgelöscht wurde. Zusehen konnte sie nicht, weil Videobandbreite knapp war, aber sie konnte es sich gut vorstellen: wie das Orchestre Philharmonique de Radio France, seine Reihen aufgefüllt mit den renommiertesten Musikern der frankophonen Welt, alle in Kummerbund und Frack, Abendkleid und Diadem, in Schichten rund um die Uhr spielte, dabei auch einige weltliche Klassikwerke aufführte, den Schwerpunkt jedoch auf das geistliche Repertoire – Messen und Requiems – legte. Gelegentlich wurde die Musik durch dumpfe Schläge beeinträchtigt, die Ivy für die Überschallknalle anfliegender Boliden hielt. Meistens spielten die Musiker einfach weiter. Manchmal ließ ein Sänger einen Ton aus. Ein besonders lauter Knall rief Schreie und Schreckenslaute aus dem Publikum hervor, durchsetzt vom Scheppern und Klirren geborstenen Buntglases, das auf den Steinboden der Kathedrale regnete. Doch größtenteils spielte die Musik herrlich, bis sie aufhörte. Dann kam nichts mehr.

Paris ist weg, simste sie. Über die Militärsysteme, die mit denen der NASA verknüpft waren, konnte sie immer noch mit Cal kommunizieren.

Tauchen bbz, antwortete er. Was an sich ziemlich rätselhaft war, aber sie wusste, was es bedeutete: Das U-Boot musste eine Weile abtauchen, um eine Gefahr zu vermeiden, aber er rechnete damit, bald zurück zu sein.

Doch da täuschte er sich vielleicht. Vielleicht hörte sie nie wieder von ihm. Sie kam zu dem Schluss, dass es längst überfällig war. Sie schrieb ihm eine SMS, die er vorfinden würde, wenn und falls sein Boot an die Oberfläche zurückkehrte: *Ich entbinde dich von deinem Versprechen.*

Dann spürte sie, wie eine seltsame Welle ihren Körper durchlief, fast so, als befände sie sich in einem U-Boot im Atlantik und spürte die Druckwelle eines fernen Meteoreinschlags. Sie nahm an, dass es sich um eine emotionale Reaktion auf das handelte, was sie gerade getan hatte. Doch dann bemerkte sie, dass jeder lose schwebende Gegenstand in ihrem Arbeitsbereich in dieselbe Richtung driftete, nämlich auf die Wand zu, gegen die sie sich mit dem Rücken stemmte. Knackende, knirschende und ächzende Geräusche pflanzten sich überall in Izzy fort. Die Raumstation beschleunigte um den Bruchteil von einem G. Die Steuerraketen mussten gezündet haben.

Die Lämpchen waren auf Rot gewechselt. Das Lautsprechersystem in ihrem Modul gab ein leises Knacken von sich, als es eingeschaltet wurde. »Achtung«, sagte eine synthetische Stimme. »Sämtliche Besatzungsmitglieder sollten jetzt wach und für ein dringendes Schwarmmanöver auf Station sein. Das ist keine Übung.«

Also war es passiert. Sie hatten das seit Monaten geübt. Aber das war der erste echte Blitzeralarm. Er bedeutete, dass SI – das Sensorintegrationsteam – einen Boliden auf einer ungewöhnlichen Flugbahn entdeckt hatte, der eine Gefahr für Izzy darstellen könnte, sofern der Kurs nicht leicht korrigiert wurde.

Einem ersten, nervösen Impuls folgend schaute sie aus dem Fenster in Richtung Amalthea. Der große Felsblock war noch immer da. Das Manöver hatte nicht dazu geführt, dass er abgebrochen war.

Aber das war Schiffsdenken: Izzy oberste Priorität einzuräumen. Sie und alle anderen mussten sich auf Cloud-Denken umstellen. Die Mehrheit der Bevölkerung lebte in Sub-Archen. Izzys Zweck bestand darin, den Sub-Archen überleben zu helfen.

Also zwang sie sich, den Blick vom Fenster abzuwenden – ohnehin ein antiquiertes Ding –, und rief auf ihrem Tablet eine Darstellung auf, die die Anordnung sämtlicher Schiffe in der Cloud-Arche zeigte. Es handelte sich um eine App namens Parambulator. Es war keine tatsächliche Darstellung dessen, wie die Cloud aussah, obwohl man sich auch das zeigen lassen konnte, wenn man sich durch die richtigen Menüs klickte. Parambulator war eine Tour de force der Datenvisualisierung, verständlich nur für Leute, die – wie Ivy, Doob und die meisten Archies – viel Zeit damit verbracht hatten, etwas über Orbitalmechanik zu lernen. Im Allgemeinen wurde jedes Schiff in der Cloud als Punkt eines Streudiagramms mit eingeblendeten Informationen über seinen jeweiligen Orbit dargestellt. Sechs Zahlen – die Orbitalparameter oder Params, wie alle hier oben sie mittlerweile nannten – waren erforderlich, um alles über einen Orbit zu vermitteln. Nur drei ließen sich in einem Diagramm visualisieren. Somit war das der Punkt, an dem der geschickte Umgang mit der Benutzeroberfläche zum Tragen kam und jemand wie Ivy aufpassen und sämtliche verfügbaren Gehirnzellen anstrengen musste. Im Wesentlichen lief es jedoch darauf hinaus, dass jede Sub-Arche ein Projektil war, das Izzy oder eine andere Sub-Arche treffen konnte, wenn seine Params nicht stimmten. Bei einer hypothetischen, extrem einfachen Cloud-Arche, die nur aus zwei Sub-Archen bestand, musste man nur eine Berechnung vornehmen: nämlich diejenige, die die Frage beantwortete: »Wird Sub-Arche 1 mit Sub-Arche 2 zusammenstoßen, wenn beide ihren jeweiligen Kurs beibehalten?« Bei einer aus drei Sub-Archen bestehenden Cloud war es außerdem erforderlich herauszufinden, ob Sub-Arche 1 mit Sub-Arche 3 und ob 2 mit 3 zusammenstoßen würde. Insgesamt ergaben sich also drei Berechnungen. Wuchs die Cloud auf vier Sub-Archen an, waren sechs Berechnungen erforderlich, und so weiter. In mathematischen Begriffen handelte es sich um Dreieckszahlen, eine Art Binomialkoeffizient, doch unter dem Strich bedeutete es, dass die Anzahl der Berechnungen mit der Anzahl der Sub-Archen in der Cloud rapide anstieg. Für eine aus hundert Sub-Archen bestehende Cloud waren es viertausendneunhundertfünfzig, für eine aus tausend Sub-Archen bestehende ungefähr eine halbe Million Berechnungen. Das hätte die schlichten Computer der Apollo-Zeit überfordert, war nach heutigen Maßstäben jedoch ein Klacks – vorausgesetzt, man bekam genaue Informationen über den Orbit jeder Sub-Arche. Nach der zentralistischen Methode alter Schule würden sämtliche Sub-Archen ihre Params an einen Computer auf Izzy übermitteln, der dann sämtliche Berechnungen durchführen und die Ergebnisse ausspucken würde. Die Verlässlichkeit dieses Verfahrens ließe sich verbessern, wenn Izzys Radar durch Beobachtung der Sub-Archen und Aufzeichnung ihrer Bewegungen Lücken in den Daten füllte. Und tatsächlich geschah so etwas auch ständig, und zwar nicht nur in einem Computer auf Izzy, sondern in mehreren. Doch das war wiederum Schiffsdenken. Cloud-Denken gebot, dass jede Sub-Arche für sich diese Beobachtungen und diese Berechnungen anstellte. Der Computer auf einer einzelnen Sub-Arche – nennen wir sie Sub-Arche X – hatte vielleicht nicht sämtliche Informationen, die er brauchte, um jede einzelne andere Sub-Arche in der Cloud zu verfolgen, aber er konnte diejenigen ermitteln, die am ehesten eine Gefahr darstellten, und sich auf sie konzentrieren. Andere, wie auch die zentralen Prozessoren auf Izzy, konnten ihn unterstützen, indem sie Nachrichten schickten, die etwa besagten: »Vielleicht ist es euch nicht bewusst, aber ihr seid möglicherweise durch Sub-Arche Y gefährdet und möchtet sie vielleicht ganz oben auf die Liste der Dinge setzen, die ihr im Auge behalten müsst.« Worauf er dann antworten könnte: »Danke, aber ich kriege keine guten Params von Sub-Arche Y, weil Izzy mir auf dem Radar die Sicht versperrt.« Die Cloud würde dann so reagieren, dass ihr in irgendeinem Sinne bewusst würde, dass die Sub-Archen X und Y mehr über ihre jeweiligen Params wissen mussten, und würde der Umsetzung eine höhere Priorität einräumen.

Die Cloud wurde, mit anderen Worten, nicht nur zu einer physischen Wolke fliegender Objekte im Raum, sondern auch zu einer Computer-Cloud, einem freischwebenden, sich selbst regulierenden Internet. Die Funktion von Parambulator bestand darin, seinen Benutzern eine olympische Perspektive auf alles zu vermitteln, was in diesem Netz passierte; und auf einer bestimmten Ebene musste man darüber nur wissen, dass Beängstigendes rot dargestellt war. Ivy schaute jetzt eher aus Neugier als beunruhigt darauf, denn sie hatten seit Wochen Manöver geübt, und sie meinte zu wissen, was sie zu erwarten hatte. Jedes Mal, wenn Izzy ihre Steuerraketen zündete, pflanzte sich Rot durch die Streudiagramme fort wie ein Tropfen Blut in einem Glas Wasser. Alle freien Sub-Archen und alle, die zu Bolos, Heptaden oder Triaden verbunden waren, mussten nun ihre Params daraufhin bewerten, ob sie Gefahr liefen, mit Izzy zu kollidieren. Oder – fast ebenso schlimm – so weit wegzudriften, dass sie nicht mehr zum Schwarm zurückkehren konnten, ein Zustand, der durch einen gelben Punkt in der Darstellung angezeigt wurde. Für eine einzelne Sub-Arche war es ein Leichtes, einen neuen Kurs zu nehmen, der diese beiden Schicksale vermeiden würde. Sehr viel komplizierter war es für dreihundert Sub-Archen, dies gleichzeitig zu tun, ohne gegeneinanderzustoßen. Es musste also so etwas wie ein Austarieren stattfinden, das nicht darauf basierte, Befehle von Izzy abzuwarten, sondern darauf, zu beobachten, was »nahe« Sub-Archen taten, und die Zündung von Steuerraketen so mit ihnen abzustimmen, dass die Menge von Rot auf dem Diagramm möglichst klein gehalten wurde.

Dabei musste das Wort »nahe« in Anführungszeichen gesetzt werden, weil es in diesem Schwarm eine andere Bedeutung hatte, als ihm für einen Vogel in einem Schwarm zukam. Für einen Vogel bedeutete nahe genau das. Für etwas, das im sechsdimensionalen Parameterraum der Orbitalmechanik manövrierte, bedeutete »nahe« »jeder Satz von Params, der in den nächsten Minuten potentiell interessant für mich ist«, und konnte für Objekte gelten, die im Augenblick zu weit weg waren, um überhaupt bemerkt zu werden. Sobald dem jedoch Rechnung getragen war, konnten die Sub-Archen sich verhalten, wie es Vögel taten, wenn sie in Schwärmen flogen. In den Simulationen, die sie kurz nach der Vorstellung des Konzepts gesehen hatten, hatte es auf verblüffende Weise dem Verhalten von Schwarmfischen geähnelt. Und die Wirklichkeit, die erst in den letzten Monaten rund um die Uhr erfolgender Starts in Kourou, Baikonur, Cape Canaveral etc. umgesetzt worden war, entsprach weitgehend diesen Simulationen. Sie spielte sich in Echtzeit nur langsamer ab.

Nun spielte sie sich als Reaktion auf Izzys Kurswechsel ab. Das Rot breitete sich nur soundso weit aus, begann dann zu schwinden, zerfranste zuerst an den Rändern und erlosch dann in Flecken. Ein paar Punkte wurden gelb und korrigierten sich dann, während die von ihnen repräsentierten Sub-Archen aufholten. Aufgrund der Tests und Übungen der vergangenen Monate rechnete Ivy damit, dass die letzten roten Punkte sehr bald weiß werden würden und man sich dann keine Gedanken mehr um sie machen musste. Aber das geschah nicht. Einige blieben hartnäckig rot. Indem sie das Diagramm drehte und auf unterschiedliche Weisen betrachtete, kreiste sie diese Punkte ein und ermittelte Genaueres über sie. Es handelte sich fast durchweg um Lastmodule oder Passagierkapseln, die während der Schlusstour gestartet worden waren: der in letzter Minute erfolgten Anstrengung aller raumfahrenden Nationen, wirklich jede Rakete in ihrem Besitz zu starten, die imstande war, in den Orbit zu gelangen.

Ihr Handy summte. Eine SMS von Cal war gekommen; sein Boot musste wieder aufgetaucht sein.

Was soll das heißen?

Er hatte gerade eben erst ihre letzte SMS gelesen.

Dass wir nicht mehr verlobt sind.

Das erschien ihr etwas unverblümt, also fügte sie hinzu: *Du musst dir irgendeine schöne Meerjungfrau suchen.*

Nach einer Weile antwortete er: *{schluchz} ebendas hatte ich vor. Deine Chancen erheblich besser.*

Sie antwortete *Kuhmist,* was ein alter Witz zwischen ihnen war. Als sie ihn in Annapolis kennengelernt hatte, war er eine solche Pfarrerstochter gewesen, dass er das Wort »Kuhscheiße« nicht aussprechen konnte.

PT = Pfarrerstochter, kam zurück.

PT ist traurig: (Warum bist du getaucht?

Große Oberflächenwelle kam durch. Schlechte Nachricht für Ostküste.

Von wem weißt du? Hast du eine Kette? Sie meinte eine Befehlskette.

Noch eine Sprosse über mir. Dann, nach kurzer Pause, *POTUS ist ausgefallen.*

Sie tippte *Gott sei Dank* und zögerte, ehe sie es abschickte. Aber die Welt näherte sich dem Ende; sie musste sich keine Gedanken um Auswirkungen machen. Sie drückte auf Senden.

Sie hatte nie mit Cal darüber gesprochen, was am 700. Tag geschehen war: die Aerosolbomben, der Atomsprengkopf. Aber sie war sich sicher, dass sein Finger den Knopf gedrückt hatte.

Gott sei ihrer Seele gnädig, antwortete Cal, und sie kannte den Subtext: *Und meiner auch.*

Dieser Austausch von Mitteilungen wurde von Markus unterbrochen: *Brauche dich.*

Sie steckte das Handy ein, um zwecks Bewegung durch Izzy die Hände frei zu haben, manövrierte durch das Labyrinth von

Wohnmodulen bis zum Stapel und machte sich auf den Weg nach achtern, in Richtung Tank. Den Stapel brachte sie im Handumdrehen hinter sich. Noch vor einer Woche hätte sie um Leute herummanövrieren müssen, die sich in Zweier- oder Dreiergrüppchen zu Gesprächen zusammenfanden. Seit Markus die ZVVVS ausgerufen hatte, war das anders; eine seiner Verordnungen hatte besagt, dass der Stapel frei zu halten sei, damit wichtige Besatzungsmitglieder rasch durchkamen. Im Augenblick war er so leer, wie sie ihn je erlebt hatte. Unten im Swesda-Mosul sah sie ein gewisses Kommen und Gehen und erkannte einen Moment lang das stachelige Profil von Moiras Haaren. Bestimmt war sie damit beschäftigt, Vorbereitungen für die Verteilung des Humangenetischen Archivs auf die Cloud zu treffen, ein Projekt, das an sich mindestens so kompliziert war wie alles, was mit Schwärmen und Params zu tun hatte. In der Tat ein wichtiges Besatzungsmitglied.

Unten in H1 kam Luisa in Sicht und schnellte sich nach oben, als habe sie etwas Wichtiges vor. Nachdem sie beinahe mit einem von Moiras Helfern kollidiert war, ließ sie sich von ihrem Schwung bis in das Sarja-Modul tragen und stoppte am Eingang zu der Röhre ab, die in die Wuwu-Kapsel führte. Sie schaute eine Zeitlang taxierend hinein, dann traf sie eine Entscheidung und zog sich hinein.

Ivy passierte die Stelle einige Augenblicke später, bremste kurz ab und warf einen Blick in die Röhre. Man konnte geradewegs durch sie, die sphärische Kapsel und deren Fenster auf die Erde sehen. Normalerweise zeigte dieser Blick das blaue Licht der Ozeane und das weiße Licht von Wolken und Eiskappen. Manchmal auch viel Grün, wenn sie gutbewässerte Teile der Welt, oder Gelb, wenn sie die Sahara überflogen.

Im Augenblick war das Licht orange, weil die Erde brannte.

Unten in der Kapsel schrien Leute. Vermutlich hatte man Luisa geschickt, damit sie sie beruhigte. Eine Art magnetische Faszinationskraft zog Ivy beinahe hinein. Die Erde sah aus, als hätte ein Gott sie mit einem Schweißbrenner angegriffen, sie aufgeschlitzt und dünne Glutspuren hinterlassen. Einige waren rot und stetig: Dinge, die auf der Erde brannten. Andere waren von blendendem Bläulich-Weiß und flüchtig: von Meteoriten durch die Atmosphäre gezogene Spuren.

Sie bildete sich ein, die von dem Planeten abgestrahlte Wärme beinahe spüren zu können.

Markus brauchte sie. Sie konnte den schreienden Menschen unten in der Kapsel nicht helfen. Sie wandte den Kopf nach achtern und schob sich weiter.

Im Eingang zu den Erbgutspeichermodulen schwebend hakte Moira Punkte auf ihrem Tablet ab, während sie mit ausdruckslosem Gesicht etwas lauschte, was durch ihre großen Kopfhörer kam. Sie bemerkte Ivy. Sie zog einen Kopfhörer vom Ohr weg und hielt ihn Ivy entgegen. Ivy erkannte A-cappella-Musik, Polyphonie der Renaissance. »Das King's College hält sich ziemlich gut«, sagte Moira. »Kennst du das Stück?«

»Ich bin mir sicher, dass ich es schon mal gehört habe, aber ich kann es nicht unterbringen«, sagte Ivy.

»Allegris ›Miserere mei, Deus‹«, sagte Moira. Weil die Morg darauf bestanden hatte, dass sie Latein lernte, wusste Ivy, was das hieß: Erbarme dich meiner, o Gott.

»Es ist wunderschön.«

»Sie haben es immer zur Matutin gesungen, in den frühen Morgenstunden, während sie eine nach der anderen die Kerzen gelöscht haben.«

»Danke, Moira.«

»Danke, Ivy.«

Eine Minute später war sie in T3. Wie immer blieb sie einen Moment lang fest auf beiden Füßen stehen, um ein Gefühl für die simulierte Schwerkraft zu bekommen, dann steuerte sie das Büro und den Tank an. Als sie durch den Versorgungsbereich kam, erwog sie, sich einen Kaffee zu holen. Dann verspürte sie

Entsetzen und Scham angesichts der Tatsache, dass sie an Kaffee dachte, während ihr Planet in Brand geriet.

Dann goss sie sich trotzdem einen Kaffee ein und betrat das Büro. Es war voller Menschen. Die meisten Lageerfassungsmonitore zeigten Statusanzeigen, die sich auf die Funktionen der Cloud-Arche bezogen. Der große am Kopfende des Raums zeigte lediglich eine Ansicht der Erde durch eine in diese Richtung zielende Kamera. Aber sie hatte nichts von der Eindrücklichkeit des direkten Anblicks durch die Fenster der Wuwu-Kapsel. Das bogenlampenhelle Gleißen der dahinflitzenden Boliden war zu einem verschwommenen Flackern bis ans Limit ausgereizter Pixel reduziert. Aus Gewohnheit fragte sie sich, warum keiner auf CNN, Al Jazeera oder einen anderen der rund um die Uhr sendenden Nachrichtenkanäle umschaltete. Dann fiel ihr wieder ein, was gerade passierte.

Sie ging weiter bis zu der Tür, die in den Tank führte.

Diese wurde flankiert von zwei Leuten, die nichts taten – einfach nur dastanden. Merkwürdig.

Ihr fiel auf, dass beide unvertraute Geräte an ihren Gürtel geschnallt trugen.

Sie machte sich klar, dass es Elektroschocker waren.

Ehe sie das verarbeiten konnte, nickte einer von ihnen höflich – nun erkannte sie ihn als Tom van Meter, er war Ingenieur und so etwas wie eine Sportskanone – und öffnete ihr die Tür.

Der Tank war nur ein Viertel so groß wie das Büro, bloß ein mittelgroßer Besprechungsraum, wo im Augenblick sechs Leute um den Tisch saßen und an Tablets oder Laptops arbeiteten. Am anderen Ende befand sich die Tür, die in Markus' Arbeitszimmer führte. Sie stand einen Spalt offen. Ivy ging hindurch, und zum ersten Mal seit ihrer Ankunft auf Izzy vor drei Jahren war ihr dabei unwohl, als könnte jemand hervorspringen und sie mit einem Elektroschocker angreifen. Doch Markus saß da und unterhielt sich mit Doob.

»Hast du dir Parambulator angesehen?«, fragte Markus sie.

»Ja. Nachdem wir die Kursänderung vorgenommen hatten, vor ein paar Minuten.«

»Die Leistung der Cloud hat nicht unbedingt dem entsprochen, was wir hatten erhoffen können.«

»Es hat ein paar Nachzügler gegeben.«

»Es gibt immer noch welche«, sagte Doob und zeigte auf einen Projektionsschirm an der Wand.

»Es hat so ausgesehen, als wären das alles Neuankömmlinge«, sagte Ivy. »Lastmodule, Passagierkapseln von der Schlusstour. Ich nehme an, sie haben sich noch nicht an die Cloud angekoppelt, sind noch nicht im Programm.«

»Das stimmt alles, aber gefährlich ist es trotzdem.«

»Natürlich.«

»Es lenkt mich ab.«

»Ich kümmere mich darum.«

»Was Boliden angeht, funktionieren die Systeme einwandfrei, und Doob hält die Augen nach Anomalien offen. Aber das Problem der Nachzügler muss ich an dich delegieren, Ivy.«

»Betrachte es als erledigt.«

»Notfalls werden wir sie zerstören.«

»Wie willst du das denn machen, Markus? Wir haben keine Photonentorpedos.«

»Wir haben ein Modul voller gefriergetrockneter Leichen«, erinnerte Markus sie, »die wir sowieso über Bord werfen müssen. Und ich würde sie mit Vergnügen in Richtung jedes Nachzüglers werfen, der die Cloud-Arche bedroht.«

»Ich werde das im Hinterkopf behalten«, sagte Ivy, »als Druckmittel.«

Luisa trat ein, wirkte leicht verstört, das Gesicht tränenfeucht.

»Luisa?«, sagte Markus höflich. »Hast du herausgefunden, was in der Wuwu-Kapsel vor sich geht?«

»Ein paar Leute werden sehr emotional«, sagte Luisa, »wie

nicht anders zu erwarten. Nichts Gefährliches. Wer immer das als Störung gemeldet hat, war ein bisschen paranoid.«

»Danke, dass du dem nachgegangen bist.«

»Apropos paranoid – du hast vor der Tür zum Tank bewaffnete Wachen postiert!«

»Ich werde mich dazu nur kurz äußern, weil ich zu tun habe«, sagte Markus. »Im Prinzip habe ich dazu die gleiche Ansicht wie du. Aber ich bin nicht hier, um meine persönlichen Ansichten zu äußern, sondern um nach bestem Können bestimmte Operationen durchzuführen. Ich wollte nicht der König des Universums werden. Trotzdem bin ich es jetzt. Alles, was ich in der Geschichte der menschlichen Zivilisation je gesehen habe, so unangenehm es auch erscheinen mag, sagt mir, dass jemand in meiner Position Sicherheit braucht.«

Luisas Miene legte nahe, dass ihr dazu alle möglichen Einwände einfielen. Aber sie beherrschte sich und stieß bloß einen Seufzer aus. »Wir reden später darüber«, sagte sie.

»Gut.«

»Weißt du, was da unten vor sich geht?«

»Ich kann es erraten. Es geht mich nichts an.«

»Verstehe. Aber ich finde, der König des Universums muss ziemlich bald eine Erklärung abgeben.«

»Ich habe eine vorbereitet«, sagte Markus.

»O ja, natürlich hast du eine vorbereitet. Wann gedachtest du sie denn abzugeben? Es gibt nämlich eine Menge Leute, die beruhigt werden müssen.«

»Gehörst du auch dazu, Luisa?« Markus stellte die Frage ganz sachlich, aber nicht unhöflich.

Luisa straffte sich. Ivy machte sich auf eine scharfe Reaktion gefasst, doch dann änderte sich Luisas Gesichtsausdruck, als sie erkannte, dass Markus lediglich um Informationen bat und seine Frage nicht abfällig gemeint war.

»Ja«, antwortete sie. »Vor ein paar Minuten ist Manhattan von einer dreißig Meter hohen Wasserwand getroffen worden. Ich vermute, das Gleiche gilt für den größten Teil der Ostküste. Ich habe mir den Gottesdienst in der St. Patrick's Cathedral angehört, als die Sendung plötzlich abgebrochen ist.«

Markus nickte und schaltete den Projektionsschirm auf eine Live-Ansicht der Erde um.

Ivy war entsetzt darüber, wie weit sich das Feuer in den wenigen Minuten, die sie hier war, ausgebreitet hatte.

Sie zog ihr Handy aus der Tasche und stellte fest, dass in den vergangenen Minuten mehrere SMS von Cal gekommen waren.

Hey
Zu tun?
O.K., bist wohl weggeholt worden.
Falls wir aus der Leitung fliegen, ich liebe dich.
Suche mir eine Meerjungfrau, wie du gesagt hast, aber kein Ersatz für dich.
Habe Kontakt mit Norfolk verloren. Keiner mehr über mir.
Scheiße, wird das heiß
Tauchen
Leb wohl

Und die letzte Mitteilung in der Reihe war ein mit seiner Handykamera geschossenes Foto. Ivy musste eine Weile verschieben und zoomen, um dahinterzukommen, was sie da sah. Cal hatte das Foto gemacht, während er im Kommandoturm seines Bootes stand und geradewegs die Leiter hinauf zur offenen Luke über ihm schaute. Das schuf eine Tunnelblickansicht von einer Scheibe Himmel.

Der Himmel brannte.

Mit der anderen Hand hielt er seinen Verlobungsring hoch – ein schlichter Reifen aus glänzendem Titan. Er hielt ihn zwischen Daumen und Zeigefinger, schoss das Bild durch den Ring, den er so hielt, dass er mit der Scheibe brennender Himmel konzentrisch war.

Sie blickte auf. Jemand hatte ihren Namen gesagt.

»Meine sind einfach verstummt«, sagte Doob zu ihr.

»Verzeihung, Dr. Harris?«, sagte Ivy – die Umgangsformen der Morg triumphierten über alle Umstände.

»Ich hatte mich auf diesen endgültigen Abschied mit Amelia und den Kindern vorbereitet«, sagte Doob. Er sprach ruhig, ohne merkliches Gefühl, als erzählte er eine leicht überraschende Anekdote. »Aber wissen Sie, die Kommunikation ist einfach über mehrere Tage hinweg langsam zusammengebrochen, und zu einem Abschied ist es gar nicht gekommen.«

»Na schön«, sagte Markus, »ich werde jetzt die Erklärung abgeben.«

SO HEISS DASS MAN AUF DER MOTORHAUBE KARTOFFELN BRATEN KANN

GEH REIN DAD

KEIN WITZ VON WEGEN THERMISCHE AUSWIRKUNGEN LACK WIRFT BLASEN

ICH MACHE AUCH KEINE WITZE DU MUSST REIN

HAB EINE RETTUNGSDECKE DIE MICH SCHÜTZT WENN ICH IN DECKUNG GEHE

DANN BENUTZ SIE HERRGOTT NOCHMAL DAD

ABER DANN KANN ICH NICHT MEHR MIT DIR PLAUDERN DINAH

UND WENN DEIN BENZINTANK EXPLODIERT

HA HA DEN HABEN WIR FÜR GENERATOR GELEERT
BIN DIR WEIT VORAUS KLEINES

GOTT BIST DU EIN BESSERWISSER

Während Dinah das eingab, dankbar dafür, dass das Morsealphabet auch dann noch funktionierte, wenn Tränen einem die Sicht verschleierten und Schluchzen einem die Stimme erstickte, ertönte aus einem Lautsprecher eine Stimme. Es war die von Markus: »Hier spricht Markus Leuker.«

»Ich weiß, wer du bist«, antwortete sie. Doch dann begriff sie, dass Markus sich über das Lautsprechersystem der gesamten Arche meldete, das angeblich bis in jede Ecke von Izzy und in sämtliche Sub-Archen reichte. Sie hatten es ein paarmal mit vorher aufgenommenen Mitteilungen getestet, nie aber wirklich benutzt. Markus hielt solche Dinge für Relikte des zwanzigsten Jahrhunderts und verabscheute sie; Kommunikation sollte zielgerichtet erfolgen, beschäftigte Menschen sollten nicht von körperlosen, aus Lautsprechern bellenden Stimmen gestört werden.

»Die Cloud-Archen-Verfassung ist mit sofortiger Wirkung in Kraft.«

Dinah holte Atem, denn sie wusste, was das bedeutete. Markus buchstabierte es trotzdem aus. »Das bedeutet, dass sämtliche Nationalstaaten der Erde und ihre Regierungen und Verfassungen nicht mehr existieren. Ihre militärischen und zivilen Befehlsketten bestehen nicht mehr. Eide, die Sie geschworen, Treuepflichten, die Sie eingegangen, Loyalitäten, die Sie empfunden, Staatsbürgerschaften, die Sie besessen haben mögen, sind jetzt und für alle Zeiten hinfällig. Die Ihnen von der Cloud-Archen-Verfassung gewährten Rechte, nicht mehr und nicht weniger, sind jetzt Ihre Rechte. Sie sind jetzt an die Gesetze und Pflichten der Cloud-Archen Verfassung gebunden. Sie sind jetzt Bürger einer neuen Nation, der einzigen, die es gibt. Möge sie lange währen.«

Sie sendete:

MARKUS RUFT SIE AUS

WER SAGT DASS ER DER BOSS IST

Rufus' Übertragung wurde immer mehr von Knistern überlagert. Dinah wischte sich die Augen und sah aus ihrem Fenster die von einem Feuergürtel umfangene Erde. Die Spuren der herabstürzenden Meteoriten, vordem ein Muster aus hellen Kratzern in der Luft, waren zu einem blendenden Kontinuum extrem heißer Luft verschmolzen, das alles Brennbare auf der Erdoberfläche in Flammen gesetzt hatte. Da um den Äquator herum mehr Steine niedergingen, war der Strahlungs- und Feuergürtel dort am hellsten; doch auch nördlich und südlich davon brannten schon weite Bereiche der Oberfläche, und der Gürtel verbreiterte sich und war dabei, die hohen Breitengrade von Kanada und Südamerika zu verschlingen.

Sie sendete:

VERLIERE DICH GLEICH, SAG BOB UND ED UND GT UND REX ICH LIEBE SIE. UND BEV.

HAB ICH SCHON MACH ICH ABER NOCHMAL. GOTT IST DAS HEISS

GEH REIN DAD

KEINE SORGE ICH BIN DIREKT AN DER TÜR. KANN SIE ALLE BREAD OF HEAVEN SINGEN HÖREN

DANN GEH UND SING MIT DAD

OKAY BOB UND ED KOMMEN MICH HOLEN. WIEDERSEHEN LIEBES MACH UNS EHRE QRT

QRT QRT QRT QRT

Sie war sich nicht sicher, wie oft sie das getippt hatte.

Später gelang es ihr, sich zu beruhigen, indem sie sich vorstellte, was passiert war: wie ihre Brüder Bob und Ed in silbernen Thermoschutzanzügen aus dem Eingang der Mine gestürzt kamen, um Dad aus dem alten Pick-up zu zerren, ihn in die Schutzdecke einwickelten, damit der Himmel ihn nicht grillte, und ihn in die Mine zogen. Wie eine zentimeterdicke Stahlplatte vor den Eingang gewuchtet wurde und die Schweißer sich daranmachten, besonders dicke Nähte zu setzen, die fünftausend Jahre halten sollten. Sobald das erledigt war, wurden die schweren Maschinen angelassen und schaufelten tonnenweise Felsgestein und Kies gegen die Stahlplatte, um sie gegen Druckwellen abzupuffern, die stark genug wären, sie aus dem Rahmen zu schlagen.

Dann Stille, abgesehen vielleicht vom dumpfen Dröhnen ferner Meteoriteneinschläge, und um den Tisch sitzen, das Tischgebet sprechen und sich die erste von ungefähr fünfzehntausend Mahlzeiten schmecken lassen, die die MacQuaries und ihre Nachkommen würden zubereiten und verzehren müssen, falls sie jemals aus dieser Gruft entkommen sollten. Sie hatten fünfhundert Leute da unten und genügend Kapazitäten zur Lebensmittelerzeugung, um so viele am Leben zu halten. Wie genau man daraus eine nachhaltige Perspektive entwickelte, war Dinah nicht klar; sie hatte Rufus nicht um jedes einzelne kleine Detail seines Plans gebeten.

Markus' Erklärung ging weiter. Er sagte allen, was sie bereits wussten, nämlich dass es mit der Erde vorbei war und dass das große Sterben, auf das sie die letzten beiden Jahre gewartet hatten, nun in der Vergangenheit lag. Alle wussten es, aber irgendwer musste es sagen.

Er bat um siebenhundertvier Sekunden Schweigen: eine Sekunde für jeden der Tage, die seit Null verstrichen waren. Etwa zwölf Minuten. Alle unwesentlichen Arbeiten würden in dieser Zeit ausgesetzt, und die Überlebenden hätten einzig und allein die Aufgabe, nachzudenken, sich zu erinnern und zu trauern. Danach müssten sie die Erde ad acta legen, als etwas, was es einmal gegeben hatte, und ihre Gedanken auf das richten, was jetzt war.

In Fötushaltung zusammengekrümmt schwebte Dinah allein mitten in ihrer Werkstatt und lauschte dem unheimlichen Quieken und Zischen, das aus dem Lautsprecher ihres Funkgeräts kam. Von allen Menschen in der Cloud-Arche wusste sie als Einzige, dass ihre Familie noch am Leben war und vielleicht noch lange Zeit leben würde. Ihr war nicht klar, ob das besser oder schlechter war als die schlichte Gewissheit, dass sie tot waren. Alles, wovon sie ausgehen konnte, war: MACH UNS EHRE, der letzte Funkspruch ihres Vaters. Morsecode hinterließ keine Papierspur, keinen E-Mail-Thread auf dem Bildschirm eines Tablets. Sie würde niemals zurückscrollen und den Austausch, den sie gerade mit Rufus gehabt hatte, noch einmal nachlesen können. Sie hoffte, sie hatte das Richtige gesagt und er würde sich gut daran erinnern und den anderen heute Abend beim Essen davon erzählen.

Dann versuchte sie, um all die anderen zu trauern, die gestorben waren, aber das Ereignis war zu groß. Emotional war es nur wenig anders, als wenn man von einem gewaltigen Krieg las, der vor hundert Jahren stattgefunden hatte. Vielleicht wollte Markus genau darauf hinaus. Obwohl das Sterben noch im Gange war, mussten sie sich zwingen, es so zu sehen wie die Große Hungersnot in Irland oder wie das, was mit den Einwohnern der Neuen Welt geschehen war, als Kolumbus und seine Leute sie mit einer ganzen Reihe tödlicher Krankheiten infiziert hatten. Kummer, ja Entsetzen waren angemessen. Aber Distanzierung war nötig. Sie alle hatten siebenhundertvier Sekunden, um diese Distanzierung zustande zu bringen.

Also überlegte Dinah, was genau es hieße, Rufus MacQuarie Ehre zu machen. Darauf gab es eine einfache Antwort: das Richtige zu tun, ehrenhaft zu sein, sich an ein paar ethische Faustregeln zu halten. Eine Art von Frontier-Verhaltenskodex. Das alles war leicht zu verstehen, wenn auch nicht immer ganz so leicht umzusetzen. Aber Rufus war kein Cowboy, und er war ganz sicher kein Prediger. Er war Bergmann: ein Wühler, ein Zertrümmerer, ein Erbauer, ein Geschäftsmann. Wenn er nach einem einfachen ethischen Kodex lebte, so war das kein Selbstzweck, sondern eine Möglichkeit, etwas zu erreichen, ohne seine Seele zu verkaufen oder seinen Ruf zu zerstören. Es war ein Werkzeug, das man führen konnte wie eine Schaufel oder eine Stange Dynamit. Werkzeuge waren dazu da, etwas zu bauen; und Stolz war etwas, was man hinterher empfinden konnte, wenn man zurücktrat und betrachtete, was man gebaut hatte, und es an seine Kinder weitergab. Dinah konnte den Rest ihres Lebens damit zubringen, ihr Wort zu halten, jeden anständig zu behandeln und was dergleichen mehr war. Rufus würde das alles fraglos billigen. Aber es war nicht der Auftrag, den er ihr gegeben hatte. Er hatte ihr, wenn auch nicht in diesen Worten, gesagt, sie solle sich daranmachen, eine Zukunft zu bauen.

»Bist du so weit fertig?«

Sie drehte den Kopf und sah Ivy im SCRUM schweben und sie durch die Luke anblicken.

»Wir haben höchstens so was wie zweihundert Sekunden von...«

»Markus hat gesagt, ich dürfte es überspringen. Er hat mir einen Auftrag gegeben. Ich brauche deine Hilfe«, sagte Ivy.

»Miststück.«

»Schlampe.«

»Sollen wir?«

»Weißt du noch, als das Internet neu war und jeder irgendwelche Leute kannte, die es einfach nicht kapiert haben?«, fragte Ivy. Sie ging Dinah voraus durch das scheinbar endlose Labyrinth aus angedockten Modulen und Hamsterröhren in Richtung der Peripherie von Izzy.

»In meiner Welt haben es die Leute ziemlich schnell kapiert. Du kennst nicht viele Bergleute, stimmt's?«

»In meiner nicht. Wir hatten diese ewig Gestrigen, die haben zum Beispiel ihre E-Mails ausgedruckt, um sie zu lesen, oder einen, noch zwei Jahrzehnte nachdem man sein Faxgerät weggeschmissen hatte, nach der gottverdammten Faxnummer gefragt.«

Sie eilten durch eine ansonsten vollkommen stille Raumstation, die erst ungefähr fünf Minuten der zwölfminütigen Schweigezeit hinter sich hatte. Menschen in offenen Luken wandten ihnen entgeisterte Gesichter zu, erkannten sie dann und machten sich wieder ans Trauern, Beten, Meditieren oder was immer sie sonst taten.

Dinah verstand, dass das schrecklich wichtig war, freute sich jedoch insgeheim, dass Ivy ihr Dispens gegeben hatte, sich an die Arbeit zu machen.

»Und was hat das mit...«

»Das System – Parambulator und das Ganze – funktioniert, solange jedes Schiff in der Cloud-Arche nach den Regeln spielt. Ins System eingeloggt ist, mit den vereinbarten Protokollen kommuniziert, den Diktaten des Schwarms gehorcht. Wenn auch nur eins sich heraushält und sein eigenes Ding macht, tja, dann könnte es, was sein zerstörerisches Potential angeht, genauso gut ein Meteorit sein.«

»Und davon haben wir eins?«

»Ein paar. Aber besonders eins verursacht Chaos.«

»Schon irgendwelche Kollisionen oder ...«

»Nein, aber jedes Mal, wenn es näher kommt, löst es in Parambulator eine Explosion von Rot aus, und hundert Sub-Archen müssen Treibstoff verbrennen, um ihren Kurs zu ändern. Es ist, als ob die ganze Cloud-Arche um die Bewegungen dieses einen Schiffs herum Saltos schlägt.«

»Was ist es denn?«

»Optisch ist es ein X-37.«

»Passt«, sagte Dinah.

»Ja«, sagte Ivy.

Übersetzung: Irgendwer hatte das Raumfahrzeug durch ein Teleskop betrachtet und befunden, dass es wie ein Boeing X-37 Orbital Test Vehicle aussah, das einem Minispaceshuttle ähnelte. Tatsächlich war es so mini, dass es keine Besatzung befördern konnte; es hatte einen Laderaum, der den größten Teil des Rumpfes in Anspruch nahm. Es war Ende 1990 und Anfang 2000 von der DARPA entwickelt worden, als klar geworden war, dass man das Spaceshuttle ausmustern würde und dass man ein kleines, leicht zu startendes Raumfahrzeug brauchte, das ins All fliegen und per Fernsteuerung Wartungsarbeiten an der amerikanischen Flotte von Militärsatelliten durchführen konnte. Tatsächlich war es seither nur wenig verwendet worden; doch wenn, dann für irgendwelchen, aus geheimen Budgets finanzierten Geheimdienstkram, von dem Dinah und Ivy nichts wussten. Es war eine Fußnote der Geschichte, nahezu veraltet, nicht für die Erfordernisse der Cloud-Arche konstruiert. Wahrscheinlich war es von irgendeiner übereifrigen Startmannschaft, die einfach alles, was irgendwie ging, hinaufschicken wollte, in den Orbit geschossen worden. Wenn sie lange genug alte E-Mails durchgingen, würden sie vielleicht auf irgendwelche Unterlagen darüber stoßen, wer es gestartet hatte und, wenn überhaupt, was für eine Ladung an Bord war; erst einmal aber war es unkomplizierter, sich das verdammte Ding einfach anzusehen. Fast die gesamte für das X-37 aufgewendete Ingenieursarbeit hatte dem Problem des Wiedereintritts gegolten. Die meisten seiner herausragendsten Merkmale waren daher nutzlos für sie.

Während sie sich dem Ende eines Neben-Stapels näherten, konnten sie durch die runde Öffnung eines Ports in das an dessen anderem Ende angedockte Fahrzeug schauen: ein Flif oder Flexibles leichtes Innenverkehrsfahrzeug. Es gab sie seit ein paar Monaten; sie waren die Jeeps der Cloud-Arche, die kleinen Nutzfahrzeuge, mit denen man Leute oder wertvolle Güter von einer Sub-Arche zur anderen oder zwischen einer Sub-Arche und Izzy hin und her beförderte. Weil sie nicht in der Atmosphäre operieren mussten, hatten sie im Großen und Ganzen das gleiche zweckmäßige Aussehen wie die Sub-Archen. Aber ihr Druckkörper war im Durchmesser kleiner, und statt einer äußeren Traglufthülle hatten sie praktischere Merkmale: zwei verschiedene Arten von Andockports, eine Luftschleuse, die groß genug war, um einen Menschen in einem Orlan aufzunehmen, einen Roboterarm, Scheinwerfer, Steuerraketen. Auf Dinahs Vorschlag hin hatte man den Druckkörper mit Befestigungspunkten versehen, an die sich ein Grabb anhängen konnte; auf diese Weise konnte jedes Flif sein eigenes Kontingent von Grabbs, Siwis, Buckys und Nats mit sich führen, die wie Krebse, Schiffshalter und Seeläuse darauf herumwimmelten. Anstatt von den robust ausgelegten Fähigkeiten des Roboterarms behindert zu werden, wurde das Flif lediglich von der Fantasie und der Findigkeit des darin sitzenden Programmierers eingeschränkt, der den Robotern sagte, was sie tun sollten.

Vor ihnen lugte Teklas silbergrauer Bürstenkopf hervor; offenbar hatte man sie beauftragt, beim Schließen der Luke und beim Abdocken des Flifs zu helfen. Sie hatte im angrenzenden DC oder Docking Compartment gewartet, bei dem es sich lediglich um ein kleines, seitlich angebrachtes Modul handelte, das als Luftschleuse diente und in Fällen wie diesen etwas zusätzlichen

Raum für Besatzungsmitglieder bot. Sie zog den Kopf zurück, um Platz zu machen, während zuerst Ivy und dann Dinah vorbeischwebte. Sobald die beiden im Flif waren, kam Tekla hervor und wechselte ein Nicken mit Ivy.

»Lamprey ist in Luftschleuse und funktionstüchtig«, sagte Tekla und schloss die Luke. Was Tekla anging, hatte Dinah ambivalente Gefühle, aber es gab niemanden, mit dem sie in einem solchen Fall lieber arbeitete. Sie war vollkommen sachlich und erledigte die Arbeit ohne überflüssiges Geschwätz oder Gefühlsduselei.

Dinah schloss die Luke des Flifs und begann, die Abdocksequenz durchzugehen, während Ivy, im Pilotensitz des Fahrzeugs angeschnallt, die Ausflugs-Checkliste abarbeitete. Wie es sich für ein Fahrzeug gehörte, das man eilends auf Beweglichkeit und Leichtigkeit hin konstruiert hatte, war diese nicht sonderlich lang, und so war Flif 3 – eines aus einer Flotte von acht – unterwegs, ehe Markus' siebenhundertvier Schweigesekunden verstrichen waren. Dinah schnallte sich in einem Notsitz neben dem von Ivy an. Die vordere Kuppel des Flifs bestand weitgehend aus Fenstern, verstärkt durch ein Gitterwerk aus gebogenen Metallstreben, sodass Ivy von hinten wie der Bombenschütze in der Glasnase eines Bombers aus dem Zweiten Weltkrieg aussah. Sie berührte die Steuerelemente und ließ das Fahrzeug so rotieren, dass die Erde unter ihnen vorbeizog, und dadurch wurde die Ähnlichkeit noch stärker. Dinah wurde an ein Gemälde erinnert, das Rufus ihr einmal gezeigt hatte und das einen Bomber im Flug über einer brennenden Stadt darstellte, deren rotes Licht von unten in die Kanzel strömte. Ganz ähnlich verhielt es sich auch jetzt, nur dass der Feuersturm fast die gesamte Erdoberfläche bedeckte.

»Ich kann die Wärme im Gesicht spüren«, sagte Ivy.

Darauf fiel Dinah keine passende Antwort ein. Während des Gangs von ihrer Werkstatt zum Flif hatte sie vergessen, dass die Erde brannte, und es gefiel ihr nicht, daran erinnert zu werden. Stattdessen versuchte sie, sich auf das rote Licht zu konzentrieren, das kühl vom Bildschirm ihres Tablets ausging, auf dem Parambulator lief. Flif 3 war vom kollektiven Sensorium des Schwarms bemerkt und als unidentifiziertes Objekt eingestuft worden, das mit bis zu hundert verschiedenen Sub-Archen kollidieren konnte, falls es seinen derzeitigen Kurs beibehielt. Anstatt direkt seine Steuerraketen zu betätigen, was bestenfalls zu Verwirrung und schlimmstenfalls zu einer kettenreaktionsartigen Katastrophe führen würde, handelte Ivy eine Lösung mit dem Rest der Cloud-Arche aus, indem sie dieser mitteilte, wohin sie wollte, und einen Weg fand, dorthin zu kommen, der den von allen anderen verlangten Manövrieraufwand möglichst gering hielt.

Das war kein schneller Weg zum Ziel und lief dem Draufgänger-Ethos vieler Exmilitärs, die im Astronauten- und Kosmonautenkorps hier heraufgekommen waren, direkt zuwider. Aber mit zunehmender Entfernung von Izzy konnten sie sich in Umlaufbahnen bewegen, die den Rest der Cloud nur minimal betrafen und sich auf direkterem Weg zum Rendezvous mit dem unberechenbaren X-37 begeben.

Wer auch immer es gestartet hatte, hatte es in eine Umlaufbahn mit derselben Periode und Bahnebene wie die Cloud-Arche, aber mit etwas größerer Exzentrizität gebracht. Die Umlaufbahn von Izzy, und daher der Cloud-Arche, war fast vollkommen kreisförmig. Die des X-37 war eher oval, was bedeutete, dass es sich etwa die Hälfte der Zeit »unter« der Cloud-Arche und den Rest der Zeit »darüber« befand, deren Umlaufbahn jedoch zweimal während jeder dreiundneunzigminütigen Umkreisung schnitt und dabei jedes Mal das Chaos auslöste, das so viel Treibstoff kostete und Markus solchen Ärger machte. Im Augenblick befand es sich darüber und würde Izzys Umlaufbahn in zwanzig Minuten schneiden.

»Irgendwelche Boliden, um die wir uns Sorgen machen müssen, ehe ich mich auf das hier konzentriere?«, fragte Ivy sie.

»Nichts Besonderes«, sagte Dinah. Nichts, hieß das, das so groß war, dass es die gesamte Cloud-Arche zu einer Kursänderung zwang.

»Dann wollen wir uns beeilen«, sagte Ivy und ging zu manueller Steuerung über. Denn inzwischen hatten sie sich so weit von der Cloud-Arche entfernt, dass sie Solo-Manöver durchführen konnte, ohne Parambulator-Bildschirme durchweg rot werden zu lassen. »Kannst du es mit dem Teleskop erfassen?«

Dinah verbrachte ein Weilchen damit, sich wieder mit der Benutzeroberfläche für das optische Teleskop vertraut zu machen, das am Bug des Flifs angebracht war; dabei handelte es sich um einen elektronischen Augapfel, etwa so groß wie eine Orange. Die Steuerung war intuitiv, aber es dazu zu bringen, dass es sich auf ein bestimmtes Objekt richtete, erforderte einen gewissen Aufwand. Bald jedoch konnte sie etwas Weißes und Helles sehen. Sie erfasste es genauer und zoomte es heran.

Aus größerer Entfernung handelte es sich eindeutig um ein Fahrzeug mit Flügeln und schwarzem Bug, wie das Shuttle von ehedem, aber es schien zusätzliche Teile zu besitzen. Als sie es noch näher heranzoomte, konnte sie sehen, dass die Laderaumluken, die den größten Teil des »Hecks« des X-37 bildeten, zu irgendeinem Zeitpunkt, nachdem es den Orbit erreicht hatte, geöffnet worden waren. Die Ladung war mithilfe des eingebauten Roboterarms herausgehoben worden. Sie war fast so groß wie das X-37 selbst; es handelte sich ebenfalls um einen Zylinder mit einer Kuppel an einem Ende. Doch im Gegensatz zu einem Flif oder einer Sub-Arche fehlten ihm Steuerraketen oder sonst irgendeine sichtbare Energiequelle. Es war schlicht eine blanke Aluminiumkapsel, die auf einer Seite vom Sonnenschein gleißte und auf der anderen rot war vom Widerschein des planetaren Feuersturms.

Ivy sah ebenfalls hin, teilte ihre Aufmerksamkeit zwischen den Statusanzeigen des Flifs und dem Fenster mit dem optischen

Signal. »Kannst du das vordere Ende genauer reinkriegen? Da ist ein Anschlussstück, das könnte ein…«

»Ja«, sagte Dinah und holte es durch Zoomen und Schwenken in die Mitte. »Das ist ein Andockport.«

»Tja, ich schätze, wir sind zum Andocken eingeladen«, sagte Ivy.

»Es ist unheimlich. Mir gefällt das nicht.«

»Ganz deiner Meinung«, sagte Ivy. »Aber wir können nicht später nochmal kommen. Das Ding ist winzig. Keine eins zwanzig im Durchmesser. Falls Menschen da drin sind, geht ihnen demnächst der Stoff zum Atmen aus.«

»Wieso sollte jemand in so einem Ding einen Menschen heraufschicken?«

»Irgendein Plan ist schiefgegangen. Eine E-Mail ist nicht beantwortet worden, es hat Funksalat gegeben, und jetzt sind diese Leute eingeschlossen und warten wahrscheinlich aufs Sterben.« Von Dinahs Fragen leicht gereizt sprach Ivy in schroffem Ton.

Dinah hörte Steuerraketen ploppen und spürte, wie sie sie herumstupsten, während Ivy manövrierte. Sie hütete sich, ihre Freundin abzulenken, wenn deren Gehirn auf Orbitalmechanikmodus umgeschaltet hatte. Sie schnallte sich vom Notsitz los und bewegte sich zu dem Andockport an der »Oberseite« des Flifs, wobei sie jedes Mal, wenn Ivy eine leichte Kurskorrektur vornahm, an den danebenliegenden Griffen Halt suchte.

Binnen weniger Minuten war Ivy in die Bahn des X-37 eingeschwenkt, hatte den Flif in die richtige Position manövriert und geradewegs an den Andockport der Kapsel herangebracht.

»Wir sind angekoppelt«, bemerkte Dinah. Sie aktivierte ein Ventil, das Luft in den kleinen Raum zwischen der Luke des Flifs und derjenigen der Kapsel einströmen ließ. »Es tut sich nichts.«

Sie öffnete die Luke des Flifs. Nun blickte sie auf die Außenseite der Luke der Kapsel, die noch bis vor wenigen Sekunden dem Weltraum ausgesetzt gewesen war.

Ein seltsames Detail: An die Luke war ein gewöhnliches Blatt Druckerpapier geklebt. Es war mit einem bunten Bild bedruckt: ein gelber Ring, der eine blaue, von Sternen gesäumte Scheibe umschloss. In deren Mitte mit gespreizten Flügeln ein Adler mit einem rotweiß gestreiften Schild. Der Drucker, der das Ding ausgespuckt hatte, war knapp an Zyantinte gewesen, weshalb das Bild seltsam streifig und verfärbt war. Die Einwirkung des Weltraums hatte ihm auch nicht sonderlich gutgetan.

Obwohl die Vereinigten Staaten erst seit wenigen Minuten nicht mehr bestanden – von Markus kraft der ihm von der Cloud-Archen-Verfassung verliehenen Autorität für nicht mehr existent erklärt –, erschien Dinah das Bild bereits so alt und wunderlich wie ein Pilger oder ein Musketier.

Sie hörte, wie sich auf der anderen Seite ein Mechanismus in Gang setzte.

»Es leeeebt!«, rief sie. Dann hielt sie trotz dieses Bemühens um Scherzhaftigkeit den Atem an.

Die Luke ging auf, zum Vorschein kam ein verstörtes, gedunsenes, kränklich grünes, von wirrem Haar umschwebtes Gesicht. Doch die Augen in diesem Gesicht waren so kalt und hart wie eh und je, und sie waren auf Dinah gerichtet.

»Dinah«, sagte die Frau. Was Dinah erkannte, war eher ihre Stimme als das Gesicht. »Selbst unter diesen tragischen Umständen, welch eine Erleichterung, ein vertrautes Gesicht zu sehen.«

»Madam Pres...«, begann Dinah. Dann fing sie sich. »Julia.«

Julia Bliss Flaherty machte ein Gesicht, als passte es ihr überhaupt nicht, so angesprochen zu werden.

Ivy betätigte ziemlich ausgiebig die Steuerraketen. Nun, da das Flif, die Kapsel und das X-37 mechanisch zu einem einzigen Objekt verbunden waren, war es möglich – wenn auch schwierig –, sie mit der Cloud-Arche zu synchronisieren und das Parambulator-Rot vollständig zum Verschwinden zu bringen. Es kam zu einem leichten Schlingern. Julia wurde ein wenig herumgeschubst und lernte, dass sie sich an den Griffen festhalten musste. Irgendwelcher Kram, darunter einige gefüllte Brechtüten und etwas, was wie eine Vielzahl roter Murmeln aussah, trudelte durch die winzige Kapsel. Als Julia für einen Augenblick zur Seite geworfen wurde, konnte Dinah am anderen Ende der Kapsel einen Mann schweben sehen. Er war blutüberströmt und außerdem irgendwie schlaff. Er trug die Überreste eines marineblauen Anzugs. Es war nicht der Ex-First-Gentleman.

»Mein Beileid zu Ihrem Verlust«, sagte Dinah.

»Wer zum Teufel ist das?«, rief Ivy. »Markus will wissen, ob wir Überlebende haben.«

»Meinem Verlust?«, fragte Julia.

»Ihrem Mann«, sagte Dinah.

»Der hat die Tablette genommen«, erklärte Julia, »im Wagen.«

»Mein Gott.«

»Ich brauche Ihre Hilfe, um mit Mr Starling fertigzuwerden. Er ist so groß, dass ich ihn nicht allein bewegen kann.«

»Nein, ist er nicht«, sagte Dinah.

»Wie bitte!?«, sagte Julia scharf.

»Sie sind in der Schwerelosigkeit«, erklärte Dinah. »Er ist also nicht so groß, dass Sie ihn nicht allein bewegen können. Aber ich kann Ihnen trotzdem helfen, wenn Sie wollen.«

»Wenn Sie so freundlich wären«, sagte Julia. Sie hakte eine Hand über den Rand der Luke, während sie mit der anderen nach einer Schultertasche griff, und sah Dinah, die ihr noch immer den Weg verstellte, erwartungsvoll an.

Dinah blickte auf Ivys Hinterkopf. »Julia Bliss Flaherty bittet um die Erlaubnis, an Bord kommen zu dürfen.«

Julia stieß ein verärgertes Zischen aus.

»Erlaubnis erteilt«, sagte Ivy.

»Außerdem ist noch ein Verletzungsopfer unterwegs«, sagte Dinah und gab Julia den Weg frei.

Julia zog sich zu kräftig durch die Luke, sauste durch das Flif und prallte mit Ellbogen und Schulter gegen dessen andere Seite. »Au!«, rief sie. Aber Dinah glaubte nicht, dass sie sich wehgetan hatte, und schob sich deshalb in die Kapsel. Eine der roten Murmeln trieb auf ihr Gesicht zu, und sie streckte die Hand aus, um sie zur Seite zu wischen, ehe ihr klar wurde, dass es Blut war.

Pete Starling wies eine ganze Reihe von Platzwunden auf, als hätte er bei einem Stockkampf mitgemacht oder einen Autounfall erlitten. Er war benommen und würgte, wahrscheinlich von einer gebrochenen Nase, an Blut, das er jedes Mal heftig aushustete, wenn es seine Atmung behinderte. Um einen festen Griff bemüht packte Dinah das Revers seines Jacketts. Als sie daran zog, löste es sich vorn einen Moment lang von Starlings Brust, und zum Vorschein kam ein leeres Schulterholster.

Egal jetzt. Sie setzte die Füße fest auf, legte sich kräftig ins Zeug und schaffte es, ihn in der Mitte der Kapsel auszustrecken, sodass sein Kopf in Richtung Andockport zeigte und er langsam in diese Richtung driftete. Sie verließ sich darauf, dass Julia nach ihrem Begleiter greifen und ihn durch die Öffnung ziehen würde. Doch Julia, von ihrem ersten Versuch mitgenommen, zappelte immer noch herum und lernte die Grundlagen der schwerelosen Bewegung auf die harte Tour.

Dinah befand sich hinten in der Kapsel und starrte auf Petes Füße, die schwach strampelten. Einer seiner Füße war mit einem Strumpf bekleidet, am anderen saß noch ein teuer aussehender Lederschuh. Sie packte mit jeder Hand einen Fuß und versuchte, Starling in Richtung Andockport zu schieben, aber er wehrte sich dagegen. Er hatte keine Ahnung, was vor sich ging, verstand nicht, dass er sich im Weltraum befand, mochte es nicht, an den Füßen gepackt zu werden. Sie bewegte sich vorwärts, schob sich mit der Taille zwischen seine Knie, schlang die Arme um seine Oberschenkel, presste sich seine Beine zu beiden Seiten an den Körper und versuchte, ihn wieder in Richtung Andockport zu drehen.

Sie hörte ein scharfes Knacken und spürte überall auf den Armen etwas Warmes. Auch am Hals war es ihr bis zur Kinnspitze hochgespritzt. Sie roch Scheiße und hörte ein lautes Zischen. Pete Starling zuckte einmal und erschlaffte dann.

Sie blickte in die Richtung, aus der das Zischen kam, und sah Sternenlicht durch ein gezacktes Loch in der Außenhaut der Kapsel. Das Loch hatte etwa die Größe eines menschlichen Daumens. An seinen Rändern waren Metalldreiecke aufgebogen. Genauer betrachtet kam das Zischen von zwei Stellen gleichzeitig. In die andere Seite der Kapsel war ebenfalls ein Loch gebohrt worden. Zwischen den beiden Löchern befand sich Pete Starlings Körper. Die Mitte seines Oberkörpers war nur noch ein von Rippen gesäumter Krater. Blut schoss daraus hervor und schnellte durch beide Löcher.

Dinahs Ohren hatten schon mehrmals geknackt.

Sie sah die Kapsel entlang Julia an, die es endlich geschafft hatte, sich richtig zu orientieren, und mit verstörtem Blick völlig verwirrt durch die Luke starrte.

»Julia«, sagte Dinah, »wir sind von einem kleinen Boliden getroffen worden. Wir verlieren Luft, aber nicht so schnell. Pete ist tot. Er ist mir im Weg. Wenn Sie ihn am Kragen packen und ihn zu sich heranziehen könnten...«

Das Gespräch und ihr Blick auf Julias Gesicht wurden von der Luke des Flifs unterbrochen, die zuschlug.

Ein Orbit konnte die Form jeder Kurve haben, die sich erzeugen ließ, wenn man einen Kegel mit einer Ebene schnitt – ein Kreis, eine Ellipse, eine Parabel oder eine Hyperbel. Praktisch waren jedoch alle Orbits Ellipsen. Und die meisten der natürlich vorkommenden Umlaufbahnen im Sonnensystem – diejenigen der Planeten um die Sonne oder der Monde um die Planeten – waren Ellipsen, die so rund waren, dass das unbewaffnete Auge sie nicht von Kreisen unterscheiden konnte. Das lag nicht etwa daran, dass die Natur Kreise besonders begünstigte. Der Grund war vielmehr, dass stark in die Länge gezogene elliptische Umlaufbahnen in aller Regel nicht von langer Dauer waren. Wenn ein Körper in einer stark exzentrischen Umlaufbahn sich auf den Zentralkörper zubewegte und an der Periapsis – dem Punkt der dichtesten Annäherung – eine Haarnadelkurve beschrieb, war er Gezeitenkräften ausgesetzt, die ihn zerbrechen lassen konnten. Er konnte auf die Atmosphäre des Zentralkörpers treffen oder, im Falle heliozentrischer Umlaufbahnen, der Sonne zu nahe kommen und thermische Schäden davontragen. Wenn er den Flug durch die Periapsis überstünde, würde er sich auf einer langen Flugbahn wegbewegen, die ihn durch die Umlaufbahnen anderer Himmelskörper führen würde. Nachdem er bei der Apoapsis – dem Punkt der weitesten Entfernung – die Wende vollführt hätte, würde er bei seiner Rückkehr in Richtung Zentrum dieselben Umlaufbahnen erneut schneiden. Das Sonnensystem war dünn besetzt, sodass die Wahrscheinlichkeit, dass dieser Körper bei irgendeinem Umlauf mit irgendeinem Planeten oder Asteroiden zusammenstoßen oder diesem nahe kommen würde, gering war. Doch im Laufe astronomischer Zeitspannen war die Wahrscheinlichkeit eines Beinahezusammenstoßes oder einer Kollision hoch. Eine Kollision hätte natürlich einen Meteoriteneinschlag auf dem betreffenden Planeten und die Zerstörung des vormaligen Orbitalkörpers zur Folge. Ein bloßer Beinahezusammenstoß würde die Umlaufbahn des Körpers zu einer neuen und anderen Ellipse, möglicherweise auch zu einer Hyperbel verformen, die ihn ganz aus dem Sonnensystem hinausschleudern würde. Um die Sonne gab es nach wie vor einen Bestand an Kometen und Asteroiden in stark exzentrischen Umlaufbahnen, aber ihre Zahl schwand mit der Zeit, und für Astronomen waren sie seltene Ereignisse. In seinen frühen Äonen war das Sonnensystem ein sehr viel chaotischerer Ort mit einer größeren Bandbreite von Umlaufbahnen gewesen, aber die erwähnten Prozesse hatten allmählich Ordnung darin geschaffen und durch eine Art natürliche Selektion ein System hervorgebracht, in dem sich fast alles auf einer nahezu kreisförmigen Umlaufbahn bewegte. Was für das Sonnensystem als Ganzes galt, hatte auch für das Erde-Mond-System gegolten. Der Mond hatte die Erde auf einer nahezu kreisförmigen Umlaufbahn umrundet. Ab und zu geriet über einen Librationspunkt ein umherirrender Stein aus den Tiefen des Alls in das System und wurde in eine geozentrische Umlaufbahn gezwungen, doch früher oder später traf er den Mond oder die Erde oder wurde durch einen Beinahezusammenstoß mit einem dieser Himmelskörper fortgeschleudert. So hatte der Mond Milliarden von Jahren lang den Himmel über der Erde sauber gehalten, sie vor den meisten großen Meteoreinschlägen geschützt und zu einem geeigneten Ort für die Entwicklung komplexer Ökosysteme und Zivilisationen gemacht.

Sämtliche Steine, die den Weißen Himmel bildeten, hatten einmal die gleiche Umlaufbahn wie der Mond gehabt, und die meisten blieben einstweilen in einer sicheren Entfernung von etwa vierhunderttausend Kilometern. Ihre Umlaufbahnen waren vorläufig von niedriger Exzentrizität, d.h. sie waren nahezu kreisförmig. Allerdings hatte die riesige Anzahl chaotischer Interaktionen innerhalb des Weißen Himmels eine Vielfalt von Umlaufbahnen hervorgebracht. Einige davon waren stark exzentrisch, d.h. ihr Apogäum lag vielleicht weit weg, ihr Perigäum jedoch nahe bei der Erde: so nahe, dass sie von ihrer Atmosphäre eingefangen wurden oder sie direkt trafen. Jeder Stein, dessen Umlaufbahn so exzentrisch war, dass er der Erde nahe kam, konnte auch Izzy nahe kommen. Im Allgemeinen bewegten sich Steine in solchen Umlaufbahnen mit etwa elftausend Metern pro Sekunde, wenn sie der Erde so nahe waren. Ein Bolide von der Größe eines Pfefferkorns, der sich mit dieser Geschwindigkeit bewegte, hätte dieselbe kinetische Energie wie das Hochgeschwindigkeitsgeschoss eines Gewehrs.

Allerdings waren Hochgeschwindigkeitsgeschosse so konstruiert, dass sie etwas mit großer Kraft treffen und in vorhersehbarer Weise Schaden anrichten sollten, während Mondsteine überhaupt nicht konstruiert waren. Somit konnten die Folgen von Kollisionen unvorhersehbar sein.

In diesem Fall war vermutlich Folgendes geschehen: Ein eher kichererbsengroßer Stein mit der Energie mehrerer Gewehrkugeln hatte die Wand der Kapsel durchschlagen, war dabei jedoch in mehrere Stücke zerbrochen, die quer durch die Kapsel zu einem schmalen Kegel auseinandergestoben waren und Pete Starlings Körper wie eine Schrotladung, aber mit viel mehr kinetischer Gesamtenergie getroffen hatten. Der größte Teil dieser Energie hatte auf seinen Oberkörper gewirkt und diesen praktisch platzen lassen. Das größte Einzelstück des ursprünglichen Steins hatte ihn vollständig durchschlagen, vielleicht auch komplett verfehlt, und war auf der anderen Seite der Kapsel wieder ausgetreten.

Wenn der Stein ein paar Meter auf der einen oder anderen Seite vorbeigeflogen wäre, hätte er sie komplett verfehlt, und sie hätten ihn gar nicht bemerkt. In der Atmosphäre hätte es natürlich anders ausgesehen. Dort hätte sich der Stein zu einem gleißenden Strich aufgelöst und den größten Teil seiner kinetischen Energie in Hitze verwandelt. Die Luft in seiner unmittelbaren Umgebung wäre etwas wärmer geworden. Wäre das nachts passiert, hätten aufmerksame Beobachter vielleicht einen Lichtstrich gesehen. Passierte das Gleiche in großem Maßstab überall um die Erde, wurde die Luft, wie nun der Fall, so heiß, dass sie glühte.

Wie dem auch sei, Dinah war nun in einer Kapsel eingeschlossen, die lediglich von ein paar Streifen weißer, von Blutspritzern verdunkelter LEDs beleuchtet wurde und Luft verlor. Natürlich hatte sie einen bedeutenden Teil ihres Lebens lang genau für solche Ereignisse trainiert. Das Erste, was man beigebracht bekam, war, dass die Luft nicht so schnell entwich, wie man dachte. Durch ein kleines Loch kam nur soundso viel Luft hinaus. Trotzdem war es eine Frage von Leben und Tod, diese Löcher abzudichten. Dinahs erste Maßnahme, sobald sie sich von der Überraschung erholt hatte, bestand deshalb darin, Pete Starlings Überreste in Richtung des größeren der beiden Löcher zu schieben: desjenigen, durch das der Bolide eingetreten war. Mit einem feuchten, saugenden Geräusch verschloss sein blutiges Fleisch dieses Loch. Das kleinere Austrittsloch, das etwa so groß wie ihr kleiner Finger war, konnte sie nun mit ihrem Gehör finden. Sie klatschte ihre blutige Hand darauf. Das Zischen verstummte, und sofort spürte sie, wie sich ein Weltraum-Knutschfleck bildete, wo der Große Staubsauger ihr Fleisch in die Leere hinauszuziehen versuchte. Es tat weh, aber nicht allzu schlimm. Sie lauschte einige Augenblicke lang, bis sie sich vergewissert hatte, dass es keine weiteren zischenden Geräusche – keine weiteren Lecks – gab.

Eine blutige Bandage schwebte vorbei. Sie schnappte sie sich aus der Luft, zerrte die Hand von dem Loch und stopfte die Bandage hinein. Ein Teil wurde in den Raum hinausgesogen, doch dann bildete sie einen Pfropf, der sich nicht weiterbewegte. Es zischte allerdings immer noch, also griff sie nach einer leeren Plastiktüte und legte sie über den unregelmäßigen Wulst feuchter Gaze. Das Vakuum saugte die Tüte an und schuf einen nahezu luftdichten Verschluss.

Ein leiseres Zischen, eher ein Rauschen, ging vom »Heck« der Kapsel aus. Dinah spürte eine Druckveränderung in den Ohren, aber sie knackten nicht – was darauf hindeutete, dass der Druck *zugenommen* hatte. Sie wusste nichts über diese Kapsel, aber sie wusste, wie einfach Lebenserhaltungssysteme funktionierten, und sie wusste, dass sie wahrscheinlich einen Vorrat an komprimiertem Sauerstoff enthielten, der als Ausgleich für das zugeführt wurde, was im Körper der Insassen in CO_2 umgewandelt und von den Absorbern aufgenommen wurde. Der Mechanismus versuchte wahrscheinlich, die gerade in den Raum entwichene Luft zu ersetzen und den Druck zu normalisieren.

Wenn das der Fall war, dann müsste es möglich sein, die Luke des Flifs zu öffnen. Dinah schwebte darauf zu, griff durch die offene Luke der Kapsel und klopfte gegen das Metall, wobei sie blutige Knöchelabdrücke hinterließ.

Einen Moment lang tat sich gar nichts, also klopfte sie SOS: dreimal kurz, dreimal lang, dreimal kurz.

Die Luke ging auf, zum Vorschein kam Ivys Gesicht. »Du. Lieber. Himmel«, sagte sie.

»Danke, Süße«, sagte Dinah und schwang sich hindurch, während Ivy ihr auswich – teils aus Entgegenkommen, hauptsächlich jedoch, nahm Dinah an, um nicht mit den Körperflüssigkeiten von Julias verstorbenem Wissenschaftsberater beschmiert zu werden. Julia selbst saß angeschnallt in einem der Notsitze, war in Fötushaltung zusammengekrümmt, litt an trockenem Erbrechen und behielt aus dem Augenwinkel Dinah im Auge.

Willkommen im Weltall!, lag dieser auf der Zunge, aber es gelang ihr, sich zu beherrschen.

»Während du, äh, beschäftigt warst, sind wir wieder durch die Cloud-Arche geflogen. Wir haben jetzt ungefähr fünfundvierzig Minuten auf ihrer Nadir-Seite«, sagte Ivy.

»Das müsste reichen«, sagte Dinah. Sie schnallte sich in dem anderen Notsitz an, wischte sich die Hände an den Oberschenkeln ab und zog ihren Laptop zu sich heran. Während sie ihn mit den Handballen unten hielt, damit er nicht wegschwebte, rief sie die Schnittstellenfenster auf, über die sie mit Robotern kommunizierte. Binnen weniger Sekunden stellte der Laptop eine Verbindung zu sämtlichen Robotern her, die sich in Reichweite befanden – d. h. zu denjenigen, die außen am Flif mitfuhren.

Inzwischen zog sie einen Gelenkarm mit einer fausthandschuhartigen Vorrichtung am Ende zu sich herunter. Das war das Interface für den externen Roboterarm des Flifs.

»Machst du mir die Luftschleuse auf, Süße?«, sagte sie.

»Schon passiert, Schätzchen«, gab Ivy zurück.

Am Rand ihres Gesichtsfeldes konnte sie sehen, wie Julias Blick als Reaktion auf diesen Wortwechsel hin und her huschte. Trotz – oder vielleicht gerade wegen – Julias unheimlichem Talent, Aufmerksamkeit in Anspruch zu nehmen, versuchte Dinah, sie zu ignorieren, und konzentrierte sich auf die Videoübertragung von der Kamera am Ende des Roboterarms.

Die runde Öffnung der Luftschleuse wurde, während sie darauf zugriff, größer und brachte das Gerät zum Vorschein, das Tekla darin untergebracht hatte.

Der Lamprey war eine Box mit einem blinkenden Licht. Auf der Seite, die der Luftschleusentür zugewandt war, wies sie eine Haltevorrichtung oder einen Griff auf. Mit der Hand am Roboterarm konnte Dinah diesen leicht packen und das Gerät ans Licht herausziehen.

»Spricht was dagegen, ihn einfach an den Arm des X-37 zu hängen?«, fragte sie.

»Mir fällt nichts ein.«

»Was machen Sie da eigentlich?«, fragte Julia.

»Wir nehmen dieses Stück Weltraumschrott aus der Umlaufbahn, ehe es jemanden umbringt.«

»Dieses Stück Weltraumschrott enthält zufällig die sterblichen Überreste eines tapferen Mannes, der sein Leben geopfert hat, um...«

Dinah sagte: »Ivy, willst du, oder soll ich?«

»Ich mache das. Du bist beschäftigt«, sagte Ivy. Dinah konnte hören, wie sie sich im Pilotensitz drehte, um Julia anzusehen. Sie äußerte sich wie folgt: »Julia. Halten Sie die Klappe. Wenn Sie noch ein verdammtes Wort sagen, schlage ich Ihnen den Schädel ein und stopfe Ihre Leiche in die Luftschleuse. Ihr Verhalten ist völlig inakzeptabel. Angefangen damit, dass Sie mit Ihrem Geschwafel Dinah ablenken, während sie eine schwierige, missionskritische Operation zum Schutz der Cloud-Arche durchführt. Sie haben soeben versucht, einen direkten Befehl von Markus rückgängig zu machen, der gemäß der ZVVVS-Klausel der Cloud-Archen-Verfassung das Kommando über das alles hier hat. Sie sind illegal hier oben. Das Crater-Lake-Abkommen schließt die Entsendung von Staatschefs in die Cloud-Arche ausdrücklich aus. Sie haben gegen diese Bestimmung verstoßen und trotzdem einen Weg gefunden, sich hier heraufbefördern zu lassen, und so wie es aussieht, haben bis dahin jede Menge Schweinereien stattgefunden. Ihr Fahrzeug hat sich der Cloud-Arche auf eine Weise genähert, die mit unseren Verfahren für Sicherheit und Gefahrenabwehr unvereinbar ist, und Sie haben damit das Leben aller hier oben gefährdet und Sub-Archen und Izzy gezwungen, kostbaren und unersetzlichen Treibstoff zu verbrauchen, um Ausweichmanöver durchzuführen. Wir sind als Sofortmaßnahme hierhergeschickt worden, haben ein hohes Risiko in Kauf genommen und weitere knappe Ressourcen verbraucht, um das Durcheinander in Ordnung zu bringen, das Sie durch Ihre feige und ehrlose Tat hervorgerufen haben. Aus all diesen Gründen befehle ich Ihnen kraft meiner Autorität als Kommandantin dieses Raumfahrzeugs zu schweigen, bis wir sicher an Izzy angedockt haben.«

»Na schön«, sagte Julia.

Dinah blickte von ihrer Arbeit auf und sah, wie Ivy und Julia einander anfunkelten.

»Es tut mir leid«, sagte Julia.

»Sie fordern es wirklich heraus«, sagte Dinah zu ihr. Dann machte sie sich wieder an die Arbeit.

Sie hatte während Ivys Monolog bereits einiges geleistet. Die anstehende Aufgabe war, den Lamprey irgendwie am X-37 zu befestigen. Die Verbindung musste nicht gut aussehen, aber sie musste solide sein. Zu den Zeiten, in denen jedes Manöver Jahre im Voraus von der NASA geplant worden war, wäre das eine mehrstündige Operation unter Verwendung maßgefertigter Hardware gewesen. In jüngster Zeit aber hatten sich die Menschen der Cloud-Arche gezwungen gesehen, gut darin zu werden, beliebige Stücke von treibendem Weltraumschrott einzufangen, und so bediente sie sich schließlich einer höher entwickelten Form des Tricks, den Rhys sich hatte einfallen lassen, um Teklas Luk einzuholen. Damals hatte Dinah durch Aneinanderketten von Siwis eine Peitsche hergestellt. Sie hatte funktioniert, war aber viel schwerer und komplizierter gewesen, als sie hätte sein müssen. Als Rhys nach der Fertigstellung von T3 etwas mehr freie Zeit zur Verfügung stand, hatte er begonnen, mit überschüssigen Nats herumzubasteln. Diese waren alt und überholt und deshalb, verglichen mit den neuen Modellen, groß, klobig, langsam und dumm – was für Rhys' Zwecke völlig ausreichte. Er hatte sie in eine neue Art von Roboter verwandelt, die er Flynk, für Flying Link, taufte, ihnen beigebracht, solide Ketten zu bilden und dann im Raum die Sorte von Manövern durchzuführen, von denen sein Ur-Ur-Ur-Großonkel und Herr Professor Kucharski aus Berlin nur hatten träumen können. Hier gab es reichlich Raum für Kreativität, doch er hatte seine Bemühungen größtenteils auf Probleme konzentriert, die ständig gelöst werden mussten.

Wie beispielsweise genau das, was Dinah jetzt lösen musste. Der Roboterarm des X-37 ragte ungelenk in den Raum, ein naheliegendes Ziel zum Festhaken. Eine Kette mit einem freien Ende würde sich ohne weiteres darumwickeln, so wie Rhys einmal Dinahs Zeigefinger mit seiner Halskette eingefangen hatte. Alles, was Dinah brauchte, war eine passende Kette. Zufällig hatte sie eine: eine gebrauchsfertig um den Rumpf des Flifs gewundene Kette aus Flynks der dritten Generation. Das eine Ende war bereits mit dem Lamprey verbunden. Mittels Computercode konnte sie den Rest davon in Bewegung setzen, sodass er sich vom Flif abwickelte, in den freien Raum hinausschlängelte und dabei eine U-förmige Biegung oder Knickstelle bildete, die auf den Roboterarm des X-37 zielte.

»Bereit zum Abdocken«, sagte sie.

Ivy hatte sich nach hinten zu dem Andockport bewegt, durch den ihr Gast gekommen war. »Docke ab«, sagte sie und begann die Checkliste abzuarbeiten, die das Flif vom X-37 abkoppelte.

Unterdessen begab sich Dinah nach vorn zur Pilotenkonsole und gab eine programmierte Serie von Brennstößen der Steuerraketen ein. Sobald Ivy die Abkoppelung bestätigte, führte Dinah das Programm aus, das eine leichte Änderung der Geschwindigkeit zur Folge hatte, die sie von dem X-37 zurückweichen ließ. Die Knickstelle geriet in Bewegung, als liefe die Kette über eine unsichtbare Rolle, und begann von dem Flif weg- und auf das X-37 zuzuwandern. Gleich darauf schlang sich ihr Ende um den Roboterarm und wand sich mehrmals darum, ehe Greifhaken an den Flynks einander fanden und einrasteten, womit die Kette endgültig befestigt war.

Dinah löste den Lamprey aus dem Griff des Roboterarms des Flifs. Die Flynk-Kette, die immer noch einem vorgefertigten Programm folgte, holte den Lamprey ein und befestigte ihn an dem X-37. Flynk-Kette, X-37 und Lamprey waren nun ein einziges Objekt und würden es bleiben, bis sie zerstört wurden.

Dinah rief das Interface auf, über das der Lamprey bedient wurde. Es handelte sich um ein Fire-and-Forget-Gerät, aber jemand musste es abfeuern. Sie drehte einen Regler, mit dem sich die Position der Box einstellen ließ, sodass deren funktionales Ende in eine ungefährliche Richtung zeigte.

Etwas aus der Umlaufbahn zu befördern war fast so kompliziert, wie es zu starten. Sobald sich etwas in einer legitimen, stabilen Umlaufbahn befand, konnte man es nicht einfach in Richtung Erde fallen lassen. Es blieb auf unbestimmte Zeit in der Umlaufbahn, sofern man es nicht abbremste. Es abzubremsen hieß im Allgemeinen, Steuerraketen einzusetzen, und das wiederum hieß, Treibstoff zu verbrauchen.

Der Lamprey war eine einfache Alternative. Auf der Cloud-Arche waren mehrere davon eingelagert, sodass man Schrott billig und einfach loswerden konnte.

»Wir sind abgekoppelt«, verkündete Ivy und bewegte sich wieder nach vorn zum Pilotensitz. »Werde uns abstoßen.«

Eine Reihe von Knallgeräuschen der Steuerraketen signalisierte, dass sie Distanz zum X-37 gewannen. Ivy drehte das Flif herum, sodass sie das X-37 in etwa hundert Metern Entfernung sehen konnten, wie es verkehrt herum über der brennenden Erde schwebte und sein abgeknickter Arm mit dem daran befestigten und blinkenden Lamprey in Richtung Nadir ragte.

»Okay, vom Lamprey kriege ich nur grüne Lämpchen. Rote Lämpchen sehe ich keine. Also aktiviere ich ihn in drei… zwei… eins… jetzt.« Dinah tippte auf den Deorbit-Button.

Der größte Teil des Lampreys – die ganze Box – schnellte in Richtung Erde davon, angetrieben von den weißen Abgasstrahlen von Raketenfesttreibstoff. Nach einigen Sekunden erschöpften sich die Triebwerke, und die Box trieb weiter fort, wobei sie hinter sich einen Draht abwickelte. Eine Minute später kam sie zum Stehen und hing nun einen halben Kilometer »unter« dem X-37 an dem durch die Gezeitenkraft gespannten Draht.

»Wir haben elektrische Spannung im Tether«, berichtete Dinah. »Er funktioniert also.« In dem Draht, der sich auf seiner Umlaufbahn durch das Magnetfeld der Erde bewegte, wurde eine schwache Spannung induziert, wodurch eine Kraft auf den Draht wirkte, die X-37 abbremsen würde. Der Effekt war schwach, aber binnen einiger Stunden würde sich die Bahn von X-37 so weit absenken, dass es für die Cloud-Arche keine Gefahr mehr darstellte, und in Tagen oder Wochen würde es in die Atmosphäre eintreten und vernichtet werden.

Es blieben noch zwanzig Minuten, bis die Umlaufbahn des

Flifs das nächste Mal die von Izzy schneiden würde. Doch physisch davon getrennt waren sie nur einige Zehnerkilometer, und sie waren immer noch »auf Schwarm«, d.h. der Computer des Flifs stimmte sich mit dem Netzwerk der Cloud-Arche ab und suchte den Parameterraum nach dem sichersten und effektivsten Weg ab, sich wieder in die Cloud-Arche zu integrieren und anzudocken. Das plus die erfolgreiche Beseitigung des X-37 mithilfe des Lampreys hätte das Rot, das die Parambulator-Bildschirme zum Zeitpunkt ihres Abflugs befleckt hatte, eigentlich größtenteils zum Verschwinden bringen müssen. Doch als Dinah und Ivy ihre Aufmerksamkeit wieder auf diese Bildschirme richteten, sahen diese schlimmer aus als zuvor. Warum, war nicht sofort klar. Vom Standpunkt der Mathematik und der Datenvisualisierung aus betrachtet, war Parambulator eine schöne Sache, aber es gab Zeiten, wo man einfach nur wissen wollte, was zum Teufel eigentlich los war. Man wollte ein Narrativ.

Auf Ivys Handy ging eine SMS ein. Sie kam von Markus. Ivy las sie laut vor. »Anflug unter visueller Beobachtung und manueller Steuerung«, lautete sie. »Warnung: Kollisionstrümmer.«

»Jetzt schon!?«, rief Dinah aus. Es war kein guter Start, wenn sie schon wenige Stunden nach Beginn des Harten Regens einen Bolideneinschlag erlitten hatten.

»Es war Brudermord«, sagte Ivy, die immer noch las. »Sieht so aus, als wäre eine Sub-Arche in eine Zwickmühle geraten.«

Zwickmühlen waren ein Problem, das bei Simulationen aufgetreten war. Der Schwarm als Ganzes suchte nach Lösungen, bei denen Zusammenstöße von Sub-Archen mit möglichst minimalem Aufwand an Treibstoff verhindert wurden. Im Notfall war es selbstverständlich in Ordnung, viel Treibstoff zu verbrauchen, um eine Kollision zu vermeiden. Aber es gab Situationen, in denen es in jedem Fall zu einer Kollision kam und es keinen anderen Ausweg gab, als sich für die am wenigsten schädliche Folge zu entscheiden. Zwickmühlen durften eigentlich nicht passieren.

Alles an Parambulator sollte sie verhindern. Aber die Zahl der möglichen Szenarien war unendlich, und nichts war jemals sicher. »Eine kontrollierte Kollision«, sagte Ivy, »keine Todesopfer. Aber gewisse Folgeschäden. Die momentan noch bewertet werden. Es könnten lose Trümmer herumfliegen. Deshalb will er, dass ich manuell anfliege.«

»Was für Trümmer?«, fragte Dinah. »Hartes Zeug oder...«

»Hitzeschutz, so wie es aussieht«, sagte Ivy. »Das wäre gut.« Offenbar hatte eines der Module oder eine Sub-Arche einige der Schichten aus reflektierender Folie und Isoliermaterial verloren, die sie vor der Hitze der Sonne schützen sollten. Das Zeug war federleicht und stellte deshalb wahrscheinlich keine große Bedrohung für das Flif dar. Aber bestimmt sah es auf dem Radar riesig aus und ließ Parambulator verrückt spielen.

Ivy, die im Pilotensitz saß, belegte das einzige Fenster mit Beschlag. Dinah flog nicht gerne blind und rief deshalb das Interface für die Augapfel-Kamera des Flifs auf.

Julia begann, ein unheimliches, repetitives Geräusch von sich zu geben, eine Art feuchtes, gurgelndes Dröhnen.

Sie schnarchte.

»War wohl ein langer Tag für sie«, meinte Ivy.

»Ja.« Dinah kannte keine Präzedenzfälle, die ihr einen Fingerzeig hätten geben können, was sie zu einer solchen Zeit der Präsidentin gegenüber empfinden sollte. Einerseits war ihr Verhalten verwerflich gewesen. Andererseits hatte sie binnen weniger Stunden ihren Mann, ihre Tochter, ihr Land und ihren Job verloren.

Nach einigem Schwenken der Kamera war Dinah imstande, Izzy im Bild zu zentrieren und dann heranzuzoomen. Im Augenblick befand sich Izzy auf der Nachtseite der Erde. Zu normalen Zeiten – oder was einmal normal gewesen war – wäre sie dunkel gewesen, doch nun wurde sie von unten durch die rote Glut der Atmosphäre beleuchtet, die ab und zu von bläulichen Blitzen wie Wetterleuchten durchzuckt wurde, wenn sich dreihundert Kilometer tiefer große Boliden in die Luft pflügten. Dinah hatte Izzy natürlich noch nie so beleuchtet gesehen, und es bedurfte einer gewissen Gewöhnung.

Aus der Entfernung sah Izzy ganz in Ordnung aus, doch bei stärkerer Vergrößerung begann Dinah visuelles Rauschen zu sehen, das sich allmählich in treibende Trümmerstücke auflöste – den zerfetzten Hitzeschutz, von dem Ivy gesprochen hatte.

Izzy war in den letzten zwei Jahren unfassbar kompliziert geworden. Dinah sah sie selten von weitem. Sie hatte deshalb kein ausgeprägtes Gefühl dafür, was normal war. Doch je näher sie heranzoomte, desto sicherer wurde sie sich, dass auf der Nadirseite, bei der Verbindung zwischen Swesda und Sarja, etwas Unheimliches passiert war.

So kompliziert Izzy auch sein mochte, sie war es auf geordnete, steife und stabile Weise. Die einzige Ausnahme von dieser Regel bildete Amalthea; doch selbst der Asteroid hatte mit seiner Umformung durch die Roboter der Bergbaukolonie ein regelmäßigeres Aussehen angenommen. Was Dinah nun heranzoomte, war chaotisch, und es war instabil: große Stücke Thermoschutzmaterial, die abgerissen waren und sich nun im fast nicht wahrnehmbaren Wind aufs Geratewohl bewegten. Auf den ersten Blick sah das nicht nach einer ernsten Angelegenheit aus. »Ernst« hätte eine Beschädigung des Rumpfs bedeutet, aus einem Loch schießende Luft, die vielleicht Trümmer oder gar menschliche Körper mit sich riss.

»Vielleicht allenfalls ein Tangentialstoß«, berichtete Dinah. »Ein Beinahezusammenstoß zwischen einer Sub-Arche oder sonst etwas und der Nadir-Seite von Swesda. Hat ein bisschen Hitzeschutz zerstört, aber, wenn überhaupt, nur wenig strukturellen Schaden angerichtet.«

»Laut Bericht null Schwerverletzte«, sagte Ivy. »Ein paar Beulen und Verstauchungen an Bord einer Arche. Also hast du vielleicht recht.«

»Vielleicht«, sagte Dinah. Denn mittlerweile waren sie so nahe gekommen, dass die Kamera mehr Details liefern konnte. Auf den ersten Blick kam ihr die Ausrüstung, die durch die Beschädigung des Hitzeschutzes exponiert worden war, unvertraut vor: viele lange, ordentliche Reihen kleiner, identischer Objekte, die in den gelegentlichen Blitzen von unten aufleuchteten.

Schließlich wurde ihr alles klar: Was sie vor sich hatte, war Moiras Ding. Das HGA, das Humangenetische Archiv. Moira hatte es ihr einmal gezeigt, allerdings von »innen«, vom geschlossenen und unter Luftdruck stehenden Teil aus. Jetzt sah sie das Gleiche von »außen«. Bis jetzt hatte der Hitzeschutz das immer verdeckt. Nun, da dieser abgerissen war, ließ sich die innere Struktur erkennen: die Reihen über Reihen hexagonaler Probenhalter, jeder mit seinem Inhalt von tiefgefrorenem Sperma, Eizellen oder Embryonen, die in der fast beim absoluten Nullpunkt liegenden Kälte und Dunkelheit des Raums warteten.

»Wie weit ist Moira eigentlich mit dem Verteilungsprojekt?«, fragte Dinah, wobei sie ihre Stimme zwang, entspannt zu klingen.

»Na ja... der Zeitablauf ist natürlich komprimiert worden, als wir von der Schwarzen Acht erfahren haben. So wie bei allen unseren Vorbereitungen. Aber die eigentliche Antwort lautet wohl, dass ich es nicht weiß«, sagte Ivy.

Ymir

»... und dann hat die Kraft des Vakuums die Luke gepackt, und ich habe sie zu meinem Entsetzen direkt vor mir zuknallen sehen! Ich habe versucht, sie wieder aufzukriegen, aber der Sog war zu stark. Ich kann Ihnen gar nicht sagen, Markus, wie hilflos und schuldig ich mir vorkam, als mir klar wurde, dass Dinah auf der anderen Seite festsaß.«

Markus' Blick richtete sich auf Ivy. Er hörte Julia schon eine ganze Weile zu und brauchte eine Pause.

Ivy hob die Hände. »Ich habe versucht, dieses unansehnliche Gerät zu fliegen. Ich habe gar nicht richtig kapiert, was eigentlich los war, auch als Julia versucht hat, es mir zu erklären.«

»Ja«, sagte Markus, »nicht zu fassen, dass du überhaupt imstande warst, das Ding zu fliegen. Davon werden die Leute noch in hundert Jahren reden.«

Falls es dann noch Leute gibt, dachte Dinah.

Ivy betrachtete Markus bloß langsam blinzelnd und suchte nach Anzeichen dafür, dass er es sarkastisch meinte. Er meinte es nicht so. Seine Unverblümtheit wirkte auf zweierlei Weise: Er konnte ebenso leicht mit erstaunlich großzügigen Komplimenten herausplatzen wie einen mit Worten verletzen und zur Schnecke machen.

»Hat jedenfalls meinen ganzen Grips gebraucht«, sagte Ivy.

Sie saßen um den Besprechungstisch im Tank. Markus hatte zur Bezeichnung dieser Besprechung nicht den Begriff »Untersuchung« verwendet, obwohl es das eindeutig war. Oder jedenfalls einer förmlichen Feststellung der gestrigen Ereignisse so nahe kam, wie sie jemals kommen würden. Das Ganze hatte einigermaßen zügig mit einer Zusammenfassung von Markus begonnen und war dann aus dem Ruder gelaufen, als Julia darauf bestanden hatte, ihre Geschichte »von Anfang an« zu erzählen – das hieß, wie sich herausstellte, von dem Moment an, in dem sie im Weißen Haus neben ihrem inzwischen verstorbenen Mann erwacht und hinuntergegangen war, um mit ihrer inzwischen verstorbenen Tochter zu frühstücken, geradewegs bis zum Ende der Welt und ihrem hastig arrangierten Start in den Orbit etwa sechsunddreißig Stunden später. Unterwegs war es zu einer Serie von Missgeschicken und Zufällen gekommen, die gerade wirr genug war, um einigermaßen glaubhaft zu wirken. Kein Lügner hätte sich eine solche Geschichte ausdenken können. Die Erzählung hatte trotz Markus' zunehmend häufiger und angelegentlicher Blicke auf seine Schweizer Uhr fast eine Stunde gedauert und alle anderen in einer seltsamen Mischung aus gebannt, gelangweilt, entsetzt und nachdenklich zurückgelassen.

Sie schien zu glauben, dass sie sich tatsächlich für all ihre Interaktionen mit jenen toten Menschen auf jenem toten Planeten interessierten. Das war unter Neuankömmlingen ein durchaus häufiges Missverständnis. In ihrem Fall wurde es noch dadurch beträchtlich verstärkt, dass sie daran gewöhnt war, die Präsidentin zu sein. Dem mächtigsten Menschen der Welt hörte jeder gern zu.

»Gott sei Dank«, sagte Julia, »waren wir imstande, die...«

»Ja«, sagte Markus und schnitt ihr das Wort ab. Er hatte erkennbar keine Lust mehr, noch mehr von Julia zu hören. Doch ebenso erkennbar widerstrebte es ihm auch ein wenig, zum nächsten Teil der Geschichte überzugehen.

Alle schienen es tunlichst zu vermeiden, Moira anzusehen.

»Danke, Julia«, sagte Markus in einem Ton, der deutlich machte, dass sie jetzt gehen durfte.

Julia wirkte leicht verblüfft. »Aber Dr. Crewe ist noch nicht zu Wort gekommen.«

»Aber *Sie* sind schon zu Wort gekommen«, betonte Markus. Der Hinweis kam an. Er gefiel Julia gar nicht. »Na schön«, sagte sie und stand bedächtig auf. »Wie ich schon gesagt habe, Markus, mir liegt sehr daran, mich auf jede nur mögliche Weise nützlich zu machen.«

»Das ist zur Kenntnis genommen«, sagte Markus. Über den Tisch hinweg sah er ausdruckslos Ivy an. Dinah wusste, was sie beide dachten: *Du bist hier mehr als nutzlos – deswegen bist du auch nicht eingeladen worden.* »Danke, Julia.«

Die Expräsidentin wandte sich vom Tisch ab. Vor der Tür, die ins Büro führte, blieb sie stehen und wandte sich Markus ein letztes Mal mit traurigem Hundeblick zu, vielleicht in der Erwartung, dass er sich auf den Schenkel klatschen, über den Scherz lachen und sie herzlich auffordern würde, wieder Platz zu nehmen. Als das nicht geschah, ging mit ihrem Gesicht eine Verwandlung vor, die zu beobachten Dinah leicht erschreckend fand.

Wie wäre es wohl, fragte sie sich, eines Tages Menschen mit Atomwaffen anzugreifen und kaum eine Woche später aufgefordert zu werden, eine Besprechung zu verlassen? Es versetzte Julia ersichtlich nicht in allerbeste Stimmung. J.B.F. wandte ihnen, ebenso sehr um ihr Gesicht zu verbergen wie um hinauszufinden, den Rücken zu und öffnete die Tür. In den wenigen Augenblicken, die sie offen stand, erblickte Dinah eine junge Frau mit einem Gesichtsschleier muslimischer Art, die unmittelbar davor stand und wartete. Die untere Hälfte ihres Gesichts war verdeckt, aber ihre Augen strahlten, und ihre Körpersprache verriet Vertrautheit, als sie Julia herauskommen sah. Diese streckte liebevoll die Hand nach ihr aus und legte sie ihr auf den unteren Rücken, als sie sich umdrehte. Die beiden gingen Schulter an Schulter weg, während die Tür sich schloss.

Im Tank zurück blieben Markus, Dinah, Ivy, Moira, Salvatore

Guodian und Zhong Hu, ein Wissenschaftler im Bereich angewandte Mathematik, der, was Schwarmdynamik anging, ihr Cheftheoretiker war. Andere wussten mehr über Orbitalmechanik und Raketentriebwerke – die althergebrachten Techniken des Umgangs mit den Flugbahnen von Raumfahrzeugen –, aber Zhong, ein Spezialist für komplexe Systeme, war der Hauptarchitekt von Parambulator und der einzige Mensch, der richtig verstehen und erklären konnte, was in einem Schwarm schiefging oder klappte.

Er hatte den größten Teil seines Lebens in Peking verbracht, war aber lange genug an westlichen Universitäten gewesen, um sich auf Englisch gut verständigen zu können. Auf ein Nicken von Markus hin sagte er: »Ich habe untersucht, was passiert ist. Wie wir bereits wissen, ist es zu einem Zwickmühlen-Ereignis gekommen, das zu einem Bums geführt hat.« Das war eine höfliche Umschreibung für eine leichte Kollision zwischen Sub-Archen. »Aber trotzdem hatte Sub-Arche 214 so viel Kontrollgewalt, dass sie das zweite Ereignis hätte vermeiden können.«

»Warum hat sie es dann nicht getan?«, fragte Markus.

»Der Algorithmus hat einen Beinahezusammenstoß vorausgesagt, deshalb hat sie außer routinemäßigen Lagekorrekturen keine Maßnahmen ergriffen. Der menschliche Anwender war abgelenkt und desorientiert und hat daher gezögert, den Kurs manuell zu korrigieren.«

»Ich kann ihm keinen Vorwurf machen«, sagte Markus, »schließlich haben wir sie oft genug vor den Folgen des Fliegens von Hand gewarnt. Aber was ist mit dem Algorithmus schiefgelaufen?«

»Nichts ist damit schiefgelaufen«, sagte Zhong. »Er hatte schlechte Daten. Ich zeige es dir.« Durch mehrmaliges Antippen seines Tablets rief er auf dem großen Bildschirm über dem Konferenztisch ein dreidimensionales Modell von Izzy auf. Auf den ersten Blick schien es einigermaßen aktuell zu sein; es stellte Module und Raumfahrzeuge dar, die erst in den letzten Tagen zu dem Komplex gestoßen waren.«Das ist das Modell, das das System gestern zur Kollisionsvermeidung verwendet hat.«

Er strich mit dem Finger über sein Tablet und drehte das Modell auf dem Bildschirm dadurch so, dass sie auf die Nadir-Seite schauten. Er zoomte den Komplex von Kühllagereinheiten heran, die am vorderen Ende des Swesda-Moduls hervorragten. Die Ansicht glich in etwa der, die Dinah tags zuvor vom Flif aus gehabt hatte.

»Moment mal, ist das das genaue Modell? Ist das alles?«, fragte Ivy.

»Ja«, sagte Zhong.

»Das enthält nicht den Hitzeschutz«, erklärte sie. »Der fügt der Kollisionshülle mindestens einen Meter hinzu.«

»Das stimmt«, sagte Zhong. »In dieser Hinsicht ist dieses Modell veraltet. Wir haben es inzwischen durch eine verbesserte Version ersetzt.«

Wie alle begriffen, trug daran niemand die Schuld. Die Architekten bemühten sich seit fast zwei Jahren, ihr dreidimensionales Modell von Izzy auf dem Laufenden und akkurat zu halten: eine fast unmögliche Aufgabe, da Izzy sich jeden Tag änderte. Weiche Bestandteile wie etwa Hitzeschutzabdeckungen bekamen in aller Regel eine niedrigere Priorität. Menschen, die das Modell betrachteten, würden sie im Geiste hinzufügen. Computer waren nicht so schlau.

»Trotzdem«, sagte Markus, »wir nehmen das Modell cum grano salis. Keine Sub-Arche sollte je so dicht vorbeiziehen.«

»Ich will dir zeigen, was passiert ist«, sagte Zhong und öffnete ein Video, das von einer externen, offenbar an einer der Gitterstrukturen angebrachten Kamera aufgenommen worden war.

Das Humangenetische Archiv und die es umgebende Wärmeschutzhülle befanden sich nicht in der Mitte des Bildes, sondern in dessen unterer rechter Ecke. Der Kamerawinkel war also nicht ideal. Aber sie konnten sehen, was passierte. Die Sub-Arche kroch ganz allmählich von der Steuerbordseite heran, mit einer Annäherungsgeschwindigkeit, die nicht größer war als ein langsames Gehen.

»Ist das in Echtzeit?«, fragte Sal.

»Ja. Weil es sich um eine Annäherung mit extrem niedriger Geschwindigkeit handelte, wurde es nicht als furchtbar gefährlich angesehen.«

»Es sieht so aus, als würde es ein Beinahezusammenstoß«, sagte Sal.

»Das war es auch – bis dahin«, sagte Zhong und schaltete auf Standbild um. Es war nicht leicht auszumachen, aber sie konnten einen winzigen Blitz am vorderen Hof von Sub-Arche 214 sehen. »Die Steuerrakete zündet – eine kleine Kurskorrektur unter automatischer Kontrolle.« Er ließ das Video vorlaufen. Der Blitz verblasste, dehnte sich jedoch zu einer trüben grauen Wolke aus. »Abgase. Die sich rasch ausdehnen, aber ziemlich schnell verflüchtigen.« Er ließ das Video mehrere Standbilder vorlaufen, bis sie sehen konnten, wie die Hitzeschutzhülle vom Abgasstrahl eingedrückt wurde. Zwischen zwei aneinanderstoßenden Hüllensegmenten riss eine Naht, und ein Segment flatterte auf wie ein von einem Windstoß erfasster Lappen.

Jetzt ließ Zhong das Video laufen, und sie sahen, wie der hintere Hof der Sub-Arche den losen Lappen erfasste, abriss und das Humangenetische Archiv damit dem orangefarbenen Strahlen der Erdatmosphäre aussetzte.

Ivy sagte: »Wenn die Steuerrakete nicht im falschen Moment gezündet hätte...«

Zhong nickte. »Wäre Sub-Arche 214 mit zwei Metern Spielraum darunter durchgeflogen. Kein Spielraum, auf den man stolz sein kann. Aber es hätte gereicht.«

Nach kurzem Schweigen fügte Zhong hinzu: »Das Hitzeschutzsystem des HGA hätte besser konstruiert sein können.«

Erneutes Schweigen, in dem alle anderen abwarteten, wer

wohl als Erster lachen würde. Wenn es keinen finsteren Humor gäbe, hätten sie überhaupt keinen.

Zhong schien das zu spüren. »Ich meine damit, dass es für normale thermische Beanspruchung ausgelegt war.«

»Das heißt Sonnenschein«, sagte Dinah.

»Ja. Nicht für Strahlungshitze, die von der Atmosphäre darunter ausgeht.«

»Das gilt natürlich für viele Teile von Izzy«, sagte Markus. »Inzwischen haben wir überall thermische Überbeanspruchungen. Moira, welcher Schaden ist entstanden?«

Für die beiläufige Art, wie Markus die Frage einwarf, musste Dinah ihm eine gewisse Raffinesse zugutehalten. Moira, die während der ganzen Besprechung still gewesen war, brauchte einen Moment, um sich aus ihrer Gedankenverlorenheit zu lösen.

»Tja«, sagte sie schließlich, »wie Zhong schon gesagt hat, das Hitzeschutzsystem...«

»...war schlecht«, sagte Markus. »Das wissen wir.«

»Es gab kein Backup-System.«

Markus sagte: »Natürlich nicht. Das Kühlsystem für das HGA war der Rest des Universums. Wir rechnen nicht damit, ein Backup-System für den Rest des Universums zu brauchen. Wir können uns darauf verlassen, dass es meistens kalt ist.«

»Wegen des aufgrund der Schwarzen Acht beschleunigten Zeitplans...«

»Stopp«, sagte Dinah.

Alle sahen sie an.

»Sehen wir zu, dass wir das hinter uns kriegen«, sagte sie. »Hört zu. Als ich vierzehn war, ist eine der Minen meines Dads eingestürzt, und elf Angestellte sind ums Leben gekommen. Es war schrecklich. Er ist nie richtig darüber hinweggekommen. Natürlich wollte er wissen, was passiert ist. Wie sich herausstellte, war es eine lange Geschichte. Eins führte zum anderen, und das wieder zu etwas anderem... die einzelnen Schritte waren alle nachvollziehbar, aber niemand hätte das Ganze kommen sehen können. Natürlich fühlte er sich trotzdem verantwortlich, aber er war es nicht, jedenfalls nicht in irgendeinem normalen Sinne dieses Wortes.

Also, Folgendes ist passiert«, fuhr Dinah fort. »Sean Probst hat eine Firma zur bergmännischen Ausbeutung von Asteroiden gegründet, die einen Haufen Kleinsatelliten hochgeschickt und Daten über erdnahe Asteroiden gesammelt hat, die er geheim gehalten hat. Auf seiner Reise zu Gregs Skelett hat er diese Datenbank mitgenommen. Sein Funkgerät ist von einem Stein getroffen und zerstört worden, also konnte er nicht kommunizieren. In letzter Minute, als es praktisch schon zu spät war, kam er auf die Idee, sich die Datenbank anzusehen. Er erfuhr von der Schwarzen Acht. Er hat mich alarmiert, ich habe Doob alarmiert, Doob hat alle anderen alarmiert, und wir haben den Zeitplan für alles beschleunigt. Moira hat das seit über einem Jahr geplante Projekt gestartet, die HGA-Proben auf die Sub-Archen zu verteilen. Wie jedes andere Projekt in der Geschichte des Universums lief es zunächst langsam, weil sich alle möglichen Schwierigkeiten ergaben. Hinzu kam, dass wegen der Schlusstour sämtliche Flifs belegt und sämtliche Raumanzüge in Gebrauch waren. Also hat sich nicht viel getan. Es war natürlich sicherer, die Proben im HGA kühl zu lagern, während alle diese logistischen Probleme gelöst wurden. Die Schlusstour fand statt, und eine Menge Zufallsscheiß wurde in unsere ungefähre Richtung geschossen und hat Parambulator aufleuchten lassen wie verrückt. Sub-Archen sind ziemlich regelmäßig in Zwickmühlen geraten. Fast hätten wir ein paar verloren. Ivy und ich sind im Flif losgedüst, um Julia zu holen, und haben wahrscheinlich jede Menge zusätzliches visuelles Rauschen und Chaos zu dem Problem beigetragen. Dann ist passiert, was wir gerade gesehen haben. Sub-Arche 214 hat den größten Teil des schlecht konstruierten Hitzeschutzsystems vom HGA abgerissen und es damit der direkten

Strahlung der Erdatmosphäre ausgesetzt. Die Proben haben sich allesamt erwärmt, ehe ein Ersatzhitzeschutz improvisiert werden konnte. Alle diese Proben sind zerstört worden. Richtig, Moira?«

Moira, die ihrer Fähigkeit zu sprechen offenbar nicht traute, nickte.

»Okay«, sagte Dinah. »Deshalb, glaube ich, will Markus eigentlich wissen, wie viele von den Proben im HGA tatsächlich in sichere Kühllagerung befördert worden sind, ehe das passiert ist. Mit anderen Worten, wie viele haben überlebt?«

Moira räusperte sich und sagte mit schwacher Stimme: »Ungefähr drei Prozent.«

»Okay. Ich habe nur noch eine weitere Frage«, sagte Markus. »Hast du schon mit Doob gesprochen?«

»Ich bin mir sicher, dass er es ahnt«, sagte Moira, »aber ich habe es ihm noch nicht offiziell mitgeteilt. Ich wollte zuerst absolut sicher sein.«

»Bist du das jetzt?«

»Ja.«

Markus nickte und brachte einige Augenblicke damit zu, etwas in sein Handy zu tippen. »Ich lade ihn ein, sofort hierher zu mir und Moira zu kommen«, sagte er.

Alle außer Markus und Moira standen auf, um zu gehen. Markus hob die Hand, um sie aufzuhalten. »Bevor ihr geht, möchte ich noch etwas zu dem Humangenetischen Archiv sagen, das wir verloren haben.«

Dann hielt er effektvoll inne, bis alle ihn ansahen.

»Es war von Anfang an Quatsch«, sagte er.

Alle brauchten einen Moment, um das zu bedenken.

»Willst du das Doob sagen?«, fragte Ivy.

»Natürlich nicht«, sagte Markus. »Aber der eigentliche Zweck des HGA war Politik auf der Alten Erde.«

»Nennen wir sie jetzt so? Die Alte Erde?«, fragte Sal fasziniert.

»Ich nenne sie so«, sagte Markus, »in den zunehmend selteneren Momenten, in denen ich tatsächlich an sie denke.«

»Danke, Markus«, sagte Moira.

Er hatte es natürlich gewusst. Izzys Komplexität war so groß, dass sie über ihre geringe Größe hinwegtäuschte: ein paar Hundert Leute, einsortiert in ein Volumen von der Größe einiger Passagierjets. Neuigkeiten sprachen sich rasch herum. Binnen weniger Stunden wussten alle, dass das Humangenetische Archiv fast vollständig zerstört worden war.

Er war bei Markus und Moira im Tank. Sie schauten ihn über den Tisch hinweg an und warteten geduldig auf irgendeine Reaktion.

»Hört zu«, sagte er schließlich, »Doc Dubois gibt es nicht mehr. Das war eine Rolle, versteht ihr? Bloß eine Shownummer. Ich bin eine Privatperson. Ich drücke nicht spontan meine Gefühle aus. Schon gar nicht, wenn Leute mir zusehen und das erwarten. In einem Jahr, wenn ich allein bin, wenn ich am wenigsten damit rechne, werde ich deswegen weinend zusammenbrechen. Aber nicht jetzt. Nicht, dass ich keine Gefühle hätte. Aber meine Gefühle gehören mir.«

»Es tut mir sehr leid, dass das passiert ist«, sagte Moira.

»Danke«, sagte Doob, »aber lass mich sagen, was wir alle denken. Gestern sind sieben Milliarden Menschen gestorben. Verglichen damit ist der Verlust einiger genetischer Proben gar nichts. Der Embryo, den Amelia und ich miteinander gezeugt haben und den ich mit hierhergebracht habe... tja, das war ein besonderer Gefallen, den J.B.F. mir getan hat, als Anreiz, hier heraufzukommen. Niemand sonst hat so eine Vorzugsbehandlung bekommen. Es war unfair. Das habe ich gewusst. Ich habe es trotzdem akzeptiert. Das wäre also erledigt.«

»Ja«, sagte Markus. »Das wäre erledigt. Wenn wir nach vorn schauen...«

»Aber ich teile nicht unbedingt Ihre Auffassung«, sagte Doob, »dass das HGA so unbedeutend war.«

Markus zügelte seine Ungeduld und zog die Augenbrauen hoch. Doob sah Moira an. »Wie lautete der Ausdruck, den du verwendet hast? Heterozygosität?«

»Ja«, sagte Moira. »Der erklärte Zweck des HGA bestand darin, eine hinreichend vielfältige genetische Basis für die menschliche Rasse sicherzustellen.«

»Für mich hört sich das wichtig an«, sagte Doob. »Was habe ich übersehen?«

»Wir haben Zehntausende in digitaler Form aufgezeichnete menschliche Genome. Aus sämtlichen verschiedenen Teilen der Welt.«

»Da hast du doch deine Heterozygosität. Das war doch deine Rede«, half Doob ihr auf die Sprünge. »Deswegen« – er blickte kurz auf Markus – »wurde das HGA eigentlich nicht gebraucht.«

»Ja, aber es gibt ein Aber«, sagte Moira.

»Okay, was ist das Aber?«

»Die digitalisierten Sequenzen sind, wie du sicher verstehen wirst, nur dann von Nutzen, wenn wir die Ausrüstung haben, die man braucht, um sie in funktionierende Chromosomen in lebensfähigen menschlichen Zellen zu transkribieren. Um eine Spermaprobe zu verwenden, brauchen wir dagegen nur eine Truthahnpipette und ein bisschen Gleitmittel. Aber um eine DNS-Sequenz zu verwenden, die auf einem USB-Stick gespeichert ist, brauchen wir ...«

»Sämtliche Ausrüstung in deinem Labor«, sagte Doob.

Moira machte ein leicht ungeduldiges Gesicht. »Was du als mein Labor bezeichnest, hat mit einem richtigen Labor ungefähr so viel zu tun wie ein paar Einsen und Nullen auf einem USB-Stick mit einem lebenden Menschen. Es ist eine Sammlung in Kisten verpackter Ausrüstung, die in der Schwerelosigkeit noch nicht einmal ausgepackt und benutzt werden kann. Und selbst wenn wir alles aufbauen und einschalten würden, wäre es ohne eine Belegschaft von promovierten Molekularbiologen nutzlos.«

»Wirklich? *Nutzlos?*«, fragte Markus.

Moira seufzte. »Arbeiten im kleinen Maßstab, immer eine Probe auf einmal, das ist einfach. Aber um eine genetisch vielfältige menschliche Bevölkerung zu rekonstruieren...«

»Aber Moira«, sagte Markus, »das können wir doch ohnehin erst, wenn zig andere Dinge vorhanden sind. Eine große Bevölkerung kann nicht in Sub-Archen leben und Algen essen. Wir müssen zuerst eine lebensfähige und sichere Kolonie schaffen. Dann bauen wir dein Labor. Dann schaffen wir ein vielfältigeres Ökosystem: bessere Nahrungsmittel, größere Stabilität. Erst dann können wir uns auch nur ansatzweise Gedanken über die Heterozygosität der menschlichen Bevölkerung machen. Bis dahin haben wir genug Menschen, die gesunde, nicht inzüchtige Kinder zeugen können, und zwar einfach durch das übliche Verfahren des Miteinandervögelns.«

»Das stimmt alles«, sagte Moira.

»Und das ist die Grundlage meiner Äußerung, dass das HGA Quatsch war«, schloss Markus.

»Sie sagen«, sagte Doob, »wenn alle anderen Voraussetzungen – die Kolonie, das Ökosystem, die Befähigung – gegeben wären, die erforderlich wären, um das HGA tatsächlich nutzen zu können...«

»...dann bräuchten wir es nicht mehr, ja, genau das meine ich!«, sagte Markus. »Können wir jetzt bitte aufhören, Zeit damit zu verschwenden?«

»Wie würdest du deine Zeit denn *lieber* verwenden, Markus?«, fragte Moira und bedachte Markus mit einem amüsierten, eulenhaften Blick durch ihre Brille.

»Damit, dass wir darüber reden, wie wir dahin kommen. Wie wir die Situation realisieren können, über die wir gerade gesprochen haben.«

»Und wie könnte ich dazu beitragen, wenn man bedenkt, dass das HGA zu siebenundneunzig Prozent vernichtet ist und meine Ausrüstung noch für lange Zeit nicht verwendbar sein wird?«

»Ich möchte darüber reden, wie man diese Ausrüstung erhalten kann«, sagte Markus, »sie für alle Notfälle erhalten und sie dann in eine sichere Lage bringen kann, sodass wir eines Tages dieses Labor konstruieren können, von dem du sprichst.«

»Sie ist doch jetzt schon so sicher, wie es nur geht, oder?«, fragte Moira. »Sie hat so etwas wie eine privilegierte Position an Node X bekommen – ganz dicht bei Amalthea. Sie lebt nicht so gefährlich wie *wir* im Moment.«

Sie spielte auf die von Architekten häufig diskutierte Vorstellung an, dass es im Windschatten von Amalthea angeblich einen Kegel der Geschütztheit gab. Insofern als die Flugbahnen sich nähernder Boliden voraussehbar waren, konnte man ihnen Amalthea entgegendrehen und den Asteroiden als eine Art Rammbock verwenden. Seine Vorderseite würde einiges abbekommen – aber ein solider Brocken aus altem Nickel/Eisen konnte auch eine ganze Menge überstehen. Alles, was auf seiner Rückseite lag, wäre gegen praktisch alle Risiken geschützt. Aber natürlich reichte die geschützte Zone nicht unendlich weit. Je weiter man hinter Amalthea lag, desto größer war die Wahrscheinlichkeit, von einem in schrägem Winkel anfliegenden Boliden getroffen zu werden. Die Bergbaukolonie befand sich in der sichersten Position, da sie ihrem Wesen nach direkt am Asteroiden sein musste. Fast genauso sicher war die Gruppe von Modulen, die unmittelbar hinter dem SCRUM mit Node X verbunden waren, und dort war Moiras ganze Ausrüstung untergebracht. Dahinter verjüngte sich die geschützte Zone zu einem langen Spitzkegel, um schließlich irgendwo hinter dem Betriebsabteil ganz aufzuhören. Als Moira über das »gefährliche Leben« scherzte, bezog sie sich auf den Umstand, dass T3, der dritte Torus, in dem sie gerade saßen, ziemlich ausladend und ziemlich weit achtern und damit den Grenzen dieses Kegels nahe war. Man hatte sich bemüht, seine Abschirmung zu verstärken, aber er war trotzdem stärker gefährdet als andere Teile von Izzy.

Markus nickte. »Dein Zeug ist ziemlich sicher. Aber es wäre noch sicherer, wenn wir es ins Innere von Amalthea beförderten. Ich habe mit Dinah darüber geredet. Sie sagt, man könnte Hohlräume schaffen und Dinge von großer Wichtigkeit darin unterbringen.«

Schweigen, während Doob und Moira darüber nachdachten.

Auf einer Ebene war Markus' Vorschlag vollkommen naheliegend. Natürlich wäre im Inneren eines riesigen Metallasteroiden alles sicherer.

Auf einer anderen Ebene hatte der Vorschlag Weiterungen.

Vor wenigen Tagen – vor dem Weißen Himmel, das letzte Mal, dass irgendwer klar denken konnte – hatte das Schicksal von Amalthea und der Bergbaukolonie noch zur Debatte gestanden. War der Asteroid der Klotz in der Schubkarre, den man loswerden musste? Oder war er der Schild, der die gesamte Menschheit beschützen würde? Die Auseinandersetzung war auf Statistik hinausgelaufen. Sie hatten einfach nicht genügend Daten, um eine Entscheidung treffen zu können.

Mit dem Vorschlag, Moiras Ausrüstung ins Innere von Amalthea zu verlegen, schien sich Markus auf eine bestimmte Vorgehensweise festzulegen.

Dieser Vorgehensweise pflichtete Doob instinktiv bei. Doch dass sich ein Mensch wie Markus einfach für eine Vorgehensweise entschied, ehe die Zahlen bekannt waren, war ein wenig seltsam.

Oder wusste er etwas, was Doob nicht wusste?

Moira schaltete jedenfalls schneller. »Und wenn wir Abladen und Verschwinden?«

Sie sprach von einem häufig diskutierten und durchgespielten Vorgehen, bei dem man Amalthea abtrennen und zurücklassen und Izzy, leichtgewichtig, aber ungeschützt, auf eine höhere Umlaufbahn heben würde, wo weniger Boliden herumflogen.

»Dann müssten wir den ganzen Kram zuerst wieder in Node X zurückschaffen«, sagte Markus. »Oder wo auch immer wir es für am sichersten hielten.«

Das rief einen fragenden Blick von Moira hervor. Markus hob die Hände. »Aber ich verstehe deinen Standpunkt. Ich habe immer mehr Vorbehalte gegen das Abladen und Verschwinden.«

»Du weißt, was ich von den Schwarmbefürwortern halte«, sagte Moira.

Sie bezog sich auf eine andere grundlegende Verfahrensweise, den »Reinen Schwarm«, bei dem alles – vermutlich inklusive Moiras Labor – auf die Sub-Archen aufgeteilt würde, die sich dann kollektiv auf eine höhere Umlaufbahn bewegen würden. Menschen und Güter würden sich im Rahmen einer dezentralisierten, marktbasierten Ökonomie zwischen ihnen hin und her bewegen.

»Hört zu«, sagte Markus, »jetzt, wo auf der Erde alle tot sind und wir uns nicht mehr mit so viel Quatsch herumschlagen müssen, werdet ihr feststellen, dass Zhong und die anderen eine etwas differenziertere Sichtweise haben, als sie vorher haben durchblicken lassen.« Er sprach von dem Umstand, dass Zhong Hu, als der führende Schwarmtheoretiker und geistige Schöpfer von Parambulator, als Schwarmbefürworter galt.

Doob nickte. Es bedurfte immer noch einiger Anstrengung, sich klarzumachen, dass die Millionen von Internetkommentatoren, die sich für diese oder jene Strategie ausgesprochen hatten, jetzt allesamt Geister waren.

»Sie wissen irgendetwas«, platzte Doob heraus. Dann, noch während ihm der Gedanke kam, fügte er hinzu: »Von Dinah. Das Funkgerät.«

»Ja«, sagte Markus. »Die *Ymir* ist im Anflug – heiß, hoch und schwer.« Er setzte die letzten drei Wörter mit den Händen in Anführungszeichen.

»Was heißt denn das?«, fragte Moira. »Sie besteht aus Eis, wie kann sie da heiß sein?«

»Sie kommt mit hoher Annäherungsgeschwindigkeit. Nicht unbeherrschbar. Aber ... ziemlich aufregend.«

»Und ›hoch‹?«, ermunterte ihn Doob.

»Sean hat außerdem seine Params übermittelt«, sagte Markus. »Wie es aussieht, hat er uns einen großen Gefallen getan. Er hat den Ebenenwechsel vollzogen, als das noch leicht zu machen war, weit draußen bei L1.«

»Das heißt, wenn er sagt, er kommt hoch herein«, sagte Doob, »dann bedeutet das, *Ymir* hat eine hohe Bahnneigung – nahe unserer?«

»Sehr nahe unserer«, bestätigte Markus. »Er legt uns diesen großen Brocken Eis praktisch in den Schoß.«

»Also«, sagte Moira, »schickt sich zu allem Überfluss nun auch noch Sean Probst an, uns einen Kometen auf den Kopf zu werfen?«

»Ein Stück von einem Kometen.«

»Ein großes Stück«, vermutete Doob, »wenn er eigens von ›schwer‹ spricht.«

»Die Zahl war eindrucksvoll.« Während Markus das sagte, wandte er sich Doob zu und schaute ihm in die Augen.

»O wow«, sagte Doob, »reicht es etwa für den Großen Sprung?«

»Wenn wir es hinkriegen, dass die *Ymir* mit Izzy zusammentrifft, dann ja«, sagte Markus. »Dann ist es mehr als genug.«

Der Große Sprung war die dritte der grundlegenden Optionen. Er bedeutete, Izzy in ihrer Gesamtheit – einschließlich Amalthea – auf eine viel höhere Umlaufbahn zu heben. Wegen der Menge des dafür erforderlichen Treibstoffs hatte man das für unwahrscheinlich gehalten. Nicht bloß für unwahrscheinlich, sondern – mangels der zeitigen Rückkehr der *Ymir* – für physisch unmöglich. Die Befürworter dieser Lösung hatten, weil sie nicht mehr an Seans Chancen glaubten, in letzter Zeit in aller

Regel abgespeckte Varianten vorgeschlagen, wie etwa die, einen kleinen Prozentsatz von Amalthea in Bolidendeflektoren umzuformen und den größten Teil ihrer Masse loszuwerden.

»Auch für den Ebenenwechsel?«, fragte Doob.

Der Anflug eines Lächelns trat auf Markus' Gesicht. Er wusste genau, was Doob dachte. Denn Doob hatte sich Kluft nicht aus dem Kopf schlagen können und Bilder seines Lieblingsstücks des Mondes Markus, Konrad, Ulrika, Ivy und einigen anderen gezeigt, die die informelle Machtstruktur der Cloud-Arche zu bilden schienen.

»Um Klartext zu reden«, sagte Markus. »Wenn ich vom Großen Sprung rede, dann meine ich das ganz ernst. Wir nehmen Amalthea komplett mit. Wir heben die Umlaufbahn auf die des Mondes an. Wir wechseln die Ebene. Wir zirkularisieren. Und landen sicher und wohlbehalten auf Kluft.«

»Und die *Ymir* hat genug Wasser für diese Mission dabei?«

»Ja«, sagte Markus, »wenn wir sie kontrollieren und herbringen können.«

»Ist das nicht Sean Probsts Aufgabe?«, fragte Moira.

»Nicht mehr«, sagte Markus. »Die Informationen, die ich euch gerade mitgeteilt habe, waren in Seans letztem Funkspruch enthalten.«

Moira und Doob sahen ihn scharf an.

»Die gesundheitliche Situation war dort schon lange nicht mehr so gut«, erklärte Markus. »Sean ist als letztes Mitglied der Expedition gestorben.«

»Wollen Sie damit sagen, die *Ymir* ist ein Geisterschiff?«, fragte Doob.

»Ja.«

»Und es gibt keine Möglichkeit, sie fernzusteuern«, vermutete Moira.

»Leider kann uns Dinahs Morsealphabet in dieser Hinsicht nicht helfen«, pflichtete Markus bei.

»Also muss jemand...«

»Also muss jemand hin und auf diesem mordsmäßigen Eisbrocken landen«, sagte Markus, »und in die *Ymir* reinkommen, den Atomreaktor neu starten und die letzten Brennstöße vornehmen, die ihre Umlaufbahn mit der von Izzy synchronisieren.«

»Wer zum Teufel...«, begann Doob, aber Markus schnitt ihm das Wort ab, indem er auf sich selbst zeigte. Er tat das auf eine etwas sonderbare Weise, die, mit Absicht oder nicht, wie die Pantomime eines Selbstmords mit einer Pistole aussah. Er sagte: »Morgen übergebe ich Ivy das Kommando über Izzy und die Cloud-Arche. Ich stelle eine Besatzung zusammen, die in einem MIF abfliegen und mit der *Ymir* zusammentreffen wird. Wir werden an Bord gehen und die Prozeduren ausführen, die erforderlich sind, um sie unter Kontrolle zu bringen und ihre Ladung zu Izzy zu schaffen. Dann werden wir das, was von dem Eis noch übrig ist, benutzen, um Izzys Bahn anzuheben – und wir werden Amalthea auf den Großen Sprung mitnehmen.«

»Das ist... keine Kleinigkeit«, sagte Moira. »Wer weiß davon? Wann wolltest du es bekanntgeben?«

»Ich habe das gerade eben entschieden«, seufzte Markus. »Hör zu, es ist die einzige Möglichkeit. Insgeheim habe ich sowohl Abladen und Verschwinden als auch den Reinen Schwarm immer für zu riskant gehalten. Was mit dem HGA passiert ist, macht das nur noch offensichtlicher. Das einzig kluge Vorgehen ist der Große Sprung. Er wird lange dauern – so ungefähr zwei Jahre. Doch während dieser ganzen Zeit lassen sich die wichtigsten Ressourcen im Innern von Amalthea unterbringen. Und damit meine ich dich und deine Ausrüstung, Moira. Du kannst von der Bergbaukolonie sämtliche Ressourcen haben, die du brauchst, um einen sicheren Ort für dein Genetiklabor zu schaffen.«

»Okay«, sagte Moira, »ich rede mit Dinah.«

»Rede mit dem- oder derjenigen, die sie delegiert«, sagte Markus. »Dinah wird mich auf der Expedition begleiten müssen. Ich brauche sie zur Bedienung dieser verdammten Roboter.«

»Wie kann ich helfen?«, fragte Doob. Er fragte sich, ob Markus ihn vielleicht auch zwangsverpflichten würde und war hin- und hergerissen zwischen Angst und schrecklicher Vorfreude.

»Kriegen Sie raus, wie wir das Ganze anstellen«, sagte Markus, nachdem er einige Momente lang überlegt hatte. »Legen Sie einen Kurs für Kluft fest.«

»Ja«, sagte Doob. »Wird gemacht.« Der kleine Junge in ihm war geknickt, weil er nicht auf das Abenteuer mitdurfte. Dann erinnerte er sich, dass er bereits beim größten Abenteuer aller Zeiten mitmachte und dass es bis jetzt durchweg erbärmlich gewesen war.

Jedes sinnvolle Gespräch über Weltraumreisen wurde in Begriffen von »Delta v« geführt, womit die Zu- oder Abnahme der Geschwindigkeit gemeint war, die ein Raumfahrzeug unterwegs aufbringen musste. Denn als übliche mathematische Abkürzung wurde der griechische Buchstabe Delta (Δ) in der Bedeutung »Änderung des Grades von…« verwendet, und v war die Abkürzung des lateinischen Wortes *velocitas*, Geschwindigkeit. Die Worte »Delta v« waren somit das, was man hörte, wenn Ingenieure diese Symbole laut vorlasen.

Wie die Geschwindigkeit, so wurde auch Delta v in Metern pro Sekunde gemessen. Nach den Maßstäben dessen, was Markus inzwischen die Alte Erde nannte, waren die Werte von Delta v, mit denen bei Diskussionen über Raumflug um sich geworfen wurde, in aller Regel hoch. Die Schallgeschwindigkeit – alias Mach 1 – beispielsweise betrug dreihundert und etwas Meter pro Sekunde, und die meisten erdgebundenen Menschen würden das für verdammt schnell halten. Doch für die meisten Leute, die über Weltraummissionen sprachen, war das kaum der Rede wert.

Eine übliche Bezugsgröße war das Delta v, das aufgebracht

werden musste, um etwas von einer Startplattform auf der Alten Erde in eine Umlaufbahn wie die von Izzy zu befördern. Es betrug 7660 m/s oder mehr als das Zweiundzwanzigfache der Schallgeschwindigkeit: für jedes in einer Atmosphäre gefangene Objekt eine undenkbare Zahl. Sobald allerdings ein Raumschiff die Umlaufbahn erreicht hatte, wurden die Dinge einfacher: Raketentriebwerke arbeiteten effizienter, Luftwiderstand und Flatterschwingung fielen weg, und die Folgen eines Versagens waren nicht unvermeidlich katastrophal. Um es von A nach B zu bringen, musste man es mit dem richtigen Delta v zum richtigen Zeitpunkt anstoßen.

Sean Probsts Delta-v-Geschichte von seinem Abschied von der Erde bis zu seinem Abschied aus dem Leben sah ungefähr wie folgt aus: Der Start von festem Boden zu Izzy am 68. Tag hatte einer naiven Berechnung zufolge 7660 m/s erfordert; aber wie jeder Weltraumveteran wusste, erhöhte sich der Wert aufgrund von Verlusten durch atmosphärische Reibung und der Notwendigkeit, die Erdschwerkraft zu überwinden, auf eher 8500 bis 9000 m/s.

Sobald er Larz und den größten Teil von Dinahs Robotern abgeholt hatte, hatte er ein Manöver zum Wechsel der Bahnebene durchführen müssen, um von Izzys Umlaufbahn – die eine Neigung von etwa sechsundfünfzig Grad zum Äquator aufwies – auf die äquatoriale Umlaufbahn zu kommen, in der die *Ymir* zusammengebaut wurde. Dies war einer jener Sachverhalte, bei denen die menschliche Intuition vollkommen falschlag. Die Umlaufbahn von Izzy und die Umlaufbahn von *Ymir* schienen sich in fast allen Belangen gar nicht so sehr zu unterscheiden. Beide lagen ein paar Hundert Kilometer über der Atmosphäre. Beide waren im Wesentlichen kreisförmig (im Gegensatz zu elliptisch). Und beide verliefen in die gleiche Richtung um die Erde. Der einzige wirkliche Unterschied zwischen ihnen war ihre unterschiedliche Neigung. Und dennoch war das Delta v, das aufgebracht werden musste, um von einer in die andere zu gelangen, so groß, dass ein eigener Raketenstart erforderlich gewesen war, um Seans Fahrzeug mit dem nötigen Treibstoff zu versorgen. Sobald die *Ymir* zusammengebaut war, war ein Delta v von etwa dreitausendzweihundert Meter pro Sekunde nötig gewesen, um sie in eine sehr langgestreckte, elliptische Umlaufbahn zu bringen, die sie zu L1 befördert hatte. Unterwegs hatte sich erneut das Problem des Wechsels der Ebene gestellt. Im Sonnensystem war im Wesentlichen alles, einschließlich des Kometen Grigg-Skjellerup, auf eine flache Scheibe mit der Sonne als Mittelpunkt beschränkt. Die imaginäre Ebene durch diese Scheibe hieß Ekliptik. Praktischerweise für Menschen, die Jahreszeiten mochten, aber weniger günstig für interplanetare Reisende bildeten die Erdachse und der Äquator bezüglich der Ekliptik einen Winkel von 23,5 Grad, und um diesen Wert war die ursprüngliche Umlaufbahn der *Ymir* davon abgewichen. Zum Glück waren Manöver zum Wechsel der Ebene sehr viel weniger »teuer« (d. h., sie erforderten sehr viel weniger Delta v), wenn sie weit weg durchgeführt wurden; und die *Ymir* flog natürlich sehr weit weg. Also hatten sie den Ebenenwechsel draußen in L1-Reichweite im Zuge desselben Brennstoßes vorgenommen, der insgesamt zweitausend Meter pro Sekunde ergeben und sie durch den L1-Gateway in den heliozentrischen Orbit befördert hatte.

Diese Umlaufbahn hatte über ein Jahr später die des Kometen Grigg-Skjellerup geschnitten. Während die *Ymir* sich dem Kometenkern genähert hatte, hatte sie weitere zweitausend Meter pro Sekunde Delta v aufgewendet, um ihre Umlaufbahn mit seiner zu synchronisieren.

Alle diese Manöver bis zur Ankunft bei Grigg-Skjellerup waren mithilfe von *Ymirs* Raketentriebwerken ausgeführt worden, die ganz und gar konventionell waren: Sie verbrannten Treibstoffe (Brennstoff und Oxidator) in einer Kammer, wodurch ein heißes Gas entstand, das aus einer Düse austrat und Schub erzeugte. Der letzte Brennstoß hatte ihre Treibstofftanks geleert, sodass es sich um eine Einfachfahrt handelte, sofern sich das nukleare Antriebssystem nicht einschalten ließ. Noch nie war ein Triebwerk hergestellt worden, das imstande gewesen wäre, einen Kometenkern mit nennenswerter Geschwindigkeit durch das Sonnensystem zu schieben. Dafür hatten sie den Reaktor-am-Stiel ins Herz der Eislast einbringen, dahinter eine Eisdüse konstruieren und dann die Steuerstäbe ausfahren müssen, wodurch sich die tausendsechshundert Brennstäbe des Reaktors stark erhitzten. Eis verwandelte sich in Wasser, dann Dampf, der zur Düse hinausschoss und einen Schub erzeugte, der tatsächlich etwas bewirken konnte. Also waren dann ein paar Monate damit draufgegangen, die *Ymir* auseinanderzubauen und ihre Teile in einen Eisbrocken zu integrieren, den man von der Drei-Kilometer-Kugel abgespalten hatte.

Warum nur ein Stück davon, könnte man vielleicht fragen. Warum nicht den *ganzen* Kometenkern mitbringen, wo doch Wasser so kostbar war? Welchen Sinn hatte es, einen großen Atomreaktor ins All zu schicken, wenn man ihn dann nicht verwendete? Und die Antwort lag in dem Umstand, dass nicht einmal ein großer Nuklearreaktor auch nur annähernd genug Energie lieferte, um ein so großes Stück Eis zu bewegen. Die Mission hätte über ein Jahrhundert gedauert, vorausgesetzt, es gäbe eine Art Wunderreaktor, der so lange unter Volllast arbeiten konnte. Um das Ganze in einem vernünftigen Zeitraum zu bewerkstelligen, konnten sie nur das bloße Minimum von Eis mitbringen, das für das Rendezvous mit Izzy und für den Großen Sprung erforderlich war.

Jedenfalls hatten Sean und seine überlebenden Mitstreiter das Nukleartriebwerk dazu verwendet, der Scherbe, die sie von Gregs Skelett gelöst hatten, ein Delta v von ungefähr tausend Meter pro Sekunde zu verleihen, und sie dadurch in eine etwas andere Umlaufbahn gebracht, die einige Monate später zu L1 geführt hatte. Sean war gerade lange genug am Leben geblieben, um die Steuerstäbe ein letztes Mal ausfahren und ein Delta v ausführen zu können, welches das Manöver, mit dem sie den L1-Gateway fast zwei Jahre zuvor verlassen hatten, im Grunde umkehrte. Das hatte die *Ymir* in eine geozentrische Umlaufbahn gebracht und zugleich den Wechsel der Bahnebene vollzogen, der nötig war, um ein späteres Rendezvous zu ermöglichen. Einige Tage später hatte er den »Anfliege heiß, hoch und schwer«-Funkspruch abgesetzt und war plötzlich gestorben. Woran, darüber konnten sie nur Mutmaßungen anstellen.

Das Bergungsteam, das nun von Markus auf die Beine gestellt wurde, würde ein MIF oder »Modular Improvisiertes Fahrzeug« verwenden, das aus einem Satz von Einzelteilen zusammengebaut wurde: einer Art Legobaukasten zur Konstruktion von Raumschiffen, ordentlich sortiert auf einem Stapel von Modulen, der gemeinhin die Werft genannt wurde und mit dem Betriebsabteil verbunden war.

Die Werft war eine ungefähr T-förmige Vorrichtung. Ein Arm des Querbalkens, der von der Backbordseite des Betriebsabteils vorragte, war mit MIF-Teilen besetzt. Der gegenüberliegende Arm war eine Traube sphärischer Tanks, die eine Sammlung von Elektrolysegeräten umgaben. Diese benutzten elektrischen Strom, um Wassermoleküle in Wasserstoff und Sauerstoff umzuwandeln, und leiteten sie in Kälteaggregate, die die Gase tiefkühlten, bis sie zu kryogenen Flüssigkeiten wurden, die sich in den gewölbten Tanks lagern ließen.

So viel zum Querbalken des Ts. Sein langer, senkrechter Strich war eine Gitterstruktur, die in einem Atomreaktor endete: nicht bloß einem kleinen Radioisotopengenerator wie in den Sub-Archen, sondern einem echten Reaktor, der ursprünglich als Energiequelle für ein U-Boot konstruiert und für diese Aufgabe beträchtlich frisiert worden war.

Markus taufte das erste Produkt der Werft *New Caird*, nach

einem kleinen Boot, das bei Shackletons Expedition in die Antarktis verwendet worden war. Zusammengebaut und vorbereitet wurde sie für einen Einsatz in zehn Tagen: etwa ein Drittel der Zeit, die die *Ymir* ihrer Schätzung nach brauchen würde, um von L1 heranzukommen und sich der Erde am dichtesten zu nähern.

Ein solches Fahrzeug so rasch zu konzipieren, zusammenzubauen und zu testen wäre noch vor zwei Jahren undenkbar gewesen. Während der Zeitspanne zwischen Null und dem Weißen Himmel jedoch hatten die technischen Abteilungen mehrerer erdgebundener Raumfahrtbehörden und privater Raumfahrtfirmen vorausgesehen, dass sich künftig ein Bedarf an Raumfahrzeugen ergeben würde, die sich unkompliziert aus Standardteilen wie Sub-Archen-Rümpfen und bestehenden Raketentriebwerken produzieren ließen, und sie hatten einen Satz von Bauteilen, Listen mit Herstellungsverfahren und einige Grundkonstruktionen bereitgestellt, die sich besonderen Bedürfnissen anpassen ließen. Faktisch war die *New Caird* schon vor einem Jahr von einem großen Team von Ingenieuren auf der Erde konstruiert worden, die inzwischen bis auf drei allesamt tot waren. Diese drei hatte man heraufgeschickt, und sie waren zur Stammbevölkerung gestoßen. Auf der Arbeit ihrer Vorgänger aufbauend waren sie in der Lage, nur wenige Stunden nach Markus' Entscheidung ein allgemeines Konzept vorzulegen – so weit jedenfalls, dass man beginnen konnte, die Teile zusammenzustellen. In den folgenden anderthalb Wochen entstanden in ihren CAD-Systemen nach Bedarf Details, und die notwendigen Bauteile und Module wurden in der Werft hin und her befördert, bis das neue Fahrzeug fertig war.

Die *New Caird* würde einen Brennstoß ausführen müssen, um eine Umlaufbahn zu erreichen, welche die der *Ymir* schnitt, und einen weiteren, um ihre Geschwindigkeit anzupassen, damit die Mannschaft das Geisterschiff entern und das Ruder übernehmen konnte. Das gesamte »Missions-Delta-v« für diese Reise betrug von der Abkoppelung vom Andockport auf Izzy bis zur

Ankunft an einem ähnlichen Andockport auf der *Ymir* etwa achttausend Meter pro Sekunde.

Das Gespräch wandte sich nun dem Massenverhältnis zu: einer Zahl, die in ihrer Wichtigkeit für die Planung von Raumfahrtmissionen nur Delta v nachstand. Sie besagte schlicht, wie viel Treibstoff das Fahrzeug zu Beginn der Reise brauchte, um sämtliche erforderlichen Delta v erbringen zu können.

Laien neigten dazu, »Benzin« oder »Sprit« an die Stelle von »Treibstoff« zu setzen und damit die naheliegende Analogie zu dem Stoff herzustellen, der von Auto- oder Flugzeugmotoren verbrannt worden war. Das war keine schlechte Analogie, aber sie war unvollständig. Zusätzlich zum Brennstoff brauchten die meisten Raketentriebwerke noch irgendeine sauerstoffreiche Chemikalie (idealerweise einfach reinen Sauerstoff), mit der man ihn verbrennen konnte. Autos und Flugzeuge hatten schlicht Luft verwendet. Bei Raketen war der Oxidator bis zum Augenblick des Gebrauchs in einem vom Brennstoff getrennten Tank untergebracht. Die beiden Chemikalien wurden gemeinsam als »Treibstoff« bezeichnet, und in aller Regel dominierte ihr gemeinsames Gewicht und Volumen die Konstruktion von Raumfahrzeugen auf eine Weise, wie das etwa bei Automobilen, die im Verhältnis zu ihrer Gesamtgröße eher kleine Benzintanks gehabt hatten, nicht der Fall gewesen war.

Eine praktische Zahl zur Charakterisierung dieses Sachverhalts war das Massenverhältnis, der Quotient aus dem Gewicht des Fahrzeugs zu Beginn der Reise (einschließlich Treibstoff) und seinem Gewicht am Ende, wenn sämtliche Tanks geleert waren. Wenn man wusste, wie gut das Raketentriebwerk war und wie viel Delta v man brauchte, ließ sich das Massenverhältnis mithilfe einer einfachen Formel berechnen, die nach ihrem Erfinder, dem russischen Wissenschaftler Ziolkowski, benannt war. Es handelte sich um eine Exponentialgleichung: ein Umstand, der fast alles erklärte, was mit Ökonomie und Technologie des

Raumflugs zu tun hatte. Denn wenn man sich auf der falschen Seite dieser Exponentialgleichung befand, war man komplett geliefert.

Als man die relevanten Zahlen für die Mission zur Bergung der *Ymir* in die Ziolkowski-Gleichung eingab, war das Ergebnis ein Massenverhältnis von etwa sieben, d. h., man musste für jedes Kilogramm Ladung – Markus, Dinah, andere Besatzungsmitglieder, diverse Roboter etc. –, das wohlbehalten beim Andockport der *Ymir* ankommen sollte, sechs Kilogramm Treibstoff im Moment des Abfluges von Izzy veranschlagen. Das war nicht allzu schwer einzuhalten, zumal für ein Fahrzeug, das nie den Härten eines Fluges durch die Atmosphäre ausgesetzt sein würde.

Die Nutzlast war in diesem Fall eine einzige Sub-Archen-Hülle, die man um eine »Seitentür« ergänzt hatte: eine Luftschleuse, in die ein Mensch in einem Raumanzug hineinpasste. Abgesehen davon hatte man sie auf die Minimalausstattung abgespeckt, die erforderlich war, um eine vierköpfige Besatzung einige Tage lang am Leben zu halten. Ihrer Masse musste man natürlich die der Menschen, ihrer Nahrungsmittel und anderer wesentlicher Güter hinzuaddieren. Die Leichtigkeit einer bloßen Sub-Archen-Hülle war verblüffend; die neuen, aus Faserverbundwerkstoffen bestehenden Rümpfe wogen etwa achtzig Kilogramm. Ohne alles, was einen solchen Rumpf für einen längeren Zeitraum bequem und bewohnbar machte, und einschließlich der Steuerraketen und eines vernünftigen Treibstoffvorrats, betrug die Masse der *New Caird* etwa das Zehnfache. Die Menschen wogen dreihundert Kilogramm. Der Raketenmotor wog weitere zweitausend. Somit betrug die Nutzlastmasse – alles, was tatsächlich am Andockport der *Ymir* abgeliefert werden musste – rundgerechnet dreitausendfünfhundert Kilogramm. Das Massenverhältnis von sieben bedeutete, dass ihre Treibstofflast zu Beginn einundzwanzigtausend Kilogramm flüssigen Wasserstoff und flüssigen Sauerstoff betragen musste.

Die Werft war mit mehreren, unterschiedlich großen Tanks für kryogenen Treibstoff bestückt worden, von denen einige für die Lagerung von LH2 (flüssigem Wasserstoff) konstruiert waren, andere dagegen den etwas anderen Anforderungen im Falle von LOX (flüssigem Sauerstoff) genügten. Die ausgewählten Tanks wurden zu einem Stapel verbunden, an dem »unten« das Raketentriebwerk befestigt und der rundum mit Hitzeschutz versehen war. Die eigentliche *New Caird* – die Sub-Arche mit den Menschen darin – ragte an einem Gerüst vor, das gerade so lang war, dass ihre Steuerraketen keine anderen Teile beschädigten, wenn sie gezündet wurden.

Während das MIF gebaut wurde, mussten einundzwanzigtausend Kilogramm Wasser in Wasserstoff und Sauerstoff aufgespalten, auf kryogene Temperaturen heruntergekühlt und gelagert werden. Auf der Steuerbordseite der Werft gab es bereits einigen vorab hergestellten LH2 und LOX. Viel hielt man davon jedoch nicht vorrätig, weil es in der Handhabung lästige Substanzen waren. Der Bedarf wurde von dem U-Boot-Reaktor am langen Arm der Werft geliefert, den man zum ersten Mal auf Volllast hochfuhr, seit er mit einer Reihe von Schwerlastraketen Stück für schweres Stück von Cape Canaveral heraufgeschafft worden war. Mit dem Strom, den er durch dicke Kabel in die Elektrolysegeräte schickte, ließen sich einundzwanzig Tonnen Wasser in Gase aufspalten und die Gase auf kryogene Temperaturen herunterkühlen, während die anderen Vorbereitungen getroffen wurden.

Das war eine Menge Wasser – ungefähr vierzehn Liter pro überlebendem Menschen. Natürlich bereitete die Cloud-Arche Wasser wieder auf und war weit davon entfernt, daran knapp zu werden. Trotzdem gab die Vorstellung, so viel davon mitzunehmen und es auf Nimmerwiedersehen in den Weltraum zu blasen, vielen Leuten zu denken: besonders den Befürwortern von »Abladen und Verschwinden«.

Es gab ein starkes Gegenargument, nämlich dass das Ziel der

New Caird darin bestand, einen Brocken gefrorenes Wasser in Besitz zu nehmen und unter Kontrolle zu bringen, der genauso viel wog wie Izzy selbst, einschließlich des riesigen Stücks Eisen, an dem Izzy befestigt war (und weiterhin bleiben würde, wenn es nach den Befürwortern des Großen Sprungs ging).

Sobald die *New Caird* sie erreicht hatte, ließ sich die *Ymir* vermutlich abbremsen und zu einem Rendezvous mit Izzy bringen, indem man ihr Triebwerk zündete. Das war ein primitives Monster, aber es besaß mit dem Atomreaktor einen praktisch unbegrenzten Energievorrat und in Gestalt von Eis riesige Mengen Treibstoff. Das »Steampunk«-Antriebssystem hatte jedoch eine viel geringere Effizienz als ein ordentlich konstruierter Raketenmotor. Infolgedessen betrug das Massenverhältnis, das erforderlich war, um die *Ymir* von der elliptischen Hochgeschwindigkeitsumlaufbahn, mit der sie in den Gravitationsschacht der Erde fiel, auf die viel langsamere, kreisförmige Umlaufbahn von Izzy abzubremsen, etwa vierunddreißig, das heißt siebenundneunzig Prozent des Eises, das derzeit an der *Ymir* haftete, würde geschmolzen, in Dampf verwandelt und zu der behelfsmäßigen Düse hinausgeblasen werden, bloß um sie abzubremsen. Die restlichen drei Prozent jedoch würden immer noch so viel wiegen wie Izzy und Amalthea zusammengenommen. Aufgespalten in Wasserstoff und Sauerstoff würden sie den Raketentreibstoff liefern, der für den Großen Sprung bis Kluft gebraucht wurde.

»Ich habe nicht damit gerechnet, dass er schwarz ist«, sagte Dinah. Sie hörte ihre eigene Stimme wie durch ein kilometerlanges Kanalisationsrohr. Sie war sich ziemlich sicher, dass sie vor einer Minute das Bewusstsein verloren hatte. Vielleicht war sie noch nicht ganz wieder da.

Es dauerte, bis Markus antwortete. Vielleicht war er auch weggetreten. Vielleicht war er bloß abgelenkt. »Kometenkerne sind überzogen mit...«

»Stinkendem schwarzem Zeug, ja, ich weiß, Markus. Weißt du noch, wer ich bin?«

»Sorry. Nicht genug Blut im Gehirn.«

»Aber das ist bloß eine Scherbe, die Sean von Grigg-Skjellerup abgebrochen hat. Warum ist sie ganz schwarz?«

»Keine Ahnung«, sagte Markus.

Sie betrachteten die *Ymir* aus einer Entfernung von zehn Kilometern, die ständig geringer wurde. Sie sahen sie auf ihren Tablets, über eine Videokamera, die ihr Bild heranzoomte. Wjatscheslaw Dubskij, der dem vorderen Ende der *New Caird* am nächsten schwebte, legte das Gesicht an das winzige Fenster des Raumschiffs und suchte den schwarzen Himmel nach dem schwarzen Schiff ab, aber sein angestrengtes Gesicht gab zu verstehen, dass es immer noch zu weit weg war, als dass das unbewaffnete Auge von großem Nutzen gewesen wäre.

»Vielleicht hat er uns einen Gefallen getan«, sagte Dinah. »In dem schwarzen Zeug sind alle möglichen guten Sachen drin. Kohlenstoff natürlich. Aber außerdem Stickstoff, Kalium…«

»Mikronährstoffe«, sagte Markus, »die die Cloud-Arche gebrauchen kann.«

»Vielleicht hat er die Roboter dazu benutzt, einiges davon von Gregs Skelett abzukratzen, und sich mit der Schmiere eingedeckt«, spekulierte Dinah.

»Das werden wir bald wissen«, sagte Wjatscheslaw. »Vermutlich hat er ein Dokument hinterlassen.«

»Das wir niemals zu lesen bekommen, wenn wir keine saubere Landung hinkriegen«, erklärte Markus, »von jetzt an also bitte kein Gequatsche mehr. Slawa…«, und er brach in einen Schwall von schlechtem Russisch aus, der so etwas wie *Ich tausche jetzt den Platz mit dir* bedeutete. Wjatscheslaw antwortete in ebenso schlechtem Deutsch. Beide sprachen fließend Englisch. Aber sie machten sich einen Spaß daraus, die Sprache des jeweils anderen zu verhunzen, vorgeblich im Zuge eines Projekts zur Bewahrung des sprachlichen Erbes der Alten Erde. Markus fügte dann hinzu:»Alle anderen, schnallt euch an.«

Mit den geschickten Bewegungen eines Menschen, der seit zwei Jahren im Raum war, glitt Wjatscheslaw nach achtern. Er gehörte zu den altgedienten russischen Weltraumspaziergängern, die schon am A+0.17, mit dem ersten Start nach dem Zerbrechen des Mondes, auf Izzy heraufgekommen waren. In der Kundschafter- und Pionierphase war er eine Hauptstütze gewesen, hatte mehr Zeit als jeder andere im Raumanzug zugebracht und drei Orlans verschlissen. Inzwischen war er selbst ein wenig verschlissen und sah im Vergleich zu dem strammen Helden, der vor zwei Jahren aus derselben Sojus-Kapsel ausgestiegen war, die auch Rhys und Bolor-Erdene befördert hatte, blass und hager aus. Markus nahm seinen Platz am vorderen Fenster ein und schnallte sich im Pilotensitz an.

Dahinter befand sich eine Reihe von drei Astronautensitzen, befestigt auf einem Rahmen, der sich über den Durchmesser des Rumpfes der Sub-Arche erstreckte. Dinah war locker in dem auf der Steuerbordseite angeschnallt. Sie hatte die Gurte nicht eingestellt. Der gesamte Sitz und sein Stützgerüst waren von derselben Entfesselung von G-Kräften deformiert worden, die sie so benommen gemacht hatte. An der Steuerbordseite saß Jiro Suzuki, ein Kerntechniker, der mit der Konstruktion von *Ymirs* Reaktorkern zu tun gehabt hatte. Es war nicht ganz klar, ob er bei Bewusstsein war; aber das war es bei Jiro nie. Wjatscheslaw, das vierte Besatzungsmitglied der *New Caird*, nahm die mittlere Position ein und zog sich die oberen Gurte des Fünf-Punkt-Geschirrs über die Schultern.

Ein Stakkatogeknatter drang aus dem Gammaspektrometer – der modernen Entsprechung eines Geigerzählers –, das vor Jiros Gesicht schwebte. Dann fiel der Ihnspektor, wie sie dieses Gerät in verhunztem Russisch nannten, wieder in das normale, sporadische Prasseln zurück.

Auf den Ihnspektor – und auf ihre Körper – traf unentwegt Strahlung, in beliebigen Momenten und ohne besonderes Muster. Manchmal kam es zu einem kurzen Geknatter, und der Teil des Verstandes, der gern allem eine Bedeutung beilegte, erkannte darin ein Ereignis. Doch dann erstarb es wieder und wurde vergessen. So verhielt es sich eben mit dem Universum und mit der menschlichen Psyche. Im Raum gab es sehr viel mehr Strahlung als auf der Erde, aber sämtliche Überlebenden hatten sich längst damit abgefunden, und Jiro hatte die Empfindlichkeit seines Ihnspektors heruntergedreht, damit er sie nicht ständig anbrüllte.

Wenn er in den nächsten paar Minuten zu brüllen anfinge, dann läge das nicht an irgendeinem fernen kosmischen Ereignis, sondern an einem Strahlungsleck der *Ymir*.

»Allmählich sehe ich die Abgasspur«, bemerkte Markus. »Könnt ihr sie auf dem Video sehen? Sie ist ganz schwach. Ein paar Hundert Meter hinter der Düsenglocke trifft das Sonnenlicht genau darauf.«

Er sprach von einer Dampffahne, die ständig aus der *Ymir* austrat, auch wenn ihr Triebwerk nicht eingeschaltet war. So hatten Konrad, Doob und die anderen Astronomen an Bord von Izzy mithilfe ihrer optischen Teleskope den Kurs des Schiffes verfolgen und verifizieren können, dass die in Seans letztem Funkspruch verschlüsselten Parameter akkurat gewesen waren. So dünn die Dampfspur auch war, sie reflektierte mehr Licht als das Schiff selbst.

Erzeugt wurde sie durch das langsame, stetige Kochen von Eis aufgrund der latenten Radioaktivität in den Brennstäben des Schiffes. Wenn die Steuerstäbe ausgefahren waren und der Reaktor auf Volllast arbeitete – was fast nie der Fall war –, dann produzierte er vier Gigawatt Wärmekraft, indem er Uran und Plutonium in kleinere Kerne spaltete, von denen viele ihrerseits instabile Isotopen waren. Während diese Spaltprodukte ihrerseits zu »Töchtern« und »Enkelinnen« zerfielen, wurde weiter Hitze erzeugt, auch wenn der Reaktor heruntergefahren war. Es gab nichts, was diesen Vorgang anhalten konnte, weshalb ein gewisser Eisverlust in Form dieser schwachen Dampfspur unvermeidlich war. Das war okay. Die *Ymir* hatte reichlich davon, und Sean hatte es in seinen Berechnungen bestimmt berücksichtigt.

Sean, in emotionaler Hinsicht noch nie der Mitteilsamste und von seinem improvisierten Funkgerät zusätzlich eingeschränkt, hatte keine Einzelheiten darüber geliefert, was ihn und seine Besatzung umgebracht hatte. Wäre es irgendein katastrophales Problem mit dem Reaktorkern gewesen, hätte er sie wahrscheinlich vorgewarnt. Im Übrigen wäre die *Ymir* gar nicht so weit gekommen, wenn das System nicht grundsätzlich funktioniert hätte. Jiro rechnete also nicht damit, einen totalen Albtraum vorzufinden. Aber man konnte nie wissen.

Mehrere Minuten lang sagte niemand etwas, während Markus ihre Annäherung überwachte und gelegentlich die Kontrollbuttons antippte und die *New Caird* auf einen etwas anderen Kurs stupste.

Sie waren mithilfe zweier größerer Brennstöße hierhergekommen. Der erste und kleinere hatte sie in eine Ellipse befördert, die über den Orbit des früheren Mondes hinausgeschossen war, und nach mehreren Tagen gewichtslosen Von-der-Erde-Wegtreibens waren sie der Schwerkraft erlegen, hatten einen trägen Schwenk vollführt und begonnen, wieder auf den brennenden Planeten zuzustürzen. Dieser Vorgang war zeitlich so abgestimmt gewesen, dass sie etwa einen Tag später von der *Ymir* überholt werden würden, die auf einer etwa parallelen Bahn herankam. Aber die *Ymir* war viel schneller unterwegs – flog heiß an, wie Sean ihnen gesagt hatte –, und zwar im Wesentlichen deshalb, weil sie von einem extrem hohen Ausgangspunkt aus auf die Erde zustürzte und seit Wochen unaufhörlich Tempo gewann. Ließe man die *Ymir* unbehelligt, würde sie mit einer relativen Geschwindigkeit von etwa zwölftausend Metern pro Sekunden herangerast kommen, nur wenige Kilometer vor einer katastrophalen Begegnung mit der glühenden Atmosphäre eine Haarnadelkurve beschreiben und wieder davonsausen, um einige Monate lang nicht zurückzukehren. Irgendwann würde ihre Umlaufbahn so stark absinken, dass sie von der Atmosphäre eingefangen und zerstört werden würde.

Jedenfalls wäre sie, da ihre relative Geschwindigkeit höher war als die einer Gewehrkugel, so rasch an der *New Caird* vorbeigeschossen, dass man sie nicht einmal gesehen hätte, wenn die *New Caird* ihre Geschwindigkeit nicht durch einen langen, zeitlich präzise abgestimmten Brennstoß ihres Haupttriebwerks angeglichen hätte. Die vier Besatzungsmitglieder waren immer noch dabei, sich davon zu erholen. Das Haupttriebwerk des Fahrzeugs war übergroß – der Bausatz von MIF-Teilen, aus denen es sich zusammensetzte, verfügte nur über soundso viele Optionen –, weshalb die G-Kräfte zu Beginn des Brennstoßes eindrucksvoll und gegen Ende brutal gewesen waren, da der verschwenderische Treibstoffverbrauch das Fahrzeug im Vergleich zu dem gewaltigen Schub des Triebwerks immer leichter gemacht hatte. Falls Dinah ein paar Sekunden ohnmächtig geworden war, so war das vielleicht nur gut, denn sie hatten fast genau auf die Erde gezielt und sich dann darauf zugeschossen, als wollten sie Selbstmord begehen. Das war nötig, um dorthin zu fliegen, wo die *Ymir* hinflog, sorgte vielleicht aber für etwas mehr Aufregung, als ihr in diesem Moment in ihrem Leben wirklich gelegen kam.

Die Erde war natürlich vollkommen unerkennbar. Aus dieser Entfernung war sie etwa so groß wie eine Mandarine, die man auf Armeslänge von sich weghält, und sie hatte ungefähr die gleiche Farbe. Ehedem ein kühler, blauweißer See im Kosmos, hing sie nun da wie ein Klumpen geschmolzener, von einem Schneidbrenner weggeschleuderter Stahl. In dem Gürtel zwischen den Wendekreisen, wo der größte Teil des Harten Regens niederging, glühte sie orange. Die Farbe verblasste und rötete sich zu einer

Art stumpfem Braun um die Pole, und der ganze Planet funkelte fortwährend vom bläulichen Licht verdampfender und explodierender Boliden. In wenigen Tagen würde er einige hektische Minuten lang den halben Himmel verdecken, während sie sich um ihn herumkatapultierten. Bis dahin mussten sie *Ymirs* Hauptantrieb in Gang gesetzt haben, damit sie den gewaltigen Brennstoß ausführen konnten, der sie auf dieselbe Geschwindigkeit wie Izzy abbremsen würde.

Es war verrückt. Es war ein verrückter Plan. Die ungeheure Beschleunigung, die sie am Ende des langen Brennstoßes vor wenigen Minuten überlebt hatten, erinnerte sie physisch daran, dass sie nur genug Treibstoff mitgenommen hatten, um die *New Caird* mit der *Ymir* zu synchronisieren. Wenn ihr grundlegender Auftrag fehlschlug – wenn sie nicht an der *Ymir* andocken und ihr Triebwerk zum Laufen bringen konnten –, dann blieb ihnen keine Möglichkeit, zu Izzy zurückzukehren, außer vielleicht durch die völlig wahnwitzige Maßnahme, bei ihrem nächsten Vorbeiflug in die Erdatmosphäre einzutauchen und sich mithilfe der Luft abzubremsen.

Dinah hatte ein Weilchen gebraucht, um den Namen des kleinen Schiffs in seiner vollen Bedeutung zu erfassen. Die *James Caird* war ein kleines Boot, mit dem Shackleton eine wagemutige Fahrt unternahm, um die Überlebenden seiner gescheiterten Expedition zum Südpol zu retten. Sie hatten auf Südgeorgien, einen winzigen Fleck auf der Landkarte, gezielt, im vollen Bewusstsein dessen, dass sie, wenn sie die Insel nicht exakt träfen, aufgrund der vorherrschenden Winde niemals würden umkehren und einen zweiten Versuch unternehmen können.

Sie fragte sich, ob nicht gerade diese Verrücktheit ein Versuch von Markus war, etwas Bestimmtes zu demonstrieren. Die Gesamtsituation der Menschheit war natürlich haarsträubend verzweifelt. Darauf hatte zum ersten Mal Doob vor zwei Jahren öffentlich hingewiesen. Die Zeit seither war für Planung und Vorbereitung draufgegangen. Sie war hastig, improvisiert und unter politischer Einflussnahme erfolgt, doch im Grunde genommen hatte es sich um ein wohlgeordnetes und methodisches technisches Projekt gehandelt. Was es auch sein musste. Aber sein schwerfällig bürokratisches Wesen hatte auch so etwas wie einen einlullenden Effekt gehabt. Wie oft in den vergangenen zwei Jahren hatte sich Dinah vor einem Bildschirm voller Code zurückgelehnt und sich selbst nachdrücklich daran erinnert, was eigentlich vor sich ging und wie schlimm es war? Außerstande, sich das ständig vor Augen zu halten, neigten die etwa tausendfünfhundert Überlebenden dazu, von einem Tag zum nächsten zu leben und weiter das zu tun, was sie am Tag zuvor getan hatten. Von allen Menschen war Sean Probst dafür am wenigsten anfällig gewesen; er hatte erkannt, was praktisch sofort getan werden musste, und hatte Anstrengungen dazu unternommen, die unglaublich aufreibend und am Ende tödlich gewesen waren. Mit seinem letzten Funkspruch hatte er diese Verantwortung an Markus weitergegeben. Dass Markus von seiner Position an der Spitze des Organigramms zurückgetreten war und sich auf diese Mission begeben hatte, lag, wie Dinah vermutete, teilweise daran, dass er ein Beispiel geben wollte.

Und wenn das stimmte, dann wollte er damit, dass er Dinah mitnahm, ebenfalls etwas demonstrieren. Er würde niemanden schonen, keine Günstlingswirtschaft betreiben.

Ein einziges Mal während des Anflugs brach Markus das Schweigen: »Eindeutig eine Scherbe. Wie du gesagt hast. Kein Schneeball. Keine Kerze.«

»Stimmt«, sagte Dinah. Sie konnte die Form jetzt ganz deutlich auf dem Bildschirm ihres Tablets erkennen.

Im Gegensatz zu normalen Schiffen, die ihren Treibstoff in Tanks mitführten, war die *Ymir* ein großer Brocken Festtreibstoff – Eis –, bevölkert von einer Art parasitärem Befall von Ausrüstung, deren Zweck darin bestand, diesen Treibstoff in Schub zu verwandeln. Weil Sean nicht genau gewusst hatte, was er auf dem Kometen Grigg-Skjellerup vorfinden würde, hatte er mehr als eine alternative Architektur für die Zusammensetzung der *Ymir* mitgebracht. Hätte sich der Kometenkern als lose Kugel aus Eisstaub entpuppt, hätte Sean, was er brauchte, herausschaufeln und zu so etwas wie einem Schneeball zusammenbacken müssen, wodurch die *Ymir* eine sphärische Form mit dem in ihrer Mitte eingebetteten Reaktor bekommen hätte. Eine weitere Option wäre gewesen, einen langen Zylinder aus Eis zu formen, den Reaktor in einem Ende unterzubringen, den Zylinder dann vorwärts »abzubrennen« und das Eis wie bei einer Kerze unterwegs zu verbrauchen. Was sie nun vor sich hatten, sah eher nach dem dritten Modell, der Scherbe, aus. Das ließ darauf schließen, dass Sean bei seinem Rendezvous mit Grigg-Skjellerup festgestellt hatte, dass der Komet aus mindestens einem ziemlich harten und soliden Kristall bestand, bei dem man sich darauf verlassen konnte, dass er während der künftigen Manöver zusammenhalten würde. Er hatte die Scherbe von der Hauptmasse des Kometen abgespalten, das Reaktorsystem ungefähr in deren Mitte untergebracht und dann den Rest seines Schiffes – den Teil, in dem die Menschen wohnten – dort platziert, wo künftig der Bug sein würde. Falls die Ausrüstung wie geplant funktioniert hatte, dann hatte die Ausführung der »Brennstöße« – d. h. das Ausfahren der Steuerstäbe, um den Reaktor anzufahren und Dampf zu erzeugen – darin bestanden, Signale an Antriebselemente zu schicken, die in den Kern eingebettet waren: Motoren, die die Stäbe bewegen, Ventile, die den Dampffluss regulieren würden, und so weiter.

Damit verbunden war eine Unmenge von Roboteraktivität, weshalb Sean den außergewöhnlichen Schritt unternommen hatte, persönlich zu Izzy zu fliegen und Dinahs Roboterbestand zu plündern, ehe er sich zu seinem Rendezvous mit der *Ymir* begab. Der Reaktor musste mit Eis beschickt werden. Weil Eis fest war, konnte es nicht durch Röhren fließen. Roboter mussten Eis von der Scherbe lösen und einem Einspeisesystem zuführen: Förderschnecken, die es in die Reaktorkammer beförderten, wo es geschmolzen und verdampft wurde. Ein Siwi-Roboter konnte eine Menge Material schnell bewegen, indem er seinen »Schwanz« in das Eis bohrte und dann mit einer Fräse an seinem »Kopf« eine Fontäne von feinen Spänen hochschleuderte, die von Nats eingesammelt und weggetragen werden konnten. Die langen Zeitspannen zwischen Brennstößen konnten dazu verwendet werden, in Sammelbehältern, über die sich die Förderschnecken beschicken ließen, einen Vorrat an zerkleinertem Eis anzulegen.

Außerdem wurden hinter dem Triebwerk Roboter gebraucht, um die Form der Raketendüse aufrechtzuerhalten. Dabei handelte es sich um eine lange Röhre mit einer breiten Mündung am Heck der Scherbe; zum Reaktor hin verengte sie sich zu einem schmalen Hals. Dieser war auf der Erde konstruiert und zusammen mit dem Reaktor ins All befördert worden. Er bestand aus einer korrosionsfesten Legierung mit Namen Inconel. Jedes andere Material würde von dem hindurchschießenden Dampf rasch verschlissen werden. In der länglichen, sich erweiternden Glocke der Düse jedoch herrschten freundlichere Bedingungen, weshalb es ausgezeichnet funktionierte, dass sie aus Eis geformt war. Gleichwohl veränderte sie während des Gebrauchs ihre Form. Tiefer im Innern, wo die Abgase heiß waren, verbreiterte sie sich, da ihre Wände von dem Dampfstrom geschmolzen wurden. Näher beim Austritt, wo die Abgase auf eine Temperatur unter dem Gefrierpunkt abgekühlt waren, schlugen sie sich auf den Wänden nieder und verengten den Durchgang. Also mussten Roboter umherwuseln und die Düse nachformen. Das war eine schöne Aufgabe für die Nats, mit denen Larz in Seattle experimentiert hatte.

Schließlich gab es noch einen dritten »Trupp« von Robotern,

die auf der äußeren Oberfläche der Scherbe lebten und versuchten, sie am Auseinanderfallen zu hindern, indem sie Faserverstärkungen in die obere Eisschicht einbrachten und Kabel und Netze darum wickelten, etwa so wie ein Metzger einen Braten dressiert, damit er im Ofen nicht seine Form verliert. Diese Arbeit entsprach den Fähigkeiten der stahlgepanzerten Roboter, die größtenteils Grabbs waren.

Alle diese Roboter brauchten natürlich Strom. Einen kleinen Teil davon konnten sie in Batterien speichern, die jedoch wieder aufgeladen werden mussten. Einige bezogen Energie aus Sonnenlicht, andere mussten von Zeit zu Zeit bei einem der kleinen Atomstromerzeuger der *Ymir* zusammenkommen, um Strom zu tanken.

Insgesamt ergab sich daraus, dass die *Ymir* nicht annähernd der herkömmlichen Vorstellung von einem Raumschiff im Sinne einer geordneten, symmetrischen Konstruktion entsprach. Sie glich eher einem fliegenden Roboter-Ameisenhügel, hergestellt aus einem natürlichen, gefundenen Objekt. Die darauf und darin herumkrabbelnden Roboter hatten allgemeine Anweisungen, was sie tun sollten, konnten jedoch ihre eigenen Entscheidungen treffen: von Minute zu Minute, um Kollisionen mit anderen Robotern zu vermeiden, oder von Stunde zu Stunde, was die Frage anging, wann sie ihre Batterien wieder aufladen mussten.

So jedenfalls das allgemeine Vorhaben. Da nicht abzusehen gewesen war, was Sean vorfinden würde, hatte man auch keinen Plan machen können, der dieser Bezeichnung wert gewesen wäre. Stattdessen hatte man ihn mit Werkzeugen, Ressourcen und Einfallsreichtum hinaufgeschickt. Dinah, Markus, Wjatscheslaw und Jiro standen im Begriff, die Werkzeuge und die Ressourcen zu erben.

Jiros Inhspektor machte immer mehr Lärm, während sie sich näherten, aber die Zunahme erfolgte so langsam, dass ihr Verstand sie gar nicht richtig registrierte. Jiro schien der Grad von Radioaktivität nicht zu beunruhigen, aber Dinah wusste nicht, wie sie das zu interpretieren hatte. Zu einem früheren Zeitpunkt hatte sie ihn nach ein paar allgemeinen Hintergrundinformationen darüber ausgefragt, womit sie zu rechnen habe. »Wenn es sehr schlimm ist, werden wir alle einfach bewusstlos, und die Mission scheitert«, hatte er gesagt. »Der Strahlenfluss legt einfach unsere Nerven lahm, unsere Schließmuskeln öffnen sich, wir kriegen es noch nicht mal mit.«

»Wenn das so ist«, hatte Markus etwas gereizt erklärt, »hat es ja wohl wenig Sinn, dieses Szenario zu diskutieren.«

»Wenn wir uns alle vier erbrechen«, hatte Jiro fortgefahren, »und, sagen wir, einer oder mehr von uns Durchfall bekommen, haben wir nur noch Stunden zu leben. In diesem Fall sollten wir einfach eine Warnung an Izzy senden und sie auffordern, eine zweite Mission auf den Weg zu bringen. Inzwischen können wir ihnen vielleicht ein paar nützliche Informationen senden. Ihnspektor-Daten, Bilder et cetera.«

»Zur Kenntnis genommen«, sagte Markus.

»Wenn, sagen wir, einer von uns sich erbricht, dann bedeutet das, dass wahrscheinlich die Hälfte von uns sterben wird und wir demzufolge eine gewisse Chance haben, die Mission auszuführen. Wenn niemand kotzt, dann wird wahrscheinlich auch niemand sterben, jedenfalls nicht vor Ablauf einiger Wochen.«

»Danke«, hatte Dinah gesagt und versucht, nicht mehr daran zu denken. Nun jedoch, da sie sich der *Ymir* tatsächlich näherten, fiel es ihr wieder ein, und sie versuchte sich einzureden, dass sie keine Übelkeit verspürte.

»Ich werde in ungefähr dreißig Sekunden die Düsenöffnung queren«, verkündete Markus.

»Roger«, sagte Jiro und schaltete dann seinen Ihnspektor ganz ab. Er rief ein Fenster auf dem Bildschirm seines Tablets auf. »Schalte auf das äußere Gammaspektrometer um.«

Plötzlich füllte die *Ymir* das Fenster. Sie lag genau vor ihnen. In über dreihunderttausend Kilometern Entfernung »ging« die glühende Erde hinter *Ymirs* schwarzem Horizont »unter«, während sie sich hinter ihr heranschoben. Markus hatte die *New Caird* auf eine Flugbahn gesetzt, welche die der *Ymir* schneiden würde und sie seitlich vor das Heck des Eisschiffs brachte.

Dinahs ältere Verwandte hätten vielleicht gesagt, die *Ymir* sei geformt wie ein Zuckerhut, also wie ein Kegel mit abgestumpfter Spitze. Wenn ja, dann war dieser Zuckerhut an mehreren Stellen mit kochendem Wasser bespritzt und mit einem Schraubenzieher attackiert worden, was ihm eine zernarbte, unregelmäßige Form verliehen hatte. Aber er hatte eindeutig ein dickes und ein schmales Ende. Diese lagen ungefähr einen halben Kilometer auseinander. Das dicke Ende, das durch ihr Blickfeld zu ziehen begann, war einige Hundert Meter breit. Es hatte ein großes, kreisförmiges Loch, die Austrittsöffnung der Eisdüse. Die *New Caird* hätte hineinfliegen und ihm bis fast zum Hals folgen können, ehe es zu eng für sie wurde. Und vielleicht würden sie das später auch tun, wenn sie keinen anderen Weg hineinfanden. Vorderhand aber würden sie nur langsam daran vorbeifliegen. Wegen der flüchtigen Dampfwolke, die daraus hervordrang, war der Rand des Lochs verschwommen. Die Wolke wirkte nicht so sehr wie der Abgasstrahl einer Rakete, sondern wie Atem, der jemandem an einem kalten Tag aus dem Mund kommt. Er trübte ihre Sicht eher, als dass er sie verdeckte. Aber die visuelle Landschaft des Raums war eine Landschaft starker Kontraste, und so war es unmöglich, in die Düsenglocke hineinzuschauen, selbst als sie genau vor der Mitte des höhlenartigen Lochs waren. Es war bloß eine schwarze Scheibe – als schaute man in die Mündung eines Gewehrlaufs. Vom kondensierenden Dampf entstanden auf dem Fenster haarfeine Frostnadeln.

Jiro konzentrierte sich intensiv auf sein Tablet, bis sie am mittleren Punkt vorbeigedriftet waren, dann schien er sich in sich selbst zurückzuziehen. Er schaltete seinen Ihnspektor wieder ein. Der machte erheblich mehr Lärm als noch vor einigen Minuten, doch dieser schwand allmählich, während sie die Austrittsöffnung hinter sich ließen und die breite Basis des Zuckerhutes querten. Mit einem kurzen Brennstoß der Steuerraketen sorgte Markus dafür, dass sie sich im Hinblick auf die *Ymir* nach vorn bewegten. Auf ihrer anderen Seite »ging« die Erde »auf«. Die *New Caird* bewegte sich an der Scherbe entlang auf deren vorderes Ende zu.

»Wie sieht es aus, Jiro?«, fragte Markus, als er damit zufrieden war, wie alles lief.

»Ausgehend vom Gammaspektrogramm«, sagte Jiro, »würde ich sagen, dass mindestens ein Brennstab gerissen ist. Nicht am Anfang, als die Stäbe noch neu waren, und nicht vor kurzem, als sie voller Spaltfragmente und Töchter waren, sondern irgendwann dazwischen. Könnte schlimmer, könnte besser sein.«

Dinah kam eine Erinnerung. »Eine von Seans letzten Nachrichten lautete, dass er vollen Schub gibt.«

Jiro zuckte mit den Achseln. »Dieser Reaktor enthält sechzehnhundert Brennstäbe, gebündelt zu Elementen von jeweils vierzig, sodass ein Schaden an einem einzelnen Stab die Leistung nicht messbar beeinträchtigen würde. Du darfst nicht vergessen, dass auch der gerissene Stab noch Energie liefert. Es ist nur so, dass er heiße Teilchen, Fragmente und Spaltprodukte in die Raketenabgase abgeben würde. Wir würden mit einer Mischung aus Alpha, Beta und Gamma rechnen können – und genau das zeigt der Ihnspektor auch an.«

Dinah war keine Atomphysikerin, aber man hatte ihr so viel Wissen über Strahlung eingebläut, dass sie das Wesentliche mitbekam. Gammastrahlung war hochenergetisches Licht. Sie durchdrang praktisch alles. Also schlechte und gute Nachrichten: Es war schwer, sich dagegen zu schützen. Aber der größte Teil durchdrang den Körper, ohne damit zu interagieren – sprich, ohne Schaden anzurichten. Sie machte furchteinflößende Geräusche im Ihnspektor.

Betastrahlung waren frei fliegende Elektronen. Man konnte

sich leicht dagegen schützen. Gute und schlechte Nachrichten: Sie ließ sich mit ein bisschen Wasser oder Plastik abhalten. Andererseits aber machte sie mit Sicherheit etwas kaputt, wenn sie mit dem Körper in Berührung kam.

Alphas waren Heliumkerne mit dem viertausendfachen der Masse von Betas und bewegten sich mit relativistischer Geschwindigkeit. Sie konnten Materie ebenso wenig geräuschlos durchdringen, wie das Kanonenkugeln konnten, aber sie fügten allem, worauf sie trafen, großen Schaden zu.

Um irgendetwas anderes als Gammastrahlung zu entdecken, hatte Jiro auf Ausrüstung umschalten müssen, die außen an der *New Caird* angebracht war, da Alpha- und Betastrahlung die Hülle nicht durchdringen konnten. Und indem er die Energiemengen der verschiedenen Teilchen betrachtete, die auf diese Ausrüstung trafen, war er in der Lage gewesen, die Verhältnisse innerhalb des Reaktors zu beurteilen.

Da sie die *Ymir* durchs vordere Fenster nicht mehr sehen konnte, konzentrierte sich Dinah auf die Eisblumen, die auf dem Glas entstanden waren. Sie verflüchtigten sich rasch in den Raum und würden in ein paar Minuten verschwunden sein. Sie hatte sie schön gefunden, bis Jiro sie drauf aufmerksam gemacht hatte, dass sie wahrscheinlich verseucht waren.

»Noch irgendwelche Beta-Reststrahlung?«, fragte sie.

»Wir haben ausreichenden Abstand zur Düse und zur Rauchfahne«, sagte Jiro leicht verblüfft.

»Ich meine, haben wir uns bei diesem Vorbeiflug eine Verstrahlung eingefangen?«

»Sie ist wieder auf dem Niveau der Hintergrundstrahlung«, sagte Jiro. »Aber der Detektor ›sieht‹ nur Quellen auf seiner Seite der Hülle, also werden wir später eine gründlichere Untersuchung vornehmen müssen.«

»Pass mal auf«, sagte Markus und tippte ein Manöver ein, das die *New Caird* um neunzig Grad drehte. Sie flogen nun »seitwärts«, und ihre Spitze zeigte direkt auf die *Ymir*, die nur etwa hundert Meter von ihnen entfernt war. Sie füllte das Fenster vollständig aus. Ihr schmales Ende – ihr Bug, wenn man sie sich als Schiff vorstellen wollte – war ein Hügel aus schmutzigem Eis. Ein paar Feinstrukturen deuteten darauf hin, dass dort Menschen an der Arbeit gewesen waren: Netzgewebe, einige Kabel, ein schimmernder Draht, bei dem es sich vielleicht um die Funkantenne handelte. Aber noch war nicht ersichtlich, wo sie tatsächlich andocken konnten.

»Es ist richtig vergraben«, bemerkte Markus. Er musste nicht eigens erklären, dass »es« das Kommandomodul war – der Teil der *Ymir*, der über Lebenserhaltungssysteme verfügte. Es musste über einen Andockport erreichbar sein. Aber sie sahen nichts. Sie hatten gewusst – denn das gehörte zum Plan –, dass Sean und seine Mannschaft es im Eis vergraben hatten, um sich vor Strahlung und Steinen zu schützen. Sie hatten es offenbar tief vergraben.

Auf Dinahs Tablet war ein Terminalfenster geöffnet, ein schlichtes Programmierer-Interface, das einfach Textzeilen zeigte. Bis eben war darauf nur ein blinkender Cursor zu sehen gewesen, doch nun erwachte es zum Leben und begann kryptische Ein-Zeilen-Mitteilungen zu zeigen.

»Ich empfange ein paar neue Bot Sigs«, berichtete sie. Das waren die digitalen Signaturen von Robotern, die das Universum absuchten, um festzustellen, was, wenn überhaupt, ihnen zuhörte. Die *New Caird* war mit einem Kontingent von Robotern unterschiedlicher Typen unterwegs, aber deren Signaturen kannte sie allesamt, und sie filterte sie aus diesem Terminalfenster heraus. Alles, was sich dort noch zeigte, gehörte per Ausschlussverfahren zum Kontingent der *Ymir*.

Wie die Klicks von Jiros Ihnspektor kamen sie sporadisch und in Salven.

»Mindestens zwanzig… also werde ich die Nats herausfiltern«, sagte sie und tippte einen Befehl ein. Weil sie so zahlreich waren, neigten Nats dazu, den Bildschirm zu überlasten. »Okay, zusätzlich zu einem ziemlich gut entwickelten Nat-Schwarm habe ich ein halbes Dutzend Grabbs und mindestens genauso viele Siwis.«

»Irgendwelche Hinweise in ihren Namen?«, fragte Markus. Man konnte jedem Roboter einen eindeutigen Namen geben, der sich dann in seiner Signatur zeigte. Standardmäßig waren das einfach automatisch generierte Seriennummern, aber sie ließen sich manuell ändern.

»Tja«, sagte Dinah, »hier habe ich einen gepanzerten Grabb, dessen Name ›HALLO ICH SITZE DIREKT AUF DEM ANDOCKPORT‹ lautet, was vielversprechend klingt.«

»Kannst du ihn zum Blinken bringen?«

»Sekunde.« Dinah stellte eine Verbindung zu HALLO ICH SITZE DIREKT AUF DEM ANDOCKPORT her und befahl ihm nach einer raschen Überprüfung seines Status, bis auf weiteres mit seinen LEDs zu blinken. Noch bevor sie von ihrem Bildschirm aufblickte, konnte sie aufgrund leiser Ausrufe der anderen erkennen, dass es geklappt hatte.

»Ich sehe ihn ganz deutlich«, sagte Markus. Man hörte die Steuerraketen einige Male ploppen und knallen, während er die Lage der *New Caird* korrigierte. Sie flogen nun in fast vollkommener Synchronisation mit der *Ymir* und sahen den blinkenden Grabb aus einer Entfernung von etwa fünf Metern. Er war in einem Bereich, der relativ frei von der schwarzen Substanz war, in der Oberfläche der Scherbe verankert.

»Kannst du das Licht bitte ins Eis richten? Und auf stetigen Strahl stellen?«, bat Markus.

Die LEDs des Grabbs waren an biegsamen Stielen befestigt, die sich ausrichten ließen. Dinah kam der Bitte nach. Als sie das nächste Mal durchs Fenster blickte, konnte sie die Silhouette des Grabbs in der Mitte eines weißen Lichtnimbus sehen, der dadurch erzeugt wurde, dass der Grabb seine Lichter direkt ins Eis richtete. Im Zentrum dieser silbrigen Wolke war eine deutlich abgegrenzte weiße Scheibe zu sehen. Sie war vom Eis getrübt, aber sie erkannten sie alle als das, was sie war: ein Andockport, mindestens einen Meter tief vergraben.

»Hat jemand einen Eispickel mitgebracht?«, fragte Jiro. Einen Witz zu machen sah ihm gar nicht ähnlich, aber Dinah war zu diesem Zeitpunkt für Humor aus jeder Richtung dankbar.

»Slawa«, sagte Markus, »du bist dran. Dinah, vielleicht kannst du mehr Roboter in diesen Bereich holen und ihm so helfen.«

Durch Eingabe eines ziemlich einfachen Befehls konnte Dinah jeden Grabb und Siwi in Reichweite rufen, denen sie faktisch sagte: »Lasst euch etwas einfallen, wie ihr näher an HALLO ICH SITZE DIREKT AUF DEM ANDOCKPORT herankommt, und nervt mich nicht mit den Details.« Bis Wjatscheslaw seinen Anzug angelegt hatte, waren so viele davon zusammengekommen, dass Dinah mehrere zusammenschließen und ein provisorisches Konstrukt bilden konnte, das von der Eisoberfläche aus nach oben »griff«, um die *New Caird* zuerst an einer, dann an zwei weiteren Stellen festzuhalten. Sie hatten also zwar noch nicht andocken können, besaßen aber immerhin eine mechanische Verbindung mit der *Ymir*, die verhindern würde, dass sie abtrieben.

Inzwischen beschäftigten sich andere Roboter, darunter auch HALLO, damit, »nach unten«, in Richtung des vergrabenen Andockports, ein Loch ins Eis zu meißeln. Wjatscheslaw stieg durch die Luftschleuse der *New Caird* aus, kletterte über einen Stapel von Robotern auf die Oberfläche und verfügte sich dann in Richtung Grabungsstelle. Da die Schwerkraft der *Ymir* vernachlässigbar war, betrug Wjatscheslaws »Gewicht« hier ungefähr ein halbes Gramm, und der leichteste Kontakt mit der Oberfläche würde ihn in den Weltraum davonschnellen lassen. Anstatt also zu gehen, war er auf eine Art im Eis fixierten Anker angewiesen. Dinah war imstande, zwei der Grabbs der *New Caird* vor ihm herkrabbeln zu lassen. Sie waren für die Bewegung auf Eis konstruiert worden und konnten sich rasch darin verankern, indem sie es mit ihren Fußtellern anschmolzen und wieder gefrieren ließen. Slawa musste ihnen nur folgen und sich an ihnen festhalten. Sobald er die Mündung des Lochs erreicht hatte, konnte er Anker versenken und sich mit Karabinerhaken sichern. Dann beschleunigte er die Arbeit der Roboter, indem er rascher mehr Eis herauskratzte, als sie mit ihren kleinen Klauen bewegen konnten.

Da sie nicht gewusst hatten, womit sie rechnen mussten, hatten sie ein kleines Arsenal improvisierter Eisbergbauwerkzeuge mitgebracht, darunter auch eine Craftsman-Gartenschaufel, die auf geheimnisvolle Weise aus einem Sears, Roebuck in einer Einkaufspassage der Alten Erde hier heraufgelangt war.

Unterdessen schickte Markus einen Lagebericht an die Cloud-Arche, und Jiro tippte mehr, als für bloßes Notizenmachen nötig schien. Er kommunizierte mit jemandem oder eher mit etwas. Dinah war versucht, ihn danach zu fragen, aber es gab nur eine plausible Antwort: Er hatte eine Verbindung mit dem Computer hergestellt, der den Reaktorkern kontrollierte.

Markus war offenbar zu dem gleichen Schluss gekommen: »Was Neues aus dem Bauch des Monsters?«

»Es lebt«, sagte Jiro, was entweder eine merkwürdige Formulierung oder der zweite Scherz in Folge war. »Ich versuche, aus den Logs schlau zu werden. Es gibt eine Menge Material, das sich wiederholt.«

»Fehlermeldungen?«, fragte Markus, der die naheliegende Vermutung anstellte.

»Nicht so viel. Es ist Roboterzeug. Statusberichte.«

Dinah rutschte einen Sitz hinüber und warf einen Blick darauf. Obwohl sie nicht genau sagen konnte, worum es ging, deckte sich ihr allgemeiner Eindruck mit dem von Jiro. Viele Roboter hatten drauflosgearbeitet, Variationen der gleichen kleinen Reihe vorprogrammierter Verhaltensweisen ausgeführt, gelegentlich Statusberichte – und, jawohl, auch einige Fehlermeldungen – ausgespuckt und damit ein Log erzeugt, das zu riesig war, als dass ein Mensch es lesen konnte. Sie würden es später durchsehen müssen, indem sie ein Computerskript schrieben, das sich hindurchwühlen, Statistiken erstellen und nach Mustern suchen würde.

»Könntest du bitte zum Anfang scrollen?«, bat sie. Sie wollte Datum und Uhrzeit des ersten Log-Eintrags wissen.

»Das habe ich schon überprüft. Genau um die Zeit von Seans letztem Funkspruch.«

Also hatte Sean, wahrscheinlich in der Gewissheit seines nahenden Todes, den Robotern befohlen, etwas zu tun, und das so lange, bis ihnen befohlen wurde, damit aufzuhören. Da es an der Außenseite der Scherbe ziemlich ruhig war, betraf das wahrscheinlich irgendeine unter der Oberfläche verborgene Arbeit im Inneren. »Wahrscheinlich Spritgewinnung«, vermutete Dinah. Dann, ehe Jiro Einwände gegen die inkorrekte Wortwahl erheben konnte: »Das heißt Treibstoff.«

Wjatscheslaw legte den Andockport frei. Mithilfe einer Kombination aus leichtem Antippen der Steuerraketen, einigem Schieben und Ziehen durch die Roboter und einfachem Anpacken durch Wjatscheslaw, der das Raumschiff hierher und dahin stupste, führten sie dessen »Vordertür«-Andockport in den kleinen Krater ein, den Wjatscheslaw und die Roboter ausgehoben hatten, und verkoppelten ihn mit dem von *Ymirs* vergrabenem Kommandomodul.

Dann musste Slawa über die seitliche Luftschleuse in die *New Caird* zurückkehren. Anhand der Geräusche, die sich durch die Hülle fortpflanzten, konnten sie seinen Gang verfolgen, während er in die Kammer kletterte, die Außenluke schloss und das System aktivierte, das die Schleuse mit Luft füllen würde.

Unterdessen konnte Markus Verbindung zu den Computern auf der anderen Seite der Luke herstellen und bestätigen, dass es dort atembare Luft und andere Annehmlichkeiten gab.

Es war allerdings verdammt kalt: ungefähr zwanzig Grad unter dem Gefrierpunkt.

»Damit wollte Sean uns einen Gefallen tun«, sagte Markus. »Er hat den Thermostaten heruntergedreht, bevor er gestorben ist. Seine Leiche wird gefroren sein.« Denn an Energie von ihren Atomstromgeneratoren fehlte es der *Ymir* nicht, und ihre elektrischen Systeme funktionierten noch.

Markus gab einen Befehl ein, der die umwelttechnischen Systeme wieder einschalten und die Temperatur anheben würde. Er setzte den winzigen Raum zwischen der Luke der *Ymir* und derjenigen der *New Caird* unter normalen Luftdruck. Dann öffnete er Letztere.

Nun schauten sie alle auf die leicht kuppelförmige Außenseite der Luke, die in das Kommandomodul der *Ymir* führen würde.

Jemand hatte mit einem Filzschreiber etwas daraufgeschrieben. Er hatte das Strahlensymbol darauf gezeichnet, mit dem vor radioaktiven Gefahren gewarnt wird, und die griechischen Buchstaben Alpha, Beta und Gamma darundergeschrieben. Dann hatte er, in einem Anflug von schwarzem Humor, einen primitiven Totenschädel mit gekreuzten Knochen dazugekritzelt.

Markus war der Erste, der reagierte. Er schraubte sich aus dem Pilotensitz und schnellte nach achtern zur Innenluke der Luftschleuse. Dort drückte er einen virtuellen Knopf auf einem Bildschirm, was den Effekt hatte, die Innenluke zu verriegeln. Er wollte Wjatscheslaw nicht hereinlassen. Mit einer Hand griff er nach seinem Headset und rückte es zurecht. »Slawa«, sagte er, »kannst du mich hören? Gut. Hör zu. Wir haben eine Verstrahlung. Vielleicht hast du über deinen Raumanzug etwas davon aufgenommen. Bevor du hereinkommst, möchte ich, dass du zu Jiros externem Strahlungsdetektor hinübergehst und feststellst, ob wir etwas aufgenommen haben.«

Jiro scannte die Luke bereits mit seinem Ihnspektor, zum Glück ergebnislos.

Draußen konnten sie Wjatscheslaw die Schleuse abermals öffnen und hinausklettern hören. Mithilfe von außen am Rumpf befestigten Handgriffen gelangte er zu der Stelle, wo das externe Gammaspektrometer angebracht war, und verbrachte einige Minuten damit, sich direkt vor ihnen hierhin und dahin zu drehen, wobei er seinen Handschuhen, seinen Knien, seinen Stiefeln – allem, was mit dem Eis in Kontakt gekommen war – besondere Aufmerksamkeit schenkte. Es war keine Strahlung zu verzeichnen, weshalb man ihn in die Luftschleuse zurückkehren und die *New Caird* betreten ließ.

Sie hatten warme Kleidung mitgebracht, was ratsam erschien, wenn man sich auf eine Reise zu einem riesigen Stück Eis begab. Jiro zog seine an. Dinah griff nach dem Materialpacken, in dem sie ihre untergebracht hatte, doch Markus bremste sie mit erhobener Hand. Sie bemerkte, dass er keine Anstalten machte, sich dem Anlass entsprechend anzuziehen. Jiro würde allein dort hinuntergehen.

»Ich werde uns unter leichten Überdruck setzen«, sagte Markus und machte sich mit einem Interface auf seinem Pad zu schaffen. Dinah spürte, wie sich an ihren Trommelfellen Druck aufbaute. Markus erklärte sich nicht näher, und das musste er auch nicht: Sie wollten, dass saubere Luft von der *New Caird* in die *Ymir* strömte und nicht etwa potentiell verseuchte zu ihnen hereinkam.

Dann zog Jiro einen einteiligen Einwegstrahlenschutzanzug über seine Kaltwetterkleidung. Denn sie waren darauf gefasst gewesen, das Schiff verstrahlt vorzufinden. Er hängte sich seinen Ihnspektor außen über den Anzug. Dinah reichte ihm eine Atemmaske, damit er keinen radioaktiven Staub einatmete, und er zog sie über die Kapuze des Anzugs und überprüfte sie auf dichten Sitz im Gesicht. Er schob sich in den Raum zwischen den Schiffen, löste die externe Verriegelung an der Luke der *Ymir* und ruckte leicht nach vorn, als der Überdruck in der *New Caird* sie aufdrückte. Er ließ sich in das Kommandomodul hineindriften und drehte sich dann so herum, dass seine Füße in Richtung »Boden« zeigten. Inzwischen zog Markus die Luke hinter ihm zu. Wjatscheslaw war unterdessen aus der Luftschleuse herausgekommen. Er, Dinah und Markus lauschten Jiros Atemgeräuschen auf ihren Headsets.

»Sean ist verblutet«, verkündete Jiro.

Das Kommandomodul der *Ymir* hatte die Größe einer Sub-Arche. Das galt mittlerweile natürlich für fast alles im All, da eine Sub-Arche einfach das größte Objekt war, das sich mit einer Trägerrakete in den Orbit befördern ließ. Einige Sub-Archen waren »Tunnel«, d. h. sie folgten einer horizontalen Anordnung und waren dazu gedacht, wie Kesselwagen gewissermaßen der Länge nach zu liegen, mit einem einzigen langen, von Ende zu Ende durchgehenden Boden. Das war gut, wenn man einen großen, offenen Raum wollte, nutzte jedoch das verfügbare Volumen weniger effizient. Das Kommandomodul der *Ymir* war wie das der *New Caird* ein »Silo«, d. h. es folgte einer vertikalen Anordnung und war in eine Reihe runder Stockwerke – üblicherweise vier bis fünf – aufgeteilt, die über eine Leiter miteinander verbunden waren. Jedes Stockwerk war eine dicke Scheibe Raum von etwa vier Metern Durchmesser, also groß genug, um nach Raumfahrtmaßstäben als groß zu gelten, häufig jedoch in kleinere Abteile unterteilt.

Die *Ymir* war ein fünfstöckiges Silo, d. h. sie hatte niedrige Decken, was eine zweijährige Reise darin zu einem klaustrophobischen Erlebnis gemacht haben musste. Das erste Stockwerk, das Jiro betreten hatte und das der Oberfläche mit ihren Gefahren durch kosmische Strahlung und Boliden am nächsten lag, war ein einziger Raum. Laut den Plänen wurde es zur Lagerung von Dingen wie Nahrungsmitteln, CO_2-Absorberkartuschen, Roboterteilen und Werkzeugen benutzt.

Nach einigen Minuten konnte Jiro über eine an seiner Stirn befestigte Kamera eine Videoverbindung herstellen. Sie verfolgten das Geschehen auf ihren Tablets.

Die gefrorene Leiche von Sean Probst schwebte in einem Schlafsack, der mit Kabelbindern an der Decke befestigt worden war. Der poröse Stoff war dunkelbraun verfleckt. Sehr wenig davon war nicht von Blut durchtränkt worden.

Daran baumelte, ebenfalls mit einem Kabelbinder befestigt, ein Geigerzähler alter Schule. Das Wort DEFEKT war mit demselben Filzschreiber daraufgeschrieben, mit dem das Symbol gemalt worden war.

Nachdem er Seans Leiche und den Rest des Stockwerks mit seinem Ihnspektor abgesucht hatte, schwebte Jiro die Gangway hinunter ins nächste Stockwerk. Das Geräusch des Ihnspektors schwoll stetig an.

»Mach doch den Scheißton aus«, sagte Markus, und das Geräusch verstummte. Nun würde das Gerät auf seinem Display die Teilchenzahl pro Minute anzeigen, die nur Jiro sehen konnte, aber sie würden die Klicks nicht hören.

Das nächste Stockwerk war eine Art allgemeiner Besprechungs-, Speise- und Versammlungsraum, größtenteils offen, mit Spinden an der Wand. Das dritte oder mittlere Stockwerk war in Schlafabteile, Toiletten und Duschen aufgeteilt. Das vierte war eine Kombination aus Labor und Werkstatt. Diese Funktionen setzten sich bis ins fünfte und unterste Stockwerk fort.

»Kalt hier«, sagte Jiro, als er die unterste Ebene erreichte. »Plötzlich eine Menge Beta.«

»Okay«, murmelte Markus, »also ist die Verstrahlung dort. Auf der fünften Ebene.«

Es war, wie sie bald sahen, deshalb kalt, weil jemand die Tür offen gelassen hatte: ein Einsteigloch im Boden, so groß, dass eine Person in einem Raumanzug durch es hindurch in einen runden Schacht hinunterklettern konnte, der geradewegs nach unten ins Eis führte. Die gesamte Länge des Schachts war von weißen LEDs beleuchtet.

»Das ist bemerkenswert«, sagte Markus.

Jiro ließ sich mit dem Kopf voran in den Tunnel hinunter und begann sich durch ihn hindurchzuhangeln, indem er sich des einfachen Hilfsmittels bediente, an einem mit Knoten versehenen Seil zu ziehen, das mit Eisankern an dessen Wand befestigt war. Er bewegte sich zunächst vorsichtig, dann schneller. »Am anderen Ende ist eine Luke – vielleicht hundert Meter entfernt«, sagte Jiro.

»Strahlung?«, fragte Markus.

»Nicht so viel«, sagte Jiro. »Ich glaube nicht, dass die Verstrahlung diesen Weg genommen hat.«

Eine etwas förmlichere Darstellung des Strahlensymbols zierte die Luke am Ende. Sie wussten alle, was sich auf der anderen Seite befand: ein kleines, unter Normaldruck stehendes Modul, das physisch mit dem Reaktorinneren verbunden war. Jiro beschloss, nicht hindurchzugehen, und machte stattdessen kehrt, um ins Kommandomodul zurückzukehren.

Dann wandte er sich plötzlich um und ließ den Strahl seiner Stirnlampe über die Eiswand des Tunnels streichen. Ins Eis eingebettet war ein langes, schlankes Objekt.

Zwei lange, schlanke Objekte.

Zwei menschliche Körper. Dinah holte erschrocken Luft, als sie Larz' rötlich blondes Haar erkannte.

Ohne jeden Kommentar machte sich Jiro auf den Rückweg den Tunnel »hinauf« bis zur untersten Ebene des Kommandomoduls. Er richtete seine Aufmerksamkeit auf einen Spind neben der Luke. Seine Tür stand offen. Bergbauwerkzeuge und Raumanzugteile schwebten darin herum. Andere hatten sich im Raum verteilt und drifteten in der Luftbewegung ziellos umher.

»Jiro«, sagte Markus, »sag was.«

»Starke Betastrahlung ab hier«, sagte Jiro. »Von hier ist die Verstrahlung ausgegangen.«

Er driftete nach oben in den Gemeinschaftsraum, fand in einem Kasten einen Müllsack, kehrte dann auf die unterste Ebene zurück und machte sich daran, die Werkzeuge und Kleidungsstücke durchzugehen, die er nacheinander an den Ihnspektor hielt, während er sich auf dessen Display konzentrierte. Ab und zu schnitt er angesichts der Ergebnisse eine Grimasse und steckte das betreffende Stück in den Müllsack.

Dinah, Markus und Wjatscheslaw warteten eine Stunde lang in der *New Caird* und taten so, als verbrächten sie die Zeit mit Aufgaben auf den Bildschirmen ihrer Tablets.

Dann hörten sie Jiros Stimme wieder: »Macht euch darauf gefasst, etwas zur Luftschleuse hinauszubefördern!«, rief er.

Sie brauchten einige Augenblicke, um Jiros Überlegung zu verstehen. Die *New Caird* und das Kommandomodul der *Ymir* bildeten inzwischen ein geschlossenes System. Da Letzteres komplett in Eis eingebettet war, bestand die einzige Möglichkeit, etwas aus dem System zu entfernen – den radioaktiven Müll hinauszubringen –, darin, es zur Luftschleuse der *New Caird* hinauszubefördern.

Man hörte ein fernes, dumpfes Pochen. Dinah schwebte nach vorn, öffnete die Luke und wurde von einem Müllsack begrüßt, der bis auf Strandballgröße gefüllt und mehrmals mit Klebeband umwickelt war. Von einem Stoß Jiros angetrieben flog er in die *New Caird*. Dinah schubste ihn weiter zu Markus, der ihn abfing und seitwärts in die Luftschleuse stieß. Wjatscheslaw knallte die Luke dahinter zu. Dann hörten sie ein Zischen, das anzeigte, dass die Luftschleuse einen Arbeitsgang ausgeführt hatte. Das Bündel trieb jetzt im Raum.

Durch den Andockport kam Jiros Kopf, dann der Rest von ihm. Er hatte Strahlenschutzanzug und Atemmaske abgelegt und vermutlich beides in den Müllsack gestopft. Er war verschwitzt und erschöpft.

»Wie in alten Zeiten, mein Freund?«, sagte Markus, eine Anspielung auf Jiros frühere Arbeit bei der Entseuchung von Fukushima.

»Darauf kann ich gut verzichten«, sagte Jiro.

Inzwischen war es im Kommandomodul warm, sodass sie die Parkas nicht brauchten. Aber alle legten sie Schutzanzüge an, wenn sie in die *Ymir* gingen, und zogen sie wieder aus, bevor sie in die *New Caird* zurückkehrten. Verstrahlung war »tückisch«, wie Jiro es formulierte. Die von einem mikroskopisch kleinen Falloutteilchen ausgehende Betastrahlung konnte sich hinter so gut wie jedem Zufallshindernis – und davon gab es im Kommandomodul jede Menge – vor dem Ihnspektor verbergen. Jiros anfängliche Überprüfung bot also keine Garantie dafür, dass sich nicht doch noch winzige, Betastrahlung abgebende Teilchen darin verbargen. Falls solche Teilchen in die Lunge oder in den Verdauungstrakt gelangten, verursachten sie wahrscheinlich tödliche Strahlenschäden. Er hatte jedoch auf der untersten Ebene einen Raumanzughandschuh als schwer verstrahlt ausgemacht und geringere Grade von Verstrahlung an anderen Gegenständen festgestellt, die allesamt in den Müllsack gewandert und zur Luftschleuse hinausbefördert worden waren. Mit etwas Glück waren damit sämtliche ernsthaften Strahlungsquellen entfernt.

Wjatscheslaw holte Seans Leiche von der Decke, ehe sie Zeit zum Auftauen hatte. Slawa war kein Biowissenschaftler, aber er war ein Hansdampf in allen Gassen. In Parka und Schutzanzug eingepackt, schnitt er den Schlafsack auf, während Jiro mit dem Inspektor neben ihm stand. Er nahm eine oberflächliche Untersuchung vor, dann wickelte er die Leiche wieder in den Schlafsack. Er bugsierte sie auf die unterste Ebene, fädelte sie durch das Einstiegsloch im Boden und schob sie dann den Tunnel entlang bis ans Ende, wo Larz und das andere Besatzungsmitglied begraben worden waren. Dort verstaute er Seans Leiche an der Eiswand.

Er verdarb ihnen ziemlich den Appetit, indem er über die Ergebnisse seiner improvisierten Autopsie berichtete, während sie sich anschickten, im Gemeinschaftsraum etwas zu essen.

»Sean ist durch sein Arschloch verblutet«, berichtete er. »Er hatte einen Darmriss.«

»Ich habe durch seine Bauchdecke hindurch Betastrahlung gemessen«, fügte Jiro hinzu. »Er war am Ende sehr ausgezehrt.«

»Und das heißt?«, fragte Markus.

»Er hat ein Teilchen verschluckt. Wahrscheinlich ein heißes Teilchen, das freigesetzt und irgendwie hier eingeschleppt wurde.«

»Heißes Teilchen?« Jiro hatte den Begriff schon einmal verwendet. Kein anderer wusste, was er bedeutete. Er war zum einen Ohr hinein- und zum anderen wieder hinausgegangen, einfach nur Technikerjargon, wie er auf Izzy allgegenwärtig war. Nun, da heiße Teilchen Menschen umbrachten, wurde es Zeit, etwas über sie zu erfahren.

»Ein winziges Stück Uran oder Plutonium, das durch einen Riss im Hüllrohr eines Brennstabs ausgetreten ist. Da es Alphateilchen abgibt, saust es im Zickzack durch den Raum – Impulserhaltung. Also hüpft es herum wie ein Floh. Die Sache ist die, es ist klein und gibt eine Menge Alphastrahlung ab. Es hat sich in einem Divertikel seines Darms festgesetzt. Es hat sich durch seine Darmwand gebrannt und eine Blutung hervorgerufen, die nicht aufhören konnte.«

Alle schoben ihr Essen von sich.

»Okay«, sagte Markus. »Wir essen in der *New Caird*.«

Sobald sie mit Essen fertig waren, sagte Markus allen, sie müssten schlafen, vor ihnen lägen einige arbeitsreiche Tage. Jiro meldete sich freiwillig für die erste Wache, und so schliefen die anderen, während er Logs und Notebooks durchging und ein Bild von allem zusammenstellte, was auf der Reise der *Ymir* geschehen war.

Plötzlich hatten sie viel Raum, um sich auszubreiten. Dinah war versucht, sich ans andere Ende der *New Caird* zurückzuziehen, um etwas ungestörter zu sein, aber Markus bestand darauf, dass sie alle unten im Kommandomodul schliefen. Die *New Caird* mochte von radioaktiver Verstrahlung frei sein, aber sie war den unmittelbaren Gefahren des Alls ausgesetzt. Ein Bolideneinschlag würde sämtliche Insassen umbringen. Ein Betastrahlung abgebendes Teilchen dagegen würde, in die Lunge eingeatmet, Tage oder Wochen brauchen, um das Opfer außer Gefecht zu setzen – Zeit, in der sie etwas Nützliches tun konnten.

Also schlief Wjatscheslaw schließlich in einer der Kojen auf der Wohnebene der Besatzung der *Ymir,* während Dinah und Markus sich eine andere teilten. Zu ihrer nicht geringen Überraschung schafften sie es sogar, miteinander zu schlafen, was in der Zeit nach dem Weißen Himmel nur ein einziges Mal passiert war. Es war ein verstohlenes Vergnügen, nicht das athletische Gevögel, das sie die ersten paar Male genossen hatten, damals, in den guten alten Zeiten, als der Harte Regen noch in ferner Zukunft gelegen hatte und die Cloud-Arche einem vorgekommen war wie eine einsame Forschungskolonie. Vom Rest der Menschheit durch eine Entfernung von Millionen von Kilometern und ein Delta v von mehreren Tausend Metern pro Sekunde getrennt hatte die *Ymir* jetzt etwas von diesem alten Flair. Und trotz der gespenstischen Szene, die sie bei ihrer Ankunft begrüßt hatte, gefiel es Dinah hier – es war die Weltraum-Entsprechung eines der alten Bergarbeitercamps von Rufus –, und sie hatte eigentlich keine Lust zurückzukehren.

Aber sie sollten keinen exotischen Urlaub genießen, sondern die Menschheit retten, also versuchte sie etwas zu schlafen. Als fünf Stunden später Markus' Wecker klingelte, schälte sie sich aus dem Schlafsack, in dem sie schliefen, wusch sich, so gut es ging, und schlüpfte in frische Kleidung. Die *Ymir* hatte sich schon vor langer Zeit in eine muffige Junggesellenbude verwandelt, knapp an Toilettenartikeln und, wie sie beim Durchstöbern des Gemeinschaftsbereichs feststellten, auch an Nahrungsmitteln. Sean war eindeutig an dem heißen Teilchen in seinen Eingeweiden gestorben, aber er war wahrscheinlich schon durch Unterernährung und sogar Sauerstoffmangel geschwächt gewesen. Denn die Systeme, mittels deren die Besatzung den Atemluftvorrat der *Ymir* ergänzt hatte, waren nicht in bestem Zustand. Die Neuankömmlinge wurden während ihres Schlafs zweimal durch einen Alarm des Lebenserhaltungssystems geweckt, den Jiro zum Schweigen brachte und um den er sich kümmerte.

Als sie alle wach waren, aßen sie etwas aus den mitgebrachten Vorräten und ließen sich von Jiro unterrichten.

»Ich will euch sagen, was mit dieser Expedition passiert ist«, sagte er. Und dann erzählte er ihnen die Geschichte, wie er sie aus den von den Toten zurückgelassenen Logs zusammengestückelt hatte.

Der Ausfall des Funkgeräts kurz nach Beginn der Mission war durch ein defektes Teil hervorgerufen worden, für das es keinen Ersatz gab: ein schlichtes, dummes Versäumnis. Die längste Etappe der Reise – die anderthalb Jahre, die sie damit verbracht hatten, von L1 zu Grigg-Skjellerup zu schweben – hatte aus langen Phasen von Langeweile bestanden, unterbrochen von gelegentlicher Panik, die größtenteils mit dem Lebenserhaltungssystem zu tun hatte. Das basierte auf der Algenzucht mithilfe von Sonnenlicht, ein Vorgang, der im Labor gut funktioniert hatte, sich auf der *Ymir* jedoch, wie sich herausgestellt hatte, schwer aufrechterhalten ließ. Die neuesten Sub-Archen in der Cloud-Arche hatten in dieser Hinsicht von den Lektionen profitiert, die man beim Betrieb solcher Systeme seit Null gelernt hatte, aber die *Ymir* war sehr früh gebaut und gestartet worden und hatte Systeme verwendet, die mittlerweile hoffnungslos veraltet erschienen.

Sobald sie Gregs Skelett erreicht und dadurch Zugang zu riesigen Wassermengen bekommen hatten, waren sie imstande gewesen, durch Aufspaltung von H_2O Sauerstoff zu gewinnen, und das Leben hatte sich verbessert. Bis dahin jedoch waren sie sauerstoffhungrig und angespannt gewesen und hatten versucht, ihren Luft- und Nahrungsmittelverbrauch auf ein Minimum zu reduzieren, indem sie teilnahmslos in ihren Säcken gelegen und sich immer wieder dieselben DVDs angesehen hatten. Ihre Gesundheit und ihre psychische Verfassung hatten gelitten.

Die Scherbe sprengten sie mithilfe kleiner bergbaulicher Ladungen, die entweder von Hand oder von Robotern platziert wurden, die Larz entsprechend programmierte, von Grigg-Skjellerup ab. In ihr vorderes Ende betteten sie das Kommandomodul ein und waren dadurch zum ersten Mal seit Beginn der Mission vergleichsweise sicher vor kosmischer Strahlung und vor Boliden. Es begann aufwärtszugehen. Sie begannen den Zugangstunnel in den Kern zu bohren. Ins hintere Ende der Scherbe brachten sie das Reaktorsystem ein und ließen es sich selbst ins Eis hineinschmelzen. Darum herum, im Herzen der Scherbe, begannen sie einen Hohlraum auszuheben und Sammelbehälter zu formen: Sie waren zur Aufnahme des zerkleinerten Eises gedacht, das von den Bergbau-Robotern produziert wurde. Zwölf Förderschnecken – lange, sich drehende Spiralen, wie man sie zur Beförderung von Getreide in Silos verwendet – wurden aufgebaut, um dieses lose Eis von den Sammelbehältern in den Raum zu befördern, der das warme Reaktorgefäß umgab, wo es schmelzen und in den Kern selbst gepumpt werden würde. Inzwischen arbeitete ein anderes Korps von Robotern an der Außenseite der Scherbe, schmolz das Eis jeweils leicht an, vermischte es mit dem mitgebrachten Fasermaterial und ließ es dann wieder zu dem sehr viel festeren Material mit Namen Pykrete gefrieren.

Das »Steampunk«-Antriebssystem hatte beim ersten »Brennstoß«, der sie auf den Kurs zurück zu L1 gebracht hatte, im Prinzip wie geplant funktioniert – wenn auch nicht ohne jede Menge

Bastelei und Kopfzerbrechen. Allerdings hatte es einige Probleme mit den Förderschnecken gegeben, über die die Reaktorkammer mit Eis beschickt wurde. Die Förderschnecken bekamen ihren Input aus Sammelbehältern, die durch den »Abbau« von festem Eis im Inneren der Scherbe gefüllt werden mussten, ein Vorgang, für den Roboter gut geeignet waren; somit funktionierte überhaupt nichts ohne die Hilfe einer kleinen Armee von Robotern, die Eisflöckchen vom Schacht zu den Sammelbehältern beförderten wie Ameisen, die einen Zuckerhut auseinandernehmen. So weit hatte das Ganze tatsächlich funktioniert. Aber einige der von den Robotern abgebauten Eisstücke enthielten kleine Steine. Diese blockierten die Förderschnecken. Blockaden ließen sich oft beheben, indem man die Förderschnecke kurze Zeit rückwärtslaufen ließ, aber manchmal musste man einen Roboter oder sogar einen Menschen in einem Raumanzug schicken, damit er einen Stein aus dem Mechanismus heraushebelte. Ein Unfall bei einer Förderschnecke hatte zum Tod eines Besatzungsmitgliedes geführt.

In den Monaten zwischen diesem ersten Brennstoß und ihrer Ankunft bei L1 hatte Larz an der Programmierung der Roboter gearbeitet, denen er beibringen wollte, kein von Steinen durchsetztes Eis zu sammeln. Sie führten eine Reihe von Systemtests durch, die sicherstellen sollten, dass die Probleme, die sie beim ersten Mal erlebt hatten, während des kritischen zweiten Brennstoßes nicht erneut auftreten würden. Diese reichten von Tests in kleinem Maßstab an einzelnen Robotern bis hin zu richtigen Generalproben, bei denen das gesamte System unter Energie gesetzt und der Reaktor eingeschaltet werden würde, um einige Minuten lang Schub zu produzieren.

Während der ersten dieser Generalproben war irgendetwas im Kern schiefgegangen und hatte einen Schaden am Hüllrohr eines Brennstabes zur Folge gehabt.

Jiro hatte eine Ahnung, was schiefgegangen sein könnte. Im

Reaktor der *Ymir* wurde Wasser – das geschmolzene Eis des Kometenkerns – als Moderator verwendet. In der Atomtechnik verstand man darunter ein Medium, das die bei der Kernspaltung freigesetzten Neutronen abbremste, wodurch sich die Wahrscheinlichkeit erhöhte, dass diese weitere solcher Reaktionen auslösten. Ohne einen effektiven Moderator würden die Neutronen größtenteils aus dem System entkommen, ohne von Nutzen zu sein.

Zwischen mausetot und außer Kontrolle gab es einen schmalen Grat von normalem und gesundem Energieausstoß, auf dem sich praktisch jeder kommerzielle Reaktorbetrieb abspielte. Das wesentliche Problem bei *Ymirs* Reaktor bestand darin, dass sein Moderator – als natürlich vorkommende Substanz – unrein und unberechenbar war. Das Wasser, das bei der ersten Generalprobe in die Kammer floss, war einige Monate zuvor, zur Zeit des anfänglichen »Brennstoßes«, aus Eis geschmolzen worden und hatte seither im Leitungssystem gestanden. Dort war es mit Steinen und Grieß in Kontakt gekommen, die es durch die Förderschnecken geschafft hatten. Diesem Gestein hatte es diverse Mineralien entzogen und war dadurch verunreinigt geworden. Als der Reaktor angefahren und die Pumpen eingeschaltet wurden, wurde dieses unreine Wasser durch Siebe und Filter gezogen, die alle diese Ablagerungen zurückhalten sollten. Aber es blieb trotzdem unreines Wasser und erfüllte, als es dem Kern zugeführt wurde, seine Funktion als Moderator nicht. Der Reaktor kam nur träge in Gang. Rückblickend konnte man erkennen, dass seine Neutronenökonomie unterdrückt, von den Unreinheiten im Wasser beeinträchtigt wurde. Auf diesen langsamen Start hatte das Bedienungspersonal überreagiert und die Steuerstäbe weiter ausgefahren, als es das ansonsten getan hätte. Doch sobald der erste Schwall unreinen Wassers durch das System geströmt und zur Düse hinausgeblasen worden war, war relativ sauberes, gerade erst vom Eis geschmolzenes Wasser nachgeflossen. Die Leistung des Reaktors war hochgeschnellt, wodurch sich ein plötzlicher Anstieg von Spaltprodukten in den Brennstäben ergeben hatte. Einige davon waren Gase wie Krypton und Argon. Die Gase hatten Druck erzeugt. Hüllrohre von Steuerstäben waren dafür ausgelegt, solchem Druck standzuhalten, aber eines davon hatte versagt und war gerissen. Möglicherweise hatte es die Fabrik in ausgezeichnetem Zustand verlassen, war jedoch irgendwo unterwegs von einem Nanometeoriten getroffen worden, der einen mikroskopisch kleinen Schaden hervorgerufen hatte. Jedenfalls war das Hüllrohr aus welchem Grunde auch immer geplatzt und hatte begonnen, die hochradioaktiven »Töchter« der Kernspaltung freizusetzen, und diese hatten sich mit dem Dampf vermischt, der zur Raketendüse hinausgeblasen wurde.

Der Fallout hatte sich daher größtenteils ins All verteilt. Aber der Sinn einer Raketendüse bestand ja gerade darin, die thermische Energie des Gases – seine Hitze – in Geschwindigkeit zu verwandeln. Je schneller der Dampf strömte, desto kälter wurde er, bis er in der Nähe des Düsenaustritts so kalt war, dass er sogar zu Schnee zu kondensieren begann. Winzige Partikel von Fallout gaben ausgezeichnete Kerne ab, um die herum sich eine Schneeflocke bilden konnte. Etwas von diesem Schnee war an den Eiswänden der Düsenglocke haftengeblieben.

Einer der Roboter, die in diesem Bereich herumkrabbelten und die Form der Düse aufrechterhielten, war, so die wahrscheinlichste Erklärung für das, was als Nächstes passiert war, mit einer Mischung aus Alphastrahlung abgebenden heißen Teilchen und Betastrahlung abgebenden Töchtern verseucht worden und hatte das Material an eine Stelle geschleppt, wo es auf den Handschuh eines Raumanzugs übergegangen war – möglicherweise durch einen ganz einfachen Vorgang wie den, dass ein Weltraumspaziergänger nach unten gegriffen hatte, um etwas Eis von der Klaue eines Grabbs zu wischen, oder den Fuß an eine Stelle gesetzt hatte, an der zuvor ein verstrahlter Grabb gewesen war. Die Verstrahlung war ins Kommandomodul gelangt, als der Weltraumspaziergänger hereingekommen war. Vielleicht hatten sie noch nicht einmal von dem gerissenen Hüllrohr gewusst und daher gar nicht auf Kontamination kontrolliert. Vielleicht waren aber auch, wie von Seans Notiz nahegelegt, ihre Geigerzähler einer nach dem anderen kaputtgegangen, und das hatte sie für das Vorhandensein von Radioaktivität in ihrer Umgebung blind gemacht. Jedenfalls hatten sich die Teilchen im Kommandomodul ausgebreitet. Einige Männer hatten sie eingeatmet, einige hatten sie verschluckt. Gesund waren sie von vornherein nicht gewesen.

Die gute Nachricht, wenn davon überhaupt die Rede sein konnte, war jedenfalls, dass der Reaktor und das Triebwerk prinzipiell funktionierten. Die Verbesserungen, die Larz an den Abbauprogrammen der Roboter vornahm, hatten zu weniger Steinen in den Sammelbehältern und beim L1-Brennstoß daher zu weniger Blockaden in den Förderschnecken geführt. Seither waren Nats in den Sammelbehältern herumgekrabbelt, hatten Steine ausfindig gemacht, die trotzdem hineingeraten waren, und sie von den Förderschnecken weggeschoben. Nach den Maßstäben der Alten Erde wäre der Schaden am Hüllrohr – wäre er an einem erdgebundenen Reaktor eingetreten – eine größere Katastrophe gewesen. Hier war er unschön und für einige bereits tödlich gewesen. Aber noch funktionierte alles. Ja, die *New-Caird*-Expedition würde eine radioaktive Katastrophe mitten in die Cloud-Arche bringen, aber sobald sie nahe genug waren, würden sie den Reaktor über Bord werfen und in die Atmosphäre fallen lassen.

Achtundvierzig Stunden, plus oder minus ein paar Minuten, blieben noch, bis die Erde riesig unter ihnen ins Blickfeld rücken und die Nadirseite der Scherbe schwitzen und dampfen würde, während die von der glühenden Luft aufsteigende Hitze das Eis erweichte, schmolz und vaporisierte. Dann würden sie die Steuerstäbe ausfahren und den nächsten großen Brennstoß der

Ymir ausführen müssen. Zuerst würden sie das ganze Schiff herumdrehen müssen, damit es »rückwärts« flog und seine Düsenglocke in die Bewegungsrichtung zeigte. Denn das Delta v, das sie brauchten, war ein negatives – ein abbremsender im Gegensatz zu einem beschleunigenden Brennstoß.

Für Drehbewegungen waren sämtliche Raumschiffe mit Steuerraketen ausgestattet: nicht stark genug, um große Delta v zu erzeugen, aber in der Lage, das Schiff als Ganzes in die gewünschte Lage zu drehen, damit das Haupttriebwerk in die richtige Richtung zeigte. In aller Regel waren die Steuerraketen effektiver, wenn sie außen, zu den »Ecken« des Fahrzeugs hin angebracht waren, wo sie mehr Hebelkraft ausüben und das Ding mit minimalem Schub herumwuchten konnten. Da man nicht gewusst hatte, was man bei Grigg-Skjellerup vorfinden würde, hatten die Missionsplaner für die *Ymir* eine Kollektion modularer Bausätze für Steuerraketen an Bord gepackt, die im Wesentlichen aus kleinen Raketentriebwerken, Treibstofftanks, drahtlosen Steuerverbindungen und Hardware zu ihrer Verankerung im Eis bestanden. Eine kursorische Überprüfung der *Ymir* und ein Blick in die Aufzeichnungen der toten Besatzung ergaben, dass Sean und seine Leute diese Vorrichtungen an passenden Stellen ins Eis eingebettet hatten: einen Komplex vorn am Bug, dessen Düsen in vier senkrecht zur Hauptachse liegende Richtungen zeigten, und vier weitere um den dicksten Teil der Scherbe herum angeordnet.

Nun, da die *New Caird* angedockt war, ließ sich ihr Triebwerk ebenfalls dafür einsetzen, die *Ymir* zu drehen. Doch dieses eine Manöver – eine Hundertachtzig-Grad-Drehung, die bei einem kleinen Fahrzeug wie einer Sub-Arche vergleichsweise einfach erschienen wäre – war bei etwas so Riesigem und Asymmetrischem wie der *Ymir* mit Schwierigkeiten und Komplikationen behaftet. Weil man von der Notwendigkeit ausging, die Steuerraketen benutzen zu müssen, schickte Dinah schon an jenem ersten »Morgen« Roboter hinaus, um sie zu überprüfen, und Wjatscheslaw stieg in einen Anzug und ging hinaus, um einen Defekt an einer Treibstoffleitung zu beheben, die irgendwie eine Macke abbekommen hatte. Doch die Bewegungen der Scherbe waren so behäbig, dass die eigentliche, kopfüber vollzogene Drehung acht Stunden und die Feinjustierung der exakt richtigen Lage weitere sechs dauerte.

Worauf Markus verkündete, dass alle ihre Annahmen wahrscheinlich ohnehin falsch waren.

»Die Atmosphäre ist zu groß«, sagte er. Er hatte lange Zeit grüblerisch auf eine Reihe E-Mails von Izzy gestarrt.

Dinah spürte einen Stich durchs Herz. Dass sie nach allem, was in den letzten beiden Jahren passiert war, noch immer so auf schlechte Nachrichten reagieren konnte, war bemerkenswert. Es schien sich um eine Art eingebautes psychologisches Programm zu handeln, das durch Sätze wie »Deine Mutter hat Krebs«, »In der Mine hat es eine Explosion gegeben« oder das, was Markus eben gesagt hatte, ausgelöst wurde.

Sie hatten bei der Planung der Cloud-Arche schon sehr früh gewusst, dass der Harte Regen die Luft erhitzen würde – *sämtliche* Luft, überall auf der Welt. Wenn Luft heißer wurde, dehnte sie sich aus. Die Atmosphäre konnte sich nur in eine Richtung ausdehnen: ins All. Also musste sich der Luftwiderstand, mit dem Izzy es in ihrer gewohnten Höhe von etwa vierhundert Kilometern aufgrund der Restluft zu tun hatte, zwangsläufig verstärken, während die Atmosphäre nach oben stieg. Wie heiß die Luft werden, wie stark sie sich ausdehnen und wie stark der Luftwiderstand werden würde, waren Fragen von enormer Bedeutung, die sich jedoch schlicht nicht beantworten ließen, bis der Harte Regen tatsächlich einsetzte. Wie Doob es stets formulierte, das Experiment der Sprengung des Mondes war noch nie versucht worden. Sie konnten allenfalls warten und Beobachtungen anstellen. Und genau das taten sie seit Einsetzen des Harten Regens auch. Aber Markus war während dieser Zeit meistens anderweitig beschäftigt gewesen und nahm erst jetzt die neuesten Ergebnisse auf.

Für die Cloud-Arche gab es natürlich Pläne, die verschiedenen Eventualitäten Rechnung trugen. Für den einfachen Fall, dass die Atmosphäre sich nicht sonderlich ausdehnte und der Luftwiderstand nicht sehr stark war, musste man nicht viel tun. In dem schwierigeren Fall – auf den das Experiment nun offenbar hinauslief – blieb keine andere Wahl, als die Umlaufbahn jedes Fahrzeugs, das sie hatten – Izzys selbst und jeder Sub-Arche –, anzuheben. Die dafür erforderlichen Delta v waren nicht sonderlich groß; dreihundert Meter pro Sekunde reichten aus, um die Orbitalhöhe fast zu verdoppeln und sie aus der Gefahrenzone zu bringen. Jede Sub-Arche hatte ihr eigenes Triebwerk und einen ausreichenden Treibstoffvorrat, um das bewerkstelligen zu können. Für Izzy war die Sache etwas komplizierter. Wenn man bereit war, sich von Amalthea zu trennen, waren dreihundert Meter pro Sekunde leicht zu schaffen. Amalthea auf die Fahrt mitzunehmen erhöhte den Treibstoffbedarf jedoch gewaltig. Dies alles war von den Missionsplanern schon vor langer Zeit ins Kalkül gezogen worden. So war man überhaupt erst auf die Strategie des Abladens und Verschwindens gekommen.

Für die Sub-Archen wäre es somit einfach, der sich verdichtenden Atmosphäre zu entkommen, indem sie Izzy zumindest vorläufig zurückließen und auf eine höhere Umlaufbahn sprangen. Das Problem mit dem Luftwiderstand wäre so gelöst. Allerdings würden sie dabei die Fähigkeit verlieren, hinter Amalthea Schutz zu suchen, und könnten durch Boliden Schaden nehmen. Wie viel Schaden genau, hing davon ab, wie dicht und schnell die Steine anflogen und wie ihre Größenverteilung aussah – auch das eine jener Fragen von enormer Bedeutung, die sich erst beantworten ließ, wenn der Harte Regen eingesetzt und man Daten gesammelt hatte.

Und bis jetzt waren die Daten zu dünn, als dass man eine

schlüssige Feststellung treffen konnte. Mit ein paar spektakulären Ausnahmen war es nur zu leichten Bolideneinschlägen und Verlusten gekommen. Aber das hieß nicht, dass es auch so bleiben würde. Der Weiße Himmel war ein sich ständig veränderndes Phänomen. Das explosive Hochschnellen der Bolidenfragmentierungsrate setzte sich immer noch fort. Die Verteilung der Steingrößen und der Orbitalparameter würde sich noch Tausende von Jahren lang verändern. Man konnte Trends beobachten und Voraussagen anstellen, aber ab einem bestimmten Punkt handelte es sich um reines Rätselraten.

Jedenfalls hatte Markus gewürfelt, was den Schritt anging, den sie jetzt ausführten. Wenn er funktionierte und sie die *Ymir* genügend abbremsen konnten, um sie mit Izzy zu verkoppeln, dann wurde die Strategie des Großen Sprungs möglich, und die Sub-Archen konnten hinter dem Schutz von Amaltheas Metall und *Ymirs* Eis auf größere Höhen steigen, die mehr Sicherheit boten.

Das Einzige, was Markus an diesem Plan bisher offenbar noch nicht berücksichtigt hatte, war, dass die Atmosphäre zu groß war.

In Wahrheit hätte es keinen Unterschied gemacht, wenn er es berücksichtigt hätte. Die ausschlaggebende Entscheidung war schon vor Wochen von Sean Probst getroffen und ausgeführt worden, als er bei L1 einen Kurs bestimmt und den Brennstoß vorgenommen hatte, der die *Ymir* auf ihre derzeitige Flugbahn gebracht hatte. Das war eine Ellipse mit einem sehr niedrigen Perigäum. Vom Standpunkt der Orbitalmechanik aus war das ein vernünftiger Gedanke, insofern das Dampftriebwerk an dieser Stelle maximale Hebelkraft entfalten würde – es war der naheliegende Ort, um einen Brennstoß auszuführen und den Übergang auf eine niedrige, kreisförmige Umlaufbahn zu bewerkstelligen, die der von Izzy entsprach. Aber vielleicht hatte Sean, von seiner zweijährigen Odyssee krank und erschöpft und durch den Ausfall seines Funkgeräts von der aktuellsten wissenschaftlichen

Auseinandersetzung abgeschnitten, die Ausdehnung der Atmosphäre übersehen, als er seine Berechnungen angestellt hatte.

»Tauchen wir ein?«, fragte Wjatscheslaw. Das war ein höflicher Euphemismus für das Szenario, bei dem die *Ymir* so tief geriet und so stark abbremste, dass sie verbrannte und einfach ein weiterer blauer Lichtstrich vor dem züngelnden Hintergrund der Pyrosphäre wurde.

»Wir werden eher hüpfen, glaube ich«, sagte Markus. Das hieß, die *Ymir* könnte von der Atmosphäre abprallen wie ein flacher Stein, der über einen Teich hüpft. »Mit unvorhersagbaren Folgen. Aber sicher bin ich mir nicht. Ich sage nur, dass es nicht nach dem Missionsplan vonstattengehen wird, den Sean sich vorgestellt hat. Es wird etwas anderes. Etwas, das vielleicht ein bisschen spannender wird.«

Weil er damit rechnete, dass Camila vielleicht auf der Hut war – sie hatte bereits einen Anschlag überlebt –, hatte sich der Attentäter, die abgesägte Flinte schussbereit, hinter das Heck des Schulbusses gekauert und wartete darauf, dass sie ausstieg. Ein schmaler Streifen Bürgersteig trennte die Seitentür des Fahrzeugs vom Eingang ihrer Schule, weshalb er keinen großen Spielraum für Fehler hatte. Er legte gewissermaßen einen Frühstart hin und sprang hervor, während Camila noch den Abstieg auf die Straße bewältigte; weil es leicht passieren konnte, dass sie auf den tiefen Saum ihrer Burka trat, während ihr Fuß nach dem Trittbrett tastete, musste sie es langsam angehen. Die Verzögerung rettete ihr das Leben. Von einer Lehrerin alarmiert, die in der Tür des Gebäudes stand, wandte sich Camila in den Bus zurück. Anstatt sie voll ins Gesicht zu treffen, harkte die Schrotladung durch die linke Seite ihres Kiefers, schlug ihr elf Zähne aus, riss ihr den Großteil der Wange ab und rief einen massiven strukturellen Schaden an ihrem Kiefer hervor. Chirurgen in Karatschi und später in London hatten die meisten Funktionen ihrer Zunge erhalten können, aus Knochenstücken, die sie ihrer Hüfte entnommen hatten, ihren Unterkiefer rekonstruiert und sie mit Zahnersatz ausgestattet. Nach einer Welttournee, auf der sie Geld für die Schulbildung von Mädchen in Afghanistan und in den Stammesgebieten von Pakistan sammelte, hatte man Camila in Holland dauerhaft Asyl gewährt. Von Spenden aus aller Welt finanziert hatten sich holländische plastische Chirurgen darangemacht, den kosmetischen Schaden zu reparieren. Das war ein langfristiges Projekt, das durch Camilas Auswahl als eine der holländischen Kandidatinnen für die Cloud-Arche unterbrochen worden war. Kein Mensch glaubte an ein Zufallsergebnis der Auslosung. Die holländische Regierung hatte eindeutig Einfluss genommen und dafür gesorgt, dass sie ausgewählt wurde, um damit einige konservative muslimische Länder in die Schranken zu weisen, die sich geweigert hatten, weibliche Archer zu nominieren, falls man ihnen nicht zusicherte, Vorkehrungen dafür zu treffen, dass sie in orbitaler Parda leben konnten. Für diesen symbolischen Zweck war Camila gut geeignet, denn sie hatte sich keine abendländische Lebensweise zu eigen gemacht. Sie kleidete sich konservativ und trug Kopftuch und Gesichtsschleier. Doch was die Frage anging, ob der Schleier die Unterwerfung unter die Forderungen der Religion bedeutete oder ihre Entstellung verbergen sollte, zierte sie sich. Vor Fernsehkameras hatte sie ihn mehrmals heruntergezogen, um ihre Narben zu zeigen, und als sie im Weißen Haus gegessen hatte, war sie nach Absprache mit ihrer Gastgeberin, der Präsidentin der Vereinigten Staaten, unverschleiert in den Speisesaal gegangen.

Julias verblüffende Ankunft auf der Cloud-Arche hatte daher zu einem Wiedersehen zwischen der vierundvierzigjährigen Expräsidentin und dem achtzehnjährigen Flüchtling geführt. Es freudig oder gar glücklich zu nennen wäre angesichts der Umstände falsch gewesen. Es lag aber nun einmal in der menschlichen Natur, dass manche Leute sich gut miteinander verstanden. Das war schon bei jenem Essen im Weißen Haus so gewesen und galt nun auch in Camilas Unterkunft, Sub-Arche 174, wo schließlich auch Julia unterkam, nachdem sie sich von ihrem ereignisreichen Herflug erholt und eine kurze Grundausbildung über das Leben im Raum durchlaufen hatte.

Sub-Arche 174 gehörte zu einer Heptade, d.h. einer Gruppe von sieben zu einem hexagonalen Rahmen verbundenen Sub-Archen; sie und fünf andere umgaben eine siebte, die in der Mitte des Hexagons platziert war und als Rund-um-die-Uhr-Gemeinschafts- und Arbeitsbereich für die Menschen diente, die in den anderen wohnten. Jeder Sub-Arche waren vier bis fünf Leute zugewiesen, und zwei weitere hatte man in kleine Privatkabinen am Kesselraum der zentralen Sub-Arche gequetscht, sodass sich die Gesamtbevölkerung der Heptade einschließlich Julia auf neunundzwanzig belief. Sie erhöhte sich auf dreißig, als Spencer Grindstaff sich eine Mitfahrgelegenheit in einem Flif organisierte, das ein Ersatzteil und einen Techniker von Izzy beförderte; dieser sollte ein Problem an einer Steuerrakete einer Sub-Arche beheben. Der Techniker kehrte auf Izzy zurück, als er fertig war, doch Spencer blieb und ergatterte eine Koje in Sub-Arche 215. Es gab eine Tendenz, dass sich die Besatzungen von Sub-Archen innerhalb einer Gruppe mit der Zeit nach Geschlecht aufteilten, während sie sich sortierten; 215 war vorwiegend männlich und hatte die gleiche Schicht wie 174, die komplett weiblich war. Beide hatten die zweite Schicht, die, aus mittlerweile rein historischen Gründen, kulturell gesehen in aller Regel amerikanisch war. Sie schliefen von dot 8 bis dot 16. Die erste Schicht war asiatisch, die dritte europäisch. Die kulturelle Färbung wurde durch das Essen perpetuiert: die warmen Düfte, die einem gleich am »Morgen«, wenn man den Gemeinschaftsraum betrat, in die Nase stiegen, die Geschmacksnuancen, die zu genießen man am »Abend« erwarten durfte. Da es dem Essen im Weltraum an Abwechslung fehlte, war das weitgehend eine Frage von Gewürzen. Die Angehörigen der zweiten

Schicht hatten ihre kleinen Tabascofläschchen, die der ersten Plastikpäckchen mit Currypulver und so weiter.

»Cliquenbildung« war der Begriff, den die Architekten zur Bezeichnung dieser Vereinigung von Sub-Archen zu Dreier- oder Siebenerformationen benutzten. Er vereinfachte die Aufgabe für Parambulator, indem er die Gesamtzahl eigenständiger Objekte verringerte, die verfolgt werden mussten. Er verschaffte den Archies mehr Lebensraum, in dem sie umherstreifen konnten, und sorgte im Falle eines Bolideneinschlags für eine gewisse Redundanz. Sie hatten allerdings eine Abneigung dagegen, etwas Größeres als eine Heptade zu bilden.

»Spencer, mir ist völlig klar, dass ich mich da überhaupt nicht auskenne«, sagte Julia, »aber ich verstehe die Obergrenze von sieben nicht. Während meiner frühen Briefings hat man mir versichert, dass sich Sub-Archen prinzipiell in beliebiger Zahl zusammentun können. Sie auf sieben zu beschränken kommt mir willkürlich vor. Was nahelegt, dass vielleicht irgendeine tiefere Absicht dahintersteht.«

»Einen Moment bitte, Madam President«, sagte Spencer. Er tippte gerade ziemlich viel.

»Sie sollten mich wirklich nicht so nennen«, gab Julia zurück, wenn auch in nachsichtigem Ton.

Spencer tippte auf die Entertaste seines Laptops, dann lehnte er sich leicht zurück und rückte seine Brille zurecht. Seine Augen huschten nacheinander zu verschiedenen Stellen des Bildschirms. Dann blickte er auf und verkündete mit klarerer Stimme: »Es ist alles abgeschaltet.«

»Die Überwachung, meinen Sie.«

»Das Lageerfassungsnetzwerk«, korrigierte er sie und zwinkerte ihr zu.

»Für Sie und mich Überwachung. Man kommt sich vor wie im Weißen Haus unter Nixon. Anspielung auf früher. Das verstehen Sie nicht. Also, wo war ich stehen geblieben?«

Camila wusste es. Sie hatte die ganze Zeit den Blick nicht von Julia gewandt; sie hatte alles im Griff.»Die Absicht hinter der Begrenzung auf sieben Sub-Archen?«

»Ja, danke, Camila. Ich kaufe ihnen ihre Argumente nicht ab. Mir kommt es eher wie eine Methode vor, die Bevölkerung zu atomisieren. Die Archies davon abzuhalten, ihr eigenes Gemeinwesen zu bilden, das als gesundes und wünschenswertes Gegengewicht zur zentralen Dominanz der Machtstruktur auf Izzy dienen könnte. Apropos, Spencer, ich möchte Ihnen sagen, wie sehr ich zu schätzen weiß, was Sie bei der... *Regelung* der Dinge... an der IT-Front geleistet haben. So wie gerade eben. Was uns die Freiheit gibt, uns untereinander zu unterhalten, ohne dass das LEN jedes Wort und jede Geste von uns aufzeichnet.«

Spencer nickte, als wollte er *Keine Ursache* sagen.

Es war dot 18, der Beginn des Arbeitstages für die Angehörigen der zweiten Schicht. Sie befanden sich in Sub-Arche 215, dem Zuhause von Spencer, drei weiteren Männern und einer Frau. Die anderen waren zum Frühstück im Gemeinschaftsbereich, zum Training oder zur Arbeit gegangen. Zu Spencer, Julia und Camila hatte sich ein Gast gesellt: Zeke Petersen, der im Raumanzug gekommen war und noch immer seinen Wärmeschutzoverall trug. Er wirkte leicht angespannt. Da Julia das spürte, wandte sie sich ihm mit einem Lächeln zu.»Major Petersen«, sagte sie,»es ist schön, dass Sie zu uns kommen konnten. Ich bin zwar neu im Weltall, aber mir ist schon klar, wie schwierig es ist, sozusagen einfach vorbeizuschauen und hallo zu sagen.«

»Na ja, strenggenommen bin ich kein Major mehr, denn das würde die Existenz eines Militärs voraussetzen«, sagte Zeke, »aber wenn wir schon höflichkeitshalber erloschene Titel verwenden wollen, dann danke ich Ihnen einfach für Ihre Gastfreundschaft, Madam President.«

Madam President brauchte ein Weilchen, um das zu analysieren, und war sich nicht ganz sicher, ob es ihr gefiel. Von dem

Schweigen nervös gemacht fuhr Zeke fort: »Ich möchte mich im Voraus dafür entschuldigen, dass ich nicht sehr lange bleiben kann. Ich bin hier, weil ich eine bestimmte Aufgabe zu erledigen habe, und sobald sie erledigt ist, muss ich weiter.«

»Sie sollen Sub-Arche 174 auf mögliche Schäden durch einen Mikrobolideneinschlag untersuchen«, sagte Julia.

»Jawohl, Ma'am.«

»Den habe ich gestern gemeldet. Ich hätte schwören können, dass ich ein lautes, knallendes Geräusch gehört habe. Es hat mich zu Tode erschreckt. Aber es scheint kein Schaden eingetreten zu sein. Und je mehr Zeit vergeht, desto mehr frage ich mich, ob ich es mir nicht bloß eingebildet habe. Der Weltraum ist eine laute Umgebung. Damit hatte ich nicht gerechnet. Die Steuerraketen sind so laut, wenn sie zünden. Vielleicht war es ja nichts weiter als das. Es wäre mir dermaßen peinlich, wenn ich Sie umsonst hätte kommen lassen.«

»Kommen lassen?«, fragte Zeke leicht verwirrt. »Das Ereignismeldesystem bildet eine automatische Warteschlange, die Aufträge werden nach dem Zufallsprinzip vergeben.«

Julia wechselte einen verschmitzten Blick mit Spencer. »Sie und Spencer sind jetzt seit über zwei Jahren zusammen auf Izzy«, sagte sie. »Bestimmt haben Sie seine Fähigkeiten schätzen gelernt – so wie ich.«

Zeke sah aus, als wäre ihm leicht mulmig. »Sie sind also reingegangen und haben die Warteschlange manipuliert?«

»Alte Gewohnheiten lassen sich schwer überwinden«, sagte Julia. »Ich bin es gewohnt, mit Leuten zu arbeiten, die ich kenne und denen ich vertraue. Wenn eine Untersuchung meiner Sub-Arche erforderlich ist und jemand das machen muss, warum dann nicht jemand, den ich schon kenne? Da die Aufträge, wie Sie sagen, nach dem Zufallsprinzip vergeben werden, können es genauso gut Sie sein.«

»Tja«, sagte Zeke, »wenn Sie es so formulieren, eigentlich bin ich ganz froh, mich ein paar Minuten mit Ihnen treffen zu können, Madam President. Ich will damit nur sagen, dass ich sowieso die komplette Inspektion durchführen muss, damit wir den Vorgang ordnungsgemäß abschließen können.«

»Natürlich, und ich wette, das geht ganz schnell«, antwortete Julia mit einem Augenzwinkern. »Zeke, Sie gehören zur Stammbevölkerung, nicht wahr?«

»Natürlich«, sagte Zeke. »Als ursprüngliches Besatzungsmitglied der ISS habe ich selbstverständlich ...« Doch dann irrte sein Blick zu Spencer ab, und seine Stimme verklang.

Julia lächelte. »Ein unangenehmes Thema ist zur Sprache gekommen, und man begegnet ihm am besten mit absoluter Transparenz. Obwohl Spencer schon lange ein zuverlässiges Besatzungsmitglied der ISS ist, hat man ihn aus der Stammbevölkerung herausgenommen und zum Archie degradiert.«

»Ich würde das nicht als Degradierung sehen«, begann Zeke.

Julia brachte ihn mit einem wegwerfenden Schlenker ihrer Finger zum Schweigen. Diese waren immer noch maniküft. Camila hatte ihr die Fingernägel gemacht. »Wir wissen alle, dass es eine Degradierung war. Markus hat es Spencer eröffnet, als er von der Schwarzen Acht erfahren und gesehen hat, was auf uns zukommt. O ja, man hat mich in die ganze sorgfältige Planung eingeweiht, die Markus in Gang gesetzt hat, als seine Liebste ihn praktischerweise darüber informierte. Hätten wir im Weißen Haus davon erfahren, weiß ich nicht, wie ich reagiert hätte – aber wir waren damit beschäftigt, Kourou zu schützen und Markus nach besten Kräften zu unterstützen. Spencer hier wurde nach langjährigen treuen Diensten durch diesen jungen Hacker abgelöst ...«

»Steve Lake?«, fragte Zeke.

Julias Blick huschte zu Camila, die nickte.

»Ja«, sagte Julia, »Steve Lake. Er ist wohl ziemlich clever, aber natürlich keine Konkurrenz für Spencer.«

»Konkurrieren sie denn miteinander?«, fragte Zeke.

»In gewissem Sinne, ja, wenn wir Archies dem allsehenden Auge des LEN ausgesetzt sind und der Stabev ein gewisses Maß an Privatsphäre zugestanden wird.«

»Das kommt darauf an, wo in der Raumstation man sich befindet«, begann Zeke, doch dann verklang seine Stimme.

»Davon habe ich keine Ahnung, da man mir dort nur sehr wenig Zeit zubilligt. Oh, ich kenne die offizielle Rechtfertigung. Ich biete nicht die Voraussetzungen, ein Mitglied der Stabev zu sein. Per Ausschlussverfahren macht mich das zum Archie. Prima. Aber das heißt nicht, dass ich nicht ein gewisses Maß an sozialer Verbindung mit alten Freunden aufrechterhalten darf, die dieses Privileg besitzen.« Julia drückte kurz Zekes Hand.

»Klar«, sagte Zeke, »und ich glaube, dass man diese beiden Bevölkerungen mit der Zeit sowieso nicht mehr als getrennte Gruppen sehen wird.«

»Ich weiß, das ist die offizielle Lehre«, sagte Julia amüsiert.

»Aber diese soziale Interaktion wird größtenteils nicht von Angesicht zu Angesicht stattfinden.«

»Das habe ich auch gehört. Schwer, sich vorzustellen, wie sich die Bevölkerungen vermischen sollen, solange das so ist.«

»Das meiste wird sich über Spacebook und Scape und was weiß ich, abspielen«, fuhr Zeke fort; er sprach von den Cloud-Archen-Versionen beliebter Internetkommunikations-Apps. »Jedenfalls bis...«

»Bis wir alle in den Himmel aufsteigen und bis an unser seliges Ende glücklich als eine einzige große, trauliche Arche leben«, sagte Julia. »Zeke, Sie kennen sich besser als jeder andere mit Weltraumoperationen aus. Was ist Ihre Meinung zu der Strategie, die Markus uns aufdrängt? Dem Großen Sprung? Schon der Name legt ja... ich weiß auch nicht, was, nahe.« Sie wechselte einen Blick mit Camila, die über die geistreiche Anspielung kicherte.

Zeke blickte sich um.

»Darüber müssen Sie sich keine Sorgen machen«, versicherte ihm Julia.

»Worüber?«

»Markus' Überwachungssystem.«

»Das LEN? Ich habe mir keine Sorgen darüber gemacht«, protestierte Zeke. »Ich habe nur nachgedacht.«

»Worüber denn, bitte schön? Major Petersen, nun mal Scherz beiseite, mir liegt wirklich sehr an Ihren Ansichten als Experte.«

»Um die Wahrheit zu sagen, ich denke darüber nach, wie dünn die Wände dieses Druckkörpers sind«, sagte Zeke. »Als Sie gestern diesen Bolideneinschlag gemeldet haben, haben Sie ziemlich beunruhigt geklungen – ich habe die Meldung gehört. Tja, Sie hatten auch allen Grund, beunruhigt zu sein. Ich mache das jetzt beruflich – ich gehe raus und inspiziere diese großen und kleinen Krater, die sich an unserer Ausrüstung häufen. Ich flicke Löcher, repariere Sachen, die kaputt sind, und hatte nun schon zweimal mit Todesfällen zu tun. Das ist kein Scherz. Wenn Markus eine Gelegenheit für uns sieht, im Schutz von Amalthea in den Himmel aufzusteigen, wie Sie das formulieren, tja, dann ist das einen Versuch wert, finde ich.«

»Wird Amalthea uns vor der dichter werdenden Atmosphäre beschützen? Camila hier hat die technischen Berichte für mich gelesen, die Spencer netterweise vom Server heruntergeladen hat. Sie sagt mir, dass es ziemlich ernst ist.«

»Die Ausdehnung der Atmosphäre? Die ist verdammt ernst«, sagte Zeke. »Aber mit Amalthea vorne dran hat Izzy einen riesigen ballistischen Koeffizienten. Sie kann durch ziemlich dichte Luft pflügen, und der Stein wird sämtliche Hitze absorbieren. Und in seinem Kielwasser können Sub-Archen mitfahren wie Radfahrer im Windschatten eines Lastwagens.«

»Alle Sub-Archen?«

Zeke schluckte. »Nein. Die Bugwelle, die Amalthea macht, ist nicht groß genug, um sämtliche Sub-Archen zu schützen. Es sei denn, sie fliegen so dicht beieinander, dass Parambulator verrückt spielt.«

»Und genau diesen Teil von Markus' Plan verstehe ich nicht«, sagte Julia. »Was soll mit all den Sub-Archen passieren, denen nicht das Privileg zukommt, es sich hinter Amalthea gemütlich zu machen?«

»Ich kenne nicht sämtliche Details des Plans«, sagte Zeke. »Er ist noch im Fluss.«

»Das heißt, es ist eigentlich gar kein Plan«, sagte Julia.

»Es hängt davon ab, wann die *Ymir* zurückkommt. In welchem Zustand sie ist. Wie viel Eis sie hat. Dann machen wir einen Plan.«

»Und wird das ein diktatorischer Prozess? Gemäß dem, wie heißt es doch gleich – diesem Ausnahmezustands-Ding?«

»ZVVVS«, sagte Camila.

Zeke zuckte mit den Achseln. »Ich glaube nicht, dass Markus es zur Abstimmung stellen wird. Er wird sich mit seinem Beraterstab zusammensetzen, und die werden das entscheiden.«

»Warum sich die Mühe machen, den Beraterstab zu konsultieren?«, fragte Julia, als wäre diese Vorstellung etwas faszinierend Neues.

»Um unterschiedliche Perspektiven einzubringen... sicherzustellen, dass ihnen nichts entgeht.«

»Gehören diesem Beraterstab auch Archies an, oder sollen wir bloß widerspruchslos sein Urteil hinnehmen?«

Zeke war verwirrt. Hätte er die Fähigkeit besessen, das Gespräch zurückzuspulen und noch einmal abzuspielen, hätte er erkannt, dass er ausmanövriert worden war. Da ihm diese Perspektive fehlte, war er erst einmal sprachlos.

Julia war es nicht. »Ich frage nur, weil ich eine Menge Archies kennengelernt habe. Ich habe ja sonst nichts zu tun. Keine Pflichten. Keine anwendbaren Fähigkeiten. Ich habe festgestellt, dass viele von ihnen sich nach ein bisschen Gesellschaft sehnen. Das ist ein natürliches menschliches Bedürfnis, genau wie

Schlaf und Bewegung. Also rede ich mit ihnen – persönlich hier in unserer kleinen Heptade oder über die Kanäle, die Sie erwähnt haben, Spacebook und Scape. Für diese jungen Menschen ist es zumindest einmal etwas Neues, ein Gespräch mit einer einsamen und gelangweilten Expräsidentin zu führen. Worauf ich damit hinauswill, Major Petersen, ist, dass unser System funktioniert hat. Die Auslosung und die Ausbildungscamps haben die intelligenteste Ansammlung junger Talente hervorgebracht, denen zu begegnen ich je das Privileg hatte. Sie bersten schier vor Energie und Ideen. Das ist im Augenblick die knappste Ressource in unserem Universum – knapper als Wasser, knapper als Lebensraum. Und insofern würde ich es für eine Schande halten, wenn irgendeine Hinterzimmerrunde, die Markus einberuft, um seinen Plan zu machen, ihre Energien verschwendet und ihre Ideen nicht berücksichtigt – immer vorausgesetzt, er überlebt überhaupt dieses nach meinem Dafürhalten ziemlich verrückte Unternehmen.«

Die Besatzung der ursprünglichen *James Caird* hatte nach den Gestirnen navigiert, um über Hunderte von Seemeilen stürmischer See nach Südgeorgien zu finden. Die Besatzung der *New Caird* musste etwas Ähnliches tun. Sie hatte es leichter. Dem Navigator auf der *James Caird* war nichts anderes übriggeblieben, als auf Lücken in der allgegenwärtigen Wolkendecke zu warten, hastig Beobachtungen anzustellen, wann er konnte, und diese anhand eines mechanischen Chronometers zu überprüfen, von dem er hoffte, dass er noch die richtige Zeit anzeigte. Die *New Caird* hatte bessere Zeitmesser und eine bessere Sicht auf den Himmel. Anstelle eines Sextanten hatten sie ein Gerät, das aus einem Weitwinkelobjektiv und einem hochauflösenden Bildsensor bestand und ihnen sagen konnte, in welche Richtung es zeigte, indem es das, was es sah, einfach mit einer astronomischen Datenbank in seinem Speicher verglich. Sie wussten also genau, wie sie im Raum lagen und wie diese Lage sich veränderte, während die Eisscherbe, an der sie anhafteten, die unerbittliche Mathematik ihrer langgestreckten Ellipse durchwanderte. Das, in Verbindung mit direkten Messungen der Position der Erde, ermöglichte es Markus, die Parameter ihrer Umlaufbahn zu berechnen und mit einer Präzision, die mit jedem nochmaligen Überprüfen der Zahlen zunahm, exakt zu bestimmen, wie lange sie unterwegs sein würden. Jedes Mal, wenn Izzy auf ihrer Seite des Planeten war, also etwa die Hälfte der Zeit, konnten sie, was die Ausdehnung der Atmosphäre anging, von Doob die neuesten Zahlen bekommen.

Bei der Zusammenschau dieser beiden Zahlengruppen begann die reine Newton'sche Mechanik an ihre Grenzen zu stoßen. Denn bei der herkömmlichen Berechnung der Flugbahn eines Raumfahrzeugs setzte man keine Atmosphäre und keine aus ihr resultierenden äußeren Kräfte voraus. Inzwischen war aber nicht mehr zu bestreiten, dass die *Ymir* tief genug fliegen würde, um die Luft zu streifen. Das bedeutete mindestens, dass sie einem Luftwiderstand ausgesetzt sein würde, der sie von dem Kurs abbrachte, den Sean Probst bestimmt hatte. Nun verhielt es sich so, dass der Luftwiderstand nicht allzu schwer zu berechnen war. Seine Auswirkungen auf ihren Kurs ließen sich schätzen, aber weil die Eisscherbe kein symmetrischer, gerade anfliegender Körper war, würde sie auch eine gewisse Auftriebskraft entwickeln. Nicht viel – nicht entfernt so viel wie der Flügel eines Flugzeugs –, aber doch etwas. Wenn diese Auftriebskraft in die falsche Richtung zielte, würde sie die *Ymir* abschmieren lassen wie ein Flugzeug in Not, das in seine tödliche Spirale übergeht. Doch wenn sie damit nach oben zielten, würde sie ihren Flug erleichtern, indem sie sie von der Erde weg in eine Höhe schieben würde, in der die Luft dünner war. Dort würden sie nicht mehr von der Auftriebskraft profitieren und wieder absinken, doch mit zunehmender Verdichtung der Luft würde sich die Auftriebskraft wieder geltend machen und sie abermals nach oben schieben. Vielleicht würden sie in der hektischen halben Stunde, in der sie sich um die Welt katapultierten, mehrmals von der Atmosphäre abprallen. Die Folgen wären selbst dann schwer vorauszusagen gewesen, wenn die *Ymir* ein herkömmliches Raumfahrzeug mit einer festen, regelmäßigen Form gewesen wäre. Aber die Scherbe war unregelmäßig. Sie hatten keine Zeit, sie auszumessen und die Ergebnisse in einen Aerodynamik-Simulator einzugeben, also konnten sie nur raten, wie viel Auftriebskraft die Scherbe erzeugen würde. Und wenn ihre Vorderkante und ihre Unterseite begannen, sich durch die Luft zu pflügen – auch wenn diese Luft vielleicht so dünn war, dass sie sich in den meisten Belangen nicht von einem Vakuum unterscheiden ließ –, würde sie sich erhitzen. Dampf würde davon aufsteigen, dieser würde einen gewissen Aufwärtsschub hervorrufen, und ihre Form würde sich verändern. Selbst wenn sie also in der Lage gewesen wären, die Aerodynamik der Scherbe, ihren Auftrieb und ihren Luftwiderstand, zu simulieren, so wären diese Zahlen schon bei ihrem ersten Zusammentreffen mit der oberen Atmosphäre rasch falsch geworden.

Verglichen mit allen diesen Komplexitäten erschien der Umstand, dass die *Ymir* rückwärtsfliegen und dafür ein beschädigtes, experimentelles nukleares Antriebssystem einsetzen würde, wie ein bloßes Detail.

Mit so vielen Unwägbarkeiten konfrontiert, hätte ein gut geführtes raumfahrttechnisches Projekt sämtliche weiteren Arbeiten ausgesetzt und sich mehrere Jahre lang damit beschäftigt, das Problem bis ins kleinste Detail zu analysieren, Eisstücke dem Strahl von Hyperschallkanälen auszusetzen, Simulationen herzustellen und mögliche Alternativstrategien durchzuspielen. Aber bis Markus die allgemeine Gestalt des Problems verstanden hatte, blieben ihnen noch vierundzwanzig Stunden bis zum Perigäum. Die mandarinengroße Erde war auf die Größe einer Orange angewachsen. Keine von Menschen ausgeübte Kraft konnte verhindern, dass die *Ymir* um sie herumfliegen und die Atmosphäre streifen würde. Sie konnten sich nicht einmal davor drücken. Die *New Caird* hatte, von der *Ymir* losgelöst, nicht genügend Treibstoff in ihren Tanks, um ihren Kurs wesentlich zu verändern, und würde den Flug am Ende ohnehin mitmachen. Deshalb stellte Markus eine vernünftige Vermutung darüber an, was ein guter Angriffswinkel – die Lage, die die *Ymir* gegenüber der Atmosphäre einnehmen würde – wäre, und setzte ein Programm von Zündungen der Steuerraketen in Gang, das die schwerfällige Scherbe im Laufe eines halben Tages in die Position brachte, die er für die beste erachtete.

Das »Heck« der *Ymir* zielte nun in die Bewegungsrichtung, die riesige Öffnung der Düse war nach vorn gerichtet, damit sie den hochwichtigen Bremsbrennstoß ausführen konnte. Doch inzwischen war sie so um ihre Längsachse gedreht, dass sich die *New Caird*, die immer noch in der Nähe ihres »Bugs« angedockt war und annähernd im rechten Winkel von der Scherbe abstand, auf der Zenitseite befand. Das bedeutete, ihr würde während des Durchflugs durch die obere Atmosphäre von der *Ymir* die Sicht auf die Erde genommen werden, und die Düse ihres Triebwerks würde nach »oben« in Richtung Sterne zeigen. Daher würde eine Zündung dieses Triebwerks tendenziell den Bug nach unten und das Heck nach oben drücken, eine Lage, die wahrscheinlich mehr Auftriebskraft erzeugen und dazu beitragen würde, der *Ymir* aus der Patsche zu helfen. Würde die Scherbe in die andere Richtung fallen, könnte sie in einer Lage enden, die viel mehr Luftwiderstand und viel weniger Auftriebskraft ergab, wodurch die ganze Vorrichtung tief in die Atmosphäre hineingezogen würde. Faktisch war die *New Caird* auf den Status einer kleinen Lagesteuerungsdüse reduziert worden. Sie konnte nur in eine Richtung drücken, weshalb sich Markus für die Richtung entschieden hatte, die am wahrscheinlichsten sinnvoll wäre, falls etwas schiefginge. Wjatscheslaw würde das Ganze im Pilotensitz der *New Caird* abreiten, von wo aus er aus einer Entfernung von einer Armeslänge einen Tunnelblick auf etwas schmutziges, fünf Milliarden Jahre altes Eis genießen würde. Er würde darauf warten, dass Markus, der unten im Gemeinschaftsraum der *Ymir* eingeschlossen war, ihm mündlich den Befehl gab, das Haupttriebwerk der *New Caird* zu zünden, falls das erforderlich war.

Das alles war bloßes Hintergrundgeräusch für Dinah, die voll und ganz damit beschäftigt war, die Bemühungen von Robotern zu koordinieren. Die Zahl der Nats lag bei mehreren Zehntausend. Man konnte sie nur kollektiv, als Schwärme, ansprechen. Sie einzeln anzusprechen und zu steuern war zwar möglich, aber schwachsinnig. Ihre allgemeine Aufgabe bestand darin, die Scherbe zu formen.

Ein Schwarm würde an der Innenfläche der Düsenglocke arbeiten. Im Augenblick befanden sich sämtliche Roboter dieses Schwarms draußen auf dem hinteren Ende der Scherbe und sonnten sich, um ihre inneren Energiereserven aufzufüllen. Auf ein Signal von Dinah hin würden sie alle an der kreisförmigen Mündung der Düse zusammenkommen, in die Glocke hineinklettern und sich verteilen, um sie während des Brennstoßes nach Bedarf nachzuformen. Sie würden ein Programm ausführen, das Larz entwickelt und verfeinert hatte. Also musste Dinah sie im Grunde nur einschalten.

Der kleinste der drei Schwärme befand sich in den Eissammelbehältern und führte Larz' Programm zur Fernhaltung von Steinen von den Förderschnecken aus. Da diese Roboter im Dunkeln arbeiteten, mussten sie ihre Energie über elektrische Anschlüsse beziehen, die die Besatzung der *Ymir* zu diesem Zweck installiert hatte.

Der größte der drei Schwärme jedoch war dafür zuständig, das Innere der großen Scherbe zu formen, während sie ausgehöhlt wurde. Bis die Reise zu Izzy vorbei war, würde das Eis größtenteils in die Sammelbehälter befördert und zur Düse hinausgeblasen worden sein, und zurückbleiben würde eine ausgehöhlte Hülle, die gerade noch so viel innere Struktur besaß, dass der Reaktor an Ort und Stelle gehalten wurde und eine gewisse Ähnlichkeit mit einer Düsenglocke gewahrt blieb. Das war aus zwei Gründen nicht so verrückt, wie es sich anhörte. Erstens taten Bergleute seit unvordenklichen Zeiten nichts anderes. Sie höhlten Berge nicht einfach aus, denn das würde zum Einsturz führen. Sie formten die Berge zu strukturell soliden architektonischen Systemen mitsamt Pfeilern, Bögen und Gewölben. So verhielt es sich auch hier, nur dass das Material Eis war und im Allgemeinen nicht so große Kräfte wirkten. Zweitens war das Innere der Scherbe vom bautechnischen Standpunkt aus gesehen größtenteils von geringer Bedeutung. Dass Flugzeuge und Rennwagen hohle Gehäuse – nur Haut und keine Knochen – gewesen waren, hatte seinen Grund. Die meisten strukturellen Kräfte wurden natürlich durch die äußerste Schicht des Fahrzeugs übertragen, weshalb es am sinnvollsten war, ihr Stärke zu verleihen. Genügend Stärke an der Außenseite machte es möglich, das Innere hohl zu lassen.

Eis war natürlich nicht das beste Material, mit dem man arbeiten konnte. Es war spröde. Aber die *Ymir*-Expedition hatte bei ihrem Aufbruch einen großen Vorrat an hochfester Plastikleine, Netzmaterial, Gewebe und losen Fasern mitgeführt. Und in den Monaten des Heranschwebens von Grigg-Skjellerup waren Larz' Roboter damit beschäftigt gewesen, das Eis in Pykrete zu verwandeln. Bei der Außenschicht von optisch schwarzem Eis handelte es sich nicht mehr um Eis als solches, sondern um ein synthetisches Material mit viel besseren strukturellen Eigenschaften. Gefroren konnte es Kugeln aufhalten. Geschmolzen und gefiltert ließ es sich in Wasser, Kunstfasern und schwarze Ablagerungen vom Beginn des Sonnensystems trennen. Jedenfalls konnten sich die größeren Roboter – die Grabbs und die Siwis –, die hauptsächlich für den intensiven Abbau des Materials auf der Innenseite zuständig waren, bis auf wenige Meter an diese Außenschicht herankratzen, ohne *Ymirs* Struktur zu gefährden. Der dritte Nat-Schwarm war dafür zuständig, hinter ihnen aufzuräumen und die inneren Pfeiler und Gewebe zu erhalten, die dafür sorgten, dass der Reaktor und die Sammelbehälter mitten in der hohlen Scherbe aufgehängt blieben. Dieser schwarmbasierte Eisform-Algorithmus war Larz' Erfindung gewesen, und er hatte zwei Jahre Zeit gehabt, ihn zu vervollkommnen, doch nun war Dinah dafür zuständig, und sie musste zwischen jetzt und dem Zeitpunkt, zu dem sie vollends dafür verantwortlich wurde, eine Menge lernen.

Von den Nats zahlenmäßig übertroffen, aber dafür zuständig, eine sehr viel größere Eismenge zu bewegen, waren die etwa hundert Grabbs und Siwis, die inzwischen größtenteils im Innern der Scherbe in Bereitschaft standen. Die meisten waren Allzweckroboter mit einigen zusätzlichen Merkmalen, dank deren sie sich auf Eis gut bewegen konnten, aber es gab auch ein halbes Dutzend Leatherface-Maschinen: größer dimensionierte Grabbs mit schaufelbesetzten Kettensägen als Gliedmaßen, dazu gedacht, schnell sehr viel Eis zu bewegen. Diese Arbeit verrichteten sie so gut, dass sie dazu neigten, ihre Umgebung zu zerstören, weshalb sie häufig den Ort wechseln mussten. Jedem von ihnen musste eine Entourage kleinerer Roboter folgen, die das von ihnen angerichtete Chaos aufräumten und sie an neuen Stellen verankerten.

Theoretisch war das Ganze einfach ein großes Computerprogramm, dessen Ausführung den massiven Eishügel zügig in so etwas wie eine entkernte Walnuss verwandeln würde: eine dicke, zernarbte Außenschale mit einem organischen Innensystem von Rippen, Adern und Netzen. Wie jedes andere Computerprogramm würde es vielleicht perfekt laufen, wenn Dinah es startete. Aber es könnte genauso gut schiefgehen, vielleicht auf eine Weise, die nicht gleich ins Auge sprang. Einen Großteil von Dinahs Aufgabe würde somit die Lageerfassung ausmachen. So interessant es vielleicht sein würde, zum Fenster hinauszuschauen und zuzusehen, wie die Erde mit knapp vierzigtausend Kilometern pro Stunde vorbeiraste, sie würde den Kopf unten behalten und ein Getöse von schwachen und zweideutigen Signalen nach Anzeichen dafür durchsuchen müssen, dass etwas schiefging. Sie stellte sich gern vor, dass ihre Zeit als Mädchen in einem Bergarbeitercamp, als sie vor einem Funkgerät gesessen und versucht hatte, durch statisches Rauschen und Überlagerungen hindurch Morsesignale von weit weg aufzufangen, sie vielleicht in gewisser Weise darauf vorbereitet hatte.

Schon wenige Minuten nach Beginn seines Scape-Gesprächs mit J.B.F. wurde Doob klar, dass er seinen Job vor zwei Jahren zu gut gemacht hatte.

Er war mit dem Auftrag in die Besprechung in Camp David gegangen, der Präsidentin das exponentielle Zerbrechen des Mondes verständlich zu machen, das sämtliches Leben auf der Erdoberfläche auslöschen würde. In seiner Rolle als Doc Dubois hatte er die Begriffe Weißer Himmel und Harter Regen als leicht zu begreifende Verdeutlichungen von Phänomenen geprägt, die in Wahrheit sehr viel komplizierter waren. Nun wünschte Dr. Harris, der selige Doc Dubois hätte nie seine große Klappe aufgerissen.

Er befand sich in einer Ecke des Büros, die sich seit dem Abflug der *New Caird* in eine Art Bullenkloster verwandelt hatte, wo er, Konrad und noch ein paar Orbitalmechanikfreaks abhingen. Das Büro hatte schon immer so etwas wie eine Highschoolcafeteria betrieben, wo verschiedene Cliquen gewohnheitsmäßig an bestimmten Stellen saßen, und inzwischen verfestigten sich diese Zugehörigkeiten und wurden Teil von Izzys ungeschriebenem Verfahrenshandbuch. Jedenfalls hatten sie Schaubilder und Diagramme ausgedruckt, die in mehr oder weniger abstrakter Form alles darstellten, was sie über die laufende Entwicklung der Mondtrümmerwolke und deren möglicher Bedeutung für die Zukunft der Cloud-Arche wussten. Der Verbrauch von

Papier und Druckertinte war ziemlich verschwenderisch gewesen. Zwei Generationen später würde man, wenn dann überhaupt noch Menschen lebten, diesen Haufen Dokumente mit einer Mischung aus Abscheu und Verblüffung betrachten. Denn dann würde Papier knapp sein, und man würde seine Verwendung für solche Zwecke in etwa so sehen, wie Amerikaner des einundzwanzigsten Jahrhunderts die Verwendung von Walratöl als Brennstoff für Straßenlaternen gesehen hatten.

Doch dann würde das Leben besser werden, in riesigen rotierenden Weltraumkolonien würden Wälder von gentechnisch veränderten Bäumen wachsen, Papier würde reichlich vorhanden sein, und man würde diese kümmerlichen, vergilbten Zettel als Belege für die von den Archern erlittenen Entbehrungen in einem Museum ausstellen.

Immer vorausgesetzt, sie vermasselten es nicht. Und das war das eigentliche Thema des Scape-Gesprächs mit Julia. Sie schwebte in ihrer Sub-Arche. Sie schien sich an die Schwerelosigkeit gewöhnt zu haben; sie hatte eine Möglichkeit gefunden, ihre Haare dicht am Kopf zu halten, das Mondgesicht war zurückgegangen, ihr war nicht sichtlich übel. Im Hintergrund drifteten Leute hin und her. Von ihnen erkannte Doob nur Camila. Ein paar andere Kids taten etwas, was nach Arbeit aussah: stupsten und massierten zielgerichtet ihre Tablets, blickten von Zeit zu Zeit auf und führten kurze Gespräche. Ein südasiatischer Bursche, ein afrikanisches Mädchen, noch ein Mädchen, wahrscheinlich Chinesin.

Mädchen, Kid, Bursche, Mädchen. Sein in langen Berufsjahren in der akademischen Welt kultiviertes, politisch korrektes Über-Ich versuchte, seine Scham-Neuronen anzufeuern. Doob verspürte keine Scham – darüber war er längst hinaus –, aber ihn beeindruckte, wie jung die Archies waren, wie sehr sie sich demografisch von der Stammbevölkerung unterschieden. Es rief das vage beunruhigende Gefühl in ihm hervor, nicht mehr dazuzugehören. Es war Jahrzehnte her, dass er jung gewesen war, aber er hatte trotzdem immer zu den coolen Kids gehört, viele Follower bei Facebook und Twitter gehabt. Jetzt saß er auf Izzy fest, und Julia saß in einer Sub-Arche fest. Sie beide hielten sich in völlig verschiedenen Bevölkerungen auf. Angehörige der Stabev sahen einander ständig und redeten von Angesicht zu Angesicht miteinander. Archies waren in ihren Sub-Archen abgesondert und mussten sich sozialer Medien bedienen, um Außenkontakte aufzunehmen. Doob hatte seit dem Weißen Himmel nicht mehr auf seine Spacebook-Seite geschaut, und das Gespräch mit Julia hatte sich um eine Viertelstunde verzögert, während er versuchte, mit dem Benutzer-Interface von Scape zurechtzukommen – mit dem Julia offensichtlich vertraut war und sich wohlfühlte. Sie benutzte es ständig, und wenn es nicht funktionierte, würde eines der Kids im Hintergrund ihr helfen.

Noch ein Fingerzeig: Während Doob sich mit Scape abgemüht hatte, hatte er einen kurzen Gesprächsfetzen vom anderen Ende mitbekommen, bei dem das südasiatische Kid Julia mit »Madam President« angeredet hatte. Das erschien ihm so eigenartig, dass er versucht war, es anzusprechen. Aber er wusste, wie die Antwort lauten würde: Es war eine bloße Höflichkeitsformel. Ehemalige Präsidenten und Präsidentinnen wurden immer so angeredet. Das hatte nichts zu bedeuten. Warum machte er so ein Getue darum? Er würde wie eine Mischung aus ungehobelt und auf komische Weise überempfindlich wirken.

»Dr. Harris, wie Sie wissen, bin ich hier so etwas wie das fünfte Rad am Wagen, deshalb möchte ich, dass Sie wissen, wie sehr ich es zu schätzen weiß, dass Sie sich bei allem, was auch immer Sie zu tun haben, überhaupt Zeit genommen haben, sich mit mir in Verbindung zu setzen.«

»Keine Ursache, Madam... *Julia*«, sagte Doob und widerstand, weil es sich um eine Videoverbindung handelte, dem Drang, sich selbst zu ohrfeigen.

Sie fand das interessant, beschloss aber, nicht darauf einzugehen. »Ich komme mir hier vor wie eine Jugendbetreuerin«, sagte sie. »Natürlich war ich im Vorfeld über jedes Detail in der Arbeit der Architekten unterrichtet. Aber im Weißen Haus zu sitzen und sich Powerpoint-Präsentationen anzusehen ist eins. Tatsächlich hier oben zu sein ist etwas ganz anderes.«

Das war ganz offensichtlich ein Köder. Im vollen Bewusstsein dessen, wie dämlich er sich verhielt, sagte Doob: »Inwiefern?«

»Na ja, das Spektrum kultureller Perspektiven ist natürlich riesig«, sagte Julia. »Aber davon abgesehen stelle ich viel Unsicherheit fest. Das Gefühl, dass sämtliche Talente und Energien der Archies an der Entfaltung gehindert werden – wie bei Geistern, die nur darauf warten, dass jemand die Lampe reibt. Sie wollen alle unbedingt helfen.«

»Es ist allerdings erst zwei Wochen her, dass der Harte Regen eingesetzt hat«, gab Doob zu bedenken. »Wir haben noch ungefähr fünftausend Jahre vor uns.«

»Die Archie-Community ist sich dieser Zahlen wohl bewusst«, bemerkte Julia.

Die Archie-Community. Wow. Wie sie das hatte einfließen lassen, nötigte ihm Bewunderung ab.

»Julia, welchen Zweck verfolgt dieses Gespräch? Kann ich davon ausgehen, dass alles, was ich Ihnen an Antworten gebe, hinterher irgendwie an die Archie-Community weitergegeben wird? Für solche Zwecke haben wir nämlich eine E-Mail-Liste. Eine E-Mail-Liste, auf der sämtliche menschlichen Wesen stehen.«

»Diese Liste ist das letzte Mal vor zwei Tagen verwendet worden. Für Archies, die man an der Entfaltung hindert, ist das eine Ewigkeit.«

»Wir waren mit der *New-Caird*-Expedition ein kleines bisschen beschäftigt.«

»Darauf ist man in der Archie-Community sehr neugierig.«

»*Hier* ist man darauf auch sehr neugierig.«

»Ich meine, was ihren Zweck angeht«, sagte Julia.

»Wie könnte ihr Zweck denn noch klarer sein?«, fragte Doob. »Jeder, der es durch das Auswahlverfahren und die Ausbildung geschafft hat, die man brauchte, um Archie zu werden« – *und Sie gehören nicht dazu, Julia* – »wird genau verstehen, was wir vom Standpunkt der Orbitalmechanik aus zu tun versuchen.«

»Uns die gewaltige Wassermenge zu verschaffen, die aufgewendet werden muss, um den Schachzug mit dem Großen Sprung zu versuchen«, sagte Julia. »Ja, Dr. Harris, das verstehe sogar ich.«

»Schachzug? Wirklich?«

»Geben sich Vertreter der Stabev eigentlich jemals viel Mühe, sich mit den Gedanken und Vorstellungen der A.C. vertraut zu machen?«, fragte Julia.

»Der was?«

»Der *Archie-Community*«, erklärte Julia mit einem ganz leichten Augenverdrehen.

»Es wechseln sich jederzeit etwa zehn Prozent der Archies turnusmäßig in Izzy ab. Das wissen Sie. Es ist die größte Zahl, die wir unterbringen können.«

»Ich habe mit mehreren geredet, die diesen turnusmäßigen Wechsel erlebt haben. Sie berichten alle das Gleiche. Sobald man die privilegierte Umgebung von Izzy betritt, wo sicherere Bedingungen herrschen und wo es mehr Bewegungsfreiheit, besseres Essen und mehr Kontakt mit Führungskräften gibt, erscheint das Weltbild der Stabev vollkommen vernünftig. Was nur den Rückkehrschock verstärkt, wenn man wieder in seine Sub-Arche zurückbefördert wird.«

Doob biss sich auf die Zunge.

Julia fuhr fort: »Wie wäre es, wenn man die Rollen mal ein bisschen vertauscht – Angehörige der Stabev zeitweilig zu einem Gastaufenthalt in Sub-Archen unterbringt, die nach dem Zufallsprinzip ausgewählt werden?«

»Wie das wäre?«, fragte Doob. »Welchen Sinn soll das denn haben?«

»Vom rein technokratischen Standpunkt aus vielleicht überhaupt keinen«, sagte Julia. Und ließ den Rest ihres Gedankens ungesagt.

»Wenn ich zu einem ›Gastaufenthalt‹ in eine zufällig ausgewählte Sub-Arche ginge, was würde ich dann erfahren, was ich nicht auch auf Scape oder Spacebook erfahren kann?«

»Sehr viel, da Sie diese Apps eigentlich gar nicht nutzen«, sagte Julia, deren Stimme an Amüsiertheit zunahm.

»Ich bin ein bisschen damit beschäftigt, die *New Caird* nach Hause zu holen. Nur zu, sagen Sie's mir. Was entgeht mir?«

Auf der anderen Seite des Tisches fiel ihm eine Bewegung ins Auge.

Er blickte auf und sah Luisa, die den Kopf schüttelte. Dann klemmte sie mit beiden Händen ihr Gesicht ein, schloss kurz die Augen und schlug sie wieder auf. Doob spürte sein Gesicht warm werden und widerstand abermals der Versuchung, sich zu ohrfeigen.

»In der A. C. gibt es sehr viel schöpferische Unruhe um alternative Strategien«, sagte Julia mit der energischen, gebieterischen Stimme, wie sie einer Frau zukam, die soeben zur Sprecherin besagter Archie-Community gesalbt worden war. »Es entwickelt sich gerade eine faszinierende Denkschule um die Idee eines Fluges durch sauberen Raum zum Mars.«

»Sauberen Raum?«

»Ach so, ich hatte vergessen, dass Sie die einschlägigen Diskussionsgruppen nicht verfolgen. Sauberer Raum, so nennt Tav die translunare, von Boliden relativ freie Zone.«

»Tav? Tavistock Prowse?«

»Ja, Sie sollten gelegentlich mal einen Blick in den Blog Ihres alten Freundes werfen.«

Tav war einen Monat vor dem Weißen Himmel zu Izzy hinaufgeschickt worden, nachdem irgendwer auf der Erde beschlossen hatte, dass die sozialen Medien der Kitt waren, der die Cloud-Arche zusammenhalten würde, und dass Tav für derlei genau der Richtige war.

»Ich habe zu tun«, sagte Doob. »Aber Tav müsste eigentlich wissen, dass wir die Mars-Option bis zum Gehtnichtmehr simuliert und durchgespielt haben, und es ist einfach keine gute Idee.« Er konnte sehen, dass Julia einen Einwand formulierte, hatte aber nicht die Geduld, ihn sich anzuhören. »Jeder, der ernsthaft dafür eintritt, dass wir zum Mars fliegen, hat...« Er wollte nicht sagen, was er wirklich dachte, nämlich *nicht alle Tassen im Schrank*, und begnügte sich deshalb mit: »...einige der praktischen Realitäten nicht berücksichtigt. Eine Sonneneruption zur falschen Zeit könnte alle umbringen.«

»Nur wenn alle *gehen*.«

»Wenn Sie davon reden, nur ein Kontingent zum Mars zu schicken, dann müssen Sie bedenken, wie viel von unserer Ausrüstung und unseren Vorräten dieses Kontingent wird mitnehmen dürfen.«

»Ich glaube, viele begabte Archies würden sich für ein kleines, schlankes Vorauskommando freiwillig melden. Die Verlockung des sauberen Raums ist stark.«

»Tja, wir befinden uns aber nicht in dem, was Tav für sauberen Raum hält«, sagte Doob, »sondern wir befinden uns im schmutzigen Raum und müssen uns auf diese Realität konzentrieren, anstatt über Reisen zum Mars zu spintisieren.«

»Daran müssen Sie mich nicht erinnern«, begann Julia.

»Richtig. Sie haben gesehen, wie Ihr Freund und Kollege von einem Boliden zerfetzt wurde. Ich habe sogar Ihren Spacebook-Eintrag darüber gelesen, Julia, er war sehr anrührend. Ich spüre jedoch ein ›Aber‹ kommen.«

»Während die Tage ohne ernsthaften Zwischenfall verstreichen, beginnen die Leute sich zu fragen, wie schmutzig der

Raum eigentlich ist. Das Interesse an der Option ›Abladen und Verschwinden‹ nimmt zu. Inzwischen kommt einem der Weiße Himmel wie ein alter Hut vor. Wir haben es mit dem Harten Regen zu tun. Jeder Tag bringt ein, zwei Kurskorrekturen mit sich, um einem Boliden auszuweichen, und eine ganze Latte kleinerer Zwischenfälle. Aber die Zahl der Todesopfer steht bei...«

»Achtzehn, seit zehn Minuten«, sagte Doob. »Wir haben gerade Sub-Arche 52 verloren. Wie Sie sehen, halte ich mich durchaus auf dem Laufenden.«

»Es tut mir leid, das zu hören«, sagte Julia, »und ich wette, der Rest der A.C. wird genauso empfinden, sobald man ihnen die Neuigkeit mitgeteilt hat.«

»Sie steht in einer Scheißtabelle, Julia. Man muss sie sich nur anschauen. Wir teilen keine Neuigkeiten mit. Das ist hier nicht das Weiße Haus.«

»In vieler Hinsicht verhält es sich aber wie das Weiße Haus«, sagte Julia. »Ein Weißes Haus in einer Umlaufbahn, von rechtsstaatlicher Gewaltenkontrolle unbehindert. Aber das Weiße Haus hatte wenigstens einen Pressekonferenzraum, eine Methode, andere zu erreichen. Ich würde mit dem größten Vergnügen...«

»Warum reden Sie überhaupt mit mir darüber?«, fragte Doob. »Ich bin Astronom, Scheiße nochmal.« Dann ein Gedanke. »Wie viele solcher Gespräche haben Sie mit anderen Angehörigen der Stabev geführt?« Er war davon ausgegangen, dass Julia ihn herausgegriffen hatte, weil sie ihn für etwas Besonderes hielt, aber was wusste er schon, vielleicht hatte sie ja eine Anrufliste so lang wie ihr Arm, zusammengestellt von diesen emsigen jungen Leuten im Hintergrund. »Ivy hat vorübergehend das Kommando.«

»Ich bin mit der Befehlskette vertraut, die man improvisiert hat«, gab Julia zurück. »Um Ihre Frage zu beantworten, Dr. Harris, ich rede ebendeshalb mit Ihnen, weil Sie Astronom und von daher in der Lage sind, auf die Fragen und Bedenken zu antworten, die es in der A.C. hinsichtlich Art und Umfang der Bedrohung durch den schmutzigen Raum gibt. Diese Neuigkeit von Sub-Arche 52 wird Fragen hinsichtlich der Effektivität von Ivys derzeitiger Strategie aufwerfen.«

»Das ist ein statistisches Problem«, sagte Doob. »Um A+0.7 herum hat es aufgehört, ein Problem der Newton'schen Mechanik zu sein und ist zu Statistik geworden. Und seither ist es Statistik. Und es läuft alles auf die Verteilung von Bolidengrößen, auf die Umlaufbahnen, auf denen sie sich bewegen, und darauf hinaus, wie diese Verteilungen sich mit der Zeit ändern – und das können wir nur durch Beobachtung und Extrapolation erfahren. Und wissen Sie was, Julia? Selbst wenn wir über jeden einzelnen dieser statistischen Parameter genau Bescheid wüssten, wären wir immer noch nicht imstande, die Zukunft vorauszusagen. Weil wir ein n von 1 haben. Nur *eine* Cloud-Arche, nur *eine* Izzy, mit der wir arbeiten können. Wir können diesen Versuch nicht tausendmal durchführen, um festzustellen, in welchem Bereich sich die verschiedenen Ergebnisse bewegen. Wir können ihn nur einmal durchführen. Der menschliche Verstand hat Probleme mit solchen Situationen. Wir sehen Muster, wo gar keine sind, wir finden Bedeutung in Zufälligkeit. Eben haben Sie noch in Zweifel gezogen, ob der schmutzige Raum wirklich gar so schmutzig ist. Dann habe ich Ihnen erzählt, was gerade mit Sub-Arche 52 passiert ist, und jetzt nehmen Sie auf einmal den anderen Standpunkt ein. Sie sind nicht hilfreich, Julia. Sie sind nicht hilfreich.«

Julia machte nicht den Eindruck, als nähme sie diese Bemerkungen so auf, wie sie gemeint waren. Stattdessen blickte sie ihn vom Bildschirm aus mit schmalen Augen an und schüttelte leicht den Kopf. »Ich verstehe die Heftigkeit Ihrer Reaktion nicht, Dr. Harris.«

»Dieses Gespräch ist vorbei«, sagte Doob und trennte die Verbindung. Dann widerstand er der Versuchung, das Tablet auf den Tisch zu knallen. Stattdessen lehnte er sich auf seinem Stuhl zurück und schaute Luisa zum ersten Mal seit einer ganzen Weile in die Augen. Auf einer bestimmten Ebene hatte er die ganze Zeit ihr Gesicht sehen wollen. Aber Julia hätte das bemerkt, hätte sich denken können, dass noch jemand im Raum war und stumm zuhörte.

Wie es wahrscheinlich auch jemand an Julias Ende getan hatte. Luisa saß einfach in ihrem Modus als zuhörende Seelenklempnerin da.

»Es wäre leichter«, sagte Doob, »wenn ich dahinterkäme, was zum Teufel sie will.«

»Du gehst davon aus«, sagte Luisa, »dass sie einen Plan hat. Das bezweifle ich. Sie wird von Machtstreben angetrieben. Sie findet irgendeine Möglichkeit, dem zu frönen, und unterfüttert es hinterher mit einer Rationalisierung.«

Doob zog sein Tablet näher heran und fing an, nach Tavs Blog zu suchen. »Was meinst du, inwieweit sie wirklich Fakten über die A.C. wiedergibt? Und nicht selbst die Realität schafft, die sie schildert?«, fragte Doob.

»Was ist der Unterschied?«, fragte Luisa.

Dinah blickte auf und sah, dass die Erde die Größe einer Grapefruit hatte. Sie machte ein Nickerchen, aß etwas und klemmte sich wieder hinter die Arbeit, dann sah sie im Aufblicken, dass die Erde die Größe eines Basketballs hatte. Immer noch nicht so groß; und dennoch hatten sie ein solches Tempo drauf, dass sie nur noch eine Stunde entfernt war.

Sie hielten eine letzte Einsatzbesprechung im Gemeinschaftsraum der *Ymir* ab, der zur improvisierten Brücke dieses unansehnlichen Schiffs geworden war.

Dinah hatte aus verschiedenen Teilen des Kommandomoduls drei Flachbildschirme geschnorrt und sie mit Kabelbindern am Tisch des Gemeinschaftsraums befestigt. Darauf waren einander überlappende Fenster unterschiedlicher Größe zu sehen. Einige waren Terminalfenster, die Log-Einträge, oder Editorprogramme, die Code zeigten, doch die meisten waren Videoeinspielungen, die die Blickpunkte verschiedener Roboter beim Eisabbau zeigten. Nur einer von ihnen schaute nach draußen: Sie hatte einen überzähligen Siwi am Heck, in Richtung Nadir, postiert und seine Kamera auf die Erde gerichtet. Davon abgesehen würde ihre einzige »Lageerfassung« von einem Astronavigationsprogramm kommen, das in einem kleinen Fenster eine dreidimensionale Darstellung der Erde zeigen würde, über die als geometrische Kurve die Flugbahn der *Ymir* gelegt war. Am unteren Rand dieses Fensters befand sich eine Reihe von Graphen, die Geschwindigkeit und Höhe versus Zeit darstellten. Im Augenblick betrug ihre Geschwindigkeit etwa sechstausend Meter pro Sekunde, nach nur viertausend vor einigen Stunden; wenn sie nichts unternahmen, würde sie sich innerhalb der nächsten Stunde verdoppeln und dann wieder sinken, während sie das Perigäum hinter sich ließen und in den Raum davontrieben.

Diese Geschwindigkeit würde sie wieder bis zu L1 führen, falls Jiro bei seiner Aufgabe – die darin bestand, sie abzubremsen – keinen Erfolg hatte. Er hatte sich mit einem einzigen Flachbildschirm begnügt, den er dem Triptychon von Dinah direkt gegenüber auf der anderen Seite des Tisches aufgestellt hatte. Von hier aus würde er den Reaktor bedienen. Er hatte bereits begonnen, einige der Steuerstäbe auszufahren, nur um ein Gefühl dafür zu bekommen, wie rasch der Reaktor Vollast erreichen würde, wenn er ernst machte. Eine Fehlkalkulation an dieser Front hatte zu dem Riss im Hüllrohr geführt, der indirekt Sean umgebracht hatte, und diesmal wollte Jiro keine Überraschungen.

Einige Minuten vor dem Perigäum würde Jiro, wenn Markus befand, dass ansonsten alles nach Plan verlief, Befehle eingeben, die den Reaktor auf seine volle thermische Leistung von etwa vier Gigawatt hochfahren würden. Eis würde zu überhitztem Wasser schmelzen, Dampf würde durch den Inconel-Hals der Düse heulen, sich in der Glocke ausdehnen und abkühlen, bis er sich in einen überschallschnellen Blizzard verwandeln und als weißer Strahl kalten Feuers gegen die Bewegung des großen Schiffes drücken und es abbremsen würde. Nicht so sehr, dass es in die Atmosphäre stürzen und untergehen würde, aber stark genug, um seine Umlaufbahn der von Izzy anzunähern. Die *Ymir* würde eine Beschleunigung erleben, die ihre Besatzung als Schwerkraft empfinden würde. Sämtlicher Kram, der jetzt noch lose an Bord der *Ymir* und der *New Caird* herumschwebte, würde »herunterfallen«. Dinah und Jiro würden in die Sitze plumpsen, die sie vor ihren Monitoren platziert hatten. Das galt auch für Markus, der sich am Kopfende des Tisches sein eigenes Nest aus Tablets und Monitoren gebaut hatte und sich vorwiegend mit Navigationsdaten beschäftigte. Oben in der *New Caird* würde sich Slawa in unangenehm schrägem Winkel in seinen Astronautensitz gedrückt sehen. Die G-Kräfte würden durchaus bescheiden sein – selbst ein Antriebssystem mit einer Leistung von vier Gigawatt konnte nur soundso viel Kraft gegen den Impuls eines derart großen Eisbrockens ausüben. Wenn ihr »Gewicht« im Zeitablauf stabil blieb, war das ein Anzeichen dafür, dass alles gut lief. Wenn es zunahm, bedeutete das wahrscheinlich, dass sie sterben würden. Denn das Einzige, was sie über einen bestimmten Grad hinaus abbremsen und ihr wahrgenommenes Gewicht erhöhen konnte, war die Berührung mit der Atmosphäre. Je stärker sie abbremsten, desto tiefer fielen sie. Je tiefer sie fielen, desto dichter wurde die Luft. Je dichter die Luft wurde, desto mehr Kraft übte sie auf das Schiff aus. Spüren würden sie das als Gewichtszunahme. Es war eine exponentielle Spirale, die jenseits eines bestimmten Punktes zur unvermeidlichen Vernichtung der *Ymir*, der *New Caird* und ihrer sämtlichen Besatzungsmitglieder führen würde. Offen blieb dabei eigentlich nur die Art, wie sie zu Tode kommen würden. Bei einem kleineren, leichteren Raumfahrzeug würden sie vielleicht bei lebendigem Leibe verbrennen. Hier, von Eis umgeben, würden sie zunächst wahrscheinlich eher aufgrund der G-Kräfte das Bewusstsein verlieren – eine relativ schmerzlose Art abzutreten. Dubois Harris und Konrad Barth würden einige Hundert Kilometer über ihnen auf sie herabschauen, sie als blauen Strich über der südlichen Hemisphäre verlöschen sehen und Ivy davon Mitteilung machen, sodass diese eine Erklärung an die Cloud-Arche abgeben konnte, die sie, so wie Dinah ihre Freundin kannte, bereits verfasst hatte, bloß für den Fall, dass sie sie brauchte.

Es war seltsam, ihnen von der Distanz her so nahe, doch im nichtintuitiven Raum des Delta v so fern zu sein. Inzwischen war die Sendebandbreite zwischen der *New Caird* und Izzy ausgezeichnet, und Dinah musste eine bewusste Anstrengung machen, sich nicht von der Verfügbarkeit von SMS und sogar Spacebook ablenken zu lassen. *Bis bald xoxo,* hatte Ivy ihr gesimst, und Dinah hatte etwas Ähnliches zurückgeschickt und das Fenster geschlossen.

Wjatscheslaw trug einen der blauen Thermo-Overalls, die man unter Raumanzügen anlegte. Das war, wie sie wusste, lediglich eine Vorsichtsmaßnahme, falls er aus irgendeinem Grund kurzfristig »hinausgehen« musste. Slawa hatte seinen Raumanzug in der Luftschleuse der *New Caird* bereitgestellt, damit er falls erforderlich auf die Außenseite der Scherbe gelangen konnte, und Dinah hatte dort im Voraus zwei Grabbs postiert, die ihm dabei helfen sollten herumzukommen.

Markus konnte ziemlich unpathetisch sein, was einfach sein Führungsstil war – seine Art, den Leuten implizit mitzuteilen, er erwarte von ihnen, dass sie ihren verdammten Job erledigten, und zwar ohne aufmunternde Worte vorher und Gratulationen hinterher. Das funktionierte nicht für jeden. Manche Leute mochten Pathos. Aber von denen hatte er auf diese Expedition niemanden mitgenommen. Es gab also keinen bestimmten Augenblick, in dem alles anfing. Sie kamen der Erde einfach immer näher. Slawa flitzte den Niedergang bis in die Spitze des Kommandomoduls hinauf und verkündete kurz darauf, dass er vor der Steuerung der *New Caird* Position bezogen habe. Jiro rief Zwischenstände beim Hochfahren des Reaktors aus und lieferte gelegentlich Hinweise, wie die Zahlen zu verstehen seien: »Das ist ein bisschen schneller, als ich erwartet habe… jetzt beruhigt es sich… das verläuft nach Plan… bereit, auf dein Kommando fortzufahren…«, und so weiter. Markus' Beitrag bestand hauptsächlich darin, dass er auf seinem Daumennagel kaute und dabei unverwandt auf seinen Bildschirm starrte. Ab und zu streckte er die Hand aus und tippte etwas oder wischte und stupste auf seinem Tablet. Dinahs Arbeit war fast gänzlich abstrakt, mehrere Ebenen von dem entfernt, worauf es offenkundig ankam. Sie versuchte sich darauf zu konzentrieren und die Geräusche tausend loser Gegenstände zu ignorieren, die auf dem »Boden« der *Ymir* landeten, während aufgrund einer Kombination aus *Ymirs* zunehmendem Schub und dem stetigen Anwachsen des atmosphärischen Gegendrucks Schwerkraft »eintrat«.

»Jetzt«, sagte Markus.

»Bestätigt«, erwiderte Jiro. »Steuerstäbe reagieren auf Programm… und… wir haben Kritikalität.«

In den nächsten Sekunden standen vier Gigawatt thermische Kraft – genug, um Las Vegas zu versorgen – zur Verfügung. Dinah spürte es als massive Gewichtszunahme und hörte es als Kakophonie knirschender, ächzender und krachender Geräusche, während das Kommandomodul und das es umgebende Eis unter strukturelle Belastung gerieten. Sie sah es auf ihren Bildschirmen als jähe und hektische Veränderung in Fenstern, die in den letzten Stunden frustrierend unverändert geblieben waren. Die Eissammelbehälter, seit Wochen randvoll, begannen sich in schockierendem Tempo zu leeren, während die Förderschnecken sich drehten. Einige von Dinahs »Beobachtungs«-Robotern fielen um oder rutschten von ihren Verankerungspunkten ab, Ereignisse, die sich als plötzliche, wenig hilfreiche Wechsel von Kameraperspektiven zeigten. Sie startete ein Programm, das jedem Roboter in der Scherbe aufgab, so schnell wie möglich mehr Eis in die Sammelbehälter zu schaffen, und versuchte, ein Auge darauf zu haben, während sie die Strukturfestigkeit der Scherbe als Ganzes überwachte. Herkömmlicherweise hatten Bergleute ihre ganze Arbeit unter Schwerkraft geleistet, sodass Strukturfehler sich rasch und dramatisch in Einstürzen niedergeschlagen hatten. Die *Ymir* war ein Stollen, der langsam unter Schwerelosigkeit gegraben und nur kurzzeitig – wenn das Triebwerk gezündet hatte – der Schwerkraft ausgesetzt worden war, und so herrschte eine gewisse Nervosität, die der Ungewissheit geschuldet war, ob vielleicht alles einstürzen würde. Bis jetzt sah es gut aus.

»Wir verlieren ganz schön Geschwindigkeit«, murmelte Markus zwischen den Überresten seines Daumennagels hindurch, und Dinah erlaubte sich einen kurzen Blick auf die Graphen, um sich zu bestätigen, dass es so war. Die Zeit war schneller vergangen, als sie gemerkt hatte; sie waren nur noch Minuten vom Perigäum entfernt. »Ganz schön« bedeutete in Markus' Begrifflichkeit »genug, um einen Unterschied zu machen, aber nicht so sehr, dass es uns umbringt«.

Dann sagte Markus: »Slawa. Einen Brennstoß von drei Sekunden, bitte.«

»*Da*«, antwortete der Russe. Dann, ein paar Sekunden später, sagte er: »Es geht los.«

Dass Slawa etwas tat, wussten sie nur dank einer externen Kamera, die Dinah in einigem Abstand zur *New Caird* so auf der Oberfläche der Scherbe platziert hatte, dass sie auf das kleine Schiff gerichtet war. Sie zeigte ein gespenstisches blaues Lodern, das aus dessen Düsenglocke herauskam, den Bug der *Ymir* nach unten drückte und ihr Heck leicht anhob.

Die *Ymir* erzitterte leicht. Dinah wusste nicht, was sie davon halten sollte. Sie befürchtete, es könnte ein Einsturz sein, bis sie es als eine Empfindung erkannte, die noch einmal zu verspüren sie nie gedacht hätte: atmosphärische Beanspruchung. Sie war der Erdoberfläche nicht mehr so nahe gewesen, seit sie fast ein Jahr vor Null in den Orbit befördert worden war. Und wenn in den nächsten Minuten alles gut ging, würde sie ihr auch nie wieder so nahe sein.

Das Zittern hielt nicht an. Die Graphen auf ihrem Bildschirm hatten allesamt kleine Wellen bekommen, die stetig in die Vergangenheit entschwanden. »Wir sind gehüpft«, sagte Markus. »Ich glaube, das werden wir noch mindestens einmal tun.«

»Förderschnecken vier und elf sind ausgefallen«, verkündete Jiro. »Ich werde versuchen, die Blockade durch Rückwärtslauf zu lösen.«

Das schärfte Dinahs Aufmerksamkeit wieder. Mit einem Blick überprüfte sie sämtliche Stände in den Sammelbehältern und sah sie, wie erwartet, rasch absinken, und das trotz der Bemühungen der Roboter, sie wieder aufzufüllen. Die beiden, die Jiro genannt hatte, waren randvoll, da es keine Möglichkeit gab, Eis aus ihnen zu entnehmen. Dinah aktivierte ein Subprogramm, das dafür sorgen würde, dass einige Grabbs überschüssiges Eis aus den Sammelbehältern vier und elf in nahegelegene Magazine beförderten, wo es Verwendung dafür gab.

»Der *Caird*-Brennstoß hat funktioniert«, sagte Markus, »aber er hat uns ein bisschen zu viel Rotation verliehen, der ich mit Steuerraketen entgegenwirke – und das wird ein Weilchen dauern.« Er gab einige Befehle ein, die vermutlich diejenigen Steuerdüsen der *Ymir* einschalteten, die in die entgegengesetzte Richtung des Haupttriebwerks der *New Caird* wirkten. »Übrigens haben wir gerade das Perigäum durchflogen – hoffe ich.«

Dinah warf einen Blick auf die Schaubilder und sah, dass sie tatsächlich den mittleren Punkt des Manövers hinter sich hatten. Etwas paradoxerweise jedoch nahm ihre Höhe ab – sie steuerten ihrem zweiten und hoffentlich letzten »Hüpfer« auf der Atmosphäre entgegen.

»Wir sind jetzt auf irgendeinem komischen Kurs«, sagte sie.

»Das stimmt«, sagte Markus. »Wenn wir die nächsten paar Minuten überleben, können wir uns später darum kümmern.«

»Förderschnecke elf funktioniert wieder«, berichtete Jiro, »aber zwei und drei sind ausgefallen. Wir bekommen vielleicht einen kritischen Treibstoffmangel.«

»Die verdammten Bremsraketen sind nicht stark genug, wir haben überkorrigiert«, sagte Markus, »und gleich steht uns der nächste Hüpfer bevor. Wir fliegen nicht nur rückwärts, sondern auch kopfüber.«

Der Brennstoß des Triebwerks der *New Caird* hatte also seine Aufgabe erfüllt. Er hatte die »Nase« des Schiffs, die nach hinten gerichtet war, hinuntergedrückt und verhindert, dass das im Augenblick nach vorn gerichtete Heck sich in die Atmosphäre bohrte. Sie hatten diese mit der breiten Seite der Scherbe gestreift, und das hatte ihnen zu einem kräftigen Hüpfer verholfen – einem Sprung, der ihnen vielleicht das Leben gerettet hatte. Aber sobald die Scherbe zu rotieren begann, war es schwierig, dem ein Ende zu machen, und nun war es zu weit gegangen. Die Nase zeigte zu steil nach unten, die Düsenglocke zielte nach oben in Richtung Raum.

»Wir schieben jetzt also nach *unten*, in Richtung Planet?«, fragte Dinah.

»Nicht so sehr, dass es uns schadet. Schub beibehalten«, befahl Markus.

»Mir geht das Eis aus«, sagte Jiro und sah über seinen Monitor hinweg Dinah an.

Dinah hatte sie bereits gewarnt, dass die Bereitstellung von genug Treibstoff, mit dem sich das alles in einem einzigen gewaltigen Brennstoß machen ließe, eine knappe Angelegenheit sein würde, immer vorausgesetzt, alles lief perfekt. Es war nicht alles perfekt gelaufen. Sie fing Jiros Blick auf, schüttelte den Kopf und machte sich wieder an die Arbeit.

»Mach dich bereit, ihn abzuschalten, Jiro«, sagte Markus. »Wir sinken in dichte Luft, und ich weiß nicht, was passieren wird.« Ihre Innenohren sagten ihnen, dass *irgendetwas* passierte. Noch immer drückte der mächtige Schub sie in ihre Sitze, doch irgendeine Kraft hatte die *Ymir* an der Nase gepackt und drehte sie herum.

»Wir treffen mit der Nase zuerst auf«, sagte Markus, »und wir trudeln zurück. Haupttriebwerk abschalten in drei. Zwei. Eins. Jetzt.«

Eine nukleare Dampfmaschine schaltet sich nicht schnell ab. Auf die Befehle hin, die Jiro eingegeben hatte, verringerte sich der Schub und lief aus. Es dauerte jedoch fast eine Minute, bis sie sich wieder in der Schwerelosigkeit befanden – d. h. in einer freien, von Schub unbeeinflussten Umlaufbahn.

»Ich gebe euch gleich unsere neuen Orbitalparameter«, sagte Markus. »Es ist kompliziert, weil wir uns überschlagen.«

In der plötzlichen Stille, die dem Abschalten des Triebwerks folgte, konnte Dinah fernes blechernes Rufen hören. Ihr wurde bewusst, dass es sich um einen offenen Audiokanal von Izzy handelte und das Geräusch aus Kopfhörern kam, die sie sich während des Manövers vom Kopf gerissen hatte. Es war das Geräusch von Leuten im Tank. Als sie die Kopfhörer wieder aufsetzte, bekam sie mit, dass sie feierten.

»Da habt ihr aber gerade ein mordsmäßiges Delta v hingelegt!«, sagte Doob, als er Dinahs Stimme am anderen Ende der Verbindung hörte. »Herzlichen Glückwunsch.«

Dinahs Reaktion kam mit leichter Verzögerung und war etwas verhalten. »Aber nicht mordsmäßig genug?«

Es war komisch, die Stimme von jemandem, den man gut kannte, über diese altmodische Audiotechnik zu hören. Das klang so, wie wenn Dinah auf einer Party Buzz Aldrin nachahmte. Die emotionale Färbung kam deutlicher rüber als die Worte selbst.

»Konrad berechnet immer noch eure Params«, sagte Doob, »aber nach allem, was wir sehen können, habt ihr euch stark verlangsamt. Fantastisch.«

»Klingt, als würden wir noch einen Durchgang brauchen«, sagte sie. Was bedeutete, dass sie warten mussten, bis die *Ymir* ein weiteres Mal die Erde umkreist hatte, und dann in ihrem nächsten Perigäum eine weitere Zündung durchführen, um für das Rendezvous mit Izzy genug Geschwindigkeit zu verlieren.

»Diesmal könnt ihr mit einem höheren Perigäum arbeiten«, bemerkte er, »müsst also nicht nochmal mit diesem verdammten Eisbrocken durch die Erbsensuppe fahren.«

»Diesen verdammten Eisbrocken zu fliegen stresst mich ganz schön«, gab Dinah zu.

»Das Glas ist halb voll, Baby«, sagte Doob. »Das Glas ist halb voll. Ihr habt diese Kerze *angezündet*. Es hat funktioniert. Ihr seid von der Atmosphäre abgeprallt. Jetzt seid ihr uns ein gewaltiges Stück näher – Konrad sagt gerade, euer Apogäum ist eindeutig sublunar.« Was bedeutete, dass die *Ymir* sich noch vor Erreichen der Umlaufbahn des ehemaligen Mondes umdrehen und anfangen würde, wieder in Richtung Erde zu fallen. »Das ist gigantisch«, fügte er hinzu. »Es wird das Bild politisch verändern.«

Nach einer längeren Pause fragte Dinah: »Politisch?«, als könnte sie nicht ganz glauben, was sie gehört hatte.

»Mir ist klar, dass Ivy all eure Ideen abgeschmettert hat«, fing Julia an, kaum dass Spencer die Befehle eingetippt hatte, die die Sub-Arche 453 vom Lageerfassungsnetzwerk abtrennten. »Vermutlich hat sie auch nach Kräften zu verhindern versucht, dass ihr hierher zu diesem Treffen kommt.«

Die Marsianer – Dr. Katherine Quine, Ravi Kumar und Li Jianyu – wirkten etwas verlegen. Von einer Sub-Arche zur anderen zu gelangen war *immer* schwierig. Die Wartezeit für nicht dringende Fahrten mit dem Flif betrug etwa zwei Tage, und Notfälle konnten die Warteschlange in letzter Minute noch einmal verändern. Als Mitglied der Stammbevölkerung hatte Dr. Quine die olympischste Perspektive darauf – sie war im ärztlichen Bereitschaftsdienst tätig und wurde oft zu Notfällen in die Sub-Archen gerufen. Katherine war ungefähr zehn Jahre älter als die Archies Kumar und Li, die über das Losverfahren aus Indien bzw. China in die Cloud-Arche gekommen waren. Die beiden waren in Sub-Arche 303 gelandet, die sich als Brutstätte marsianischer Agitation entpuppt hatte. Sie war Teil einer Triade mit insgesamt achtzehn Bewohnerinnen und Bewohnern, von denen gegenwärtig die Hälfte an Grippe erkrankt waren, was Katherine Quine einen vernünftigen Vorwand geliefert hatte, sich dorthin zu begeben. Sie hatte die Gelegenheit ausgenutzt, indem sie sich Ravi und Li geschnappt hatte und mit ihnen hiergekommen war. Von den an diesem Gespräch Beteiligten tendierte sie vermutlich am wenigsten dazu, die Langsamkeit im innerarchischen Transportwesen auf dunkle Machenschaften von Ivy zurückzuführen. Anders als Ravi und Li, die aus einer Reihe von Gründen für Julias Andeutungen in der Richtung empfänglich waren. Zu einer anderen Zeit an einem anderen Ort hätte sich Dr. Quine vielleicht kritisch geäußert. Doch die Zeit war knapp, und der Versuch, Julias Ansicht über die derzeitige Leitung der Cloud-Arche zu verbessern, schien ihr keine sinnvolle Art, sie zu verwenden. Also beließ sie es dabei. Und bis ihre Überlegung abgeschlossen war, hatte Julia ohnehin schon weitergesprochen.

»Vor diesem Hintergrund weiß ich es umso mehr zu schätzen, dass Sie die beschwerliche und riskante Reise auf sich genommen haben, um sich mit mir zu treffen«, sagte Julia. »Es ist meine feste Überzeugung, dass in späteren Jahrhunderten junge Marsianer, die auf dem Roten Planeten in Klassenzimmern sitzen, in ihren Geschichtsbüchern – oder was immer sie dann anstelle von

Büchern haben – über dieses Treffen und das, was daraus wurde, lesen werden.«

Ravi Kumar hob den Zeigefinger. »Warum nicht, statt die Jugend in Klassenzimmern zu unterrichten«, sagte er, »die traditionelle Unterrichtsstruktur komplett abschaffen zugunsten einer personalisierten, individualisierten Methode? Es spricht nichts dafür, die Fehler, die auf der Erde gemacht wurden, auf dem Mars zu wiederholen.«

»Ich stimme völlig mit Ihnen überein«, sagte Julia, »und diese Art von frischen Ideen spornt mich nur noch mehr an, einen Weg zu finden, möglichst bald möglichst viele Leute dorthinzubekommen. Wie fangen wir an? Was wäre erforderlich, um ein Vorauskommando zum Mars zu schicken?«

Zum zweiten Mal innerhalb kurzer Zeit wirkte Dr. Quine ein wenig beunruhigt. Sie sah sich in Sub-Arche 453 um. Das war die zentrale Sub-Arche, der »Gemeinschaftsraum« der Heptade, zu der auch die Nummern 174 – das Domizil von Julia und Camila – und 215 – das von Spencer Grindstaff – gehörten. Jedenfalls stand es so in den offiziellen Dokumenten. Es war jedoch zu einer Umstrukturierung gekommen. Alle Männer und Frauen, die jetzt in diesen beiden Sub-Archen lebten, schienen sich als Angehörige von J.B.F.s persönlichem Mitarbeiterstab zu verstehen. Sie hatten 453 übernommen und in eine Art Westflügel verwandelt.

Katherine Quine sagte: »Vorausgesetzt, wir hätten die Genehmigung zur Entsendung einer solchen Mission...«

»Da möchte ich Sie gleich unterbrechen, wenn Sie erlauben, Dr. Quine. Was Sie gerade angesprochen haben, ist eine Frage der Politik. Die betrachte ich als meine ›Kernkompetenz‹ und würde sie gerne Ihnen und den anderen Mitgliedern der Mars-Gemeinschaft – denen, von denen Sie bereits wissen, denen, die heimlich mit Ihnen sympathisieren, und anderen, die dazustoßen werden, wenn sie erst einmal erkannt haben, was für ein ausgesprochen vernünftiger Gedanke die Marsmission ist – zur Verfügung stellen. Ich möchte also vorschlagen, dass wir im Rahmen dieser kleinen Unterhaltung davon ausgehen, dass die Genehmigung kein Problem ist. Gerne würde ich Sie drei Ihre eigene ›Kernkompetenz‹ nutzen sehen, nämlich die Planung dieser Mission auf eine Weise, die Hand und Fuß hat, ohne dass die politische Dimension dazwischenkommt. Haben wir erst einmal einen zusammenhängenden Plan entworfen, können wir zu Fragen der Umsetzung übergehen.«

»In einem perfekten Szenario würden wir den Felsbrocken abstoßen und einfach alles auf einmal mitnehmen«, sagte Li. Es war das erste Mal, dass er sich zu Wort meldete; Julias Gerede von Kernkompetenzen schien ihn ermutigt zu haben.

»Es gibt einflussreiche Kräfte, die überzeugt werden müssten, ehe so etwas passieren könnte«, sagte Julia. »Gehen wir doch erst einmal von einem Vorauskommando aus, schlank, effizient, intelligent, aber groß genug, um der Aufgabe gewachsen zu sein. Nämlich der, auf dem Mars zu landen und dem Rest der Cloud-Arche Bericht zu erstatten.«

»Wir haben über eine solche Mission gesprochen. Wir glauben, dass wir sie mit einem Bolo aus einer Heptade und einer Triade durchführen könnten«, sagte Katherine.

»Zehn Sub-Archen«, sagte Julia. »Das klingt ja nicht nach besonders viel, oder?«

»Während des anfänglichen Delta v«, sagte Ravi Kumar, »wären die Sub-Archen gestapelt. Wenn sie dann Kurs auf den Mars genommen hätten, würden sie ein Bolo bilden, damit die Teilnehmer der Expedition während der sechsmonatigen Reise normale Erdanziehung empfinden könnten.«

Li ergänzte: »Antrieb und andere Komponenten könnten aus dem MIF-Baukasten kommen. Die Planungsarbeit hat man zum größten Teil schon für uns erledigt.«

Katherine sagte: »Um das Fahrzeug am Ende zu verlangsamen, wird Atmosphärenbremsung erforderlich sein. Zuvor könnte das Bolo eingeholt, die Sub-Archen könnten wieder zu einem einheitlichen Raumschiff gestapelt werden, und man hätte Zeit, vom Orbit aus die Oberfläche zu begutachten und sich für einen Landeplatz zu entscheiden.«

Julia nickte. »Und wenn ich Ihnen allen eine knallharte Frage stellen darf: Welche Überlebenszeit hätte diese isolierte Kolonie nach ihrer Landung? Wie lange würde es dauern, bis ihre Vorräte zu Ende gingen?«

Darauf verstummten die drei Marsianer und sahen einander an.

»Ich frage nur«, sagte Julia, »weil hier die Politik – mein Zuständigkeitsbereich – wieder ihre hässliche Fratze zeigt. Sind Ihre Heldentaten erst einmal vollbracht, fällt mir die schwierige Aufgabe zu, gewissermaßen den Handel zu besiegeln. Das Vorauskommando landet und schickt seine frohe Botschaft hierher. Nun kommt das Element einer tickenden Uhr ins Spiel. Was ich nicht negativ meine – wie wir bei der Vorbereitung auf den Harten Regen gesehen haben, kann das für die Menschen ein starker Anreiz zur Mobilisierung ihrer Energien sein. An diesem Punkt kann ich mich an die Leute in der Cloud-Arche wenden und sagen: ›Hier ist die Gelegenheit – werden wir sie ergreifen? Oder werden wir vor ihr zurückschrecken und diese mutigen Menschen langsam sterben lassen?‹ Mit einer solchen Ansprache könnte ich wohl eine große Wirkung erzielen. Ich müsste nur ein ungefähres Gefühl für die zeitliche Dimension haben.«

»Ein Jahr ganz bestimmt«, sagte Katherine. »Danach wird es zu einer medizinischen Frage. Einer Frage der Statistik.«

»Statistik«, wiederholte Julia und seufzte. »Darüber habe ich eine Menge von Dr. Harris gehört.«

»Ihr wollt mir also erzählen, dass wir nicht einmal mehr einen Überblick darüber haben, wer sich in J. B. F.s Heptade befindet?«, fragte Ivy.

Rund um den großen Tisch in der Banane herrschte Schweigen. Ivy hatte begonnen, wichtige Besprechungen in diesem alten vertrauten Raum abzuhalten, näher an der zentralen Achse des Stapels und weiter vorne in Amaltheas schützendem Kegel. Es würde niemandem nützen, wenn die Befehlsstruktur der Cloud-Arche durch einen einzigen unglücklichen Bolideneinschlag ihre Spitze verlöre – eine Katastrophe, die mit größerer Wahrscheinlichkeit eintreten würde, wenn sie in den großen T3-Räumen wie dem Tank und dem Büro zusammenkämen.

Bei dieser Besprechung anwesend waren Doob, Luisa, Fjodor und drei handverlesene Mitglieder von Markus' Stab, die zu einer Art Exekutivtroika geworden waren: Sal Guodian, das Ein-Mann-Justizwesen. Tekla, die Sicherheitschefin. Und Steve Lake, der Rotschopf mit den Dreadlocks, der für Netzwerk- und Computerangelegenheiten zuständig war.

»Das Standardsystem zum Nachverfolgen, wer wo ist«, fing Sal an, »beruht auf der Annahme, dass Menschen tatsächlich mit ihm kooperieren.«

Ivy hob eine Hand. »Stopp. Bevor du dich in Erklärungen ergehst, brauche ich ein Ja oder Nein.«

»Ja«, sagte Steve, »wir haben den Überblick darüber verloren, wer in J.B.F.s Heptade ist.«

»Danke«, sagte Ivy. »Und irgendwie hilft uns das LEN nicht, die Lücken zu füllen?«

»Einer von denen«, sagte Steve, »die definitiv in dieser Heptade sind, ist Spencer Grindstaff.«

Ivy nickte.

Sal sagte: »Steve, als Markus dich unmittelbar vor dem Weißen Himmel in sein Büro holte und dir – anstelle von Spencer – die Verantwortung für das Netzwerk übertrug, sagtest du etwas in dem Sinne, dass Spencer womöglich Hintertüren in das System von Izzy kennt. Hintertüren, von denen du aber erst erfahren würdest, wenn er sie benutzt.«

»Stimmt«, sagte Steve, »so etwas kann man eigentlich per definitionem erst finden, wenn es benutzt wird. Es sei denn, man geht Codezeile für Codezeile manuell durch.«

»Meinst du, er hat eine Hintertür ins LEN?«

»Wir wissen, dass er irgendwas macht«, antwortete Steve. »Seit er dort aufgetaucht ist, klinken sich nämlich die Sub-Archen in J.B.F.s Heptade von Zeit zu Zeit aus dem Netzwerk aus. Immer wenn sie eine Besprechung hat, von der wir nichts wissen sollen, schaltet er alles ab.«

Darüber dachte Ivy einen Augenblick nach, sah dann über den Tisch hinweg Tekla an und nickte. Tekla stand auf – vorsichtig, denn hier war die Schwerkraft ziemlich gering – und ging zur Tür. Sie öffnete sie und winkte Zeke Petersen herein, der draußen wartete.

»Danke, dass du zu uns gekommen bist«, sagte Ivy und beendete damit eine Phase des Schweigens, in deren Verlauf Zeke am Fuß des Tisches Platz genommen hatte. Ivy saß an dessen Kopf. Über eine lange Sprungschanze hinweg blickte sie zu ihm »auf« und er gleichfalls zu ihr.

»Wie in alten Zeiten, Kommandantin Xiao«, sagte Zeke.

»Ich weiß deine Loyalität zu schätzen«, sagte Ivy. »Ich weiß, dass das eine unangenehme Situation für dich sein muss.«

»Eigentlich gar nicht«, sagte Zeke. »Die Ankündigung, die Markus damals bei Ausbruch des Harten Regens machte – als er erklärte, alle bestehenden Nationen würden aufgelöst –, hab ich mir zu Herzen genommen. Julia hat diese Ankündigung nicht gehört. Sie hat die Mitteilung nicht bekommen.«

»Wir haben ein wenig über Spencers Fähigkeit erfahren, sich aus dem LEN auszuklinken.«

Zeke nickte. »Kann ich bestätigen. Ich war bei einem solchen Vorfall dabei. Wir hatten eine sehr merkwürdige Unterhaltung. Ich glaube, sie haben die Stimmung getestet, um zu sehen, ob sie mich rekrutieren könnten. Sie sprach mit mir, als wäre ich bereits auf ihrer Seite – als wäre alles andere undenkbar. Das ist eine ziemlich gute Überredungstaktik – und ein bisschen bin ich ihr sogar auf den Leim gegangen. Als ich da aber wieder draußen war und es überschlafen hatte, hab ich gesehen, wie verrückt das war.«

»Hattest du den Eindruck, dass es eine einmalige Sache war? Oder hat sie eine Liste möglicher Rekruten abgearbeitet?«

»Ich würde sagen, es gab eine Liste«, sagte Zeke, »aber keine lange.«

Ivy nickte. Sie brauchte es gar nicht deutlich auszusprechen: J. B. F. hatte womöglich noch ein paar andere rekrutiert – andere, von denen sie noch nichts wussten.

»Das deckt sich mit dem, was ich gesehen habe«, sagte Doob und blickte Luisa Bestätigung heischend an. »Ich glaube, sie ist einfach opportunistisch. Sie fragt bei Leuten an, zieht sie ins Gespräch, lässt Bemerkungen fallen, sucht nach Schwachstellen.«

»Ist sie verrückt?«, fragte Ivy Luisa.

»Das spielt im Grunde keine Rolle«, sagte Luisa. »Wenn sie Schwierigkeiten macht, macht sie Schwierigkeiten. Diese Tatsache auf eine diagnostizierbare psychiatrische Störung zurückzuführen ändert wirklich gar nichts.«

»Es könnte unsere Herangehensweise ändern.«

»Anfangs war sie narzisstisch«, sagte Luisa. »Wobei das, wohlgemerkt, keine offizielle Diagnose ist. Aber nach allem, was wir von dir und Dinah gehört haben, war ihr Trip hier rauf zu Izzy ziemlich traumatisch. Sie hat ihren Mann und ihr Kind verloren, und unterwegs wurde Blut vergossen. Da braucht es keinen Profi, um zu vermuten, dass sie an einer mehr oder minder ausgeprägten posttraumatischen Belastungsstörung leidet. In Verbindung damit können wir bei ihr wohl von einer düsteren, paranoiden Weltsicht ausgehen. Die kann sie aber auch von Anfang an schon gehabt haben.«

»Sie ist gerissen«, sagte Ivy. »Solange sie nur mit Leuten spricht, gibt es nicht viel, was ich tun kann oder sollte.«

»Stimmt«, sagte Luisa. »Sie schafft sich eine politische Basis unter den Archies. Wenn du nun lediglich aufgrund der Tatsache, dass sie mit vielen Leuten spricht, etwas gegen sie unternimmst, gibst du ihr genau, was sie will. Hilfreich könnte es dagegen sein, wenn du deinerseits einen Schritt auf die Archies zu machtest.«

Ivy seufzte. »Die einzige Antwort auf Politik ist noch mehr Politik«, sagte sie, »und das liegt mir am allerwenigsten.«

»Taten statt Worte«, sagte Zeke. »Das ist es, was zählt. Und wenn die *Ymir* ankommt, habt ihr beide, Markus und du, etwas vollbracht, wogegen J. B. F. und ihre Clique mickrig aussehen werden.«

»Es mag sein, dass mir hier die Erfahrung fehlt«, sagte Julia nach einer langen, wohlüberlegten Pause, »aber wir scheinen es mit einem bemerkenswerten Zusammentreffen von Umständen zu tun zu haben, das unmittelbar ins Auge springt.«

»Fahren Sie fort, Madam President«, drängte Camila sie. »Ihnen mag es offensichtlich erscheinen, aber ich für meinen Teil kann es nicht sehen.«

Julia richtete ihren Blick auf Katherine Quine. »Nach meinem Verständnis sind die Schlüsselelemente des geplanten Marsraumschiffs eine Heptade, in der die Menschen während der Reise leben, und eine Triade, die als Großraumlager für Treibstoff und was weiß ich noch alles dient. Und das deckt sich ziemlich genau mit unseren Kapazitäten.« Sie brachte ein selbstironisches Kichern zuwege. »Ich sage ›unsere‹. Was meine ich damit? Ich lehne mich wohl nicht zu weit aus dem Fenster, wenn ich mir vorstelle, dass es eine Art natürliche Allianz zwischen der Archie-Community und den Marsianern geben könnte. Eine Art bunt zusammengewürfelte Rebellenkoalition, wenn Sie so wollen. Hier in dieser Heptade haben wir rasch gesellschaftliche Kräfte gebündelt, die sich für die Belange der A. C. einsetzen. In gewisser Hinsicht haben wir jetzt unsere eigene Heptade. Und in ähnlicher Weise haben Sie, Ravi und Li, Ihre Triade in ein starkes Zentrum promarsianischer Aktivität verwandelt. Sie haben Ihre eigene Triade. Damit sind die zwei größten Komponenten der Marsexpedition bereits vorhanden. Sie brauchen nur noch verbunden zu werden.«

Ravi nickte. »Zwei der Ingenieure aus dem MIF-Team sind ganz scharf darauf. Sie waren am Bau der *New Caird* beteiligt und möchten nun unbedingt ein neues Problem in Angriff nehmen. Einer von den beiden könnte sogar mit uns kommen. Paul Freel. Er war schon lange vor Null ein eifriger Befürworter der Marskolonisierung.«

Katherine, die aufmerksam zugehört hatte, schaltete sich jetzt ein: »Ich will ja nicht die Bedenkenträgerin geben, Madam President, aber in welchem Sinne ›haben‹ Sie tatsächlich diese Heptade oder ›haben‹ unsere Freunde hier die Triade, in der sie leben? Im Sinne des Mehrheitsprinzips mag es ja zutreffen. Aber...«

»Aber was bedeutet denn Eigentumsrecht in diesem Zusammenhang? Hmm, ja, das ist eine sehr fundierte Frage, Dr. Quine, und ich bin froh, dass Sie sie aufgeworfen haben. So viele Dinge, die wir früher für selbstverständlich gehalten haben, wie etwa Eigentumsrechte und individuelle Freiheit, sind vernebelt, seit Markus die ZVVVS ausgerufen hat. Oder das Kriegsrecht, um die Sache beim Namen zu nennen. Als ersten Schritt zur Beantwortung Ihrer Frage würde ich jedoch behaupten, dass die Fähigkeit, nach Belieben zu kommen und zu gehen, untrennbar mit dem Eigentumsrecht verbunden ist – genau das würde es letztlich bedeuten, eine Sub-Arche, eine Triade oder eine Heptade zu ›haben‹.«

»Nun, in dieser Hinsicht sind wir alle tatsächlich den kollektiven Diktaten des Schwarms unterworfen«, sagte Katherine. »Der Parambulator ist es, der entscheidet, wann wir wohin gehen.«

»Wahrlich eins der tückischsten Instrumente sozialer Kontrolle, die je erdacht wurden«, sagte Julia.

Katherine wirkte leicht bestürzt. »Aber ohne ihn ist die Katastrophe perfekt.«

»Das macht ihn ja so tückisch«, sagte Julia. »Mit dem Sicherheitsargument lässt er sich jederzeit rechtfertigen. Wir alle werden Sklaven von Parambulator sein, bis – falls überhaupt – jemand beschließt, dass es auch noch wichtigere Dinge gibt.«

Lis Blick verriet Wachsamkeit und Neugier. »Ein solcher Beschluss würde nur dann etwas ändern«, sagte er, »wenn die betreffende Sub-Arche auf manuelle Kontrolle umgeschaltet würde.«

»Nach meinem Verständnis kann das jederzeit geschehen«, sagte Julia. »Oder bin ich da fehlinformiert?«

»Nein«, antwortete Li, »nur würde es sich auf Parambulator in aller Deutlichkeit zeigen. Im gesamten Lageerfassungsnetzwerk würden die Alarmglocken läuten.«

»In diesem Fall«, sagte Julia, »werden wir uns mit dem LEN befassen müssen, wenn und falls der Zeitpunkt kommt, entschlossen vorzugehen.«

Ivys Großmutter, eine in Kanton geborene und in Hongkong aufgewachsene Frau, die nur ein paar Worte Englisch sprach, hatte von einer kleinen Wohnung über einer Garage in Reseda aus das Regiment über die Familie geführt. Auf einem mit Klebeband geflickten La-Z-Boy-Sessel thronend und in leichte Häkeldecken gehüllt, hatte sie eine Reihe von Diktaten, Proklamationen und Fatwas ausgegeben, die innerhalb ihrer aus drei Dutzend über das Fernando Valley verstreuten direkten und angeheirateten Verwandten bestehenden Familie Gesetzeskraft angenommen hatten. Obwohl Geld, Liebe, Sicherheit und anderen gängigen psychologischen Anreizen gegenüber nicht unempfänglich, schien sie einen anderen Beweggrund gehabt zu haben, der undurchsichtig und daher dem Großteil ihrer Gefolgschaft rätselhaft gewesen war. Angloamerikaner hätten ihn als »Gesicht« oder konfuzianischen Respekt vor Älteren orientalisiert. Ivy erkannte ihn irgendwann als simples Bedürfnis nach Aufmerksamkeit. Wer immer das Haus betrat oder verließ, musste bei Großmutter vorbeischauen. Aber nicht etwa nur den Kopf durch die Tür stecken und hallo oder auf Wiedersehen sagen; man musste sich auf den Rattanstuhl neben dem La-Z-Boy setzen, ein paar Minuten bleiben und ein paar Worte sagen. Das einzige Druckmittel, das Großmutter zur Durchsetzung dieser Regel in der Hand hatte, bestand darin, geheimnisvolle und groteske Wege zu finden, um an denen, die sich darüber hinwegsetzten, auf lange Sicht Rache zu nehmen.

Julia Bliss Flaherty war, wie Ivy jetzt klar wurde, vom selben Kaliber. Festgenagelt und gezwungen, sich zu rechtfertigen, würde sie ihr Vorgehen mit der Durchführung eines altruistischen Plans erklären. Und es vielleicht sogar selbst glauben. Aber das war es ganz und gar nicht. Sie war wie Ivys Großmutter. Wenn man ihr Gefolgschaft leistete, wurde man bevorzugt und genoss unter all den anderen, die dasselbe taten, einen Zuwachs an Macht und Ansehen. Schickte man sie dagegen in eine Sub-Arche und ignorierte sie, wurde man ihr Feind und der ihres Netzwerks. Andere Machtmittel besaß sie nicht. Wurde sie aber lange genug ignoriert, konnte sie eine mächtige Feindin werden. Ihr Status als Expräsidentin – und zwar nicht irgendeine alte Expräsidentin, sondern diejenige, die den Aufbau der Cloud-Arche geleitet und zu deren Schutz sogar den Einsatz von Nuklearwaffen angeordnet hatte – verschaffte ihr Glaubwürdigkeit unter den Archies. Diese stellte man sich inzwischen allgemein als versprengte und demoralisierte Menschen vor, die nur auf einen Führer warteten, der ihnen Identität und Bestimmung verlieh. Ivy konnte nicht mehr sagen, ob das eine zutreffende Wahrnehmung oder ein von J.B.F. verbreiteter, sich selbst perpetuierender Mythos war. In jedem Fall hatte es Realitätskraft angenommen.

Sie saß Tekla gegenüber am Tisch und überlegte, ob es etwas bringen würde, ihr all diese Gedanken darzulegen. Würde diese russische Siebenkämpferin sich für Ivys tote kantonesische Großmutter in Reseda interessieren oder sie verstehen?

Vielleicht. Doch Tekla kam aus einer Tradition, in der Details gesammelt und nur bei Bedarf weitergegeben wurden. Mit zu vielen Informationen überhäuft, wurde sie verwirrt, gelangweilt und schließlich gereizt. Für Leute, die sich zu offen äußerten, hegte sie dieselbe Art von Verachtung, wie ein Geschäftsmann sie vielleicht für einen Verschwender hegte. Sie wollte einfach wissen, was sie zu tun hatte.

Genau diese Eigenschaft machte es schwierig, in Teklas Kopf zu schauen. Aber das war in Ordnung. In einer großen Organisation mit einer quasimilitärischen Kommandostruktur brauchte man nicht jedermanns Freundin und geschätzte Kollegin zu sein. Markus war das klar, weshalb er jetzt auch den Laden schmiss. Der boutiqueartige Betrieb von Izzy bei Null war schon eher Ivys Tempo gewesen. Da hätte Markus schlecht ausgesehen.

»Diese Sache mit Julia ist eine Ablenkung. Nicht mehr«, sagte Ivy. »Viel wichtigere Dinge verlangen meine Konzentration. Eine große Sache daraus zu machen wird nach hinten losgehen – ihr mehr Macht verleihen, als sie verdient. Aber wir können auch nicht ignorieren, was sie tut.«

Tekla nickte. Gut.

»Ich möchte, dass du ihrer Heptade einen Besuch abstattest«, fuhr Ivy fort. »Du wirst in deiner Funktion als Markus' Sicherheitschefin hingehen. Verstehst du? Es ist ein offizieller Besuch. Du wirst erklären, dass es Probleme mit dem Lageerfassungsnetzwerk gegeben hat, die gefährliche Konsequenzen haben könnten, wenn sie nicht behoben werden. Im Übrigen möchte ich einfach, dass du ihr zuhörst. Ich glaube nämlich, dass sie versuchen wird, dich auf ihre Seite zu ziehen. Das macht sie mit allen. Du wärst ein toller Fang.«

»Wenn sie tut, was du voraussagst«, sagte Tekla, »wie sollte ich dann reagieren?«

Wie naiv Ivy war, zeigte sich daran, dass sie anfangs gar nicht begriff, was Teklas Frage bedeutete. Dann erkannte sie, dass Tekla vorschlug, so zu tun, als wolle sie sich Julia anschließen. Sie bot sich als Maulwurf in Julias Netzwerk an.

Unverwandt betrachtete Tekla Ivys Gesicht, während diese es allmählich kapierte.

»Ich würde vorschlagen, dass wir nicht unmittelbar aktiv werden«, sagte Ivy. In Wirklichkeit war sie weniger gerissen als ängstlich.

»Zu großen Eifer zu zeigen«, sagte Tekla, »ist natürlich eine schlechte Taktik, denn es wird nur ihren Argwohn wecken.«

Ivy schwieg. Darauf erklärte Tekla: »Ich kenne viele Leute, die so denken.« *Und du offensichtlich nicht, Schätzchen.*

»Ich schlage vor, dass du mir erst persönlich Bericht erstattest und wir dann zu einer Entscheidung kommen.«

»Wir?«

»Ich. Ich werde zu einer Entscheidung kommen.«

»Es ist gut, dass wir uns hier treffen. In der Banane«, sagte Tekla.

»Gefällt sie dir?«

Tekla sah überrascht aus. »Nicht, dass sie mir besonders gefiele. Die Banane ist sicherer.«

»Vor Boliden, meinst du.«

Tekla schüttelte den Kopf. »Vor Grindstaff.« Dann stand sie auf – vorsichtig, um nicht nach oben zu fliegen und sich den Kopf an der Decke anzustoßen –, ging davon und überließ Ivy den vielen Fragen, die sie beschäftigten. Hatte sie sich tatsächlich gerade an das Projekt begeben, innerhalb der Cloud-Arche ein internes Spionagenetzwerk aufzubauen? Wie würde sie das Markus erklären? Würde er entsetzt sein, oder beeindruckt? Wie würde sie seine Reaktion im einen wie im anderen Fall empfinden? Wann zum Teufel würde Dinah zurückkommen, damit sie solche Dinge bei einem geistigen Getränk besprechen konnten?

Und was hatte Tekla mit dieser letzten Bemerkung gemeint, dass die Banane vor Grindstaff sicherer sei? Sie war alt, von vor Null, weshalb ihre Verbindung zum LEN nachgerüstet und zusammengepfuscht war. Tekla schien sagen zu wollen, dass, falls Spencer das LEN so weit hacken konnte, dass Julias Sub-Arche von ihm abgekoppelt wurde, er es vielleicht auch dahingehend manipulieren konnte, dass andere Teile der Cloud-Arche – einschließlich des Büros, des Tanks und Markus' Büros – von ihm überwacht wurden.

Ich kenne viele Leute, die so denken, hatte Tekla gesagt. Und damit russische Militär- und Geheimdiensttypen gemeint, deren komplizierte Denkweisen sie gewohnt war. Vielleicht war Tekla ja selbst einmal zur Agententätigkeit herangezogen worden. Falls Tekla tatsächlich ein Maulwurf in Julias Netzwerk würde, wie konnte Ivy dann sicher sein, dass sie ein Ivy gegenüber loyaler korrekter Maulwurf und keine Julia gegenüber loyale Doppelagentin war?

Durch das Schrammen an der Atmosphäre war die *Ymir* in ein leichtes Taumeln versetzt worden, während sie auf ihrer neuen Umlaufbahn von der Erde fortraste. Die exakte Berechnung dieser Umlaufbahn dauerte fünfzehn bis zwanzig Minuten und brachte die Erkenntnis, dass ihnen weniger als vier Stunden blieben, um zu ihrem Überleben notwendige Maßnahmen zu ergreifen.

Wenn alles perfekt funktioniert hätte, hätte die Zündung des Atomantriebs die *Ymir* so weit verlangsamt, dass mithilfe weniger zusätzlicher Delta v ein Rendezvous mit Izzy hätte bewerkstelligt werden können. Das hatten sie gehofft, aber nicht ernsthaft erwartet. Das Beste, was sie sich tatsächlich erhoffen konnten, war, ein wenig an Geschwindigkeit zu verlieren und die Höhe ihres Apogäums zu reduzieren.

Diese Zahl – die Entfernung zwischen der Erde und dem

Raumschiff auf dem Höhepunkt seines Orbits – hing unmittelbar damit zusammen, wie hoch seine Geschwindigkeit am niedrigsten Punkt war. Die *Ymir* war nämlich von einem extrem hohen Apogäum, weit jenseits des ehemaligen Mondorbits, »heruntergefallen« und daher glühend heiß zu ihrem Abprall von der Atmosphäre eingetroffen. Jedes bisschen Geschwindigkeit, das durch die Zündung der riesigen atomaren Bremsraketen oder aber durch Luftreibung vernichtet wurde, reduzierte in entsprechendem Maße die Höhe des darauffolgenden Apogäums, was – je nach den sich ergebenden Zahlen – Wochen, Tage oder Stunden später eintreten würde.

In diesem Fall Stunden, wie sich bei ihren Berechnungen herausstellte.

In gewisser Hinsicht hatte die *Ymir* ihr Ziel um anderthalb Kilometer verpasst; das gesamte Delta v, das sie erreicht hatte, war weniger als ein Drittel von dem gewesen, was sie sich erhofft hatten. Dennoch hatte es ausgereicht, um ihr Apogäum von weit jenseits der Mondbahn auf lediglich das Dreifache der Höhe zu bringen, in der Izzy die Erde umkreiste.

Ebenso war die Periode – der für eine vollständige Umrundung nötige Zeitraum – von fünfundsiebzig *Tagen* auf lediglich acht *Stunden* gesunken. Die Lehre daraus lautete, dass gewaltige Veränderungen bei diesen Zahlen mit vergleichsweise geringen Mengen Delta v erkauft werden konnten.

Die *Ymir* den noch verbleibenden Weg hinunter zu Izzys Umlaufbahn zu bringen würde andererseits zweimal so viel Delta v erfordern, wie sie dem gerade abgeschlossenen »Brennstoß« entrungen hatten.

Doch bevor sie sich darüber den Kopf zerbrechen mussten, galt es erst einmal, die nächsten acht Stunden zu überleben.

Mochte *Ymirs* Apogäum auch radikal verändert worden sein, die Höhe ihres Perigäums war gleich geblieben – nämlich gefährlich gering. Daher würde die nächste Runde sie, wenn sie nichts unternahmen, erneut unter Getöse an der äußeren Luftschicht der Atmosphäre abprallen lassen.

Auf der einen Seite war es ein Leichtes, das Perigäum ein wenig anzuheben, sodass sie sich nie mehr Gedanken über die Atmosphäre zu machen brauchten. Dazu bedurfte es nur eines kleinen, aber präzise abgestimmten Brennstoßes. Bei einer normalen Weltraummission wäre das eine Kleinigkeit gewesen. Hier jedoch wurde es durch zwei Faktoren erschwert. Zunächst einmal hatte ihr Erfolg bei der Absenkung des Apogäums und der Verkürzung der Periode eine enge Frist – vier Stunden nach dem Perigäum – für diesen Brennstoß gesetzt.

Die zweite Komplikation war das langsame Taumeln des Raumschiffs. Das hatte zur Folge, dass ihr nukleares Raketentriebwerk außer durch einen glücklichen Zufall nie in die richtige Richtung wies. Während des großen Brennstoßes am Perigäum hätte die Düse nach vorne gerichtet sein sollen, um als riesige Bremsrakete zu dienen. Der bevorstehende Brennstoß am Apogäum dagegen sollte sie etwas beschleunigen, weshalb die Düse nach hinten zeigen musste. Solange die *Ymir* jedoch taumelte, wies sie in keine bestimmte Richtung.

Ihre Aufgabe bestand also darin, die Lage der *Ymir* zu stabilisieren, indem sie mithilfe ihrer Steuerraketen der unerwünschten Rotation entgegenwirkten. Wie sie schon bei ihrem ersten Versuch festgestellt hatten, waren diese Steuerraketen jedoch klein und schwach, verglichen mit dem Impuls der großen Eisscherbe. Im Weltraumjargon gesprochen, fehlte ihnen die Kontrollgewalt. Die *Ymir* hatte etwas von einem Lastwagen, der auf einer Öllache ins Schleudern geriet und kaum noch auf das Lenkrad reagierte. Dieses Problem war durch den großen Masseaufwand während des Brennstoßes etwas entschärft worden. Viele Tonnen Eis waren in Form von Dampf aus der Düse hinausgeschleudert worden. Als Folge davon war die *Ymir* jetzt leichter und handlicher. Zu berechnen, *um wie viel* handlicher genau und was das für die Kontrollgewalt der Steuerraketen bedeutete, war an sich schon eine beachtliche Aufgabe, die, grob geschätzt, eine weitere halbe Stunde in Anspruch nahm.

Das Ergebnis war nicht ermutigend. In den drei verbleibenden Stunden konnten *Ymirs* Lagesteuerungsdüsen – die für kleine Korrekturen über eine längere Zeit hinweg ausgelegt waren – das Taumeln des Raumschiffs auf keinen Fall neutralisieren. Die Taumelbewegung war nicht besonders schnell – die Crew im Kommandomodul spürte kaum, dass sie sich drehten –, genügte aber, um den nächsten Brennstoß unmöglich zu machen. Und wenn sie diesen nicht in drei Stunden hinbekämen, würden sie in weiteren vier und danach noch einmal acht Stunden erneut an der Atmosphäre entlangschrappen. Eine weitere Fahrt wie die letzte würden sie vielleicht noch überleben, zwei davon jedoch nicht.

Als Markus sich das alles erst einmal klargemacht hatte, teilte er die Crew auf, ließ Dinah und Jiro im Gemeinschaftsraum des Kommandomoduls zurück, wo sie sich um das Antriebssystem kümmern sollten, und ging mit Wjatscheslaw nach »oben«, um das Problem der Lagesteuerung zu prüfen.

Im Vergleich dazu war Dinahs Aufgabe eine Routineangelegenheit. Während des Brennstoßes am Perigäum hatten sie das in den trichterförmigen Behältern gespeicherte Eis zum größten Teil aufgebraucht. Manche der Förderschnecken hatten blockiert, und das Eisabbauprojekt war vollends durcheinandergeraten, als Dinah Lösungen für Probleme improvisiert hatte, die von allen Seiten auf sie einstürzten. Roboter befanden sich am falschen Ort, manche Behälter waren voll, andere dagegen leer. Neues Eis musste gewonnen und altes umgefüllt werden. All das noch rechtzeitig vor einem weiteren Brennstoß in drei Stunden in Ordnung zu bringen war zwar keine unüberwindliche Aufgabe, würde aber ihre volle Aufmerksamkeit in Anspruch nehmen. Entsprechend musste Jiro sich über ein paar Reaktorprobleme Gedanken machen. Beide würden sich ordentlich plagen müssen, um bis zum Brennstoß am Apogäum fertig zu sein.

Allerdings unter der Voraussetzung, dass die andere Hälfte der Crew in der Zwischenzeit einen Weg gefunden hatte, die *Ymir* in die richtige Richtung zu drehen. Mit dieser Aufgabe hatte Markus sich in einen anderen Teil des Raumschiffs verzogen, um die Antriebsgruppe nicht abzulenken. Jedenfalls war das seine Absicht; doch wenn Dinah, während sie Code kompilierte oder nach einer Kleinigkeit zu essen suchte, einmal für kurze Zeit den Fokus verlor, ertappte sie sich bei dem Gedanken, was sie wohl da oben machten.

Dem Ausschlussverfahren zufolge musste es irgendetwas im Zusammenhang mit der *New Caird* sein. Dass *Ymirs* Steuerraketen der Aufgabe nicht gewachsen waren, hatten sie bereits unter Beweis gestellt. Lediglich das Haupttriebwerk der *New Caird* verfügte über genügend Schubkraft, um einen Unterschied zu bewirken. Leider zeigte es in eine feststehende Richtung, die zufälligerweise nicht die war, in die der Schub tatsächlich gehen musste.

Dieser Argumentationskette bis an ihr logisches Ende zu folgen machte sie so nervös, dass sie fast abgelenkter war, als wenn Markus und Slawa mit ihr im selben Raum gearbeitet hätten.

Dinah hielt ihre Neugier und ihre Beklommenheit im Zaum, bis sie sicher war, dass das Triebwerk genug Eis für den Brennstoß am Apogäum haben würde. Ihre Arbeit war beendet. Eine halbe Stunde blieb ihr noch. Jiro schien seinen Teil unter Kontrolle zu haben.

Ein heftiger dumpfer Schlag, der durch die Wände des Kommandomoduls hallte, gab ihr einen Vorwand, ein Video zu öffnen und den Audiokanal, den Markus und Slawa nutzten, zu belauschen. Über die gesamte Außenfläche der *Ymir* verstreute Roboter verliehen ihr Augen, die sie in alle Richtungen drehen konnte. Dennoch brauchte sie ein paar Minuten, um sich ein Bild von dem zu machen, was gerade vor sich ging.

Die *New Caird* hatte sich von der *Ymir* abgekoppelt und war nirgendwo zu sehen. Vermutlich wurde sie von Markus gesteuert.

Außen an der *Ymir* war ein Mann im Raumanzug zu sehen, wie er zum hinteren Teil »ging«, indem er ein Paar Grabbs als bewegliche Ankerpunkte benutzte. Das musste Wjatscheslaw sein. Aus seinen Füßen waren dicke weiße Tasthaare gewachsen. Dinah brauchte ein Weilchen, um aus diesem Bild schlau zu werden: Mithilfe von Kabelbindern hatte er seine Füße jeweils hinten an einem Grabb befestigt, und die »Tasthaare« waren die überstehenden Enden der Kabelbinder. Bei derlei Improvisation hätten NASA-Ingenieure alter Schule sich im Grabe umgedreht, hätte der Harte Regen diese Möglichkeit nicht zunichtegemacht. Doch in den vergangenen zwei Jahren und insbesondere den letzten zwei Wochen war diese Art von hinterwäldlerischer Konstruktion zur Routine geworden.

Womit die Frage, was zum Teufel Markus vorhatte, nur noch zwingender wurde. Wenn Slawa mit zwei Robotern und einem Sack Kabelbinder so kreativ war…

Schließlich entdeckte sie die *New Caird* über die Kamera eines Buckys, der am hinteren Teil der Scherbe, etwa auf halbem Weg zwischen ihrem Rand und dem höhlenartigen Schlund der Düse, befestigt war. Das kleine Raumschiff hing vielleicht hundert Meter entfernt im All, aus seinen Lagesteuerungsdüsen schossen alle paar Augenblicke weiße Strahlen, während es versuchte, seine Position hinter der sich langsam drehenden Scherbe beizubehalten. Markus bediente es manuell, und es war wahrhaftig kunstvolles Fliegen.

Sich ein Bild von der Geometrie zu machen war nicht einfach, aber Dinah überzeugte sich, dass Wjatscheslaw in etwa in Richtung der Stelle »ging«, die auch die *New Caird* ansteuerte. In ihrer jeweils eigenen Weise konzentrierten die beiden Männer sich auf denselben Bereich der Scherbe: eine ihrer äußersten Ecken, wo der breiteste Teil des Zuckerhuts aufhörte und entlang einer scharfen, aber unregelmäßigen Kante in dessen Basis überging. Dort befand sich, ins Eis eingebettet, ein Stück von einer Haltevorrichtung, das etwa so groß war wie ein Auto. Es diente als Anker für ein Bündel kleiner konischer Raketendüsen: eins dieser Steuerraketensysteme, die sich bei der vorliegenden Aufgabe als so jämmerlich unterdimensioniert erwiesen hatten. Als Dinah eine andere Kamera darauf richtete, sah sie blauweißes Feuer in einem stetigen Strahl aus zwei der Düsen herausschießen. Sie brannten ununterbrochen, volle Kanne. Dazu waren sie nicht ausgelegt. Doch *Ymirs* Lagesteuerungssystem hatte berechnet, dass ein Schub, und zwar ein ganz erheblicher, in diese beiden Richtungen erfolgen musste, falls sein programmiertes Ziel – die »Nase« des Raumschiffs vorwärts und seine Düse rückwärts auszurichten – erreicht werden sollte.

Dinah begriff. Bestätigt wurde ihre Überlegung durch den Dialog in einer Mischung aus Englisch, Deutsch und Russisch zwischen Markus und Wjatscheslaw, den sie jetzt mithören konnte. Vor ihrem inneren Auge entfaltete sich aber auch der Anblick, den die *Ymir* Markus genau in diesem Moment durch das vordere Fenster der *New Caird* bieten musste: eine riesige dahintreibende Pfeilspitze aus schwarzem Eis, weitgehend dunkel, nur an der Nase und den »Ecken« mit blinkenden weißen Lichtern und Streifen aus heißem Gas verziert – den Abgasen aus den Steuerraketen, die ein von innen kontrolliertes automatisches Programm ausführten. Manchmal gingen sie blitzend an und aus. Gelegentlich jedoch, wenn an einer Stelle viel Schub erforderlich war, blieben sie lange an. Diese langen, stetigen Brennstöße hoben sich deutlich gegen das Dunkel des Weltraums ab.

Markus brauchte nicht *Ymirs* Rotation im Kopf auszurechnen. Er brauchte nicht die Zahl von *Ymirs* Umdrehungen um ihre drei Achsen oder das für eine Gegenbewegung notwendige Drehmoment zu kennen. Nicht einmal sein Tablet musste er hochfahren. Er musste lediglich um die Scherbe herumfliegen und nach Stellen suchen, wo Steuerraketen kontinuierlich an waren. Sie waren es nämlich, die eine zu starke Befüllung und eine zu schwache Antriebsleistung aufwiesen. Und bei denen daher das große Triebwerk der *New Caird* äußerst effektiv zum Einsatz gebracht werden konnte.

Aber wie?

Der Blick auf das Steuertriebwerk wurde ihr durch eine verschwommene graue Gestalt genommen: Wjatscheslaw, der sich vor der Kamera bewegte. Dann wurde das Bild wieder scharf und zeigte ihn, wie er nach einem Karabiner an seiner Taille tastete und ihn an einem Bauglied, das aus dem Eis ragte, einschnappen ließ. Dinah konnte ihn atmen hören. Sich mit der linken Hand abstützend fuhr er mit der rechten in die gitterartige Verstrebung. Nach anfänglichem Herumtasten schien er etwas zu finden und machte sich einen Moment daran zu schaffen, wobei sich sein Arm leicht hin und her bewegte.

Die Raketendüsen stockten und gingen flimmernd aus.

»Erledigt«, sagte Wjatscheslaw. »Entschuldigung. Ventil hing fest.«

»Verzieh dich, *Towarischtsch*«, sagte Markus.

»Bin dabei«, gab Slawa zurück. Er hakte den Karabiner aus, beugte sich von der Halterung weg und begann, auf die Grabbs vertrauend, die an seinen Füßen befestigt waren, sich mit den quälend langsamen Bewegungen eines Mannes, der durch heißen Karamell watet, zu entfernen. »Mach's einfach«, sagte er und fügte auf Deutsch etwas hinzu, was nach Dinahs Überzeugung so viel bedeutete wie: *Wenn's nicht funktioniert, sind wir sowieso alle tot.*

Die *New Caird* verschwand aus dem Bild. Dinah brauchte eine Weile, um sie wieder einzufangen. Das kleinere Raumschiff näherte sich der *Ymir* mit direktem Kurs auf das Steuertriebwerk, das Slawa gerade abgeschaltet hatte, und kam in einem Winkel zwischen den beiden Düsen an, die gebrannt hatten.

Die Logik war klar, die Methode verrückt. Die *New Caird* war im Begriff, die Aufgabe zu übernehmen, die die kleinen Steuerraketen nicht geschafft hatten. Markus musste ihre große Düse ungefähr in die richtige Richtung zeigen lassen, nämlich etwa in die Mitte zwischen den beiden Steuerraketen, die die ganze Arbeit erledigt hatten. Schön. Er würde aber auch eine mechanische Verbindung zwischen der *New Caird* und der Scherbe herstellen müssen, damit der Schub des großen Triebwerks in die Eismasse übertragen werden konnte.

Und es sah so aus, als würde er das schaffen, indem er das kleine Raumschiff in das große rammte. Es war ein langsames Rammen, wie wenn ein Schlepper seinen Bug einem Öltanker in die Seite stieß, um ihn an einen Liegeplatz zu schubsen. Aber ein Rammen war es trotzdem: etwas, wozu Raumschiffe normalerweise nicht ausgelegt waren.

Sie lockerte ihren schmerzhaft festen Griff um die Tischkante ein klein wenig, als Markus kurz vor dem Zusammenstoß die Bremsraketen zündete, was die *New Caird* im Augenblick des Aufpralls verlangsamte. Dennoch fühlte und hörte sie das Knirschen durch die Wände des Eispalastes hallen. Schon während der vergangenen zwei Stunden hatte sie es gehört und sich gefragt, was das wohl sei; offensichtlich hatte Markus das bereits mehrfach gemacht.

Er hatte auf die Stelle gezielt, wo die Haltevorrichtung aus dem Eis heraustrat und eine Art Winkel bildete, in den der Bug der *New Caird* sich, solange der Schub anhielt, hineindrücken konnte. Im Augenblick wurde diese Kraft von ihren hinteren Steuerraketen geliefert. Doch Dinah, die durch das Fenster Markus' Gesicht beobachtete, sah ihn am Touchscreen arbeiten, der als Steuerpult für die *New Caird* diente, und hatte eine recht gute Vorstellung von dem, was als Nächstes kommen würde.

Sie öffnete das Interface für *Ymirs* Lagekontrollsystem und sah den hellen Wahnsinn: Steuerraketen, die überall an der Scherbe zündeten, erleuchtet durch wütende Icons, die vor zu wenig Treibstoff, nicht genug Zeit, überhitzten Düsen warnten. Das Ding, das Markus gerade gerammt hatte, blitzte rot auf, was anzeigte, das es nicht einmal mehr mit dem System verbunden war. Diagramme am unteren Bildschirmrand und eine dreidimensionale Darstellung der Scherbe im Raum zeigten, wie weit sie von dort, wo sie sein wollten, entfernt waren.

Sie vernahm eine kleine Symphonie aus Knirschen, Ächzen und Knallen und spürte, wie das Raumschiff um sie herum rotierte.

Das Live-Video, das die *New Caird* zeigte, wurde von weißem Licht durchflutet, als ihr Haupttriebwerk seine volle Leistung erreichte. Ein rascher Blick auf die Lagekontrolldiagramme zeigte, dass etwas Gutes im Gange war.

»Es ist gut«, sagte Jiro, »aber jetzt werden wir überrotieren.«

»Nicht wenn ich das Timing richtig hinkriege«, sagte Markus. »Wir müssten exakt zum Zeitpunkt des Brennstoßes am Apogäum durch die korrekte Lage rotieren. Danach werden wir tatsächlich überrotieren. Aber dann haben wir jede Menge Zeit für eine Korrektur.«

Durch einen Ausruf und einen dumpfen Schlag wurde seine Übertragung unterbrochen. Er fluchte auf Deutsch, und dann war die Verbindung weg.

Dinah warf einen Blick auf den Videoschirm, auf dem zu sehen war, dass die *New Caird* im falschen Winkel kippte. Die Flamme aus dem Triebwerk ging flackernd aus.

Die Rahmenstruktur, gegen die die *New Caird* gestoßen war, hatte dem Schub des starken Triebwerks nachgegeben und war zerdrückt worden, was sie veranlasst hatte, sich ruckartig zu drehen. Sie lag nun fast seitwärts am Eis, die zerquetschten Überreste des Steuertriebwerks eingekeilt zwischen ihrem Rumpf und dem Heck der *Ymir*.

»Irgendein Gas entweicht«, bemerkte Jiro leise. »Oder Rauch.«

Er hatte recht. Das Auge erfasste es nicht unmittelbar, da

sich Rauch im All anders verhielt als in einer Atmosphäre unter Schwerkraft. Aber irgendetwas brannte, oder schwelte zumindest, seitlich am Rumpf der *New Caird*, gerade mal eine Armlänge von dort entfernt, wo Markus saß.

Wjatscheslaw sagte: »Die heiße Düse der Steuerrakete schmilzt ein Loch in die Hülle.«

Markus war wieder in der Leitung. »Jiro und Dinah, ihr müsst bereit sein, am Apogäum das Haupttriebwerk zu zün...« Eine Einschnürung der Kehle schnitt ihm das Wort ab, worauf er mehrmals hustete. Als er wieder zu sprechen begann, klang er wie stranguliert. »Noch etwa zwei Minuten. Konzentriert euch darauf – leitet die Inbetriebnahme ein. Wjatscheslaw kann mir mit diesem kleinen Problem hier helfen.« Er hustete krampfartig. »Schalte aus«, sagte er.

Entgegen der Anordnung warf Dinah einen letzten kurzen Blick auf den Videoschirm, der den Bug der *New Caird* zeigte. Markus war durch ihr vorderes Fenster nicht mehr zu sehen. Nur noch Rauch und das flackernde, züngelnde Licht eines Feuers im Inneren.

Die Erkenntnis dessen, was da passierte, traf sie wie ein Schlag auf den Schädel. Die Tischkante umklammernd, schloss sie für kurze Zeit die Augen und spürte, wie heißes Wasser aufstieg und ihr der Rotz in die Nase lief.

»Dinah«, sagte Jiro. »Die Checkliste für die Inbetriebnahme der Förderschnecken startet jetzt.«

Sie machte die Augen auf und sah leuchtende verschwommene Flecken, wo eigentlich Steuerelemente hätten sein sollen.

»Wenn es überhaupt einen Sinn haben soll«, sagte Jiro. »Bitte.« Dann hob er eine Hand, um das kleine Mikrofon seines Headsets zu umschließen und den Ton zu dämpfen, und fügte hinzu: »Vermutlich kann er uns hören.«

Sie streckte die Hand aus und tippte einen Befehl. »Förderschnecke Eins«, sagte sie. »Los!« Und haute auf die Eingabetaste.

Und so weiter die Liste abwärts. Es wurde leichter, je weiter sie kam. Jiro erledigte seinen Teil taktvoll, leise, effizient. Und als der Atomreaktor genau zum geplanten Zeitpunkt volle Leistung erreicht hatte, erwähnte sie das ausdrücklich. Laut. Für den Fall, dass Markus sie hören konnte.

Erst dann schaute sie, in der Erwartung, Markus' letzte Ruhestätte, ein Grab aus beißendem Rauch, zu sehen, auf den Videoschirm.

Doch da war nichts, abgesehen von einer zerquetschten Haltevorrichtung und Wjatscheslaw, der danebenstand, sich mit einer Hand darauf abstützend und den Blick nach hinten gewandt. Und im Hintergrund eine sich ausbreitende Rauchwolke von der Größe Manhattans, als Jiros Triebwerk zündete.

»Slawa?«, sagte sie. »Wo ist ...?«

»Sie ist abgefallen«, antwortete Wjatscheslaw. »Als das Triebwerk anging und wir anfingen zu beschleunigen. Die *New Caird* ist nicht mit auf die Reise gekommen.«

»Ist sie ...«

»Sie wurde von der Rauchwolke mitgerissen und zurückgeworfen. Ich kann sie jetzt kaum noch sehen.«

»Oh.«

»Dinah?«

»Ja, Slawa?«

»Markus war schon tot.«

»Man könnte es fast für eine Slapstickkomödie halten, wenn es nicht so tragisch wäre – und nicht so schwerwiegende Konsequenzen hätte«, sagte Julia. Sie war fasziniert von einer Videoschleife, der letzten Nachricht von der *New Caird*, bevor der Funkkontakt abgebrochen war.

Die Leute, die sie in der Weißen Sub-Arche – wie Julias inoffizielle Operationsbasis inzwischen genannt wurde – umgaben, nickten alle oder gaben ein zustimmend klingendes Raunen von sich. Sie alle waren dabei, Tavs erst vor wenigen Sekunden geposteten Blogeintrag über die *Ymir*-Katastrophe zu lesen.

Mit Ausnahme von Tekla, die sich von einem Detail hatte ablenken lassen. Mit blauem Malerkrepp befestigt hing an der Wand der Sub-Arche ein Blatt Papier mit dem aufgedruckten Siegel des Präsidenten der Vereinigten Staaten. Es existierten aber nur noch zwei Drucker, und beide befanden sich in Izzy. Wenn man sie ausschloss, musste das Siegel noch vor dem Harten Regen auf der guten alten Erde gedruckt worden sein, auf einem Gerät, dem gerade die Cyantinte ausging. Das Blatt hatte schwere Zeiten durchgemacht: An zwei Stellen war es eingerissen und mit durchsichtigem Klebeband repariert. Es war zerknittert und zerknüllt und dann wieder glatt gestrichen worden. Die Ränder waren da, wo Klebstreifen wieder abgezogen worden waren, zerfranst. Und in dem weißen Bereich unterhalb und rechts des Präsidentensiegels gab es einen braunen Schmutzfleck, oval, in der Größe eines menschlichen Daumens. Tekla war sich sogar sicher, dass es tatsächlich ein Daumenabdruck war, und je länger sie ihn betrachtete, desto sicherer wurde sie, dass es sich bei der braunen Substanz um Blut handelte.

Sie sah Julia direkt in die Augen und merkte, dass die ehemalige Präsidentin irgendeine Art Reaktion von ihr erwartete. Im Gegensatz zu den meisten Leuten verspürte Tekla keinen Druck, keine Verpflichtung, solchen Erwartungen zu entsprechen. Dadurch leicht verunsichert, brach Julia den Blickkontakt ab und fuhr fort: »Ich verstehe die Geschichte, die sie uns erzählen, sowieso nicht ganz!«

»Sie ist ziemlich kompliziert«, sagte einer ihrer Helfer, ein junger Archie mit amerikanischem Akzent. Er war einer von den MIF-Ingenieuren. Sein Ton ließ darauf schließen, dass er sich über die schiere Unverfrorenheit der Mächtigen, den Leuten einen solchen Unsinn aufzubinden, amüsierte und dass er viel zu schlau war, um darauf hereinzufallen. »Es hat irgendwie mit der Vorstellung zu tun, dass die Hülle aus so einer Art Kunststoff gemacht ist. Wenn sie zu heiß wird, dann ...«

»Es ist wie Plastik auf einer Herdplatte, das habe ich verstanden«, sagte Julia. »Es schmilzt und stinkt.«

»Die *New Caird* hatte sich so verschoben, dass die Hülle mit einer Düse in Berührung kam, die extrem heiß war.«

»Laut der Geschichte, die sie in Umlauf setzen, hatte Wjatscheslaw diese Düse vorher ausgeschaltet.«

»Sie bleiben noch lange heiß. Jedenfalls hat diese Düse allmählich die Hülle durchgeschmolzen. Dabei dürfte schon mal eine Menge giftiger Rauch entstanden sein, der allein schon ausgereicht hätte, ihn zu töten. Und als der Schmelzprozess bis zur Perforation fortgeschritten war, dürfte die Luft durch dieses Loch entwichen sein.«

»Tja, das ist schrecklich – falls es stimmt«, sagte Julia, und dann schwenkte sie den Blick zu Tekla, in deren Gesicht sie nach irgendeinem Anzeichen dafür suchte, dass es vielleicht *nicht* stimmt. Tekla erwiderte ihren Blick auf eine Weise, die nichts erkennen ließ. »In was für eine kritische Lage sind wir gekommen, fragt man sich, wenn derart aberwitzige Improvisationen nötig werden – ein Raumschiff mit einem anderen zu rammen!«

Weiteres beifälliges Murmeln.

Julia geriet in Fahrt. »Und soweit ich es erkennen kann, hat es nicht einmal das Problem gelöst!«

»Problem ist gelöst«, sagte Tekla. Sie sprach fließend Englisch und war absolut in der Lage, den Artikel zu verwenden, ließ ihn aber aus Effektgründen weg. Anglophone fanden das geheimnisvoll und beeindruckend. Zudem war es eine indirekte Äußerung russischen Stolzes. Die standardmäßige Sprache der Cloud-Arche war Englisch, und das würde sich auch nie ändern. Mit der Zeit würde sich jedoch ein Dialekt entwickeln, den die Russen in ihre Richtung biegen konnten, indem sie Wege fanden, die Alltagssprache mit ihrer Grammatik und ihrem

Wortschatz zu impfen. »Brennstoß ist abgeschlossen«, fuhr sie fort.

»Aber das Raumschiff taumelt immer noch außer Kontrolle!«, sagte der junge Amerikaner, der sich so viel auf seine Intelligenz zugutehielt.

»Langsames Taumeln«, sagte Tekla. »Nicht Problem. Jede Menge Zeit zum Beheben, jetzt wo Perigäum angehoben ist.«

»Wie denn beheben?! Markus hat drei der externen Steuerraketentriebwerke demoliert, indem *er sie gerammt* hat! Wer macht denn so was? Jedenfalls sind jetzt nur noch zwei übrig. Es gehört aber zu den Grundlagen der Physik, dass man eine taumelnde Bewegung um drei Achsen nicht mit nur zwei Steuerraketen unter Kontrolle bringen kann!«

»Danke für Erklärung von Grundlagen der Physik«, sagte Tekla. »Taumeln kann durch Abschrägen von Düse beseitigt werden.«

Das brachte die anderen für ein paar Augenblicke zum Schweigen. Einer von Julias Anhängern – Li, der chinesische Archie, der darauf brannte, zum Mars zu fliegen – sah aus, als verstünde er es. Tekla nickte in seine Richtung. »Dieser Mann wird später erklären. Meine Zeit hier ist begrenzt.«

»Ja, Tekla, und wir sind wirklich dankbar, dass Sie sich überhaupt Zeit für uns nehmen konnten«, sagte Julia.

Tekla hatte derart große Lust, Julia einen Schlag zu verpassen, dass ihre Hand sogar zuckte. Der Satz, den Julia gerade geäußert hatte, hätte ja, in einem anderen Ton vorgebracht, tatsächlich bedeuten können, was er sagte. Stattdessen bedeutete er: *Ich werde schnöde ignoriert, und es war höchste Zeit, dass mal jemand Wichtiges hier raus kam, um mit mir zu reden.* Tekla konnte fast körperlich spüren, wie diese Mentalität von Julia auf die anderen Archies abstrahlte und sie infizierte.

Wie fast alle in der Cloud-Arche trug Tekla einen Overall mit vielen Innentaschen, Fächern, äußeren Holstern und dergleichen. Eine davon enthielt ein Messer mit einer vier Zoll langen, zweischneidigen Klinge, dessen Spitze mühelos zu J.B.F.s Herz durchdringen könnte. Tekla zog sich kurz aus dem Gespräch heraus, während sie überlegte, wie sie das bewerkstelligen könnte. Mit einem offenen Attentatsversuch rechnete Julia vermutlich nicht – obwohl man bei Leuten mit solchen Ansichten nie wissen konnte.

Tekla sagte: »Möchten Sie irgendwelche Schwierigkeiten mit dem LEN melden? Es wurden wiederholt Ausfälle beobachtet.«

Zufrieden presste Julia die Lippen zusammen und sah Spencer Grindstaff an.

»Davon höre ich zum ersten Mal«, sagte Spencer. Die Behauptung stieß auf vollkommenes, ausdrucksloses Schweigen.

Tekla wartete einfach. Der Versuchung, sich wichtigzumachen, würden sie nicht lange widerstehen können. Teklas Ausbildung in Spionagepraxis war nicht allzu intensiv gewesen. Ein paar Grundkurse, Pflichtlektüren. Das hatte einen simplen Grund: Für eine brauchbare Spionin war sie zu auffällig. Dem Hollywoodprofil zu ähnlich. Echte Spione fielen nicht auf. Also hatte man sie aus dem Programm geworfen und in bestimmte Rollen schlüpfen lassen, zum Beispiel die einer Olympiateilnehmerin, für die ihre Auffälligkeit von Vorteil war. Ein paar Regeln hatte sie sich aber doch angeeignet. Und sie wusste, dass diese eine Sache – der Drang, mit seinen Leistungen zu prahlen – mehr Geheimnisse enthüllt und mehr Karrieren zerstört hatte als irgendetwas sonst.

Sie sah Grindstaff an. Anders als die meisten Leute, die den Augenkontakt bald abbrachen, erwiderte er grinsend ihren Blick.

»Ungewöhnlich«, sagte Tekla, »für jemanden mit Ihrer Erfahrung.«

»Quellen und Methoden«, sagte er.

»Dann will ich meine Bemerkungen auf das eingrenzen, wofür ich hierhergekommen bin«, sagte Tekla. Das löste einen sofortigen Blickwechsel zwischen Julia und Spencer aus, den Tekla nicht weiter beachtete. »Aus Sicherheitsgründen ist es unerlässlich, dass wir eine genaue Aufstellung darüber besitzen, welche Person sich in welcher Sub-Arche befindet. Manche Leute sind gerne unterwegs. Wechseln gerne den Ort. Verstehen wir. Schön. Aber Probleme mit der Sicherheit nach innen und außen treten auf, wenn zum Beispiel Sub-Arche von Boliden getroffen wird, Luft austritt, wir nicht wissen, wie viele Menschen sich darin aufhalten, ihre medizinischen Bedürfnisse etc. Kleine Person braucht weniger Luft als große Person.«

Julia nickte. »Ich weiß genau, was Sie meinen, Tekla. Aus Sicht der Archie-Community kann ich bestätigen, dass hier in den Randbezirken eine eher ungezwungene Einstellung vorherrscht. Das Empfinden, von den Mächtigen auf Izzy links liegen gelassen zu werden, führt zu einer gewissen Gereiztheit. Umbesetzungen innerhalb der Sub-Archen erscheinen wie eine harmlose Form von Rebellion. Dabei übersieht man jedoch leicht den Sicherheitsaspekt, den Sie angesprochen haben. Was ein Fehler ist. Ich meine, dass die Verwirrung in Bezug auf den *wahren* Grad der Bedrohung, der wir ausgesetzt sind, solange wir ...«

»Solange wir uns auf schmutzigen Raum beschränken«, warf Ravi Kumar ein.

»Ja, danke, Ravi. Es kommt einem so vor, als hörten wir heute das und morgen etwas ganz anderes.«

»Statistik«, sagte Tekla.

»Ja, das ist das, was wir immer wieder zu hören bekommen, aber ...«

»Mehr kann ich nicht sagen«, bemerkte Tekla und sah flüchtig zu einer der kleinen Kameras auf, die an der Hülle der Arche befestigt waren.

Diesmal hielt Julia ihrem Blick stand und schielte erst nach einer Weile zu Spencer hinüber. »Vor einer Minute haben wir um das Thema des Lageerfassungsnetzwerks herumgetanzt, und

Spencer war wohl etwas unbekümmert – da war sein Sinn für Humor am Werk. Ich fühle mich aber ganz wohl dabei, wenn ich Ihnen sage, dass wir dank Spencer eine Möglichkeit haben, uns vom LEN abzukoppeln, wenn wir einfach eine normale Unterhaltung führen wollen, ohne uns zu fragen, wer wohl sonst noch mithört. Und das haben wir auch jetzt getan. Nichts von dem, was Sie hier und jetzt sagen, wird diese Sub-Arche verlassen.«

Tekla bedachte den Kreis der Mitläufer und Bewunderer mit einem langen, gemächlichen Rundumblick, dann verdrehte sie sogar die Augen.

»Alle raus!«, befahl Julia. »Auch du, Spencer. Nur Tekla und ich.«

»Ihre Spionagepraxis ist von schlechter Qualität«, sagte Tekla, als alle anderen sich durch die Hamsterröhren in die anderen Sub-Archen von Julias Heptade verteilt hatten.

»Ich weiß«, sagte Julia. »Es ist so schwierig, aus dem Nichts heraus einen Geheimdienst aufzubauen. Man muss sich mit dem Material behelfen, das da ist. Ihr jugendliches Alter, ihre Unerfahrenheit und die Offenheit, von der sie mittlerweile ausgehen, da sie ihr ganzes Leben im Internet verbringen – all das ist nicht gerade dazu angetan, die Dinge so zu machen, wie sie gemacht werden sollten. Deshalb brauchen wir erfahrenere Kräfte – Leute, die die richtigen Instinkte ausgebildet haben.«

»Es ist nicht nur das«, sagte Tekla. »Das ist offensichtlich.«

»Ach?« Julia kniff die Augen zusammen. »Was ist mir denn entgangen, das nicht so offensichtlich ist?«

»Sie sollten Zeke Petersen nicht mit weiteren Informationen betrauen«, sagte Tekla. »Es sei denn, Sie wollen falsche Informationen einschleusen, in welchem Fall er ein wirkungsvoller Kanal ist.«

Ivy, Zeke und Tekla hatten das im Vorhinein besprochen, und Zeke hatte sich mit Vergnügen bereit erklärt, von Tekla als vermeintlicher Überläufer ausgegeben zu werden. Für ihn selbst bedeutete das keinen großen Unterschied. Und es würde viel dazu beitragen, in Julias Kopf die Vorstellung von Tekla als Doppelagentin und Meisterspionin festzuklopfen. Nach den Maßstäben des Kalten Krieges war das ein amateurhafter Eröffnungszug, aber man befand sich nicht im Kalten Krieg. Das hier war eine Kleinstadt von tausendfünfhundert Einwohnern mit einer ehemaligen Bürgermeisterin, die jetzt versuchte, Unruhe zu stiften.

Julia kniff die Augen zusammen und nickte langsam. Sie war fasziniert. »Ich hatte mir schon Gedanken über ihn gemacht«, sagte sie. »Er schien einfach mal mitzuspielen. Aus Höflichkeit.«

»Bei Tekla kein Problem«, sagte Tekla.

Das gefiel Julia. Sie war näher gerückt und streckte jetzt die Hand aus, um kurz Teklas Unterarm zu berühren. »Das mag ich an Ihnen, Tekla. Was ich sehe, bekomme ich auch.«

»Ja.« Dann, nach einer etwas unangenehmen Pause, fügte Tekla hinzu: »Sie spielen langes Spiel. Geduldig.«

»Bis zu einem gewissen Grad«, sagte Julia, deren Gesicht und Haltung sich unvermittelt geändert hatten, so als wäre ihr Gesicht in lackiertem Stahl neu gegossen worden. »Wir können es uns nicht leisten, allzu lange geduldig zu sein. Markus' Tod hat alles verändert. Bis zu diesem tragischen Vorfall konnten die Mitglieder der Archie-Community sich auf die Rückkehr des großen Führers freuen. Ivy war nur eine Verwalterin, über deren Unzulänglichkeiten man hinwegsehen konnte. Jetzt breitet sich im Schwarm die Erkenntnis aus, dass Markus nicht zurückkommt. Ivy ist wieder an der Macht. Sal wird, um ihren Status zu legitimieren, aus undurchsichtigen Bestimmungen in der Verfassung zitieren. Wahre Legitimation beruht aber auf der Unterstützung durch die Regierten. Sie wird sich jetzt bewegen, um die Zügel wieder fester in die Hand zu bekommen. Genau in einem solchen Moment können kleine symbolische Gesten die größte Wirkung haben. Und deshalb, Tekla, sind die nächsten paar Tage eine so kritische Zeit für uns. Vielleicht wird die *Ymir* durchkommen, vielleicht auch nicht. Wir können es uns nicht leisten zu warten. Vorbereitungen sind im Gange. Heute in drei Tagen werden Sub-Archen sich allmählich von der Cloud-Arche lösen und zu ihrem gewaltigen Treck zu einer höheren Umlaufbahn aufbrechen. Die Mächtigen mögen wegen des Kontrollverlusts, der für sie damit verbunden ist, die Umsetzung der Strategie des Reinen Schwarms fürchten. Der Archie-Community dagegen, die es satthat, sich hinter einem unwirksamen Schutzschild zusammenzudrängen und langsam vom Harten Regen dezimiert zu werden, sind solche Beschränkungen fremd.«

»Überleben der Abspaltergruppe wird zeigen, wie falsch die Gefahrenprognosen der Stabev waren«, sagte Tekla nickend. »Die Macht des Zentrums wird gebrochen sein.«

»Zum ersten Mal wird die Cloud-Archen-Verfassung wirklich zum Tragen kommen«, sagte Julia, »ungeachtet der Spitzfindigkeit ihres Verfechters Sal Guodian. Diese Verfassung verlangt, wie Sie sicher wissen, Tekla, die Bildung eines Sicherheitsdienstes. Nicht die Leibwache, die Markus zusammengeschustert hat, sondern etwas Richtiges. Ich kann mir keine Geeignetere für dessen Leitung vorstellen als Sie.«

»Voll drauf reingefallen«, sagte Spencer Grindstaff, während er und Julia zusahen, wie Teklas Flif mit einer stakkatoartigen Reihe von Brennstößen der Steuerraketen davonflog.

»Sie hat es uns eindeutig abgenommen«, gab Julia zu, »aber mir gefällt dein triumphierender Unterton nicht, Spencer. Was wir tatsächlich erfahren haben, ist, dass Ivy eine schwierige Gegnerin ist. Irgendwie hat sie es geschafft, Leute wie Tekla auf ihre Seite zu ziehen. Und sie haben sich eine ganz schön ausgeklügelte Strategie zurechtgelegt, um in unsere Organisation einzudringen.«

Grindstaff zuckte mit den Achseln. »So ausgeklügelt auch wieder nicht. Eigentlich ziemlich offensichtlich.«

»Du hast leicht reden«, sagte Julia, »wenn man bedenkt, dass du in der Banane eine Wanze versteckt hast und wir alles wussten, was sie tun würden. Aber glaubst du wirklich, Spencer, dass wir es ohne diese Information durchschaut hätten? Ich fand, Tekla hat sich großartig geschlagen.«

»Vor ihr musst du auf der Hut sein. Sie hasst dich wirklich. Und sie hat wenigstens eine Waffe bei sich.«

»Ich auch«, sagte Julia, »dank Pete Starling.« Sie fuhr in ihre Tasche und zog einen kleinen Revolver gerade so weit heraus, dass Spencer das dicke Ende seines Griffs sehen konnte, um ihn dann wieder zurückgleiten zu lassen.

»Auf die Gefahr hin, deine Intelligenz zu beleidigen«, sagte Spencer, »möchte ich dich daran erinnern, welche Folgen es hat, dieses Ding innerhalb eines Raumfahrzeugs abzufeuern.«

»Kein Problem. Ich habe diese Konsequenzen sogar schon erlebt. Und weißt du was? Die Luft entweicht gar nicht so schnell. Im Übrigen sind die Geschosse in dieser Waffe so ausgelegt, dass sie sich beim Auftreffen pilzartig öffnen, sodass ihr Wiederaustritt aus dem Körper weniger wahrscheinlich ist.«

»Das ist toll«, sagte Spencer, »vorausgesetzt, du triffst den Körper auch.«

»Wenn es um Tekla und mich geht«, sagte Julia, »werde ich nicht danebentreffen.«

Dinah wünschte sich nichts mehr als Schlaf. Seit die *New Caird* von Izzy losgefahren war, hatte sie nie mehr als vier Stunden am Stück bekommen, und für die letzten ein, zwei Tage sah es noch trostloser aus. Merkwürdigerweise wollte sie schlafen, um richtig trauern zu können. Sie wusste, dass Markus tot war, aber so richtig in ihr Bewusstsein eingedrungen war das noch nicht. Und solange sie von einer Krise in die nächste geriet, würde das auch so bleiben.

Der Brennstoß hatte funktioniert. Die Höhe von *Ymirs* Perigäum war so weit angehoben worden, dass die Atmosphäre ihnen nie wieder Schwierigkeiten machen würde. Das Raumschiff taumelte jedoch immer noch, wenn auch langsam. Und Wjatscheslaw stapfte immer noch auf seinen mit Kabelbindern an Grabbs befestigten Füßen auf Ymirs Außenfläche herum.

Zu diesem Außenbordeinsatz ausgestiegen war Slawa durch eine Luftschleuse an der Seite von *New Caird* – einem Raumschiff, das nicht mehr bei ihnen war. Seine Versorgungsgüter gingen zur Neige. Er musste wieder in das Kommandomodul gelangen, bevor ihm die Luft ausging. Das konnte mittels einer zu diesem Zweck eingebauten Luftschleuse bewerkstelligt werden. Sie befand sich neben dem Andockport in der »Nase« des im Eis vergrabenen Kommandomoduls. Wenn er durch sie einstieg, würde er die oberste Ebene des Moduls betreten, wo er dieselbe Luft wie alle anderen würde atmen können. Zur Vorsicht hatte er sich jedoch mit einem Gammaspektrometer untersucht und eine starke Strahlung festgestellt, die von mehreren Stellen seines Raumanzugs ausging – hauptsächlich dort, wo er mit der Scherbenoberfläche in Berührung gekommen war.

»Das hatte ich befürchtet«, sagte Jiro, »aber es war nichts dagegen zu machen.«

»Was hattest du befürchtet?«, fragte Dinah. »Ich dachte, die Oberfläche sei halbwegs sauber.«

»War sie auch«, sagte Jiro, »bis zu dem Brennstoß am Perigäum. Die Düse zeigte nach vorne. Ein Teil des Dampfs wurde vom Wind über uns weg nach hinten geblasen – von der Atmosphäre, die wir durchflogen. Er kondensierte und blieb an der Oberfläche der Scherbe haften. Deshalb gibt es jetzt außen an der *Ymir* überall kleine Falloutpartikel. Und davon sind welche an Slawas Raumanzug hängen geblieben.«

»Er muss aus dem Ding raus.«

Jiro zuckte mit den Achseln. »Der Anzug wird einen Großteil der Betastrahlung abblocken.«

»Ich meine, er muss da raus, bevor ihm der Sauerstoff ausgeht.«

»Das ist richtig.«

»Was bedeutet, dass er hier reinkommen muss.«

»Auch richtig.«

»Er wird diese Strahlung mit reinbringen.«

»Es wird Wochen dauern, bis sie uns umbringt. Bis dahin haben wir unsere Mission erfüllt. Oder nicht.«

Am Ende griffen sie zu einer Notlösung, bei der Sterben nicht vorgesehen war und die darin bestand, dass sie den Niedergang, der die oberste Ebene des Kommandomoduls mit der nächsttieferen verband, mit einem Stück Plastikplane abklebten. Zuvor hatten sie noch eine großzügige Ration Essen und Wasser, dazu Toilettenartikel, einen Schlafsack und andere Dinge, die Wjatscheslaw würde brauchen können, nach oben befördert. Slawa passierte die Luftschleuse mit einem Puffer von ein paar Minuten, schälte sich aus seinem Anzug und schloss ihn in der Luftschleusenkammer ein, die die von ihm ausgehende Betastrahlung weitgehend abblocken würde. Dann zog er seine Kleider aus und dekontaminierte sich selbst in mehreren Durchgängen mit Feuchttüchern, die er anschließend in die Luftschleusenkammer warf, ehe er deren Tür zuschlug.

Dann übergab er sich.

Die obere Ebene des Kommandomoduls galt nun, ebenso wie Slawa selbst, als kontaminiert, aber sie brauchten sie jetzt nicht mehr. Bis sie Izzy erreichten oder starben, würden Jiro und Dinah auf die unteren Ebenen beschränkt sein, von Wjatscheslaw und der möglichen Verstrahlung durch ein Stück Plastikplane getrennt. Eine gemeinsame Luftversorgung erfolgte über eine Führung durch alle Ebenen, doch sie verfügte über ein Filtersystem, von dem sie hofften, dass es umherschwebende Falloutpartikel einfangen würde.

Nachdem sie sich um all diese Dinge gekümmert hatten,

schalteten sie die Lichter aus und schliefen. Dinah verschlief sogar ihren Wecker, und als sie wach wurde, war sie zwölf Stunden weg gewesen.

Ihr nächster Gedanke galt der Frage, wo Markus war. Dann erinnerte sie sich mit einer gewissen Verwunderung, dass er tot war. Das traf sie wie ein heftiger Schlag, auf den Trauer folgte. Doch kurz nach der Trauer stellte sich ein Gefühl großer Furcht ein, das sie in all der Zeit seit Null nur selten empfunden hatte. Es war nicht die akute, belebende Angst, die man bei einem Abenteuer wie dem Flug durch das Perigäum verspürte, noch die Art von intellektueller, abstrakter Angst, die nicht mehr von ihnen gewichen war, seit Doob den Harten Regen prophezeit hatte. Hier handelte es sich um eine Art morbider Panik, die entfernt mit der Depression verwandt war. So mochte ein Kind sich fühlen, das gerade seine Eltern verloren hatte. Allerdings kein kleines Kind, sondern eine Jugendliche, die Älteste in der Geschwisterreihe, auf die nun die Verantwortung für die Familie fiel. Markus war tot. Er würde keine Lasten mehr für sie schultern. Die mussten jetzt andere tragen. Von denen manche – vielleicht diejenigen, die am begierigsten darauf waren, seinen Platz einzunehmen – gewiss die falschen Entscheidungen treffen würden. Und so war bei aller Trauer über die Tatsache, dass sie Markus nie wiedersehen, seine Umarmung nie mehr spüren würde, der Grund dafür, dass sie sich tatsächlich am liebsten irgendwo verkrochen hätte, dieses Wissen, dass es jetzt an ihr war. An ihr und Ivy und Doob und den anderen, denen man vertrauen konnte.

Sie ging »nach oben« in den Gemeinschaftsraum und traf auf Jiro, wie üblich versunken in die Betrachtung geheimnisvoller Diagramme auf seinem Computerbildschirm, die sich in klein auf den Gläsern seiner Zweistärkenbrille spiegelten. Im Laufe des einen Jahres seit seiner Ankunft im All hatte seine Sehkraft abgenommen, und so hatte er als Erster die Schleifmaschine für optische Linsen benutzt, die zu Izzy heraufgeschickt und dort installiert worden war. Ohne sie wäre ein Großteil der Cloud-Archen-Bevölkerung, weil ihre Brillen zerbrochen waren oder deren Stärke nicht mehr ausreichte, zum Unproduktivsein verurteilt worden. Dabei handelte es sich um ein Gerät aus Militärbeständen, das Brillen in einem und nur einem Stil herstellen konnte. Irgendwann in ein paar Jahren würden alle, die eine Brille brauchten, diesen Stil tragen. Es war interessant, sich zu fragen, wie viele Jahrzehnte oder Jahrhunderte wohl vergehen müssten, ehe die Bevölkerung so sehr gewachsen und die Wirtschaft so weit entwickelt wäre, das eine Brillenindustrie mit verschiedenen Stilen sich halten könnte.

Durch die milchigen Spiegelungen blickte er zu ihr auf. »Ich hab dich schlafen lassen«, sagte er. »Deine Roboter scheinen gut zu arbeiten. Solange ich diese Berechnungen nicht abgeschlossen habe, gibt es nichts zu tun.«

»Und dann?«

»Wir müssen das Taumeln vollends beheben«, sagte Jiro, »bevor wir die letzten Bremsbrennstöße ausführen.«

Für Dinah war das völlig klar. Die *Ymir* befand sich jetzt in einer sicheren Umlaufbahn und würde so bald nicht in die Atmosphäre fallen. Für das Rendezvous mit Izzy bewegte sie sich jedoch immer noch viel zu schnell und viel zu hoch. Sie mussten genau den Plan, den sie die ganze Zeit verfolgt hatten, zu Ende führen, was bedeutete, die *Ymir* während des Durchgangs durch ihr Perigäum mit ein oder zwei Bremsbrennstößen so weit zu verlangsamen, dass ein Rendezvous mit Izzy möglich war. Dazu musste die Düse wieder nach vorne gedreht und in dieser Position gehalten werden.

»Wie groß ist denn der Schaden an...«

»Sie wurden zerstört«, sagte Jiro. »Zwei Stück bleiben uns noch.« Damit meinten beide die ins Eis eingebetteten Steuerraketentriebwerke, mit deren Hilfe normalerweise die Lage der Scherbe reguliert worden wäre. »Es ist gut so. Es war notwendig«, fügte Jiro hinzu, fast als fürchtete er, Dinah würde schlecht von ihm denken, weil er die von einem toten Kommandanten getroffenen Entscheidungen kritisierte.

»Können weitere hergeschickt werden von …«

Jiro nickte. »Es ist möglich, ein MIF zu montieren, das mit uns zusammentrifft und uns bei der Lösung des Problems behilflich ist. Nur für den Fall, dass meine Idee nicht funktioniert. Da aber unsere Funkverbindung mit der *New Caird* verloren gegangen ist, können wir das nicht koordinieren.«

»Und wie sieht deine Idee aus?«

»Wir können deine Roboter dazu einsetzen, die Form des Düsenaustritts zu verändern«, sagte Jiro. Er hielt eine Hand wie eine zur Decke gerichtete Klinge hoch und beugte dann leicht die Knöchel, womit er einen flachen Bogen andeutete. »Ihn asymmetrisch zu machen.«

»Wie eine abgeschrägte Düse?«

»Genau. Wenn wir den Hauptantrieb zünden, wird er uns einen Schub im Winkel zur Achse geben. Falls die Abschrägung korrekt ausgerichtet ist, wird sie eine enorme Kontrollgewalt haben.«

»Vielleicht zu viel«, sagte Dinah. »Am Ende müssen wir überkorrigieren.«

»Eins nach dem anderen«, sagte Jiro. »Wir schrägen die Düse ab, korrigieren ein bisschen, schrägen sie in die andere Richtung ab, neutralisieren die Rotation. Vielleicht brauchen wir mehrere Durchgänge. Es ist machbar. Ich habe es am Modell durchgespielt.«

Dinah zog sich vor ihrem Triptychon aus Flachbildschirmen in Position und begann Fenster zu öffnen, in denen sie die Aktivitäten ihrer Robotermenagerie überprüfte: Manche sonnten sich draußen, um Energie aufzusaugen, oder nippten am Saft von den Reaktoren, andere förderten Treibstoff für den nächsten Brennstoß, und wieder andere besserten die Düse aus. Diese letzte Gruppe, hauptsächlich Nats, würde für das Düsenumformprogramm zuständig sein. Bisher war eine asymmetrische Düse, die für Schub im falschen Winkel sorgte, ein Problem gewesen, das es zu vermeiden galt, und nicht etwa ein erwünschter Umstand. Jiro hatte ihr ein paar Diagramme gemailt, aus denen hervorging, wie die Düsenglocke aussehen müsste. Die Veränderungen waren erstaunlich gering. Bei einem Triebwerk, das so viel Schubkraft erzeugte, konnte ein kleines bisschen Schub von der Achse weg schon viel bewirken. »Wann ist unser nächstes Perigäum?«, fragte sie.

»Wir sind gerade durch eins durchgegangen. Also in ungefähr acht Stunden.«

Die oberste Pflicht des Kommandanten der Cloud-Arche – so wichtig, dass Markus sich dazu verstiegen hatte, sie Ivy gegenüber als »heilig« zu bezeichnen – bestand darin, immer den Überblick über den Bolidenscan zu behalten, einen Informationsfeed, der eine Zusammenfassung sämtlicher Daten von Izzys Radargeräten und optischen Teleskopen mit großer Reichweite darstellte. Eine unverhältnismäßig große Zahl von Angehörigen der Stabev widmete ihr Leben der Verwaltung dieser Daten oder der Wartung der für ihre Erzeugung notwendigen Ausrüstung. Da der Datenstrom nicht abriss, musste er, damit jemand wie Markus oder Ivy etwas damit anfangen konnte, zu Berichten heruntergebrochen werden, die in regelmäßigen Abständen auf ihren Bildschirmen erschienen. Dreimal in vierundzwanzig Stunden, um dot 0, dot 8 und dot 16, also jeweils zu Beginn einer Schicht, wurde ein Bolidenscan ausgegeben. Einen davon las Ivy gleich nach dem Aufwachen, einen weiteren in der Mitte ihres »Nachmittags« und den dritten, unmittelbar bevor sie schlafen ging. Jeder Bericht fasste zusammen, was man über Boliden wusste, die ihnen im Laufe der nächsten acht Stunden nahe kommen könnten, und gab Ratschläge in Bezug auf Manöver, mit denen die Cloud-Arche ihnen ausweichen könnte. Zu diesem Zweck führten sie normalerweise mehrmals am Tag kleine Brennstöße durch. Die Methode nannte sich »Standardprozess«, was bedeutete, dass das Manöver via Parambulator in der Cloud-Arche veröffentlicht und automatisch ausgeführt wurde, es sei denn, die Kommandantin legte ihr Veto dagegen ein. Dazu konnte es eigentlich nur kommen, wenn zwei gefährliche Brocken ungefähr gleichzeitig auf sie zusteuerten und sie eine Entscheidung treffen mussten. Einen solchen Vorfall hatte es seit Beginn des Harten Regens zweimal gegeben, doch davor war so etwas Hunderte Male simuliert und durchgespielt worden. Die Devise hieß, sich nicht in die Enge treiben zu lassen.

Um acht Stunden im Voraus entdeckt zu werden musste ein Bolide schon ziemlich groß sein. Kleinere kamen andauernd vorbei und wurden erst Minuten oder sogar Sekunden vor einem Zusammenstoß vom Radar erfasst. Entsprechend gab es zur vollen Stunde kürzere Berichte mit einer Liste aller erwähnenswerten Gesteinsbrocken, die im Verlauf der letzten sechzig Minuten entdeckt worden waren. Damit waren die meisten von ihnen abgedeckt, sodass die Kommandantin – oder wer immer sie vertrat, während sie schlief – die meisten ihrer Verpflichtungen in Sachen Bolidenscan wahrnehmen konnte, indem sie immer zur vollen Stunde alles, was sie gerade tat, liegen ließ und den Bericht las. Hin und wieder bemerkten sie allerdings erst im letzten Moment einen »heißen Fels« oder »Flitzer«, der in einem seltsamen Winkel oder mit ungewöhnlich hoher Geschwindigkeit herankam, und dann wurde unverzüglich die Kommandantin benachrichtigt, sodass Alarm gegeben werden und das Ausweichmanöver in Angriff genommen werden konnte. Der Flitzer-Alarm kombinierte Elemente der Tornadosirene in Kleinstädten des Mittleren Westens mit der Alarmstufe Rot von *Star Trek*. Alle Schlafenden wurden geweckt, aus den größeren Tori, die als am stärksten gefährdet galten, evakuierte man alles entbehrliche Personal, und für den Fall eines Durchbruchs wurden zwischen einzelnen Abschnitten die Luken geschlossen. Ähnliche Vorsichtsmaßnahmen wurden von den Archies ergriffen. Sub-Archen waren natürlich anfälliger für Bolideneinschläge, allerdings auch manövrierfähiger. Wenn der heiße Fels dann näher kam und seine Orbitalparameter genauer bestimmt werden konnten, wurden die Daten in Parambulator eingegeben. Alle von einem Einschlag bedrohten Sub-Archen wurden identifiziert, und es wurde eine kollektive Lösung berechnet, die es ihnen ermöglichen würde, in sicherere Flugbahnen zu wechseln, ohne gegen irgendjemand sonst zu stoßen. Solche Zwischenfälle ereigneten sich im Durchschnitt ein- bis zweimal täglich, wobei, wie immer, der Teufel im statistischen Detail steckte. Einmal waren drei Tage ohne einen einzigen Flitzer vergangen. Ein anderes Mal hatten sie fünf davon innerhalb eines Zeitraums von zwölf Stunden gehabt. Das erste Ereignis hatte zu einer Flut von Kommentaren auf Spacebook geführt, in denen es hieß, die Mächtigen stellten die Gefahr übertrieben dar, um sich die Archies gefügig zu machen, während das zweite einen schonungslosen Blogeintrag von Tav Prowse nach sich gezogen hatte, der die Stabev wegen systematischer Inkompetenz scharf kritisierte.

Als Ivy einmal nach einem solchen Alarm ihren Desktop von der anschließenden Kommentarflut reinigte, wurde ihre Aufmerksamkeit von einem Beitrag angezogen, der gerade auf Tavs Blog gepostet worden war: ein Interview mit Ulrika Ek.

»Ulrika hat noch eine Menge über Blogger zu lernen«, lautete Ivys Urteil, nachdem sie es zu Ende gelesen hatte. Sie schüttelte den Kopf. »Ausgerechnet sie sollte doch eigentlich Bescheid wissen – schließlich hat sie ein PR-Training absolviert.«

Diese Äußerungen richteten sich an eine Banane, in der sich im Laufe der letzten paar Minuten allmählich Leute wieder eingefunden hatten, die während des Flitzer-Alarms zu anderen Aufgaben abberufen worden waren. Tekla traf als Letzte ein, mit

Tom van Meter und anderen Mitgliedern von Markus' Sicherheitskommando im Schlepptau. Luisa und Sal waren bereits anwesend. Doob hatte gerade per SMS mitgeteilt, er müsse leider noch ein paar Berechnungen über das soeben Geschehene anstellen.

»Vermutlich ist sie unachtsam geworden«, meinte Luisa, »weil sie es für einen informellen Plausch hielt.«

»Du hast es also gelesen?«

»Ich hab's überflogen.«

»Worum geht's denn da?«, fragte Tekla.

»Ulrika hat ein paar spontane Bemerkungen über die Schwarmtheorie gemacht und darüber, welche Strategien wir in Zukunft womöglich verfolgen wollen, und die bläht Tav jetzt zu einer *Cause célèbre* auf«, sagte Ivy.

»Was würdest du denn gerne, wenn überhaupt, dagegen unternehmen?«, fragte Sal.

»Nichts«, sagte Ivy. »Schaut mal, je länger dieses Ding mit der *Ymir* sich hinzieht, desto größer wird die Angst der Leute vor dem Großen Sprung. Jedes Mal, wenn ein heißer Fels ankommt, befeuert er diese Angst für eine Weile. Nun, es wird entweder funktionieren oder nicht. Wenn es nicht funktioniert, bleibt uns ohnehin kaum eine Wahl – dann müssen wir abladen und verschwinden.«

Sal nickte. »Wenn aber doch, wird es das Denken der Leute von Grund auf verändern.«

Ivy nickte. »Genau. Und ich bin mir immer sicherer, dass es funktionieren wird. Selbst wenn der Schachzug mit der abgeschrägten Düse misslingt, können wir als Plan B immer noch das MIF losschicken. Ich glaube, dass wir in einer Woche ein erfolgreiches Rendezvous mit der *Ymir* haben und uns dann für den Großen Sprung präparieren werden.«

Mit einer Handbewegung gab Ivy den Neuankömmlingen zu verstehen, dass sie sich irgendwo am Tisch einen Platz suchen sollten. »Was mich zum Gegenstand unseres Treffens bringt«, fuhr sie fort. »Wir wissen, was J.B.F. vorhat. Sie ist dabei, eine gewisse Anzahl von Archies zu rekrutieren, die bereit sind, auf eigene Faust loszuziehen. Der allgemeine Plan scheint vorzusehen, dass sie ein paar Sub-Archen mit Vorräten für eine mehrwöchige Reise ausrüsten. Auf ein Zeichen hin werden sie sich dann von Izzy lösen und Brennstöße durchführen, die sie in eine höhere Umlaufbahn bringen. Eine Umlaufbahn, die wir nur unter Aufwendung von sehr viel Treibstoff erreichen können. Wir wissen nicht, wie ihr langfristiger Plan aussieht – oder ob sie überhaupt einen haben –, aber ich glaube, dass Julia im Wesentlichen auf die Möglichkeit setzt, dass diese Leute lange genug leben, um Nachrichten wie: ›Kommt rein, das Wasser ist fantastisch!‹ an die Cloud-Arche zu schicken und damit andere Archies zu ermutigen, es ihnen gleichzutun. Sie wissen alle, dass wir sie, wenn sie den Schwarm erst einmal verlassen haben, im Grunde nicht verfolgen können. Die Mitgliedschaft in der Cloud-Arche ist beim gegenwärtigen Stand der Dinge freiwillig.«

»Daraus schließe ich, dass du die Absicht hast, das zu ändern?«, fragte Luisa trocken, während sie ihren Blick über Tekla und die Mitglieder des Sicherheitskommandos gleiten ließ.

»Sie können sich nicht absetzen, ohne gewisse kritische Versorgungsgüter zu horten«, sagte Ivy. »Und wir können nicht zulassen, dass Leute einfach unsere Lagerräume nach allem durchforsten, was sie gebrauchen könnten. Es gibt aber eindeutige Beweise, dass das passiert ist. Auf Spacebook kursieren Tipps darüber, wo man nachschauen muss, wenn man sich eine Packung frische Batterien oder CO_2-Absorberkartuschen beschaffen will. Daher wird unsere Herangehensweise einfach sein. Was das Horten angeht, haben wir die schlimmsten Übeltäter ermittelt. In einer Stunde werde ich eine Ankündigung machen, in der ich erkläre, was die Cloud-Archen-Verfassung im Falle des Diebstahls öffentlicher Versorgungsgüter vorsieht, und eine vierundzwanzigstündige Amnestie anbieten, in deren Verlauf jeder zurückbringen kann, was er gehortet hat. Sobald diese Frist um ist, werden Tekla und ihr Team sich in eine Sub-Arche begeben, von der wir wissen, dass sie als Lagerplatz für Schmuggelware dient, und dort die Ordnung wiederherstellen. Dann wird sich Sal als Strafverfolger einschalten und die ihm gerechtfertigt erscheinenden Maßnahmen ergreifen.«

»Wie kannst du Leute ins Gefängnis schicken, wenn sie bereits auf Blechdosen beschränkt sind?«, fragte Luisa. »Wie kannst du eine Geldstrafe gegen sie verhängen, wenn es gar kein Geld gibt?«

»Wir werden nach und nach Lösungen entwickeln müssen«, sagte Sal.

Tekla zwang ihn, den Blick abzuwenden, dann fuhr sie sich mit dem Daumen über die Kehle.

»Das scheint ja definitiv zu sein«, sagte Julia.

Sie und Spencer Grindstaff schwebten in der Mitte der Weißen Sub-Arche. Unweit von ihnen hing ein Laptop in der Luft, über dessen Lautsprecher der Audiofeed von der Banane gekommen war. Sie konnten hören, dass die Teilnehmer des Treffens aufbrachen und sich beim Hinausgehen einzelne Gesprächsgrüppchen bildeten. Spencer zog das Gerät zu sich her und haute mehrmals auf den Lautstärkeknopf, um den Ton auszuschalten.

»Wie schon gesagt: voll drauf reingefallen.«

»Es sei denn«, sagte Julia, »sie haben irgendwie spitzgekriegt, dass wir die Banane überwachen, und alles, was wir gerade gehört haben, war eine Art Hörspiel speziell für uns.«

Spencer strahlte. »*Das* ist jetzt aber paranoid! Ich dachte, mich hätte es schlimm erwischt, aber ...«

»Nur ein Scherz«, sagte Julia, etwas zu schnell. »Damit haben wir etwas in der Hand, Spencer. Ich meine, dass wir alles, was wir eben gehört haben, glauben können. Was bedeutet, dass ich den

Marsianern getrost die gute Nachricht verkünden kann. Sind sie bereit?«

»Ja, sie warten schon«, sagte Spencer und tippte mit dem Daumen eine SMS, um sie herbeizuzitieren. Da die Marsianer alle durch dieselbe Hamsterröhre kommen mussten, dauerte es ein paar Minuten, bis die Mitglieder der ersten bemannten Expedition zum Roten Planeten eintrudelten: Dr. Katherine Quine, deren professionelle Rolle keiner Erklärung bedurfte; Ravi Kumar, der designierte Kommandant der Expedition; Li Jianyu, der als allgemeiner wissenschaftlicher Leiter fungieren würde; Paul Freel, amerikanischer MIF-Fachmann und Chefingenieur; und vier weitere Archies, die einen Eid geschworen hatten, dass sie nicht den Rest ihres Lebens eingesperrt in Blechdosen verbringen, sondern auf der Oberfläche des Mars spazieren gehen oder bei dem Versuch sterben würden. In ihrem Gefolge kamen noch einige andere Mitglieder von Julias »Stab« dazu.

Julia eröffnete das Meeting mit ein paar Begrüßungsworten und der feierlichen Ankündigung, dass der Countdown für die Marsmission laufe. Nachdem das darauffolgende allgemeine Abklatschen und Sichumarmen unter Schwerelosigkeit einem betretenen Schweigen gewichen war, sprach sie Paul Freel direkt an: »Paul, Sie haben die anderen hier sicher über die allerneuesten Entwicklungen informiert, während Sie sich so geduldig die Beine in den Bauch gestanden haben, aber dürfte ich wohl erfahren, was es mit dem MIF auf sich hat?«

»Selbstverständlich, Madam President. Wie Sie wissen, ist ihr Ziel die Stabilisierung der *Ymir* mithilfe...«

»... einer Rube-Goldberg-Maschine in Form einer Eisskulptur. Ja, davon weiß ich.«

Paul kicherte, wobei viel Zahnfleisch sichtbar wurde. »Wie zu erwarten, sind die Mächtigen deswegen ein bisschen nervös, und so kam die Anweisung von oben, einen Plan B vorzubereiten, damit wir notfalls losziehen können, um für die *Ymir* die Kastanien aus dem Feuer zu holen. Gut. Aus marsianischer Sicht könnte es gar nicht besser sein! Wie Sie wissen, haben wir über Jahre hinweg auf diese Mission hingearbeitet. Nach Null habe ich sie durch die gesamte Entwicklung des MIF-Programms hindurch als Nebenprojekt laufen lassen, und es ist uns gelungen, sie als einen der Anwendungsfälle einzuschleusen.«

»Anwendungsfälle?«

»Einer der hypothetischen Fälle, in denen der MIF-Baukasten letztlich Verwendung finden könnte«, erklärte Spencer.

»Das hat uns vor allem einen Vorwand geliefert, einige Komponenten wie drosselbare Landungsvorrichtungen und Schutzmaterialien mitzubestellen, die sonst vielleicht nicht raufgeschickt worden wären«, fuhr Paul fort. »Damit war die Stabilisierung des *Red-Rover*-Entwurfs ein Kinderspiel.«

»*Red Rover?*«

»Ja, so nennen wir die Mission.«

»Ich möchte einen Vorschlag machen, der etwas stärker auf ein höheres Ziel hindeutet«, sagte Julia. »*Speerspitze* oder so was in der Art.«

Darauf folgte beklommenes Schweigen, das Camila mit der Bemerkung beendete: »Ich werde eine Liste aller Vorschläge erstellen und Ihnen umgehend unterbreiten, Madam President.«

»Danke, Camila. Sie verstehen, Paul, diese Mission wird einen ebenso symbolischen wie wissenschaftlichen Wert haben, und wir wollen die richtige Botschaft an die anderen Archies senden, damit sie sich inspiriert fühlen, in ihrem Kielwasser zu segeln.«

»Natürlich! Betrachten Sie das als reinen Arbeitstitel«, sagte Paul. »Als Decknamen.«

»Selbst als Deckname ist er nicht besonders gut«, hob Spencer hervor, »denn jeder kann...«

»Machen wir weiter«, sagte Julia. »Sie haben über den Entwurf gesprochen, Paul.«

»Erledigt. Das hat etwa einen Arbeitstag gedauert. Wir brauchten nur ein paar geringfügige Änderungen an einem bereits existierenden Anwendungsfall vorzunehmen, um feststellen zu können, welche Materialien und Versorgungsgüter wir tatsächlich zur Verfügung hatten.«

»Hervorragend.«

»Aber ein Entwurf ist natürlich noch kein Raumschiff«, fuhr Paul fort, »und bis vor zwei Tagen wäre es ganz verflixt schwierig gewesen, das eigentliche Antriebssystem zusammenzubauen, ohne sich Ivys Zorn zuzuziehen!«

»Das ist ein Satz, der nur Leuten Angst einflößen kann, die in Ehrfurcht vor ihrer Autorität erstarren«, bemerkte Julia mit einer Feierlichkeit im Ton, die nur von jemandem aufgeboten werden konnte, der kürzlich Atomwaffen gegen lebendige Ziele eingesetzt hatte.

Paul lachte gackernd. »Sie wissen aber, was ich meine – hier passiert alles in einem Fischglas! Sie können sich also das Grinsen in meinem Gesicht vorstellen, als wir den Auftrag erhielten, mit dem Zusammenbau des MIFs zur Rettung der *Ymir* zu beginnen.«

»Sind die technischen Daten ähnlich?«

»Ähnlich genug. Sie können beide dasselbe Haupttriebwerk benutzen. Die Steuerraketentriebwerke, die Steuer- und Lebenserhaltungssysteme – all das ist vollkommen standardisiert, es ändert sich von einem zum nächsten Anwendungsfall nicht, man braucht bloß verschiedene Parameter in den Code einzugeben. Es ist nur eine Konfigurationsdatei!«

Als er merkte, dass Julia nicht zwangsläufig wusste, was eine Konfigurationsdatei war, warf Spencer ein: »Sie können im Grunde genommen mit ein paar Tastenkombinationen die DNS, wenn du so willst, von *Red Rover,* oder wie immer wir das Ganze am Ende nennen, in das *Ymir*-Rettungsfahrzeug herunterladen.«

Zufrieden damit fragte Julia: »Was ist mit den Sub-Archen? Der Heptade und der Triade?«

»Nun, die sind bereits funktionsfähige, unabhängige Raumfahrzeuge. Offensichtlich haben wir auch unsere Vorräte aufgestockt«, sagte Paul und wies mit einer ausladenden Handbewegung auf die Beutel mit Lebensmitteln und anderen Versorgungsgütern, die die Weiße Sub-Arche füllten.

»Ja«, sagte Julia, »aber der kritische Teil der Operation wird der sein, wenn wir sie von ihren Standardpositionen im Schwarm fortbewegen – was auf Parambulator zunächst noch unauffällig erscheinen wird –, hin zu dem Antriebsstapel, den ihr zusammengebaut habt. Das allerdings wird dann einen Aufstand verursachen, stimmt's?«

Das Lächeln auf Paul Freels Gesicht erstarrte leicht. »Wir könnten es doch einfach versuchen«, sagte er.

»Ich wüsste einen Notbehelf«, sagte Spencer Grindstaff. »Ich glaube, wir können das zuwege bringen. Alles, was wir brauchen, ist ein Flitzer-Alarm. Der wird morgen losgehen.«

»Woher weißt du, dass es einen Flitzer-Alarm geben wird?«

»Ein solches Ereignis ist nichts anderes«, sagte Spencer, »als eine bestimmte Konfiguration von Bits.«

Dinah hatte vom Mars geträumt. Als Asteroiden-Bergarbeiterin hatte sie sich nie besonders für den fernen und unwirtlichen Roten Planeten interessiert. Die Weltraumpolitik vor Null hatte sie gezwungen, sich denen gegenüber, die zum Mars fliegen, dort Kolonien aufbauen und ihn terraformen wollten, skeptisch, ja sogar geringschätzig zu zeigen. Marskolonisten zweigten Aufmerksamkeit und Mittel von den Asteroiden-Bergarbeitern ab, die mithilfe leichter zugänglicher Ressourcen weitaus menschenfreundlichere Lebensräume schaffen wollten: Weltraumkolonien, die rotierten, um die volle Schwerkraft zu gewährleisten, mit jeder Menge Wasser und frischer Luft.

Zwei Jahre lang hatte jedenfalls niemand mehr davon geredet. Was den Mars jedoch nicht daran gehindert hatte, in ihren Träumen aufzutauchen und inzwischen auch in ihre Tagträume einzudringen. Fast drei Jahre waren vergangen, seit sie über die Oberfläche eines Planeten gegangen war, in den Himmel geschaut, einen Horizont gesehen hatte. Vom Kopf her wusste sie, dass der Tod sie früher oder später ereilen würde, bevor sie irgendetwas davon wieder tun könnte. Sie und alle anderen in der Cloud-Arche würden ihren Lebensabend in Umgebungen verbringen, die an Luftschutzbunker, Krankenhauskeller und Forschungslabore erinnerten. Das Beste, was man sich erhoffen konnte, war ein Blick durch ein kleines Fenster in den Sternenhimmel. Der Anblick der blauen, grünen und weißen Erde war ihnen einst Zauber und Trost gewesen. Der orangefarbene Feuerball, den sie nun umkreisten, war so ein unangenehmer Anblick, dass die meisten ihn bewusst vermieden. Dorthin würde niemand je zurückkehren. Für diejenigen, die nach wie vor anstrebten, noch einmal einen Spaziergang zu machen, ehe sie an Altersschwäche starben, war der Mars die einzige Hoffnung, mochte er auch noch so untauglich sein. Die Leute hatten auf Spacebook und in manchen der Blogs, die im Miniaturinternet der Cloud-Arche aufgetaucht waren, darüber gesprochen. Bevor der Verlust der *New Caird* die Datenverbindung der *Ymir* zur Cloud-Arche gekappt hatte, war manches davon zu ihrem Tablet durchgesickert, und Dinah las es, wenn sie mal ein bisschen Muße hatte.

Wenigstens *hatte* sie jetzt manchmal etwas Muße. Seit der Entscheidung, die Methode mit der abgeschrägten Düse zu probieren, hatten sie im Abstand von vierundzwanzig Stunden zwei Brennstöße durchgeführt, jeweils mit einem leicht veränderten Aussehen der Eisdüse: eine von dem Nat-Schwarm geformte abgeschrägte Tülle, die kaum merklich über die hintere Scherbenoberfläche ragte und den Dampfschwall leicht umlenkte. Der erste dieser Brennstöße hatte sie wie gewünscht ins Trudeln gebracht, wobei »Trudeln« ein zu starker Begriff für eine Drehung war, die den größten Teil eines Tages in Anspruch nahm. Im

Laufe dieses Tages hatten die Nats sich auf die andere Seite des Düsenrandes begeben und dort eine Tülle gebildet. Der zweite Brennstoß hatte dann die Drehung gestoppt, die der erste ausgelöst hatte, und sie so nah an ihre gewünschte Lage gebracht, dass die noch funktionierenden Steuerraketen die Feinjustierung übernehmen konnten.

Ein weiteres Perigäum stand kurz bevor. Diesmal würde die Düse in die von ihnen gewünschte Richtung zeigen – nach vorne – und damit den Atomantrieb noch einmal in eine kraftvolle Bremsrakete verwandeln. Die Roboter auf der Innenseite der Scherbe hatten sie ausgehöhlt und so die walnussschalenartige Architektur geformt, die den baustatischen Simulationen zufolge das ganze Ding in die Lage versetzen würde, während der letzten Manöverrunde zusammenzuhalten. Die Sammelbehälter waren mit Eis gefüllt, weiteres war unterwegs, und sie hatten schließlich begriffen, wie sie das System dazu bringen konnten, beständig zu arbeiten. Dazu gehörte die Erkenntnis, dass sie nicht versuchen durften, mit einem einzigen Brennstoß zu viel zu erreichen. Es war besser, es ruhig anzugehen, sich ein vernünftiges Delta v als Ziel zu setzen, es hinzubekommen und abzuschließen, sich dann über die Situation klar zu werden und in Ruhe den nächsten Brennstoß zu planen. Infolgedessen würde ihr Rendezvous mit Izzy viel später stattfinden als ursprünglich erwartet, und fast jeder Tag brachte einen weiteren Aufschub. Gleichzeitig sah es aber immer mehr nach einer sicheren Sache als nach einem Zufallstreffer aus, und das begann sich auf Dinahs Denken auszuwirken. Ihre Roboter verrichteten ihre Arbeit fast vollständig auf Autopilot, was ihr eine gewisse Langeweile bescherte. Mit Wjatscheslaw, der sich hinter einer dicht abschließenden Plastikwand befand, konnte man reden, aber er war lieber für sich. Jiro hingegen hatte fast rund um die Uhr gearbeitet und erste Anzeichen von Überanstrengung gezeigt. Dinah fand Vorwände, hinter ihm zu schweben und über seine Schulter auf seinen Bildschirm zu schauen. War er etwa damit beschäftigt, Solitär zu spielen? Simulationen der Orbitalmechanik laufen zu lassen? Seine Memoiren zu schreiben? Er schien sich hauptsächlich Videomaterial von Maschinen anzuschauen. Nach dem Ausschlussverfahren musste das in der Nähe des Reaktorkerns sein.

Im Boden der »untersten« Ebene, drei Etagen »unter« ihnen, befand sich ein Mannloch, das sich auf einen ins Eis eingelassenen Schacht öffnete. Am anderen Ende dieses Schachts gab es eine weitere Luke, die Zugang zu etwas gewährte, was man auf einem Ozeandampfer auf der alten Erde den Kesselraum genannt hätte. Ein kleines, unter Luftdruck stehendes Abteil beherbergte Bedienungstafeln und Access Ports, die mit dem nur wenige Meter entfernten Reaktor jenseits einer massiven Wand verbunden waren. Die Wand war ein Strahlenschutzschild, jedenfalls theoretisch. Ein riesiges Stück Blei heraufzuschicken war für die hastig zusammengestellte *Ymir*-Expedition jedoch nicht in Frage gekommen, und so wurde der »Kesselraum« bei jedem Gebrauch des Reaktors mit Neutronen und Gammastrahlen überschwemmt. Die Strahlungsdetektoren, die dort geblieben waren, als Sean & Co. das letzte Mal diese Luke geschlossen hatten, ließen keinen Platz für Fantasie. Der Ort war jetzt ein Höllenloch. Zum Glück waren alle dort angeschlossenen Systeme für die Fernbedienung aus der Sicherheit des Kommandomoduls heraus ausgelegt, sodass keine Notwendigkeit bestand, in diesen Eistunnel hinunterzugehen und diese Luke zu öffnen.

Ihre Instrumente sagten ihnen, dass sie sich wieder dem Perigäum näherten. Von Dinah assistiert führte Jiro den, wie sie hofften, vorletzten Brennstoß des großen Triebwerks durch. Das dauerte länger, als er vorausgesagt hatte, schien aber zu funktionieren. Die *Ymir* verlor den größten Teil ihrer überschüssigen Geschwindigkeit. Am Apogäum lag ihre Umlaufbahn nur ein paar Hundert Kilometer höher als die von Izzy. Trotz eines gewissen Schwunds an Robotern, die sich abnutzten, zerbrachen oder Strahlungsschäden erlitten, hatte Dinah immer noch genug von ihnen, um die Sammelbehälter für den letzten großen Brennstoß zu füllen, der ihrer Berechnung nach an einem Perigäum ein paar Stunden später erfolgen würde.

»Wenn du mit der Einteilung deiner Roboter zufrieden bist«, sagte Jiro, »würde ich dir gerne zeigen, wie man das Haupttriebwerk bedient.«

Sie war in Bergarbeitercamps aufgewachsen, wo ältere Männer ihr und sich selbst gerne die Zeit damit vertrieben, ihr beizubringen, wie man schwere Maschinen bediente, Sachen mit Dynamit sprengte, Flugzeuge steuerte und dergleichen mehr. Daher fand sie Jiros Angebot zunächst gar nicht so ungewöhnlich. Leuten beizubringen, wie man Dinge macht, war nicht zuletzt eine Möglichkeit, die Langeweile zu verringern. Im Laufe der nächsten Stunde wurde ihr jedoch klar, dass Jiro tatsächlich davon ausging, dass sie beim bevorstehenden Brennstoß das Triebwerk bedienen würde. Es hätte noch an der Sprachbarriere liegen können, aber sein Englisch war recht gut, und er sagte andauernd Dinge wie: »Du wirst dieses Thermoelement im Auge behalten« und: »In diesem Ventil könntest du ein gewisses Flattern bemerken.«

»Wenn du über die Dreißigsekundenmarke hinaus nichts von mir hörst«, sagte er an einer Stelle, »dann bist du auf dich allein gestellt und wirst anhand des beobachteten Delta v das Abschalten einleiten.«

»Warum sollte ich nichts von dir hören?«, fragte Dinah. »Wo wirst du denn sein?«

»Im Kesselraum«, sagte Jiro.

»Warum solltest du dahin gehen?«

»Ein paar von den Antriebselementen der Steuerstäbe reagieren nicht mehr«, sagte er. »Ich glaube, die Elektronik ist durch die Strahlung beschädigt worden. Das ist okay. Wir haben Ersatz. Aber der muss von Hand installiert werden.«

»Du wirst also da runtergehen?«

»Ja«, sagte Jiro. »Und da werde ich auch bleiben.«

»Hier gibt es praktisch nichts mehr«, meldete Tekla Ivy über eine verschlüsselte Sprachverbindung. »Keine Menschen. Keine Vorräte.«

Sie, Tom van Meter und Bolor-Erdene hatten die letzten zehn Minuten damit zugebracht, Sub-Arche 98 unter den Augen von Sal Guodian von der Vordertür bis zum Kesselraum zu durchsuchen. Sie waren per Flif gekommen, hatten angedockt und die 98 ohne Zwischenfälle betreten. Sal war als Erster hineingegangen, in der Hand ein Tablet, auf dem der erste nach den Bestimmungen der Cloud-Archen-Verfassung ausgestellte Durchsuchungsbeschluss abgebildet war. Er war darauf gefasst gewesen, ihn der ersten Person, die ihm entgegentrat, vor die Nase zu halten. Doch es war niemand hier.

Dann waren Tekla, Tom und Bo hereingekommen, deren orangefarbene Westen aus Überlebensausrüstungen stammten, die, zur Verwendung auf der Erde gedacht, jetzt keinen praktischen Nutzen mehr hatten. Sie würden so lange als Polizeiuniformen dienen, bis etwas anderes zusammengeflickt werden konnte. Mit etwas Glück würden sie gar nicht viel Polizeisachen *brauchen*. Doch Ivy hatte klar gesagt, und die anderen in ihrem Ad-hoc-Rat hatten ihr zugestimmt, dass sie, wenn sie schon so etwas wie eine Polizeiaktion durchführten, nicht lange herumlavieren durften – nicht versuchen durften, das Ganze als informellen Besuch auszugeben. Eine neue Verfassung musste, wenn es nicht bei bloßen Worten bleiben sollte, auch umgesetzt werden.

»Kannst du sie wieder ins LEN bringen?«, fragte Ivy über die Sprachverbindung. »Ich möchte gerne sehen, was da vor sich geht.«

»Ich werde einen kompletten Neustart durchführen«, sagte Sal, während er sich in den Sitz am Bedienpult zog. »Es kommt allerdings drauf an, was Spencer gemacht hat – ob er sie dauerhaft abgekoppelt oder nur einen vorübergehenden Befehl eingegeben hat.« Er fuhr mit der Hand um ein Bedienpult herum an dessen Rückseite, tastete nach einem Stecker, zog ihn heraus und schob ihn wieder hinein.

»Wir hatten angenommen, dass ihr in diesem Ding den Zehnjahresbedarf einer Person an nicht erneuerbaren Gütern finden würdet«, sagte Ivy. Damit meinte sie nicht lose Lebensmittel (die im Raum zwischen innerer und äußerer Hülle einer Sub-Arche angebaut werden konnten) oder Luft (die durch das Lebenserhaltungssystem erneuert wurde), sondern allgemein kleinere Güter wie Hygieneartikel, Vitamine, Medikamente und Spezialnahrung. »Diese Annahme beruhte auf Indizien – der Menge an Zeug, die abhandengekommen ist, der Anzahl an Flif-Fahrten und Außenbordeinsätzen im Zusammenhang mit dieser Sub-Arche. Wir wussten immer, dass es nur eine Vermutung war. Dass nun aber gar nichts drin ist, das ist ... sonderbar.«

»Mehr als sonderbar«, sagte Tekla. »Überraschungsangriff.«

»Du meinst, es wird einen Angriff geben?«

»Vielleicht nicht im Sinne eines Überfalls«, sagte Tekla.

»Und Sub-Arche 98 war ein Köder?«

»Offensichtlich.«

Ein durchdringender Ton drang aus den Lautsprechern der Sub-Arche, und die weißen LEDs sprangen auf Rot. »Alarm«, sagte eine Computerstimme. »Das gesamte Personal sollte jetzt wach und jeder für ein dringendes Schwarmmanöver auf Position sein. Dies ist keine Übung.«

Das kannten sie schon. Es war ein Flitzer-Alarm.

Den sie normalerweise auch ernstnahmen. »Bemerkenswerter Zufall«, sagte Tekla.

»Ihr geht jetzt besser zurück ins Flif«, sagte Ivy. »Befolgt die dafür üblichen Anweisungen, aber haltet die Augen offen.«

»Hast du schon was über den Boliden, Steve?«, fragte Ivy. Der Alarm, der sie gezwungen hatte, sich hinunter in die Banane zu begeben, war jetzt etwa fünf Minuten her. So gerne Ivy wissen wollte, was mit J.B.F. passiert war und was Tekla als »Überraschungsangriff« bezeichnet hatte, ihre Verantwortung in Fällen wie diesem war klar: Ihre volle Aufmerksamkeit musste den Ausweichmanövern, die von der Cloud-Arche ausgeführt wurden, und deren möglichen Folgewirkungen gelten. Dazu konnten möglicherweise Kollisionen zwischen Sub-Archen oder die Abtrennung einer oder mehrerer Sub-Archen vom Schwarm gehören. In schwerwiegenden Fällen konnte es notwendig sein, Rettungsteams auszuschicken, weshalb sie als erste Maßnahme Tekla und die anderen in ihr Flif zurückbeordert hatte. Die eigentliche Funktion dieses provisorischen Polizeidienstes bestand nämlich nicht darin, Hamsterern einen Durchsuchungsbeschluss zu präsentieren, sondern auf Notfälle zu reagieren. So gerne der Weltraumfreak in Ivys Seele sich dem wissenschaftlichen Phänomen des heransausenden Gesteinsbrockens gewidmet hätte, es war eine Aufgabe, die sie delegieren musste; und sie hatte sie, kaum dass der Alarm losgegangen war, an Steve Lake delegiert.

Bislang war der Alarm so vonstattengegangen wie die meisten anderen auch, was bedeutete, dass ein Großteil der Netzaktivität eingestellt worden war, um Bandbreite für Parambulator offen zu lassen. Dieses System setzte sich ohne menschliches Zutun in Gang, berechnete Verläufe, machte Vorschläge und sammelte Daten über das, was die Partikel in der Daten-Cloud machten. Die Parambulator-Bildschirme sahen ziemlich wütend aus, aber das war normal, denn nahezu jede Sub-Arche zündete ihre Steuerraketen und wechselte in eine neue Flugbahn. Mit der Zeit würde wieder Ordnung einkehren. Das tat es immer. Dazu gehörte aber auch, dass sie mehr über die Flugbahn des auf sie zuhaltenden Flitzers in Erfahrung brachten. Je geringer die Entfernung, desto präziser konnten sie ihn ausmachen. Wenn er dann durch den Schwarm oder nah an ihm vorbeiflog, würden seine Parameter ihnen mit großer Präzision angezeigt. Und war er erst einmal vorbeigeflitzt, brauchte Parambulator nur noch das Durcheinander aufzuräumen.

Ivy hatte Steve aus zwei Gründen nach dem Boliden gefragt. Zum einen hatten heiße Felsen per definitionem die Tendenz, rasch zu kommen und zu gehen. Dieser hier hatte sich über mehrere Minuten hinweg genähert – eine ziemlich lange Wartezeit. Zum anderen sah Parambulator chaotischer aus als sonst. Normalerweise hätte es in den ersten zwei Minuten einen feinen roten Nebel gegeben, der aber mittlerweile mit jeder Sub-Arche, die meldete, dass sie die Gefahrenzone verlassen hatte, schwächer geworden wäre. In diesem Fall jedoch schien er kein bisschen zu verblassen. »Haben wir Probleme mit der Bandbreite oder…«

»Der Fels ist seltsam«, sagte Steve. »Normalerweise würde ich erwarten, einen Paketstrom von der SI zu sehen, die die Params verfeinert, während sie weitere Daten sammelt.« Er meinte die Sensorintegration: die Abteilung, die die Radargeräte und Teleskope verwaltete.

»Und, siehst du keine?«

»Doch, schon – aber mit unterschiedlichen Zahlen.«

»Was meinst du mit unterschiedlichen Zahlen?«

»Es ist, als hätten wir zwei verschiedene Flitzer-Alarme gleichzeitig. Die Datenpakete überlagern sich. Da findet eine Überschneidung statt.« Steve lehnte sich einen Moment zurück und zupfte sich am Bart. »Sekunde mal«, sagte er, »ich glaube, diese Pakete kommen von verschiedenen Quellen.«

»Aber sie sollten doch alle denselben Ausgangspunkt haben«, sagte Ivy. »SI.«

»Das behaupten sie«, sagte Steve, »aber ich glaube, dass einige von ihnen Fälschungen sind.«

Als er spürte, dass sich der Sitz unter ihm kaum merklich verschob, griff er unwillkürlich mit einer Hand nach der Tischkante und hielt sich daran fest. Izzy zündete ihre Steuerraketen, womit sie in eine neue Richtung beidrehte und versuchte, Amalthea zwischen sich und den – realen oder eingebildeten – Boliden zu bringen.

»Meinst du, dieser ganze Alarm sind sie, die uns auf die Schippe nehmen?«

»Es würde zu Teklas Theorie über das, was hier vor sich geht, passen«, sagte Steve.

»Ich versuche, mit Doob zu sprechen«, sagte Ivy. »Arbeite du an dieser Fälschungshypothese.«

»Madam President«, sagte Camila und zog sich einen Kopfhörer von den Ohren. »Ich informiere Sie wie gewünscht, dass Ivy es herausbekommen hat.«

»Sie weiß Bescheid?«, fragte Julia.

»Nicht ganz, aber Steve Lake hat die gefälschten Pakete entdeckt und führt gerade weitere Untersuchungen durch.« Camilas Augen waren groß, und ihre Stimme – durch ihre Gesichtsverletzungen immer etwas beeinträchtigt – klang belegt und trocken.

Julia warf ihr einen scharfen Blick zu, ehe sie sich an Spencer wandte, der mit den Achseln zuckte. »Früher oder später musste ein Mann mit Steves Fähigkeiten...«

»Das ist mir egal«, unterbrach Julia ihn. »Ich möchte wissen, ob es uns genug Zeit eingebracht hat.«

»Da ist...«, begann Camila.

Spencer schnitt Camila das Wort ab. »Es hat uns genug *Verwirrung* eingebracht. Wir sollten imstande sein, in zwanzig Sekunden diese Heptade an der Werft anzudocken.«

»Da ist noch ein anderer Bolide!«, quiekte Camila. »Glaube ich.«

Julia wimmelte sie ab, den Fokus immer noch auf Spencer gerichtet. »Und wo ist die Triade?«

»Schon dort«, sagte Spencer.

»Die Weltraumspaziergänger?«

»In ihren Anzügen, außerhalb der Luftschleusen, in Position.«

»Trotzdem. Der Zusammenbau. Die Integration. Das wird Zeit brauchen.«

»Madam President, wenn Sie erlauben«, schaltete sich Paul Freel ein. »Wir müssen sie nur zusammenklatschen – wenn's sein muss, mit Kabelbindern – und die Trennung von der Werft hinkriegen. Ein kleiner Brennstoß der Steuerraketen dürfte genügen. Die Izzy hat keine Phaser, mit denen sie uns vom Himmel sprengen könnte! Natürlich könnten sie ein Flif hinter uns herschicken, aber was dann? Wir müssen nur loskommen. Dann können wir uns tagelang Zeit nehmen, *Red Hope* zu präparieren, ehe wir die Mission endgültig antreten.«

»Dieser Tekla traue ich alles zu.«

»Man kann über sie sagen, was man will, sie wird Befehle befolgen«, sagte Paul.

»Nun, als zurückbleibende Unterstützerin Ihrer Expedition werde ich Ihnen gerne den Rücken freihalten, bis Sie sauber wegkommen«, sagte Julia.

Durch die Struktur der Heptade tönte eine vorprogrammierte Reihe von schwirrenden und knackenden Geräuschen, während sie mit einem Port an der langen Gitterstruktur andockte, die seitlich aus dem Betriebsabteil herausragte: dem Herzstück der Werft, reich an Luftschleusen und Ankerpunkten. Am nächsten Port war ein glänzendes, eckiges Gerüst angedockt: das Skelett von *Red Hope*, das auf seine letzten Komponenten wartete. Es war mit vier großen Brennstofftanks versehen, die, rund um einen Knoten aus Pumpen, Ventilen, Antriebselementen und Sensoren angeordnet, ein mittig darunter befindliches Raketentriebwerk versorgten.

»Madam President?«, fragte Ravi. »Ich fürchte, der Zeitpunkt ist gekommen. Es sei denn, Sie möchten zum Mars fliegen. Was Sie gerne tun könnten.«

Julia nahm Haltung an. Sie hatte sich im Spiegel ihrer Puderdose betrachtet. Glanzvoll war anders, aber für Cloud-Archen-Verhältnisse würde es ausreichen.

»Es ist verlockend«, sagte Julia, »aber leider habe ich hier Verpflichtungen.« Sie klappte die Puderdose zu und überprüfte mit einem raschen Blick, ob Camila bereit war, mit ihrem Handy ein Video aufzunehmen. Das war sie, aber sie hatte immer noch diesen verunsicherten Ausdruck im Gesicht. Was war in sie gefahren? Später würden sie ein vertrauliches Gespräch führen müssen.

»Wie Sie meinen«, sagte Ravi mit einem bedauernden Ton, der nur ein wenig gezwungen klang. »Vielleicht möchten Sie das hier haben.«

Er hielt ihr ein Blatt Papier hin. Als Julia es entgegennahm, erkannte sie das Präsidentensiegel, das ziemlich mitgenommen aussah. Ravi hatte es vorsichtig von der Wand geschält, wobei der größte Teil des Rechtecks aus blauem Klebeband mit abgegangen war. Julia strich es glatt und klemmte es sich unter einen Arm.

Während er langsam von ihr wegschwebte, salutierte Ravi zackig.

Julia erwiderte den Gruß. »Gute Reise, Ravi. Ich freue mich darauf, Ihre erste Übertragung von der Marsoberfläche zu hören.«

»Und ich freue mich darauf, sie zu senden, Madam President.«

»Wir werden uns wiedersehen, das fühle ich. Irgendwie werden die unerschrockenen Menschen der Cloud-Arche einen Weg finden, sich gegen alle Opposition zum sauberen Raum durchzuschlagen und der *Red Hope* an einen besseren Ort zu folgen.«

Ravi gehörte zu den Leuten, die nie genau wussten, wann sie entlassen waren, und so begann er eine mitreißende Antwort zu murmeln, doch Julia warf Camila einen flüchtigen Blick zu, um ihr zu signalisieren, dass sie die Aufnahme beenden konnte, und bewegte sich zügig auf den Bug der Weißen Sub-Arche zu. Camila folgte ihr.

Nachdem sie sich eine Weile durch Röhren gewunden hatten, gelangten sie aus dem Port heraus in eins der Module, die die Werft bildeten. Dort war der Teufel los. Die gesamte Liste der *Red-Hope*-Expedition umfasste zwei Dutzend Namen. Die meisten davon befanden sich bereits an Bord der Heptade oder der Triade und warteten darauf, mit dem Rahmengestell des Fahrzeugs verbunden zu werden, aber ein paar waren in Raumanzügen »draußen«, und mehrere befanden sich hier drinnen, in hektische Besprechungen verwickelt oder mit dem Herumschieben von Bündeln beschäftigt.

Etwas Groteskes bekam das Ganze durch vier Angehörige der Stabev – anscheinend Werftarbeiter –, die man, die Hände auf dem Rücken, mit Kabelbindern an geeignete Befestigungspunkte innerhalb des Moduls gebunden hatte. Die Mehrzahl sah unversehrt aus, nur bei einem Mann trieb ein Strom kleiner Blutkügelchen aus einer Platzwunde an der Augenbraue davon. Paul Freel hatte beiläufig erwähnt, einige vom MIF-Team seien unwissende Komplizen geworden und hätten in dem Glauben, es sei Teil eines Notfallplans zur Rettung der *Ymir*, beim Zusammenbau des Gestells von *Red Hope* geholfen. Wie es schien, gehörten sie inzwischen zu den Wissenden und hatten Einwände erhoben.

Der blutende Mann starrte Julia durch das nicht zugeschwollene Auge an. »Julia!«, rief er.

Seltsamerweise hatte Julia nichts zu tun. Die anderen Marsianer waren eifrig damit beschäftigt, ihre gehorteten Vorräte durch den Port in die Heptade zu schaffen. Dann folgten sie selbst einer nach dem anderen, sodass der Raum sich rasch leerte. Anfangs ignorierte sie den blutenden Mann. Schließlich war der Punkt erreicht, wo nur noch ein Marsianer – Paul Freel selbst – übrig war. Da ihm Ravis Gefühl fürs Feierliche völlig abging, hakte er auf dem Bildschirm seines Tablets Punkte ab, ohne Julia auch nur die geringste Beachtung zu schenken.

»Julia!«, sagte der gefesselte Mann wieder. Er rief nicht. Sein Ton war fast umgänglich.

»Ja«, sagte sie schließlich.

»Wie heißt Ihre Freundin?«, fragte er mit einer Kopfbewegung zu Camila hin.

Für einen Moment ließ das impertinente Ansinnen sie stutzen, dann besann sie sich darauf, dass es nie zu spät war, aus einem Feind einen Freund zu machen. »Sie heißt Camila«, sagte sie. »Und erlauben Sie mir, Ihnen zu sagen, Sir, dass ich schockiert und bestürzt über das bin, was Ihnen widerfahren ist. Lassen Sie mich Ihnen versichern, dass ...«

»He, Camila!«, sagte der Mann.

»Ja?«, antwortete Camila und klang dabei sehr nach dem verängstigten achtzehnjährigen Mädchen.

»Deine Freundin ist verrückt«, sagte der Mann zu ihr.

»Madam President?«, fragte Paul, ehe Julia dazu kam zu reagieren.

Mit brennendem Gesicht wandte sie sich Paul zu.

»Wenn Sie sich die Ehre geben würden?«

»Was denn für eine Ehre?« Also wirklich, diese Ingenieure. Sollte sie eine Flasche Champagner an dem Fahrzeug zerschlagen?

»Die Luke zu schließen, wenn ich durchgestiegen bin. Dann können wir abdocken.«

»Aber gerne.«

»Bis dann auf dem Mars.« Er streckte die Hand aus. Sie ergriff sie sacht und schüttelte sie kurz. Camila hatte, verwirrt durch den Wortwechsel mit dem blutenden Mann, ihre Pflichten als Kamerafrau vernachlässigt.

Paul Freel griff in das Portal, das die Erde mit dem Mars verband, zog sich hindurch, drehte sich um und schloss auf seiner

Seite die Luke. Julia tat es ihm auf ihrer gleich. Im selben Moment spürte sie das Zischen und Klappern, das das Abdocken der *Red Hope* signalisierte, ebenso wie sie es hörte. Auch ungewohnte Geräusche ganz in ihrer Nähe drangen durch die Hülle des Moduls, und ihr wurde klar, dass das die Stiefel von Raumanzügen waren, die umhergingen.

»Der Alarm wird aufgehoben«, verkündete eine Computerstimme. Die Farbe der Lichter veränderte sich.

Camila gab einen kurzen, explosiven Schrei von sich. Dann zeigte sie die ganze Werft hinunter an die Stelle, wo sie mit dem Stapel verbunden war.

Unten im Betriebsabteil, in etwa dreißig Metern Entfernung, waren ein paar Leute in orangefarbenen Westen zu sehen. Eine von ihnen blickte sie direkt an.

Es war Tekla.

Die Computerstimme meldete sich erneut und gab einen zweiten Alarm aus.

Der gehörte nicht zum Plan.

Tekla musste ihre Beine gegen irgendetwas unten im Betriebsabteil gestemmt haben, was ihr Auftrieb gab, denn ganz plötzlich flog sie wie eine Rakete auf sie zu. Ihre Arme waren in Bewegung, streckten sich hierhin und dorthin, um sich an allem, was ihr bei der Korrektur ihres Kurses helfen konnte, abzustoßen, aber ihre Augen waren fest auf Julia gerichtet, auf die sie geradewegs zuhielt. In ihrer Hand schimmerte etwas, ein dünner Bogen aus silbernem Licht: die geschliffene Klinge eines Dolches.

Ein scharfes, metallisches Geräusch hallte durch das Modul, als Julia den Hahn an Pete Starlings Revolver zurückzog.

»Vorsicht!«, rief der blutende Mann. »Sie hat ein Schießeisen!«

Falls Tekla es hörte, scherte sie sich nicht darum, sondern drückte sich nur noch fester an einer Stütze im benachbarten Modul ab und kam noch schneller angeflogen.

Für Julia kam der Rückstoß der Waffe zu schnell, als wäre sie aus Versehen losgegangen. Sie war inzwischen lange genug im All, um zu wissen, dass er sie nach hinten drücken würde, was er auch tat; Julia sah aber auch Dinge, die sie sich nicht erklären konnte. Camila war auf der Bildfläche erschienen, mit ausgestrecktem Arm von der Seite hergeflogen. Die Wand der Werft selbst stellte sich Tekla mit einem Bodycheck entgegen, um kurz darauf Camila, dann Julia zu treffen. Julia hatte das hohe Zischen eines Hüllendurchschusses von der Größe des Revolverkalibers erwartet; was aber folgte, war eher ein Gebrüll. Wie die Zuschauer in einem Footballstadion, wenn ein Pass abgefangen wird. Camilas Arm hatte sich in einen Feuerflügel verwandelt. Irgendetwas packte Julia von hinten und schleuderte sie auf das Betriebsabteil zu. Sie blickte sich um, den verrückten Gedanken im Kopf, dass der blutende Mann sich irgendwie befreit hatte und sie angriff. Doch die Kraft, die sie vorwärtsschob, war kein Mensch. Es war der Schwall entweichender Luft.

»Jiro, kannst du mich hören?«, fragte Dinah zum vierten Mal.

Sie nahm an, dass er es konnte, aber einfach zu schwach war, um zu antworten. Deshalb sprach sie weiter und verkündete ihm die gute Nachricht. »Wir haben's geschafft«, sagte sie. »Ich habe Izzy auf dem optischen Teleskop. In etwa einer halben Stunde werden wir mit ihnen zusammentreffen.«

»Gut«, sagte er, »gut.« Sie war erstaunt, überhaupt etwas zu hören. Das zweite »gut« klang allerdings viel matter als das erste, und sie schätzte, dass das alles war, was er herausbrachte.

Sie beschloss, ihm nichts weiter zu erzählen. Begraben im Kesselraum der *Ymir*, wo er erfror und gleichzeitig von der Strahlung bei lebendigem Leib gekocht wurde, brauchte er nicht auch noch eine Beschreibung dessen zu hören, was Dinah durch das Teleskop sah.

Zwei Jahre lang hatten sie das da die Cloud-Arche genannt. Ein etwas poetischer Name. Heute sah sie allerdings wirklich wie eine Wolke aus. Izzy, die sich Dinahs Blick im stark kontrastierenden Licht des Weltraums normalerweise gestochen scharf präsentierte, war in einen schimmernden und funkelnden Schleier aus etwas gehüllt, was man abgebrüht als Feinstaub hätte bezeichnen können.

Es war klar, dass Izzy direkt von einem Boliden getroffen worden war. Irgendwelche Details zu erkennen war jedoch schwierig.

Ymirs finaler Brennstoß – für Jiro ein Himmelfahrtskommando – hatte sie in eine Umlaufbahn befördert, die der von Izzy ziemlich ähnlich war: dieselbe Ebene, dieselbe Durchschnittshöhe. Der einzige Unterschied bestand in ihrer etwas ovaleren Form, die so berechnet war, dass sie bei jedem Erdumlauf zweimal Izzys Weg kreuzte. Gerade hielten sie auf einen solchen Kreuzungspunkt zu, das heißt, aus Dinahs Sicht kam die Raumstation immer näher und füllte das Fenster auf ihrem Computerbildschirm aus, bis sie sie wegzoomen musste, um ein allmählich schärfer werdendes, detailreicheres Bild zu erhalten. Während die Minuten verstrichen, gelang es ihr, sich eine Erklärung dafür zusammenzubasteln, was da vor sich gegangen war.

Der Fels musste in einem Winkel herangekommen sein, Amalthea glatt verfehlt haben und dann irgendwo in der Nähe von H2, dem Hub, der Torus 2 und 3 als Anker diente, eingeschlagen sein. Aus beiden Tori waren riesige Stücke herausgebissen worden, und beide hatten aufgehört zu rotieren. Von dieser Stelle an war Izzys Wirbelsäule – ihr zentraler Stapel – sogar verbogen. Die ausgebreiteten Flügel der Werft waren zwar immer noch mit dem Betriebsabteil verbunden, aber sie hingen schief und verloren Trümmer. Der Original-Torus – der, in dem sich die Banane befand – rotierte nach wie vor und sah intakt aus, doch als die Entfernung immer geringer wurde, konnte Dinah sehen, dass er beschädigt war, vielleicht durch Splitter.

Ein leiser dumpfer Schlag drang durch die Eishülle. Vermutlich hatte ein Stück Treibgut sie erwischt. Egal, sehr schnell dürfte es sich nicht bewegt haben. Die *Ymir* konnte sich durch eine Wolke von diesem Zeug wühlen, ohne es je zu spüren.

Eins der Fenster auf ihrem Bildschirm blendete ein Live-Video ein, das durch den Bewegungsmelder an der Kamera eines Grabbs ausgelöst worden war, und darin sah sie einen menschlichen Körper ins All davondriften. Dinah schnürte es so die Kehle zu, dass sie kaum schlucken konnte.

Ein Teil von ihr fragte sich, ob sie Izzy als Geisterschiff vorfinden würde – ob sie wohl der einzige überlebende Mensch war. Wjatscheslaw hatte nämlich gestern die Kommunikation mit ihnen eingestellt. Davor hatte er erwähnt, dass er an Durchfall litt. Sollte dieser durch die Strahlenbelastung verursacht sein, war das sein Todesurteil gewesen. Womöglich hatte er einfach Selbstmord begangen, statt auf das Unausweichliche zu warten.

Allein an der Steuerung der *Ymir* glitt sie, still und verlassen im Kosmos, auf die Izzy zu und hing eine Weile dem Gedanken nach, dass sie vielleicht das einzige im Universum übrig gebliebene menschliche Wesen war.

Dann begann ein rotes Licht – ein unmittelbar auf sie gerichteter Laser – von der Bergarbeiterkolonie her aufzublitzen, und ihr Verstand fing an, Morsecode auszumachen.

SCHICKEN FLIFS FÜR FINALE MANÖVER
IGNORIERE UMHERSTREUNENDE SUB-ARCHEN
WILLKOMMEN ZU HAUSE

Da sie keine Möglichkeit hatte zu antworten, wartete und beobachtete sie. Isolationsfetzen, Reste von Baumaterial, verstreute Vitamine und gelegentlich ein Körper stürzten quer über den Bildschirm, während sie sich durch Schwenken und Zoomen Details anschaute. Alles, was sich vor Swesda befand, sah recht gut aus. Die Bergarbeiterkolonie und Moiras Lager mit der genetischen Ausrüstung schienen unbeschadet. Gut.

Drei Flifs hatten sich von der Cloud abgesetzt und in Flugbahnen begeben, die sie in wenigen Minuten zur *Ymir* bringen würden. Dinah vermutete, dass sie gewissermaßen als Schlepper fungieren würden, indem sie mit ihren Köpfen an die Scherbe stießen und ihre Haupttriebwerke dazu nutzten, das letzte Delta v für das Rendezvous zu erzeugen. Der erste Teil der Übertragung hatte also Hand und Fuß. IGNORIERE UMHERSTREUNENDE SUB-ARCHEN dagegen wirkte irgendwie rätselhaft. Warum sollte es die geben? Und was bedeutete es überhaupt, wenn eine Sub-Arche »umherstreunte«? Als Dinah allerdings das Teleskop in einem Bogen von vorne nach hinten über Izzy schwenkte, den Bereich also, in dem die meisten Sub-Archen normalerweise parkten, fand sie ihn seltsam unterbesetzt. Es war nur ein allgemeiner optischer Eindruck, den sie ohne Zugang zu einem Parambulator-Bildschirm nicht wissenschaftlich verifizieren konnte.

Dann fiel ihr ein, dass sie ja nur ihr Tablet wieder mit dem Mesh-Netzwerk zu verbinden brauchte. Kurz nach *New Cairds* Abflug von Izzy hatte sie es ausgeschaltet, denn außerhalb seiner Reichweite war es nur ein nutzloser Stromfresser. Und tatsächlich zeigte das Tablet bald mit dem entsprechenden Icon an, dass es die Verbindung, vielleicht durch eins dieser Flifs verstärkt, gefunden hatte. Es dauerte ein oder zwei Minuten, bis das Gerät den ganzen E-Mail- und Nachrichtenverkehr heruntergeladen hatte, der sich während ihres »Urlaubs« in ihrem Posteingang angesammelt hatte.

Während der Zeit spielte sie mit dem Teleskop herum. Als sie über die Szenerie schwenkte, fiel ihr ein Detail ins Auge, und sie kehrte zu der Stelle zurück und zoomte sie heran, um sie besser betrachten zu können.

Es war ein MIF, und zwar ein ungewöhnlich großes. Im Wesentlichen ein fünflagiger Stapel mit Wespentaille. Die unterste Lage bildete ein Triebwerk der stärksten Klasse im ganzen MIF-

Baukasten. Darüber befand sich ein dickes Bündel Treibstofftanks. Die dritte Lage – die schmale Taille – war eine einzelne Sub-Arche mit einer Luftschleuse an der Seite – ein Kommandomodul, vermutete sie, ähnlich dem der *New Caird*. Darüber kam eine Triade und ganz zuoberst, als dicker Kopf des Raumfahrzeugs, eine Heptade. All das war in ein Netz aus Gurtmaterial gehüllt. Gefangen wie kleine Insekten in den Rändern dieses Netzes waren kleine Module, die sie als Lagesteuerungsdüsen erkannte. Das Bemerkenswerteste an diesem Raumfahrzeug waren seine überdimensionierten Treibstofftanks, die auf eine lange Reise hindeuteten – aber wohin? Das Ding hielt seine Position mehrere Kilometer vor Izzy, in einer Gegend, die von Sub-Archen weitgehend befreit worden war.

Schließlich war ihr Tablet fertig mit dem Herunterladen von Nachrichten, die zu diesem Zeitpunkt größtenteils schon überholt waren. Sie sortierte sie nach Eingang, die neuesten zuerst, und überflog die Betreffzeilen. Ganz wenige waren in den letzten paar Stunden gekommen. Das leuchtete ein, hatte die Cloud-Arche sich doch mit anderem zu beschäftigen. Unter den oberen Nachrichten war jedoch eine, die Dinah ins Auge fiel: OFFENES KOMMUNIQUE VON PRÄSIDENTIN J.B.F AN DIE MENSCHEN DER CLOUD-ARCHE.

Allein der Anblick dieser Worte gab ihr ein Gefühl, als hätte ihr jemand einen Schlag in die Magengrube versetzt. Dennoch öffnete sie die Mail und las sie:

Die heutige schockierende Tragödie hat uns trauernd und voller Fragen zurückgelassen. Ich war in einem Werftmodul, als es passierte, da ich gerade den tapferen Forschern der Red-Hope-Expedition *Lebewohl und eine gute Reise gewünscht hatte. Dank des automatischen Schließmechanismus einer Luke beschränkten sich meine Beeinträchtigungen auf geringe Verletzungen und ein Unbehagen aufgrund des partiellen Druckabfalls. Viele An-*

gehörige der Stabev hatten, wie wir alle wissen, nicht so viel Glück. Zusammen mit der gesamten Menschheit beklage ich ihren Verlust. Die Archie-Community war ihrem Wesen nach von dieser Katastrophe weniger betroffen. Wie ich seit den allerersten Anfängen des Cloud-Archen-Projekts vorausgesehen hatte, wurden durch die dezentrale Architektur des Schwarms ernsthafte Schäden vermieden. Bedauerlicherweise haben wir drei Sub-Archen verloren, und einige weitere sind durch kleinere Zusammenstöße oder Trümmereinschläge beschädigt worden. Insgesamt hat das System jedoch so funktioniert, wie wir es von Anfang an geplant hatten. Viele Mitglieder der A.C. fragen sich jetzt natürlich, ob es sicher ist, in einem niedrigen Erdorbit zu verharren, zusammengedrängt um eine schwere, in die Jahre gekommene Raumstation, die nicht mehr in der Lage ist, Gefahren rechtzeitig auszuweichen. Der offene Blick auf sauberen Raum über uns lockt. Red Hope *wird bald ihr Haupttriebwerk zünden und ihren Trek über diese unerforschte Grenze hinweg zu einem Planeten beginnen, der eines Tages Platz für uns alle haben wird. Die Cloud-Arche kann ihr – noch – nicht folgen. Wie aber alle Mitglieder der A.C., die ja ein gründliches Training in Raumflugbetrieb und Orbitalmechanik hinter sich haben, wissen, liegt es für jede Sub-Arche durchaus im Bereich des Möglichen, ihre Umlaufbahn substanziell anzuheben, indem sie sich ihrer Triebwerke nebst der an Bord befindlichen Treibstoffvorräte bedient. Allein wird eine einzige Sub-Arche, Triade oder Heptade nicht lange überdauern. Als Teil eines Schwarms dagegen hat sie eine reelle Chance. Viele Mitglieder der Archie-Community, die die verzweifelten Irrungen und Wirrungen der* Ymir-*Expedition beobachtet haben und jetzt Zeugen des Schadens wurden, der Izzy durch einen einzigen Boliden zugefügt wurde, fragen sich nun, ob es sicher ist, zu bleiben und sich dem quälend langsamen Anstieg in Richtung sauberer Raum anzuvertrauen, den die Verfechter des »Großer Sprung«-Lagers sich vorstellen. Ich bin Politikerin, keine Wissenschaftlerin, kann also nicht so tun, als gäbe ich eine technische Meinung wieder. Manche mögen Zweifel hegen, ob ich überhaupt eine öffentliche Ankündigung machen sollte. Schlichte Tatsache ist aber, dass meine frühere Laufbahn als Präsidentin der Vereinigten Staaten mich, verdient oder nicht, aus der Archie-Community heraushebt. Viele haben mich gefragt, was ich jetzt tun werde. Statt darauf zu warten, dass Gerüchte Verwirrung stiften, gebe ich deshalb dieses Kommuniqué heraus. Übrigens bin ich mit der Hilfe einiger loyaler Freunde vom Wrack der Izzy entkommen und habe Zuflucht an Bord der Sub-Arche 37 gefunden, die gegenwärtig Teil einer Triade ist. Kurz nach Versendung dieser Botschaft werden wir uns mit einem Brennstoß unseres Haupttriebwerks über die dahintreibenden Trümmer erheben, die das umgeben, was einst die Internationale Raumstation war, und uns in Richtung des sauberen Raums begeben. Unsere Orbitalparameter werden offen im Netz zugänglich sein, damit gleichgesinnte Mitglieder der A.C. sich uns in dem Bemühen anschließen können, eine schwarmbasierte Lösung für die akuten Probleme zu finden, die sich der Menschheit gegenwärtig aufdrängen. Von einer sichereren Position im höheren Orbit aus werden wir nach Möglichkeiten suchen, unseren in der Stammbevölkerung eingeschlossenen überlebenden Freunden behilflich zu sein. Wenn wir als Gemeinschaft zusammenarbeiten, werden wir bewahren, was wir haben, und uns im Himmel eine stabile Daseinsform schaffen, während wir mit atemloser Spannung die Ergebnisse des inspirierenden Vorstoßes der* Red Hope *zur einladenden Oberfläche des Mars erwarten.*

»Was das ›atemlos‹ angeht, hat sie recht«, murmelte Dinah vor sich hin, während sie das Fenster schloss und sich noch einmal den Zeitstempel ansah. Vor drei Stunden war die Mail versendet worden. Darauf hatte Ivy, erst vor einer halben Stunde, mit einem Gegenkommuniqué geantwortet. Ohne es zu lesen, wusste Dinah aufgrund der Betreffzeile, was darin stehen würde: Hört nicht auf J.B.F., bleibt in der Formation, wir brauchen euch, und ihr braucht uns. Ausgehend von dem, was Dinah sowohl durch das optische Teleskop als auch auf Parambulator sah, war Ivys Botschaft zu spät gekommen, um den Abflug einer großen Zahl von Sub-Archen zu verhindern. Irgendwo da draußen, über ihnen in einer höheren Umlaufbahn, formierte sich ein neuer Schwarm, der sein eigenes, unabhängiges Parambulator-System betrieb und auf J.B.F. als seine Führerin setzte.

Dinah hatte während der Bergung der *Ymir* viele emotionale Hochs und Tiefs durchschritten. Angesichts der hohen Sterblichkeitsrate natürlich mehr Tiefs als Hochs. Dennoch hatte sie seltsamerweise den emotionalen Höhepunkt erst vor ein paar Augenblicken erlebt, als sie in J.B.F.s Kommuniqué das Wort »verzweifelt« gelesen hatte. Sie ließ sich gern als verzweifelt beschreiben, vor allem, wenn sie den Erfolg unmittelbar vor Augen hatte.

Auf ihrem Bildschirm lief jetzt Parambulator. Mit seiner Hilfe prüfte sie den Status der drei Flifs. Sie waren nach wie vor im Anflug. Von ihren Piloten kamen die ersten Nachrichten, die ergründen sollten, ob es in der Scherbe Überlebende gab, ob es sicher war, näher zu kommen.

Dinah simste zurück: *Eine Überlebende. Haltet noch kurz Abstand, das Ding hier muss erst einen großen Haufen scheißen, der im Dunkeln leuchtet.*

Dann griff sie auf ein Fenster zu, das sie zur Kommunikation mit ihrem Roboternetzwerk nutzte, und tippte einen Einwortbefehl ein: ABWERFEN. Das war der Name eines Programms, das Sean entwickelt, Larz verbessert und Dinah vor kurzem fertiggestellt hatte. Dieses Programm sollte gleichzeitig von jedem Roboter in der Scherbe sowie ein paar anderen Systemen unten im Kesselraum ausgeführt werden.

Eine Abfrage kam zurück: SIND SIE SICHER J/N

J, tippte sie.

HERZLICHEN GLÜCKWUNSCH!!! kam zurück. Die tote Crew der *Ymir* hatte ihr eine Botschaft aus dem Nichts geschickt.

Sie schob sich zu dem Niedergang hinüber, schaffte es, ihren Kopf durch das Loch im Boden »nach unten« zu richten, und zog sich geradewegs bis zur untersten Lage des Kommandomoduls. Die Luke im Boden – die zu dem im Kesselraum endenden Eistunnel führte – war als elementare Vorsichtsmaßnahme bereits geschlossen worden. Trotzdem überprüfte Dinah das noch ein letztes Mal und vergewisserte sich, dass sie zugesperrt war. In ein paar Sekunden würde es jenseits davon nämlich nur noch ein Vakuum geben.

Die *Ymir* hatte zu grummeln begonnen. Dinah kam sich vor wie im Bauch eines Frostriesen mit Verdauungsstörungen. Was sie da hörte, war, wie sie wusste, der kollektive Lärm, der dadurch entstand, dass Tausende von Nats und Hunderte größerer Roboter sich an sicherere Stellen an der Innenfläche der hohlen Scherbe zurückzogen und das Gurtmaterial zernagten, das den Reaktorkern mit ihr verband.

Dinah kehrte zu ihrem Sitz im Kommandomodul zurück und öffnete ein Video aus dem Inneren der Scherbe. Deren Wände waren nun dünn genug, um etwas Sonnenlicht durchzulassen, und so war sie zu einer Art riesigem durchsichtigem Amphitheater geworden, wo all diese Roboter nach innen auf die glatte Berylliumkapsel – eine Neutronen reflektierende Hülle – rund um den Reaktorkern blicken konnten. Dieser war zuvor in Eis vergraben gewesen; die jüngsten Aushöhlungen zur Treibstoffgewinnung für die großen Brennstöße am Perigäum hatten ihn freigelegt, ebenso wie die seitlich an ihm befestigte kleinere Kapsel des Kesselraums und das System von Sammelbehältern und Förderschnecken, die ihn beschickten. Dahinter befand sich das, was von der Eishöhle der Düsenglocke noch blieb, nachdem das meiste weggeschmolzen war, um die Schwärze des Alls jenseits davon zu offenbaren. Das Einzige, was die Reaktorkammer jetzt noch hielt, war die massive zentrale Antriebssäule, ein Baumstamm aus Eis, der aus dem vorderen Ende der Kammer wuchs und sich geradewegs bis hinauf zum soliden Bug der Scherbe erstreckte, wo das Kommandomodul einbettet war.

JETTISON tat ihr den Gefallen, auf dem Bildschirm einen Countdown anzuzeigen, sodass sie sich die Ohren zustopfen konnte. Bei Null hallte ein entsetzliches Krachen durch die ganze Struktur. Das Video zeigte einen glänzenden Sprühnebel aus Eis, der von der zentralen Säule, genau oberhalb ihrer Verbindung mit dem Reaktorbehälter, abgesprengt worden war. Sprengladungen, vor langer Zeit von Seans Crew dort deponiert, waren explodiert und hatten die Verbindung durchtrennt. Einen Moment lang fürchtete sie, es würde weiter nichts passieren, doch dann durchstießen weiße Dampfstrahlen das gerundete obere Ende des Reaktorbehälters. JETTISON hatte Ventile geöffnet und damit Druck reduziert, der sich durch die Resthitze des Reaktors in der Kammer gebildet hatte, und diese Ventile fungierten nun als provisorische Raketentriebwerke, die den ganzen Reaktor und alles, was daran hing, abwärts zur Öffnung der Düse schoben.

Die komplette Reaktorkammer fiel zum Boden der Scherbe hinaus und war weg.

Falls JETTISON weiterhin seine Arbeit verrichtete, würde der Reaktor, jetzt ein freischwebendes Vehikel, lauter Muskeln und kein Hirn, ein paar unbeholfene Manöver vollführen, um seine Umlaufgeschwindigkeit zu reduzieren, und sich in die Atmosphäre stürzen.

»Bye-bye, Jiro«, sagte Dinah. »Danke.«

»*Wow*«, simste ihr einer der Flif-Piloten.

Mithilfe mehrerer Kameras suchte Dinah noch einmal alles gründlich ab. Es gab jedoch nicht viel zu sehen. Die *Ymir* war jetzt eine hohle, zuckerhutförmige, von Robotern wimmelnde Hülle, die hilflos im All trieb.

Dinah simste: »Hat irgendjemand eine Megatonne Treibstoff bestellt?«

Instinktiv hatten sie sich im SCRUM zusammengedrängt, in der Nähe von Amalthea und weit von den Teilen von Izzy entfernt, die beschädigt oder zerstört worden waren. Dort fand Dinah sie, nachdem sie an Bord gebracht, sauber geschrubbt und mehrmals auf Verseuchung untersucht worden war. Rosa und wund, umarmte sie als Erste für eine ganze Weile Ivy und machte dann die Runde mit Doob, Moira, Rhys, Luisa, Steve Lake, Fjodor und Bo. Konrad Barth und viele andere waren tot. Tekla befand sich noch im OP. Eine ihrer Brüste war durch ein Fragment verletzt worden und wurde gerade chirurgisch wiederhergestellt.

An einem Ende des SCRUM weinte eine Frau, fast in Embryonalstellung zusammengerollt, leise vor sich hin. Ihr Gesicht verbarg sie vor den anderen mit einem Arm, der von den Fingerspitzen bis zur Schulter in weißen Verbandsmull gewickelt war. Dinah erkannte in ihr Camila, Julias Handlangerin.

Ivy bestand darauf, dass sie sich alle wieder in den Stapel hinunterbegaben und in der Banane trafen. Es bedurfte einigen gütlichen Zuredens, um Camila zum Mitkommen zu bewegen, doch schließlich brachte Luisa sie dazu. Aus lauter Gewohnheit griff sie immer wieder nach dem Schleier, den sie normalerweise über ihre untere Gesichtshälfte zog, doch der war nicht mehr da. Sie trug dasselbe wie alle anderen, einen formlosen Overall.

»Was macht Camila hier?«, fragte Dinah Moira, während sie sich den Stapel hinuntermanövrierten.

Moira hatte offenbar geweint und machte einen sehr aufgewühlten Eindruck. Sie und Tekla waren irgendwann ein Paar geworden, und Moira nahm sich die Nachricht von ihrer Verletzung sehr zu Herzen.

»Tekla ist gekommen, um J.B.F. abzuholen«, sagte Moira, »und J.B.F. hat versucht, sie zu erschießen. Da hat Camila vermutlich die Hand ausgestreckt und nach dem Revolver gegriffen. Das hauchdünne Tuch, das sie immer als Schleier trug, hat sich am Mündungsfeuer entzündet und ihren Arm verbrannt, bevor sie es loswerden konnte.«

»Aber sie hat Tekla gerettet?«

»Wer weiß? Die Kugel hat anscheinend etwas anderes getroffen und ist zersplittert.«

T1 – der erste, älteste und kleinste Torus – war dort, wo Splitter Löcher geschlagen hatten, ausgebessert und wieder mit normalem Luftdruck versehen worden. Vorher hatten sie ihn immer als einen sicheren Ort betrachtet; damit sie allmählich wieder zu dieser Vorstellung gelangten, hatte Ivy darauf bestanden, dass sie hierherkamen. Sie nahmen in der Banane Platz.

Die Zahlen waren hereingekommen. Ivy eröffnete die Sitzung, indem sie sie erläuterte.

Zu Beginn des Harten Regens hatte die Bevölkerung – wer immer auf der Erde noch am Leben sein mochte, nicht mitgerechnet – 1551 beziehungsweise unter Berücksichtigung der beiden Nachzügler, Julia und Pete Starling, 1553 Menschen betragen. Starling hatte es nicht einmal aus seiner Raumkapsel geschafft, sodass die ursprüngliche Zahl 1552 gelautet hatte.

Gleichzeitig hatte es 305 bewohnte, freischwebende Sub-Archen plus 11 mit der Izzy verbundene, aber nicht bewohnte in Reserve gegeben. Die freischwebenden hatten 1364 Menschen beherbergt; die übrigen 188 Menschen hatten als Angehörige der Stammbevölkerung an Bord von Izzy gelebt. Zu jedem beliebigen Zeitpunkt hatten allerdings zehn Prozent der Archies durch Izzy rotiert, was die Bevölkerungszahl dort an einem durchschnittlichen Tag auf 324 steigerte.

Vor der heutigen Katastrophe waren 26 Personen bei verschiedenen Unfällen, zumeist kleineren Bolideneinschlägen, getötet worden. Weitere 24 befanden sich jetzt an Bord des gestohlenen MIFs, das sich *Red Hope* nannte, und wenn man ihren Behauptungen glaubte, würden sie bald auf dem Weg zum Mars sein. Von den Personen, die sich zur Zeit der Katastrophe an Bord von Izzy aufgehalten hatten, waren 211 auf der Stelle ums Leben gekommen und etwa zwei Dutzend befanden sich nach wie vor in einem kritischen Zustand. Die Zahl der auf Izzy lebenden Personen war also auf 113 reduziert worden. Die Stammbevölkerung – die älteren, erfahreneren, hochqualifizierten Spezialisten – war von 188 auf 106 geschrumpft.

Im Augenblick der Katastrophe hatten 1178 Personen in Sub-Archen gelebt. Die dezentralisierte Natur des Schwarms, ergänzt durch die Tatsache, dass viele Sub-Archen sich mit Julia aus dem Staub gemacht hatten, erschwerte eine Schätzung der Opfer. Die beste, die sie derzeit hatten, verzeichnete 17 verlorene Sub-Archen mit vermuteten hundert Prozent Verlusten an Menschenleben, was diese Bevölkerung auf etwa 1100 reduzierte. Falls das zutraf, hatte dieser Tag insgesamt fast 300 Todesopfer gefordert.

Was die Zahl der Sub-Archen betraf, hatten sie den Tag mit 299 noch funktionierenden und bewohnten begonnen, eine Zahl, die durch den Zusammenstoß auf 282 verringert worden war. 10 davon – eine Heptade und eine Triade – waren mit *Red Hope* verbunden, blieben noch 272. Davon waren ungefähr 200 verschwunden, vermutlich im Gefolge von J.B.F. Die übrigen 70 hatten sich entschieden dazubleiben und sahen sich nach wie vor als vollberechtigte Mitglieder der Cloud-Arche. Die 11 Sub-Archen in Reserve waren noch an Izzy befestigt und würden später auf Schäden untersucht werden.

Die noch bei ihnen befindlichen Sub-Archen hatten vermutlich eine Bevölkerung von ungefähr 300 Personen. Zusammen mit den Überlebenden auf Izzy ergab das etwas über 400. In J.B.F.s abtrünnigem Schwarm durften sich dann also um die

800 Menschen befinden. Sie hatte zwei Drittel der Menschheit mitgenommen.

»Gott vergebe mir«, sagte Doob, »aber der Personalbestand beschäftigt mich im Moment gar nicht. Was mich interessiert, ist die Zahl der Triebwerke. Sub-Archen-Triebwerke. Bevor Dinah mit diesem ganzen Eis aufgetaucht ist, waren sie nutzlos. Jetzt haben wir eine Möglichkeit, sie zu betanken. Wenn wir es schaffen, sie alle gleich auszurichten, sodass sie zusammen Izzy anschieben, können wir den Großen Sprung wagen.« Er hielt inne, um einen Blick auf seine Notizen zu werfen. Dinah fand, dass er mit der Lesebrille vorne auf der Nase plötzlich viel älter aussah. Wie *sie* aussah, konnte sie sich nur vorstellen. »Aufgrund dessen, was du mir gerade gesagt hast, nehme ich an, wir haben...«

»Ungefähr siebzig«, sagte Ivy, »und dazu die elf in Reserve. Die haben wir noch nicht überprüft, aber der Sichtprüfung nach dürften sie unbeschädigt sein.«

»Einundachtzig«, sagte Doob. »Die Zahl gefällt mir. Ein perfektes Quadrat.«

»Ein perfektes Quadrat aus perfekten Quadraten«, warf Rhys ein.

»Wenn es uns gelänge, ein strukturelles System zu entwickeln, mit dem wir sie in Neunerbündeln zusammenfassen können – ein schlichtes Neun-mal-neun-Gitter mit gemeinsamer Treibstoffzufuhr –, neun solcher Bündel herzustellen und sie irgendwie in die Struktur von Izzy einzubauen – was das Schwierigste werden dürfte –, dann hätten wir eine Anordnung von einundachtzig Triebwerken. Wenn die für den Durchgang durchs Perigäum alle auf Volllast hochgefahren werden, wird uns das ausreichend gemeinsamen Schub verleihen, um etwas zu bewirken. Ich glaube, mit einem solchen Antrieb können wir den Großen Sprung schaffen.«

»Das ist eine Menge Struktur«, bemerkte Fjodor. »Eine ordentliche Menge.«

»Wir haben doch einen Haufen Rohmaterialien, mit denen wir arbeiten können, oder?«, fragte Luisa. »Ich habe massenweise Rollen von diesem Aluminiumband gesehen, mit dem die Extruder beschickt werden.«

»Das ist eine Frage von Zeit«, sagte Fjodor. »Ja, wir haben eine Menge Material. Es mit so wenigen Leuten zusammenzubauen ist schwierig. Die Atmosphäre dehnt sich aus, der Luftwiderstand wächst, die Umlaufbahn sinkt ab.«

Dinah blickte über den Tisch zu Rhys. Rhys, der Biomimetikingenieur, der Mann, der die *Ymir* womöglich mit seiner Idee, Roboter in kleine strahlungsresistente Ben Grimms zu verwandeln, gerettet hatte.

»Wir bauen das System aus Eis«, sagte Dinah.

Rhys blickte zu ihr auf, dachte einen Moment darüber nach und nickte.

»Zu spröde«, sagte Fjodor.

»Ich glaube nicht, dass Dinah von normalem Eis spricht«, sagte Rhys. »Sie meint das Pykrete-Zeug, das sie auf der *Ymir* verwendet haben. Faserverstärktes Eis. Es hat die Scherbe erfolgreich zusammengehalten. Wir können dafür sorgen, dass es auch hierbei funktioniert.«

Moira ergriff das Wort. »Vielleicht entgeht mir da gerade etwas, aber ich hatte den Eindruck, dass das Eis unser Treibstoff ist. Werden wir es nicht nach und nach schmelzen und verbrauchen?«

»Ja«, sagte Doob.

»Und heißt das nicht, dass wir die Struktur aufbrauchen, die alles zusammenhält?«

»Ja«, wiederholte Doob, »aber das ist okay. Je mehr wir davon verbrauchen, desto leichter werden wir und desto weniger Schub benötigen wir. Es ist also in Ordnung, wenn wir nach und nach einen Teil der Struktur opfern.«

Sal hatte aufmerksam zugehört. »Ich will euch ja keine kalte

Dusche verpassen«, sagte er. Der Kalauer – vorausgesetzt, er war als solcher gemeint – rief hier und da ein Seufzen hervor. »Aber wir haben von radioaktiver Verseuchung gehört.«

»Auf der Außenfläche der Scherbe, ja«, sagte Dinah. »Mikroskopisch kleine Staubpartikel, die höchst radioaktiv sind, haften am Eis. Betastrahlung wird nicht in unsere Lebensbereiche durchdringen. Allerdings müssen wir achtgeben, dass wir nichts davon hineintragen. Wir können Roboter darauf programmieren, nach solchen heißen Partikeln Ausschau zu halten und sie mit der Zeit zu beseitigen.«

Sal sah nicht überzeugt aus.

»Ich werde dich nicht anlügen«, sagte Dinah. »Menschen werden daran sterben.«

»Das Vorhaben sieht nun aber folgendermaßen aus«, sagte Rhys. »An ihrem vorderen Ende hat Izzy bereits einen massiven Nickel-Eisen-Rammbock. Ihre Flanken sind verwundbar, wie wir heute erfahren haben. Nun haben wir die Möglichkeit, alles – die gesamte Raumstation – in verstärktes Eis einzuhüllen. Natürlich wird es im Laufe der Zeit weniger werden. Für den größten Teil des Großen Sprungs werden wir aber tief in einem gigantischen Eisberg mit einer Stahlnase leben. Ich behaupte, dass die Zahl der Todesopfer durch eine mögliche Kontamination geringer sein wird, als wenn wir dieselbe Reise ungeschützt anträten.«

»Was braucht ihr, um das in die Wege zu leiten?«, fragte Ivy.

»Die Erlaubnis«, sagte Dinah.

»Wann hast du vorher je darum gebeten?«

Der Scherz rief ein schrilles Lachen aus der Ecke des Konferenzraums hervor. Köpfe drehten sich zu Camila um.

»Camila«, sagte Ivy, »seit wir dich in der Werft gefunden haben, haben wir kaum ein Wort von dir gehört. Einer unserer Zeugen dort behauptet, du habest Tekla vielleicht das Leben gerettet. Du hättest die Möglichkeit gehabt, mit Julia zu entkommen. Stattdessen bist du dageblieben, um die gefesselten Werftarbeiter zu befreien. Du hast ihnen das Leben gerettet. Jetzt bist du hier bei uns. Du weißt sicher, was für einen Eindruck das macht.«

Camilas Miene verriet, dass die Frage, was für einen Eindruck das machte, ihr nie in den Sinn gekommen war. Sie verstand nicht einmal, was Ivy da sagte.

»Liebes«, sagte Luisa, »die Leute werden sagen, du seist eine Spionin, die freiwillig hiergeblieben sei.«

Camila hielt eine geballte Faust hoch und öffnete sie, worauf ein kleines weißes Plastikkästchen sichtbar wurde, von dem noch loses Klebeband herunterhing. »Julias Wanze«, verkündete sie. »Sie war hier.«

Niemand sah besonders überzeugt aus.

»Sie hat mich zum Dinner ins Weiße Haus eingeladen«, erklärte Camila. »Sie hat mir beim Aussuchen eines Kleides geholfen, mich mit Generälen, Botschaftern, Filmstars bekanntgemacht. Sie hat mir Briefe mit dem Briefkopf des Weißen Hauses geschrieben. Ich war – ich war in sie verliebt. Ihr könnt mich ruhig naiv nennen. Okay. Ich war naiv. Bis heute Morgen. Und dann habe ich es plötzlich gesehen. Ich habe gesehen, mit wem ich es zu tun habe. Jetzt hasse ich sie. Und ich hasse mich selbst dafür, dass ich in sie verliebt war.«

»Das solltest du nicht vergessen, Süße«, sagte Moira. »Denn heute hat sie die falsche Entscheidung getroffen. Und früher oder später wird sie zurückkommen.«

»Ich werde bereit sein«, sagte Camila.

Endurance

Durch menschliche Augen gesehen war der hohle Rumpf von *Ymirs* Eisscherbe so tot, spröde und glänzend wie der weggeworfene Rückenschild eines Käfers. Durch die elektronischen Augen von Kameras erfasst, dann aufs Hunderttausendfache beschleunigt, sodass die Ereignisse eines ganzes Tages zu einer Sekunde im Video komprimiert wurden, sah sie aus wie eine Amöbe, die Izzy verfolgte, einfing und verschlang. Für einen Menschen ohne jedes Vorverständnis dessen, was er da sah, wäre Izzy ein Insekt mit Stahlkopf, nur Beine und Kapseln und Antennen, das in dem Bemühen zuckte und strampelte, sich gegen den langsamen, unaufhaltsamen, flüssigen Angriff des Eismonsters zur Wehr zu setzen.

In Wahrheit waren natürlich die vierhundert Überlebenden, die sich, im Vergleich zu den langsamen Entwicklungen des Eises, mit Lichtgeschwindigkeit bewegten, mit der Umgestaltung der Raumstation zur Vorbereitung auf den Großen Sprung beschäftigt. Das schrottreife Betriebsabteil wurde herausgetrennt, und die Komponenten der Werft wanderten nach vorne. Der große Atomreaktor wurde in die Nähe des Stapels verfrachtet; um den Rest von Izzy vor seiner Strahlung zu schützen, würden sie von jetzt an auf Eis setzen. Die einundachtzig Sub-Archen fanden sich zu neun Neunergruppen zusammen und wurden mit nach hinten gerichteten Düsen am Heck befestigt. Anfangs geschah das mithilfe hauchdünner Gitter, an denen Weltraumspaziergänger Kabel, Treibstoffleitungen und Hamsterröhren anbringen konnten. Sobald sich diese an ihrem Platz befanden, holte das vom pausenlosen Wirken eines gigantischen Nat-Schwarms vorwärtsgetriebene Eis sie ein, und die Sub-Archen wurden nach und nach in einer soliden Matrix aus Pykrete festzementiert.

Das Eis floss vorwärts. Es war, als schaute man sich ein Video von einem schmelzenden Eisberg im Rücklauf an. Die Nats, die blindlings nach einem einfachen Regelwerk agierten, packten es in jedes freie Eckchen, auf das sie stießen. In den kurzen Augenblicken am Tag, wo die Mitglieder der Crew sich ein wenig ausruhen und etwas essen konnten, versuchten sie, sich gegenseitig mit lustigen Geschichten davon zu übertrumpfen, wo sie eine lebende Eisplage gefunden und was sie getan hatten, um sie zurückzuschlagen.

Nach einem Monat waren die Überreste der *Ymir* vollkommen aufgebraucht, und Izzy hatte scheinbar aufgehört zu existieren. Die beiden hatten sich zu einem erdumkreisenden Berg verbunden, dessen Gipfel ein ramponierter und angeritzter Nickel-Eisen-Klumpen war, umgeben von einem Nebel aus kantigen Gerüsten, an denen Antennen und Sensoren befestigt waren. Seine Hänge waren ein glatter Schutzwall aus schwarzem Eis, der hier und da durch zutage tretende Steuerraketen oder andere Geräte unterbrochen wurde und aus dem an einigen Stellen Beobachtungskuppeln wie Einsiedlerhütten herausragten. Der Fuß des Berges bestand aus einer Ebene, die mit einem ordentlichen Gitter aus einundachtzig kleinen Löchern versehen war, aus denen, wenn das Raumschiff sein Perigäum passierte, von Zeit zu Zeit blauweißes Feuer hervorbrach.

Es fiel ihnen schwer, einen Namen für das Ding zu finden. Vergeblich versuchten sie, die Wörter Izzy und *Ymir* zu kombinieren. Einer Lösung am nächsten kamen sie mit Izmir, aber das war der Name einer Stadt in der Türkei gewesen. Gefühlsmäßig tendierte die Mehrheit dazu, es nach den Märtyrern der *Ymir*-

Expedition zu nennen, von denen es allerdings mehrere gegeben hatte. Markus zu Ehren assoziierte man es mit dem Daubenhorn, was später zu Horn verkürzt wurde. Eigentlich kein schlechter Spitzname. Am Ende setzte sich jedoch ein Name durch, der das von Markus mit *New Caird* bereits eingeführte Shackleton-Thema wieder aufgriff. Shackletons großes Schiff hatte den Namen *Endurance* getragen und war dadurch berühmt geworden, dass es im Packeis stecken blieb. *Endurance* war es also, und Fjodor taufte sie auf diesen Namen, indem er in seinen ramponierten Orlan schlüpfte, auf die Oberfläche von Amalthea hinauskletterte und eine Flasche Champagner gegen das Metall schmetterte.

Eine entferntere Kamera, die von hoch über dem Nordpol auf die Erde hinabgeschaut und die Entwicklung der *Endurance* über die nächsten Jahre beobachtet hätte, hätte am Anfang eine Zitterpartie gesehen, gefolgt von endloser, zermürbender Langeweile, die sich langsam zu einem dramatischen letzten Akt aufbaute.

Vor der Ankunft der *Ymir* hatten die Piloten der Cloud-Arche nicht wenig Aufmerksamkeit auf das Problem verwendet, Izzy aus der sich ausdehnenden Atmosphäre herauszuhalten. Diese erzeugte einen stärkeren Luftwiderstand, dem Amalthea mit ihrem hohen ballistischen Koeffizienten ohne weiteres entgegenwirken konnte. Allerdings musste das Absinken ihrer Umlaufbahn von Zeit zu Zeit mit Brennstößen des Haupttriebwerks korrigiert werden, das sich damals am hinteren Ende des Betriebsabteils befunden hatte und von den atombetriebenen Elektrolysegeräten der Werft mit Treibstoff versorgt wurde.

Der Bruch – wie sie das Ereignis nannten, als der große Bolide gegen Izzy gekracht war und der Schwarm und *Red Hope* getrennte Wege gegangen waren – hatte all dem ein Ende bereitet. Zwischen damals und dem Tag etwa einen Monat später, als die *Endurance* getauft wurde, hatte sie sich peu à peu immer tiefer geschraubt. Hätten die federleichten Sub-Archen versucht, die Formation mit ihr aufrechtzuerhalten, wären sie vom Wind zurückgedrängt worden. Sie waren gezwungen, sich in Amaltheas Windschatten zu begeben und wie Radfahrer, die den Windschatten eines Lastwagens ausnutzten, in ihrer Bugwelle zu fliegen, bis sie in die Rahmenstruktur des Raumschiffs integriert werden konnten. Immer tiefer schraubte die *Endurance* sich hinunter, und das SI-Team musste Grabbs hinaus auf die vorderen Gitterwerke schicken, um die dort anmontierten zerbrechlichen Antennen und Sensoren zu entfernen, damit sie nicht allmählich von einem dünnen, aber weißglühenden Windstoß weggebrannt wurden. Fjodors Champagner-Weltraumspaziergang war nur kurz, und als er wieder hereinkam, berichtete er, er habe sehen können, wie der Sprühschaum des Champagners von der Atmosphäre zurückgeblasen wurde.

Ihre Aufgabe bestand nun darin, ihr Apogäum von seiner jetzigen Position – nur ein paar Kilometer oberhalb des Perigäums –, bis hinauf auf die Höhe von Kluft in etwa dreihundertachtundsiebzigtausend Kilometern Entfernung zu bringen. Es war eine Umkehrung der Manöver, die Markus, Dinah, Jiro und Wjatscheslaw durchgeführt hatten, um die *Ymir* in dieselbe Umlaufbahn wie Izzy zu befördern. Um das zu erreichen, mussten die Triebwerke bei jedem der regelmäßigen Schwünge der *Endurance* durchs Perigäum für kurze Augenblicke gezündet werden.

Der erste dieser Brennstöße erfolgte etwa dreißig Minuten, nachdem sie getauft worden war, und bewirkte ein Delta v von vier Metern pro Sekunde. Die Beschleunigung war so sanft, dass die meisten Mitglieder der Crew sie nicht einmal bemerkten. Gegen die schiere Masse der *Endurance* mit ihren etwa gleich großen Mengen an Eisen und Eis konnte der kombinierte Schub von einundachtzig Sub-Archen-Triebwerken nämlich so gut wie nichts ausrichten. Dennoch genügte er, um etwa sechsundvierzig Minuten später ihr Apogäum um 14,18 Kilometer anzuheben. Und weitere sechsundvierzig Minuten darauf erzielte ein weiterer Brennstoß während eines erneuten Entlangschrammens an der Erdatmosphäre noch einmal vier Meter pro Sekunde, was am anschließenden Apogäum eine Erhöhung um weitere 14,21 Kilometer ausmachte. Das Ergebnis des ersten Betriebstages der *Endurance* war eine Anhebung des Apogäums um mehr als hundert Kilometer, genug, um sie, außer in den paar Minuten des Perigäumdurchgangs, von der ausgedehnten Atmosphäre fernzuhalten.

Danach mussten sie diese Operationen allerdings erst einmal einstellen, denn sie hatten den gesamten Treibstoff aufgebraucht, der in den im Eis vergrabenen Tanks der Werft gelagert worden war. Jetzt mussten sie dem Reaktor und den Elektrolysegeräten Zeit zum Aufholen geben. Selbst ein Kernreaktor konnte eben nur in einem bestimmten Tempo Wasser aufspalten.

Nicht lange danach wurde der Betrieb aufgrund von Problemen mit der Zufuhr reinen Wassers in das System für eine Woche eingestellt. Einen weiteren Monat lang wurde nur ein Viertel der geplanten Kapazität erreicht. Doch mit der Zeit gelang es ihnen, die Störungen zu beheben, und die Brennstöße wurden bei jedem Perigäum stärker, was die *Endurance* in kleinen Schritten näher an Kluft heranbrachte.

Wenn sie das so aufrechterhalten konnten, würden die kleinen Schritte allmählich größer werden. Das erste Delta v hatte ihnen 14,18 Kilometer eingebracht. Das zweite, gleichwertige Delta v hatte 14,21 Kilometer herausgeholt – eine Verbesserung um etwa dreißig Meter. Verglichen mit den Entfernungen im All war diese Steigerung winzig, unter mathematischen Gesichtspunkten jedoch Ausdruck einer äußerst bedeutsamen Entwicklung. Daraus ging hervor, dass sie, je höher sie kamen – je langgestreckter die Umlaufbahn wurde –, umso mehr Hebelkraft aus jedem dieser kleinen Delta v gewinnen konnten. Dieser Unterschied von dreißig Metern würde immer weiter wachsen, bis er viele Kilometer betrug, und jede dieser Verbesserungen würde sich wiederum in den Gleichungen auswirken und das nächste Ergebnis ein wenig vergrößern. Es handelte sich um ein exponentielles Phänomen, und diesmal war die Menschheit auf der richtigen Seite davon.

Dabei war eine andere gute Nachricht aus dem Reich der Mathematik noch nicht einmal berücksichtigt, nämlich dass die *Endurance* mit jedem dieser Brennstöße ein kleines bisschen leichter wurde. Sie verfügte über immer weniger Masse, die sie der Kraft der Steuerraketen entgegensetzen konnte, und so wurde es nach und nach möglich, pro Erdumrundung mehr als nur ein Delta v von lächerlichen vier Metern pro Sekunde zu erzeugen.

Alles würde also besser werden, wenn sie am Leben blieben und *Endurance* am Laufen hielten. Diese Zugewinne wuchsen anfangs jedoch quälend langsam.

Am Ende dauerte es drei Jahre.

Vorgesehen hatten sie eins. Es dauerte länger, weil Dinge immer wieder kaputtgingen und repariert werden mussten. Die dazu notwendigen Werkzeuge und Einzelteile waren nicht immer verfügbar. Manchmal mussten sie improvisieren. Raffinierte Behelfslösungen mussten mithilfe menschlicher Erfindungsgabe und harter Arbeit und, wenn das alles nichts half, unter Gefährdung und dem Verlust von Menschenleben gefunden werden.

Das Humankapital der *Endurance* schwand dahin. Sie waren immer knapp an Lebensmitteln. Die Sub-Archen waren dafür ausgelegt, innerhalb ihrer lichtdurchlässigen Außenhülle ihre eigenen Nahrungsvorräte anzubauen. Die zur *Endurance* gehörenden Sub-Archen waren jedoch in Eis begraben, um sie vor dem Harten Regen zu schützen. Die eher am Rand gelegenen bekamen genug Sonnenlicht, um Nahrungsmittel anzubauen, in Anbetracht der Münder, die zu stopfen waren, aber nicht genug. Zu Beginn ihrer Reise war die *Endurance* gut mit Notrationen bestückt gewesen, bei deren Zuteilung man von einer einjährigen Dauer der Mission ausgegangen war. Als klar wurde, dass die Reise wesentlich länger dauern würde, hatte man die Rationen gekürzt. Zudem verfügte die *Endurance* über einen üppigen Vorrat an Vitaminen, von denen die meisten den Bruch überstanden hatten. Sie waren sehr begehrt bei den Leuten vom Schwarm, die sich aus dem Staub gemacht hatten, ohne sich einen genügend großen Vorrat davon anzulegen. Zwischen der *Endurance* und dem Schwarm entwickelte sich allmählich ein Handel, aber es war nicht der freie Markt, den die Schwarmbefürworter einmal anvisiert hatten. Deals wurden über Funk ausgehandelt und bei Zusammentreffen von MIFs und Sub-Archen vollendet, die allerdings schwer zu bewerkstelligen waren, da inzwischen sehr unterschiedliche Umlaufbahnen zusammengebracht werden mussten.

Wie schon bei der *Ymir* bauten sie das Eis der *Endurance* von innen her ab und beließen die äußere »Walnussschale« als strukturelle Unterstützung und als eine erste Verteidigungslinie gegen Boliden. Doch wie J.B.F. und andere Verfechter des »Abladens und Verschwindens« nicht müde geworden waren zu betonen, fehlte einem so schweren Raumschiff jegliche Manövrierbarkeit. Wenn ein großer Gesteinsbrocken lange genug im Voraus gesichtet wurde, konnten sie mithilfe ihrer Triebwerke kleine Kursänderungen vornehmen, die, wenn der Brocken näher kam, große Wirkung zeigten. Darin bestand die Vollzeitbeschäftigung eines Großteils der gesamten *Endurance*-Besatzung, die in drei Schichten pro Tag arbeitete. Unter einer gewissen Schwelle konnten sie einen Felsbrocken nicht früh genug sehen oder ihm nicht schnell genug ausweichen, sodass ihnen nur noch die Hoffnung blieb, er möge Amalthea treffen. Was die meisten auch taten, aber manche schlugen auf die eisigen unteren Hänge auf, zuweilen mit solcher Wucht, dass sie eindrangen und töteten.

Selbstmord raffte im Laufe der dreijährigen Reise etwa jeden Zehnten hin. Manchmal aus herkömmlichen Motiven. Nach einem großen Ausbruch schöpferischer Aktivität während der ersten Wochen, in denen die *Endurance* entworfen und gestaltet wurde, verfiel Rhys in eine schwarze Depression und nahm sich einen Monat nach Beginn der Reise das Leben. In anderen Fällen willigte ein Weltraumspaziergänger in etwas ein, was ganz offensichtlich ein Himmelfahrtskommando war, oder eine Krebspatientin beschloss, ihrem Leben ein Ende zu setzen, statt wegen ihres erhöhten Bedarfs an begrenzten Ressourcen wie Nahrungsmitteln, Luft und medizinischen Gütern zu einer Belastung zu werden. Und es gab ziemlich viele Krebsfälle, denn Dinahs Prophezeiung am Tag des Bruchs hatte sich bestätigt. Trotz aller Vorsichtsmaßnahmen bahnten radioaktive Partikel sich einen Weg in die Luft und die Nahrungskette und nisteten sich in Lungen und Eingeweiden ein. Aber ganz abgesehen davon trugen schon der Aufenthalt im Weltall mit seiner Umgebungsstrahlung, der Mangel an Bewegung, schlechte Ernährung und die Einwirkung verschiedener Chemikalien dazu bei, die Krebsrate in die Höhe zu treiben. Die medizinischen Einrichtungen auf der *Endurance* waren der Aufgabe, Krebs zu entdecken und so zu behandeln, wie die Leute es von der Erde gewohnt waren, nicht gewachsen.

Regelmäßig wiederkehrende Krisen in der Versorgung mit Nahrungsmitteln und Luft, verursacht durch Pflanzenkrankheiten in ihren Gewächshäusern oder Ausfälle bei den Geräten, rafften Menschen dahin, die von vornherein geschwächt gewesen waren. Die Reise brachte Tausende von Durchquerungen der Van-Allen-Strahlungsgürtel mit sich. Statt diese nur ein- oder zweimal zu passieren, wie es vielleicht bei einem traditionelleren Weltraumflug der Fall gewesen wäre, mussten sie es bei jeder Erdumrundung zweimal machen; und während des ersten Jahres befanden sie sich praktisch nie außerhalb von ihnen. So gut es ging, suchten sie Schutz in abgeschirmten Bereichen des Raumschiffs. Doch kein Schutz war vollkommen. Einige Mitglieder der Crew waren aufgrund ihrer Pflichten oder eines zufälligen Umstands gezwungen, an ungeschützten Orten zu verharren. Und allein die Tatsache, für einen beträchtlichen Teil der Zeit auf engstem Raum zusammengepfercht zu sein, stellte eine Belastung für die Gesundheit dar.

Das Geschlechterverhältnis begann, sich noch mehr in Richtung Frauen zu verzerren. Die Stammbevölkerung, deren überlebende Angehörige nach dem Bruch grob ein Viertel der ursprünglichen Besatzung der *Endurance* ausgemacht hatten, war überwiegend männlich gewesen. Das folgte daraus, dass sie aus Männerdomänen wie Militär, Astronautenkorps, Wissenschaft und Technik geholt worden waren. Die anderen drei Viertel waren Archies gewesen. Die ursprüngliche Archie-Bevölkerung hatte zu fünfundsiebzig Prozent aus Frauen und zu fünfundzwanzig Prozent aus Männern bestanden. Diejenigen, die sich zum Zeitpunkt des Bruchs für den Verbleib auf der *Endurance* entschieden hatten, waren weit überwiegend Frauen gewesen.

Die Männer waren im Großen und Ganzen älter – in vielen Fällen zwei- oder dreimal so alt wie die Archies. Verglichen mit den Archies, die man zumeist in letzter Minute ins All geschickt hatte, befanden sie sich schon viel länger im Weltraum und unter dem Einfluss seiner gesundheitlichen Auswirkungen. Das Auswahlkriterium war damals Intelligenz, nicht körperliche Fitness gewesen. Zumindest am Anfang, als die Archies noch damit beschäftigt waren, sich einzuarbeiten, bekamen sie tendenziell die riskantesten Aufgaben wie etwa Weltraumspaziergänge. Und Männer waren einfach nicht so gut für das Leben im Weltraum geeignet. Sie waren biologisch gesehen empfindlicher gegen Strahlung. Sie brauchten mehr Luft und mehr Nahrung. Und sie waren, ob nun als Ergebnis kultureller Prägung oder genetischer Programmierung, psychologisch einfach nicht für die Vorstellung geschaffen, dass sie den Rest ihres Lebens in überfüllten Innenräumen verbringen würden. Viele von ihnen verspürten den Drang rauszugehen, weg von den Leuten, und meldeten sich daher häufiger freiwillig für Weltraumspaziergänge, die wiederum das Risiko, durch Strahlenbelastung, Bolideneinschläge, defekte Ausrüstungsteile, Unfall oder Verseuchung durch Reaktorfallout zu sterben, wesentlich erhöhten.

Außerdem herrschte allgemeines, eher stillschweigendes Einvernehmen darüber, dass nicht Männer die knappe Ressource waren, sondern Frauen – um genau zu sein, gesunde, funktionsfähige Gebärmütter. Mit dieser Ansicht, vielleicht aber auch der Vorstellung von einer gesellschaftlich nutzbringenderen Form von Selbstmord im Hinterkopf, meldeten Männer sich weiterhin für gefährliche Dienste, während sie die Frauen instinktiv in den geschützten inneren Räumen des Raumschiffs zusammentrieben; und wenn die Frauen sich dagegen wehrten, was zuweilen geschah, waren sie leicht mit der simplen, kaum bestreitbaren These zum Schweigen zu bringen, dass ihr Leben und ihre Gesundheit um jeden Preis erhalten werden mussten.

Kontakt mit dem Schwarm kam nur sporadisch und eher schubweise zustande, nämlich dann, wenn der Schwarm etwas brauchte. Die Gruppen hatten sich unter Bedingungen getrennt, die als Kriegszustand gegolten hätten, wäre das Ganze nicht inmitten einer Katastrophe passiert, die tödlicher war als alles, was eine Seite der anderen mit Waffengewalt hätte zufügen können. Mit einiger Sicherheit würde keine Partei der anderen in nächster Zukunft wieder Vertrauen entgegenbringen. Freie Kommunikation zwischen ihnen nach Art des Internets war auf beiden Seiten verboten, hätte sie doch zu betrügerischen Zwecken und Schlimmerem missbraucht werden können. Der Kanal zwischen dem Schwarm und der *Endurance* hatte eher etwas von einem »Heißen Draht« zwischen zwei Hauptstädten im Kalten Krieg. Über Monate blieb er unbenutzt. Das bedeutete jedoch nicht unbedingt, dass die beiden Seiten einander schnitten, sondern dass sie beide vollauf mit dem Versuch beschäftigt waren, am Leben zu bleiben. Ivy und J.B.F. waren wie die Kapitäne zweier beschädigter Schiffe, die kilometerweit voneinander entfernt in stürmischer See trieben, und hatten daher andere Dinge im Kopf. Wenn der Kanal benutzt wurde, dann um über die Bedingungen für einen Austausch zwischen den beiden Gruppen zu verhandeln. Keiner Seite lag etwas daran, die andere über den eigenen Zustand aufzuklären. Einiges konnte man jedoch aus den Dingen schließen, um die der Schwarm dringend bat: hauptsächlich Treibstoff, aber auch Medikamente zur Behandlung der Strahlenkrankheit, krankheitsresistente Züchtungen von Nahrungspflanzen, Nährstoffe, Ersatzteile für CO_2-Absorber und für die Stirling-Motoren, die die Sub-Archen mit Strom versorgten. Im Tausch dafür boten sie hauptsächlich Nahrungsmittel an, das Einzige, was sie herstellen konnten und was die *Endurance* nicht selbst schon hatte.

Elf Wochen nach dem Bruch war eine Sonneneruption aufgetreten, gefolgt von einem als koronaler Massenauswurf bekannten Ereignis: dem gewaltigen Ausstoß geladener Teilchen, die ins Sonnensystem hinausgeschleudert wurden. Mit ihrem Aufgebot an Sensoren, von denen manche aus ebendiesem Grund ständig auf die Sonne ausgerichtet waren, hatte die *Endurance* den Sturm kommen sehen und eine Warnmeldung an den Schwarm geschickt. Sie selbst hatte sich damals ganz im Schutz der Magnetosphäre der Erde befunden. Diese Tatsache hatte, zusammen mit der Abschirmung durch Eisen und Eis, ihre Crew in die Lage versetzt, den Sonnensturm mit relativ geringer Strahlenbelastung zu überstehen. Sie hatten jedoch keine Möglichkeit, in Erfahrung zu bringen, ob der Schwarm die Warnung überhaupt erhalten oder verstanden hatte. Die Gefahr koronaler Massenauswürfe war von den Architekten sehr wohl gesehen worden, denn sie hatten in jeder Sub-Arche »Schutzräume« vorgesehen: im Grunde Schlafsäcke, die so konstruiert waren, dass Wasser in den Zwischenraum zwischen innerer und äußerer Hülle gepumpt werden konnte, sodass der Schutzsuchende von Molekülen umgeben war, die hochenergetische Protonen absorbieren konnten. Zudem waren die Sub-Archen gut mit Dosen eines Medikaments namens Amifostin eingedeckt, das die DNS vor Schäden durch freie Radikale schützte, die durch Strahleneinwirkung im Körper erzeugt wurden. Das System war gut, vorausgesetzt, die Archies wurden wenigstens eine halbe Stunde im Voraus gewarnt und hatten genug Wasser in den Tanks ihrer Sub-Arche, um all die Schutzraumhüllen zu füllen. Sie übten es so oft, wie Seeleute Rettungsbootübungen durchführten. Allerdings konnte alles Mögliche schiefgehen, und es war wenig wahrscheinlich, dass alle achthundert Archies den Sturm unbeschadet überstanden hatten.

In den darauffolgenden drei Jahren hatte es zehn weitere koronale Massenauswürfe von besorgniserregendem Ausmaß gegeben. In jedem dieser Fälle hatte die *Endurance* dem Schwarm eine Warnung übermittelt, jedoch nie eine Rückmeldung erhalten.

Es war beunruhigend, dass der Schwarm immer mehr Wasser zu benötigen schien. Da es innerhalb des Ökosystems einer Sub-Arche recycelt wurde, konnte sie es nur verlieren, indem sie es, in Wasserstoff und Sauerstoff aufgespalten und einer Steuerrakete zugeführt, als Treibstoff nutzte. Sämtliche Sub-Archen in einem Schwarm mussten das von Zeit zu Zeit tun, einfach um in ihrer Formation zu bleiben. Das galt auch, wenn sie nie einem Gesteinsbrocken auswichen und nie ihre Erdumlaufbahn änderten. Wie es schien, hatten sie jedoch ihre Umlaufbahn mehrmals geändert und sie damit höher und runder gemacht, um sie aus den Van-Allen-Gürteln herauszuhalten. Wahrscheinlich hatten sie ihre Gründe dafür. Wenn allerdings das Wasser bei ihnen so knapp wurde, dass sie bei Bedarf ihre Schutzraumhüllen nicht mehr füllen konnten, waren sie einer Katastrophe ausgesetzt, die die meisten von ihnen oder alle auf einen Schlag töten könnte. Ivy konnte nur vermuten, dass sie immer noch vernunftbegabte

Menschen waren und dass sie, wenn es so schlimm käme, um Hilfe rufen würden. Derweil versuchte sie sich vor der verlockenden Vorstellung zu hüten, die *Endurance* hätte alles Wasser, das sie je würde brauchen können. Es würde keine weiteren *Ymir*-Expeditionen geben. Das Wasser, das sie bei sich hatten, war vielleicht alles, womit die Menschheit über Hunderte von Jahren würde auskommen müssen.

Sie wusste bereits, was sie sagen würde, wenn J.B.F. sie je mit der dringenden Bitte um Schutzraumwasser kontaktieren würde: Ausgeschlossen, kommt zu uns, schließt euch der Crew der *Endurance* an, und sucht hier Unterschlupf. Manchmal fragte sie sich, ob J.B.F. damit gerechnet hatte, dass Ivy eine solche Forderung stellen würde, und wie weit sie zu gehen bereit war, um eine solche bedingungslose Kapitulation zu vermeiden.

»Mann, das war heftig«, krächzte Doob, ehe er sich mit einem Schluck Ardbeg, gemixt mit ein paar Tropfen fünf Milliarden Jahre altem Asteroidenwasser, die Kehle befeuchtete.

Er befand sich in der Banane, wo er zu einem leeren Raum sprach und zu einem Projektionsschirm an der Wand aufblickte. Seine Lesebrille funktionierte nicht mehr; die Schwerelosigkeit hatte die Form seiner Augäpfel verändert. Die Leute, die die Bedienung der Schleifmaschine für optische Linsen beherrscht hatten, waren alle tot oder wurden vermisst, sodass es unmöglich war, neue Brillen herzustellen, solange nicht jemand herausfand, wo die Maschine abgeblieben war, und die Bedienungsanleitung las. Da auf der *Endurance* aber nur noch achtundzwanzig Menschen übrig waren, dürfte das wohl nicht so bald passieren. Seine Sehschärfe in die Ferne war noch recht gut, aber wegen des Problems mit der Brille benutzte er seinen Laptop nur ungern über längere Zeit. Stattdessen kam er hierher in die Banane, tankte ein wenig Schwerkraft, verband den Computer mit dem Projektorkabel und arbeitete auf größere Distanz.

Er war schon seit einer Stunde hier, denn er wollte den großen Moment nicht verpassen. Plus minus ein paar Sekunden wusste er ganz genau, wann dieser Moment eintreten würde, doch in der Zeit bis dahin konnte er sich auf sonst nichts konzentrieren. Die anderen siebenundzwanzig schliefen oder waren beschäftigt. So feierte er allein.

Das Display vor ihm wurde beherrscht von einem einzigen großen Fenster, das in fetter, leicht lesbarer Blockschrift sechs Zahlen anzeigte. Das waren die Orbitalparameter der *Endurance*. Sie wurden mehrmals pro Sekunde aktualisiert, wobei die Zahlen verschwammen und zuckten. Der, auf den er sich konzentrierte, war mit einem R, kurz für Radius, gekennzeichnet und gab die Entfernung zwischen der *Endurance* und dem Mittelpunkt der Erde wieder. Im Augenblick war er so hoch wie noch nie, bei 384 512 933 Metern, und stieg in den letzten paar Ziffern langsam immer noch an. Die *Endurance* kroch aufs Apogäum zu, das höchste, das sie je erreicht hatte, und die Höhe dieses Apogäums lag etwas über der Entfernung, in der der Mond einst die Erde umkreist hatte. Zum ersten Mal waren sie jetzt so hoch im Himmel wie Kluft.

Lose Gegenstände veränderten ihre Lage, als die Triebwerke der *Endurance* angingen. Von den ursprünglich einundachtzig Sub-Archen-Triebwerken funktionierten jetzt noch siebenunddreißig, an guten Tagen vielleicht auch neununddreißig. Die andere Hälfte war ausgeschlachtet worden, um die guten am Laufen zu halten. Zum Ausgleich für die Verluste hatten sie sämtliche anderen Triebwerke, deren sie habhaft werden konnten, zusammengebastelt: das große des Betriebsabteils, alle Antriebseinheiten, die einmal zur Werft gehört hatten, und ein paar überzählige Motoren von versprengten Sub-Archen, die vom Schwarm getrennt worden waren und es geschafft hatten, sich ihnen wieder anzuschließen. Trotz der reduzierten Antriebsleistung war die *Endurance* jetzt mindestens so manövrierbar wie zu Anfang, als sie sich, beladen mit einem Mehrjahresbedarf an Treibstoff, auf dem Grund des Gravitationsschachts der Erde gewälzt hatte. Inzwischen wog sie nur noch halb so viel wie damals.

Der Brennstoß dauerte eine Weile. Er endete mit einer Lageveränderung und einem Brennstoß in eine andere Richtung. Doob brauchte die Zahlen auf dem Bildschirm gar nicht zu lesen, um zu wissen, was sie gerade taten. Das hatten sie drei Jahre lang geplant.

Sie befanden sich jetzt in einem äußerst exzentrischen Orbit: zwei Haarnadelkurven, zusammengeschweißt durch Geraden von einer Drittelmillion Kilometer Länge. Die Erde schmiegte sich tief in die Beuge einer dieser Haarnadeln. Das Perigäum der *Endurance* hatte sich im Verlauf von drei Jahren nicht geändert; bei jeder ihrer Tausenden von Erdumkreisungen waren sie, während ihre Triebwerke auf Hochtouren liefen, außen an der Erdatmosphäre entlanggeschrammt. Beim letzten derartigen Durchgang vor ungefähr fünf Tagen hatten sie die Höchstgeschwindigkeit von mehr als elftausend Metern pro Sekunde erreicht. Die optische Symmetrie der Umlaufbahn war enttäuschend; auf ihrer augenblicklichen Position, der entgegengesetzten Haarnadel, jetzt leicht außerhalb der alten Mondbahn, krochen sie in einem Tempo dahin, das in früheren Jahren von einem Radfahrzeug in einer Salzwüste hätte erreicht werden können. Sie waren wie ein Auto auf einer Achterbahn, das bis ganz nach oben gezogen worden war und gerade noch dahinkroch, ehe der Sturz nach unten begann. Die Erde hatte die Größe eines auf Armeslänge gehaltenen Tischtennisballs. Bald würden sie anfangen, auf sie zuzufallen, und dabei wieder Geschwindigkeit aufbauen, bis auf elftausend Meter pro Sekunde bei ihrem nächsten Perigäumsdurchgang in fünf Tagen.

Einstweilen konnten sie während dieser paar Minuten, in denen sie nur langsam vorwärtskamen, dennoch Wunder wirken. Geringe Geschwindigkeitsveränderungen hier oben führten zu gewaltigen Veränderungen in ihrer Umlaufbahn dort unten. Die *Endurance* hatte dadurch, dass sie drei Jahre lang durchgehalten und ihren Plan hartnäckig verfolgt hatte, die Entfernung von Kluft zur Erde erreicht. Allerdings hatte sie sich immer in der falschen Ebene aufgehalten: der Ebene, in der Izzy angefangen hatte und für die man sich, scheinbar vor einer Million Jahren, entschieden hatte, weil sie vom Weltraumbahnhof Baikonur aus leicht zu erreichen gewesen war. Hier unten, tief im Gravitationsschacht, wäre ein Wechsel der Ebene katastrophal teuer geworden. Hätten sie eine Erde gehabt, zu der sie hätten zurückkehren können, wäre es billiger gewesen, noch einmal von vorne anzufangen und eine neue Raumstation zu bauen, als Izzy zu der Ebene zu bewegen, auf der der Mond einst gekreist hatte. Hier oben dagegen konnten sie sie durch das Zünden der Triebwerke am Apogäum mit viel weniger Aufwand langsam, aber sicher zu der gewünschten Ebene bugsieren. So hatten sie an jedem Apogäum kleine Manöver zum Wechsel der Ebene vorgenommen. Das ging nun schon monatelang so. Es war etwas, das passieren musste, wenn sie Kluft je erreichen sollten, doch es versetzte Doobs Magen in Aufruhr, sodass er wünschte, er hätte nicht von dem gehorteten Single-Malt-Whisky getrunken.

Die Ebene des alten Mondes – die Gegend, die sie aufsuchen mussten, um auf Kluft sichere Zuflucht zu finden – lag nämlich dort, wo all die Gesteinsbrocken waren. Dort, wo bei Null die Brocken losgeflogen waren und wo die meisten von ihnen sich immer noch aufhielten. Diejenigen, die als Harter Regen auf die Erde gefallen waren, hatten nur einen winzigen Teil der Mondtrümmerwolke ausgemacht: gerade mal eine dünne Staubschicht, verglichen mit dem, was hier oben geblieben war. Während des größten Teils ihrer Reise hatten die Piloten der *Endurance* sie absichtlich in dieser geneigten, mit Baikonur kompatiblen Ebene weit weg vom Trümmerfeld des Mondes gehalten. Sonst hätten sie nie so lange überleben können.

Doch das Risiko, das sie eingehen mussten, um zu Kluft zu gelangen, bestand darin, durch die Trümmerwolke zu fliegen, in der Kluft schwamm. Jedes Mal, wenn sie in den letzten paar Monaten ein Apogäum erreicht und ihre Triebwerke gezündet hatten, um ihre Umlaufbahn näher an die Ebene ihres Reiseziels zu bringen, hatten sie sich in schmutzigeren und gefährlicheren Raum geschoben.

Ihre Langsamkeit war ein Teil des Problems. Wäre die Trümmerwolke eine Flotte von Autos, die mit Vollgas um eine runde Rennstrecke brausten, dann wäre *Endurance* ein Kind, das in den Verkehr hinaustappte. Dieses extreme Missverhältnis in der Geschwindigkeit würde bis zum nächsten Apogäum in zehn Tagen anhalten, wenn sie ihren größten und längsten Brennstoß durchführen und dabei den gesamten noch verbliebenen Treibstoff der *Endurance* aufbrauchen würden, um sie auf die Durchschnittsgeschwindigkeit der Trümmerwolke zu beschleunigen. Dabei würden sie den Doppel-Haarnadel-Orbit in einen nahezu vollkommenen Kreis überführen, der für immer 384 512 933 Meter von der Erde entfernt bleiben würde. Hätten sie sich dann erst einmal problemlos in den Verkehr eingefädelt, würden sie auf die Suche nach Kluft gehen. Doob hatte sie mehrfach durch seine optischen Teleskope erspäht, ihre Params geortet, er wusste, wie sie zu finden war.

Das war sein Lebenswerk.

Hätte man ihn einige Jahre früher, vor Null, gefragt, hätte er etwas anderes genannt. Aber sein Leben bis zum Tag 360 war nichts anderes als eine Vorbereitung auf das Missionskonzept gewesen, das er für die *Endurance* vorgelegt hatte und jetzt ausführte. Der Tag des Bruchs – die Ankunft des erforderlichen Treibstoffs, der Tod seines Freundes und Kollegen Konrad und die Abnabelung des Schwarms – hatte klargemacht, was getan werden und wer es tun musste. Also hatte er es getan.

Noch zehn Tage, und sie würden in der Trümmerwolke

schwimmen. Vielleicht zwei Wochen, bis sie Kluft erreichten. Er fragte sich, ob er das noch erleben würde. Ganz offensichtlich hatte er Krebs. Es fehlte an diagnostischen Hilfsmitteln, aber in seinem Verdauungstrakt waren die ersten unleugbaren Symptome aufgetreten, und seitdem war seine Leber durch Metastasen geschwollen. Jetzt spürte er irgendein komisches Zeug in der Lunge. Es war langsam gewachsen. Es mochten natürliche Ursachen gewesen sein – etwas, das auf der Alten Erde gesät worden war, bevor er überhaupt in den Weltraum kam – oder ein Stück Fallout, das in sein Essen geraten und in seinem Darm hängen geblieben war. Egal. Die Frage, die ihn am meisten umtrieb, war die, ob er Kluft noch erleben würde. Eigentlich ging es ihm gar nicht so schlecht, und so wäre die naive Antwort natürlich ja gewesen; das Krebswachstum war jedoch ein exponentielles Phänomen, und er wusste, wie heikel die sein konnten.

Im Moment flog Bolor-Erdene das Schiff und hielt sich dabei im Hammerkopf auf – dem geschützten Kontrollraum, den sie auf der Leeseite von Amalthea tief im Inneren gebaut hatten. Jedenfalls stand sie namentlich als Pilotin im Dienstplan. Unterschiede in Rang und Spezialgebiet spielten keine große Rolle mehr. Alle, die überlebt hatten – neun Männer und neunzehn Frauen –, konnten alles: das Raumschiff fliegen, ein Sub-Archen-Triebwerk reparieren, einen Weltraumspaziergang machen, einen Roboter programmieren. Der Doob von vor ein paar Jahren hätte es mit ihr im Hammerkopf durchgestanden, hätte ihr über die Schulter geblickt, die Params im Auge behalten und in den gelegentlichen Ausfallzeiten geistreiche Bemerkungen mit ihr ausgetauscht. Der Doob, der jetzt in der Banane saß, hatte das alles schon gesehen, Tausende von Malen, und wusste, dass es für Bo und alle anderen Überlebenden genauso alltäglich war, wie die Fahrt zur Arbeit es vor Null gewesen war. Dort zu sein hätte nur seinen Magen in Aufruhr gebracht. Er musste mit seinen Kräften haushalten.

Er merkte, dass er eingenickt war. Als er die Augen aufschlug und den Blick mit einiger Anstrengung auf den Bildschirm richtete, sah er, dass seit dem Apogäum fast eine Stunde vergangen war. Nun fielen sie zum letzten Mal auf die Erde zu.

Sein Handy klingelte. In Armeslänge gehalten war das Display zwar verschwommen, aber ein rudimentärer Teil seines Gehirns konnte die Pixelschmiere immer noch als einen vor Jahren aufgenommenen Schnappschuss von Bo erkennen. Mit einer kurzen Wischbewegung nahm er den Anruf an.

»Wir werden gerade vom Schwarm kontaktiert«, sagte Bo.

»Tatsächlich?«, antwortete er. Mit einem Mal war er wach. »Was will J.B.F. denn?«

»Es ist nicht J.B.F. Es ist jemand namens...«, Bo hielt kurz inne, »...Aida. Oder so was. Mit zwei Punkten auf dem i.«

Doob versuchte den Namen zuzuordnen. Aïda. Von seiner frühen Zeit in der Cloud-Arche konnte er sich vage an sie erinnern. Eine Italienerin. Jung. Archie, nicht Stabev. In sozialer Hinsicht etwas verquer. Superintensiv, was sehr anstrengend sein konnte.

»Man spricht es A-ida aus«, sagte er zu Bo.

»Wie auch immer, sie gratulieren uns zum erfolgreichen Abschluss unseres Manövers und bitten um eine Unterredung. Soll ich Ivy wecken?«

»Ich bin in einer Minute da«, sagte Doob. »Lass sie schlafen.«

Er hasste es, so zu denken, aber die Leute im Schwarm wussten ganz genau, wie viel Uhr es war und in welcher Schicht Ivy schlief, nämlich genau jetzt. Sie zu wecken würde die falsche Botschaft senden und die Crew der *Endurance* übereifrig erscheinen lassen.

Was womöglich übertriebene Vorsicht war – eine Übung in hochkompliziertem Denken à la J.B.F. –, überlegte er, während er sich durch die Mitte des Stapels schob. Das war ein schmuddeliger Ort geworden, durch die menschlichen Ausdünstungen, die sich auf seinen eiskalten Wänden niederschlugen und nie richtig abgeschrubbt wurden, inzwischen irgendwie vergilbt und glänzend. Er war froh, dass er nicht besonders gut sehen konnte.

Sie wussten so wenig über den Schwarm. Von den versprengten Sub-Archen-Bewohnern, die sie in den letzten drei Jahren aufgelesen hatten, wussten sie, dass J.B.F. geschickt vorgegangen war, um ihre Macht zu festigen, indem sie die Krise des ersten koronalen Massenauswurfs – der ungefähr zehn Prozent der Bevölkerung getötet hatte – ausgenutzt hatte, um ihre eigene Version eines Ausnahmezustands auszurufen. Von da an war alles mehr oder weniger nach Plan verlaufen, allerdings mit einer stetig schwindenden Bevölkerung, bis vor etwa einem Jahr einige Archies begonnen hatten zu rebellieren und der Schwarm sich in zwei Schwärme aufgeteilt hatte, die koexistierten – sie hatten ja kaum eine andere Wahl –, aber nicht miteinander sprachen.

Die Leute von der *Endurance* hatten schwarmbezogenen Angelegenheiten erstaunlich wenig Aufmerksamkeit geschenkt, denn letztlich spielten sie keine so große Rolle. Die Würfel waren am Tag des Bruchs gefallen. Nicht so sehr auf politischer, wie auf physischer Ebene. Diejenigen, die auf der Izzy geblieben waren, hatten sich zur Teilnahme an Doobs Plan, seinem Lebenswerk, verpflichtet: dem Großen Sprung. Entweder man war an Bord der *Endurance*, von ihrer Masse zugleich gefangen und beschützt, oder man war es nicht. Wenn man es war, gab es kein Entrinnen. Wenn man es nicht war, musste man eine Möglichkeit finden, als Teil des Schwarms zu überleben, was bedeutete, sich in eine völlig andere Umlaufbahn zu begeben und einem Plan zu folgen, der rein orbitalmechanisch gesehen mit dem Großen Sprung unvereinbar war. Waren diese Umlaufbahnen erst einmal auseinandergegangen, bestand der einzige Weg einer erneuten Verbindung darin, ein großes Delta v herbeizuführen. Dafür war eine Menge Wasser erforderlich, das man nicht mehr zurückbekommen würde. Weniger Wasser bedeutete geringeren Schutz vor koronalen Massenauswürfen, eingeschränkte Nahrungsmittelproduktion, holpriges Manövrieren, wenn gefährliche Gesteinsbrocken auf einen zuflogen. Von einem ganzen Schwarm die Zustimmung zu einem solchen Vorgehen zu erlangen war unmöglich und wäre vielleicht auch keine so gute Idee gewesen, konnte die *Endurance* doch gar nicht so viele Flüchtlinge aufnehmen. Ihr Missionsplan gründete auf ihrer Fähigkeit, Bolideneinschläge von erheblichem Ausmaß abzufangen, ohne ernsthaft Schaden zu nehmen. Ein Haufen nackter Sub-Archen in ihrem Gefolge würde bald erschlagen werden. So war der Bruch schon allein auf physikalischer Ebene unwiderruflich gewesen, selbst wenn die beiden Gruppen unbedingt hätten zueinanderkommen wollen.

Doch anscheinend hatte das, was vom Schwarm übrig war, geduldig die *Endurance* beobachtet, um zu sehen, ob sie es schaffen würde.

Diese Aïda verstand offenbar Doobs Plan. Sie wusste, worum es jetzt ging. Wenn die Überreste des Schwarms sich innerhalb der nächsten zehn Tage der *Endurance* anschließen konnten, bevor sie im Strudel der Trümmerwolke verschwand, bestünde für sie die Hoffnung, in die relative Sicherheit von Kluft zu gelangen. Andernfalls wären sie dazu verurteilt, in einer vergleichsweise sauberen und sicheren Umlaufbahn die Erde zu umkreisen, während ihre Bevölkerung und ihr Wasservorrat schwanden.

Doob schwebte in den Hammerkopf, in dem sich bereits drei Menschen befanden: Bo, Steve Lake und der ehemalige Archie Michael Park, ein koreanisch-kanadischer Schwuler aus Vancouver, der sechs verschiedene Arten gefunden hatte, sich unentbehrlich zu machen.

»Aïda Ferrari, laut unseren Unterlagen«, sagte Bo, ehe er fragen konnte. »Eine Anführerin der Anti-J.B.F.-Fraktion. Klingt, als hätte J.B.F. verloren.«

Steve machte einen geschäftigen Eindruck. Es war gut, ihn

aktiv zu sehen. Er hatte irgendwelche hartnäckigen Darmbeschwerden entwickelt, ein Ungleichgewicht der Bakterien, die in seinem Verdauungstrakt lebten. Seine Dreadlocks hatte er nach wie vor, aber jetzt waren sie länger als er selbst. Sicher wog er inzwischen weniger als fünfundvierzig Kilo. Doch seine Finger flogen immer noch über die Tastatur seines Laptops.

Während sich Bo schon wieder ihrer Pilotinnentätigkeit zugewandt hatte, erklärte Michael: »Steve bringt gerade ein Live-Video zum Laufen. Das hat jahrelang niemand gemacht.«

Damit meinte er, dass es in letzter Zeit niemand über das althergebrachte, für Langstreckenkommunikation zwischen Raumfahrzeugen verwendete S-Band gemacht hatte. Über das Mesh-Netzwerk mit geringer Reichweite, das die Architekten eingerichtet hatten, um die Cloud-Arche zusammenzuhalten, machten die Leute es natürlich dauernd per Scape. Doch je nachdem, wo sie sich in ihrer Umlaufbahn befanden, waren die Überreste des Schwarms womöglich Hunderttausende von Kilometern von der *Endurance* entfernt, weit außerhalb der Mesh-Reichweite, und mussten daher die Technologie aus Vor-Internet-Zeiten benutzen, mit der die Apollo-Astronauten Funkbilder vom Mond geschickt hatten.

Schließlich brachte Steve es in Gang, und dann sahen sie das grob gepixelte Bild einer direkt in die Kamera blickenden Frau mit feinen Gesichtszügen und Haaren, die vor wenigen Wochen extrem kurz geschnitten und seitdem kaum noch gepflegt worden waren.

Nachdem Steve ihm den Gefallen getan hatte, es auf einen großen Bildschirm zu werfen, wo er es wirklich sehen konnte, erkannte Doob die offenkundigen Zeichen von Mangelernährung, an der sie auf der *Endurance* allesamt litten. Das überraschte ihn ein wenig, hatten sie sich doch mit der Vorstellung von dem Schwarm als einem Füllhorn an Nahrungsmitteln gequält. Aber vielleicht war das Wasser knapp. Die Frau hielt den Blick gesenkt, also, wie jedem klar war, auf den Tabletbildschirm unterhalb der Kamera gerichtet. Sobald sie begriff, dass die Verbindung hergestellt war, hob sie das Kinn und schien aus zwei riesigen dunklen Augen unmittelbar in den Hammerkopf zu starren. Durch die schlechte Übertragungsqualität erschienen sie pechschwarz, ohne Unterscheidung zwischen Iris und Pupille, und der Hunger hatte ihnen eine Art heißen Schimmer verliehen.

»Aïda«, stellte die Frau sich selbst vor. »Ich sehe Sie, Dr. Harris.« Sie begann zu lächeln, womit sie kurz den Blick auf schlechte Zähne freigab, besann sich dann aber eines Besseren. Ihre Augen wandten sich für einen Moment jemandem oder etwas außerhalb des Bildfeldes zu, kamen dann aber zu ihnen zurück. Sie hob ihr Tablet näher an die Kamera, um sich die Zuspielung aus der *Endurance* anzuschauen. Als ihre Hand kurz vor der Linse auftauchte, erhaschten sie einen Blick auf schmutzige, ungepflegte Fingernägel, das ausgefranste und glänzende Bündchen eines Ärmels. Leises Gemurmel im Hintergrund ließ darauf schließen, dass sich außerhalb des Bildfeldes noch andere Leute mit ihr in der Sub-Arche befanden. Diese war offensichtlich nicht Teil eines Bolos, denn Aïda befand sich in der Schwerelosigkeit. Forschend betrachtete sie das Video auf ihrem Tablet und versuchte, sich auf das, was sie sah, einen Reim zu machen. Zum Zeitpunkt des Bruchs hatte der Hammerkopf noch nicht existiert, war also neu für sie. »Steve Lake«, murmelte sie, als sie ihn erkannte.

»Bo«, sagte Bo.

»Michael«, sagte Michael.

»Wer hat das Kommando?«, fragte Aïda. »Ist Ivy ...«

»Ivy lebt noch und ist gemäß der CAV nach wie vor die Kommandantin«, sagte Doob. »Sie hat gerade keinen Dienst. Wenn Sie sie aber dringend sprechen müssen, können wir sie wecken.«

»Nein. Nicht nötig«, sagte Aïda, wich kaum merklich zurück und kniff ein ganz klein wenig die Augen zusammen. Die Entfernung zwischen ihr und der *Endurance* führte zu einer Zeitverzögerung in dem Video, was die Unterhaltung stockend und schwerfällig machte.

»Wie viele haben Sie?«, fragte Doob.

»Elf.«

Doob, der es von Berufs wegen gewohnt war, mit extrem hohen Zahlen zu arbeiten, konnte mit einer so kleinen schlecht umgehen. Elf. Eins plus zehn.

Ihm kam ein Gedanke. »Meinen Sie elf *Sub-Archen*?« Das würde viele, vielleicht hundert Menschen bedeuten.

Aïda wirkte amüsiert. »Oh nein, Sub-Archen haben wir viel mehr. Sechsundzwanzig.«

»Aha. Und wovon haben Sie dann elf?«

»Menschen«, sagte Aïda.

»Aïda«, sagte Bo, »nur damit das klar ist. Damit kein Missverständnis aufkommt. Du sprichst für den gesamten Schwarm. Und du sagst, dass es vom ganzen Schwarm elf Überlebende gibt.«

»Ja. Plus einen…«

»Einen was?«

Ein Ausdruck der Belustigung trat auf Aïdas Gesicht. Sie brach den Blickkontakt ab. Fast schien es, als verdrehe sie ein wenig die Augen. Doob musste, sicher nicht zum ersten Mal, daran denken, dass die Archies als Teenager heraufgeschickt worden waren. »Es ist kompliziert. Sagen wir einfach, es gibt noch einen weiteren, der genauso gut tot sein könnte.«

Die im Hammerkopf wurden immer noch nicht so recht schlau daraus. Michael kam etwas in den Sinn: »Wir wissen, dass der Schwarm in zwei Fraktionen zerbrochen ist. Eine unter Führung von J.B.F. Du hast zur Gegenseite gehört?«

»Ja.« Aïda lachte. Wieder erinnerte sie Doob an eine Teenagerin, die so tat, als spräche sie mit ahnungslosen Eltern über etwas, das sie nie verstehen würden.

Michael, gewissermaßen auf dem falschen Fuß erwischt, fuhr

zögernd fort: »Wenn du also sagst, es gibt elf... plus einen, der sich, nehme ich mal an, in einem schlechten Zustand befindet... wie auch immer, sprichst du dann nur von der Anti-J.B.F.-Fraktion?«

»Sie sind schon vor langer Zeit besiegt worden. Vor Monaten.«

»Meinen Sie damit, dass es eine Art Konflikt gab? Einen Krieg?«, fragte Doob.

Aïda zuckte mit den Achseln. »Es gab Kämpfe.« Für sie war das nicht von Bedeutung. »Nennen Sie es einen Krieg, wenn Sie wollen. Eher ein paar Handgreiflichkeiten. Die eigentliche Schlacht, die hat im Internet stattgefunden. In den sozialen Medien.«

Darauf folgte Stille. Aïda wartete auf eine Reaktion von ihnen. Als keine kam, zuckte sie erneut mit den Achseln. »Was sollten wir denn machen? Unsere Sub-Archen aufeinanderkrachen lassen? In dieser Situation ist es unmöglich, so etwas wie Gewalt anzuwenden! Also haben wir uns auf einen Krieg der Worte beschränkt.« Sie hielt die Hände vor sich, verwandelte sie in kleine, sich gegenüberstehende pantomimische Münder, deren Daumenkiefer auf- und zuklappten. »Indem wir versucht haben, andere dazu zu überreden, auf unsere Seite überzuwechseln. Und die andere Seite schlecht aussehen zu lassen. So, wie das Internet immer war.« Sie kicherte, legte eine Hand auf ihre Wange, rieb sich das Auge. »Hört zu, das ist sehr kompliziert, und ich kann es hier jetzt nicht im Detail erklären – wie alles geendet hat.«

»Aber du hast gesagt, dass J.B.F.s Fraktion besiegt wurde«, sagte Michael. Von allen Anwesenden im Hammerkopf schien er am meisten der These anzuhängen, dass es eine vernünftige und logische Erklärung für das alles gab.

»Sie und Tav, ja.«

»Womit du meinst, dass ihr sie mit Worten besiegt habt. Mit Ideen. Mit einer Kampagne in den sozialen Medien.«

»Wir waren überzeugender«, sagte Aïda. »Ich war überzeugender. Sub-Arche für Sub-Arche kamen sie auf meine Seite. Die Weiße Sub-Arche hat eine Weile standgehalten, dann haben sie aufgegeben.«

»Was ist aus ihnen geworden?«

»J.B.F. geht es prima. Tav nicht so gut.«

»Er ist der, den du erwähnt hast. Der Zwölfte, der ebenso gut tot sein könnte.«

»Leider ja.«

»Um nun zu meiner früheren Frage zurückzukommen«, sagte Doob, »die von Ihnen genannte Zahl ist die für den gesamten Schwarm. Beide Fraktionen.«

Aïda, die endlich zu verstehen schien, worauf sie hinauswollten, setzte sich aufrechter hin und bekam einen ernsteren Ausdruck im Gesicht. »Ja. Andere Überlebende gibt es nicht. Von den achthundert sind elf übrig.«

Eine ganze Weile herrschte Stille, während die vier im Hammerkopf das auf sich wirken ließen. Sie alle hatten die Befürchtung gehegt, der Schwarm könne fürchterlich scheitern, doch das war schlimmer als alles, was sie sich vorgestellt hatten.

Schließlich hob Doob die nach oben geöffneten Hände und zuckte mit den Achseln. »Was ist passiert?«

»Die Landwirtschaft ist zusammengebrochen.« Aïda drehte den Kopf weg und fixierte ein paar Augenblicke einen Punkt außerhalb des Bildfeldes. »Ich meine, ich könnte viel dazu sagen, aber im Wesentlichen ist es das. Angesichts von KMAs, Algenplagen, Wassermangel ... produzieren nur noch sehr wenige Sub-Archen Nahrungsmittel.«

»Was habt ihr denn gegessen?«

Aïda riss den Kopf herum, als hätte die Frage sie überrascht, und blickte eigenartig in die Kamera. »Uns gegenseitig. Tote, meine ich.«

Lange Zeit herrschte Stille, während der Doob, Bo, Michael und Steve Blicke wechselten.

Das Schlimme war, dass sie genau das auch in Erwägung gezogen hatten, mehr als einmal. Jeder gefriergetrocknete Leichnam, den sie ins All warfen, stellte eine große Ansammlung an Proteinen und Nährstoffen dar, die einem in gewisser Hinsicht das Wasser im Mund zusammenlaufen lassen konnte.

Als wäre sie imstande, ihre Gedanken zu lesen, fragte Aïda: »Und ihr?«

»Sie meinen, ob wir darauf verfallen sind, Tote zu essen? Nein«, sagte Doob.

»Tav hat damit angefangen«, sagte Aïda. »Er hat sein eigenes Bein gegessen. Sanften Kannibalismus nannte er das. Im Weltraum sind Beine nutzlos. Das schrieb er in seinem Blog. Und dann griff es rasant um sich.«

Dazu hatte niemand etwas zu sagen. Einige Augenblicke später fuhr Aïda fort: »Die *Endurance* ist besser mit Einmannrationen etc. ausgestattet. Jede Menge Wasser. Ihr wärt nicht so weit gegangen.«

»Nein, wir sind nicht so weit gegangen«, sagte Doob. An der Körpersprache der anderen im Hammerkopf konnte er ablesen, dass sie zu schockiert waren, um das Wort zu ergreifen.

»Was uns angeht«, sagte Aïda, »solltet ihr noch wissen, dass Versorgungsgüter erhalten geblieben sind. Selbst als Menschen starben und wir Sub-Archen verloren. Alles, was wir hatten, haben wir in die noch vorhandenen Sub-Archen verfrachtet. Unsere sechsundzwanzig Sub-Archen sind gut bestückt.«

»Mit allem außer Nahrungsmitteln«, sagte Doob.

»Ja.«

»Haben Sie genug Wasser, um unsere Flugbahn zu erreichen?«

»Ja«, sagte Aïda. Sie war eine hübsche junge Frau, fand Doob, deren Intensität zur Erklärung ihres Erfolgs bei der Kampagne gegen Tav und J.B.F. in den sozialen Netzwerken beitrug. »Wir haben alles durchgerechnet. Wenn wir Masse abwerfen und alles in eine Heptade packen, können wir etwa um die Zeit Ihres nächsten Apogäums das Rendezvous durchführen. Dazu brauchen wir aber Ihre genauen Params.«

»Wir werden Ihren Vorschlag diskutieren«, sagte Doob, »und nötige Vorbereitungen treffen.« Er warf einen Blick zu Steve Lake hinüber, der die Verbindung genau in dem Moment abbrach, als Aïda anhob, etwas zu sagen.

Sie saßen in der Banane und diskutierten darüber, als gäbe es tatsächlich etwas zu diskutieren. Sie alle bekundeten automatisch ihren Schock und Ekel über das, wozu der Schwarm geworden war. Für Luisa klang das alles hohl. Schließlich ergriff sie das Wort. So war Luisa. Sie erwarteten es von ihr. Sie verließen sich darauf.

»Sechs Milliarden sind gestorben. Daneben ist das hier wenig. Und wir haben weiß Gott alle daran gedacht, die Toten zu essen; lasst uns also nicht so tun, als wären wir schockiert darüber, dass sie es tatsächlich getan haben. Was uns hier in Wirklichkeit so ausflippen lässt, ist, dass unsere Hoffnungen zunichtegemacht wurden. Wir dachten, der Schwarm würde Hunderte von gesunden Menschen, jede Menge Nahrungsmittel, jede Menge gute Gesellschaft enthalten. Oh, vom Kopf her war uns klar, dass das nicht der Fall sein würde, aber gehofft haben wir es trotzdem alle. Jetzt erfahren wir, dass noch elf Aasfresser da sind. Werden wir sie sterben lassen? Nein. Wir werden für sie und ihre Heptade voller selten gewordener Vitamine Platz schaffen.«

»Mir graut vor dieser Aïda«, sagte Michael Park.

Luisa seufzte. »Ich würde mal sagen, dir graut vor ihr, weil du dich in gewisser Weise fragst, ob du dich in Aïda verwandeln könntest, wenn du hungrig genug bist.«

»Trotzdem – sie an Bord der *Endurance* zu lassen...«

»Und J.B.F. auch«, sagte Tekla. Sie und Moira saßen nebeneinander, wie sie es immer taten, die Hände verschränkt, die Finger verflochten.

»Ich hatte gehofft, dass ich Julia nie mehr wiedersehen würde«, warf Camila ein. »Ich weiß, das ist kleingeistig und egoistisch von mir, aber...«

»Ich verstehe all eure Bedenken«, sagte Ivy, »denn ich teile sie. Die Frage ist nun, ob diese Bedenken sich auf die Entscheidung auswirken, die wir treffen. Werden wir wirklich ein Drittel der noch lebenden Menschheit sterben lassen, weil Aïda unheimlich ist und wir J.B.F. hassen? Natürlich nicht. Also übermitteln wir unsere Params und unseren Zündungsplan. Und während des letzten Teils der Umrundung treffen wir Vorkehrungen, um ein paar neue Sub-Archen aufzunehmen.«

Der Rest der Umrundung war in der Tat so arbeitsreich, dass sie gehortete Rationen hervorholten und ihre Kalorienaufnahme steigerten, um ihre Gehirne und Körper anzuheizen. Nach der Hälfte dieses Zehntageszeitraums gab es allerdings eine Pause. Dinah und Ivy waren wortlos übereingekommen, sie zusammen in dem von Doob einst Wuwu-Kapsel, inzwischen jedoch Kupol genannten Raum zu verbringen.

Beim Umbau von Izzy und *Ymir* nach dem Bruch zu einer einzigen sich bewegenden Skulptur aus Metall und Wasser hatte Rhys dieses Modul näher an den Stapel gezogen und dann das lebendige Eis um es herumfließen lassen, wobei es die innere Halbkugel des Moduls vollständig umgeben und sich später zu einer schützenden Braue verdichtet hatte, die einen Teil seiner Fensterhälfte abschirmte. Wie ein Augapfel ragte die Kupol seitlich aus der *Endurance* heraus und bot den Menschen einen Ort, an den sie gehen konnten, wenn sie ins Universum schauen wollten. Aus technischer Sicht hatte sie eigentlich keine berechtigte Funktion. Sie war eher eine Belastung, denn von Zeit zu Zeit wurde sie von kleinen Felsen getroffen, und dann ging Druck verloren, und sie musste repariert werden. Wer sich darin aufhielt, wurde unmittelbar kosmischer Strahlung ausgesetzt, und so war dieses Modul immer, wenn sie die Van-Allen-Gürtel durchqueren, was häufig der Fall war, eine verbotene Zone. Aber die Leute liebten es trotzdem, flickten es immer wieder zusammen, wenn es kaputt war, und suchten es auf, wenn sie allein sein oder eine besondere Zeit mit jemand anderem verbringen wollten. Das Modul hier zu platzieren war eine von Rhys' besten Konstruktionsentscheidungen gewesen, und Dinah dankte ihm jedes Mal, wenn sie herkam, im Stillen dafür. Doobs alte Bezeichnung war nach dem Harten Regen mehr und mehr als etwas geschmacklos betrachtet worden. Eine Zeitlang hatte man stattdessen vom Dom gesprochen. Da jedoch *dom* auf Russisch etwas anderes bedeutete, hatten sie sich auf Kuppel oder das russische Kupol geeinigt, Wörter, deren Bedeutungen nicht allzu weit auseinanderlagen. Letzteres hatte einen leicht religiösen Anklang, der mit den Kuppeln von Kathedralen zu tun hatte.

Über kosmische Strahlung während der Pause brauchten Dinah und Ivy sich keine großen Sorgen zu machen, denn sie hatten es so arrangiert, dass die Kupol sich auf der Nadir-Seite der *Endurance*, also der Erde zugewandt, befand. Und die Erde war nah genug, um ihr ganzes Blickfeld zu füllen. So nutzlos der Planet für die Lebenserhaltung war, so ausgesprochen wirksam war er immer noch als Absorber kosmischer Strahlen. Da drang nichts durch, abgesehen von einem weiteren mysteriösen Agens, das komplett durch einen Planeten hindurchgehen und danach seinen Weg fortsetzen konnte. Also schwebten Dinah und Ivy in der Mitte der Kugel, untergehakt, um nicht auseinanderzudriften, saugten Bourbon aus Plastiktüten und betrachteten zum letzten Mal ihren alten Planeten. In den sechs Jahren, in denen sie um diese Welt gesaust waren, hatten sie sich an den steilen Winkel gewöhnt, den Izzys Orbitalebene mit dem Äquator bildete, und die Ansichten von den hohen Breiten, die sie ihnen gewährte. Wegen der Änderungen, die sie in letzter Zeit an der Ebene der *Endurance* vorgenommen hatten, waren sie jetzt allerdings auf einen Gürtel um die Tropen beschränkt.

Nicht, dass es angesichts der Erde in deren gegenwärtigem Zustand eine große Rolle gespielt hätte. Der Himmel stand immer noch in Flammen, war vom Glühen des Harten Regens bläulich weiß gestreift. Der Boden war dort, wo sie ihn durch Rauch und Dampf hindurch sehen konnten, ein gesprenkeltes Gelände aus matt leuchtender Lava: manches davon die heißen Einschlagkrater großer Meteoriten aus jüngster Zeit, manches Auswurf aus der zerbrochenen Erdkruste. Meere waren nachts dunkel, bei Tag unter einem Schleier von Dampf, ihre Küsten schwer zu erkennen, aber eindeutig flacher als früher. Florida war dabei, sich zu den Keys auszudehnen, wurde jedoch währenddessen von Boliden zerschlagen und zerbrochen und von Tsunamis hinweggespült. Vor anderthalb Jahren hatte ein großer Felsbrocken den Deckel von dem lange inaktiven Yellowstone Supervulkan gerissen. Seitdem war der größte Teil Nordamerikas in Asche gehüllt; gelbe Lichtschimmer im äußersten Norden ihres Gesichtsfeldes wiesen auf das Ausströmen gewaltiger Magmamengen hin. Einer lange unterdrückten Gewohnheit folgend wäre Dinah absurderweise fast losgegangen, um für den Fall, dass Rufus gerade sendete, ihr Funkgerät anzustellen. Das trieb ihr die Tränen in die Augen, und davon wiederum wurden Ivys Augen feucht, sodass sie die Erde in der zweiten Hälfte der Pause vom Perigäum ab durch Wasser hindurch betrachteten. Der Aussicht tat das im Grunde keinen besonderen Abbruch. Dinah versuchte jedoch, sich die Bilder, so gut sie konnte, einzuprägen. Von einem so nahegelegenen Aussichtspunkt aus würden Menschen für Tausende von Jahren nicht mehr auf die Erde blicken.

Der brennende Planet begann von ihnen wegzufallen. Von jetzt an würde er nur noch kleiner werden. Sie mussten zurück an ihre Arbeit, fanden es jedoch schwierig, voneinander zu lassen. In alten Zeiten, damals vor Null, hatten sie sich gelegentlich über ihre gemeinsam empfundene heimliche Angst unterhalten, dass sie womöglich nicht geeignet waren, die Missionen durchzuführen, für die sie auf enorme Steuerkosten ins All geschickt worden waren. Dass sie es vermasseln, auf die Schnauze fallen und eine Menge Leute auf der Erde in Verlegenheit bringen würden. Inzwischen hatten sie diese Angst natürlich längst abgelegt oder zumindest erlebt, wie sie unter viel größeren Befürchtungen begraben wurde. Doch seit dem Beginn des Cloud-Archen-Projekts und vor allem, seit sie die unwiderrufliche Entscheidung getroffen hatten, die *Endurance* zu bauen und den Großen Sprung zu wagen, hatte sie sich oft in größerer und bedrohlicherer Form erneut eingestellt. Wenn sie nun vollkommen falschlagen? An die große Zivilisation, die sich einmal auf dem Planeten unter ihnen ausgebreitet hatte, konnten sie sich im Einzelnen kaum noch erinnern. Doch den Gegensatz zwischen ihr und ihrem sie umkreisenden Überrest zu sehen war schmerzlich. Die schmutzige, verbeulte Notlösung namens *Endurance* war eine Blamage für die Menschheit. Hätten sie wirklich nichts Besseres hinkriegen können? Und nun, nach einer drei Jahre währenden Reise – drei Jahre, die eine ungebremste, mit Katastrophen gespickte Spirale des Verfalls gewesen waren –, blieb ihnen nichts anderes als ein in fünf Tagen bevorstehendes Manöver, das ihnen immer verzweifelter erschien, je länger sie darüber nachdachten.

Wenn sie es verpatzten, wären sie schuld, mehr als irgendjemand sonst.

Allerdings gäbe es niemanden mehr, der es ihnen vorwerfen könnte.

Solche Krisen in ihrem Selbstvertrauen machten sie häufig durch, allerdings normalerweise zu verschiedenen Zeiten, sodass sie sich gegenseitig aus der Verzweiflung herausholen konnten. Jetzt ging es ihnen jedoch beiden so, und jede musste sich selbst herausziehen.

Dinah fiel Rufus' letzter Funkspruch ein:

»Okay«, sagte sie. »Auf geht's, Süße. Machen wir uns an die Arbeit.«

Die Arbeit sorgte dafür, dass sie während des letzten Umlaufs des Großen Sprungs neben dem sorgenvollen Grübeln darüber, was an dessen Ende passieren würde, auch etwas zu tun hatten. Der große Brennstoß, den sie am Apogäum durchführen würden, diese Kombination aus einem letzten Wechsel der Ebene mit einer Beschleunigung in die »Überholspur«, in der Kluft um die Welt herumrollte wie ein Kugellager in einem Reifen, enthielt so viele unergründliche Risiken, dass er jeder Voraussage spottete. Das neue Problem war allerdings dies: Da sie sich in einen Strom von Gesteinsbrocken eingliedern würden, die sich schneller bewegten als sie, kämen die Brocken *von hinten*, wo Amalthea sie nicht schützen konnte, auf sie zu.

In den Anfängen der Mission hatte Doob davon geträumt, die *Endurance* in letzter Minute umzugestalten, das heißt die empfindlichen Sachen auf die andere Seite des Asteroiden zu räumen. Mit dem damals noch vorhandenen Personal wäre das vielleicht sogar möglich gewesen. Unter den gegebenen Umständen jedoch, mit einer Crew von nur achtundzwanzig Hungerleidern, kam das nicht in Frage. Sie brauchten alle Kräfte, die sie hatten, um Platz für die Heptade des Schwarms zu schaffen. Sie würden sie in der Mitte des Stapels andocken, mit ein paar Kabeln arretieren und hoffen, dass sie sich während der anschließenden Manöver nicht losreißen würde. Die Luftschleuse würden sie geschlossen halten. Die elf Mitglieder von Aïdas Gruppe würden einfach in ihren Sub-Archen bleiben, bis alles vorbei war. Die Begründung dafür lautete, dass sie dort sicherer wären. In Wirklichkeit wollte jedoch niemand Kannibalen in den Gemeinschaftsräumen der *Endurance* haben.

Das große Projekt für Dinah und die kleine Restcrew von Roboterjockeys, die überwiegend mit ihr arbeiteten, bestand in der Vorbereitung auf das Abstoßen von Amalthea.

Irgendwie erschien das nahezu undenkbar. Und doch planten sie schon lange, es zu tun. Bei der letzten Serie von Manövern der *Endurance* würde es auf Schnelligkeit und Wendigkeit ankommen, in einer Umgebung nämlich, in der die Gesteinsbrocken tendenziell viel größer waren als die, aus denen der Harte Regen bestanden hatte. In gewisser Weise waren die Brocken dort oben die Mütter der kleineren Bruchstücke, die die Oberfläche der Erde zerstört hatten. Jedes Mal, wenn zwei von ihnen kollidierten, sprangen ein paar Splitter ab, von denen ein Bruchteil schließlich in die Erdatmosphäre fiel. Der Harte Regen würde weitergehen, bis alle von ihnen zu Sand zerkleinert waren und sich zu einem ordentlichen System von Ringen organisiert hatten. In jedem Fall war die Fähigkeit von Amalthea, die *Endurance* vor den Einschlägen baseball- oder sogar basketballgroßer Brocken zu schützen, in einer Gegend, wo ein Fels von der Größe Irlands als unauffällig gelten würde, von eher geringer Bedeutung. Das ganze Raumschiff, Amalthea und alles, wäre ein Insekt auf der Windschutzscheibe von einem solchen Ding. Nach dem Eintritt in den Sog der Haupttrümmerwolke würde ihre einzige Überlebenschance darin bestehen, um die großen Gesteinsbrocken herumzumanövrieren und zu hoffen, dass sie während ihres Sprints zu Kluft nicht von allzu vielen kleinen getroffen würden. Und diese Art des Manövrierens war unmöglich, solange Amalthea – die hundertmal so viel wog wie der Rest der *Endurance* – an ihr befestigt war.

Außer durch Amalthea war die *Endurance* nach wie vor durch eine beträchtliche Menge Eis beschwert, das sie als Schutz wie auch als Treibstoff gehortet hatten. Es wog einen nicht unerheblichen Teil dessen, was Amalthea wog. Doch im Gegensatz zu Amalthea konnten sie es verbrennen. Der grundlegende Plan sah vor, das meiste von diesem Eis in Wasserstoff und Sauerstoff aufzuspalten und es während der letzten Beschleunigung am Apogäum zu verbrennen. Im Laufe von ein paar hektischen Minuten würde die *Endurance* einen Großteil ihres Wassers als Treibstoff aufbrauchen. Damit und mit dem Abwurf von Amalthea würde ihr Gesamtgewicht innerhalb einer Stunde um einen Faktor von über hundert sinken. Danach würde sie wirklich wie ein Insekt in dichtem Verkehr umherschwirren, großen Gesteinsbrocken ausweichen und von kleinen getroffen werden, bis sie Kluft erreicht hätte.

Jedenfalls hatten sie all das schon lange vorhergesehen. Dinah und die anderen überlebenden Mitglieder der Bergbaukolonie hatten drei Jahre zur Verfügung gehabt, um Amalthea von innen umzuformen. Von vorne betrachtet, sah der Asteroid genau so aus wie vorher. Innen dagegen war das meiste systematisch losgeschnitten worden. Begonnen hatte der Prozess in gewisser Weise um Tag 14 herum, als Dinah einen ihrer Grabbs damit beauftragt hatte, eine Nische auszuhöhlen, in der sie ihre elektronischen Teile verstauen konnte. Seitdem war es schubweise vorwärtsgegangen. Sie hatten eine Menge Metall bewegt, um eine Aufbewahrungskammer für Moira Crewes genetische Ausrüstung zu schaffen, in gewisser Weise die *Raison d'être* von allem, was sie in den zurückliegenden drei Jahren gemacht hatten. Als diese in Sicherheit gebracht war, hatten sie begonnen aufzuräumen, die geschützten Bereiche auszuweiten, Wände einzureißen und sie zu einer aus Amaltheas Rückseite gewonnenen zylindrischen Kapsel zusammenzufügen, die wegen der Art, wie sie quer oben über dem Stapel lag, Hammerkopf genannt wurde.

Dank einer Menge heikler Robotertätigkeiten während der letzten zwei Jahre war der Hammerkopf jetzt vom Rest Amaltheas – neunundneunzig Prozent der Größe und Masse des Asteroiden – durch Nickel-Eisen-Wände getrennt, die nur etwa so dick waren wie menschliche Handteller breit. Das machte sie nach den Maßstäben der Weltraumarchitektur immer noch äußerst massiv – mehr als stark genug, um den atmosphärischen Druck drin zu halten und kleine Boliden abzuwehren. Der riesige Metallkörper jenseits davon war jetzt physisch von den handtellerdicken Wänden getrennt und konnte durch einen Druckluftstoß weggeschoben werden.

Das heißt, angesichts der ungleichen Massen würde eher die *Endurance* von *ihm* weggeschoben werden. Der größte Teil von Amalthea würde an Ort und Stelle verbleiben, und die radikal erleichterte *Endurance* würde sich von ihr fortbewegen wie ein Grashüpfer, der von einer Bowlingkugel springt.

Wenn der Zeitpunkt gekommen war, würden sie mithilfe von Sprengladungen die verbliebenen konstruktiven Verbindungen kappen. Eine von Dinahs Aufgaben während der letzten Etappe, in der sie aus dem Gravitationsschacht der Erde hinaus zu ihrem Rendezvous mit Kluft aufstiegen, bestand darin, in einem Raumanzug hinauszugehen und diese Sprengladungen zu inspizieren, um sich zu vergewissern, dass sie an die richtigen Stellen gepackt und vorschriftsmäßig verkabelt worden waren. Unter den noch Lebenden war sie die Einzige mit fundiertem Wissen über Sprengstoffe und daher auch die Einzige, die das beurteilen konnte. Noch so eine Aufgabe, die sie sechs Jahre zuvor nahezu in Schockstarre versetzt hätte und ihr jetzt wie Routine erschien.

»Ich weiß, dass wir keine weiteren schlechten Nachrichten mehr brauchen«, verkündete Doob den fünfundzwanzig Prozent der Menschheit, die um den Konferenztisch in der Banane saßen, »aber hier ist noch eine für euch alle.«

Niemand sagte etwas. An diesem Punkt konnte sie nichts mehr sonderlich beeindrucken.

Achtundvierzig Stunden blieben noch bis zum Apogäum, dem finalen Brennstoß, dem Abwerfen von Amalthea, dem Sprint zu Kluft. Falls man Aïdas Botschaft von vor einer halben Stunde glauben konnte, würden die Überreste des Schwarms, kurz bevor das alles passierte, mit ihnen zusammentreffen.

»Raus damit!«, sagte Ivy.

»Ich habe einen bestimmten Sonnenfleck beobachtet«, sagte Doob. »Sah irgendwie grimmig aus. Nun, vor etwa zwanzig Minuten hat er eine gewaltige Eruption verursacht. Nicht die größte, die wir je gesehen haben, aber ganz schön groß.«

»Also müssen wir mit einem KMA rechnen?«, fragte Ivy.

»Ja. In einem bis drei Tagen. Sobald ich mehr Daten habe, kann ich eine bessere Schätzung abgeben.«

Darüber dachten sie alle nach. Koronale Massenauswürfe waren für sie bis vor kurzem nur insofern von Bedeutung gewesen, als sie sich fragten, wie die Leute vom Schwarm damit klarkamen. In Bezug auf die kleine Gruppe, die sich in *Red Hope* abgespalten hatte, ging man davon aus, dass sie längst ausgelöscht worden war. Der Crew der *Endurance* hatten Amalthea und das Eis jede Menge Schutz geboten. Selbst die vergleichsweise dünnen Wände des Hammerkopfes würden jeden in seinem Inneren vor der Art von Strahlung abschirmen, die sie bei einem KMA umgeben würde. Die Flanken der *Endurance* waren jetzt allerdings ungeschützt. Grabbs hatten unermüdlich das letzte Eis zu den Elektrolysegeräten befördert, wo es zu Treibstoff wurde. Die kryogenen Gase lagerten sie jetzt überall, wo es möglich war, z.B. in leeren Sub-Archen-Hüllen und nicht mehr genutzten Modulen. Teile des Stapels sahen zum ersten Mal seit dem Bruch das Tageslicht.

»Das wird unsere Operationen beeinträchtigen«, schloss Ivy. »Aber diese Übung ist uns inzwischen ziemlich vertraut. Nehmt Amifostin. Sorgt dafür, dass eure Weltraumspaziergänge beendet sind, bevor es losgeht. Wir sollten Vorkehrungen treffen, um das gesamte nicht benötigte Personal im Hammerkopf unterzubringen. Manche von uns werden weiter unten im Stapel beschäftigt sein, aber unsere Schutzräume werden einsatzbereit sein.«

»Und was ist mit ... *ihnen*?«, fragte Michael Park.

»*Sie* sind ein Problem«, räumte Ivy ein. »Sie befinden sich in Sub-Archen aus Plastik, in denen sie gekocht werden. Selbst wenn sie noch Amifostin übrig haben, selbst wenn ihr Wasservorrat ausreicht, um die Wände ihrer Schutzräume zu füllen, werden sie Schaden nehmen. Aus ethischer Sicht müssen wir diese elf an Bord der *Endurance* holen und ihnen sicherere Plätze zuweisen.«

»Der ursprüngliche Plan sah vor, drei Leute auf einen ABE zu schicken, um die Heptade anzukoppeln, sie fest am Stapel zu verankern, damit wir manövrieren können«, sagte Zeke Petersen. Von allen Crewmitgliedern der *Endurance* hatte er noch die größte Ähnlichkeit mit seinem Aussehen vor dem Bruch. Natürlich war er dünner geworden, hatte ein wenig Grau um die Schläfen bekommen, aber sein Gesundheitszustand war noch immer gut, und er hatte es geschafft, seinen elektrischen Rasierer am Laufen zu halten, sodass er bartlos war. Nachdem Fjodor bei einem Unfall und Ulrika durch einen Herzinfarkt ums Leben gekommen waren, hatte Ivy ihn zum stellvertretenden Kommandanten der *Endurance* ernannt.

Er bezog sich darauf, dass die *Endurance* im Begriff war, neunundneunzig Prozent ihrer Masse abzustoßen, was bedeutete, dass dieselbe Gesamtausstattung an Triebwerken sie bei gleichem Schub um das Hundertfache beschleunigen konnte. Die G-Kräfte würden immer noch nicht extrem sein – absolut noch innerhalb des Bereichs, den Menschen ertragen konnten –, aber der Rahmen des Raumschiffs würde bisher nicht da gewesenen Belastungen ausgesetzt werden. Das war eine weitere jener Eventualitäten, die sie vor langer Zeit vorausgesehen und für die sie Vorsorge getroffen hatten, ehe sie die *Endurance* mit Eis bedeckten.

So war ein Großteil der *Endurance* für eine stärkere Beschleunigung gerüstet. Vorausgesetzt, in den vergangenen drei Jahren war nichts kaputtgegangen, würde sie zusammenhalten, wenn auch mit viel losem Gerümpel, das beim ersten Erreichen der Volllast in ihren inneren Räumen umherschweben würde.

Nicht geplant hatten sie dagegen die Aufnahme der Heptade aus dem Schwarm in letzter Minute. Das war ungünstig. Sie würden sie mittels eines Andockports, der nicht für eine starke mechanische Belastung ausgelegt war, mit dem Stapel verbinden. Die Heptade war schwer, denn Aïda und ihre Crew hatten sie mit Versorgungsgütern vollgestopft und sogar außen noch welche festgezurrt. Aus ebendiesem Grund wollte Ivy sie aber auch nicht einfach aufgeben – diese Versorgungsgüter konnten sie gebrauchen. So hatte der Plan darin bestanden, dass drei Weltraumspaziergänger die Heptade begrüßten und gleich nach deren Ankunft mit Kabeln befestigten.

»Wir müssen einfach sehen, was wir mit Robotern machen können«, sagte Ivy, den Blick auf Dinah und Bo gerichtet. »So ungefähr alles, was wir draußen haben, sind Gepanzerte, stimmt's? Die funktionieren sogar unter starker Bestrahlung.«

»Wir bereiten alles vor«, stimmte Dinah zu.

»Sobald die Heptade andockt, machen sich die Roboter an die Arbeit«, sagte Ivy, »und haken sie ein, so gut es geht. Wir öffnen die Luke und schaffen die elf so schnell wie möglich durch die Hamsterröhren herunter – während dieser Zeit haben sie nicht den geringsten Schutz. Anschließend warten Schutzräume auf sie. Die können sie besteigen und den Rest der Reise darin bestreiten. Die Flugcrew wird aus dem Hammerkopf heraus operieren.«

Die nächsten zwei Tage erinnerten Dinah an die *New-Caird*-Expedition, denn wie damals gab es jede Menge Arbeit, aber keine Möglichkeit, den Zeitplan zu beeinflussen. Sie waren ein Spielball der Himmelsereignisse. Ein Teil von ihr hätte gerne Nachtschichten eingelegt, bis das Ganze über die Bühne war, aber sie wusste, dass sie, wenn es darauf ankam, ausgeruht und satt sein musste, und so zwang sie sich, nach dem gewohnten Zeitplan zu essen und zu schlafen. Während sie wach war, traf sie Vorkehrungen für die Ankunft der Heptade, indem sie schon einmal Grabbs in der Nähe des Andockports postierte, den sie benutzen würde, Kabel an geeigneten Ankerpunkten befestigen ließ, die Programme aufeinander abstimmte, die die Roboter ausführen würden, wenn es Zeit war, die anderen Enden dieser Kabel an der Heptade einschnappen zu lassen, und sie darauf trainierte, Stellen zu erkennen, wo die Kabel sich verhaken konnten.

Allmählich rückte die Zeitleiste deutlicher ins Blickfeld. Aïda verlangte mit Nachdruck Amifostin und Wasser zum Auffüllen ihrer Schutzräume. Natürlich konnte die *Endurance* dem unmöglich nachkommen. Sie waren zwar mit beidem gut bestückt, hatten aber längst ihren gesamten Bestand an MIF-Teilen ausgeschlachtet und daher keine Möglichkeit, sie zu transportieren.

Aïda beschloss zu pokern, indem sie das ganze Wasser, das ihr geblieben war, auf einen kräftigen Brennstoß verwendete, der sie etwas früher als ursprünglich geplant zu ihrem Rendezvous mit der *Endurance* bringen würde. Unterdessen wurde Doobs Weltraumwettervorhersage präziser; er hatte jetzt eine bessere Vorstellung davon, wann der Strahlensturm über sie hereinbrechen würde, und fand das Timing durchaus vorteilhaft. Die Heptade könnte ankommen, ehe der Sturm losbrach. Am Ende könnten vielleicht doch ein paar Weltraumspaziergänger rausgehen, um Dinahs Roboter zu unterstützen.

Dinah wusste nicht so recht, was sie davon halten sollte. Der Zeitplan war beschleunigt worden, und jetzt musste sie die Launen menschlicher Weltraumspaziergänger mit ins Kalkül ziehen. Falls Aïdas Heptade früh genug ankoppelte, gab Doob zu bedenken, könnten sie vielleicht noch einiges von deren schweren Versorgungsgütern durch den Andockport in den Stapel befördern und so die gefährlichen Spannungen vermindern, die Dinahs Kabel allesamt aufnehmen sollten.

In der Zwischenzeit befassten sich die Piloten Ivy und Zeke mit ähnlichen kurzfristigen Änderungen ihres Missionsplans. Während sie sich der Trümmerwolke näherten, bekamen sie bessere Informationen über den Teil von ihr, durch den sie sich hindurchmanövrieren würden. Sie konnten eindeutig die Radarsignatur von Kluft ebenso wie die von vielen anderen großen Brocken, die sich in ihrer Nähe bewegten, ausmachen. Schwache Störgeräusche und Wolken auf dem optischen Teleskop lieferten ihnen Daten über die Dichte von Objekten, die zu klein und zu zahlreich waren, um sie optisch aufzulösen. All das ging in den Plan ein.

Doob sah müde aus, nickte oft weg und hatte seit dem letzten Perigäum keine ordentliche Mahlzeit mehr zu sich genommen, doch wenn er gebraucht wurde, riss er sich zusammen und gab sämtliche neuen Informationen in ein lange im Voraus erstelltes statistisches Modell ein, das sie in die Lage versetzen würde, ihre Chancen zu maximieren, indem sie jeweils genau den richtigen Zeitpunkt wählten, um Amalthea loszuwerden und den finalen großen Brennstoß durchzuführen. Aber wie er Ivy und Zeke immer wieder vor Augen hielt, würde es nicht mehr lange dauern, und sie würden so sehr in die Einzelheiten der Frage verwickelt werden, welcher Gesteinsbrocken aus welcher Richtung kam, dass es keine statistische Übung mehr wäre. Es wäre ein Videospiel mit dem Ziel zu beschleunigen, während sie sich in einen Strom von großen und kleinen Gesteinsbrocken einfädelten, die sie mit der Geschwindigkeit von Artilleriegeschossen überholten.

Die Details, die plötzlichen Ablenkungen und Improvisationen türmten sich auf und verdichteten sich auf eine Weise, die Dinah an einen Überschallknall auf der guten alten Erde erinnerte: Der heranbrausende Luftstrom verdichtete und verfestigte sich vor dem Flugzeug und bildete eine Art Mauer, die durchbrochen werden musste, wollte man nicht kapitulieren. Sie schienen sie zu durchbrechen, als Michael und die beiden anderen Weltraumspaziergänger ihre vielfach geflickte und geklebte Kühlkleidung anzogen und in ihre Raumanzüge schlüpften. Doob hatte die ankommende Heptade erst auf dem Radarschirm, dann im optischen Teleskop und vergewisserte sich, dass sie sich auf Rendezvous-Kurs und im Prozess der Annäherung befand. Das bedeutete natürlich, dass die Heptade auf Kollisionskurs mit der *Endurance* war; der Unterschied zwischen einer Kollision und einem Rendezvous bestand im finalen Brennstoß der Steuerraketen der Heptade, der sie in letzter Minute abbremsen und ihre Params in eine nahezu perfekte Übereinstimmung mit denen des größeren Raumschiffs bringen würde. Da die *Endurance* selbst, die immer noch mit Amalthea sowie tonnenweise Treibstoffvorräten beschwert war, so gut wie keine Manövrierfähigkeit besaß, würde alles von Aïda abhängen, oder wer sonst am Steuer ihrer Heptade saß.

Die Wiederzusammenführung der *Endurance* und des Schwarms begann, wie sich herausstellte, mit einer Kollision. Keiner verhängnisvollen bei hoher Geschwindigkeit, aber ein ordnungsgemäßes und kontrolliertes Rendezvous war es sicherlich auch nicht. Aïda war so geistesgegenwärtig, sie etwa dreißig Sekunden vorher zu warnen. Bis dahin war alles gut gegangen. Die Heptade hatte sich angenähert, wobei sie mithilfe ihrer Steuerraketen einen Großteil ihrer Geschwindigkeit im Verhältnis zu dem größeren Raumschiff abgebremst und ein paar kleine Brennstöße durchgeführt hatte, um die Heptade an den Andockport zu bringen. Dann verkündete Aïda mit kaum beherrschter Stimme, eins der Steuerraketenmodule habe keinen Treibstoff mehr und könne seine Funktion nicht mehr erfüllen.

»Sie ist zu schwer«, murmelte Zeke. »Sie haben zu viel geladen, und bei dem Versuch, dieses ganze Zeug durch die Gegend zu schieben, fressen die Steuerraketen zu viel Treibstoff.«

Die Heptade kam zu schnell und im falschen Winkel heran und

krachte in das Betriebsabteil 2, ein aus den Überresten der Werft vor drei Jahren recyceltes Modul, das sie als hinterstes Teil im Stapel in die Rückseite von H1 gestöpselt hatten. Sie sahen auf ihren Bildschirmen, wie es passierte, sie spürten es in den Knochen, und sie hörten die drei Weltraumspaziergänger rufen und fluchen. Aus einem Loch, das offenbar in die Haut des Betriebsabteils 2 gerissen worden war, entwich eine kleine Trümmerwolke.

»Druckabfall in B2«, meldete Tekla. »Vom Stapel abgeschottet.«

Die kleine Trümmerwolke enthielt einen großen Gegenstand, der zwei Arme, zwei Beine und einen Kopf hatte. Die Gliedmaßen ruderten. Alle sahen schweigend zu.

»Wir haben Michael Park verloren«, verkündete einer der anderen Weltraumspaziergänger.

»Wir brauchen mehr Leute da hinten«, verkündete Ivy der Crew im Hammerkopf.

Ivys Botschaft war klar. *Um Michael trauern wir später. Jetzt müssen wir uns um andere Dinge kümmern.*

»Moira, du bleibst«, fügte Ivy hinzu.

Moira hatte sich noch gar nicht gerührt. Sie war es gewohnt, gegen ihren Willen und ihr Gefühl wie ein umhegtes, anfälliges Kind behandelt zu werden.

»Vielleicht kannst du über Funk mit Michael sprechen. Er wird noch eine Weile am Leben sein.«

Moira nickte, holte tief Luft und konzentrierte sich auf ihren Laptop, in den sie die für den Aufbau einer privaten Sprechverbindung zu Michael notwendigen Befehle eintippte.

»Dinah, du bleibst hier – bedienst die Roboter –, wir werden wohl ein bisschen improvisieren müssen. Bo, du gehst nach hinten. Steve auch. Luisa, du verhandelst mit Aïda über Sprechfunk – für mich ist das zu viel Stress und Ablenkung. Bleib im Hammerkopf und halt mir das Problem vom Hals. Doob, du bleibst hier. Zeke, du gehst nach hinten.«

Ivy sah sich um. »Wer nicht namentlich genannt wurde, geht nach hinten und schaut, was zu tun ist. Doob, du bist der Wettermann. Deine Aufgabe ist es, uns über den Sturm und den Zeitpunkt, wann er uns erreicht, auf dem Laufenden zu halten.«

»In einer halben Stunde«, sagte Doob. »Aber, ja. Das mache ich.«

Moira hatte sich, mit Kopfhörer versehen, in den ruhigsten Winkel des Hammerkopfs verzogen und sprach im Flüsterton mit Michael. Sie hielt sich ein Tuch über die Augen, das die Tränen aufsaugte, ehe sie in die Kabine entweichen konnten. Luisa hatte sich bereits in die ihr zugewiesene Rolle begeben und einem Funkspruch von Aïda gelauscht. »Sie sagte, sie versucht es noch einmal.«

»Ich dachte, ihre Steuerraketen wären leer«, sagte Ivy.

»Sie kann Treibstoff von einigen der anderen Steuerraketenmodule in das leere transferieren. Das wird ein paar Minuten dauern. Sie bittet um Anweisungen darüber, wo sie den nächsten Versuch machen soll, da der Andockport an Betriebsabteil 2 ja nicht mehr zu gebrauchen ist.«

Mit etwas Überlegung einigten sie sich darauf, dass die Heptade ihren nächsten Versuch an einem Andockport im alten Swesda-Modul machen sollte.

Dinah, die die letzten zwei Tage hauptsächlich damit verbracht hatte, Vorbereitungen für den Andockvorgang am Betriebsabteil 2 zu treffen, ließ ihre Roboter mitsamt den Kabeln außen am Stapel entlang nach vorne krabbeln. Dabei hatte sie mit einer Reihe kleinerer Komplikationen zu kämpfen, was mehr Zeit in Anspruch nahm, als die Heptade brauchte, um ihre leere Steuerrakete wieder zum Laufen zu bringen.

Schweigend beobachteten sie die zweite Annäherung und das Andocken. Es dauerte etwa zehn Minuten. Doob unterbrach sie einmal mit der neuesten Vorhersage über den nahenden Strahlensturm.

Überraschend brach Moira das Schweigen. »Lasst sie nicht ankoppeln«, sagte sie.

»Was?!«, sagte Ivy.

»Es ist eine Falle.«

Zekes Stimme kam aus den Lautsprechern: »Andockvorgang beendet. Machen uns fertig zum Öffnen der Luke.«

Moira fügte hinzu: »Das hat Michael rausgefunden.«

»Fünfzehn Minuten bis zum Ausbruch des Sturms«, verkündete Doob.

Dinah befand sich jetzt in einem Zustand höchster Konzentration auf das vor ihr liegende Problem; sie sah durch die Augen von zehn verschiedenen Robotern, die zehn verschiedene Aufgaben ausführten, und gab den beiden überlebenden Weltraumspaziergängern hin und wieder knappe Anweisungen, indem sie sie etwa bat, ein hängen gebliebenes Kabel loszurütteln oder einen sich windenden Grabb aus einer Notlage zu befreien. Den Dialog zwischen Moira und Ivy versuchte sie auszublenden.

»Was meinst du mit ›Es ist eine Falle‹?«

»Aïdas Heptade hat sich mit dem Mesh-Netzwerk verbunden, sobald sie in seiner Reichweite war«, sagte Moira. »Wenn du jetzt in deine E-Mails gehst, oder auf Spacebook, wirst du jede Menge Zeug hereinströmen sehen. Terabytes von alten Nachrichten und Einträgen, die sich beim Schwarm angestaut hatten. Mailinglistenverkehr von vor drei Jahren.«

»Und?«, fragte Ivy.

»Michael hat gerade eben etwas Gruseliges gesehen und mich darauf aufmerksam gemacht.«

»Er schwebt doch im Weltraum!«

»Er schwebt im Weltraum und liest seine E-Mails.«

»Was hat er denn Gruseliges bemerkt?«

»Sie sind Kannibalen, Ivy.«

»Das wissen wir bereits.«

»Vor ein paar Stunden«, sagte Moira, »haben sie Tav geschlachtet und gegessen, was von ihm noch übrig war.«

Dinah konnte sich nur mit Mühe auf ihre Arbeit konzentrieren.

»Sie wollten für heute wohlgenährt sein.«

Der Zeitpunkt rückte näher, wo die Weltraumspaziergänger sich zu ihren Luftschleusen begeben mussten, um noch vor dem Sturm hereinzukommen. Dinah musste sich auf sie konzentrieren. Dem, was Moira da sagte, stand sie ratlos gegenüber. Sie hatte gerade begonnen, mit einem der beiden zu sprechen, als sie durch eine erneute Lautsprecheransage von Zeke unterbrochen wurde: »Zehn Überlebende an Bord. Warten darauf, dass J.B.F. durch die Luke auftaucht.«

»Sei wachsam, Zeke«, sagte Ivy. »Wir haben Hinweise, dass sie womöglich nichts Gutes im Schilde führen.«

»Kommt rein«, sagte Dinah zu den Weltraumspaziergängern. »Steuert die nächstgelegene Luftschleuse an. Haltet euch von den Neuankömmlingen fern, wir trauen ihnen nicht.«

»Fels wird abgestoßen«, verkündete Ivy. Ein scharfes Zischen drang durch die Wände, als Druckluft in den winzigen Spalt zwischen der Außenseite des Hammerkopfes und dem ihn umgebenden Hohlraum von Amalthea strömte. »Stöpselt euch die Ohren zu.« Dann, ehe irgendjemand dem nachkommen konnte, ein ohrenbetäubender, scheußlicher Knall, als Dinahs Sprengladungen losgingen und die konstruktiven Verbindungen zwischen Amalthea und der *Endurance* zerstörten. Sie spürten einen kräftigen Ruck – mehr Beschleunigung, als sie in drei Jahren erlebt hatten –, als der Hammerkopf sich abstieß und den Rest der *Endurance* mit sich nahm.

»Drei Minuten, bis der Sturm uns erreicht«, sagte Doob.

»J.B.F. ist an Bord«, meldete Luisa. Sie stand in Sprechverbindung mit Zeke und der übrigen Crew am hinteren Ende und gab das, was sie sagten, den anderen im Hammerkopf weiter. Ihre

Stirn legte sich in Falten. »Irgendwas stimmt mit ihr nicht – ich kann nicht ganz folgen.«

»Harter Brennstoß«, verkündete Ivy. Und meinte damit, dass sie nahe am Apogäum waren, in die Ausläufer der größten Mondtrümmerwolke eintraten und dass alle noch funktionierenden Triebwerke gerade auf Volllast gekommen waren. Damit hatte sie den großen Brennstoß eingeleitet, der sie mit einem Delta v von mehr als zwölfhundert Metern pro Sekunde in die Trümmerwolke hineinschoss.

Jeder lose Gegenstand im Hammerkopf fiel auf das, was jetzt der Fußboden war. Gleichzeitig konnten sie von überall aus der *Endurance* alle möglichen Arten von Erschütterung hören.

Zekes Stimme kam über die Sprechverbindung. »Wir befinden uns im Kampf«, sagte er.

»Kampf?«, fragte Ivy.

»Sie haben Steve Lake erschossen.«

»Wir sind jetzt einer extrem starken hochenergetischen Protonenstrahlung von dem KMA ausgesetzt«, meldete Doob. »Alle, die sich nicht im Hammerkopf aufhalten, sollten sich jetzt in einen Schutzraum begeben.«

»Ihn erschossen?«, fragte Ivy.

»Mit J.B.F.s Revolver. Am besten versuchst du, das Netzwerk runterzufahren, sie sind nämlich dabei, sich durch eine Hintertür Zugang zu verschaffen.«

Danach wurde der Sprechverkehr eine Minute lang hektisch und wirr, was darauf hinzudeuten schien, dass Gegner in verschiedenen Teilen des Raumschiffs alle versuchten, denselben Kanal zu benutzen.

Dann verstummte der gesamte Sprechverkehr. Die Geräte funktionierten nach wie vor; sie waren einfach aus dem Netzwerk ausgesperrt worden. Ivy konnte weiterhin das Raumschiff steuern, aber niemand von ihnen konnte mehr mit Leuten außerhalb des Hammerkopfes sprechen.

Sie wurden durch ein metallisches Klopfen an der Luke, die den Hammerkopf vom SCRUM abtrennte, aufgeschreckt. Dinahs Ohren erkannten es sofort als Morsecode.

»Schokolade«, sagte sie. »Das ist so eine Art Codewort zwischen mir und Tekla. Ich glaube, wir sollten die Luke aufmachen.«

Das taten sie, nachdem sie sich mit allen möglichen behelfsmäßigen Waffen versehen hatten, deren sie habhaft werden konnten, und fanden Tekla vor, die eine Schnittwunde an der Hand hatte, Zeke, der einen aufgeregten, aber unversehrten Eindruck machte, und eine Frau, deren Haar zum größten Teil verschwunden war und die beide Hände fest auf ihren Mund legte, weshalb sie nur mit Mühe als Julia Bliss Flaherty zu erkennen war. Tekla machte einen Satz in den Hammerkopf und zog Julia hinter sich her.

»Was geht hier vor?«, wollte Ivy wissen.

Zeke hielt beide Hände hoch. »Ich weiß nur Folgendes«, sagte er. »Vier von ihnen haben wir schon getötet. Zwei weitere sind verwundet. Wir sind ihnen gegenüber in der Überzahl. Wir müssen einfach nur weiterkämpfen.«

»Du musst in einen Schutzraum gehen«, sagte Ivy.

Tekla, die es nicht gewohnt war, selbst bei schwacher Schwerkraft zu arbeiten, hatte genügend Halt gefunden, um Julia in eine Ecke des Hammerkopfes zu zerren und auf den Boden zu setzen. Dann drehte sie sich wieder zu der Luke um. Dinah hatte Tekla noch nie in einem solchen Zustand erlebt und fürchtete sich in dem Moment vor ihr. Moira reagierte anders; während sie sich die Kopfhörer abzog, stürzte sie durch den Raum und warf die Arme um Teklas Hals. Was zunächst wie eine Begrüßung aussah, entwickelte sich jedoch bald zu etwas anderem, als Tekla begann, Moira in Richtung Luke mitzuschleppen, und Moira versuchte, sie von der Rückkehr in den Kampf abzuhalten.

»Meine Süße«, murmelte Tekla Moira ins Ohr, »willst du, dass ich einen Ringergriff bei dir anwende? Sonst solltest du mich gehen lassen, ich werde nämlich dieses Miststück Aïda umbringen.«

»Dass wir uns in Schutzräume verziehen, ist genau das, was sie wollten«, erklärte Zeke. »Sie hatten nämlich vor, gleich danach das Raumschiff zu übernehmen. Gut, dass ihr uns gewarnt habt.«

Inzwischen hatte sich Tekla aus Moiras Griff befreit und steuerte mit großen Schritten auf die Luke zu.

Zeke, der sie schon erwartete, streckte eine Hand aus. Darin hielt er ein schwarzes Kästchen. Das drückte er Tekla an den Oberschenkel und betätigte einen kleinen, seitlich angebrachten Auslöser. Unter scharfem Ticken und Summen gab das Gerät einen Impuls ab. Teklas Bein klappte zusammen, und mit glasigem Blick schwebte sie zu Boden.

»Entschuldige, Tekla«, sagte Zeke. »Du bleibst hier. Lass deine Hand versorgen. Leiste Moira Gesellschaft – sie braucht dich. Und wenn du einen kleinen Jungen kriegst, nenn ihn Zeke.«

Dann schlug er, ehe irgendjemand reagieren konnte, die Luke zu.

In der darauffolgenden Stille hallte ein scharfer Knall durch die Struktur der *Endurance*. Alle kannten das Geräusch: Sie waren gerade von einem Boliden getroffen worden.

»Solltest du nicht das Raumschiff steuern?«, rief Doob Ivy zu.

Wortlos ging Ivy zu ihrem Bildschirm zurück.

Dinah fuhr Julia an. »Was zum Teufel ist hier los?«, fragte sie.

Julias Haare waren kurzgeschoren. In den vergangenen drei Jahren waren sie silbrig geworden. Ihre Hände verdeckten immer noch die untere Gesichtshälfte. Ihre Augen waren eindeutig wiederzuerkennen, auch wenn sie ohne die Wirkung von Kosmetik aus einem zwei Jahrzehnte älteren Gesicht zu blicken schienen.

Langsam nahm sie die Hände weg.

Sie streckte die Zunge heraus. Es sah aus, als hätte sich ein Stück Metall zwischen ihren Zähnen verfangen.

Bei näherem Hinsehen wurde klar, dass J.B.F. eine gepiercte Zunge hatte. Das war sauber und professionell gemacht worden; es gab keine Blutung und keine sichtbaren Anzeichen von Infektion oder Beschwerden. Ein etwa fünf Zentimeter langer Edelstahlbolzen war senkrecht durch das Loch eingeführt und ober- und unterhalb der Zunge mit Kombimuttern fixiert worden. Er war zu lang, um in Julias Mund zu passen, und hielt deshalb ihre Zunge gestreckt. Darüber und darunter drückte der Bolzen gegen ihre Lippen.

»Herr im Himmel«, sagte Dinah.

Julia tippte mit einem Finger an den Bolzen und machte mit beiden Händen gegenläufige Schraubbewegungen. Ein genauerer Blick zeigte, dass jeweils zwei Muttern fest gegeneinander angezogen worden waren. Dinah holte ein Multifunktionswerkzeug aus einem Holster an ihrem Gürtel, klappte dessen Spitzzange aus und lieh sich das gleiche Werkzeug von Ivy. Durch behutsames Drehen in entgegengesetzte Richtungen gelang es ihr, die Muttern zu lösen. Julia schob sie weg, schraubte selbst mit den Fingerspitzen die Muttern ab und entfernte dann vorsichtig den Bolzen. Ihre Zunge zog sich wieder in den Mund zurück. Julia legte eine Hand über die Lippen, und während sie sich für einen Moment an ein Schott lehnte, bewegte sie ihren Unterkiefer, um Speichel zu sammeln und alles wieder zu lockern.

Als sie schließlich zu sprechen begann, klang Julia unheimlich normal, so als äußerte sie sich im Besprechungszimmer des Weißen Hauses. »Als wir kapitulierten«, sagte sie, »haben sie mir den Revolver weggenommen, und sie haben Spencer Grindstaff gefoltert, bis er alles ausspuckte, was er über die IT-Systeme hier wusste. Sämtliche Passwörter, sämtliche Hintertüren, sämtliche Einzelheiten darüber, wie hier alles funktioniert. Genau das, was sie brauchen würden, um das Kommando zu übernehmen. Dann haben sie ihn umgebracht und...«

»Gegessen?«

Julia nickte. »Sie haben eine Art Hacker in ihrer Gruppe. Als er vorhin an Bord kam, ging er geradewegs zu einem Terminal und fing an, diesen Plan umzusetzen. Steve Lake versuchte ihn daran zu hindern. Einer von den anderen hatte die Waffe – und erschoss Steve. Das gehörte die ganze Zeit zu ihrem Plan. Sie wussten, dass nur Steve sie aufhalten konnte.«

»Wie viele Kugeln sind noch in diesem Ding drin?«

»Ich bin sicher, dass es jetzt leer ist. Die meisten von ihnen benutzen Messer und Schlagstöcke. Mit einem richtigen Kampf hatten sie gar nicht gerechnet, weil...«

»Weil sie dachten, wir hätten uns alle in unsere Schutzräume begeben«, sagte Dinah, »wie Lämmer zur Schlachtbank.«

Der große Brennstoß dauerte fast eine Stunde. Als er zu Ende war, hatten sie so viel Treibstoff verbraucht und die *Endurance* so leicht gemacht, dass bei der Beschleunigung das Blut aus ihren Köpfen nach unten sank und sich in ihren Füßen sammelte. Um nicht das Bewusstsein zu verlieren, steuerte Ivy das Raumschiff flach auf dem Rücken liegend. Der Flug wurde von einigen furchterregenden Schlägen unterbrochen, und wer in der Lage war, zu stehen und sich die Statusanzeige der *Endurance* anzuschauen, konnte beobachten, wie verschiedene Module erst gelb, dann rot und schließlich, vollkommen beschädigt, schwarz wurden. Dinah schaute durch die Augen verschiedener Kameras, als ein über fünfzehn Kilometer langes Stück Mond an ihnen vorbeitaumelte, sie überholte und nur wenige Hundert Meter steuerbord an ihnen vorbeiraste. Das war nicht die letzte derartige Begegnung; doch mit Doob als ihrem Flügelmann, der die größten Bedrohungen meldete, und mit Dinah, die Parambulator auswertete, so gut sie konnte, war Ivy in der Lage, die großen Dinger zu umschiffen. Sie hatten keine Möglichkeit zu erfahren, wie der Kampf hinten sich entwickelte. Zeke hatte sich zuversichtlich über ihre Chancen geäußert, aber es ließ sich nicht sagen, inwieweit der Schaden durch Bolideneinschläge den Verlauf des Kampfes in die eine oder andere Richtung beeinflusst haben mochte. Weil die *Endurance* beschädigte Teile automatisch abriegelte, war sie inzwischen in eine Reihe voneinander getrennter Zonen aufgeteilt, zwischen denen ein Durchkommen unmöglich war.

Die Schwerelosigkeit kehrte zurück, was bedeutete, dass die Triebwerke ausgeschaltet waren. Jetzt bewegten sie sich im Durchschnitt so schnell wie der Rest der Trümmerwolke. Dinah hatte sich gerade erst auf die stetige Beschleunigung des großen Brennstoßes eingestellt und spürte jetzt, wie eine Welle der Übelkeit sie überkam, während ihr Innenohr sich erneut umstellte. Ihr fielen die Augen zu, und sie machte eine Art Nickerchen, wobei sie im Hammerkopf umherschwebte und immer dann, wenn Ivy die Steuerraketen betätigte, um einem Gesteinsbrocken auszuweichen, sanft an eine Wand prallte.

Dann wurde ihr klar, dass sie eine Weile fest geschlafen hatte.

Ein Teil von ihr hätte gerne noch in diesem Zustand verharrt. Doch sie wusste, dass gerade große Dinge passierten, und so schlug sie, halb in der Erwartung, sich allein, als letzten lebenden Menschen wiederzufinden, die Augen auf.

Ivy war als Einzige wach, das Gesicht von ihrem Bildschirm beleuchtet. Und zum ersten Mal seit langem sah es aus wie früher, wenn sie einem faszinierenden wissenschaftlichen Problem auf der Spur war: lebendig, aufmerksam, freudig erregt.

»Warum ist es so still?«, fragte Dinah, denn für ihr Gefühl war es schon lange her, dass sie zuletzt das Aufschlagen eines Boliden gehört oder den Schub von den Triebwerken der *Endurance* gespürt hatte.

»Wir sind im Schatten«, sagte Ivy. »Ein neuer Schutzkegel. Komm mal her.« Sie warf den Kopf zurück.

Dinah begab sich hinter sie und legte ihr Kinn fest auf die Schulter ihrer Freundin. Auf dem Monitor waren mehrere Fenster geöffnet. Ivy vergrößerte eins davon, bis es fast den ganzen Bildschirm ausfüllte. Ein am unteren Rand eingeblendeter Bildtext wies es als HINTERE KAMERA aus.

Das Blickfeld war nahezu vollkommen von der Nahaufnahme eines riesigen Asteroiden ausgefüllt.

Dinah war Asteroiden-Bergarbeiterin und hatte sich in ihrem Leben viele Bilder von Asteroiden angeschaut. Sie hatte gelernt, sie anhand ihrer jeweiligen Form und Oberflächenbeschaffenheit zu identifizieren. Ohne Probleme erkannte sie diesen hier: »Kluft«, sagte sie.

Ivy streckte die Hand aus und berührte den Bildschirm. Unter ihrer Fingerspitze erschien ein rotes Fadenkreuz. Sie zog es über die Oberfläche des großen Gesteinsbrockens, bis es mitten über einem breiten schwarzen Riss lag, der aussah, als spaltete er fast den gesamten Asteroiden auf: die Schlucht, die diesem Felsblock seinen Namen gegeben hatte. Als Ivy ihren Finger wegzog, blieb das Fadenkreuz in der Mitte der Spalte zurück. »Hier, dachte ich«, sagte sie.

»Wie wär's mit etwas weiter unten, wo es breiter wird?«

»Ich glaube nicht, dass wir eine breite Stelle wollen. Zu viel Strahlung.«

»Dann geh dahin«, schlug Dinah vor, streckte die Hand aus und zog das Fadenkreuz an eine etwas andere Position. »Da können wir uns in den schmaleren Teil hineinschmiegen, wenn wir erst mal drin sind.«

»Amüsieren sich die Damen gut?«, krächzte Doob.

»Nicht so gut wie du dich in ungefähr einer Stunde«, sagte Ivy.

»Ich werde versuchen, so lange durchzuhalten.«

Hineinzugelangen war kein Problem. Ivy flog die *Endurance* in die große Spalte wie ein Leichtflugzeug in den Grand Canyon. Schon nach Minuten ragten die Wände weit über ihnen auf. Der Boden war nach wie vor im Schatten verborgen.

Dinahs allgemeiner Anregung folgend schubste Ivy das Raumschiff dann auf einen Teil der Schlucht in zwanzig oder dreißig Kilometer Entfernung zu, wo die Wände sich einander näherten und der radioaktive Himmel zu einem schmalen, sternenbedeckten Schlitz über ihnen wurde. Immer tiefer drang sie hinein, wobei gelegentlich die außenliegenden Module des Raumschiffs an den Felswänden kratzten, bis sie einen Ort erreichte, an dem sie nicht mehr weiterkam.

Von dort aus sahen sie in beiden Richtungen Stellen, wo die Sonne hineinschien. Dennoch waren sie hier vor Gesteinsbrocken und Strahlung gleichermaßen geschützt. Ivy setzte die *Endurance* unten auf dem Boden der Schlucht ab. Die Schwerkraft von Kluft war äußerst schwach, aber es war genug, um solchen Wörtern ein wenig Bedeutung zu verleihen, und es war genug, um das Raumschiff an einem Platz zu halten, bis sie beschlossen, es zu bewegen.

Was sie nie tun würden.

Kluft

Auf der Oberfläche von Kluft wog ein Mensch etwa so viel, wie drei Glas Bier auf der Erde gewogen hätten. Die *Endurance* war ungefähr so schwer wie zwei Sattelschlepper.

Ein letztes Mal zündete Ivy die Lagesteuerungsdüsen des Raumschiffs und drehte seinen Schwanz, bis er senkrecht nach oben ragte. Die *Endurance* stand jetzt auf dem Kopf, der Torus oben und der eiserne Hammerkopf mit der Nase nach unten auf dem Eisenboden der Spalte. Dinah schickte ein paar Grabbs hinaus, um das Raumschiff an dem Asteroiden festzuschweißen. Ivy schaltete die Düsen aus.

Die *Endurance* war jetzt kein Raumschiff mehr, sondern ein Gebäude.

Aus dem Hammerkopf, der jetzt mit Kluft ein Metallstück bildete, wuchs der Stapel wie ein Baumstamm gerade nach oben. Verschiedene Strukturen zweigten wie Äste davon ab. Sein breitester Teil war die Anordnung von einundachtzig Sub-Archen, die bis dahin das Heck des Raumschiffs gebildet hatten. Diese ragten nun auf wie Blätter.

Jedenfalls stellten sie es sich so vor. Um hinausgehen und es sich anschauen zu können, mussten sie den Hammerkopf verlassen, dessen Luke sie während des Kampfes verriegelt hatten. Als sie nun die *Endurance* zum Stillstand gebracht und festgeschweißt hatten, herrschte im übrigen Raumschiff lange Zeit Stille. Schließlich öffneten sie die Luke und machten sich daran,

Modul für Modul zu erkunden. Sie schickten Buckys und Siwis voraus, um dunkle Räume zu erleuchten und Kameras in verborgene Winkel zu richten. Tekla übernahm die Spitze und folgte ihnen, während Dinah und Ivy ihr Rückendeckung gaben. Sie waren mit Knüppeln aus Rohrstücken bewaffnet, die sie jedoch nicht zum Einsatz bringen mussten.

Was sie vorfanden, war eine Kombination aus Tatort, Schlachtfeld und Katastrophengebiet. Nur etwa die Hälfte der Module standen noch unter Luftdruck. Manche waren inzwischen völlig isoliert und nur von einer Person im Raumanzug zu erreichen. Es dauerte Tage, sie alle aufzusuchen.

In einem davon fanden sie Aïda. Zwei Tage waren vergangen, seit sie den Rest von Tavistock Prowse gegessen hatte, sodass sie sehr hungrig, sonst aber in guter Verfassung war. Nachdem sie als Folge einer Mischung aus Kampf und Bolideneinschlägen von den anderen abgeschnitten worden war, hatte sie sich in einem Schutzraum verkrochen und dann begonnen, während sie auf Rettung wartete, vom Inhalt der wassergefüllten Hülle zu trinken.

Die gesamte Anzahl noch lebender Menschen betrug jetzt sechzehn. Mehrere hatten im Kampf oder durch Bolideneinschläge Verletzungen davongetragen. Wer nicht im Hammerkopf oder in einem Schutzraum Zuflucht gesucht hatte, litt an der Strahlenkrankheit. Die Gesunden flickten Löcher, versahen Module wieder mit normalem Luftdruck, brachten den Torus wieder dazu, sich zu drehen, und verwandelten ihn in eine Krankenstation, die sich sofort füllte.

Dinah gelang es, Doob zu einem letzten Weltraumspaziergang zu bewegen. Seit Tagen war er kraftlos gewesen. Doch als sie ihn in den Raumanzug steckten, kam seine Energie zurück. Dinah nahm ihn mit hinaus auf den Boden der Spalte, wo er gehen konnte, leichtfüßig und mit magnetisierten Grabbs an den Stiefeln, damit er nicht bei jedem Schritt davonschwebte. Sie gingen vielleicht einen Kilometer weit, blicken sich zwischendurch aber immer wieder nach dem neuen Zuhause der Menschheit um. Über dem sich drehenden Torus, wo Moira bereits dabei war, ihr gentechnisches Labor auszupacken, inspizierte Tekla die Sub-Archen auf der obersten Ebene und machte sich ein Bild davon, welche noch ganz, welche irreparabel und welche wieder bewohnbar zu machen waren. Auf dem Boden der Spalte waren Grabbs und Siwis damit beschäftigt, die *Endurance* mit einem System von Kabeln und Verstrebungen an ihrem endgültigen Ruheplatz zu verankern.

Dort, wo sie gingen, war es die meiste Zeit dunkel. Das war der Preis dafür, dass sie vor kosmischen Strahlen und koronalen Massenauswürfen geschützt waren. Wenn sie aufblickten, konnten sie jedoch sehen, dass Sonnenlicht die Ränder der Spalte über ihnen vergoldete. Sie unterhielten sich darüber, wie man Spiegel so aufstellen könnte, dass sie Sonnenlicht hinunter auf die Sub-Archen lenkten, die in ihren durchsichtigen Außenhüllen Nahrungsmittel anbauen und Luft reinigen konnten. Doob sprach von Überkuppelung, der Vorstellung, dass mit der Zeit eine Decke über den Rand der Spalte geworfen und Wände gebaut werden könnten, um die Luft im Inneren zu halten, worauf ein ganzer Bereich des Tales eine Atmosphäre bekommen und in einen Ort verwandelt werden könnte, an dem Kinder ohne die Notwendigkeit von Raumanzügen »rausgehen« könnten.

Dann ging er nach Hause und starb.

Seine Leiche bewahrten sie zusammen mit den anderen in einer beschädigten Sub-Arche auf, die so lange als Mausoleum dienen würde, bis sie ein Grab in die Oberfläche von Kluft schneiden könnten. Das würde noch lange dauern, aber die Überlebenden waren sich darin einig, dass die Verstorbenen, nachdem sie so große Opfer gebracht hatten, um bis hierher zu gelangen, beerdigt und nicht verbrannt werden sollten. Doob würde sich ein Grab mit Zeke Petersen, Bolor-Erdene, Steve

Lake und all den anderen teilen, die etwa um diese Zeit gestorben waren.

Von diesen waren manche lange genug bei Bewusstsein geblieben, um berichten zu können, wie es ihnen während der Auseinandersetzung mit den Leuten, die vom Schwarm gekommen waren, und der letzten, hektischen Passage der *Endurance* durch Sturm und Steine ergangen war. Ihre Berichte wurden aufgenommen und archiviert. Eines Tages würde irgendein Historiker die Teile zu einer Geschichte zusammensetzen, indem er sie mit Datenprotokollen verglich, um herauszufinden, wer wen im Kampf erschlagen hatte und welches Modul wann dunkel geworden war.

Von Aïda hätten sie natürlich am meisten erfahren, wäre ihr nach Reden zumute gewesen. Das war es jedoch nicht. Sie war in eine tiefe Depression versunken, aus der sie in scheinbar beliebigen Momenten auftauchte, um über irgendwelche abwegigen Gedanken zu plaudern, die ihr gerade durch den Kopf schossen. Niemand wollte mit ihr reden. Wenn sie mit einem sprach, bedachte sie einen zu gründlich mit diesem begierigen, durchdringenden Blick, so als könnte sie, tatsächlich oder in ihrer Einbildung, zu tief hineinsehen. Es war unmöglich, Objekt dieses Blickes zu sein, ohne daran zu denken, was sie und die anderen getan hatten, und ohne sich vorzustellen, dass man als Nahrungsmittel taxiert wurde.

Eine monumentale Geschichte erzählten die in drei Jahren aufgelaufenen E-Mails, Spacebook-Posts, Blogbeiträge und anderen Eintagsfliegen, die all ihre Posteingänge überschwemmten, kaum dass das Netzwerk des Schwarms wieder mit dem der *Endurance* zusammengeführt war. Der generelle Handlungsbogen schien ein zunehmender Realitätsverlust zu sein, dem J.B.F. und einige Mitglieder ihres inneren Zirkels erlegen waren. Luisa verglich ihn mit dem Aufkommen des Spiritualismus nach dem Ersten Weltkrieg. In den Zwanzigerjahren waren viele, die es nicht geschafft hatten, die Verluste an Menschenleben in den Schützengräben und der anschließenden Grippeepidemie zu akzeptieren, dem Glauben anheimgefallen, sie könnten mit ihren verstorbenen Angehörigen über die Gräber hinweg Kontakt aufnehmen. Faktisch hatten sie die Trauer umgangen, indem sie sich einredeten, es sei nichts passiert.

Es war eine vage Analogie. Die Verluste an Menschenleben durch den Harten Regen waren natürlich noch viel schlimmer gewesen. Und nur wenige der Archies hatten spiritistische Glaubenshaltungen per se angenommen. Doch nachdem ein besonders folgenschwerer koronaler Massenauswurf nahezu hundert Archies ausgelöscht hatte, verfasste Tav einen Blogbeitrag über seine Reise mit Doob nach Bhutan und das Gespräch, das sie unterwegs mit dem König von Bhutan über die Mathematik der Reinkarnation geführt hatten. Es war ein meditativer Text, eine weltliche Trauerrede für die Gefallenen, doch im Rückblick schien sie einen Wendepunkt im Denken der Überlebenden zu markieren. Für manche, die vielleicht zu vieles zu oberflächlich über die Chaostheorie gelesen hatten und zu der Ansicht neigten, die kollektiven Entscheidungen, die über menschliches Verstehen hinausgingen, hätten etwas Übernatürliches an sich, hatte der Schwarm immer einen quasigöttlichen Status besessen.

Der aus diesem einen Blogbeitrag erwachsene Mischmasch aus techno-mystischen Gedanken war für Luisa oder sonst jemanden, der es im Nachhinein bei klarem Verstand betrachtete, unlesbar und unverständlich, schien jedoch vielen verängstigten jungen Leuten, die in ihren Sub-Archen festgesessen hatten, Hoffnung und Trost geboten zu haben. Tav, das musste man ihm zugutehalten, hatte allerdings jeden Versuch abgelehnt, ihn gleichsam in den Stand eines Propheten zu erheben. Seine Bescheidenheit war aber womöglich nach hinten losgegangen.

»Ich verstehe nicht«, sagte Luisa, »wie irgendjemand diese Threads lesen und Hoffnung darin finden konnte. Oder auch nur Sinn. Aber sie haben es getan. Lange genug, um die realen Probleme auszublenden, mit denen sie konfrontiert waren. Und als Aïda und die anderen endlich zur Besinnung kamen und anfingen, sich gegen J.B.F. und ihre Leute zur Wehr zu setzen, war die Reaktion umso heftiger. Denn zu diesem Zeitpunkt waren die Dinge schon zu sehr aus dem Ruder gelaufen.«

Die Gegenreaktion hatte in einem Zwei-Triaden-Bolo begonnen, in dem eine Reihe von gleichgesinnten Archies, darunter Aïda, den vorherrschenden Ton und die Substanz der offiziellen Verlautbarungen aus der Weißen Sub-Arche Schwachsinn genannt und begonnen hatten, Tavistock Prowse als Marionettenblogger des Regimes zu denunzieren. Unter dem Namen »Schwarze Bolo-Brigade« fingen sie an, ihre aufrührerische Botschaft in anderen Sub-Archen des Schwarms zu verbreiten.

In dieser – so weit vollkommen einleuchtenden – Botschaft ging es um die Notwendigkeit, der Realität ins Auge zu blicken und in realistischen, wirksamen Schritten die Probleme des Schwarms anzupacken. Wozu auch gehörte, sich notfalls auf Gedeih und Verderb der *Endurance* auszuliefern. Sie hatten verlangt, dass J.B.F. die Bücher offenlegte und eine aktuelle und genaue Darstellung des Gesamtbestands an Wasser, Nahrungsmitteln und anderen wichtigen Gütern sowie die Veränderung dieser Zahlen im Zeitablauf lieferte. Diesen Forderungen hatte Julia sich widersetzt, bis die Daten schließlich durch einen Überläufer in ihren Reihen durchgesickert waren. In Bezug auf Nahrungsmittel hatte sich das Bild als düster erwiesen und zu einer Vielzahl von Reaktionen geführt, die die Geschichte und die Politik des Schwarms fortan bestimmt hatten: bei manchen ein weiterer Rückzug in Mystizismus und Wunschdenken, ausgehend von der Vorstellung, dass das Agens als eine Art Racheengel von Gott oder von Aliens, die so mächtig waren, dass sie auch Gott hätten sein können, geschickt worden war, um das Ende der Welt und die Verschmelzung allen menschlichen Bewusstseins in einem digitalen Schwarm am Himmel zu bringen; bei anderen das offene Bekenntnis zum Kannibalismus – nicht in dem Sinne, dass Menschen zur Nahrungsgewinnung getötet, sondern dass die gegessen wurden, die eines natürlichen Todes gestorben waren – als Überbrückungsmaßnahme, bis J.B.F. gestürzt und durch Leute ersetzt werden konnte, die wussten, was sie taten. Die erste Gruppe, die Mystiker, hatten sich weitgehend um Julia geschart. Die Kannibalen hatten am Ende hinter Aïda gestanden, die wegen ihrer Leidenschaftlichkeit und ihres Charismas allmählich zur Anführerin der Schwarzen Bolo-Brigade avanciert war.

Auf diese Weise hatte sich der eine Schwarm in zwei kleinere, noch weniger lebensfähige aufgeteilt und so die Probleme, die die Spaltung überhaupt erst heraufbeschworen hatten, noch verschlimmert. Von da an war die Geschichte völlig vorhersehbar gewesen und hatte zu den Ereignissen der letzten paar Tage geführt.

Aïda sprach immer noch nicht, Julia dagegen schon. Ihrer Meinung nach waren Aïda und die anderen Überlebenden der Schwarzen Bolo-Brigade in den letzten Wochen davon ausgegangen, dass ihre Hinwendung zum Kannibalismus für die Überlebenden der *Endurance* so abstoßend wäre, dass sie dauerhaft zu Ausgestoßenen erklärt würden. Statt das Urteil Ivys und ihrer Claqueure – das sie sich als überaus fromm, scheinheilig und streng vorstellten – abzuwarten, wollten sie die *Endurance* ganz oder teilweise in ihre Gewalt bringen, angefangen bei ihrem Netzwerk, und dann aus einer Position der Stärke heraus über Bedingungen verhandeln.

Das erklärte zumindest in groben Zügen alles, was geschehen war, abgesehen vielleicht von der körperlichen Verstümmelung sowohl von Julia als auch von Tav.

Nach ihrer Theorie darüber befragt zuckte Julia mit den Achseln. »Für sie waren wir Kriminelle. Kriminelle müssen bestraft werden. Es ist schwierig, Leute zu bestrafen, die in einem begrenzten Raum bereits am Verhungern sind. Was bleibt dem Henker noch anderes in seinem Werkzeugkasten als ein Angriff auf den Körper? Sie wollten mich zum Schweigen bringen, und das haben sie gemacht. Und sie wollten Tav eine Kostprobe seiner eigenen Medizin geben, indem sie seinen physischen Körper in ihren eigenen hochluden.«

Eine Woche später, als die letzten Opfer ihren Wunden oder der Strahlenkrankheit erlegen waren, blieben noch acht Menschen, die am Leben und gesund waren.

Ivy bat um eine vierundzwanzigstündige Pause zum Trauern und um Bilanz zu ziehen. Dann berief sie ein Treffen der gesamten Menschheit ein: Dinah, Ivy, Moira, Tekla, Julia, Aïda, Camila und Luisa.

Sie wussten nicht so recht, wie sie mit Julia und Aïda umgehen sollten. Jahrelang hatten sie in Stunden der Muße davon geträumt, J.B.F. eines Tages ihrer gerechten Strafe zuzuführen – was immer das heißen würde. Dann war sie im letzten Moment von Aïda verdrängt worden. Und jetzt schien das alles ohnehin von rein theoretischem Interesse zu sein. Konnten sechs Frauen zwei Frauen ins Gefängnis stecken? Was würde es bedeuten, an einem Ort wie diesem im Gefängnis zu sitzen? Körperliche Züchtigung war zumindest eine theoretische Möglichkeit. Doch Aïda hatte das bereits praktiziert, mit Ergebnissen, die sie alle widerwärtig fanden.

J.B.F. war für niemanden eine Gefahr. Aïda hatte immer noch etwas Bedrohliches an sich. Doch abgesehen davon, sie in einer Sub-Arche einzusperren, konnten sie nichts daran ändern, außer auf sie aufzupassen. Und das taten sie, indem sie sie nie aus den Augen ließen, ihr nie den Rücken zukehrten.

Sie kamen in der Banane zusammen, wo sie um den langen Konferenztisch saßen. Auf einer Seite davon war der Tod: die

Krankenstation, in der Zeke, der letzte lebende Mann, anderthalb Tage zuvor seinen Geist aufgegeben hatte, nachdem er noch darüber gewitzelt hatte, was für eine Schande das doch sei: der einzige lebende Mann zu sein, der unter acht Frauen wählen konnte. Sie hatten den Raum mit Bleiche geschrubbt und die Betten in der Hoffnung, dass keins von ihnen so bald wieder belegt sein möge, frisch bezogen. Auf der anderen Seite war das Leben: die Reihe von Abteilen, in denen Moira ihr Genlabor eingerichtet hatte.

Das Treffen sollte später als Rat der Sieben Evas bekannt werden. Von den acht anwesenden Frauen hatte nämlich eine, Luisa, die Wechseljahre bereits hinter sich und konnte daher keine Urmutter mehr werden. Ivy eröffnete den Rat mit einem Bericht über ihre allgemeine Lage. Diese war in gewisser Hinsicht erstaunlich gut. Sie hatten sich mittlerweile so sehr an Schreckensnachrichten gewöhnt, dass Ivy das mehr als einmal betonen musste. Wenige Orte im Sonnensystem waren so sicher wie der, an dem sie schließlich gelandet waren. Keine kosmische Strahlung konnte ihnen hier etwas anhaben. Vor koronalen Massenauswürfen waren sie ebenso gefeit. Sonnenlicht für ihren Energiebedarf und die Landwirtschaft war in geringer Entfernung über ihnen zu haben, oben an den Wänden der Spalte, wo die Sonne fast die ganze Zeit schien.

Derweil produzierte ihr großer Reaktor zusammen mit vier Dutzend Sub-Archen-Reaktoren weit mehr Strom, als sie je würden verwenden können, und das noch auf Jahrzehnte hinaus. An Wasser hatten sie immer noch hundert Tonnen übrig. Beim Schmelzen und Aufspalten des Wassers zur Treibstoffgewinnung hatten sie viele Tonnen Phosphor, Kohlenstoff, Ammoniak und andere aus den Anfängen des Sonnensystems übrig gebliebene Chemikalien gewonnen, die einmal Gregs Skelett in eine stinkende schwarze Schale gehüllt hatten. Dieses Zeug würde einmal, wie Sean Probst genau gewusst hatte, als Nährstoff für die Landwirtschaft von unschätzbarem Wert sein.

Sie würden sich nie mehr Sorgen über die Dinge machen müssen, mit denen sie sich während der letzten fünf Jahre geradezu zwanghaft beschäftigt hatten: Perigäen, Apogäen, Brennstöße, Treibstoff, Bewegung jedweder Art. Kein Bolide konnte sie hier unten treffen. Selbst wenn Kluft irgendwann mit einem gleich großen Felsbrocken zusammenstieße, würden sie es vermutlich überleben.

Die Vitamine, die in jede zur Cloud-Arche hinaufbeförderte Sub-Arche gepackt worden waren, hatten eigentlich eine Bevölkerung von Tausenden versorgen sollen. Obwohl viele von ihnen verloren gegangen waren, war das, was übrig war, immer noch mehr als genug, um eine kleine Kolonie über lange Zeit mit Aspirin und Zahnbürsten zu versorgen.

In vielerlei Hinsicht waren sie von digitaler Technik abhängig. Ohne Roboter, die für sie arbeiteten, und computergesteuerte Kontrollsysteme, die die gesamte Anlage in Gang hielten, konnten sie nicht lange überleben. Ihnen fehlte die Fähigkeit, neue Computerchips als Ersatz für die alten herzustellen. Doch die Architekten der Cloud-Arche hatten ihnen in weiser Voraussicht einen großen Überschuss an Ersatzteilen mitgegeben, der bei sparsamer Verwendung Hunderte von Jahren reichen würde. Und sie hatten Pläne für einen späteren Neustart der digitalen Zivilisation; dazu Werkzeuge zur Herstellung von Werkzeugen zur Herstellung von Werkzeugen nebst Anweisungen zu deren Gebrauch, wenn die Zeit dafür gekommen war.

Nachdem die unmittelbaren Bedürfnisse abgehandelt waren, schwenkte die Diskussion zu dem offensichtlichen anstehenden Problem um. Alle Köpfe wandten sich Moira zu.

»Meine Ausrüstung hat es völlig unbeschadet bis hierher geschafft«, sagte sie. »Die vergangenen drei Jahre waren langweilig für mich, denn ich wurde wie eine empfindliche Blume behandelt. So habe ich die Zeit damit verbracht, alles aufzuschreiben, was ich über den Einsatz dieser Sachen weiß. Sollte ich morgen aus irgendeinem Grund tot umfallen, wärt ihr immer noch imstande, euch zurechtzufinden.

Offenkundig sind wir alle Frauen. Sieben von uns sind noch in der Lage, Kinder zu gebären. Oder, um genauer zu sein, Eier zu produzieren. Woher kriegen wir also Sperma? Nun, siebenundneunzig Prozent dessen, was von der Erde heraufgeschickt wurde, hat die Katastrophe am ersten Tag des Harten Regens vernichtet. Nur das, was bereits auf zehn verschiedene Sub-Archen verteilt worden war, blieb erhalten. Diese zehn brachen später mit dem Schwarm auf. Von diesem Material scheint jedoch nichts den Weg zurückgefunden zu haben.«

Aïda unterbrach sie. Den Blick starr über den Tisch auf Julia gerichtet verkündete sie: »Ich war, wie ihr wisst, im Schwarm. Ich kann euch sagen, dass diese Geschichte mit den Proben in den zehn Sub-Archen in Vergessenheit geraten war. Nie besprochen. Falls überhaupt irgendjemand wusste, dass sie dort waren, hat er oder sie es bald vergessen.«

Das fasste Julia als Kritik an ihren Leistungen auf. »Wir hatten achthundert gesunde junge Männer und Frauen aus jeder ethnischen Gruppe auf der Welt.«

»Hatten«, wiederholte Aïda. »Wir hatten.«

»Der Aufwand, der notwendig war, um ein paar Probenbehälter tiefgekühlt zu halten, war es nicht wert...«

»Stopp«, sagte Ivy. »Wenn wir mit dem Kinderkriegen anfangen können, können deren Urenkel die Aufzeichnungen studieren, sich ein Urteil bilden und Debatten darüber führen, was hätte getan werden müssen. Jetzt ist nicht die Zeit für gegenseitige Schuldzuweisungen.«

»Ich war in dem Meeting, in dem Markus das Humangenetische Archiv als Quatsch bezeichnet hat«, sagte Dinah. Sie war leicht erstaunt, sich Julias Position in dem Streit einnehmen zu hören.

»Wir können nicht nochmal den Fehler begehen«, sagte Aïda,

»uns selbst was vorzumachen. An Mist zu glauben, der nichts mit der Wirklichkeit zu tun hat.«

Ivy sagte: »Hätten wir gewusst, dass es so plötzlich auf sieben überlebende fruchtbare Frauen hinauslaufen würde, hätten wir die letzten drei Jahre lang jeden gesunden Mann in Teströhrchen masturbieren lassen. Wir hätten nach Wegen gesucht, das alles gefroren zu halten. Aber wir haben nie gedacht, dass es dazu kommen würde.«

»Es ist nicht klar, wie die Qualität der Ergebnisse gewesen wäre«, warf Moira ein. »Angesichts des Ausmaßes der Strahlenbelastung hätte ich am genetischen Material dieser Proben wahrscheinlich eine Menge von Hand ausbessern müssen.«

»Von Hand ausbessern?«, fragte Julia.

»Das sollte ich in Anführungszeichen setzen«, sagte Moira und hob beide Hände mit jeweils zwei gekrümmten Fingern. »Logischerweise benutze ich nicht buchstäblich die Hände. Aber mit den Gerätschaften da drin...«, sie machte eine Kopfbewegung in Richtung des Labors, »...kann ich eine Zelle – Sperma oder Ei – isolieren und ihr Genom ablesen. Natürlich überspringe ich hier eine Menge Details, aber Tatsache ist, dass ich eine digitale Aufzeichnung ihrer DNS bekommen kann. Liegt diese erst einmal vor, wird das Ganze zu einer Software-Übung – die Daten können evaluiert und mit einer riesigen Datenbank abgeglichen werden, die als Teil des Labors mit heraufgeschickt wurde. Es ist möglich, auf einem bestimmten Chromosom Stellen zu erkennen, an denen ein Stückchen DNS durch kosmische oder Reaktorstrahlung beschädigt wurde. Diese Brüche kann man dann reparieren, indem man einsetzt, was nach einer vernünftigen Schätzung ursprünglich dort war.«

»Klingt nach viel Arbeit«, sagte Camila. »Wenn ich irgendetwas zu deiner Entlastung tun und mich nützlich machen kann, stehe ich dir zur Verfügung.«

»Danke. Wir werden alle monatelang daran arbeiten«, sagte

Moira, »ehe irgendetwas passiert. Sonst haben wir ja nicht viel zu tun.«

»Entschuldigt mal, aber welchen Sinn hat es, über so was zu diskutieren, wenn wir gar kein Sperma haben, mit dem man arbeiten könnte?«, fragte Aïda.

»Wir brauchen kein Sperma«, sagte Moira.

»Wir brauchen kein Sperma, um schwanger zu werden! Das ist mir neu«, sagte Aïda und lachte auf.

Gelassen fuhr Moira fort: »Es gibt ein Verfahren namens Parthenogenese, wörtlich Jungfrauengeburt, durch das aus einem normalen Ei ein einelterlicher Embryo erzeugt werden kann. Bei Tieren ist es schon angewendet worden. Der einzige Grund, warum es beim Menschen noch keiner gemacht hat, ist der, dass es ethisch heikel und außerdem angesichts der Bereitschaft von Männern, Frauen bei jeder sich bietenden Gelegenheit zu schwängern, vollkommen unnötig erschien.«

»Kannst du es hier machen, Moira?«, fragte Luisa.

»Es ist nicht grundsätzlich schwieriger als die Tricks, die ich gerade im Fall der Reparatur von beschädigtem Sperma beschrieben habe. In mancher Hinsicht wäre es sogar einfacher.«

»Du kannst uns schwanger werden lassen ... durch uns selbst«, sagte Tekla.

»Ja. Alle außer Luisa.«

»Ich kann ein Kind haben, von dem ich sowohl Mutter als auch Vater bin«, sagte Aïda. Der Gedanke faszinierte sie offensichtlich. Plötzlich war sie nicht mehr die bissige, spröde Aïda, sondern das warmherzige und engagierte Mädchen, das die Mächtigen bei der Auslosung betört haben musste. »Es wird einiger kniffliger Arbeit im Labor bedürfen«, sagte Moira. »Aber genau zu diesem Zweck haben wir das Labor ja wohlbehalten hierhergebracht.«

Darüber dachten sie alle eine Weile nach. Julia war die Erste, die das Wort ergriff. »Um meiner traditionellen Rolle als wissenschaftlicher Ignorantin gerecht zu werden: Heißt das, du kannst uns klonen?«

Moira nickte – nicht bejahend, sondern um zu sagen: *Ich verstehe deine Frage.* »Es gibt verschiedene Vorgehensweisen, Julia. Eine würde tatsächlich Klone produzieren – eine Nachkommenschaft, die genetisch mit der Mutter identisch ist. Das ist nicht das, was wir wollen. Es wäre nämlich schon mal keine Lösung für unser Hauptproblem, das Fehlen von Männern.«

Camilas Hand ging nach oben. Sichtlich ungehalten über die Unterbrechung schloss Moira kurz die Augen und nickte ihr dann zu. »Ist das wirklich ein Problem?«, fragte Camila. »Wäre es denn, solange wir das Labor haben und weiterhin Klone erzeugen können, wirklich so schlimm, eine Gesellschaft ohne Männer zu haben? Für einige Generationen zumindest?«

Moira brachte sie mit einer sanft abwehrenden Handbewegung zum Verstummen. »Das ist eine Frage für später. Mit dieser Version der Parthenogenese gibt es noch ein anderes Problem, nämlich dass, wie schon erwähnt, sämtliche Nachkommen gleich sind. Exakte Kopien. Um eine gewisse genetische Vielfalt zu erreichen, müssen wir die sogenannte automiktische Parthenogenese anwenden. Das ist eine lange Geschichte, aber worauf es ankommt, ist, dass es bei der normalen sexuellen Fortpflanzung während der Meiose zur Überkreuzung von Chromosomen kommt. Das ist eine Art natürliche Rekombination der DNS, die bewirkt, dass eure Kinder *ungefähr*, aber nicht *genauso* aussehen wie ihr. Bei der Form von Parthenogenese, deren Anwendung ich euch vorschlage, gäbe es diese Überkreuzung. Ein Element der Zufälligkeit.«

»Und sowohl Jungen als auch Mädchen?«, fragte Dinah.

»Das ist schwieriger«, gab Moira zu. »Ein Y-Chromosom künstlich herzustellen ist kein Kinderspiel. Meine Prognose lautet, dass die erste Runde Babys – vielleicht die ersten paar Runden – alle weiblich sein werden. Weil wir einfach die Bevölkerungszahl erhöhen müssen. Während dieser Zeit kann ich an dem Problem mit den Y-Chromosomen arbeiten. Dabei werden später hoffentlich ein paar Jungen herauskommen.«

»Aber diese kleinen Mädchen – und später die Jungen – werden trotzdem aus unserer eigenen DNS gemacht sein?«, fragte Ivy.

»Ja.«

»Dann werden sie also genetisch eine ziemlich große Ähnlichkeit mit uns haben.«

»Wenn ich nichts daran mache«, sagte Moira, »werden sie wie Schwestern sein. Vielleicht sogar noch ähnlicher, als dieser Begriff nahelegt. Es gibt aber ein paar Tricks, mit deren Hilfe ich aus demselben Ausgangsmaterial eine größere Palette von Genotypen erzeugen kann. Sie werden vielleicht eher wie Cousinen sein. Letztlich weiß ich es nicht, es wurde noch nie versucht.«

»Sprechen wir über das Inzuchtproblem?«, fragte Dinah. »So klingt es jedenfalls.«

»Einen Verlust an Heterozygosität. Ja. Darüber weiß ich zufällig etwas. Deshalb wurde ich auch in die Stabev gewählt.«

»Wegen deiner Arbeit über Schwarzfußiltisse und so«, sagte Ivy.

»Ja. Das ist ein ganz analoges Problem. Aber der Punkt, den ich euch bitten möchte, im Kopf zu behalten, ist der, dass wir dieses Problem im Fall der Schwarzfußiltisse gelöst haben und es auch wieder lösen werden.«

Die Kraft und Zuversicht, die sie dabei ausstrahlte, brachten die anderen für eine Weile dazu, den Mund zu halten und sie anzusehen.

Moira fuhr fort: »Ich glaube, davon haben wir alle zumindest ein intuitives Verständnis, oder?«

Das galt Julia, die leicht angesäuert wirkte und knapp äußerte: »Meine Tochter hatte Down-Syndrom. Mehr sage ich nicht.«

Das nahm Moira mit einem Nicken zur Kenntnis, ehe sie

fortfuhr: »Jeder Mensch hat irgendeinen Gendefekt. Wenn die Fortpflanzung mehr oder minder zufällig innerhalb einer großen Population erfolgt, gehen solche Fehler nach dem Gesetz des Durchschnitts eher unter. Alles löst sich irgendwie von selbst. Wenn aber zwei Menschen mit demselben Gendefekt sich paaren, wird ihr Nachwuchs diesen Defekt wahrscheinlich ebenfalls aufweisen, und im Laufe der Zeit sehen wir die Abscheulichkeit, die wir gemeinhin mit Inzucht assoziieren.«

»Wenn wir also dem Plan, den du erläutert hast, folgen«, sagte Luisa, »und in ein paar Jahren mit sieben Gruppen von so etwas wie Geschwistern oder Cousinen anfangen...«

»Da gibt es nicht genug Heterozygosität, um deine Frage zu beantworten«, sagte Moira. »Wenn du eine genetische Prädisposition zu irgendeiner Krankheit hast, sagen wir...«

»In meiner Familie kommt Alpha-Thalassämie gehäuft vor«, sagte Ivy.

»Das ist ein gutes Beispiel«, erwiderte Moira. »Zufällig hat die Alte Erde vor ihrer Zerstörung umfangreiche Datenbanken über solche Dinge angelegt. Die nun alle da drin sind.« Sie zeigte auf ihr Labor. »Wir haben eine sehr genaue Vorstellung davon, welche Defekte an welchen Chromosomen für Alpha-Thalassämie verantwortlich sind. Wenn du mir ein Ei von dir zur Verfügung stellst, kann ich diese Defekte aufspüren und beheben, bevor wir mit der Parthenogenese anfangen. Deine Nachkommen werden von diesem Defekt frei sein. Außer im Fall einer künftigen zufälligen Mutation wird er nie mehr auftreten.«

Dinah hob die Hand. »Mein Bruder war Träger der Mukoviszidose. Ich wurde nie getestet.«

Julia schloss sich an. »Drei meiner Tanten sind an derselben Form von Brustkrebs gestorben. Ich bin getestet worden und weiß, dass ich diesen Defekt ebenfalls trage.«

»Für all diese Fälle gilt dieselbe Antwort«, sagte Moira. »Wenn es einen Gentest dafür gibt, bedeutet das per definitionem, dass wir wissen, welche Defekte dafür verantwortlich sind. Und aufgrund dieses Wissens können wir eine Genreparatur vornehmen.«

Eine neue Stimme schaltete sich in das Gespräch ein. »Wie sieht's mit der bipolaren Störung aus?«

Aller Augen richteten sich auf Aïda.

Sie würde am Ende ihres Lebens zu ihrem Schöpfer heimkehren, ohne je einen Freund oder eine Freundin, ja wenigstens ein freundliches Gespräch gehabt zu haben. So zeigte sich auch niemand besonders empfänglich für ihre Frage. Doch allein die Tatsache, dass sie sie gestellt hatte, deutete auf einen Grad an Selbstwahrnehmung hin, den sie von ihr bis dahin nicht erlebt hatten. Moira dachte darüber nach.

»Ich müsste ein wenig forschen. Ich glaube, dass es in gewissem Maß tatsächlich ein gehäuftes Vorkommen in Familien gibt. Soweit sie bestimmten Stellen an bestimmten Chromosomen zugeordnet werden kann, kann man sie wie jede andere Krankheit behandeln«, sagte Moira.

»Meinst du, man *sollte* sie behandeln?«, fragte Aïda.

Alle Blicke gingen automatisch zu Luisa, die nickte. »Wir sind längst über den Punkt hinaus, wo psychische Krankheiten gegenüber körperlichen als irgendwie weniger schlimm galten. Mit solchen Störungen sollte man meiner Meinung nach genauso umgehen.«

»Meinst du, dass man es tun *muss*?«

Luisa errötete leicht. »Worauf willst du mit diesen Fragen hinaus, Aïda?«

»Ich habe recherchiert«, sagte Aïda. »Manche sagen, die bipolare Störung sei eine nützliche Anpassung. Wenn die Lage schlecht ist, wird man depressiv, zieht sich zurück, schont seine Kräfte. Ist sie gut, tritt man mit großer Energie in Aktion.«

»Und du willst jetzt wissen...«

»Wirst du diese Krankheit bei meinen Nachkommen *gegen*

meinen Willen behandeln? Was, wenn ich nun viele kleine bipolare Kinder haben *will?*«

In das darauffolgende Schweigen hinein meldete sich Camila zu Wort. »Was ist mit Aggression?«

Alle wandten sich ihr zu, so als wären sie nicht sicher, richtig gehört zu haben.

»Das ist mein Ernst«, sagte sie und sah Aïda an. »Ich möchte nicht das Leid herunterspielen, das deine Krankheit mit sich bringt. Aber im Verlauf der Geschichte hat Aggression weitaus mehr Schmerz und Tod verursacht als bipolare Störungen oder was auch immer. Wenn wir schon die Aspekte der menschlichen Psyche ausbessern, die zu Leid führen, sollten wir dann nicht die Tendenz zu aggressivem Verhalten beseitigen?«

»Das ist etwas anderes«, fing Moira an, wurde jedoch von Dinah unterbrochen.

»Moment mal«, sagte Dinah. »Ich bin aggressiv. War ich immer. Ich war auf dem Weg, Fußballspielerin bei den Olympischen Spielen zu werden! Nur so war ich überhaupt fähig, etwas zustande zu bringen – indem ich meine Aggression in sinnvolles Handeln kanalisiert habe.« Sie wies mit dem Kopf zu Tekla hinüber. »Teufel, guckt doch sie an! Wie oft hat sie uns dadurch den Arsch gerettet, dass sie aggressiv war?«

Tekla nickte. »Ja. Dinah hat mich gerettet, indem sie aggressiv gegen Regeln von Raumstation handelte. Problem ist nicht Aggression. Sondern Fehlen von Disziplin. Ein Mensch kann aggressiv sein…«, sie nickte in Dinahs Richtung, »…und dennoch konstruktiv in Gesellschaft, wenn er seine Leidenschaften unter Kontrolle hat.« Damit warf sie einen vielsagenden Blick zu Aïda, die sich leise schnaubend abwandte.

»Du schlägst also vor, dass wir Menschen für Disziplin und Selbstbeherrschung züchten?«, fragte Ivy. »Ich weiß nicht genau, ob ich dir folge.«

»Ich glaube, Camila hat nur sagen wollen, dass bestimmte Persönlichkeitstypen, zu einem ungesunden Extrem getrieben, so schlimm sind wie diagnostizierbare psychische Krankheiten als solche. Wenn nicht schlimmer«, sagte Julia.

»Ich möchte nicht, dass du für mich sprichst«, sagte Camila.

»Ich versuche doch nur zu helfen«, sagte Julia. Doch wo die alte J.B.F. das in vorwurfsvollem Ton gesagt hätte, machte die neue nur einen erschöpften Eindruck.

Dinah fiel ein. »Also, was ich sagen will, ist, dass ich nicht als genetische Missbildung bezeichnet werden möchte, die aus der Zukunft der Menschheit ausradiert werden muss.«

»Das würde nie jemand von dir sagen, Dinah«, erklärte Ivy. »Camila meint diese primitiven Typen, die versucht haben, sie umzubringen, weil sie nach Bildung verlangte.«

»Und wie ist *deine* Meinung?«, fragte Tekla Ivy.

»Ähnlich wie deine. Aggression ist in Ordnung. Sie muss kontrolliert werden. Gelenkt. Und das ist nur durch Intelligenz zu erreichen. Durch rationales Denken.«

Das provozierte ein Kichern von Aïda. »Oh, entschuldige«, sagte sie. »Ich hatte an den Schwarm gedacht: achthundert Menschen, handverlesen aufgrund ihrer Intelligenz und ihres rationalen Denkvermögens. Und am Ende konnten wir an nichts anderes mehr denken als daran, wie sie schmeckten.«

»*Wir* haben uns nicht gegenseitig aufgegessen«, sagte Ivy.

»Ihr habt aber daran gedacht«, erwiderte Aïda lächelnd.

Dinah schlug mit der Handfläche auf den Tisch. Einen Moment lang blieb sie mit geschlossenen Augen sitzen, dann stand sie auf und verließ den Raum.

»Ich vermute, sie ist nicht diszipliniert oder intelligent genug, um ihre Aggression zu kontrollieren!«, witzelte Aïda.

»Das ist eine Form von Selbstdisziplin«, sagte Tekla. »Damit sie dich nicht umbringt. Siehst du, Aïda, über solche Dinge *nachzudenken* und sie *zu tun* sind zwei Paar Stiefel. Deshalb ist größere Disziplin nötig.«

»Was meinst du, wenn du von Disziplin sprichst, Süße?«, fragte Moira. »Ich versuche gerade, das Wort in genetische Begriffe umzumünzen. Ich kann einen genetischen Marker für Mukoviszidose finden. Ob das auch auf Disziplin zutrifft, kann ich nicht sagen.«

»Manche Völker sind diszipliniert. Ist Tatsache«, sagte Tekla. »Japaner sind disziplinierter als ... Italiener.«

Sie warf Aïda einen Blick zu, der die meisten Menschen an ihren Stühlen hätte festfrieren lassen, doch Aïda warf bloß den Kopf zurück und lachte triumphierend. »Du vergisst die römischen Legionen, aber sprich bitte weiter.«

»Männer sind disziplinierter als Frauen. Ist einfach Tatsache. Also muss es Gene dafür geben.«

Daraufhin herrschte erneut Schweigen, das schließlich von Luisa gebrochen wurde: »Ich sehe da eine Seite von dir, die ich noch nicht kannte, Tekla.«

»Nenn mich schlecht, nenn mich meinetwegen rassistisch. Ich weiß, was du sagen wirst: dass es alles Übung ist. Alles Kultur. Das finde ich nicht. Wenn du keinen Schmerz verspürst, reagierst du nicht auf Schmerz. Und Hormone.«

»Was ist mit Hormonen, Liebste?«, fragte Moira. Ihre Zuneigung zu Tekla war offenkundig und nahm ein wenig von der Spannung aus dem Raum.

»Wir alle wissen, dass bei einem bestimmten Hormonpegel Emotionen großen Einfluss haben. Zu anderen Zeiten nicht so sehr. Das ist genetisch.«

»Vielleicht aber auch epigenetisch. Das wissen wir wirklich nicht«, sagte Moira.

»Egal«, sagte Tekla. »Ich meine nur, wenn Menschen Hunderte von Jahren in Blechdosen leben sollen, braucht es Ordnung und Disziplin. Nicht von oben. Von innen. Falls es mit deinem Genlabor eine Möglichkeit gibt, das zu vereinfachen, sollten wir es tun.«

Luisa sagte: »Wir haben Ivys Standpunkt, dass Intelligenz der Schlüssel ist, noch gar nicht näher betrachtet.«

»Ja«, sagte Ivy mit einem Seitenblick auf Aïda. »Ich wurde unterbrochen.«

Aïda hielt sich die Hand vor den Mund und kicherte theatralisch.

Ivy fuhr fort: »Wenn wir wirklich der genetischen Verbesserung unserer Nachkommenschaft die Tür öffnen, dann liegt für mich auf der Hand, dass wir nach der einen Eigenschaft schauen sollten, die alle anderen übertrumpft. Und das ist ganz klar die Intelligenz.«

»Was meinst du mit: Sie übertrumpft alle anderen?«, fragte Luisa.

»Mit Intelligenz kannst du in einer entsprechenden Situation die Notwendigkeit erkennen, Disziplin zu zeigen. Oder aggressiv zu handeln. Oder gar nicht. Ich würde behaupten, der menschliche Verstand ist so wandelbar, dass er zu all den verschiedenen Persönlichkeitstypen *werden* kann, die Camila, Aïda und Tekla eben beschrieben haben. Seinen Impuls erhält das Ganze jedoch durch das, was uns von den Tieren trennt. Nämlich unser Grips.«

»Es gibt viele verschiedene Arten von Intelligenz«, sagte Luisa.

Ivy schüttelte leicht den Kopf. »Ich kenne das ganze Zeug über emotionale Intelligenz und so was. Okay. Schön. Aber du weißt genau, wovon ich rede. Und du weißt, dass es sich auf genetischem Weg ausbreiten kann. Schau dir nur die akademischen Leistungen, die Intelligenzquotienten der aschkenasischen Juden an.«

»Da ich als sephardische Jüdin spreche«, sagte Luisa, »kannst du dir meine gemischten Gefühle vorstellen.«

»Unterm Strich ist es Verstand, den wir brauchen«, sagte Ivy. »Wir sind keine Jäger und Sammler mehr. Wir leben alle wie Patienten auf der Intensivstation eines Krankenhauses. Was uns am Leben erhält, ist nicht Mut, Sportlichkeit oder eine jener anderen Fertigkeiten, die in einer Gesellschaft von Höhlenmenschen ihren Wert hatten. Es ist unsere Fähigkeit, komplexe technologische Fertigkeiten zu beherrschen. Es ist unsere Fähigkeit, Nerds zu sein. Wir müssen Nerds züchten.« Sie drehte sich zu Aïda um und blickte ihr direkt ins Gesicht. »Du verlangst Realismus. Du hast dich darüber beschwert, dass sie« – sie nickte in Julias Richtung – »und die Leute um sie herum Patentrezepte geboten, sich den Fakten nicht gestellt hätten. Schön. Ich gebe dir Fakten. Wir sind jetzt alle Nerds. Und könnten dann auch gleich gut darin sein.«

Mit spöttischer Miene schüttelte Aïda den Kopf. »Die menschliche Komponente lässt du völlig außen vor. Deshalb bist du auch eine schlechte Anführerin. Deshalb wurdest du durch Markus ersetzt, als weisere Leute als du das Sagen hatten. Und deshalb sind wir hier.«

»Hier, heil und unversehrt«, sagte Ivy, »im Gegensatz zu den Leuten, die dir gefolgt sind. Die sind alle tot.«

»Das sind sie«, sagte Aïda, »und ich bin am Leben und sehe jetzt schon, wie es laufen wird, ihr werdet mich in einer Sub-Arche einsperren, genetisch missgebildete Babys machen und mir wegnehmen.« Worauf sie weinend zusammenbrach.

»Sie hat dasselbe wie ich, nur schlimmer«, erklärte Julia. »Sie sieht viele Ergebnisse voraus – die meisten davon den Umständen entsprechend düster – und handelt danach.«

»Was für ein ungewöhnliches Maß an Selbstwahrnehmung von dir, Julia«, sagte Moira.

»Du hast überhaupt keine Ahnung von meiner Selbstwahrnehmungsfähigkeit«, schoss Julia zurück. »Ich war den größten Teil meines Lebens klinisch depressiv. Früher habe ich Medikamente dagegen genommen. Damit habe ich irgendwann aufgehört, und zwar deswegen, weil ich beschlossen hatte, dass es mich blöd macht, und ich will lieber unglücklich als blöd sein. Ich bin, was ich bin.«

»Depression ist in gewissem Maße erblich bedingt. Möchtest du, dass ich sie von den Genomen deiner Kinder ausradiere?«, fragte Moira.

»Du hast gehört, was ich gesagt habe«, antwortete Julia, »du kennst jetzt die Entscheidung, die ich getroffen habe. Nämlich die, für das Wohl der Allgemeinheit zu leiden. Weil die Gesellschaft auf Abwege geraten wird, wenn da nicht diejenigen sind, die sich, wie ich, alle möglichen Ergebnisse ausmalen. Lass diese Szenarien in ihren Köpfen um sich greifen. Das Schlimmste, was passieren könnte, vorwegnehmen. Maßnahmen zu dessen Verhütung ergreifen. Wenn der Preis dafür, den Kopf mit düsteren Vorstellungen voll zu haben, persönliches Leid ist, dann sei's drum.«

»Aber wünschst du dir das auch für deine Nachkommenschaft?«

»Natürlich nicht«, sagte Julia. »Wenn es einen Weg gibt, das eine ohne das andere zu haben – den Weitblick ohne das Unglück –, würde ich es, ohne mit der Wimper zu zucken, nehmen.«

»Wir brauchen nur ein paar Leute mit dieser Mentalität«, sagte Tekla. »Zu viele, und man hätte die Sowjetunion.«

»Ich bin siebenundvierzig«, sagte Julia. »Bei mir ist mit etwas Glück ein Baby drin. Ihr Übrigen könnt noch zwanzig Jahre lang welche auswerfen. Rechnet es euch selbst aus.«

»Es erstaunt mich, wie schnell wir in der Konkurrenzecke gelandet sind!«, klagte Camila. »Mir tut es so leid, dass ich das Thema aufgebracht habe.«

Ein scharfes Pochen erregte die Aufmerksamkeit aller im Raum.

Köpfe wandten sich zum Fenster der Banane um. Es war nicht groß – vielleicht die Maße eines Esstellers. Drei Jahre lang war es in Eis begraben gewesen und in Vergessenheit geraten. Doch jetzt bot es eine klare, wenn auch etwas verwirrende Sicht auf ihre Umgebung.

Draußen war Dinah, mit Karabinern an dem sich drehenden

Torus eingehakt. Sie hatte sich einen Raumanzug angezogen und war durch eine Luftschleuse ausgestiegen.

Als sie sich der Aufmerksamkeit der anderen sicher war, holte sie aus, um einen kleinen Gegenstand auf das Glas zu klatschen. Es war ein Klumpen Ton mit ein paar Drähten und einer elektronischen Vorrichtung, an der sie einen Knopf drückte. Darauf begann die Vorrichtung, von zehn Minuten an abwärtszuzählen.

Aïda kreischte vor Lachen und klatschte in die Hände. »Was zum Teufel macht sie da?«, fragte Julia.

»Das ist eine Sprengladung«, sagte Ivy. »Wenn Dinah sie nicht wieder von der Scheibe wegnimmt, wird sie uns alle in zehn Minuten töten.« Sie wandte den Blick vom Fenster ab und ließ ihn durch den Raum schweifen.

»Und was will sie damit erreichen?«, fragte Julia.

»Ich glaube, meine Freundin versucht uns begreiflich zu machen, dass die Menschheit, falls wir das hier nicht in zehn Minuten geklärt kriegen, es nicht verdient, weiter zu existieren«, sagte Ivy.

Vielleicht eine halbe Minute lang saßen sie alle schweigend da, ehe Moira sagte: »Was haltet ihr davon: Jede Frau entscheidet, was mit ihren Eiern gemacht wird.«

Als kein Widerspruch kam, fuhr sie fort: »Nur damit ich mich klar ausdrücke: Wenn es eine richtige Krankheit ist – etwas von der Liste, was in der medizinischen Literatur als solche definiert wird –, werde ich sie beheben. Ohne Unterscheidung zwischen körperlichen und geistig-seelischen Störungen. Egal, an wie vielen davon jede Einzelne leidet, werde ich sie alle beseitigen, bevor ich irgendeine andere Maßnahme ergreife. Aber.« Und sie hob lächelnd einen Zeigefinger. »Wenn das alles erledigt ist, hat jede von uns eine frei.«

»Eine was frei?«, fragte Tekla.

»Eine Veränderung – eine Verbesserung – nach eurer Wahl, vorgenommen an dem Genom des befruchteten Eis, das zu eurem Kind heranwachsen wird. Und *nur* eurem Kind. Ihr könnt sie nicht denen der anderen aufzwingen. Wenn also du, Camila, findest, dass es die Menschheit besser machen würde, ihre Aggression loszuwerden, nun, dann werde ich die wissenschaftliche Literatur nach einer Möglichkeit durchforsten, dein Ziel auf gentechnischem Weg zu erreichen. Dasselbe gilt für den Rest von euch und für die Veränderungen, von denen ihr glaubt, dass sie das Menschsein verbessern. Euer Kind, eure Entscheidung.«

Während sie alle darüber nachdachten, warfen sie sich hin und wieder flüchtige Blicke zu, um die Reaktionen der anderen herauszufinden.

Ivy schaute auf die Zeituhr draußen. »Gibt es irgendwelche Fragen? Wir haben noch acht Minuten.«

Luisa sagte: »Ich glaube nicht, dass wir acht Minuten brauchen.«

Ivy blickte jeder von ihnen direkt ins Gesicht, drehte sich dann zum Fenster und reckte den Daumen hoch.

Dinahs Augen, die man durch die Scheibe des Fensters und ihres Helmvisiers sehen konnte, schwenkten darauf zu. Sie nickte.

Moira lächelte und hob den Daumen. Auch das wurde von Dinah wahrgenommen.

Dann Tekla. Dann Luisa, Camila, Julia.

Aller Augen lagen auf Aïda. Sie erwiderte ihren Blick nicht. Sie war, im Grunde ihres Herzens, schüchtern. »Meinetwegen«, murmelte sie.

»Sie muss dein Votum sehen«, sagte Ivy.

»Wirklich? Du meinst, ich könnte ganz allein die gesamte Menschheit vernichten, indem ich in den nächsten sieben Minuten einfach nur den Daumen nicht hebe?«

Tekla zog ein Klappmesser aus einer Tasche an ihrem Overall und ließ die Klinge aufschnappen. Sie hielt es im Schoß und tat so, als reinigte sie sich einen Fingernagel damit. »Entweder das«, sagte Tekla, »oder Zahl von Menschen sinkt plötzlich von acht auf sieben, und wir haben einstimmige Entscheidung.«

Lächelnd streckte Aïda die Hand aus, Daumen nach unten.

»Ich spreche einen Fluch aus«, sagte sie.

Luisa gab einen erschöpften Seufzer von sich.

»Es ist kein von *mir* geschaffener Fluch. Es ist kein Fluch gegen *eure* Kinder. Nein. Ich war nie so schlecht, wie ihr alle mich seht. Dies ist ein Fluch, den *ihr* geschaffen habt, indem ihr tut, was ihr gerade im Begriff seid zu tun. Und es ist ein Fluch gegen *meine* Kinder. Ich weiß nämlich Bescheid. Ich sehe, wie es laufen wird. Ich bin die Böse. Die Kannibalin. Diejenige, die nicht mitzog. Meine Kinder werden, egal, wie ich mich entscheide, immer anders sein als eure Kinder. Denn täuscht euch nicht: Was ihr beschlossen habt, ist die Schaffung neuer Ethnien. Sieben neuer Ethnien. Sie werden für immer getrennt sein und sich unterscheiden, genau wie du, Moira, von Ivy. Sie werden nie wieder zu einer einzigen Menschheit verschmelzen, denn das ist nicht die Art der Menschen. In Tausenden von Jahren werden die Nachkommen von euch sechs auf meine Nachkommen herabschauen und sagen: ›Ah, schaut mal, da ist ein Kind von Aïda, der Kannibalin, der Bösen, der Verfluchten.‹ Sie werden die Straßenseite wechseln, um meinen Kindern auszuweichen, sie werden auf den Boden spucken. Das ist es, was ihr mit dieser Entscheidung bewirkt habt. Ich werde mein Kind – meine Kinder, denn ich werde viele haben – dazu heranbilden, sich gegen diesen Fluch zu behaupten. Ihn zu überleben. Und sich durchzusetzen.«

Aïda ließ den Blick durch den Raum wandern, starrte mit ihren tiefen schwarzen Augen nacheinander jeder einzelnen Frau ins Gesicht und wandte sich dann zum Fenster, durch das ihr Blick sich mit Dinahs traf.

»Ich spreche ihn aus«, sagte sie und drehte langsam die Hand, bis ihr Daumen nach oben zeigte.

Dinah löste den Sprengsatz vom Fenster. Sie hatte keine Ahnung, was Aïda gerade gesagt hatte. Es war ihr auch ziemlich egal. Wahrscheinlich die übliche Aïda-Theatralik.

Ein paar Minuten blieben noch auf der Countdown-Uhr. Dinah hätte sie einfach ausschalten können. Doch ihr war nach einem Spaziergang zumute. Was immer soeben in der Banane passiert war, sah unangenehm aus. Sie war es leid, mit diesen Leuten eingepfercht zu sein – selbst mit denen, die sie liebte –, und verspürte keinen großen Drang, sich wieder zu ihnen zu gesellen.

Dinah hakte den Karabiner aus und ließ den sich träge drehenden Torus los. Ihr Schwung trug sie auf die Wand der Spalte zu. Seit langem an Bewegung in der Schwerelosigkeit gewöhnt passte sie den richtigen Zeitpunkt für einen kleinen Salto ab und setzte zum Abbremsen die Füße an die Wand; dann schaltete sie die Magneten in ihren Stiefeln ein und begann, die Wand der Spalte hinaufzuwandern. Die geringe Schwerkraft machte Richtungen willkürlich. Eine Felswand »senkrecht nach oben« zu gehen unterschied sich kaum von einem Gang »waagerecht entlang« des Bodens der Schlucht.

Aus den Lautsprechern in ihrem Helm drang ein Ton, der sie darauf aufmerksam machte, dass eine Sprachverbindung hergestellt worden war.

Es war Ivy. »Kleiner Spaziergang?«

»Ja.«

»Hör mal, uns ist gerade etwas aufgefallen.«

»Aha?«

»Wir haben alle unsere Stimme abgegeben – nur du nicht.«

»Mmm, gutes Argument.« Dinah sah hinunter auf die Countdown-Uhr. Es wurde immer schwieriger, die Zahlen zu entziffern, denn sie näherte sich dem Terminator – der messerscharfen Grenze zwischen Sonnenlicht und Schatten –, und die helle Wand der Schlucht über ihr spiegelte sich im Display. Als sie es etwas schräger hielt, um mehr zu erkennen, sah sie, dass die Sechzig-Sekunden-Marke fast erreicht war. »Alles in Ordnung, ich habe noch eine Minute, um meine Entscheidung zu treffen.«

»Möchtest du wissen, worauf wir Übrigen uns geeinigt haben?«

»Ich vertraue euch. Aber, klar.«

»Wir werden alle versuchen, Babys zu kriegen, die genau wie du sind, Dinah.«

»Sehr witzig.« Dinah überquerte den Terminator, und die Sonne ging auf. Sie hob ihre freie Hand und klappte die Sonnenblende ihres Helms hinunter.

»Moira arbeitet jetzt daran.«

»Hat Aïda deswegen so ein Drama aus der Sache gemacht?«

»Genau.«

Fünfunddreißig Sekunden.

»Was habt ihr wirklich beschlossen?«

»Eine freie Genveränderung für jede Mami.«

»Ach ja? Was wirst du denn dann machen? Lauter richtig schlaue kleine spießige Tugendbolzen?«

»Wie bist du darauf gekommen?«

»Nur so eine Eingebung.«

»Und was ist mit dir, Dinah?« In der Stimme ihrer Freundin nahm Dinah erste Anzeichen von Besorgnis wahr. Sie blickte »nach unten« in die Schlucht, sah die hilflos am Boden festgeschweißte Wiege der Menschheit, malte sich für einen Moment aus, wie sie den Sprengsatz auf sie hinabwarf, einer Rachegöttin gleich, die einen Blitz schleuderte.

Sie dachte an Markus. An die Kinder, die sie mit ihm hätte haben können. Wie wären sie gewesen?

Markus war in mancher Hinsicht ein ziemlicher Arsch gewesen, hatte es aber unter Kontrolle halten können.

Was sie vor ein paar Minuten wirklich dazu bewogen hatte, auf den Tisch zu hauen, aufzuspringen und aus der Banane hinauszustürzen, war – wie ihr jetzt klar wurde – keinesfalls Aïda gewesen. Aïda war provozierend, ja. Stärker war jedoch eine sich langsam aufbauende Wut gewesen, die sich an Camila und ihren Bemerkungen über Aggression entzündet hatte. Bemerkungen, von denen Dinah inzwischen den Eindruck hatte, dass sie weniger auf sie selbst als auf Markus abzielten. Am liebsten hätte sie Camila am Genick gepackt und sie vor ein Display gesetzt, auf dem sie sich hätte anschauen müssen, wie Markus die letzten Minuten seines Lebens verbracht hatte.

Markus war ein Held. Dinah kam es so vor, als wolle Camila der Menschheit ihre Helden nehmen. Sie hatte zwar von Aggression gesprochen, aber damit war Camila einfach auf andere Art aggressiv – eine passiv-aggressive Art, die Dinah, so wie sie nun einmal erzogen war, unwillkürlich als hinterhältig betrachtete. Am Ende destruktiver als offene Formen von Aggression.

Das hatte sie dermaßen aus der Fassung gebracht, dass sie die Sitzung hatte verlassen müssen.

»Dinah?«, sagte Ivy.

»Ich werde eine Ethnie von Helden erzeugen«, sagte Dinah. »Scheiß auf Camila.«

»Es wird … interessant sein, über Jahrhunderte hinweg einen begrenzten Raum mit einer ethnischen Gruppe von Helden zu teilen.«

»Markus wusste, wie das geht«, sagte Dinah. »Er war ein Idiot, aber er hatte einen Kodex. Der hieß Ritterlichkeit.«

Sie warf den Sprengsatz einfach hoch.

»Hast du gerade mit Ja gestimmt?«

»Ach so, ja«, sagte Dinah und sah zu, wie er im Vergleich zu den Sternen kleiner wurde. Die roten Lichter der LED-Countdown-Uhr funkelten wie Rubine.

»Wir sind alle einer Meinung«, sagte Ivy. Dinah begriff, dass Ivy das gerade den anderen Frauen in der Banane verkündete.

Zum ersten und letzten Mal, dachte Dinah.

Das rote Licht war nur noch so groß wie ein Stecknadelkopf. Wie der Planet Mars, dachte sie, nur schärfer und glitzernder. Dann verwandelte es sich ganz still in einen gelben Lichtball, der dunkler wurde, während er sich ausdehnte.

TEIL 3

Fünftausend Jahre später

Kath Two schreckte aus dem Schlaf hoch, als orange-pinkfarbene Lichtflecke über das stramm gespannte Gewebe über ihr tanzten. Ein sehr alter Instinkt, entstanden in den Savannen der Alten Erde, deutete sie als Gefahr: vielleicht die huschenden Schatten von Raubtieren, die ihr Zelt umkreisten. In den fünftausend Jahren seit Beginn des Harten Regens hatte dieser Instinkt geschlafen, nutzlos. Hier auf der Oberfläche der Neuen Erde, die gerade anfing, Tiere zu beherbergen, die groß und schlau genug waren, um gefährlich zu sein, störte er nun von neuem ihren Schlaf. Ihre Schulter zuckte, so wie man es manchmal im Halbschlaf tat, wenn man sich nicht sicher war, ob man sich wirklich bewegte oder es nur träumte. Sie hatte erwogen, nach der Waffe unter ihrem Kissen zu greifen. Doch als sie wieder ganz zu sich kam, stellte sie fest, dass ihr Arm sich bis auf das Zucken nicht bewegt hatte, und durch das dünne Polster unter ihrem Kopf konnte sie immer noch die harte Form des Katapults spüren.

Inzwischen war klar geworden, dass das sich bewegende Licht auf dem Zelt nichts mit großen Raubtieren zu tun hatte. Dafür war es zu gesprenkelt und zu flüchtig. Nicht einmal Vögel konnten sich so bewegen. Sein Funkeln und Wirbeln waren geheimnisvoll, doch seine Färbung sagte ihr, dass es sich um das erste Tageslicht handelte. Das hieß, dass sie etwas zu lange geschlafen hatte und Gefahr lief, die frühmorgendlichen Winde zu verpassen, von denen sie gehofft hatte, sie würden sie in den Himmel tragen.

Sie stolperte aus ihrem kleinen Zelt, die Nachwirkungen der gestrigen Wanderung noch in den Beinen. Das war erstaunlich. Sie hatte geglaubt, gut trainiert zu haben. Doch selbst in der weitläufigsten Weltraumkolonie konnte man nicht allzu lange bergab gehen, während man auf einem richtigen Planeten tagelang an Höhe verlieren konnte. Und wie sich zeigte, waren es diese langen Abstiege, die den Beinen den Rest gaben. Gestern hatte sie fast zweitausend Höhenmeter verloren, als sie von einem Höhenzug zu einem blauen, wassergefüllten Krater von dreißig Kilometern Durchmesser hinabgestiegen war. Ein paar Kilometer von dessen Rand entfernt, wo das Gelände zu einem breiten Grasstreifen zwischen ihr und dem Ufer abfiel, hatte sie haltgemacht. Der Knick war kaum merklich gewesen, doch Kath Twos pochende Knie hatten ihn nur zu deutlich gemacht. Sie war den Hang ungefähr ein Dutzend Schritte weiter hinuntergegangen, hatte die Neigung in ihren blasenbedeckten Sohlen und die Luftströme mit den Lippen, den Haaren und den Handflächen gespürt. Dann hatte sie sich umgedreht und war wieder bergauf bis zu einem Wendepunkt getrottet, der unsichtbar gewesen wäre, hätte ihn nicht die niedrigstehende Sonne gestreift und einen scharfen Terminator auf den Boden geworfen.

Wo Wind über einen Knick im Gelände strich, stieg er auf. Die aufsteigende Luftbewegung war am Vorabend im abflauenden Wind nur schwach gewesen, Kath Two hatte jedoch gewusst, dass sie morgens, wenn die Sonne aufging und die Luft vor ihr floh, stärker werden würde. Deshalb hatte sie ihr Bündel fallen lassen und ihr Lager aufgeschlagen.

Das gesprenkelte Licht entstand, wie sie jetzt sah, durch den Sonnenschein, der sich glitzernd in den Wellen des Sees unten brach und Strahlen durchs Geäst von Bäumen vielleicht hundert Meter unterhalb von ihr heraufschickte, die begannen, sich im Morgenwind zu wiegen, und dabei leise Geräusche machten wie das Ausatmen einer schlafenden Geliebten.

Sie bückte sich, zog das Katapult unter dem Wäschesack hervor, den sie als Kissen benutzt hatte, und spürte, wie es surrte, als es ihren Fingerabdruck erkannte. Nachdem sie ein kurzes Stück gegangen war und sich aufmerksam umgeschaut hatte – eigentlich wollte sie das Katapult nämlich nicht benutzen –, hockte sie sich hin und urinierte an der größten offenen Stelle, die sie finden konnte. Erst in den letzten paar Jahrzehnten war das Ökosystem hier so weit gereift, dass TerReForm – ihr Arbeitgeber – es mit Raubtieren hatte bestücken können. Und das war immer eine ziemliche Glückssache. In den reifen Ökosystemen der Alten Erde hatten sich Raubtiere und Beute, den überlieferten Geschichten zufolge, zu einer Art Gleichgewicht entwickelt. In den neu gemachten auf der Neuen Erde wusste man nie. Man konnte nicht davon ausgehen, dass sämtliche Raubtiere in der Umgebung genug zu fressen fanden; und selbst wenn, sie hätten Kath Two als ein Stück verlockende Abwechslung für ihren Speiseplan betrachten können. Kath Two gehörte zum Survey-Team. Ob sie das zu einer Angehörigen des Militärs machte oder nicht, war eine Streitfrage von geradezu theologischer Komplexität. Doch unabhängig davon, ob man das Survey-Team als eine rein wissenschaftliche Abteilung mit Ad-hoc-Verbindungen – nur um des logistischen Vorteils und der einfacheren Lageerfassung willen – zum Militär oder als eine eng mit den Schlangenfressern zusammenarbeitende Elite-Aufklärungseinheit betrachtete, bestand seine erklärte Aufgabe darin, das Wachstum des Ökosystems der Neuen Erde zu beobachten und darüber zu berichten. Nicht aber, die Tiere, die die Menschheit mit so viel Mühe erdacht und importiert hatte, zu töten. Während ihres zweiwöchigen Arbeitsaufenthalts auf der Oberfläche hatte sie sich an das Katapult gewöhnt und fand es nicht mehr weiter erstaunlich, dass sie eine Waffe trug. Das Bewusstsein jedoch, dass sie heute die Heimreise antrat, bewirkte, dass sie es mit den Augen der kultivierten Städter betrachtete, unter die sie sich vielleicht morgen mischen würde: Bewohnerinnen und Bewohner des Habitatrings, die niemals glauben würden, dass Kath Two erst vor kurzem an einem Ort gewesen war, wo man nicht pinkelte, ohne sich vorher aufmerksam umzusehen, und sich nicht ohne Waffe in der Hand ins Freie wagte.

Im Laufe der Minuten, die seit dem Aufwachen vergangen waren, hatte sich das funkelnde Licht zu einem messingfarbenen Goldton erwärmt. Alles in der Gegend war eine Kombination aus außergewöhnlich komplexen und unvorhersehbaren Phänomenen: die kleinen Wellen auf dem See, die Formen, die die Äste der Bäume in ihrem Wachstum angenommen hatten, seit vor etwa einem Jahrhundert der Boden hier mittels Kapseln besät worden war, die aus dem All herabstürzten, wie Würfel auf wild durcheinanderliegende Trümmer von den unzähligen Bolideneinschlägen des Harten Regens fielen und in Ritzen Halt fanden, die von felsfressenden Mikroben vorbereitet worden waren. Die Äste und die Blätter reagierten auf die Luftströmungen, die ihrerseits in einer Weise, die menschliche Berechnung überstieg, zufällig und turbulent waren. Kath Two dachte über die Tatsache nach, dass die Gehirne von Menschen – ja im Grunde von allen großen Tieren – sich dahin entwickelt hatten, in Umgebungen wie dieser zu leben und durch derart komplexe Stimuli genährt zu werden. Fünftausend Jahre lang hatte die Menschheit ohne diese Art von Nahrung gelebt. Sie hatte versucht, sie mit Computern zu simulieren. Sie hatte Wohnstätten gebaut, die groß genug waren, um Seen und Wälder zu beherbergen. Doch simulierte Natur war nicht gleich Natur. Kath Two fragte sich, ob die Gehirne der Menschen sich in dieser Zeit verändert hatten und ob sie jetzt bereit waren für das, was sie auf der Neuen Erde in Gang gesetzt hatten.

Und weil sie Moiranerin war, überlegte sie, ob das alles damit zu tun hatte, dass sie zu spät wach geworden war. Ihre vorherigen Survey-Missionen waren kurze Intermezzi von nur wenigen

Tagen gewesen. Zudem hatte man sie normalerweise in weniger entwickelte Biome geschickt: an die Ränder des Terraforming-Prozesses, wo das Besäen des Bodens noch nicht so lange her war und keine derartige Komplexität auf Auge, Nase und Ohr einstürzte. Diese Mission dagegen hatte lange genug gedauert, um ihr das Gefühl zu vermitteln, dass sie sich dadurch veränderte.

Urmutter Moira war ein Kind Londons gewesen, fasziniert von der Natur, aber angezogen von der Stadt. Und so richtete Kath Two den Blick auf die hellen Lichter der Großstadt. Was hier bedeutete, in den Himmel hinaufzuschauen.

Tags zuvor war es bewölkt gewesen, nahezu windstill. Es wäre ihr wohl schwergefallen, die Energie zu finden und einzusetzen, die sie für die Heimreise brauchte. Doch über Nacht hatte die Lage sich geändert. Die Luft war in Bewegung. Noch nicht hinreichend stark, das konnte sie im Gesicht spüren, aber doch genug, um die Blätter oben in den Baumkronen zum Zittern und die schweren Köpfe des hohen Grases zum Schwanken zu bringen. Weiter oben bewegte sie sich wohl stärker, denn die Wolkendecke vom Vortag war in Büschel und feine Gewebefetzen zerrissen worden, violett-grau von unten und pink-orangefarben an den östlichen Seiten. Der Himmel dazwischen war jedoch vollkommen klar und immer noch so dunkel, dass sie ein paar helle Sterne und Planeten sehen konnte. Und in südlicher Richtung – sie befand sich nämlich in der nördlichen Hemisphäre – ein regelmäßiger Ring aus glitzernden Punkten, der sich vom östlichen Horizont aus im Bogen über das Himmelsgewölbe erstreckte, bis er gen Westen in den Schatten der Welt eintauchte. Von hier aus konnte sie fast die Hälfte der ungefähr zehntausend Habitate im Ring sehen. Weit im Osten, unmittelbar über dem Horizont, war ein besonders großer Lichtfleck, ähnlich dem Verschluss eines Halsbands, zu sehen. Das war wohl das Auge, dieses gigantische Gebilde, das gerade über dem Atlantik stand.

Es war Zeit, dorthin aufzubrechen.

Ihren kleinen Unterschlupf hatte sie in einiger Entfernung von der Geländekante, wo der Wind bald aufsteigen würde, auf einer flachen Raute aus weichem Gras aufgeschlagen. Nun brach sie ihre Zelte ab, schulterte ihr Bündel ein letztes Mal und trug es das kurze Stück bis zu dem Geländeknick, den sie tags zuvor bemerkt hatte. Sie ließ den Verschluss am Hüftgurt aufspringen und das Bündel zu Boden fallen.

Um die luftleeren Flügel und die Schwanzkonstruktion auszurollen, brauchte sie beidem nur einen kurzen Tritt zu versetzen. Kleinere Bündel kamen dazwischen zum Vorschein: eine Fußpumpe und eine harte Kugel, etwas größer als Kath Twos Kopf.

Ein paar Minuten verwendete sie darauf, die Pumpe zu betätigen. Allmählich verschwanden die Falten aus den ausgebreiteten Stoffbahnen, und das Ganze fing an wie ein Gleiter auszusehen.

Die Sonne war über dem gegenüberliegenden Kraterrand hochgestiegen. Nun begann die Oberseite der Flügel ihre Energie aufzunehmen und den eingebauten Luftpumpen zuzuführen, die die Flügel- und Schwanzröhren über das hinaus, was mit Muskelkraft erreicht werden konnte, unter Druck setzten.

Kath Two zog sich an. Was damit begann, dass sie sich nackt auszog und fror. Zum Glück war sie beim Betätigen der Pumpe ein wenig ins Schwitzen geraten.

Die harte Kugel war eine Glasblase mit einer Öffnung am Boden, durch die Kath Twos Kopf hindurchpasste. Im Moment war sie allerdings noch mit einer Rolle grauem Stoff vollgestopft. Den zog Kath Two heraus und rollte ihn mit einem leichten Fußtritt auf dem Boden auseinander. Die Länge des Stoffs entsprach ihrer Körpergröße. Darin war ein halbstarrer Trichter eingerollt gewesen, an dessen Rand Bänder baumelten. In den Trichter waren zwei Päckchen gestopft. Eins davon war winzig, nur eine Pille, die ihre Verdauung für einen Tag stilllegen würde. Die schluckte sie. Das andere war eine unangenehm kalte Packung

Gel. Kath Two biss eine Ecke davon ab und schmierte sich mit dem Inhalt, dessen kalte Berührung sie zusammenzucken ließ, vollständig ein. Es war ein Emolliens mit einer Gerüchten zufolge sehr komplizierten Zusammensetzung, und es hatte einen offiziellen Namen. Doch alle nannten es Weltraumschmiere. Das Zeug würde nie als Kosmetik verkauft werden; es lag schwer auf ihrer Haut, und sie konnte praktisch spüren, wie es ihre Poren verstopfte.

Die Trichter-und-Bänder-Vorrichtung diente dem Sammeln des Urins. Kath Two stieg hinein, zog sie über ihren Venushügel und sicherte die Bänder hoch über ihrem Beckenkamm. Ein kurzer Schlauch baumelte daran und kitzelte sie innen am Oberschenkel.

Dann hob sie das Ding aus grauem Gewebe hoch, einen einteiligen Bodysuit, dessen einzige Öffnung sich am Hals befand. Es war ein Netz aus fast mikroskopisch kleinen Nats – einfache dreibeinige Roboter, die zu kaum etwas anderem in der Lage waren, als die Hand ihrer Nachbarn zu halten. Man hätte unmöglich hineinschlüpfen können, hätten die Nats, die in einer einfachen Sprache miteinander kommunizierten, nicht einem gemeinsamen Programm folgend diese Verbindungen dehnen und zusammenziehen können. Kath Two fuhr mit beiden Händen in die Halsöffnung und zog in entgegengesetzte Richtungen. Die Geste erkennend entspannten sich die Nats, worauf die Öffnung sich so weitete, dass Kath Two erst einen, dann den anderen Fuß hineinstecken konnte. Das dazu erforderliche Gleichgewicht besaß sie glücklicherweise. Sie stand auf einem Handtuch, das sie auf dem Boden ausgebreitet hatte. Der klassische Fehler bestand nämlich darin, dass man, wenn man die Balance verlor, einen Fuß in den Dreck setzte oder gar hinfiel und anschließend mit Staub, Steinchen und Zweigen übersät war, die an der Weltraumschmiere kleben blieben. Doch Kath Two bekam ihre Füße ohne Zwischenfall in den Anzug. Die Löcher für die Beine und dann für jeden einzelnen Zeh zu finden grenzte, wie üblich, an eine Slapstickkomödie. Nachdem sie den Anzug aber erst einmal über den Hintern hochgezogen hatte, konnte sie sich hinsetzen und sich Zeh für Zeh vorarbeiten. Dann griff sie in das noch lockere Hosenbein hinein und verband den Urinschlauch mit einem Anschlussstück an der Innenseite ihres rechten Oberschenkels. Auf dieses Zeichen hin zog das Gewebe sich eng zusammen und klemmte ihr fast die Hand ein. Die Enge wanderte in einer Welle von den Zehen aufwärts über Knie und Schenkel bis zu den Pobacken und kam mit dem Erkennen der Taille zum Stillstand. Schließlich steckte Kath Two Arme und Schultern in die obere Hälfte des Anzugs und sortierte ihre Finger in die Handschuhe am Ende seiner Ärmel. Der Bodysuit, der ihre Absicht erkannte, verengte sich nach und nach, außer am Hals.

Aus der Öffnung des Helms löste sie einen steifen Kragen mit einem Scharnier auf einer und einem Spannverschluss auf der anderen Seite heraus. Sie legte ihn um ihren Hals und ließ ihn einschnappen, zog dann das noch lockere Gewebe des Anzugs darüber und fixierte es mit den Händen, während es sich zusammenzog, um eine feste Verbindung mit dem Kragen herzustellen.

Von dem harten Kragen bis hinunter zu den Zehen war Kath Two nun in graues Material gehüllt, das so eng anlag, dass sie die Sehnen ihres Handrückens, ihre auf die frühmorgendliche Kühle reagierenden Brustwarzen und die kleinen Mulden, wo die Fingernägel aus ihren Betten heraustraten, sehen konnte.

Sie zögerte, sich den Helm über das Gesicht zu ziehen. Das würde für eine Weile ihre letzte Gelegenheit sein, die frische Luft der Neuen Erde zu atmen. Die Wissenschaftlerin in ihr haderte mit einer tieferen, allen menschlichen Ethnien gemeinsamen Ebene, die Schönheit und Sinn in der »natürlichen« Welt sehen wollte. Kath Two wusste ganz genau, was Doc – oder nahezu jeder andere Ivyner – ihr sagen würde, könnte er ihre Gedanken lesen. Das Wasser in dem See unter dir ist da, weil wir so lange

Kometenkerne auf die tote Erde haben krachen lassen, bis sie feucht blieb. Die Luft, die du atmest, wurde von Organismen erzeugt, die wir gentechnisch hergestellt, über den feuchten Planeten verteilt und, als ihre Aufgabe erledigt war, getötet haben. Und der strenge Geruch, den du so magst, kommt von einer Vegetation, die über viele Jahre hinweg nur als eine binäre Zeichenkette existiert hat, gespeichert auf einem USB-Stick, der an einer Schnur um den Hals deiner Urmutter hing.

Das alles änderte nichts an ihrer Vorliebe dafür. Doch der Wind frischte auf und rüttelte ungeduldig an dem Luftfahrzeug. Für minimalen Auftrieb getrimmt würde es wahrscheinlich nirgendwohin fliegen, und dennoch könnte ein plötzlicher Windstoß es davontragen.

Durch eine plötzliche Bewegung nervös geworden streckte Kath Two die Hand aus und schlug auf die Oberfläche des rechten Flügels, etwa eine Armlänge von der Spitze einwärts.

Kath Two spürte ihre eigene Berührung. Ein Flecken Haut auf dem Rücken ihres rechten Unterarms, eine Fingerlänge vom Handgelenk entfernt, prickelte, als das Gewebe des Anzugs sich darüber zusammenzog: eine Anordnung von Falten, nicht größer als ein Fingerabdruck. Jedoch unverkennbar in der Form einer Miniaturhand – Moiras Hand. Kath Twos Haut und die des Gleiters waren nun in einem gemeinsamen Sensorium vereint, vermittelt durch das intelligente Gewebe des Bodysuits.

Lange hielt das nie an. Sie ließ ihre Hand auf die Spitze des Flügels zugleiten und beobachtete mit einem leichten Grinsen, wie die handförmige Unebenheit in ihrem Anzug zu ihrem Handgelenk hinkroch. Als sie die Hand wieder von dem Flügel nahm, verschwanden die Falten.

Kath Two stülpte sich den Helm über den Kopf und brachte ihn im Kragen in Position. Abgesehen von einem gepolsterten Stirnband, das das Gewicht ihres Kopfes auffing, und einer spärlichen geodätischen Anordnung von Miniaturlautsprechern war der Helm bloß eine transparente Blase, zum Glück ohne Warndisplays und anderen Kram.

In dem Rumpf, der die Flügel verband, befand sich eine Art Nest, das gerade genug Platz für sie bot. Sie setzte sich rittlings auf die Spitze, hob ein Bein etwas an und schob es in eine gepolsterte und isolierte Knie- und Schienbeinstütze. Dasselbe machte sie mit dem anderen Bein. Nun kniete sie im Cockpit. Auf dem Bauchpolster vor ihr lag lose ein zu einem schmalen Rucksack zusammengefalteter Rettungsfallschirm. Den nahm sie, schlang ihn sich über den Rücken und zog die Riemen um Taille und Oberschenkel fest. Ihr Gewicht auf die Arme stützend beugte sie sich vor, streckte mit Schwung die Beine nach hinten aus und ließ sich auf dem Bauch nieder.

Dann schloss sie verschiedene Dinge an: den Pinkelschlauch an ein System zu seiner Entleerung; die Trinkwasserzufuhr an ihren Kragen. Obwohl sie die Schläuche für herein- und hinausströmende Atmosphäre noch nicht brauchte, schloss sie sie ebenfalls an, außerdem ein Strom- und Datenkabel.

Dann fuhr sie mit einer Hand hinter sich, bis hinunter an die Knöchel, und ertastete den Griff für den Reißverschluss. Es handelte sich um einen geradlinigen Verschluss, der ebenfalls aus tumben, spezialisierten Nats bestand, die Kath Twos Körper behaglich unter vielen Schichten knittrigen Isoliermaterials im Inneren des Rumpfs einschlossen. Als sie ihn hochzog, spürte sie, wie das flexible Oberteil des Gleiters ihre Pobacken umklammerte und sich fest an ihre Wirbelsäule heftete, bis es sich oben um den Kragen ihres Anzugs geschlossen hatte. Jetzt war nur noch ihre Kopfblase zu sehen. Sie war zur Spitze des Gleiters geworden.

Wie ein Vogel, der seine Flügel ausbreitet, streckte Kath Two die Arme zur Seite und ließ sie in isolierte Tunnel gleiten, wo sie bequem auf luftgefüllten Stützen zu liegen kamen. Einen Moment lang dachte sie, ein paar Steinchen hätten sich irgendwie an Bord geschmuggelt und wären nun unter ihren Armen eingeklemmt. Dann verschob sich einer von ihnen ein wenig, und ihr wurde klar, dass das wieder der Anzug war, der den Druck eines Steins an der Unterseite des Flügels spürte und weitergab.

Die Isolierung trug auch zur Geräuschdämmung bei, sodass Kath Two von außen fast nichts mehr hörte.

Was nicht hieß, dass sie gar nichts mehr hören konnte. Sie konnte den Wind hören. Ein Satz, der allerdings der Klanglandschaft, die jetzt durch die Anordnung von Miniaturlautsprechern drang, im Grunde nicht gerecht wurde. »Der Canide roch den Wald« war ein völlig anderer Satz als »Der Mensch roch den Wald«, nicht weil die Wörter eine andere Bedeutung hätten, sondern weil der Riechapparat des Caniden unendlich viel feiner als der des Menschen war. In einer groben Analogie dazu übertraf das dreidimensionale Schallporträt des Windes, das in Echtzeit von den Bordsystemen des Gleiters erzeugt und von den Helmlautsprechern wiedergegeben wurde, das, was sie mit bloßem Ohr hören konnte, im selben Maß wie die Geruchswahrnehmung des Waldes durch den Caniden die durch den Menschen übertraf. Das Luftfahrzeug verfügte nämlich über in alle Richtungen weisende Lidar-Systeme, die bis zu einer Entfernung von mehreren Hundert Metern in die Luft hinausschauten und deren zahllose Strömungen, Scherungen und Verwirbelungen sahen. All diese Informationen als Schall zu übermitteln war unmöglich, aber was ankam, genügte vollauf, um Kath Two die von ihr gewünschte Richtung anzugeben, nämlich die, wo die Energie war. Und im Moment verriet ihr die Symphonie aus verschiedenen Tönen, Zischen, Knistern und Rascheln, dass ihre Eingebung am Vortag einigermaßen gestimmt hatte. In einer mehr oder minder gleichmäßig anliegenden Schicht stieg der Wind den Hang vom See herauf, doch als er über die Geländekante strich, musste sich der Wind weiter oben, in größerer Entfernung vom Hang, schneller bewegen, um mit der unteren Schicht mitzuhalten. Es gab ein Geschwindigkeitsgefälle zwischen dem Wind oben und dem unten. Das konnte sie nutzen.

Auch ihre Augen waren beschäftigt, sie verfolgten ein Vogelpaar, das parallel zum Hang flog und sich, um Kraft zu tanken, in die Windscherung hinein- und wieder aus ihr herausbewegte. Hoch über ihnen erzählten die Wolken ihr eine Geschichte über die Bedingungen, die sie in ein paar Minuten vorfinden würde, doch das kümmerte sie jetzt noch nicht.

Der Wind wehte böig. Das Gefühl von Druck unter ihren Armen wurde stärker, und gleichzeitig fühlte sie, wie das ganze Luftfahrzeug sich hob. Sie bewegte Füße und Hände auf eine Weise, die der Anzug erkannte und an die Steuerflächen des Gleiters weitergab. Im Handumdrehen war dieser für Auftrieb konfiguriert. Indem er sich plötzlich in den Hangaufwind schob, machte er einen Satz in die Luft; sie konnte spüren, wie der knotenartige Druck sich auflöste, während der Boden den Kontakt zu den Flügeln verlor. Danach wurden die einzigen Hautwahrnehmungen ihrer Arme durch die Flügel verursacht, die die über ihnen fließenden Luftströmungen ablasen. Um sich einen gewissen Fehlerspielraum zu verschaffen, ließ sie sich hoch hinauftragen, senkte dann die Spitze und glitt den Hang abwärts, wobei sie Höhe gegen Geschwindigkeit tauschte. Das Spiel, das sie nun für den Rest des Tages spielen würde, bestand darin, sich einen Vorrat an Energie anzulegen, die sie der Atmosphäre stahl. Am Ende würde sie das alles gegen Höhe eintauschen und sich spiralförmig in eine Gegend hochziehen, wo die Atmosphäre schwächer wurde.

Näher zum Seeufer hin wich die Wiese Bäumen. Dies war einer der reiferen Wälder auf der Neuen Erde. Nur wenige Jahre nach dem Ersten Vertrag, also vor etwa hundert Jahren, war er gesät worden. Kath Two zog die Spitze des Gleiters hoch, flog über die höchsten Äste, um dann erneut zu sinken, bis sie über das blaue Wasser des Sees glitt: den geschmolzenen Kern eines Kometen, der durch ausgesäte Algen und Fische wieder zum Leben erwachte. Per Sprachsteuerung veranlasste sie den Gleiter, einen nur fingerdicken Schlauch in das Wasser fallen zu lassen, das ein paar Meter unter ihr vorbeisauste. Bei ihrem ersten Flug quer über den See sammelte sie zwanzig Kilogramm Wasser, was den Gleiter etwas verlangsamte. Auf der anderen Seite fand sie eine Thermik, auf der sie ein paar Hundert Meter aufwärtsritt, bevor sie sich umdrehte und zum nächsten, diesmal schnelleren Flug über den See mit einem weiteren großen Schluck Wasser hinabtauchte. Dieser Teil ihrer Reise war der heikelste, und deshalb war es gut, dass er gleich am Anfang kam, wo sie noch frisch war. Ein Gleiter, der so leicht war, dass sie ihn auf dem Rücken umhertragen konnte, war andererseits zu leicht, um viel kinetische Energie zu speichern. Sein geringer Impuls setzte den Manövern, die Kath Two in der höheren Atmosphäre durchführen konnte, Grenzen; jeder kleine Ruck im Luftstrom würde ihn wie eine Feder umherwerfen. Er musste um einiges schwerer werden. Das ließ sich dadurch erreichen, dass man Wasser aus einem See schöpfte, wie sie es gerade tat. Doch das alles passierte in geringer Höhe und bei geringer Geschwindigkeit, wo der Fehlerspielraum eng war. Am heikelsten waren die ersten paar Durchgänge, bei denen der Gleiter noch praktisch nichts wog. Deshalb nahm Kath Two sich an der Seite des Sees jedes Mal Zeit, um eine gute Thermik zu finden und deren Kraft aufzunehmen. Nachdem sie das jedoch eine Stunde lang gemacht hatte, raste sie mit ungeheurer Souveränität im Sturzflug über den Krater, Bauch und Flügel des Gleiters durch Hunderte Kilogramm Wasser beschwert. Inzwischen wusste sie genau, wo sie nach thermischen Aufwinden suchen musste, die mit fortschreitendem Vormittag immer kraftvoller von den freien Wiesen an den Schultern des großen Kraters herwehten.

Bei ihrem letzten Durchgang, als sie sich gerade anschickte, hochzuziehen und über die Spitzen der Bäume an dem auf sie zurasenden Ufer zu gleiten, sah sie den Menschen.

Der Mensch stand nicht exponiert am Ufer, sondern weiter hinten in der ersten Baumreihe und schien sie zu beobachten. Er oder sie – die Entfernung war zu groß, um das Geschlecht zu erkennen – trug Kleidung, die optisch der Umgebung angeglichen war. Nicht die leuchtenden Overalls des Surveys. Nach Militär sah sie aber auch nicht aus. Vielleicht in dem Bewusstsein, dass er entdeckt worden war, trat der Mensch augenblicklich in den noch jungen Wald zurück. Im selben Moment musste Kath Two, wollte sie nicht mit den Bäumen zusammenstoßen, ihre Spitze hochziehen. So groß war ihre Überraschung gewesen, dass sie es fast zu spät tat und spürte, wie dünne Äste gegen die Unterseite des Rumpfs peitschten, als sie den See endgültig hinter sich ließ.

Unmittelbar vor ihr lag eine weitläufige, der Sonne zugewandte Wiese, die ihrer Erfahrung nach eine exzellente Kraftquelle sein musste. Als sie ihr so nah gekommen war, dass die Lidar-Systeme die Luft erkennen und ihre Augen die Bewegungen der Vögel ausmachen konnten, drehte Kath Two in die Thermik ein. Dabei musste sie sich zunächst auf das verlassen, was sie hörte, doch sobald sie hineinglitt und bis ins Detail die Strömungen der Luft in ihren Armen und Fingerspitzen fühlte, war sie imstande, sie wie die Vögel zu nutzen.

Ein halbstündiger Aufstieg ließ den See als eine blaue Scheibe weit unten liegen und öffnete ihr die Sicht auf offenes Land im Südosten, gesprenkelt mit pilzkappenförmigen Wolken, die ein untrügliches Zeichen darstellten. Indem Kath Two Höhe gegen Entfernung tauschte, glitt sie in einer nahezu geraden Linie dahin, bis sie diese thermischen Aufwinde mitnehmen und ihren Energiespeicher wieder aufladen konnte. Dabei hatte sie ein Gebirge in mehreren Hundert Kilometern Entfernung im Auge, das sich über dem Ostufer des Pazifischen Ozeans erhob. Darüber hingen Wolken in langen, parallel zum Gebirgskamm verlaufenden Falten.

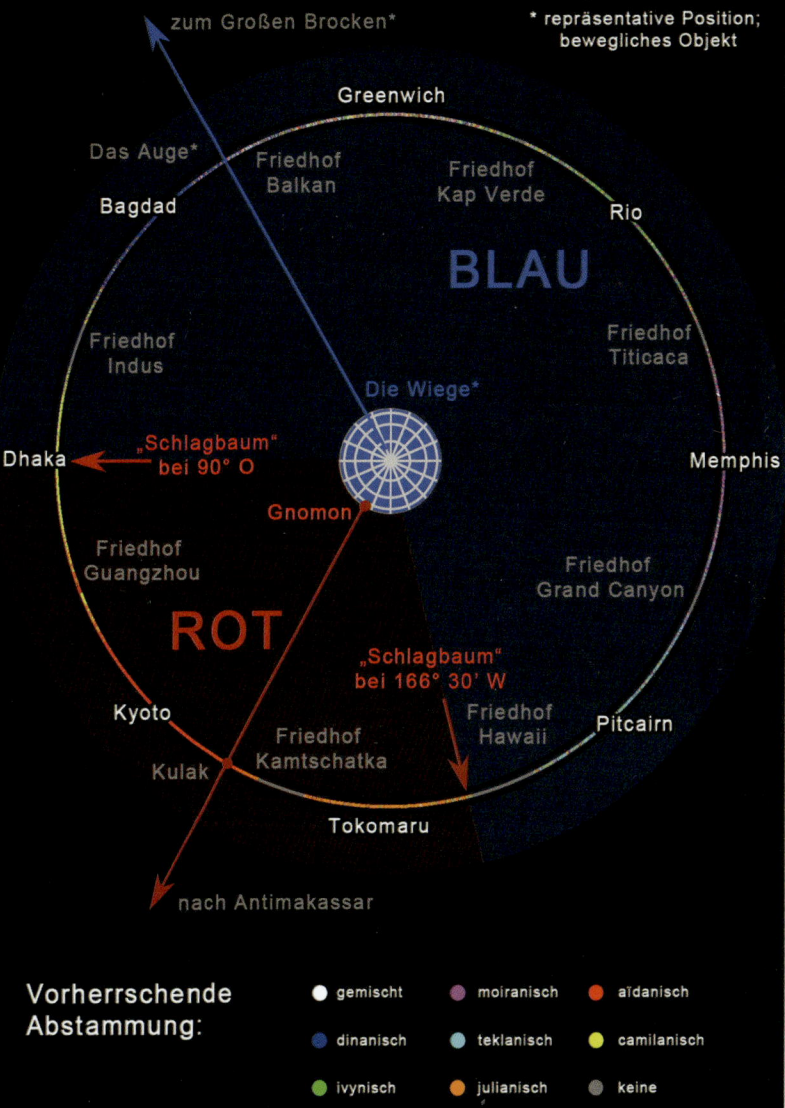

Die Fotozellen in den Flügeln hatten jetzt so viel Energie gespeichert, dass sie in der Lage war, einen Datenschub in den Weltraum hinaufzuschicken. Nur Sekunden später eintreffende Pakete informierten sie darüber, wann und wo sie entlang ihrer geplanten Route Hänger erwarten konnte. Es war noch zu früh, um sich auf einen bestimmten Plan festzulegen, aber hilfreich, einen allgemeinen Überblick zu bekommen. Und es war eine bewährte Praxis, die Leute wissen zu lassen, wo sie war und wann sie mit ihr rechnen konnten.

Wie es schien, operierten noch etwa zwanzig andere Kundschafter mehr oder minder im selben Gebiet. Die Zahl kam ihr erstaunlich hoch vor, und sie fragte noch einmal nach. Während sie auf die Bestätigung wartete, suchte sie den Himmel um sich herum ab und entdeckte zwei von ihnen.

Nach einigem Nachdenken schickte sie eine Sprachnachricht an Doc. »Wenn ich zurück bin, möchte ich mit Ihnen sprechen. Nicht dringend. Aber wichtig.«

Dann verbannte sie derlei Ablenkungen aus ihrem Kopf und widmete sich dem nächstliegenden Problem, das darin bestand, genug thermische Aufwinde aneinanderzuhängen, um in die Leewelle zu gelangen, die sie auf der windabgewandten Seite des Gebirges erwartete. Als sie erst einmal genug Energie – hauptsächlich in Form von Höhe – in ihrem Gleiter gespeichert hatte, wurde der Ritt auf der Thermik zu einem mehr oder minder automatischen Unterfangen, und sie konnte bis zu zwanzig Minuten am Stück dösen.

In Wahrheit gab es bei diesem Flug keinen Aspekt, der nicht auch von einem Roboter hätte bewältigt werden können. Auf der Neuen Erde waren robotergesteuerte Gleiter gerade überall im Einsatz. Kath Two befürchtete jedoch, ihre Flugfähigkeiten zu verlieren, wenn sie sie an Maschinen delegierte, und deshalb steuerte sie den Gleiter gerne wenigstens einen Teil der Zeit. Die Algorithmen funktionierten zwar, würden sich aber nur verbessern, wenn Menschen sie pflegten; und zu diesem Zweck musste man fliegen.

Eine plötzliche Beschleunigung weckte sie aus einem frühen Nachmittagsschläfchen, und ihr Blick fiel auf die schneebedeckten Gipfel der Berge tausend Meter unter ihr. Sie hatte die Leewelle gefunden, eine Quelle anhaltender atmosphärischer Energie, die alles in den Schatten stellte, was durch thermische Winde erreicht werden konnte. Es war ein von Norden nach Süden verlaufender Kamm aus aufsteigender Luft. Flöge sie von hier aus in nördlicher Richtung weiter, könnte sie vermutlich bis zum Polarwirbel darauf reiten und diesen dann bis zu dem Punkt hinaufsteigen, wo die Atmosphäre schwächer wurde. Doch sie musste weiter fliegen, als Flügel sie tragen konnten, und so drehte sie nach Süden ein und trimmte den Gleiter so, dass er seitwärts an der Welle entlangglitt und genug Energie davon abschöpfte, dass sie an Höhe gewinnen und gleichzeitig mit dreihundert Stundenkilometern südwärts rasen konnte. Sie war eine Fliege, die auf einem Hurrikan mitritt.

Knoten in dem Schallteppich verrieten ihr, dass sich unter und über ihr und links und rechts weitere kompakte Objekte befanden, die sie auch optisch wahrnehmen konnte, als die untergehende Sonne vor dem tiefen Violett des Himmels ihre Rümpfe und Flügelspitzen beleuchtete.

Noch höher – unermesslich weit oben und doch bloß im »niedrigen« Erdorbit – gab es größere Konstruktionen, die sich langsamer bewegten, so wie die Minutenzeiger großer Uhren. Lineare Konstellationen mit dickeren, helleren Lichtern an den Enden. Eine davon strich unmittelbar südlich von ihr quer über den Himmel, und sie wusste, dass sie schon zu spät war, um sie noch zu bekommen. Doch weiter im Westen sah sie eine andere näher kommen, wie ein riesiges Bein, das durch den Himmel schritt, den Fuß nach unten schwingend, ohne ihn aufgesetzt zu haben. Sie brauchte nicht einmal die Params zu überprüfen, um zu wissen, dass das der Hänger für sie war. Trotzdem führte sie die Berechnung durch, zum einen, um ihre Vermutung zu verifizieren, und zum anderen als Gefälligkeit gegenüber den anderen Luftfahrzeugen in diesem überfüllten Teil des Weltraums, die vielleicht denselben Hänger ansteuerten.

Bevor sie ihn erreichte, brach die Dunkelheit herein. Der Hänger – in Anlehnung an »Hangar«, einen Begriff aus der Luftfahrt auf der Alten Erde – war eine große hohle Kapsel an einem Ende eines Tethers, der sich gerade weit ins All hinaus erstreckte. An seinem entgegengesetzten Ende, Tausende von Kilometern weiter oben, befand sich noch ein solcher Hänger, der als Gegengewicht diente. Die beiden Hänger bildeten ein Bolo, drehten sich also umeinander, um den Tether zwischen ihnen gespannt zu halten. Das gesamte Bolo umkreiste, genau wie jeder andere Satellit, die Erde. Das Besondere dabei war, dass man die Höhe dieses Orbits und die Länge des Tethers so aufeinander abgestimmt hatte, dass bei jeder Drehung – oder, wie es aus Kath Twos Position aussah, jedem großen Schritt durch den Himmel – der Hänger am der Erde zugewandten Ende in die untersten Ausläufer der Atmosphäre hinabschwang und dort eine Minute nahezu reglos zu verharren schien. Das entsprach in etwa der Art, wie der Fuß eines Läufers bei jedem Schritt einen Moment lang reglos auf dem Boden stand, obwohl der Mensch sich rasch fortbewegte. Jedenfalls kam er so tief und bewegte sich so langsam, dass ein Gleiter, der durch die Kraft der Leewelle in eine hohe Geschwindigkeit hineingepumpt und hoch in die Atmosphäre befördert worden war, ihn erreichen und sich ihm anpassen konnte.

Kath Twos Augen und Ohren erzählten ihr von anderen Fahrzeugen, die auf dasselbe Ziel zusteuerten. Ein paar Minuten vor dem Rendezvous musste man die Kontrolle über das Luftfahrzeug einer Version des alten Programms Parambulator übergeben, das dann die endgültige Annäherung bewerkstelligte. Wäre

Kath Two allein gewesen, hätte sie das Manöver auch ohne Hilfe hingekriegt. Doch ihre eigene Annäherung mit der der anderen Fahrzeuge zu koordinieren gehörte zu den Aufgaben, die man am besten einem fünftausend Jahre alten Algorithmus überließ.

Zu dem Zeitpunkt, als sie die Kontrolle abgab, schien der Hänger noch unglaublich weit weg zu sein, doch im Laufe der nächsten paar Minuten tauchte er, mit roten Positionslichtern bestückt, wie ein auf Zeitlupentempo verlangsamter Meteorit aus dem Himmel auf. Er hatte die Form eines vorn und hinten stromlinienförmigen Rugbyballs mit stummelartigen Winglets, die, als sie zur Stabilisierung des Flugs ihre Anstellwinkel justierten, in der dünnen Luft auf Reibungswiderstand trafen. Kath Two und die anderen Luftfahrzeuge näherten sich dem Hänger alle von hinten und überholten ihn rasch, während er seine Geschwindigkeit fast bis zum Stillstand drosselte.

Das hintere Ende des Hängers bestand im Wesentlichen aus einer weiten Öffnung, die jetzt nach Art einer Lamellenblende aufging und wie eine magische, im Himmel hängende Tür den Blick auf ein geräumiges, hell erleuchtetes Deck freigab. Kath Two konnte die Lichter der anderen Fahrzeuge sehen, die sich vor ihr in die Schlange schoben.

Die helle Öffnung des Hängers wurde riesig und verlieh ihm das Aussehen einer frostigen Sonne, die vom Himmel fiel. Nacheinander schlüpften die Luftfahrzeuge in seinen Schutz und blieben federnd und rutschend auf seinem Deck stehen. Dieses war aus der Ferne horizontal erschienen, in Wirklichkeit jedoch leicht aufwärts geneigt, sodass die Fahrzeuge beim Hereinrollen eine sanfte Rampe hinaufstiegen. Das half ihnen, ihr überschüssiges Tempo zu drosseln. Kath Twos Gleiter federte zweimal, ehe die Rampe sein Gewicht aufnahm. Dann legte sich die – reale und simulierte – Schwerkraft wie eine fette Hand auf ihren Rücken, und als der Gleiter scharf bremste, spürte sie einen heftigen Blutandrang zum Kopf.

Optisch befand sich Kath Two nun im Ruhezustand. Tatsächlich steckte sie in einem rotierenden Objekt: der einen Extremität eines viertausend Kilometer langen Bolos. Dessen Rotation hatte aus der Ferne zwar schwerfällig gewirkt, aber das Bolo als Ganzes drehte sich schnell genug, um eine simulierte Schwerkraft von zwei G zu erzeugen. Diese ergab zusammen mit dem einen G reale Schwerkraft, die von der Neuen Erde auf sie einwirkte, eine enorme abwärtsgerichtete Kraft, von der sie in die wassergefüllten Ballastsäcke gedrückt wurde, die den Bauch des Gleiters bildeten.

Ein Grabb in Menschengröße zog ihren Gleiter von dessen Gewicht unbeeindruckt zur Seite und machte so Platz für weitere Luftfahrzeuge, die zur Landung hinter ihr hereinkamen. Alles in allem nahm der Hänger bei diesem Durchgang acht Fluggeräte auf. Außer dem von Kath Two wurden noch zwei weitere von Menschen gesteuert. Sie waren beide von unterschiedlicher Bauart und beide mit einem Antrieb versehen. Die anderen fünf waren Robotergleiter, die so ähnlich aussahen wie Kath Twos, aber nicht aufblasbar, sondern fest waren. Sobald der letzte von ihnen verstaut war, zog sich die Öffnung des Hängers zusammen und schloss sich hinter ihnen. Nach Vollendung seines Schrittes schwang der Hänger schon wieder zurück, indem er »Ferse« voraus an Höhe gewann und wieder in Richtung All aufstieg.

Er besaß ein viel zu großes Volumen, um es unter normalen Luftdruck zu setzen. Das Wenige an Luft, das der Hänger während seines kurzen Eintauchens in die Atmosphäre aufgenommen hatte, sickerte rasch wieder hinaus. Kath Two befand sich nun also praktisch im Weltall. In diesem Wissen hatte sich das Gewebe des Anzugs auf ihrer Haut zusammengezogen, um den Gegendruck zu erzeugen, der nun nicht mehr von der Atmosphäre geliefert wurde. Es war porös, sodass tatsächlich zwischen ihrer Haut und der Leere nichts als Weltraumschmiere übrig blieb. Diese und das Netz aus winzig kleinen Nats suggerierten ihrer Haut und ihren Muskeln, dass sie sich unter einer hübschen dicken Luftdecke befanden – genau wie es bei Menschen sein sollte. Der einzige Teil ihrer Ausrüstung, der wie ein altmodischer Weltraumanzug unter normalem Luftdruck stand, war der Helm.

Über der Mitte des Landedecks im Hänger baumelten vier Flifs von unterschiedlicher Größe und Bauart – die neuesten Ausgaben eines Luftfahrzeugtyps, den es schon vor Beginn des Harten Regens gegeben hatte. Für die soeben abgeschlossene Serie von Landungen waren diese hochgezogen und aus dem Weg geräumt worden. Die Tür des Hängers war kaum geschlossen, da wurde einer von ihnen – ein mittelgroßes Vier-Personen-Modell – mithilfe von Winden auf die Rampe heruntergelassen. Etwa zehn Meter von Kath Two entfernt kam es auf. Für ein Raumfahrzeug unpassend, schien es Räder zu haben. Tatsächlich ruhte es auf einem niedrigen fahrbaren Schlitten, der dafür ausgelegt war, die Rampe hinauf- und hinunterzurollen.

Grüne Lichter neben der Luftschleuse des Flifs verrieten ihr, dass jenseits davon alles in Ordnung war. Kath Two hatte noch etwa zehn Minuten, um es zu erreichen. Eine Menge Zeit, falls sie nicht ohnmächtig wurde. Sie gab einen Befehl, der es dem Korpus des Gleiters erlaubte, Luft herauszulassen. Dass die Luft entwich und das Wasser ablief, fühlte sie mehr, als sie es hörte. Die weiche Oberseite des Rumpfes teilte sich über ihren Schultern, ihrem Rücken, ihren Pobacken und Schenkeln. In der Zwischenzeit wand sie ihre Arme aus den isolierten Ärmeln, in denen sie wie ein Paar Flügel ausgebreitet gewesen waren. Angesichts der Tatsache, dass sie dreimal mehr wogen als sonst, war das ein gutes Training.

Als das alles erledigt war, lag der Gleiter wie ein zerknittertes Kreuz aus Gewebe flach auf dem Deck. Kath Two stöpselte sich von seinem CO_2-Absorber und dem Urinsammelsystem ab, dann trennte sie das Strom- und Datenkabel von ihrem Kragen.

Sie zog die Arme unter sich und begann, wie eine Eidechse auf das Flif zuzukriechen, indem sie die Knie abwechselnd auf den Platten des Decks vorwärtsschob. Ein großer Siwi kam spiralförmig zum Vorschein und kontrollierte, während er mit ihr Schritt hielt, ihre Vitalzeichen, bereit, notfalls zusätzliche Luft oder andere Formen der Unterstützung zur Verfügung zu stellen. Doch Kath Two kam in angemessenem Tempo voran. Wahrscheinlich hätte sie wie einer der anderen menschlichen Piloten auf allen vieren krabbeln können, wozu sie jedoch keine Notwendigkeit sah.

Etwas Merkwürdiges erregte ihre Aufmerksamkeit, und sie machte sich die Mühe, den Kopf leicht zu drehen, um nachzusehen, ob es real war: Tatsächlich, der dritte Pilot ging aufrecht. Mit kurzen, entschlossenen Schritten trottete er dahin, sorgfältig sein Gleichgewicht und die jeweilige Belastung für seine Gelenke einschätzend, während es ihm irgendwie gelang, genug Blut im Gehirn zu behalten, um nicht das Bewusstsein zu verlieren.

Kath Two hätte bei drei G nie aufstehen, geschweige denn gehen können. Dasselbe galt für die Mehrheit ihrer ethnischen Gruppe. Dieser Mann jedoch war Teklaner. Das zeigte sich deutlich an seiner Größe, seiner Hautfarbe und der Form seines Kopfes, die durch den Helm hindurch sichtbar waren. Weitere Hinweise lieferten seine Muskulatur und der Stil seines Anzugs – besonders schwer, teilweise gepanzert und mit strapazierfähigen Riemen zum Tragen verschiedener Lasten versehen. Seine Scheiden, Holster und Patronengurte waren leer. Aber selbst ohne irgendeinen derartigen Hinweis hätte sie seine Abstammung daran erraten, dass er beschlossen hatte, die Heldentat des Aufrechtgehens zu vollbringen, wo er sicherer und leichter hätte kriechen können.

Hätte es nicht die ethnische Verbindung zwischen Moiranern und Teklanern gegeben, hätte Kath Two womöglich die Augen verdreht und einen Witz darüber gemurmelt. Teklaner brauchten kein Blut im Gehirn, um pflichtbewusst voranzutrotten. Irgendetwas in der Richtung. Die Verwendung derartiger Stereotypen hätte sich jedoch auch gegen sie kehren können. Der Teklaner hatte sein Fahrzeug mit Motorantrieb in den Hänger gesteuert. Das Ding hatte also Triebwerke. Warum sollte man *nicht* Triebwerke benutzen, wenn man zu einer Zivilisation gehörte, die wusste, wie man sie herstellt? Kath Two dagegen hatte dasselbe Ziel in einem Gleiter ohne Antrieb erreicht, indem sie ihre praktischen und geistigen Fähigkeiten zur Gewinnung von Energie aus der Atmosphäre eingesetzt hatte. Zu jeder beliebigen Zeit hätte sie die Pilotenpflichten an einen Algorithmus abgeben können. Stattdessen hatte sie beschlossen, das meiste davon selbst zu machen. Auf seine Weise war dieses Verhalten nicht weniger ein Akt sinnlosen Draufgängertums als das, was der teklanische Pilot gerade tat. Sie hatte eine Reihe Fertigkeiten, die für sie wichtig waren, getestet und ausgefeilt. Nichts anderes tat, mutatis mutandis, dieser Teklaner.

Kath Two erreichte die Luftschleuse früher als notwendig. Deren Boden war aus Gefälligkeit gegenüber Leuten, die ihn, wie sie, durch alle besonders knochigen Partien ihres Körpers spürten, mit einer Polsterung versehen. Sie drehte sich schwerfällig auf den Rücken, rempelte dabei den Piloten, der auf allen vieren angekommen war, leicht an und steckte ihren Luftschlauch in eine Anschlussbuchse an der Wand der Luftschleuse. Neue Luft strömte in ihren Helm. Nachdem der Teklaner eingetreten war und sich auf eine Bank hatte fallen lassen, schloss sich die äußere Luke, und die Verriegelung rastete ein. Aufgrund des steigenden Luftdrucks lockerte das Netz aus Nats seine feste Umklammerung um Kath Twos Körper, und als der Druck sich der normalen Atmosphäre eines Habitats näherte – einem dünnen Gasgemisch ähnlich dem, was Menschen auf der Alten Erde an Orten wie Aspen, Colorado, geatmet hatten –, war es schließlich nur noch so eng wie ein Sporttrikot.

Die innere Luke ging auf. Diesmal auf allen vieren krabbelnd, folgte Kath Two den anderen in die Hauptkabine, die über vier Astronautensitze verfügte. Sie besetzten drei davon, schnallten sich an und machten es sich bequem. Jetzt lagen sie, die Beine leicht erhöht, auf dem Rücken. Irgendwann hatten die Systeme ihrer Anzüge sich in das Sprachübertragungssystem des Flifs eingeklinkt – das erkannte Kath Two daran, dass sie die beiden anderen ebenso schwer atmen hören konnte, wie sie selbst es tat. Doch niemand sagte etwas. In ein paar Minuten würde ihnen das Sprechen wesentlich leichter fallen. Erwartungsgemäß hob der Teklaner mit einer kontrollierten Ausatmung seine fleischigen Arme, packte seinen Helm und zog ihn sich aus. Dessen Gewicht legte er auf seinem Bauch ab und ließ die Arme wieder auf den Sitz plumpsen. Aus dem Augenwinkel erhaschte Kath Two, wie nicht anders erwartet, einen flüchtigen Blick auf platinfarbenes Haar und hohe Wangenknochen, aber ihr war nicht danach, den Kopf zu drehen. Stattdessen blickte sie auf einen vor ihrem Gesicht befestigten Bildschirm, den sie fokussierte, so gut es eben ging, da ihre Augäpfel durch die G-Kräfte flachgedrückt wurden.

Sie hatten sich im Horizontalflug in den Hänger begeben, bei einer Reisegeschwindigkeit von hundert Stundenkilometern. In den seitdem vergangenen Minuten hatte die Zentrifugalkraft, die Kath Two dazu gezwungen hatte, wie eine Eidechse über den Boden zu kriechen, sie auf- und vorwärts beschleunigt und dabei fortwährend kinetische Energie in sie und alles um sie herum gepumpt und sie zu den immensen Geschwindigkeiten hochgewirbelt, die für die Raumfahrt eher typisch waren. Verglichen mit den seltsamen, Feuer speienden Systemen, die ihre Vorfahren zu eben diesem Zweck benutzt hatten, war das kein Kunststück. Das Bolo entsprach mechanisch gesehen der Schleuder, mit der David Goliath tötete. Dabei war das Flif der in ihrer Ausbuchtung eingebettete Stein.

Das Bolo hatte etwa eine Viertelumdrehung hinter sich gebracht, sodass sie sich nun direkt von der Erdoberfläche wegbewegten – mit dem in der Ferne liegenden Ring von Habitaten, den sie und drei Milliarden weitere Angehörige der Menschheit ihre Heimat nannten, als Ziel.

Wie in einem Videofenster auf dem Bildschirm über ihr zu sehen, weitete sich die Öffnung des Hängers und zeigte eine Scheibe schwarzen Himmels. Ein Trommelwirbel aus metallischen Geräuschen verriet ihnen, dass die Bremsen an dem Schlitten gelöst worden waren. Von zentrifugalen Kräften die Rampe hinabgetrieben nahm er auf dem Weg bis an den Rand des Hängers Fahrt auf und hielt dann mit einem Niesen seiner Stoßdämpfer plötzlich an. Das Flif befreite sich ruckelnd von dem Schlitten. Aus Sicht seiner Passagiere schien es vom Rand des Decks hinunter ins All zu fallen. Unterwegs geriet es ein wenig ins Taumeln, was jedoch durch rasches Zünden seiner Korrekturtriebwerke behoben wurde.

Sie wurden schwerelos. Kath Two nahm ihren Helm ab, ließ ihren Kopf aber, während ihr Innenohr sich anpasste, noch einen Moment in die Stütze des Sitzes eingebettet. Unterdessen kramte sie in einem Fach ihrer Armstütze nach einem Verp, den Leute normalerweise anstelle von Flachbildschirmen benutzten, wenn sie mit irgendeiner Anwendung arbeiten wollten. Es handelte sich um ein ziemlich altes Wort, von dem die meisten Menschen vergessen hatten, dass es eine Abkürzung für »Visueller Erweiterungs-Retroprojektor« war. Die Aufmachung variierte, aber das Grundmodell sah aus wie eine dickrandige Brille. In dieses Gestell eingebaut waren Kameras, die sehen konnten, auf welche Weise ihre Hände sich bewegten, ein Mikrofon, das ihre Sprache zu hören vermochte, und weitere Kameras, die in der Lage waren, ihren Blick zu verfolgen. Als sie es aufsetzte, erschienen in ihrem peripheren Gesichtsfeld eine Reihe leuchtender Gebilde, und sie konnte die Hand ausstrecken und eins davon aktivieren, um Parambulator zu starten. Das lieferte ihr einen Überblick über die Lage des Flifs im Universum: in der Mitte eine blaue Scheibe, die, unter einem grauen Film von Atmosphäre, die Neue Erde darstellte. Deutlich außerhalb davon die orbitale Spur des Bolo-Zentrums, um die die doppelten Bahnverläufe seiner beiden Hänger sich herumschlängelten. Das war das, was sie gerade verlassen hatten. Ein blinkender grüner Punkt zeigte ihre augenblickliche Position auf ihrer neuen Umlaufbahn, einer fetten Ellipse, deren Apogäum mit dem Kreis von Habitaten zusammenfiel, der in geosynchroner Höhe über dem Planeten hing. Im Laufe der nächsten zwölf Stunden würden sie zu dieser Höhe hinaufgleiten, sich dann wieder in ihren Astronautensitzen anschnallen und mit anderen Mitteln ein Delta v herbeiführen, das sie mit jedem gewünschten Habitat synchronisierte.

Die Welt, in der im Wesentlichen alle drei Milliarden Menschen lebten, war, gleichsam von »oben«, von hoch über dem Nordpol aus betrachtet, ein hauchdünner Ring, rund vierundachtzigtausend Kilometer im Durchmesser – etwa siebenmal der Durchmesser des blauweißen Planeten in seinem Zentrum. Die Objekte, die den Ring bildeten, waren, so groß sie den Menschen, die in ihnen lebten, auch erscheinen mochten, verglichen mit dem gesamten Ring verschwindend klein. Man stelle sich die feinstmögliche Schmuckkette vor, eine nahezu unsichtbare Spur aus Platin um den Hals einer Frau. Wenn man nun eine so feine Kette zu einem Kreis von zehn Metern Durchmesser auslegt, hat man eine Vorstellung von der Zartheit des Rings im Vergleich zu seiner Gesamtgröße. Leichter war das in künstlichen Darstellungen wie der auf Kath Twos Verp zu sehen, wo die Punkte, die den Ring bildeten – die einzelnen Habitate –, als unrealistisch große, farbcodierte Leuchtflecken wiedergegeben waren.

So gesehen war der Kreis in acht ungefähr gleich große Bögen unterteilt, die jeweils einen Winkel von fünfundvierzig Grad einschlossen. In kleinem Maßstab betrachtet waren diese funkelnd und leuchtend bunt schillernd, mit viel kürzeren grauen Bögen – den sogenannten Friedhöfen – dazwischen, die sie zusammenhielten.

Im größeren Maßstab wurde die pointillistische Natur des Bildes offenbar, und das System begann hilfreicherweise Bezeichnungen und nummerierte Meridiane darüberzulegen. Auf die acht Segmente verteilten sich mehr als neuntausend aktive Habitate. Die Friedhöfe enthielten davon noch einmal mehrere Hundert – hauptsächlich zum Verschrotten ausgemusterte – sowie ungenutzte Bruchstücke des Mondes und vereinzelte eingefangene Asteroiden, die als Rohmaterial für neue Bauten dienen würden.

Jedes Objekt, das nicht bewohnt war – weil noch nicht fertig, verlassen oder einfach nur ein Gesteinsbrocken –, erschien als grauer Punkt, was das matte Aussehen der acht Friedhöfe erklärte.

Die acht wesentlich längeren Bögen zwischen ihnen schillerten dagegen nur so vor Farbe, wobei in jedem, aus der Entfernung betrachtet, jeweils eine vorherrschte. In diesen Farben war die Geschichte ihres Baus codiert, und in der Verlängerung auch die der Menschheit während der vergangenen tausend Jahre – des Fünften Jahrtausends, des Jahrtausends des Rings. Davor – während der ersten viertausend Jahre seit Beginn des Harten Regens – war der Weltraum so schmutzig gewesen, dass die Menschen gezwungen gewesen waren, Unterschlupf auf Himmelskörpern aus massivem Eisen und Nickel wie etwa Kluft zu suchen, deren Umlaufbahnen natürlich der des Mondes ähnelten, zu dessen Kern sie einst gehört hatten – neunmal weiter von der Erde entfernt als der Habitatring jetzt. Wie Dubois Harris vorhergesehen hatte, war die Umlaufbahn des einstigen Mondes ein guter – im Grunde der einzige – Ort gewesen, um, solange es Höllenfeuer auf die Erde regnete, eine Zivilisation neu aufzubauen. In dem Maße jedoch, in dem die Menschheit als Ganzes in der Lage war, einen Plan zu fassen, bestand dieser darin, am Ende auf die Erde zurückzukehren. Der Harte Regen ließ nach, anfangs nur langsam und dann, im Laufe des Vierten Jahrtausends, drastischer, als Kolonnen von Robotern, die aus ihren Nickel-Eisen-Festungen herauskamen wie Fledermäuse aus Höhlen, damit begannen, den Himmel sauber zu fegen, indem sie die Trümmerwolke überwachten, Körnchen und Kiesel zusammentrieben und sie spiralförmig in geordnete Umlaufbahnen in geosynchroner Höhe beförderten. Ein Großteil der Arbeit wurde mithilfe des solaren Strahlungsdrucks geleistet, einer schwachen Antriebsform, deren Wirkung sich Hunderte von Jahren später einstellte.

Bei Anbruch des Fünften Jahrtausends, vor etwa tausend Jahren, war das erste neue Habitat in geosynchroner Umlaufbahn erbaut worden. Es hieß Greenwich, weil man es über dem Nullmeridian der Alten Erde platziert hatte. Als Nachbarn hatte es zunächst nur Trümmer und ausgediente Roboter gehabt. Sobald aber Greenwich fertiggestellt war, hatte sich von dort aus der Bau von weiteren Habitaten ausgebreitet. Die Menschheit und ihre Roboter hatten begonnen, sich in beiden Richtungen ihren Weg durch den Ring aus Rohmaterial zu brennen, das sie verbrauchten wie Feuer eine Lunte.

Greenwich war ein gemeinsames Projekt der Angehörigen aller sieben Abstammungslinien. Dasselbe galt für seine ersten Nachbarn: Volta, dann Banu Qasim im Osten, Atlas und Roland im Westen, später noch weitere in beiden Richtungen. Daher waren sie auf dem Display, das Kath Two in ihrem Verp sah, alle weiß dargestellt.

Greenwich war einer von acht gleich weit voneinander entfernten Punkten, die rund um den Ring eingezeichnet waren. Die anderen sieben bekamen, nach Westen fortschreitend, die Namen Rio, Memphis, Pitcairn, Tokomaru, Kyoto, Dhaka und

Bagdad. Zu gegebener Zeit wurde jeder von ihnen mit einem neuen Habitat sowie den zum Bau weiterer Habitate notwendigen Produktionsmöglichkeiten bestückt. Im Laufe der Jahrhunderte brannten sich deren Bewohner gleichermaßen ihren Weg durch die Rohstoffe, die westlich und östlich von ihnen lagen, und bauten in einem Tempo neue Habitate, das dem Wachstum ihrer jeweiligen Bevölkerung entsprach.

Es war offensichtlich, dass, wenn dieser Prozess lange genug andauerte, der Bogen aus Habitaten, der sich westlich von, sagen wir, Greenwich erstreckte, mit dem in Berührung kommen würde, der östlich von Rio wuchs. Die zwischen den Segmenten liegenden, immer schmaler werdenden Streifen aus ungenutztem Material und wiederverwertbarem Schrott wurden zu den Friedhöfen und wären vielleicht ganz verschwunden, wären sie nicht so nützlich gewesen – anfangs als Materiallager, später als politische Pufferzonen und als Schwellengebiete, Grenzen nicht unähnlich, in die Menschen fliehen konnten, wenn sie die Erfahrung gemacht hatten, dass das dicht gedrängte Leben in Weltraumhabitaten nichts für sie war. Der Friedhof auf halbem Weg zwischen Greenwich und Rio wurde Kap Verde genannt. Weitere Friedhöfe, von Kap Verde aus nach Westen, waren Titicaca, Grand Canyon, Hawaii, Kamtschatka, Guangzhou und Indus. Geschlossen wurde der Kreis durch den zwischen Bagdad und Greenwich, der Balkan genannt wurde. Manche waren größer als andere. Guangzhou, der ursprünglich das aïdanische vom camilanischen Segment getrennt hatte, war, da die Bevölkerung zu beiden Seiten gewachsen war, vollständig aufgebraucht worden.

In dem Fluch, den Urmutter Aïda einst ausgesprochen hatte, war viel Wahres enthalten. Innerhalb der ersten paar Generationen nach dem Rat der Sieben Evas war klar geworden, dass die sieben Abstammungslinien für immer existieren würden. Sie gehörten genauso zum Bild des Menschen wie Fußnägel und Milz. Obwohl es nie eine offizielle politische Verlautbarung dazu gegeben hatte, stimmten sie mehr oder minder mit den Füßen ab. Rio war überwiegend ivynisch geworden. Moiraner hatten sich in Scharen nach Memphis begeben und Teklaner an den nächsten Punkt in dieser Richtung, nämlich Pitcairn.

Bagdad, auf der anderen Seite von Greenwich gelegen, war von Dinanern besiedelt worden. Von dort aus nach Osten hin hatte sich Dhaka mit Camilanern gefüllt. Aïdaner und Julianer hatten einen Weg gefunden, ihr ständiges Gefühl der Fremdheit gegenüber den anderen Abstammungslinien dadurch zum Ausdruck zu bringen, dass sie sich gleichsam für die Antipoden-Habitate Kyoto bzw. Tokomaru entschieden; geschlossen wurde der Kreis dort, wo sich Julianer an ihrem östlichen Ende dem äußersten Westen der Teklaner näherten, von ihnen getrennt nur durch den Friedhof Hawaii, der ziemlich breit war, schon weil die Abkömmlinge der Urmutter Julia nicht zahlreich genug waren, um beim Verbrauchen von dessen Ressourcen rasch voranzukommen.

Das Maß an ethnischer Reinheit variierte. Greenwich als gemeinsame Gründung würde immer der ethnisch vielfältigste Teil des Rings bleiben. Auch Bagdad und Rio, die zu beiden Seiten angrenzten, hatten eher viele Bewohner, die keine Dinaner bzw. Ivyner waren. Dieser Drei-Segmente-Bogen war daher ziemlich kosmopolitisch. Die Angehörigen der anderen Abstammungslinien dagegen waren in der Regel selbstbezogener, weshalb die Bevölkerung ihrer Segmente nicht so gründlich durchmischt war. Von der Norm abweichende Außenposten sprenkelten den Ring: So befand sich zum Beispiel mitten im dinanischen Segment ein Habitat mit fünfzigtausend Julianern.

Zur Unterscheidung der Laborproben, aus denen alle Abstammungslinien hervorgegangen waren, hatte Urmutter Moira ein Farbcodierungssystem angewendet. Dessen Grundlage war einfach das gewesen, was sie an Büromaterial um sich herum vorgefunden hatte: ein Sortiment von farbigen Reagenzglasaufklebern und Filzstiften. Dennoch war es zu einer allgemeinen Übereinkunft geworden.

Blau: Dinah
Gelb: Camila
Rot: Aïda
Orange: Julia
Türkis: Tekla
Violett: Moira selbst
Grün: Ivy
Weiß: keine bestimmte Nachkommenschaft

Entsprechend diesem Code waren auch die Punkte eingefärbt worden, aus denen der Ring bestand. Ein vorwiegend dinanisches Habitat erschien demzufolge in Blau und so weiter. Da sie so winzig und so zahlreich waren, verschmolzen die Punkte auf dem Bildschirm alle zu einem bunt schillernden, funkelnden Bogen. Allgemeine Tendenzen waren jedoch zu erkennen. Ob es nun eine bewusste Entscheidung vonseiten der Urmutter Moira gewesen war oder nicht, die Farben aus dem kühlen Teil der Palette – Blau, Grün, Violett, Türkis – waren mit den vier Urmüttern verbunden, denen sie persönlich am nächsten stand, während die warmen Farben – Rot, Gelb, Orange – den anderen vorbehalten waren.

Daher sah man, wenn man den gesamten Ring nach diesem System grafisch wiedergab und diese Darstellung mit Greenwich bei zwölf und Tokomaru bei sechs Uhr als Ganzes betrachtete, einen großen Bogen aus kühlen Farben, der bei etwa zehn Uhr (dem westlichen Rand des Indus-Friedhofs) begann und sich bis ungefähr fünf Uhr (das östliche Ende des Friedhofs Hawaii) herumzog. Ein kürzerer Bogen aus warmen Farben ging von kurz vor sechs bis etwas nach neun. Das »oberste« Segment des Rings mit Greenwich im Zentrum war frostig-weiß, wie eine von violetten Bergen, grünen Hügeln und blauem Wasser flankierte polare Eiskappe. Unten links dagegen sah der Ring aus, als würde er von einer Fackel erhitzt, denn er leuchtete in den warmen Farbtönen, die von überwiegend camilanischer, aïdanischer und julianischer Bevölkerung kündeten.

Dieses Segment wurde in der grafischen Darstellung durch zwei quer durch den Ring verlaufende rote Linien abgegrenzt. Die eine befand sich auf der Länge 166 Grad, 30 Minuten West, über der ehemaligen pazifischen Insel Kiribati und damit nahe dem östlichen Ende des julianischen Segments. Die andere lag exakt bei neunzig Grad Ost und verlief durch das Habitat namens Dhaka, genau in der Mitte des Bogens der Camilaner. Die Linien waren Grenzen: nicht nur imaginäre Grenzen, sondern buchstäblich Sperren, die, Schlagbäumen ähnlich, über den Ring gebaut worden waren. Der in warmen Farben gehaltene Bogen, der sich zwischen ihnen erstreckte und den größten Teil des julianischen Segments, das ganze aïdanische und genau die Hälfte des camilanischen Segments umfasste, war für Kath Two und die anderen an Bord dieses Flifs ein anderes Land. Die Beziehung zwischen ihm und dem größeren, in kühlen Farben dargestellten Segment, in dem sie lebten, ließ sich auf vielerlei Arten beschreiben, am prägnantesten allerdings mit dem Begriff Krieg.

Als der Teklaner sah, dass Kath Two den Kopf von der Stütze gehoben und sich damit zu der zeitweiligen Gesellschaft des Flifs gesellt hatte, wandte er sich ihr zu. Er hob seinen rechten Ellbogen zur Seite, streckte die mit der Handfläche nach unten zeigende Hand flach aus und klappte sie Richtung Körper, bis sein Daumennagel die Spitze seines Kinns berührte, dann, nach einer kurzen Pause, hob er sie bis in Stirnhöhe. »Beled Tomow«, sagte er. Das hatte Kath Two jedoch schon gewusst, da es mit Schablone außen auf seinen Anzug geschrieben war.

Kath Two machte eine ähnliche Geste, benutzte allerdings, wie in ihrer Abstammungslinie üblich, die linke Hand, wandte die Handfläche ihrem Körper zu und krümmte die Finger zu einer losen Faust. »Kath Amalthowa Two.«

Beide sahen den Dinaner an. Dieser hatte noch kurz zuvor, für jeden nachvollziehbar, durch seinen abgewandten Blick gezeigt, dass er dabei war, in das Urinsammelsystem seines Anzugs zu pinkeln, und dabei ungestört sein wollte. Doch jetzt hob er den Blick und vollführte die Geste, ebenfalls linksarmig, mit einer geringfügig veränderten Handhaltung, indem er mit der seinem Körper zugewandten Handfläche begann, sie jedoch nach außen drehte, als er sie an die Stirn hob. »Rhys Alaskow.«

Dieser Begrüßungsstil war eine Rückkehr zu den Anfängen der Cloud-Arche und der ersten, auf Kluft von den Sieben Urmüttern hervorgebrachten Generationen. Damals hatten die Leute viel Zeit in Weltraumanzügen verbracht, deren Außenvisiere zum Ausgleich des Sonnenlichts auf- oder zugeklappt werden konnten. Wenn das Visier heruntergezogen war, verbarg es das Gesicht des Trägers hinter einer reflektierenden, metallisierten Blende. War es dagegen hochgeschoben, konnte man das Gesicht sehen. In der beengten Umgebung jener Zeit war die Aufwärtsbewegung der Hand zu einem Zeichen geworden, das bedeutete: »Hallo, ich stehe für soziale Interaktion zur Verfügung«, und deren Gegenteil bedeutete inzwischen »Auf Wiedersehen« oder »Ich möchte jetzt für mich sein«. Mit der Ausbreitung der Menschen in Habitate, in denen sie für sich sein konnten, wann immer sie wollten, hatte sich die praktische Notwendigkeit dieser Gesten verloren. Als Grußformen existierten sie jedoch weiter. Beled Tomow hatte sich für eine militärische Form unter Verwendung der rechten Hand entschieden, bei der die unterschwellige Botschaft lautete: »Ich werde dich nicht mit einer verborgenen Waffe töten.« In der Schwerkraft hätte der nächste Schritt vielleicht darin bestanden, dem Gegenüber die Hand hinzustrecken. Bei Schwerelosigkeit war das in der Regel unpraktisch und wurde daher selten gemacht. Die Version mit der linken Hand deutete auf einen zivilen Beruf hin und besagte, dass die rechte Hand des Grüßenden mit etwas Nützlichem beschäftigt war. Die Unterschiede in der Handhaltung waren ethnisch bedingt und ihre Ursprünge Gegenstand volkskundlicher Forschung. Allgemein herrschte jedoch Übereinstimmung, dass sie nützlich waren, um, wenn man sich in der Ferne befand oder durch einen Raumanzug schwer zu erkennen war, die eigene Abstammungslinie anzuzeigen. Vor allem wenn Gesichtszüge und Haarfarbe nicht sichtbar waren, konnte es passieren, dass die zuweilen feinen Unterschiede in Größe, Gestalt, Körperhaltung und Gebaren zwischen den Abkömmlingen der Sieben Urmütter gar nicht auffielen. Rhys Alaskow hatte das honigfarbene Haar und die sommersprossige Haut der Dinaner. Teklaner waren ebenfalls blond. Doch während Rhys offene, sympathische Züge und eine einnehmende Art hatte, war Beleds Gesicht ganz Wangen- und Kieferknochen, gepflegt und hager zugleich, die Augen so blau, dass sie schon fast weiß waren, Haare wie Glasfaser, kurzgeschoren. Seine Emotion passte zu seinem Aussehen. Kath Two war dunkelbraun mit grünen Augen und wolligem schwarzem Haar. Ähnlich, mit anderen Worten, der Art, wie Urmutter Moira ausgesehen hatte. Unter den dreien in diesem Flif bestand also der stärkste Kontrast zwischen ihr und Beled. Doch die Art, wie sie miteinander umgingen, war durch fünftausend Jahre kultureller Anpassung geformt. Im Falle einer Krise würden Kath Two und Beled sich wahrscheinlich Rücken an Rücken wiederfinden, beide instinktiv beim anderen nach erwünschten Eigenschaften suchend. Und in krisenfreien Zeiten würden sie sich wohl Auge in Auge gegenüberstehen. Eine ähnlich komplementäre Beziehung bestand zwischen Dinanern und Ivynern, doch Rhys Alaskow hatte zufällig gerade kein entsprechendes Gegenstück – nur den leeren vierten Astronautensitz.

Das alles summierte sich zu einer unterschwelligen Botschaft, die im Bruchteil einer Sekunde weitergegeben wurde. Rhys stieß sich sanft ab und schwebte auf die kleine Ansammlung von Monitoren zu, die als Steuerpult des Flifs diente. Natürlich hätte sein Verp dieselben Funktionen auch abgedeckt, doch galt es als wünschenswert, den Status des Raumschiffs für jeden in der Kabine nachvollziehbar zu machen, und so wurde diese Art von Information in der Regel gut sichtbar auf große Bildschirme gebracht.

Rhys würde Kontakt zu dem Habitat herstellen, das sich gerade an ihrem Apogäum befand, die Person anquatschen, die gerade am anderen Ende »das Telefon abnahm«, und ganz allgemein den Weg ebnen. Während er langsam durch die Kabine schwebte, sagte er: »Ich hoffe, ihr beide hattet gute Surveys?«

»Nichts Besonderes«, verkündete Beled.

Kath Two wollte schon eine Bemerkung in derselben Art machen, als ihr der Indigene oder wer immer er war, wieder einfiel, der aus dem Schutz der Bäume am See ihren Gleiter beobachtet hatte. Es war ein so flüchtiger Eindruck gewesen. Hatte sie ihn sich nur eingebildet? Sie war sich sicher, dass dem nicht so war. Allerdings konnte einem das Gedächtnis komische Streiche spielen.

»Meiner war faszinierend«, sagte Rhys, als Kath Two eine Zeitlang nicht auf ihn reagierte.

»Irgendwelche Unregelmäßigkeiten?«, fragte Beled, gerade als Kath Two sagte: »Was war denn so interessant?«

Beleds Blick auf sich spürend drehte Kath Two sich zu ihm um und begriff, dass er seine Frage ebenso an sie wie an Rhys gerichtet hatte.

Es lag jedoch in Rhys' Wesen als Dinaner, anzunehmen, die Frage gelte nur ihm. Seine Augen schnellten zwischen Kath Two und Beled hin und her. In dem Bewusstsein, dass er hier der Außenseiter war, reagierte er mit einem – natürlich charmanten – Grinsen. »Ich glaube, ich kann beide Fragen auf einmal beantworten.« Er hatte den Sitz in der Mitte des Cockpits erreicht. »Die Caniden epigenieren gerade ungeheuer. Sie sind fast nicht mehr wiederzuerkennen.« Mit ein paar Fingerstrichen aktivierte er die Bedienelemente, worauf sämtliche Bildschirme um ihn herum aufleuchteten.

Ein Canide war so etwas wie ein Hund, Wolf oder Kojote. Statt es mit individuellen Arten zu versuchen, hatte Doc – Dr. Hu Noah – sich von Forschungsberichten inspirieren lassen, die kurz vor Null in Fachzeitschriften erschienen waren und denen zufolge die Grenzen zwischen diesen allgemein anerkannten Arten sich bis zur Bedeutungslosigkeit verwischten. Alle drei konnten sich untereinander paaren und Hybridnachkommen zeugen, was sie auch taten. Diese neigten aus verschiedenen Gründen dazu, sich so nach Größe und Gestalt zusammenzutun, dass menschliche Beobachter darin unterschiedliche Arten sahen. Doch wenn Menschen gerade nicht zuschauten oder die Umgebung sich veränderte, tauchten alle möglichen Kojohunde und Kojowölfe und Wolfshunde auf. Kojoten begannen, wie Wölfe in Rudeln zu jagen, Wölfe wurden Einzelgänger wie die meisten Kojoten. Kreaturen, die den Menschen gescheut – oder gefressen – hatten, gingen Partnerschaften mit ihm ein; Haustiere verwilderten.

Hu Noah war hundertzwanzig Jahre alt. Als junger Mann war er einer von vielen Wissenschaftlern gewesen, die gegen eine zuvor jahrhundertelang als Heilsbotschaft gepriesene Tradition des TerReForm-Gedankens rebelliert hatten. Zum Teil aufgrund der Kampagnen der jungen Wilden war dieser ältere Ansatz zu der reaktionären und klischeehaft als LAS (Langsam Aber Sicher) bezeichneten Schule geworden. Als Prämisse der LAS galt, dass Ökosysteme – die sich auf der Alten Erde über Hunderte von Jahrmillionen entwickelt hatten – gleichsam in Handarbeit ganz allmählich wieder aufgebaut werden mussten. Was sie in Ordnung fand, denn das Leben in Habitaten war ohnehin sicherer und bequemer als auf der unberechenbaren Oberfläche eines

Planeten. Die Menschheit könnte sich jahrtausendelang eines sicheren, geborgenen Lebens im Habitat erfreuen, während sie unten allmählich Ökosysteme nachbildete, die denen der Alten Erde ähnelten. Der Planet würde zu einer Art ökologischem Reservat werden. Afrika, das zwar durch den Harten Regen stark umgeformt worden, aber immer noch irgendwie zu erkennen war, würde Giraffen und Löwen haben, deren DNS-Sequenzen auf die Einsen und Nullen auf dem USB-Stick um den Hals von Urmutter Moira zurückgingen. Ebenso verhielt es sich mit den anderen angeschlagenen und neu gestalteten Kontinenten.

Doc war das letzte noch lebende Mitglied der Gruppe junger Wilder, die dem »LAS-Haufen« seinen Namen gegeben und ihn runtergemacht hatte. Sie selbst wurde die PWA- oder »Packen-Wirs-An«-Schule genannt. Ihr Anführer Leuk Markow war selbst schon über hundert Jahre alt gewesen, als er Docs Lehrer wurde. Aus seinem Namen (abgeleitet von Markus Leuker, dem Namen von Urmutter Dinahs Freund) ging hervor, dass Leuk ein Dinaner gewesen war, aber Doc und die meisten seiner Anhänger waren Ivyner, was ihnen einen Hauch von Seriosität und Glaubwürdigkeit verlieh, der sich beim Durchsetzen ihrer Absichten als nützlich erwiesen hatte. Ihre Partner waren überwiegend moiranische Philosophen gewesen, die begonnen hatten, die Prämissen des LAS-Haufens in Frage zu stellen, indem sie darauf hinwiesen, dass das Unterfangen, Simulakren von Biomen der Alten Erde nachzubilden, noch dazu innerhalb einer unangemessen langen Zeit, eine grundsätzlich sentimentale Auffassung von Natur widerspiegele. Es sei Ausdruck einer Art posttraumatischer Belastungsstörung, die die Menschheit seit dem Beginn des Harten Regens mit sich herumgetragen habe. Nun sei es an der Zeit, sie abzulegen. Die alten Ökosysteme würden nie zurückkehren. Selbst wenn es möglich wäre, sie wiederherzustellen, würde es so lange dauern, dass es sich gar nicht lohne. Außerdem – und das war der von Doc höchstpersönlich eingeschlagene Sargnagel –

würde es sowieso nicht funktionieren, weil die Kräfte der natürlichen Selektion unberechenbar und unkontrollierbar seien.

Die stärkste Waffe im Arsenal der PWA-Schule war allerdings nicht die Philosophie. Es war die Ungeduld, eine Schwäche, die allen Abstammungslinien in mehr oder minder großem Ausmaß gemein war. Erst an zweiter Stelle kam das Konkurrenzdenken, eine bei der Gruppe der Camilaner fehlende, bei den anderen sechs jedoch vorhandene Eigenschaft. Jemand, der so motiviert war, würde es natürlich »anpacken«, würde die TerReForm lieber innerhalb von Jahrhunderten als von Jahrtausenden verwirklichen wollen.

Ihr Aufstieg zur Macht hatte allerdings unvorhergesehene politische Konsequenzen gehabt, denn sie hatten den Abkömmlingen der Sieben Urmütter etwas gegeben, um das es zu kämpfen galt, nämlich Territorium auf der Oberfläche der Neuen Erde. Anfang der 4820er Jahre hatte Leuk Markow wissenschaftliche Artikel veröffentlicht, in denen er die Vermutung äußerte, die Oberfläche der Neuen Erde könne schon 5050 für die dauerhafte menschliche Besiedlung hergerichtet sein. Während dieser Termin nach den Maßstäben der Langsam-Aber-Sicher-Schule erschreckend bald war, hatte der Durchschnittsmensch ihn als in ferner Zukunft liegend empfunden, und so hatte der für die Planung der TerReForm zuständige Wissenschaftsrat kein Problem darin gesehen, ihn in dem Zeitplan zu verankern und später sogar auf das Jahr 5005 vorzuziehen – das Jubiläumsjahr der Landung auf Kluft. Doch die Veränderung im Denken hatte lange angestaute politische Kräfte freigesetzt und im Jahr 4830 zur Bildung von etwas geführt, was auf zwei verschiedene Länder hinauslief. Die Aïdaner, die eins davon beherrschten und viele Camilaner und Julianer unter ihren Einfluss gebracht hatten, hatten 4855 die Schlagbäume in Kiribati und Dhaka errichtet und damit den Ring gespalten. Am Ende dachten sie sich einen offiziellen Namen für ihr Land aus, was den Rest des Rings zwang, sich einen für ihr eigenes einfallen zu lassen, doch jeder nannte sie einfach Rot und Blau.

Der TerReForm-Prozess war trotzdem weitergegangen, dank einer Ad-hoc-Kooperation zwischen Wissenschaftlern und Laboren über die Rot-Blau-Grenzen hinweg. Dreiundzwanzig Jahre später – eigentlich sobald die Atmosphäre der Neuen Erde das Atmen ohne künstliche Hilfsmittel erlaubte – war der Krieg auf den Felsen ausgebrochen, eine Auseinandersetzung, die zum Teil im All, hauptsächlich jedoch auf der immer noch nackten Oberfläche der Neuen Erde ausgetragen worden war. Beendet hatte sie 4895 der mittlerweile sogenannte Erste Vertrag, der unter anderem festschrieb, wie bei weiteren TerReForm-Aktivitäten verfahren werden sollte. Damit hatte er den Weg für die Große Aussaat geebnet, die für die Bäume verantwortlich war, die Kath Two an diesem Morgen überflogen hatte. In darauffolgenden Jahrzehnten waren als Teil eines geplanten Starthilfeprogramms für ganze Ökosysteme immer größere Tiere auf der Oberfläche ausgewildert worden.

Manche davon – diejenigen, die Kath Two an diesem Morgen beunruhigt hatten – waren Caniden. Als Rhys sagte, sie »epigenieren«, meinte er, dass sie irgendeine Art von epigenetischer Veränderung durchmachten.

Hätte das Agens den Mond zwei Jahrzehnte früher zerspringen lassen, hätte Urmutter Moira noch keine Ahnung von Epigenetik gehabt. Die war damals, als sie zur Cloud-Arche hinaufgeschickt wurde, noch eine junge Wissenschaft. Während ihrer ersten Jahre im Weltraum, als Moira und ihre Ausrüstung in den geschütztesten Bereichen von Izzy und *Endurance* gehätschelt worden waren, hatte sie jede Menge Zeit gehabt, dieses Themengebiet zu büffeln. Wie den meisten Kindern ihres Zeitalters war ihr die Überzeugung vermittelt worden, das Genom – die Sequenz von Basenpaaren, die in den Chromosomen eines jeden Zellkerns des Körpers abgelesen wird – sage alles, was es über das genetische Schicksal eines Organismus zu sagen gebe. Ein geringer Teil dieser DNS-Sequenzen hatte eindeutig definierte Funktionen. Die übrigen schienen nichts zu tun und wurden deshalb als »Müll-DNS« abgetan. Dieses Bild hatte sich jedoch in den Anfängen des einundzwanzigsten Jahrhunderts geändert, als weiterentwickelte Analyseverfahren gezeigt hatten, dass viel von diesem sogenannten Müll mit der Regulierung der Genexpression sogar eine wichtige Rolle für das Funktionieren von Zellen spielte. Selbst einfache Organismen besaßen, wie sich herausstellte, viele Gene, die durch solche Mechanismen unterdrückt oder gänzlich stillgelegt wurden. Das zentrale Versprechen der Genomforschung – dass Wissenschaftler mit dem Genom eines Organismus auch den Organismus selbst würden aufschlüsseln können – war nicht eingelöst worden, denn es hatte sich erwiesen, dass der Phänotyp (das reale Wesen, das der Biologe vor Augen hatte, mit all seinen beobachtbaren Zügen und Verhaltensweisen) nicht nur von seinem Genotyp (seinen DNS-Sequenzen) abhing, sondern auch von zahllosen winzig kleinen Entscheidungen, die innerhalb der Zellen des Organismus von einem Augenblick auf den anderen von den Regulierungsmechanismen getroffen wurden, die bestimmten, welche Gene exprimiert und welche stillgelegt werden sollten. Unter diesen Regulierungsmechanismen gab es unterschiedliche Typen, und viele von ihnen waren unfassbar vielschichtig.

Wäre das Agens nicht plötzlich dazwischengekommen, hätten die Biologen der Alten Erde mindestens die damals noch verbliebenen Jahrzehnte des Jahrhunderts darauf verwendet, diese Mechanismen zu katalogisieren und ihre Auswirkungen zu verstehen – eine damals neue Wissenschaft namens Epigenetik. Auf Kluft wurde sie stattdessen in den Händen von Urmutter Moira und der Generation von Biologen, die sie heranzog, zu einem Werkzeug. Sie hatten alle Werkzeuge benötigt, deren sie habhaft werden konnten, und sie, um das Überleben der Menschheit zu sichern, mit einem an Skrupellosigkeit grenzenden Pragmatismus eingesetzt. Die Kinder der anderen Urmütter hatte Moira ohne Zuhilfenahme epigenetischer Techniken erzeugt. Allerdings hatte sie sich die Freiheit genommen, an ihrem eigenen Genom ein paar Experimente durchzuführen, was anfangs gar nicht geklappt hatte: Ihre acht ersten Schwangerschaften hatten mit Fehlgeburten geendet. Ihre letzte jedoch, Moiras einzige Tochter, die überlebte, entwickelte sich gut. Cantabrigia, wie Moira sie nach der Universität von Cambridge genannt hatte, war die Begründerin der Abstammungslinie, zu der Kath Two gehörte.

Als Tausende von Jahren später die Große Aussaat im Gange war, hatte man die Epigenetik so weit verstanden, dass man sie in die DNS von manchen der neu geschaffenen Arten, die auf der Oberfläche der Neuen Erde freigelassen werden sollten, einprogrammieren konnte. Und einer der Punkte im »Packen-Wirs-An«-Programm bestand in der Anwendung der Epigenetik auf Teufel komm raus. Statt also zu versuchen, wie die LAS-Schule es getan hätte, eine neue Unterart des Kojoten zu sequenzieren und zu züchten, die für eine bestimmte Umgebung optimiert sein und sich genau dort vermehren würde, bestand der Ansatz der PWA darin, eine Canidenrasse zu erzeugen, die im Laufe von nur wenigen Generationen zu Kojoten, Wölfen oder Hunden – oder etwas, das in keine dieser Kategorien passte – werden würde, je nachdem, was sich zufällig bewährte. Sie alle würden mit einem ähnlichen genetischen Code starten, von dem jedoch, den jeweiligen Gegebenheiten entsprechend, am Ende unterschiedliche Teile exprimiert oder unterdrückt würden.

Und Menschen würden keine besondere Anstrengung unternehmen, um diese Ergebnisse auszuwählen oder zu planen. Sie würden die Neue Erde besäen und schauen, was passierte. Wenn ein Ökosystem in einem bestimmten Gebiet nicht »anschlug«, würden sie etwas anderes ausprobieren.

In den Jahrzehnten, seit solche Arten auf der Neuen Erde gesät worden waren, war das dauernd passiert. Epigenetische Veränderung hatte um sich gegriffen – von Menschen aufgrund der spärlichen Survey-Tätigkeit am Boden weitgehend unbeobachtet. Doch als sie zu Ergebnissen führte, die Menschen sahen und auch noch erstaunlich fanden, wurde sie unter der Bezeichnung »epigenieren« bekannt. Vom als unwissenschaftlich geltenden Gebrauch dieser Wendung wurde offiziell abgeraten, aber Rhys Alaskow ließ sich davon nicht beirren.

Rhys öffnete eine Darstellung des Habitatrings und zoomte das oben liegende weißliche Segment heran. Es wurde überlagert von ihrer geplanten Route, einem gestochen scharfen grünen Bogen, der sich unweit einer Abfolge von relativ kleinen Habitaten unmittelbar östlich von Greenwich durchs Apogäum wand. Die ersten Habitate, die in jedem Segment – gleich neben den Keimzellen Greenwich, Rio etc. – gebaut worden waren, hatten natürlich tendenziell einen geringeren Umfang als die, die später dazugekommen waren, als der Bauprozess bereits Fahrt aufgenommen hatte. Je näher man zu einem Friedhof gelangte, desto größer wurden in der Regel die Habitate. Während Rhys umherschwenkte und zoomte, kamen und gingen auf dem Bildschirm die Namen von Habitaten: Hannibal, Brüssel, Oyo, Auvergne, Vercingetorix, Steve Lake. Letzterer weckte einen Schimmer von Interesse. Kath One hatte einen alten Freund gehabt, der dort lebte. Allerdings hatte die Freundschaft die Verwandlung in Kath Two wahrscheinlich nicht überlebt.

Sie rief dasselbe auf ihrem Verp auf und zoomte es weg, um sich die gegenwärtige Lage des Auges in Erinnerung zu rufen.

Wenn der Habitatring als Ganzes an das Ziffernblatt einer Uhr erinnerte, dann war das Auge mit seinem inneren und äußeren Tether – dem einen, der Richtung Erde ging, und dem anderen, der über den Habitatring hinausreichte – ein Zeiger.

Jede Beschreibung des Auges musste mit der Bemerkung beginnen, dass es das größte je hergestellte Objekt war. Sein Ausgangsmaterial stammte zum größten Teil von Kluft. Es war in gewisser Hinsicht das Ding, in das Kluft sich schließlich verwandelt hatte. Sein Innerstes war eine sich drehende ringförmige Stadt von so großem Durchmesser – ungefähr fünfzig Kilometer –, dass sich selbst die größten Weltraumhabitate mit genügend Abstand durch ihre Mitte hindurchbewegen konnten. Das erlaubte es dem Auge, den ganzen Ring entlangzugleiten und dabei nacheinander jedes der zehntausend einzelnen Habitate zu umschließen.

So war es jedenfalls ursprünglich geplant gewesen. In der Praxis blieb sein Weg auf den Blauen Teil des Rings beschränkt, der sich in Dhaka beginnend in westlicher Richtung über etwa zwei Drittel der Rundung bis an den Rand des julianischen Segments erstreckte. An diesen beiden Stellen waren von den Roten Barrieren errichtet worden – regelrechte Schlagbäume, die aus langen, quer über den Ring gelegten Nickel-Eisen-Stücken bestanden –, um die Bewegung des Auges in »ihr« Segment physisch abzublocken. Statt also wie der Uhrzeiger im Kreis herumzuwandern, federte das Auge zwischen den Schlagbäumen hin und her und beschränkte sich auf die Habitate der Blauen. Während der folgenden anderthalb Jahrhunderte hatten die Roten an irgendetwas Riesigem gearbeitet, das ein im Werden befindliches Anti-Auge zu sein schien und wahrscheinlich auf ähnliche Weise über ihrem Segment hin und her gleiten sollte. Es hatte sich jedoch nie von seiner geostationären Umlaufbahn über der Makassarstraße wegbewegt, und niemand in Blau wusste, wie bald es betriebsbereit sein würde.

Die Große Kette, wie die rotierende Stadt genannt wurde, säumte einer Iris gleich eine kreisrunde Öffnung in der Mitte des Auges. An zwei einander gegenüberliegenden Stellen verjüngte sich das Auge jeweils zu einem Punkt. Einer dieser Punkte zeigte immer zum Erdmittelpunkt, der andere immer davon weg.

Aus jedem von ihnen kam ein Kabel oder besser ein redundantes selbstheilendes Kabelnetzwerk. Das innere hing fast bis hinunter zur Erdoberfläche, wo ein Ding namens Wiege an ihm baumelte. Das äußere Kabel ragte ein ganzes Stück über den Habitatring hinaus und endete in dem Großen Brocken, der als Gegengewicht diente. Mittels Justierung der Länge des zweiten Kabels war es möglich, den Schwerpunkt des ganzen Konstrukts näher an die Erde oder weiter von ihr fort zu bringen, wodurch es sich in seiner Umlaufbahn im Verhältnis zu den Habitaten im Ring beschleunigte oder verlangsamte. Auf diese Weise konnte es wie ein Uhrzeiger wandern, unterwegs jedes Habitat umschließen oder notfalls auch für eine Weile in der Bewegung innehalten. Und wenn es ein bestimmtes Habitat umgab, konnte es per Flif, Frachtshuttle, Nat-Schwarm oder mechanischer Vorrichtungen, die sich tentakelartig ausdehnen konnten, mühelos Menschen und Güter mit ihm austauschen.

In einem Habitat – selbst einem ziemlich großen, kosmopolitischen – zu sein, wenn das Auge vorbeikam, war nach Vor-Null-Maßstäben ein bisschen wie der Aufenthalt in einer Kleinstadt in der Prärie, wenn plötzlich ein mobiles Manhattan über den Horizont rollte, einen umgab, alle möglichen Arten von Austausch mit einem hatte und dann weiterzog. Neben seinen vielen anderen Funktionen besaß das Auge auch die eines Personentransportmittels: die direkteste Möglichkeit, sich zwischen den Habitaten zu bewegen. Aus diesem Grund musste Kath Two sich auch in Erinnerung rufen, wo es sich im Moment aufhielt und in welche Richtung es wanderte.

Die Antwort lautete, dass es sich etwa zwanzig Grad westlich ihres geplanten Apogäums befand, ein großes neues Habitat namens Akureyri umschloss und in Richtung Friedhof Kap Verde, der das Segment Greenwich vom Segment Rio trennte, unterwegs war. Was bedeutete, dass es bald im überwiegend ivynischen Teil des Rings ankommen würde.

»Mit der Peitsche hochschwingen und dann ins Auge springen?«, fragte sie.

Das kam dem Vorschlag gleich, sich eine Art riesige Aluminiumpeitsche – eine auf dem Ring sehr verbreitete Vorrichtung – zunutze zu machen, um ihr Flif in eine höhere Umlaufbahn zu schleudern. Während sie langsam eine Kurve durch das Apogäum außerhalb des Rings beschrieben, würde alles unter ihnen – der gesamte Inhalt des Habitatrings einschließlich des Auges – auf der inneren Spur an ihnen vorbeirasen, sodass das Auge, wenn sie in einer Schleife zu ihm zurückkehrten, sie eingeholt haben würde. Sie könnten ihr Flif an irgendeinem der Hunderte verfügbarer Ports andocken, sich durch die Quarantäne hindurch in einen relativen Komfort begeben und dann jeder seiner Wege gehen, indem sie das Auge als Transportmittel benutzten, das sie an jeden Ort ihrer Wahl brachte, oder als Verkehrsknotenpunkt, an dem sie in Passagierflifs oder Linienraumschiffe umsteigen könnten, die sie auf direkterem Weg an andere Orte im System bringen würden. Oder sie könnten sich mit dem Aufzug hinunter zur Wiege begeben. Sie könnten aber auch einfach im Auge bleiben, einem selbständigen Habitat, in dem viele Menschen ihr ganzes Leben verbrachten. Wenn möglich, war »ins Auge springen« fast immer vorteilhafter, als in einem beliebigen Habitat zu landen, wo es zuweilen Tage oder sogar Wochen dauerte, bis man ein Transportmittel für die Weiterreise bekam, und so waren derartige Vorschläge selten umstritten.

»Ich bin dabei«, sagte Rhys sofort.

Kath Two sah zu Beled hinüber und fing seinen Blick auf. Ihr wurde klar, dass der Teklaner auf eine Weise, die sich in Tausenden von Jahren ethnischer Unterartenbildung und Anpassung an die soziale und kulturelle Umgebung des Weltraums nicht geändert hatte, sie seit einer Weile eingehend musterte.

Eine Augenbraue leicht hochziehend sah sie ihn an.

»Natürlich«, sagte Beled.

»Einstimmig. Ich hack's rein«, verkündete Rhys und machte sich an dem Schnittstellen-Panel zu schaffen.

Kath Two hatte ein etwas verwirrendes schwaches Prickeln zwischen den Beinen verspürt, wie ein Erröten, begleitet von einer gewissen Wärme im Gesicht. Sie erwartete, dass Beled das auf irgendeiner Ebene erwiderte. Doch aus dem vermutlich auf die alten Spartaner zurückgehenden Glauben heraus, Emotionen wie Angst seien die Folge ihres sichtbaren Ausdrucks und nicht umgekehrt, waren Teklaner darauf trainiert, ihre Gefühle nicht zu zeigen.

Vielleicht spürte Rhys, was zwischen Kath Two und Beled vor sich ging, denn irgendwie konzentrierte er sich stärker als eigentlich notwendig auf seine Aufgabe. Die Komplikationen hatten wie immer mit dem Bemühen zu tun, Zusammenstöße zu vermeiden und das zu beachten, was immer noch »Luftraum« um Habitate hieß, obwohl es darin gar keine Luft gab und es korrekter »Raumraum« hätte heißen können. Mit halbem Auge bei der kurzen und nüchternen Unterhaltung zwischen Rhys und Parambulator (die, wie ihr schien, aber auch gar nichts mit dem zu tun hatte, was »es reinhacken« bedeutete – aber so drückten die Dinaner sich nun mal gerne aus) sah Kath Two, dass sie eine zwanzig Kilometer breite Lücke zwischen den Habitaten Saint-Exupéry und Knutholmen passieren würden. Auf halbem Weg dazwischen lag eine Peitschenstation. Nahezu jedes nicht ganz unbedeutende Habitat wurde von zwei dieser Anlagen eingeklammert. Es waren kleine Habitate, deren zumeist sechsköpfige Besatzung alle paar Monate ausgetauscht wurde, damit die Leute nicht vor Langeweile verrückt wurden. Ihre Aufgabe bestand darin, sich um Tausende von Flynks zu kümmern: die jüngste Generation einer Linie von Robotern, die bis auf Rhys Aitkens Arbeit an Bord der Izzy zurückging. Er hatte mit fingernagelgroßen Nats gearbeitet. Die Roboter an den Peitschenstationen erfüllten dieselben Funktionen, waren aber viel größer. Die von ihnen gebildeten Ketten, die die Masse und den Schwung von Vor-Null-Güterzügen hatten, waren imstande, sich wie eine Peitsche wellenförmig zu bewegen und zu knallen oder sich wie die Fliege am Ende einer Angelschnur zu entfernten Zielen hinzustrecken. Da blieb Verschleiß nicht aus. Flynks hätten zwar von anderen Robotern überprüft und repariert werden können, doch Blaus allgemeine, kulturell bedingte Vorliebe für eine Beteiligung von Menschen hatte dazu geführt, dass ein großer Teil der Aufgaben von Crewmitgliedern aus Fleisch und Blut erledigt wurde. Wie dem auch sei, angenommen, diese Leute hatten ihre Arbeit gemacht und hielten ihre Flynk-Flotte einsatzbereit, und unter der Voraussetzung, dass nicht andere Raumfahrer dasselbe Zeitfenster an derselben Peitschenstation reserviert hatten, würde das Flif mit Kath Two, Rhys und Beled an Bord in etwa zwölf Stunden mit der Spitze einer Aluminiumpeitsche zusammentreffen, die sie dann in eine runde Umlaufbahn mit einem etwas höheren Radius als dem des Rings schleudern würde. Ein paar Stunden später würden sie an Port 65 des Quarantänebereichs der äußeren Extremität des Auges andocken.

Im Auge herrschte immer dieselbe Zeit wie in dem Teil der Erde, der gerade unmittelbar unter ihm lag. Derzeit war es dort ungefähr acht Uhr morgens. Kath Two konnte sich auf einen ordentlichen Jetlag freuen – ein weiterer Begriff aus der Vor-Null-Ära, der trotz der Obsoleszenz seiner wörtlichen Bedeutung Eingang in die Sprache gefunden hatte. Einer Konvention zufolge sollten sie jetzt eigentlich auf Augenzeit umstellen, damit sie mit der Anpassung beginnen konnten. Sie hatten jedoch alle lange Tage auf der Neuen Erde hinter sich und waren in diesem Moment zu erschöpft, um so zu tun, als sei das jetzt das Allerwichtigste für sie. In der Quarantäne würden sie noch reichlich Zeit haben, sich anzupassen. Nachdem Kath Two an Port 65 ein moiranerfreundliches Bett mit ebensolchem Essensplan bestellt hatte, sank sie in Schlaf.

Die Iris des Auges war so groß, dass sie unmöglich als ein einziges starres Objekt hatte hergestellt worden sein können. Man hatte sie, beginnend vor rund neunhundert Jahren, aus Gliedern gebaut, die zu einer Kette zusammengefügt worden waren, deren zwei Enden man dann zu einer Schleife verbunden hatte. Rhys Aitken, der auf entsprechende Weise den T3-Torus von Izzy gebaut hatte, wäre diese Methode bekannt vorgekommen. Für ihn wie für jeden anderen, der sich in der Technikgeschichte der Alten Erde auskannte, hätte eine ähnlich hilfreiche Metapher in einem hundertsiebenundfünfzig Kilometer langen Zug aus siebenhundertzwanzig riesigen Waggons bestanden, dessen Lokomotivenspitze sich mit dem hinteren Ende des Begleitwagens am Zugschluss verband, sodass ein kreisförmiges Gebilde von fünfzig Kilometern Durchmesser entstand.

Eine noch bessere Analogie wäre die einer Achterbahn gewesen, deren Zweck darin bestand, auf ewig Loopings zu drehen.

Das »Gleis«, auf dem der »Zug« fuhr, war eine kreisrunde Rille im eisernen Rahmen des Auges, gesäumt von den Sensoren und Magneten, die für eine elektrodynamische Aufhängung nötig waren, damit das ganze Ding sich drehen konnte, ohne dabei sein feststehendes Gehäuse zu berühren. Das war eine grundlegende Designanforderung, denn die Große Kette musste sich mit einer Geschwindigkeit von rund fünfhundert Metern pro Sekunde bewegen, um ihren Bewohnern eine erdtypische Schwerkraft zu bieten.

Jedes der Glieder hatte ungefähr die Grundfläche eines Häuserblocks in Manhattan auf der Alten Erde. Und ihre Gesamtzahl von siebenhundertzwanzig war in etwa vergleichbar mit der Anzahl solcher Blocks, die es einst im schachbrettartig angelegten Teil Manhattans gegeben hatte, je nachdem, wo man die Grenzen zog – sie war größer als die von Midtown, aber kleiner als die von Manhattan als Ganzem. Bewohner der Großen Kette waren sich dieses Vergleichs in einem Maße bewusst, dass Bewohner anderer Habitate ihnen schon einen »Manhattan-Komplex« nachsagten. Unablässig hielten sie Filme der Alten Erde an oder zoomten in Virtual-Reality-Simulationen von New York vor Null umher, immer auf der Suche nach Hinweisen darauf, wie das Leben auf der Straße und im Haus damals funktioniert hatte. Zu ihrer Schutzpatronin hatten sie Luisa erkoren, die achte Überlebende auf Kluft, die, aus Manhattan stammend, zu alt gewesen war, um ihre eigene Abstammungslinie zu begründen. Darin kam unterschwellig zum Ausdruck, dass die Große Kette – die GK, Kettenstadt, Chainhattan – ein Ort war, an den Leute umziehen konnten, wenn sie das soziale Umfeld ihres Heimathabitats oder gar ihre ethnische Gruppe verlassen wollten. Menschen gemischt-ethnischer Abstammung gab es dort so häufig wie nirgendwo sonst.

Wie in Manhattan hatte die Diskretisierung des Raums die Form bestimmt, in der er sich entwickelte, wobei jedes Kettenglied – jeder Häuserblock – seine eigene Skyline und Identität erlangte. Gruppen hintereinanderliegender Blocks waren längst zu Stadtteilen zusammengewachsen. Jeder Block war faktisch ein völlig unabhängiges Weltraumfahrzeug mit seinem eigenen System zur Vermeidung von Luftverlust. Zugleich war jeder aber auch mit seinen beiden Nachbarn verbunden; ein Bündel von Gängen, die man durch die Grundplatten der Blocks geführt hatte, erlaubte es den Bewohnern, sich ebenso mühelos von einem zum nächsten zu begeben, wie die Londoner auf der Alten Erde sich der unterirdischen Korridore – »Unterführungen« in der Londoner Bedeutung des Wortes – bedient hatten, um eine Abkürzung unter verstopften Straßenkreuzungen hindurch zu nehmen. Manche der Unterführungen waren für menschliche Fußgänger dimensioniert. Vier von ihnen boten Platz für Züge: Lokal- und Schnellzüge, die in beiden Richtungen um den gesamten Kreis der Großen Kette fuhren. Wieder andere waren Roboterfahrzeugen vorbehalten, die auf den Gütertransport programmiert waren. Darüber hinaus gab es ein breites Spektrum an kleineren Rohren, die Luft, Wasser, Strom und Daten führten. Sie alle liefen unter dem Begriff Unterführung – was eine Verschmelzung der alten Londoner und der New Yorker Bedeutung des Wortes darstellte. An beiden Enden eines jeden Blocks gab es ein System von Luftschleusen; diese verriegelten sich, sobald in einem Block der Druck verringert werden musste. In den Unterführungen liefen die Menschen auch Marathon – vier aufeinanderfolgende Marathonläufe machten etwa eine Runde durch die ganze Kette aus.

Jedes fünfte Glied in der Kette war öffentliches Eigentum, meistens in Form von Parks, wenn auch manche als kulturelle Einrichtungen dienten. Man war also nie weiter als zwei Glieder von grünem oder zumindest unbebautem Raum entfernt. Die übrigen fünfhundertsechsundsiebzig Glieder befanden sich in Privatbesitz und stellten einen Gewerbe- und Wohnimmobilienmarkt dar, auf dem sich jeder Immobilienmagnat von vor Null innerhalb kürzester Zeit ausgekannt hätte. Immer wieder war die Große Kette mit dem alten Brettspiel Monopoly verglichen worden. Mancherorts in der Schleife wurden hohe Mieten verlangt, anderswo waren sie günstiger. An mehreren Stellen wurde das Muster durch Spezialglieder oder kurze Gliederreihen unterbrochen, die der Erfüllung gewerblicher oder öffentlicher Erfordernisse wie dem Betrieb des Transitsystems dienten.

Eins davon war das Rampen-Glied, dessen Zweck darin bestand, alle fünf Minuten mithilfe der Ein- und Ausfahrtrampe Verbindungen herzustellen. Da die Große Kette sich im Verhältnis zu dem nicht rotierenden Rahmen des Auges mit rund fünfhundert Metern pro Sekunde bewegte, mussten Personen, die vom Auge in die Kette gelangen wollten, auf eine ziemlich spektakuläre Geschwindigkeit – fast Mach 1,5 – beschleunigt werden, ehe sie den Fuß auf die Rampe oder irgendein anderes Glied setzen konnten. Und diejenigen, die »ent-ketten« wollten, wie man den umgekehrten Vorgang nannte, mussten entsprechend verlangsamt werden. Beschleunigung und Verlangsamung wurden von Maschinen vorgenommen, die in eine Stelle am Rand der Iris des Auges eingebaut worden waren. Auch wenn man sich sehr bemüht hatte, deren wahre Natur zu verschleiern, handelte es sich de facto um Geschütze zum Fortschießen von Menschen, die aber immerhin in bequeme, unter Normaldruck stehende Geschosse geschnallt waren.

Außerhalb der Großen Kette war das übrige Auge locker mit Menschen und dicht mit Robotern besetzt. Es herrschte überwiegend Mikrogravitation, da sich die gesamte Vorrichtung – Große Kette, Tether und alles – in einer geosynchronen Umlaufbahn, also im freien Fall, um die Erde befand. Bewegte man sich von ihrer Mitte weg zu den beiden Extremitäten des Auges, wo die Kabel verankert waren, konnte man nach und nach Gezeitenkräfte spüren, die sich als ganz leichtes schwerkraftähnliches Ziehen manifestierten. Sie veränderten sich jedes Mal, wenn das Auge auf dem Weg um den Habitatring seine Umlaufbahn korrigierte, und Leute, die viel Zeit dort verbrachten, fühlten es in den Knochen, wenn eine Bewegung bevorstand, so wie sich Wetterwechsel Bewohnern der Alten Erde in den Knien ankündigten.

Das Skelett des Auges war ein einfacher, im Amaltheastil hergestellter Gitterrahmen, der allerdings nicht ganz neu gebaut, sondern aus bestehendem Material (Kluft) gehauen und geformt worden war. Was vom Ästhetischen her bedeutete, dass die großen Bauelemente etwas Grobes, im Weltall Ramponiertes an sich hatten, ein bisschen wie eine Blockhütte, bei der noch Astlöcher und Rindenstücke zu sehen waren. Lücken zwischen diesen großen Bauelementen waren mit riesigen Maschinen gefüllt worden, darunter am auffälligsten mehrere gewaltige rotierende Massen, die das gesamte Auge gyroskopisch stabilisieren sollten. Die Ecken und Ritzen zwischen den Maschinen waren mit unter

Normaldruck stehenden Räumen abgedichtet worden, in denen Menschen sich bewegen konnten. Manche dieser Räume rotierten, um Schwerkraft zu simulieren; sie erinnerten an torusförmige Miniaturweltraumkolonien, die an eine viel größere Struktur angeheftet waren. In ihrer unmittelbaren Umgebung gab es immer viele Andockports.

Ehe Kath Twos Augenlider sich zum Schlafen schlossen, sah sie das übliche ringförmige Gebilde aus bunt schillernden Funken, die so dicht gedrängt waren, dass sie auf dem Verp ineinander übergingen. Das Auge war ein etwas größerer weißer Punkt zwischen zwölf und ein Uhr; dennoch hätte man es nur mit Mühe gesehen, wäre da nicht die lange weiße Linie gewesen, die sein Tether-System darstellte, das von knapp über der Erdoberfläche durch den großen weißen Punkt hindurch bis jenseits davon zum Großen Brocken verlief.

Die Flugbahn ihres Flifs, eine deutliche grüne Ellipse, ragte von dort, wo sie gerade waren (in Erdnähe), bis leicht jenseits des Rings, ehe sie einen Bogen zurück beschrieb, um sich mit dem Auge zu kreuzen.

Durch ihre noch nicht ganz geschlossenen Augenlider konnte sie undeutliche Muster sehen, die sie ein wenig an das erinnerten, was sie morgens als Erstes gesehen hatte: die tanzenden Lichtflecke an den Wänden ihres Zeltes. Doch dann erkannte der Verp, dass ihre Augen zu waren, und schaltete das Display aus.

Als sie die Augen wieder aufschlug, bemerkte es der Verp, erwachte wieder zum Leben und zeigte mehr oder minder dasselbe Bild wie zuvor. Nur das Auge hatte sich ein Stück bewegt, und der Punkt, der ihr Flif darstellte, hatte nahezu die ganze Strecke bis zum Habitatring hinter sich gebracht. Beim Heranzoomen erkannte sie die beiden Habitate, zwischen denen sie hindurchfliegen würden, und als viel kleineren Punkt dazwischen die Peitschenstation, wo zur Vorbereitung auf ihre Ankunft die lange, dünne Peitsche geschwungen wurde. Sie musste ungefähr zehn

Stunden geschlafen haben. Dafür waren Moiraner bekannt. Als ihr die Blicke wieder einfielen, die sie mit Beled gewechselt hatte, unterdrückte sie eine aufgekommene leichte Beschämung darüber, dass sie den größten Teil der Reise verschlafen hatte.

Sie schnallte sich los und schwebte zu der Schwerelosigkeitstoilette am Ende der Flif-Kabine. Als sie ein paar Minuten später wieder herauskam, sah sie, dass Rhys, locker vor dem Steuerpult angeschnallt, eingeschlafen war. Beled saß immer noch in seinem Astronautensitz. Auch er hatte sich einen Verp übergestreift, und aus der Art, wie er die Hände bewegte und die Finger tanzen ließ, schloss sie, dass er arbeitete und nicht spielte. Vermutlich füllte er seinen Survey-Bericht aus. Was Kath Two eigentlich auch hätte tun sollen.

Sie repräsentierten eine Zivilisation, die im Laufe des Vierten Jahrtausends einen Plan zur Behebung des vom Agens verursachten Schadens umgesetzt hatte, indem sie Millionen von die Erde umkreisenden Felsbrocken identifizierte, katalogisierte, einholte und umlenkte, daneben aber auch bis zum Kuipergürtel vordrang, um Stücke von Wasser-, Methan- und Ammoniakeis zu beschaffen, nach Hause zu bringen und auf den zerstörten Planeten zu schmeißen. Diese Arbeit war im Wesentlichen von Robotern erledigt worden. In deren Konstruktion war so viel Metall gegangen, dass Millionen von Menschen inzwischen in Weltraumhabitaten lebten, deren Stahlhüllen vollständig aus zusammengeschmolzenen und umgeschmiedeten Roboterleichen bestanden. Es wäre ein Leichtes gewesen, die Oberfläche der Neuen Erde mit Robotern zu überziehen und, ohne je einen einzigen Menschen hinunterzuschicken, eine Art Survey durchzuführen: eine Erkundung, die reich an Daten und arm an Einschätzungen gewesen wäre. In dieser Version der Welt hätten Kath Two und die anderen ihr Leben, an Verps arbeitend und Daten gewinnend, in Habitaten verbracht. Alle möglichen interessanten philosophischen Argumente hätten zu der Frage formuliert werden können, ob dieser Ansatz besser oder schlechter war als das, was sie tatsächlich taten. Doch die Philosophie spielte hier eigentlich keine Rolle. Die Entscheidung, es so zu machen, war teils von der Politik und teils von sozialen Konventionen beeinflusst worden.

An der politischen Front entsprach sie den Bestimmungen des Zweiten Vertrags, der achtzehn Jahre zuvor den zweiten Rot-Blauen Krieg beendet hatte, zuweilen, im Unterschied zu dem früheren Krieg auf den Felsen, auch der Krieg in den Wäldern genannt. Der Vertrag sah eine strikte Begrenzung der Zahl von Robotern vor, die jede Seite auf die Oberfläche hinunterschicken durfte. Im Übrigen begrenzte er auch die Zahl an Menschen, aber angesichts dieser Beschränkungen lief es am Ende darauf hinaus, dass menschliche Kundschafter nützlichere Informationen über die Bedingungen auf der Neuen Erde zu sammeln vermochten als Roboter, die Daten hinauf zum Ring beamten.

An der sozialen Front war es eine Frage der Amistik. Dieser Begriff war vor langer Zeit von einer moiranischen Anthropologin für die Entscheidungen geprägt worden, die verschiedene Kulturen in Bezug auf die Technologien trafen, die sie zu einem Teil ihres Lebens machen wollten oder eben nicht. Das Wort ging zurück auf die Amischen im Vor-Null-Amerika, die beschlossen hatten, bestimmte Errungenschaften der modernen Technik wie etwa Rollschuhe zu benutzen, andere wie zum Beispiel den Verbrennungsmotor jedoch nicht. Das taten alle Kulturen, oft ohne sich bewusst zu sein, dass sie kollektive Entscheidungen trafen.

Soweit Blau überhaupt über eine genau bestimmbare Kultur verfügte, betrachtete es technologische Hilfen mit einer gewissen Ambivalenz, eine Geisteshaltung, die sich mit dem Aphorismus »Jede Verbesserung ist eine Amputation« umschreiben ließ. Das war weniger eine definierbare Idee oder Philosophie als ein Vorurteil, das fast unterschwellig wirksam war. Es ließ sich auf bestimmte Teile des Epos zurückführen. In vielen davon spielte Tavistock Prowse eine Rolle; er wurde insofern als dessen buchstäbliche Verkörperung gesehen, als er tatsächlich eine Reihe von Amputationen erlitten hatte und als Essen verzehrt worden war, nachdem er sich mit dem Schwarm zusammengetan hatte. Blau sah sich – *definierte* sich, wie Kulturkritiker behaupteten – als Erbe der *Endurance*-Traditionen. Per Ausschlussverfahren war Rot folglich die Kultur des Schwarms. Da sich Rot vor anderthalb Jahrhunderten durch physische wie kryptografische Barrieren abgeschottet hatte, war über seine Kultur nicht viel bekannt; eine Menge Indizien deuteten jedoch darauf hin, dass es eine andere Amistik hatte als Blau. Besonders begeisterten die Roten sich für die technologische Verbesserung des Menschen. Das Ende vom Lied, hier in der Kabine dieses Flifs, war, dass die soeben von Kath Two, Beled und Rhys abgeschlossenen Missionen keinen Wert besaßen – ja, sich nie ereignet hatten –, bis Berichte darüber eingereicht worden waren. Und die Berichte durften nicht einfach aus Datenbankauszügen und Bildern bestehen. Kundschafter mussten richtige Prosa schreiben. Und je mehr Urteilsvermögen und Verständnis in diese Prosa einflossen, desto höher wurde ihr Ansehen bei Leuten wie Doc und, in immer stärkerem Maße, seinen älteren Studenten.

In diesem Wissen hatte Kath Two, schon ehe ihr Gleiter vierzehn Tage zuvor auf einem breiten Grasstreifen aufgesetzt hatte, mit dem Schreiben ihres Berichts begonnen. Was noch fehlte, waren ein bisschen Redaktion und eine Zusammenfassung. Das hätte ihr eigentlich nicht schwerfallen dürfen. Doch eine halbe Stunde nachdem sie das Dokument auf ihrem Verp aufgerufen hatte, ertappte sie sich dabei, wie sie es anstarrte, unfähig, sich zu konzentrieren.

»Beled«, sagte sie schließlich. Deutlich genug, dass er es hören konnte, aber nicht so laut, dass es Rhys geweckt hätte.

»Mit deinem Bericht beschäftigt?«, fragte er.

Er konnte sie, ebenso wie den Rest der Kabine, durch das transluzide Lichtfeld seines Verps sehen. Er hätte auch die Bewegung ihrer Hände als Hinweis auf Texteingabe wahrnehmen können. In jedem Fall hatte die Frage einen Hauch von Schärfe an sich. Stunden zuvor hatte Beled eine gewisse Unsicherheit in Kath Twos Gesicht bemerkt. Nun wusste sie nicht, wie lange er sie schon aus Augen, die durch den Verp abgeschirmt waren, beobachtete.

»Hast du Indigene gesehen?«, fragte sie ihn.

Er hob die Hand und schob sich den Verp auf den Oberkopf: eine höfliche Geste.

»Ich hatte meine Route unter Aussparung einer bestimmten RIZ geplant«, sagte er. Registrierte-Indigenen-Zone, ein Ort, der im Vertrag namentlich als ein Bereich aufgeführt war, wo sogenannte Sooner – Leute, die sich illegal vorzeitig auf die Oberfläche begeben hatten – unter dem höflich ausweichenden Begriff »Indigene« von der Neuregelung ausgenommen worden waren und unter gewissen Auflagen dort leben durften. »Von ferne habe ich sie gesehen. Sie mich aber nicht.«

»Natürlich nicht«, sagte Kath Two, ein Lächeln unterdrückend.

»Beantwortet das deine Frage?«, sagte Beled, der wusste, dass es das nicht tat.

»Ich glaube, ich habe einen außerhalb einer RIZ gesehen«, sagte Kath Two.

Das weckte Beleds Neugier. »Beim Aufbau einer Siedlung oder...«

»Nein«, sagte Kath Two entschieden. »Das hätte ich erwähnt. Ich glaube, er oder sie befand sich im Rahmen.« Was so viel hieß wie einer durch den Zweiten Vertrag sanktionierten Tätigkeit wie dem Jagen und Sammeln nachzugehen. »Höchstwahrscheinlich beim Angeln. Aber mindestens zweihundert Kilometer von der nächsten RIZ entfernt.«

»Ein langer Weg, um einen toten Fisch zu transportieren«, bemerkte Beled.

»Stimmt«, sagte Kath Two und fühlte eine leichte Wärme in ihrem Gesicht hochsteigen. So offenkundig es nach Beleds Bemerkung auch erschien, dieses Detail hatte sie übersehen.

»Bist du dem weiter nachgegangen?«, fragte Beled.

»Ging nicht«, sagte Kath Two. »Ich hab diese Person auf dem Rückweg von meinem Gleiter aus gesehen.«

»Du bist nicht verpflichtet, in deinem Bericht alles bis ins Kleinste zu erklären«, betonte Beled. »Unter diesen Umständen etwas offen zu lassen, ist durchaus akzeptabel. So wird irgendein anderer Kundschafter eine willkommene Herausforderung zu schultern haben.«

Kath Two kam eine Idee. »Wie wär's, wenn wir sie schultern würden?«

»Wie meinst du das?«

»Hast du den Eindruck, dass es in dieser Zone eine ungewöhnliche Konzentration von Survey-Aktivität gab?«

»Ungewöhnlich schon«, räumte Beled ein, nachdem er eine Weile darüber nachgedacht hatte. »Aber nicht zum ersten Mal.«

»Ich frage mich nämlich«, sagte Kath Two, »ob irgendein Kundschafter das, was ich gesehen habe, schon vor mir gesehen und eine Welle von Missionen in demselben Gebiet ausgelöst hat.«

»In diesem Fall hätte der Survey uns über das, wonach wir Ausschau halten sollten, informiert«, gab Beled zu bedenken.

Das klang so vernünftig, und Beled sagte es mit einer so schlichten Überzeugung, dass Kath Two nickte und beschloss, nicht weiter darüber zu reden. Dabei dachte sie: *Es sei denn, sie wollen nicht, dass wir davon erfahren.*

Die Unterhaltung mit Beled war insofern nützlich gewesen, als sie jetzt wusste, wie sie vorgehen konnte, nämlich die Entdeckung des Indigenen einfach als offene Frage einzutippen und so der Person, die den Bericht las, in den Schoß fallen zu lassen. Sie machte sich daran, diesen allgemeinen Plan umzusetzen, bemüht, die flüchtige Erinnerung in ihrer Vorstellung zu klären und objektive Beobachtungen, die sie in dem Augenblick angestellt hatte, von später hinzugefügten Einschätzungen und Vermutungen zu unterscheiden. Was heikel war, denn genau Letztere sollten ja eigentlich Teil ihres Jobs sein.

Eine Weile später wurde Rhys durch einen Wecker an seinem Handgelenk wach. Er unternahm einen verschlafenen Flug zur Toilette, und als er zurückkam, warf er ihr den typischen Blick des Extrovertierten zu, der möchte, dass man fallenlässt, was immer man gerade tut, um sich mit ihm unterhalten zu können. Nachdem er ein paar Worte mit Beled gewechselt hatte, machte er sich an seinen eigenen Bericht, und in der Kabine war es eine Zeitlang still. Später holten die beiden Männer ein paar Rationen hervor und aßen eine Kleinigkeit, während sie sich über dies und das unterhielten.

Ein leichte Veränderung in ihrem Tonfall riss Kath Two aus ihrer arbeitsbezogenen Träumerei. Jetzt sprachen sie über etwas Wichtiges. Nicht auf eindringliche oder besorgte Weise. Ein Blick auf das Display verriet ihr den Grund: Sie näherten sich dem Ring, was bedeutete, dass sie im Begriff waren, durch eine zwanzig Kilometer breite Lücke zwischen zwei Habitaten zu sausen. Es gab keinen Grund, warum das nicht klappen sollte, und dennoch fesselte diese Art von Leistung die Aufmerksamkeit und verlieh der Stimme eine hörbare Schärfe.

Sie hob die Hand und fand den Hebel an ihrem Verp, der einen undurchsichtigen Schirm über den Gläsern aktivierte: so etwas wie eine Augenbinde. Ihre Sicht auf die Kabine war nun blockiert. Das Einzige, was sie noch sehen konnte, war das, was von dem Verp in ihre Augen projiziert wurde. Gleichzeitig rief sie eine Anwendung auf, die ihr die Fähigkeit verlieh, die Umgebung des Flifs so zu sehen, als triebe sie selbst im All. Denselben Dienst hätte ihr eine Glasblase am Rumpf des Flifs erwiesen, aber es wäre nicht so gut gewesen. Der Kopf des Benutzers wäre kosmischer Strahlung ausgesetzt gewesen, und das kontrastreiche Licht machte es schwierig, bestimmte Dinge zu sehen. Der Verp dagegen spielte mit dem Kontrastumfang des Lichts, sodass Helles dunkler und eher Dunkles hell genug wurde, um gesehen zu werden; er verlieh allem eine leuchtende, warme Qualität, die in Wirklichkeit gar nicht existierte. Das war dem direkten Blick auf die Welt so weit überlegen, dass viele Weltraumanzüge ganz auf Durchsichtigkeit verzichteten und den Kopf des Trägers einfach mit einer vor Strahlen geschützten Kuppel umgaben, in die ein Verp eingebaut war. Sie »betrachtete« jetzt eine verbesserte Ansicht des Universums von ihrer gegenwärtigen Position aus, die sich knapp im Inneren des Habitatrings befand, sich ihm jedoch rasch näherte.

Der Ring drehte sich an ihnen vorbei. Es war ein bisschen, als stünde man in der Mitte eines Karussells und sähe die Pferde vorbeiziehen, nur handelte es sich hier nicht um Pferde, sondern um Weltraumhabitate von gut dreißig Kilometern Durchmesser, die sich außerdem mit dreitausend Metern pro Sekunde bewegten.

Die Aufgabe war nun, zwischen zweien davon hindurchzuschießen, ohne mit einem zusammenzustoßen. Nach den Maßstäben der Orbitalmechanik war das keine große Sache, aber es sah einfach schrecklich gefährlich aus, weshalb es großen Spaß machte zuzuschauen. Als Kath Two geradeaus blickte, schienen die Habitate wie die Zähne einer Kreissäge in irrem Tempo ihre Bahn zu kreuzen. Doch wie durch ein Wunder fand das Flif eine Lücke zwischen zweien von ihnen.

»Peitschenandockung in drei«, verkündete eine künstliche Stimme, und Kath Twos Hände bewegten sich, um die Gurte zu prüfen, die sie in ihrem Sitz festhielten.

Eine gewaltige Peitsche wuchs auf sie zu. Ihre Ausmaße waren in etwa die eines außergewöhnlich langen Güterzugs auf der Alten Erde, nur bestand sie anstelle von Waggons aus vielen Flynks, die zu einer Kette aneinandergekoppelt waren.

Falls Rhys' zuvor getroffene Vorbereitungen nach Plan verlaufen waren – und Kath Two hätte es mitbekommen, wäre das nicht der Fall gewesen –, dann hatten die Hunderte von Flynks, die in dieser Peitschenstation beheimatet waren, vor mehreren Stunden begonnen, sich zu einer Kette zusammenzuschließen. Nach Erreichen der gewünschten Länge – die von der jeweils zu erledigenden Aufgabe abhing – hatten Anfang und Ende der Kette sich zu einer Endlosschleife verbunden, die sich, angetrieben von einem einfachen Linearmotor in der Peitschenstation, in Bewegung setzte. Sie hatte ein als Aitken-Schleife bekanntes langgestrecktes Oval gebildet und anschließend einige Zeit darauf verwendet, ihre Form zu optimieren und ihre genaue Geschwindigkeit einzuwählen. Flynks waren einfache Gebilde, die überwiegend aus Struktur bestanden: massives, in verschiedene Formen gegossenes Aluminium. In der Mitte hatte jeder Flynk ein Gelenk, das es ihm erlaubte, sich frei in beide Richtungen zu biegen – in der Terminologie des Maschinenbaus ein hochbelastbares Kreuzgelenk. Vorne und hinten hatte er Verbindungsstücke, die ihn in die Lage versetzten, mit anderen Flynks eine starke, starre Verbindung einzugehen. Irgendwo in dieser ganzen Struktur gab es ein paar Gramm Silizium, die ihn intelligent machten, und Leitungen für den Transport von Strom und Informationen entlang der Peitschenkette.

Ein paar Augenblicke zuvor hatte einer der Flynks die Aufforderung erhalten, sich von dem Flynk hinter ihm abzukoppeln. Das war genau in dem Moment passiert, als er aus der Peitschenstation herauskam. Kaum hatte das Verbindungsstück sich gelöst, hatte das System aufgehört, eine Aitken-Schleife zu sein, und sich in eine riesige Peitsche verwandelt. Die Nickscht – eine sehr alte fehlerhafte Aussprache des deutschen Worts »Knickstelle«, das sich auf die U-förmige Biegung am Scheitel der Schleife bezog – hatte begonnen, sich von der Peitschenstation weg fortzupflanzen, indem sie das freie Peitschenende hinter sich herzog und dabei rasch auf eine Geschwindigkeit von Tausenden von Metern pro Sekunde beschleunigte. Das war das Ding, das Kath Two in der VR-Vorrichtung sah: den Ellenbogen der Peitsche, der direkt auf sie zukam. Das freie Ende war dahinter verborgen, aber sie wusste, dass es in wenigen Augenblicken in einem letzten gewaltigen Beschleunigungsschub herumschnellen würde.

Aus Sicht der gelangweilten Crewmitglieder, die das alles vermutlich in der Station am »Griff«-Ende der Peitsche überwachten, war die gesamte Energie »rückwärts« gerichtet. Sie bewegten sich um einiges schneller als das Flif. Um einen physischen Kontakt zu dem herannahenden Raumfahrzeug herstellen zu können, mussten sie nach »hinten« greifen. Dabei war »greifen« im Grunde nicht der richtige Ausdruck; sie mussten mit einer explosiven Plötzlichkeit nach hinten *stoßen*, um sich der viel geringeren Geschwindigkeit des Flifs anzupassen. Für diese Art von Aufgabe waren Peitschen gemacht.

Dennoch zuckte Kath Two unwillkürlich zusammen, als die letzten paar Flynks im Bogen auf sie zuschnellten. Die Ansicht auf der VR-Vorrichtung war nahezu unerträglich. Eine optische Verwirrung entstand dadurch, dass die Peitsche als Ganzes sich so schnell von ihnen wegbewegte, ihre sich entrollende Spitze dagegen genau auf sie zukam. Irgendein Fehler in den Berechnungen, und sie wäre entweder von ihnen fortgerast und hätte sie allein und hilflos dahintreiben lassen, oder sie wäre mit einer Annäherungsgeschwindigkeit im Hyperschallbereich in sie hineingekracht und hätte sie ebenso sicher vernichtet wie ein Bolideneinschlag während des Epos.

Stattdessen waren die beiden Geschwindigkeiten perfekt aufeinander abgestimmt, und der letzte Flynk in der Kette befand sich, nur für einen Moment, ganz genau vor ihnen, ähnlich wie der Hänger, in dem sie zuvor gelandet war.

»Ankoppeln«, sagte die Stimme überflüssigerweise, denn Kath Two konnte hören, wie die mechanische Verbindung hergestellt wurde, und die Beschleunigung spüren, als das Flif seitlich einen Schlag bekam und dann durch den Schwung der Peitsche mit einem Ruck vorwärts gerissen wurde. »Abstützen zur Stabilisierung.« Eine höfliche Formulierung dafür, dass die Situation in der Peitsche nach dem Herumschnellen etwas chaotisch war. Insgesamt genommen wurden sie jetzt mit ungeheurer Wucht vorwärtsgezogen und dabei auf die Geschwindigkeit der Peitschenstation und all der anderen Objekte im Habitatring beschleunigt. Die Physik der Peitsche führte jedoch zu einer gewissen Seitwärtsschwingung und zuweilen auch einem unvermittelten Ansteigen oder Nachlassen der Beschleunigung, was durch die winzigen Justierungen der Flynks gedämpft, aber nicht ganz behoben werden konnte. »Hebel hat umgeschaltet«, meldete die Stimme. »Hebel«, ebenso wie »Knickstelle« ein Begriff aus dem Deutschen, bezeichnete einen Hebel unten an der Peitsche, der mit der Peitschenstation verbunden, aber in der Lage war, frei von einer Seite zur anderen zu kippen. Er war gewissermaßen der Arm, der den Griff hielt und die Peitsche knallen ließ, und kurz nach Vollendung des ersten Knalls – mit dem erfolgreichen Andocken als Höhepunkt – hatte er sich auf die andere Seite der Station umgelegt und einen zweiten Knall in die entgegengesetzte Richtung ausgelöst. Genau an der Stelle, wo die Peitsche am Hebel befestigt war, hatte sich eine neue Nickscht gebildet, die nun allmählich »vorwärts« beschleunigte und damit das Flif auf die Geschwindigkeit brachte, die es brauchen würde, um den Rest der Mission zu erfüllen.

Das Ganze dauerte ungefähr drei Minuten. Die optischen Hinweise in ihrem Headset gaben Kath Twos Verstand den Kontext: Die an ihnen vorbeiwirbelnde Kettensäge schien sich zu verlangsamen. Natürlich bewegte sie sich immer noch mit derselben Geschwindigkeit; in Wahrheit beschleunigte das Flif, um sich an ihr Tempo anzupassen. Doch aus Kath Twos Perspektive sah der Habitatring nicht mehr wie ein wirbelnder Derwisch aus, sondern löste sich nach und nach in eine Reihe einzelner Objekte auf, die nach wie vor an ihnen vorbeisausten, aber immer langsamer wurden, bis der ganze Ring zum Stillstand zu kommen schien. Und in dem Moment schob sich etwas von ganz besonders großen Ausmaßen in ihr Blickfeld: das Auge, mitten in ihrem Weg.

»Abkoppeln«, verkündete die Stimme, und zwar keine Sekunde zu früh, denn die Beschleunigung war nahezu unerträglich geworden. Wäre die Verbindung mit der Peitschenspitze nicht gekappt worden, hätten die G-Kräfte sie bewusstlos gemacht, dann getötet und schließlich das Flif in Stücke gerissen. Flynks waren aufgrund ihrer Bauweise Kräften gewachsen, die Menschen und normale Raumfahrzeuge nicht überstanden. Doch die Geometrie und das Timing der Nickscht waren so programmiert worden, dass sie das Flif auf die gewünschte Geschwindigkeit brachte und unmittelbar vor der Krise, die bei einer Peitsche der Alten Erde von dem scharfen Ton des Überschallknalls angezeigt worden wäre, in seine neue Flugbahn entließ. Abgesehen von etwas korrigierendem Geschubse durch die Steuerraketen des Flifs herrschte wieder Schwerelosigkeit. Kath Twos Sehvermögen normalisierte sich, und sie schluckte ein paarmal, um ihren Magen zu beruhigen.

Das Witzige war, dass diese ganze Prozedur, von Kath Twos Landung mit ihrem Gleiter in dem Hänger über die Freigabe des Flifs durch das Bolo bis zu der soeben abgeschlossenen Interaktion mit der Peitsche, aus einiger Entfernung betrachtet anmutig, ja sogar sanft ausgesehen haben dürfte. Um die absolute Intensität der Beschleunigung und des Geschubses zu verstehen, musste man sie erleben.

Bemüht, an etwas anderes als ihren Magen zu denken, sah sich Kath Two das Auge näher an.

Gerade im Moment umgab es Akureyri, ein (mit 1,1 Millionen Einwohnern) großes, (mit vierundachtzig Jahren) relativ neues Habitat, das im inoffiziell »Doppelflinte« genannten, unter historischen Gesichtspunkten als O'Neill-Island-Three-Typ bezeichneten Stil konstruiert worden war. Es bestand aus zwei großen, parallel zueinander angeordneten Zylindern, die sich gegenläufig drehten. Jeder von ihnen war in Komplexe aus Spiegeln und anderen Infrastrukturelementen eingehüllt. Die Spiegel waren auf die Sonne ausgerichtet, deren Licht durch streifenförmige Fenster an die Zylinderwände geworfen wurde, um die Landschaften im Inneren zu erleuchten. Es war allerdings ungefähr sechs Uhr abends Ortszeit, und daher wurden diese Spiegel nach und nach weggedreht, um Dämmerlicht zu simulieren. Hätte Kath Two den Datenhelm zum Heranzoomen benutzt, hätte sie durch die Fenster spähen und die Farmen, Wälder, Wasserwege und Siedlungen innerhalb von Akureyri sehen können, doch da sie im Großen und Ganzen wusste, wie es dort aussehen musste, blieb sie einstweilen bei der verkleinerten Darstellung.

Was auch notwendig war, wenn sie sich das Auge anschauen wollte. Akureyri erschien, so groß es auch war, neben dem Gebilde, das es umgab, zwergenhaft. Dessen auffälligster Teil war das an Manhattan auf einer Achterbahn erinnernde Schauspiel der Großen Kette, die sich mit unglaublicher Geschwindigkeit drehte und alle fünf Minuten einen kompletten Kreis beschrieb.

Doch sie war nicht ihr Ziel. Als das Auge aus ihrer Sicht immer größer wurde, schob sich seine rotierende Iris zu einer Seite, und es wurde deutlich, dass die kleinen Korrekturbrennstöße des Flifs sie einen der bewohnten Abschnitte in seinem massiven Rahmen aus angefressenem Eisen hatten ansteuern lassen: einen Ring aus achtzig Andockports, umgeben von einem riesigen leuchtenden gelben Buchstaben Q, der universell als Logo und Kennzeichen der Quarantäne zu erkennen war.

Wie es aussah, waren zwei Drittel der Ports in der Q bereits von anderen Raumschiffen besetzt, die meisten davon Flifs verschiedener Bauart plus zwei Linienraumschiffe. Die Ports waren einzeln mit Leuchtziffern nummeriert und in einer Mischung aus Latein und Kyrillisch, die im ganzen Ring Verwendung fand, mit einem Hinweis auf ihren Zweck versehen:

TRANZIT
IMMIGRAЦION
MILITÄR
CURVEY
СРЕЦ

Ein Ring aus grünen Lichtern um einen leeren Port – Nummer 65 – begann zu blinken. Da die Systeme, die das Flif steuerten, auch so wussten, worauf sie zuhalten mussten, war das ausschließlich zum Nutzen von Menschen gedacht; außerdem diente es als Notbehelf für den seltenen Fall, dass ein Raumfahrzeug von Hand gesteuert werden musste.

Kath Two hatte in ihrem Leben schon genug Andockmanöver gesehen, und so streifte sie sich den Verp ab und behielt ihn während der darauffolgenden Reihe von Schubsen und Stößen, die mit dem Öffnen der Luftschleusentür endeten, auf dem Schoß.

Eine gelb gestreifte Röhre erstreckte sich von dort in den Teil der Quarantäne hinein, der Leuten vorbehalten war, die, wie sie, von der Oberfläche der Erde heimkehrten. Ein paar Meter weiter innen standen sie vor einer Einwegtür, die so ausgelegt war, dass immer nur eine Person sie passieren konnte. An einem Gestell daneben hingen eine Reihe von Armbändern, deren grüne Farbe darauf hinwies, dass sie für Survey-Personal gedacht waren, und die zudem einen maschinenlesbaren Streifencode trugen. Kath Two suchte sich eins aus und ließ es um ihr Handgelenk einrasten. Bald darauf begann eine rote Diode an seiner Rückseite zu blinken, und Ziffern fingen an, die Zeit zu zählen. Sie wedelte mit der Hand vor der Tür, worauf diese sich von selbst entriegelte und ihr erlaubte, die Röhre jenseits davon zu betreten.

Dieser Teil von Q bestand hauptsächlich aus Rohrleitungen: ein Gewirr von Röhren in Menschengröße, die die Leute von ankommenden Raumschiffen fort in getrennte Sammelräume lenkten, wo sie sich aufhielten, bis sie sämtliche Tests erfolgreich abgeschlossen hatten. Kath Two, Rhys und Beled würden hier visuell auf invasive Arten und Krankheitserreger inspiziert, ihre Kleidung und Ausrüstung sterilisiert werden. Vorschriftsgemäß würden sie duschen und sich abschrubben. Stuhl- und Blutproben würden genommen und untersucht werden, was je nach Arbeitsbelastung des Labors zwischen sechs und vierundzwanzig Stunden dauern konnte. Für ihren Hintergrund, ihre politischen Ansichten, ihre emotionale Stabilität oder ihre Beweggründe dagegen würde man sich ihres grünen Armbands wegen kaum interessieren. Auf solche Dinge waren Survey-Mitarbeiter bereits gründlich untersucht worden.

Kath Two beschlich der bald von Gewissheit gefolgte Verdacht, festgehalten zu werden. Nach einigen Stunden hatte sie die Erlaubnis bekommen, sich in den allgemein zugänglichen Bereichen des Quarantäne-Niemandslands frei zu bewegen: in den Esslokalen, Geschäften, Nobelbars und Freizeiteinrichtungen, die um einen Torus mit etwa einem halben G simulierter Schwerkraft angeordnet waren. Das bedeutete, dass sie sämtliche biologischen Tests bestanden hatte. Dennoch hörte das rote Blinken an dem Armband nicht auf. Die Ziffern zählten einen Tag, dann anderthalb Tage. Sie passte ihr Schlafschema der Augen-Zeit an und spürte allmählich einen Jetlag.

In der Q war ziemlich viel los – vielleicht hatte die Verzögerung damit zu tun. In den vergangenen zwei Wochen war das Auge westwärts mit Kurs auf den Friedhof Kap Verde und das jenseits davon liegende Segment Rio über die ältesten, am dichtesten besiedelten Regionen des Abschnitts Greenwich hinweggefegt. An einem solchen Ort, ganz in der Nähe eines Friedhofs, wo die Habitate groß und neu waren, rechnete die Q mit einem großen Ansturm von Passagieren »im Transit«: Emigranten aus älteren und dichter besiedelten Gebieten auf dem Weg in große neue Habitate wie Akureyri. Ein solches Ding vollständig zu besiedeln dauerte Jahrzehnte; seine Bevölkerung wurde parallel zum Bau weiteren Wohnraums und der Fortentwicklung und Anpassung des lebenserhaltenden Ökosystems nach und nach aufgestockt. In Kürze würde das Auge den Friedhof Kap Verde erreichen, einen Ort, wo die Bevölkerungszahl gegen null sinken würde: gerade mal ein paar Arbeiter, die zu ihren Habitatbaustellen unterwegs waren, und einige geduldige Fernreisende. Doch im Moment waren die Einrichtungen im Niemandsland voll ausgelastet, und es gab Schlangen bei Essen und Getränken, insbesondere dort, wo man vor allem auf Familien eingestellt war. Die Leute emigrierten nämlich oft, wenn sie kleine Kinder hatten, die ihrer Meinung nach davon profitieren würden, an einen sauberen neuen Ort verpflanzt zu werden, an dem sie frei herumrennen konnten.

So redete Kath Two sich eine Zeitlang ein, die Verzögerung sei rein bürokratischer Natur, ein Ergebnis von zu vielen Emigranten und zu wenig verfügbarem Personal in der Q. Am zweiten Tag jedoch entdeckte sie Beled im Fitnessraum, damit beschäftigt, auf einem irrsinnig hohen Leistungsniveau ein Widerstandstrainingsgerät zu bedienen, das nur junge männliche Teklaner benutzen konnten. Später, nachdem er geduscht hatte, traf sie ihn in einer Bar wieder, und er erwähnte, dass er Rhys auf dem Weg zum Ausgang gesehen habe, mit einem Armband, das grün blinkte.

»Wann war das?«, fragte sie.

»Gestern«, antwortete Beled. »Acht Stunden und zwanzig Minuten nachdem wir angedockt hatten.«

Mehr sagten sie nicht darüber, denn die Verbindung zu ihrem früheren Gespräch im Flif schien unausgesprochen klar zu sein.

Ein paar Stunden später räumten Kath Two und Beled ihre Einzelzimmer und zogen in ein etwas größeres Doppelzimmer.

Sie fingen an, miteinander zu schlafen, ohne Sex zu haben, für moiranisch-teklanische Paare, die einander kaum kannten, ein durchaus übliches Verhaltensmuster. Wenn Beled eine Erektion bekam, was ziemlich häufig vorkam, ging er in die winzige Nasszelle und masturbierte. Diese Art, damit umzugehen, war so allgemein verbreitet, dass es eher bemerkenswert gewesen wäre, wenn er sich anders verhalten hätte. Sie wusste, dass sie sich bei ihm auf eine vorbildliche Disziplin verlassen konnte, und er wusste, dass das ihre Erwartung war, und so konnte es endlos weitergehen, bis einer von ihnen einen Änderungswunsch signalisierte.

Unfähig zu schlafen und nicht so geübt im Masturbieren wie Beled, wuchtete Kath Two seinen massiven Arm von ihrer Brust, ein Vorhaben, das dem Versuch gleichkam, einen bewusstlosen Zehnjährigen auf die andere Seite des Bettes zu zerren, schlüpfte hinaus und machte sich auf die Suche nach einem Ort, wo sie die Zeit, bis sie schläfrig genug war, totschlagen konnte.

In der Cafeteria, wo sie für eine heiße Schokolade anstand, fand sie sich neben einer kleinen, geschmeidigen Julianerin Mitte sechzig wieder. Die Frau hatte in einem Buch gelesen oder zumindest so getan. Als das Warten sich hinzog, schien sie das Interesse zu verlieren. Sie klappte das Buch zu, unterdrückte ein Gähnen und fixierte Kath Two. »Zurück von der Oberfläche?«

Das war an der Farbe von Kath Twos Armband zu erkennen. Doch Kath Two begriff, dass die Frau nur versuchte, ein Gespräch anzufangen. »Ja.«

»Zuhause für Sie?«, fragte die Frau und meinte damit das Auge.

»Ich bin im Moment nirgendwo richtig zu Hause. Der Survey-Dienst macht es schwer, sich niederzulassen.«

»Aha, also ein kleiner Heimaturlaub auf der Großen Kette. Gut für Sie.«

Kath Two war vollkommen klar, dass es sich bei dieser Frau um eine Quarantäne-Agentin handelte.

So funktionierte die Q: nicht, indem man jemanden in einem fensterlosen Raum verhörte, sondern indem man ein zwangloses Gespräch anfing. Die allgemein zugänglichen Bereiche boten die nötigen Begegnungsorte und Gelegenheiten dazu.

Da es wichtig war, dass man nicht als jemand galt, der etwas zu verbergen hatte, sagte Kath Two: »Ich nehme an, ein bisschen Heimaturlaub ist schon drin, aber eigentlich bin ich auf dem Weg nach Stromness.«

»Aha, einen Freund an der Universität besuchen?«

Entsprach es der Wahrheit, Doc einen Freund zu nennen? »Eher einen Mentor. Einen Lehrer«, sagte sie.

»Stromness soll schön sein, soviel ich gehört habe. War nie dort.«

Viele, vielleicht die meisten, denen so auf den Zahn gefühlt wurde, merkten gar nicht, dass sie mit einem Quarantäne-Agenten sprachen. Das lag daran, dass die meisten Leute nur selten, wenn überhaupt, die Q passieren mussten; und wenn doch, dann wurden sie eher mit großen Reisegruppen zusammengeworfen und in Situationen gebracht, in denen diese Art von Unterhaltung leicht als reine Plauderei missverstanden werden konnte.

Kath Two war eine hinreichend erfahrene Reisende, um genau zu wissen, was da vor sich ging. Und die andere Frau wusste, dass sie es wusste. Trotzdem würden sie mit der Farce weitermachen. Kath Two widerstand der Versuchung, Unruhe zu stiften und die Julianerin zu fragen, woher sie komme und wohin sie gehe. Die Frau hätte garantiert eine plausible Geschichte parat gehabt. Sie zu zwingen, diese herzubeten, wäre verschwendete Zeit.

Als die Schlange vorwärtskroch, bot sich ihnen der Blick auf einen Bildschirm über der Theke, auf dem eine Szene aus dem Epos lief. Der Zeitcode in der Ecke lautete A+3.139, also ungefähr eineinhalb Jahre nach Beginn des Großen Sprungs. Das Filmmaterial zeigte eine Sub-Arche – nicht die *Endurance* –, also stammte es höchstwahrscheinlich vom Schwarm. Es herrschte simulierte Schwerkraft, weshalb die Sub-Arche Teil eines Bolos sein musste. Anfangs erkannte Kath Two niemanden von den Leuten. Natürlich waren sie alle Wurzelstockmenschen, eindeutig als nicht zu einer der sieben gegenwärtigen ethnischen Gruppen gehörig zu erkennen, aber ihnen doch nah genug, dass sie noch fühlen konnte, was sie fühlten. Wie alle im Epos sprachen sie in den archaischen Dialekten von vor fünftausend Jahren.

Urmütter waren gerade keine im Bild. Die einzigen Urmütter im Schwarm waren natürlich Julia und Aïda gewesen. Also war das hier vermutlich das, was sie eine Nebenhandlung nannten, also ein Video aus dem Epos, das zwar nicht die Worte oder Taten irgendeiner Urmutter wiedergab, aber dennoch für wichtig genug erachtet worden war, um in den Kanon aufgenommen zu werden und auf Abspiellisten in Örtlichkeiten wie diesem Café zu erscheinen. Kath Two hatte den unbestimmten Eindruck, es schon einmal gesehen zu haben, vor vielen Jahren, vielleicht in der Schule. Auch wenn sie den Überblick über Tage und Zeitzonen verloren hatte, war sie ziemlich sicher, dass heute Julstag war, und daher erinnerten höchstwahrscheinlich alle epischen Szenen, die an einem Ort wie diesem ausgestrahlt wurden, an irgendetwas, was Urmutter Julia gesagt oder getan hatte. »Alles Gute zum Urmuttertag«, sagte sie in einer Art Höflichkeitsreflex zu der Julianerin, die neben ihr stand.

»Ihnen auch einen guten Tag«, erwiderte die Frau, was bestätigte, dass heute tatsächlich Julstag war.

Kath Two betrachtete die Szene lange genug, um das Wesentliche mitzubekommen. Sie war sich immer sicherer, dass sie diese Leute und die Situation, in der sie sich befanden, schon gesehen hatte. Die Sieben Dicken und die Sieben Dünnen waren ein Bolo aus zwei Heptaden gewesen. In einer davon war wegen einer ansteckenden Pflanzenkrankheit, die in einer ihrer Sub-Archen ausgebrochen war und sich schließlich auf die sechs anderen ausgebreitet hatte, die Lebensmittelproduktion zusammengebrochen. Das Ergebnis waren sieben Sub-Archen voller Verhungernder, die durch ein langes Kabel mit sieben Sub-Archen verbunden waren, in denen es reichlich zu essen gab. Sie hatten ein System entwickelt, demzufolge sie Weltraumspaziergänger an ihrem jeweiligen Kabelstück entlang zum Mittelpunkt schickten, wo die beiden Pranken ineinandergriffen. Dort wurden Carepakete von den Sieben Dicken an die Weltraumspaziergänger von den Sieben Dünnen übergeben, die zurück in die heimgesuchte Heptade hinabstiegen und das Essen verteilten. Sieben Sub-Archen konnten jedoch nicht Essen für vierzehn produzieren. Alle wurden hungrig, und in den Sieben Dünnen starben die ersten Menschen. Das Problem war durch die Tatsache noch verschärft worden, dass dieses Bolo vom Hauptschwarm getrennt worden war.

Die spezielle Szene, die hier ausgestrahlt wurde, zeigte eine Videokonferenz zwischen den Hungerleidern der Sieben Dünnen und den nur unwesentlich besser ernährten Bewohnern der Sieben Dicken, die dadurch noch schmerzlicher wurde, dass Familienmitglieder und alte Freunde durch dieses Kabel getrennt waren. Kath Two war sich jetzt sicher, sie schon gesehen zu haben. In ein paar Minuten würden sie Funkkontakt mit der Weißen Sub-Arche aufnehmen und Urmutter Julia in das Gespräch einschalten und um ihren Rat bitten. Sie würde eine kleine Rede darüber halten, was sie tun mussten. Die Geschichte würde damit enden, dass die Sieben Dünnen sich selbst von dem Bolo abschnitten. Das planten sie so, dass die Sieben Dicken in Richtung des Hauptschwarms zurückgeschleudert wurden, während die Sieben Dünnen in die entgegengesetzte Richtung davonsausten. Faktisch benutzten die Todgeweihten sich selbst als Treibstoff für die Rettung der anderen. Noch komplizierter, noch ergreifender wurde die Geschichte durch andere Einzelheiten, denen Kath Two ausgesetzt sein würde, wenn sie nur lange genug hier stand und zuschaute. Die Heptade der Sieben Dünnen war eine der wenigen, die einen Teil des Humangenetischen Archivs enthielten, und so war ihr Verlust Teil der anscheinend unerbittlichen Reihe von Pannen, die zum Rat der Sieben Evas und der Schaffung der neuen menschlichen Abstammungslinien geführt hatte. Ihre Entscheidung, sich zu opfern, war übrigens nicht einstimmig ausgefallen; ihr waren eine Meuterei und ein Handgemenge von einer Sub-Arche zur anderen vorausgegangen, da eine kleine Gruppe der Hungerleider versucht hatte, sich zu retten, indem sie in Weltraumanzüge schlüpften und am Kabel hochkletterten. Der Mann, der sich den Weg zum Bedienpult freigekämpft und auf den Knopf gehauen hatte, der das Bolo zerschnitt, hieß Julius Mwangi. Bei 38 Grad, 0 Minuten Ost, genau über seinem Geburtsort in Kenia, schwebte ein nach ihm benanntes Habitat. Der »Null Minuten«-Teil war deswegen von Bedeutung, weil Habitate, die auf Meridianen lagen, traditionell nach Helden aus dem Epos benannt wurden.

All das fiel Kath Two innerhalb der Zeit wieder ein, in der das Café-Personal ihren Kaffee machte. Da nun offensichtlich war, dass sie verhört wurde, hatte sie es nämlich für das Beste gehalten, ihre Bestellung von Kakao auf etwas mit mehr Koffein zu ändern. »Das geht auf mich«, sagte sie zu der Quarantäne-Agentin, denn es war üblich, Fremden an ihrem Urmuttertag kleine Gefallen zu tun. Wäre Moirstag gewesen, hätte vielleicht jemand anderes ihren Kaffee bezahlt.

»Oh nein, das kann ich nicht annehmen«, sagte die Frau. Was im buchstäblichen Sinne vermutlich stimmte; sie konnte keinen Gefallen von jemandem annehmen, den sie gerade verhörte. »Wenn Sie mir aber erlauben würden, mich zu Ihnen zu setzen...«

»Natürlich«, sagte Kath Two und wartete, während der Kaffee für die Frau gemacht wurde. Auf dem Bildschirm über der Theke hatte es einen Schnitt zu einem anderen Teil des Epos gegeben, einem Gespräch, das kurz vor dem finalen Brennstoß an Bord der *Endurance* stattgefunden hatte und in dem Dinah und Ivy sich gegenseitig eingeredet hatten, dass Julia doch eigentlich gar nicht so schlimm war. Kath Two hatte das immer ein bisschen gefühlsduselig gefunden. Die Leute zitierten andauernd daraus. Es hatte als Grundlage für politische Bewegungen und Parteien gedient, die sich bemüht hatten, stärkere Allianzen zwischen Julianern und anderen Abstammungslinien zu schmieden. An sich war das Timing dieser Sendung zufällig. Wäre Kath Two von einer julianischen Geisteshaltung gewesen, hätte sie sich gefragt, ob das ganze Ding nicht inszeniert, das Timing der Abspielliste nicht von jemandem hinter den Kulissen der Quarantäne manipuliert worden war, damit es ihr, unmittelbar bevor sie sich mit dieser Frau zum Kaffee hinsetzte, ins Auge fiel. Das war nämlich die Art von Julianern. Dafür hatte sich Urmutter Julia im Verlauf des Rats der Sieben Evas entschieden. Ihre Nachkommenschaft, die in relativer Isolation auf ihrem Segment im Ring lebte, hatte sie durch den als Karikaturisierung bekannten selektiven Züchtungsprozess verstärkt. Als Teil davon hatten Julianer riesige Augen, fein geformte Ohren und kleine Münder entwickelt; daran konnte man sie ganz einfach schon von weitem erkennen.

Die Frau salutierte, bevor sie sich hinsetzte. Julianer taten das mit der linken Hand, die so seitlich ans Gesicht gehalten wurde, dass sie die Sicht nicht störte. »Ariane«, sagte sie. Ein verbreiteter julianischer Name, abgeleitet von den Raketen, die in Kourou gestartet worden waren und die Urmutter Julia mit einem atomaren Angriff auf die Venezolaner verteidigt hatte. »Ariane Casablancowa.« Sie war also die Tochter einer Frau namens Casablanca, nach dem Weißen Haus.

Kath Two erwiderte den Gruß. »Kath Amalthowa Two.« Kath Twos Mutter war nämlich nach dem Asteroiden benannt worden, der Moira und ihr Labor durch den Großen Sprung hindurch beschützt hatte.

Ariane nahm ihr gegenüber Platz, die riesigen Augen teilnahmslos auf Kath Twos Gesicht gerichtet.

»Hören Sie zu«, sagte Kath Two, »mir liegt das hier nicht. Ich gehöre keiner Kupol an und möchte auch keiner beitreten. Fragen Sie mich einfach, was Sie beschäftigt.«

»Ich würde gerne wissen, ob Sie auf der Oberfläche irgendwas Interessantes entdeckt haben.«

»Meine Reisen dorthin haben genau den Zweck, interessante Sachen zu entdecken. Ich sehe nur selten etwas, das nicht interessant ist.«

Ariane saß nur erwartungsvoll da.

»Ich habe einen Bericht vorgelegt«, sagte Kath Two.

»Und seinen Inhalt mit Beled Tomow besprochen?«

»Ja.«

»Aber nicht mit Rhys Alaskow.«

»Rhys hat geschlafen, als ich mich mit Beled unterhalten habe.«

»Sie haben auch ziemlich viel geschlafen«, bemerkte Ariane. »Zehn Stunden im Flif.«

»Ich war den ganzen Tag Gleiter geflogen.«

»Mit häufigen Nickerchen.«

»Wenn wir Moiraner ein bisschen zu lange schlafen«, sagte Kath Two, »heißt das nicht jedes Mal, dass wir epigenieren. Manchmal sind wir einfach müde, sonst nichts.«

»Das wird die Zukunft zeigen. Jetzt sind Sie unterwegs zu einem Vieraugengespräch mit Ihrem Mentor«, sagte Ariane. »Jedenfalls glauben Sie das.«

»Was soll das heißen?«

»Dr. Hu ist nicht in Stromness. Das wüssten Sie, wenn Sie sich mit ihm abgestimmt hätten. Haben Sie aber nicht. Stattdessen haben Sie kurzentschlossen den unbedachten Plan gefasst, sich an einen Ort zu begeben, mit dem Sie angenehme Erinnerungen verbinden. Irgendetwas beunruhigt Sie. Sie sind sich bewusst, dass Sie anfangen könnten zu epigenieren. Das werden

Sie mit ›Doc‹ erst besprechen, wenn Sie ihm gegenüberstehen, an einem Ort, an dem Sie sich sicher fühlen. Es muss etwas sein, das Sie auf der Oberfläche beobachtet haben. Etwas Unerwartetes.«

Ariane Casablancowa zu sagen, sie solle doch Kath Twos Bericht lesen, würde nichts nützen. Vermutlich hatte sie ihn bereits mehrfach gründlich durchgelesen. Sie wollte die Geschichte aus erster Hand hören.

»Ich könnte einen Menschen gesehen haben«, sagte Kath Two.

»Könnte?«

»Es war ein flüchtiger Anblick. Aus der Ferne.«

»Keinen anderen Kundschafter – sonst hätten Sie ja nichts Besonderes darin gesehen.«

»Kundschafter tragen helle Kleidung, wegen der Sichtbarkeit.«

»Hat Beled nicht getan.«

»Als er in der Nähe der RIZ vorbeikam, nein, da natürlich nicht. Ich meine ja auch, im Allgemeinen.«

»Fahren Sie fort.«

»Diese Person hatte das Gegenteil an. So was wie…«

»Wie was?«

»Haben Sie je Vor-Null-Videos mit Jägern gesehen? Die haben immer Sachen an, die sie weniger sichtbar machten.«

»Tarnkleidung«, sagte Ariane.

»Genau. Ich glaube, diese Person hatte Tarnkleidung an.«

»Dann wohl kein Kundschafter.«

»Also – Militär, vielleicht?«, fragte Kath Two. »Aber der einzige Zweck von Militär besteht darin, anderes Militär zu bekämpfen. Und ich bin mir ziemlich sicher, dass da unten kein anderes Militär ist. Außer es gab irgendeinen Verstoß. Aber davor hätte man mich gewarnt, bevor ich abgeworfen wurde. Teufel nochmal, die hätten einen Thor hinter mir hergeschickt.«

»Ist Ihnen in den Sinn gekommen, dass es ein *frischer* Verstoß sein könnte? Den Sie als Erste bemerkt haben?«

Die Frage hing nun irgendwie in der Luft. Was Ariane damit meinte, war klar. Wenn Kath Two etwas Derartiges mitbekommen hatte, hätte sie es auf der Stelle melden müssen, statt zehn Stunden am Stück zu schlafen und dann den kopflosen Versuch zu starten, Doc an einem Ort zu finden, wo er nicht war.

»Nein«, sagte sie. »Darum handelte es sich nicht.«

»Woher wissen Sie das?«

»Ich habe viele Flüge über den See gemacht, war also lange Zeit deutlich sichtbar. Jemand, der Übles im Schilde führte, hätte sich einfach zwischen den Bäumen versteckt, bis ich weg war. Das hat diese Person aber nicht getan. Sie war da unten an einer Stelle nah am Ufer, wo sie genau verfolgen konnte, was ich machte. So als…«

»Als was?«, fragte Ariane.

»Als hätte sie gegafft.«

Nach langem Schweigen wiederholte Ariane das Wort: »Gegafft.«

»Ja.« Bis zu diesem Punkt hatte die Moiranerin sich unter Arianes Blick unbehaglich gefühlt, doch jetzt sah sie ihr eine Zeitlang direkt in die großen, durchdringenden Augen.

»Als diese Person sich bewegte«, sagte Ariane, »haben Sie da einen Eindruck von ihrer Körperhaltung und ihrem Gang bekommen?«

»Ich glaube nicht, dass es ein Neoander war«, erwiderte Kath Two kopfschüttelnd. »*Das* hätte ich gemeldet.«

Ariane blinzelte und sagte: »Die einfachste Erklärung ist natürlich…«

»Ein Indigener. Das ist die Möglichkeit, über die ich mit Beled gesprochen habe.« Sie fühlte sich jetzt ein wenig in der Defensive. »Aber was sollte einer dort machen? So weit von der nächsten RIZ entfernt.«

»Das ist ein Rätsel.«

»Ja.«

»Das erklärt, warum Sie das Profil verletzt haben«, sagte Ariane nickend.

»Ich weiß nicht mal, was ›das Profil verletzen‹ für Sie und Ihre Leute bedeutet.«

»Haben Sie je den Eindruck gehabt, dass jemand Sie beobachtet? Verfolgt?«

Ariane Casablancowa hatte die grässliche Angewohnheit, gute Fragen zu stellen.

»Wenn man da unten ist, muss man davon ausgehen, dass ...«

»Dass man von der dortigen Megafauna nicht unbemerkt bleibt. Natürlich.«

»Wenn man allein unterwegs ist und versucht, das immer im Hinterkopf zu behalten, wird man womöglich mit der Zeit irgendwie, ich weiß nicht ...« In Gegenwart einer Julianerin wollte sie das ethnisch besetzte Wort »paranoid« nicht benutzen. Ariane schien das zu spüren und sich ein klein wenig darüber zu amüsieren. Sie beugte sich leicht vor, bemüht, Kath Two über diese heikle Situation hinwegzuhelfen.

»Man entwickelt ein gesteigertes Bewusstsein. Um auf der sicheren Seite zu sein, interpretiert man vielleicht die Geräusche der Wildnis ...«

»So vorsichtig wie möglich, ja. So wie am Morgen meiner Abreise, als ich durch Lichtflecken geweckt wurde, die sich um mein Zelt bewegten. Einen Moment lang habe ich gedacht, sie könnten von einem großen Tier stammen, das zwischen mir und der Sonne hindurchschlich. Als ich aber aus meinem Zelt kroch, sah ich, dass es nur meine Fantasie gewesen war und das Licht zwischen Zweigen hindurchschien, die sich im Wind wiegten.«

»Interessant! Dieses gesteigerte Bewusstsein für Dinge über eine genügend lange Zeitspanne hinweg erscheint einem tatsächlich wie die Art von Stimulus, die bei einem Moiraner eine epigenetische Veränderung auslösen könnte«, sagte Ariane.

»Der Gedanke war mir auch gekommen.«

»Das haben Sie in Ihrem Bericht nicht erwähnt.«

Damit hatte Ariane zum ersten Mal zugegeben, dass sie den Bericht gelesen hatte, was Kath Two stutzig machte.

Sie wurde durch einen großen Teklaner abgelenkt, der mit einem grünen Armband am Handgelenk das Café betrat. Es war jedoch nicht Beled. Noch ein vor kurzem angekommener Kundschafter, der vielleicht zum selben Erkundungsnetz gehörte.

Beled hatte offensichtlich einen lückenlosen Bericht abgeliefert, sein Gespräch mit Kath Two in dem Flif eingeschlossen. Bei einem anderen Typ Mensch hätte sie das vielleicht als ärgerliche Indiskretion empfunden, aber bei einem Teklaner war so etwas zu erwarten. »Ich habe es in meinem Bericht nicht erwähnt«, sagte Kath Two, »weil es meiner Einschätzung nach nur meine Fantasie und nicht ein echtes, berichtenswertes Erkundungsereignis war.«

»Falls Sie nichts dagegen einzuwenden haben, wenn ich mal ganz juju werde…« Das war ein selbstironischer Begriff für Erkenntnis im julianischen Stil.

»Nur zu.«

»Vielleicht stimmte Ihr erster Eindruck, und die Ursache war tatsächlich ein großes Tier – ein Mensch –, der zwischen Ihnen und der Sonne hindurchschlüpfte. Ein Fehler von jemandem, der Sie flüchtig beobachtete. Und als er – ich spreche mal von einem er – seinen Schatten auf Ihrem Zelt bemerkte, wurde ihm klar, dass er einen groben Schnitzer begangen hatte, und er zog sich den Abhang hinunter in den Wald zurück, von wo aus er Sie weiter beobachtete.«

»Das ist durchaus möglich«, sagte Kath Two. Aus Höflichkeit verkniff sie sich die Bemerkung, dass so etwas auch nur einem julianischen Hirn hatte entspringen können.

»Wie haben Sie seitdem geschlafen?«

»Sehr unregelmäßig, im Jetlag eben, weshalb ich ja hier bin. Ich halte es für möglich, dass ich am letzten Tag angefangen habe zu epigenieren, dass aber jetzt, wo ich in die Zivilisation zurückgekehrt bin, mein System durcheinandergeraten ist und die Veränderung gerade abgebrochen wird.« Hätte Kath Two an diesem Tisch einer moiranischen Freundin gegenübergesessen, hätte sie vielleicht die Hand gehoben, um sich im Gesicht zu berühren. *Sehe ich anders aus?* Ariane dagegen hätte gar keine Möglichkeit gehabt, die Antwort zu kennen.

Kath Two fügte hinzu: »Ich habe mit Beled geschlafen. Ich glaube, das trägt dazu bei, mich wieder zurückzuholen.«

»Sehr gut. Ich hoffe, Ihre Umstellung – ob sie nun die Entwicklung zu Kath Amalthowa Three einschließt oder nicht – verläuft ohne Probleme.«

»Kann ich gehen?«

»Das habe ich nicht zu entscheiden. Ihr Status bleibt unbestimmt.«

»Besorgt, ich könnte es ausplaudern?«

»Es ist nicht an mir, wegen solcher Dinge besorgt zu sein. Mein persönlicher Rat? Plaudern Sie es nicht aus. Aber Sie kennen Ihre Rechte. Sie können nicht festgehalten werden, nur weil Sie glauben, Sie hätten womöglich mitten im Nirgendwo einen getarnten Gaffer gesehen.« Ariane schien ihren nächsten Schritt abzuwägen, ehe sie hinzufügte: »Sonst würden Sie in dem Café hier eine Menge mehr festgehaltene Survey-Leute sehen.«

Mit Doc hatte Ariane recht gehabt. Er hatte sein Haus auf dem nebligen Campus von Stromness – ein Habitat in dem überwiegend ivynischen Teil des Rings, das vollständig aus Universität bestand – verlassen und war unterwegs zur Wiege. Auf dem Weg dorthin verbrachte er etwas Zeit in der Großen Kette. Als Kath Two also schließlich den naheliegenden Schritt unternahm, direkt Kontakt mit ihm aufzunehmen, reagierte er innerhalb weniger Minuten und erklärte ihr, wo sie ihn finden könne.

Etwa zur selben Zeit wechselte die Diode an Kath Twos Armband auf Grün, für sie das Zeichen, dass sie gehen konnte. Als sie in das Zimmer kam, das sie sich mit Beled geteilt hatte, stellte sie fest, dass er bereits abgereist war. Sie suchte ihre sterilisierten Habseligkeiten zusammen und begab sich zum Ausgang, wo der Roboter, der die Tür bildete, ihr Armband inspizierte. Offenbar gefiel ihm, was er da sah, denn er entriegelte sich und ließ sie passieren. Im selben Moment sprang das Armband auf und wurde dunkel. Auf ihrem Weg nach draußen warf sie es in einen Mülleimer.

Nachdem sie eine halbe Stunde lang durch Gänge des Auges geschwebt war, kam sie an die Einfahrtrampe, wo sie sich zusammen mit zwei Dutzend anderen Passagieren in eine Kapsel drängte, sich anschnallte und wie ein Geschoss durch einen Gewehrlauf getrieben wurde, dessen Mündung genau im richtigen Moment mit einer Ankunftsplattform an der Großen Kette zusammentraf. Ein G simulierte Schwerkraft wurde wirksam, als sie in die Rotation der kreisförmigen Stadt hineingespült wurden. In der Nähe des Kapselausgangs platzierte Aufsichtspersonen halfen den Neuankömmlingen auf die Plattform und blickten jedem in die Augen, um sich zu vergewissern, dass es ihm gut ging. Leute, die plötzliche Veränderungen der Schwerkraft nicht gewöhnt waren, konnten leicht Schwindelanfälle oder Schlimmeres bekommen. Die Mehrzahl der Aufsichtspersonen waren Camilaner, eine wohldurchdachte Entscheidung, die sich in jahrhundertelanger Praxis bestätigt hatte. Selbst der heißblütigste Dinaner würde einem dieser bescheidenen Menschen gegenüber bereitwillig zugeben, dass ihm schummrig zumute war. Ihre ausgeprägte Ritterlichkeit verpflichtete die Dinaner, den Camilanern, die sie als schwach und kindlich betrachteten, mit besonderer Höflichkeit zu begegnen.

Mit nur leicht wackligen Beinen begab sich Kath Two zum oberen Ende einer Rolltreppe, die sie hinunter auf die Massen-Transitebene bringen würde. Hoch über ihr wölbte sich wie in einem großen Bahnhofsgebäude auf der Alten Erde die Decke, auf deren Gitterwerk aus Nickel und Eisen aufgeregt zwitschernde Vögel saßen, eine ganze Gesellschaft, die sich über interne Trends und Streitigkeiten ausließ, dabei aber immer den menschlichen Verkehr unten im Blick behielt. Spezialisierte Siwis, um Streben und Träger gewunden wie Pythons um Äste, bewegten sich so langsam vorwärts, dass die Vögel, deren Kot sie entfernten, sie gar nicht bemerkten. Die Vögel gehörten alle zu der Spezies graumelierte Krähe: ein kleiner Rabenvogel, dessen Federn zur Hälfte pigmentlos waren und ihm ein geflecktes Aussehen verliehen. Dieses Merkmal war ihm von seinen Entwicklern einfach als optisches Kennzeichen verliehen worden, damit sie ohne Probleme von Wurzelstockkrähen zu unterscheiden waren. Sie bewegten sich in grauen Wirbelstürmen durch den gewölbten Raum unter der Decke, schossen aber auch gerne in den abgeschrägten Schächten, die ihn mit der Transitebene unten verbanden, hinauf und hinunter. Als Kath Two die Plattform entlangging, löste sich ein einzelner dieser Vögel aus einem sich hochschraubenden und kreischenden Schwarm und kam auf sie zugestürzt. Je schneller er sich näherte, desto sicherer wurde sie, dass er auf ihr Gesicht zusteuerte. Unmittelbar bevor er mit ihr zusammenstieß, hielt er inne, flatterte, da er sich nirgendwo niedersetzen konnte, unbeholfen vor ihr herum und bewegte sich dabei rückwärts, um mit ihr Schritt zu halten. Dann sagte er: »Die Baumgruppe im gemäßigten Regenwald«, oder jedenfalls etwas, was diesen Worten aus dem Schnabel einer Krähe am nächsten kam, schlug mit den Flügeln und flog davon, indem er in Richtung Dachsparren aufstieg, dann aber scharf hinunter in die schräge Röhre abdrehte, die ihn wieder in den Transit zurückbringen würde. Er war keineswegs die einzige graumelierte Krähe, die solch einen Auftrag ausführte; ähnliche Begegnungen passierten überall um sie herum. Vielleicht zwanzig von den Vögeln saßen auf den Schutzgeländern rund um den Eingang zur Rolltreppe und murmelten Dinge, die sie von Menschen gehört hatten. Einer von ihnen, der vielleicht einem Paar beim Geschlechtsverkehr zugehört hatte, produzierte die Annäherung einer Krähe an ein orgasmisches Stöhnen. Drei von ihnen sangen unisono ein bekanntes Lied. Eine bellte wie ein Hund. Ein paar versuchten, von Leuten, die Snacks dabeihatten, etwas zu Fressen zu ergattern. Einer wiederholte ständig: »Hol mich um dot 16 am Bahnhof ab«, ein anderer: »Ich werde einen roten Schal tragen.«

Am Fuß der Rolltreppe flogen die Krähen in lauschige kleine Horste ein und aus, die an den Enden der Röhrenwagen für sie gebaut worden waren, damit sie die Sitze nicht beschmutzten. Zehn Minuten in einem dieser Wagen brachten Kath Two nach Aldebrandi Gardens. Das war eine Reihe von sechs aufeinanderfolgenden Blocks, die als Pflanzenschutzgebiete angelegt worden waren. Jeder bestand aus einer rechteckigen Ökosystemplatte, unter deren beeindruckend hohem, gewölbtem Glasdach man Geländeformen der Erde nachempfunden hatte. Temperatur und Feuchtigkeit waren jeweils auf die Simulation eines bestimmten Teils der Alten Erde abgestimmt. Aus digitalen Archiven sequenzierte Pflanzen und andere Organismen waren hier kultiviert und später durch Vögel, Insekten und kleine Tiere ergänzt worden. Die Kreaturen, die man hier gehegt und studiert hatte, waren später auf Fabriken anderswo im Ring verteilt worden, wo man sie in großer Zahl vermehrt hatte, um anschließend die Neue Erde damit zu bestücken.

Am heißen Ende beginnend durchquerte Kath Two einen südostasiatischen Dschungel, der so feucht war, dass sich der Wasserdampf, noch ehe sie zu schwitzen begann, auf ihrem Gesicht niederschlug. Durch die drei Schichten hindurch konnte sie keinen Himmel sehen, doch als sie aus der nächsten Luftschleuse in die Chihuahua-Wüste trat, bot sich ihr oben durch die Decke eine direkte Aussicht in den Weltraum, und ihr schlug

Sonnenlicht entgegen, das durch einen außen anmontierten Roboterspiegel hereingeworfen wurde. Dort oben in der Mitte der Großen Kette hing ein kleines Habitat namens Surtsey. Während Kath Twos Aufenthalt in der Quarantäne hatte das Auge sich nämlich von Akureyri fortbewegt, das noch größere Habitat Sean Probst auf zwanzig Grad West passiert und trat nun in eine Art Grenzbereich am Rand des Friedhofs Kap Verde ein. Sie wusste nichts über Surtsey, aber es sah aus wie ein Platzhalterhabitat, eine Art Baubaracke, die man als Ausgangspunkt für etwas benutzen würde, was ein oder zwei Minuten westlich von hier geplant war. In der Sonne trockneten ihre Haut und ihre Haare sofort aus, und als sie das Ende dieses Blocks erreichte, wünschte sie fast, sie wäre unten in den Tunneln geblieben, wo sie sich keine Gedanken über Kaktusstacheln und Klapperschlangen zu machen brauchte.

Als nächstes Habitat kam das für das Kap der Guten Hoffnung typische Fynbos: kühler, aber nicht weniger sonnig, ein Tumult zusammengestückelter Blütenpflanzen, ein Lieblingsort für Picknickfreunde und Vogelbeobachter von überall in der Großen Kette. Für ihren Geschmack war es etwas zu voll, und so marschierte sie schnurstracks hindurch, bemüht, sich von seinen vielen kleinen Reizen nicht ablenken zu lassen, und trat in den nächsten Block ein. Der war fast mehr Aquarium als Terrarium, weil er einem Bayou im Louisiana der Alten Erde nachempfunden war. Ein Holzbohlenweg, der sich zwischen moosbedeckten Bäumen hindurchwand, brachte sie über von Reptilien wimmelnde Gewässer hinweg zu der Luftschleuse am anderen Ende, wo sie stehen blieb, um eine Jacke aus ihrem Rucksack zu holen und sich Handschuhe anzuziehen.

Achthundert Jahre alte Douglas-Fichten füllten den nächsten Block von einem Ende zum anderen. Dieser war als Simulation des gemäßigten Regenwalds von British Columbia vor Null entwickelt worden, weshalb sein Dach mit Filtern ausgestattet war, die die Sonne auf einen gleich bleibenden silbernen Glanz dämpften, der von überall her zu kommen schien. Das Fehlen von Schatten ließ ihn auf seine Weise heller erscheinen als das ungehindert einfallende Sonnenlicht im Biom Chihuahua. Farne, Moose und Epiphyten wuchsen so dicht auf umgefallenen Baumstämmen, dass man hätte glauben können, sie wären aus einem Schlauch dorthin gespritzt worden. Ein Strang von schwach ausgeprägten Wegen zog sich hindurch. Kath Two folgte einem davon zum Kupol-Hain: einem relativ offenen Gelände in der Nähe des Zentrums, umringt von besonders riesigen Bäumen, wo sie Doc, vier seiner Studenten, seine Gehilfin und seinen Roboter auf moosbedeckten Felsen und Baumstämmen sitzen sah.

Dr. Hu Noah und die meisten seiner Studenten waren Ivyner. Doc sah man das nicht unbedingt an, denn ein außergewöhnlich hohes Alter verschleierte tendenziell ethnische Unterschiede. Vor langer Zeit hatte er seine Haare verloren, und seine Haut war fleckig von den Jahren, die er unten auf der Erdoberfläche mit Forschungstätigkeit in ungefiltertem Sonnenlicht zugebracht hatte. Schlaffe Haut hing an seinen markanten Wangenknochen wie feuchte Wäsche an einer Felskante und kam schließlich in einem System aus Kehllappen zusammen, die zum größten Teil von einem um seinen Hals geschlungenen Schal verdeckt wurden. Um dieses und andere Extras, die es ihm behaglich machen sollten, hatte sich seine Pflegerin gekümmert, eine stämmige Camilanerin, die einen Rucksack voll mit medizinischem Material dabeihatte. Wie ein schlafender Hund zu Docs Füßen eingerollt lag ein Grabb mit einem Bildschirm im Rücken, auf dem permanent Docs Vitalparameter abzulesen waren, die der Grabb mithilfe eines Bündels drahtloser Verbindungen verfolgte. Aus seinem Rücken ragte außerdem ein senkrechter Stab bis etwa in Höhe von Docs Taille, wo er sich in zwei Handgriffe teilte. Das war ein intelligenter Spazierstock. Wenn Doc sich an den Handgriffen festhielt, hatte er eine Hilfe beim Aufstehen. Im Weiteren stabilisierte der Stock selbst auf dem holprigsten Untergrund Docs Fortbewegung, indem er dessen zwei Beine um seine sechs ergänzte.

Docs Studenten waren zwischen zwanzig und siebzig Jahre alt. Kath Two kannte keinen von ihnen. Daran war aber nichts Ungewöhnliches; die TerReForm war das größte, je von der Menschheit in Angriff genommene Projekt, und neunundneunzig Prozent davon lagen noch in der Zukunft. Das Gesicht des Ältesten hatte sie schon auf Bildern in naturwissenschaftlichen Zeitschriften gesehen.

Sie fühlte sich unbehaglich. Auf die Lichtung zu marschieren und sich diesen Leuten vorzustellen hatte einen gewissen Mut erfordert. Innerhalb von TerReForm gab es ein Klassensystem. Ganz oben stand Doc. Survey-Mitarbeiter befanden sich nicht so sehr unten wie an den unkontrollierten Rändern; sie wurden eher schief als von oben herab angesehen, und man nahm sie nicht ganz ernst.

Aber man war höflich. Alle außer Doc vollführten die ivynische Variante des Grußes, eine dezente Geste mit einer angedeuteten Verbeugung. Doc streckte beide Hände aus, sodass sie sie behutsam mit ihren umfassen konnte. Er drückte mit erstaunlicher Kraft, und sie drückte zurück.

Dann waren sie plötzlich allein. Ob aufgrund einer vorherigen Vereinbarung oder weil die anderen Ivyner etwas gespürt hatten, jedenfalls zogen sie sich alle zurück. Selbst die Pflegerin entfernte sich und begnügte sich mit einem Spaziergang rund um die Lichtung, wobei sie von Zeit zu Zeit die Hand hob, um auf einem handtellergroßen Gerät Docs Vitalzeichen zu kontrollieren.

»Du kommst mit mir zur Wiege«, verkündete er. »Es wird ein Team gebraucht.«

»Ein neues Forschungsprojekt?«, fragte Kath Two.

Statt einer Verneinung schloss Doc für einen Moment die Augen, schlug sie dann wieder auf und sah Kath Two direkt an. »Eine Sieben«, präzisierte er.

»Hmm. Und ich soll...«

»Eine von uns sein, ja.«

Das sagte Doc, als wäre es selbstverständlich. Das war es jedoch nicht, nicht für Kath Two. Eine Sieben – eine Gruppe, die eine Person aus jeder Abstammungslinie umfasste – wurde normalerweise zu protokollarischen Zwecken wie der Einweihung eines neuen Habitats oder der Unterzeichnung eines Vertrages zusammengestellt. Ganz und gar nicht Kath Twos Ding. Und selbst wenn es das gewesen wäre, verwirrte sie die Andeutung, dass sie mit Doc in einer Sieben sein sollte. Normalerweise bemühte man sich nämlich bei der Zusammenstellung einer Sieben, lauter Mitglieder von ähnlichem sozialem Stand zu haben. Und das war bei ihr und Doc ganz entschieden nicht der Fall. Der Unterschied in Alter, Ruhm und Ansehen war nahezu unermesslich.

Was mochte Kath Two bloß so besonders machen, dass sie einer solchen Ehre würdig war?

Ihre Verwirrung war nur von kurzer Dauer, dann fiel es ihr wie Schuppen von den Augen: Es hatte mit dem zu tun, was sie auf der Oberfläche entdeckt hatte.

Doc sah amüsiert zu, wie sie langsam dahinterkam. Sein Blick wurde leicht besorgt, als er merkte, dass Kath Two mit etwas herausplatzen wollte. Und das allein bewirkte, dass sie es hinunterschluckte. Und nichts sagte. Erst wenn Doc die Zeit für gekommen hielt, würden sie darüber sprechen.

»Du warst noch nie in der Wiege«, sagte er.

»Das stimmt.«

»Dann wird das also eine neue Art von Abenteuer für dich.«

»Ich werde versuchen, nicht wie eine Touristin auszusehen.«

»Du kannst aussehen, wie du willst«, sagte er. »Wir werden zu beschäftigt sein, um uns über solche Dinge groß Gedanken zu machen.«

»Wann werden wir...«

»In ungefähr zwölf Stunden«, sagte er und blickte hinüber zu der Camilanerin. »Stimmt das in etwa, Memmie?«

Memmie nickte. »Es sind Kabinen in dem Aufzug gebucht worden, der um halb elf abfährt.«

Kath Two hatte Memmie bisher nicht kennengelernt, aber bereits von dieser Person unbestimmten Geschlechts gehört, die Doc am Leben erhielt und sich um viele seiner Angelegenheiten kümmerte. »Memmie« war eine Kurzform für Remembrance, ein unter Camilanern weitverbreiteter Namen. In dem Moment schien Memmie sich weiblich zu präsentieren, mit einem sarongartigen Umhängetuch um die Taille eines ansonsten extrem zweckmäßigen Overalls, der nur aus geräumigen Taschen zu bestehen schien. Halsschmuck und eine turbanartige Kopfbedeckung vervollständigten das Ganze. Ihr Gebrauch des Passivs – »Es sind Kabinen gebucht worden« – war typisch für diese Abstammungslinie. Natürlich hatte Memmie die Buchungen vorgenommen, die übrigen Vorkehrungen getroffen und sich um die Überweisung erheblicher Mittel für die kurzfristige Buchung mehrerer Aufzugkabinen gekümmert. Doch ehe sie zugegeben hätte, dass das ihr Werk war, hätte sie sich wahrscheinlich Zähne aus dem Kiefer ziehen lassen. Manche sahen darin eine geziemende Haltung der Bescheidenheit, andere fanden es unerträglich passiv-aggressiv. Kath Two hatte keine Meinung dazu. Vor ihr lagen ein paar freie Stunden in der Großen Kette, und sie musste das Beste daraus machen.

»Wir sehen uns später«, sagte sie.

»Ich freue mich darauf«, antwortete Doc.

Kath Two stieg am Ende des Blocks zur Transitebene hinunter und nahm die U-Bahn um die Kette bis zu einem Bezirk mit mittelhohen Blocks voller Geschäfte, Märkte, Kupolen, Restaurants und Theater und verbrachte den Tag damit, sich treiben zu lassen, Dinge anzuschauen, wenig zu kaufen, abgesehen von kleinen Kleidungs- und Toilettenartikeln, von denen sie sich vorstellte, dass sie sie auf der nächsten Etappe ihrer Reise würde brauchen können. Das hier war, Quadratmeter für Quadratmeter, der schönste Einkaufsbezirk im menschlichen Universum, dessen Warenbestand aus allen vom Auge aufgesuchten Habitaten stammte und der die anspruchsvollen und gut betuchten Bewohner der Großen Kette ebenso anzog wie Touristen aus den Habitaten, die gerade in Reichweite waren.

Sie verspürte einen unbestimmten Druck von außen – verstärkt sicherlich durch die Werbung, die sie von allen Seiten ansprang –, Kleider zu kaufen, Schmuck anzuprobieren oder sich eine Frisur machen zu lassen, mit der sie besser in die Wiege passen würde. Das war ein Ort für Leute, die bedeutender waren als Kath Two: forsche, selbstsichere Karrieretypen in Uniform oder schickem Outfit, die in raunenden Grüppchen Korridore entlangeilten, durch Eingangshallen hindurch Blicke wechselten. Kath One war viel anfälliger für derartige gesellschaftliche Einflüsse gewesen und hätte in diesem Moment ihr Bankkonto geplündert, um die leise Stimme in ihrem Kopf, die ihr sagte, sie sei nicht hübsch oder nicht elegant genug, zum Verstummen zu bringen. Doch Kath One war im Alter von dreizehn Jahren gestorben, und an ihre Stelle war Kath Two getreten, deren Gehirn über ganz andere emotionale Reaktionsmöglichkeiten verfügte. Nicht, dass sie angstfrei gewesen wäre. Jeder hatte vor irgendetwas Angst. Kath Two hatte Angst, dass sie die falschen Entscheidungen treffen und sich blamieren und unangenehm auffallen würde, wenn sie versuchte, sich nach den Maßstäben der Wiege zu kleiden. Sie zog es vor, sich im Hintergrund zu halten, zu beobachten und in der Menge aufzugehen, wie sie es tat, wenn sie mit ihrem Gleiter unterwegs war.

Auf ihrem Weg zurück zur Röhre kam sie zufällig an einem Bücherstand vorbei, wo sie eine gedruckte Ausgabe ihres Lieblingsgeschichtsbuchs erwarb und eine ganze Serie von Romanen herunterlud, die auf der Alten Erde spielten. Das Papierexemplar war ein Luxus, etwas, das sie ihrer kleinen Bibliothek einverleiben würde, wenn sie es das nächste Mal zu einem ihrer geheimen Verstecke schaffte. Wie viele junge Moiraner versuchte Kath Two nämlich erst gar nicht, sich irgendwo niederzulassen. Mit einem festen Wohnsitz kam automatisch ein soziales Umfeld, vielleicht auch eine Familie. Was für die Nachkommen der anderen Urmütter völlig in Ordnung war. Bis aber ein Moiraner »eine Einstellung annahm«, waren solche auf Dauer angelegten Arrangements unklug, denn sie setzten Ehepartner, Kinder, Kollegen und Freunde der Gefahr aus, eines Tages wach zu werden und festzustellen, dass ihre Ehefrau, Mutter, Kollegin oder Freundin quasi gestorben und durch jemand anderen ersetzt worden war. Statt also Wohnungen zu mieten, entschieden sich junge Moiraner für geheime Aufbewahrungslager an Orten, die sie immer wieder aufsuchten. Das konnte ein Regal im Schrank eines Freundes sein, ein Spind in einer Survey- oder Militärbasis, eine kommerzielle Nische in einer großen Stadt mit einem elektronischen Türsteher, der ihre Identität feststellte. Es gab zahlreiche verlassene Verstecke, deren Inhalte von einer Auktion zur anderen wanderten.

Kath Two war der Typ Mensch, dessen Verstecke tendenziell mit Papierbüchern zugestopft waren. Elektronische Bücher stellten für sie eine Art Lebensversicherung dar. Die viertägige Aufzugfahrt würde womöglich nur der Auftakt zu weiteren Reisen sein, von denen manche sie an Orte mit geringer oder gar keiner Bandbreite bringen könnten, und nichts war schlimmer, als ohne etwas zum Lesen in einer solchen Lage festzustecken.

An anderer Stelle in der Großen Kette erstreckte sich über die ganze Länge eines Blocks ein nach Zeitaltern gestapeltes historisches Museum, in dem es, beginnend mit der Welt vor Null und von dort aufsteigend, für jedes Jahrtausend eine Etage gab. Natürlich waren von vor Null nur sehr wenige materielle Artefakte übrig, sodass diese Etage hauptsächlich Bilder und rekonstruierte Milieus zeigte. Den Archies war es jedoch erlaubt worden, ein paar Habseligkeiten mit in den Weltraum zu bringen, und manche davon hatten das Epos und die anschließenden fünftausend Jahre überlebt. Daher war es nun möglich, sich richtige Smartphones, Tablets und Laptops anzuschauen, die auf der Alten Erde produziert worden waren. Sie funktionierten zwar nicht mehr, aber ihre technischen Leistungen waren kleinen Schildern zu entnehmen. Und sie waren imposant, verglichen mit dem, was Kath Two und andere moderne Menschen in ihren Taschen mit sich herumtrugen. Das lief der gefühlsmäßigen Einschätzung der meisten Leute zuwider, denn in anderen Bereichen waren die Errungenschaften der modernen Welt – der Habitatring, das Auge und alles andere – um so vieles größer als das, was die Menschen der Alten Erde je zustande gebracht hatten.

Es lief auf Amistik hinaus. In den Jahrzehnten vor Null hatten die Bewohner der Alten Erde ihre Intelligenz auf das Kleine und Weiche statt auf das Große und Harte gerichtet und eine Zivilisation aufgebaut, die in Bezug auf materielle Infrastruktur kümmerlich und brüchig, in Sachen vernetzte Kommunikation und Software dagegen erstaunlich hoch entwickelt war. Die Dichte, mit der sie Transistoren auf Chips zu packen vermochten, war bis dato noch von keiner existierenden Fertigungsanlage erreicht worden. Ihre Geräte konnten mehr Daten speichern als alles, was derzeit angeboten wurde. Ihre Fähigkeit, über alle möglichen drahtlosen Kanäle zu kommunizieren, wurde erst jetzt allmählich erreicht – und das auch nur in dicht besiedelten, aufstrebenden Gegenden wie der Großen Kette.

Natürlich wusste man nicht, was in der Roten Zone zwischen den Schlagbäumen vor sich ging. Abgehörte Funksignale, die aus diesem Teil des Habitatrings ins All strahlten, legten nahe, dass Aïdas Kinder in der Anwendung mobiler Kommunikation mindestens so weit fortgeschritten waren wie die Leute hier. Und da sie auch die Verschlüsselung recht gut beherrschten, wusste niemand, was sie zueinander sagten. Blau seinerseits hatte jedoch ganz bewusst beschlossen, nicht das zu wiederholen, was man allgemein Tavs Fehler nannte.

Natürlich war es unfair, dass Milliarden von Menschen einem einzigen Vertreter seiner Kultur, der vor fünftausend Jahren auf üble Weise gestorben war, die gesamte Schuld aufbürdeten. Allerdings hatte das Epos tendenziell diese Wirkung auf das Denken der Menschen. So, wie bestimmte Leute auf der Alten Erde, die mit der Bibel aufgewachsen waren, Masturbation als die Sünde des Onan bezeichnet hätten, neigten die Bewohner der modernen Welt dazu, persönliche Tugenden und Fehler in Bezug auf bekannte historische Figuren aus der Ära der Cloud-Arche, des Großen Sprungs und der ersten Generation auf Kluft zu klassifizieren. Fair oder nicht, Tavistock Prowse würde für immer mit der Schuld dafür belastet sein, zugelassen zu haben, dass die Anwendung hochfrequenter Social-Media-Tools Oberhand über seine höheren Fähigkeiten gewann. Die Maßnahmen, die er zu Beginn des Weißen Himmels ergriffen hatte, als er einen bissigen Blogeintrag über den Verlust des Humangenetischen Archivs losgelassen hatte, und seine äußerst kritische und schwarzseherische Berichterstattung über die *Ymir*-Expedition waren von späteren Historikern bis zum Überdruss analysiert worden. Die Folgen der Tatsache, dass er, während er diese Blogeinträge schrieb, aus drei verschiedenen Kamerawinkeln beobachtet und aufgenommen wurde, hatte Tav sich nicht klargemacht oder vielleicht nicht richtig eingeschätzt. Anhand dieses Materials konnten Historiker später die Häufigkeit seines Lidschlags und seine Blickbewegungen über den Bildschirm des Laptops aufzeichnen, sich über seine Schulter hinweg die Fenster ansehen, die er während des Bloggens auf dem Bildschirm geöffnet hatte, und mithilfe von Tortendiagrammen aufzeigen, welchen seiner Tätigkeiten – Spiele spielen, Freunden simsen, auf Spacebook surfen, Pornos anschauen, essen, trinken und tatsächlich seinen Blog schreiben – er wie viel Zeit widmete. Das Bild, das die Statistik zeichnete, war eher nicht sehr schmeichelhaft. Die Tatsache, dass die betreffenden Blogeinträge (wie weitere derartige Untersuchungen ergaben) eine wichtige Rolle beim Bruch und beim Abflug des Schwarms spielten, brachten dem armen Mann nur noch mehr Schmähungen ein.

Jedem, der sich die Mühe machte, die Geschichte der entwickelten Welt in den Jahren unmittelbar vor Null zu studieren, wurde klar, dass sich Tavistock Prowse, was seine Social-Media-Gewohnheiten und seine Aufmerksamkeitsspanne anging, durchaus im Normalbereich befand. Und trotzdem sprachen die Blauen von Tavs Fehler. Sie wollten ihn nicht wiederholen. Alle Bemühungen moderner Konsumgüterhersteller, die Geräte und Apps zu produzieren, die Tavs Gehirn durcheinandergebracht hatten, trafen auf dieselbe instinktive Ablehnung, die der viktorianische Klerus dem Erfinder einer Masturbationsmaschine entgegengebracht hätte. Soweit die Ingenieure der Blauen elektronische Elemente herstellen konnten, die in ihrer Ausgereiftheit mit den von Tav verwendeten zu vergleichen waren, bauten sie sie eher in Geräte wie Roboter ein. Klufts ursprüngliche Bevölkerung hatte acht Menschen und Hunderte von Robotern (Tausende, wenn Nats als Individuen gezählt wurden) umfasst. Beide Zahlen waren seitdem gestiegen. Doch erst im letzten Jahrhundert hatte die menschliche Bevölkerung mit der der Nicht-Nat-Roboter gleichgezogen.

Für eine junge Frau an einem Bücherstand über einer U-Bahn-Station an der Großen Kette bestand das Ergebnis darin, dass sie in Habitaten wohnte und von Maschinen befördert wurde, die weit über den Möglichkeiten der Alten Erde lagen. Sie wurde bedient und betreut von Robotern, die klüger und robuster waren als ihre Vorfahren – Grabbs & Co., die Urmutter Dinah auf Izzy programmiert hatte. Die Datenspeicherungskapazität ihres Tablets war jedoch ebenso wie dessen Verbindungsfähigkeit noch immer so begrenzt, dass es ihr sinnvoll erschien, Bücher über ein Kabel herunterzuladen, solange das problemlos möglich war, und in den Speicherchips ihres Tablets Platz dafür zu schaffen, indem sie bereits Gelesenes löschte.

Nachdem das erledigt war, nahm sie den Pendelverkehr zur Ausfahrtrampe, wo sie in eine Kapsel stieg und spürte, wie die Abbremsung sie in ihren umgekehrt zur Fahrtrichtung angebrachten Sitz drückte, als sie von der Großen Kette fort in eine mit elektromagnetischen Bremsvorrichtungen gesäumte Röhre geschleudert wurde.

Wieder zurück in der schwerelosen Umgebung vom nichtrotierenden Rahmen des Auges, begann sie durch dessen innere Niedergänge zu navigieren, indem sie sich erleuchtete Röhren entlangschob, die mit dem Symbol der Wiege gekennzeichnet waren: ein Bergpaar, von einer halbrunden Kuppel umschlossen. Auf diese Weise gelangte sie innerhalb weniger Minuten zu einer Transitstation, wo sie und zwei ihr unbekannte Menschen in eine Vierpersonenblase stiegen, die sich augenblicklich in Bewegung setzte und begann, in immer größerem Tempo eine lange, vollkommen gerade Röhre entlangzuzischen. Sie bewegten sich vom Rand der Iris des großen Auges hinaus zu seinem inneren Scheitelpunkt, der zwar der Erde am nächsten war, aber noch rund achtzig Kilometer von ihr entfernt, weshalb es keine Alternative war, sich durch einen Schacht abwärtszuhangeln. Kath Two, die jetzt ungefähr sechzehn Stunden wach war, merkte, wie sie wegdämmerte.

Gegen Ende dieser Etappe fuhr sie aus dem Schlaf hoch, überzeugt, ihren Namen gehört zu haben.

Am vorderen Schott der Kapsel war ein Bildschirm befestigt,

und einer der anderen Passagiere hatte zum Zeitvertreib begonnen, einen Teil des Epos abzuspielen, der sich ungefähr zwanzig Jahre nach Null zugetragen haben musste. Indizien dafür waren die sichtbaren Alterserscheinungen in den Gesichtern der überlebenden Urmütter und die Tatsache, dass die erste Generation ihrer Nachkommen Heranwachsende waren. Dieser Abschnitt des Epos erzählte davon, wie ein persönliches Zerwürfnis zwischen Urmutter Dinah und Urmutter Tekla von den jungen Leuten unter Führung von Catherine Dinowa geschlichtet und beigelegt worden war. Er galt als einer der ersten Momente, in denen die Kinder der Urmütter selbständig gedacht und gehandelt hatten. In aktuellen Diskussionen wurden oft Zeilen aus diesem Dialog zitiert.

Kath Two fragte sich wie schon so oft, ob die Menschen des Epos wohl manches von dem, was sie gesagt und getan hatten, auch dann gesagt und getan hätten, wenn ihnen klar gewesen wäre, dass fünftausend Jahre später Milliarden von Menschen sie auf Bildschirmen ansehen, als Beispiele anführen und in Auszügen aus dem Gedächtnis zitieren würden. Im Laufe der ersten paar Jahrzehnte auf Kluft waren die Kameras durch kosmische Strahlung oder andere schädliche Einflüsse eine nach der anderen kaputtgegangen. Je nachdem, wie man einer allgegenwärtigen Überwachung gegenüberstand, betrachtete man das Ergebnis entweder als Anbruch eines neuen Mittelalters und unabsehbaren Verlust für die Geschichte oder aber als Befreiung von digitaler Tyrannei. In jedem Fall bedeutete es das Ende des Epos: des peinlich genau aufgezeichneten Berichts über alles, was die Menschen der Cloud-Arche von Null an getan hatten. Die nächsten ungefähr tausend Jahre lang wurde Geschichte nur mündlich überliefert, denn es gab weder Papier, auf das, noch Tinte, mit der man hätte schreiben können. Jeder einzelne Chip war für maßgebliche Funktionen wie Roboter und Lebenserhaltung eingesetzt worden.

Ein besonderer Ton kündigte die bevorstehende Abbremsung an, und dann näherte die Kapsel sich behutsam dem Terminal. Doch selbst als sie zum Stillstand gekommen war, hatten die Passagiere noch ein leichtes Gefühl von Schwerkraft. Sie war so schwach, dass man sie lediglich deshalb wahrnahm, weil nicht befestigte Gegenstände die lästige Tendenz annahmen, »abwärts« zu treiben, wobei »abwärts« in diesem Teil des Auges »auf die Erde zu« bedeutete. Um zu verhindern, dass dieses Abwärtstreiben überhandnahm, waren ein paar Böden mit leichtem Bohlenbelag eingezogen worden. Die Schwerkraft war jedoch immer noch so schwach, dass man umherfliegen konnte, indem man sich an irgendetwas Festem abstieß. Kath Two packte ihre Tasche, schnallte sie sich auf den Rücken und glitt hinaus in das Terminal. Die Mitreisenden aus ihrer Kapsel schienen zu wissen, wohin sie gingen, und so folgte sie ihnen durch versetzt angeordnete Lücken in diesen Zwischendecks nach »unten«. Dieser Teil des Auges hatte in fast buchstäblichem Sinne etwas Skelettartiges; hier liefen die massiven Gerüststreben, die das ganze Ding zusammenhielten, in einer Zacke zusammen, die für immer auf die Erde gerichtet war. Das Metall war von Tunneln und Hohlräumen durchlöchert, die verschiedenen Zwecken dienten. Die Kabel aus Karbonfaser, die die Wiege rund sechsunddreißigtausend Kilometer weiter unten in ihrer Position oberhalb der Erdatmosphäre hielten, teilten sich hier und liefen straff gespannt durch lange, geschützte Gänge bis ans andere Ende des Auges, wo sie wieder zusammenkamen und hinaustraten, um die Verbindung zum Großen Brocken jenseits davon herzustellen. Die von Menschen benutzten Gänge und Kammern waren im Vergleich dazu winzig klein.

Mitten in diese Zacke war eine Glaskuppel von sechs Metern Durchmesser gesetzt worden. Von dort aus konnte man geradewegs durchs Innere des Tethers – der eigentlich eine röhrenförmige Anordnung von sechzehn kleineren Sehnen war – bis hinunter auf die Erde blicken. Aus dieser Entfernung sah der Planet ungefähr so groß aus wie das Gesicht eines Menschen, der einem am Tisch gegenübersaß. Hätte ein Bewohner der Alten Erde ihn von hier aus betrachtet, hätte er zunächst denken können, es habe sich gar nichts verändert. Das allgemeine Erscheinungsbild der Erde war nach wie vor dasselbe: blaue Ozeane, weiße Eiskappen, grüne und braune Kontinente, die zum Teil durch wabernde weiße Wetterwirbel verdeckt wurden. Diese Kontinente befanden sich mehr oder minder an denselben Stellen wie die alten, denn in einer tektonischen Platte konnte nicht einmal der Harte Regen eine größere Delle hinterlassen. Die Geländeformen dagegen waren radikal umgestaltet worden, mit vielen Binnenseen und tiefen Einschnitten in Küstenlinien, die von schweren Einschlägen herrührten. Neue Inselketten, häufig in Bogenform, waren durch Auswurfmaterial und vulkanische Aktivität zustande gekommen.

Das Auge befand sich immer über dem Äquator; gerade hing es über einer Stelle etwa auf halbem Weg zwischen Afrika und Südamerika, wo deren Küsten auf eine Weise die Form ihres Gegenübers widerspiegelten, die ihre tektonische Geschichte auch Nichtwissenschaftlern deutlich machte. Aus dem Tiefland entlang beider Küstenlinien waren riesige Stücke herausgebissen worden, und aus der Mitte dieser Bissstellen ragten häufig Felsinseln heraus: die zentralen Gipfel großer Einschlagkrater. Inselgruppen reichten in den Atlantik hinein, verloren sich jedoch, lange bevor sie die beiden Kontinente miteinander verbunden hätten.

Die Geografie der Neuen Erde, so schön sie auch anzuschauen war, machte wenig Eindruck auf Kath Two, weil sie sie schon ihr ganzes Leben lang studiert und Jahre damit zugebracht hatte, auf ihr herumzustapfen. Im Moment galt ihre volle Aufmerksamkeit den riesigen Maschinen, von denen die Sicht eingerahmt wurde. Um sie herum und in ihrem peripheren Gesichtsfeld gerade noch wahrnehmbar, gab es einen weiteren dieser allgegenwärtigen Tori, der sich drehte, um simulierte Schwerkraft für das Personal zu erzeugen, das hier mit seinen Familien lebte und sich um den Tether und das Aufzugterminal kümmerte. In dessen Innerem befanden sich die sechzehn Öffnungen, wo die Primärkabel des Tethers in den Rahmen des Auges gelenkt wurden. Obwohl diese Kabel aus der Ferne kompakt aussahen, bestand jedes einzelne von ihnen in Wirklichkeit aus weiteren sechzehn Kabeln, und so weiter und so fort bis hinunter zu ein paar fraktalen Wiederholungen. Sie alle verliefen parallel zwischen dem Auge und der Wiege. Zusammengehalten wurden sie von einem Netz aus kleineren diagonal verlaufenden Sehnen, die so angeordnet waren, dass, falls ein Kabel brach, seine Nachbarn die Belastung übernahmen, bis ein Roboter hinausgeschickt werden konnte, um es zu reparieren. Kabel brachen andauernd, entweder weil sie von Boliden getroffen worden oder weil sie einfach »überaltert« waren, und so konnte man, wenn man die Augen zusammenkniff, bei näherer Betrachtung sehen, dass der Tether von Robotern wimmelte. Manche hatten die Ausmaße von Gebäuden und kletterten die dicksten Kabel auf und ab, dienten dabei aber nur als Mutterschiff für Schwärme von kleineren Robotern, die tatsächlich die Reparaturen ausführten. Das hatte sich über viele Jahrhunderte mehr oder weniger so fortgesetzt. Dieses Ende des Kabels hatte sich vom Auge aus abwärts bewegt, während das andere in die entgegengesetzte Richtung gewachsen war, wo es sich vom Habitatring und von der Erde wegstreckte und als Gegengewicht fungierte.

Die Wiege war viel zu klein, als dass man sie aus dieser Entfernung hätte erkennen können. Und selbst wenn sie groß genug gewesen wäre, wäre Kath Twos Sicht darauf durch den Aufzug blockiert gewesen, der in der Endphase seines Aufstiegs war und in etwa einer halben Stunde im Terminal erwartet wurde. Er ähnelte grob einem Wagenrad der Alten Erde mit sechzehn Speichen, die von seinem Rand aus nach innen zu einer kugelförmigen Nabe von der Größe eines Hotels führten, wo sich die Leute aufhielten. Ihn näher kommen zu sehen erzeugte die etwas beunruhigende Illusion, er würde durch die Kuppel hindurchkrachen. Bei einem solchen Zusammenprall wären zwei Kuppeln zerstört worden, denn dort, wo Passagiere sich auf Liegen entspannen und den Anblick des herannahenden Auges mit dem zu beiden Seiten hinausragenden Habitatring genießen konnten, war die Nabe von einer ähnlichen Kuppel überwölbt wie das Terminal. Aber natürlich verlangsamte der Aufzug seine Fahrt und hielt kurz vor der Berührung an. Durch das jetzt nur noch einen Steinwurf entfernte Glas konnte Kath Two sehen, wie sich die Neuankömmlinge abschnallten, ihre Sachen zusammenrafften und auf die Ausgänge zuströmten. Die meisten von ihnen trugen Militäruniformen oder die dunkle, elegante Kleidung, die die Moiranerin mit Kommersanten und Politikos assoziierte. Eigentlich nicht ihre Welt. Aber Doc hatte sie eingeladen, das war alles, was sie an Legitimation brauchte.

Durch die dünnen inneren Trennwände hindurch konnte sie hören, wie mehrere Dutzend Neuankömmlinge sich einen Weg zur Quarantäne bahnten. Ihr eigentliches Ziel war entweder die Große Kette oder der erheblich kleinere Torus, der dieses Ende des Tethers umgab. Durch die Kuppel konnte sie Hauswirtschaftsroboter und ein paar menschliche Reinigungskräfte sehen, die die Lounge der Nabe ausfegten. Nach einigen Minuten ging über einer Tür ein grünes Licht an, und Kath Two reihte sich in den Strom von ein paar Dutzend abfahrenden Passagieren ein.

Innerhalb von Minuten hatte sie es sich in einer kleinen Einzelkabine in der Nabe des Aufzugs bequem gemacht, wo sie die viertägige Reise zum entgegengesetzten Terminus des Tethers verbringen würde. Mit einem Warnton begann der Aufzug abwärts zu beschleunigen, doch er bewegte sich mit einer für normale Raumfahrtverhältnisse extrem geringen Geschwindigkeit, sodass Kath Two keine Notwendigkeit verspürte, sich anzuschnallen. Sie stieg in ihr Bett und schlief.

Der Aufzug war ein zehnstöckiger hohler Zylinder mit einer Glaskuppel an beiden Enden, von denen eine hinauf zum Auge und die andere hinunter zur Erde zeigte. Die Böden waren alle aus Glas, sodass das Licht von einem Ende zum anderen durchschien. Die Außenwände waren fensterlos und gut gegen kosmische Strahlung geschützt, aber auf der Innenseite hatten die Kabinen und Lounges Fenster, die aufs Atrium hinausgingen. Die teureren Kabinen zumindest; Kath Twos lag an der Peripherie, unmittelbar an der Außenwand, und hatte, bis auf ein winziges Bullauge zu einem ringförmigen Korridor hin, kein Fenster. Was für sie völlig in Ordnung war. Am Anfang der Reise befanden sie sich nahezu in Schwerelosigkeit, doch im Laufe der Tage würde die Schwerkraft zunehmen, um an der Wiege schließlich ein normales G zu erreichen. Als Kath Two wach wurde, wusste sie, dass sie nicht lange geschlafen hatte, denn die Schwerkraft war immer noch ziemlich schwach, vergleichbar vielleicht mit der, die einst auf dem Mond geherrscht hatte. Auf der Suche nach einem Plätzchen, wo sie sich hinsetzen und ihr Buch lesen könnte, wanderte sie im Atrium umher. Es wurde von mehreren Bars und Restaurants gesäumt, doch dass diese kein Ort für Kath Two waren, sah sie schon am Äußeren der Leute dort und an den Preisen auf den Speisekarten. Da auf dem Glasboden des Atriums bequem aussehende Sessel und Liegen verteilt waren und sich an einer Seite ein Café entlangzog, landete sie schließlich dort.

Ungefähr eine Stunde später tauchte Beled Tomow auf und setzte sich nicht weit von ihr hin, ohne jedoch Anstalten zu machen, sie beim Lesen zu stören. Als Kath Two an einer Stelle angekommen war, an der sie die Lektüre gut unterbrechen konnte, blickte sie auf und bemerkte zufällig, dass Ariane Casablancowa an der gegenüberliegenden Seite des Atriums saß und auf einem Tablet arbeitete.

Fünf der Sieben hatten sie also beisammen: Doc, Memmie, Ariane, Beled und Kath Two. Die Einzigen, die noch fehlten, waren der Dinaner und, was etwas problematischer war, der Aïdaner.

Später, als Kath Two und Beled wortlos übereinkamen, das am wenigsten teure Lokal aufzusuchen, um etwas zu essen, trafen sie zufällig Doc und Memmie. Für ihn eher untypisch, war Doc einmal nicht von Studenten, Wissenschaftlern und TerReForm-Bossen umgeben. Er saß an einem Ende des Raums und aß bedächtig seine Suppe. Memmie, die an seiner Seite war, streckte häufig die Hand zu ihm hinüber, um ihm die Serviette wieder in den Kragen zu stecken. Keiner von beiden reagierte, als Kath Two und Beled am selben Tisch Platz nahmen, doch nach ein paar Minuten sagte Doc: »Lieutenant Tomow, schön, Sie wiederzusehen. Seien Sie gegrüßt.« Worauf die beiden Begrüßungsrituale in ihrer jeweiligen ethnischen Ausprägung tauschten.

Lieutenant war natürlich eine Rangbezeichnung innerhalb des Militärs und nicht des Surveys, was die nicht überraschende Tatsache bestätigte, dass Beleds Verhältnis zum Survey bestenfalls unklar war. Weitaus interessanter war die Tatsache, dass er und Doc sich kannten.

»Ich hoffe, dass diese Aufgabe sich nicht als Unannehmlichkeit erweist«, fuhr Doc fort.

»Jede Pflicht ist mehr oder minder unangenehm, sonst wäre sie keine Pflicht.«

»Ich dachte eher an Ihr berufliches Fortkommen, Lieutenant. In Ihrer Akte wird das künftig als eine höchst ungewöhnliche Episode ins Auge fallen. Je nachdem, wer diese Akte liest, könnte Ihnen das nützen oder schaden.«

»Mit solchen Dingen befasse ich mich nicht«, gab Beled zurück.

»Das würden manche als unklug bezeichnen, aber an deren Gesellschaft liegt mir nicht besonders. Sie dagegen werden gut vorankommen.«

»Darf ich fragen, was mir diese Ehre verschafft?«

Docs Blick ging kurz zu Kath Two hinüber. »Kath hier wird befürchten, es liege daran, dass sie Ihnen gegenüber indiskret war. Sie mit hineingezogen hat. Vielleicht ärgert sie sich aber auch ein bisschen über Sie, weil Sie es in Ihrem Bericht weitergegeben haben.«

Kath Two schüttelte den Kopf, wollte Doc jedoch nicht unterbrechen. Beled dagegen schien es in sich aufzunehmen.

Doc fuhr fort: »Nichts davon hat wirklich eine Rolle gespielt. Sie sind jetzt eine bekannte Größe, nicht nur für mich, sondern auch für Kath Two und Ariane, was ziemlich hilfreich ist. Doch selbst ohne all das wären Sie eine gute Wahl gewesen. Nicht alles muss einen Grund haben. Kümmern Sie sich nicht um das, was unsere julianischen Freunde sagen.«

Er hatte gemerkt, dass Ariane Casablancowa leicht zögernd mit einem Essenstablett auf sie zusteuerte. Mit den Augen machte er eine fast unmerkliche Bewegung in Richtung Memmie, die aufstand und von einem Nachbartisch einen zusätzlichen Stuhl holte. Ariane gesellte sich zu ihnen. Kath Two fühlte sich irgendwie unwohl. Einen Tag zuvor hatte diese Frau sie festgehalten und Macht über sie ausgeübt, hatte Dinge über sie gewusst, die normalerweise Privatangelegenheiten gewesen wären. Was war sie jetzt für Kath Two? Vermutlich ein gleichwertiges Mitglied der Sieben.

Ariane hatte sich das alles natürlich im Voraus ausgerechnet und sich darauf vorbereitet. »Kath Two und Beled«, sagte sie, »unsere ersten Begegnungen fanden in einer formalen, bürokratischen Umgebung statt, was jetzt unangenehme Gefühle zur Folge hat. Ich freue mich darauf, Ihre Bekanntschaft als Kollegin zu machen.«

»Zur Kenntnis genommen«, sagte Beled.

»Danke«, sagte Kath Two. Aber sie fühlte sich, ganz im Gegenteil, jetzt noch unwohler. Arianes kleine Ansprache war nicht in herzlichem Ton gehalten worden. Eher so, als machte sie Häkchen auf einer Checkliste. Im selben Stil wandte sie ihre Scheinwerferaugen nun den anderen beiden zu. »Dr. Hu. Remembrance.«

»Doc«, sagte Doc, »und Memmie.«

»Schön, Sie persönlich kennenzulernen.«

Diese förmlichen und etwas kühlen Gesprächsaufhänger führten nirgendwohin, sodass Ariane nach einem Moment betretenen Schweigens anfing zu essen.

»Doc«, sagte Kath Two, »dürften wir erfahren, was zum Teufel wir machen? Wozu ist diese Sieben da?«

»Für mich sieht es wie eine Fünf aus«, sagte Doc spitzbübisch, was die Spannung ein wenig löste. Memmie, Ariane und Beled hatten Kath Two nämlich, erstaunt über die familiäre Art, in der sie ihren alten Professor angesprochen hatte, scharfe Blicke zugeworfen. Doc – dem das offensichtlich nichts ausmachte – fuhr fort: »Wenn wir Sieben sind – was in ein paar Tagen auf der Wiege der Fall sein wird –, werde ich es ein einziges Mal erklären, allen, zur selben Zeit.«

»Na gut«, sagte Kath Two. »Und was sollen wir in der Zwischenzeit machen?«

»All die Dinge, an die ihr euch später, wenn ihr sie für lange Zeit nicht habt machen können, gern erinnern werdet.«

Das war ein schöner Gedanke. Kath Two versuchte für den Rest der Reise, die großzügige Haltung, die dahinterstand, gebührend zu schätzen. Doch letztlich passierte nichts dergleichen. Sie las mehr, als sie vorgehabt hatte, von den Büchern, die sie in der Großen Kette erstanden hatte. Bei den Mahlzeiten und im Fitnessraum hielt sie sich in Beleds Gesichtsfeld auf, nur für den Fall, dass er in der Stimmung war. Doch die Dinge hatten sich verändert. Ihre gemeinsame Zeit in der Q war der ideale Rahmen für eine lockere Beziehung auf Zeit gewesen. Darüber, dass sie beide im selben Bett schliefen, war sie nie hinausgegangen, obwohl das möglich gewesen wäre. Das Wissen, dass sie sich vermutlich nie wiedersehen würden, hatte es leicht gemacht, für ein paar Nächte zusammenzuziehen und die Gesellschaft des anderen auf eine Weise zu genießen, die zu viele Probleme aufgeworfen hätte, wären sie Kollegen gewesen.

Nun waren sie Kollegen. Beled hatte sich klugerweise zurückgezogen. Sie verstand und sah in einem gewissen Maß an sexueller Frustration einen akzeptablen Preis für Besonnenheit.

Zweimal aß sie mit Ariane, und in ihrer Freizeit machte sie halbherzige Versuche, durch Netzwerkrecherche mehr über die Julianerin zu erfahren. Kath Two ging davon aus, dass diese ganze Suchtätigkeit von jemandem überwacht und protokolliert wurde – womöglich jemand, der mit Ariane in Kontakt stand, durch irgendeine Agentur, für die sie arbeitete. Mit der Zeit zweifelte Kath Two zunehmend daran, dass das tatsächlich Quarantäne war. Man hätte auch sagen können, dass deren öffentliches Gesicht – die Leute, die mit einem sprachen, wenn man von einem zum anderen Weltraumhabitat reiste – nur ein Avatar von etwas war, das viel größer und komplizierter sein musste. So wie Survey und Militär verschiedene Dinge waren und es dennoch schwierig sein konnte, eine klare Trennlinie zwischen ihnen zu ziehen, so verhielt es sich auch mit Polizei und Quarantäne. Und wenn man den Rahmen schon einmal auf die Polizei ausdehnte, sprach man schnell über andere Dinge als nur das routinemäßige Aufrechterhalten von Recht und Ordnung. Auf einer gewissen Ebene befanden sich auch Spionage und Gegenspionage unter diesem Schirm. Kath Two hatte keine Ahnung, an welcher Stelle Ariane in dieses System passte. Das Netz allzu eifrig nach Personendaten über Ariane Casablancowa zu durchsuchen wäre aufgefallen und keine gute Idee gewesen. Es überhaupt nicht zu tun hätte noch größeren Verdacht erregen können. Also suchte Kath Two ein bisschen und fand noch weniger. Die Namen untergeordneter Q-Beamter tauchten im Netz gelegentlich im Rahmen eines Polizeiberichts oder einer Werbeaktion auf, doch für Ariane gab es nichts dergleichen – vorausgesetzt, das war überhaupt ihr richtiger Name.

Der Zwang zur Geheimhaltung war für eine Julianerin, die in Blau arbeitete, nichts Ungewöhnliches. Der julianische Teil des Rings mit dem Habitat Tokomaru als Zentrum war der am wenigsten bevölkerte von den acht Abschnitten. Fünfundneunzig Prozent davon lagen auf der Rot-Seite des Schlagbaums. Nur ein paar versprengte Habitate ragten östlich von Kiribati in die Blaue Zone, und in diesen war der Anteil der Julianer von den zahlreicheren und aggressiveren Teklanern, deren Abschnitt auf der anderen Seite des Friedhofs Hawaii lag, verwässert worden. So waren die Julianer ausreichend in Blau präsent, um dort leben und arbeiten zu können, ohne als Ausländer oder Einwanderer zu gelten. Viele von ihnen waren »Duchos«, die in der modernen Gesellschaft annähernd dieselbe Rolle spielten, wie Priester es vor Null getan hatten.

Die Zerstörung der Alten Erde und die Reduzierung der menschlichen Bevölkerung auf acht Personen hatten die Vorstellung, dass es einen Gott gab, zumindest in einem Sinn, der auch nur entfernt an das Gottesbild der meisten Gläubigen vor Null erinnerte, zerstört. Tausende von Jahren waren vergangen, ehe irgendjemand, und sei es in den entlegensten menschlichen Siedlungen, es gewagt hatte anzudeuten, dass man Religion in annähernd ihrem traditionellen Sinne vielleicht wiederaufleben lassen sollte. An ihrer Stelle war unter der allgemeinen Überschrift »Duch«, ein russisches Wort für den menschlichen Geist, ein neues Denksystem entstanden. Auf Duch beruhende Institutionen hatten sich unter dem allgemeinen Begriff Kupol entwickelt, einem Wort, das auf die Kuppel zurückging – die Glasblase, die in der *Endurance* als eine Art interreligiöse Kapelle und

Meditationsraum gedient hatte. Moderne Kupolen führten ihre Ursprünge sämtlich auf dieses Gebilde zurück, das Dubois Harris die Wuwu-Kapsel genannt hatte. Wenn Leute jetzt Szenen aus dem Epos schauten, die dort spielten, mussten sie immer an ihre lokalen Kupolen und die Menschen denken, die darin Dienst taten. Ein Mitglied des Personals einer Kupol hieß Ducho, eine Kurzwortbildung aus dem russischen Wort »Duchobor«, was so viel hieß wie Geisteskämpfer. Kupolen wurden, so wie früher die Kirchen, durch Beiträge ihrer Mitglieder getragen. Manche, wie die in der Großen Kette, waren üppig ausgestattete, prachtvolle Gebäude. Andere, etwa in der Q, waren einfach stille Räume, in die Menschen gehen konnten, um nachzudenken oder eine Art Sozialarbeiter um Hilfe zu ersuchen. Duchos verfolgten ihre Abstammung in der Regel bis zu Luisa zurück, die während des Epos eine ähnliche Rolle gespielt hatte, und manche der gebildeteren sahen explizite Verbindungen zwischen ihren Kupolen und der Ethical Culture Society, bei der Luisa in New York zur Schule gegangen war. Aber Luisa hatte natürlich keine Nachkommenschaft hervorgebracht. Inzwischen wurde der Beruf des Duchos weit überwiegend von Julianern ausgeübt. Das julianische Habitat Astrachan, das sich eigentümlicherweise mitten im Abschnitt der Dinaner befand, war zu einer Art Treibhaus für die Produktion von Duchos verschiedener religiöser Ausrichtungen geworden. Kath Two fand heraus, dass Ariane ursprünglich von dort stammte, aber viel mehr nicht. Das war in Ordnung. Es gab jede Menge Gründe, weshalb die Julianerin für sich blieb und ein ruhiges Leben führte.

Der größte Teil des riesigen Mondkernbruchstücks aus Nickel-Eisen namens Kluft war eingeschmolzen und zu dem umgeformt worden, was jetzt das Auge war. Allerdings hatten die Ingenieure es nicht über sich gebracht, den Teil unmittelbar um die Stelle, wo die *Endurance* am Ende des Großen Sprungs zum Stillstand gekommen war und wo die Leichname von Doob, Zeke Petersen und anderen Helden des Epos direkt in eisernen Katakomben begraben worden waren, zu zerstören. Dieses Stück des Asteroiden – die tiefe, geschützte Kluft, in der die ersten paar Generationen des neuen Menschengeschlechts ihr ganzes Leben zugebracht hatten – war schließlich als die Wiege bekannt geworden.

Natürlich hatte jeder das Kapitel des Epos gesehen, in dem Doob mit Urmutter Dinah zu seinem letzten Weltraumspaziergang hinausgegangen war, an den vom Talboden aus aufragenden Wänden aus Eisen emporgeblickt und vorausgesagt hatte, dass eines Tages eine Glasdecke oben drüber gebaut werden würde, die das »Tal der Urmütter« in ein gewaltiges Gewächshaus verwandeln würde, in dem Kinder, unbehindert von Raumanzügen, würden herumschweben und frisches Gemüse aus terrassierten Gärten essen können. Das war vermutlich der schnulzigste Teil im ganzen Epos, und ein Dauerbrenner. Natürlich waren Doobs Vorhersagen allesamt eingetroffen. Die Wiege hatte am Ende eine Bevölkerung von mehreren Tausend Menschen beherbergt, bis spätere Generationen sich gezwungen sahen, nach außen zu drängen.

Der Hauptfehler der Wiege war der Mangel an simulierter Schwerkraft gewesen, der frühe Generationen zum Bau von so etwas wie besseren Karussells veranlasst hatte, auf denen die Kinder sich im Wechsel hatten zentrifugieren lassen können, um ihr Knochenwachstum zu fördern. Spätere Habitate – an die Wände von Kluft montierte, sich drehende Tori – waren sogar noch überfüllter und kleiner gewesen als Izzy selbst, und viele Generationen hatten darin ein beengtes Leben geführt, das nur gelegentlich die Möglichkeit für einen Kurzurlaub in den sonnigen, offenen Räumen der Wiege bot. Mit der Zeit hatten sie gelernt, größere und bessere Habitate zu bauen, und die Wiege war für viele Jahrhunderte aufgegeben worden, ein gelegentliches Ziel für Historiker oder Neugierige.

Der Bau des Auges hatte die Wiege mitsamt ihrer unmittelbaren Umgebung faktisch von Kluft losgeschnitten, worauf sie eine Zeitlang in einem Friedhof dahingetrieben war, bis man die Entscheidung getroffen hatte, ihr eine neue Bestimmung zu verleihen. Das ursprüngliche Gewächshaus, das zu dem Zeitpunkt kaputt war, war durch eine neue, größere, einziehbare Abdeckung ersetzt worden. Den Boden hatte man planiert. Die Wände der Schlucht waren terrassiert worden, was sie weniger steil machte und nicht zufällig auch hochwertiges Bauland schuf. Ein Nickel-Eisen-Bügel war über das ganze Ding gewölbt worden, sodass es am unteren Ende des sechsunddreißigtausend Kilometer langen Tethers befestigt werden konnte, der vom Auge herabhing.

Das Symbol in der Transitstation – zwei in einer Blase eingeschlossene Berge – war eine vereinfachte Darstellung dessen, wie die Wiege tatsächlich aussah. Ihre gesamte bewohnbare Fläche war eine kreisrunde Zone von etwa zweitausend Metern im Durchmesser, von der Größenordnung her ungefähr mit der Bostoner Innenstadt, der City of London oder Kowloon vergleichbar. Sie war durch das Tal der Urmütter geteilt, das einst nahezu senkrechte Wände gehabt hatte. Das galt jetzt nur noch für die untersten zehn Meter: ein Schlitz, der sich wie eine Rinne durch die Stadt zog. Bei heftigem Regen wurde er zum Fluss, und so hatten sie in der Mitte des Stroms, genau an der Stelle, wo die *Endurance* aufgesetzt hatte, eine Insel erhalten. Früher war es möglich gewesen, dorthin zu gehen und da, wo Dinah das Schiff festgeschweißt hatte, die kleinen Stahlnoppen zu berühren. Inzwischen wurden diese jedoch durch Glaskuppeln geschützt, damit sie durch die Finger der Touristen nicht abgewetzt wurden. Das Raumschiff selbst gab es natürlich schon lange nicht mehr; fast unmittelbar nach ihrer Ankunft hatten die Überlebenden begonnen, es zu zerlegen, und das wenige, was sie nicht benutzt hatten, war radioaktiver Abfall, der längst an sorgfältig überwachte Stellen in Friedhöfen befördert worden war.

Es handelte sich also um eine Stadt, die auf zwei schwindelerregend hohen Bergen zu beiden Seiten einer Spalte erbaut worden war. Eine kilometerlange, für ihre Anmut gerühmte Brücke wölbte sich über den Golf zwischen den Hügeln, einen abfallenden Luftkeil, der von graumelierten Krähen wimmelte.

Es war eine aus Gebäudekomplexen zusammengesetzte Stadt. Manche davon stammten aus den Anfängen der Bauzeit, als die Blase noch nicht fertig war und man bestimmte Bereiche mit kleineren aufblasbaren Kuppeln hatte schützen müssen. Andere waren als Nachbildung dieser ersten gebaut worden. Weder die Gebäudekomplexe – die aus bautechnischen Gründen meistens rund waren – noch die gesamte Topografie boten sich für die Anlage von Straßen im Schachbrettmuster an. Folglich war der Stadtplan ein Chaos aus Serpentinen, Mäandern und Straßen, die unvermittelt zu Treppen oder Tunneln wurden. Die Begrenzung der Bauhöhe veranlasste die Leute dazu, statt in die Höhe zu bauen, sich in das darunterliegende Metall zu bohren, sodass die Grundfläche der Stadt zum größten Teil verborgen war. Die Gebäude hatten etwas von Eisbergen, deren unterer Teil größer war als der obere.

Oberhalb war Stein ein beliebtes Baumaterial. Für ältere und weniger prestigeträchtige Gebäude war der als Mondstein bekannte synthetische Stein benutzt worden, der aus Stücken des früheren Erdtrabanten gemacht war. Neuere und schönere Gebäude bestanden aus Marmor, Granit oder anderen Gesteinsarten, die auf der Oberfläche der Erde selbst abgebaut worden waren. Der einzige Rohstoff, den die zertrümmerte Oberfläche der Erde im Überfluss hatte produzieren können, sogar als sie noch keine Atmosphäre hatte, waren Steine. Fußgängern präsentierte die Stadt daher in ihren engen Straßen ein hartes Gesicht. Wer aber Zugang zu Gebäudekomplexen erhielt, fand sich in duftenden Gärten unter Schatten spendenden Bäumen wieder. Da die Wiege an den Äquator gebunden war, wuchs Grünzeug hier so üppig, dass es von Horden kleiner Grabbs mit Gartenscherenhänden in Schach gehalten werden musste.

Auf jedem der beiden Berge lag ein Park. Über einem davon erhob sich ein Capitol genannter rundlicher Kuppelbau. Aus dem anderen ragte ein fast quadratischer Säulengang empor, der Börse genannt wurde.

Als Kath Two und die anderen Passagiere ankamen, hing die Wiege zweitausend Meter über den Fluten des Atlantischen Ozeans, von wo aus sie in westlicher Richtung zu der Stelle gezogen wurde, wo der Äquator die umgeformte Küstenlinie von Südamerika schnitt. Diese Bewegung spiegelte die Tatsache wider, dass sechsunddreißigtausend Kilometer über ihr das Auge um den Habitatring herum westwärts oder, von oberhalb des Äquators aus gesehen, im Uhrzeigersinn wanderte. Da sie nichts weiter als ein Gewicht am Ende eines langen Drahtseils war, folgte die Wiege stets den Bewegungen des Auges. Die Kuppel über der Stadt war offen, und zur Verminderung des Winddrucks hatte man ihre Leitbleche aufgerichtet.

Es war mild und feucht. Am Äquator war das fast immer so, aber die Höhe und die frische Luftbewegung machten es durchaus angenehm. Der Geruch dieser Luft nach Salz, Jod und Meereslebewesen war der unwiderlegbare Beweis dafür, dass Kath Two sich wieder in der Atmosphäre der Neuen Erde befand.

Es war eine künstliche Atmosphäre. Über Jahrhunderte hinweg hatte die Menschheit die ausgetrocknete und tote Oberfläche des Planeten mit Kometenkernen bombardiert, um erst einmal den Meeresspiegel auf den gewünschten Pegel anzuheben. Dann hatten sie dieses Wasser mit Organismen verseucht, die gentechnisch dazu produziert worden waren, ein Gleichgewicht der lebensnotwendigen Gase herzustellen – und sich nach getaner Tat umzubringen, damit ihre Biomasse als Nährstoff für die nächste Welle Atmosphäre bildender Wesen benutzt werden konnte.

Messungen zufolge war das Ergebnis eine nahezu vollkommene Nachbildung der früheren Erdatmosphäre. Keiner, der sie nach einem langen Leben in Habitaten atmete, brauchte wissenschaftliche Daten zur Bestätigung. Ihr Geruch drang bis zu einem alten Teil des Gehirns vor, wo er Instinkte auslöste, die Millionen von Jahren zuvor an den Küsten Afrikas lebende menschenartige Vorfahren schon gehabt haben mussten. Wie Kath Two von ihren zahlreichen Reisen zur Erde wusste, war das eine Art Rauschmittel. Es war die beste Droge im Universum. Sie bewirkte, dass die Leute sich nichts sehnlicher wünschten, als auf der Erde zu sein. Sie war der Grund dafür, dass die Wiege – die in dieser Luft badete, durch die sie die ganze Zeit am Ende ihres sechsunddreißigtausend Kilometer langen Drahtseils gezogen wurde – die exklusivste Gemeinde war, die es überhaupt gab. Und sie war der Grund dafür, dass Rot und Blau wegen des Rechts, auf der Oberfläche zu leben, zweimal einen Krieg angefangen hatten.

Die Wiege war mit einer Art Eimerhenkel, der sich hoch über die Mitte der Stadt wölbte, am Ende des Tethers aufgehängt. Dieser Eimerhenkel war hohl und beherbergte ein erstaunlich wackliges Aufzugsystem, das Kath Two und einige andere Passagiere zu einer Plattform hinunterbrachte, die am nördlichen Henkelende in das Grundgestein oder vielmehr »Grundmetall« der Stadt eingebettet war. Von dort gelangten sie über eine Rampe hinauf in die Straßen der Stadt.

Sämtliche Wände rund um den Ausgang waren oben weiß vom Krähenkot. Hunderte Vögel saßen dort, wo sie die Gesichter der ans Licht Kommenden sehen und hinabschießen konnten, um denen, die sie erkannt hatten, Botschaften zu überbringen. Andere Neuankömmlinge streckten ihnen die Hände mit kleinen Leckerbissen hin. Ein gutgekleideter Ivyner, der vor Kath Two hereilte, zog mit dieser Methode rasch eine graumelierte Krähe an. Mit der anderen Hand hielt er ihr ein kleines Tablet hin, das, wie Kath Two wusste, das Foto von irgendjemandem zeigen musste. »Kaffee an der Börse, dot 17«, sagte der Mann. Mit einer Bewegung, die beinah wie umgekehrtes Erbrechen aussah, schlang die Krähe den Bissen hinunter und kreischte diese Worte, während sie davonflatterte, in den Äther. Andere graumelierte Krähen, die gerade weder hungrig noch auf Botengang waren, behielten ein raues Murmeln bei, das einem, wenn man genau hinhörte, Aufschluss darüber geben konnte, was auf dem Aktienmarkt oder in der Welt der Politik vor sich ging.

Anfangs bewegten sich die Neuankömmlinge gemeinsam in einer Gruppe, die deutlich vom normalen Fußgängerverkehr zu unterscheiden war, doch schon nach ein paar Hundert Metern hatte sie sich zerstreut, und Kath Two war auf einmal allein und unterschied sich nicht mehr vom Rest.

Den allgemeinen Lageplan kannte sie aus Schulbüchern. Sie war auf der Nordseite – am Change Hill, dem Berg mit der Börse – angekommen. Ein Einheimischer hätte das vielleicht schon an der Kleidung der Leute, an der Art, wie sie sich bewegten, gesehen. Das hier waren Kommersanten, die tagsüber in unterirdischen Büros arbeiteten und zu Mahlzeiten, Freizeitbeschäftigungen und anderen Möglichkeiten, ihren Reichtum zu genießen, an die Oberfläche kamen. Handel war natürlich über den gesamten Habitatring verbreitet, und die alten Zentren Greenwich, Rio, Bagdad etc. besaßen Finanzplätze, die Change Hill gleichkamen und in mancher Hinsicht in den Schatten stellten. In Sachen Prestige konnte es jedoch nichts je mit diesem Ort aufnehmen. Die reichsten und mächtigsten Finanziers, die aufstrebenden Börsenhändler an Plätzen wie Greenwich wurden, so erfolgreich sie auch sein mochten, zeit ihres Lebens von dem Gedanken heimgesucht, auf der Wiege könnte ihnen etwas entgehen.

Da sich so viel von dieser Aktivität unter der Oberfläche abspielte, war das Straßenbild von Change Hill trügerisch ruhig, ein bisschen wie eine alte spanische Stadt während der Siesta. Kath Two hatte sich schon bald verlaufen, und obwohl ihr bewusst war, dass sie damit wie eine Touristin aussehen würde, zog sie ein Stück Papier aus der Tasche, um sich die Adresse in Erinnerung zu rufen. Sie wusste bereits, dass es auf der Südseite war und dass sie entweder die Brücke – die deutlich als Bogen hoch über der Stadt zu sehen war – überqueren oder bis zur Talsohle hinabsteigen und die Rinne durchqueren musste. Letzteres reizte sie, aber sie wusste, dass sie den Wunsch haben würde, viel Zeit dort zu verbringen, sich die Stelle anzuschauen, wo die *Endurance* aufgesetzt hatte, und dort entlangzugehen, wo Urmutter Dinah mit Dubois Harris entlanggegangen war. Das hob sie sich lieber für später auf. Also machte sie sich auf den Weg nach oben, wand sich durch die steinernen Straßen und nahm eine Abkürzung durch den Park neben der Börse, wo junge Händler in einer Snackpause draußen auf Bänken saßen und ihre Tablets bearbeiteten oder in Grüppchen lachend auf der Wiese lagen oder Rasensportarten mit bunten Bällen nachgingen.

Das nördliche Ende der Brücke traf mit dem Rand des Parks zusammen. Von weit unten hatte die Brücke schlank und anmutig gewirkt und so über das hinweggetäuscht, was, wie man jetzt sehen konnte, ihre tatsächliche Masse war. Hier verbreitete sich die Brücke zu einer wuchtigen Verbindung mit Change Hill. Doch selbst an ihrem höchsten Punkt war sie so breit, dass zwanzig Personen nebeneinandergehen konnten. Nachdem Kath Two sich ein letztes Mal umgedreht hatte, um die Marmorsäulen der Börse anzuschauen und das Gebrüll aus dem Inneren zu hören, wandte sie sich nach Süden und machte sich an den Aufstieg. Am Anfang war die Brücke eine Treppe, doch als der Bogen mit zunehmender Höhe allmählich verflachte, wurde sie zu einer Rampe, die mit weißem Marmor ausgelegt und hier und da durch Absätze unterbrochen war. Diese sollten, wie Kath Two erfahren hatte, vor allem verhindern, dass rollende Gegenstände völlig außer Kontrolle gerieten. Diesen Zweck hatte man allerdings kunstvoll verschleiert, indem man die Absätze in kleine Skulpturengärten verwandelt hatte, in denen Brückenbesteiger an von Rosen beschatteten Plätzchen Verschnaufpausen einlegen konnten.

Wenn auch nicht immun gegen solche Versuchungen, war Kath Two im Grunde eine ernsthafte Wanderin, die nicht gern stehen blieb, wenn sie erst einmal losgelegt hatte. Sie war damit beschäftigt, nachzudenken, in ihrem Kopf noch einmal die Reise im Aufzug durchzugehen, die weitgehend ereignislos verlaufen war. Das machte, wie sie nach und nach erkannt hatte, zum Teil deren Charme und Exklusivität aus. Wenn man genug Geld zum Chartern oder die Ermächtigung zum Requirieren der richtigen Fahrzeuge besaß, war es möglich, die Wiege innerhalb kurzer Zeit zu erreichen. Die meisten Menschen benutzten jedoch den Aufzug. So war die Wiege vom Rest der Menschheit weniger durch Entfernung als durch Zeit getrennt. So viel Zeit aufzuwenden war ein Luxus, den sich nur wenige leisten konnten. Natürlich arbeiteten Passagiere unterwegs – das erklärte all diese teuren Restaurants und Bars rund um das Atrium mit ihren privaten Tagungsräumen. Aber Kath Two hatte nichts Richtiges zu tun gehabt. Lange Zeit hatte sie mit gar keinem Menschen gesprochen, hatte viel gelesen und Unterhaltungssendungen auf den Bildschirmen angeschaut. Sie hatte normal geschlafen, was bestätigte, dass jegliche epigenetische Veränderung, die in der Woche zuvor womöglich begonnen hatte, abgebrochen worden war.

Das alles weckte in ihr den Wunsch, so schnell wie möglich den Treffpunkt zu erreichen, damit sie endlich eine Erklärung von Doc bekommen, den Dinaner und den Aïdaner, die noch fehlten, kennenlernen und mit dem loslegen konnte, was immer die Aufgabe der Sieben sein würde.

Bis zum höchsten Punkt des Bogens behielt sie einen flotten Schritt bei, gestattete sich dort jedoch eine kurze Pause. An dieser Stelle verbreiterte sich der Fußweg zu einem Aussichtspunkt, der liebevoll Hurrikan-Höhe genannt wurde. Hier war der Wind so stark, dass er einem Tränen in die Augen trieb. Kath Two kehrte ihm den Rücken und wankte vorsichtig zum östlichen Geländer an der Leeseite hinüber. Durch mehrmaliges Blinzeln verschaffte sie sich wieder klare Sicht und erlaubte sich, ein paar Minuten lang hinunter in die Gebäudekomplexe, die Straßen und das Tal zu spähen. Hinter ihr ging die Sonne unter. Da sie sich am Äquator befanden, würde das nicht lange dauern. Das Tal lag bereits im Schatten, aber die Steinwände der Gebäudekomplexe und die Hausfronten verströmten einen magischen pink-goldenen Schein. In Fenstern entlang der violett getönten Straßen gingen Lichter an.

Es war ein realer Ort. Nicht wie die künstlichen Lebensräume des Habitatrings. Einige der größeren Habitate kamen dieser Qualität schon nah – dem Gefühl, dass man sich in fast so etwas wie einer planetaren Umgebung befand. Es verflog jedoch, sobald man den Blick hob und die andere Seite des Habitatrings ein paar Kilometer über seinem Kopf hängen sah. Hier dagegen konnte man aufblicken und endlosen Himmel sehen, die aufgehenden Sterne, das glänzende Halsband des Habitatrings, das vom östlichen Horizont her senkrecht aufstieg. Was es hier real machte, war die Luft, die schiere Menge davon, die endlose Vielfalt ihrer Bewegungen und Düfte. Kath Two wünschte, sie hätte einen Gleiter dabei, um in ihm loszutanzen.

Einer Legende zufolge, die höchstwahrscheinlich nicht der Wahrheit entsprach, war der Aussichtspunkt, wo Kath Two stand – der Mittelpunkt der Brücke –, die Stelle, an der Urmutter Dinahs Sprengsatz explodiert war, nachdem sie ihre Wahl getroffen und ihn ins All geschleudert hatte.

Der Kompromiss, den Dinah erzwungen hatte, indem sie

diese Bombe auf das Fenster der Banane setzte, hatte etwa so lange elegant und unkompliziert gewirkt, wie es gedauert hatte, bis die Bombe explodierte.

In gewisser Hinsicht hatte der Spielcharakter des Systems bereits begonnen, bevor irgendjemand daran dachte, nämlich als Urmutter Julia darauf hinwies, dass sie nur wenige Babys, und Urmutter Aïda prophezeite, dass sie viele Babys haben würde.

Die anderen Urmütter waren nach kurzer Zeit auf ähnliche Ergebnisse gekommen. Als aus der Auslosung hervorgegangene Archies waren Camila und Aïda jünger als die anderen, denen sie zwei bis drei Jahrzehnte Fruchtbarkeit voraus hatten. Falls die beiden beschlossen, Babyfabriken zu werden, und Glück hatten, konnte jede von ihnen bis zum Klimakterium eventuell zwanzig Kinder bekommen. Bei Dinah, Ivy, Moira und Tekla, alle Anfang dreißig, mochten es jeweils ein paar sein. Grob gesagt besaßen diese vier daher, wenn man es einmal so betrachten wollte, zusammen dasselbe Gebärvermögen wie die beiden jüngeren Frauen Camila und Aïda.

Julia würde, wie sie selbst bemerkt hatte, mit etwas Glück vor dem Klimakterium noch ein Kind bekommen. Und was das mathematisch bedeutete, hatte sie auch ohne Doob erklären können. Die Julianer würden überschwemmt werden. Sie würden reine Kuriositäten sein. Wenn in ferner Zukunft Leute von der Arbeit nach Hause kämen, würden sie ihren Partnerinnen oder Partnern zurufen: »Du wirst nie draufkommen, was ich heute gesehen habe – einen waschechten Julianer!«

Das waren die mathematischen Grundlagen des neuen Großen Spiels und die Wurzeln von vielem, was seitdem passiert war. Spätere Geschichtsforschung kam weit überwiegend zu dem Schluss, dass die meisten der Urmütter erst erkannten, dass sie ein Spiel spielten, als sie bereits einige Jahre damit zugebracht hatten. Eine Ausnahme bildete wohl, ausgehend von dem, was sie in ihrem Fluch gesagt hatte, Urmutter Aïda. Doch Entscheidungen über die eigenen Kinder waren die persönlichsten Entscheidungen, die man treffen konnte, und keine Mutter, die bei klarem Verstand war, hätte sich damals selbst eingestanden, dass sie gegenüber den anderen Müttern eine Art Spiel spielte.

In gewisser Hinsicht wäre es einfacher gewesen, wenn sie gelassener an die Sache herangegangen wären.

Bewusst oder unbewusst sortierten die Sieben sich in Vier, Zwei und Eine. Die Vier waren Dinah, Ivy, Tekla und Moira. Die Zwei waren Camila und Aïda. Der Arithmetik zufolge würden die Nachkommen der Vier etwa so zahlreich sein wie die der Zwei. Bestehende Freundschaften und Gemeinsamkeiten verbanden die Vier von Anfang an und schufen eine stillschweigende, erst lang nach ihrem Tod artikulierte Übereinkunft, nach der ihre Kinder einander ergänzende Eigenschaften verkörpern würden. Dinaner brauchten in gewisser Hinsicht keine vollständigen Menschen zu sein, solange Ivyner um sie herum waren, die einiges von dem taten, was sie selbst nicht so gut konnten. Das war die direkte Art, es zu formulieren, weshalb es so lange unausgesprochen blieb; Hunderte von Jahren später jedoch konnten die Nachfahren der Vier zurückblicken und sehen, dass es immer so gewesen war. Zu dem Zeitpunkt war es schon so tief in ihrer DNS und ihrer jeweiligen Kultur verwurzelt, dass es kein Zurück mehr gab.

Die Zwei dagegen hatten keine natürliche Affinität zueinander und keine bestehende Beziehung. Camila und Aïda hatten sich erst kurz vor dem Rat der Sieben Evas kennengelernt. Alles, was sie gemein hatten – und darauf ließ sich nicht viel aufbauen –, war eine Abneigung gegen Julia. Beide waren irgendwann in Julias Bann geraten, um anschließend von ihr enttäuscht zu werden. In Camilas Fall hatte die Verführung während eines Dinners im Weißen Haus stattgefunden. Aïda dagegen war von Julia dazu überredet worden, sich dem Schwarm anzuschließen, nur um am Ende das Lager der Aufständischen anzuführen, die

Julia abgesetzt und verstümmelt hatten. In Anbetracht dessen, wie alles geendet hatte, war es natürlich unwahrscheinlich, dass Camila oder irgendjemand sonst, der seine Sinne beisammenhatte, sich bewusst mit Aïda zusammentun würde. Und trotzdem erzeugte die Mathematik der Vier und der Zwei eine Art von Schwerkraft, die Camila auf unsichtbare Weise zu ihr hinzog. Der Bruch, der sich während des Rats der Sieben Evas zwischen Camila und Dinah ereignet hatte, würde nicht in Vergessenheit geraten.

Mit mehr Ruhe betrachtet besaßen Camilas Worte eine Überzeugungskraft, die nicht von der Hand zu weisen war. Es stimmte einfach, dass ihrer aller Nachkommen viele künftige Generationen lang zusammengedrängt in beengten Räumen leben würden. Wie Luisas Forschungsergebnisse gezeigt und die Bewohner der Cloud-Arche gerade erst in spektakulärer Manier bewiesen hatten, war das für normale, unveränderte Menschen keine gute Daseinsart. Falls das Überleben der Menschen davon abhing, dass ihre Gehirne neu verdrahtet wurden, um für einen solchen Lebensstil besser gewappnet zu sein, dann sollten sie vielleicht gleich damit loslegen.

In gewisser Hinsicht war ihnen diese Entscheidung von Camila aus der Hand genommen worden, denn sie hatte ihre Wahl deutlich zum Ausdruck gebracht und musste nur noch die Details mit Moira ausarbeiten. Im Grunde genommen hatte sie den ersten klaren Schritt in Richtung des großen genetischen Spiels gemacht. Und im Widerspruch zu den von ihr selbst erklärten Prinzipien war das gewissermaßen der aggressivste Schritt, den man sich vorstellen konnte: Camila hatte den anderen mitgeteilt, dass ihre Nachkommen – die wahrscheinlich ziemlich zahlreich sein würden – sich unter den Bedingungen, die ihnen allen die ersten zehn, zwanzig oder hundert Generationen lang bevorstanden, gut vertragen würden. Den anderen sechs blieb es überlassen, ihrem Beispiel zu folgen oder sich ihm zu widersetzen.

Dinah, Ivy und Tekla widersetzten sich ihm im Wesentlichen, während Moira am Ende eine andere Entscheidung traf; historische Tatsache war jedoch, dass Moiras Nachkommenschaft in der Mehrzahl der Fälle zum Block der Vier gehörte.

Aïda hatte das Spiel offener gespielt. Das hatte hauptsächlich bedeutet, dass sie abwartete, was die anderen tun würden, und dann Gegenzüge machte. Die anderen Urmütter entschieden sich früh und blieben bei diesen Entscheidungen. Dinahs Kinder – sie bekam fünf – waren erkennbar alle ein Typus. Dasselbe galt für Ivys drei und Teklas sechs. Julia musste nur einmal wählen. Camilas sechzehn Sprösslinge variierten von einem zum nächsten, da sie, ausgehend von den Verhaltensweisen, die sie bei ihren ersten Kindern beobachtete, an ihren Entscheidungen herumbastelte. Dabei war sie jedoch nie von dem allgemeinen Muster abgewichen, das sie im Rat der Sieben Evas dargelegt hatte.

Aïdas sieben Kinder waren dagegen alle verschieden. Was genau sie dabei dachte, wusste nur Moira, die Hüterin der Geheimnisse, die Mutter aller Abstammungslinien. Die anderen Urmütter erzählten Moira nämlich ganz im Vertrauen, was sie wollten, und sie nahm das ihr Anvertraute mit ins Grab. Es war jedoch nicht zu übersehen – und ging in jedem Fall in die offizielle Geschichtsschreibung ein –, dass Aïdas erste fünf Kinder als Reaktion auf das konzipiert worden waren, was andere Urmütter – alle außer Moira – machten.

Aïdas Haltung den anderen gegenüber war in dem Fluch gut zum Ausdruck gekommen. Sie wusste, dass die übrigen sechs Urmütter sie persönlich immer hassen würden und dass dieses Gefühl sich unweigerlich auch auf ihre Nachkommenschaft übertragen würde. Wie die menschliche Natur nun einmal beschaffen war, würden noch Tausende von Jahren später dinanische Kinder auf Spielplätzen Steine nach kleinen Aïdanern werfen und Witze über Kannibalismus machen. Aïdanische Kinder würden nie in die von den Vieren abstammende Gesellschaft integriert werden. Daher suchte Aïda in dem Maße, wie Dinah sich für Tugenden entschied, die ihre Sprösslinge verkörpern sollten, und damit einen Zug im Spiel machte, nach einem geeigneten Gegenzug. Der darin bestehen konnte, ein Kind zu bekommen, das wie Dinahs war, nur noch wesentlich ausgeprägter. Oder einen Anti-Dinaner zu erfinden, einen Typ Mensch, der in einzigartiger Weise dazu geeignet war, die Schwächen des dinanischen Typus auszunutzen.

So verhielt es sich mit Aïdas ersten fünf Kindern. Allerdings war es ihr nicht gelungen, diese Strategie auch Moira gegenüber anzuwenden, einfach weil Moira bis hin zu den konkreten DNS-Basenpaaren, die in Aïdas Eizellen verändert worden waren, genau wusste, was sie tat. Wenn das ein Spiel war, dann hatte Moira immer den letzten Zug. Dass jede ihrer ersten acht Schwangerschaften mit einer Fehlgeburt geendet hatte, hatte das Mysterium nur verstärkt. Da sie nie über ihre Wahl gesprochen hatte, wusste im Grunde niemand, wie sie ausgefallen war; was Moiraner zu rätselhaften Menschen machte, nicht nur für die Nachfahren der anderen Urmütter, sondern auch für sie selbst. Ganz offenkundig war jedoch, dass Moiraner als Einzige imstande waren, zu »epigenieren«. Kath Twos Genom war wie das aller anderen Lebensformen festgelegt. Eine Kopie davon lebte in jeder Zelle ihres Körpers. Welche dieser Gene jedoch zu einer gegebenen Zeit aktiv waren und welche nicht, war in einem Maße veränderlich, das alles sonst beim Menschen Mögliche übertraf. Um das zu kontrollieren, hätte es einer Art Superkraft bedurft. Die gab es jedoch, entgegen bestimmten uralten Legenden, nicht. Kath Two wusste nie, wann sie für eine Woche einschlafen und als eine andere Person namens Kathree aufwachen könnte. Die Ergebnisse waren manchmal brillant. Selten waren sie todbringend. Manchmal waren sie unangenehm oder geradezu peinlich. Letzteres hatte meistens mit dem zu tun, was passierte, ob es einem gefiel oder nicht, wenn ein Moiraner oder eine Moiranerin sich verliebte. Jedenfalls war das die Wahl, die Urmutter Moira getroffen und auf ihre Tochter Cantabrigia übertragen hatte. Und man ging davon aus, dass sie das getan hatte, weil sie der Meinung war, dieses Maß an Plastizität würde die Welt im Angesicht der von Aïda getroffenen Entscheidungen irgendwie wieder ins Gleichgewicht bringen.

Julia, die Eine, versuchte das Beste daraus zu machen, indem sie ihre Nachkommen mit Eigenschaften ausstattete, die sie trotz weit geringerer Zahlen nützlich und wichtig machen würden. Bereits im Rat der Sieben Evas hatte sie den Gedanken geäußert, dass die Fähigkeit, sich mögliche Zukunftsszenarien auszumalen, von realem Nutzen sei. Und sie hatte sie mit Führerschaft bzw., wenn das nicht klappen sollte, mit dem Vermögen, Führern nützliche Ratschläge zu geben, in Verbindung gebracht. Wenn dieser Wesenszug allerdings außer Kontrolle geriet und sich dunkle Wege suchte, führte er zu Depression, Paranoia und anderen Formen von Geisteskrankheit. Dann bestand die Herausforderung darin, einen Weg zu finden, wie man ihn mit einer positiveren Mentalität kombinieren könnte. Julias Forschung – und sie forschte sehr viel – drehte sich daher in erster Linie um die Geschichte von Weisen, Sehern, Ekstatikern, Schamanen, Künstlern, Depressiven und Paranoikern durch die Jahrhunderte hindurch und um das Maß, in dem diese Wesenszüge bestimmten Basenpaaren in ihren Genomen zugeordnet und durch kulturelle Anpassung begünstigt werden konnten.

Viel später waren Historiker gekommen und hatten ihr eigenes Vokabular entwickelt, um die Geschichte der folgenden fünftausend Jahre zu erzählen. Die ersten Schwangerschaften wurden Gestation genannt. Davon hatte es – wenn man die zahlreichen Fehlgeburten nicht mitzählte – verteilt auf Sieben Urmütter neununddreißig gegeben, bis Camila, die als Letzte aufhörte, Kinder zu gebären, schließlich ins Klimakterium kam. Aus diesen waren fünfunddreißig lebensfähige Mädchen hervorgegangen. Zweiunddreißig von ihnen hatten selbst Kinder bekommen. Da Urmutter Moira inzwischen herausgefunden hatte, wie man Y-Chromosomen synthetisierte, gab es in der zweiten Generation einige männliche Nachkommen. Das Ergebnis waren also zweiunddreißig Stämme gewesen. Jede der sieben neuen Abstammungslinien hatte mehr als einen Stamm enthalten. Die Stämme waren erkennbar verschieden und dennoch eindeutig der einen oder anderen Abstammungslinie zuzuordnen, ungefähr so wie Ostafrikaner sich von Westafrikanern unterschieden, für Europäer aber immer noch wie Afrikaner aussahen.

»Korrektur« hieß die Phase, die nach der ersten Runde von Gestationen begann, nachdem Urmutter Moira Fehler ausgebessert hatte, die etliche nicht lebensfähige Kinder zur Folge gehabt hatten. In gewisser Hinsicht setzte die Korrektur sich durch die ganze Zeit der Gestationen hindurch fort und lief erst allmählich aus, als die Töchter der Urmütter anfingen, Kinder der zweiten Generation zu gebären. Dann ging sie fließend in ein weiteres Stadium über, das der Stabilisierung, das die nächsten zehn Generationen andauerte, während Y-Chromosomen zusammengeflickt und verbleibende genetische Defekte repariert wurden und Angehörige verschiedener Stämme begannen, sich zu kreuzen, um innerhalb ihrer jeweiligen Abstammungslinien Mischlinge hervorzubringen. Während dieser Zeit machte man sich die Lektionen des Schwarzfußiltis zunutze und wandte verschiedene Techniken an, um die Heterozygosität zu erhöhen.

In Wahrheit stand eine riesige Bibliothek humangenetischer Sequenzen in digitaler Form zur Verfügung, und nachdem die ersten paar Generationen auf der Wiege überlebt hatten und Hunderte kluger junger Leute zu Gentechnikerinnen und -technikern ausgebildet worden waren, hätten sie theoretisch die ursprüngliche Menschheit ganz von vorne resequenzieren können. Etwas in der Art hatte Urmutter Moira bei der Synthetisierung des ersten künstlichen Y-Chromosoms gemacht. Es war jedoch nicht die Wahl, die sie als Kollektiv trafen. Diese Wahl war ganz und gar kulturell und nicht wissenschaftlich geprägt. Im Rat der Sieben Evas waren Entscheidungen getroffen worden. Abstammungslinien waren begründet worden, die zu dem Zeitpunkt schon mehrere Generationen alt waren. Sie hatten begonnen, ihre jeweils charakteristische Kultur zu entwickeln. Diese Entscheidungen durch eine Rückkehr zur »Wurzelstock«-Menschheit aufzuheben wurde fast als eine Art Selbst-Genozid betrachtet. Die Rivalität, die mittlerweile zwischen den verschiedenen Abstammungslinien herrschte, machte das undenkbar. So wurde das genetische Archiv der Wurzelstockmenschen dazu genutzt, den bestehenden ethnischen Gruppen wieder ein gesundes Maß an Heterozygosität beizumischen, statt den Versuch einer Rückwärtsbewegung zu machen.

Daher also die Stabilisierung, die ungefähr bis zur zwölften Generation angedauert hatte, als selbst die julianische Linie so groß geworden war, dass sie sich fortan auf normalem Weg fortpflanzen konnte, ohne weiterhin auf laborgestützte Anpassungen angewiesen zu sein.

Die Stabilisierung war in die Vermehrung übergegangen, die von Historikern allgemein nächste anerkannte Phase, die sich ziemlich von selbst verstand: Die Nachfahren der Sieben Urmütter hatten weiterhin miteinander geschlafen und weitere Babys bekommen. Das hatte, als die erste Hälfte des Ersten Jahrtausends fast vorbei war, zu einer so starken Überbevölkerung geführt, dass die Bildung eigenständiger Kolonien außerhalb der Wiege unumgänglich geworden war. Es gab nämlich andere Orte, die vielleicht nicht so beliebt wie Kluft, aber ebenfalls gut geeignet für den Bau neuer Habitate waren. Damals hatten die Menschen den Punkt erreicht, wo sie imstande waren, neue Maschinen zur Fortbewegung im All zu konstruieren. Es war auch Zeit. Zumindest fanden das die Nachkommen der Vier, die spürten, dass die Bedingungen im überfüllten Gebiet der Wiege für sie nachteilig geworden waren. Camila hatte sich offen über ihre Strategie geäußert, neue Menschen hervorzubringen, die sich gut für ein Leben in beengter Umgebung eigneten. Das war ihr gelungen. Und als die frühen Habitate der Wiege an der Grenze ihrer Kapazität angekommen waren, hatte ihre Strategie sich als gut erwiesen. Ob lediglich als Ausdruck ihrer eigenen ethnischen Mythologie oder aus biologischer Notwendigkeit, jedenfalls hatten die Vier ihre Fühler ausgestreckt und neuen Habitaten den Weg bereitet, zunächst an anderen Stellen auf Kluft, später auf anderen Bruchstücken des Pfirsichkerns. Aïdas Nachkommen hatten dasselbe getan, manchmal Seite an Seite mit den Vieren, häufiger jedoch im Alleingang.

Das Problem war weniger, dass Aïda Dinge getan hatte, die nicht ungeschehen gemacht werden konnten, als dass sie Dinge gesagt hatte, die nicht ungesagt gemacht werden konnten. In diesem Sinne hatte ihr Fluch eine reale Wirkung. Ein einzelner Aïdaner des Zweiten Jahrtausends war das Produkt einer gemischt-ethnischen Kultur, die über tausend Jahre alt war. Er oder sie war mit Menschen aller Abstammungslinien aufgewachsen, hatte manche geliebt und andere gehasst, war vielleicht mit bestimmten Teklanern und Moiranern gut ausgekommen, mit bestimmten Aïdanern dagegen eher in Streit geraten. Ausgehend von seinen oder ihren persönlichen Erfahrungen bestand also kein Grund, an den Angehörigen derselben ethnischen Gruppe zu kleben. Jede Abstammungslinie hatte jedoch ein unauslöschliches Narrativ, das längst in eine inzwischen sehr alt gewordene Kultur codiert war. Das Narrativ der Aïdaner besagte, dass ihre Urmutter nicht einfach eine Ethnie hervorgebracht hatte, sondern eine »Ethnie der Ethnien«, ein Mosaik, zum Beweis dafür, dass ihre Kinder all das tun konnten, was die der anderen Urmütter konnten, und noch mehr. Und wenn man ein Nachfahre von Aïda und ganz klar mit genetischen Markern ausgestattet war, die sie zu diesem Zweck ausgesucht hatte, dann trieb die unaufhaltsame Kraft dieses Narrativs einen hin zu Kolonien, die weitgehend oder ausschließlich von anderen Aïdanern bevölkert waren.

Da die Aïdaner weniger zahlreich waren als die Nachkommen der Vier, waren ihre Kolonien im Zweiten Jahrtausend tendenziell kleiner und spartanischer gewesen, was zu einer symbiotischen Beziehung mit den Camilanern geführt hatte, die in einer solchen Umgebung eher aufblühten. Aïdaner errichteten Kolonien, Camilaner dagegen brachten sie zum Funktionieren.

In jedem Fall hatte die Bildung neuer Kolonien und Habitate während des Zweiten Jahrtausends zu einer Phase geführt, die die Historiker Isolierung nannten: die Bildung ethnisch »reiner« Populationen. Isolierung hatte Karikaturisierung zur Folge: selektive Züchtung, in manchen Fällen bewusst, in anderen unbewusst, die über viele Generationen hinweg den Effekt hatte, ethnisch bedingte Unterschiede zu verstärken. Das am häufigsten zitierte Beispiel war das einer allmählichen Veränderung der Augenfarbe bei den Moiranern. Urmutter Moiras Augen waren haselnussbraun gewesen: relativ hell für eine Schwarze, aber so ungewöhnlich auch nicht. Am Ende des Zweiten Jahrtausends hatten viele Moiraner Augen, deren Farbe so blass war, dass sie in starkem Licht golden erschienen. Von den Wänden der Modegeschäfte der Großen Kette blickten moiranische Models, zu zehnfacher Lebensgröße aufgebläht, einen immer noch aus schockierend gelben Katzenaugen an. Da es ein Erkennungsmerkmal von Urmutter Moira gewesen war, wurde es inzwischen als schön und wünschenswert erachtet, und Moiraner mit blassen Augen hatten es leichter gefunden, sich zu paaren und fortzupflanzen, wobei sie es mit der Zeit noch verstärkten, bis hin zur Karikatur. Kath Two selbst, die kein Model war, bekam immer wieder Komplimente für die Helligkeit ihrer Augen, die näher an Grün als an Gelb lagen. Moderne, auf ihr Äußeres bedachte

Moiraner waren allerdings oft entsetzt, wenn sie Fotos von ihrer Urmutter sahen, deren Augen bloß grünlich braun waren.

Die Verschiebung in der Augenfarbe der Moiraner war offenkundig und leicht zu belegen, doch genau dasselbe war, *mutatis mutandis*, mit vielen anderen Phänotypen innerhalb aller Abstammungslinien passiert. Selektive Paarung vermochte im Laufe der Zeit ohne Einmischung von außen beeindruckende Veränderungen zu bewirken. In manchen Fällen hatten jedoch genetische Isolate ihre eigenen Genlabore erworben. Diese waren für viele, in der Regel ungefährliche Zwecke benutzt worden. In manchen Fällen hatte man sie zur Verbesserung eingesetzt, was die bewusste genetische Manipulation zum Zweck der stärkeren Ausprägung ethnischer Merkmale bedeutete – die künstliche Beschleunigung dessen, was »auf natürlichem Weg« über die Karikaturisierung passierte. Die Folge davon waren zuweilen Missgeburten, Monster und Katastrophen. Doch oft funktionierte es auch. Und wenn die Resultate sich innerhalb isolierter Gruppen paarten, wurden diese Isolate zu immer ausgeprägteren Verkörperungen ihrer Abstammungslinien.

Das Endergebnis von all dem waren meistens nicht lebensfähige Populationen, an denen eindeutig Inzucht zu erkennen war. Wann immer also Isolierung, Karikaturisierung und Verbesserung sich etabliert und ihren Lauf genommen hatten, hatten sie entweder zur Vernichtung von Kolonien oder zu einem als Kosmopolitisierung bezeichneten Gesundungsprozess geführt, in dem einst isolierte Gruppen sich wieder mit den verloren geglaubten Angehörigen derselben Ethnie vermischt und mit dem Ziel gesunder und zukunftsfähiger gemischt-ethnischer Stämme fortgepflanzt hatten.

Wie zu erwarten, war die Kosmopolitisierung zu ihrer Blüte gelangt, als im Verlauf des jüngsten Jahrtausends der Habitatring gebaut und damit plötzlich eine gewaltige Menge neuen Wohnraums geschaffen worden war, der sich weitaus attraktiver präsentierte als die beengten dunklen Tori, in denen die Menschen die letzten viertausend Jahre gelebt hatten. Die Isolate, von denen einige jahrhundertelang nichts von sich hatten hören lassen und manche nicht einmal Anglisky beherrschten (wie man das russisch-durchsetzte Englisch nannte, das jetzt mehr oder minder alle Menschen sprachen), tauchten aus ihren Löchern auf und verbanden sich wieder mit ihren Sippen im Rahmen einer Bevölkerungsexplosion, wie man sie seit dem zwanzigsten Jahrhundert auf der Alten Erde nicht mehr erlebt hatte. Die überwiegende Mehrheit der Bevölkerung eines Großteils der Abstammungslinien hatte sich auf diese Weise einer Reihe wieder normalisierter ethnischer Profile angenähert, dabei aber ein paar extrem isoliert lebende Stammesgruppen beibehalten, die von anderen Angehörigen derselben ethnischen Gruppe mal geschätzt und mal gefürchtet oder verfolgt wurden.

So verhielt es sich zumindest in Blau. Rot hatte innerhalb seines aïdanischen Mosaiks, seiner Abermillionen von Camilanern und den grob achtzig Prozent der Julianer, die beschlossen hatten, sich mit ihnen zusammenzutun, dieselben allgemeinen Trends gezeigt. Über den augenblicklichen Stand der Dinge zwischen den Schlagbäumen konnte man allerdings nur spekulieren, da aus diesem Teil des Habitatrings fast zweihundert Jahre lang außer vereinzelter Signalaufklärung und einem Propagandakanal, den die meisten Leute ignorierten, keine Nachricht mehr empfangen worden war.

Für ein paar Minuten hatten die letzten Sonnenstrahlen noch Turmspitzen, Statuen und Steinmetzarbeiten an den Fronten einiger fantastischer alter Kupolen beschienen, die an der scheinbar senkrecht vor ihr aufragenden Felswand befestigt waren: der Flanke des Capitol Hill. Doch dann war es mit einem Mal nahezu dunkel. Kath Two drehte sich um und stieg, den kräftigen Wind von rechts in Kauf nehmend, die Südseite der Brücke hinunter. Sosehr sie die Kraft der Luft liebte, ertappte sie sich dabei, dass sie die letzten paar Stufen hinunterrannte, um in den Schutz der Gebäude zu gelangen. Der Capitol Hill war höher als der Change Hill, und deshalb mündete die Brücke hier nicht wie an ihrem nördlichen Ende in einen Park, sondern stieß seitlich in den Hang. Kath Two wurde direkt in ein Gewirr von Straßen getaucht, deren schwache Beleuchtung von Licht stammte, das hier und da aus Haustüren fiel, und von Lampen, die nach dem Willen der Besitzer einiger eingefriedeter Gebäude oben auf deren Mauern montiert worden waren. »Das Straßenbild von Bordeaux über die Topografie von Rio de Janeiro gelegt«, so war die Stadt von ihrem Planer beschrieben worden, einem Julianer-Moiraner-Mischling, der über viertausend Jahre nach der Auslöschung dieser beiden Städte zur Welt gekommen war.

Sie hatte ein Gerät in der Tasche, das ihre exakten geografischen Koordinaten kannte. In einer Stadt, die am Ende eines Drahtseils durch die Luft gezogen wurde, waren solche Daten natürlich nutzlos. Ihre Unlust, das Ding aus der Tasche zu ziehen und einen Blick darauf zu werfen, ging allerdings noch tiefer. Hier zu sein hatte sie in eine Art Tagtraum versetzt, der zwar offensichtlich ein Fantasieprodukt, deshalb aber nicht weniger faszinierend war, nämlich dass sie in einer Stadt auf der Alten Erde umherspazierte. Den wollte sie nicht zerstören, solange sie sich nicht restlos verlaufen hatte. So ließ sie sich von ihren Füßen durch die steinernen Straßen tragen, bemüht, ebenso viel bergauf zu gehen, wie sie bergab ging, wobei sie sich der Türme großer alter Kupolen als Orientierungspunkte bediente und, wenn sie sich unsicher war, zum Widerlager der Brücke zurückkehrte. Ihr war nämlich gesagt worden, der Treffpunkt liege nicht weit von der Brücke entfernt. Sie hätte nach dem Weg fragen können, aber die Temperatur war gefallen, der funkelnde Bogen des Habitatrings war hinter hohen Wolken verschwunden, und es hatte zu regnen begonnen, ein zischender Vorhang aus kleinen warmen Tropfen.

Fußgänger hatten sich in alle Schlupflöcher verzogen, die ihnen eingefallen waren. Man hatte sie gewarnt, dass der Capitol Hill nach Einbruch der Dunkelheit verlassen sei; das schien erst recht zuzutreffen, wenn sich ein Sturm zusammenbraute.

Mehrmals war sie an der Vorderseite eines bestimmten Gebäudes vorbeigegangen oder hatte es von einer Straße aus in der Ferne gesehen. Es stand nämlich an einem Platz, wo mehrere Wege im spitzen Winkel zu einem engen Stern aus feuchtem Kopfsteinpflaster zusammenliefen, und so sprangen immer wieder unvermittelt Ansichten davon in ihr peripheres Gesichtsfeld, während sie durch die nahegelegenen Gassen schlenderte. Die Kreuzung befand sich an dieser Stelle, weil hier ein Felsbrockens von der Größe eines Hauses aus dem Hang herausragte und dafür sorgte, dass alle Straßen in der Nähe um ihn herumgeführt werden mussten. Der Fels war, wie sie unschwer erriet, ein Krümel vom Mantel des Mondes, eingebettet in seinen eisernen Kern. Vielleicht war er schon seit einer Milliarde Jahren da drin, oder aber er war als loser Bolide kurz nach Null in den rotglühenden Pfirsichkern geknallt und im erstarrenden Metall stecken geblieben. Kluft und ihre Geschwister hatten viele davon. Normalerweise galten sie als Unreinheit in der Schmelze. Dieser war an Ort und Stelle belassen worden, wo er den umliegenden Straßen eine zerklüftete graue Ansicht bot. Obendrauf, zehn Meter über Straßenhöhe, hatte jemand einen runden Steinturm errichtet. Dahinter fächerte sich wie ein Schiffsrumpf hinter seinem vorspringenden Bug ein dreieckiges Gebäude auf, das vermutlich einen schönen Hof in der Mitte hatte.

Als Kath Two diesen Turm zum dritten oder vierten Mal sah, betrachtete sie ihn aus einer Entfernung von vielleicht hundert Metern geradewegs durch eine dieser engen Straßen hindurch. Seine obere Etage hatte eine Reihe von Rundbogenfenstern, die in alle Richtungen gingen. Warmes Licht schien heraus, und sie konnte Menschen an Tischen sitzen, trinken, sich unterhalten, essen und lesen sehen. All diese Tätigkeiten hatten etwas Anziehendes für sie, und sie hegte die Hoffnung, dass es eine Art Gaststätte war – und kein Privatklub.

Der Eingang war nicht ohne weiteres zu sehen, doch sie fand ihn außen herum auf der rechten Seite, wo ein Mauseloch in den Fels gemeißelt worden war. Von dort führte ein Tunnel spiralig nach oben und wurde so steil, dass sein Boden sich in Stufen verwandelte. In Nischen brannten richtige Kerzen. Zwei vollständige Spiraldrehungen brachten Kath Two zu einer Bogentür aus echtem Holz ohne besondere Kennzeichnung, abgesehen von einem Türklopfer aus geschmiedetem Metall in Form eines Vogels mit einem stark gebogenen Schnabel. Handgeschmiedete Federn aus schwarzem Eisen und Palladium ließen ihn graumeliert erscheinen. Durch die Tür konnte sie Wärme fühlen und Unterhaltungen hören.

Sie griff nach dem Türklopfer, noch unschlüssig, ob das Lokal öffentlich oder privat war. Dann dachte sie plötzlich wieder an das Stück Papier in ihrer Hand. Im Licht der nächsten Kerze strich sie es glatt.

DAS KRÄHENNEST
SÜD-WIEGE

Sie stieß die Tür auf und trat ein. Das Erste, was ihr ins Auge fiel, war ein halbkreisförmiger Tresen aus altem Kupfer, eine Reihe Zapfhähne, ein Fenster dahinter, das den Blick in eine hektische Küche freigab. Aus einem hinteren Raum drang Musik, nicht so laut, dass sie die Unterhaltungen störte, aber laut genug, um Kath Two im Takt leicht mit dem Kopf nicken zu lassen. Den Stil erkannte sie nicht, wusste aber, was für eine Art Musik es war: etwas, das sich Leute hatten einfallen lassen, die isoliert in einer Bergbaukolonie oder einem frühen Habitat lebten, Leute, die wussten, wie man tanzt.

Der Mann hinterm Tresen war ein fit wirkender Dinaner Mitte vierzig. Er schien nicht zu wissen, dass er ziemlich gut aussah. Während er ein Glas polierte, überflog er ein Stück Papier mit handgeschriebenen Zahlen drauf – eine Rechnung. Wie er so dastand, der Fensterflucht mit ihrer erstaunlichen Aussicht auf die Wiege zugewandt, sah er aus wie der Kapitän eines Schiffs auf der Alten Erde.

Kurze Zeit nachdem sie eingetreten war – nicht so früh, dass sie den Eindruck gehabt hätte aufzufallen, und nicht so spät, dass sie sich vernachlässigt gefühlt hätte –, sah er zu ihr auf und zog die Augenbrauen leicht hoch. Oder besser »die Augenbraue«, denn eine Seite seines Gesichts hatte, wie sie jetzt sah, schweren Schaden davongetragen.

»Was willst du trinken, Kath Amalthowa Two?«

Die Original-Nats waren in den Werkstätten von Arjuna Expeditions in Seattle entwickelt und kurz vor Null in den Weltraum geschossen worden, wo sie unter Urmutter Dinahs Aufsicht auf der Oberfläche von Amalthea herumgekrabbelt waren. Später, während der ersten zwei Jahre des Epos, war das ursprüngliche Design für die Arbeit im und auf dem Eis modifiziert worden. Jedes Kind kannte die Geschichte über den Einsatz solcher Nats: zuerst, um die *Ymir* mit Izzy zusammenzubringen, und dann, um diese beiden in der *Endurance* aufgehen zu lassen. Von daher schlugen die Nats sich eher in der Kultur von Blau als von Rot nieder, doch fanden sie auf beiden Seiten der Schlagbäume Verwendung. Das heißt, um genauer zu sein, benutzten beide Kulturen einen breitgefächerten Stammbaum von Arten und Unterarten des Nats, alle Abkömmlinge des ersten Arjuna-Modells und alle mehr oder minder mit derselben Codebasis ausgestattet, die ursprünglich von Programmierern wie Larz Hoedemaeker und Urmutter Dinah geschaffen worden war. Die Zahl der Verwendungsmöglichkeiten, die man über die Jahrtausende hinweg für Nats und ganze Schwärme davon gefunden hatte, ging gegen unendlich. Sie waren ebenso allgegenwärtig und verschiedenartig wie Hammer und Messer vor Null.

Wie Hammer und Messer konnten sie ebenso für konstruktive wie destruktive Zwecke benutzt werden. In der zweiten Kategorie war eine ganze Taxonomie von Nats dazu bestimmt, mit hoher Geschwindigkeit aus einer schusswaffenartigen Vorrichtung gejagt zu werden. Die meisten von ihnen waren so ausgelegt, dass sie sich zu einer kompakten Form, einem Pfeil oder einer Kugel vergleichbar, zusammenfalteten, damit sie in Magazinen, Patronengurten und Ähnlichem untergebracht und den Verschlüssen von Abschussvorrichtungen zugeführt werden konnten.

Nur eine einzige Schusswaffe im Sinne einer traditionellen Vor-Null-Feuerwaffe hatte den Harten Regen überlebt und ihren Weg auf Kluft gefunden. Das war natürlich der Revolver, den Julia aus Pete Starlings Schulterholster gezogen und bis zu dem Moment versteckt an ihrem Körper getragen hatte, als sie versuchte, Tekla damit zu erschießen. Camila hatte sich dazwischengeworfen, womit sie Tekla vermutlich das Leben gerettet und sich selbst Verbrennungen zugezogen hatte, die für den Rest ihres Lebens mit Narben und Schmerzen verbunden waren. Später war genau diese Waffe Aïda in die Hände gefallen. Sie hatte sie einem Mann aus ihrer Gruppe weitergegeben, der mit der Letzten Kugel aus dem Letzten Revolver Steve Lake erschossen hatte. Inzwischen befand sich die Waffe in der Sammlung des Geschichtsmuseums in der Großen Kette. Ob und wie sie öffentlich zur Schau gestellt wurde, war ein zuverlässiges Barometer für den Zustand der Beziehungen zwischen Rot und Blau.

Da die Technologie der Metallverarbeitung, die man zur Herstellung neuer Schusswaffen brauchte, ebenfalls zerstört worden war und viele Generationen auf Kluft vorbeigezogen waren, ehe irgendjemand überhaupt eine Notwendigkeit für schusswaffenähnliche Geräte gesehen hatte, musste die gesamte Waffenindustrie bei ihrem Neustart ganz von vorne anfangen. Was dabei herauskam, erinnerte mehr an einen Taser, von dem mehrere es bis auf Kluft geschafft hatten, als an traditionelle Schusswaffen. Letztere waren dazu konzipiert gewesen, ein dummes Stück Metall mit großer Geschwindigkeit hinauszujagen, und mit der Zeit hatte man sie so optimiert, dass sie dabei hohe Schussfrequenzen erreichten. Dumme Metallklumpen im beengten Inneren eines Weltraumhabitats zu verspritzen war jedoch nicht das, was Ingenieure, die sich Jahrhunderte nach der Ankunft auf Kluft erstmals wieder Gedanken über die Konstruktion von Schusswaffen machten, als geeignete Verwendung dafür erachteten. Während der dazwischenliegenden Jahrhunderte war Gewaltausübung in der Regel eine Sache des Ringens, Boxens und des Gebrauchs von Handwaffen wie Metallstangen gewesen, wobei wirklich gefährliche Dinge wie Messer und Schwerter nur in wenigen Fällen von Leuten benutzt worden waren, die völlig aus dem politischen oder psychologischen Gleis geraten waren. Die ersten neuen Schusswaffen waren eigens für den Einsatz gegen sie gebaut worden. Die maximale Reichweite betrug rund zehn Meter, sodass die Geschosse nicht mit hoher Geschwindigkeit aufzutreffen brauchten. Sie mussten in dem Sinne intelligent sein, dass sie sich bei Verfehlen des Ziels – wenn sie irgendetwas trafen, was kein Mensch war – so wenig zerstörerisch wie möglich auswirkten. Das bedeutete im Allgemeinen, dass sie so etwas wie winzige Bremsschirme entfalteten und sich so rasch wie möglich verlangsamten, während sie sich darauf vorbereiteten, an dem, was sie trafen, zu zerfallen, statt in es einzudringen. Jedes Projektil dagegen, das das Glück hatte, sein Ziel zu erreichen, sollte versuchen, etwas Nützliches damit zu tun, was in der Regel darauf hinauslief, es außer Gefecht zu setzen, zu verletzen oder zu töten. Natürlich lagen diese Entscheidungen alle weit über dem Leistungsvermögen dummer Metallklumpen, und deshalb wurden an ihrer Stelle Nats verwendet. Diese waren nicht so dicht wie Blei, hatten also einen niedrigen ballistischen Koeffizienten und konnten nicht sehr weit fliegen. Was jedoch, wie schon gesagt, im Kontext eines Weltraumhabitats eine gute Sache war.

Nach einer Art Mittelalter, in dem der Kluft-Kolonie die Ressourcen gefehlt hatten, die man brauchte, um die Kunst der Robotik weiterzuentwickeln, und sie sich damit begnügt hatte, die Originalmodelle zu reparieren und zu kopieren, waren allmählich neue technische Mittel in diese Technologiebranche geflossen. Die kühneren Programmierer wagten sich an Code-Files heran, die zuletzt von Urmutter Dinah überprüft worden waren. Maschinenbauingenieure fanden heraus, wie man alte CAD-Software neu bootete und die von Larz geschaffenen digitalen Blaupausen untersuchte. Ihre ersten Bemühungen waren recht einfach, wie etwa einen Nat zu bauen, der automatisch den Bremsschirm auswarf, nachdem er eine gewisse Strecke zurückgelegt hatte, ohne irgendetwas zu treffen. In die Geschütze wurden größere Anstrengungen gesteckt als in die Geschosse. Die Benutzer bei Polizei und Streitkräften waren überwiegend Teklaner, deren Anglisky mehr russische Lehnwörter als bei anderen Abstammungslinien und viele aus dem kyrillischen Alphabet ausgeborgte Schriftzeichen enthielt. »Katapult« war ihr bevorzugter Begriff für die Vorrichtung, die die Nat-Geschosse auswarf. Man verkürzte ihn zu diversen liebevollen Wörtern wie »Kat« und »Katja«. Die zweite Hälfte des Wortes, »Pult«, schien eine Verbindung zu »Pulya«, mit langem U wie in »Pool«, dem russischen Wort für »Geschoss«, zu haben. Nach einer kurzen schwierigen Phase, in der sie versucht hatten, den Begriff »Nat« auf verschiedene Weise mit »Pulya« zu kombinieren, was so viel wie »Geschoss-Roboter« bedeuten sollte, hatten sie sich einfach mit »Pulya« begnügt, in einem Universum, das keine richtigen altmodischen Geschosse mehr enthielt, ein hinreichend präziser Begriff. Andere Wörter aus der vorsintflutlichen Waffenwelt konnten sich zwar unverändert etablieren, wie etwa »schießen«

und »Schuss«, aber Offiziere, die den Befehl zum Schießen gaben, sagten jetzt eher *pul*, womit sie an den Ruf erinnerten, mit dem die Schützen früher beim Tontaubenschießen die Wurfscheibe abgerufen hatten.

Auf die Verwendung des unveränderten Begriffs »Pulya« reagierten sachkundige Gesprächspartner meistens genauso irritiert, wie Waffennarren vor Null auf Laien reagiert hatten, die das Wort »Kugel« benutzten. Das spiegelte die Tatsache wider, dass Pulyas in einem noch breiteren Spektrum an Größen und Typen daherkamen als die Munition alter Schule. Mit einem Klumpen Blei konnte man eben nur eine begrenzte Anzahl von Dingen tun. Da bot sich dem Pulya-Ingenieur eine weitaus größere Palette an Möglichkeiten. Es war noch ein anderer Begriff in Gebrauch: »Mubot«. Dabei kam es immer auf den Kontext an. Einfache Soldaten, die diese Dinger vor allem als notwendige Last betrachteten, die in großen Mengen herumgeschleppt, in Kats geladen, aus blockierten Abschussvorrichtungen geholt werden mussten etc., benutzten meistens »Pulya«, aber wenn das Projektil erst einmal abgeschossen war und anfing, sein Programm auszuführen, wurde es eher »Mubot« genannt. Wenn von der Lieferung großer Mengen die Rede war, sagten die Leute »Botni«, so wie man auf der Alten Erde von »Muni« gesprochen hatte.

Die Personen, auf die von den Sicherheitskräften geschossen werden musste, weil sie Blankwaffen gegen andere einsetzten oder mit ihrem Einsatz drohten, würden wahrscheinlich nicht kleinlaut vor neuen Errungenschaften in den zur Sicherung der öffentlichen Ordnung verwendeten Technologien kuschen. Umgehend machten sie sich an die Entwicklung von Gegenmaßnahmen, die dann natürlich von den Ingenieuren wieder übertroffen werden mussten. Wenn man zum Beispiel einem Mubot weismachen konnte, dass er sein Ziel verfehlt oder etwas Nichtmenschliches getroffen hatte, konnte er nahezu unschädlich gemacht werden. Tarnung veränderte ihren Zweck von der Täuschung des menschlichen Auges hin zur Täuschung des elektronischen Gehirns von Mubots. Rüstungen waren jetzt nicht mehr dazu da, extrem schnelle Bleistücke aufzuhalten. Ihr Zweck bestand jetzt darin, den Träger vor den invasiven Bemühungen von Mubots zu schützen. Krieger wurden zu lebendigen, sich fortbewegenden Festungen unter der Belagerung mehrerer Mubots, die oft Schwarmtaktiken anwandten, um einen Weg nach innen zu finden, bevor ihre Batterien leer liefen. Das alte taktische Kalkül der Kriegführung auf Schusswaffenbasis veränderte sich auch noch in anderer Hinsicht. Katapulte und Botni, die vom Feind erbeutet oder einfach nur auf den Boden gefallen und aufgehoben worden waren, konnten mit digitalen Mitteln inaktiv und nutzlos gemacht werden. Manche von ihnen versuchten, den Weg zurück zu den Kriegern zu finden, die sie abgefeuert hatten, sodass Kampfgebiete, in denen eine Menge Botni aufgewendet worden war, oft aussahen, als wären sie von Wanderameisen befallen.

Jedenfalls genoss die Obrigkeit eine Monopolstellung in Sachen Produktion und Verwendung solcher Waffen, bis irgendwann im Zweiten Jahrtausend die Zahl weitgehend getrennter Habitate und die daraus resultierende politische Zersplitterung zu einer Situation führten, in der die Zivilbehörden von Habitat A vielleicht Grund hatten, auf die von Habitat B zu schießen. Die Anzahl unterschiedlicher Typen von Katapulten und Mubots sowie der gegen sie ergriffenen Verteidigungsmaßnahmen explodierte. Jahrtausendelang hatte es keinen vollständigen Typenkatalog gegeben. Hier und da mochte man über eine Museumsausstellung stolpern, in der ein paar Dutzend oder sogar ein paar Hundert Typen von Mubots inaktiv gemacht und an einer Wand aufgehängt worden waren, darunter Schautafeln mit Erklärungen darüber, in welchem Jahrtausend sie von wem erfunden und in welchem Habitat sie zur Bestrafung welcher Störung verwendet worden waren. Eigentlich war aber jedem klar, dass solche Ausstellungen nur Exemplare enthielten, die rein zufällig in die Schublade eines bestimmten Sammlers geraten waren.

Weitaus häufiger wurde von »Störung« statt von »Krieg« gesprochen, sogar bei relativ großen Ereignissen wie den Konflikten, die im Laufe der letzten paar Jahrhunderte zwischen Rot und Blau aufgetreten waren. Da Weltraumhabitate so verwundbar waren, wäre es niemandem in den Sinn gekommen, einen richtigen Krieg wie den totalen Krieg des Zwanzigsten Jahrhunderts auf der Alten Erde zu führen. Atomwaffen waren nicht wieder erfunden worden, weil es keine Notwendigkeit für sie gab. Ein Fels, den man quer durch den Ring auf ein Weltraumhabitat warf, würde ebenso viele Menschen töten wie eine Wasserstoffbombe. Daher galt dasselbe strategische Kalkül wie auf der Alten Erde während des Kalten Krieges und danach, nämlich dass Rot und Blau unter keinen Umständen einen regelrechten offenen Krieg gegeneinander riskieren würden, dass aber viele kleine Konflikte an Orten vonstattengehen konnten, wo sie bei der Mehrheit der Zeitung lesenden Bevölkerung als nicht weiter beunruhigend abgetan würden. Die beiden einzigen Konflikte, die im Nachhinein als Kriege bezeichnet wurden, waren welche, die auf althergebrachte Weise stattgefunden hatten, auf der Oberfläche des Planeten: der Krieg auf den Felsen, 4878-4895, und der Krieg in den Wäldern, 4980-4985.

Als Kath Two in das Krähennest spazierte und von dem Dinaner mit dem lädierten Gesicht begrüßt wurde, war es 5003, also rund zwanzig Jahre nach dem Höhepunkt des Kriegs in den Wäldern. Der Dinaner sah aus, als könnte er um die vierzig sein. Die Narben in seinem Gesicht waren schon lange dort.

»Eins davon«, sagte sie und deutete mit dem Kopf auf einen Zapfhahn in ihrer Nähe, dessen handgeschriebenes Schild ihn als Apfelwein auswies.

»Kommt sofort«, sagte er. »Da du mir gegenüber benachteiligt bist, ich heiße Ty Lake.«

»Kurz für Tycho oder...«

»Tyuratam. Kleiner Zungenbrecher.«

Sein Akzent war der eines Indigenen. So war sie anhand dieses kurzen Dialogs imstande, einige Mutmaßungen über seine Geschichte anzustellen. Seine Eltern waren vermutlich Sooner gewesen, Leute also, die so begierig gewesen waren, dem eingefahrenen Leben in Weltraumhabitaten zu entfliehen, dass sie Wege gefunden hatten, hinunter auf die Oberfläche von der Neuen Erde zu gelangen, kaum dass TerReForm sie auch nur annähernd bewohnbar gemacht hatte. Da ein solches Verhalten gegen den Ersten Vertrag verstieß, der einige Jahrzehnte zuvor den Krieg auf den Felsen beendet hatte, versuchte man es zu unterbinden. Das Kommen und Gehen aus den größeren und älteren Habitaten des Rings wurde von den Behörden problemlos überwacht, sodass Sooner eher aus den Grenzgebieten an den Rändern der Friedhöfe und in der Nähe der beiden Schlagbäume aufbrachen. In Blau waren Dinaner unter den Soonern stark überrepräsentiert. Teklaner stellten eher die polizeiartigen Sicherheitskräfte, die dafür zuständig waren, sie aufzuspüren und ihre Menschenschmuggelringe zu zerschlagen, was in der Popkultur zu stereotypen Abbildungen von Dinanern als charismatischen Piraten und Teklanern als humorlosen Spießern führte. Jedenfalls war das der Fall gewesen, bis die Übergriffe der Sooner den Krieg in den Wäldern auslösten, in dessen Verlauf die überwiegend teklanischen Streitkräfte gezwungen gewesen waren, viele illegale dinanische Siedler zu retten. Heutige Darstellungen waren etwas differenzierter und ließen die älteren dagegen geschmacklos aussehen.

Kath Two hatte also Grund zu der Annahme, dass Tys Eltern als Sooner lange genug auf der Oberfläche ansässig gewesen waren, um zumindest einen dort geborenen Sohn zu haben. Die Verbindung zu Friedhöfen bedeutete, dass Sooner tendenziell Leute mit einem gewissen Maß an praktischen Fertigkeiten waren, sodass viele der frühen Sooner-Siedlungen unter technischen Gesichtspunkten solide gebaut worden waren, auch wenn ihre politische Kultur weit dahinter zurückgeblieben war. Ty war vermutlich in dieser Umgebung aufgewachsen und hatte sich mit Anfang zwanzig im Krieg in den Wäldern wiedergefunden. Irgendein wie auch immer gearteter Mubot – Details spielten hier keine Rolle – hatte seinen Weg durch Tys Rüstung gefunden (vorausgesetzt, er trug eine) und in seinem Gesicht Schaden angerichtet. Das war das, was die meisten Mubots besonders gut konnten. Im Gefecht war es häufig sinnvoller, kampfunfähig zu machen, als zu töten, und so kämpften Mubots wie Schimpansen, indem sie auf Gesicht, Hände und Genitalien zielten. Gesichter waren leicht zu erkennen und schwer zu fälschen und daher ein bevorzugtes Ziel. Ty konnte diese Verletzungen unter den verschiedensten Umständen erlitten haben, etwa bei einem Rot-auf-Blau-Überfall zwischen zwei rivalisierenden Sooner-Gemeinschaften, doch seine Haltung und sein Benehmen hatten etwas, das eine Verbindung zum Militär vermuten ließ, und so nahm Kath Two an, dass er offiziell rekrutiert worden war, um für die Blaue Seite zu kämpfen, und sich diese Verletzung bei einem regelrechten Gefecht zwischen organisierten militärischen Einheiten zugezogen hatte.

Wie es aussah, betrieb er diesen Laden. Das ergab sich aus der Art, wie er sowohl von Mitarbeitern als auch Gästen behandelt wurde. Dass ein Veteran eine Bar eröffnete, war an und für sich nichts Ungewöhnliches. Es war so normal, dass es fast als Klischee galt. Nicht ganz so leicht ließ sich allerdings erklären, wie so jemand Chef in dieser speziellen Immobilie werden konnte, die vermutlich mehr wert war als manch ein ganzes Weltraumhabitat.

Der Markenname auf dem Zapfhahngriff besagte, zusammen mit der Tatsache, dass er handgeschrieben war, dass dieses Getränk aus Äpfeln bestand, die von Bäumen auf der Neuen Erde gepflückt worden waren. Nach den Bestimmungen des Zweiten Vertrags, der den Krieg in den Wäldern beendet hatte, waren die einzigen Menschen, die auf der Erdoberfläche leben und Tätigkeiten wie der Pflege von Obstplantagen nachgehen durften, die Abkömmlinge der Sooner, die jetzt Indigene hießen. Die Tatsache, dass dieser Apfelwein hier vom Fass serviert wurde, war der Beweis dafür – oder eine perfekt angelegte Marketingkampagne zur Erweckung des Eindrucks –, dass Ty Lake enge Verbindungen zu mindestens einer Indigenengemeinde unterhielt und deren Erzeugnisse direkt aus ihrer Registrierten-Indigenen-Zone oder RIZ importierte. Das machte sie zu einer begehrten Luxusware, da die meisten Nahrungsmittel weitaus billiger und zuverlässiger in Habitaten produziert wurden. In einer RIZ hergestellte Getränke oder Lebensmittel zu sich zu nehmen war etwas für wohlhabende Kenner. Vielleicht, um bei Kath Two jede diesbezügliche Sorge zu zerstreuen, sagte Ty deshalb: »Aufs Haus«, als er das Glas auf den Untersetzer stellte.

»Das ist nett von dir«, sagte Kath Two, während sie ihren Blick zu der schwarzen Tafel über dem Tresen wandern ließ, wo sie eine schockierende Zahl als Preis angeschlagen sah.

»Im Gegenteil«, sagte Ty. »Normale Gefälligkeit einer Teamkollegin meiner Sieben gegenüber.«

Tyuratam Lake war also ihr Dinaner.

Das war sinnvoll, falls die Sieben irgendetwas auf der Oberfläche machen würde, irgendetwas, das mit einer RIZ zu tun haben könnte.

»Du bist ein bisschen früh dran«, sagte Ty. »Ein paar von den anderen sind schon da.« Er warf den Kopf zurück. Das hier sah aus wie eine jener Kneipen, die immer weitergingen, sich auf eine Weise in Nebengebäude und Hinterzimmer schlängelten, die kein Architekt gutheißen würde, es sei denn, er war ein sehr durchtriebener Vertreter seiner Zunft. Daher schloss Kath Two, dass er sich auf eine Art Hinterzimmer oder Kemenate bezog, wo sie von sich aus nicht hinfinden könnte. »Sind zum Hintereingang reingekommen«, fügte er hinzu.

»Es gibt einen Hintereingang?«

»Es gibt immer einen Hintereingang.«

»Doc?«

»Ist vor einer halben Stunde aufgetaucht.«

Ein überfülltes Lokal auf dem Capitol Hill durch den Vordereingang zu betreten hätte für den wichtigsten lebenden Architekten der TerReForm bedeutet, alle möglichen unnötigen Störungen auszulösen. Man würde Doc erkennen. Menschen würden ihre Wichtigkeit demonstrieren wollen, indem sie zu ihm hingingen und sich ihm vorstellten. Mit der Zeit würde es anstrengend werden und ihn erschöpfen. Die Leute würden darüber sprechen und dadurch vielleicht sogar die Mission, für die die Sieben zusammengestellt wurde, vermasseln. Natürlich hatte Doc den Hintereingang benutzt.

»Sonst noch jemand?«, fragte sie.

»Außer der Krankenschwester? Nur der große Typ.«

Beled war also auch schon da. Jedenfalls nahm sie das an, bis einige Minuten später Beled durch dieselbe Tür hereinspazierte, die sie selbst benutzt hatte. An der Art, wie er sich in dem Raum umsah, war zu erkennen, dass er vorher noch nie hier gewesen war.

Rasch machte er Kath Twos Gesicht aus. Er zeigte keine Reaktion, steuerte aber direkt auf sie zu. Kath Two hatte den letzten freien Barhocker genommen, doch Beled durchquerte die Menge, was ihm nicht schwerfiel, da die Leute ihm eher auswichen, und stellte sich hinter sie, so nah, dass sie seine Wärme an ihrem Rücken spüren konnte. Die Bestellung eines Biers von einer beliebten, aber billigen Marke gab Beled bei einer Mitarbeiterin Tys auf: vermutlich einer camilanisch-julianischen Frau, die leicht exotisch aussah. Ty war weitergezogen und kümmerte sich um seine Rechnung. Kath Two nahm nach einem Blick auf ihren

Zeitmesser an, dass Ty Feierabend machen wollte, damit er mit ihnen nach hinten in den Raum gehen konnte, wo sie ihr Meeting abhalten würden. Als die Frau hinterm Tresen das Bier aus ihrer kleinen Hand in Beleds Pranke schob, drehte sich Kath Two zu ihm um, stieß mit ihrem Glas gegen seins und sagte: »Auf die Sieben.«

Einen Moment war Beled noch damit beschäftigt, sich auf etwas übertrieben höfliche Weise bei der Barfrau zu bedanken, nickte aber dann und wandte sich mit seinem Glas Kath Two zu. Sie erzählte ihm, was sie über Tyuratam Lake wusste, und Beled verbrachte die nächsten Minuten damit, den Dinaner aus der Ferne zu taxieren und wer weiß was für Schlüsse zu ziehen.

Ty war gerade mit seinem Schreibkram fertig geworden und erregte, als er sich um die Ecke des Tresens zwängte, Kath Twos Aufmerksamkeit. Sie konnte sehen, dass es für ihn gar nicht so einfach war, sich aus der Gesellschaft des Krähennests herauszuziehen, denn viele kannten ihn und wollten ihm hallo sagen. Er schien jedoch eine Haltung und einen Gang angenommen zu haben, die ihn so beschäftigt aussehen ließen, dass niemand wagte, ihn zu stören.

Kath Two fand es schwierig, auf dem mäandernden Weg durch die verschiedenen Räume und Korridore mit Ty mitzuhalten, und ließ Beled schließlich den Vortritt, damit er ihr den Weg bahnte. Da Beled viel größer und breiter war als sie, konnte sie allerdings kaum noch sehen, was vor ihnen lag. Erst mit der Zeit wurde ihr klar, dass sie sich in einem langen, abfallenden Korridor mit Steinfußboden befanden, dessen Steinwände, um sie wärmer erscheinen zu lassen, mit Holz verkleidet waren. Verschiedene Türen gingen von ihm ab, doch Ty steuerte auf die an seinem Ende zu und machte sie auf. Kath Two sah warmes Licht herausdringen, das von dem polierten Stein zwischen Beleds Beinen und der Holzvertäfelung um seine Schultern zurückgeworfen wurde.

»Willkommen im Schlupfloch«, sagte Ty.

Kath Two folgte Beled in den Raum und stieß dann mit seiner Rückseite zusammen, prallte von ihm ab und wich einen Schritt zurück. Beim Eintreten war er abrupt stehen geblieben und dann, einen Fuß vor dem anderen und geradeaus gerichtet, leicht in die Hocke gegangen. Sich um ihn herumwindend folgte Kath Two seinem Blick und dem Azimut seines Zehs quer durch den Raum.

Der Unterschlupf war ein gemütlicher kleiner Raum mit einem ovalen Tisch, der für sieben gerade groß genug war. Doc saß am nächsten zur Tür, flankiert von Memmie und seinem Roboter. Ihm gegenüber saß Ariane Casablancowa. Am anderen Ende des Tisches mit dem Gesicht zur Tür saß der Mann, den Ty mit »der große Typ« gemeint hatte. Wegen seiner Position hinter dem Tisch waren von ihm nur Kopf, Schultern und Arme zu sehen. Die Arme schienen lang und ziemlich schwer gebaut zu sein. Womit »der große Typ« allerdings wirklich Aufmerksamkeit erregte, war die Architektur seines Schädels. Sein Kopf sah aus, wie der Kopf eines normalen Menschen aussehen würde, wenn er über das Erwachsenenalter hinaus in eine noch ausgeprägtere Phase der Entwicklung wachsen würde. Dicke rötlich braune Augenbrauen vermochten nur leidlich einen vorstehenden Knochengrat über den Augen zu verbergen. Als Kath Two den Mann zum ersten Mal sah, leerte er gerade ein Bierglas, das in seiner Hand noch kleiner wirkte als in Beleds; als er es aber abstellte und damit die untere Hälfte seines glattrasierten Gesichts freigab, sah sie die Anordnung seiner Kiefer und die Größe seiner Zähne und begriff, dass das siebte Mitglied der Sieben nicht irgendein Aïdaner, sondern ein Neoander war.

Urmutter Aïda hatte im Verlauf von dreizehn Schwangerschaften sieben Stämme begründet. Die Fehlgeburtenrate war so hoch gewesen, weil die Veränderungen, die sie von Urmutter Moira verlangt hatte, so extrem gewesen waren. Dafür hatte sie bereitwillig einige Aborte in Kauf genommen, weil sie davon ausging, dass sie im Vergleich zu den anderen Urmüttern außer Camila noch jede Menge Zeit bis zur Menopause haben würde. Und in Camila sah sie keine Konkurrentin, denn diese wollte ja einen Typ Mensch aufziehen, der nicht geneigt war, mit irgendjemandem in Konkurrenz zu treten.

Die Urmütter, denen für den Rest ihres Lebens nur ein geringes Volumen bewohnbaren Raums auf Kluft zur Verfügung stand, waren in vielerlei Hinsicht verarmt. An Information allerdings besaßen sie einen unerschöpflichen Reichtum. Im Prinzip hatten sie Zugriff auf jedes Dokument, das je digitalisiert worden war, zumindest so lange, bis die Speichermedien, auf denen das alles archiviert war, ihre Haltbarkeit verloren: ein Verfall, der in geringem Umfang begonnen hatte, jedoch erst Jahrzehnte später schwerwiegendere Auswirkungen haben würde.

Aïda fing an, die Humangenetik zu erforschen. In dem Maße, wie ihr Genom der letzte Ausdruck eines langen historischen Prozesses war – einer dichten und geheimnisvollen Codierung von allem, was ihre Vorfahren gelernt hatten, indem sie es schafften, lange genug zu überleben, um sich fortzupflanzen –, bedeutete das auch, etwas über die Geschichte der menschlichen Evolution zu erfahren. Ihr Genom war, wie das sämtlicher Archies, sequenziert und evaluiert worden, bevor sie die Erde verlassen hatte. Eine Kopie des Berichts war ihr zugegangen. Er enthielt Informationen darüber, aus welchen Teilen der Welt ihre Vorfahren gekommen waren. Vieles davon entsprach durchaus dem, was man bei einer Italienerin erwarten würde, aber es gab auch Details, von denen sie nichts gewusst hatte, wie etwa genetische Verbindungen zu nordafrikanischen Juden, zu einem isolierten Stamm im Kaukasus und zu den nordischen Völkern. Anhand bestimmter genetischer Marker war außerdem klar, dass sie, wie viele Europäer, einen Teil Neandertaler in sich trug.

Als Geschichtswissenschaftler später die brotkrumenartigen Spuren analysierten, die Aïda in den Computerprotokollen hinterlassen hatte, kamen sie zu dem Schluss, dass die Urmutter annähernd so viel Zeit darauf verwendet hatte, die Genome der Vier, die sie als ihre direkten Konkurrentinnen betrachtete, wie ihr eigenes zu untersuchen. Und innerhalb der Vier nahm das Studium von Moiras Genom so viel Zeit in Anspruch wie das von Dinahs, Teklas und Ivys zusammen. Das lag daran, dass Moira afrikanischer Abstammung und Aïda zusehends von der Vorstellung fasziniert war, dass Afrikaner mehr genetische Vielfalt in ihren Genomen trugen als Nichtafrikaner, was einfach der Tatsache geschuldet war, dass die Menschheit auf diesem Kontinent ihren Anfang genommen und sich von dort ausgebreitet hatte. Nichtafrikanische Linien waren von isolierten Abenteurergruppen begründet worden. Indem sie sich untereinander fortpflanzten, hatten sie Genpools geschaffen, die zwangsläufig auf das begrenzt waren, was sie mitgebracht hatten: nur eine Teilmenge dessen, was in Afrika vorhanden war. Anhand dieses Gedankens hatte man sich zum Beispiel erklärt, warum Afrika sowohl die größten als auch die kleinsten Menschen auf der Welt hervorbrachte und warum so viele Spitzensportler Afrikaner waren. Das lag nicht daran, dass sie von Natur aus bessere Sportler waren, sondern dass die glockenförmige Kurve zufälliger genetischer Variation breiter war. Auf jeden Afrikaner, der großartige sportliche Leistungen vollbrachte, kam vermutlich ein anderer, der jämmerlich unkoordiniert war, nur schenkte dem niemand Beachtung. Ob das nun eine stichhaltige Theorie war oder nicht, Tatsache war, dass Aïda sie voll und ganz schluckte und als Grundlage für ihre genetische Strategie in dem Großen Spiel benutzte. Und in dem Maße, wie die Vier sich überhaupt die Mühe machten, Gegenstrategien zu entwickeln, mussten sie das in Betracht ziehen. Die bloße Existenz von Moiranern als ethnische Gruppe resultierte daraus. Statt zu versuchen, allen

Machenschaften Aïdas bis ins Detail, Basenpaar für Basenpaar, zu folgen, hatte Urmutter Moira beschlossen, an jenen Aspekten des Genoms herumzubasteln, die die Epigenetik steuerten, was ihre Kinder zu Schweizer Messern machte.

Tekla war für Aïda ein leichteres Ziel gewesen, da sie ja frei heraus geäußert hatte, was sie an einer künftigen ethnischen Gruppe für erstrebenswert hielt. Man konnte ohne weiteres sehen, dass Teklas Kinder starke, disziplinierte, furchterregende Kämpfer sein würden. Und man brauchte kein militärisches Genie zu sein, um zu verstehen, dass in absehbarer Zukunft – in mehreren Jahrtausenden des Eingeschlossenseins in Weltraumkolonien – ein Kampf immer Mann gegen Mann und aus nächster Nähe geführt werden würde. Soweit Gewalt als Faktor in der menschlichen Geschichte bestehen blieb, würde es eine Ausprägung von Gewalt sein, die auf Größe, Stärke und Zähigkeit setzte. Falls Geschichte als Anhaltspunkt diente, würden am Ende diejenigen, die im Ausüben von Gewalt am besten waren, über alle anderen regieren. Aïda hatte nicht die Absicht, ihre Kinder von Teklas Söhnen und Töchtern beherrscht zu sehen.

Sie hätte es einfach so wie Tekla machen und Versionen von sich selbst erzeugen können, bei denen bestimmte Eigenschaften in Bezug auf Sportlichkeit verändert wurden. Stattdessen hatte sie sich zunehmend für das ungewohnte Detail in ihrem genetischen Protokoll begeistert und ein Programm zur Wiedererweckung der Neandertal-DNS in Angriff genommen, die, so stellte sie es sich jedenfalls vor, über Zehntausende von Jahren in ihren Zellkernen und denen ihrer Vorfahren geschlummert hatte. Es war eine etwas verrückte Idee, und Aïda hatte ohnehin nicht genug Neandertaler in sich, um sie realisierbar zu machen, aber immerhin erzeugte sie eine Linie von Menschen mit leicht neandertalartigen Zügen, und in späteren Jahrhunderten hatten die Prozesse der Karikaturisierung, Isolierung und Verbesserung – die alle Abstammungslinien in einem gewissen Ausmaß durchlaufen hatten – bei dieser Untergruppe besonders ausgeprägte Veränderungen bewirkt. Gensequenzen vom Zeh eines echten Neandertalerskeletts, das man auf der Alten Erde gefunden und vor Null sequenziert hatte, kamen hier zur Anwendung. Aus paläontologischen Zeitschriften der Alten Erde waren auf dem Weg des Data-Minings statistische Daten über Knochenlänge und Muskelansätze gewonnen worden, die dann fest in die Neoander-Wetware eingebaut wurden. Der Mann, der am Ende des Tisches saß, war das künstliche Produkt von Fortpflanzung und Gentechnik, aber wenn man ihn in die Zeit des prähistorischen Europa hätte zurückschicken können, wäre er, zumindest in seiner äußeren Erscheinung, nicht von originären Neandertalern zu unterscheiden gewesen.

Die Schaffung der neuen ethnischen Gruppe war schrittweise vonstattengegangen, über Jahrhunderte hinweg. Als die Neoander schließlich existierten, war es zu spät, sich mit der nebensächlichen Frage zu beschäftigen, ob es wirklich eine gute Entscheidung gewesen war, sie zu erzeugen. Während der allmählichen Abgrenzung von den anderen Ethnien hatten sie eine ganz eigene Geschichte und Kultur entwickelt, auf die sie genauso stolz waren wie jede andere ethnische Gruppe auf die ihren.

Wie zu erwarten, hatte diese Geschichte viel mit ihrem Verhältnis zu den Teklanern zu tun, das, wie vorherbestimmt, weitgehend kämpferischer Natur war. Auf ihr einfältigstes und dümmstes Gerüst reduziert, lautete die teklanische Seite der Geschichte, dass Neoander gefährliche Affenmenschen waren, die von einer verrückten Urmutter als Fluch über die anderen sechs Abstammungslinien hervorgebracht worden waren. Auf Neoanderseite war man der Ansicht, Teklaner seien das, was Hitler produziert hätte, wenn er über gentechnische Labore verfügt hätte, und es sei eine verdammt gute Sache, dass Urmutter Aïda die Weitsicht besessen habe, eine Gegenmacht aus derben, warmherzigen, aber unglaublich starken und gefährlichen Beschützern zu schaffen.

Viel von diesem aggressiven Verhältnis hatte an Bedeutung verloren, als die taktische Landschaft von Katapulten und Mubots beherrscht wurde und Körperkraft für den Ausgang von Kämpfen nicht mehr so wichtig war. Die alte ursprüngliche Feindseligkeit blieb jedoch bestehen und erklärte, warum sich Beled als unmittelbare Reaktion beim Betreten eines Raums, in dem ein Neoander saß, auf einen Kampf Mann gegen Mann einstellte.

Doc beschloss, das zu ignorieren. *Falls er es überhaupt bemerkt*, dachte Kath Two, war sich aber ziemlich sicher, dass Doc alles bemerkte. »Beled, Kath, ich glaube nicht, dass ihr Langobard schon kennt.«

Das war ein ziemlich weitverbreiteter aïdanischer Name.

»Kurz Bard«, bot Langobard an.

»Langobard, darf ich Ihnen Beled Tomow und Kath Amalthowa Two vorstellen?«

Bard erhob sich zu seiner vollen Größe, die gar nicht mal so beeindruckend war, während er das beide Hände erfordernde aïdanische Begrüßungsritual vollführte. Dann streckte er den beiden über eine scheinbar unüberwindliche Distanz hinweg seine rechte Hand hin. Beled widerstrebte es immer noch, sich zu bewegen, und so trat Kath Two vor und reichte Bard die Hand. Sie hatte noch nie einen Neoander berührt. Selbst in Rot waren sie irgendwie selten geworden, denn von der existierenden Population hatten sich viele auf die Neue Erde begeben, um Indigene zu werden. In Blau sah man ganz selten welche. Langobard nahm mit ausgesuchter Zartheit ihre Hand, ließ sie in einer fleischigen Pranke mit Fingern so groß wie Babyarme versinken und drückte sie so behutsam wie möglich. Er war glattrasiert und sorgfältig zurechtgemacht, in seinem guten Stoffanzug, der wirklich passte – was Kath Two zu der Überlegung veranlasste, wo ein solcher Mensch wohl einen Schneider fand. Bard hatte eine leicht belustigte Miene, so als wüsste er, was sie dachte. »Entzückt«, sagte er mit einem leichten Nicken, das die Größe und Masse seines Kopfes noch unterstrich. Und nachdem sie das Nicken erwidert hatte, gab er ihre trotz allem unversehrte Hand frei und streckte die seine Beled entgegen. »Lieutenant Tomow? Freut mich, Sie kennenzulernen. Was wird's denn? Hieb ins Gesicht? Handschlag? Oder eine herzliche Umarmung?« Er schwang seine Hand zurück, während er den anderen Arm, dessen Spannweite seine Körpergröße übertraf, so ausstreckte, als wollte er Beled quer über den Tisch umarmen. Das löste die Spannung immerhin so weit, dass Beled sich schließlich zu einer weniger bedrohlichen Haltung verstand, salutierte und seinerseits die Hand ausstreckte. Die Hand des Teklaners ergriff die des Neoanders nur wenige Zentimeter von Kath Twos Gesicht entfernt. Sie konnte die Knöchel knacken hören, während die beiden die Kraft ihres Gegenübers testeten. Jenseits dieses Spektakels stand Ty und beobachtete es mit einem gar nicht so leicht zu deutenden Ausdruck, weil die beschädigte Seite seines Gesichts ihr zugewandt war. Sie glaubte jedoch ein gewisses Maß an ironischer Belustigung, vielleicht durch Ehrfurcht ein wenig gedämpft, zu entdecken.

Ty fing Kath Twos Blick auf, schüttelte dann den Kopf und schnaubte.

»Ich hoffe, ich bin nicht zu gut angezogen«, bemerkte Bard, nachdem er und Beled sich endlich ohne Zwischenfall losgelassen hatten. »Ich übertreibe es manchmal, wenn ich auf die Wiege komme.«

»Passiert das oft?«, fragte Ty. Kath Two war klar, dass Bards Bemerkung eine Gesprächseröffnung und nicht nur eine nüchterne Feststellung gewesen war. Ty mit den sozialen Reflexen des dinanischen Barkeepers hatte sie als solche erkannt und bereits nachgefasst.

»Es ist wirklich erstaunlich, dass wir uns noch nie über den Weg gelaufen sind«, sagte Bard an Ty gewandt, Kath Two jedoch aus dem Augenwinkel im Blick. Erst als sie sich auf einem der freien Stühle niedergelassen hatte, setzte er sich wieder hin. Er nahm das leere Glas. »Auf deiner Getränkeliste habe ich gesehen, dass du ein paar Oberflächenprodukte in deinem Keller hast. Übrigens danke für das Bier.«

»Sehr gerne«, sagte Ty.

»Ich habe den größten Teil meines Lebens auf der Oberfläche verbracht«, erklärte Bard, »wo ein paar Mitglieder meines Clans Trauben anbauen. Wir produzieren Wein. Unsere Hauptabnehmer sind Restaurants auf der Wiege, obwohl wir ein paar Kisten auch an private Keller in der Großen Kette liefern.«

»Na, das ist ja eine Erklärung dafür, dass wir uns noch nicht begegnet sind«, sagte Ty.

Für Kath Two hieß das so viel wie: *Solche Spitzenweine hat das Krähennest generell nicht auf Lager*, doch Bard erwiderte kurz darauf mit verschmitzter Miene: »Hattest du an eine andere Erklärung gedacht, Ty?«

»Wo hat Ihr Clan seinen Weinberg?«, fragte Beled. Und fügte in dem etwas verspäteten Bemühen, das abzumildern, hinzu: »Wenn ich fragen darf.«

»Oh, das ist kein Geheimnis«, sagte Bard. »Antimer. Nicht weit von der Demarkationslinie entfernt.«

Kath Two wusste nicht viel über den Ort, sah ihn aber vor ihrem geistigen Auge: eine halbmondförmige Inselgruppe in den mittleren Breiten zwischen den Aleuten und Hawaii. Es war der Rand eines gewaltigen Einschlagkraters. Manche der Inseln waren ziemlich groß. Die größte von ihnen überspannte den Antimeridian – 180 Grad östlich oder westlich von Greenwich –, der Ursprung des Namens. Der größte Teil des Archipels lag jedoch östlich von dort und erstreckte sich bis über die geografische Länge von 166 Grad, 30 Minuten West. Das war der Standort eines der beiden Schlagbäume, die die Aïdaner quer über den Ring gebaut hatten. Er lag so weit westlich, wie das Auge sich bewegen konnte, und diente somit als Grenze zwischen Rot und Blau. Eine Landgrenze gab es allerdings kaum, denn er befand sich mitten im Pazifik, der ungeachtet aller Bemühungen des Harten Regens immer noch weitgehend eine leere Wasserfläche war. 166/30 verlief durch Beringia: die Verbindung von Alaska mit dem östlichsten Teil Sibiriens. An solchen Orten existierte tatsächlich eine Landgrenze, ebenso wie in dem Teil von Antimer mit dem etwas milderen Klima, der ein paar Tausend Kilometer Richtung Süden lag. Das war die »Demarkationslinie«, auf die Bard angespielt hatte, wohlweislich jedoch ohne zu erwähnen, auf welcher Seite davon sich der Weinberg tatsächlich befand. Die Grenze war verschwommen. In einer so dünn besiedelten Welt war es nicht notwendig, sich um strikte Einhaltung zu bemühen. Die viel längere Landgrenze bei 90 Grad Ost, über Dhaka, verlief querbeet, schweifte nach Norden über den breitesten Teil Asiens und wand sich hierhin und dorthin, um Krater, den Himalaja und andere Komplikationen zu umgehen.

Das allgemeine Bild, das Bard daher in einigen wenigen Worten vermittelt hatte, sah etwa so aus: Sein »Clan« – was immer das bedeutete – von Neoandern hatte sich hinunter auf die Oberfläche begeben, kaum dass sie bewohnbar geworden war. Sie hätten Sooner gewesen sein können (was Kath Two bei Tyuratam Lake angenommen hatte), aber angesichts ihrer Abstammung war es wahrscheinlicher, dass sie Angehörige des Militärs gewesen waren, die man hinunter nach Antimer, einem recht einladenden Stück Land, geschickt hatte, um es zu sichern. Der größte Teil der Antimer-Kette lag nämlich auf der Roten Seite der Demarkationslinie und stellte ein wertvolles Besitztum dar. Allerdings besaß es diese störende Erweiterung auf die andere Seite, wo Blau, wenn es wollte, einen Brückenkopf errichten konnte. Von dort aus könnten, falls der Vertrag scheiterte, militärische Übergriffe nach Westen durchgeführt werden. All diese Dinge hatten sich während des Kriegs in den Wäldern ereignet. In den Vertragsverhandlungen, die ihn beendet hatten, hatte Rot Anstrengungen unternommen, ganz Antimer für sich zu reklamieren – indem es faktisch eine kleine Abweichung ostwärts in der Demarkationslinie festgelegt hatte, die sie von diesem speziellen Dorn in der Seite befreien würde. Über diesen Punkt war noch keine Einigung erzielt worden, sodass er strittig blieb. Hätten dort mehr Menschen gelebt, wäre es vielleicht eine entmilitarisierte Zone gewesen, ein Niemandsland, mitsamt den Vorrichtungen, die im Kalten Krieg an umstrittenen Grenzverläufen üblich gewesen waren. Unter den gegebenen Umständen war jedoch alles verschwommen. Es herrschte stillschweigendes Einvernehmen darüber, keinen Aufruhr zu entfachen. Allerdings waren zu beiden Seiten der Demarkationslinie vermehrt militärische Ansiedlungen und/oder Survey-Anlagen entstanden, nur damit man alles im Blick hatte. Die naheliegende Erklärung dafür, dass dort viele Neoander lebten, war, dass sie als Angehörige der Streitkräfte hinuntergeschickt worden waren und ihre Familien mitgenommen hatten. Nach Ende ihrer Dienstzeit hatten sie das Angebot ausgeschlagen, an ihren Ursprungsort, welches überfüllte Weltraumhabitat auch immer, zurückzukehren, und sich stattdessen im Hinterland, das als sehr angenehmes Lebensumfeld galt, ausgebreitet. Das war eigentlich illegal, doch die Behörden von Rot hatten vermutlich in der Annahme, dass die Besiedlung der Gegend mit Neoandern nur ihre Kontrolle darüber festigen würde, zwei Augen zugedrückt.

Das Neandertaler-Erbe der Neoander war frei erfunden und wurde dennoch von jedermann mehr oder minder ernst genommen – gleichsam eine einvernehmliche historische Halluzination. Aïda und einige ihrer übel gesinnten Nachkommen hatten vielleicht gehofft, es würde Angst oder zumindest Respekt vor dem

Kampfesmut dieser ethnischen Untergruppe einflößen. Manche Neoander sonnten sich darin. Viele von ihnen bevorzugten allerdings eine revisionistische Sicht der Neandertaler-Geschichte, die sie als ausgesprochen intelligente (ihre Gehirne waren größer als die »moderner« Menschen), künstlerisch begabte und grundsätzlich friedfertige Ureuropäer darstellte. Eher intellektuell veranlagte Neoander hielten darüber Seminare ab, während mehr praktisch orientierte versuchten, danach zu leben. Dafür gab es keinen besseren Ort, musste Kath Two einräumen, als Antimer mit seinem gemäßigten, an Europa erinnernden Klima. Und so war es vollkommen plausibel, dass eine Gruppe von Neoandern, die Rot als Stoßtrupps hinuntergeschickt hatte, innerhalb von ein oder zwei Generationen zu Weinbauern in dieser unklar definierten Grenzregion nahe der Demarkationslinie geworden war und, als die Weinberge ihre Reife erlangt hatten, Wein im Ring zu verkaufen versuchte. Da der Markt anfänglich aus hochkarätigen Kennern und Restaurants bestanden haben dürfte, musste ein Mitglied des Clans, das gepflegt war, gute Manieren besaß und wusste, wie man sich kleidete, an Orten wie der Wiege kommerzielle Kontakte knüpfen.

Dieses ganze Bild oder etwas Ähnliches entstand, kaum dass die Worte ausgesprochen waren, vor dem inneren Auge von Kath Two und, vermutlich, Ty, Beled und den anderen. Doch Tys Bemerkung – *das ist ja eine Erklärung dafür, dass wir uns noch nicht begegnet sind* – und Bards Nichtantwort – *hattest du an eine andere Erklärung gedacht?* – hingen immer noch ungelöst in der Luft. Wollte Ty etwa Bards Geschichte in Frage stellen? Der Ausdruck in Arianes Gesicht, während sie den Neoander betrachtete, war nicht das, was man freundlich nennen würde. Aber natürlich war die Julianerin argwöhnisch und suchte nach anderen Erklärungen als den offensichtlichen.

Das schien auch Ty bemerkt zu haben; seine Blicke sprangen zwischen Ariane und Bard hin und her.

Bard sah zu Ty auf und lächelte, wobei seine gewaltige Oberlippe sich zurückzog, um die Reihe gelblicher Emailbrocken freizulegen, die in seinen Oberkiefer eingepflanzt waren. »Ich wette, wenn unsere Sieben längere Zeit zusammen ist, werden Tyuratam und ich allerhand Gelegenheit haben, uns farbenreiche Geschichten darüber zu erzählen, was unsere Familien im Laufe ihrer Jahrzehnte auf der Oberfläche so getrieben haben.«

Was die Frage nicht beantwortete. Aber es war charmant, und es lenkte vom eigentlichen Punkt ab, indem es in den Raum stellte, dass Tyuratam Lakes Vorgeschichte, sollte er sich entschließen, mit ihnen darüber zu sprechen, wahrscheinlich ebenso kompliziert war wie die von Langobard. Vielleicht versuchte er auch ein bisschen, den anderen ein schlechtes Gewissen einzureden, indem er sie implizit fragte, warum sie so neugierig auf den Neoander waren, wo andere Mitglieder der Sieben doch vielleicht auch eine genauere Untersuchung wert wären.

Ariane lehnte sich auf ihrem Stuhl zurück und gab vor, ihre Fingernägel zu betrachten. Sie war überhaupt nicht zufrieden. Indem sie sich einen Moment lang in das Denken einer Julianerin versetzte, stellte sich Kath Two vor, wie es für sie aussehen musste: ein Wesen, das von Verrückten selektiv dazu gezüchtet worden war, mit den bloßen Händen zu töten, dabei jedoch auch außergewöhnliches Geschick in seinen sozialen Interaktionen zeigte.

»Ich bin, was ich bin«, sagte Ty.

»Und das wäre?«, fragte Ariane.

»Barkeeper. Der sich immer freut, neue Bekanntschaften zu machen.« Er nickte Bard zu. »Oder Gästen etwas zu trinken zu bringen. Jemand durstig?«

Niemand gab zu, durstig zu sein.

»Nach Getränken, meinte ich«, fügte Ty hinzu. »Nach Wissen dürstet es uns bestimmt alle.«

Doc gefiel das. »Wissen im Allgemeinen, Tyuratam?«

»Ach, ich würde auf Stromness leben, wenn ich ein Mann für Wissen im Allgemeinen wäre«, sagte Ty. »Ein Sammler von Fakten. Nein, ich gehe eher nach Nützlichkeitserwägungen.«

»Heißt das, Sie möchten wissen, weshalb wir hier sind?«, sagte Doc.

Ty schien die Frage allzu unverblümt zu finden und zog den Grat aus Narbengewebe hoch, der einst eine honigfarbene Augenbraue gewesen war. »Wenn Sie gern etwas darüber sagen möchten, würde ich gern zuhören«, räumte er ein. »Wenn nicht, nun, dann bin ich bereit, mit auf die Reise zu kommen – bis zu einem gewissen Grad.«

Darauf blickte Doc auf eine Weise quer über den Tisch zu Ariane, dass in Kath Twos Kopf die Alarmglocken schrillten. Er übergab ihr die Leitung des Meetings. Vielleicht ginge es zu weit zu sagen, dass sie jetzt zuständig war; aber vermutlich stand sie in Verbindung mit der Person, die es tatsächlich war.

»Unsere Operationen werden überwiegend auf der Oberfläche stattfinden«, sagte sie. »Das haben Sie womöglich schon aus der Tatsache geschlossen, dass wir keine Mühen gescheut haben, Indigene« – ihr Blick ging zu Ty und Bard – »und Survey-Personal« – dabei nickte sie Kath Two und Beled zu – »einzubeziehen.« Die letzte Geste veranlasste Ty zu einem weiteren mokanten Schnauben, womit er anscheinend zum Ausdruck bringen wollte, wie unglaubwürdig es war, dass ein Mann, auf den das Profil von Lieutenant Tomow passte, ernsthaft als Mitglied des Surveys durchgehen sollte. Ariane warf Ty einen kühlen Blick zu, als wollte sie sagen: *Fangen Sie bloß nicht damit an*, ehe sie fortfuhr: »Und die langjährige Verbindung zur Oberfläche, die Doc und Memmie verkörpern, brauche ich Ihnen wohl nicht weiter zu erläutern.«

Auffällig war nun, dass Ariane selbst auf der Liste fehlte, aber falls ihr die Unterlassung bewusst war, zeigte sie es nicht. Damit blieb es jedem selbst überlassen, Vermutungen und Thesen darüber aufzustellen, auf welche Weise ihre Laufbahn – was immer sie ausmachte – mit der Oberfläche verbunden war.

»Diskretion ist wichtig«, sprach Ariane weiter, »weshalb wir hauptsächlich aus der Wiege heraus operieren und atmosphärische oder oberflächengebundene Transportmittel verwenden werden.« Was so viel hieß wie Flugzeuge und Dinge, die über die Oberfläche der Neuen Erde krochen, im Gegensatz zu Raketenschiffen, Bolos und Aitken-Kucharski-Vorrichtungen wie Riesenpeitschen. »Nach Möglichkeit werden wir die Wiege zu Fuß betreten und verlassen – über die unterirdischen Wege, die durch Sockel ermöglicht werden.«

»Wann ist der nächste ...«, begann Kath Two zu fragen.

»Cayambe«, unterbrach Ariane. »Heute in zwei Tagen.«

»Dann reisen wir von Cayambe nach Beringia über die Oberfläche?«, fragte Kath Two.

Ty und Bard sahen sie neugierig an.

»Von Beringia habe ich nichts gesagt«, betonte Ariane. »Es liegt aber auf der Hand, wohin wir gehen«, sagte Kath Two. »Dorthin sind Beled und ich – und eine Menge anderer Leute – zur Erkundung geschickt worden. Und dort habe ich gesehen, was ich gesehen und wovon ich Beled erzählt habe. Das hat doch dieses ganze Ding hier so dringend gemacht, stimmt's?«

»Es hat sich schon länger zusammengebraut. Jahre«, sagte Ariane. »Aber Sie haben nicht unrecht.«

»Ty kommt aus diesem Teil der Welt – das erkenne ich an seinem Akzent. Bard kommt von weiter südlich, von Antimer«, fuhr Kath Two fort.

»Vom Sockel Cayambe aus werden wir uns in Richtung Norden halten, ja«, sagte Ariane.

»Ein verdammt langes Stück Richtung Norden«, gab Ty zu bedenken.

»Es hindert uns niemand daran, den Luftweg zu nehmen«, erinnerte ihn Ariane.

»Wenn wir einen Gleiter bekommen, der groß genug ist«, warf Kath Two ein, »wird die Leewelle uns innerhalb von ein oder zwei Tagen geradewegs die Anden, die Sierras und die Kaskaden hinaufbringen.«

»Ich bin ziemlich zuversichtlich«, sagte Ariane, »dass wir einen solchen Gleiter bekommen.«

Die Unterseite der Wiege, sichtbar nur für Leute, die am Boden standen – am Äquator, um genauer zu sein – und zu ihr aufblickten, war flach und weitgehend eiförmig, in Richtung ihrer Ost-West-Bewegung allerdings langgestreckt. Bei näherer Betrachtung war ihre zumeist glatte Oberfläche hier und da durch kleine Luken, sorgfältig gearbeitete Vorwölbungen, Öffnungen und andere Details unterbrochen. Diese waren auf der ansonsten strukturlosen Fläche auf eine Weise verteilt, die darauf hinwies, dass hier jemand mit geordnetem Verstand am Werk gewesen war und sich mit Komplikationen beschäftigt hatte, die sich aus den Asymmetrien der Stadt darüber ergaben.

An verschiedenen Stellen entlang des Äquators der Neuen Erde hatte man den Boden freigeräumt und geebnet und verstärkte Betonplatten ausgelegt. Diese hatten dieselbe Größe und Form wie die Wiegenunterseite und waren ebenfalls mit Luken und Öffnungen versehen, die denen an der Wiege entsprachen. So konnte die Wiege passgenau in einen dieser Sockel gesetzt werden, wenn sich das Auge zufällig genau darüber befand. Dort konnte sie sich dann für Stunden oder Tage aufhalten, Güter ein- oder ausladen und anderweitig mit der Umgebung in Austausch treten. Sie blieb allerdings nie lange, denn sie musste ja den Bewegungen des Auges folgen, das ständig zu irgendeiner anderen Stelle im Ring unterwegs war.

In solchen Momenten würde ein von erdumkreisenden Tethers und Ähnlichem unbeleckter Wanderer, der gerade aus dem Wald heraustrat oder den Gipfel eines Bergs in der Nähe erreichte und plötzlich die Wiege vor Augen hatte, sie als eine normale, das heißt eine feststehende Stadt wahrnehmen. Der Eimerhenkel, der sich hoch über ihre Oberseite wölbte, war zwar ein deutlicher Hinweis darauf, dass sie irgendetwas Merkwürdiges an sich hatte. Doch abgesehen davon sah sie in diesem Umfeld aus wie eine etwas isolierte Bergfestung.

Einige der bekannteren Sockel hatten begonnen, Randbezirke auszubilden: ringförmige Städte, die immer dann zum Leben erwachten, wenn die Wiege sich dort aufhielt. Die meisten vermittelten einem das Gefühl und erfüllten auch alle den Zweck von Militärbasen, wissenschaftlichen Einrichtungen und Grenzvorposten. Man hatte sich immer vorgestellt, dass mit der Zeit viele davon entstehen würden, die dann, entsprechend dem in weiter Ferne darüber befindlichen Habitatring, einen Ring um den Äquator bilden sollten, und dass diese, wenn die Neue Erde erst einmal zur allgemeinen Besiedlung freigegeben war, zu bedeutenden Städten wachsen würden. Eine dieser Städte jetzt zu besuchen, Jahrhunderte vor ihrer Blütezeit, war etwas gewöhnungsbedürftig – ein bisschen, wie auf einer Baustelle herumzulaufen, nachdem das Fundament gelegt und ein paar Balken für die Wände aufgerichtet waren. Bauarbeiter, Träumer und Menschen mit Fantasie fanden Gefallen an solchen Orten, andere sahen gar nichts.

Cayambe und Kenia waren die ersten beiden Sockel gewesen, erbaut an den am besten geeigneten Stellen in Südamerika und Afrika. Jeder zählte um die zehntausend Seelen. Sie galten als die größten dauerhaften Städte auf der Oberfläche der Neuen Erde.

Namenspatron von Cayambe war ein Vulkan an der Stelle, wo der Äquator im ehemaligen Ecuador die Anden kreuzte. Während des Harten Regens hatte er natürlich einiges abbekommen und war für eine Weile wieder ausgebrochen, doch nun war er seit etwa siebenhundert Jahren wieder inaktiv. In jedem Fall war der Sockel Cayambe in gehöriger Entfernung von seinen aktivsten Schloten gebaut worden, wodurch der inzwischen wieder schneebedeckte Gipfel des Vulkans so weit weg lag, dass man ihn aus jedem Fenster auf der Wiege, das zufällig in die richtige Richtung zeigte, bewundern konnte.

Der Turm des Krähennests bot Aussicht in fast alle Richtungen, sodass Tyuratam Lake, als er zwei Tage später hinter seinem Tresen stand und mit einem Geschirrtuch ein Glas polierte, zwischen zwei Zapfhähnen aufblicken und sehen konnte, wie der Gipfel in sein Blickfeld glitt und sich dann scheinbar vom Horizont hob, während die Wiege behutsam in ihren Sockel gesenkt wurde. Überall in der Wiege und der erdgebundenen Ringstadt, die jetzt jenseits ihrer Leitbleche sichtbar wurde, ertönten Hupen. Aus Gewohnheit stopfte Ty sich das Geschirrtuch in die Hosentasche, ließ es an seinem Bein hinabbaumeln und streckte die Hand aus, um sich an der Bar abzustützen. Die Unterseite der Wiege und die entsprechende Fläche darunter waren so ausgelegt, dass während des letzten Meters vor dem Zusammentreffen eine Luftscheibe zwischen ihnen eingeschlossen war und als Puffer diente. Diese durfte dann durch einen Palisadenzaun aus aufwärtsgerichteten Lüftungsschlitzen rund um die Peripherie der Wiege entweichen, und so manifestierte sich das endgültige Andocken, wie gewohnt, im Rauschen ausströmender Luft und in Fahnen kondensierter Feuchtigkeit, die in den blauen Himmel über den Anden emporstießen. Ein ganz leichter Ruck ließ Gläser und Geschirr in sämtlichen Schränken der Bar klirrend aneinanderstoßen.

Die Hupen und die rauschenden Lüftungsschlitze verstummten gleichzeitig. Durch die Fenster der Bar, die Ty einen Spalt offen gelassen hatte, konnte er den üblichen schwachen Applaus aus den steinernen Straßen von Capitol Hill aufsteigen hören. Er warf einen Blick auf seinen Zeitmesser. Ein paar Politiker und Generäle, die sich von ihrem Frühstück zurückgelehnt hatten, um den Andockvorgang zu beobachten und das Profil des Vulkans Cayambe zu bewundern, beugten sich wieder vor, griffen nach ihren Gabeln und nahmen ihre Gespräche wieder auf. Die Wiege war soeben die größte Stadt auf der Neuen Erde geworden und sollte das für die nächsten vierundzwanzig Stunden bleiben. Ihr System aus Windschutzleitblechen, die dazu da waren, die Stadt vor dem Luftstoß abzuschirmen, der bei ihrem Flug durch die Atmosphäre entstand, wirkte nun eher wie ein Außenwerk, das in längst vergangener Zeit zur Verteidigung einer alten Stadt errichtet worden, jetzt jedoch nur noch eine historische Sehenswürdigkeit und eine Trennlinie zwischen Stadtvierteln war.

Außer dass sie das ganze Kommen und Gehen durch die acht Tore der Wiege neugierig beäugte, unternahm die Quarantäne keine Anstrengungen, die Vermischung der Menschen verschiedener Herkunft zu kontrollieren. Die Besuche der Wiege waren so kurz, dass das Anhalten, Überprüfen und Befragen jedes Einzelnen, der zwischen ihr und dem Sockel unterwegs war, den ganzen Besuch sinnlos gemacht hätte.

Dank dieses entspannten Vorgehens betrug die Zeit, die ein durchschnittlicher Fußgänger brauchte, um vom nächstgelegenen der acht Tore zum Krähennest zu kommen, neun Minuten. Der erste Gast tauchte, ein bisschen außer Atem, nach sieben auf und verlangte ein Bier. Ty erkannte ihn nicht, aber die Gesichter der nächsten zwei, die dreißig Sekunden später durch die Tür kamen, waren ihm vertraut. Innerhalb der folgenden Viertelstunde füllte der Raum sich mit einer Mischung aus Stammkunden (aus der Wiege und Cayambe gleichermaßen) und Neugierigen. Tys Personal, das solche Anstürme gewohnt war, schloss ein Hinterzimmer nach dem anderen auf. Zusätzliche Köche kamen durch einen der Hintereingänge herauf und fingen an, sich der *Mise en Place* zu bedienen, die am Vorabend vorbereitet worden war.

Mit anderen Worten, alles lief reibungslos. Wie es Ty gefiel. Die Fähigkeit des Krähennests, einen Sockelansturm zu bewältigen, ohne dass Ty mehr tat, als ein Glas zu polieren, war in gewisser Weise sein Lebenswerk. Er hatte jede Arbeit gemacht, die es, vom Bodenwischen an aufwärts, an diesem Ort zu machen gab, und mit der Zeit gelernt, das, was andere besser beherrschten, zu erkennen und zu delegieren. Er war, mit anderen Worten, auf höhere Ebenen geistiger Tätigkeit vorgedrungen, hatte dabei jedoch immer noch genug Böden gewischt und Gläser poliert, um den physischen Kontakt zum eigentlichen Barbetrieb und den menschlichen Kontakt zu seinen Mitarbeitern nicht zu verlieren. Sein eigentlicher Job – der Job, für den die Eigentümer ihn bezahlten – war der eines Beobachters des menschlichen Befindens, wie es sich innerhalb dieser Wände Tag für Tag so reichlich darbot.

Zudem war er ein umsichtiger *Manipulator* des menschlichen Befindens, was sich darin zeigte, dass er gelegentlich Leute vor die Tür setzte, andere auf eine so gelassene und humorvolle Weise bat, sich zu beruhigen, dass ihnen gar nicht bewusst wurde, gebeten worden zu sein, und manchen anderen, die sich nicht wohlzufühlen schienen, den Eindruck vermittelte, willkommen zu sein. Das alles war für den Betrieb einer Kneipe von ebenso existenzieller Bedeutung wie das Bodenwischen. Andere Mitarbeiter beherrschten solche Dinge fast so gut wie er. Ty hatte, anders ausgedrückt, das Krähennest zu einem so gesunden und robusten Organismus entwickelt, dass es ihm möglich war, für Wochen, manchmal sogar Monate zu verschwinden, ohne dadurch ernsthaften Schaden anzurichten. In gewisser Hinsicht nützten diese gelegentlichen »Ferien« sogar mehr, als sie schadeten, denn wenn er zurückkam, stellte er in der Regel fest, dass bestimmte Mitarbeiterinnen oder Mitarbeiter sich der Herausforderung gestellt hatten und in seiner Abwesenheit zu vollständigeren und fähigeren Menschen gereift waren. Er war sich ziemlich sicher, dass er die Kneipe jetzt für immer verlassen könnte, ohne dass er ihr wirklich fehlen würde. Doch so etwas würde er wohl kaum tun, da sie buchstäblich sein Zuhause war – er bewohnte ein

Apartment im Hof dahinter – und die Eigentümer es gerne sähen, wenn er bliebe. Und die Eigentümer gehörten zu den ausgesprochen wenigen Angehörigen der verschiedenen menschlichen Ethnien, deren Meinung Tyuratam Lake wirklich etwas bedeutete. Sie hatten ihm zu verstehen gegeben, dass selbst eine einjährige Abwesenheit, sollte er sich dafür entscheiden, dem Krähennest zugutekäme, denn er würde mit frischem Blick zu ihm zurückkehren und sofort erkennen, wie nützliche Veränderungen herbeigeführt werden könnten.

Aber er nahm an, dass in den Augen der Eigentümer der eigentliche Wert dieses Geschäfts gar nicht in seinem Kapitalertrag bestand. Der lag wahrscheinlich bei nahezu null. Nach allem, was er wusste, arbeiteten sie vielleicht sogar mit einem gewaltigen Verlust. Jeden Monat machte Ty die Abrechnung und fasste alles auf einem einzigen Blatt Papier zusammen, das er hinunter ins Schlupfloch brachte und dem Vertreter der Eigentümer über den Tisch zuschob. Sie sagten nie viel dazu. Einmal im Jahr mochte vielleicht eine Frage zu einer der Zahlen kommen, nur um ihn zu informieren, dass sie aufpassten. In Wirklichkeit schätzten die Eigentümer das Krähennest jedoch teils als kulturelle Institution und teils, weil es ihnen Zugang zu der Art von Information über das Leben, Denken und Handeln wichtiger Persönlichkeiten gab, die man nur in einer Kneipe bekommen konnte.

Ty machte sich nichts aus aufwändigen Verabschiedungen, vor allem in einem beruflichen Zusammenhang, wo eine übertrieben sorgfältige Verabschiedung den Eindruck erwecken konnte, sein Weggang sei eine große Sache – und das Personal womöglich nicht in der Lage, den Betrieb am Laufen zu halten. Nachdem also ein paar Minuten vergangen waren und er mit ein paar tonangebenden Einwohnern und namhaften Köpfen von Cayambe Blicke, Worte und Scherze getauscht hatte – gerade lange genug, um allen klarzumachen, dass er hier war –, zog er das Geschirrtuch aus seiner Tasche, wischte sich die Hände ab und warf es in den Wäscheschacht unter dem Tresen. Einen Moment lang blieb er noch stehen, um sich zu vergewissern, dass der Schacht nicht verstopft war. Das war er aber nie. Zufrieden zwängte er sich um das Ende des Tresens herum und ging auf einen Tisch am Fenster zu, wo Ariane, Kath Two und Beled, nachdem sie ein herzhaftes Frühstück zu sich genommen hatten, gerade leere Teller von sich wegschoben. Ty selbst hatte eine Stunde zuvor leicht gefrühstückt, wie es seiner Gewohnheit entsprach, wenn er damit rechnete, einen guten Teil des Tages in der Luft zu verbringen. »Darum wird sich jemand kümmern«, bemerkte er, worauf er von der Moiranerin und dem Teklaner ein flüchtiges Dankeschön bekam. Ariane bedachte ihn mit etwas, wovon er nur vermuten konnte, dass es ein durchdringender Blick sein sollte, und nickte. Die ständig beschäftigten Gehirne der Julianer ermüdeten Ty, und er versuchte, sich nicht in ihre labyrinthartigen Gedankengänge hineinziehen zu lassen. Vielleicht hatte diese Ariane alle möglichen Verbindungen, die sie zum Geheimdienst hatte, genutzt, um Recherchen über ihn und die Eigentümer anzustellen, und zog nun alle möglichen – vermutlich falschen – Schlüsse darüber, was ihn dazu motivierte, der Sieben freie Getränke und Mahlzeiten zu geben. Für Ty lag nämlich auf der Hand, dass Ariane beim Geheimdienst arbeitete. Während des Krieges hatte er viele solche Leute gesehen und kannte ihre Art.

Obwohl sich die anderen inzwischen im Krähennest auskannten, herrschte die Erwartung, dass er vorausgehen würde. Das lag teilweise daran, dass es schließlich sein Lokal war. Doch selbst wenn sie an einer völlig beliebigen Stelle auf der Oberfläche abgesetzt worden wären, hätten sie darauf gebaut, dass er die Führung übernähme, denn das war wohl oder übel das, was Dinaner taten. Einer ähnlichen ethnisch begründeten Erwartung entsprechend übernahm Beled die Nachhut. Das hatte zum Teil damit zu tun, dass seine tiefsitzenden Gewohnheiten in Bezug auf Höflichkeit und Disziplin ihn dazu verpflichteten, zu allen anderen »nach Ihnen« zu sagen, und zum Teil damit, dass er sich blitzartig umdrehen und jedem Feind entgegenstellen würde, der die Formation von hinten angriff.

Ty bewegte sich schnell, um die Möglichkeit zu verringern, dass er von einem vorzeitig betrunkenen Mitglied der Kommersantenkammer von Cayambe in ein Gespräch verwickelt wurde. Innerhalb kurzer Zeit waren sie in einen Bereich des Lokals gelangt, der noch nicht für Gäste geöffnet war, und von dort aus stiegen sie eine Wendeltreppe hinunter, die kaum breit genug für Beleds Schultern war, bis sie den dreieckigen Hof in der Mitte des Geländes erreichten. Seine tropischen Blumen leuchteten wie Edelsteine im harten weißen Licht der Anden. Vier kleine Taxis erwarteten sie in der Nähe des großen Tors, das auf die Straße hinausging. Wenn die Wiege schwebte, war sie nahezu frei von vierrädrigen Fahrzeugen, doch sobald sie in einem Sockel andockte, fielen innerhalb kürzester Zeit Schwärme von was immer an rollendem Material schmal genug war, um die Straßen zu passieren, in den Ort ein. Manche davon bewegten Güter, die vom Auge zu Kunden auf der Oberfläche weiterbefördert oder als Erzeugnisse der Neuen Erde in die Wiege importiert wurden. Andere brachten ihre Insassen zu Besorgungen in die Ringstadt und ihr Hinterland. Eins der Taxis war bereits mit Doc und Memmie besetzt, was man daran erkennen konnte, dass die Kisten mit Docs Versorgungsinfrastruktur auf dem Dachgepäckträger festgeschnallt waren und der Grabb nur darauf wartete, hinter ihm herzukrabbeln. Bard war in das zweite Taxi gestiegen und saß geduckt darin. Neoander waren so selten, dass sie in einer Weise Aufsehen erregten und Neugier weckten, die Ariane eindeutig vermeiden wollte. Er hatte sich in seinem Separee abseits gehalten. Ariane stieg zu ihm ins Taxi. Es verstand sich von selbst, dass es für alle Beteiligten am einfachsten wäre, wenn Beled ein ganzes Taxi für sich nähme, was er auch tat. Ty und Kath Two stiegen in das letzte.

Nachdem Docs und Memmies Taxi losgefahren war, vergingen ein paar Minuten, ehe Ariane ihrem Fahrer grünes Licht gab. Ty rutschte ungeduldig auf seinem Sitz hin und her, wobei er Kath Two leicht anstieß. Wiege-kompatible Taxis boten nicht viel Schulterfreiheit.

»Was glaubst du, was sie macht?«, fragte Kath Two. Nur um etwas zu reden. Sie wussten beide ganz genau, was sie machte.

»Eine Viererkarawane, die das Krähennest verlässt und nicht zurückkommt – zu verdächtig für ihren Geschmack«, sagte Ty.

»Wenigstens geht so niemand verloren«, bemerkte Kath Two. Sie zog den Kopf ein, damit sie durch das Fenster spähen und den nördlichen Himmel jenseits der Stadt sehen konnte. Die Sonne schien herein und ließ ihre Augen leuchten, indem sie in Iriden, die hauptsächlich grün und braun waren, gelbe Schimmer erzeugte. Kath Two hatte nicht die verrückten gelben Katzenaugen mancher Moiraner, aber in ihrem Stammbaum gab es ein bisschen was davon. Sie wusste, dass Ty sie ansah, gab sich aber nicht den Anschein, verlegen zu sein, was ihm recht war. Natürlich betrachtete sie die Aitken-Schleife, die ihr nächstes Ziel war. Vorausgesetzt, dass sie immer noch in Betrieb war – und Kath Two hätte anders reagiert, wenn sie nicht mehr funktioniert hätte –, erhob sie sich aus einer größtenteils unterirdischen Flynk-Baracke am Stadtrand, umgeben von Hangars und Wartungsanlagen für Fluggeräte, die sich entlang der Anden erstreckten.

»Hast du alles, was du brauchst?«, fragte Ty. »Es wird ein langer Tag für dich.«

»Er wird in Windeseile vergehen«, erwiderte Kath Two, »weil ich beschäftigt sein werde. Für *dich* wird er lang, weil du dich langweilen wirst. Hast du ein Buch dabei?«

»Menschen sind meine Bücher«, sagte Ty. »Aber ich habe zwei dabei, für den Fall, dass die Menschen alle einschlafen.«

Das war als leichter Scherz gemeint, aber er sah seine Wirkung auf ihrem Gesicht, als sie überlegte, ob er einen rassistischen Witz über Moiraner machen wollte. »Eine lästige Angewohnheit, die anscheinend viele Leute haben«, fügte er hinzu.

Anscheinend genügte eine Zwei-Taxi-Karawane nicht, um Arianes Ängste auszulösen, und so fuhren das mit Beled und das mit Ty und Kath Two im Tandem los und begannen, sich ihren Weg durch mit Fußgängern vollgestopfte Straßen zu bahnen. Den ersten Teil der Fahrt hätten sie zu Fuß schneller zurücklegen können, aber als sie das Fahrzeugtor auswärts passiert und sich in die Straßen von Cayambe begeben hatten, öffnete sich das Ganze ein wenig, und sie konnten Straßen benutzen, die speziell für Vierradfahrzeuge konzipiert waren. Der Ort erschien Ty staubiger, als er ihn in Erinnerung hatte, aber vielleicht sah er ihn auch einfach durch die Augen eines Gastes. Kultivierte Kenner der Wiege würden seine Menagerie von Robotern als ulkig überdimensioniert und klapprig und seine Bevölkerung als einen Haufen arroganter Hinterwäldler ansehen. Tys Art von Leuten, mit anderen Worten. Die Sorte Mensch dagegen, deren Vorfahren im Habitatring geblieben waren und sich an die Spielregeln gehalten hatten, während sie auf den Moment warteten, wo Doc oder irgendeiner seiner Nachfolger das Band auf der Neuen Erde durchschneiden und den Siedlern erlauben würde herunterzuströmen, hegten den Soonern und Indigenen gegenüber ambivalente Gefühle. Einerseits galten sie als gerissene Gauner. Betrüger. Gleichzeitig aber auch als isolierte Tölpel. Ty hatte früh gelernt, sich beide Einschätzungen zunutze zu machen. Ein Fremder aus dem Ring, der ihn für einen naiven Trottel hielt, plauderte eine Menge Informationen aus, ehe ihm schließlich ein Licht aufging, und jemand, der damit rechnete, von ihm betrogen zu werden, ließ bei den ersten Anzeichen von Ehrlichkeit und redlichem Umgang in seiner Wachsamkeit nach.

Wenn man eine große Anzahl von Flynks – fliegende, autonome Kettenglieder – nahm und sie zu einer langen Kette zusammenfügte, deren Enden miteinander verband, sodass eine Endlosschleife entstand, und dann dafür sorgte, dass die ganze Schleife wie ein Zug aus lauter kleinen Flugzeugen durch die Luft flog, von denen jedes seine stummeligen Winglets dazu nutzte, seinen Teil an Auftrieb zu erzeugen, dann hatte man einen sogenannten »Aitrain«. Das Konzept war so alt, dass die Herkunft des Begriffs mit der Zeit unklar geworden war. Vielleicht kam es von »air train«, also »Luft-Zug«, wobei das erste »r« weggefallen war, oder es war eine Zusammenziehung von »Aitken train«. Manchmal, wie in diesem Fall, war es ein gefangener Aitrain, der ständig durch eine feststehende Vorrichtung am Boden fuhr und sich von dort in eine beträchtliche Höhe schwang, ehe er in umgekehrte Richtung zu einem weiteren Kreislauf wieder hinabstürzte. Aitrains konnten sich allerdings auch frei in der Luft bewegen: eine Technologie, die so verrückt war, dass man sie mit den aïdanischen Riesenhirnen, die Dschinn genannt und überwiegend von Rot benutzt wurden, in Verbindung gebracht hatte.

Vermutlich auf Veranlassung von Ariane nahmen sie einen umständlichen Weg zu dem Aitrain-Bahnhof, indem sie in weitem Bogen um den Hangar mit dem großen Q auf dem Dach herumfuhren. Die Karawane sammelte sich in einem nicht gekennzeichneten Hangar am Rand der Militärzone, was Ty als klassisches Beispiel für den Stil des »nicht ganz Survey und nicht ganz Militär« betrachtete. Menschliches Personal gab es keins, nur zwei Exemplare einer spezialisierten Grabb-Art, die an den beiden Flügelspitzen eines großen Gleiters mit einer nominellen Aufnahmekapazität von zehn standen. Platz genug für eine Sieben; zumindest dachte Ty das, bis er das Luftfahrzeug bestieg und es mit mysteriösen Ausrüstungskoffern beladen vorfand.

Kath Two drehte bedächtig eine Runde um den Gleiter und ging dann an Bord, zog die Tür zu und kroch nach vorne auf die Pilotencouch, auf der sie, bäuchlings ausgestreckt, die Reise verbringen würde. Alle anderen sahen höflich weg, als sie ihr Urinsammelsystem installierte. Vor ihr befand sich die Glaskuppel, über einen Meter im Durchmesser, die dem Luftfahrzeug als Nase diente. Beled und Bard nahmen einander gegenüberliegende Fensterplätze in der hinteren Reihe des Passagierabteils ein. Doc saß in der vorderen Reihe am Gang, wo er die beste Sicht nach vorne über Kath Twos Hintern hinweg zur Kuppel hinaus haben würde. Memmie saß auf dem Fensterplatz neben ihm, und Ariane sicherte sich den Platz neben ihm auf der anderen Gangseite. Ty hatte die Wahl zwischen verschiedenen Plätzen im Mittelbereich. Ihm war Arianes Bestreben aufgefallen, immer neben Doc zu sitzen. Wäre er ein eifersüchtiger Mensch oder einer von denen gewesen, die gerne lange Gespräche mit herausragenden Wissenschaftlern führten, hätte er ihr die Art, wie sie Doc mit Beschlag belegte, übelgenommen. Stattdessen fand er es nur irgendwie interessant und fragte sich, ob Doc sie irgendwann verscheuchen würde, damit er sich endlich mit jemand anderem unterhalten konnte.

Der Gleiter kam in Bewegung, vermutlich weil Kath Two den Grabbs befohlen hatte, seine Flügelspitzen zu halten, um ihn irgendwohin zu bringen. Die Nase war nach unten geneigt, als sie auf einer Rampe in die Flynk-Baracke hinabglitten. Das war ein lautes Gewirr, in dem Tausende identischer Roboter auf eine Art umherwuselten, die chaotisch und zugleich durchorganisiert aussah, ganz ähnlich dem Eindruck, den man bei einem Blick in einen Bienenstock bekam. Für ein erdgebundenes Schleifensystem wie dieses mussten die Flynks aerodynamisch sein, und so wurden ihre inneren Skelette unter dünnen Plastikverkleidungen verborgen, die sie in stumpfnasige Zylinder verwandelten, großen Geschossen gleich, mit einer leichten Taille im Mittelstück, damit das Kreuzgelenk die Freiheit hatte, sich in diese oder jene Richtung zu biegen. Jeder dieser Flynks hatte einen Durchmesser von einem halben Meter, war rund zwei Meter lang und wog etwa zweimal so viel wie ein großer Mensch. Da sie, wenn sie auf dem Boden lagen, hilflos waren, bewegten Grabbs sie von der Stelle, indem sie sie in die richtige Richtung drehten und dann wie Fässer rollten, was eine Szenerie schuf, die ein bisschen nach einem Schwarm Mistkäfer bei der Arbeit aussah. Der allgemeine Sinn dieser Operation schien darin zu bestehen, die Flynks in die Richtung von Rinnen zu lenken, in denen sie von selbst in eine Reihe fielen. Das ermöglichte ihnen, sich zu kurzen Kettensegmenten zu verkoppeln. Die Rinnen hatten Kugellager, auf denen sie leicht vor- und zurückgleiten konnten, wie Züge in einem Rangierbahnhof, und auf diese Weise konnten Segmente zu dem Aitrain hinzugefügt oder von ihm abgezogen werden, und zwar während des Betriebs. Das heißt während das System ihn mit hoher Geschwindigkeit geradewegs in die Luft schoss und auf dem absteigenden Teil wieder einsog.

Bei einer dieser »für Maschinen einfachen, für Menschen unvorstellbaren« Operationen ließ man schließlich ein an der Nase des Gleiters befindliches Kopplungsstück am Schwanzende einer Flynk-Kette einrasten, die gerade ihre Aufwärtsbewegung antrat. Nachdem das Luftfahrzeug noch innerhalb der Flynk-Baracke rasch auf Touren gebracht worden war, richtete es sich, kaum ans Licht gekommen, abrupt auf. Von der Kette gezogen begann es senkrecht nach oben zu steigen. Am Ende des Gleiters war nichts befestigt – die Schleife war mit Absicht durchtrennt worden –, und damit stellte das System keine Aitken-Schleife mehr dar. Es war zu einer senkrechten Peitsche geworden, die den Gleiter auf eine immer höhere Geschwindigkeit beschleunigte, während die *Knickstelle* sich an ihrem höchsten Punkt himmelwärts fortpflanzte. Ty, der jetzt auf dem Rücken lag und direkt über Kath Twos Schultern hinwegstarrte, konnte kleine aerodynamische Propellerflügel sehen, die sich aus dem Rumpf des Flynks vor ihnen entfaltet hatten. Diese führten wie all die anderen an all den anderen Tausenden von Flynks in der Kette winzige Justierungen durch, um die Peitsche genau in die richtige Konfiguration zu trimmen. Das Ergebnis davon war, ein paar Augenblicke später, dass der Gleiter just in dem Moment, als seine Verbindung zum letzten Flynk gekappt wurde, über den Höhepunkt hinausschnellte. Innerhalb von ein paar Sekunden war er zweitausend Meter senkrecht nach oben geschleppt und dann bei einer Geschwindigkeit von zweitausend Kilometern pro Stunde losgelassen worden. In der Zwischenzeit hatte sich jeder einzelne Flynk in der Kette vorne und hinten abgekoppelt, was dazu führte, dass die gesamte Kette in eine lineare Wolke identischer Fragmente zerfiel, von denen jedes in eine andere Richtung steuerte. Jeder Flynk, der spürte, dass er in der Luft und allein war, entfaltete automatisch große Schwanzpropellerflügel, die ihn von einem Geschoss in einen Federball verwandelten. Rasch bremsten die Flynks bis auf ihre Endgeschwindigkeit ab und begannen mit der Nase voraus Richtung Boden zu fallen. Nach einer leichten Schrägstellung der Propellerflügel gingen sie dazu über, wie Ahornsamen zu kreiseln, was ihren Sinkflug weiter verlangsamte, und auf diese Weise nahm der gesamte Schwarm allmählich Kurs auf ein leeres Grundstück neben der Flynk-Baracke.

Da sie diese Gegend bereits verlassen hatten, musste Ty sich den ganzen Ablauf vor seinem inneren Auge vorstellen. Er hatte ihn aber schon oft gesehen, da er einen der grundlegenden Arbeitsgänge darstellte, die an jedem Aitrain-Bahnhof mehrmals täglich durchgeführt wurden. In einer anderen Anordnung hätten dieselben Flynks genauso leicht ein Rendezvous in großer Höhe mit einem erdumkreisenden Bolo vornehmen oder ein Luftfahrzeug abholen und wieder hinunter in den sicheren Hafen der Baracke ziehen können.

Die erste halbe Stunde des Flugs war für Tys Magen etwas beunruhigend, denn Kath Two vollführte ein paar unerwartete Manöver, vielleicht, weil sie gute Winde in der einen oder schlechte in der anderen Richtung gespürt hatte. Menschen, die das Fliegen in motorisierten Fluggeräten gewohnt waren, konnten sich nur mit Mühe auf die Unberechenbarkeit von Gleitern einstellen, doch Ty, der das schon kannte, begriff, dass Kath Two einfach nach dem richtigen Weg suchte, um sie in die Leewelle einzubringen, die unsichtbar in der oberen Atmosphäre über dem Kamm der Anden hing. Er wusste, dass sie ihn gefunden hatte, als das Ruckeln und Wackeln aufhörte und seine Rückenlehne ihn mit spürbarer Beschleunigung vorwärtsdrückte. Sie befanden sich jetzt im stabilen Horizontalflug mit Kurs nach Norden bei rund dreihundert Kilometern pro Stunde. Kath Twos Aufgabe bestand ab jetzt darin, mit ihrem lidarverstärkten Sensorium weit in die Zukunft vorauszublicken und kleine Justierungen vorzunehmen, die notwendig waren, um heftige Luftlöcher zu umfliegen.

Alle wurden ein wenig apathisch und fingen an, Bücher zu lesen oder Nickerchen zu halten. In der übernächsten Reihe hinter Ty saß, mehr oder minder zwei Plätze ausfüllend, Beled Tomow. Er befand sich in Ruheposition, die Lider halb geschlossen, weißlich blaue Augen blicklos, allgemein jedoch zum Fenster hinaus gerichtet. Vermutlich versuchte er, als Mittel zur Abwendung der Reisekrankheit einen Punkt am Horizont zu fixieren. In jedem Fall sah er nicht so aus, als sei er zu Gesprächen aufgelegt.

Im Laufe einiger gemeinsamer Mahlzeiten und Drinks beim ersten Treffen der Sieben war es Ty gelungen, sich ein vages Bild der Mission zusammenzusetzen, die Kath Two und Beled vor kurzem in Beringia abgeschlossen hatten. Anscheinend hatte Beled versucht, eine ziemlich fadenscheinige Legende über seine angebliche Survey-Mitarbeit aufrechtzuerhalten. Zum Glück war das jetzt abgehakt, und Doc sprach ihn offen als Lieutenant Tomow an.

Das Militär war in drei größere Gruppen aufgeteilt, die allgemein als Knopfdrücker, Stoppelhopser und Schlangenfresser bekannt waren. Ein Knopfdrücker war Beled eindeutig nicht. Das war der einzige Zweig der Streitkräfte, in dem Ivyner und sogar Camilaner in beliebiger Zahl vorhanden waren. Blieben also nur Stoppelhopser und Schlangenfresser. Für einen Stoppelhopser, diese Art von Berufssoldaten, die auf der Oberfläche in großen Formationen entlang von Grenzen eingesetzt wurden, wirkte er zu kultiviert. Aber ausgeschlossen war das keineswegs. Er hätte einfach ein ungewöhnlich großer, starker SH sein können. Wahrscheinlicher war jedoch, dass er ein Schlangenfresser war, das heißt ein ehemaliger SH, der in eine von drei Spezialtruppengattungen befördert worden war. Auch diese hatten inoffizielle Namen: Quervs (Quarantäne-Erzwingung und -Verwahrung), Vübis (Vorausüberwachung) und Serks (eine Verkürzung von Berserker). Die Quervs hatten bei weitem den niedrigsten Status. Sie wurden ziemlich schief angesehen, weil sie als eine Art Bereitschaftspolizei bei Hausfriedensbruch gerufen, noch häufiger jedoch einfach an Toren postiert wurden, damit die Leute gar nicht auf die Idee kamen, Ärger zu machen. Die allgemeine Meinung von ihrer Intelligenz und Charakterstärke war nicht allzu hoch. Ty konnte sich nicht vorstellen, warum ein solcher Mensch für die Sieben ausgewählt worden sein sollte, und hielt es daher für unwahrscheinlich. Vorausüberwachung passte da schon besser, zumal Ty bereits wusste, dass man Beled in allerjüngster Zeit von der Oberfläche zurückbeordert hatte, wo er in einer Mission unterwegs gewesen war, die sich nach klassischer Vübi anhörte. Zudem war auf die Tatsache hingewiesen worden, dass Beled in der Nähe mindestens einer RIZ vorbeigekommen war und deren Bewohner aus dem Verborgenen heraus beobachtet hatte, was genau die Tätigkeit war, in der Vübis gut sein sollten. Das Einzige, was Ty davon abhielt, Beled einfach als einen klassischen Vübi einzuordnen, war seine Statur. Ihretwegen musste er die minimale Chance in Betracht ziehen, dass Beled Tomow ein Berserker war. Aber nur eine minimale Chance, denn entgegen ihrem Image in der Unterhaltungsindustrie waren Serks keineswegs alle riesengroß und muskelbepackt. Die meisten von ihnen sahen ziemlich normal, wenn auch für gewöhnlich fit aus. Die Serks waren keine einheitliche Truppe, sondern ein Mosaik aus kleinen Einheiten, deren Ausbildung und Ausrüstung auf eine bestimmte Art von Aufgabe zugeschnitten waren, wie zum Beispiel, in Raumanzügen bei Schwerelosigkeit oder aber unter Wasser zu kämpfen, sich in Kapseln vom Himmel abwerfen zu lassen oder in Städten heimlich groben Unfug zu treiben. Bisher hatte Beled Tomow noch kein klares Anzeichen für eine derartige Spezialisierung gezeigt. Die Maßnahmen, die er zur Vermeidung der Reisekrankheit ergriff, legten nahe, dass er Arbeit in der Luft nicht gewohnt war. Wenn Ty eine Vermutung anstellen müsste, würde er sagen, dass dieser Mann als Stoppelhopser angefangen und viel Zeit in einem Grenzgebiet verbracht, sich ausgezeichnet und hochgearbeitet hatte und schließlich in irgendeiner kleinen Serk-Einheit gelandet war, die sich darauf spezialisiert hatte, auf der Oberfläche herumzuschleichen.

Der Einzige, der Lebenszeichen von sich gab, war Langobard. Das leuchtete ein, war er doch zuvor in seinen Bewegungen ein paar Tage eingeschränkt gewesen. Ty ging nach hinten, setzte sich neben ihn und erkundigte sich nach dem Weinberg seines Clans in Antimer. Obwohl das für einen Barkeeper von der Wiege eine absolut nachvollziehbare Fragestellung war, wussten vermutlich beide, dass das vor allem als Gesprächseinstieg diente. Bard ging nur allzu gerne darauf ein und sprach eine Zeitlang über den vulkanischen Boden seiner Heimat, darüber, wie die TerReForm ihn im Laufe der letzten paar Jahrhunderte von totem Mineralschutt in ein Ökosystem verwandelt und wie seine Großeltern aus verschiedenen botanischen Gärten in Blau und Rot Weinreben heruntergeschmuggelt und auf ihrem Weg zu der Erkenntnis, dass für deren Gedeihen bestimmte Verbesserungen am Erdreich erforderlich waren, eine Reihe von Rückschlägen erlitten hatten.

Dabei schwang unausgesprochen mit, dass sie mit Leuten zusammengearbeitet haben mussten, die keine Neoander waren. Nicht freigegebene Pflanzenarten hinunter auf die Oberfläche zu schmuggeln wäre für Mitglieder dieser ethnischen Gruppe nämlich schon riskant genug gewesen, wenn es ausschließlich in Rot passiert wäre. Auf der Blauen Seite wären Neoander auf absurde Weise aufgefallen und wahrscheinlich von der Q festgehalten und durchsucht worden, auch wenn sie *nicht* in illegale Handlungen verwickelt gewesen wären. Als Ty das anmerkte, sagte Bard ja und schüttelte gleichzeitig den Kopf, als wolle er zum Ausdruck bringen: *Na klar, was du da sagst, ist offensichtlich.* Darauf erklärte er, dass seine Leute, die mehr als ein Jahrzehnt an einer ganz und gar friedlichen Grenze stationiert gewesen seien, mit der Zeit freundschaftliche Beziehungen zu ihren Nachbarn auf der Blauen Seite aufgebaut hätten, angefangen beim Tausch von Lebensmitteln zur Auflockerung ihrer jeweiligen Ernährung bis hin zu Picknicks, Sportwettkämpfen und anderen Aktivitäten, um sich die Langeweile zu vertreiben. Die Teklaner (berichtete er mit einem flüchtigen Blick auf den schlummernden Beled) wären eher reserviert gewesen – aber seine Leute hätten immer gute Beziehungen zu den Dinanern unterhalten.

Ty sah keinen Grund, an der historischen Wahrheit dieser Bemerkung zu zweifeln, begriff aber, dass Bard sie noch auf einer anderen Ebene gemeint hatte: als ein Angebot an Ty, das zu einer Freundschaft führen könnte. Sicher gab es auch darüber hinaus Gründe für den Dinaner und den Neoander, sich zu verstehen. Beide waren Indigene, die sich ein Leben in der kultivierteren Umgebung der Wiege aufgebaut hatten und dennoch weiterhin Verbindungen zur Oberfläche unterhielten: Verbindungen, die ihnen zur zweiten Natur geworden, im Kontext des Habitatrings insgesamt jedoch absolut ungewöhnlich waren.

»Das ist ja gut«, sagte Ty. »Ich wurde dazu erzogen, eine Heidenangst vor deinen Leuten zu haben.«

»Natürlich. Wie weit von der Grenze entfernt bist du denn aufgewachsen?«

Damit meinte Bard die Stelle, wo 166/30 Beringia durchschnitt: ein Grenzgebiet ähnlich dem weiter südlich in Antimer. Die östliche oder Rote Seite davon entsprach ungefähr dem, was einmal Sibirien gewesen war, und die westliche oder Blaue Seite Alaska. Das Ironische daran war, dass die beiden Kontinente durch den Harten Regen wieder zusammengefügt, dann jedoch durch eine imaginäre Linie getrennt worden waren.

»Ach, wir sind umhergezogen«, sagte Ty. »Vergiss nicht, im Gegensatz zu deinen Leuten hatten wir keinen berechtigten Vorwand, dort zu sein.«

Die massiven, höchst ausdrucksstarken Züge des Neoanders spiegelten eine leichte Enttäuschung wider, weil seine Frage nicht richtig beantwortet worden war.

»Zu nah an der Grenze, und wir liefen Gefahr, von den Blauen, die dort stationiert waren, verhaftet – oder von Neoander-Rollkommandos gekocht und gegessen zu werden«, frotzelte Ty.

Dieser Witz war von einer solchen Geschmacklosigkeit, dass er sich auf zweierlei Weise auswirken konnte: entweder Bard zu einem Feind auf Lebenszeit machen oder ihn überzeugen, dass Ty es tatsächlich verstand. Als konventionelle Gesprächseröffnung war er ein bisschen gewagt. Andererseits war Ty, mit sechs Fremden in einem Gleiter eingepfercht, unterwegs zu einer Mission, die ihm noch niemand erklärt hatte. Der Frachtraum war im Vorhinein mit nicht gekennzeichneten Kisten beladen worden, von denen manche offenbar Waffen enthielten. Wenigstens drei von der Sieben – Beled, Langobard und Tyuratam – wussten, wie man damit umging, und Kath Two hatte während ihrer Survey-Ausbildung in einer Art Schnellkurs gelernt, wie sie im Notfall das Kat einsetzte. Es war weder die Zeit noch der Ort für solche ausgeklügelten rhetorischen Feinheiten und Balztänze, wie man sie etwa in einem alten Privatklub in der Wiege erwarten würde. Wichtiger war es, die Dinge schnell geregelt zu bekommen.

Bard lachte und schüttelte den Kopf. »Warum seid ihr dann nicht weiter in den Osten gezogen?«, fragte er. »Ganz weg von diesen Bedrohungen.«

»Weil die Ausgangspositionen der frühen Sooner im Grunde nicht haltbar waren und wir deshalb mit den Blauen Vitamine eintauschen mussten.«

»Unter dem Tisch, nehme ich an.«

»Natürlich.«

»Was habt ihr ihnen dafür angeboten? Eure Frauen?« Das war eine angemessene Revanche für den »Gekocht-und-gegessen«-Witz: Bard testete ihn seinerseits. Damit kam Ty gut klar. »Sie hatten Angst vor unseren Frauen.«

»Fröhlichen Dinahtag, übrigens.«

»Ist heute Dinahtag? Ich bin gar nicht mehr auf dem Laufenden.«

Das machte jedoch nichts. Nachdem Bard einen Witz über dinanische Frauen gemacht hatte, musste er ihrer Urmutter jetzt Respekt erweisen.

»Nein«, fuhr Ty fort, »um deine Frage zu beantworten, es war dasselbe, was deine Vorfahren zum Handel mit Lebensmitteln über die Grenze hinweg veranlasst hatte.«

»Die Sehnsucht nach größerer Vielfalt in der Ernährung«, sagte Bard. »Am Ende stärker als Sex.«

»Ja. Anfangs konnten wir ihnen nur frisches Gemüse anbieten.«

»Da oben?!«

»Die Sommertage sind lang – in einem primitiven Plastiktreibhaus kann man alles Mögliche anbauen. Später, als das Ökosystem in Schwung kam, war es Fleisch von kleinen Tieren, Beeren und ein paar Luxusgüter wie Pelze.«

Bard kam ein Gedanke. »Und wie groß war der Radius deiner Leute auf der Suche nach solchen Sachen?«

Damit spielte er, wie Ty klar wurde, auf Kath Twos Geschichte über den getarnten Indigenen zwischen den Bäumen an. Davon hatte sie nämlich inzwischen den anderen erzählt.

»*So* groß nicht«, sagte Ty.

In dem gewaltigen alten Unterfangen namens TerReForm war der Survey nur eine kleine Abteilung, die manchmal als Auffangbecken für exzentrisches oder schwieriges Personal betrachtet wurde. Seine Außenposten waren klein und, da sie entlang sich rasch verändernder Grenzen errichtet werden mussten, behelfsmäßig und vorübergehend. TerReForm-Basen dagegen waren meistens wesentlich größer und dauerhafter. Normalerweise lagen sie auf Inseln vor der Küste von Kontinenten. Dafür gab es eine logische wissenschaftliche Erklärung, aber wie Doc selbst offen zugab, war der eigentliche Grund eher ästhetischer und symbolischer Natur. Die meisten der hochentwickelten Gensequenzierungslabore und das zu ihrem Betrieb notwendige Personal befanden sich oben im Ring, wo der Platz knapp war, kluge Köpfe jedoch reichlich vorhanden. TerReForm-Anlagen auf der Oberfläche hatten dagegen eher einen praktischen Charakter und dehnten sich auf eine Weise über ein Gebiet aus, das für Habitatbewohner extravagant und unkontrolliert aussah. Sie dienten gleichzeitig als botanischer Garten, Versuchsfarm, Arboretum, Zoo und mikrobiologisches Labor. Kleine Proben, Stecklinge oder Populationen von Käfern, Pflanzen oder Tieren, die im Ring entwickelt und aufgezogen worden waren, wurden an solchen Orten abgeworfen, um dort vermehrt und beobachtet zu werden, ehe man sie in großen Mengen zu den Biomen beförderte, wo sie dann sich selbst überlassen werden sollten. Die Labore auf Inseln zu platzieren war eine simple Methode, die Ausbreitung von Pflanzen und Tieren, die aus den ihnen zugewiesenen Habitaten entwichen waren, zu beschränken. Absolute Sicherheit bot sie bei weitem nicht, aber sie war einfach, bequem und ziemlich effektiv: mit anderen Worten, genau das Richtige für die »Packen-Wirs-An«-Schule.

Die TerReForm-Basis für die mittelamerikanische Landbrücke war Magdalena, eine große Insel ungefähr an der Stelle der früheren Marias-Inseln. Vor Null war das eine Inselgruppe vor der Westküste Mexikos gewesen, etwas südlich von der Spitze der Baja California. Der Harte Regen hatte sie zu einer einzigen Insel mit ein paar um sie herum verstreuten Felsen und Riffen umgeformt, die sich gut zur Vermehrung von Leben eignete, das später Flachwasser- und Gezeitenzonen bewohnen sollte. Das Fehlen eines Mondes hatte zur Folge, dass auf der Neuen Erde die Gezeiten ausschließlich von der Schwerkraft der Sonne abhingen, was sie schwächer machte und enger an den Tag-Nacht-Zyklus band. Da man den Gezeitenzonen eine unverhältnismäßig große Bedeutung für das Ökosystem von Land und Meer gleichermaßen beimaß, war von TerReForm viel Gehirnschmalz auf sie verwendet worden, und die tief gelegenen Ufer aus wellenumspültem Schutt rund um Magdalena waren zu Laich- und Brutplätzen geworden, nicht nur für Fische, Vögel und Krustentiere, sondern auch für Spitzenforscher. Doc selbst hatte zehn Jahre seines Lebens hier verbracht und war mit Eimern und Schaufeln bewaffnet durch Gezeitentümpel gewatet.

Ty hätte es nicht für möglich gehalten, aber Kath Two brachte sie nach einem einzigen Flugtag noch bei Tageslicht dorthin. Gegen Mittag murmelte sie etwas von einer bemerkenswerten in den Jetstream eingelagerten Störung und der (für sie offenbar ziemlich verlockenden) Möglichkeit, eine stratosphärische Welle zu erwischen. Für Ty hätte das ebenso gut »Molchesaug' und Unkenzehe, Hundemaul und Hirn der Krähe« gewesen sein können. Ihr nächstes Wort war allerdings bewundernswert klar gewesen: »Festhalten«. Getränke wurden ausgekippt, und für alle in der Kabine wurden Kotztüten ausgegeben. Sauerstoffmasken fielen von der Decke, als der Gleiter durch die Tropopause hinaufschoss, und der Rumpf ächzte und klagte, während Kath Two ihn so trimmte, dass er Energie von einer Art faszinierender Hochatmosphärenanomalie abzog. Mehrere Stunden später, als sie den Gleiter nach einer weiteren dezenten Warnung beinah kopfüber eindrehte und auf das leicht gekräuselte Wasser des Pazifik zustürzen ließ, hatten sie viele Hundert Kilometer mehr zurückgelegt, als ursprünglich in dieser Zeit vorgesehen, und ihr einziges echtes Problem bestand nun darin, Energie loszuwerden, damit sie auf Magdalena eine Landung hinlegen konnten, statt einen Krater zu erzeugen. Es gab dort eine Flynk-Baracke, aber die Schleife war zu diesem Zeitpunkt außer Betrieb, und es bestand ohnehin kein Grund, mitten in der Luft ein Rendezvous mit einer fliegenden Kette zu versuchen, wenn ganz in der Nähe eine Landepiste vorhanden war. Ein eindrucksvolles Heulen tönte durch den Gleiter, als Kath Two ein Turbinenpaar in seinem Bauch anwarf, das mithilfe von Schaufeln Luft hereinholte und deren Energie in Strom verwandelte, der dann gespeichert wurde. Wenn der Gleiter das nächste Mal abhob, konnte man das ganze System rückwärtslaufen lassen, wobei die Turbinen als Düsen fungierten, die einen ersten Energieschub lieferten. Notwendig war das nicht, aber es war eine Möglichkeit, den Gleiter abzubremsen, und eine Gefälligkeit gegenüber dem nächsten Piloten. Wegen einiger tiefhängender Wolkenbänke sahen die Passagiere den Sinn dieser letzten Flugphase nicht so ganz, doch nach einiger Zeit schoss der Gleiter unten aus diesem Wettersystem hinaus, und plötzlich lag Magdalena unter ihnen, auf ihrer Westseite von den letzten Strahlen der untergehenden Sonne beleuchtet. Auf der violetten Haut des Meeres bildeten sich dünne Bögen aus Schaum, als auflaufende Wellenfronten den Boden abtasteten oder sich um unter Wasser liegende Riffe wickelten. Doc hatte auf einen Fensterplatz gewechselt, damit er auf sein altes Revier hinabspähen konnte, und in der plötzlich still gewordenen Kabine hörte Ty, wie er verschiedene Anlagen entlang der Küste wiedererkannte und mit Kommentaren bedachte. Die meisten davon sahen für Ty aus wie Streikpostenketten aus Pfahlwerk und heruntergekommene Hütten aus Fischernetzen und Plastik. Doch wie Ty zuvor Langobard erklärt hatte, waren seine Vorfahren mit noch weniger ausgekommen, und so schätzte er die Wissenschaftler, die sie gebaut hatten, nicht geringer. Die Wildtierhabitate, Arboreten und Gärten, mit denen die westlichen Hänge von Magdalena gekachelt waren, sahen schon eher wie etwas aus, das die Öffentlichkeit von einer größeren TerReForm-Basis erwartete, und die Gebäude, die sich am Ende der Landepiste zusammendrängten, bildeten eine so ansehnliche Stadt, wie man sie nur irgendwo auf der Oberfläche finden konnte. Rampen, Treppen und eine lange, im Zickzack verlaufende Straße verbanden sie mit einem Hafen zweihundert Meter weiter unten, wo auf einen Blick vielleicht acht Schiffe von beachtlicher Größe, ein riesiges Arche genanntes Flugboot und viele kleinere Boote vertäut waren. Sie genossen kurz das Panorama des Hafengebiets, ehe das letzte Eindrehmanöver und der Landeanflug sie hinter ein paar Hügeln außer Sicht brachten. Nach den Aufregungen des Flugs war die Landung langweilig, und Ty hatte den Verdacht, dass Kath Two sie einfach einem Algorithmus überlassen hatte. Der Gleiter setzte auf dem einzelnen Rad auf, das aus der Unterseite seines Rumpfs herausragte. Ehe er so weit abgebremst hatte, dass er hätte seitwärts taumeln können, hatten zwei spezialisierte Hochgeschwindigkeitsgrabbs ihn eingeholt, wobei sie sich in dem etwas beunruhigenden, für solche Momente typischen Trippeln vorwärtsbewegten, um seine Flügelspitzen zu fassen bekommen. Sie eskortierten ihn zu einem Feld mit Anbindestellen gleich neben der Landepiste. Kath Two rollte sich, von ihrer Verantwortung befreit, auf den Rücken, streckte sich und rieb sich die Augen. Ty brannte darauf auszusteigen, wusste aber, dass Doc als Erster zur Tür hinausgehen würde. Er konnte nämlich ein Empfangskomitee von beachtlicher Größe teils gehend, teils rennend auf sie zukommen sehen.

Über seine Rückenlehne hinweg warf Ty einen Blick auf Ariane, die dasselbe beobachtete. Ty verstand nicht, warum sie auf der Wiege und in Cayambe so geheimnistuerisch gewesen war, nur um sie auf der Oberfläche genau an dem Ort landen zu lassen, wo Doc am bekanntesten war. Vermutlich hatte sie ihre Gründe, die bis ins kleinste Detail ausgetüftelt waren und Leuten wie Ty nie anvertraut werden würden. Auf dem Weg zu was immer ihre Endstation war, mussten sie ja *irgendwo* landen, und vielleicht war TerReForm eine so geschlossene Gemeinschaft, dass die Aufregung, die Doc mit seiner Landung hier verursachen würde, sich nicht weit über Magdalena hinaus ausbreiten würde.

Vor rund zwanzig Jahren – um seinen hundertsten Geburtstag herum – hatte Dr. Hu Noah (der wie alle Ivyner seinen Familiennamen an erster Stelle nannte, weil das irgendwie als logischer galt) ganz bewusst den Entschluss gefasst, jüngeren Menschen nicht mehr zu erklären, wie wenig er sich mit dem Alter tatsächlich verändert hatte. Eigentlich spielte es keine Rolle, dass diese Leute von allen möglichen falschen Annahmen darüber ausgingen, wie sein Geist und sein Körper sich veränderten. Für sie zählte, wie ihm schließlich klar geworden war, dass solche Dinge in ihren Augen der Wahrheit entsprachen. Es war ihnen wichtiger, sie zu glauben, als ihm, den Sachverhalt zu erklären, und so hatte er beschlossen, sie denken zu lassen, was sie dachten, und zu versuchen, selbst Nutzen daraus zu ziehen. Manchmal hieß das, so still zu sitzen, dass sie vergaßen, dass er da war, und anfingen, in der dritten Person von ihm zu reden und Remembrance dabei als eine Art Dolmetscherin zu benutzen. Manchmal konnte er Erstaunen hervorrufen, indem er das Wort ergriff und deutlich machte, dass er der Unterhaltung die ganze Zeit gefolgt war. Oder er stand auf – eine Aktion, die von Augenzeugen später immer als »aufspringen« beschrieben wurde, auch wenn es davon weit entfernt gewesen war – und begann aus eigener Kraft herumzulaufen, was viele, die ihn nicht besonders gut kannten, als Wunder betrachteten. Da Remembrance stets an seiner Seite war und sein Grabb als eine Art universelles Geländer und Haltestange immer neben ihm hertrippelte, hielten die Leute ihn für wackliger auf den Beinen, als er es tatsächlich war. In Wirklichkeit bedeutete dieses Unterstützungssystem nichts weiter als eine einfache Möglichkeit, die Chancen gegeneinander abzuwägen. Ein Sturz konnte ihn zum Krüppel machen oder töten; warum dann nicht den Grabb griffbereit haben? Und Remembrance, die von den meisten für eine Pflegekraft gehalten wurde, war tatsächlich eher eine Universaladjutantin und, salopp gesagt, ein Kuhfänger, der ihm menschliche Hindernisse aus dem Weg räumte.

Im Laufe seines langen Lebens hatte er viele Gespräche geführt. Manche waren faszinierend und ihm über ein Jahrhundert später immer noch präsent. Andere dagegen weniger. Als junger Mann hatte er diese als Teil der Kosten akzeptiert, die das Geschäft mit sich brachte – eine Art Steuer, die alle Leute zahlen mussten, um an der zivilisierten Gesellschaft teilzuhaben. An seinem hundertsten Geburtstag hatte er beschlossen, diese Steuer nicht mehr zu zahlen. Von da an führte er nur noch Gespräche, die ihn wirklich interessierten – mit wenigen Ausnahmen für enge Freunde und Familienangehörige, also zielorientierte Gespräche. Remembrance hatte eine Liste all der Leute im Kopf, mit denen sich Doc tatsächlich gerne unterhielt, und wusste, wie sie die anderen abwimmeln konnte, üblicherweise, indem sie die Alterskarte ausspielte. Die Liste veränderte sich mit der Zeit, und bestimmte Leute, darunter einige ziemlich wichtige, stellten gelegentlich mit Erstaunen fest, dass sie nicht mehr daraufstanden. Die Liste war nur einmal aufgeschrieben worden, vor zwanzig Jahren, als Doc und Remembrance den Grundstein zu ihrer Beziehung gelegt hatten. Sie hatte sie auswendig gelernt und vernichtet. Jetzt existierte sie nur noch in ihrem – nicht Docs – Kopf. Vielleicht zehn Prozent der ursprünglichen Namen befanden sich noch auf der Liste. Viele von ihnen waren gestorben. Die anderen waren, fast immer ohne eine Willensäußerung von Doc, gestrichen worden. Während seiner Gespräche blieb Remembrance unter dem Vorwand an seiner Seite, dass sie womöglich für eine medizinische Intervention gebraucht würde. In Wirklichkeit verfolgte sie jedoch den Dialog und überwachte Doc auf bestimmte Anzeichen hin, allerdings nicht dafür, dass sein Herz versagte oder die Wirkung seiner Medikamente nachließ, sondern dass er sich langweilte. Während ihres ersten gemeinsamen Jahrzehnts war er manchmal so weit gegangen, wenn sein Gesprächspartner gerade wegsah, in ihre Richtung zu schauen und für einen Moment ihren Blick zu erhaschen, was dann ausgereicht hatte, um diese Person von der Liste zu streichen, aber seither war das nicht mehr nötig gewesen. In vielen Fällen hatte Remembrance etwas getan, was Doc zunächst als Fehler in ihrer Erfüllung dieser Pflicht erschienen war, doch bei näherer Betrachtung hatte er das, was sie schon früher gesehen hatte, auch gesehen und ihr schließlich recht gegeben.

Ausnahmen galten in Fällen wie dem vorliegenden, wo sie mit den fünf anderen Mitgliedern der Sieben zusammenarbeiten mussten. Manche, wenn auch nicht alle, hätten sich vielleicht auf Remembrances Liste wiedergefunden. Doc hatte versucht, bei der Auswahl Leute wie Kath Two, mit denen er sich gerne unterhielt, zu berücksichtigen, aber die anderen waren Fremde für ihn. Ariane Casablancowa legte eine amüsante Überheblichkeit an den Tag, indem sie sich, wann immer möglich, neben ihn setzte und so als eine Art Puffer zwischen Doc und den anderen vieren agierte. Dabei nahm sie Remembrances angebliche Rolle wörtlich. Wäre Remembrance nicht eine Camilanerin gewesen, hätte sie ihr das übelgenommen und es als unzulässige Aneignung ihrer Vorrechte betrachtet. Doch ihre Herkunft plus die Tatsache, dass sie sich in einer Anstellung auf Lebenszeit – einer Art platonischen Ehe mit Doc – befand, machte Arianes Verhalten allenfalls zu einer Quelle distanzierter Belustigung.

Wunderbar funktionierte das System in einem Moment wie diesem, wo eine Delegation von höherrangigen TerReFormern sich vor der Tür von Docs Fluggerät versammelte, um ihn mit Willkommensgrüßen zu überhäufen. Nicht dass sie unaufrichtig gewesen wären, nur war ihr ernst gemeinter Wunsch, ihn zu begrüßen, eng mit anderen Hoffnungen und Bedürfnissen verzahnt. Einer wollte vielleicht mit ihm fotografiert werden, war aber zu schüchtern, um direkt darum zu bitten. Eine andere hatte vielleicht das Gefühl, dass ihr Lebenswerk von ihren Kollegen in unfairer Weise abqualifiziert worden war, und wünschte sich nun irgendein Zeichen der Bestätigung von Doc. Wieder ein anderer mochte in ein TerReForm-internes politisches Drama verwickelt sein und erhoffte sich größeren Rückhalt, wenn er an Docs Arm gesehen würde. Nichts davon war falsch oder unvernünftig, aber was ihn betraf, war es alles Zeitverschwendung, waren es einfach weitere Beispiele für diese Steuer, die er nicht mehr zahlen wollte. So stieg Remembrance, die das wusste, ohne es gesagt bekommen zu haben, als Erste aus dem Gleiter. Doc sah durchs Fenster zu, wie die Mitglieder der Delegation sie umschwärmten, wie sie näher rückten, um ihre leise Stimme zu hören, und die Stirn runzelten und auf übertriebene Weise nickten, als sie ihnen erklärte, wie erschöpft Doc war. Irgendwann zeigte sie nach hinten auf den Gleiter, worauf sie alle gleichzeitig den Blick hoben und Docs Gesicht in dem Fenster eingerahmt sahen. Als er ihnen mit einer ausgesprochen geschwächt wirkenden Geste zuwinkte, zeigten sie ihre Zähne und begrüßten ihn im jeweiligen Stil ihrer Abstammungslinie: hauptsächlich Ivyner und Moiraner. Nachdem das erledigt war, »sprang« Doc mit einem kurzen Zug am Griff seines Grabbs auf, machte sich auf den Weg zur Tür, in deren Rahmen er einen Moment lang stehen blieb, damit sie ihre Fotos machen konnten, und stieg dann mit übertriebener Mühe die Treppe hinunter, die sich aus dem Rumpf des Luftfahrzeugs ausgeklappt hatte. Die Delegation folgte ihm über das Flugvorfeld und umringte ihn in einer großen lockeren Wolke, ohne ihn jedoch den ermüdenden Anforderungen höflicher gesellschaftlicher Interaktion auszusetzen. Ariane war unmittelbar hinter ihm, und die übrigen vier zogen in einiger Entfernung vollkommen unbeachtet hinterher. Wenigstens das hatte Ariane gut hinbekommen: Für die Sorte von Menschen, die hier lebten, war Docs Ankunft auf Magdalena eine solche Sensation, dass sogar ein Neoander unbemerkt blieb.

Nachdem Remembrance sämtliche Einladungen und Angebote der Bewirtung ausgeschlagen hatte, aß er in seinem Zimmer mit Ariane, die in seiner Aufmerksamkeit schwelgte. Morgen würde alles anders aussehen, und sie würde sich allmählich umstellen müssen. Im dunkelsten Moment dieser Umstellung – der für eine Julianerin in der Tat sehr dunkel werden konnte – würde sie auf dieses gemeinsame Essen zurückblicken und es als das begreifen, was es wirklich war: eine Geste des Respekts von Doc, die von keiner der Stimmen, die zwischen ihren Ohren vor sich hin murmelten, geleugnet werden konnte.

Doc fragte sie nach ihrer Erziehung in Astrachan, einem ziemlich kleinen, nahezu rein julianischen Habitat auf 48 Grad, 6 Minuten Ost, nahe dem Zentrum des dinanischen Teils des Rings. Diese Anomalie entstammte der Vision – im buchstäblichen wie im übertragenen Sinne des Wortes – eines Julianers namens Tomac, der Geld gesammelt und das Habitat sehr früh in der Geschichte des Rings als quasireligiösen Außenposten errichtet hatte. Dass es 3 Grad, 6 Minuten von einer Hauptstadt wie Bagdad entfernt lag, ließ es damals wie einen entlegenen Grenzvorposten erscheinen. Natürlich hatte sich der dinanische Abschnitt ringsherum seitdem gefüllt, sodass es nun zwischen viel größeren und moderneren Habitaten eingezwängt war. Doch mit ein paar modernen Verbesserungen beherbergte Astrachan nach wie vor einige Zehntausend Menschen und wurde von Julianern oft als Beweis dafür herangezogen, dass ihre Abstammungslinie zwar gering an Zahl, in Blau jedoch ebenso gut etabliert war wie jede andere der vier. Das Habitat wurde häufig von Gelehrten der Amistik aufgesucht, jenes Gebiets, in dem die Entscheidungen erforscht wurden, die verschiedene Kulturen hinsichtlich der Annahme oder Ablehnung von Technologien trafen. Das hatte damit zu tun, dass Tomac, der sonderbare Vorstellungen von allem gehabt hatte, einige ungewöhnliche und aufschlussreiche Entscheidungen in dieser Richtung getroffen hatte. Seine Isolation machte Astrachan zu einem nützlichen Testfall. Ariane belächelte viele der quasireligiösen Aspekte der Kultur, in der sie aufgewachsen war, aber Doc spürte, dass sie das tat, weil man es von ihr erwartete.

Später, als Remembrance ihm ins Bett half und ihn für die Nacht fertig machte, erzählte er ihr, dass er am nächsten Tag damit beginnen werde, die anderen vier Mitglieder der Sieben etwas näher kennenzulernen, und dass er Arianes Unterstützung dabei höflich ablehnen werde. Dabei hätte die Julianerin die Gelegenheit genossen, Doc mit Akten voller Statistiken und stundenlang vorgetragenem Tratsch über Beled, Kath Two, Tyuratam und Langobard zu versorgen. Hu Noah hatte sich mit solchen Enthüllungen jedoch immer schwergetan, weil sie die naheliegende Frage aufwarfen, was dieselbe Person anderen Neugierigen über ihn selbst enthüllen würde.

Um fünf Uhr am nächsten Morgen war Doc im Fitnessraum damit beschäftigt, sehr langsam auf einem Laufband zu gehen, als Beled Tomow zu seinem täglichen Training hereinkam. Beleds Spätzündung war so amüsant, dass selbst Doc, der es zur Kunstform entwickelt hatte, so zu erscheinen, als wüsste er nicht, was vor sich ging, schwer an sich halten musste, um nicht laut über den armen Burschen zu lachen. Selbst Remembrance, die in der Nähe saß und las, zog es vor, ihr Buch eine Zeitlang zwischen ihr Gesicht und Beleds verdutzte Miene zu halten.

»Lieutenant Tomow«, sagte Doc, »ich dachte schon, Sie kämen heute gar nicht mehr aus dem Bett.«

Beled erinnerte sich seiner Manieren und salutierte.

»Ich hoffe, Sie halten mich nicht für unhöflich, wenn ich Ihren Gruß nicht erwidere«, sagte Doc und wies mit dem Kopf auf die Handgriffe des Laufbands. »Ich kann die hier gerade nicht loslassen.«

Beled sah sich nach Ariane um. Doc verkniff sich eine Bemerkung darüber. »Wärmen Sie sich normalerweise zuerst auf?«, fragte er.

»Das ist nicht unbedingt notwendig«, antwortete Beled.

»Ach, zu dumm, ich hatte gedacht, wir könnten zusammen einen Spaziergang machen«, sagte Doc mit einer Kopfbewegung zu dem leeren Laufband neben ihm.

»Das lässt sich einrichten«, gestand Beled ihm zu, »falls ich in einem anderen Tempo spazieren gehen darf.«

»Ganz wie Sie wollen!«, sagte Doc. »Es hat seinen Grund, dass ich das nicht im Freien probiert habe.«

Binnen weniger Minuten rannte der Teklaner, jetzt nur noch mit einer Unterhose bekleidet, mit voller Kraft auf dem Laufband neben dem von Doc, die Hände wie Klingen, die Arme abwechselnd vor und zurück schwingend, während die Sohlen seiner nackten Füße, statt auf das strukturierte Laufband aufzuschlagen, es nur flüchtig berührten. Dazu entwickelt und erzogen, Neoandern ebenbürtig zu sein, waren die Teklaner genetisch betrachtet im Nachteil, denn ihr Bauplan entsprach dem eines modernen Menschen, ohne die DNS von Neandertalern. Bard konnte ausschlafen, essen und trinken, was er wollte, und war trotzdem so stark wie der viel größere Teklaner. Das war alles reine Theorie, denn niemand erwartete ernstlich, dass Beled und

Bard in eine Schlägerei miteinander gerieten, aber es war eine seit langem bestehende kulturelle Gewohnheit, dass Teklaner sich an Neoandern maßen und den Vergleich dazu nutzten, sich zu noch größerem Eifer anzutreiben, als sie ihn ohnehin an den Tag legten.

In einem ruhigen, gleichmäßigen Tonfall, so als säße er mit einer Tasse Tee auf dem Sofa, sagte Beled: »Ich habe Ihnen noch gar nicht dafür gedankt, dass Sie mich auf die soeben beendete Mission geschickt haben. Ich nehme an, es war Ihr Werk. Ich hatte aber keine Möglichkeit, Sie zu erreichen. Ich danke Ihnen jetzt.«

Docs Blick wanderte unwillkürlich zu einer Linie aus regelmäßig verteilten Narben um Beleds Kreuz herum, von denen manche tiefe Krater in den beiden Halbpfeilern aus Muskulatur rechts und links seiner Wirbelsäule bildeten. Halbiert wurde diese Anordnung durch eine lange senkrechte Narbe, die genau über den Lendenwirbeln verlief, wo Chirurgen sich Zugang verschafft und etwas unternommen hatten – die Einzelheiten kannte Doc nicht –, um Schaden an seiner Wirbelsäule zu beheben und, so nahm er an, Metallteile oder Knochentransplantate einzufügen.

»Es war das Mindeste, was ich tun konnte«, sagte Doc. »Und angesichts dessen, was in Tibet passiert ist, dachte ich, Sie wären vielleicht besser als die meisten anderen geeignet, bestimmte... nachvollziehbare Komplikationen, die sich ergeben könnten, anzugehen.«

»Wir werden also in Grenznähe operieren«, sagte Beled. Sein Ton verriet, dass er das schon lange vermutet hatte und nur eine endgültige Bestätigung haben wollte.

»Wir gehen dahin, wohin die Untersuchung uns führt«, sagte Doc.

Das überraschte Beled ein wenig, was eine Art Schluckauf in seinem Schritt erzeugte, den er erst nach ein paar Augenblicken wieder los war.

»Diese Wanderer«, fuhr Doc fort, »scheinen Grenzen ebenso wenig zu respektieren wie alles, was mit dem Vertrag zu tun hat, und deshalb habe ich es für das Beste gehalten, die Sieben aus Menschen zusammenzustellen, die gleicher Meinung sind.«

»Wird es dann Beringia sein? Oder Antimer?«

»Vermutlich beides. Antimer liegt natürlich näher – nur einen Katzensprung von Hawaii, unserem heutigen Ziel, entfernt. Da die Spur in Beringia aber wärmer ist, glaube ich, dass wir zuerst dorthin gehen werden.«

Hawaii erreichten sie vor Einbruch der Nacht als Passagiere eines riesigen TerReForm-Vehikels, nicht ganz Flugzeug und nicht ganz Boot, das in einer Höhe von knapp vier Metern über die Oberfläche hinwegstrich. Bodeneffektfahrzeuge dieser Klasse hießen Archen. Sie waren dazu bestimmt, gewaltige Mengen an Pflanzen- und Tierbiomasse, die in großen, der Küste vorgelagerten TerReForm-Basen wie Magdalena aufgezogen worden waren, zu Zielen in Ufernähe zu befördern, wo sie in ihre neue Heimat hinuntergeschleudert oder aber zum Weitertransport ins Inland in andere Fahrzeuge umgeladen werden konnten. Nur zehn davon waren je gebaut worden, und nur sechs waren in Betrieb. Das hier war die *Madiba-Arche*, nach einem moiranischen Biologen aus dem Vierten Jahrtausend benannt, der wiederum seinen Namen zum Andenken an einen Helden der Alten Erde bekommen hatte.

Falls ihr Anliegen darin bestand, sich unbemerkt fortzubewegen, hatten sie in der *Madiba-Arche* sicher das richtige Vehikel, denn sie war ein höhlenartiges, stinkendes Durcheinander aus Tiergehegen, Aquarien, Insektenkästen und Gestellen mit Anzuchttöpfen, in denen in einem Dunggemisch exotische Pflanzen wuchsen. Ein Schiff, das dieselbe Strecke zurückgelegt hätte – fünftausend Kilometer genau nach Westen – wäre mehrere Tage unterwegs gewesen. Man hätte Vorräte gebraucht, um die Tiere füttern, die Käfige säubern und die Pflanzen wässern zu können. Diese riesige hämmernde Monstrosität schaffte es in zwölf Stunden, einer so kurzen Zeitspanne, dass nahezu jedes lebende Etwas sie ohne Nahrungsmittel außer Wasser und vielleicht einem kleinen Imbiss überleben konnte. Die Sieben verschwand im Prinzip darin. Als die Dutzende von Turbofantriebwerken der Arche donnernd ansprangen und sie anfing, quer durch Magdalenas Hafen zu kotzen, stieg der Lärmpegel bis zu dem Punkt, wo sie nichts anderes mehr tun konnten, als die Ohrstöpsel zu benutzen, die man ihnen ausgehändigt hatte, und sich um den Frachtraum herum an Orten zu verteilen, wo der Gestank nicht so schlimm war. Doc und Memmie erhielten die Sondergenehmigung, die Reise in einer kleinen Kapsel in der Nähe des Cockpits zu genießen, wo Mitglieder der Crew auf mehrtägigen Flügen schlafen und sich erholen konnten. Die Übrigen versuchten einfach, es sich so bequem wie möglich zu machen, und warteten darauf, dass es vorbei war.

Nach Hawaii war TerReForm erst spät gekommen. Der Standort war klein, eigentümlich, entlegen und kompliziert – den hob man sich am besten bis zum Schluss auf, nachdem Hauptkontinente hochgefahren worden waren. Der Harte Regen hatte den Deckel auf dem geologischen Hotspot, durch den die Inseln entstanden waren, gelockert, indem er schlafende Vulkane auf existierenden Inseln wieder aufweckte und gleichzeitig dafür sorgte, dass ein Tiefseeberg südöstlich von Big Island sich schneller als erwartet zu einer Größeren Insel entwickelte. Diese war dann vor tausend Jahren mit Big Island zu einer Noch Größeren Insel verschmolzen, deren weit überwiegender Teil noch zu heiß und zu giftig für irgendwelche TerReForm-Maßnahmen war. An ihrer nördlichen Küste gab es jedoch eine Bucht, nach einer winzigen Insel, die einst etwa an derselben Stelle existiert hatte, Mokupuku genannt, um die herum alles so kühl und ruhig war, dass eine Aussaat sich lohnte. Dort vollführte die *Madiba-Arche* bei

Sonnenuntergang eine Art kontrollierte Notlandung, indem sie an der Küste vor einer kleinen TerReForm-Anlage, wie sie mittlerweile über die ganze Neue Erde verstreut waren, schlitternd zum Liegen kam.

Solche Anlagen waren die Epizentren der ökologischen Erdbeben, die die Menschheit im Lauf von etwa drei Jahrhunderten auf der Oberfläche ausgelöst hatte. Manchmal erhielten sie ihre Lieferungen direkt vom Himmel, in anderen Fällen, so wie diesem, aus Archen, die von den größeren Oberflächen-Anlagen hergeschickt worden waren. Ältere präsentierten sich als Ansammlungen von halbkugeligen Kuppeln, denn sie waren gebaut worden, bevor die Neue Erde eine atembare Atmosphäre besaß. Neuere Anlagen wie diese hier boten ein etwas einladenderes Bild. Ihr Hauptzweck bestand jedoch in der Arbeit mit Tieren, Insekten und Pflanzen, sodass ihr Duft und ihre gesamten Arbeitsabläufe irgendwo in einem Kontinuum zwischen landwirtschaftlichem Betrieb und Zoo mit einem gelegentlichen Schuss Forschungslabor lagen. Der überwiegenden Mehrheit der Menschen, die in den Jahrtausenden vor der wissenschaftlichen Revolution auf der Alten Erde gelebt hatten, wäre, zumindest auf olfaktorischer Ebene, nichts davon bemerkenswert erschienen, doch die Leute, die diese Reise in dem Frachtraum des großen Fluggeräts durchstanden, konnten von Glück reden, dass der Rumpf nicht unter Druck stand und deshalb Seeluft hereinsickern konnte.

Das Personal bestand fast nur aus Moiranern mit einigen wenigen Camilanern und einem Gastwissenschaftler, der nach einem dinanisch-ivynischen Mischling aussah. Für Kath Two und vermutlich auch die anderen war offensichtlich, dass ihre Verwandten nach der Ankunft an diesem Ort, wo sie vom Rest ihrer ethnischen Gruppe abgeschnitten und dabei ständig den Sexuallockstoffen, Gerüchen, Schreien und Verhaltensweisen dieser Tiere und Pflanzen ausgesetzt waren, lange und fest geschlafen hatten. Die daraus resultierende epigenetische Veränderung hatte sie gut darauf eingestellt, diese Art von Arbeit zu machen, tagaus, tagein, und auf unbestimmte Zeit hier zu leben. Das war wahrhaftig das Ende der Welt – noch isolierter als bestimmte Friedhofshabitate, die zum Inbegriff der Abgeschiedenheit geworden waren –, und die Moiraner hatten hier alle so etwas wie einen »thousand-yard-stare« entwickelt, dessen Wirkung durch die Tatsache, dass sie überwiegend grünäugig waren, nur noch verstärkt wurde. Sie bewegten sich langsam, sie schienen langsam zu denken, und sie reagierten immer auf – akustische? olfaktorische? imaginäre? – Stimuli, die nicht einmal Kath Two entdecken konnte.

Die Existenz von sieben verschiedenen menschlichen Abstammungslinien nebst mehreren aïdanischen Untergruppen lieferte der modernen Gesellschaft einen reichen Fundus an Gelegenheiten für gesellschaftlich unangenehme Ereignisse. Die wenigen Stunden, die sie am Strand von Mokupuku damit verbrachten, den Einheimischen zuzuschauen, wie sie Proben aus der Arche ausluden und mit unter Druck gesetztem Meerwasser die Scheiße aus ihr heraussspritzten, waren für Kath Two lang, denn sie spürte, dass einzelne Mitglieder der Sieben zwischen ihr und diesen anderen hin und her sahen und sich fragten, wie lange es wohl dauern würde, bis Kath Two, wenn sie ihren Aufenthalt verlängerte, auch so werden würde. Diese Leute hatten rund um den Ort, an dem sie lebten, eine eigenständige Kultur geschaffen, was sie mit Selbstbewusstsein und Stolz erfüllte. In der Praxis fiel sie zusammen mit dem Ökosystem, das sie gerade in ihr installierten. Wissenschaftliche Distanziertheit war ihre Sache nicht. War es wirklich klug, Moiraner an einem Ort anzusiedeln, wo sie so eng mit epigenetischen Tierarten zusammenleben konnten, wie Europäer es im Mittelalter mit ihren Schweinen und ihrem Geflügel getan hatten? Betrachteten sie diese Tiere als wissenschaftliche Muster, als Vieh oder als Haustiere? Kath Two beobachtete ihre unangenehm vertrauten Interaktionen mit diesen Tieren, wobei sie wiederum von ihnen beobachtet wurde. In ihre Dreadlocks woben sie die leuchtenden Federn von Vögeln, die man auf der Alten Erde exotisch genannt hätte: ein Wort, das hier sinnlos war, denn sie waren nach dem Vorbild von Papageien, Tukanen und Kakadus aus längst vernichteten Dschungeln von Menschenhand gemacht, der Theorie folgend, dass Vögeln ein buntes Federkleid auch hier nützen würde, wenn es ihnen dort nützlich gewesen war. »Inotisch?« »Anthrootisch?« Jedenfalls waren sie sonderbare Menschen, und sie waren insofern Lebenslängliche, als im Ring kein vorstellbares Zuhause für sie gefunden werden konnte. Es sei denn, sie schliefen wieder für eine Weile und versuchten, die Veränderungen rückgängig zu machen, die ihre Umgebung ihnen beigebracht hatte. Das war jedoch gar nicht so leicht. Solange eine Moiranerin in Veränderung begriffen war, konnte sie sich immer weiter verändern, verharrte sie aber zu lange in einem Zustand, dann »nahm sie die Einstellung an«, wie es so schön hieß, und würde Schwierigkeiten haben, die Veränderung rückgängig zu machen. Die Leute hier, mutmaßte Kath Two, hatten definitiv eine Einstellung angenommen. Sie paarten sich offensichtlich mit camilanischen Angehörigen des Personals, die sich auf eine ethnisch gesehen typische Art an den Ort angepasst hatten, an dem sie gelandet waren, und nach Möglichkeiten suchten, ihn für die Menschen um sie herum bewohnbar zu machen.

Dagegen sprach nichts. Jedenfalls pflegten das die Leute im Ring zu sagen, weil es das war, was man höflichkeitshalber sagen musste. Nichts sprach gegen Mischlinge. In Wahrheit fanden sich Mischlinge jedoch, wie Unkraut, überwiegend in gestörten Gebieten. Ein kleines Grüppchen war nett, vor allem an kultivierten Orten wie Chainhattan, aber viele davon in einer Gemeinschaft zu sehen war ein Zeichen, das jeder im Ring zu lesen vermochte, auch wenn man wusste, dass es unhöflich war zu sagen, was man dachte. Die Verhaltensweisen, die diese Leute um alltägliche Dinge wie den Sonnenaufgang, um Essenszeit und Traumdeutung erfunden hatten, besaßen eine rituelle Qualität, die für Ariane offenbar faszinierend und für Kath Two ein bisschen beschämend war. Zum ersten Mal in ihrem Leben spürte sie Anzeichen des sogenannten Alten Rassismus: das Fortbestehen oder den Nachvollzug rassistischer Einstellungen in modernen Zeiten, die auf der Alten Erde existiert hatten, vollkommen ausgelöscht worden und nur deshalb bekannt waren, weil es noch Unterlagen darüber gab. Auf eine bestimmte Art von krankem Verstand übten sie dieselbe magnetische Anziehungskraft aus wie vor Null, und so fand man unter Millionen von Ringbewohnern vielleicht einen Menschen, der zu viel Zeit damit zugebracht hatte, sich in ein fünftausend Jahre altes Webarchiv zu vertiefen und sich von Vorstellungen über Vor-Null-Schwarze infizieren zu lassen, von denen er meinte, man könne sie auch auf Moiraner anwenden und so weiter. Es war nichts als eine intellektuelle Kuriosität und keineswegs ein Aspekt im Leben realer Menschen: etwas, wovon Kath Two gehört hatte, wie von Tollwut oder Watergate, und das sich, wie sie fasziniert feststellte, ausgerechnet hier in ihrem eigenen Kopf regte. Allerdings war das nur ein vorübergehender Gedanke.

Schon bald schaltete sich ihr Erkundungsverstand ein und subsumierte alles unter die wissenschaftliche Methode. Sie befanden sich hier in einem TerReForm-Außenposten. Davon gab es viele Tausende. Manche waren ein wirrer Haufen von Zelten, die dauerhaftere Anlagen erahnen ließen. Manche, wie diesen hier, gab es schon Jahrzehnte, andere Jahrhunderte lang. Manche waren verlassen worden, nachdem sie ihren Zweck erfüllt hatten, und andere hatten sich in Registrierte-Indigenen-Zonen, das Gelände für prätentiöse Schulen, Gefangenenlager oder wissenschaftliche Stiftungen verwandelt. An diesem Außenposten war eine merkwürdige, absolut nicht auf den Ring übertragbare Kultur entstanden. Wenn das an diesem passiert war, musste etwas Vergleichbares nicht auch an anderen passiert sein? An wie vielen? War die Neue Erde von bizarren, um TerReForm-Anlagen gruppierten kulturellen Vorposten verseucht? Konnte es passieren, dass man ins ehemalige Usbekistan reiste und auf eine Miniaturkolonie von ivynischen Performancekünstlern stieß, die dabei waren, am Rand eines Einschlagkraters von der Größe Irlands ihre typische, auf Flechten basierende Küche zu entwickeln? Oder in das, was von der Iberischen Halbinsel übrig war, und dort eine Kolonie von teklanischen Hünen besuchte, die mit julianischen Mystikern Babys machten? Wie weit konnte das gehen?

Kath Two verspürte eine gewisse Erleichterung, als sie am nächsten Morgen nach einer angenehmen und ereignislosen Übernachtung am Strand wieder die *Madiba-Arche* bestiegen, die jetzt zu neunzig Prozent leer war, und Richtung Norden abhoben.

Die Entfernung zur Südküste von Antimer betrug die Hälfte der Strecke, die sie am Vortag zurückgelegt hatten. Gegen Mittag, als die Sonne auf die tief heruntergezogenen Dachvorsprünge und geschlossenen Fensterläden des Militärkomplexes weiter oben knallte, durchpflügte die Arche den Hafen dort und setzte mit einem gewaltigen Seufzer in den frischen, glitzernden azurblauen Wellen auf. Ein kleinerer, dem Militärstützpunkt angegliederter TerReForm-Posten war mit einer einzigen Pier ausgestattet, die so lang war, dass eine Arche dort anlegen konnte. Um ihr Vehikel grob in deren Nähe zu bringen, setzten die Piloten eine Vielzahl von murrenden und jaulenden Steuertriebwerken ein. Den Rest erledigten Roboterschleppboote, indem sie an Tauen zogen, die um massive Poller gelegt waren. Die fünf Menschen, die gemeinsam im Frachtraum gereist waren, kamen nach vorne, um den örtlichen TerReForm-Mitarbeitern Platz zu machen, die zusammen mit zwei Frachtlade-Grabbs die Arche bestiegen, um das Wenige, was an Fracht noch übrig war, zu löschen: Regale mit Käfigen, die große Fleischfresser beherbergten. Es war eine Mischung aus Caniden und Feliden, und dazu ein paar große Schlangen. Sie waren in verschiedenen Abteilen des Frachtraums verstaut gewesen, damit sie sich nicht durch fortwährendes Drohverhalten den anderen gegenüber selbst zermürbten. Jedem, der mit dem Survey zu tun hatte oder auch nur ein bisschen was über die TerReForm wusste, war klar, was das bedeutete: Das Ökosystem von Antimer war viel weiter entwickelt als das von Hawaii und erzeugte inzwischen kleine Fauna und Pflanzenfresser in einer Geschwindigkeit, die die Einführung größerer Raubtiere erforderlich machte, um sie unter Kontrolle zu halten.

Der Hafen war ein nahezu kreisrunder Einschlagkrater mit nur einem kleinen Abfluss zum Meer. Seine Peripherie war zum größten Teil von der Militärbasis in Beschlag genommen. Von irgendwoher in dieser Zone durchquerte eine Barkasse die blaue Wasserscheibe und legte längsseits an der Cockpittür der Arche an. Über eine Falttreppe stieg die Sieben aus und verließ so ohne jegliche Formalitäten, ja ohne Kontakt zum örtlichen Personal, den Zuständigkeitsbereich von TerReForm. Eine halbe Stunde später aßen sie in einem nichtöffentlichen, an eine Kantine angrenzenden Offiziersspeiseraum zu Mittag, und eine weitere Stunde später befanden sie sich an Bord eines Flugzeugs – einer konventionellen, motorbetriebenen Militärmaschine –, das von einer Startbahn abhob, die in die steinige Küste einer Insel in ein paar Kilometern Entfernung gesprengt worden war, und nordwärts abdrehte, nachdem es genug Höhe gewonnen hatte, um den schneebedeckten Gipfeln entlang der zentralen Kammlinie von Antimer auszuweichen. Aus dieser Höhe wurde das Auge nicht mehr von den Gipfeln und Tälern getäuscht, die aus der Nähe betrachtet wie ein Bergrücken auf der Alten Erde angemutet hatten. Hier konnte, wer aus den Fenstern an der linken Seite des Flugzeugs schaute, tausend Kilometer weit nach Westen sehen. Die Krümmung, die der Höhenrücken des Archipels vollzog, machte klar, dass dies der Rand eines gewaltigen Einschlagkraters war, geschaffen von einem großen Mondbrocken, der auf einer nordwärts gerichteten Flugbahn angekommen war und Meeresboden und Auswurf in einem hohen Bogen über den Meeresspiegel hinausgeschoben hatte. Weiter südlich deutete ein in entgegengesetzter Richtung gekrümmter kleinerer Archipel auf den unteren Kraterrand hin. Der war vom Flugzeugfenster aus allerdings nicht sichtbar. Stattdessen blickten sie alle nach Westen und verfolgten den Bogen des Gebirges, der immer höher wurde, während das Land darunter sich weitete. Irgendwo auf dem Weg dorthin wurde es durch die unsichtbare Linie von 166/30 zerschnitten. Bard drückte seine schwere Stirn an die Scheibe und betrachtete lange und gedankenverloren seine Heimat, wobei er Hügel und Buchten wiederzuerkennen und an Weinberge zu denken schien. Dann verschwand Antimer hinter ihnen, und sie flogen ein paar Stunden lang über den strukturlosen Pazifik.

In diesen Gebieten war das Wasser zu tief, als dass der Harte Regen, abgesehen von einem weiteren Hyper-Einschlag wie dem, der Antimer geschaffen hatte, irgendetwas hätte sichtbar umformen können, und so war die allgemeine Form der Dinge kaum verändert, bis sie sich, nur rund hundert Kilometer südlich der ehemaligen Küstenlinie Alaskas, dem Kontinentalschelf näherten. Im seichten Wasser zwischen diesem und den Ausläufern des Küstengebirges – einem Streifen Meer und Land zwischen einhundert und zweihundert Kilometern Breite – waren die Veränderungen deutlich erkennbar. Der Küstenverlauf allerdings war noch genau so wie zuvor. Folgenschwerer als direkte Bolideneinschläge hatten sich bei der Umformung von Land das Verschwinden der Gletscher und die endlose Reihe von Tsunamis ausgewirkt, die über die Jahrtausende hinweg in diese breite Bucht gelenkt worden waren. Der von dem Antimer-Einschlag ausgelöste Tsunami hatte sogar die Berge überschwemmt, war über das hinweggestiegen, was einst gletscherbedeckte Gipfel gewesen waren, und weit im Inland aufgeschlagen, um auf den heißen Gesteinsbrocken zu verkochen. Seit Beginn der Abkühlung rund elfhundert Jahre zuvor und insbesondere, seit Menschen die Meere wiederhergestellt hatten, indem sie Kometen auf die Oberfläche warfen, hatte es auf diesen Gipfeln wieder zu schneien begonnen. Allerdings dauerte es lange, bis sich Gletscher bildeten, und weitere Jahrtausende würden vergehen, ehe rissige Flüsse aus altem blauem Eis die Gebirgstäler hinabsickerten, um das Meer zu berühren.

Wenn dieser Tag kam, würde die Siedlung Qayaq weichen müssen. Sie war auf einem Schutthaufen am Westufer eines kalten Flusses erbaut, der aus den Bergen herabstürzte, genau an der Stelle, wo er sich in den Pazifik ergoss. Da der Platz zwischen Meer und Schnee für ein Flugfeld von der Größe, wie Qayaq es brauchte, nicht ausreichte, hatten sie eins aus Pykrete konstruiert. Es schwamm unmittelbar vor der Küste, eine absolut flache Platte, durchsetzt mit Rohren, in denen man flüssiges Kühlmittel zirkulieren ließ, um ihren festen Zustand zu erhalten – keine schwierige Aufgabe an einem Ort, wo die Temperatur von Wasser und Luft nur ein paar Grad über dem Gefrierpunkt lag. Abgesehen davon gab es hier eigentlich nichts. Selbst die TerReForm-Präsenz war minimal, da es für solche Leute einfacher war, von Booten aus zu operieren.

Die Notwendigkeit für das Flugfeld von Qayaq ergab sich aus der Aschewand. Westlich von hier, bis hin zum 166/30 und darüber hinaus, war eine Kette von Vulkanen, früher als die Halbinseln Kenai, Alaska und die Aleuten bekannt, fast permanent in einem Zustand der Eruption. Jeder Pilot, der in dem Gebiet, das vom 166/30 im Westen und den Rockys im Osten eingeschlossen wurde, nach Norden oder Süden über den sechzigsten Breitengrad fliegen wollte, musste in seinem Flugplan die

Wahrscheinlichkeit berücksichtigen, dass ihm der Weg ganz abrupt durch eine Aschewolke versperrt würde, die von irgendeinem der hundert windwärts gelegenen aktiven Vulkane in die Stratosphäre hinaufgeschleudert worden war. Flugzeuge waren teuer, noch teurer, als sie es auf der Alten Erde gewesen waren. Da sie zu groß waren, um im Ring hergestellt und dann auf die Oberfläche hinuntertransportiert zu werden, mussten sie ebenso wie andere größere Produkte, zum Beispiel Archen und Schiffe, in Fabriken auf der Oberfläche hergestellt werden. Diese lagen üblicherweise in Randbezirken von Wiegen-Sockeln. Auf jeden Fall mussten Flugzeuge vor dem Hintergrund, dass Hochleistungsturbofan-Triebwerke außerordentlich schwer herzustellen waren, wie kleine Kinder behandelt werden. Jeder Flugplan musste eine mögliche Notlandung auf der künstlichen Eisscholle von Qayaq einbeziehen, die ihrerseits komplett für die Aufnahme großer Flugzeuge ausgerüstet sein musste. Daher war das, was ursprünglich als Notlandeplatz konzipiert worden war, inzwischen so etwas wie ein Knotenpunkt, wo Flugzeuge vor allem deswegen landeten, weil es bequem und vorhersehbar war. Jedenfalls war das zufällig die Endstation des Militärflugs, den die Sieben genommen hatte, und so musste sie ohnehin hier aussteigen.

Es war ungefähr so warm und einladend, wie man es von einem auf einer Eisscholle konstruierten Luftwaffenstützpunkt erwarten würde. Eine niedrige Wolkenschicht hüllte sie in dauerndes Zwielicht und verwandelte alle Farben in Grautöne. Auf der anderen Seite eines schmalen Streifens Wasser breitete sich die Stadt wie ein toter Seestern auf ihrem Trümmerhaufen aus. Jenseits davon befand sich eine schwarze Wand, von der sie wussten, dass es die unteren Hänge des Küstengebirges waren, die jetzt mit jungen Bäumen überzogen, jedoch so in Nebel und Finsternis gehüllt waren, dass man sie nicht als solche erkennen konnte. Weiter oben, unmittelbar unter der Wolkendecke, waren manche von ihnen mit Neuschnee bestäubt, vielleicht aber auch nur von Eis überzogen, das direkt aus dem Nebel kondensiert war. Wären diese Wolken nicht da gewesen, wie es jedes Jahr für ein paar Wochen am Stück der Fall war, hätte die Sieben über schneebedeckte Gipfel hinweg in einen Himmel aufblicken können, der durch eine Aschewand schwarz gemacht wurde. Einer der großen Vulkane auf Kenai war zwei Wochen lang ausgiebig ausgebrochen.

Die Versuchung war stark, sich in eine Mikro-Hotel-Kapsel auf der Eisscholle zurückzuziehen, heiße Nudeln aus einer Tasse zu essen und Videos zu schauen. Irgendetwas, um dem Gefühl zu entfliehen, zwischen Eis und Meer unten, Nebel und Asche oben, dem Pazifik im Süden und der Bergwand im Norden gefangen zu sein. Stattdessen verkündete Tyuratam Lake, er werde zu einer Kneipentour in die Stadt gehen. Das sagte er auf so direkte Art, dass alle Übrigen sich leicht idiotisch vorkamen, weil sie etwas anderes auch nur gedacht hatten. Kath Two, Beled und Langobard sagten, sie seien dabei. Doc wandte ein, er wolle ein Nickerchen halten, und Memmie blieb wie immer bei Doc. Ariane schien verärgert und hin- und hergerissen zu sein. Im Laufe der Reise von der Wiege bis hierher war das Thema der Abstammungslinien nach und nach ins Spiel gekommen, und jetzt machte Ty verstärkt Druck.

Einer fünftausend Jahre alten Auffassung zufolge, der die meisten Nichtaïdaner und manche Aïdaner anhingen, würde Ty zum Anführer der Gruppe werden. Das lag zum Teil daran, dass er ein gebürtiger Beringianer war, der sich dort auskannte; der Hauptgrund war jedoch einfach, dass er der Dinaner war, und Anführer zu sein war etwas, das Dinaner machten. Ariane hatte Dinge organisiert – sie hatte die Abfolge von Flügen, die sie von der Wiege nach Qayaq gebracht hatten, irgendwie zusammengestellt –, und am Anfang hatte sie auch Docs Ohr gehabt. An ihr vorbei mit Doc zu sprechen war unmöglich erschienen. Seitdem hatte Doc jedoch großen Wert darauf gelegt, mit jedem einzelnen Zeit zu verbringen, und Ariane hatte sich nach einem oder zwei Tagen der Verwirrung und Verärgerung damit abgefunden. Die natürlichen Zwänge der Gruppenreise hatten sie alle zusammengehalten. Jetzt initiierte Ty eigenmächtig eine Expedition aufs Festland, und Ariane war vielleicht hin- und hergerissen zwischen dem Wunsch nach dieser Tasse Nudeln ganz für sich und der Angst, sie könnte etwas verpassen.

Am Ende kam sie mit. Sie brachen einen der Koffer mit Ausrüstung auf, die sie seit Cayambe bei sich gehabt hatten, und fanden warme Kleidung. Dann wanderten sie übers Eis zu ein paar Stufen, die sie hinunter zu einem kleinen Hafen für Wassertaxis führten, und machten sich an die Überfahrt – nur ein paar Hundert Meter weit – zur Küste von Beringia. Eine weitläufige, von Bergbau-Robotern in den Fels gehauene Treppe brachte sie vom Ufer hinauf zu der Stelle, wo der Hang so flach wurde, dass man darauf gehen konnte, und dann öffnete sich ihnen der Blick in eine Hauptstraße, die ungefähr hundert Meter landeinwärts verlief, ehe sie an einer senkrechten Felswand endete: einem Gesteinsbrocken, der gewaltsam in die Flanke eines größeren Berges eingelassen worden war. Selbst auf diese Entfernung konnten sie erkennen, dass der Brocken ein Stück vom Mond war. Man hatte sich bemüht, den Ort mithilfe unterschiedlicher LED-Technologien, die jetzt die Fassaden der Lokale schmückten und grelle, gesättigte Farben in die lichtdurchlässige Luft verströmten, ein wenig aufzupeppen. Aus der Art ihrer Werbung konnte man schließen, dass der typische Gast hier Angehöriger des Militärs und allein war.

»Manchmal frage ich mich«, sagte Bard, der vom Geschmack des lokalen Apfelweins das Gesicht verzog, »ob die Urmütter, die ja Frauen waren, die Verbindung zwischen dem visuellen System und dem Sexualtrieb beim Mann wirklich kapiert haben.« Dabei warf er einen Seitenblick auf eine nackte Dame am anderen Ende des Raums.

Kath Two interessierte sich nicht besonders für die nackte Dame, hatte jedoch kurz zuvor dem Rest der Gruppe den Rücken zugekehrt, um einen kleinen Tumult zu beobachten. Nun drehte sie sich zu Bard um. »Na ja, sie waren *Frauen*. Sie hatten ihr ganzes Leben unter diesem Blick zugebracht. Alles, was sie je darüber gelernt hatten, wie man sich kleidet, wie man sich benimmt ...«

»Ja«, sagte Ariane. »An, wenn ich mich recht erinnere, Tag 287 des Epos haben wir die Unterhaltung in der ›Reality-Show‹, in der Ivy speziell über die Bedeutung von Dinahs Persönlichkeit und den Umgang damit in den sozialen Medien redet.«

»Wie können Sie sich an einen solchen Mist erinnern?«, fragte Ty.

Kath Two bedachte ihn mit einem leicht vorwurfsvollen Blick. »Wie kannst du es *nicht* tun? Diese Unterhaltung fand in den Minuten statt, bevor deine Urmutter die Liebe ihres Lebens traf.«

Ty dachte darüber nach. »Erstes Bolo?« Sein Blick schnellte von der nackten Dame weg zu einem Bildschirm über dem Tresen, wo ohne Ton eine Szene aus dem Epos lief: Dinah in einem Raumanzug, wie sie auf die Außenseite der *Endurance* stieg, um herauszufinden, was mit einem nicht richtig funktionierenden Roboter los war. Niemand schaute hin.

»Ja. Erstes Bolo«, sagte Kath Two, ein wenig besänftigt.

Was Bard betraf, so konzentrierte er sich etwas zu stark auf die kleinen Blasen in seinem Apfelwein, die Kerben und Kratzer in der Tischplatte, die an der Decke befestigte elektrische Installation. Für ihn war es anders. Ty und Beled konnten anschauen, was sie wollten – das war ja schließlich der Sinn dieses Lokals. Wenn ein Neoander dagegen auf diese Weise eine Frau anstarrte – sie sah aus wie eine Dinanerin oder vielleicht ein dinanisch-teklanischer Mischling –, war das etwas anderes. Nicht, was die Inhaber anging. Der Laden wurde sogar von Frauen betrieben, die vermutlich auch die Inhaberinnen waren. Es gab jedoch andere Gäste, die Bard bemerkt hatten, als er hereingekommen war, und ihm fast so viel Aufmerksamkeit widmeten wie den Tänzerinnen. Wäre er nicht in Gesellschaft eines überdurchschnittlich großen Teklaners und eines Dinaners mittleren Alters mit einer gewissen, schwer einzuordnenden »Leg dich nicht mit mir an«-Ausstrahlung gewesen, hätte es wahrscheinlich Schwierigkeiten gegeben. Ein paar von den anderen Stammgästen hätten sich womöglich zusammengetan, um herauszubekommen, ob die Geschichten über Neoander Märchen waren oder nicht. So aber war das Einzige, worüber Bard sich Gedanken machen musste, dass er viele zornige Blicke auf sich zog und womöglich gerade dabei war, sich etwas einzufangen, weil irgendeine wild gewordene Heferasse den Apfelwein verseucht hatte.

Die Schablone für Gemeinschaften dieser Art und die allgemeinen Erwartungshaltungen ihnen gegenüber waren ab dem Zeitpunkt um fünfhundert nach Null geprägt worden, als die Wiege einen Grad der Überfüllung erreicht hatte, der einfach keine andere Wahl ließ, als sich außerhalb von ihr auszubreiten. Die ersten Außenhabitate hatten nur ein paar Kilometer von Kluft entfernt gelegen. Im Grunde genommen hatte jede Siedlungstätigkeit sich auf Kluft beschränkt, bis Anfang des Zweiten Jahrtausends die industrielle Basis sich so weit entwickelt hatte, dass andere Felsbrocken kolonisiert werden konnten. In fiktionaler Unterhaltung waren viel mehr solcher Gemeinschaften beschrieben worden, als tatsächlich existiert hatten. Das spielte jedoch keine Rolle. Was der fast vollkommen unechte und romantisierte Wilde Westen für die amerikanische Kultur des Zwanzigsten Jahrhunderts gewesen war, das waren diese Geschichten für die Bewohner des Habitatrings. Daher wurden in den seltenen Fällen, wo echte Siedlungen dieser Art, so wie hier, *de novo* gebaut wurden, in der Regel die Erwartungen von Menschen berücksichtigt, die ihr ganzes Leben lang Fernsehserien über ihre Ahnen im Zweiten Jahrtausend geschaut hatten.

Dennoch gab es Überraschungen. Nicht so sehr die Tatsache, dass dieses Lokal im Besitz von Frauen war. In der Erwachsenen-Unterhaltungsindustrie kam das durchaus häufiger vor, und irgendein Selektionseffekt war ohnehin am Werk: Sie hatten beschlossen, in dieser Kneipe zu bleiben, weil sie Kath Two und Ariane weniger unheimlich vorkam als einige der anderen. Unerwarteter war die Tatsache, dass mindestens die Hälfte der Gäste Indigene waren. Diejenigen, die es nicht waren – die von der schwimmenden Eisscholle vor der Küste übers Wasser hergekommen waren –, konnte man an Haarschnitt, Kleidung und Verhalten erkennen. Ihnen an Zahl ebenbürtig waren jedoch zerzaustere und farbenfrohere Typen, bei denen man nur spekulieren konnte, was für Berufen sie nachgingen und welche Gründe sie für ihre Anwesenheit in Qayaq hatten. Man durfte getrost davon ausgehen, dass viele von ihnen aus einer RIZ in etwa zwanzig Kilometern Entfernung die Küste heraufgekommen waren, um Handel zu treiben oder andere Formen des Verkehrs zu pflegen. Qayaq selbst war allerdings größer und voller, als sie erwartet hatten, ein Hinweis darauf, dass der Zuwachs an Bevölkerung und Handelsvolumen die vom Vertrag gesetzten Grenzen überstieg. Von Bergen geschützt und die meiste Zeit unter dichten Wolken verborgen wuchs hier eine verbotene Stadt. Und wenn das hier passierte, passierte es auch anderswo im Blauen Teil der Welt. Rot musste Kenntnis davon haben. Eine Wolkendecke allein konnte einen solchen Ort nicht geheim halten. Warum legte Rot dann nicht diplomatische Beschwerde ein? Weil Rot wahrscheinlich genau dasselbe machte, vielleicht sogar in noch größerem Umfang, und Rot und Blau waren stillschweigend übereingekommen, keine Unruhe zu stiften.

Wie viele Menschen lebten auf der Oberfläche? Die offiziellen Zahlen für den Blauen Teil beliefen sich auf etwa eine Million, die meisten davon um Wiegen-Sockel herum konzentriert. Die wahren Zahlen lagen womöglich viel höher.

Als schließlich jemand an sie herantrat, war es ein junger Ivyner mit langen Haaren und einem schütteren Bart. Hätte man ihn im selben Lokal fünftausend oder auch zehntausend Jahre früher entdeckt, wäre er für jemand durchgegangen, dessen Vorfahren über die ursprüngliche Landbrücke Beringia von Asien herübergekommen und ins nördliche und südliche Amerika geströmt waren. Er hatte Verstand genug zu bemerken, dass die Fremden ihn misstrauisch beäugten, aber auch den Schneid, trotzdem zu ihnen zu gehen. Die Hände ließ er lässig an der Seite herunterhängen, die Handflächen leicht nach außen gedreht, so als hätte er sich selbst gerade noch daran gehindert, sie in die Luft zu werfen und zu rufen: »Was zum Teufel macht ihr Typen hier?« Er war aufgeweckt und leicht amüsiert. Als er näher kam, wurde klar, dass er größer war, als es zunächst den Anschein gehabt hatte; sie hatten sich von seinem schmächtigen Körperbau und seiner gebückten Haltung täuschen lassen.

Dieselbe Frage – Was zum Teufel machst du hier? – hätten sie diesem jungen Ivyner stellen können. Seiner Kleidung nach zu urteilen – fünf Jahre alte Mode von Chainhattan, individuell angepasst mit Pelz-, Knochen- und Tierhautstücken – war er ein Indigener mit kommerziellen Verbindungen nach Qayaq. Vielleicht der schlauste Bursche in seiner RIZ, das Kind exzentrischer ivynischer Träumer, das nach Beschäftigung für sein Gehirn suchte. Er hatte mit ein paar dinanischen Kumpeln am Tresen herumgehangen, aber sie alle schienen durch die Nackttänzerinnen eher peinlich berührt, als angeregt zu sein.

»Sie sind über die Berge gekommen?«, fragte er. Ihm war ihre Kleidung aufgefallen: brandneu, gute Qualität, extrem warm.

Allen erschien das wie ein einfacher Eisbrecher, nur Ty nicht, der, bevor einer der anderen antworten konnte, sagte: »Wir brauchen keinen Führer.«

Das warf den jungen Mann nur ein wenig zurück. »Einen Führer«, wiederholte er, als hätte Ty gerade einen merkwürdigen, aber irgendwie interessanten Gedanken ins Gespräch gebracht. »Nein, ich habe Sie eigentlich nicht für Leute gehalten, die einen Führer anheuern würden.« Sollte heißen abenteuerhungrige – und laut Vertrag illegale – Touristen aus dem Ring.

Das ließ die Frage offen, wofür er sie tatsächlich hielt, was eine leichte Befangenheit entstehen ließ, bis er fortfuhr: »Falls Sie auf die andere Seite des Gebirges gehen, könnte ich Ihnen etwas zeigen.«

»Etwas Besonderes? Einzigartiges? Etwas, was du Leuten andauernd zeigst?«, fragte Ty.

Der junge Mann sah verlegen aus. »Ich war zweimal dort. Es ist interessant.«

»Mit zahlenden Kunden?«, fragte Ty. »Weil...«, doch da wurde er von Arianes Hand auf seinem Arm unterbrochen.

»Er hat es interessant genannt«, sagte sie. »Geld ist nicht seine Motivation.«

»Also gut«, sagte Ty.

»Wie heißt du?«, fragte Ariane ihn.

Der junge Ivyner wappnete sich innerlich und sagte: »Einstein.«

Darauf Stille. Als niemand lachte, straffte er sich und rückte ein wenig näher.

»Was macht dieses Ding so interessant?«

»Es ist ein Fakt«, sagte Einstein.

»Verstehe ich nicht«, sagte Kath Two. »Ist es ein Fakt, dass es interessant ist, oder...«, doch dann brach sie ab, weil sie begriffen hatte. Er hatte das Wort verkürzt und meinte in Wirklichkeit, dass es ein Artefakt war. Ein aus der Welt vor Null überliefertes Objekt.

»Das würde ich mir ansehen«, räumte Ty ein.

Sie verstanden Einstein ein wenig besser, als Kath Two sie alle am nächsten Tag in einem Gleiter über die Berge flog und sie sahen, wie schwierig es für zu Fuß Reisende wie ihn gewesen sein musste, die Fundstelle dieses Artefakts zu erreichen. Das warf die Frage auf, wie er überhaupt darauf gestoßen war. »Reines Glück, nachdem ich mich in einem Whiteout hoffnungslos verirrt hatte«, schien die naheliegendste Antwort, aber vielleicht hatten seine Leute auch die landeinwärts gelegenen Hänge dieses Gebirges auf systematische Weise durchkämmt.

Sie waren in derselben Art von Gleiter unterwegs, die sie auf der Etappe vom Cayambe-Sockel nach Magdalena benutzt hatten. Da er keine Triebwerke hatte, konnte er ohne mechanischen Schaden durch die Aschewand fliegen, und da er langsamer flog als ein Düsenjet, brauchten sie sich nicht so viele Gedanken darüber zu machen, dass Kath Twos Windschutzscheibe durch Abrieb von mikroskopisch kleinen Felssplittern undurchsichtig werden könnte. Was sie tatsächlich etwas beunruhigen musste, war die Tatsache, dass sie nicht sehen konnte, wohin sie steuerte, als sie durch den dichtesten Teil der Aschewand flogen. Doch sie kannte die Höhe der Gipfel in der Umgebung und blieb weit über ihnen. Als die Sicht dann etwas klarer geworden war, konnte sie sich die Asche zunutze machen, denn in der Luft funktionierte sie ein wenig wie ein Tropfen Tinte in wirbelndem Wasser, der Strömungen und Strudel sichtbar machte.

Einstein kam der Sieben insofern exotisch vor, als er auf der Oberfläche geboren war und sie nie verlassen hatte. Dies war seine erste Reise in einem wie auch immer gearteten Fluggerät. Die Berge von oben zu sehen erforderte gewisse mentale Korrekturen, die er rasch vornahm. Und auf jeden Fall kannte er den Breiten- und Längengrad des Artefakts. Nachdem sie über den Gebirgskamm geflogen und in klare Luft gekommen waren, dirigierte Einstein Kath Two auf ein Hochtal zwischen dem Küstengebirge und einem Nebenkamm jenseits davon zu. Seine höheren Lagen waren ohne Leben, weiter unten am Hang begannen sich jedoch Tundra und niedriges Gestrüpp anzusiedeln. Dass diese aus dem All heraus gesät worden waren, ergab sich eindeutig aus ihrem regelmäßigen Abstand. Roboterkapseln waren in präzisen geometrischen Formationen vom Himmel gefallen und in einer sechseckigen Anordnung auf der Erde aufgeschlagen, ehe sie aufbrachen, um ihre Saat auf dem Boden zu verstreuen. Irgendein Witzbold in den Tiefen der TerReForm-Bürokratie hatte diese Dinger ONAN genannt: Orbitale Neo-Agrarische Naturalisierungsgondel. Wie die Jahre vergingen und sich das Ökosystem von den ONANs aus verbreitete, verschwanden die sechseckigen Muster im natürlichen Chaos des Lebens. Doch an einem Ort wie diesem, wo Pflanzen langsam wuchsen, würde es noch jahrhundertelang sichtbar sein.

Kath Two flog ein paarmal durch die ganze Länge des Tales hin und her und entdeckte ein mit gefrorener Aschepaste bedecktes Stück glattes temporäres Flussbett, auf dem sie glaubte landen und starten zu können. Die Stromspeicher des Gleiters waren in der Nacht zuvor aufgeladen worden und befanden sich immer noch bei hundert Prozent. Daher flog sie noch eine lange Runde, um Geschwindigkeit zu verlieren, und landete dann, als sie wieder in einer Aufwärtsbewegung war. Zunächst berührte sie nur leicht den Boden, um sich zu vergewissern, dass das Flussbett tatsächlich fest zugefroren war, dann setzte sie entschlossen auf. Ganz am Ende schleiften die Flügelspitzen, und für einen Moment kam die Sorge auf, eine von ihnen könnte gegen einen vorstehenden Fels stoßen, doch Kath Two gelang es, das zu vermeiden und das Fluggerät unversehrt zum völligen Stillstand zu bringen. Beled und Bard stiegen als Erste aus und rannten in entgegengesetzte Richtungen zu den beiden Flügelspitzen. Nachdem sie diese vom Boden abgehoben hatten, konnten sie den Gleiter drehen, indem sie beide im Uhrzeigersinn einen großen Kreis beschrieben. Kath Two sagte ihnen, wann sie aufhören sollten.

Ty stieg aus und öffnete eine Ladeluke an der Seite, aus der er zwei Siwis entließ, die anfingen, sich in ihrem typischen drängenden Stil über den Boden zu bewegen, außerdem zwei Buckys, die auf der Suche nach höhergelegenen Standorten zur Errichtung von Beobachtungsposten und Kommunikationsverbindungen umherzurollen begannen. Hauptziel war es jetzt, den Gleiter festzubinden, damit er nicht von einer Sturmbö davongeweht wurde. Die Siwis waren hauptsächlich geowissenschaftlich ausgerichtete Roboter, gut im Graben und Tunnelbauen. Schon nach wenigen Minuten waren sie, mit ein wenig Anleitung von Doc, in der Lage, Anker in ein paar stabil aussehende Felsblöcke zu setzen. Ty und Bard führten Taue von dort zu den Spitzen der Gleiterflügel und banden sie fest, während Beled unruhig außen herumpirschte. Kath Two und Ariane entfalteten den Grabb, den Doc benutzte, um sich an Orten wie diesem fortzubewegen. Er hatte dieselbe Funktion wie ein Rollstuhl, nur mit Beinen, sodass er sich auch in einem Gelände, wo selbst gesunde Menschen Schwierigkeiten mit dem Vorwärtskommen hätten, seinen Weg bahnen konnte. In der Zwischenzeit packte Memmie Doc warm ein und machte ihn fertig zum Aussteigen. Einstein beobachtete das alles und stellte nur ein paar Hundert Fragen, die zum größten Teil von Doc selbst gutgelaunt beantwortet wurden. Einstein hatte sicher einiges von dieser Art Technologie zu Hause in der RIZ auf Videobildschirmen gesehen, aber das hier war seine erste direkte Erfahrung damit.

Er hütete sich, Fragen über die Waffen zu stellen. Kath Two, Ty, Beled und Bard hatten alle Katapulte unterschiedlicher Machart. Sie bewaffneten sich nicht wie Soldaten, die in den Krieg zogen, sondern eher im vorsorglichen Stil des Survey-Personals, das an Plätze vordrang, wo große Raubtiere oder sogar böse Indigene umherstreifen konnten. Kath Two trug ein kleines Katapult vom selben Typ, den sie auf ihrer kürzlich abgeschlossenen Erkundungsmission dabeigehabt hatte: eine Seitenwaffe, die mithilfe eines elektromagnetischen Antriebs eine spezielle Art Mubot auf ein ausgedehntes warmes Ziel schleuderte. Selbsttätig auf den großen Infrarotfleck zusteuernd, würde der Mubot wie eine Raumsonde, die auf einem Asteroiden aufsetzte, darauf landen und auf der Suche nach Möglichkeiten, ihm Unannehmlichkeiten zu bereiten, darauf umherkrabbeln. Jedes größere Tier mit mehr als zwei oder drei von diesen Dingern an seinem Körper würde etwas anderes zu tun haben, als Kath Two zu verspeisen. Tyuratam Lake hatte eine etwas ältere, schwerere und stärker in Mitleidenschaft gezogene Version derselben Waffe. Sie hatte zwei Magazine, von denen eins haargenau dasselbe war wie bei Kath Twos Waffe. Das andere beherbergte vermutlich Mubots eines anderen Typs, womöglich für den Einsatz gegen Menschen. An Beled hing ein wesentlich größeres Zweihand-Katapult, dessen langes flexibles Magazin wie ein Patronengurt um ihn herumdrapiert war. Es war des Guten zu viel, aber etwas anderes hatte er nicht, und das Gewicht machte ihm nichts aus. Langobard hatte in einem unter Roten Neoandern üblichen Stil einfach eine Menagerie unterschiedlicher Mubots – insgesamt vielleicht ein Dutzend –, die auf seinem Körper umherkrabbelten, und ein Katapult, das wie eine Gipsschiene an seinen Unterarm geschnallt war.

Wenn er ihm auftrug, mit dem Feuern zu beginnen, was er mithilfe eines Bedienelements in seiner Handfläche tat, erfuhren die Mubots es über ihr Netzwerk und machten sich sofort zu seinem Ellbogen auf, um sich dort in den Schleudermechanismus des Katapults zu schieben. Es erschien ein wenig indirekt, hatte jedoch den Vorteil, dass die Mubots, wenn sie nichts anderes zu tun hatten, über Bards Körper patrouillieren und nach fremden Mubots, die von Feinden auf ihn geschleudert worden waren, Ausschau halten und sich einen Kampf mit ihnen liefern konnten.

Für Einstein, ja für jeden, der sich die Zeit nahm, darüber nachzudenken, war das faszinierend, für die Sieben dagegen so sehr Alltagsroutine, dass niemand es noch für erwähnenswert hielt. Das Verhalten der auf Bard herumkrabbelnden Mubots war für diejenigen, die wenig Berührung mit den Gepflogenheiten von Rot hatten, einigermaßen neu, doch auf ihrem mühseligen Abstieg ins Tal wurde klar, dass die Mubots alle ein Programm ausführten, das auf ein paar sich wiederholende, stereotype Verhaltensmuster wie auf seinen Schultern zu hocken oder Runden um seine Bauchgegend zu drehen hinauslief. Manchmal versuchten einige, einen Zug zu bilden, aber dafür waren sie eigentlich nicht genug.

Wenn Beled, Bard und Ty im Verlauf ihrer Reise von der Wiege einen Moment Zeit gehabt hatten, hatten sie sich gemeinsam zurückgezogen, die Ausrüstungskoffer geöffnet und einige Anstrengungen unternommen, die verschiedenen Mubots aneinander zu gewöhnen, damit die Blau-programmierten, die die meisten von ihnen benutzten, Bards eher Rötliche Munition nicht als von Natur aus feindselig identifizierten und umgekehrt. Bislang schien das zu funktionieren. Wenn die Geländeform sie alle zusammendrängte, zum Beispiel an einer schmalen Felsöffnung, schienen Bards Mubots den Geruch derer aufzuschnappen, die in Beleds schlangenartigem Patronengurt ruhten, krabbelten dann zur entsprechenden Seite von Bards Körper und richteten ihre Sensoren dorthin aus, und dennoch hatte man nicht den Eindruck, als würden jeden Moment Feindseligkeiten ausbrechen. Wenn eins der Kommunikationssysteme vermutlich durch die Gegenseite blockiert oder gehackt wurde, kommunizierten die höher entwickelten Mubots miteinander durch verschiedene andere Methoden, darunter auch Ton. Ultraschall war die bevorzugte Frequenz, aber alle anderen wurden ebenfalls verwendet, und so war es hin und wieder möglich, Bards Botni Geräusche ausstoßen zu hören, wenn sie versuchte, die Blaue Botni um sie herum einzuschätzen oder möglicherweise nur zu verwirren. Manchmal war es ein Zischen und manchmal eine mathematische Melodie, die zu schnell gespielt wurde, als dass das menschliche Ohr sie hätte verarbeiten können. Jedenfalls kam aus Beleds, Tys oder Kath Twos Arsenal nichts – jedenfalls nichts für Menschen Hörbares – zurück. Allgemein gesprochen waren Blaue Waffenhersteller, ganz anders als Rote, gegenüber der Philosophie der »vielen dummen Mubots« voreingenommen.

In unwegsamem Gelände kam Doc auf seinem Grabb besser voran als irgendjemand sonst, außer vielleicht Einstein, der ein geschickter Kletterer war. Die beiden stürmten voraus, worauf Beled sie in großen Sätzen einholte und sich, einer Art Instinkt folgend, an die Spitze setzte. Langobard schien lieber die Nachhut zu bilden, was bedeutete, dass er mehr Zeit in Gesellschaft der langsameren Ariane verbrachte. Manchmal hob er sie einfach hoch und trug sie über holprige Stellen. Weiter oben war das Tal flach gewesen, doch um hinunter in den Teil zu gelangen, wo von den ONANs ausgesäte Vegetation wuchs, mussten sie einen steileren Übergang bewältigen. Danach wurde es leichter, obwohl sie sich begehbare Pfade durch das dichte niedrige Gestrüpp suchen mussten, das in dem Ascheboden gewurzelt hatte. Ihre Füße und Nasen verrieten ihnen, dass der Boden vorab mit einer Art Mikroorganismus besät worden war, der vermutlich die Vulkanasche – die in der Regel Giftstoffe wie Schwefel enthielt – in einen gesünderen Ackerboden verwandeln sollte.

Einstein hatte seine Karten erst offengelegt, als sie den Gleiter verlassen hatten. Seitdem hatte er Doc und allen, die in ausreichender Nähe gingen, um etwas mitzubekommen, seine eigene spekulative Hintergrundgeschichte zu dem Ding geliefert, dass sie sich anschauen würden.

»Sie werden sehen, wenn wir erst dort sind«, sagte er mehr als einmal, was vielleicht eine gewisse Unsicherheit in Bezug auf die Richtigkeit seiner Theorie zum Ausdruck brachte.

»Das hab ich nachgeschaut« war bei Einstein ebenfalls ein viel gebrauchter Satz. Der junge Mann hatte keine Ahnung, wer Doc war, und betrachtete ihn einfach als einen sehr alten Mann, der bereitwillig Fragen beantwortete. Sie beantwortete, aber auch welche stellte, und zwar auf herausfordernde, aber nicht schroffe Weise.

»Sie hatten diese Fahrzeuge auf Rädern...«

»Autos?«

»Nein, die großen, kastenförmigen.«

»Lkw oder Lastwagen«, sagte Doc.

»Meine Theorie ist, dass dieses Fakt einer davon war.«

»Aber vor einer Minute hast du noch gesagt«, bemerkte Doc mit einem Hauch von Protest, »dass es von einem Tsunami über das Gebirge geschleudert wurde.«

»Stimmt.«

»Das würde bedeuten, dass es irgendwo auf dem Meer rumgetanzt ist.«

»Das ist meine Theorie.«

»Wäre es denn nicht gesunken? Die Kästen waren nicht luftdicht. Früher oder später hätte es sich mit Wasser gefüllt.«

»Der eigentliche Kasten war innen komplett mit einem schwarzen Rückstand bedeckt«, entgegnete Einstein.

»Und welchen Schluss ziehst du daraus?«

»Ich habe nachgeschaut, und diese Lastwagen wurden dazu benutzt, alle möglichen Güter zu transportieren. Nicht nur schweres Zeug, auch Tüten mit Kartoffelchips, Turnschuhe, Spielzeug. Meiner Theorie nach war es einer davon. Er befand sich in der Nähe der Küste, als er von einem der ersten Tsunamis erfasst wurde, einem kleinen, der ihn ins Meer hinauszog. Und er ist nicht gesunken, weil...«

»Weil er voller Tüten mit Kartoffelchips oder so was war«, sagte Doc.

»Richtig, und er ist nicht verbrannt, jedenfalls nicht sofort, weil er im Wasser war. Später geriet er allerdings in einen richtig großen Tsunami, so wie der, durch den Antimer entstanden ist, und der hat ihn geradewegs übers Gebirge gehievt und dann hinuntergeschleudert ... da drüben. Wir müssten ihn fast sehen können.«

»Woraufhin sein Inhalt verbrannte und den schwarzen Rückstand hinterließ«, sagte Doc.

»Genau, und die Farbe ist runtergebrannt, genau wie die Reifen und alles andere, was nicht aus Stahl war.«

»Wäre es denn im Laufe von fünftausend Jahren nicht völlig verrostet?«

»Das hab ich nachgeschaut«, sagte Einstein. »Das Gebiet war sehr trocken. Und dieser Lastwagen war vermutlich vergraben. Ja, ein bisschen ist er gerostet. Aber bis zum Bewölkten Jahrhundert war er gut erhalten.«

Auch das musste Einstein nachgeschaut haben; es war um 4300-4400, nach der Wiederherstellung der Meere, als aber alles noch ziemlich heiß war.

»Dann, als Flüsse wieder zu fließen begonnen hatten, legte die Erosion ihn frei. Und ja, die freigelegten Teile sind tatsächlich verrostet. Manche bestehen allerdings aus einem anderen Metall.«

»Aluminium«, sagte Doc.

Doch Einsteins Vortrag verebbte, während er auf das Gerät schaute, das ihnen ihren Breiten- und Längengrad verraten sollte. Er erweckte ganz und gar den Anschein, als wisse er nicht weiter.

Schließlich machte er rund fünfzig Meter talabwärts einen entscheidenden Schritt, indem er in eine Reihe hoher Büsche eindrang. Die anderen folgten ihm. Die Sicht war schlecht, sodass sie seine Reaktion hörten, ehe sie das Artefakt sehen konnten. »Was zum ...?«

»Was ist los?«, fragte Ty.

»Jemand hat es ausgegraben!«, rief Einstein aus.

Sie fanden sich alle um den Rand einer Grube wieder, die vielleicht sechs Meter im Durchmesser und ebenso viele in der

Tiefe maß. Abdrücke im Boden machten deutlich, dass hier etwas mit Schaufeln ausgegraben worden war, und undeutliche Fußspuren bewiesen, dass sie von Menschen und nicht von Robotern geschwungen worden waren. Am tiefsten Punkt der Ausgrabung war die graue Erde vom Rost rot gefleckt. Ansonsten war der Boden der Grube leer; was immer hier gerostet hatte, war verschwunden. Nur ein paar Stücke hartes schwarzes Plastik und vollkommen verrostete Stahlreste lieferten den Beweis dafür, dass Einstein sie nicht die ganze Zeit belogen hatte.

Ty ließ sich vorsichtig in das Loch hinab, stocherte mit der Fußspitze in der feuchten, rostigen Pampe herum, griff dann hinein und zog etwas heraus. Nachdem er reichlich Dreck davon abgeschüttelt hatte, beförderte er es mit einem Unterhandwurf aus der Grube zu Beled, der es in der Luft auffing. Es war ein gebogener schwarzer Zylinder.

»Der Tag ist nicht verloren«, verkündete Ty. »Jeder von uns wird ein richtiges Artefakt anfassen können. Das, meine Freunde, ist ein fünftausend Jahre alter Kühlerschlauch.«

Die unterschiedlichsten Emotionen kämpften nun um die mentalen Kräfte der Sieben: völlige Ratlosigkeit darüber, wer dieses Loch gegraben hatte und warum. Mitgefühl für den zutiefst beschämten Einstein, der ihnen einen ganzen Lastwagen versprochen hatte. Enttäuschung darüber, dass nicht mehr davon übrig war als ein Rostfleck und ein Kühlerschlauch. Eine gewisse Unruhe bei dem Gedanken, dass unerklärliche Personen mit Schaufeln irgendwo um sie herum waren. Was all diese Emotionen jedoch überflutete wie eine Tsunamiwelle, die sich über den Bergen brach, war das Bewusstsein, dass sie sich in Gegenwart eines echten Artefakts von vor Null befanden. Wie sie auf dem Flug hier herauf festgestellt hatten, hatte Doc dreimal in seinem Leben solche Dinge gesehen, Ausstellungsstücke in Museen nicht mitgerechnet. Von den anderen hatte keiner je so etwas gesehen.

So standen sie nun alle mehrere Minuten lang schweigend da, ließen den Schlauch von Hand zu Hand gehen und hingen ihren Gedanken darüber nach: über die Fabrik, wo er hergestellt worden war, die Ingenieure, die ihn entworfen hatten, die Arbeiter, die das Fahrzeug zusammengebaut hatten, den Fahrer, der es umhergefahren, und den Tag, an dem der Harte Regen begonnen hatte. Wie sich herausstellte, war es emotional viel weniger berührend, sich das Schicksal von sieben Milliarden Menschen vorzustellen als das eines einzigen.

Nachdem Beled das Artefakt einen Moment lang gehalten und mit undurchdringlichem Blick betrachtet hatte, reichte er es Kath Two weiter. Dann trat er vom Rand der Grube zurück und begann, sie ruhelos zu umkreisen. Kurz darauf rief er die anderen, jedoch nicht mit erschrockener Stimme.

An einer Stelle in vielleicht zehn Metern Entfernung, wo eine Unterbrechung im Gefälle ein wenig Aussicht hinunter ins Tal gewährte, war eine Art Totem errichtet worden: ein Stück weiß oxidiertes Aluminiumrohr, das etwa mannshoch senkrecht aus dem Boden ragte. An seinem oberen Ende war mit ein paar Stücken Kupferdraht ein kreisrunder Gegenstand befestigt worden: ein Stahlreifen, der fast vollständig von einem zerfurchten und zerkratzten schwarzen Zeug überzogen war und in der Mitte eine Querstange mit losen Drahtenden besaß, die aus Löchern baumelten.

»Lenkrad«, sagte Ty. »Der Plastiküberzug hat gebrannt, aber der Stahlring hat ihn zusammengehalten.«

»Wer hat das hier aufgestellt?«, fragte Ariane. Sie kam als Letzte an und musste sich zwischen den größeren Mitgliedern der Sieben hindurchschieben, um eine unverstellte Sicht zu haben. Als Folge davon wäre sie fast über eine lange, niedrige Erdaufhäufung gestolpert. Das Lenkradtotem war an einem Ende davon errichtet worden.

»Wer auch immer den Fahrer beerdigt hat«, antwortete Ty.

Doc sah Einstein an. »Wusstest du von der Existenz menschlicher Überreste?«

Einstein hob die Hände. »Sie müssen verstehen, der Lastwagen kam runter wie ein Pfeil. Mit der Schnauze voraus.«

»Natürlich«, sagte Doc. »Das ganze Gewicht war im Motorblock. Der Kasten war, wie wir ja schon festgestellt haben, mit etwas Leichtem gefüllt.«

»Der einzige Teil, der herausstand, war vielleicht so viel von der Stoßstange und ein Stückchen vom Kasten.« Dabei hielt Einstein die Hände etwa einen Meter auseinander. »Die Stelle, wo der Mensch war…«

»Die Kabine«, sagte Ty.

»…steckte tief im Erdboden. Sie müssen verstehen, diese ganze Grabung…«

»Kam völlig überraschend für dich. Ja, das verstehen wir«, sagte Doc.

»Wann warst du das letzte Mal hier?«, fragte Langobard.

»Vor zwei Jahren«, sagte Einstein. »Aber eins müssen Sie verstehen: Wenn jemand aus meiner RIZ mit Schaufeln hier raufgekommen wäre und einen ganzen Lastwagen ausgegraben hätte, hätte ich davon gehört.«

»Wo ist die Motivation?«, fragte Ariane.

Alle sahen sie an.

»So wie er war – *in situ* –, war der Lastwagen unbezahlbar. Legal oder nicht, Touristen hätten jede Summe bezahlt, um herzukommen und ihn zu sehen. Ihn freizuschaufeln war vernünftig – damit Touristen ihn ganz hätten anschauen können. Aber…«

»Stattdessen wurde er vollständig zerlegt«, sagte Doc, »und alles von Wert mitgenommen.«

»Von Wert?! Ich verstehe nicht, was Sie mit diesem Wort meinen«, sagte Ariane.

»Die Ausgräber hatten es auf den Motorblock abgesehen«,

sagte Doc, als würde das ihre Frage beantworten – was es keineswegs tat. Doch etwas später kam ihr ein Gedanke.

»Ach so«, sagte Ariane, »Sie meinen, es waren Plünderer.«

Bard schlug in dieselbe Kerbe. »Sie glauben«, mutmaßte er, »dass der Motorblock jetzt in einer Vitrine in der Privatgalerie irgendeines reichen Sammlers auf der Wiege steht.«

»Das ist eine durchaus vertretbare Hypothese«, räumte Doc ein, allerdings in einem Ton, der deutlich machte, dass ihm kein derartiger Gedanke durch den Kopf gegangen war. »Nur erscheint es mir für Plünderer ungewöhnlich, dass sie sich die Mühe machen, den Fahrer feierlich zu beerdigen.«

»Wenn er aber als Beutegut – als Sammlerobjekt – nichts wert war, welchen Wert konnte der Motorblock denn sonst haben?«, fragte Kath Two.

»Seinen Wert«, sagte Doc, »besaß er als Eisen. Als ein mehrere Hundert Kilo schweres Stück reines Metall, das man einschmelzen und in andere Formen gießen konnte.«

»Gibt es denn im Universum etwas *weniger* Wertvolles als Eisen?«, spottete Bard. »Wir haben fünftausend Jahre lang in riesigen Brocken davon gelebt.«

»Ja, *wir*«, stimmte Doc zu und veranlasste mit einer kleinen Handbewegung seinen Grabb-Stuhl, sich von der Grabstätte zu entfernen und vorsichtig zu der Ausgrabungsstelle zurückzukehren. Remembrance warf einen undurchdringlichen Blick über ihre Schulter und folgte ihm.

Sie kamen wieder an der Grube zusammen, die sie jetzt mit neuen Augen betrachteten. Ty zeigte auf eine Stelle, wo die graue Asche rotbraun getüpfelt war, und äußerte die Vermutung, dass hier jemand mit einer Bügelsäge gearbeitet und den Boden mit Eisenstaub bestreut hatte, der anschließend gerostet war. Als er die Asche zwischen seinen Fingern hindurchrieseln ließ, förderte er ein paar saubere, glänzende Metallspäne zutage. Bard fand einen ramponierten Keil aus dichtem Holz, an seinem dicken

Ende heftig zugerichtet von vielen Hammerschlägen, und mutmaßte, dass er dazu benutzt worden war, den Motorblock in Stücke zu zerlegen, die man leichter tragen konnte. Beled, der weiterhin am Rand seine Runden drehte, kam mit einem etwa anderthalb Meter langen Stab aus Hartholz an, der an einem Ende ordentlich abgerundet, am anderen scharf abgeknickt war. »Sie haben eine ihrer Schaufeln abgebrochen«, sagte er. Während er den Stab vor sich hielt, drehte er ihn, bis er einen Schriftzug lesen konnte, der in das Holz geprägt worden war. »Srap Tasmaner«, verkündete er.

»Lassen Sie mich mal sehen«, sagte Doc.

Beled gab ihm den Stab, den Doc eine Weile schweigend betrachtete. Je länger er dieses scheinbar triviale Überbleibsel anschaute, desto mehr Aufmerksamkeit zog er auf sich, bis die anderen alle schweigend um ihn herumstanden und ihn beobachteten. Seine tiefen Schlupflider waren gesenkt, sodass man nur schwer sagen konnte, ob er all seine geistigen Kräfte auf dieses Ding konzentrierte oder fest eingeschlafen war.

Schließlich drehte er den Stiel, bis dessen scharfes Ende nach unten zeigte, und kratzte damit einen Buchstaben in den Staub.

C

»Das haben Sie, Beled, als ein S gelesen, aber wie Sie vermutlich in der Schule gelernt haben, hat man es früher zur Darstellung einer Reihe von Lauten verwendet, zu denen auch der gehört, den wir als K schreiben.«

Er schrieb ein K unter das C.

»Die nächsten zwei Buchstaben kennen wir, da wir sie in Anglisky genauso schreiben.«

CRA

KRA

»Den vierten haben Sie fälschlich für ein beschädigtes P gehalten. Ein verständlicher Fehler, da wir nicht mehr das alte Zeichen F benutzen, dem es ähnelt, sondern das kyrillische Phi.«

CRAF
КРАФ

»Die nächsten beiden Buchstaben sind TS, wofür wir in Anglisky einen handlicheren Ein-Zeichen-Ersatz haben.«

CRAFTS
КРАФЦ

»Die nächsten drei sind in Englisch und Anglisky gleich.«

CRAFTSMAN
КРАФЦМАN

»Craftsman«, sagte Beled, die untere Zeile lesend. »Aber was ist mit dem R am Ende?«

CRAFTSMAN ®

»Wenn es von einem kleinen Kreis umgeben ist, wird es gar nicht als Buchstabe ausgesprochen, sondern weist darauf hin, dass das eine Art Markenzeichen ist. Oder besser ›war‹. Anscheinend war das vor fünftausend Jahren eine Handelsmarke.«

Etwa in der Mitte dieses Vortrags über frühere und moderne Rechtschreibung war Ariane immer aufgeregter geworden und hatte sich während des letzten Teils eine Hand auf den Mund gehalten. »Ich habe so etwas im Epos gesehen!«, rief sie durch ihre Finger aus. »Bei der Landung der *New Caird* auf der *Ymir*. Wjatscheslaw stieg durch die Luftschleuse aus, um den Andockport von Eis zu befreien. Dabei hat er genau so eine Schaufel benutzt.«

»Sie meinen also…«, drängte Kath Two Doc zum Weitersprechen.

»Ich meine, dass dieser Schaufelstiel selbst ein fünftausend Jahre altes Artefakt ist, das auf der Wiege einen hohen Preis erzielen würde«, sagte Doc, während er ihn hochhielt und den Schmutz von seinem abgebrochenen Ende wischte. Ariane schoss ein Foto davon und tippte auf ihrem Tablet. »Er ist weggeworfen worden«, fuhr Doc fort, »weil er für seine Besitzer keinen Nutzen mehr hatte. Sie wussten ja, dass sie überall in Beringia an Holzstäbe kommen konnten, indem sie einfach einen Baum fällten.«

»Was sind denn das für Leute, die Eisen für wertvoll und fünftausend Jahre alte Artefakte für Müll halten?«, fragte Kath Two. Sie wurde von einem schwachen hohen Piepston unterbrochen, der gleichzeitig von ihnen allen ausging.

Jeder von ihnen war mit Ohrhörern ausgestattet worden, damit sie, falls sie getrennt würden, kommunizieren konnten. Die meisten hatten sie in die Tasche gesteckt oder sich einfach um den Hals gehängt, nur Beled hatte seine nicht abgenommen. Er drückte sich eine Hand ans Ohr und hielt die andere vor sich, so als schaute er auf einen Zeitmesser. Tatsächlich betrachtete er jedoch einen kleinen flachen Bildschirm, der an sein Handgelenk geschnallt war. Dann drehte er sich, um talaufwärts in die Richtung zu blicken, aus der sie gekommen waren, doch die Sicht war durch Laub und die Geländeformation blockiert.

»Große Tiere, die sich in ihrer Nähe bewegen, sind von den Buckys registriert worden«, sagte er, »und einer von ihnen ist verstummt.«

»Gestern«, sagte Doc, »als Jung-Einstein hier vorschlug, dass wir einen kleinen Ausflug in die Berge machen, um uns ein Artefakt anzuschauen, stand ich der Idee zunächst ablehnend gegenüber. Das war für mich nur eine Ablenkung, rein touristischer Natur. Dann habe ich doch meine Zustimmung gegeben, weil ich darin eine Gelegenheit sah, einen Probelauf für die Methoden zu machen, die wir später anwenden würden, wenn es richtig losgeht. Jetzt sehe ich aber, dass wir uns in der Hauptveranstaltung befinden.«

Neben der Seitentür des Gleiters hatten die Ausgräber ein weiteres Totem errichtet: einen kreisrunden Reifen aus gebogenen Zweigen, der am Ende einer Stange aus einem entrindeten, etwa fünf Meter hohen jungen Baum in die Luft gehievt worden war. Die Sieben erkannte darin eine naturalistischere Version des Lenkrad-Totems, das am Grab des Fahrers aufgestellt worden war. Hatte es eine Bedeutung für diese Leute? Es fiel jetzt schwer, es nicht als ein Symbol für das Eindringen des Agens in den Mond zu interpretieren. Andererseits sah es auch wie der griechische Buchstabe Phi aus, der sich im angliskyschen Alphabet als Ersatz sowohl für F als auch für PH eingebürgert hatte. Als solches hätte es der Anfangsbuchstabe von allem Möglichen sein können – Feuer? Furcht? Philosophie?

Bevor sie alle die Ausgrabung verließen, hatten Bard, Beled und Ty deren unmittelbare Umgebung erkundet, indem sie sich in immer größeren Spiralen davon entfernten, bis sie der Überzeugung waren, dass sich niemand dort aufhielt. Allerdings hatten sie Fußabdrücke und andere Anzeichen dafür gefunden, dass jemand vor sehr kurzer Zeit hier durchgekommen war – sie vielleicht dabei beobachtet hatte, wie sie versuchten, sich das Verschwinden des Lastwagens zu erklären.

Als sie denselben Weg talaufwärts zurückgingen, hatten sie an Stellen, die auffallen sollten – auf Felsblöcken und Schutthaufen entlang dem Flussbett –, Wachposten erspäht, auf Speere gestützt, deren Stahlspitzen sanft in dem blaugrauen Licht glänzten, das aus dem bewölkten Himmel herabsickerte. Andere trugen seltsam anmutende Vorrichtungen aus Kabeln, Seilrollen und gebogenem Stahl, die Beled als leistungsfähige Bögen erkannte. Aus dieser Entfernung konnte man über ihr Äußeres nicht so viel sagen; nicht wenige waren rothaarig, die Männer überwiegend bärtig, teils in regelrechten Tarnanzügen, teils in Kleidung, die sich nur farblich nicht vom natürlichen Hintergrund abheben sollte.

Genau als die Sieben und Einstein zwischen dem ersten Wachpostenpaar hindurchgegangen waren, hatte Beled seiner Gruppe durch Heben einer Hand bedeutet, dass sie stehen bleiben solle. Er war offenbar besorgt, dass sie, wenn sie weitergingen, diese Leute im Rücken haben und ihnen praktisch erlauben würden, sie einzukreisen. Doch die Wachposten, die das anscheinend begriffen, fingen nun an, sich vor ihnen hangaufwärts zu bewegen und ihnen damit einen deutlichen Ausweg zu lassen.

Zu Fuß jedenfalls. Als die Sieben und ihr junger Führer nämlich das über dem Gleiter errichtete Totem sehen konnten, war beides von vielleicht zwei Dutzend Ausgräbern umringt. Sie hatten sämtliche Ausrüstungskoffer aus der Ladeluke herausgezogen, sie ordentlich auf dem Boden aufgereiht und damit begonnen, ihren Inhalt durchzugehen. Manche von ihnen erstellten Listen mit dem, was sie fanden, machten also eine Art Bestandsaufnahme dessen, was sie anscheinend für ihr neues Eigentum hielten.

»Ich nehme an, von solchen Leuten hast du nie etwas gesehen oder gehört, Einstein«, sagte Doc.

»Gerüchte. Aber nicht besonders viele. Wir haben einfach gedacht, sie wären Streuner aus irgendeiner RIZ.«

»Tja, wie du siehst, sind sie etwas anderes«, sagte Doc. Er hob leicht die Stimme und wandte sich an die ganze Gruppe der Sieben. »Inzwischen hatten wir etwas Zeit, den Schock zu überwinden. Ich denke, ihr wisst alle, was wir da vor uns haben. Diese Leute sind keine Nachkommen der Sieben Urmütter. Das sind

Wurzelstockmenschen. Ihre Vorfahren haben den Harten Regen überstanden und irgendwie eine Möglichkeit gefunden, bis vor kurzem unter der Erde zu leben. Höchstwahrscheinlich sind sie Cousins von Ihnen, Tyuratam Lake.«

Ty brauchte eine Weile, bis ihm klar war, dass Doc auf Ereignisse anspielte, die fünftausend Jahre zurücklagen. »Über Rufus MacQuarie?«, fragte er.

Doc blinzelte zustimmend. »Dinahs Vater ist, wie im Epos gut belegt, mit einigen Gleichgesinnten unter die Erde gegangen. Im Laufe des vergangenen Jahrhunderts hat man diverse Anstrengungen unternommen, ihren unterirdischen Aufenthaltsort zu finden und zu erfahren, was aus ihnen geworden ist. Alles vergeblich.«

»Vielleicht wollten sie nicht gefunden werden«, sagte Ty.

»Wie lange wissen Sie schon davon?«, fragte Ariane.

»Wie lange wissen *Sie* schon davon, Ariane?«, gab Doc zurück. »Haben die ungewöhnlichen Befehle, die Sie bekommen haben, Sie nicht mit einer gewissen Neugier erfüllt?«

»Selbstverständlich! Aber ich habe nie …«

»Viele von uns haben sich Gedanken gemacht, haben Spekulationen angestellt. Der erste sichere Beweis, von dem ich Kenntnis habe, ist vor etwa einem Jahr aufgetaucht. Davor gab es Gerüchte, wie Einstein sagt, aber die waren einfacher damit zu erklären, dass ein paar abtrünnige Sooner am Ende der Welt herumrannten und ein Leben nach ihren eigenen Vorstellungen führten. Oder dass sie ein vorausgeschickter Spähtrupp der Roten zur Sondierung von Blauem Territorium waren. Tatsächlich hat der Survey Beispiele von beidem gefunden.« Docs Blick wanderte zu Beled, der ihn erwiderte. »Rot hat beispielsweise überraschend tiefe Einfälle in Zentralasien vorgenommen. Lieutenant Tomow könnte Ihnen einiges zu diesem Thema sagen, falls Sie es ihm entlocken können. So wie viele, die gekämpft haben, empfindet er es als ermüdend, mit Leuten darüber zu reden, die es nicht getan haben.«

»Sie waren also mindestens ein Jahr lang mit einer systematischen Untersuchung beschäftigt«, war das Einzige, was Ariane an all dem zu interessieren schien.

»Genau wie Sie, Ariane. Nur wussten Sie es bisher nicht. Ich war mir selbst nicht ganz sicher, bis...«, und dabei blickte Doc zu Memmie, die den Schaufelstiel in Verwahrung genommen und kurzerhand zum Wanderstock umfunktioniert hatte. Doc bekam einen leicht verschmitzten Gesichtsausdruck. »Bis ich den Stiel von Srap Tasmaner in Händen hielt.«

»Wie viel wissen wir über sie?«, fragte Langobard.

»In diesem Augenblick«, sagte Doc, »wissen wir achthundert Mal mehr über diese Leute als alle anderen Spacer zusammengenommen.«

»Spacer?«

Wieder der verschmitzte Blick. »In unseren – *vollkommen hypothetischen* – Diskussionen waren wir zu dem Schluss gekommen, dass wir einen Begriff brauchten, um die Nachfahren der Sieben Urmütter – die Bewohner des Rings – von Menschen wie denen hier – diesen Ausgräbern oder Diggern – abzugrenzen, und haben uns auf Spacer geeinigt.«

»Das klingt ja erst recht, als wäre das alles vorherbestimmt gewesen«, sagte Ariane.

Ihr vorwurfsvoller Ton ging langsam allen auf die Nerven. Dennoch waren sie erstaunt, als ausgerechnet Remembrance das Wort ergriff. Vielleicht sah sich die Camilanerin ermutigt durch den Besitz eines Stocks, der groß genug war, um der Julianerin ein oder zwei kräftige Schläge zu verpassen. Wahrscheinlicher war allerdings, dass sie sich durch Arianes anklagenden Ton, der andeutete, Doc sei nicht ganz ehrlich gewesen, gekränkt fühlte. Indem sie den Srap Tasmaner als Stütze vor sich auf den unebenen Boden pflanzte und sich zu Ariane umdrehte, sagte sie: »Es kommt hier darauf an, dass wir zum ersten Mal mit einer ethnischen Gruppe von Cousins in Kontakt treten, die fünftausend

Jahre lang vor uns versteckt waren. Manche würden das bemerkenswert finden.«

»Das tue ich ja, Memmie!«, sagte Ariane, nachdem sie sich von dem Schock erholt hatte, auf diese Weise von einer Camilanerin angesprochen worden zu sein. »Um aber gut mit der Situation umgehen zu können, müssen wir, glaube ich, den größeren Zusammenhang kennen.«

»Jeder gut informierte Spacer kennt den Zusammenhang«, erwiderte Memmie und machte mit ihrer freien Hand eine Bewegung, die den Himmel einschloss. »Nur bestimmte Köpfe verachten das, was alle wissen, und betrachten Geheimnisse als Kostbarkeiten.«

Danach schien Ariane das Gefühl zu haben, dass eine weitere Unterhaltung nicht zu ihrem Vorteil wäre. Es war wohl die zehnmillionste dieser Art, die im Laufe der langen, angespannten, merkwürdig persönlichen Beziehung zwischen Julianern und Camilanern stattgefunden hatte, sodass Ariane wusste, wann sie den Mund halten und gekränkt dreinschauen musste.

Über die Möglichkeit von Gewaltanwendung war bisher noch so gut wie gar nicht diskutiert worden. Körpersprache und Blicke, die zwischen Ty, Bard und Beled hin und her gingen, ließen vermuten, dass sie alle drei gerade darüber nachgedacht hatten. Einstein tat ihnen den Gefallen, damit herauszuplatzen: »Was meint ihr, Männer? Nehmen wir's mit denen auf?«

»Ja«, sagten alle drei wie aus einem Mund.

»Sorgen machen mir allerdings die Bogenschützen«, fügte Ty hinzu.

»Ein wichtiger Faktor dabei ist, wie viel sie über uns und unsere Bewaffnung wissen. Kundschaften sie uns schon seit Jahren aus?«

Beleds Frage richtete sich an Doc, als würde er es schon irgendwie wissen. Arianes Miene drückte so etwas aus wie: *Seht ihr, ich hab's doch gewusst!*, aber Doc sah nur belustigt aus. »Falls ja«, sagte er, »haben sie uns nur selten, wenn überhaupt, unsere Waffen einsetzen sehen, sodass sie kaum wissen dürften, wie sie funktionieren.«

»Nun ja, sie haben all unsere Buckys vom Netz genommen«, bemerkte Beled mit einem erneuten Blick auf den Bildschirm an seinem Handgelenk.

»Einige Kenntnisse darüber, wie Technik funktioniert, scheinen sie sich erhalten zu haben«, erklärte Doc. »Selbst wenn sie nicht die Fähigkeit besitzen, ihre eigenen Buckys herzustellen, können sie sie als das erkennen, was sie sind. Dass sie sie dann ausschalten, ist klar.«

»Es ist ein feindseliger Akt«, murmelte Beled.

»Wenn wir ihre Bogenschützen bis in Schussweite kommen lassen«, bemerkte Ty, »dann haben sie uns. *Das* sollten wir als feindseligen Akt betrachten.«

»Dann sollten wir nicht viel weiter vorgehen«, sagte Bard.

»Genau das meine ich«, erwiderte Ty.

Inzwischen hatten sie sich dem Gleiter bis auf etwa hundert Meter genähert und besaßen die volle Aufmerksamkeit der Digger um ihn herum. Vier der Männer hatten die erhöhten Stellen um ihn herum, wo die Buckys zuvor platziert worden waren, eingenommen, und zwei weitere waren oben auf die Flügel geklettert. Die seltsam ordentlichen Plünderer hatten ihre Tätigkeiten eingestellt und drängten nach vorne, um zu sehen, was passieren würde. Wenigstens drei von ihnen waren noch Kinder, und es gab ebenso viele Frauen wie Männer.

»Widersprüchliche Botschaften«, sagte Bard und machte eine Handbewegung, die seine Mit-Spacer dazu bewog, da stehen zu bleiben, wo sie gerade waren.

»Lasst es mich mal versuchen«, sagte Ty, »wenn es stimmt, dass sie mit mir verwandt sind.« Er machte mehrere große Schritte an Beled vorbei nach vorne, blieb stehen und stellte dann pantomimisch dar, wie er einen Pfeil mit der Sehne zurückzog und ihn in hohem Bogen abschoss. Danach zeigte er auf die Bogenschützen.

Sofort drehte sich einer der männlichen Digger, etwa in der Mitte der Gruppe, zu den anderen um und trat rückwärts mehrere Schritte von ihnen weg, wobei er den Kopf hin- und herdrehte, um sich ein Bild davon zu machen, wie die Formation aus Sicht der Spacer wohl aussah. Er rief etwas, das aus dieser Entfernung über das Brausen des Windes auf den Felsen kaum zu hören war. Die Bogenschützen und Wachposten reagierten schließlich, wenn auch nicht auf dem allerschnellsten Weg. Sie kletterten von den erhöhten Plätzen herunter, stellten nach einer weiteren Ermahnung ihres Anführers ihre Bögen ab und entfernten sich ein wenig von ihnen.

Der Anführer drehte sich zu Ty um und streckte die Hände mit den Handflächen nach oben aus.

Ty legte sein Katapult auf einem Felsbrocken in der Nähe ab.

Jetzt löste sich ein zweiter Mann aus der Gruppe der Digger und setzte sich in Marsch; er kam recht gut voran, stützte sich allerdings auf ein Paar Stöcke. Der Mann war glatzköpfig und hatte einen grauen Bart. Als er den Anführer erreichte, der etwas jünger war als er, schlenderte dieser, sich an die Geschwindigkeit des Älteren anpassend, ebenfalls los.

Doc setzte seinen Grabb-Stuhl in Bewegung. Aus Gewohnheit gab Memmie ihm das Tempo vor, doch nachdem sie ein paar Schritte gegangen war, gebot er ihr mit einer Handbewegung Einhalt. »Aber den da nehme ich mit«, sagte er und streckte die Hand nach dem Schaufelstiel aus. Sie gab ihm den Stab, und er klemmte ihn sich unter den Arm.

Ty wartete, bis Doc ihn eingeholt hatte, und ging dann mit ihm los.

Einige der Digger schienen begierig darauf zu sein, die Aktion zu verfolgen, und schlichen sich nach vorne, womit sie Streitigkeiten in ihren Reihen provozierten und Beled und Bard dazu veranlassten, sich ebenfalls vorwärtszubewegen. Durch eine Art nonverbale Verhandlung gelangten die beiden Seiten zu einem Abkommen, bei dem sich insgesamt acht Digger – die beiden vorne plus sechs weitere, die in einer Staffelung folgten – in offenes Gelände vorwagten, um eine Entsprechung zu den acht Spacern zu bilden. Unter den acht Diggern waren ein paar Kriegertypen, die Bard und Beled nicht aus den Augen ließen, aber auch Frauen und ein Kind. Auf der Spacer-Seite waren Ty und Doc vorne, Memmie ein paar Schritte dahinter. Einstein, Ariane und Kath Two wahrten etwas Abstand, während sich Bard und Beled, die auffällig bewaffnet waren, jeder auf seiner Seite weiter im Hintergrund hielten und damit einer stillschweigenden Übereinkunft nachkamen, außerhalb der Reichweite von Waffen zu bleiben, wie die Bogenschützen der Digger es auch taten.

Die beiden Formationen näherten sich einander bis auf Sprechdistanz und beäugten sich eine Weile.

Den Spacern waren die Digger von alten Videos her vertraut: Sie waren Wurzelstockmenschen, wie sie das Epos bevölkerten. Genetisch betrachtet waren sie homogen: Weiße mit blondem oder rotem Haar und Augen, die in der Dunkelheit ihrer unterirdischen Höhlen blass geworden zu sein schienen. Ihre Haut war von Natur aus hell, durch die Einwirkung der Sonne inzwischen jedoch mit Sommersprossen übersät. Sie waren kleiner als die Wurzelstockmenschen des Epos, aber nicht so viel, dass sie auf einer belebten Straße in der Kette zwergenhaft gewirkt hätten. Außer Teklanern und Neoandern, die aus berufsbedingten Gründen groß sein mussten, hatten auch die Nachfahren der Urmütter an Körpergröße verloren, vor allem während des Ersten Jahrtausends. Sie hatten lange gebraucht, um sie wiederzuerlangen, selbst während des Fünften, als sie insgesamt jede Menge Platz hatten, aufrecht zu stehen. Diese Digger – zumindest die begrenzte Auswahl, die so nah vor Ty stand, dass er sich ein Urteil erlauben konnte – schienen ungewöhnlich stämmig zu sein.

Die Digger dagegen hatten mehr zu begaffen, denn aus ihren Reaktionen konnte man schließen, dass sie bisher noch wenig oder nichts an Spacern zu Gesicht bekommen hatten. Ty sah für sie unauffällig aus. Doc war interessant, hauptsächlich wegen seines Alters und seines Fortbewegungsmittels. Kath Two, Memmie und Einstein mochten eher wegen ihrer Hautfarbe als wegen irgendwelcher genetischer Veränderungen fremdartig wirken. Etwas wirklich Sonderbares hatte Arianes Gesichtsstruktur an sich. Beled und vor allem Bard waren für sie Monster.

Nach einem Moment des Taxierens stapfte der ältere Digger zwei Schritte vor und sprach in dem Vor-Null-Englisch, das alle Spacer aus dem Epos kannten: »Feiglinge, die ihr weggelaufen seid, dringt unbefugt in eine Welt ein, die ihr nicht mehr eure Heimat nennen dürft. Fort mit euch!«

»Das fängt ja gut an«, bemerkte Ty Doc gegenüber.

»Er will vor den anderen stark dastehen«, sagte Doc. »Am besten lassen wir ihn. Darf ich?«

Er gab einen Befehl, der die Beine seines Grabbs veranlasste, sich einzuklappen und die ganze Vorrichtung so weit wie möglich abzusenken, und streckte eine Hand aus. Ty nahm Docs Arm und stützte ihn, während er sich von dem Roboter erhob und sich festen Stand verschaffte. Mit der anderen Hand stellte er den Stab auf den Boden und ließ Ty vorsichtig los. Dann machte er einen Schritt vorwärts. Diese ganze Aktion rief unter den Diggern Gemurmel hervor. Vielleicht hatten sie Doc anfangs für eine Art Cyborg gehalten, begriffen aber jetzt, dass er nur ein sehr alter Mann war. Er ging mehrere Schritte, bis er eine ebene Stelle fand, die ihm behagte, dann pflanzte er den Stab vor sich auf.

»Ich mag aussehen, als wäre ich fünftausend Jahre alt«, begann er, »aber in Wirklichkeit bin ich nur ein Nachfahre derer, die Sie als Feiglinge bezeichnen. Allerdings wage ich zu behaupten, dass Ihre Meinung gnädiger ausfiele, wenn Sie von den Taten wüssten, die sie im Lauf ihres langen Exodus vollbracht haben. Habe ich die Ehre, mit jemandem zu sprechen, dessen Vorfahre Rufus MacQuarie war?«

»Wir entstammen alle dieser Linie«, sagte der alte Mann mit dröhnender Stimme.

»Dann habe ich wohl etwas, das Ihnen gehört«, sagte Doc. Mit wohlüberlegten Bewegungen zog er den Stab aus seiner kleinen Vertiefung im Boden und hievte ihn hoch, bis er waagerecht auf seinen ausgestreckten Handflächen lag. »Bitte entschuldigen Sie, dass wir ihn ohne Ihre Erlaubnis ausgeborgt haben.«

Hätten die Spacer sämtliche Reaktionen der Digger auf einmal beobachten können, hätte sich daraus eine Goldgrube an geheimdienstlichen Informationen über die Mechanismen ihres Denkens und ihrer Gesellschaft ergeben. In einem solchen Ausmaß Gedanken zu lesen gehörte zu den Aufgaben, die normalerweise Julianern übertragen wurden, sodass man davon ausgehen konnte, dass Arianes hart arbeitendes Gehirn und ihre hellwachen Sinne gerade auf Hochtouren liefen.

Die jungen Männer schienen gespalten zwischen einer eher rachsüchtigen Gruppe, die den Stiel von Srap Tasmaner auf der Stelle konfiszieren wollte, und anderen, die eher zur Ritterlichkeit neigten.

Die Gruppe insgesamt bestand aus einer Minderheit, die sich über Docs Aneignung ihres Schaufelstiels empörte, und – maßgeblicher – einer Mehrheit, die es als Schande empfunden hätte, einem alten Mann seinen Gehstock wegzunehmen.

Diesen beiden Gruppen gemeinsam war, dass sie das, was Doc gesagt hatte, für bare Münze nahmen. Ein kleinerer, innerer Kreis – der alte Mann, der junge Anführer und eine Frau mittleren Alters, die vorgetreten war, um mit ihnen zu beratschlagen – war klug genug zu verstehen, dass Doc der Menge etwas vorspielte und nicht etwa versuchte, eine Unterhaltung über das Eigentumsrecht an einem Stück Holz in Gang zu bringen.

Mit anderen Worten, die Digger reagierten insgesamt ganz so, wie jede andere Gruppe von Menschen es getan hätte. Was an sich schon interessante und wichtige Fakten waren, denn im Laufe von fünftausend Jahren im Bergwerk hätte vieles sich verändert haben können.

Die Diskussion zwischen den drei Anführern ging noch ziemlich lange weiter und führte schließlich zu heftigem allseitigem Kopfnicken. Der alte Mann ging in Angriffsposition, die Stöcke aufgepflanzt, das Gesicht ein starrer Ausdruck seines Urteils. Der jüngere Mann und die Frau mittleren Alters gingen auf Ty respektive Doc zu. Der Mann blieb zwei Schritte vor Ty stehen, knapp außerhalb des Radius, in dem ein Händeschütteln ebenso plausibel werden könnte wie ein Faustkampf. Die Frau näherte sich Doc weiter und nahm ihm den Stiel aus den ausgestreckten Händen. Unter den Diggern, die von ferne zusahen, löste das eine Welle begeisterter Reaktionen aus.

Mit leiser, aber klarer Stimme sagte die Frau: »Alter Mann, du hast uns mit deinen Worten beschämt und uns verpflichtet, in gleicher Weise zu antworten. Aufgrund deines Alters wird niemand Hand an dich legen.«

Damit ging sie an Doc vorbei, während sie beide Hände an das stumpfe Ende des Schaufelstiels gleiten ließ und anfing, ihn herumzuwirbeln. Mit einem entschlossenen Ausfallschritt hieb sie den Stab an Memmies Schläfe.

Memmie sank auf die Knie und dann auf alle viere, wobei ihr Kopf – aus dem schon Blut tröpfelte – fast auf den Boden sackte und ihren Nacken freigab. Und genau dorthin zielte die Frau mit dem scharfen Ende des Stabs, bevor sie es gut zehn Zentimeter tief hineinrammte, weit ins Zentrum des Thorax, wo es Herz oder Lunge oder beides treffen würde. Remembrance fiel nicht um, sondern sank allmählich zu einer Embryonalhaltung auf dem Boden zusammen.

Unterdessen stürzte sich der jüngere Mann auf Ty. Es war

nicht klar, ob seine Absicht darin bestand, ihm Schaden zuzufügen oder ihn nur zurückzuhalten, während Remembrance geopfert wurde. Auf jeden Fall löste sein Fuß bei dieser Bewegung einen Stein und erzeugte dabei ein Geräusch, das Ty aufhorchen ließ. Er konnte sich gerade noch umdrehen, sodass der Angreifer um ihn herumrollte, statt ihn genau zu treffen. Seine Abwärtsbewegung wurde dem Digger zum Verhängnis, denn sie brachte ihn aus dem Gleichgewicht. Ty hakte dem Mann seinen Fuß um den Knöchel, zog ihn nach oben weg und ließ den Digger schwer aufs Gesicht fallen. Beide Füße ragten jetzt in die Luft, die Sohlen der Mokassins dem Himmel entgegengestreckt. Ty legte ihm ein Bein in eine Kniekehle und ließ dann sein Gewicht auf den angewinkelten Unterschenkel des Mannes fallen; dessen Ferse wäre bis an seinen Hintern gegangen, hätte Tys Unterschenkel nicht zwischen der Rückseite des Oberschenkels und dem oberen Wadenmuskel des Angreifers gesteckt, wo er dessen Knie zu zerreißen drohte. Als der Mann auf dem Boden um sich schlug, verlagerte Ty noch mehr Gewicht darauf und spürte, den Gestank des alten Mokassins in der Nase, ein erstes Krachen in dem Gelenk. Der Mann schrie und hörte auf zu kämpfen.

Da all das in derselben Zeit geschah, in der die Frau Remembrance tötete, nahm Ty das erst richtig zur Kenntnis, als er den Mann vollständig unter Kontrolle gebracht hatte. Gerade als er seinen Fokus auf Memmie lenkte und begriff, wie schlimm es war, bemerkte er in seinem peripheren Gesichtsfeld eine Bewegung und sah, wie Doc sich zu einer sitzenden Position auf dem Boden zusammenschob. Er hatte sich umgedreht und war Zeuge des Angriffs auf Memmie geworden.

»Ich will Evak, ich will Evak«, sagte Ariane gerade. Ty hatte keine Ahnung, mit wem sie sprach.

Sonderbare hohe Pfeifgeräusche kamen vom Himmel. Ty hob den Blick und sah einen Schwarm von Pfeilen im Bogen über seinen Kopf fliegen. Auch über die Köpfe von Ariane, Kath Two und Einstein gingen sie hinweg, um sich vor den Füßen von Beled und Bard, die sich im Vormarsch befunden hatten, mit einem dumpfen Geräusch in den Boden zu bohren oder an den Felsen entlangzugleiten.

Die Frau mit dem Stab hatte sich in einer Art Trance befunden, doch jetzt lenkte sie ihre Aufmerksamkeit auf Ty und sah, wie es mit ihm und dem jüngeren Mann ausgegangen war. Wut verzerrte kurz ihr Gesicht, sie zielte mit dem scharfen, blutigen Ende des Stiels auf Ty und rannte auf ihn los.

Ty verlegte sein ganzes Gewicht auf den Fuß des jüngeren Mannes und brach ihm das Bein. Dann stand er auf und entfernte sich von dem schreienden, um sich schlagenden Digger. Beim Aufstehen hatte er einen Stein gepackt, den er jetzt gegen das Gesicht der Frau warf. Der Stein traf nicht, aber immerhin war sie gezwungen, abzubremsen und auszuweichen, sodass er Zeit hatte, sich noch zwei zu schnappen und einen Schritt vorzurücken. Zwei Steine, von denen einer sie genau am Schlüsselbein traf, und dann noch zwei Schritte. Aus der Rücklage führte sie einen Stoß gegen ihn, den sie jedoch so deutlich ankündigte, dass Ty ihn mühelos mit dem linken Unterarm parierte, indem er ihn in voller Länge um den Stiel legte, sodass dessen blutige Spitze seitlich an seinem Körper eingeklemmt war. Er streckte seine freie Hand aus, bohrte der Frau den Daumen ins Auge, packte sie am Ohr und riss sie wie eine nutzlose Verpackung von dem Stab weg. Der ältere Mann stürzte, mit beiden Stöcken fuchtelnd, auf ihn zu, und, was ernster war, mehrere der jungen Kriegertypen kamen mit auf ihn gerichteten Speeren angerannt. Ty ging geradewegs auf den alten Mann zu, schlug ihm mit kontrollierten Hieben des Schaufelstiels die Stöcke weg, drehte ihn herum, sodass er den Rücken seines Gegners an der Brust hatte, legte ihm den Stab quer über die Kehle und fixierte ihn dort, indem er ihn in seine Ellenbeugen klemmte und die Hände an den kahlen Hinterkopf des Mannes drückte. Darauf begann er, den

Mann rückwärts und bergab auf den Rest der Sieben zuzuziehen. Dieser menschliche Schild mochte nämlich als Schutz für Tys Vorderseite funktionieren, doch die Jungs mit den Speeren waren bereits auf dem Weg, ihn im Rücken zu umkreisen, und er konnte nur hoffen, dass die anderen ihn von hinten schützen würden.

Einer der Ausrüstungskoffer oben bei dem Gleiter schien jetzt zu explodieren. Allerdings war es eine merkwürdige Art von Explosion, ohne Flamme und mit wenig Lärm. Irgendwie schien sich der Koffer eher in eine dichte, grobkörnige Wolke aufzulösen, die mit zunehmender Ausbreitung durchsichtig wurde. Einen Augenblick später passierte dasselbe mit einem benachbarten Koffer. Beide lagen am Ende auf der Seite, leer.

Die Digger in der Nähe des Gleiters stießen überraschte Rufe aus oder schrien einfach nur. Niemand verstand, was da gerade passierte, auch Ty nicht. Es genügte jedenfalls, um die Speerträger ein wenig vorsichtiger zu machen, denn es weckte die Befürchtung, dass sie von hinten angegriffen würden. Ihr Vorstoß geriet ins Stocken, und sie versuchten zu erkennen, was da los war.

Eine dünne graue Schicht strich über den Boden und hielt bergab auf sie zu. Ein bisschen sah sie aus wie eine gebrochene Welle, die, kurz bevor sie im Sand ausläuft, schäumend den flachen Strand überspült, sich vor Felsen teilt und dahinter wieder zusammenläuft. Noch mehr allerdings wie eine Lawine, denn im Herankommen wurde sie schneller. Als sie an Ty und dem alten Mann vorbeirauschte und dabei gleichsam um ihre Füße herumfloss, konnte er sie aus der Nähe betrachten und als einen Schwarm aus Mubots zweier verschiedener Typen identifizieren – aus jedem der Koffer, die sich geleert hatten, einer. Sie waren alle vermischt. Nachdem sie an Einstein, Ariane und Kath Two vorbeigezwitschert waren, breiteten sie sich über den flachen offenen Teil des Hangs aus, der sie von Beled und Bard trennte. Die zwei Männer hatten sich, unmittelbar außerhalb der Pfeilschussweite, in einiger Entfernung voneinander postiert. Nun gabelte sich der Schwarm so, dass alle Mubots des einen Typs bei Beled zusammenkamen und die des anderen auf Bard zuhielten. Die der ersten Gruppe – die Mubots Blauer Machart – waren kleiner, langbeiniger und auf holprigem Boden schneller. Dieser Schwarm sammelte sich zu einem klickenden, glitzernden, zischenden Schwall wie aus einem Feuerwehrschlauch und sprang Beled vom Boden aus an. Statt ihn jedoch umzuwerfen, strömte er um ihn herum. Innerhalb weniger Augenblicke steckte Beled von Kopf bis Fuß in einer aus überlappenden Schuppen bestehenden Rüstung, wobei jede Schuppe die einem Käferrücken ähnelnde Oberseite eines Mubots war. Sie waren auf ihm ausgeschwärmt und hatten sich miteinander verhakt. Ein paar Irrläufer kletterten auf der Suche nach Löchern, die sie dann zustopften, über den Rücken der anderen.

Langobards Schwarm brauchte etwas länger, bis er sein Ziel erreicht hatte. Auf den vielleicht fünfzig letzten Metern zerfranste er, da er eine Art Phasenübergang durchlief. Wo immer möglich, kopulierten Mubots, indem sie das Verbindungsstück an ihrer Schnauze in das Gegenstück am Schwanz des Mubots vor ihnen steckten und so zunächst Paare, dann Dreier- und Viererketten bildeten, die sich mit anderen zusammentaten, sodass der Schwarm, als er seinen Meister fast erreicht hatte, zu einem halben Dutzend langen, biegsamen Seilen und ebenso vielen kürzeren Abschnitten geworden war. Diese Mubots waren im Wesentlichen Flynks, denen das Fliegen leichter fiel als das Krabbeln. Sie waren bedingt fähig, allein zu fliegen, fühlten sich aber, zu Luftbahnen zusammengestellt, wesentlich wohler. Während sie den Hang hinuntergerast waren, hatten sie allein durch den Verlust an Höhe ordentlich Energie getankt, sodass sie nun auf den letzten paar Metern imstande waren, sich wie Kobras vom Boden aufzurichten und in die Luft zu springen, dabei an Langobard vorbeischossen, jedoch in engen Kurven gleich hinter ihm eindrehten, Bögen beschrieben, bis sie, dicht an dicht, Aitrains gebildet hatten: geschlossene, vollständig in der Luft befindliche Schleifen, die endlose Kreise um seinen Körper flogen und mit dem geringen, von ihren stummelartigen Winglets erzeugten Auftrieb die Schwerkraft besiegten. Bard verlieh ihnen zusätzliche Geschwindigkeit, indem er sie einfach ab und zu betätschelte, aber darüber hinaus bezogen sie auch Energie aus einem Feld, das von einem Generator auf seinem Rücken erzeugt wurde. Vielleicht ein Drittel der Flynks hatten es nicht geschafft, sich in Ketten einzureihen, die lang genug waren, um Aitrains zu bilden, und so machten ein paar kürzere Segmente Bards Knöchel ausfindig und wanden sich in Spiralen seine Beine aufwärts, so wie Schlangen, die auf Bäume kletterten. Die paar Einzelexemplare, denen es nicht einmal gelungen war, sich einer kurzen Kette anzuschließen, fanden dennoch ihren Weg zu ihm, kletterten, so hoch sie konnten, und wetteiferten um Sitzplätze auf seinen Schultern. Als sich Bard nun über die freie Fläche bewegte, sah er aus wie eine Kombination aus da Vincis vitruvianischem Menschen, der in ein System aus Kreisen eingefügt war, und frühen Darstellungen des von einer Anordnung kreisförmiger Orbitale umgebenen Atoms. Jeder Aitrain sang eine andere Note, während seine Flynks die Luft durchschnitten und die Tonhöhe sich mit der aufgenommenen Energie und der aufgebauten Geschwindigkeit steigerte. Bard und Beled schickten sich gerade an, ihre Kräfte zu bündeln, indem sie sich beide näher an die Digger heranschoben, als ihre Verteidigung aktiv wurde. Ein einzelner Sondierungspfeil, in hohem Bogen vom vordersten Schützen abgeschossen, fiel auf Langobard zu, wurde jedoch durch die kurzzeitige Verlagerung eines Aitrains lässig aus dem Weg geschnippt.

Obwohl das für Ty nichts Neues war, lenkte es ihn ab. Als er sich zwang, seine Aufmerksamkeit auf Näherliegendes, Dringlicheres zu richten, sah er, dass ein Krieger bis zu Doc, der schwach strampelnd auf der Seite lag, vorgedrungen war und seinen Speer hob, als wolle er ihn mit einem einzigen Abwärtsstoß töten. Doch er hatte innegehalten. Vielleicht wollte er nur eine Bedrohung erzeugen. Vielleicht war er auch baff angesichts dessen, was gerade mit den Mubot-Schwärmen passiert war.

Ty zerrte den alten Digger rückwärts auf Ariane, Kath Two und Einstein zu; die drei hatten sich klugerweise unterhalb einer Kuppe, die einen gewissen minimalen Schutz gegen direkte Pfeilschüsse – wenn auch nicht gegen herabfallende Pfeile – bot, flach auf den Bauch gelegt. Als er sich das nächste Mal umdrehte, um bergabzuschauen, waren Bard und Beled verschwunden, und den einzigen Hinweis darauf, wo sie sich versteckt hielten, lieferten einige wenige Mubots, die sich abmühten, sie einzuholen. Ein Teil von Ty war enttäuscht, dass die beiden nicht mit Macht vorwärtsgestürmt waren und die Digger einfach vernichtet hatten. Der klügere Teil verstand jedoch, dass sie dafür zu clever und zu professionell waren; sie würden in Deckung gehen, sich erst einmal zurückhalten, beobachten und warten, dass kühlere Köpfe die Oberhand gewannen.

Ariane stürzte den Abhang wieder hinab. Sie nahm Tys Katapult von dem Felsbrocken, auf den er es gelegt hatte. Gut.

Aufgeregte Wachen, die oben auf den Felsen zu beiden Seiten des Tals postiert waren, brüllten in der seltsam biblisch anmutenden Ausdrucksweise der Digger Meldungen über die Bewegung von Bard und Beled hinaus. Es klang, als wären der Teklaner und der Neoander in raschem Tempo hügelaufwärts unterwegs.

Einer der Wachposten stieß einen durchdringenden Schrei aus und verstummte. Das lenkte alle anderen Digger für ein paar Augenblicke ab.

Ariane rannte den Hügel hinauf, ließ sich, als sie an Ty vorbei war, auf ein Knie fallen und drückte der Frau, die Memmie getötet hatte, die Mündung von Tys Katapult in den Nacken. Die Frau hatte sich auf dem Boden zum Sitzen hochgerappelt und hielt sich mit einer Hand das Auge zu, in das Ty ihr zuvor den Daumen gerammt hatte.

Arianes merkwürdige Geste kannte man aus Unterhaltungsfilmen von vor Null als das, was man mit der Art von Feuerwaffe machte, die mit hoher Geschwindigkeit dumme Bleikugeln verschoss. Als nonverbale Kommunikation mit den Diggern funktionierte sie jedoch.

»Dreihundert Meter hügelabwärts vom Gleiter«, sagte Ariane gerade, vermutlich zu demselben imaginären Freund, an den sie sich kurz zuvor schon gewandt hatte. Dann, an die Frau gerichtet: »Steh auf. Du wirst so oder so gleich dein blaues Wunder erleben.«

Ty hörte sich vor unterdrücktem Lachen leise schnauben. Anscheinend lief der Teil des Gehirns, der Dinge als lustig erkannte, selbst dann in einem Hintergrundprozess weiter, wenn dessen Beiträge nutzlos waren. Die Art, wie sich Ariane bewegte, die Dinge, die sie sagte, waren so untypisch für sie, dass Tys Großhirnrinde nicht so recht wusste, was sie davon halten sollte; also gluckste er einstweilen, als schaute er sich eine Art Comedysketch an.

Die Frau zog die Füße unter sich. Ariane packte sie an der Kapuze ihres Parkas, zerrte sie vollends hoch und führte sie dann, die Katapultmündung an ihre Schläfe gepresst, den Hang hinunter. Ty stand da und sah zu, wie sie vorbeiging.

»Ariane«, sagte er, »was machen Sie da?«

»Sie scheinen nicht zu begreifen«, sagte sie, »dass das hier alles ändert.« Sie ließ das Katapult für einen Moment vom Kopf der Frau sinken, schwenkte es hoch und richtete es auf Ty. Nachdem die Waffe das charakteristische *Boing* von sich gegeben hatte, das entstand, wenn ein Mubot aus ihrer Mündung hinausgeschossen wurde, hielt Ariane das Katapult wieder der Frau an den Kopf.

Ty spürte den Aufprall wie einen Schlag gegen den Brustkorb

und fuhr instinktiv davor zurück. Doch noch ehe er sich davon erholen konnte, hatte der Mubot sich in seine Kleidung eingegraben, ihm zwei nadelspitze Sonden in die Seite gebohrt und angefangen, sein Nervensystem durcheinanderzubringen. Da Ty bereits von solchen Mubots getroffen worden war, wusste er, dass er bestenfalls darauf hoffen konnte, mit etwas anderem als dem Gesicht auf dem Boden aufzuschlagen, und so löste er seinen Griff um den Schaufelstiel und um den alten Digger und ging zu Boden.

Wäre er imstande gewesen zu sprechen, hätte er Kath Two gesagt, sie solle sich keine Sorgen um ihn machen, sondern sich lieber um Ariane kümmern. Doch seine Zähne klapperten zu heftig, um Worte zu formen, und er hatte genug damit zu tun, seine Atemmuskeln funktionsfähig zu erhalten.

Der alte Mann torkelte weg, fiel auf die Knie und erblickte unmittelbar vor sich auf dem Boden den Schaufelstiel. Er packte ihn mit einer Hand, stellte ihn auf, packte ihn mit der anderen und benutzte ihn als Hebel zum Aufstehen. Dann ging er auf Ty zu, der von Krämpfen geschüttelt auf dem Boden lag. Ty bemerkte eine dunkle Gestalt über sich, und als er aufblickte, sah er, dass Kath Two über ihm stand, den alten Mann unmittelbar vor sich, sodass sie instinktiv einen Arm zur Verteidigung hob. Diesen traf der Schaufelgriff mit einem dumpfen Schlag und ließ Kath Two, vor Schmerz aufschreiend, rückwärtstaumeln. Dann richtete der Mann das spitze Ende des Stiels auf Ty.

»Bösartiger Mutant!«, schrie er. Was er dem noch hinzufügte, wurde durch das *Boing* eines Katapults übertönt. Kath Two hatte ihm mit ihrer eigenen Seitenwaffe aus nächster Nähe in den Bauch geschossen. Der Stab fiel dem Mann aus den Händen und erweiterte, als er mit der Spitze voran auf Tys Brust landete, dessen Inventar an geringeren Schmerzen und Qualen. Der Mann brach neben Ty zusammen und schlug mit dem Kopf hart auf einen Felsen auf.

Plötzlich war Ty aus dem Schlimmsten heraus, zumindest

neurologisch gesehen. Einstein, der, ein Messer mit Knochengriff in der Hand, neben ihm kniete, hatte den Mubot von ihm heruntergerissen und war nun dabei, ihn mit dem Metallknauf des Messers auf einem Felsen in Stücke zu schlagen.

Kath Two war auf ein Knie gesunken und bewegte in Zeitlupe ihren verletzten Arm, während ihr Mund zum O eines unterdrückten Schreis erstarrt war.

Tys Blick wurde von Bewegung in den Wolken über Kath Twos Kopf angezogen: einer leuchtenden Stange, die sich hebelartig aus dem Himmel herabsenkte. Das sah ganz ähnlich aus wie das, was gerade mit dem Schaufelstiel passiert war, nur dass in diesem Fall das Objekt kilometerlang war und zu glühen schien, als hätte man es gerade aus der untersten glimmenden Kohleschicht eines Lagerfeuers gezogen.

Jetzt begriff Ty. Er drehte den Kopf zur Seite, sodass er den Abhang hinuntersehen konnte. An einer freien Stelle, einen Steinwurf – vom Gleiter aus etwa dreihundert Meter hangabwärts – entfernt, glühte der Boden dort, wo er durch Laser von oben gefärbt wurde, rubinrot. Drei helle Flecken, die ein gleichseitiges Dreieck bildeten, und ein körniger Kreis in dessen Mitte. Das Licht ergoss sich kurz über Arianes Kopf und Schultern, als sie ihre Geisel ins Zentrum des Kreises schob.

Die glühende Stange landete genau über ihnen, umgab sie mit ihrem hohlen Ende, und als sie wieder in den Himmel hinaufschnellte, hinterließ sie nichts als eine Reihe von Fußspuren, die in der Mitte einer absolut kreisförmigen Bodenmulde endeten. Die Vegetation im Randbereich dieser Mulde war durch Strahlungshitze geröstet worden. Kurz bevor die Vorrichtung durch die Wolkendecke nach oben zurückgezogen wurde, konnten sie sehen, wie die Kabine, die Ariane und ihre Geisel aufgenommen hatte, teleskopartig ins Innere des rotglühenden Rohrs zurückfuhr, eine Maßnahme zur Vorbereitung seines Durchgangs durch die Atmosphäre.

Der Mechanismus, den Ariane herbeizitiert hatte, hieß Thor. Er bestand aus einem großen Felsbrocken – dem Kopf eines Hammers von gottgleicher Größe – mit einem sehr langen und leichten »Stiel«, der bis zur Oberfläche reichte, auch wenn der »Kopf« gerade mal an der obersten Schicht der Atmosphäre entlangstreifte. Das ganze Ding drehte sich wie ein Wurfhammer, das heißt, der lange Stiel wirbelte in einem weiten Kreis um den Kopf herum.

Am Ende des Stiels befand sich die Aufgreifzelle, die Platz für drei eng beieinanderstehende Menschen bot. Während des Ab- und Aufstiegs war sie in einer äußeren Hülle eingeschlossen, die so ausgelegt war, dass sie die Unbilden des Durchgangs durch die Atmosphäre überstand. Der Stiel machte, ähnlich den Hänger-Bolos, von denen Kath Two und Beled vor kurzem eins benutzt hatten, einen großen Schritt aus dem Weltraum hinunter, aber statt in der Hochatmosphäre anzuhalten, um Raumfahrzeuge aufzunehmen, schoss er wie ein Speer auf die Oberfläche hinab und packte, was immer gerade in seinem Zielbereich stand – der vor der Landung mit Lasern gekennzeichnet wurde, damit die Passagiere wussten, wohin sie sich stellen mussten. Anschließend drehte sich der Hammerkopf vorwärts in die Atmosphäre hinein, wo er durch den Luftwiderstand abgebremst wurde, während er den Stiel abrupt nach oben hievte und die Ladung so in eine viel höhere Umlaufbahn katapultierte. Der Kopf löste sich von selbst und fiel als Meteorit in seiner Flugbahn weiter abwärts. Das machte ihn natürlich zu einem Gerät für den einmaligen Gebrauch, das nur in Notsituationen eingesetzt wurde, und auch dann nur, wenn die Not so groß war, dass sie das Risiko aufwog, einen Boliden auf einen im Grunde zufälligen Fleck am Ende seiner Flugbahn fallen zu lassen.

Man konnte also davon ausgehen, dass jetzt ein frischer Krater irgendwo weiter östlich das nordamerikanische Binnenland zierte und dass Ariane und ihre Gefangene unterwegs zu einem sicheren Hafen im Roten Abschnitt des Rings waren. Was die beiden dort erwartete, konnte man nur vermuten, aber in Arianes Fall war es sicher eine ordentliche Belohnung, eine Medaille und die Beförderung auf irgendeinen hohen Rang im militärischen Geheimdienst von Rot.

Doc äußerte kein zusammenhängendes Wort mehr. Beim Anblick dessen, was Memmie widerfahren war, hatte er einen Schlaganfall erlitten, der eine sofortige Aphasie bei ihm ausgelöst hatte. Eine Stunde später starb er an einer Gehirnschwellung. Die Digger bestatteten ihn und Memmie zusammen an dem Ort, wo sie gefallen waren.

Der alte Digger sah bis auf ein paar Symptome, die für eine Gehirnerschütterung sprachen, nach ein paar Stunden wieder besser aus. Der jüngere bekam sein Bein geschient. Beide waren gegenüber den drei verbliebenen Gefangenen in einem blutrünstigen Geisteszustand. Die Mehrheit der Digger schien jedoch über die jüngsten Geschehnisse eher bestürzt zu sein und plädierte für ein vernünftigeres Herangehen an die zukünftigen Beziehungen zwischen ihrem Stamm und einer Zivilisation, die Dinge wie Arianes Thor und die zu Waffen gemachten Mubot-Schwärme von Beled und Langobard hervorzubringen vermochte.

Als eine Art, ihre eigenen technischen Errungenschaften zu demonstrieren, vielleicht aber auch nur, um Dampf abzulassen, brachten die Digger im freien Gelände zwischen dem Gleiter und den frischen Gräbern selbstgebastelten Sprengstoff zur Explosion. Offensichtlich war das auch als Warnung an Bard und Beled gedacht, von denen man annahm, dass sie aus einer nahegelegenen Deckung heraus zuschauten.

Ty, Einstein und Kath Two wurden aufklappbare Halsschellen aus gebogenem Stahl angelegt. Nachdem man diese um ihre Hälse herum geschlossen hatte, wurden Ringe an den beiden Enden so ausgerichtet, dass eine Kette durch sie hindurchgeführt werden konnte, die zum einen die Halsschellen zuhielt und zum anderen alle Gefangenen aneinanderreihte. An einem Ende der Kette hing ein altes Hängeschloss, das zu groß war, um durch die Ringe an Kath Twos Halseisen zu passen. Das andere Ende wurde dann mithilfe eines Bolzens an einem massiven Holzpflock befestigt, den ein besonders stämmiger Digger mit einem Hammer, der mit seinem steinernen Kopf wie ein Miniatur-Thor aussah, in den Boden geschlagen hatte.

Unmittelbar darüber hügelaufwärts und außerhalb der Reichweite der Gefangenen legten andere Digger einen kleinen Steinhaufen an. Diesen krönten sie mit einem weiteren Klumpen Sprengstoff. Sie brachten Drähte für die Zündung an dem Klumpen an und führten sie hinunter in das Hauptlager der Digger, das sich rund fünfzig Meter entfernt unter den Flügeln des Gleiters befand.

»Was ist denn da gerade passiert?!«, wollte Einstein, kaum dass die Digger sie allein gelassen hatten, wissen. »Ich meine, das war eindeutig ein Thor. Ich hab von ihnen gehört. Aber…«, und er hob die Hände in die Luft.

»Ariane ist ein Maulwurf«, sagte Ty. Dann berichtigte er sich: »*War* ein Maulwurf. Jetzt ist sie vermutlich eine Heldin. Eine Rote Heldin.«

»Rot hat einen Thor runtergeschickt, um sie, wie nennt ihr das, zu extrahieren.«

»Genau. Sie und, wichtiger noch, ein lebendes, atmendes biologisches Muster.«

Kath Two an dem einen Ende der Kette kroch in einen Schlafsack und schlief ein. Ty ging davon aus, dass sie lange Zeit nicht wach werden würde. Um sie in Frieden zu lassen, begaben er und Einstein sich, so weit sie konnten, die Kette abwärts und hockten sich hin. Die Digger hatten ihnen Brenn- und Anzündholz dagelassen. Ohne es vorher zu besprechen, fingen die beiden an, ein Feuer aufzuschichten. Einstein machte das offenbar nicht zum ersten Mal, und so überließ Ty ihm einfach das Feld. Der junge Ivyner hatte ganz bestimmte Vorstellungen von Feuern.

»Wo hast du gelernt, wie man so kämpft?«, fragte Einstein. »Bist du teilweise Teklaner oder so?«

»Beim Kämpfen geht es nicht ums Wissen wie«, sagte Ty, »sondern ums Beschließen, dass man es tut.«

»Mann, ich war wie erstarrt.«

»Schau mal, das sind jetzt Zeiten, wo die Entscheidungen, die unsere Urmütter vor fünftausend Jahren getroffen haben, unsere Handlungen in einem Maße steuern, das uns praktisch hilflos macht. Du warst dazu bestimmt, aus der Distanz zu beobachten und zu analysieren.«

»Und du dazu, ein Held zu sein«, sagte Einstein.

»Ein Held hätte Memmie gerettet.«

»Das konnte niemand vorhersehen! Die Art, wie diese Frau an ihr ausgerastet ist…«

»Das werden wir uns noch lange fragen.« Ty seufzte und blickte zu dem Lager hinüber, wo die Digger ihrem Tagwerk nachgingen, als wäre nichts gewesen. Manche von ihnen grillten am Spieß Fleischstücke, die sie vom Gerippe eines großen, unten im Wald erlegten Pflanzenfressers abgeschnitten hatten. Unter ihnen gab es viele Kinder unter zehn Jahren, aber nur wenige Teenager. Die Hälfte der Frauen sah schwanger aus. »Komm deiner Pflicht nach, Einstein. Jetzt, wo Doc tot ist, bist du der Ivyner in unserer Gruppe. Was siehst du?«

Einstein schien nicht so recht sprechen zu wollen, sodass Ty ihm das Stichwort gab: »Ich sehe eine Bevölkerungsexplosion.«

Da konzentrierte sich Einstein und nickte mit dem Kopf.

»Du hast nie von diesen Leuten gehört«, fuhr Ty fort, »obwohl deine RIZ gleich auf der anderen Seite dieses Gebirges liegt und deine Leute andauernd hier patrouillieren.«

»Rufus MacQuaries Bergwerk lag weit oben im Norden«, sagte

Einstein. »Diese Leute müssen erst vor kurzem ans Tageslicht gekommen sein.«

»Halt nach dem ältesten Kind da unten Ausschau, das wird dir vermutlich den Zeitpunkt nennen.«

»Aber die Atmosphäre ist schon seit dreihundert Jahren atembar! Warum hätten sie bis jetzt warten sollen?«

Ty wies mit dem Kopf auf das Zentrum des Digger-Lagers: die dicke Kohleschicht, das Fleisch, das darüber grillte.

»Nahrung?«, sagte Einstein.

»Nahrung und Treibstoff«, bestätigte Ty. »Seit dem Beginn des Harten Regens haben sie da unten in ihrem Loch von Gott weiß was – Höhlentofu oder so – gelebt. Hin und wieder haben sie vielleicht die Luft draußen getestet. Als sie atembar wurde, sind sie vermutlich rausgekommen und haben sich mal umgesehen. Es war aber immer noch Ödland, auf dem kein Leben gedeihen konnte. Erst in den letzten paar Jahren hat TerReForm diesen Teil von Beringia mit Tieren besät, die groß genug sind, dass sich die Mühe des Jagens lohnt. Das war der Startschuss – das Signal für sie herauszukommen.«

»Und offensichtlich damit anzufangen, so schnell wie möglich Kinder zu kriegen.«

»Offensichtlich. Also, Einstein, was sagt dir das über die Geschlechterrollen?«

»Also, zunächst einmal haben sie keine Urmutter, sie haben einen Urvater – Rufus –, deshalb ist es höchstwahrscheinlich eher pat…, patri…«

»Patriarchalisch.«

»Danke. Und wenn nun alle Frauen eine Menge Kinder kriegen sollen…«

»Das sagt dir etwas«, sagte Ty. »Da haben wir nun die große Frage, die uns gewissermaßen ins Auge springt. Du bist ein Digger, okay? Du bist nicht dumm. Alles, was du tun musst, ist, in einer sternklaren Nacht den Kopf aus deiner Höhle stecken und den Blick in den südlichen Himmel richten: Dann kannst du den Habitatring sehen. Und mit der Zeit kannst du sehen, wie das Auge sich darüber hin und her bewegt und wie neue, im Bau befindliche Habitate aufleuchten. Du kannst sehen, wie Bolos tief über den Himmel herankommen und TerReForm-Luftfahrzeuge genau über dir fliegen und es direkt aus dem Ring ONANs regnet. Und du bist keineswegs ein unwissender Wilder. Deine Leute haben eine ziemlich hochentwickelte technische Kultur. Diese Compoundbögen. Dieser Klumpen Sprengstoff. Folglich hättest du all das nicht als Götter oder Engel oder irgendetwas derartiges interpretiert.«

»Sie wussten Bescheid«, sagte Einstein. »Vom ersten…«

»Seit Jahrhunderten«, stimmte Ty ihm nickend zu. »Seit sie außerhalb atmen konnten.«

»Schon so lange haben sie gewusst, dass im Himmel Milliarden von Menschen leben«, sagte Einstein. »Dennoch haben sie keinerlei Versuch unternommen, sich bemerkbar zu machen.«

»Mehr noch, sie haben sich vor uns versteckt!«, sagte Ty. »Vor einigen Jahrzehnten hat man sich nämlich bemüht, das MacQuarie-Bergwerk ausfindig zu machen. Diese Leute mussten irgendwie beschlossen haben, dass sie nicht gefunden werden wollten.«

»Warum sollten sie das tun?«

»Genau das frage ich mich auch. Angst? Wut?«

»Der alte Typ hasst uns wirklich. Er betrachtet uns als ›Feiglinge, die weggelaufen sind‹.«

»So hat er uns *genannt*«, räumte Ty ein. »Und zwar sehr laut. Ich glaube, eigentlich hat er das gar nicht zu uns gesagt.«

Einstein nickte. »Ich verstehe, was du meinst. Er hat es zu den Leuten hinter sich gesagt.«

»Wenn ich in meinem Bergwerksschacht hocke und Höhlentofu esse, obwohl ich ganz genau weiß, dass da oben in der geosynchronen Umlaufbahn jede Menge Menschen unter besseren Bedingungen leben, dann brauche ich irgendeinen starken Anreiz, um in meiner Höhle zu bleiben. Um meine Anwesenheit zu verbergen.«

»Irgendeinen Duch oder eine Idio...«

»Ideologie«, sagte Ty mit einem Kopfnicken. »Ich hätte das alles sehen müssen. Verdammter Mist, dass ich das nicht ein paar Minuten früher gesehen habe.«

»Was denn?«

»Dass nur ein geistiger Virus, eine gemeinsame Halluzination die Plötzlichkeit ihres Erscheinens über der Erde erklären konnte.«

»Doc hat es auch nicht gesehen«, sagte Einstein. Er wollte eigentlich nur erreichen, dass Ty sich nicht mehr so schlecht fühlte, doch dann schien er über sich selbst zu erschrecken, weil er schlecht von seinem toten Verwandten gesprochen hatte.

»Nein«, sagte Ty, »ganz bestimmt nicht. Was haben wir nun über die Art, wie diese Leute denken, gelernt?«

»Sie haben, wie nennt man das nochmal, einen Komplex.«

Ty nickte. »Für die Anführer war es extrem wichtig, vor den Augen ihrer Herde Dominanz zu zeigen. Was sie getan haben. Dann brachte Doc das Ding mit dem Srap Tasmaner. Eine Geste der Versöhnung, aber auch eine Art, sie dafür zu beschämen, dass sie so komplette Arschlöcher waren. Womöglich kein schlechter Zug, wenn man es mit Leuten zu tun hat, die dazu erzogen wurden, vernünftiger zu sein, miteinander auszukommen.«

»Leute wie wir. Leute, die immer in Habitaten zusammenleben mussten.«

»Die Anführer dagegen sahen auf diese Weise vor ihren Leuten ihre Autorität in Frage gestellt und mussten deshalb eine extreme Reaktion zeigen. Uns entmenschlichen.«

»Wir sind die Aliens«, sagte Einstein.

»Ja«, sagte Ty. »Wir sind jetzt die glupschäugigen Monster.«

»Und je länger Bard und Beled sich da draußen in der Dunkelheit verborgen halten...«

»...umso leichter wird es für sie, uns als solche darzustellen«, sagte Ty. »Und deshalb haben sie uns isoliert. Die Anführer wollen nicht, dass wir mit ihren Schäfchen sprechen – sie sehen lassen, dass wir nur Menschen sind.«

»Aber dann müssen die Anführer ja wissen«, sagte Einstein, »dass wir in Wirklichkeit keine glupschäugigen Monster sind.«

Darauf hatte Ty keine Antwort. Gewisse Aspekte der Situation ergaben einfach keinen Sinn. Darüber dachte er nach, als sie das Feuer in Gang brachten und sich von den Flammen hypnotisieren ließen.

Nach dem Beginn des Harten Regens war tausendsiebenhundertfünfunddreißig Jahre lang kein Feuer – im Sinne des offenen Verbrennens von kohlenstoffreichem Brennstoff – angelegt worden. So lange hatte der Bau eines Habitats gedauert, das groß genug war, um Bäume anzupflanzen, genügend Atmosphäre bot, um den Sauerstoffbedarf eines Feuers zu decken und den Rauch zu absorbieren. Alte digitalisierte Pfadfinderhandbücher waren konsultiert worden. Es hatte gleich beim ersten Mal funktioniert. Die vier verantwortlichen Pyro-Pioniere – alle Dinaner – hatten drumherum gestanden, so wie jetzt Ty in die Flammen gestarrt und vermutlich über all das nachgedacht, was passiert war, seit Menschen zuletzt Holzrauch gerochen hatten.

Das Thema Ariane hatten er und Einstein noch nicht einmal angeschnitten.

Sie war der schlimmste Albtraum jedes Julianers, der versuchte, ein ehrliches Leben in Blau zu führen: jemand, der das vordergründig tat, sich dann jedoch als Roter Maulwurf entpuppte. Wann hatte sie anfangen, sich in den Geheimdienst einzuschleichen und sich dort hochzuarbeiten? Oder hatte sie erst in jüngster Zeit beschlossen, die Seiten zu wechseln? So oder so war sie jetzt mit der Frau, die sie entführt hatte, oben im Roten Teil des Rings. Was sollten die Digger davon halten? Wussten sie überhaupt, dass es zwei Sorten von Spacern gab?

Und was erfuhr der Rote Geheimdienst von dieser Frau? Hätte Ty sie nicht als kaltblütige Mörderin von Remembrance erlebt, hätte sie ihm leidgetan.

Drei Personen näherten sich vom Hauptlager der Digger unter dem Gleiterflügel her: ein Krieger mit einem stahlbewehrten Speer, ein vorzeitig ergrauter Mann mit grimmigem Blick und eine weitere Person, die Ty für einen Jungen hielt, bis die drei näher kamen und er sah, dass es eine kurzhaarige Teenagerin von noch geringerer Körpergröße als bei diesen Leuten üblich war. Sie machte einen merkwürdigen Eindruck, denn sie hielt den Kopf gesenkt und zu einer Seite geneigt, sodass sie die Welt aus dem Augenwinkel betrachtete, was allerdings auch durch die Tatsache bedingt sein konnte, dass sie dem grauhaarigen Mann auf dem Fuß folgte und um seinen Brustkorb herumspähen musste, um zu sehen, wohin sie ging. Da sie über Hindernisse trippelte, die er mit einem großen Schritt nahm, schien sie für jeden Schritt von ihm zwei zu machen. Damit erinnerte sie an ein Eichhörnchen, das versuchte, mit einem Hund Schritt zu halten.

Als sie Sprechdistanz erreicht hatten, bewog der Graubart den Speerträger mit einem Nicken, stehen zu bleiben, während er selbst noch einen Schritt vortrat. Das Mädchen zögerte, worauf der Graubart, der das bemerkte, sie mit einer Geste dazu ermunterte, sich ein Stückchen näher herzuwagen. Sie drängte sich hinter ihn und spähte unter seiner Achselhöhle hervor.

»Ich heiße Donno«, verkündete der Graubart. »Mit mir dürft ihr sprechen, aber mit niemand anderem, außer der Zück hier.« Jedenfalls war es das, was Ty zu hören glaubte.

»Ich heiße Tyuratam Lake«, sagte Ty. »Und das ist Einstein. Die Frau da hinten ist Kath Two, wird sich aber wahrscheinlich nicht am Gespräch beteiligen.«

»Tyuratam«, sagte die Zück mit rauer Stimme, »eine Stadt in Mittelasien, unweit des sowjetischen Weltraumbahnhofs Baikonur in Kasachstan. Einstein, ein theoretischer Physiker des frühen zwanzigsten Jahrhunderts vor Null.«

Donno ließ die Zück ausreden, ohne sie jedoch anzusehen oder irgendein Zeichen des Wiedererkennens zu geben. Seine Aufmerksamkeit galt Ty. Die Worte des Mädchens waren bloß ein Summen in seinem Ohr. »Wenn Kath Two aufwacht, werdet ihr ihr mitteilen, welche Regel ich gerade verkündet habe«, sagte Donno, »und dafür sorgen, dass sie sich daran hält.«

»Ich werde ihr die Regel mitteilen«, sagte Ty, »und sie wird sich ihre eigene Meinung darüber bilden, ob sie sich daran hält. Ich übe keine Macht über sie aus. So ist unsere Gesellschaft nicht organisiert.«

Donno sah aus, als glaube er kein Wort von dem, was Ty da gesagt hatte. »Du bist Dinaner.«

Sie wussten also von den Sieben Urmüttern. Wie waren sie zu diesem Wissen gelangt? Indem sie Versprengte entführten, sie verhörten? Oder hatten sie heimlich mit irgendeinem Spacer in Kontakt gestanden?

»Ja«, sagte Ty.

»Du bist der Anführer der Gruppe.«

Ty sagte nichts. Wahrscheinlich hätte es wenig Sinn gehabt zu erklären, dass es kompliziert war.

»Was habt ihr mit Marge gemacht?«, fragte Donno.

»Wer ist Marge?«

»Die Frau, die von dem Ding aufgenommen wurde, das sich aus dem Weltraum heruntergestreckt hat.«

Ty hätte gerne die gereizte Bemerkung gemacht, Donno habe seine Frage doch gerade selbst beantwortet. Stattdessen starrte er nur zurück und überlegte, wo er anfangen sollte.

»Diese andere Mutantin – eine Julianerin?«

»Ja.«

»Sie hat dich mit deiner eigenen Waffe angegriffen. Du warst überrascht.«

»Das war ich tatsächlich, Donno.«

»Hat sie euch verraten?«

»Ja.«

»Gehört sie zu dem westlichen Volk?«

Für Donno waren das wohl die Spacer, die in dem Teil von Beringia westlich vom 166/30 lebten.

»Wir nennen sie Rot.«

Donno nickte, als hätte er das schon mal gehört. »Dann seid ihr Blau.«

»Ja, wir sind Blau. Wir vermeiden es, Thors zu benutzen.«

»Thor: eine germanische Gottheit von unglaublicher Kraft, mit dem Blitz assoziiert, mit einem Hammer bewaffnet«, sagte die Zück.

»Ist dein Name die Abkürzung für Enzyklopädie?«, fragte Einstein sie.

Donno warf ihm einen vernichtenden Blick zu, den Einstein jedoch nicht bemerkte, da er mit gebanntem Interesse und mehr das Mädchen ansah.

»Ja«, antwortete sie, ehe Donno sie mit erhobener Hand zum Verstummen bringen konnte. Sie wich zur Seite, als erwartete sie, eine Ohrfeige zu bekommen, und erwiderte dann Einsteins Lächeln.

Ty war es gerade beinah schwindelig geworden, so klar und deutlich hatte er ein Bild aus dem Epos vor Augen: ein Foto, das Rufus kurz vor dem Weißen Himmel an Dinah gemailt hatte und auf dem die Bibliothek zu sehen war, die er und seine Freunde in ihrer unterirdischen Festung zusammengestellt hatten. In deren Mitte prangte stolz eine Reihe identisch gebundener Bücher namens *Encyclopædia Britannica*.

Dieses Mädchen – die Zyk, nicht Zück – hatte sie gelesen. Diese ganzen alten Bücher hatte sie angefasst. Vielleicht aber auch handgeschriebene Kopien davon.

»Er ist Ivyner«, sagte Donno, mit dem Kopf auf Einstein deutend. Es war keine Frage. Dann, nachdem seine anfängliche Wut abgeebbt war, musterte er den jungen Mann aus der RIZ etwas genauer.

»Dass seine Augenlider so aussehen, liegt an den Epikanthus-Falten«, sagte die Zyk, die das Gesicht des Ivyners unnötig genau unter die Lupe genommen hatte.

»Halt den Mund«, sagte Donno zu ihr. Dann wandte er sich wieder Ty zu. »Die Rote Julianerin…«

»Ariane«, sagte Ty.

»Sie war eine Spionin innerhalb eurer Reihen?«

»Scheint so.«

»Interessant. In Rufus' Bibliothek gibt es ein paar Romane über solche Sachen, aus den Jahrzehnten vor Null, aber ich hätte nie gedacht, dass ich einmal einen echten Maulwurf zu Gesicht bekommen würde.«

Das war eine ungewöhnlich weitschweifige und aufschlussreiche Erklärung von Donno, die eine witzige Bemerkung über Maulwürfe und das Leben unter der Erde geradezu herauszufordern schien, doch Ty hielt es für besser, im selben Stil weiterzumachen.

»Ich hätte nie gedacht, dass ich einmal jemanden wie dich zu Gesicht bekommen würde«, versuchte er es.

»In all diesen Jahrtausenden habt ihr gedacht, wir wären tot!«, sagte Donno. »Tja, da habt ihr falsch gedacht.«

»Bevor da unten alles den Bach runterging«, sagte Ty, »hat der alte Mann…«

»Pop Loyd.«

»Hat Pop Loyd erklärt, wir seien hier nicht willkommen.«

»Da hat er die Wahrheit gesagt«, bemerkte Donno.

»Ich will mich ja nicht dumm stellen«, sagte Ty, »aber das hier ist wichtig, und du wirst mir sicher zustimmen, dass ich es unbedingt richtig verstehen muss. Eure Gruppe – habt ihr einen Namen für sie?«

»Die Menschheit«, sagte Donno.

»Na gut, also die Menschheit erhebt Anspruch auf dieses Gebiet und möchte auf keinen Fall, dass Leute wie wir – Nachkommen der Sieben Urmütter – sich hier aufhalten.«

»Nicht ohne unseren Auftrag. Das ist korrekt.«

»Welches ist das Gebiet, auf das ihr einen alleinigen Anspruch erhebt?«

»Wie bitte?«

»Dieses Tal? Dieses Gebirge? Ganz Beringia?«

»Die gesamte Landoberfläche des Planeten Erde«, sagte Donno kopfschüttelnd und artikulierte die Worte sehr deutlich und langsam. »Eure Leute haben sie aufgegeben. Sie gehört uns.«

Das war eine Gesprächsbremse, jedenfalls, was Ty anging. Einstein jedoch platzte mit der unvermeidlichen Frage des jugendlichen Ivyners heraus: »Und was ist mit den Ozeanen?«

»Das werdet ihr mit den Pingern abhandeln müssen«, sagte Donno.

»Pinger?«

Donno sah Einstein an, als wäre er ein Idiot.

»Die Meerleute«, sagte die Zyk. »Sie leben…«, doch Donno hob erneut die Hand, worauf sie verstummte.

Wie alle anderen auch. Was Donno am liebsten zu sein schien. Jetzt hatte er ein bisschen Ruhe, um sich umzuschauen. Er wies mit dem Kopf auf Kath Two. »Ist sie krank?«

»Nein«, sagte Ty. »Ihre Art schläft manchmal für längere Zeit.«

»Moiranerin, ihrer Hautfarbe nach zu urteilen?«

Ty hätte für sein Leben gerne gewusst, woher die Digger ihre wenn auch rudimentären Kenntnisse über die Spacer hatten. Doch jetzt war nicht der richtige Zeitpunkt zu fragen. »Ja«, sagte er.

Donno zählte jetzt buchstäblich an den Fingern ab. Er kam bis fünf. »Die zwei Kämpfer?«

Ty nickte. »Der große ist Teklaner.«

»Und der Affenmensch?«

»Eine Unterethnie der Aïdaner namens Neoander.«

Donno nickte. »Wir haben seinesgleichen im Westen gesehen.« Er streckte zwei weitere Finger aus. »In eurer Gruppe war also von jeder Abstammungslinie einer – und?« Er nickte Einstein zu. »Ein Ersatz-Ivyner für wenn der alte stirbt?«

»Ein örtlicher Führer«, berichtigte Ty ihn. »Wir waren eine Sieben, ja. Das ist eine Formation, die wir zu besonderen Anlässen bilden, wenn wir eine offizielle Delegation brauchen.« Was er als Nächstes sagte, war reine Spekulation, aber um möglichen Widerspruch brauchte er sich in diesem Moment keine Sorgen zu machen. »Der alte Ivyner, der jetzt tot ist – Doc haben wir ihn genannt –, hatte die Vermutung, dass ihr hier unten seid. Er kam her, um Nachforschungen anzustellen, und zwar als Teil einer Sieben. Was der Wichtigkeit angemessen ist.«

Das schien Donno aus dem Konzept zu bringen. Er gehörte eindeutig nicht zu der Sorte Mann, die dem, was andere dachten, große Bedeutung beimaß. Doch jetzt war ihm zum ersten Mal bewusst geworden, dass man die Ereignisse von vor ein paar Stunden auch in einem anderen Licht sehen konnte: einem, das für die Digger nicht besonders schmeichelhaft war. Er konnte das sehen, war jedoch nicht sehr empfänglich dafür. »Für euch sind wir zweifellos ein Haufen Wilde. Ihr betrachtet nicht einmal euren Einfall in unser Land als den aggressiven Akt, der er war. Mit euren bewaffneten Kriegern, eurem Gleiter, eurem Thor hierherzukommen.«

»Donno, was glaubst du, wie viele Spacer sich im Moment auf der Oberfläche der Erde befinden?«

»Wir sind nicht ahnungslos. Wir wissen, dass sie überall in dem Gebiet sind, das ihr Beringia nennt.«

»Sie sind überall auf der Welt«, sagte Ty.

»Das ändert, falls es stimmt, unsere Position nicht«, sagte Donno.

»Eure Positionen sind stark und mit Nachdruck formuliert«, sagte Ty nach einer längeren Pause, in der ihm einfach nichts eingefallen war, was er hätte sagen können. »Darf ich fragen, warum ihr dann hergekommen seid, um mit mir zu verhandeln?«

»Eure Krieger nehmen unsere gefangen«, beklagte sich Donno.

»Als jemand, der etwas von Kriegern versteht«, sagte Ty, »kannst du dir gut vorstellen, wie das alles hier auf sie wirkt.« Er schloss die Hand um die Kette und rüttelte leicht daran.

Wieder war es die falsche Äußerung. Allein die Andeutung, dass es möglich sein könnte, eine Sache aus mehr als einem Blickwinkel zu betrachten, brachte diese Leute in Rage. Das musste Ty sich einfach klarmachen.

»Ich gehe davon aus, dass wir uns im Kriegszustand befinden«, sagte Donno, »und dass es auf *beiden* Seiten Kriegsgefangene gibt.«

»Wie würdest du denn nun gerne vorgehen?«

»Gewaltlos«, sagte Donno, »was ich von einigen der anderen nicht sagen kann.« Er nickte zu dem anderen Lagerfeuer hinüber.

»Dann erwarte ich deinen Vorschlag«, sagte Ty.

»Wir erwarten euren«, fauchte Donno zurück und drehte sich so abrupt zum Gehen um, dass die Zyk aus dem Weg hüpfen musste. Das Muskelpaket mit dem Speer wandte sich ebenfalls zum Gehen. Die Zyk löste sich jedoch nicht so schnell. Sie blieb, wo sie war, den Blick unverwandt auf Einsteins Epikanthus-Falten gerichtet.

»Wie heißt du?«, fragte Einstein sie.

»Sonar Taxlaw!«, rief Donno. »Komm!«

»Jetzt weißt du es«, sagte sie. Widerstrebend wandte sie sich ab und hastete hinunter auf den Gleiter zu. Doch selbst als sie ihre Verwandten um das Lagerfeuer erreicht hatte, war ihr Gesicht noch zu sehen, ein blasser Mond, der in ihre Richtung zeigte.

»Wo sollen wir anfangen?«, fragte Ty. Eigentlich sprach er mit sich selbst, doch es schien, als hätte das Einstein aus einer Träumerei gerüttelt. Er seufzte und riss sich irgendwie zusammen. »Wir haben seinesgleichen im Westen gesehen.‹ Das hat Donno gesagt. Über Bard.«

»Ja, hat er.«

»Ich vermute, die Digger haben Kundschafter über 166/30 hinaus losgeschickt. Ihnen dürfte gar nicht bewusst gewesen sein, dass sie eine Grenze überquerten. Es ist ja nichts anderes als eine imaginäre Linie.«

Unwillkürlich musste Ty lachen. »Falls wir hier je rauskommen, werde ich dich auf die Höhere Töchterschule schicken, Einstein.«

»Hä?«

»Unterricht in Umgangsformen für Ivyner. Wie man mit Angehörigen anderer Ethnien spricht.«

»Wieso?«

»Vergiss es. Ich hab dich unterbrochen. Sprich weiter.«

»Diese Kundschafter müssen dann ein paar Rote Grenztruppen gesehen haben. Neoander.«

»Und wenn du in ihren Mokassins stecktest, was würdest du denken, wenn du zum ersten Mal einen Neoander vor dir hättest?«

»Glupschäugig, nein. Monster, ja.«

Ty nickte. »Bei allem Respekt vor Bard und seiner Verwandtschaft, es wäre besser gewesen, die ersten Spacer, auf die sie trafen, wären Dinaner gewesen.«

»Was ist mit den Neoandern?«, fragte Einstein.

Ty brauchte einen Moment, um zu folgen. »Hmm. Falls sie die Digger im selben Moment gesehen haben wie diese sie, hätten sie es gemeldet.«

»Rot wusste von den Diggern. Vielleicht schon seit langer Zeit.«

»Wusste oder hatte zumindest einen Verdacht«, stimmte Ty ihm zu. Er spürte, wie Teile seines Gehirns sich jetzt, da das Rätsel gelöst war, entspannten. »Sie setzten ihre Geheimagenten darauf an. Ariane begann, auf der Suche nach Hinweisen herumzuschnüffeln. Nutzte auf Teufel komm raus ihre Verbindungen zum Survey. Ließ ihre Beziehungen spielen, um einen Platz in der Sieben zu bekommen. Und brachte den Hauptgewinn mit nach Hause.«

»Sofern du Marge als Hauptgewinn betrachtest«, erwiderte Einstein. Als Ty das Gesicht des Jungen im Feuerschein musterte, konnte er nicht sagen, ob das trockener Humor oder wieder ein Fall von gesellschaftlicher Ahnungslosigkeit war. Was aber keine Rolle spielte.

»Die Pinger!«, rief Einstein aus, als wäre das ganz offensichtlich das nächste Thema.

»Sonar Taxlaw hat gesagt, sie seien Meerleute – bevor Donno sie zum Schweigen brachte«, sagte Ty.

»Meinst du, er schlägt sie?«, fragte Einstein.

Das war eine emotional so komplizierte Geschichte, dass Ty seine Antwort sorgfältig abwog. Einmal in seinem Leben, vor dem Krieg, hatte er sich genauso schnell in ein Mädchen verknallt wie Einstein in Sonar Taxlaw. Diese kurze Erfahrung mit törichter, blinder Liebe versetzte ihn nun in die Lage, deren Realität anzuerkennen und ihre Kraft zu respektieren.

»Ich glaube«, sagte er, »ihre Gesellschaft fühlt sich mit der Prügelstrafe so wohl, dass schon die Angst davor Leute wie sie auf Linie hält. Nicht die Realität. Ich glaube, daran kannst du nichts ändern, und wenn du Donno auch nur schief anguckst, wird er dich umbringen. Womit du aber vermutlich durchkommst, sind kleine Gesten der Freundlichkeit der Zyk gegenüber – vorausgesetzt, du darfst dich ihr je wieder nähern. Wenn du ihr zu viel Sympathie erweist, wird man sie bestrafen. Wenn du sie berührst, sind wir alle tot.«

»Warum?«

»Weil das eine dieser Kulturen ist, die in Bezug auf die weiblichen Fortpflanzungsorgane psychotisch reagieren. Nun lass uns aber zu den Pingern zurückkommen. Sagt der Name dir irgendwas?«

»Nein. Dir?«, sagte Einstein. Tys Zusammenfassung hatte ihm schrecklich zugesetzt und ihn einsilbig gemacht.

»Ich habe eine vage Erinnerung«, sagte Ty, »müsste es aber nachlesen, um sicher zu sein.«

»›Meerleute‹ lässt auf Boote schließen«, sagte Einstein. »Aber…«
»Aber die wären uns aufgefallen.«

»Vielleicht sind sie eine Gruppe von Diggern, die sich in den dichten Wäldern entlang der Küste verstecken«, spekulierte Einstein.

»Donno hat aber Anspruch auf das Land erhoben«, sagte Ty. »Und erklärt, die Pinger besäßen die Hoheit über die Meere.«

»Was lautet also deine Theorie?«

»Ich habe keine«, sagte Ty. Womit er log.

Damit endete die Unterhaltung dieses Abends. Sie rollten Schlafsäcke aus und legten sich hin. Ty schlief überraschend gut. Einmal wachte er vom Heulen wilder Caniden auf. Die Vulkanausbrüche, die die Aschewand so dick gemacht hatten, schienen nachgelassen zu haben, denn die Sterne waren herausgekommen, und am südlichen Himmel sah man jetzt den Habitatring mit dem Auge, das irgendwo über den Galapagosinseln leuchtete. Die Caniden hatten es anscheinend auch entdeckt.

Ty kroch aus seinem Schlafsack, um pinkeln zu gehen, und schaute dann nach Kath Two. Sie zitterte, die Stirn war heiß, aber nicht so, dass er es für beunruhigend hielt.

Seinen Zeitmesser hatten sie ihm weggenommen, aber er schätzte, dass es etwa drei Uhr morgens sein musste – vielleicht zwölf Stunden, seit der Thor aufgesetzt hatte. Ungefähr um diese Zeit würden Ariane und Marge ein Rotes Habitat erreichen. Gemäß den unerbittlichen Gesetzen der Orbitalmechanik dauerte der Transfer in eine geosynchrone Umlaufbahn nämlich rund zwölf Stunden. Er fragte sich, ob sie sich in die Rote Hauptstadt Kyoto begaben oder in irgendein militärisches Habitat oder sogar zum Kulak, der über der Makassarstraße hing. Mit ihnen beiden würde es eng sein in der Zelle. Darüber, in welchem Gemütszustand Marge sich jetzt wohl befand, konnte er nur spekulieren. Die Auseinandersetzung über den Srap Tasmaner hätten die meisten Leute merkwürdig und gewalttätig gefunden – der Stoff für seltsame posttraumatische Albträume. Die Entführung mit vorgehaltener Waffe durch Ariane hatte sie nicht ahnen können. Doch all das war noch völlig normal, verglichen mit dem, was dann passiert war. Wahrscheinlich hatte Marge nicht in den Himmel geschaut und den Thor herannahen sehen. Alles, was sie mitbekommen haben dürfte, war, dass sie plötzlich mit einer bewaffneten Mutantin in einer kleinen Zelle gefangen war und zum ersten Mal in ihrem Leben starke G-Kräfte erlebte. Ein paar Minuten später dürfte sie die Erfahrung der Schwerelosigkeit gemacht haben. Wahrscheinlich nicht der Tag, den Marge sich vorgestellt hatte, als sie morgens aus ihrem Schlafsack gekrochen war. Hatte Ariane wohl auf der Stelle begonnen, sie zu verhören? Oder erst einmal freundlich mit ihr getan? Oder hatte sie ihr einfach mit einer Spritze eine Dosis Beruhigungsmittel verpasst, um ihr über die nächsten zwölf Stunden hinwegzuhelfen?

Für Marge dürfte der Thor nur unglaublich seltsam gewesen sein. Für Ty und die anderen Spacer war er ganz klar ein kriegerischer Akt – die ungeheuerlichste Verletzung des Vertrags, von der er in zwanzig Jahren gehört hatte. Wenn er es sich allerdings recht überlegte, hatte er im Krähennest rätselhafte Fetzen eines Gesprächs aufgeschnappt, das zwischen bedeutenden Personen geführt worden war und das auf dunkle Machenschaften in der Südsee anspielte. Vermutlich hatte es einen Grund, dass sie – wer immer sie waren – Beled Tomow als teklanisches Mitglied der Sieben ausgewählt hatten. Beled, dessen Rücken mit kraterartigen Narben übersät war, die nur aus einem offenen Gefecht mit Peitschen schwingenden Neoandern stammen konnten. Und hinter der Wahl von Bard steckte vermutlich auch mehr, als man auf Anhieb erkennen konnte.

Und Ty? Er war ebenfalls ein Bodengefechtsveteran mit den entsprechenden Narben zum Beweis. Es gab jedoch viele andere, die an seiner Stelle hätten ausgewählt werden können – und die besser geeignet waren, eine Expedition zu leiten und den ersten Kontakt zu etwas herzustellen, was für die Spacer eine fremde Ethnie von einem anderen Planeten war. Nein, dass die Wahl auf Ty gefallen war, hatte mit dem Lokal, in dem er arbeitete, und dessen Eigentümern zu tun. Hinter dem Krähennest stand sehr altes Geld. Und davon so viel, dass es den Eigentümern nichts ausmachte, jeden Monat ein bisschen zu verlieren, solange der Laden nur lief. Es war eine Art Wohltätigkeitseinrichtung, dazu geschaffen, weder der Kultur noch dem Duch, sondern einem Ding namens Der Zweck zu dienen. Und wenn Ty noch ein paar Jahrzehnte dort arbeitete, würde sich vielleicht einer der Eigentümer dazu herablassen, sich mit ihm im Schlupfloch zusammenzusetzen und ihm zu sagen, was genau Der Zweck war.

Mit all dem im Kopf schlief er irgendwie wieder ein und wurde erst wach, als die Sonne schon aufgegangen war. Der Speerträger kam in ihre Reichweite und warf ihnen drei abgepackte Tagesrationen aus den Vorräten des Gleiters hin. Einstein wachte auf und verdrückte seine, wie nur ein Heranwachsender es tun konnte. Ty aß in gemäßigterem Tempo, während er Kath Two aufmerksam beobachtete. Sie war lange genug wach gewesen, um den Deckel von ihrer Mahlzeit zu ziehen und ein paar Bissen von den leichter verdaulichen Sachen zu essen. Die unmittelbaren Folgen davon waren jedoch Erbrechen, trockenes Würgen und die Rückkehr in den Schlaf.

Den Tag verbrachten sie damit, sich mit den Diggern, die im Laufe der Stunden immer weniger und immer betrübter wurden, einen planlosen Wettstreit darum zu liefern, wer auf große Entfernung den Blicken der anderen länger standhielt.

»Hast du schon eine Theorie?«, fragte Einstein, als sie dabei waren, die hingeworfene Mittagsration zu verzehren.

»Zu was?«

»Zu den Pingern.«

In Ermangelung einer anderen Beschäftigung redete Ty einfach drauflos. »Der Name des Mädchens. Sonar. Ich sehe da ein merkwürdiges Zusammentreffen.«

»Ja?« Für alles, was mit Sonar Taxlaw zu tun hatte, war Einstein ganz Ohr.

»Es ist eine Technologie, die sie vor Null verwendet haben. Auf Schallwellen basierende Unterwasserradaranlagen. Sie sandten Schallimpulse aus, sogenannte Pings.«

»Meinst du, die Pinger leben unter Wasser?«

»Es passt alles. Außer...«

»Außer was?«

»Woher zum Teufel sind sie gekommen?«

»Überlebende? Wie die Digger?«

»Ich wüsste nicht, wie das möglich sein sollte«, sagte Ty.

Von den Kundschaftern, die loszogen, um nach Bard und Beled Ausschau zu halten, kam keiner zurück. Allmählich erhob sich die Frage, wer eigentlich wen als Geisel festhielt. Die Vermissten hatten Freunde, Eltern und Kinder, die immer dringender wissen wollten, was aus ihnen geworden war, und den Anführern unangenehme Fragen stellten. Am späten Nachmittag wurden die Digger durch einen Trupp von rund zwanzig zusätzlichen Kriegern verstärkt, die mit toten Tieren an langen Stöcken das Tal heraufkamen. Um ihr Lagerfeuer herum beratschlagten sie alle zusammen. Nachdem sie sich satt gegessen hatten, kam Donno mit einem kurzen Speer als Gehstock oder als Zauberstab allein herauf. Die Sonne war bereits untergegangen, sodass Ty ihn hörte, bevor er ihn sah.

»Wir nehmen einen Austausch vor«, verkündete Donno, »und ihr verschwindet ohne weitere Verluste von hier.«

Ist das eure Bezeichnung für Leute ermorden?, hätte Ty gerne gefragt. Stattdessen sagte er: »Also gut. Wie wollt ihr vorgehen?«

»Na ja«, sagte Donno und geriet ein wenig ins Stottern, »wir müssen doch mit ihnen kommunizieren können! Aber jeder, den wir losschicken, verschwindet!«

»Soll ich es machen?«

»Dann läufst du einfach weg.«

»Es ist nicht nötig, persönlich mit ihnen zu sprechen«, sagte Ty.

»Habt ihr Funkapparate?«, fragte Donno argwöhnisch.

Funkapparat. Ein komisches altes Wort. Die Digger hatten sie alle durchsucht, um sicherzugehen, dass sie keine Kommunikationsgeräte bei sich hatten.

»Nein«, sagte Ty. Er griff hinter sich in ein offenes Essenspaket, nahm ein Stück Brot heraus und riss ein Stück davon ab. Überall um sie herum funkelte es in den Augen von graumelierten Krähen. Die Sieben hatte ein Dutzend von ihnen in modulartig gebauten Reisekäfigen in ihrem Gleiter mitgebracht. Von den Diggern unabsichtlich freigelassen hatten sie sich die ganze Zeit um das Lager herum aufgehalten. Da sie wussten, was Ty da machte, rangelten sie bereits um die beste Position, indem sie krächzend mit den Flügeln aufeinander einschlugen. Ty streckte die Hand mit einem Stück Brot darauf aus, und kaum dass er die Finger geöffnet hatte, war der Bissen schon von einer Krähe aufgepickt worden, die ihn jetzt aufmerksam ansah. »Beled. Bard«, sagte er. Normalerweise hätte man ihr dabei ein Bild des Empfängers gezeigt, aber diese Vögel besaßen die Fähigkeit, Namen wiederzuerkennen und sie Gesichtern zuzuordnen, was die Sieben in freien Momenten während der Reise mit ihnen trainiert hatte. »Unsere Gastgeber möchten über einen Gefangenenaustausch verhandeln.«

Ty schloss die Hand und verscheuchte die Krähe, die, ihre

Botschaft kreischend, ins Dämmerlicht davonflatterte. Er sah Donno an und genoss die Bestürzung im Gesicht des Diggers, ebenso wie den Ausdruck völliger Faszination in dem der Zyk. »Wir sollten bald eine Rückmeldung bekommen«, sagte er.

Donno drehte sich wortlos um und begab sich mit großen Schritten zum Lagerfeuer der Digger zurück.

Eine halbe Stunde verging. Inzwischen wurde es vollkommen dunkel. Die Caniden begannen zu heulen. Ty richtete den Blick in den Himmel, denn er erwartete, den Habitatring dort herauskommen zu sehen. Die Digger taten es ihm nach. Doch der Ring war an diesem Abend nicht das einzige Helle am Himmel. Es gab noch einen Meteoritenschauer. Einen merkwürdig geordneten. Er schien direkt auf sie zuzusteuern.

Donno kam in Begleitung weiterer Speerträger zurückgerannt, allesamt in einer üblen Stimmung. »Ist das eine Sturmtruppe?!«, fragte er. »Die kommt, um euch zu befreien?«

»Du weißt also, was das für Dinger sind?«, sagte Ty.

»Die Kapseln, die ihr verwendet, wenn jemand aus der Umlaufbahn fallen und schnell landen soll. Jetzt antworte mir.«

»Das hier ist Blaues Hoheitsgebiet«, sagte Ty und hob eine Hand, um Donnos unvermeidlichen Protest im Keim zu ersticken. »*Laut dem Vertrag.* Falls Blaue Truppen zu unserer Befreiung kämen, würden sie einfach von Qayaq aus über die Berge hierherfliegen – viel simpler, als Leute vierzigtausend Kilometer aus dem Habitatring herausfallen zu lassen.« Dabei zwang er sich, Blickkontakt mit Donno zu halten und im entspanntesten Plauderton, dessen er fähig war, zu sprechen. Die Speerträger waren so ausgeschwärmt, dass sie, die Spitzen ihrer Waffen nach innen gerichtet, einen Ring um ihr kleines Lager bildeten. Einstein gefiel das gar nicht, und Ty konnte hören, wie Kettenglieder rasselnd durch die Ringe an der Halsschelle des jungen Mannes glitten, während er sich näher heranschob.

»Wer sind sie denn dann?«, fragte Donno.

»Per Ausschlussverfahren«, sagte Ty, »sind sie Rote.«

»Aber du hast doch gesagt, dass du das hier als Blaues Hoheitsgebiet betrachtest!«

»Ja. Was dich interessieren dürfte«, sagte Ty, »ist, dass das einen Vertragsbruch bedeutet, und eine kriegerische Handlung.«

Donno stand völlig perplex da. Ty war versucht, *Willkommen in der modernen Welt!* zu sagen, doch stattdessen fügte er hinzu: »Vielleicht solltest du das im Hinterkopf behalten, falls ihr einen Vertrag mit ihnen unterzeichnet.«

Nicht weit von ihnen entfernt landete eine graumelierte Krähe auf dem Boden und wandte sich an Ty. »Wir sind unterwegs.«

Dass diese Abwurfkapseln militärischer Bauart waren, zeigte sich deutlich an der Art, wie sie näher kamen: schnell. Jede hatte oben ein Paar Propellerflügel montiert, die bei einer Höhe von zweitausend Metern über der Oberfläche ausklappten, um den Fall der Kapsel zu verlangsamen. Doch erst bei zwanzig oder dreißig Metern über dem Boden gingen die Bremsraketen an: nicht nur eine, sondern eine kreisförmige Anordnung von daumengroßen Körpern, die einen zylindrischen Feuerkolben erzeugten, auf dem die Kapsel mühelos zum Halten kam und auf einem Dreifuß aus insektenartigen Beinen landete, die sich im allerletzten Moment entfalteten und die Erschütterung beim Auftreffen absorbierten.

Die ersten dreizehn Abwurfkapseln landeten, etwa einen Kilometer talabwärts, in einer nahezu kreisrunden Formation. Sobald sie aufgesetzt hatten, sprangen sie auf. Ihre Luken zeigten nach innen. Feinden von außerhalb präsentierte der Kapselring also nichts als verstärkte Rückenpanzer. Feinde im Inneren sahen einer schlimmen Zeit entgegen.

Sekunden später landete eine vierzehnte Kapsel in der Kreismitte, und ein Mann stieg aus. Auf sein Zeichen kamen die dreizehn mit einem Purzelbaum aus ihren Kapseln und rollten sich seitwärts auf den Bauch, den Blick in das Gelände jenseits des Rings gerichtet, das jetzt durch grelle Lichter von den Rückenpanzern her gut ausgeleuchtet war. In einem richtigen Gefecht hätte der nächste Schritt darin bestanden, alles in ihrer Sichtweite Befindliche nach und nach zu töten, doch stattdessen rief der Anführer einen Befehl, der sie alle dazu bewog aufzustehen, ihr Katapult ins Holster zu stecken und den Staub von sich abzuklopfen. Zehn der dreizehn Männer waren Neoander. Drei weitere hatten das normalere Aussehen moderner Menschen. Diese und der in der Mitte waren wahrscheinlich B-Typen oder Betas: die zahlenmäßig größte der aïdanischen Unterethnien.

Die Mitglieder des Pelotons – so nannten die Aïdaner eine Einheit dieser Größe – nahmen, nach außen gewandt, eine Rührt-euch-Stellung ein und widerstanden der Versuchung zuzusehen, wie innerhalb des Bereichs, den sie umgrenzten, vier weitere Abwurfkapseln landeten. Deren Passagiere brauchten etwas länger zum Aussteigen. Mit einiger Sicherheit waren es Zivilisten, die das zum ersten Mal machten. Währenddessen landete noch eine Kapsel, allerdings außerhalb des großen Kreises; sie war von etwas anderer Bauart und diente dem Transport von Frachtgut. Das Peloton bewegte sich vorwärts, um sie locker zu umstellen. Die Zivilisten öffneten die Kapsel und holten verschiedene Dinge heraus: am offensichtlichsten ein paar Rohrstücke, die sie zu einem Pfosten zusammensteckten. An dessen oberem Ende brachten sie einen Reifen an und schufen so eine stilvollere und eher als Hightech zu bezeichnende Variante des von den Diggern bevorzugten Kreis-an-einem-Stock-Totems. Unterhalb des Reifens banden sie einen roten Gabelschwanzwimpel fest, der oft als Rotes Emblem im Kampf oder, noch häufiger, bei Sportwettkämpfen benutzt wurde und in Blau umgangssprachlich als Schlangenzunge bekannt war. Und darunter befestigten sie eine große weiße Fahne.

Die Vorstellung war so amüsant, dass sogar Ty, der wusste, dass er sich eigentlich anderen Dingen hätte widmen sollen, einigermaßen erstaunt war, als er feststellte, dass das halbe Dutzend Digger-Krieger, die ihr kleines Lager umgaben, alle hilflos zuckend auf dem Boden lagen. Und das seit so kurzer Zeit, dass manch einer ihrer handgefertigten Speere noch im Umkippen begriffen war. In einer dieser seltsamen, konzentrierten Erkenntnisse, die einem kommen, wenn Dinge sehr schnell passieren, bemerkte er, dass die blattförmigen Speerspitzen handgeschmiedet waren, und fragte sich beiläufig, ob das Metall dafür von dem Lastwagen stammte, den sie ausgegraben hatten.

Natürlich warf er einen Blick auf die Sprengvorrichtung auf dem nahegelegenen Steinhaufen. Er sah, dass die Drähte durchtrennt worden waren. Eine tellergroße Hand erschien über der Spitze des Haufens, schnappte sich die Sprengladung und schleuderte sie ins Vergessen.

Beled tauchte neben dem Holzpfosten auf, den er mit einem gewissen Erstaunen begutachtete. Nachdem er dessen Verbindung zum Ende der Kette getestet hatte, kniete er sich hin, packte ihn mit beiden Händen und fing an zu ziehen. Langobard kam, als der Sprengstoff beseitigt war, in gleichmäßigen Sätzen herübergesprungen. In der Hocke schaufelte er einiges an Erde weg, um einen besseren Halt zu haben, und half mit seiner Kraft nach. Ein halber Meter Pfosten tauchte plötzlich aus dem Boden auf, woraufhin beide Männer zurücktaumelten. Aus halb liegender Position schlug Bard mit einer Hand dagegen, als zerquetschte er ein Insekt, und brach ihn unmittelbar über dem Boden ab. Ty, Einstein und Kath waren zwar immer noch aneinandergekettet, konnten sich aber frei bewegen.

Da Bard jetzt auf eher verstohlene Weise vorging, war er nicht von einem jaulenden Komplex von Aitrains umgeben, sondern hatte all seine Flynks zu einem einzigen langen Seil zusammengesteckt, das in einem komplizierten Muster um seinen Rumpf geschlungen und gelegt war; Ty hatte dieses Muster schon einmal gesehen und nahm an, dass es vor Jahrtausenden von Neoandern entwickelt worden war.

Ty holte das Pfostenstück zu sich her, in dem er die Kette Stück für Stück durch den Ring an seiner Halsschelle zog, und packte es dann mit beiden Händen wie einen Knüppel. Das freie Ende benutzte er dazu, das Feuer auszuschlagen und den Lagerplatz in Dunkelheit zu versetzen. Kath, die immer noch in ihrem Schlafsack steckte, war auf allen vieren und erbrach sich. Beled ging mit großen Schritten zu ihr hinüber, schob einen Arm unter ihre Bauchgegend, hievte sie hoch und warf sie sich über die Schulter. Dabei hatte er seinen Schritt im Grunde nicht verlangsamt, sodass die beiden anderen Gefangenen jetzt gezwungen waren, ihm zu folgen. Langobard, der das Schlusslicht der Gruppe bildete, schnappte sich spontan einen Speer. – Als Andenken?

Es war nicht die am besten durchgeplante Gefangenenbefreiung in der Geschichte der Kriegsführung gewesen. Bei weitem aber auch nicht die ungeschickteste. Vielleicht wäre es zu weiteren Kämpfen gekommen, wäre das Hauptlager der Digger nicht angesichts der sich nähernden Roten Delegation in völlige Lähmung verfallen. Ty wollte sich gerade dem Glauben hingeben, dass sie mit heiler Haut davongekommen waren, als er aus der Dunkelheit, nur ein paar Meter entfernt, eine Stimme hörte:

»Ich hab das hier gefunden.«

Sofort richtete sich ein Kreuzfeuer aus roten Laserstrahlen von Beleds und Bards Katapulten auf die Herkunft der Stimme. Im Dunkeln war es unmöglich, ihr Gesicht zu sehen, aber Ty hatte ihre Stimme bereits erkannt. »Feuer einstellen!«, sagte er.

Die Zyk trat näher. Bard wagte es, sie mit einem gedämpften Licht anzuleuchten. Sie hielt den Klumpen Sprengstoff in der Hand. Er musste den Abhang zum Hauptlager der Digger hinuntergerollt sein.

»Sonar Taxlaw!«, sagte Ty.

»Du hast dich erinnert!«, rief sie aus. Dann fügte sie, anscheinend als eine Art Erklärung, hinzu: »Band 17.«

»Okay, Sonar«, sagte Ty, »es steht dir frei zu gehen. Du kannst aber auch mit uns kommen. Ich möchte deine Leute ungern ihres Wissens über den letzten Teil der Stichwörter mit S und den Anfang derer mit T berauben, empfehle dir aber mitzukommen.« Er dachte fieberhaft nach, wie er Sonar die Sachlage erklären könnte, ohne dass die ganze Nacht darüber verging, doch Sonar sagte unvermittelt »Okay!« und schloss sich ihnen auf ihre trippelnde Art an.

»Das kannst du dalassen«, sagte Ty, mit dem Kopf auf den Klumpen Sprengstoff deutend.

»Eine Mischung aus Hexogen mit Bienenwachs und Pflanzenöl«, sagte Sonar hilfsbereit. »Es explodiert nicht ohne…«

»Ich weiß«, sagte Ty, »aber wir brauchen es nicht.«

Da er Blicke auf sich spürte, schaute er zu der massiven Silhouette von Bard hinüber. Das Gesicht des Neoanders lag im Dunkeln, aber Ty nahm an, dass es einen ungläubigen Ausdruck besaß. »Erkläre ich später«, sagte er.

Mehrere Minuten lang gingen sie rasch bergauf, während ihre Sicht über und in das Tal immer besser wurde. Weit unterhalb von ihnen war die Rote Delegation gemessenen Schrittes auf das Lager bei dem Gleiter zugestiegen, immer in den Spuren, die die Sieben tags zuvor hinterlassen hatte. Ganz eindeutig wollten sie so auffällig wie möglich sein und rückten daher in einer prächtigen Festbeleuchtung vor, die Mitglieder des Pelotons mit ihren in die Mitte des Kreises gerichteten tragbaren Laternen erzeugten. Dasselbe Ziel – nicht den Eindruck des Sichanschleichens zu erwecken – hätte man auch einfach dadurch erreichen können, dass man ein paar Stunden gewartet und es bei Tageslicht gemacht hätte. Aber das war typisch Blaues Denken. Die Roten dagegen machten es um des reinen Dramas und des Pomps willen nachts. Das war nämlich das, worin Rot im Großen und Ganzen einfach besser war als Blau. Ty hätte beinahe laut losgelacht, als sie an einen Platz kamen, wo sie zum ersten Mal eine unverstellte Sicht auf das herannahende Spektakel hatten. Im Kopf verglich er es mit der erbärmlichen Show, die die Sieben am Vortag abgeliefert hatte. Natürlich waren sie überrascht worden, sodass der Vergleich nicht fair war. Doch Fairness würde für die Digger keine Rolle spielen. Was sie jetzt sahen, war vermutlich viel näher an der Vorstellung, die sich ihr Volk, im Untergrund festsitzend, während der letzten fünftausend Jahre von diesem Moment gemacht hatte. Ein hochgewachsener Aïdaner mit einem glänzenden schwarzen Haarschopf ging dem Rest voraus. Er trug eine Art Festgewand, das in dem kalten, durch das Tal wehenden Wind flatterte und in dem Licht, das von dem Peloton auf ihn gerichtet wurde, warm leuchtete. Gemessen voranschreitend hielt er die Reifenstandarte in einer unsinnig dramatischen Pose, bei der seine obere Hand umgedreht war, sodass der Daumen nach unten und die Handfläche nach vorne zeigten. Das hatte nichts zu bedeuten, sah aber beeindruckend aus. Ein paar Schritte hinter ihm ging ein älterer Mann mit grauem Haar, das von seiner hohen Stirn aus nach hinten gestrichen war, und einem ordentlich rasierten Bart. Seine Kleidung war dezenter, aber, so hatte man den Eindruck, sehr schön, wenn man sie aus der Nähe hätte betrachten können. Vor seiner Brust hing an einer goldenen Halskette ein Medaillon. Seine ausgestreckte rechte Hand hielt die linke von niemand anderem als Marge, der Diggerin, die er nach Art eines Vaters, der seine Tochter ihrem Bräutigam zuführte, den Hang hinaufgeleitete. Sie trug das, worin man sie zuletzt gesehen hatte, ergänzt durch ein wärmeres Kleidungsstück, das man ihr wie ein Cape über die Schultern geworfen hatte. Es wollte immer wieder herunterfallen, da sie mit ihrer freien Hand über dem Kopf ihren Digger-Verwandten winkte, um ihnen zu signalisieren, dass alles in Ordnung sei. Als diese sie erkannten, riefen sie Worte der Begrüßung, worauf sie noch heftiger winkte; ihr Cape fiel herunter und wurde ihr durch einen der uniformierten Betas wieder umgelegt.

Selbst aus der Entfernung war offensichtlich, dass der Standartenträger und der Mann, der Marge eskortierte, Aretaiker waren, das heißt Aïdaner der ersten Abstammungslinie, die vermutlich als Konkurrenz zu Urmutter Dinahs Kindern konzipiert worden waren. Sie waren hochgewachsen und langhaarig, mit prachtvollen Nasen und einer vortrefflichen Haltung.

Ein paar Schritte hinter Marge und dem älteren Aretaiker gingen auf gleicher Höhe eine Camilanerin und eine der Betas. Zwischen sich hatten sie eine etwa zwei Meter lange Stange, deren Enden sie in der Ellenbeuge trugen. In der Mitte dieser Stange befand sich ein schimmernder Klumpen, etwa so groß wie der Kopf eines Menschen, den jeder Spacer als einen kleinen Nickel-Eisen-Asteroiden erkannt hätte, von denen es im All so viele gab wie tote Blätter auf der aufgeforsteten Oberfläche. Hier unten waren sie jedoch selten, selbst nach dem Harten Regen. Ariane musste ihren hohen Tieren von dem Lastwagen erzählt haben, davon, was die Ausgrabung seines Motorblocks über die Mühen aussagte, die die Digger auf sich nehmen würden, um ein bisschen Metall zu ergattern, und wie dankbar sie für ein solches Geschenk sein würden. Vielleicht hatte Ariane aber auch über irgendeinen verdeckten, verschlüsselten Kanal die gesamte Mission nach Kyoto gesendet. Jedenfalls gab das ein besseres Zeichen der Freundschaft ab als ein kaputter Schaufelstiel.

Zwei der Mitglieder des Pelotons waren Musiker. Irgendwann fing einer an, eine Trommel zu schlagen, die um seinen Bauch geschnallt war, während der andere auf einem glänzenden Horn eine Melodie zu spielen begann. Ty war überzeugt, sie irgendwo im Epos gehört zu haben, doch erst Bard konnte sie einordnen.

»›Bread of Heaven‹«, sagte er. »Das sangen Rufus und Co., als sie sich selbst einschweißten.«

»Auch bekannt als ›Guide Me O Thou Great Jehova‹ oder im walisischen Original ›Cwm Rhondda‹«, fügte Sonar Taxlaw hinzu.

»*Verdammt*, diese Leute sind gut!«, rief Ty aus.

»Was meinst du, wie lange sie das schon vorbereitet haben?«, fragte Bard.

»Sie waren uns um Monate voraus. Vielleicht um Jahre«, sagte Ty. »Allerdings gibt es bei dem, was wir da sehen, wenig, was nicht innerhalb von ein paar Stunden hätte zusammengeschustert werden können.«

»Stimmt«, sagte Beled. Er hatte Kath sanft auf dem Boden abgelegt, wo sie jetzt in Embryonalstellung um sein Schienbein herum gerollt lag. Durch eine Optik betrachtete er die Prozession. »Der Ring an der Spitze der Standarte? Das ist ein mit silbernem Klebeband umwickelter Gymnastikreifen. Die weiße Fahne? Ein Bettlaken.«

»Müssen wir uns überhaupt anschauen, wie das hier weitergeht?«, fragte Bard.

Und in Erwartung einer Antwort richtete er den Blick auf Ty. Es war keine rhetorische Frage gewesen. Er wartete auf Anweisungen.

Auch Beled Tomow sah den Dinaner an.

»Wie geht's ihr?«, fragte Ty. »Puls, Atmung in Ordnung?«

»Ich glaube, es ist das Übliche«, antwortete Beled nickend. Womit er meinte, dass abrupte Hormonveränderungen in Kaths System bei ihr so etwas Ähnliches wie Morgenübelkeit bewirkten. Ihr Mikrobiom – das Ökosystem von Bakterien, die in ihrem Darm und auf ihrer Haut lebten – war durcheinandergeraten, und sie war von irgendwelchen alten Keimen einschließlich solchen von den Diggern, denen noch nie ein moiranischer Körper ausgesetzt gewesen war, besiedelt worden.

»Kannst du sie auf den Rücken nehmen oder so?«

Beled nickte und ging auf ein Knie. Er hatte einen Rucksack getragen. Den leerte er jetzt auf dem Boden aus und fing an, unten in dessen Ecken Beinlöcher zu schlitzen, sodass Kath wie ein Säugling in eine Babytrage einfach hineingesetzt werden konnte.

»Wir können nicht ausschließen, dass unsere Leute in großer Zahl hier auftauchen«, sagte Ty und meinte damit die Blaue Armee. Er richtete den Blick nach Süden über die Berge, sah jedoch nichts kommen. Hätte er auch nicht können; alles, was von Qayak auf sie zukäme, würde sich ohne Licht fortbewegen. »Habt ihr Kontakt zu ihnen gehabt?«

»Ja«, sagte Bard. Während dieser kleinen Pause hatte er ein Multifunktionswerkzeug aus seinem Gürtel genestelt. Damit ging er zu Ty, der den zerbrochenen Pfosten festhielt. Bard klemmte sein Werkzeug um den Kopf des Bolzens und fing an, ihn herauszudrehen.

Ty nickte müde. Einerseits hatte er gerade eine dumme Frage gestellt. Auf der anderen Seite hatte der Angriff der Digger – ja, im Grunde ihre *Existenz* – sie überrumpelt, und seitdem hatte er sich darauf konzentriert, ein Gefangener unter so primitiven Bedingungen zu sein, dass es schon an Slapstick grenzte. Er hätte über das größere Ganze nachdenken sollen.

Blau könnte dieses ganze Tal in die Steinzeit zurück bomben. Wohl eher nicht. Es befand sich ja bereits in der Steinzeit.

Bard und Beled hatten eine Nachricht nach Denali hochschicken können, dem 166/30 am nächsten liegenden größeren teklanischen Militärhabitat. Alle wichtigen Leuten in Blau wussten jetzt wohl, dass die Digger existierten, dass der Erstkontakt verpatzt worden war und dass es eine Geiselnahme gegeben hatte. Der Thor dürfte klargemacht haben, dass Rot ihnen einen Schritt voraus war. Die Landung der Abwurfkapseln vor ein paar Minuten erst recht. Der leuchtende Lichtkreis, in dem die Rote Delegation sich bewegte, war ebenso für die Teleobjektive der Videokameras, die aus dem Orbit herabspähten, wie für die Digger gedacht.

Es war ein Fait accompli, dass Rot in etwa dreißig Sekunden

offiziell mit den Diggern Kontakt aufnehmen und dass es weitaus besser laufen würde als am Vortag. Ariane dürfte sie vorbereitet, ihnen erklärt haben, was sie sagen sollten: Ja, natürlich akzeptieren wir euren Anspruch auf die Oberfläche der Erde. Dass das gerecht ist, versteht sich von selbst. Wir haben jede Menge Platz im Orbit. Kein Bedarf an Wohnungen auf dem Planeten. Diesen Leuten von Blau darf man natürlich, wie ihr bereits am eigenen Leib erfahren habt, nicht über den Weg trauen. Um sie daran zu hindern, sich in eurem Territorium auszubreiten, könnten wir uns dazu überreden lassen, eine diskrete Militärpräsenz zu errichten. Und wenn wir schon einmal da wären, könnte man über Kulturaustauschprogramme nachdenken. Wir könnten medizinische Behandlung anbieten. Zahnärztliche Versorgung. Technische Beratung beim Wiederaufbau eurer Zivilisation. Wie können wir behilflich sein?

»Heute Nacht kommt Blau nicht«, sagte Ty. »Das würde ihnen nur in die Hände spielen.« Er wies mit dem Kopf hinunter auf die Prozession, die nur ein paar Meter von der ersten Kontaktaufnahme mit einer gleich großen Gruppe von Diggern entfernt war. »Einige Mitglieder dieses Pelotons könnten uns aber verfolgen. Sie würden wie Helden dastehen, wenn sie uns in Fesseln in das Lager zurückbrächten.«

»Oder unsere Köpfe auf Piken trügen«, bemerkte Bard in lässigem Ton.

»Sch!«, sagte Ty mit einem raschen Blick zum neuesten Mitglied ihrer Gruppe. Doch die Zyk sah unbeteiligt aus.

»Sonar«, sagte Ty, »wir müssen aufbrechen, solange es noch dunkel ist. Den Patrouillen entkommen, die diese Burschen womöglich aussenden. Schaffst du das? Schnell durch unwegsames Gelände zu gehen, in der Dunkelheit?«

»Klar«, sagte Sonar, für Tys Geschmack ein bisschen zu unbekümmert. Doch bevor er sie drängen konnte, fügte sie hinzu: »Wir gehen dann wohl Richtung Norden?«

»Warum sagst du das?«

»Weil die Hauptgruppe Richtung Süden geht. Vermutlich gleich nach Sonnenaufgang.«

»Wie weit nach Süden wollten sie denn gehen?« Sie waren ohnehin schon weniger als hundert Kilometer von der Südküste Beringias entfernt.

»Ans Meer«, sagte Sonar, als wäre das offensichtlich.

»Was wird dann passieren?«

Die Frage erschien ganz simpel, führte bei Sonar jedoch zu einem unvermittelten, heftigen Gekicher. »Sie werden sich fragen, was aus mir geworden ist, das wird passieren!«, sagte sie, als sie ihre Fröhlichkeit wieder unter Kontrolle hatte.

»Das werden sie sich vermutlich jetzt schon fragen«, bemerkte Einstein.

»Nein, ich meine, dann werden sie mich brauchen!«

»Warum?«, fragte Einstein.

»Das ist ein Rätsel.«

Nachdem der Bolzen aus dem Holz herausgedreht worden war, zog Ty das frei gewordene Ende der Kette aus seiner Halsschelle. Dann öffnete er das Ding und schmiss es auf den Boden. Der Zyk sprang die Geste ins Auge, eine für sie vermutlich schockierende Art, mit wertvollem Metall umzugehen. Ty war jetzt frei, hielt das massive Stück Pfosten in der Hand und bezwang einen gewissen natürlichen Impuls, ihr damit den Schädel einzuschlagen. Das war wirklich nicht der Moment für Rätsel.

Einstein zog die Kette aus seiner Halsschelle und trug sie dann in Kaths Richtung, damit er ihr helfen konnte.

»Der Zweck eurer Expedition – das heißt, bevor wir euch über den Weg gestolpert sind – bestand darin, ans Meeresufer zu gehen und Kontakt mit den Pingern aufzunehmen«, mutmaßte Ty.

»Pinger?«, fragte Bard.

Ohne ihn zu beachten, hielt Ty seine Aufmerksamkeit auf die Zyk gerichtet. »Dank deiner Beherrschung von Band 17 der

Encyclopædia Britannica bist du für deine Leute gewissermaßen eine Expertin für die einzige Technologie, mit der man sie herbeirufen kann.«

»Oh, ich bin auch Expertin für andere Stichwörter!«, sagte Sonar. »Sophismus, South Carolina, Papst Sylvester II.…«

Ty beschloss, die Witzeleien ohne positive oder negative Verstärkung stehen zu lassen. »Was wolltet ihr ihnen denn sagen?«

»Sie wollen mit uns sprechen!«, sagte Sonar. »Sie haben uns eine Nachricht hinterlassen – einen Steinhaufen am Strand. Wir kommen als Reaktion darauf.«

Die anschließende Stille dauerte lange: so lange, dass die letzte Strophe von »Bread of Heaven« an den Gebirgswänden verhallen und der aïdanische Anführer sich bei seinem Eröffnungsgruß – geschrieben und gesprochen in fehlerfreiem Vor-Null-Englisch – in einer ganzen Litanei Ehrfurcht gebietender kriecherischer Begrüßungsformeln ergehen konnte. Und so lange, dass Beled die von der Kette befreite Kath in seinen Rucksack stecken konnte.

»Wir nehmen Kurs nach Süden«, verkündete Ty. »Bard, du hältst mit der Zyk Schritt. Falls sie langsamer wird, trag sie. Ich brauche dein Funkgerät.«

»Mein was?!«, rief Bard aus.

»Eine elektromagnetische Kommunikationsvorrichtung…«, fing Sonar an, doch Ty schnitt ihr das Wort ab.

»Das Dingsbumsteil, das du benutzt hast, um mit Denali zu reden. Ich werde ihnen sagen, dass wir eine zweite Chance haben.«

»Eine zweite Chance, was zu tun?«

»Uns mit den Eingeborenen dieses Planeten anzufreunden.«

Am nächsten Tag erklommen sie im Küstengebirge einen Pass und machten sich an den Abstieg zum Meer. Als das Gehen so bequem wurde, dass man daran denken konnte, so etwas wie eine normale Unterhaltung zu führen, fragte Ty: »Wie viele Zyks seid ihr insgesamt?«

Sonars kleiner Kopf schnellte herum wie der eines Vogels, um den Dinaner neugierig anzuschauen. Sie sah ihrem Gegenüber nie direkt in die Augen, sondern lauerte in seinem peripheren Gesichtsfeld und warf den ganzen Tag verstohlene Blicke.

»Ich weiß«, sagte Ty. »So viele, wie die *Encyclopædia Britannica* Bände hat. Die Zahl kenne ich aber nicht, da bei uns keine Exemplare davon mehr herumliegen.«

»Nun, es gibt die Zehn, die Neunzehn und die Eins«, sagte Sonar. »Die Zehn sind die Micropædia. Viele kurze Artikel. Die Neunzehn bilden die Macropædia: längere, gründlichere Artikel. Die Eins ist die Propædia, die Kurzfassung.«

»Zu welcher Kategorie gehörst du?«

Einstein, der vor ihnen hangabwärts ging, fuhr herum. »Sie hat uns doch schon gesagt, dass sie Band 17 ist!« Er war normalerweise ein umgänglicher Mensch, mit einem Mal aber ungewöhnlich reizbar. Während er seine Aufmerksamkeit erneut dem felsigen Terrain vor sich widmete, lief der Nacken unter seinem Pferdeschwanz rot an.

»Entschuldige«, sagte Ty. Wieder an die Zyk gewandt, fragte er: »Ist das nur Losglück? Oder ...«

»Nein!«

Natürlich nicht.

»Die älteren Zyks haben mich mit kleineren Büchern anfangen lassen, um mich einzuschätzen.«

»Wann? Wie alt warst du da?«

»Als beschlossen wurde, dass ich keine Fortpflanzerin bin.«

Erneut drehte Einstein sich um, diesmal so plötzlich, dass er den Halt verlor und auf den Hintern fiel. Die Reaktion war so unangemessen, dass Ty wegschauen musste, um nicht laut loszulachen. Dabei fiel jedoch sein Blick auf Langobard, der ein ähnliches Problem hatte. Die beiden Männer mussten mit dem Rücken zueinander stehen bleiben und für ein paar Augenblicke um Fassung ringen.

»Wenn ich einfach mal Fragen vorwegnehmen kann, von denen ich annehme, dass sie Einstein auf der Zunge brennen«, sagte Langobard, »wäre es ungehörig von mir zu fragen, was genau dich zu ›keiner Fortpflanzerin‹ macht?«

Achselzuckend blickte die Zyk den Berg hinab Richtung Pazifischer Ozean, so als hätte sie in letzter Zeit nicht viel über dieses Thema nachgedacht. »Weiß nicht. Weil ich klein bin? Kein besonderer Anblick? Ein bisschen skurril?«

»Zum Verständnis«, fragte Ty, »wie viele von zehn jungen Frauen werden denn zu Fortpflanzerinnen bestimmt?«

»Vier vielleicht?«

»Dann ist also eine Nichtfortpflanzerin zu sein üblicher als eine Fortpflanzerin zu sein«, sagte Ty für Einsteins Ohren.

»Jetzt, wo wir aus dem Loch gekommen sind und mehr Platz haben, pflanzen sich natürlich mehr Frauen fort«, sagte Sonar. »Ich spreche davon, wie es vor zehn Jahren war.«

Sie wussten bereits, dass sie sechzehn war. »Gut. Sie glauben also, über dich als Sechsjährige genug zu wissen, um diese Festlegung zu treffen. Sie setzen dich erst einmal an leichtere Bücher. Und dann?«

»Wenn du überhaupt schon lesen kannst, fängst du einfach an, die ganze Zyk zu lesen.«

»Deswegen weißt du auch etwas über Funk, Epikanthus-Falten und andere Themen, die nicht in Band 17 stehen.«

»Ja. Du musst das ganze Ding lesen. Danach entscheiden sie, ob du Micropædia- oder Macropædiaformat hast.«

»Ist denn eine von beiden angesehener als die andere?«

»Na klar!«, rief Sonar aus, ohne jedoch zu erläutern, welche.

»Ich wette, bei der Micropædia ist es, als würde man einen Haufen belangloses Zeug auswendig lernen«, versuchte es Einstein. Ein bisschen riskant, falls seine Vermutung nicht stimmte. Doch die Liebe hatte ihn impulsiv gemacht.

»Ja, um eine von den Neunzehn zu sein, musst du schon mehr

im Kopf behalten können«, sagte Sonar, während sie Einstein mit einem innigen Blick bedachte.

»Und musstest du die vorherige Sonar Taxlaw im Zweikampf besiegen oder so was?«, fragte Ty, biss sich jedoch im nächsten Augenblick auf die Zunge, da Digger im Allgemeinen keinen besonders ausgeprägten Sinn für Humor hatten. Einstein warf ihm einen bösen Blick zu.

»Nein, in diesem Fall nicht«, sagte die Zyk höflich, womit sie die Frage offenließ, in welchen Fällen die Digger solche Verfahren tatsächlich anwendeten. »Mein Mentor war Ceylon Congreve.«

»Na, das ist ja mal ein schöner und ehrenwerter Name!«, rief Langobard aus. »Band 3?«

»4«, sagte sie mit einem Hauch von Überraschung in der Stimme, als könnte sie nicht so recht glauben, dass jemand so etwas zu wissen imstande war.

»Gibt es die Originalpapierausgaben noch?«, fragte Ty.

»O ja«, sagte Sonar, »aber die holen wir nur zu feierlichen Anlässen heraus. Wir arbeiten mit handschriftlichen Kopien.«

»Rufus muss ja eine Menge Papier gehortet haben.«

»Tonnenweise«, sagte die Zyk. »Säurefrei, hundert Prozent Baumwolle.«

Während ihrer nächtlichen Flucht über die Berge hatten sie wenig Zeit für solche Gespräche gehabt, sodass ihr Wissen über die Kultur der Digger immer noch lückenhaft war. Ein paar vernünftige Vermutungen konnte man einfach aufgrund der bekannten Geschichte des Harten Regens anstellen. Die Abkühlung genannte Phase hatte erst ungefähr dreitausendneunhundert Jahre nach Null begonnen, als sich die Bemühungen der Menschheit, den lunaren Trümmergürtel unter Kontrolle zu halten, endlich durch einen drastischen Rückgang der Zahl von Bolideneinschlägen auf der Oberfläche bezahlt gemacht hatten. Bis dahin waren die Digger gezwungen gewesen, auf dem

Raum, den Rufus zur Verfügung gestellt hatte, eine kleine Bevölkerung von gleichbleibender Zahl zu erhalten. Die Ausweitung des Lochs war durch die Tatsache begrenzt gewesen, dass es ein versiegeltes System darstellte, in dem es keinen Platz für Aushub gab – die Mengen an losem Material, die beim Graben entstanden. Wie jeder wusste, der einmal mit der Schaufel ein Loch in den Boden gegraben hatte, übertraf die Größe des Erdhaufens immer das Volumen des Lochs. Einen Teil des Aushubs hatten sie in einen tiefen und ansonsten nutzlosen Schacht werfen können, aber als dieser voll war, hatten sie ihren Lebensraum so lange nicht weiter ausdehnen können, wie der Harte Regen eine direkte Verbindung zur Außenwelt als zu gefährliches Unterfangen erscheinen ließ. Also hatten sie während dieser Phase – weit über dreitausend Jahre lang – all ihre Energien in die Erhaltung einer Gemeinschaft von mehreren Hundert Menschen gesteckt. Daher auch die strengen Fortpflanzungskontrollen. Dank ihrer Zyks wussten sie alles über Verhütung, hatten jedoch keine Möglichkeit, Dinge wie Kondome und Pillen zu produzieren, sodass dieses Wissen weitgehend sinnlos war. Die Begrenzungen der Vermehrung wurden durch moralische Einschränkungen, durch Trennung der Geschlechter und durch Sterilisation erzwungen. Letztere wurde, nachdem ihnen ziemlich bald nach Null die Medikamente ausgegangen waren, wie jeder chirurgische Eingriff bei den Diggern ohne chemische Anästhesie durchgeführt. Anscheinend waren sie recht gut darin geworden, Akupunktur anzuwenden und fest auf Gegenstände zu beißen.

Einerseits dürfte ihnen das Nachlassen der Intensität des Harten Regens aufgefallen sein, da sie die Einschläge durch die Wände des Lochs hören konnten. Auf der anderen Seite konnte man es auch leicht verpassen, denn selbst dramatische Veränderungen erstreckten sich über Generationen. Da sie jedoch über die Häufigkeit und Intensität der Einschläge genauestens Buch geführt hatten, erkannten sie den Abwärtstrend im späten Vierten Jahrtausend. Als es für sicher befunden wurde, bohrten sie einen Stollen – einen waagerechten Tunnel – seitlich in den Berg, bis sie aus einem Hang hinausdrangen, den sie für steil genug erachteten, dass er Auswurfmaterial abgestoßen und damit die Ansammlung von Felstrümmern verhindert hatte, die nun die Oberfläche der Erde bis in eine beachtliche Tiefe bedeckten. Damit hatten sie zwar recht gehabt, aber der Schutt am Fuß des Berges hatte sich höher aufgetürmt, als sie erwartet hatten – so hoch, dass er fast den Ausgang ihres Stollens blockierte. Jedenfalls hatte es so gut geklappt, dass sie Aushub dort hinausschieben und somit anfangen konnten, das Loch auszuweiten. Die Atmosphäre draußen war noch immer weit davon entfernt, atembar zu sein, und so waren sie gezwungen gewesen, das Loch, sofern sie nicht gerade aktiv Zeug hinauswarfen, weiterhin versiegelt zu halten, um zu verhindern, dass Dämpfe hereinsickerten und das atmosphärische System vergifteten, um das sie sich fast viertausend Jahre lang so akribisch gekümmert hatten. Dieses hatte anscheinend im Prinzip Ähnlichkeit mit denen, die in Weltraumhabitaten Verwendung fanden. Die Kohlendioxidentsorgung erfolgte über eine Kombination aus chemischen CO_2-Absorbern und Grünpflanzen, die beide Energie brauchten: Das Absorbermaterial musste erhitzt werden, damit es das aufgenommene Kohlendioxid wieder ausschied, und die Pflanzen brauchten Licht. Da die Digger von der Sonne abgeschnitten waren, erhielten sie ihre Energie auf geothermischem Weg, wobei sie eine Anlage nutzten, die Rufus und die anderen seiner Generation tief in die Wurzeln des Berges getrieben hatten. Dieses System funktionsfähig zu halten war über die gesamte Zeit, die sie dort unten waren, die Vollzeitbeschäftigung eines jeden gewesen, der sich in dem Loch aufhielt. Als ihr Vorrat an Leuchtdioden erschöpft war, hatten sie die Kunst der Glühbirnenherstellung wiederaufleben lassen, indem sie die Zyk nach Einzelheiten gefragt, Glaskolben mundgeblasen und die Glühfäden von Hand gewendelt hatten. Ähnlich waren sie mit vielen anderen Dingen verfahren, die ihnen irgendwann ausgegangen waren.

Ty, in technischen Fragen nicht gerade versiert, bemühte sich erst gar nicht, die Einzelheiten zu verstehen. Jemand mit einer stärkeren technischen Veranlagung hätte vielleicht Wochen damit verbracht, Sonar Taxlaw eingehend zu befragen und ihr jedes kleinste Detail darüber zu entlocken, wie sie es geschafft hatten, nur mit dem auszukommen, was ihnen unter der Erde zur Verfügung gestanden hatte. Für die vorliegenden Zwecke war es wichtiger, zu einem allgemeinen Verständnis der Kultur der Digger und zur Beantwortung der Frage zu gelangen, warum sie sich so verhielten, wie sie es taten.

Die Notwendigkeit einer unerbittlichen autoritären Kultur war nicht zu übersehen. Eine Machtstruktur, zu deren Hauptzielen es gehörte, die Menschen daran zu hindern, nach Lust und Laune Sex miteinander zu haben, musste ausgesprochen furchteinflößend sein. Hätten diese Leute beispielsweise im landwirtschaftlichen Paradies des Nildeltas gelebt, wären sie vielleicht mit irgendeinem wirren religiösen Dogma als Basis für dieses System ausgekommen. Stattdessen waren sie in einem riesigen Apparat gefangen gewesen, der sie alle getötet hätte, hätte man ihn kaputtgehen lassen, und so hatten sie unter dem Zwang gelebt, eine Kultur zu entwickeln, in der Technik zu ihrem Duch wurde. Ihr endlicher Vorrat an Wolfram, den der weise Rufus gehortet hatte, musste gestreckt und sparsam verwendet werden, damit ihre Nachkommen Tausende von Jahren in der Zukunft noch in der Lage wären, Glühbirnen herzustellen, um Pflanzen anzubauen, um Nahrung und Luft zu erzeugen. Und so weiter und so fort in jedem einzelnen Teilbereich des täglichen Lebens dieser Leute. Jeweils dreißig Menschen – die Zehn, die Neunzehn und die Eins – waren immer Zyks. Weitere dreißig mühten sich als deren Lehrlinge ab. Andere erfüllten spezielle Aufgaben als Fortpflanzerinnen-Glucke, Glasbläser, Akupunkteur, Glühfadenwendler, Kartoffelheger, Pumpenreparateur. In struktureller und kultureller Hinsicht hatte das große Ähnlichkeit mit einer Theokratie aus der Bronzezeit, allerdings ohne jede Spur von Gott oder dem Übernatürlichen.

Bis dahin unterschied es sich nicht grundlegend von den Subkulturen vieler Weltraumhabitate im Ersten und Zweiten Jahrtausend, was – zumindest eine Zeitlang – Ty den Eindruck vermittelte, er könne die Digger-Kultur rasch in den Griff bekommen. Diese Vorstellung löste sich jedoch bald in Luft auf. Ja, diese ersten Spacer hatten in beengten Verhältnissen gelebt, und sie waren genauso von der Technik abhängig gewesen wie die Digger in ihrem Loch. Es hatte also tatsächlich ein paar Merkmale gegeben, die beiden Kulturen gemeinsam waren. Die Spacer hatten jedoch immer die Möglichkeit gehabt hinauszuschauen, um ihre Lage einzuschätzen und sich – zumindest nachdem sie zwei Jahrtausende lang unten in besonders großen Felsen gehockt hatten – vorzuwagen und etwas daran zu ändern. Selbst in den Stunden größter Verzweiflung hatten sie immer damit gerechnet, die Erde wieder einzunehmen. Die einzige Möglichkeit der Digger, ihre Situation und ihr Schicksal einzuschätzen, bestand darin, auf laute Geräusche zu achten, sie auf säurefreiem, aus hundert Prozent Baumwolle hergestelltem Papier mit Strichen zu vermerken und diese Strichliste alle paar Jahre mit einer ähnlichen zu vergleichen, die vielleicht zweihundert Jahre zuvor von irgendeinem Vorfahr erstellt worden war. Die ersten viertausend Jahre lang dürfte Hoffnung auf eine bessere Zukunft als reine Torheit gegolten haben. Schlimmer noch, als aktiver Verrat an den Prinzipien der Digger, denn Menschen mit Hoffnung waren eher geneigt, verschwenderisch mit Ressourcen umzugehen und Gefahren auf sich zu nehmen.

Was zusammengenommen ein Bild dieser ersten vier Jahrtausende ergab, das so klar wie trostlos war. Doch eine Gesellschaft wie diese tat sich mit Veränderung schwer. Für Ty besonders interessant war, was sich angebahnt hatte, als sie den Aushubstollen bis zur Oberfläche durchgestoßen und begonnen hatten, ihr unterirdisches Gebiet auszudehnen. Ihr Alltagsleben dürfte sich nicht sonderlich verändert haben, aber nun bestand zumindest die abstrakte Möglichkeit, dass ihre Zivilisation sich ausbreitete und mehr Menschen sich fortpflanzen konnten.

All das hatte sich über tausend Jahre zuvor ereignet. Das Loch hatte eine solche Größe erreicht, dass es eine Bevölkerung von zweitausend ernähren konnte; um 4700, als die Atmosphäre atembar geworden war, hatten sie sie auf zehntausend steigern können. Das alles jedoch nach wie vor unter der Oberfläche, denn darüber hatte es für sie ja nicht viel gegeben.

Irgendwann musste das Komitee – so nannten sie ihren regierenden Rat – gemerkt haben, dass Unmengen von Menschen im All lebten und aktiv die TerReForm betrieben. Da hätten sie einfach auf die Oberfläche hinausgehen und eine Art SOS funken können. Stattdessen hatten sie den klaren Beschluss gefasst, sich versteckt zu halten, ihre Aushubhalden zu verbergen, jede Kommunikation mit den Spacern zu meiden. Die zentrale Frage lautete nun, warum sie sich so entschieden hatten. Sonar Taxlaw erwies sich in dieser Hinsicht als wenig ergiebige Quelle. Wenn Ty oder die anderen ihr Fragen stellten, gab sie ausweichende Antworten, die von einer unterirdischen Kultur sprachen, in der über solche Dinge nicht geredet wurde.

Klar war jedoch, dass das Komitee, nachdem es diese Entscheidung getroffen hatte, sie auch erläutern, rechtfertigen und zementieren musste, indem es die Spacer als außerirdische Mutanten darstellte und zudem einen bis ins Feinste entwickelten ethnisch bedingten Groll gegen die Feiglinge kultivierte, die weggelaufen waren und sie im Stich gelassen hatten. Das alles war während des kurzen, verhängnisvollen Gesprächs zwischen Doc und der Digger-Gruppe deutlich zutage getreten.

Dank der Kombination aus Einsteins persönlicher Kenntnis des Terrains, der geografischen Folklore, die im enzyklopädischen Verstand der Zyk gespeichert war, und Beleds digitaler Landkarte wussten sie in jedem einzelnen Moment grob, wohin sie gehen mussten. Schwierig wurde es dadurch, dass sie Hindernisse im Gelände überwinden und großen Tieren aus dem Weg gehen mussten. Zu Letzteren konnten theoretisch auch Rote Militärpatrouillen gehören, aber sie hatten keinen Grund zu der Annahme, dass sie bereits verfolgt wurden. Warum sollte sich Rot die Mühe machen? Ein paar Blaue Gefangene in Ketten zurückzuschaffen könnte ihnen zwar Punkte bei ihren neuen Digger-Freunden einbringen, sie in die Dunkelheit hinausgejagt zu haben war jedoch fast genauso wirkungsvoll. Angesichts der Bedeutung, die das Mem von den Spacern als Feiglingen für die Digger besaß, vielleicht sogar noch wirkungsvoller.

Ty erwog, der Zyk zu erklären, dass Rot ihren Digger-Trupp, wenn er *westlich* vom 166/30 erschienen wäre und dieselben unsinnigen Gebietsansprüche erhoben hätte, schlicht und einfach ausgelöscht hätte, statt sich mit Musik und Klümpchen aus Weltraumeisen zu nähern. Doch das arme Mädchen mit dieser Erkenntnis zu belasten würde auch nicht helfen.

Sie zogen sich in einen Unterschlupf unter einer Gesteinsplatte zurück, die die Ausmaße eines Footballfeldes besaß und wie eine Klinge in den Südhang eines Küstengebirges getrieben worden war. Dort nahmen sie sich einen Tag Zeit, um sich von ihren Strapazen zu erholen und einen Schneesturm abzuwarten, während sie stoßweise mit einem Transmitter im Habitat Denali kommunizierten. Blaues Militär warf durch den Sturm hindurch eine Kapsel ab. Kath war lange genug wach, um zu verkünden, dass sie am Hang kurz unterhalb von ihnen gelandet war. Bard stapfte hinunter, wobei seine riesigen Füße ihm als Schneeschuhe dienten, und kam eine Viertelstunde später, die Kapsel hinter sich herziehend, zurück. Er blieb ein paar Minuten stehen, um Kath zu betrachten. Ihre Übelkeit hatte nachgelassen, aber jetzt wachte sie nur auf, um zu essen, ihre Notdurft zu verrichten oder orakelhafte Äußerungen von sich zu geben.

Die Kapsel enthielt Lebensmittel, Treibstoff, Munition, Roboter und Ausrüstungen für das Wandern im Schnee, was ihnen am nächsten Tag beim Abstieg aus dem Gebirge in Richtung südliche Küste zustattenkam. Er erfolgte weitgehend unter dem Schutz der schweren Wolkendecke, die fast ständig über diesem Teil der Welt lag, sodass, falls jemand sie beobachtete, er das auf direktem Weg – indem er sich buchstäblich an ihre Fersen heftete – oder mittels fliegender Roboter tun musste. Doch jetzt hatten sie selbst fliegende Roboter, die sie im einen wie im anderen Fall warnen konnten. Da diese still blieben, fühlten sie sich halbwegs sicher, nicht verfolgt zu werden, außer von großen Caniden, die sich allerdings durch anhaltendes Heulen bemerkbar machten. Ihretwegen war die nächste Nacht unruhig und führte zu einem frühen Aufbruch und einem letzten Marschtag, der sich rasch zu einem chaotischen Abstieg aus der alpinen Zone in Richtung Pazifik entwickelte.

Während ihrer Mittagspause fiel ihnen auf, dass ein Trio von Einpersonengleitern – aufblasbar wie der, den Kath Two bei ihrer Erkundungsmission benutzt hatte – aus der groben Richtung Qayak im Sinkflug die Küste entlangsausten. Da diese Blaue Erkennungszeichen trugen und Blaue Codes übermittelten, hatte Beled keine Bedenken, ihnen ihre Position preiszugeben. Minuten später waren die Gleiter auf einer mit Heidekraut bewachsenen Fläche ein paar Hundert Meter unterhalb von ihnen gelandet. Ihre Passagiere stiegen aus, leerten ihre Fruchträume und begannen, die Luft aus ihren Gleitern herauszulassen, damit man sie aufrollen konnte. Ein Großteil dieser Arbeit wurde schließlich von einem Teklaner verrichtet, der kleiner und geschmeidiger war als Beled. So hatten die beiden anderen Neuankömmlinge die Freiheit, näher zu kommen. Einer von ihnen war ein

Camilaner, dessen Gang und Haltung eher männliche als weibliche Eigenschaften zum Ausdruck brachten, sodass Ty sich vornahm, männliche Fürwörter zu benutzen, solange der Camilaner es nicht anders wollte. Der Mann trug den unter Survey-Mitarbeitern üblichen zweckmäßigen Overall, dessen Rotkreuzaufnäher an Brust und Schultern ihn als Sanitäter auswiesen. Der andere war ein Ivyner mittleren Alters in Zivilkleidung, geringfügig schicker, als man es in der Wildnis von Beringia erwartet hätte, den Umständen aber durchaus angemessen.

Mit gemischten Gefühlen beobachtete Ty sie von einer geschützten Stelle aus, von wo er die Wiese im Blick hatte. Jede Hilfe war natürlich willkommen. Eine donnernde Machtdemonstration hatte er gar nicht erwartet. Die hohen politischen Gremien von Blau, die eine böse Überraschung erlebt und die erste Runde an ihre Roten Gegner verloren hatten, waren sicher noch damit beschäftigt, ihre Situation zu beurteilen und über ihre Möglichkeiten nachzudenken. Für die öffentliche Wahrnehmung bezeichneten sie die Sieben wahrscheinlich als ganz einfaches Erkundungsteam, das Opfer eines heimtückischen Überfalls geworden war. Und diese Geschichte wollten sie jetzt nicht untergraben, indem sie eine unbestreitbar militärische Einheit entsandten.

Der auf die Uniform des Camilaners aufgedruckte Name war Hope, was vermutlich bedeutete, dass er, wie viele Camilaner, nur einen Namen benutzte. Gebückt unter einem Rucksack mit medizinischer Ausrüstung ging er direkt zu Kath Two. Beled und Bard stiegen zu der Wiese hinunter, um dem Teklaner beim Zusammenpacken der Gleiter zu helfen.

Der Ivyner suchte sich aus der Ferne Ty aus und ging auf ihn zu. Der Familienname auf seiner Kleidung lautete Esa, und er stellte sich als Arjun vor. Ersteres war ein Akronym, das man oft im Hintergrund von Einstellungen des Epos gesehen hatte und das für »European Space Agency« stand. Es war ein gängiger

Name geworden. Ty erwog, Arjun rundheraus zu fragen, wer er war und welchen Beruf er ausübte, dass er unter solchen Umständen hier auftauchte. Ihm war jedoch klar, dass das zu nichts führen würde. Der Mann hätte eine nichtssagende Antwort parat. Vermutlich war er ein hochdotierter Geheimdienstanalytiker mit fünf höheren Abschlüssen.

»Wie kommt das alles oben im Ring an?«, fragte Ty ihn. »Will ich das überhaupt wissen?«

Allein die Frage veranlasste Arjun, den Blickkontakt abzubrechen und aufs Meer hinauszuschauen.

»So schlimm?«, drängte Ty ihn.

»Sie kennen die Aretaiker«, sagte Arjun.

»Sie haben eine große Oper daraus gemacht, was?«

»So kann man es beschreiben. Ich versuche immer noch, mir einen Reim darauf zu machen. Inhaltliches bekommen wir von der Roten Seite des Rings natürlich selten zu sehen.«

»Nur die Propaganda«, sagte Ty.

»Ja, und wenn wir die sehen, lachen wir zwar über den gekünstelten Stil und die seltsamen Produktionswerte, haben aber gleichzeitig die Befürchtung, dass manche Leute in Blau…«

»… diesen Mist tatsächlich glauben könnten?«

»Genau.«

»Dann hat Rot es also gesendet.«

Arjun nickte. »Live, in den gesamten Ring.«

»Tut mir leid, dass ich die Show verpasst habe. Wir sind vor der eigentlichen Kontaktaufnahme geflohen. Der Zeitpunkt erschien uns nicht schlechter als irgendein anderer.«

»Das war eine gute Taktik«, antwortete Arjun, »und hat Ihnen eine Menge Ärger erspart.«

»Wie meinen Sie das?«

Arjun drehte sich um und sah ihn direkt an. »Die Digger«, sagte er, »waren für die Annäherungsversuche der Roten so empfänglich, wie sie Ihnen gegenüber feindselig waren.«

Ty spürte etwas in seiner Brust. Die Erkenntnis, dass er versagt hatte und dass Leute es wussten. Das Gefühl war ihm nicht vertraut, und es gefiel ihm nicht. »Also«, sagte er, »haben die Digger es geschluckt?«

»Sie haben an Ort und Stelle eine Allianz mit Rot unterzeichnet. Rot hat ihren Anspruch auf die gesamte Landfläche der Erde anerkannt und Blau gedrängt, ihrem Beispiel zu folgen.«

»Einfach als Frage grundlegenden menschlichen Anstands«, sagte Ty bitter.

»Natürlich. Das Säbelrasseln fing am nächsten Tag an ...«

Esa Arjun brach ab, denn sein Blick und seine Aufmerksamkeit wurden plötzlich von Sonar Taxlaw angezogen, die neben Einstein stand und sich von ihm erklären ließ, wie die Gleiter funktionierten. Ty hatte sich daran gewöhnt; alles, was die beiden taten, wenn sie nicht schliefen, war, sich gegenseitig Dinge zu erklären. Für Arjun jedoch war das neu.

»Sie ist die ...«, sagte Arjun und verstummte. Ty versuchte, sich in Arjun hineinzuversetzen: zum ersten Mal in seinem Leben einen Wurzelstockmenschen zu erblicken, jemanden zu sehen, der eindeutig menschlich und dennoch keiner erkennbaren Ethnie zuzuordnen war, sich all das vorzustellen, was ihre Vorfahren durchlebt hatten.

»Ja«, sagte Ty.

Arjun riss sich selbst aus seiner Träumerei und erwiderte Tys Blick. »Es wurde die Version in Umlauf gebracht, dass Sie sie entführt hätten.«

»Versteht sich.«

Einstein sagte etwas Lustiges. Die Zyk lachte und lehnte sich zärtlich an ihn. Sein Arm schob sich um ihre Taille, die Hand glitt hinab an die Hüfte.

»Ob die beiden wohl ...«, fing Arjun an.

»Vögeln? Bis jetzt nicht. Aber nur, weil wir auf der Flucht waren.«

»Nach allem, was der Geheimdienst über die Digger zusammenkratzen konnte, sind sie für strikte Geschlechterrollen und...«

»Kein Vögeln. Ja. Ich werde mit Einstein reden. Ihm sagen, dass er sie nicht vögeln soll.«

»Aber Sie haben sie nicht...«

»Entführt? Nein, sie ist einfach mitgekommen.«

Da er bei dem Ivyner Zweifel oder zumindest Neugier verspürte, fuhr Ty fort: »Und wenn sie die Möglichkeit hätten, würden es noch mehr tun. Der Übergang zum Leben auf der Oberfläche ist für ihre Kultur, als würde sie durch die Mangel gedreht. Deshalb sind ihre Anführer auch so reaktionär.«

Esa Arjun nickte. »Und wie geht es Ihrer Moiranerin?«

Ty seufzte. »Sie hat Doc und Memmie sterben sehen, eine stumpfe Gewalteinwirkung auf ihren Arm erlitten und war gezwungen, ihr Kat zu ziehen und es zu benutzen. Sobald das passiert war, geriet sie in etwas, das vermutlich eine klassische POTEV ist.« So nannte man im Militärjargon eine posttraumatische epigenetische Veränderung.

»Das ist erwiesen«, sagte Hope, der anscheinend eine erste Überprüfung von Kath Twos Vitalwerten abgeschlossen hatte. »Erhöhter Stoffwechsel und hyperakute Sinne sind zu beobachten. Ihr Mikrobiom ist völlig durcheinander; mithilfe von probiotischen Ergänzungsmitteln, die besser zu ihrem neuen Phänotyp passen werden, stelle ich es neu ein. Die Übelkeit deutet auf gewaltige Hormonveränderungen hin. Möglicherweise die ersten Anzeichen einer beginnenden...«

»Testosteronvergiftung?«, beendete Ty Hopes Gedanken. Darauf antwortete Hope mit einem zurückhaltenden Nicken.

Ty wandte seine Aufmerksamkeit wieder Arjun zu. »Drei Milliarden Menschen haben also gerade von der Existenz der Digger erfahren. Wie nehmen sie es auf?«

»Offensichtlich ist das eine sensationelle Nachricht«, sagte

Arjun. »Menschen sind ungemein neugierig.« Er drehte erneut den Kopf, um Sonar Taxlaw zu beobachten. »Wie ich auch. Ich gebe es zu.«

»Weiß die Öffentlichkeit, wie sehr die erste Kontaktaufnahme danebengegangen ist?«, fragte Ty.

»Wer zu Ihrer Sieben gehörte, ist nicht publik geworden. Bestimmt hat niemand die entfernteste Ahnung, dass Hu Noah irgendwas damit zu tun hatte.«

»Rot hat es also nicht hinausposaunt.«

»Das wäre meiner Ansicht nach auch gar nicht zu ihrem Vorteil gewesen«, sagte Arjun. »Jetzt, wo sie mit den Diggern verbündet sind, wollen sie, dass sie sympathisch rüberkommen. Zuzugeben, dass sie Hu Noah und seine Pflegerin getötet haben, würde diesem Zweck wohl kaum dienen.«

»Dann werden wir also einfach als eine Art anonymer Schlägertrupp hingestellt. Den die Digger mithilfe der Roten vertrieben haben. Auf der Flucht haben wir eine Geisel mitgenommen.«

Arjun sah ihm in die Augen. »Was natürlich kein intelligenter Mensch in Blau glauben wird.«

»Blau hat aber bisher auch noch keine Gegenversion in Umlauf gebracht.«

»Das ist nicht die starke Seite von Blau.« Arjun seufzte. »War es noch nie, stimmt's? Wir sind Technokraten. Wir treffen Entscheidungen wie Ingenieure. Und das fällt nicht immer mit dem zusammen, was Menschen ihrer eigenen Vorstellung nach wollen.«

»Sprechen Sie von Blau im Allgemeinen?«, fragte Ty. »Oder von Rio im Besonderen?« Wobei er den Namen des ivynischen Zentralhabitats als Synekdoche für dessen Kultur benutzte.

»Von beidem. Einer Blauen Mentalität, die uns an die Spitze der Entscheidungspyramide setzt. Es gibt einen Grund, warum die wenigen Aïdaner, die es in Blau zu etwas gebracht haben, Musiker, Schauspieler, Künstler waren.«

»Sie tragen etwas bei, was unserer Kultur fehlt«, sagte Ty.

»Ihr hättet es beitragen sollen«, sagte Arjun. Womit er, wie Ty bewusst war, die Abstammungslinie der Dinaner meinte. »Und das habt ihr auch getan, während des Heldenzeitalters.«

Ty konnte ein nicht völlig heiteres Lächeln auf seinem Gesicht spüren. »Indem wir tatsächlich Dinge getan haben, meinen Sie«, sagte er, »statt in erfundenen Unterhaltungsprogrammen nur vorzugeben, sie zu tun.«

»Aber wissen Sie was? *Alles* ist Unterhaltung. Reales wie Erfundenes. Es ist Zeug, das die Leute sich auf ihren Bildschirmen oder Verps anschauen. Rot hat das geschnallt.«

»Nun«, sagte Ty, »vielleicht können wir die Diskussion ja in meiner Bar fortsetzen, falls wir das hier überstehen. Unterm Strich bedeutet das jetzt aber, wenn ich Sie richtig verstanden habe, dass Rot seiner eigenen Schilderung nach dabei ist, uns zu töten.«

»Wir waren etwas abgelenkt«, sagte Arjun, der zum ersten Mal eine leicht defensive Haltung zeigte.

»Durch das, was Rot machte, meinen Sie«, sagte Ty mit Bezug auf die Ankunft des Pelotons, Marges glorreiche Heimkehr und den Schmusekurs der Roten Delegation gegenüber den Diggern.

Arjun widersprach zwar nicht ausdrücklich, aber sein Gesichtsausdruck war etwas ungeduldig, wie bei dem klugen Lehrer, der mit dem langsamen Schüler arbeitet. »Eher durch das, was sie *getan haben*. Schon seit einer ganzen Weile.«

»Tja«, sagte Ty, »als einfacher Barkeeper weiß ich nur das, was in den Nachrichten kommt. Erzählen Sie mal. Was haben sie denn gemacht?«

»Was wissen Sie über den Kulak?«

»Was wohl jeder Zivilist ohne Sicherheitsüberprüfung weiß«, formulierte Ty mit Bedacht. »Man nimmt an, dass im Faustteil davon Menschen leben.«

»Kulak« war das russische Wort für »Faust«. In diesem Zusammenhang bezeichnete es einen unregelmäßigen Nickel-Eisen-Klumpen von rund dreißig Kilometern Durchmesser. Vor hundertfünfzig Jahren hatte Rot ihn vom Friedhof Kamtschatka zu einer Position über der Makassarstraße bewegt, wo er seitdem die Erde umkreist hatte. Wie eine lose geballte Faust hatte er eine Vertiefung in der Mitte, einen Tunnel, von dem man inzwischen annahm, dass er von rotierenden Habitaten gesäumt war. Rots Antwort auf die Große Kette.

»Drumherum ist da dann noch das Takelwerk mit Spieren und was nicht noch allem«, fuhr Ty fort. Aus der Ferne betrachtet schien die Faust nämlich, wie ein Samenkorn in ein Spinnweb, in ein dürres Netz aus Kabeln verstrickt. Darüber und darunter – an der Nadir- und der Zenitseite – liefen diese zu harten Punkten zusammen, an denen die langen Kabel, die zur Erdoberfläche hinunter- und zum Gegengewicht – dem Antimakassar – hinaufreichten, befestigt waren.

Sonar Taxlaw, die sich ein paar Meter abseits von ihnen einer öffentlichen Liebesbekundung mit Einstein hingegeben hatte, zog sich nun ein wenig zurück und drehte den Kopf, um zuzuhören.

Ty hatte sich an ihre Art gewöhnt. Gerade hatte er das Wort »Spieren« erwähnt, das in der *Encyclopædia Britannica* zwischen Sonar und Taxlaw stand und somit zu ihrem Wissensbereich gehörte. Im Verlauf ihrer Bergwanderung hatte sich gezeigt, dass sie, zumindest für eine Höhlenbewohnerin, gut über Sternenforschung und die Sonne Bescheid wusste. So war es nicht schwer gewesen, sie über die Entwicklungen außerhalb des Planeten Erde während der letzten fünftausend Jahre auf den neuesten Stand zu bringen. Jetzt bewegte sie sich langsam auf Ty zu. Einstein folgte ihr, als wären seine Augen über Angelhaken mit ihren Pobacken verbunden.

Arjun, der davon nichts mitbekam, weil es sich in seinem Rücken abspielte, betrachtete Ty kühl und auffordernd. Ty fuhr fort:

»Über den Teil auf der Oberfläche – ihre Antwort auf die Wiege – wissen wir nicht viel. Sie haben ihn unter dem Meer gebaut.«

»Sie nennen ihn den Gnomon«, informierte Arjun ihn. Dann buchstabierte er das Wort.

»Was bedeutet es?«

»Früher war es das Ding, das in der Mitte einer Sonnenuhr aufragte, um den Schatten zu werfen. Es war an der Erdachse ausgerichtet.«

Ty dachte darüber nach. »Interessante Wortwahl.«

»Er ist groß, Ty. Viel größer als die Wiege. Es hat seinen Grund, dass sie ihn im Ozean gebaut haben. Zum Teil, um ihn vor uns zu verbergen. Zum Teil aber auch, weil er zu groß ist, um ihn auf festem Land zu konstruieren.«

»Von welcher Größe sprechen wir denn genau?«

»Mehr zu sagen ist mir nicht gestattet«, antwortete Arjun. Dann zog er ein Tablet hervor und tippte so lange, bis sich eine Weltkarte öffnete, die er auf das Durcheinander aus Inseln zwischen Südostasien und Australien schwenkte und zoomte. »Aber schauen Sie sich das hier mal an, und sagen Sie mir, was Sie sehen.« Er reichte es Ty.

»Südostasien!«, rief die Zyk aus, die so nah herangekommen war, dass sie das alles über Arjuns Schulter hinweg sehen konnte. »Gibt es irgendetwas, das ihr gerne darüber wissen möchtet? Oder über Sulawesi? Oder Sri Lanka?«

Der Ivyner betrachtete sie fasziniert.

»Ich brauche es mir nicht anzuschauen«, sagte Ty. »Ich weiß, was da ist. Der Äquator zieht sich durch das alles und verläuft nur selten über Land, was Rot niemals verwinden wird.«

»Stimmt nicht! Sumatra...«, sagte die Zyk.

»Sicherlich eine große Insel«, sagte Ty, »aber kein Kontinent. Erinnerst du dich, Sonar, was ich dir darüber erzählt habe, wie das Auge funktioniert? Was die Wiege macht?«

»Den Äquator berühren«, erwiderte sie.

»Und *nur* den Äquator. Was prima ist, wenn man Afrika und Südamerika kontrolliert. Was Blau tut. Der größte Teil des Hoheitsgebiets von Rot liegt aber nördlich oder südlich dieser Linie.«

So leicht war Sonar nicht zum Schweigen zu bringen. »Singapur ist in der Nähe«, sagte sie, »und das hängt mit Asien zusammen.«

»Die frühere Lage von Singapur ist in der *Nähe*, ja. Aber nicht *auf* dem Äquator. Es liegt ein oder zwei Grad nördlich. Dort kann die Wiege nicht andocken.«

»Und dieses eine Detail ist das, was die Aïdaner am Entwurf des Auges und der Wiege am allermeisten in Wut versetzt hat«, warf Arjun ein.

Einstein hinter sich spürend, lehnte die Zyk sich behaglich mit dem Rücken an ihn und begann, Fakten herunterzurasseln – ihr Standardmodus sozialer Interaktion. »Aïdaner«, sagte sie. »Die ABC-Hierarchie. Aretaiker, Betas, Camilaner.«

»Camilaner sind eine andere Abstammungslinie«, erinnerte Einstein sie.

»Stimmt. Die Beziehung von den A und den B zu den C hat eher etwas von Symbiose.«

Ty und Einstein wechselten einen schiefen Blick.

Sonar Taxlaw, die das nicht mitbekam, sah hangabwärts zu Langobard. »Neoander. Und noch zwei. Die Klugen und die Verrückten.«

»Dschinns und Extats«, sagte Einstein. »Sie kommen nicht oft raus.«

Arjuns Faszination angesichts eines Wurzelstockmenschen war Ungeduld gewichen. Er konzentrierte sich auf Ty. »Das ist natürlich uralte Geschichte«, sagte er, »von manchen Leuten aber noch nicht vergessen. Damals in der Planungsphase des Auges – ich spreche von der Zeit vor tausend Jahren – waren verschiedene Entwürfe vorgelegt worden. Der, den wir heute haben, war der einfachste und mit dem, was die Leute damals hatten, am leichtesten zu bauen. Das Auge, der Große Brocken und eine kleine Wiege mit Sockeln auf dem Äquator. Hervorragend für den Zugang zu Südamerika und Afrika. Nahezu sinnlos jedoch im Abschnitt des Äquators unter den Habitaten, in denen Aïdaner, die Hälfte der Camilaner und die meisten Julianer lebten.«

»Was später Rot wurde«, warf Einstein zu Sonar Taxlaws Information ein.

»Einer der Gründe, warum Rot später zusammenwuchs und solch eine starke Gegenidentität zu Blau aufbaute, war ihr Groll über diese Entscheidung. Wir hätten warten sollen, sagten sie. Wir hätten etwas viel Sinnvolleres als die Wiege haben können.« Arjun zoomte Indonesien heran und zog ein dünnes Dreieck auf, das den Äquator überspannte und sich über die meisten von Rots Breitengraden erstreckte. »Wenn wir anstelle der Wiege etwas in Form eines langen Bogens gemacht hätten, der eine größere Strecke in Nord-Süd-Richtung überspannte, hätte er sich vielleicht hier unten, wo einst Singapur war, mit Asien verbunden. Und hier hätte er das Nordkap von Neuguinea berühren können. Neuguinea wiederum hätte mit Australien verbunden werden können, wenn wir genug Felsen in das flache Gewässer zwischen ihnen geworfen hätten.«

»Einen langen Bogen. Ausgerichtet an der Erdachse, wirft er einen Schatten auf den Boden«, sagte Ty nickend. »Einen Gnomon.«

»Der hätte riesig sein müssen!«, rief Einstein aus.

Arjun nickte. »Es wurden Pläne dafür entworfen. Studien darüber in Auftrag gegeben, wie man ihn konstruieren könnte, im Orbit oder auf der Oberfläche. Das Ganze wurde als zu ambitioniert erachtet. Und so setzten sich klügere Köpfe durch«, sagte Arjun, »aus damaliger Sicht jedenfalls, und wir bauten, was wir bauten. Später können wir immer noch etwas Größeres machen, sagten sie. Doch es kam anders. Blau vergaß das Projekt. Rot nicht. Ihre Dschinns dachten mit derselben Ausdauer darüber nach wie unsere Ivyner über Epigenetik. Sobald sie die Grenze geschlossen und die beiden Schlagbäume errichtet hatten, begaben sie sich an die Arbeit. Was haben sie diese ganze Zeit über gemacht?«

»Einen ununterbrochenen Bolidenhagel in die Torres-Straße geschleudert«, sagte Sonar Taxlaw, den Finger an der Stelle auf die Meerenge gerichtet, wo Australiens nördliche Spitze Neuguinea fast in den Bauch stupste. »Sie aufgefüllt. Die Strömungen eingedämmt. Einen Wall gegen die errichtet, die im Meer schwimmen.«

Arjun nickte.

Dann schnellte sein Kopf zu der Zyk herum.

Einen Moment lang sah er sie unverwandt an, dann ging sein Blick zu Ty. »Haben Sie...«, fing er an.

»Nicht ein Wort«, sagte Ty.

»Einstein, haben Sie ihr von Rots illegaler Terraforming-Operation hier erzählt?« Und er tippte auf dieselbe Stelle auf der Karte.

»Davon höre ich zum ersten Mal«, sagte Einstein.

»Sonar«, sagte Arjun, »woher wissen Sie davon?«

»Die Pinger haben es uns erzählt«, sagte Sonar.

»Wer zum Teufel sind die Pinger?«

»Die Leute, mit denen wir sprechen wollen«, sagte Sonar.

Beled und Bard waren dem Teklaner zur Hand gegangen. Jetzt kamen die drei, mit den Gleiterrucksäcken bepackt, näher. Sie setzten sie ab und fingen an, sie mit dem zu tarnen, was an Laubwerk zur Verfügung stand: kümmerliches Gestrüpp, das in die Hügelkuppe getrieben worden war, um sie zu stabilisieren und kleinen Tieren Unterschlupf zu bieten. Der Teklaner wirkte mit seinem Körperbau und seinem allgemeinen Bewegungsstil auf Ty wie eine Art von Schlangenfresser. Als dem Teklaner klar wurde, dass die beiden größeren Männer besser als er dazu geeignet waren, Pflanzen auszureißen und Erde zu bewegen, überließ er es ihnen, die Aufgabe zu Ende zu bringen, und kam näher. Unter den linken Arm geklemmt trug er einen Behälter, der von Größe und Form her grobe Ähnlichkeit mit denen hatte, die in Chainhattan immer noch zum Transportieren von Pizza verwendet wurden. An der linken Hand baumelte ein mehr oder minder würfelförmiger Gerätekoffer. Mit seiner freien Hand tauschte er Begrüßungsgesten mit Ty aus und stellte sich als Roskos Yur vor. Dann stellte er die beiden Päckchen vor Ty ab und trat einen Schritt zurück.

»Vielen Dank«, sagte Ty.

»Bitte, Sir.«

»Warum«, fragte Arjun, »haben Sie die angefordert? Haben Sie eine Ahnung, was es gekostet hat, sie hierherzuschaffen?«

»Das kann die Zyk unterwegs erklären«, sagte Ty.

Arjun hielt den Blick noch einen Moment lang auf Ty gerichtet, bevor er sich mit einem unsicheren Nicken abwandte. Roskos Yur dagegen sah ihn unentwegt scharf an. Nach einer Weile fühlte sich Ty gezwungen, den Blick des Teklaners zu erwidern. Nun, da er die Abzeichen dieses Mannes genauer in Augenschein nehmen konnte, wurde ihm klar, dass er zu einer in Nunivak stationierten Einheit gehörte: einem der vorderen Außenposten von Blau, unmittelbar an der Grenze. Er war der Inbegriff der Abgelegenheit und Isoliertheit. Er ließ Qayak wie eine Großstadt erscheinen. Voll mit Schlangenfressern, die ständig auf verrückte Missionen geschickt wurden.

»Das ist nicht ganz das, was er wissen will, Sir«, sagte Roskos Yur. »Eigentlich fragt er: Wer zum Teufel sind Sie?«

»Sergeant Major Yur ...«, sagte Arjun in protestierendem Ton.

Doch Yur ließ sich nicht aufhalten. »Und erzählen Sie uns bloß nicht, dass Sie Barkeeper sind, Sir.«

»Der verstorbene Dr. Hu hat Mr Lake mit Bedacht für die Aufnahme in die Sieben ausgewählt«, betonte Arjun.

»Und jetzt führt er ein strenges Regiment über diese...« Yur besah sich die Gruppe und gab ein ungläubiges Schnauben von sich. »Ich weiß nicht mal, wie ich sie beschreiben soll. ›Bunt gemischt‹ klingt nach mehr, als es ist.«

»Er hat sie aus einer schwierigen Situation herausgeführt«, sagte Arjun.

»Für die er teilweise selbst verantwortlich ist, Sir«, schoss Yur zurück.

»Und im Augenblick weiß er mehr über die Digger und die Situation auf der Erde als irgendjemand sonst. Ich nehme an, er hat diese Gegenstände aus einem bestimmten Grund angefordert, den er uns nach und nach erläutern wird.«

Ty hob eine Hand. »Sergeant Major Yur traut mir nicht, weil meine Loyalität ihm nicht klar ist. Kann ich verstehen.«

Yurs Gesichtszüge wurden etwas weicher, und sein Blick schnellte kurz zur Seite. Diese Unterbrechung des permanenten Augenkontakts nutzte Ty, um sich Esa Arjun zuzuwenden.

Der Ivyner machte eine so winzige Bewegung, dass man sie gerade noch als Kopfschütteln erkennen konnte. Als er sicher war, dass Ty sie mitbekommen hatte, sah er Roskos Yur an. »Sergeant Major«, sagte er ruhig, »es gibt mehr Ding' im Himmel und auf Erden, als Eure Schulweisheit sich träumt.«

Yur schnaubte. »Wollen Sie mir damit auf vornehme Weise sagen, dass das über meine Besoldungsgruppe hinausgeht, Sir?«

»Ja.«

»Ich will ja nur wissen, ob es so ein verdammter Duch-Scheiß ist, Sir.«

»Ach so, ist das alles?«, fragte Ty. »Warum haben Sie das nicht gleich gesagt?«

»Nein«, antwortete Arjun, dessen Stimme plötzlich die Nervosität verlor, an Yur gewandt. »Mit Duch hat das nichts zu tun.«

»Denn die Bar, in der er arbeitet...«

»Steht mit keiner etablierten Kupol in Verbindung.«

»Aber womit, zum Teufel, steht sie dann in Verbindung, Sir?«, fragte Yur. »Ich hab ein bisschen bei Freunden im Geheimdienst recherchiert. Als Geschäftsmodell ist diese Bar absolut sinnlos. Ihre Eigentümerstruktur ist ... ungewöhnlich. Verbindungen zu Rot, hab ich mir sagen lassen.«

»Einer der Eigentümer ist zufällig teilweise aïdanischer Herkunft«, räumte Ty ein, »aber seien Sie vorsichtig mit unberechtigten Annahmen darüber, wo seine Loyalitäten liegen.«

»Hat das irgendwas mit Dem Zweck zu tun?«, fragte Roskos Yur.

Weder Ty noch Arjun antworteten. Nachdem dieses Schweigen eine Weile angehalten hatte, stieß Yur einen Seufzer aus und sprach dann in gemäßigterem Ton weiter: »Egal. Jetzt kapiere ich's. Es ist irgendein Zweck-Ding. Geht mich nichts an. Das hätten Sie mir einfach sagen sollen.« Er straffte sich und salutierte. »Wie lauten meine Anweisungen, Sir?«

»Wir nehmen Kurs aufs Meer«, sagte Ty, »den Anweisungen der Zyk folgend. Und marschieren, so schnell wir können. Erschwert wird das Ganze dadurch, dass unsere Moiranerin vielleicht getragen werden muss.«

»Um genau zu sein«, sagte Langobard, der in großen Sätzen in ihre Richtung gesprungen und jetzt in Hörweite war, »müssen wir uns ganz schön anstrengen, um mit ihr Schritt zu halten.« Er streckte einen langen Arm aus und zeigte den Wiesenhang hinunter.

Das Erste, was sie alle sahen, war die kräftige Gestalt von Beled, der in dem Sprinttempo, das er, wie sie alle wussten, stundenlang durchhalten konnte, den Hang hinabrannte. Und dann entdeckten sie weit voraus Kath Amalthowa Three, die sich noch schneller bewegte.

Hopes Medikamente und Probiotika hatten Kathrees Gemütslage ein wenig stabilisiert und die Übelkeit so weit abgemildert, dass sie sie fast ignorieren konnte. Dieser Heilungsprozess hatte zwar bereits von alleine eingesetzt, aber sie war froh über jede medikamentöse Unterstützung, die sie bekommen konnte; ihr Körper war inzwischen ausgehungert, und sie musste unbedingt ihre Nahrung bei sich behalten. Der wichtigste Arzneistoff für ihr System – so wichtig, dass Hope eine kleine Pumpe an Kathrees Arm geschnallt hatte, damit er stetiger hineintröpfelte – war im Moment jedoch einer, der darauf ausgelegt war, ihre Amygdala anzusteuern und jedes unausweichliche neurologische Zugunglück zu verhindern, das sich dort als Reaktion auf das vier Tage zuvor erlebte Trauma langsam anbahnen könnte. An sich erreichte dieser Wirkstoff ihr Gehirn ein paar Tage zu spät – aber anscheinend gehörte er zu den Dingen, für die »besser spät als gar nicht« galt. Vielleicht half er, den Teufelskreis zu durchbrechen, in dem ihr Gehirn diesen kleinen Horrorfilm immer wieder abspielte und der Schaden jedes Mal etwas größer wurde. In dieser Hinsicht mochte ihr auch die Tatsache helfen, dass sie so viel Zeit schlafend verbracht hatte. Ein konkreter und biologisch messbarer Nutzen mochte sich für sie aus der Tatsache ergeben haben, dass sie für einen Großteil dieser Zeit an Beled festgeschnallt gewesen war, ihre Wange an seiner Schulter, ihn nahezu durch ihre Nasenlöcher einsaugend. Der Teklaner seinerseits hatte darauf, dass er eine träge, nach Erbrochenem riechende Komapatientin tagsüber auf dem Rücken und nachts zusammengerollt vor dem Bauch hatte, keine spezielle Reaktion gezeigt. Die beiden hatten immer noch keinen Sex miteinander gehabt, doch jetzt fürchtete Kathree, dass sie, wenn sie erst einmal sauber war und es ihr wieder besser ging, wie ein Sukkubus hinter ihm her sein würde. Das war ein gängiges POTEV-Symptom, aus dem in moiranischen Gemeinschaften, die kollektive Traumata erlitten hatten, schillernde und legendäre Ergebnisse hervorgegangen waren.

Da jedoch wilder Sex mit allem, was sich bewegte, an diesem

Tag keine echte Option war, suchte sie nach anderen Ventilen für ihre aufwallende körperliche Energie. Der Weg von der Wiese hinunter zum Meer war länger, als es den Anschein gehabt hatte, und am Ende war sie weit vor den anderen, was Beled zwang, sich alles abzuverlangen, um sie nicht aus dem Blick zu verlieren. Sie konnte ihn nicht sehen, weil er hinter ihr war, aber durch den Boden spürte sie seine Schritte. Sie hörte seinen Atem und das leise Klicken der Mubots, die er am Körper trug, und wenn der Wind von hinten kam, konnte sie die Feuchttücher riechen, die er zur Körperhygiene benutzte, das Waschmittel, mit dem seine Uniform gewaschen worden war, das Schmiermittel in seinem Kat, seine letzte Mahlzeit. Dass sie den anderen so weit vorausgelaufen war, bot ihr zum einen die Möglichkeit, eine körperliche Energie zu verbrennen, die sie verrückt zu machen drohte; zum anderen war es aber auch der Versuch, an einen Ort zu kommen, wo sie nicht von jedem in der Gruppe dasselbe Ausmaß an Sinneseindrücken aufnahm. Einer war genug.

Durch eine Hecke aus biegsamen Pflanzen, die in einer Düne oberhalb des Strandes ausgesät worden waren, stürmte sie auf den feuchten Sand hinaus. Einen halben Kilometer weit draußen im Meer brachen sich Wellen und kamen in zischenden Schichten auf sie zu. Der Geruch in ihrer Nase verriet eine unermessliche Dichte an Meeresflora und -fauna, ähnlich dem, was sie oben auf der Brücke in der Wiege stehend gerochen hatte, nur jetzt noch viel feiner aufgelöst. Und das trotz der chemisch bedingten Unterdrückung ihrer Amygdala. Ohne Hopes Medikamente in ihrem System hätte sie sich vielleicht in eine Art Panikattacke hineingeschraubt. So spürte sie, wie ihr Körper überhitzte, und sie betrachtete ihre nackten Arme, als müssten sie jeden Moment aufplatzen wie Würstchen auf einem Grill. Aus dem Lauf in einen raschen Schritt übergehend, querte sie geradewegs den Strand, zog sich dabei aus und ließ ihre Kleidungsstücke nach und nach über ihre Fußspuren fallen. Bald, aber eigentlich schon zu spät, umspülte die Brandung ihre Knöchel, dann ihre Schienbeine. Sie ging auf die Knie und ließ sich vornüber in eine heranrauschende Welle kippen, die sie im Fallen auffing und sanft ablegte. Nackt trieb sie mit dem Gesicht nach unten im Wasser, dessen eisige Kälte nur dafür sorgte, dass in den entblößten Teilen ihrer Haut – Pobacken und Schulterblätter – das Gefühl entstand, sie lägen unter einem Bratgrill.

Hätte man von ihr eine rationale Erklärung dafür verlangt, dass sie mit dem Gesicht nach unten, die geöffneten Augen auf einen Seestern gerichtet, im Pazifik lag, hätte sie nicht antworten können. Es hatte jedoch eindeutig eine Wirkung. Ihr Herzschlag, der außer Kontrolle geraten war, sank auf eine Frequenz, die man schon fast als normal bezeichnen konnte, und eine erstaunlich lange Zeit verging, bis sie die Notwendigkeit verspürte, Hände und Knie auf den Sand zu setzen, sich auf alle viere hochzustemmen und tief Luft zu holen.

Sie kam auf die Füße, hockte sich hin und drehte sich so, dass ihr Rücken dem Meer zugewandt war. Ihre Beine und ihr Po befanden sich noch unter Wasser, wo sie sich vom Laufen abkühlten.

Ein paar Meter entfernt stand keuchend Beled Tomow, die Füße bis zu den Knöcheln im Wasser, und sah aus, als würde ein kurzes Bad im eiskalten Pazifik ihm guttun. Das war jedoch nicht seine Absicht. Er hatte sich nur bereitgehalten, Kathree herauszuziehen, wenn sie zu lange nicht geatmet hätte.

Sie sahen einander an, und Kathrees Blick sagte: *Ich würde es auf der Stelle mit dir treiben,* und seiner sagte: *Ich weiß,* und ihrer sagte: *Ich weiß, dass du es weißt.*

»Hast du irgendwas gehört?«, fragte er.

Das kam unerwartet.

»Jetzt gerade«, erklärte er, »als dein Kopf unten war.«

»Du meinst, im Wasser?«

»Ja.«

»Was denn zum Beispiel?«

»Du hast nicht zugehört, stimmt's?«

»Willst du mich verarschen? Ich habe so sehr zugehört, dass es mich wahnsinnig macht.«

»Dem Gespräch, meine ich.«

»Nein. Alle reden so laut.«

Darüber dachte er nach. Dann drehte er sich leicht zu einer Seite und lenkte mit ausgestrecktem Arm ihre Aufmerksamkeit auf ein felsiges Kap, das in ein paar Hundert Metern Entfernung den Strand unterbrach. »Da«, sagte er.

Der Hitzeanfall in ihrem Körper war schließlich abgeklungen, und so gingen sie, nachdem Kathree sich wieder angezogen hatte, am Strand entlang auf die Landspitze zu: ein schroff aufragender, fast künstlich wirkender Wall aus Felstrümmern, der durch die Wurzeln von Bäumen und Gestrüpp zusammengehalten wurde. Er teilte den Strand wie ein Schaufelblatt.

Sie wusste noch nicht einmal, warum sie ans Meer gegangen waren. Würde jemand sie dort abholen? Existierte überhaupt ein Plan? Oder waren sie einfach nur weggelaufen, bis es nicht mehr weiterging?

»Die Digger glauben«, sagte Beled, »an die Existenz von Menschen, die unter dem Meer leben. Die Pinger. Es soll Kontakte gegeben haben. An bestimmten Plätzen entlang der Küste von Beringia.« Er wies mit dem Kopf in die Richtung, in die sie gingen.

»Von Angesicht zu Angesicht?«

Beled zuckte mit den Achseln: eine Bewegung, die angesichts der Größe seiner Schultern beinah von einem Seismografen registriert werden konnte. »Ich dachte, während dein Kopf unter Wasser war, hättest du vielleicht etwas gehört«, sagte er. »Sie verwenden eine Technik namens Sonar.«

Ihr durcheinandergeratenes Gehirn brauchte einen Moment, um das alles zusammenzufügen. Ein bisschen was wusste sie über Sonar. Der Survey benutzte es zur Kartierung von Seeböden und zum Fischezählen. »Kein Zufall, dass wir mit jemandem dieses Namens unterwegs sind?«

Beled nickte. »Sie hat uns von ihnen erzählt, aber vieles davon klingt eher nach Märchen als nach Tatsachen.«

»Wo leben sie denn? In U-Booten?«

Wieder zuckte er mit den Achseln. »Das weiß anscheinend niemand. Offenbar können sie gut die Luft anhalten.«

Da man ohne Boot auf der Meerseite nicht um die Landspitze herumkam, wandten sie sich schließlich wieder landeinwärts, um dort an ihr vorbeizugelangen. Dazu mussten sie zweihundert Meter an Höhe gewinnen und sich ihren Weg durch die am Südhang dicht gewachsene Vegetation bahnen.

Als sie eine Stelle erreichten, von der aus sie zum Meer hinunterblicken konnten, war zu erkennen, dass sie sich am Rand eines Einschlagkraters von rund einem Kilometer Durchmesser befanden. Das Kap, das ihnen unten am Strand den Durchgang versperrt hatte, war Teil des Kraterrands; der führte im Bogen hinaus in den Pazifik, wo er die eine Seite einer Bucht bildete. Deren andere Seite bestand, wie sie jetzt sehen konnten, aus einem seitenverkehrten Abbild davon. Der Bolide, der den Krater erzeugt hatte, war sehr nah am Ufer eingeschlagen. Dabei war als zentrale Erhebung ein steil aufragendes Inselchen entstanden, gerade mal einen Steinwurf vom Strand entfernt und genau in der Mitte zwischen den Zwillingskaps. Den fehlenden Teil des Kraterrands einzufügen fiel dem Auge nicht schwer. Er musste draußen zwischen den Landspitzen als Bogen unter Wasser liegen. Und tatsächlich konnte man Wellen sich brechen sehen, wenn sie über ihn stolperten. Landeinwärts verlor der Kraterrand sich im natürlichen Hang. Der Einschlag hatte ein Becken ausgehöhlt, durch dessen steile Wandung Beled und Kathree jetzt zu einem schwierigen, rutschigen Abstieg in die Bucht gezwungen waren. Der Strand dort war eher steinig als sandig, und viele der Steine besaßen die Lichtdurchlässigkeit von Meerglas, das Wellen geschliffen hatten.

Sie konnten den Rest der Gruppe hören, der hoch über ihnen am Hang allmählich aufschloss.

Der mittlere Teil des Strands – genau gegenüber der steilen kleinen Insel – schien der natürliche Ort für ein Lager zu sein. Ein kleiner Haufen aus glasartigen Steinen war dort aufgeschichtet worden – gerade groß genug, um deutlich zu machen, dass dies keine natürliche Ablagerung war, sondern sich einer absichtlichen Handlung verdankte. »Ihr Signal«, erklärte Beled. »Wir sollten jetzt ein Feuer machen.« Entlang des Strands machte er sich auf die Suche nach Treibholz. Kathree, von dem Steinhaufen irgendwie angezogen, hockte sich hin, um auf die anderen zu warten. Sie konnte Sonar Taxlaw plappern hören, während sie den Hang über ihr hinunterstieg und Kreise um die anderen drehte, deren Schritte und Atmung hörbar waren.

»Ihre Geschichte ist in drei Sintfluten unterteilt. Die Erste Sintflut bestand aus Felsen und Feuer und trieb sie in die tiefsten Gräben des Meeres, dort, wo es nie völlig austrocknete, selbst als der Rest der Ozeane verdampft war. Sie brachten eine Nachkommenschaft hervor, die imstande war, auf beengtem Raum zu leben. Die Zweite Sintflut bestand aus Eis und Wasser.«

»Das Bewölkte Jahrhundert!«, sagte Einstein.

»Ja, als ihr über Hunderte von Jahren hinweg Kometen auf sie geworfen habt. Sie merkten, dass die Meere sich ausdehnten, dass sie über die Gräben, in denen sie sich verkrochen hatten, hinauswuchsen und ihren Bereich ausweiteten. Sie verwandelten sich in eine Ethnie, die im Meer schwimmen konnte.«

»Wenn du sagst, sie verwandelten sich«, fragte Arjun, »meinst du damit Gentechnik oder ...«

»Selektive Fortpflanzung«, sagte Sonar bestimmt. »Wenn aus Wölfen innerhalb von ein paar Tausend Jahren Pudel werden konnten, stellen Sie sich vor, was aus Menschen werden konnte, falls die Notwendigkeit bestand! Sie fingen an, den Meeresboden zu erforschen. Sie fanden eine Menge Industrieschrott, der während des Harten Regens in die Ozeane gespült worden und zu Boden gesunken war. In der Metallkunde macht ihnen niemand etwas vor.«

»Treibt ihr deshalb Handel mit ihnen?«, fragte Ty. »Weil ihr knapp an Metall seid?«

»Und sie an Dingen, die wir haben«, bestätigte Sonar.

»Du hast gesagt, es gab drei Sintfluten«, erinnerte sie Einstein. »Und die dritte?«

»Ist jetzt«, sagte die Zyk. »Eine Sintflut aus Leben, angefangen bei Mikroorganismen bis hin zu euch.«

»Den Spacern, meinst du«, vermutete Ty.

»Ja. Und die einzigen Spacer, von denen sie wissen, sind die, die Unmengen von Felsbrocken in die Torres-Straße geworfen und das Ding in Makassar gebaut haben.«

»Wie wird euch das alles vermittelt?«, fragte Arjun.

»Wie meinen Sie das?«

»Hast du mal direkt mit Pingern gesprochen?«

»Ich *persönlich*?!«, fragte sie, ebenso verwundert wie entsetzt über diesen Gedanken. »Nein, hab nur von hier oben auf sie runtergeschaut.«

»Du hältst dich also hier oben versteckt, während ältere Mitglieder deines Clans zum Strand hinuntergehen und mit den Pingern sprechen.«

»Sprechen ist schwierig. Kommunikation geht hauptsächlich über das geschriebene Wort. Sie hatten kein Papier, bis wir ihnen welches von unserem gegeben haben. Wir benutzen Tafeln und Kreide.«

Kathrees Blick lag auf einem Detail, das ihr kurz zuvor aufgefallen war: eine unnatürlich aussehende Anhäufung flacher schwarzer Steine, halb verborgen im wellengetriebenen Sand. Während sich der Rest der Gruppe auf den letzten Metern des

Abstiegs zum Ufer befand, kratzte sie mit einem Stück Treibholz Sand und Kies davon ab, bis sie einen Stein herausruckeln konnte. Obwohl an den Rändern unbehauen, war er eindeutig von Menschenhand geformt worden: eine etwa fingerdicke schwarze Steinplatte, groß genug, um sie in der Armbeuge zu tragen, und glatt genug, um darauf zu schreiben. Verstreut im nassen Sand um die Platten herum hatte Kathree Kalziumkarbonat-Stücke gesehen: Kreide. Spuren davon waren noch auf den Platten zu sehen. Keine Schrift, sondern das Fragment eines Schaubilds, eine Karte vielleicht, und ein paar Zahlen.

Aus einer Seite der Insel, unmittelbar unter der höchsten Stelle, ragte ein knorriges Stück Treibholz heraus: der Stumpf eines Baums, den ein Sturm aus der Kante einer Klippe irgendwo entlang der Küste gerissen und später hier hochgeschleudert hatte. Kaum war Ty am Strand angekommen, ließ er den Rucksack fallen, leerte seine Taschen und schnappte sich den kastenförmigen Ausrüstungskoffer, den Roskos Yur in seinem Gleiter mitgebracht hatte. Den Koffer, der nicht nass werden sollte, hoch über dem Kopf tragend, watete er unter lautem Fluchen über das Ausmaß der Kälte zu dem Inselchen hinaus. An der tiefsten Stelle ging ihm das Wasser bis zur Taille, und gelegentlich schwappte ihm eine Welle bis unters Kinn. Er warf den Koffer auf die Flanke der Insel hoch und kletterte hinterher.

Nachdem er den Baumstumpf eine Weile neugierig betrachtet hatte, hockte er sich hin, packte ihn an zwei herausstehenden Wurzeln und kippte ihn um, worauf der Stumpf in die Brandung stürzte. Dann schob Ty sich wieder aus der Blickachse der anderen, um ihnen zu zeigen, was sich darunter verborgen hatte: ein bis in Kniehöhe senkrecht aufragendes Stück massives Stahlrohr, eine Handbreit im Durchmesser, und obendrauf eine flache Scheibe aus verbeultem Stahl von der Größe eines Esstellers. Das Rohr war nicht an dem Felsblock verankert, sondern Teil eines längeren Objekts, das sich ins Meer hinaus erstreckte. Der Abschnitt oberhalb der Wasserlinie war an Nägeln festgebunden, die auf eine ihnen bereits als typische Digger-Improvisation bekannte Weise in Felsspalten getrieben worden waren.

Tys Aufmerksamkeit wanderte zu etwas, das er zu seinen Füßen bemerkt hatte. Er bückte sich und hievte es in die Höhe, damit alle am Strand es sehen konnten: ein Vorschlaghammer, behelfsmäßig hergestellt aus einem Rohrstück und einem Klumpen Stahl. Dann sah er die Zyk an. Seinen Blick erwidernd streckte sie die Hände aus, die Handflächen dem grauen Himmel zugewandt, als wollte sie damit ausdrücken: *Siehst du? Hab ich doch gesagt.*

Ty kehrte ihnen den Rücken zu und blickte ins Meer vor der Felsinsel hinab. Nach einer Weile drehte er sich wieder um. »Wie weit geht das raus?«, rief er.

»Das Rohr? Sechzig bis achtzig Meter«, antwortete die Zyk. »Der Krater ist wie ein Trichter, der den Klang in die Tiefe hinunterlenkt.«

Sie hatte ihren Satz kaum beendet, da holte Ty schon mit dem Hammer aus und schlug ihn mit ganzer Kraft auf die Stahlplatte. Das Ergebnis war ein überwältigend lautes metallisches Ping, das, als es nachließ, durch einen Schrei von Kathree übertönt wurde, die im Sand auf die Knie sank und sich mit beiden Händen die Ohren zuhielt.

»Schaff sie lieber hier weg«, sagte Ty – was sie durch ihre Hände hindurch hören konnte. Dann spürte sie, wie Beled von hinten um sie herum fasste, seinen Arm unter ihre Brüste klemmte und sie auf die Füße hievte. Was ihr einerseits durchaus willkommen war. Andererseits war sie es satt, immer diejenige zu sein, die getragen werden musste, und so wand sie sich aus seinem Griff heraus, kehrte dem Meer den Rücken und marschierte auf den Streifen Gestrüpp zu, der die Grenze des Strands markierte. Ty ließ ihr einen ordentlichen Vorsprung, ehe er rief: »Stopf dir die Ohren zu.« Das tat sie und fühlte im nächsten Moment ein weiteres Ping so durch sich hindurchfahren, als würde ihr ein Eiszapfen in die Schädelbasis gerammt. Kurz darauf kam noch einer, dann noch einer, nicht in regelmäßigen Abständen, sondern sporadisch. Und als sie an eine Stelle geklettert war, wo sie, die Finger in den Ohren, auf die Bucht hinunterblicken konnte, ohne dass jeder Hammerschlag ihr wehtat, wurde ihr klar, was Ty da gerade machte.

Jede der Abstammungslinien hatte ihre eigenen kulturellen Traditionen, die sie bis zu ihrer jeweiligen Urmutter zurückverfolgen konnten. Durch gesellschaftliche Rituale, Lehrpläne und Jugendgruppen wurden sie von einer Generation zur nächsten weitergegeben. Junge Teklaner erlernten das Turnen bei Schwerelosigkeit mit einem Hauch von Kampfsport und maßen sich auf Hindernisparcours, die bestimmte, von Tekla während des Epos angewandte Kampftechniken reproduzierten. Julianer wetteiferten in Debattierklubs und gingen für längere Zeit in Klausur, was als Symbol für das Exil und Martyrium ihrer Urmutter im Schwarm gedacht war. Und so weiter.

Junge Dinaner erlernten das Morsealphabet, das jedoch nur sehr selten Anwendung fand.

Moiraner erlernten es ganz bestimmt *nicht*, und so hatte Kathree keine Ahnung, was für eine Botschaft Tyuratam Lake da in die Tiefe hämmerte.

Natürlich hatte jeder die Szene im Epos zu Beginn des Harten Regens gesehen, in der Urmutter Dinah ihren letzten Funkspruch an Rufus abgesetzt hatte. Er war mit vielen Wiederholungen des QRT-Codes verklungen, der – vor allem, nachdem Dinah in Schluchzen ausgebrochen war, was ihre Übertragungsgeschwindigkeit zu einem Kriechen verlangsamt hatte – einen feierlichen, fanfarenartigen Rhythmus an sich hatte und anfing mit *pahm, pahm, pa-pahm*. Der Buchstabe Q. Kathree erkannte zumindest dieses Muster häufiger, als man es in normalen englischen Sätzen erwarten würde. Also benutzte Ty alte Q-Codes, um seine Nachricht abzukürzen. Was er tatsächlich sagte, war ihr jedoch völlig schleierhaft. Immer wieder hämmerte er es hinaus, einen synkopierten Satz aus langen und kurzen Schlägen, der nach einer Weile anfing, ihr unter die Haut zu gehen. Er hörte erst auf, als Sonar Taxlaw zu der Felseninsel hinauswatete und ihm versicherte, dass die Pinger, falls sie in der Gegend seien, die Nachricht mittlerweile bestimmt gehört hätten.

»Wie lange jetzt?«, fragte er. Er brüllte über das Rauschen der Brandung hinweg und weil er vermutlich taub geworden war.

»Hängt davon ab, wie weit sie weg sind«, sagte Sonar Taxlaw. »Vielleicht einen Tag. Vielleicht drei.«

»Super«, sagte Ty und blickte auf, um Roskos Yurs Aufmerksamkeit zu erregen, der, einem zeitlosen militärischen Instinkt folgend, seinen Ärmel hochschob, um auf seinen Zeitmesser zu schauen.

Ty entriegelte den Kofferdeckel und begann, Ausrüstungsteile herauszunehmen und Bedienungsanleitungen zu studieren. Kathree war zu weit weg, um Einzelheiten zu erkennen, und außerdem fing es an zu dämmern. Während es Nacht wurde, konnte sie sehen, wie Ty, dem Meer zugewandt, am Ufer der Insel saß, hin und wieder ein kleines Licht anknipste und mit Geräten hantierte. Neben ihm hatte sich, eingehüllt in Schlafsäcke, die Einstein ihr hinausgebracht hatte, die Zyk niedergelassen. Sie hatte wuchtige Kopfhörer auf und drehte ab und zu, wachsam wie ein Vogel, den Kopf zu Ty, um ihm etwas zu sagen. Esa Arjun ging unmittelbar am Wellensaum auf und ab und kam zuweilen an Einstein vorbei, der einfach dastand und verdrießliche Blicke zu seiner Angebeteten schickte. Hope war in einem etwas weiter oben auf trockenerem Sand aufgestellten kleinen Zelt verschwunden; ein bläuliches Flimmern hinter dessen Wänden legte den Schluss nahe, dass er auf einem Tablet arbeitete, vielleicht in dem Bemühen, etwas über den Umgang mit POTEV zu lernen.

So viel zu dem unteren Lager, wo Hope, Ty, Einstein, Sonar Taxlaw und Arjun sich häuslich eingerichtet hatten. Beled war Kathree hügelaufwärts gefolgt. Langobard und Roskos folgten ihm später. Als sie sich verteilten, um das Gebiet in alle Richtungen zu erkunden, fiel ihnen eine geschwungene Kuppe im Hang auf: die Begrenzungslinie zwischen dem landeinwärts gelegenen Rand des Kraters und dem ursprünglichen Gelände, aus dem er herausgesprengt worden war. Oberhalb davon war die Neigung viel sanfter. Das Erste, was sie beim Erklimmen des Kraterrands sahen, war tatsächlich ein leichter Höhenabfall. Wenn sie dem Meer den Rücken zukehrten, hatten sie einen sich über mehrere Hundert Meter erstreckenden Sumpf mit einem Kiefernwald auf der anderen Seite vor sich. Sie traten einige Schritte zurück und machten sich daran, direkt unterhalb des Kraterrands das obere Lager zu errichten. Obwohl nur wenige Worte gesprochen wurden, war offensichtlich, dass es der Verteidigung des Strands dienen sollte, falls und wenn Rote Streitkräfte nahten. Käme der Feind direkt aus den Bergen, müsste er den Sumpf durchqueren. Käme er am Strand entlang, müsste er eine der beiden Landzungen übersteigen oder umfahren. So oder so wäre er von diesem Aussichtspunkt aus deutlich sichtbar.

Man konnte davon ausgehen, dass einige Jahrzehnte zuvor ein ONAN irgendwo in der Nähe aufgeschlagen war. Daraus hervorgekrochene, mit Saatgut bepackte Siwis waren ausgeschwärmt, hatten Erhebungen und Bodenfeuchtigkeit in einer Karte festgehalten und ihre Ergebnisse über ein vermaschtes Netz verglichen. Dabei hatte das Kollektiv den Bruch im Gefälle zum Meer hin bemerkt. Einem Programm folgend, das irgendein Programmierer oben im Ring ihm eingebläut hatte, war es zu dem Schluss gekommen, dass die Küste an dieser Stelle stabilisiert werden könnte, indem man Pflanzen säte, die zu einer kräftigen, niederen, buschigen Vegetation heranwüchsen. Und so war es dann auch gekommen. Siwis, die sich zufällig vom Strand wegbewegt hatten, waren auf das flache Gelände jenseits des Kraterrands gestoßen und hatten es mit verschiedenen Arten besät, die in feuchter Umgebung gedeihen würden. Die Vegetation hatte im Prinzip so etwas wie einen natürlichen Damm geschaffen, der das aus dem Gebirge herabfließende Wasser zurückhielt. Eines Tages würde hier vielleicht ein See entstanden sein, doch einstweilen war es ein schwarzer Sumpf, schwammig, knietief und mit Schilf und Gräsern bedeckt, die diese Art von Boden bevorzugten.

Kath Two war keine Kämpferin gewesen. Ihr Waffentraining hatte ihr gerade mal die Fertigkeiten vermittelt, die man brauchte, um mit einem Katapult auf einen hungrigen Caniden zu schießen. Kathree wusste noch nicht, ob das zu den Dingen gehörte, die sich verändert hatten. In gewisser Weise spielte das auch keine Rolle. Egal ob sie letzten Endes im Kampf gut war oder nicht – sie würde nie so effektiv sein wie Beled, Bard und – allem Anschein nach – Roskos Yur. Allerdings betrachtete sie diese drei als einen schwerfälligen, langsamen Haufen. Vieles von dem, was für sie selbst offensichtlich war, fiel ihnen gar nicht auf. Und sie waren eindeutig müde und kurz vor dem Einschlafen. Nachdem es ganz dunkel geworden war, verzehrte Kathree nacheinander drei komplette Mahlzeiten von den Rationen, die Roskos Yur mitgebrachte hatte, schlich sich davon und kletterte ein Stückchen weiter hoch bis auf den Kraterrand, von dem aus sie landeinwärts schauen und lauschen konnte.

Als sie zurückkam, schreckte sie Roskos Yur auf, dessen regelmäßige Atmung schon in tausend Metern Entfernung zu hören gewesen war. Er war eingeschlafen, oder so gut wie.

»Sie sollten mich warnen, wenn Sie näher kommen, Kath Two!«, zischte er.

»Die ist tot.«

»Dann eben Kathree.«

»Es kommt niemand«, sagte sie, »jedenfalls nicht in den nächsten paar Stunden.«

»Es sei denn, sie fallen vom Himmel«, gab er zurück.

Der immer freundliche Langobard hatte sich zu ihnen gesellt. »Durch die Luft werden sie nicht kommen«, sagte er. »Wenn sie uns unauffällig töten können, werden sie das tun – und kein Wort darüber verlieren. Aber einen regelrechten Angriff starten? Das würde sich nicht mit der Version der Geschichte vertragen, die sie gerade für die Ringöffentlichkeit aufbauen.«

»Wann fangen wir denn, verdammt nochmal, an, unsere eigene Version zu schreiben?«, sagte Yur. Damit war die Unterhaltung zu Ende.

Doch die Antwort auf seine Frage folgte eine Stunde später, als zuerst Kathree und dann auch alle Übrigen ein Heulen und Rumpeln aus Richtung Meer vernahmen. Von Süden her über die Grenze der Welt kommend erschienen Positionslichter am Horizont, die jedoch plötzlich ausgingen, da der Pilot offenbar beschloss, den Weg im Dunkeln fortzusetzen. Aus dem Geräusch und der Art, wie sich dieses Ding dicht über dem Wasser hielt, folgte eindeutig, dass es sich dabei weder um ein Flugzeug noch ein Schiff, sondern ein Zwischending, eine sogenannte Arche, handelte. Sie hörten sie in einem Kilometer Entfernung ins Wasser rauschen und auf die tuckernden Maschinen umschalten, mit deren Hilfe sie auf der Oberfläche manövrierte. Mehrere Hundert Meter vor der Küste ankerte die Arche: ein gutes Stück vom Land weg, um die Überempfindlichkeit der Digger zu respektieren, und dennoch nah genug, dass Menschen und Ausrüstung auf kleinen Booten hin und her befördert werden konnten. Die große hintere Laderampe der Arche öffnete sich, sodass das Meer ihr Inneres fluten und eine Ansammlung von bereits bepackten Booten und Barken hinausschwemmen konnte. Auf einem davon kam eine kleine Gruppe von Leuten ans Ufer. Kathree hörte sie reden, vor allem mit Ty und Arjun, aber auch Einstein fand wie immer einen Weg, mit von der Partie zu sein.

Eine Barke war ins offene Wasser zwischen der Arche und

dem Ufer geschleppt und vor Anker gelegt worden. Die Geräusche, die von ihr kamen, zeugten von komplizierten mechanischen Vorgängen. Kurze Zeit später begann ein Rumpeln und Summen, und eine glitzernde Kette aus Flynks wuchs, zunächst als umgedrehtes U, fontänenartig aus der Barke und streckte sich nach und nach himmelwärts, während sie an Geschwindigkeit zunahm und ihre Geräusche sich zu einem steten klagenden Ton verdichteten. Innerhalb weniger Minuten hatte der Aitrain sich zu einer Höhe von vielleicht hundert Metern erhoben und angefangen, ein sanftes Licht abzugeben, das die Bucht und den Strand so weit erhellte, dass Menschen mühelos umhergehen und Dokumente lesen konnten. Jetzt war Kathree imstande, den Namen der Arche zu entziffern, der in der Nähe der Nase auf ihrem Rumpf prangte: *Darwin*. Sie musste von einer großen TerReForm-Basis hergeschickt worden sein – höchstwahrscheinlich von Haida, das die nördliche Küste des Pazifik bediente.

Der Aitrain, den sie auf der Barke eingesetzt hatten, war ein durchaus gebräuchliches militärisches Gerät. Als solches sendete er Strahlen vermutlich nicht nur als sichtbares Licht, sondern auch in anderen Wellenlängen aus. Er war eine Art Allzweckkommunikationsknotenpunkt, der sowohl alles miteinander verband, was sich in Sichtlinie zu ihm befand, als auch über die Uplinkfrequenz nach Denali und zu anderen Stationen auf dem Ring sendete.

Zu schlafen kam für Kathree jetzt nicht in Frage, und so machte sie sich auf den Weg den Krater hinunter zum Strand. Als sie aus dem Gebüsch trat, entdeckte sie Einstein und die Zyk, die nebeneinander im Scheinwerferlicht standen, den Blick in eine Kamera gerichtet. Daneben war ein Neuankömmling, eine große Moiranerin mit der Haltung, der Selbstbeherrschung und den goldenen Augen eines Models, damit beschäftigt, Notizen durchzusehen. Ihre Kleidung war dem kühlen, feuchten Klima an der Küste von Beringia angepasst, und die Art, wie sie ihren schlanken, aber kräftigen Körper umspielte, legte nahe, dass sie, vermutlich von einem pfiffigen Designer in der Großen Kette, eigens für sie angefertigt worden war.

Kathree brauchte gar nicht näher zu kommen, um zu begreifen, was da vor sich ging: Die große Moiranerin produzierte gerade das, was Roskos gefordert hatte. Sie begann, für eine Weile direkt in eine Kamera zu sprechen, und interviewte dann Einstein und die Zyk. Das alles wurde live in den Ring übertragen.

Kathree saß, die Arme um ihre Knie geschlungen, allein am Strand, beobachtete die Frau bei dem, was sie tat, und fragte sich, welche Ereignisse in deren Leben wohl bewirkt hatten, dass sie sich zu dem veränderte, was sie jetzt war, so groß, so hübsch, so ansprechend. Sie wirkte nicht wie eine Frau, die schön geboren worden war, was Kathree vermuten ließ, dass sie durch irgendeine persönliche Katastrophe dazu gekommen war. Nachdem sie ihre Interviews beendet hatte, schaltete die Moiranerin Scheinwerfer und Kameras aus und ging zu Esa Arjun, mit dem sie sich dann eine Weile unterhielt. Beide hatten Verps aufgesetzt, und Kathree hatte den Eindruck, dass sie über das sprachen, was die Geräte in ihre Augen projizierten.

Kathree kam zu der Überzeugung, dass Kath Two diese Frau von Krisenherden rund um den Ring hatte berichten sehen: aus Habitaten, wo Generalstreiks oder Unruhen außer Kontrolle geraten und Quarantäne-Erzwingungs- oder Polizeikräfte herbeigerufen worden waren, um Dinge kaputtzumachen und Menschen wehzutun.

Allein die Tatsache, dass Kathree lange genug still saß, um solche Beobachtungen anzustellen und solche Gedanken aneinanderzureihen, wies auf einen bevorstehenden Zusammenbruch hin – das zwangsläufige Ergebnis dessen, wie sie den größten Teil des Tages verbracht hatte. Es war ziemlich genau zwischen Mitternacht und dem frühen Morgen, als Kathree spürte, dass sie mit derselben Wucht und Unausweichlichkeit wie die *Endurance* in ihren letzten Durchgang durchs Perigäum auf den Schlaf zustürzte.

Doch dann merkte sie, dass sie die große Moiranerin, die sich ihr leise bis fast auf Armlänge genähert hatte, anstarrte und von ihr angestarrt wurde. Kathree sprang auf, wobei sie fast vornübergefallen wäre.

»Kath Amalthowa Three«, sagte die Frau, »ich bin Cantabrigia Barth Five.«

Five. Wow. »Sie müssen ja einiges an verrücktem Zeug erlebt haben«, sagte Kathree. »Ich hoffe für Sie, dass Sie die Einstellung in ihrer gegenwärtigen Form angenommen haben.«

Cantabrigia Five bewegte zum Zeichen, dass sie die Bemerkung gehört hatte, ganz leicht ihre goldenen Augen, ohne jedoch weiter Stellung dazu zu nehmen. »Ich bin hier gewissermaßen die befehlshabende Offizierin«, sagte sie.

Das war weder das Verrückteste noch das am wenigsten Verrückte, was Kathree in letzter Zeit gehört hatte, und deshalb nahm sie es gelassen hin. Dem Augenschein nach war Cantabrigia Five Videojournalistin. Doch in einer Welt, in der eine Polizei- oder Militäraktion erst dann als erfolgreich gelten konnte, wenn sie normale Menschen, die sie auf Fernsehbildschirmen sahen, beeindruckte, leuchtete es ein, dass sie auch Generalin war.

Arjun war hinter Cantabrigia Five näher gekommen und stand jetzt so, dass er über ihre rechte Schulter spähen konnte. Er zog kurz Kathrees Blick auf sich und nickte.

»Über Funk«, sagte Cantabrigia Five, »habe ich gerade mit Sergeant Major Yur, Lieutenant Tomow und Langobard gesprochen und ihnen *ihre* Anweisungen gegeben. Das hier sind *Ihre*. Eine kleine Rote Militäreinheit ist unterwegs hierher. Sie sind noch ein paar Stunden entfernt. Wir haben nachrichtendienstliche Informationen, dass sie von zwei ortskundigen Diggern geführt werden. Wenn sie hier sind, wird es zu einem Kampf kommen oder auch nicht. Falls ja, beteiligen Sie sich nicht direkt daran. Bleiben Sie unseren Buckys fern. Halten Sie Ausschau nach Diggern. Falls Sie sie daran hindern können, Schaden anzurichten, tun Sie das unbedingt. Aber tote Digger auf einem Bildschirm sind etwas, das wir uns nicht leisten können.«

Kathree nickte. »Ich verstehe.«

Arjun fand offensichtlich, dass eine Erklärung angebracht war. »Wir wissen nicht, wann oder ob die Pinger auftauchen werden. Deshalb müssen wir Zeit gewinnen.«

»Gut«, sagte Kathree. »Und womit hoffen wir, sie zu gewinnen?«

Arjuns Miene deutete an, dass die Frage unverschämt gewesen war. Doch Cantabrigia Five reagierte mit einem Griff nach dem Verp, den sie sich über die Stirn hochgeschoben hatte. Sie zog ihn sich ab und reichte ihn Kathree, die ihn vorsichtig aufsetzte. Da das Gerät nicht richtig saß, musste sie es mit einer Hand so festhalten, dass der Fokus stimmte.

»Sie werden den Soundtrack brauchen«, sagte Cantabrigia Five. »Ohne ihn ist es nicht dasselbe.«

»Soundtrack?«, sagte Kathree. Doch eine kaum merkliche Veränderung in Cantabrigia Fives Gesichtsausdruck ließ vermuten, dass da ein trockener Humor am Werk war und dass sie sich einfach darauf einlassen sollte. Seitlich an ihrem Kopf herumtastend, fand Kathree die Ohrhörer und klappte sie nach unten.

Der Verp sorgte dafür, dass sie eine Reihe imaginärer Gegenstände sah, von denen die meisten ausgegraut und/oder verschwommen waren – das Gerät hatte herausgefunden, dass Kathree nicht seine Besitzerin war und daher alles Persönliche oder Private deaktiviert. Im Raum zwischen ihr und Arjun hing jedoch ein sanft leuchtendes rotes Token von der scheinbaren Größe eines Tischtennisballs mit einer Mulde auf einer Seite. Er streckte die Hand danach aus und tippte es leicht an, worauf es in ihre Richtung flog. »Nur zu«, sagte er. Sie fing es mit einer Hand auf, legte ihren Daumen in die Mulde und beschrieb damit vor ihrem Gesicht ein großes Oval. Darauf wurde ein Flachbildschirm vor ihr sichtbar. Dann zog sie den roten Ball zu sich her und fegte den Bildschirm durch eine dritte Dimension, um ein Volumen etwa von der Größe eines Wäschekorbs zu umreißen.

Mit dem Soundtrack hatte Cantabrigia Five sie nicht veralbert. Es war ein komplettes Orchester mit Instrumenten, die schon Mozart gekannt hatte, und anderen, die tausend Jahre nach Null erfunden worden waren. Zusammen mit einem großen Chor goss es Kathree ein dreidimensionales Klangmeer in die Ohren, indem es die Rote Nationalhymne spielte. Nicht die schwungvolle, gekürzte Fassung, die sie schon bei Sportveranstaltungen gehört hatte, sondern die sinfonische Bearbeitung, bei der die Leute einfach nur still und voller Ehrfurcht dasaßen.

Eine Nickel-Eisen-Faust schien in genau dem Raum zu hängen, den Kathree gerade über dem Strand umschrieben hatte. Der Kulak. Hier und da ragten solide Spieren heraus: Ankerpunkte für hauchdünne Takelleinen, die sich in verschiedene Richtungen erstreckten und ganz in der Ferne zu verschwinden schienen. Mit vorsichtigen Schritten, damit sie sich nicht an einem Stein den Knöchel verdrehte, umkreiste Kathree die Faust, bis sie einen Blick durch das Loch in deren Zentrum werfen konnte. Dort nahm sie Bewegung wahr: Ringe aus Licht, von denen jeder der Großen Kette ähnelte, waren im Inneren gestapelt und drehten sich, geschützt durch die mehrere Kilometer dicke, unebene Asteroidenhülle, sämtlich in unterschiedlicher Geschwindigkeit. Dieser Blick löste eine programmierte Kamerabewegung aus, die Kathree überraschte und sie zwang, sich einen sicheren Stand zu verschaffen und mit einer Hand auf Cantabrigia Fives Unterarm abzustützen. Die Visuka oder virtuell-subjektive Kamera tauchte im Zentrum des Kulaks, der sich jetzt weit über die Größe eines Wäschekorbs hinaus um sie herum ausgedehnt hatte, langsam nach unten. Sie konnte zwar die Geschwindigkeit der Bewegung nicht steuern, aber in alle Richtungen schauen, und durch die Glasdächer der ringförmigen Städte sah sie grüne Wiesen, auf denen Kinder Fußball spielten, blaue Teiche, um die Hand in Hand Liebespaare spazierten, geschäftige Hochhausviertel, Wohnutopien, anheimelnde Schulen sowie Militärstützpunkte, wo Betas und Neoander unter der sich blähenden Roten Fahne Kampf- und Schießkünste praktizierten.

»Ist das alles echt oder...«

»Eine Mischung«, sagte Arjun, »aus Sachen, die sie tatsächlich gebaut haben, und grafischen Darstellungen dessen, was sie sich vorstellen.«

»Und ist das wirklich öffentlich gemacht worden oder...«

»Vor sechs Stunden gesendet«, sagte er. »Es ist eine gewaltige Enthüllung.« Noch nie zuvor hatte Rot irgendwelche Bilder – real oder erfunden – vom Inneren des Kulaks veröffentlicht.

Inzwischen hatte die Visuka auf ihrem Rundflug das andere Ende erreicht, und als sie aus dem Schlund des Kulaks heraustrat, konnte Kathree sehen, wie das All sich um sie herum öffnete. Das vertraute Bild des Habitatrings wurde sichtbar, wie er sich in beide Richtungen bog, um die blaue Erde in seiner juwelenbesetzten Umarmung zu umfassen. Von dem um die Eisenfaust gewobenen Takelwerk aus führte ein Kabel direkt zum Äquator hinunter. Anfangs langsam, dann mit wachsender Geschwindigkeit stieg die Visuka hinab, wobei sie in wenigen Sekunden vollbrachte, was in jeder Art von realistischem Aufzug mehrere Tage gedauert hätte. Sogar durch einen Schirm aus hellen Wolken konnte Kathree die komplexen Geländeformen von Südostasien im Norden und die graubraune australische Platte, die jetzt durch eine klumpige graugrüne Ranke mit Neuguinea verbunden war, im Süden erkennen. Die Visuka beschloss, diese zuerst einzuzoomen, und holte sie so nah heran, dass man eine Straße sehen konnte, die über die Landbrücke führte. Dann schwenkte sie ab und drehte auf einen eher nordwestlichen Kurs ein, entlang dem grünen, dampfenden Rückgrat von Neuguinea bis zum Kap an seinem Ende, wo es beinahe den Äquator berührte. Dort herrschte erkennbar Bautätigkeit: gerodetes Land, Gebäude, Baugruben, ein diffuses Infrastrukturnetz, alles von der Kamera kurz erfasst, jedoch nicht näher gezeigt. Die Visuka sauste hinaus über ein türkisfarbenes Meer, das mit Landformen übersät war, die Kathree vage von Landkarten her wiedererkannte. Kurz darauf wurde ihr Auge jedoch von etwas angezogen, das ganz offenkundig unnatürlich war und aussah, als hätte jemand es mit Bleistift und Lineal eingezeichnet: der Tether des Kulaks, der zwischen zwei großen Inseln senkrecht ins Meer eintauchte. Die Inseln mussten Borneo und Sulawesi sein, wurde ihr klar, und das Gewässer dazwischen die Makassarstraße. Während das Sinfonieorchester und der Chor sich durch ein langsames Crescendo quälten, wurde die Visuka langsamer und hielt schließlich an. Auf dem Display ging eine eher fühl-, als sichtbare Veränderung vor sich: Die programmierte Kamerabewegung war zu Ende, und der Verp reagierte jetzt wieder auf Kathrees Bewegungen. Wie eine Riesin, die über der Meerenge stand, konnte sie umhergehen und sie aus verschiedenen Blickwinkeln betrachten. Einen Moment lang passierte im Grunde nichts. Dann machte ihr Auge eine Turbulenz im Meer aus, um die Stelle herum, wo der Tether eingetaucht war. Die Oberfläche wallte schäumend auf. Das kleine Gekräusel normaler Oberflächenwellen verschwand und wurde durch gewaltige grüne Strudel und galaktische Arme aus wirbelndem Schaum ersetzt. Leicht vorgebeugt, konnte sie wütende Möwen kreisen sehen. Dieses Detail überzeugte sie davon, dass das, was sie da sah, real war – und keine bloße Darstellung. Die in Aufruhr geratene Region wuchs nach Norden und Süden, also von dem Kabel weg – von dem Kathree wusste, dass es sich auf dem Äquator befand –, jedoch nicht in ostwestlicher Richtung. Der Tether gabelte sich ein Mal, dann noch ein Mal und wurde so zu einem Fächer, der sich nach Norden und Süden hin verbreiterte, um was immer die Meerenge so aufwühlte, auf seiner ganzen Länge zu unterstützen.

Zuerst brach es am Äquator aus der Wasseroberfläche hervor, um dann mit ungeheurer Geschwindigkeit den Meridian hinauf und hinab eine tiefe Spalte ins Meer zu reißen. Vor lauter Wasser, das von ihm ablief, in zahllosen Kaskaden wieder ins Meer zurückstürzte und eine Wand aus Gischt hochschleuderte, die sogar die Struktur selbst überragte, konnte man das Objekt anfangs kaum beobachten. Einen Augenblick später jedoch wurde der Gnomon sichtbar. Um eine Vorstellung von seiner ganzen Länge zu bekommen, musste Kathree zurückweichen. Sie streckte ihre linke Hand aus und machte eine Geste, als drehte sie den Lautstärkeknopf gegen den Uhrzeigersinn, um die Blechbläser der Kyoto Philharmonics leise zu stellen, bevor die Bassposaunen und Kesselpauken ihren Kopf zum Implodieren brachten.

Falls die Designer des Gnomons beabsichtigt hatten, eine Anti-Wiege zu schaffen, hätten sie es kaum besser machen können. Er besaß – um der Erdkrümmung besser folgen zu können – die lange raffinierte Krümmung eines japanischen Langschwerts, kombiniert mit der durchscheinenden Zartheit eines Insektenexoskeletts. Tatsächlich schien er sich zu entfalten, sich, während er in die Luft stieg, neu zu formen, eine Origami-Gottesanbeterin, die sich in einen größeren Körper häutete. Seine mannigfachen Riefen und sich wölbenden Panzer erzählten von einer Million Dschinns, die sich jahrhundertelang in kleinen Bürozellen geplagt hatten, um das stärkste Ding zu bauen, das sie sich mit dem geringsten Gewicht vorstellen konnten.

»Woraus besteht er?«

»Karbon und Magnesium, hauptsächlich«, sagte Arjun. »Zwei leichte, feste Stoffe, die aus Meeresablagerungen gewonnen werden können.«

»Und das haben sie gemacht?«

»Ja«, sagte Cantabrigia Five.

»Energieintensiv«, bemerkte Arjun. »Sie haben am Tether entlang Strom zu einer Produktionsstätte auf dem Meeresboden geschickt.«

»Hatten sie Arbeiter, die auf dem Meeresboden gelebt haben?«
»Roboter.«

»Und darin liegt eine Gelegenheit«, sagte Cantabrigia Five.

Ein weiteres Mal hatten die Produzenten dieses Spektakels selbst die Kontrolle über die Visuka übernommen und nötigten Kathree nun zu einer Fahrt den ganzen Gnomon hinauf, wobei sie sich bei gelungenen Details länger aufhielten und an eher monotonen vorbeisausten. Sie begriff das Konzept, nämlich dass der Gnomon über eine Art Eisenbahnwagen verfügte, der sich auf einer riesigen Schiene in Nord-Süd-Richtung bewegen und entlang einer Reihe von Breitengraden Kontakt zum Boden herstellen konnte. Dass er seine eigenen internen Bahnlinien hatte, die Wohnkapseln, Militäreinrichtungen, Luxusferienorte für die ganze Familie und noch vieles mehr miteinander verbanden. Es handelte sich offensichtlich um eine grafische Darstellung – also etwas, das in Wirklichkeit noch nicht gebaut worden war. Die Tatsache, dass sie nicht kontrollieren konnte, was die Visuka machte, verursachte ihr leichte Übelkeit. Sie nahm die Ohrhörer ab, schloss die Augen und zog sich vorsichtig den Verp vom Gesicht. Dann öffnete sie die Augen auf die Realität: den Strand, die kleine Insel, ihre beiden Gesprächspartner. Sie gab den Verp zurück. »Was für eine Gelegenheit?«

»Wenn Sie zum ersten Mal mit einer intelligenten fremden Ethnie Kontakt aufnehmen«, sagte Cantabrigia Five, »ist das Abwerfen von riesigen Tagebau-Robotern in deren Territorium vielleicht nicht der beste Schachzug.«

Darüber dachte Kathree einen Moment nach. »Ah«, sagte sie. »Ja.«

»Das ist also der Grund, weshalb sie so daran interessiert waren, sich mit den Diggern gut zu stellen.«

»Nachdem sie es sich mit den Pingern so grandios vermasselt

hatten. Ja.« Cantabrigia Five betrachtete sie eine Weile. Obwohl ihr Schweigen und ihr Blick beeindruckend waren, fühlte sich Kathree nicht gänzlich unwohl.

Schließlich fuhr Cantabrigia Five fort: »Maßnahmen, die wir heute hier ergreifen, werden lange Schatten in die Zukunft der Neuen Erde werfen. Wenn wir hier mehr Ressourcen gehabt hätten, wären wir vielleicht nach einer besser durchdachten Strategie vorgegangen, mit weniger Unsicherheit. Aber allein die Tatsache, mehr zu haben, hätte es verdorben.«

»Wie seid ihr denn auf all das gekommen?«, fragte Ty.

Er hockte auf der kleinen Insel neben der Zyk, die immer noch in Schlafsäcke gewickelt war, aus denen nur die Hände und der Kopf hervorlugten. Sie hielt ein Handbuch ins Licht der Flynk-Kette geneigt, die nach wie vor die Bucht erleuchtete, von der Crew der *Arche Darwin* allerdings so gedimmt worden war, dass die Leute schlafen konnten. Da viele der Wörter ihr vermutlich fremd waren, musste die Zyk sich beim Lesen ungemein konzentrieren. Ihre Lippen bewegten sich leicht, während sie unbekannte, in fast alle Wörter eingesprengte kyrillische Buchstaben analysierte. Ihre Ohren waren unter den großen Schaumstoffdonuts der Ohrhörer begraben. Sie hatte Ty nicht wahrgenommen, wusste nicht, dass er sie ansah. So kostete er es einen Moment lang aus, sie zu betrachten. Sie war nicht sein Typ und sowieso noch sehr jung. Doch allmählich erkannte er, was Einstein in ihr sah. Der junge Ivyner wusste wohl, dass es in seiner RIZ niemanden für ihn gab, kein Indigenenmädchen, mit dem er ein interessantes Gespräch hätte führen können. Und sollte er doch noch irgendwie zum Habitatring finden, würden all die attraktiven Mädchen dort ihn als Hinterwäldler betrachten.

Das Gerät in dem Koffer war ein tragbarer Sonarring. Er konnte Pings aussenden, aber dazu benutzten sie ihn gar nicht. Sie benutzten ihn zum Hören. Sonar Taxlaw hatte ihn Ty buchstäblich aus der Hand gerissen und gelernt, ihn zu bedienen. Die Ankunft der *Arche Darwin* und die Bewegungen der Boote und der Barke hatten ihr unendlich viel Verdruss bereitet, aber mit etwas Ermunterung von Ty hatte sie begonnen, darin ein interessantes wissenschaftliches Experiment zu sehen, eine Möglichkeit, zu verstehen, wie diese Technologien für Pinger und andere die Tiefe des Meeres aufsuchende Säugetiere klingen mussten.

Mit vorsichtigen Bewegungen schob Ty sich über die steile, glasartige Oberfläche des Inselchens in ihr peripheres Gesichtsfeld und gab ihr einen leichten Klaps auf die Schulter. Er weckte sie höchst ungern aus ihrer Träumerei, aber es gab Fragen, auf die er Antworten brauchte. Einen Moment lang war sie benommen, so als hätte jemand sie soeben aus einer Entfernung von tausend Kilometern an diesen Ort teleportiert, doch sie fing sich rasch und zog sich einen der Ohrhörer vom Ohr weg. »Wie bitte?«

»Das alles.« Ty stützte eine Hand auf die zerbeulte Platte auf dem Rohr und wies mit dem Kopf auf den Vorschlaghammer. »Wie seid ihr darauf gekommen? Woher wissen die Pinger, dass sie, wenn sie mit euch sprechen wollen, an dem und dem Ort am Strand einen Steinhaufen bauen sollten?«

»Sobald die Atmosphäre atembar wurde, haben wir angefangen, Spähtrupps auszuschicken«, sagte Sonar.

»Das dürfte vor dreihundert Jahren gewesen sein«, sagte Ty.

»Zweihundertzweiundachtzig.«

»Ich will nur sagen, dass es lange her ist.«

»Noch nicht so lange.«

Ty stieß einen Seufzer aus. »Jedenfalls nicht zu unseren Lebzeiten.«

»Es ist aber nicht nur eine mündliche Überlieferung, falls du darauf hinauswillst«, sagte Sonar. »Wir führen schriftliche Aufzeichnungen.«

»Auf Papier aus hundert Prozent Baumwolle. Ja. Sprich weiter.«

»Natürlich gab es für die Kundschafter nichts zu essen. Deshalb konnten sie nur so weit ausschwärmen, wie das Essen, das sie auf dem Rücken trugen, reichte. Mit der Zeit entdeckten sie jedoch entlang der Küste essbaren Seetang und Muscheln.«

Ty nickte. »Nachdem die von TerReForm entwickelten Algen ihre Aufgabe, die Atmosphäre aufzubauen, erfüllt hatten, mussten sie unter Kontrolle gehalten werden. Daher besäte TerReForm die Küsten mit Filtrierern und die Meere mit Krill.«

»Diese Muscheln waren das erste Fleisch, das irgendjemand in viertausendsiebenhundert Jahren zu sich genommen hatte«, sagte die Zyk. »Spähtrupps, die sich dicht an der Küste hielten, konnten beliebig lange fortbleiben und monate- oder jahrelang umherschweifen, und dabei aßen sie besser als die Digger, die im Loch blieben.«

»Der Kundschafterjob muss ja beliebt gewesen sein.«

»Zu beliebt. Manche sind abtrünnig geworden und mussten gejagt und der Disziplin des Komitees unterworfen werden.«

»Das klingt ... unangenehm.«

»Eine gute Zeit war das nicht. Viel von dem, was du heute Ungutes in unserer Kultur siehst, hat in diesen Jahren seinen Anfang genommen.«

»In jedem Fall kamen die Kundschafter aus dem Loch heraus«, sagte Ty, »und liefen schnurstracks zur nächstgelegenen Küste.«

»Genau, und diese Route, auf der wir hergekommen sind, ist für uns wie ein Wildwechsel – wir kennen sie vorwärts und rückwärts. Tja, und irgendwann, nachdem die Disziplin wiederhergestellt war, erkundete ein Spähtrupp die Küste ein paar Kilometer von hier entfernt und schlug oben in den Bäumen sein Lager auf. Von dort blickte ein Kundschafter hinunter und sah eine Person einfach aus dem Meer herauskommen. Diese Person trug eine kleine Schaufel, wie man sie zum Ausgraben von Muscheln verwendet, und einen Korb, aber keine Kleider am Leib. Er oder sie grub ein paar Muscheln aus und warf sie in den Korb, schlenderte dann ins Meer zurück und verschwand.«

»Keine Tauchausrüstung. Kein Kälteschutzanzug.«

»Richtig, nur ein Gürtel mit einem Messer. Nun, die Neuigkeit gelangte bis zum Loch, und sie sprachen mit einer meiner Vorgängerinnen.«

»Einer früheren Sonar Taxlaw, meinst du.«

»Ja. Im darauffolgenden Jahr ging ein Spähtrupp an denselben Ort, installierte eine Vorrichtung wie diese, nur nicht so gut, und sendete damit Signale in die Tiefe hinaus. Nichts. Jahre verstrichen, dann Jahrzehnte. Alles, worauf sie sich stützen konnten, war die eine Sichtung. Irgendein alter Digger, der bei vielen Spähtrupps dabei gewesen war, kam auf die Idee, hier einen größeren, besseren Krachmacher zu bauen – er erkannte, dass die Form des Kraters als Schalltrichter fungieren und den Klang nach außen leiten würde. Langer Rede kurzer Sinn, es funktionierte. Der Kontakt wurde hergestellt.«

»Wie lang ist das her?«

»Ungefähr fünfzig Jahre«, sagte Sonar. »Um die Zeit, als ihr euren Krieg hattet, brach er ab. Aber vor fünf Jahren sahen wir die ersten Steinhaufen.«

Kathree wurde fast so geweckt wie Kath Two an dem Morgen, als sie von ihrem Gleiter aus den Digger gesehen hatte: von einer durch keinen realen Beweis gestützten Gewissheit, dass da draußen irgendetwas war. Diesmal reagierte sie auf ein Geräusch: etwas, das sie noch im Schlaf gehört hatte und das nur über eine Erinnerung zugänglich war, die ihr immer mehr entschlüpfte, je stärker sie sie zu fassen versuchte. Kathree rollte sich auf den Bauch, stützte sich, das Gesicht hügelaufwärts gewandt, auf die Ellbogen, schloss die Augen, öffnete den Mund und erstarrte. Die ersten paar Minuten versuchte sie gar nicht, etwas Bestimmtes zu hören, sondern nahm lediglich die sie umgebende Klanglandschaft auf, damit sie anschließend Geräusche bemerkte, die nicht dazugehörten. Die Flynk-Kette auf dieser Barke war immer noch in Betrieb und produzierte einen gleichbleibenden Ton, der vom neuralen Netz des Gehirns herausgefiltert werden konnte. Sie merkte, dass Bard plötzlich ebenfalls ganz still geworden war, wusste aber nicht, ob er etwas gehört hatte oder einfach ihrem Beispiel folgte. Kath Two wäre vielleicht in Bücher vertieft und unaufdringlich gewesen, doch Kathree gehörte zu den Frauen, die Männer in ihrer Umgebung auf Trab hielten.

Wieder hörte sie es: dasselbe Geräusch, das sie wahrscheinlich überhaupt erst geweckt hatte. Und diesmal wusste sie, was es war: handgeschmiedete Pfeilspitzen aus Stahl, die wie Münzen in einer Tasche leise in einem Köcher klimperten. Der Digger-Jäger stand nämlich vor dem Dilemma, dass diese Schäfte so lose getragen werden mussten, dass sie mühelos gezogen und eingelegt werden konnten, aber auch wieder nicht so lose, dass sie bei jedem Schritt klimperten. Bei gemäßigtem Tempo in ebenem Gelände mochte diese Ausrüstung keine Geräusche verursachen, wenn man aber vor der Dämmerung atemlos einen holprigen Hang hinunterhastete, konnten die Dinger sich lockern. Als dieses akustische Bild in ihrem Kopf an Schärfe gewann, konnte sie auch Schritte spüren und hören, wie sich Körper durch Unterholz schoben. Der Trupp war, so vermutete sie, zahlreicher als die klimpernden Köcher.

Eine weitere Erinnerung von Kath Two stellte sich ein: Zur Vorbereitung für die Erkundung in Gegenden mit vielen Indigenen hatte sie alte Geschichten aus dem amerikanischen Westen gelesen, in denen Weiße Eingeborene als Kundschafter und Führer eingesetzt hatten.

Langobard hörte jetzt auch etwas und hatte sich entlang der kleinen Wachpostenkette, die sie unterhalb des Kraterrandes aufgestellt hatten, auf den Weg gemacht, um leise Roskos Yur und Beled Tomow zu wecken. Kathree folgte ihm, ging ihrerseits zu jedem der Männer und sagte mit leiser Stimme: »Vielleicht zwei Digger mit Pfeil und Bogen, die eine kleine Neoander-Einheit führen.«

»Wie klein?«, fragte Beled.

»Wahrscheinlich kein volles Peloton. Ich würde sagen, es sind halb so viele wie die Gruppe, die wir haben landen sehen.«

»Geh und sag Ty Bescheid«, sagte Beled. »Sag ihm, er soll das Licht anmachen.« Und da es zu dunkel war, um irgendetwas zu sehen, legte er ihr eine Hand auf die geschwungene Linie zwischen Schulter und Hals und knetete für einen Moment mit angenehmem Druck den Muskel. Danach gab er ihr mit der flachen Hand einen entschlossenen Schubs hügelabwärts.

Eine Minute später war sie unten am Strand. Sonar Taxlaw saß nach wie vor mit ihren Kopfhörern draußen auf der kleinen Insel. Einstein schnarchte in einem Schlafsack. Ty schlief in einer der kleinen Pop-up-Strandmuscheln, die die Leute von der *Arche Darwin* mitgebracht hatten, die wiederum, erkennbar am Klatschen der Wellen gegen ihren Rumpf, noch immer vor der Küste ankerte. Was Esa Arjun betraf, stieß sie beinahe mit ihm zusammen, denn er stand, mit einem Schlafsack bekleidet, einfach am Strand. Die Chancen standen fünfzig zu fünfzig, dass er zum Meditieren oder zum Pinkeln aufgestanden war. Wenn bei Ivynern das Gehirn die Oberhand gewann, konnten sie ein bisschen seltsam sein. So oder so – ob er nun pinkelte oder nachdachte – war er vorübergehend nicht zu gebrauchen, und daher ging sie geradewegs zu der Strandmuschel und weckte Tyuratam Lake. Das dauerte etwas länger als erhofft, was sie ausgesprochen frustrierte, denn für sie war jetzt so offensichtlich, dass da oben etwas passierte: Sie konnte das lauter werdende Heulen der körperumkreisenden Flynk-Ketten hören, die Neoandern als Rüstung wie auch als Waffen dienten, konnte aber nicht sagen, ob es sich um Langobard handelte, der dabei war, die Verteidigung zu organisieren, oder um die Eindringlinge, die den Hang herunterkamen. Letztere konnte sie jetzt mühelos hören; sie hatten ihre Heimlichkeit zugunsten von Eile aufgegeben.

»Sie kommen«, sagte sie. »Zwei Digger, einige Neoander.«

Ty griff nach seinem Katapult, doch dann fiel ihm wieder ein, dass Ariane es mitgenommen hatte.

»Beled sagt, das Licht soll angemacht werden.«

Sie nahm an, dass er irgendeine elektronische Vorrichtung verwenden würde – etwas von dem, was die Digger unter der Überschrift »Funk« zusammenfassten –, doch stattdessen rollte Ty sich zum Sitzen hoch, stürzte aus der Strandmuschel und begab sich einfach, hüpfend und fluchend, weil seine nackten Füße zielsicher auf Steine traten, ans Wasser hinunter. »Schaltet das Licht an!«, rief er. Dann legte er die Hände trichterartig um den Mund. »He! Macht das Licht an!« In dieser stillen Bucht hallten seine Worte laut wie Dynamit. Kathree hörte so etwas wie einen Antwortruf aus Richtung Barke. Und ein zischendes Geräusch von dem Felsbrocken. »Sch! Sch!« Sie dachte, es seien Wellen, die an den Stein brandeten, bis die Flynk-Kette anging und Licht auf Sonar Taxlaw warf, die aufgestanden war und sich zu ihnen umgedreht hatte. Einen Finger fest auf die Lippen gepresst versuchte sie, sie zum Schweigen zu bewegen. »Sch, seid leise!«, beharrte sie.

»Volle Kanne!«, rief Ty. »Alles, was ihr habt.«

»Sie kommen!«, sagte die Zyk. Und als sie sah, dass sich sonst niemand darum kümmerte, machte sie Arjun auf sich aufmerksam, der seinen Schlafsackmantel wie eine Pfütze am Strand hatte fallen lassen und jetzt auf sie zuging – mit großen Schritten mitten in die Brandung. »Wir verletzen ihre Ohren.«

Von oben hörte sie es rufen: Kämpfer, die jeden Anschein von Heimlichkeit abgelegt hatten und sich zum Gefecht näherten. Das Timbre ihrer Stimmen war das von Neoandern. In dem plötzlichen dringenden Bedürfnis, dort oben im Kampfgetümmel zu sein, machte Kathree auf dem Absatz kehrt und wollte schon den Hang wieder hinaufspurten. Fast wäre sie mit Cantabrigia Five zusammengestoßen.

»Gehen Sie wieder rauf?«

»Ich habe das Gefühl, ich muss«, sagte sie.

»Viel Glück! Und denken Sie dran: keine verletzten Digger.«

Cantabrigia Five drehte sich so von ihr weg, dass die langen Schöße ihres warmen Umhangs sich wunderschön blähten und Kathree noch ein letzter Blick auf ihr vornehmes Profil und ihre durch das kurzgeschnittene Haar betonte großartige Haltung gewährt wurde.

Während Kathree wieder hinaufkletterte, überdachte sie die detaillierten Anweisungen, die Cantabrigia Five ihr vor ein paar Stunden gegeben hatte: *Bleiben Sie unseren Buckys fern.* Das waren wohl kamerabestückte Buckys, die was auch immer demnächst passierte, filmen würden. Sicher waren sie darauf programmiert, sich freie, hochgelegene Standorte zu suchen.

Vielleicht fünfzig Meter von Langobard entfernt ging Kathree tief in die Hocke. Sie konnte ihn nicht sehen, konnte aber die Flynks hören, die um ihn herumrasten, während sie sich in kleine Abschnitte zerlegten.

Über und rechts neben ihr ragte ein Felsbrocken aus dem Hang heraus. Er war zu hart und zu steil, um von irgendetwas anderem als Moos bewachsen zu sein. Im diffusen Licht des großen Aitrains unten stach der blasse Stein hervor. Auf seiner Oberseite hatte sich ein junger Baum angesiedelt, der den Fels mit einem zumeist freiliegenden Wurzelsystem umklammerte und sich mit ein paar zerzausten, vom Seewind geformten Ästen gen Himmel streckte. In dessen Nähe sah sie Bewegung, die sie als einen Bucky identifizierte, der oben auf dem Felsbrocken in Stellung rollte. Sie konnte ihn sehen, also konnte er sie auch sehen. Hinter einem besonders dichten Gewirr aus Gebüsch und Gras drückte sie sich flach auf den Boden und benutzte ihre Ohren, so ungefähr das Einzige, worauf sie sich im Moment stützen konnte.

Klirr, klirr. Da war es. Wieder das Geräusch dieser handgeschmiedeten Digger-Pfeilspitzen, die in ihrem Köcher aneinanderstießen, übertönt von dem anschwellenden Heulen einer in der Nähe befindlichen Flynk-Kette, die sich unter dem Befehl ihres Besitzers umgestaltete.

Kathree riskierte einen Blick nach oben und sah einen Neoander an eine Stelle heraustreten, von der aus er ungehinderte Sicht auf diesen Bucky auf dem Felsbrocken hatte. Es war nicht Bard. Es war ein Roter Soldat in Militärmontur. Er streckte die rechte Hand aus, schloss sie um eine der Ketten, die ihn umflogen, und hielt sie an. Im selben Moment löste sich die Kette auf der anderen Seite seines Körpers und verwandelte sich in eine Peitsche. Sie schlug direkt nach dem Bucky auf dem Felsen. Dabei waren ihre Form und ihr Weg anfangs noch sichtbar. Dann beschleunigte sie durch die Schallmauer und wurde unsichtbar, zu erahnen nur durch ihre Ergebnisse: einen Überschallknall, den vollständigen Zerfall des Buckys und das Umkippen des Bäumchens, das glatt durchschnitten worden war. Die Peitsche bremste ab, während sie einen Bogen in die grobe Richtung ihres Besitzers beschrieb und sich, wie eine Schlange im Weltraum, zu einem anderen fliegenden Aitrain umorganisierte, der sich genau andersherum drehte als vorher. Nachdem der Neoander auf diese Weise einen Roboterwachposten an der von ihm aus linken Flanke eliminiert hatte, zog er sich ins Zentrum der Kampfhandlung zurück und verschwand aus Kathrees Blickfeld.

Kathree bewegte sich auf den Felsbrocken zu. Die Zerstörung eines der Video-Buckys von Cantabrigia Five machte ihn zu einem guten Standort für sie. Hals über Kopf stürmte sie zum Fuß des Felsens und überlegte gerade, wie sie hinaufgelangen könnte, als sie oben Bewegung wahrnahm. Sie hielt inne, hob den Blick und sah einen Digger, der im selben Moment auf dem höchsten Punkt aufgetaucht war und sich anschickte, diesen frei gewordenen Standort einzunehmen. So ungestüm war der Mann den Hang heruntergekommen, dass er fast über die Oberseite des Felsbrockens hinaus gerannt wäre. Um das Gleichgewicht wiederzuerlangen, musste er einen Fuß kurz vor dem Abgrund aufsetzen und mit den Armen rückwärts rudern. Währenddessen stießen die Pfeilspitzen in seinem Köcher klirrend aneinander. Kathree erstarrte und duckte sich, während sie ihm dabei zusah, wie er um sein Gleichgewicht rang. Hätte er senkrecht nach unten geschaut, hätte er sie bemerkt, doch er hatte nur Augen für das, was rechts von ihm vor sich ging: den Geräuschen nach zu urteilen der Beginn eines wirren Kampfs an einem unübersichtlichen Ort. Der Digger griff hinter sich, zog einen einzelnen Pfeil aus dem Köcher und legte ihn, den Blick auf den Ort der Handlung unterhalb von ihm gerichtet, in seinen Stahlbogen ein. Er dachte gerade über die Wahl eines Ziels nach, als Kathrees Mubot ihn an der Schulter traf und zuckend zu Boden schickte.

Auf den Mann zu schießen war leicht gewesen. Nicht im physischen Sinne – das wäre ohnehin leicht gewesen, da er einfach dastand und der Mubot weitgehend selbstzielend war. Im psychologischen Sinn war es leicht gewesen. Tage zuvor, als sie in der schlimmsten Phase ihrer Veränderung gewesen war, hatte sie, gerade noch bei Bewusstsein, mitbekommen, wie Ty zu Einstein sagte: *Beim Kämpfen geht es nicht ums Wissen, wie, sondern ums Beschließen, dass man es tut.* Sogar in ihrem Delirium hatte sie verstanden, dass die Entscheidung, von der Ty sprach, nicht intellektueller Natur war. Es ging dabei um die Überwindung der emotionalen Schranke, die in jeder zivilisierten Gesellschaft Menschen davon abhielt, einander Schaden zuzufügen. Das wusste sie, weil sie es, Stunden zuvor, selbst getan hatte. Im Verlauf dieses völlig unvermittelten ersten Kampfs zwischen der Sieben und den Diggern war sie dazwischengegangen, um Ty zu schützen, nachdem Ariane auf ihn geschossen hatte, und der alte Digger hatte sie mit dem Srap Tasmaner am Arm getroffen, was ihr eine Knochenprellung einbrachte, und irgendetwas an diesem intensiven körperlichen Kontakt hatte sie durch die Schranke geschoben, es so leicht gemacht, ihr Katapult auf den Mann zu richten und abzudrücken. Seitdem waren wohlmeinende Mitglieder der Gruppe zu ihr gekommen und hatten ihr ihr Beileid ausgesprochen. Das Einzige, worüber sie hatten sprechen wollen, waren Doc und Memmie und was für ein Schock es für Kath gewesen sein musste, die beiden so plötzlich zu verlieren. Dabei wurde stillschweigend unterstellt, dass ihr Tod der Grund für Kaths epigenetische Veränderung gewesen war. Das klang vernünftig. War aber falsch. Vielmehr war die Veränderung in dem Moment eingetreten, als der alte Mann Kath angegriffen und sie sich verteidigt hatte. Doc war zu dem Zeitpunkt noch am Leben gewesen, und Memmie hatte, wenn auch tödlich verletzt, noch geatmet. Damit war Kath Two eigentlich das erste Mitglied der Sieben gewesen, das gestorben war.

Jedenfalls gehörte sie jetzt zu der Sorte Mädchen, die auf Leute schoss. Gut zu wissen.

Das alles passierte auf der von den Blauen als rechte und von den Roten als linke betrachteten Flanke. Als einheimische Späher, die reguläre Streitkräfte unterstützten, würden die Digger sich auf den Flügeln oder an der Spitze aufhalten. Was hieß, dass sich der andere Digger – sie war sich nahezu sicher, dass es genau zwei davon gab – wahrscheinlich auf der gegenüberliegenden Flanke befand.

Der Felsbrocken selbst war zu steil zum Klettern, doch zu beiden Seiten waren aschfarbene Schutthalden entstanden, die lockere Rampen bildeten. Kathree kletterte an einem davon hinauf und erreichte eine Höhe, in der sie, flach an den Hang gedrückt, einen Blick über das Kampfgebiet werfen konnte. Es lag inmitten eines weiten, flachen Sumpfs, wo Wasser, das von den Höhenzügen des Küstengebirges herablief, durch den landeinwärts gelegenen Teil des Kraterrands gestaut wurde. Das Gelände war völlig überwuchert, sodass seine sumpfige Natur erst deutlich wurde, wenn man den Fuß hineinsetzte. Bard, Beled und Roskos Yur waren offensiv vorgerückt, hatten ihre Stärke demonstriert und sich dann zurückgezogen, um die Roten buchstäblich im Morast versinken zu lassen. Den Blauen in die Hände spielten Kommunikationsprobleme zwischen straff organisierten, hochtechnisierten Roten Kräften und einheimischen Spähern, die nur deshalb etwas von drahtloser Kommunikation wussten, weil eine lange Reihe von Zyks den Eintrag über »Funk« auswendig gelernt hatte.

Jedenfalls war Kathree jetzt weit vor ihren eigenen Landsleuten, von ihnen aus auf der rechten Seite des Sumpfs. Um auf dessen gegenüberliegende Seite zu gelangen, konnte sie versuchen, ihn zu durchqueren, womit sie aber wahrscheinlich den Roten Soldaten direkt in die Arme laufen und außerdem im Morast stecken bleiben würde. Sie konnte auch in Richtung Meer zurückgehen und an ihrem Lager von letzter Nacht entlanglaufen, nur waren dort, wie sie wusste, die meisten Buckys stationiert. Schließlich konnte sie noch weiter landeinwärts vordringen und durch den Kiefernwald auf der Hangseite des Sumpfs rennen. Damit würde sie unmittelbar die Vormarschroute der Roten kreuzen, was auf den ersten Blick nicht nach einer guten Idee aussah. Die Roten waren jedoch nur ein isoliertes Killerkommando, nicht die Vorausabteilung einer größeren Streitmacht. Sie hatten keine Kommunikationswege nach hinten zu einer Nachhut. Lag ein Gebiet erst einmal hinter ihnen, hatten sie keine Verfügung, keine Kontrolle mehr darüber. Angesichts der Tatsache, dass Kathree sich sogar schneller als Beled über unebenes Gelände bewegen und die Neoander mehr als einen Kilometer vor sich hören konnte, sah sie gute Chancen. Also ging sie nicht bergab, sondern weiter bergauf und hielt sich ein gutes Stück neben der Flanke, bis sie etwas an Höhe gewonnen hatte; dann wandte sie ihre Aufmerksamkeit wieder dem inneren Bereich zu.

Die Roten Neoander waren deutlich zu hören. Alle bis auf

einen befanden sich unterhalb von ihr, und als Kathree stehen blieb und wartete, hörte sie den Versprengten mit schweren Schritten an ihr vorbeistapfen. Typisch für diese ethnische Gruppe, bekamen die Soldaten ihre Befehle von ihrer B oder Beta. Dieser B musste man allerdings zugutehalten, dass sie sich nicht zurückfallen ließ, um von hinten zu kommandieren; anscheinend war sie mittendrin, also genau an der Stelle weiter unten am Hang, wo der Untergrund so morastig wurde, dass es angebracht schien, noch einmal neu über den eingeschlagenen Weg nachzudenken. Inzwischen musste den Roten aufgefallen sein, dass der einheimische Späher zu ihrer Linken verschwunden war, was sie womöglich dazu ermunterte, sich eher rechts zu halten. Jedenfalls waren sie vorübergehend aufgeschmissen. Sie befanden sich sämtlich unterhalb von Kathree. Und blickten alle in die entgegengesetzte Richtung.

Wenn sie am Hang entlangschaute, sah sie nichts als große Nadelbäume, deren geschlossenes Kronendach die Entwicklung von Unterholz verhindert hatte. Das machte es einfach. Eine Durchquerung des Waldes würde sie rasch auf die andere Seite des Kampfgebiets bringen, wo sie imstande sein sollte, der Spur des anderen Diggers dorthin zu folgen, wo er Stellung bezogen hatte, und ihn mit einem Mubot außer Gefecht zu setzen, bevor er selbst irgendetwas Heroisches und Dummes unternehmen konnte.

Von unterhalb ertönte das Knallen der Flynk-Peitsche eines Neoanders, und sie hörte jemanden aufschreien und das Krachen von Mubots, die auf ihre Ziele abgefeuert wurden.

Da sie plötzlich das Gefühl hatte, sehr spät dran zu sein, rannte sie, jetzt ganz ohne Deckung, zwischen den Bäumen hindurch los. Wenn sich freie Stellen auftaten, schaute sie nach unten über den Sumpf. Von hier oben hatte sie einen hervorragenden Blick.

Was erklärte, warum sie fast mit einem einzelnen Mann zusammengestoßen wäre, der sich einen dieser unbewachsenen

Plätze, von denen aus man den Sumpf und die Bucht überblicken konnte, als Standort ausgesucht hatte. Seine einzige Gesellschaft war ein Roboter: ein Siwi mit einer Videokamera als Kopf, die in der Lage war, sich aus ihren Windungen wie eine Kobra aus einem Korb zu erheben und mit ihrem Objektiv alle Richtungen abzudecken. Mit dem Rücken zum Kampf stand der Mann vor seinem Siwi, der bergab filmte. Als Kathree auf die beiden stieß, war sie ganz in der Nähe dieses Siwis und sah, so wie es kurze Zeit später eine Milliarde Zuschauer in Rot auch tun würden, ganz genau das Szenenbild vor sich: im Vordergrund der Mann, eingerahmt von zerklüfteten Felsen und Bäumen, die Habitatbewohner mit dem quälenden Verlangen erfüllen würden, hier herunterzukommen und die Oberfläche zu besiedeln. Im nahen Hintergrund der Sumpf, wo der Kampf im Gange war. Jenseits davon die Bucht, eingebettet zwischen der Kneifzange aus wellengepeitschten Felstrümmern, die Flynk-Barke mit ihrer Lichtsäule, die die ganze Szenerie zum Tag werden ließ, weiter draußen die *Arche Darwin*, die sanft im Küstengewässer schaukelte, und der Himmel, der dank der nahenden Dämmerung noch etwas Licht beisteuerte.

Der Mann rechnete nicht mit ihr. Irgendwie gewann sie den Eindruck, dass er geprobt, seinen Text noch einmal überflogen, sich geräuspert, Vorbereitungen für einen Auftritt getroffen hatte. So blieb ihr etwas Zeit, ihn zu mustern.

Die drei Inkarnationen von Kath Amalthowa hatten in ihrer gemeinsamen Lebensspanne nur ein paarmal lebende Aretaiker gesehen, und auch dann bloß aus der Ferne. Daher hatte sie keinen klaren Maßstab dafür, was innerhalb ihrer Ethnie als beeindruckend oder gutaussehend galt. Dieser hier musste aber zu den schöneren Exemplaren zählen. Er war sicher über zwei Meter groß. Seine langen rabenschwarzen Haare waren nach hinten gestrichen, um eine edle hohe Stirn, eine starke, hervorstehende Nase, große, tintenschwarze, tiefliegende Augen optimal zur Geltung zu bringen. Ein paar Falten in seinem Gesicht verliehen ihm einen Ausdruck von ernster Reife.

Die Aristokratie war, zusammen mit fast allem anderen, vor fünftausend Jahren gestorben, und doch lebte die Vorstellung von ihr – die Hoffnungen, die sie, zumindest in idealisierter Form, aus der menschlichen Psyche zog – in der ganzen Erscheinung dieses Mannes fort, in seiner Kleidung, seiner Haltung und der Art, wie er Kathree betrachtete, als er sich von seiner Überraschung erholt hatte und begriff, was da passierte. Seine Miene verriet, dass diese unerwartete Begegnung faszinierend, aber auch ein wenig amüsant war, jene Art von Schicksalsfügung, die kultivierten Menschen von Zeit zu Zeit widerfuhr, und dass sie beide ungeachtet aller politischen Unterschiede die ganze Angelegenheit vielleicht eines Tages bei einem Glas gutem Rotwein aus Antimer mit ironischem Lächeln diskutieren würden. Zumindest war das so, bis Kathrees Mubot ihn mitten auf der Stirn traf.

Als er Bewegung spürte und die Entladung ihres Katapults hörte, drehte sich der Siwi – der anscheinend über eine rudimentäre Fähigkeit verfügte, interessanten Dingen zu folgen – in ihre Richtung, doch sie trat ihm von hinten gegen den Hals. Unter der Wucht ihrer Ferse gab er nach und machte einen ehrenwerten Versuch, stehen zu bleiben, war jedoch gezwungen, sich auszustrecken, um eine sanfte Landung auf dem Boden zustande zu bringen. Von da aus hätte er sie vielleicht zwischen den Bäumen verfolgt, wäre er auf Verfolgung programmiert gewesen. Er war jedoch im Grunde nichts anderes als eine mäßig intelligente Kameraplattform und blieb deshalb, wo er war, hartnäckig bemüht, das Gesicht des Aretaikers in die Mitte seines Bildausschnitts zu bekommen. Da der Aretaiker sich wie ein Mensch, der in Flammen stand, wälzte und wand, bedeutete das ein hartes Training für seine Algorithmen.

Kathree stürzte erneut Hals über Kopf durch die Bäume los. Jetzt rannte sie wieder in Richtung Meer und trat damit die letzte

Etappe ihres U-förmigen Laufs um den Sumpf an. Dann wurde sie langsamer. Falls ihre Annahme richtig war, musste sie sich jetzt dem anderen Digger nähern. Und im Gegensatz zu Bard, Beled und Roskos Yur hatte sie nichts, was sie vor dessen stahlbewehrten Pfeilen schützen könnte.

Sie hörte ein knackendes Geräusch von weiter oben am Hang – hinter sich. Als sie sich umdrehte, sah sie, gerade mal fünf Meter entfernt, einen rothaarigen, blauäugigen Digger, der bei voll ausgezogener Sehne einen Pfeil auf sie gerichtet hielt. Die frisch geschärften Kanten seiner handgeschmiedeten Stahlspitze erzeugten helle Bögen, als sie das von der Bucht kommende Licht spiegelten. Kathree hatte ihr Katapult ins Holster gesteckt, um beide Hände zum Klettern frei zu haben. Sie hatte nichts in der Hand.

Cantabrigia Five hatte ihr nicht direkt den Befehl gegeben, beide Digger-Späher kampfunfähig zu machen. Nur, sie davon abzuhalten, Schaden anzurichten, und zu verhindern, dass ihre Leichen überall im Ring auf Bildschirmen zu sehen waren.

»Du machst einen schrecklichen Fehler«, sagte sie.

Der Digger rührte sich nicht, blinzelte aber langsam. Das fasste sie als Erlaubnis auf weiterzusprechen. »Diese Leute – die Roten – tun nur so, als wären sie eure Freunde, um sich eurem Anspruch auf die Oberfläche anschließen zu können. Sie wollen sie ganz für sich haben.«

»Und ihr?«, fragte er.

»Blau ist in mancher Hinsicht nicht besser.«

»Warum sollten wir dann deinen Rat befolgen?«

»Ihr solltet den Rat von niemandem blindlings befolgen. Weder meinen – noch seinen.« Dabei machte sie eine kleine Kopfbewegung zu dem Aretaiker hin.

Stille, während er darüber nachdachte.

»Kennst du Rubens Somalia?«, fragte sie.

»Na klar.«

»Hat Rubens Somalia mit dir über Schach gesprochen?«

»Uns muss keine Zyk etwas über Schach erzählen«, sagte der Digger. »Wir spielen es dauernd.«

»Dann weißt du ja, dass Bauern schwach sind – außer, wenn ihre Position auf dem Spielfeld sie stark macht. In der Eröffnungsphase werden sie großzügig geopfert. Im Endspiel können sie den König mattsetzen.«

Sie wurde durch einen erneuten Peitschenknall von unten unterbrochen, dem in kurzem Abstand zwei weitere folgten. Sie kämpfte gegen die Versuchung an, sich umzudrehen und nachzuschauen. Die blauen Augen des Diggers irrten zum Kampfgebiet ab, nahmen etwas auf, kehrten wieder zu ihr zurück. Die Pfeilspitze wankte zu keiner Zeit.

Kathree fuhr fort: »*Ihr seid Bauern*. Ihr könnt euch gar nicht vorstellen, wie klein und schwach ihr im Vergleich zu den Mächten oben seid. Wenn ihr euch so von den Roten spielen lasst, werden sie euch opfern, sobald es ihren Zielen dient. Wenn ihr dagegen ein längeres Spiel spielt, könnt ihr stark werden. So stark wie andere ethnische Gruppen.«

Mit einer Plötzlichkeit, die Kathree zusammenzucken ließ, hob der Digger seine Waffe und entspannte den Arm, der den Pfeil zurückgezogen hatte. Er löste die Nocke von der Sehne und schob den Pfeil in seinen Köcher zurück.

»Ich höre deine Worte mit Vorsicht«, sagte er.

»Gut.«

»Manches von dem, was du sagst, bestätigt allerdings böse Ahnungen, die ich seit der Ankunft der Roten in meinem Herzen bewegt habe, und deshalb habe ich den Entschluss gefasst, sofort zu den anderen zurückzukehren und mit ihnen über diese Dinge zu sprechen.« Und damit wandte er Kathree den Rücken zu und machte sich wieder auf den Weg hinauf in die Berge von Beringia.

»Ich kenne Ihre Geschichte, Tyuratam Lake«, sagte Cantabrigia Five, »oder zumindest die Teile davon, die ihren Weg in offizielle Aufzeichnungen gefunden haben.«

»Die Hälfte also.«

»Wie dem auch sei, ich spüre, wie verwirrend das für Sie sein muss.« Kaum merklich deutete sie einen Blick hügelaufwärts an. Obwohl ihre Augen durch die Objektive eines eleganten Verps verdeckt waren, verstärkte deren goldene Färbung die Geste. »Ein Teil von Ihnen würde sich gerne an dem Kampf beteiligen. Das ist anerkennenswert, aber ich brauche Sie – Der Zweck braucht Sie – hier.«

»Gut. Meine Aufmerksamkeit gehört Ihnen«, sagte Ty. Ihm kam die völlig unpassende und irrelevante Frage in den Sinn, wie alt die Frau wohl war. Epigenetische Veränderungen konnten viele der sichtbaren Auswirkungen des Alterns umkehren. Zumindest eine Moiranerin, Jamaica Hammerhead Twelve, war zweihundert Jahre alt geworden. Tys Schätzung von Cantabrigia Fives Alter erhöhte sich jedes Mal, wenn er mit ihr zu tun hatte, um ein Jahrzehnt. Im Augenblick dachte er, sie könnte achtzig Jahre alt sein.

»Was wissen Sie über die Pinger?«, fragte sie.

»Ganz ehrlich, sie klingen mehr nach Mythos als nach Tatsachen.«

»In Zeiten wie diesen kommt dem Mythos ohnehin mehr Bedeutung zu.«

»Was wissen Sie denn über sie?«, fragte Ty zurück.

Ausnahmsweise schien Cantabrigia Five etwas aus dem Konzept zu sein. Sie sah ihn scharf an und schob sich ihren Verp nach oben auf den Kopf.

»Ich muss wissen«, sagte Ty, »ob sie aus einem Genlabor der Roten stammen.«

»Rot weiß nicht einmal, dass es sie gibt«, sagte Cantabrigia Five.

»Haben wir sie gemacht?«

»Blau? Nein, Ihre Hypothese war richtig, Ty.«

»Und woher wollen Sie wissen, wie meine Hypothese lautete?«

Ihre Augen wanderten zu der Pizzaschachtel, die an einem aus dem Strand herausragenden Felsen lehnte. »Ich weiß, was da drin ist.«

»Danke«, sagte Ty. Er wandte sich von ihr ab und ging mit großen Schritten auf einen hochgewachsenen jungen Ivyner zu, der am Strand stand und nervös zu der Stelle hinaufblickte, von wo die Gefechtsgeräusche kamen. »Einstein! Schau mich an. Zeit für dich, Geschichte zu schreiben.«

Eine Peitsche aus kleinen, nahtlos zu einer langen, flexiblen Kette verbundenen Robotern zu schwingen war weder eine besonders schlechte noch eine besonders gute Art, einen Feind in einen mubotbasierten Kampf zu verwickeln. Umfangreiche, in militärischen Forschungslaboren in Blau durchgeführte Untersuchungen waren zu dem Schluss gekommen, dass sie im Durchschnitt etwas weniger effektiv war als die offensichtlichere Methode, einfach einzelne Mubots aus Katapulten abzufeuern. Eine davon abweichende Meinung besagte, dass solche Untersuchungen fehlerhaft seien, da sie zwei Faktoren vernachlässigten, die im tatsächlichen Kampf eine Rolle spielten: zum einen die psychologische Auswirkung auf einen Verteidiger, wenn er wisse, dass der Angriff buchstäblich herbeischnellen und ihn aus jeder Richtung treffen könnte, auch um Ecken herum und über Barrikaden hinweg; zum anderen das Element der Kunstfertigkeit, das wissenschaftlich nur schwer messbar sei; die Testpersonen, die diese Dinger im Labor schwangen, hätten wahrscheinlich nicht dasselbe Talent dafür gehabt wie Neoander, die damit aufgewachsen seien und Zugang zu einem alten Fundus von Überlieferungen – letztlich einer Kampfkunst – hätten, die sie höchst ungern mit irgendjemandem teilten. Wenn die Peitsche sich mitten im

Schwung zerlegen durfte, wurden ihre Mubot-Bestandteile mit Überschallgeschwindigkeit auf das Ziel zugeschleudert, was genauso gut war wie das, was man durch Abfeuern derselben Objekte aus einem Katapult erreichen konnte. Kam die Peitsche mit dem Ziel in Berührung, wurde diesem unmittelbarer physischer Schaden zugefügt, und die Mubots, die das getan hatten, konnten sich abkoppeln und ihre üblichen Programme ausführen. Und wenn der Peitschenschwung sein Ziel verfehlte, konnte die Kette, ohne dass Munition verschwendet wurde, völlig intakt wieder eingeholt werden. Sämtliche Mubots kamen für einen weiteren Versuch zurück, was man von solchen, die aus Kats abgefeuert worden waren, eindeutig nicht sagen konnte.

Ein Punkt auf Kathrees Liste für den Fall, dass sie je aus all dem hier herauskämen, war, Langobard bei einem Glas Pinot noir zu fragen, wo er seine Fertigkeiten in diesem Bereich herhabe, denn bis vor kurzem hatte er ja noch eine ziemlich glaubhafte Identität als friedlicher Weinhändler auf der Wiege vorgeschoben. Allerdings mutmaßte sie bereits, dass er derartige Fragen mit der Bemerkung parieren würde, dass die Neoander von Antimer, wie viele Kulturen im Verlauf der Menschheitsgeschichte, ihren jungen Leuten Kampfkünste beigebracht hatten.

Ein Skeptiker mochte anmerken, dass der Kampf mit Peitschen, die aus kleinen Robotern bestanden, ja schön und gut sei, solange er innerhalb der Grenzen eines sauberen und wohlgeordneten Weltraumhabitats oder eines ausgehöhlten Asteroiden oder bei einem Duell im Vakuum in Raumanzügen oder auf relativ freien Flächen wie Wüsten oder Eisdecken auf der Erdoberfläche stattfinde. In einem Sumpf voller dichter, mannshoher Vegetation dagegen sei er einfach ein Fehler. Kathrees Ohren nahmen gewaltige Datenmengen auf, die ihr Gehirn gar nicht zu verarbeiten vermochte. Jemand, der mit der Ausübung dieser Künste aufgewachsen war, wie Langobard anscheinend, wäre vielleicht imstande gewesen, Nuancen aus diesen sich wiederholenden

Knallgeräuschen herauszuhören. Ein Peitschenschlag, der auf seinem Ziel landete, klang anders als einer, der sich in einen Ansturm fliegender Mubots auflöste, und dieser wiederum anders als einer, der zum Angreifer zurückgeschwungen war oder sich in der Vegetation verhakt hatte. Was sie dagegen wusste, war, dass da unten gekämpft wurde. Als sie ihre Runde um den Sumpf vollendet hatte und zu ihrer ursprünglichen Verteidigungslinie oberhalb der Bucht zurückgekehrt war, hatten sie schon eine ziemlich lange Zeit gekämpft, was sie als gutes Zeichen wertete. Sie bemühte sich, wie Cantabrigia Five zu denken, die sich vermutlich nicht so viele Sorgen über banale Dinge wie Opfer und die Kontrolle über das Kampfgebiet machte. Wichtiger war die Darstellung des Kampfs. Und bisher sah es danach aus, dass eine kleine Gruppe Blaue, die auf ihrer Seite der vertraglich festgelegten Grenze vertraglich genehmigte Erkundungsoperationen durchführten, von blutrünstigen Roten Neoandern verfolgt worden und am Meer in eine Falle geraten waren, wo sie jetzt ein heroisches und erstaunlich langes letztes Gefecht zum Schutz einiger Nichtkämpfer führten. Eigentlich wollte Kathree nicht so zynisch sein, denn Cantabrigia Five war wirklich eine ungeheuer attraktive und charismatische Person, aber irgendwie hatte sie den Verdacht, dass ein oder zwei Todesopfer unter den Blauen oben im Sumpf und vielleicht ein Interview mit einem verstümmelten und trauernden Überlebenden vor laufenden Kameras das perfekte Gegenstück für den Propagandacoup sein könnte, den die Aretaiker ein paar Tage zuvor gelandet hatten.

Derartige Gedanken waren ein Luxus, den sie sich erst leistete, als sie eine Position oberhalb der Bucht, weit hinter der Kampfzone, erreicht hatte. Und – kein Zufall – auch hinter der Linie der kamerabestückten Buckys, die das heldenhafte Nachhutgefecht aufnahmen.

Sie blickte hinab auf das untere Lager. Bei einem Wetter wie diesem wäre ein Sonnenaufgang zu viel verlangt gewesen, aber der Himmel wurde immer heller und erleuchtete den Strand nun effektiver als die aus der Barke aufragende Aitken-Schleife. Vielleicht als Antwort auf den Kampflärm waren etwa ein halbes Dutzend Schlauchboote aus dem gefluteten Rumpf der *Arche Darwin* heraus- und auf die Küste zugekommen, jedes von ihnen mit ein paar Leuten an Bord, die Helme trugen. Gut. Sie wahrten jedoch, für Kathree irritierend, einen gewissen Abstand. Auf dem Felsblock stand Sonar Taxlaw und winkte sie zurück. Einstein, der sich zu ihr gesellt hatte, tat es ihr gleich. Der Felsblock war kurz davor, untragbar voll zu werden, denn Tyuratam Lake watete gerade mit der Pizzaschachtel unter einem Arm zu ihr hinaus. Es war ihm gelungen, sich mit einem Trockenanzug auszurüsten, was das Erlebnis für ihn vermutlich um einiges angenehmer machte.

Cantabrigia Five und Arjun befanden sich, den Blick aufs Meer gerichtet, am Strand, so als wäre nicht ein paar Hundert Meter über ihnen eine offene Feldschlacht im Gange.

Zwei der Buckys entfernten sich selbständig von ihren Positionen oberhalb von Kathree und fingen an, wie drahtbewehrte Gesteinsbrocken den Hang hinabzurollen. Zunächst sah das unkontrolliert aus, lawinenartig, doch dann begannen sie, sich zu strecken und zu deformieren und so dem felsigen Untergrund anzupassen, der unter ihnen dahinraste, und schließlich verlangsamten sie sich zu einem mehr oder weniger trippelnden Abstieg. Einer von ihnen hockte sich an eine Stelle, wo er sich einen freien Blick über die ganze Bucht verschaffen konnte, und der andere fand seinen Weg bis zum Sand hinunter, wo er sich offenbar für Nahaufnahmen ausrichtete. Cantabrigia Five drehte sich zu ihm um und trat ein paar Schritte vor. Direkt in seine Kamera gerichtet, begann sie Worte zu formulieren, die Kathree auf diese Entfernung unmöglich hören konnte.

Das alles im Blick, stand Kathree an die steile innere Kraterwand angelehnt. Unmittelbar über ihr befand sich ein Streifen aus Vegetation, die entlang der Kuppe Wurzeln geschlagen hatte, wo der Boden eben und die Sonnenstrahlung so stark war, wie sie in dieser Gegend nur sein konnte. Rechts und links von ihr erstreckte sie sich über jeweils zwanzig bis dreißig Meter und trennte, einer Mauer gleich, die Bucht von dem Sumpf und den höher gelegenen Regionen.

Deutlich vernehmbare Grunzlaute und das Knacken vieler brechender Stöckchen veranlassten sie, den Blick rechtzeitig nach links zu wenden, um zwei kräftige, ineinander verhakte Männer aus der Gebüschwand hervorbrechen und ins freie Gelände fallen zu sehen. Da der Hang darunter steil war, rollten sie zusammen mehrere Meter abwärts in Richtung Strand, ehe der größere – Beled – imstande war, einen Fuß auszustrecken und gegen die Hangneigung zu stemmen, was sie beide zum Halten brachte. Gleichzeitig schob er mit beiden Armen seinen Gegner – einen Neoander – von sich weg und hob ihn in der Absicht, ihn nach hinten zu kippen, um ihn noch weiter abstürzen zu lassen, vollständig vom Boden hoch. Das schien der Neoander jedoch vorauszuahnen und ließ seine viel längeren Arme um Beleds Rumpf herumschwingen und an seinem Brustkorb nach Halt tasten.

Vielleicht fünfzig Prozent von Beleds Körper waren immer noch von Mubots bedeckt, die zu einem ungleichmäßigen Panzer verbunden waren. Die rechte Hand des Neoanders sauste auf eine Häufung von ihnen nieder, die Beleds Armbeuge schützten, und diese erwiesen ihrem Besitzer den Gefallen, der angreifenden Hand einen deutlich hörbaren Schock zu versetzen. Das unterbrach den Neoander in dem Versuch eines wie auch immer gearteten Kampfgriffs. Dennoch war Beleds Manöver im Grunde gescheitert, denn er taumelte, umgeworfen vom Schwung seines Gegners, nach hinten. Als er das begriff, hörte er auf, dagegen anzukämpfen, und verwandelte, indem er die Knie beugte, das, was vielleicht eine plumpe Rückenlandung geworden wäre, in so etwas wie einen Rückwärtssalto, bei dem er den Magen des Neoanders als Aufprallkissen benutzte. Kathree hörte ein Knacksen, brauchte jedoch einen Moment, um zu begreifen, dass es eine Rippe war, die gebrochen wurde. Der auf dem Rücken liegende Neoander versuchte unwillkürlich, sich zu einer Embryonalhaltung zusammenzuziehen, wobei er seinen Kopf in die Richtung von Beleds herabstoßender Faust bewegte. Das Zusammentreffen der empfindlichen Strukturen der modernen Hand mit dem massiven Knochengewölbe des Neandertalerschädels verlief ungleich, und so folgte weiteres Krachen, diesmal zum Nachteil von Beled. Dennoch versetzte der Schlag dem Neoander einen Stoß, was Beled genug Zeit verschaffte, am Ende sein Messer aus einer Scheide zu ziehen und dem anderen an die Kehle zu drücken. Er drückte so lange, bis der Kopf des Neoanders am Boden lag.

Der Kampf – jedenfalls dieser Teil davon – war vorbei, und Kathree konnte sich zum ersten Mal ein Gesamtbild von Beleds Zustand machen: blutig, halb nackt, Zähne spuckend, schneller atmend, als er es je getan hatte, wenn er sich auf dem Laufband verausgabte. Jedenfalls war er am Leben, und für ihn war der Kampf vorbei, es sei denn, er beschloss, seinen Gegner zu neutralisieren, indem er ihm die Kehle durchschnitt. Was nicht ratsam erschien, da er sich nun im direkten Erfassungsbereich eines Buckys mit Kamera befand. Die alten Teklaner-Neoander-Kämpfe aus den Überlieferungen des Asteroidenbergbaus mochten ja mit einer durchschnittenen Kehle geendet haben, aber der hier nicht.

Im Sumpf passierten andere Dinge, die Kathree nicht sah. Langobard erschien mit Roskos Yur, den er sich im Gamstragegriff über die Schultern gelegt hatte, und fing an, ohne sich umzublicken, hastig den Hang hinunterzustapfen. Beled, der ihn dabei beobachtete, rief ihm eine Warnung zu. Im selben Moment nahm Kathree aus dem Sumpf Bewegung wahr und sah, wie eine menschliche Silhouette – kein Neoander – durch die Lücke sprang, die Beled und sein Gegner ins Buschwerk gerissen hatten, und sich Bard an die Fersen heftete. Es war eine untersetzte Frau mit kurzgeschnittenem Haar in Militärausrüstung – eine klassische B. Kathree richtete ihr Katapult auf sie und feuerte einen Mubot ab, dann noch zwei, doch irgendwie gingen sie alle daneben – die B trug offensichtlich eine Art Rüstung, die genau dieses Modell zu täuschen vermochte, und so hätte Kathree den ganzen Tag da stehen und auf sie schießen können, ohne dass irgendetwas passiert wäre. Dennoch hatte die B das Katapult *Boing* machen hören und gespürt, wie die Mubots um sie herumschwirrten, was genügte, um sie einen Moment hinzuhalten. Sie wandte sich Kathree zu. Ihr Gesichtsausdruck ließ vermuten, dass sie nicht damit gerechnet hatte, eine Moiranerin zu sehen. Während sie dieses außergewöhnliche Schauspiel auf sich wirken ließ, traf sie ein faustgroßer Stein auf der hangabwärts zeigenden Seite des Kopfes und tötete sie allem Anschein nach.

Kathree blickte den Hang hinunter und sah Beled nach dem Steinwurf durchschwingen. Er hatte das von Blut unbefleckte Messer in seine gebrochene Hand genommen und schob es jetzt wieder zurück. In der Nähe stand Bard, der in seinem überstürzten Sprint in Richtung Strand innegehalten und sich umgedreht hatte, um zu sehen, wonach Beled Steine warf. Aus ihm schien Blut zu tropfen.

Bei genauerem Hinsehen tropfte es aus Sergeant Major Yur.

Der Neoander, den Beled unter Kontrolle gehalten hatte, rollte sich jetzt auf die Füße. Genauso schnell ging er wieder zu Boden, und an Kathrees Ohren drang das *Boing* eines Katapults. Als Langobard sich umdrehte, sah sie, dass Roskos Yur, schlimm zugerichtet, aber noch bei Bewusstsein, mit seiner freien Hand seine Waffe ins Spiel gebracht hatte.

Falls noch andere Rote Kräfte fehlten, waren sie entweder tot, bewusstlos oder auf dem Rückzug ins Gebirge.

Zum ersten Mal seit einer gefühlten Ewigkeit – in der aber wahrscheinlich nur ein paar Sekunden verstrichen waren – richtete Kathree ihre Aufmerksamkeit auf das, was unterhalb von ihnen passierte.

Auf den Schlauchbooten aus der Arche hatte man beschlossen, die Mitte der Bucht zu meiden. Stattdessen verteilte man sich auf die beiden Seiten, um an den Landspitzen, die durch den Kraterrand entstanden waren, anzulegen. Von dort aus konnte man notfalls zu Fuß den Bogen zurücklegen.

Eine Person kam aus dem Wasser.

Ty reichte Einstein die Pizzaschachtel hinauf und bat ihn, sie zu öffnen und das, was darin war, trocken und griffbereit zu halten. Da seine Beine dank des Trockenanzugs warm blieben, beschloss er, neben dem Inselchen schenkeltief im Wasser stehen zu bleiben. Seine Zeit im Krieg hatte ihn Misstrauen, wenn nicht sogar Widerwillen gegenüber Leuten wie Cantabrigia Five gelehrt, die immer die Story im Kopf hatten. Doch diese Art zu denken war ansteckend. Er sah die kleine Szene auf dem Inselchen nicht durch die Augen von Tyuratam Lake, sondern durch das einer Videokamera, die direkt hinauf in den Ring sendete. Und er fand, dass sie so, wie sie war, perfekt aussah: der kleine konische Glasdorn, um die Wasserlinie herum schmuddelig vom Sand, den die Wellen hin und her spülten, und darauf zwei Menschen: Einstein mit der Pizzaschachtel und neben ihm, einen Finger in einer seiner Gürtelschlaufen, die Zyk, die einen Kopfhörer auf dem Ohr hatte und den anderen nicht. Er widmete sich dem Bild sogar so intensiv, dass er fast das Hauptereignis verpasst hätte. Der Blick in den Augen der anderen riet ihm, sich lieber umzudrehen und aufs Meer hinauszuschauen.

Nur Kopf und Schultern ragten über die Wellen hinaus. Der Pinger stapfte den ansteigenden Kraterboden hinauf, als käme er gerade von einem zwanglosen Unterwasserspaziergang zurück.

Eine Zeitlang atmete er oder sie laut und tief, anscheinend, um sich wieder mit Sauerstoff zu versorgen, pendelte sich dann jedoch auf eine normalere Atmung ein. Wo lebten sie? Woher war diese Person gekommen? Sie mussten Tauchglocken oder so etwas haben, die sich unter Wasser fortbewegten.

Der Pinger war haarlos und glatt, und ihm fehlten, wie bald offensichtlich wurde, äußere Geschlechtsorgane. Also eine Frau? Falls ja, war es jedoch eine Frau ohne Brüste; und soweit Ty wusste, waren sie immer noch Säuger.

Ein paar Schritte dahinter befand sich ein rundliches Objekt, getragen, wie sich kurz darauf herausstellte, von einem Hals und dieser wiederum von zwei hängenden Schultern. Diese Person hatte Brüste. Und hinter ihr kam noch eine dritte, auf die dieselbe Beschreibung zutraf.

Als die erste Person in seichteres Wasser gelangte, wurde die Form ihres Körpers deutlicher: rund und insgesamt irgendwie geschossartig. Etwas in Tys Gehirn wollte sie als einen fetten Mann identifizieren. Und vielleicht war er wirklich fett, so wie Otter oder Seehunde es sind: eine ordentliche Fettschicht unter einer straffen, ziemlich dick wirkenden Haut. Allerdings machte er überhaupt keinen schwabbeligen oder schwammigen Eindruck. Sein gesamter Bewegungsablauf ließ darauf schließen, dass sich eine kräftige Muskulatur unter dieser glatten Hülle aus, in Ermangelung eines besseren Wortes, Speck verbarg. Grundsätzlich unbekleidet trug er um den Rumpf eine Art Netzgeschirr, an dem eine Menge an Krimskrams befestigt war, die ausreichte, um ihn als technisches Wesen auszuweisen. Anfangs hatten die Pinger schwarz ausgesehen, doch als sie aus dem Wasser kamen, wurde klar, dass ihre Haut dunkelgrau war, gesprenkelt mit Flecken aus einem helleren, in Blau und Grün schattierten Grau. Am Bauch waren sie heller getönt als am Rücken, und die Fleckung zog sich vornehmlich an den Seiten hoch.

Ty starrte nicht gerne jemanden an, konnte aber nicht anders.

Zwischen ihren Beinen war nichts zu sehen als ein System aus konzentrischen Falten, in dem sich, so vermutete Ty, ziemlich normale Geschlechtsorgane verbergen mussten. Vielleicht warteten sie nur auf eine passende Einladung, um sich zu präsentieren.

Die Pinger waren inzwischen so nah gekommen, dass man ihre Gesichter betrachten konnte. Die darunterliegenden Schädel sahen wahrscheinlich genauso aus wie die von Wurzelstockmenschen. Augen, Ohren und Nasenlöcher wurden jedoch von mit Muskeln versehenen Klappensystemen geschützt, die ständig mehr oder minder in Bewegung waren. Sonar Taxlaws frühere Bemerkung über die genetische Entwicklung von Wölfen zu Pudeln war ein bisschen geschmacklos gewesen. Die Analogie behielt jedoch Gültigkeit. Diese Leute waren im Vergleich zu normalen Menschen wie Bulldoggen gegenüber Jagdhunden. Es war genau dasselbe da. Man musste nur etwas genauer hinschauen.

Ty wandte sich zu Einstein und Sonar um, die verständlicherweise nur Augen für die sich nähernden Pinger hatten. »Einstein«, sagte er. Dann, lauter: »Einstein!«

Vor Schreck fiel Einstein fast ins Wasser, ehe er seine Aufmerksamkeit auf Ty richtete. »Willst du es haben?«, fragte er lautlos und wies mit dem Kopf auf das Rechteck, das er in den Händen hielt.

»Nein«, sagte Ty, »es muss ein Kind von Ivy sein.«

»Jetzt?«

»Jetzt.«

Einstein packte die beiden unteren Ecken des Gegenstands und hielt es sich über den Kopf, damit die herannahenden Besucher es klar und deutlich sehen konnten.

Es war ein Bild, vergrößert auf etwa einen halben Quadratmeter. Jeder Spacer würde es als ein ikonenhaftes Bild aus dem Epos erkennen. Es war das letzte Foto, das Ivys Verlobter, Cal Blankenship, ihr per SMS aus dem Kommandoturm seines U-Boots geschickt hatte, nur wenige Augenblicke bevor er die Luke zumachte und untertauchte, um der Eröffnungssalve des Harten Regens zu entgehen. Das Bild wurde von zwei konzentrischen Kreisen beherrscht: im Mittelgrund die Öffnung der Luke, die eine von der ersten feurigen Spur eines Boliden bereits in zwei Hälften gespaltene Himmelsscheibe einrahmte. Und um diesen Kreis herum, viel näher an der Kamera, der Verlobungsring, den Cal sich gerade vom Finger gezogen hatte.

Die Frage war, ob Cals Nachfahren es erkennen würden. Das Gesicht des vorderen Pingers entfaltete sich ein wenig, seine grauen Augen schienen sich zu weiten, die Ohren erblühten von reinen Schlitzen zu etwas, das normalen Menschenohren ähnlicher war, nur kleiner und glatter. Er hörte auf, durch das knietiefe Wasser zu stapfen. Die beiden anderen traten vor, bis sie auf seiner Höhe waren. Alle drei starrten das Bild an, das der zitternde Ivyner in die Luft hielt. Tys Ohren wurden von hoch klingenden stimmlichen Äußerungen gekitzelt, die nahezu als englische Wörter zu erkennen waren. Die Pinger sprachen miteinander, sahen sich an, um Bemerkungen auszutauschen, zeigten auf das Bild, machten ausladende Gesten. Was verständlich war, denn Menschen, die viel Zeit unter Wasser verbrachten, gewannen die Fähigkeit, sich mit den Händen zu unterhalten.

Der weibliche Pinger sagte etwas mit einem Nachdruck, der ihr die Aufmerksamkeit der anderen beiden einbrachte. Ty konnte die Worte nicht verstehen, der Ton und die Körpersprache hatten aber etwas Entschiedenes: »Seid still. Hört zu. Ich weiß, was das ist.«

Sie hielt sich die linke Hand vor den Körper. Die Handfläche war länglich, die Finger dagegen waren kurz und dick und, wenn sie sie spreizte, mit dünnen Schwimmhäuten versehen. Mit der rechten Hand umschloss sie den Ringfinger der linken und stellte pantomimisch das Abziehen eines Rings dar. Den imaginären Ring hielt sie in die Höhe, hob dann ihre linke Hand vors

Gesicht und beugte einmal kurz den Zeigefinger, so als machte sie ein Foto.

Kathree merkte, dass sie, während sie das alles beobachtete, auf nicht ganz kontrollierte Weise auf ihrem Hintern den Hang hinunterrutschte, fast besorgt, sie könnte die Pinger mit einer plötzlichen Bewegung verscheuchen. Bard hatte das untere Lager schneller erreicht und Sergeant Major Yur auf einem Schlafsack abgelegt, wo Hope sich um ihn kümmerte und bereits dabei war, eine Infusion zu legen. Kathree kam an Beled vorbei, der rittlings auf dem hilflosen Roten Neoander saß und gewaltige Kunststoffschnüre um dessen Knöchel und Handgelenke band.

Als sie am Strand angekommen war, hielt sie bewusst Abstand zu Cantabrigia Five, die in eine Kamera sprach, und Arjun, der einfach zusah und in seinen Verp murmelte.

Einige weitere Pinger waren ins seichte Wasser heraufgewatet. Einer von ihnen – ein Mann, der mit mehr Ausrüstung behangen war als die anderen – hatte sich Ty genähert und schien bemüht, mit ihm zu kommunizieren. Ty grinste, hielt jedoch eine Hand um sein Ohr gewölbt und schüttelte den Kopf. Der Pinger streckte die Hand aus, nahm behutsam Tys Handgelenk und zupfte an dem schwarzen Material seines Trockenanzugs. Ty reagierte, indem er die Geste an der dicken Haut am Arm des Pingers nachmachte. Beide lachten. Die Zähne des Pingers waren weiß, und sie waren scharf.

Die ersten drei Pinger waren inzwischen auf dem Inselchen an Land gegangen und sahen sich das Foto näher an, das Einstein sich jetzt, teils als Einladung, teils als Schutzschild, vor die Brust hielt. Sonar Taxlaw, die nicht so belastet war, wandte sich etwas unsicher dem weiblichen Pinger zu, die plötzlich vortrat und sie umarmte.

Am Strand wechselte Cantabrigia Five einen zufriedenen Blick mit Esa Arjun und sah dann flüchtig in den Himmel.

Epilog

»In den Wochen bis zum Harten Regen hat Cal mehr als ein Foto an Urmutter Ivy geschickt«, sagte Esa Arjun. »Insgesamt siebzehn, einschließlich diesem da.« Er wies mit dem Kopf auf das Bild. Ziemlich mitgenommen lehnte es an der Innenwand des Rumpfs der *Arche Darwin*, am Ende des Tischs, an dem er und Ty zu Mittag aßen.

Er und Ty und Deep. Deep war der Pinger, der zu Ty gegangen war und sich mit einem nonverbalen Witz über dessen Trockenanzug mit ihm angefreundet hatte. Er saß zwei Stühle weiter am selben Tisch. Es war nicht so recht klar, ob er sich als Teil dieser Unterhaltung betrachtete.

»Kann er verstehen, was ich sage?«, fragte Arjun.

»Er wird langsam besser. Wir klingen für sie wie Tubamusik.«

»Heißt er wirklich so, wie Sie sagen?«

»Besser kann ich's nicht aussprechen«, sagte Ty, »und er reagiert darauf.«

Deep hatte sich über ein rohes Fischfilet hergemacht, das mit Seegras garniert auf einem Teller serviert worden war. Er schien wahrzunehmen, dass über ihn gesprochen wurde, und straffte sich auf eine sehr menschlich erscheinende Weise. Um Worte verlegen packte er seinen Apfelweinbecher und prostete ihnen damit zu. Sie taten es ihm gleich, und alle tranken.

»Ich glaube, er ist eine Art Techniker oder Wissenschaftler«, sagte Ty. »Dieses ganze Zeug in seinem Geschirr.«

»Ja«, sagte Arjun, der den Pinger neugierig beäugte. »Optik. Elektronik. Sie haben sich mehr Technologie bewahrt, als die Digger es konnten.«

»Sie hatten mehr Platz«, führte Ty an, »und sie konnten sich alles, was auf den Grund sank, unter den Nagel reißen.« Dann nahm er Arjuns Faden wieder auf. »Sie haben gerade von den siebzehn Fotos gesprochen.«

»Ja. Die meisten von ihnen waren Aufnahmen, die man damals Selfies nannte. Eigentlich war das ein krimineller Verstoß gegen die militärische Geheimhaltungspflicht. Sehr merkwürdig, wenn man bedenkt, wie pflichtbewusst Cal sonst war.«

»Ja«, sagte Ty, während er an Szenen aus dem Epos zurückdachte. »Ich erinnere mich, wie schlimm das für Urmutter Ivy war, als Urmutter Julia Cal befahl, Venezuela atomar anzugreifen.«

»Das ist ein perfektes Beispiel. Deshalb hat dieses Versehen – wenn es denn eins war – unter Wissenschaftlern einige Aufmerksamkeit erregt. Alle siebzehn Fotos wurden schließlich von Ivys Handy sichergestellt. Um sie herum entwickelte sich eine obskure Unter-Unter-Unterdisziplin der Geschichtswissenschaft.«

»Die Art von Dingen, für die sich nur Ivyner interessieren«, sagte Ty.

»Abgeschieden in irgendeiner Bibliothek in Stromness. Genau.«

Die *Arche Darwin* lag immer noch außerhalb der Bucht vor Anker, und ihr Rumpf war nach wie vor geflutet. Das machte sie zum perfekten Schauplatz für das, was jetzt passierte: eine diplomatische Konferenz zwischen den Pingern und einer Delegation aus hohen Blauen Beamten, die wenige Stunden nach Abschluss des Kampfes oberhalb des Strands in Abwurfkapseln direkt von Greenwich gekommen waren.

Einstein, Sonar Taxlaw und alle anderen Blauen hatten die Bucht geräumt und sich an Bord der Arche begeben. Beled war als Letzter gegangen; bevor er das wartende Boot bestieg, hatte er den gefangenen Neoander befreit und ihm so viel Proviant dagelassen, dass er bei Kräften bleiben konnte, bis seine eigenen Leute ihm zu Hilfe kämen. Und die waren wenige Stunden später in voller Stärke aufgetaucht. Doch gemäß der Vereinbarung, die sie selbst mit den Diggern getroffen hatten, bezog sich ihr Anspruch lediglich aufs Land. Und die *Arche Darwin* befand sich nicht an Land. So nahm ein immer größer werdendes Rotes Militärlager allmählich das ganze Ufer der Bucht ein, von ihren Blauen Pendants durch ein paar Hundert Meter Salzwasser getrennt.

Der geflutete Rumpf der Arche war kühl und zwang die Blauen Diplomaten, sich warm anzuziehen. Ty, Deep und Arjun saßen an einem höher und weiter vorne gelegenen trockenen Ort, einer Art halb offenem Zwischendeck, das mit Klapptischen und -stühlen ausgestattet worden war, um als Messe für den wachsenden Bestand an Blauem Personal zu dienen – aber ebenso für alle Pinger, die den Wunsch verspürten, die Rampe hinaufzuwaten. Sie aßen heiße Suppe und tranken in großen Zügen einen ungewöhnlichen, aber recht süffigen Apfelwein vom Nordhang in Antimer.

»Nun«, sagte Arjun – der, wie nur ein Ivyner es tun konnte, die Gelegenheit genoss, professoral zu werden –, »was Sie sich im Bezug auf diese Leute sicher fragen, ist ...«

»Wie, zum Teufel, sie überlebt haben. Mit nur einem einzigen U-Boot.«

Arjun nickte. »Bei einem Blick auf die Arbeit dieser Wissenschaftler, die ich erwähnt habe – von denen der letzte vor zwei Jahrhunderten gestorben ist –, stellte sich heraus, dass es Hinweise gibt.«

»Wenn aber die Selfies sogar noch vor Beginn des Harten Regens gemacht wurden«, protestierte Ty, »wie konnte es darauf Hinweise auf das geben, was danach passierte?«

»Ich meine Hinweise, die Cal mit allergrößter Sorgfalt im Hintergrund der Fotos platziert hat. Hinweise, die nur für Ivys Augen gedacht waren. Andeutungen, dass er eine größere Chance hatte, als man sich vielleicht vorstellte.«

»Sprechen Sie weiter.« Ty lehnte sich zurück und griff nach seinem Apfelweinbecher.

»*Wir* wissen alles über das Cloud-Archen-Programm, denn genau daher kommen *wir*. Es ist unsere Geschichte. Wir haben sämtliche Berichte in unseren Archiven. Nun, worauf Cal mit diesen Fotos hinauswollte, war, dass es noch ein anderes, vielleicht ebenso großangelegtes Programm gab, von dem wir nie gehört haben.«

»Ein Programm, um Menschen unter dem Meer am Leben zu erhalten?«, fragte Ty.

»Genau. Im Hintergrund dieser Fotos gibt es detaillierte bathymetrische Karten von einigen der tiefsten Unterwasserschluchten in den Weltmeeren. Es gibt Dokumente – Ordner auf einem Regal –, deren Titel nahelegen, dass es darin um solche Vorbereitungen geht. Und noch andere Hinweise – es ist alles öffentlich zugängliche Forschung, ich schicke Ihnen die Informationen, wenn Sie wollen.«

»Gut«, sagte Ty aus reiner Freundlichkeit. Er wusste, dass er diese Forschungspapiere nie lesen würde. »Unterm Strich heißt das aber, dass Deeps Leute« – er nickte ihrem Tischgenossen zu – »nicht nur deshalb überlebten, weil Cal Glück hatte.«

»Sie haben ihr eigenes Epos, das nach allem, was wir wissen, mit unserem vergleichbar sein könnte«, sagte Arjun.

Sonar und Einstein hatten sich in der Warteschlange bis an die Essensausgabe vorgearbeitet und kamen jetzt auf den Tisch zu, an dem sie die zwei freien Plätze entdeckten. Arjun betrachtete das als Zeichen, sich zu entschuldigen. Deep verabschiedete sich mit einem höflichen Kopfnicken von ihm. Kurz darauf hatten sich der junge Ivyner und die Zyk zu Ty und seinem

Pingerfreund gesellt. Die nächsten ein, zwei Minuten taten die Neuankömmlinge nichts anderes, als gierig ihr Essen hinunterzuschlingen, und dann wurde die Unterhaltung erst einmal durch Sonars Fragen nach Name und Herkunft der verschiedenen – für sie durchweg neuen – Speisen auf ihrem Tablett bestimmt. Ty übernahm deren Beantwortung, damit Einstein in Ruhe mampfen konnte. Das wurde nach einer Weile selbst für Sonar Taxlaw zu einer Quelle der Belustigung; sie sah einfach dem Jungen beim Essen zu, und als sein Teller leer zu werden drohte, schob sie etwas von ihrem hinüber.

»Irgendwann musst du mir mal erzählen, wie es sich anfühlt«, bemerkte Ty.

»Wie...«, fing Einstein an, ehe ein weiterer Happen dazwischenkam.

»...sich was anfühlt?«, vervollständigte Sonar seinen Satz.

»Jemanden so ganz und gar zu finden. Wie ihr beide euch.«

»Ist dir das denn nie passiert?«, fragte Einstein. Er war nicht unhöflich. Ihm war nur einfach nicht in den Sinn gekommen, dass er Erfahrungen gemacht haben könne, von denen Tyuratam Lake keine Ahnung hatte.

»Nein. Mir ist das nie passiert.«

Einstein näherte sich allmählich dem Punkt der Sättigung. Er lehnte sich auf seinem Stuhl zurück und ließ den Blick auf der Suche nach Bissen, die noch Aufmerksamkeit verdienten, über die Reste seines Mittagessens schweifen.

»Ich habe eine Frage an dich«, sagte er.

»Was du nicht sagst«, erwiderte Ty.

»Was ist Der Zweck? Er wird immer wieder erwähnt.«

»Ich wünschte, ich wüsste es.«

»Du Witzbold! Aber du weißt, wovon ich spreche. Roskos Yur hat ihn erwähnt. Cantabrigia Five hat ihn erwähnt. Z-w-e-c-k!«

»Meine Antwort bleibt dieselbe«, sagte Ty. »Niemand hat es mir je gesagt. Ich kann nur mutmaßen, ausgehend von dem, was ich bei Leuten sehe, die sich verhalten, als wüssten sie, was es ist.«

»Leute wie die Eigentümer deiner Bar?«

»Offensichtlich.«

»Und wie lautet deine Mutmaßung?«

Da Ty ein weiteres Augenpaar auf sich spürte, schielte er zu Deep hinüber, der gerade durch energisches Kauen versuchte, sich ein störrisches Bündel Seegras gefügig zu machen, dabei jedoch der Unterhaltung zu folgen schien.

Ty zuckte die Schultern. »Menschen haben immer ...«

Die Illusion gehabt, lag ihm bereits auf der Zunge, aber vor Deep wollte er keinen schlechten Eindruck machen.

»... lieber geglaubt, es gebe einen Zweck für das Universum. Bis der Mond explodierte, hatten sie Theorien. Nach Null erschienen die Theorien alle irgendwie naiv. Märchen für verhätschelte Kinder. Ein paar Tausend Jahre lang dachte niemand an das große Ganze. Wir kämpften alle ums Überleben. Wie Ameisen, wenn ihr Nest zerstört worden ist. Bei den seltenen Gelegenheiten, wenn wir über das große Ganze nachdachten, war es eigentlich nicht so groß – Rot gegen Blau oder so was. Über das Agens wurde erstaunlich wenig nachgedacht. Woher es kam. Ob es natürlich oder künstlich war, oder gar göttlich.«

Einstein, die Zyk und Deep nickten alle, als wollten sie sagen: *Red schon weiter!*

Doch er hatte nichts, um weiterzureden.

»Einige Leute – ein paar Rote, ein paar Blaue und ein paar rätselhafte Leute wie die Eigentümer meiner Bar – vielleicht sogar ein paar von dieser Art von Leuten« – er nickte Deep zu – »scheinen zu glauben, dass sie etwas wissen.«

»Tun sie es?«, fragte Sonar Taxlaw.

»Ich habe keine Ahnung«, sagte Ty. »Aber nach allem, was ich gesehen habe, sind sie nicht dumm. Auch wenn sie ...«

Er machte eine Pause, in der er nach Worten suchte.

»Auch wenn sie«, wiederholte Einstein, »*was?!*«

»Es ist eine Art – Der Zweck ist eine Art – zu sagen, dass es da noch etwas Größeres gibt als diesen Mist, mit dem wir uns die letzten Wochen unseres Lebens beschäftigt haben.«

»Rot gegen Blau?«

»Ja. Und obwohl – *bisher* – niemand mir irgendetwas sagt, gefällt mir dieses Gefühl. Leute, die behaupten, vom Zweck motiviert zu sein, verhalten sich am Ende anders – in der Regel besser – als Menschen, die anderen Herren dienen.«

»Es ist also wie der Glaube an Gott.«

»Vielleicht ja. Aber ohne die Theologie, die Schriften, die sture Gewissheit.«

Einstein und die Zyk sahen nachdenklich aus. Aber auch, so schien es Ty jedenfalls, ein wenig enttäuscht.

»Tut mir leid, dass ich keine Antwort auf eure Frage habe«, sagte Ty.

»Was machst du als Nächstes? Jetzt, wo deine Sieben aufgelöst ist?«, fragte Sonar.

»In meine Bar zurückgehen.«

»Auf der Wiege?«

»Auf der Wiege. Früher einmal ein erstaunliches Wunder technologischer Leistungsfähigkeit. Jetzt ein idyllischer, veralteter Vorgänger des deutlich überlegenen Gnomons.«

»Ich würde sie gerne sehen«, sagte Sonar.

»Wir haben Zimmer. Apartments, in denen Leute wohnen können, um den Innenhof herum.«

»Die sind sicher teuer.«

»Sie sind kostenlos«, sagte Ty.

»Wie kommt man denn an so ein kostenloses Zimmer?«, fragte Einstein.

»Keine Ahnung. Die Eigentümer geben sie Leuten, die Dem Zweck dienen.«

»Also sehr wichtigen Leuten.«

Ty zuckte die Schultern. »Fürs Fragen können sie dich nicht umbringen. Was die Sieben angeht, hast du recht. Das ist vorbei. Unser Ivyner ist tot. Du hast seinen Platz eingenommen.«

Einstein kicherte nervös. »Ich bin kein Ersatz für Doc!«

»Du brauchst ihn ja nicht zu ersetzen. Nicht in diesem Sinn. Aber schau mal, was du getan hast. Du hast den ersten Kontakt mit diesen Burschen da hergestellt.« Er nickte Deep zu. »Und den ersten Kontakt einer anderen Art mit den Diggern.«

Einstein und Sonar Taxlaw wurden beide hochrot.

»Die Zyk kam hinzu und ersetzte Memmie. Das ist keine traditionelle Sieben. Aber wenn wir Beled und Kathree auseinanderkriegen und wenn wir einen Julianer und einen Camilaner auftreiben, die sich nicht gegenseitig hassen, werden wir uns eine Neun gönnen. Die erste Neun, die je zusammengestellt wurde.«

Ty plauderte einfach drauflos, ließ den Apfelwein reden. Sonar dagegen nahm das alles ernst. »Von den aïdanischen Ethnien wird aber nur eine vertreten sein«, gab sie zu bedenken.

»Bard ist viele.«

»Du solltest die anderen vier einbeziehen«, sagte Einstein.

»Das macht dreizehn. Eine Unglückszahl. Und offen gestanden eine ziemliche Menge.« Doch die jungen Leute auf der anderen Seite des Tischs sahen so herzzerreißend aufrichtig aus. Ty wandte den Blick ab. »Ich wette, bei einem so bedeutsamen Ereignis könnte ich den Eigentümern ein paar kostenlose Zimmer abschwatzen.«

»Wirst du sie wirklich fragen?!«, rief Sonar aus.

»Nö. Einem alten Sprichwort nach ist es einfacher, um Vergebung als um Erlaubnis zu bitten. Ihr seid alle im Krähennest willkommen.« Ty blickte zu Deep hinüber. »Sei nur sparsam mit den kalten Bädern, Mann. Die Rohrleitungen in dem Laden haben schon bessere Tage gesehen, und ich bin der Einzige, der sie reparieren kann.«

Dank

Die Idee für dieses Buch kam mir um das Jahr 2006, als ich in Teilzeit bei Blue Origin arbeitete und mich für das Problem des Weltraummülls in der erdnahen Umlaufbahn zu interessieren begann. Weltraumforscher hatten Befürchtungen geäußert, kettenreaktionsartige Zusammenstöße könnten so viele Fragmente von erdumkreisenden Splittern erzeugen, dass Weltraumflüge praktisch unmöglich würden. Wie sich herausstellte, waren meine Untersuchungen auf diesem Gebiet für das Unternehmen nicht unmittelbar relevant, aber der Romanautor in mir witterte eine Idee für ein Buch. Während dieser Zeit war mir auch bewusst geworden, welche immensen Mengen verwendbarer Materie sich in erdnahen Asteroiden befinden. So war ich Ende 2006 auf die grundlegende Idee für *Amalthea* gekommen. Mein Dank gilt daher als Erstes Blue Origin, ein unter dem Namen Blue Operations LLC um das Jahr 2000 von Jeff Bezos gegründetes Unternehmen, in dem ich schon früh viele interessante Gespräche mit ihm und anderen Firmenangehörigen, darunter Jaime Taaffe, Maria Kaldis, Danny Hillis, George Dyson und Keith Rosema, führte. Keith war es, der mir zum ersten Mal von der mehrschichtigen Notfall-Rettungsblase erzählte, die in diesem Buch unter der Bezeichnung Luk auftaucht. Von dem Material über Baikonur ist einiges sehr frei von den Erinnerungen und Fotos von Goerge Dyson, Esther Dyson und Charles Simonyi adaptiert.

Hugh und Heather Matheson lieferten Hintergrundwissen über den Bergbau – Industrie, Kultur und Lebensweise –, was mir bei der Gestaltung von Dinah half. Falls ich es bei meinem Umgang mit der Mine der MacQuaries in Alaska und dem Funktionieren des Amateurfunks mit der Wahrheit nicht so genau genommen habe, ist das meine Schuld, nicht ihre. Der Vollständigkeit halber sei gesagt, dass Hugh empfahl, Rufus' Vorhaben in der Homestake Mine in der Nähe von Lead, South Dakota, oder im Coeur d'Alene Mining District, Idaho, zu lokalisieren, ich es aber trotzdem nach Alaska verlegt habe, um es weiter vom Äquatorgebiet zu entfernen.

Chris Lewicki und die Mitarbeiter von Planetary Resources versorgten mich während eines informellen Besuches an ihrem Firmensitz im November 2013 mit wertvollen Hinweisen. Zahlreiche Mitglieder des technischen Personals waren damals mehr als großzügig mit ihrer Zeit. (Später erzählte mir Chris, sie seien alle angenehm überrascht gewesen zu erfahren, dass jemand einen Science-Fiction-Roman schrieb, in dem eine Asteroidenbergbaufirma einmal zu den Guten gehöre.)

Marco Kaltofen half mir, die technischen Details von Ymirs »Steampunk«-Antriebssystem auszuarbeiten, und las sich die entsprechenden Abschnitte im ersten Entwurf sehr genau durch. In dieser Phase steuerte auch Seamus Blackley Nützliches bei. Nachdem ich nun den guten Namen dieser Leute ins Feld geführt habe, möchte ich bekräftigen, dass man eventuelle Freiheiten, die ich mir – versehentlich oder mit Absicht – bei den wissenschaftlichen Fakten erlaubt habe, mir und nicht ihnen zur Last legen sollte.

Tola Marts und Tim Lloyd halfen, einige Einzelheiten der in diesem Buch beschriebenen Weltraumhardware zu skizzieren und zu veranschaulichen, ein Projekt, das immer noch läuft. Für Leserinnen und Leser mag es beruhigend sein, dass verschiedene Elemente des Auges und der damit verbundenen Tether-

Systeme dank Tola mit angemessenen Sicherheitsfaktoren entworfen wurden.

Kris Pisters Arbeit über kleine schwarmbildende Roboter, die ich mit Unterbrechungen über mehrere Jahre hinweg verfolgt habe, hat die Diskussion über Nats nachhaltig geprägt.

Karen Laur und Aaron Leiby verwandten Zeit und Mühe darauf, ein Spiel auf der Grundlage von TerReForm zu erfinden, und auch wenn ihre Bemühungen durch die üblichen Schwierigkeiten bei der Mittelbeschaffung zunichtegemacht wurden, halfen sie mir doch, mein Denken über verschiedene Aspekte der Geschichte zu schärfen. Als Teil eines anderen künftigen Spielprojekts entwickelte Tim Miller vom Blur Studio unter Mithilfe von Jascha Little, Zoe Stephenson, Russel Howe und Jo Blame Ideen und Concept-Art (produziert von Chuck Wojtkiewicz, Sean McNally, Tom Zhao und Joshua Shaw von Blur) für eine Reihe unterschiedlicher Roboter. Ed Allard widmete viele Stunden seiner Zeit der Erstellung eines Prototyps dieses Spiels. Auch diese Arbeit hat noch nicht zu einem konkreten Spiel geführt, mir als Nebeneffekt jedoch dabei geholfen, die Knochen meiner Geschichte mit Fleisch zu versehen. Mein Dank gilt auch James Gwertzman dafür, dass er mich Ed vorgestellt und mir auf diesem Gebiet mit Rat und Feedback zur Seite gestanden hat.

Ben Hawker von Weta Workshop las das Manuskript und wies mich darauf hin, dass die Wiege rostig sein würde, ein Detail, das mir irgendwie entgangen war. Das hatte hastige Veränderungen in letzter Minute zur Folge.

Stewart Brand und Ryan Phelan boten mir dank ihrer Verbindung zur Revive and Restore Initiative der Long Now Foundation viel nützliches Hintergrundwissen über die genetischen Herausforderungen, die mit dem Wiederauflebenlassen von Arten aus kleinen Zuchtpopulationen einhergehen.

Während die ersten beiden Teile des Romans von einer richtigen globalen Katastrophe und hastig improvisierter Technik erzählen, habe ich den dritten Teil immer als eine Gelegenheit betrachtet, viele der positiveren Ideen zu präsentieren, die im Verlauf des letzten Jahrhunderts aus der globalen Gemeinschaft von Menschen mit Interesse an der Weltraumforschung gekommen sind. Viele der Ideen für die große Hardware im letzten Teil des Buchs kursieren seit Jahrzehnten in der Literatur, und eingefleischte Science-Fiction-Leser werden sie als alte Freunde wiedererkennen.

Besondere Anerkennung und Dank gebühren Rob Hoyt von Tethers Unlimited. Rob ist in die Fußstapfen des verstorbenen Robert L. Forward getreten und hat an einer Reihe von Ideen im Bereich der »großen Weltraummaschinen« gearbeitet. Eine davon ist der Hoytether, von dem eine enorm vergrößerte Version als grundlegender Konstruktionsentwurf für den Tether, die Verbindung zwischen dem Auge und der Wiege, Eingang in dieses Buch gefunden hat. Eine weitere Idee ist der Remora Remover, im Prinzip dasselbe Gerät wie der Lamprey. Rob ist außerdem Co-Autor einer im Jahr 2000 durchgeführten Studie über in großer Höhe rotierende Tether, die auf einer frühen Arbeit von Forward und anderen beruhte und mir als Grundlage für den Transfer des Gleiters in die Erdumlaufbahn diente, wie sie auf den ersten Seiten des dritten Teils beschrieben wurde. Rob Hoyt verdient Anerkennung für all diese Beiträge und Dank für die aufmerksame Lektüre des Manuskripts.

Die erste Phase von Kath Twos Reise vom Erdboden zum Hänger ist inspiriert durch Unterhaltungen, die ich mit Chris Young und Kevin Finke über Trends in der Gleitertechnologie geführt habe. Dadurch, dass ich mit ihnen sprach, mit ihnen flog und ihre Hinweise verfolgte, begriff ich, dass die ganze Energie, die wir zum Fliegen brauchen, in der Atmosphäre enthalten ist, und dass alles, was uns daran hindert, so etwas wie Kath Twos Gleiter zu realisieren, die Bereitstellung von Mitteln für die Entwicklung von Sensoren und Software ist – verbunden vielleicht mit ein paar Verbesserungen bei der Behandlung der Reisekrankheit.

Arthur Champernowne las einen frühen Entwurf und warf Fragen über die dynamische Stabilität des Auge-Wiege-Tethers auf, die ich, mit Verlaub, vollkommen außer Acht zu lassen beschloss. Für technisch versierte Leser könnte es jedoch interessant sein zu erfahren, dass er alle möglichen schlängelnden Bewegungen zur Schau stellen würde, deren Handhabung ich mir für eine spätere Arbeit aufgehoben habe. In der Fassung, die Arthur las, vollführte das Flif mit Kath Two an Bord seinen endgültigen Eintritt in die geosynchrone Umlaufbahn mithilfe eines schlichten altmodischen Brennstoßes. Dagegen erhob Arthur Einwände, allerdings nicht aus technischen, sondern aus ästhetischen Gründen. Das gab schließlich den Ausschlag für die Verwendung einer Idee, die ich schon eine Weile mit mir herumgetragen hatte: das Rendezvous des Flifs mit dem Ende einer schwingenden Peitsche. Die wenn auch spärliche wissenschaftliche Literatur zu diesem Thema geht bis ins viktorianische Zeitalter zurück. Der früheste fachliche Hinweis auf die Physik sich bewegender Ketten, den ich finden konnte, ist eine Publikation von John Aitken aus den Siebzigerjahren des 19. Jahrhunderts, deren Inhalt er selbst allerdings teilweise seinen Freunden, den Thomson-Brüdern William (später Lord Kelvin) und James zuschreibt. Aitkens Arbeit lag brach, bis sie in den Zwanzigerjahren des 20. Jahrhunderts von M.Z. Carrière in einem Aufsatz über die Physik von Peitschen aufgegriffen und verarbeitet wurde. Spätere Veröffentlichungen von W. Kucharski (1940) und R. Grammel und K. Zoller (1949) ergänzten das Bild. Es handelt sich hier um ein interessantes, wenig erforschtes Phänomen der klassischen Physik. Im Juni 2014 hielt ich bei der Oxford Union einen schlecht besuchten Vortrag darüber und habe die Absicht, mehr über dieses Thema zu veröffentlichen, aber zum jetzigen Zeitpunkt ist noch nichts entschieden.

Zum Schluss möchte ich auch meinen Agenten, Liz Darhansoff von Darhansoff & Verrill und Richard Green von ICM Pictures sowie meiner Lektorin, Jen Brehl, für die Flexibilität danken, die sie an den Tag gelegt haben, während ich sieben Jahre lang versuchte herauszufinden, was genau ich mit dieser Idee anfangen wollte.